REICH DES KAHLEN FÜRSTEN

RUINENSTADT

TOTER WALD

W0108755

SCHARTE DES EWIGEN REGENS

TAL DER ENGE UND WEITE

NEBELWALD

MOOR

FANESLAGER

WALD DER TAUSEND VÖGEL

SCHLUCHT DER DREI FEUER

MURMELTIERWIESE

GIPFELSCHLOSS

ROTER GRAT

SPINNWEBWALD

EICH DER CHENKÖNIGIN

STEINERNE FELDER DES SÜDENS

rowohlt BERLIN

Albrecht Selge

Luyánta

Das Jahr in der Unselben Welt

Roman

Rowohlt · Berlin

Originalausgabe   Veröffentlicht im Rowohlt · Berlin Verlag, März 2022   Copyright © 2022 by Rowohlt · Berlin Verlag GmbH, Berlin   Karte Good Wives and Warriors / 2Agenten.com   Satz aus der Dante MT bei Pinkuin Satz und Datentechnik, Berlin   Druck und Bindung GGP Media GmbH, Pößneck, Germany
ISBN 978-3-7371-0134-9

Luyánta

Erster Teil: Die Rufe

Der Drache

Der Drache war los, und er war verdammt gut drauf. Und das bedeutete, dass es fürchterlich war. Raserei. Spuckte giftiges Feuer. Als wäre Gift oder Feuer allein nicht schlimm genug, es musste beides zugleich sein. Er hätte am liebsten die ganze Welt vernichtet.

Und das alles auf diesem schotterigen Bergwanderweg im Nieselregen. In Gott weiß welcher Höhe. Hunderttausend Meter oder so. Dort vorn piksten die Berge ja schon in die Wolken. Sie aber (zwölf Jahre alt und sah aus, als wäre sie vierzehn oder fünfzehn) fühlte sich in diesen klobigen Bergschuhen wie ein Elefant. Trotz atmungsaktiver Wandersocken. Als würde jeder Fuß eine Tonne wiegen.

Dabei mochte sie Regen sogar lieber als Sonne (diese verrückte Sonnensucht der Erwachsenen und überhaupt aller Menschen). Wenn sie schon rausging, dann immer noch lieber im Regen. Sonne ist das Normale heutzutage, Regen das Besondere. Und das Beste ist Hagel. Aber am allerbesten trotzdem, wenn man irgendwo drin ist. Im eigenen Zimmer. Wütend kickte sie einen Stein.

Verdammte Wanderung, verschissene Sommerferien.

«Man darf nicht verschissen sagen!», hätte ihr kleiner Bruder jetzt gekräht (ihr *sehr* kleiner Bruder), wenn er ihre Gedanken gehört hätte. Aber erstens kann man Gedanken nicht hören. Und zweitens war der *sehr* kleine Bruder ihr ja schon weit voraus. «Selbst unser Zwerg hier wandert tüchtiger als du», hatte ihr Vater gestern gesagt, «ist dir das nicht peinlich, junge Frau?»

«Ja, ja.» Ah, wie sie das hasste, wenn er *junge Frau* sagte … abgrundtief!

«Sogar ein Ast läuft schneller den Berg rauf als du!»

«Ja, ja.»

9

«*Jaja* heißt *Leck mich am Arsch*», hätte der Vater dann entgegnen können, wenn er's gehört hätte. Den räudigen Spruch hatte er aus der Bundeswehr, wo er irgendwann mal gewesen war. *Gedient* hatte. Als Papa noch knackig war wie eine Gurke, wie die Mutter sagte. (Die Redensart hatte sie aus ihrem Lieblingsbuch, das von einem Russen handelte, der sein ganzes Leben lang im Bett liegt. Wie auch die Mutter es am liebsten getan hätte – und zwar die ganze Zeit lesend ...)

Dabei wurde der *sehr* kleine Bruder ja jedes Mal getragen, wenn ihm das Wandern zu anstrengend wurde. Mal setzte ihr Vater ihn auf seine starken Schultern, mal die Mutter auf ihre noch stärkeren, mal ihr großer Bruder (ihr *etwas* großer Bruder) auf seine, die vielleicht bald die stärksten waren. Obwohl er, wenn sie nicht wanderten, die ganze Zeit am Handy klebte, wie die Mücke im Spinnennetz. Sie durfte ja noch keins haben, nur ein lächerliches altes Tastenhandy hatten sie ihr mal erlaubt. («Ein Smartphone frühestens ab vierzehn», sagten die Eltern, obwohl alle anderen in ihrer Klasse schon eins hatten, «und in deinem Fall ja wohl eher ab fünfzehn oder sechzehn.») Und sogar sie selbst hatte den sehr kleinen Bruder an einem drachenlosen Tag schon mal auf ihre Schultern genommen, aber der war ziemlich schwer für einen Vierjährigen ... na gut, keine Ahnung, wie schwer Vierjährige sonst sind ... Dort oben schaukelte er dann nervig herum oder hüpfte einem mit dem Po im Nacken. Irgendwann ließ er sich wieder absetzen und wanderte weiter. Flitzte weiter. Immer voraus.

«Tüchtig, tüchtig. Schaut ihn an, diesen kleinen Mann!»

Alle Wanderer, die sie trafen, bewunderten ihn ausgiebig für seine Tüchtigkeit.

«Oha, dein kleiner Bruder ist aber tüchtig!»

Tüchtig, auch so ein Wort von vor hundert Jahren. *Tüchtig*, wie das klingt. Wie der Name *Irmgard*. Oder *Schmalz*.

Als ob sie nicht gekonnt hätte. Die anderen waren ihr nicht voraus, sondern sie war hinterher. Weit hinterher. Und warum? Weil sie es so wollte. Hi Leute, da bin ich wieder, und das ist die Wahrheit: Ich hasse es. So war das. Sie hatte einfach keine Lust zu wandern. Wozu in die Berge fahren, wenn man auch schön im eigenen Zimmer sitzen könnte? Im eigenen Zimmer ein ungestörtes, glückliches Leben verbringen? Dort hatte man ja die ganze Welt – ihre eigene Welt ... Stubenhockerin, sagten sie manchmal zu ihr. «Du Höhlenbewohnerin. Geh mal raus.» Bitte sehr. Ging sie halt raus: in die Mall, musste sie nur einmal durch den Park. Das *Lustschlösschen-Center*, das die Eltern «abgeranzt» nannten, heruntergekommen, die Hälfte der Ladenflächen stand leer. Von wegen, man hat dort alles, was das Herz begehrt. Da könnte sie jetzt abhängen, mit Kunigunde-Marie und Elif und Jacky.

Oder allein. Allein wär am besten.

Stattdessen: mehrtägige Höhentour in Südtirol, von Hütte zu Hütte. Ihr Auto, diesen peinlichen blauen Kia (einen Diesel), hatten sie auf einem Bergparkplatz oberhalb eines Dorfes stehen lassen, zwischen knisternden Nadelbäumen. «Das sind Fichten», hatte ihr Vater gesagt. «Nein, Lärchen», die Mutter. Wen interessiert's. Nach einer Woche würden sie wieder dort ankommen.

Eine Woche wie ein zähes Jahrhundert.

Warum müssen Kinder wandern, nur weil Erwachsene gern wandern?

Und etwas große und sehr kleine Brüder. Die wandern auch gern. Aber die waren ja gar keine normalen Kinder. Vielleicht war genau das das Problem: dass sie, Jolantha Seyfried, der einzige normale Mensch auf der Welt war.

Begreift ihr das? Dass jemand keine Lust hat? Dass jemand es hasst?

Der Drache. Hi Leute, da ist er wieder.

Und wer trägt *mich*?

Keine Ahnung, wie es überhaupt wieder zu dem Streit gekommen war. Aber es war ja überhaupt nicht wert und würdig, sich damit zu beschäftigen. Es hatte keinen richtigen Grund für den Streit gegeben, nur ein paar dumme Worte, die die anderen zu ihr gesagt hatten. Und wie sie es sagten. *Wie* sie es sagten, das war im Grunde

11

schlimmer, als *was* sie sagten. Spöttisch. Respektlos. Die Scherze des Vaters. Oder wenn er *ein Machtwort* sprach – peinlich, schlimm. Und die Belehrungen des etwas großen Bruders. Tat so vernünftig, der Typ, obwohl er die ganze Zeit bloß am Handy suchtete oder zu Hause am Computer. Sollte er aufhören, dann jaulte er rum wie früher der sehr kleine Bruder, wenn man ihm den Schnuller wegnahm. Und wenn sie ihn beim Zocken störte, haute er ihr eine rein! Gut, manchmal half er ihr auch bei besonders ekligen Hausaufgaben. Aber sonst … Und hier in den Bergen lief er dann auf einmal wie so ein Wanderweltmeister. Und belehrte sie neunmalschlau, wieder und wieder.

Als wollten die alle sie ständig provozieren. Ihren Drachen von der Leine reißen.

Egal. Na ja, fast egal. Jedenfalls war jetzt etwas anderes wichtiger. Sie griff unter ihre Regenjacke und zog ein Bonbon aus dem Täschchen, das sie immer trug – dieser kleinen gehäkelten Umhängetasche mit Plastikperlen und bunten Fransen, das ihre Mutter den *Hippiebeutel* nannte. Ah, sie hatte ein gelbes Bonbon erwischt: Geschmacksrichtung Ananas. Betonung auf Richtung, nicht Geschmack.

Das war allerdings auch noch nicht das Wichtige. Das Wichtige geschah, während sie weiterging, über die nasse, rutschige Schotterstraße voller Pfützen: Da hörte sie nämlich wieder dieses seltsame Pfeifen von den Berghängen. Helles Pfeifen. Von weit weg. Und trotzdem ziemlich laut.

Als sie es zum ersten Mal gehört hatte, da hatte sie gedacht, sie bildete es sich bloß ein. Es wäre nur in ihrem Kopf. Sie pfiff ja auch manchmal, auch ziemlich laut, wenn sie allein in ihrem Zimmer war und nicht gerade Youtube schaute. Früher hatte sie auch gern allein im Treppenhaus gespielt, und eigentlich hätte sie das immer noch gern getan, aber jetzt war sie dafür zu groß …

Das heißt, in Wahrheit war sie eben gar nicht allein, sondern im Spiel und in Gedanken umgeben von unsichtbaren Freundinnen. Manchmal auch Feindinnen, natürlich. So oder so leichter mit umzugehen als mit den sogenannten *echten* Freundinnen und Feindinnen in der Schule. Und vor allem interessanter als die, aufregender.

Wobei: Nichts gegen die echten Freundinnen, sie hatte ein paar, und die waren alle okay auf ihre Weise. Elif zum Beispiel und Kunigunde-Marie und Jacky. Nach den Sommerferien würden ihre Wege sich trennen, wie man so sagt, sie ging auf ein Gymnasium, Elif und Kunigunde-Marie auf ein anderes, Jacky auf eine Realschule. Sie sagten: *Wir werden uns nicht aus den Augen verlieren*, aber das würden sie natürlich doch, und ihr war's ehrlich gesagt egal. Für den Rest der Klasse galt das natürlich erst recht. Trotzdem hatte sie auch gegen die andern nichts. Nicht mal gegen die Jungs. Konnten ihr nicht das Wasser reichen, die Knirpse, aber dafür können sie ja nichts. Freundschaft ja, aber alles in Grenzen bitte. Immer wieder zog es sie weg von allen anderen Menschen, auch denen, die *beste Freundinnen* sind. Kein Bedürfnis nach Umgang, schon gar nicht mit Gleichaltrigen.

Mein Herz ist zu voll, als dass darin noch Platz für andere wäre.

Und manchmal kam es ihr sogar vor, als ob alle anderen Menschen nur Täuschungen wären ... Anders als die unsichtbaren Freundinnen. Die Täuschungen sind das Echte. Manchmal unterhielten sie und die Unsichtbaren sich in unbekannten Sprachen, die sie sich in diesen Momenten erst ausdachte. Singende Sprachen. Oder sie pfiff eben, so laut es ging. Irgendwo auf der Welt gab es Pfeifsprachen, darüber war mal was im Fernsehen gewesen. Irgendwelche seltsamen Hirtenvölker, die sich über Berge und Schluchten hinweg pfeifend miteinander verständigten.

«Dieses gottverdammte Gesinge und Gepfeife!», rief dann ihr Vater, der in Ruhe schreiben wollte. Oder Mittagsschlaf halten. *Nachdenken* nannte er das. (Andere Väter erteilten ihren Kindern Hausarrest, zumindest in Filmen. Ihr Vater hätte ihnen lieber Draußenarrest erteilt. Naturarrest.)

«Alles an dir ist laut und stachelig, Jolantha! Wenn das nicht sofort aufhört, dieses Gesinge und Gepfeife ...»

13

Gesinge und Gepfeife. Was verstand der schon? Was verstanden die alle?

Sie blieb stehen und betrachtete die aufsteigenden Berghänge. Nichts wuchs da mehr, nur verhungertes Gras, darin lauter verstreute und verlorene Steine und ein paar Felsbrocken, wie von Riesen vor Jahrtausenden herumgeworfen. Oder die Berge *waren* die versteinerten Riesen. Jedenfalls gab's schon längst keine Bäume mehr in dieser Höhe und nicht mal diese jämmerlichen Murkelbüsche, die das Gebirge sonst im Angebot hat. Warum um Himmels willen dorthin gehen, wo nicht mal Bäume hinwollen! Hinauf zu Hungergras und Steinen und Schotterhängen und weiter bis auf diese verschissenen Gipfel der Alpen, direkt in die Wolken hinein.

Das war also diese *Majestät der Berge*, von der ihre Eltern sprachen ...

Aber von wem oder was das Pfeifen herkam – keine Ahnung.

Sie hatte es schon den ganzen Tag lang gehört, aber seit sie sich in ihrer Wut hatte zurückfallen lassen, war es lauter und deutlicher geworden. Kann auch sein, dass es in Wahrheit nur gleich geblieben war und sie es jetzt einfach besser hörte, weil nicht mehr die ganze Zeit auf sie eingequatscht wurde ... eingemahnt und eingemotzt ... ah, wie sie das hasste. Herrliche Ruhe seither! Seit die letzten «Komm schon»-Rufe der Familie verhallt waren. Denn nachdem es gekracht hatte und der Drache in ihr wieder los war, da hatten ihre Eltern und ihr etwas großer Bruder sich noch ein paarmal zu ihr umgedreht und geplärrt: «Jolantha, nun beruhig dich doch wieder und komm endlich nach!»

Sogar ihr sehr kleiner Bruder hatte gekräht: «Jolantha, komm schon!»

Da hatte sie, gegen ihren Willen, sogar ein bisschen lachen müssen, und das hatte sie nur noch wütender gemacht. Schrecklich ist das, gegen den eigenen wütenden Willen lachen zu müssen.

Und natürlich hatte sie nicht zu ihnen aufgeschlossen, zu dieser verletzenden, plärrenden Familie. Und endlich, endlich waren sie davongezogen. Sollte sie halt nachkommen, meinten sie.

14

Und weg waren sie. Himmlische Ruhe.

Wenn auch nicht in ihr. In ihr war keine Ruhe. Nur der Abstand zwischen dieser sogenannten Familie und ihr hielt sie davon ab, wieder loszuschreien. Aber in ihr brodelte und brüllte es weiter. Zu Hause riegelte sie sich in solchen Lagen in ihrem Zimmer ein. Und hätte sich jetzt einer von denen ihr genähert, dann hätte sie ja brüllen *müssen*. Giftgrünes Drachenfeuer in ihr! Sie sollten ihr bloß fernbleiben, sonst geschähe ein Unglück.

Das wussten die auch. Und der Weg zur Hütte, wo sie übernachten würden, war ja leicht zu finden. Immer geradeaus. Und für die ganz Doofen alle paar Meter ein Wegweiser. Ging sie also weiter im Stop-and-go-Modus: paar Schritte trotten. Stehen bleiben. Stein kicken. Weitertrotten. Mehrmals wurde sie von tüchtigen Wanderern überholt, die alle dieser Berghütte zustrebten. Lauter hochgerüstete deutsche Rentner. Einmal ein rasantes silberhaariges Ehepaar mit einem riesigen zotteligen Hund. Der schaute sie an mit wackelndem Schwanz und wässrigen dummen Augen. Und der eine oder andere Wanderer sagte oder fragte etwas beim Überholen, und sie antwortete dann immer so knapp wie möglich.

«Wanderst du zur Hütte? Haben deine Eltern dich etwa ganz allein gelassen hier oben? Unverantwortlich ... Ja weißt du denn, wie du da gehen musst?»

«Ja, ja.» (Immer einen Fuß vor den andern. Für wie blöd hältst du mich, Irmgard?)

«Genau, immer geradeaus, nicht zu verfehlen! Trotzdem, ich muss wirklich sagen ...»

Ja, nicht zu verfehlen. Wenn man nicht absichtlich in den Abgrund spränge. Aber dieser popelige Abgrund hier war ja nicht ernst zu nehmen, überhaupt nicht ausreichend für einen Hopser in den sicheren Tod. Mit etwas Glück ein verstauchter Knöchel, mehr war hier nicht drin. Das Tal lag zwar tief, aber es ging nicht direkt hinunter, sondern nur so nach und nach, ein lächerlicher sanfter Hang.

Mit tollem Ausblick aber! Ja, ja. «Toller Ausblick, was?», sagten die Mutter und der Vater ständig, es wurde ihnen einfach nicht langweilig, das dauernd zu wiederholen: «Toller Ausblick, was? Selbst bei diesem Regenwetter.»

«Ja, und die Berge. Irgendwie majestätisch.»

Die Mutter knipste dann das irgendwie Majestätische und den tollen Ausblick mit dem Smartphone, und der Vater sagte: «Auf dem Foto kommt das nicht so zur Geltung.» Die Mutter knipste dennoch.

Ausblick. Wenn man oben ist, kann man runtergucken. Na und? Was soll daran aufregend sein?

Dörfer dort unten, Wälder und Felder, verstreute Kühe. Und Straßen, natürlich. Und nach dem Tal wieder Berge, diese völlig sinnlosen Gebilde. Eine lange Reihe heller Berge in der Ferne, fast bleich, fast weiß auch ohne Schnee auf den Gipfeln. Und irgendwo hinter den Bergen musste diese Autobahn auf Riesenstelzen sein, auf der sie in ihrem blauen Kia hergefahren waren. In die Sommerferien. Sie hatte, wie immer auf Autofahrten, gekotzt, und ihr etwas großer Bruder hatte gegen den CO_2-Ausstoß protestiert und ihr sehr kleiner Bruder fast die ganze Zeit geschlafen, und ihr Vater am Steuer hatte gerufen: «*Du* informiere dich erst mal genauer, andere stoßen ja viel mehr CO_2 aus als wir, außerdem fass dir mal an die eigene Nase, allein dein ewiges Gedaddel und Gezocke, was das verbraucht, das geht auf keine Kuhhaut – und *du* halte die Tüte bereit, das kann ja nicht wahr sein, auf jeder Fahrt diese Kotzerei – nehmt euch alle gefälligst mal ein Beispiel an Mäxchen, der ist immer friedlich!» Und die Mutter versuchte zu lesen. Während immer wieder schwarz verpackte Motorradfahrer an ihnen vorbeidröhnten.

Statt auszu*blicken* auf Berg und Tal, *hörte* Jolantha jetzt lieber aus. Dem Tal ab-, den Bergen über ihr zugewandt. So lauschte sie auf dieses Pfeifen, das von den Hängen kam. Mehrere kurze, manchmal auch etwas längere Pfiffe – dann eine Pause, als würde auf Antwort gewartet – dann der nächste Pfiff …

Vielleicht kam es ja von irgendwelchen Vögeln. Aber sie sah sie nicht. Wohl segelten dort oben solche pechschwarzen Rabenviecher herum, aber die schrien ja ganz anders, heiser krächzend. Ließen

16

sich dabei in der Luft plötzlich herunterfallen, als plumpsten sie vom Himmel ... aber nur ein Stück, und dann werden sie gefangen von einer unsichtbaren Hand.

Unheimliche Kreaturen waren das. Bei der Ankunft an ihrer letzten Hütte gestern Abend hatte einer dieser Vögel, dunkel wie die Dämmerung, auf einem Wegweiser gesessen und sich am Holz den Schnabel gewetzt.

Dieses Rabenviechkrächzen hatte sie schon öfter gehört, nicht nur hier. Man hörte es auch in der Stadt auf den Straßen und im Park, gegenüber der Mall: von den großen Krähen, die es dort gab und die auch etwas Unheimliches, Verhextes hatten. Die waren nicht völlig schwarz, sondern hatten am grauen Leib nur schwarze Flügel und einen schwarzen Kopf kleben und auf der Brust einen schwarzen Zackenkranz wie eine verfluchte Halskette. Ein Druden-Schmuckstück. Wilddruden im Stadtpark. Immer leicht aggro, von denen hält man sich lieber fern. Eine Krähe hatte einmal auf einer Tischtennisplatte gesessen und sie angestarrt mit stechendem Blick, als sie an ihr vorbeilatschten, und Kunigunde-Marie: Kreischattacke! Aber die Krähe war bloß sitzen geblieben und hatte sie weiter angestarrt.

Doch diese Vögel hier waren noch unheimlicher und verhexter als die Stadtparkkrähen. Gelbe Schnäbel, rote Füße, aber die Federn komplett schwarz. Rabenschwarz.

Aber mit dem Pfeifen, das sie interessierte, hatte ihr Krächzen nichts zu tun.

Die Schwester

In diesem Moment fiel ihr die merkwürdige unbekannte Sprache ein, die sie vor einigen Tagen in einem Dorf gehört hatte, bei einigen alten Männern mit grauen Filzhüten und blauen Schürzen. Einer hatte ein ganz zerfaltetes Gesicht gehabt, ein anderer ein hängendes Auge, ein dritter nur ein Bein. Ein Gekrächze voller äs und üs war diese Sprache gewesen. Allerdings kein Türkisch, Türkisch hätte sie erkannt. Türkisch klang ja noch normal. Pädalü, Püderä, so ungefähr war das hier gewesen.

Ihr Vater, der alte Bescheidwisser, hatte ihnen dann mit wackelndem Zeigefinger beim Essen im Restaurant namens *Kassianswirt* sein Reiseführerwissen zum Besten gegeben: Es handele sich um eine uralte, äußerst seltene Sprache, die nur noch hier in wenigen abgelegenen Tälern von wenigen letzten Menschen, bla, bla, bla … Auch hier standen diese hellen, geradezu bleichen Berge, aufgereiht am Rand des Tals, und auf der Fahrt durch tausend schaukelnde Kurven war ihnen allen schlecht geworden, sogar die Mutter dicht davor, sich zu übergeben, nur der Vater am Steuer wohlauf. Und während er im *Kassianswirt* seinen Vortrag hielt, hatte ihr etwas großer Bruder ungerührt seine Whatsapp-Nachrichten gelesen, und der sehr kleine Bruder hatte auf der Bank einen Purzelbaum zu schlagen versucht, und Jolantha hatte gebrummt: «Ja, ja», und dann war mal nicht sie, sondern der Vater ausgerastet und hatte gerufen: «Hier interessiert sich ja niemand für irgendwas! Stumpfsinnig bis dorthinaus, alle miteinander! Andere wären dankbar … bitte schön, dann bleibt halt blöd und blind!»

«Machen wir», hatte der etwas große Bruder geantwortet und weitergetippt, ohne aufzuschauen. Da hatte der Vater noch mehr geschnaubt, «Mir reicht's!», und er war vor die Tür des *Kassianswirts* gerannt, um erst mal eine Zigarette zu rauchen. Er hatte wohl auch einen Drachen in sich. Der war ja selbst laut und stachelig.

Jolantha aber war in diesem Moment, auch das geschah manchmal, ein Herz und eine Seele mit ihrem etwas großen Bruder.

Jetzt hingegen, beim Wandern, war er wieder ihr Feind. Jetzt hasste sie auch ihn. Ah, wie ich euch alle hasse.

Und an noch etwas (außer an diese merkwürdige Pükälü-Sprache der alten Hut- und Schürzenträger) erinnerte sie sich plötzlich hier auf diesem verschissenen Höhenweg im Nieselregen, mitten im Gras-und-Stein-Nichts: an eine abscheuliche Hochheiligkeit näm-

18

lich, die sie im Tal gesehen hatten. In einer kleinen Dorfkirche war das gewesen, vor der ein Kirschbaum stand und Kuhfladen im Gras lagen. Auf der Fahrt in das abgelegene Dorf hatten immer wieder dröhnende Motorradfahrer ihren Kia überholt, wie unangenehme, zottelige Kreaturen kamen die ihr vor, obwohl sie in glattem Leder steckten und Helme mit verspiegelten Visieren trugen, nur fransige Haare wehten heraus und manchmal auch ein zerzauster Bart unter dem Helmvisier. Die hatten bestimmt sogar behaarte Zähne.

Im Innern der kleinen Kirche roch es komisch. Die Kirchen hier fand sie sowieso gruselig, weil da immer diese Beichtstühle drin rumstanden – eigentlich ja winzige Häuschen, und jedes Mal fragt man sich, ob da einer drinhockt und wartet und lauscht. Irgendein schräger Zwerg. Aber in dieser kleinen Dorfkirche hing noch dazu ein Jesus an einem Kreuz, über und über mit Blut beträuft und betrieft, so was Perverses hatte sie noch nie gesehen. Man konnte die Figur kaum erkennen unter dem ganzen Blut, das sogar in Fäden und Fetzen von den Armen runterhing. Auch wenn das wahrscheinlich kein echtes Blut war, egal, trotzdem richtig eklig, dieser Blutfetzenjesus. Also nicht der Jesus, sondern was sie mit ihm gemacht hatten. Als wäre der nicht einfach gekreuzigt (schlimm genug), sondern ein Drache hätte giftiges Feuer auf ihn gespuckt. Da regten die Eltern sich über die albernen Computerspiele ihres etwas großen Bruders auf, aber ließen ihre Kinder solche ekligen Sachen besichtigen!

Die Mutter meinte auch, dieser Jesus sei ja Geschmackssache.

«Ich kann einfach kein Blut sehen», sagte Jolantha.

«Ist aber Wachs», brummte ihr etwas großer Bruder, der alte Belehrer. Der Vater war mit dem sehr kleinen Bruder schon wieder raus zu Kirschbaum und Kuhfladen.

Jetzt schüttelte Jolantha sich wie ein nasser Köter, um nicht mehr an diese abscheuliche Hochheiligkeit denken zu müssen. Aber das Gedankenabschütteln funktionierte nicht, und der Regen wusch auch keine Gedanken ab. Es funktioniert nie. Wenn man an etwas Ekliges unbedingt nicht mehr denken will, denkt man erst recht

19

dran. Blutfetzen, Wutfetzen, Feuergift. Es war alles ganz schrecklich und hoffnungslos.

Lieber wollte sie wieder auf das Pfeifen lauschen, dieses geheimnisvolle Pfeifen, das etwas Verlockendes hatte. Um besser hören zu können, streifte sie die Kapuze ihres Regenponchos ab, da blies ihr der Wind gleich ins Haar, und der Regen tropfte ihr auf den Kopf. Ganz angenehm, wie eine leichte Massage. Sie hörte das Pfeifen nun noch klarer und deutlicher. Und sie hatte (nun aber seltsam undeutlich) das Gefühl, mit dem Pfeifen wäre sie gemeint. Das Pfeifen pfiffe die ganze Zeit ihr zu, nur ihr. Als ob wer nach ihr riefe ...

Aber vielleicht lag das alles ja nur daran, dass es in ihr so tobte und dass sie derart genervt war. Mädchen am Rande des Genervtheitszusammenbruchs. Hi Leute. Sie zog noch ein Bonbon aus dem Hippietäschchen und warf's in den Mund: rot, Geschmacksrichtung Granatapfel. In ihrem Körper steckten zahllose Bonbons und ein Drache. Und sie beschloss, sofort weiterzugehen, denn von hinten näherten sich wieder solche rüstig-tüchtigen Wandersleute. Die sie irgendwas fragen würden. Bloß keine Gespräche. Das Leben drückte sie so schon genug. Da brauchte sie keine nervigen Unterhaltungen auf elenden Bergwanderungen.

Eine Schwester aber, dachte sie manchmal, die hätte sie gern gehabt. Unter den unsichtbaren Freundinnen war ihre liebste die unsichtbare Schwester. Die Zwillingsschwester. Hatte die gleiche Stimme wie sie, war genauso groß wie sie. Und konnte trotzdem tausend verschiedene Gestalten annehmen, jedes Mal anders; und doch Zwilling. Wunschtraum.

Und natürlich hätte sie befürchten müssen, dass sie sich mit der Schwester, wenn es die wirklich gäbe, auch ständig gezofft hätte. Musste man realistisch sein. Vielleicht wäre es mit einer Zwillingsschwester sogar am allerschlimmsten gewesen, denn wenn die ihr in jeder Hinsicht gliche, wäre sie auch laut und stachelig, und in ihr würde ebenfalls ein Drache hausen ... giftgrün und will sich losreißen von seiner Leine ... Nicht auszudenken!

Und auf einmal der Gedanke, die Ahnung: Das könnte doch ihre

20

Schwester sein, die dort nach ihr pfiff. Ihre unbekannte, allerliebste Schwester.

Jolantha blieb noch einmal stehen, auf die Gefahr hin, dass die rüstigen Wanderer sie einholten.

Wieder ein Pfeifen.

Und da ging sie vom Weg ab, in Richtung des Pfeifens.

Ein paar Schritte. Blieb stehen.

Lauschte.

Würde weitergehen …

«Jolantha!»

Ruckartig wandte sie sich zu der Seite, von wo der Ruf gekommen war. Und sah auf einer letzten kleinen Erhebung schon ihr Tagesziel: die Berghütte, gebaut aus schweren grauen Steinen. Klobig wie ein Bergschuh, der einem Riesen vom Fuß gerutscht ist. Sie hatte gar nicht bemerkt, wie nah sie schon am Ziel war, so sehr war sie in Gedanken versunken gewesen. Der Nieselregen hatte aufgehört, und eine Handbreit über den Bergen kam die Sonne heraus, die sich den ganzen Tag nicht hatte blicken lassen. Von der Hütte aus schlenderte ihr jemand entgegen, winkte und rief immer wieder ihren Namen: «Jolantha!» Und sie erkannte gleich, wer es war. Das Gegenteil ihrer Zwillingsschwester. Ihr Bruder, der etwas große. Er hieß übrigens Valentin.

– ALTER, was ist bloß los mit diesem Mädel? Hat die denn PETERSILIE in den Ohren?!? Versteht sie uns etwa nicht? Warum kommt sie nicht?
– Geduld, Bruder, Geduld ... wir wollen weiterrufen ...

Glück am Leim

Trug es mit Fassung, der Valentin, dass seine nervige Schwester ohne ein Wort, ohne ihn anzuschauen an ihm vorbeigerauscht war. Dabei war er ihr mit so viel gutem Willen entgegengegangen. Bloß nicht aufregen – er kannte sie ja, seine kleine Schwester. Anlächeln wollte er sie, herzlich anlächeln …

«Na komm schon», hatte er gesagt, «willst du mir nicht deinen Rucksack geben? Das schwere Ding. Ich trag ihn für dich.» Und sie: nicht mal geantwortet. Denn in seinem Gesicht war es wieder gewesen, dieses belehrende halbe Grinsen. Das zündete jedes Mal die Wut in ihr an.

Also war sie allein zur Hütte gepest (Valentin hätte nicht gedacht, dass sie so schnell laufen konnte) und hatte am Eingang nur hastig die klobigen Treter abgestreift, und dann gleich auf den ach so atmungsaktiven Socken die knarzende Holztreppe hinauf in den leicht zu findenden Schlafsaal, mit diesem verschissenen Rucksack auf den Schultern. Dieses mintgrüne Globetrotter-Wunderding mit Reflektoren und belüftetem Tragesystem, das in Wahrheit einfach nur schwer war, elend schwer. Oben sah sie gleich, wo ihre Familie Matratzen belegt hatte, ein Platz für sie frei gehalten. Suchte sie sich also eine freie Matratze so weit weg wie möglich. Lieber neben irgendwelchen Fremden schlafen als neben denen.

Diese Matratzen sollte man besser nicht zu genau anschauen. Dampften bestimmt irgendwas aus. Will man gar nicht wissen, was da drin so lebt und webt und kreucht und fleucht … Bakterien, Viren, unvorstellbares Kleinstgetier … Trotzdem ließ sie ihren Rucksack auf den Boden sinken und sich selbst auf die Matratze. Drehte sich auf den Rücken und breitete die Arme aus. Fühlte sich wie eine Gekreuzigte.

Wow.

Na ja, keine Ahnung, wie Gekreuzigte sich fühlen. Wahrscheinlich eher mies als erhaben. So am Kreuz zu hängen mit durchgena-

23

gelten Händen und Füßen und nur noch auf den Tod zu warten ... Jedenfalls, so lag sie und starrte die Decke des Schlafsaals an.

Dann streckte sie die Arme in die Luft und hielt sich die Hände übers Gesicht. Wie ulkig, diese beiden gekrümmten kleinen Finger, ihr Kennzeichen seit Geburt. Sie wackelte mit den kleinen Fingern, nur aus Langeweile.

Nein. Einfach: nein. Sie mochte diese Hütte nicht. Alle diese Berghütten. Die ganze Atmosphäre: enges, stickiges Beieinander. Schon diese unappetitlichen Wanderschuhe, die einen in den Regalen gleich hinter der Eingangstür begrüßten. Oder das eiskalte Wasser in den Waschräumen. Bestimmt waren hier auch wieder solche italienischen Hock-Klos, mit einem grausigen Loch im Boden, in das man – nein, bloß nicht dran denken. Ach, und all die Hüttenfexe, diese rüstigen Bergschrate mit ihren Alpenvereinsabzeichen. *Schrate*, das Wort hatte Valentin gestern benutzt. Keine Ahnung, was es bedeutete, aber gefiel ihr. Knittersäcke in müffelnder Funktionskleidung. Irgendwie sahen die alle gleich aus, die Schrate. Die kamen ihr vor wie Menschen, die besser auf Bäumen leben sollten oder auf Felsen. Alles stank in diesen Hütten, und die Bergschrate verzehrten nach der Ankunft noch in Plattfüßler-Badelatschen ihren mitgebrachten Proviant. *Verzehren*, auch so ein Wort ... oder *Latschen*. Die hatten bestimmt tüchtig Schmalz auf den Stullen. Und diese Frauen, die die Stullen schmieren, hießen alle Irmgard.

Am Ende zog sie doch zu dem Platz um, den die Familie ihr freigehalten hatte. Lieber zu denen als zu den Schraten.

Fröstelndes Schweigen, zaghafte Lächelversuche, als sie die Stube betrat. *Stube* ... Schmalzstullenverzehrstube! Da saßen die also, ihre sogenannte Familie, ihre Essen vor sich. Wenn sie das sah (und sie sah es oft, denn sie setzte sich immer als Letzte an den Tisch), dann fiel ihr dieses gestickte Bild bei Tante Sofia in Kleinlützow ein, eigentlich Urgroßtante, die sie alle paar Wochen besuchten. Tante Sofia hatte auch was von einer Krähe, aber eigentlich mochte Jolantha sie ganz gern, und sie tat ihr leid, weil sie alt und allein war. Obwohl

24

sie selbst gern allein gewesen wäre ... So verwirrend ist das Leben: Man will allein sein, aber mit denen, die allein sind, hat man Mitleid. Wie auch immer, obwohl sie Tante Sofia mochte – die Besuche mochte sie nicht. Auf dem gestickten Bild über dem Sofa stand:

Trautes Heim,
Glück allein.

Genau genommen müsste es ja *alleim* heißen, damit es sich reimte. Trautes Heim, Glück am Leim ...

In der Stube turnte Mäxchen schon vor seinem kaum angegessenen Kaiserschmarren herum, waghalsiger Purzelbaumversuch. Den Kaiserschmarren bestellte er jedes Mal und war jedes Mal nach drei oder vier Bissen schon satt. Die Mutter aß dann auf. Sie bestellte nie ein eigenes Gericht, wegen der vielen Reste bei ihnen und der ganzen Geldverschwendung.

Für die Mama nur einen Räuberteller, scherzte der Vater im Restaurant öfter mal. Niemand lachte, er scherzte trotzdem. So war das bei ihnen: Der Vater und Mäxchen lachten beide über ihre eigenen Witze selbst am meisten; aber beim Vater war das nicht niedlich. Und vielleicht war es mit seinen Büchern genauso. Er war Schriftsteller, aber nicht sehr erfolgreich – ob's daran lag, dass er viel weniger Bücher las als die Mutter? Stattdessen gab er ständig schlaue oder witzige oder schlauwitzige Lektüreratschläge: Wenn du mal größer bist, hatte er neulich zu Jolantha gesagt, liest du mal die *Penthesilea* von Kleist, die passt zu dir, sie zerfleischt nämlich den, den sie liebt. Eigentlich könntest du sie jetzt schon lesen, die Penthesilea.

Ansonsten schaute er, statt zu lesen, lieber jeden Abend uralte französische und japanische Filme. Schwarz-weiß bis dorthinaus. Die Mutter aber, die hätte am liebsten immer nur gelesen. Aber leider musste sie die ganze Zeit arbeiten; denn einer muss ja Geld verdienen, und in ihrem Fall war das: eine. Senior Director (was auch immer das sein sollte) bei Europas größtem Duftbäumchen-Versender. Sie hasste ihre Arbeit.

Jetzt saß sie da, auf die Freigabe des kalt werdenden Kaiserschmarrens wartend, eine Hand flach auf dem Buch, das sie gern weitergelesen hätte. Der Vater die grobe Pranke ums Bierglas. Und ringsum diese Hüttengemütlichkeit. Wortschwalle, Kartenspiele. Würden die *alle* in dem Schlafsaal pennen wollen? Na, dann gute Nacht.

«Da ist meine Jolantha!», krähte Mäxchen, als er vom Purzelbaum wieder hochkam und sie am Eingang erblickte. «Meine Jolantha!» Er rief so laut, dass alle im Raum sich zur Tür drehten. Wie peinlich war das denn.

Ihr Vater riss sich diesmal zusammen, obwohl er böse Laune hatte. Einer der rüstigen Wanderfexe, von denen sie überholt worden war, hatte ihm nämlich heftige Vorwürfe gemacht, weil er seine «kleine Tochter inmitten der Berge ausgesetzt» hatte.

Ausgesetzt.

Inmitten der Berge.

Die kleine Tochter. (Sie war zwölf! Sah aus wie vierzehn oder fünfzehn!)

«Was möchtest du haben?»

«Speckknödel. Bitte.» Immerhin, die Hüttenwirtin sah ganz nett aus. Sie hatte schon graue Haare, aber ein braun gebranntes Gesicht und wirkte sportlich. Sanft und sportlich. Und dabei glänzende dunkle Augen, die machten Jolantha die Hütte ein bisschen erträglicher und weniger widrig.

«Ich habe es den anderen schon mitgeteilt», begann ihr Vater in seinem Weihnachtsansprache-Ton, nachdem die Wirtin weg war. «Wir werden morgen mal einen Ruhetag einschieben. Es waren drei lange, anstrengende Etappen in den letzten Tagen. Wir können stolz sein auf unsere Leistungen – sogar du, junge Frau! Ja, ich weiß, du willst es nicht hören, aber du kannst stolz sein … Nun sind wir aber alle ziemlich erschöpft. Vielleicht deshalb der Streit vorhin … Zugegeben, ich hätte auch nicht so ausrasten sollen … aber deine explosive Art und immer dieses Laute und Stachlige … Nein, wir wollen jetzt nicht wieder davon anfangen! Außerdem tut der Mama

26

ihr Knie etwas weh. Wohl etwas aus der Übung, haha … Ich bin sicher, ein Tag Erholung wird uns allen guttun.»

«Du meinst, wir sollen den ganzen Tag in dieser Hütte bleiben?»

«Genau.»

«Aber das Wasser im Waschraum ist eiskalt.»

«Macht nichts.»

«Die Klos sind nur ein Loch im Boden.»

«Na und?»

«Hier ist kein Internet», sagte Valentin. «Null Empfang.»

«Ihr habt Bücher dabei. Jeder von euch hat doch ein Buch dabei. Wozu tragt ihr die eigentlich in den Bergen herum? Und Mäxchen kann draußen spielen. Habt ihr den kleinen See neben der Hütte gesehen?»

«Den ganzen Tag lang?»

«Was?»

«Wir sollen den ganzen Tag in dieser Hütte hocken und den See anglotzen?»

«Wir könnten auch einen Gipfel stürmen. Mama bleibt schön mit Mäxchen hier und ruht sich aus, und wir drei stürmen einen Gipfel. Na, wie wär das? Es gibt da wohl eine fabelhafte Tourmöglichkeit, zweitausendneunhundert Meter, ich habe mich schon erkundigt.»

«Okay.» Valentin nickte.

Sie ächzte. «Nicht okay.»

«Jedenfalls ist morgen Ruhetag», sagte ihr Vater, der gleich wieder rappelig wurde. Wer ist hier leicht reizbar? «Wir diskutieren das jetzt nicht, ja, junge Frau? Ich spreche jetzt ein Machtwort. *Einmal* wird das gemacht, was ich – ich meine, was *wir* beschlossen haben. Ich und Mama. Mama und ich.»

«Aber …»

«Ein Machtwort, hab ich gesagt!»

Sie aßen ziemlich schweigend, nur Mäxchen plapperte die ganze Zeit. Er wollte unbedingt noch raus zum See. Jolantha schaute sich, während sie Knödelstückchen mit der Gabel aufpikste und in zerlassene Butter tunkte, in der Stube um. Die kauenden Schrate

27

ringsum versuchte sie zu ignorieren. Dort drüben das silberhaarige Ehepaar von vorhin, ihr riesiger Zottelhund zusammengefaltet unter dem Tisch. An einem Ecktisch saß ein Mann und las ein Buch, dabei bewegte er stumm die Lippen, wie die nicht so Schlauen in ihrer Klasse. Auf einem Regalbrett in der Ecke lief ein Fernseher ohne Ton, bescheuertes italienisches Fernsehen: ein uralter Mann im Anzug und eine junge Frau mit breiten Lippen und dickem Busen in einem Studio stumm aufeinander einplaudernd. Und dazu eine seltsame Tonspur, nämlich nicht vom Fernseher, sondern das Gesprächsrauschen der Hüttenstube – Klappern von Geschirr und Besteck und an einem Tisch eine laute brummende Unterhaltung von ein paar alten Männern. In dieser Pükälü-Sprache.

Weiter umschauen. Nicht mit der Familie reden. Familie, Glück am Leim. Durchatmen, essen, umschauen.

An den Wänden Schwarz-Weiß-Fotografien von Wanderern, die bestimmt schon alle tot waren. Und neben einem klapprigen Geschirrschrank das Ölgemälde eines Adlers, der auf einem Vorsprung in einer senkrechten Felswand hockte. So ein Uraltschinken wie in den Trödelläden zu Hause, stark nachgefinstert, sodass die bösartigen gelben Augen des Adlers umso giftiger aus dem Dunkel hervorleuchteten. Lauernder Blick mit bedrohlich abwärtsgespitztem Schnabel.

Ihre Gabel mit dem Knödelstückchen kam Jolantha wie der Adlerschnabel vor. Und sie erinnerte sich wieder an den ekligen Blutfetzenjesus. Das Adlergemälde könnte derselbe Typ gemacht haben, ihrem Gefühl nach. Gut, es war nicht sehr wahrscheinlich, aber so kam's ihr halt vor.

«Wusstest du, dass die Steinadler in den Alpen am liebsten Hauskatzen fressen?», fragte Valentin. Er hatte bemerkt, was sie anschaute.

«Bin satt», sagte sie und schob den halbvollen Knödelteller zu ihrer Mutter rüber. «Komm, Mäxchen, wir gehen raus an den See! Los!»

«Red mit ihm nicht immer wie mit einem Hündchen», sagte Valentin, aber Mäxchen hüpfte schon von der Bank.

Am Eingang schlüpften sie in ihre Bergschuhe. Sie ließ die Schnür-

28

senkel offen, dann fühlten die Treter sich nicht ganz so klobig an. Mäxchen zog akkurat seine Kletten zu. Die Sonne war schon hinter den Bergen verschwunden, als die beiden Kinder zum See hinübergingen. *Majestät der Berge*, pah, und dann so was Unmajestätisches darin wie ihre Familie und sie. Und die Menschen überhaupt ... Schon ziemliche Abendkälte in dieser Höhe. Mäxchen hatte nur sein rotes T-Shirt an, aber er schien nicht zu frieren.

Jolantha drückte ihm passenderweise ein rotes Bonbon in die Hand, Richtung Granatapfel. «Aber nur ablecken, klar? Nicht in den Mund stecken!»

«Fressen die wirklich Katzen?», fragte Mäxchen und leckte am Bonbon. Sie schaute ihn an und hätte fast gelächelt. Sein Gesicht war so niedlich, das Strubbelköpfchen mit Haarfransen bis über die Augen, weil er es nicht haben konnte, dass man ihm die Haare schneidet. Ihr Mäxchen hatte sie ja lieb wie sonst nichts auf der Welt. Na ja, meistens zumindest.

«Nein», antwortete sie. «Valentin hat Scheiße erzählt.»

«Man darf nicht Scheiße sagen!»

«Stimmt. Aber jedenfalls fressen die bestimmt keine Katzen.»

«Wer denn? Wer frisst keine Katzen?»

«Na, die Adler ... Hier, quatsch nicht rum, werf lieber mal einen Stein ins Wasser.»

«Es heißt *wirf.*» Manchmal war es unerträglich, wie Mäxchen dem Vater alles nachplapperte!

Der See lag wie alles jetzt im Schatten, eine große dunkle Pfütze. Ein Loch in der Erde irgendwohin oder auch nach nirgendwo, jedenfalls ziemlich beunruhigend, fand Jolantha. Mäxchens Blick aber hing sorglos an den sich ausbreitenden Ringen, die von den ins Wasser plumpsenden Steinen ausgingen. Glucksendes Geräusch, wenn sie ins Wasser fielen. Sie aber stellte sich vor, wie es wohl dort war, wo die Steine hinsanken. Der See kam ihr hundert Meter tief vor. Obwohl er wahrscheinlich überhaupt nicht tief war, wahrscheinlich konnte man sogar in der Mitte noch stehen. Nur dass man in dem eiskalten Wasser längst erfroren wäre.

29

Sie wurde ein bisschen schwermütig, wie sie da so am See standen und das liebe, vertrauensvolle Kind Steine ins Wasser warf. Sie spürte eine Art Mitleid. Ein allgemeines, unspezielles Mitleid mit der ganzen Welt. Und ein spezielles mit dem kleinen Mäxchen, in dieser Riesigkeit und Dunkelheit um ihn herum. Stand da in seinem roten T-Shirt am See, der Kleine, in einer Hand das rote Bonbon, in der anderen den nächsten Stein.

In diesem Moment hörte sie wieder das Pfeifen.

Ein Pfiff, eine Pause, wieder ein Pfiff.

Es kam von dem Hang da drüben, auf der anderen Seite des Sees. Sie schaute hinüber, sah aber nichts. Dann ließ sie ihren Blick zu den schneebedeckten Gipfeln im Westen hinaufwandern. Logisch war das Westen: Wo die Sonne untergeht, da ist Westen. Und immer noch dieses Mitleid in ihr. Selbst die Berge taten ihr leid … dass die Welt solche Beulen und Ausbuchtungen hat, was versteckt sich dort? Mitleid und nun auch Unruhe. Das Ding «Berg» beunruhigte sie, wie der dunkle See.

Auch keine Raben mehr in den Lüften, obwohl das doch solche Abendviecher waren, die hatten sich wohl schon in die Heia verzogen.

«Du bist dran, Jolantha.» Mäxchen sah sie an. «Wirf.»

Aber ihr Blick hing an der Spitze eines Berges fest. Denn dort oben, nah am Gipfel, schienen noch ein paar Menschen unterwegs zu sein. Hatten die etwa gepfiffen? Aber von so weit weg war es nicht gekommen. Um diese Zeit dort oben? Wo es doch gleich dunkel wurde? Sie war allerdings nicht sicher, sie erkannte nur verschwommene Punkte. Kniff die Augen zusammen (hoffentlich brauchte sie keine Brille): doch, kein Zweifel. Da oben waren Menschen unterwegs. Drei oder vier Personen, vielleicht fünf. Schwer zu erkennen, aber doch.

Da wieder das Pfeifen. Auf einmal klang es noch näher.

«Jolantha!»

«Ja, ja … ich werf schon …»

«Was sind denn das für Tiere?», fragte Mäxchen.

30

«Welche?» Jolantha schaute ihn an, und er deutete auf die andere Seite des Sees.

«Da!»

«Wo?» Sie erkannte nichts. Kniff die Augen wieder zusammen, starrte hinüber, aber erkannte nicht, was er meinte. Doch eine Brille? Mäxchen wurde natürlich gleich wieder ärgerlich, wie immer, wenn jemand nicht sofort begriff, was er wollte.

«Da!», jaulte er auf, stampfte mit dem Füßchen, fuchtelte mit dem Zeigefinger.

Und wieder das Pfeifen. Genau aus der Richtung, in die er zeigte.

«Die Murmeltiere wollen noch nicht schlafen gehen», sagte da eine Stimme hinter ihnen. Jolantha drehte sich um und sah eine ältere Frau. So eine Bergschratin. Eine Irmgard, mit Abzeichen an der Jacke. Sie nickte ihnen zu. Lächelte sie an. *Schmunzelte.* Na ja, was soll's, sie schien ganz nett.

«Oh, jetzt sind sie weg», sagte die Frau, die neben die Kinder getreten war. Sie lachte. «Wie putzig die sind, was? Wir haben sie wohl erschreckt.»

31

- Alter, was soll DAS jetzt wieder?
- Was?
- Na, der Zwerg da. Im roten Wams. Den braucht sie aber nicht mitzubringen. Den können wir nicht gebrauchen!
- Zwerg, Zwerg … Was soll das heißen, Bruder? Du bist selbst nicht der Größte.
- Du auch nicht.
- Stimmt.
- Jedenfalls, Alter, den Zwerg können wir echt nicht gebrauchen. So eine Heulboje, die hätte uns gerade noch gefehlt. Und diese alte Schabracke, die jetzt dazukommt, die auch nicht. Alle unbrauchbar. Wir brauchen nur sie.
- Geduld, Bruder, Geduld. Sie wird's schon noch schnallen. Auch wenn sie anscheinend nicht die hellste Kerze auf der Torte ist …
- Trotzdem, Alter, wir brauchen sie.

Der Traum

Die Nacht wurde noch übler als befürchtet. Irr und wirr wird man, wenn man sich so herumwälzt. Immer hin und her auf der Matratze, ganz durchgeschwitzt wegen der feuchtwarmen Luft im Schlafsaal – und gleichzeitig furchtbar frieren, brrr. Ganz kalte Füße hatte sie. Und das alles in diesem verschissenen dünnen, ständig sich verdrehenden Hüttenschlafsack.

Am schlimmsten aber war das Gerassel und Geröchel im ganzen Raum. In Schnarchgewittern, schönen Dank, wer soll da ein Auge zutun. Sogar das Mäxchen (im Schlaf halb auf Jolanthas Matratze herübergerobbt) schnaufte sich einen ab. War ja ganz niedlich, dieser helle Atem, aber stören tat's doch. Und erst die ganzen Schrate! Überall Japsen und Pusten! Grässlich! In einer Ecke schnarchte irgendjemand besonders arg, ein lautes flapperiges Grunzen, und manchmal klatschte darin irgendwas auf: etwa so, als würde eine Wasserbombe platzen oder ein faules Obst, das aus dem zehnten Stock auf die Straße fällt. An Schlaf war natürlich nicht zu denken. Keine Ahnung, wie die anderen hier eingeschlafen waren.

So muss sich Sterben auf einem Elefantenfriedhof anfühlen. Umgeben von verwesenden Dickhäutern. Und dabei selbst verwesen.

Schließlich setzte sie sich mit einem Ruck auf, schob Mäxchen zurück auf seine Matratze und gleich bis rüber an die andere Seite, wo ihre Mutter schlief. Sogar die schnarchte ein bisschen, ihre schöne Mutter. Alles ganz vorsichtig, dieses Mäxchenschieben, denn man sah ja in der Dunkelheit die Hand vor Augen nicht.

Dann rutschte sie vom Bett, griff mit beiden Händen ihre Matratze, schüttelte das Bettzeug runter und zog sie vom Gestell: Wupps, die war nicht so schwer. Sie drehte sich um, streckte die Hände rückwärts und zog die Matratze hinter sich her, während sie auf nackten Füßen zur Tür tapste. Weil es zappenduster war, ging sie ganz langsam, trotzdem stieß sie sich nach ein paar Schritten das Schienbein an einer scharfen Kante. Fluch! Das tat ja richtig weh.

33

Erst jetzt fiel ihr ein, dass sie ja eine Stirnlampe besaß. Sie legte die Matratze leise ab und tastete sich zurück zu ihrem Rucksack. Von den Wunderreflektoren natürlich nichts zu sehen im Dunkeln. Erst fummelte sie an einem fremden Rucksack herum, bevor sie ihren eigenen fand. Als sie die Lampe endlich entdeckt und eingeschaltet hatte, klatschte das scheußliche Flappergrunzen in der Ecke besonders laut auf; zum Glück wurde niemand wach.

Sie sah jetzt, dass sie sich ihr Schienbein an einem im Gang stehenden Hocker gestoßen hatte. Welcher Esel hatte denn den da hingestellt?!? Sie verfluchte Esel und Hocker, setzte sich die Stirnlampe auf und zog die Matratze hinaus in den Flur. Und weiter bis in den Waschraum. Dort war nämlich gegenüber den Waschbecken ausreichend Platz. Sie warf die Matratze hin und ging noch einmal in den Schlafsaal, um Decke und Kissen zu holen. Und diesen elenden Hüttenschlafsack.

Tschüss, scheußlicher Flappergrunzling, jetzt würde sie hoffentlich schlafen können. Wenigstens ein paar Stunden.

Aber so leicht ging's dann doch nicht. Wenn man einmal den Einstieg in den Schlaf verpasst hat ... stattdessen wieder nachdenken über die grundsätzliche Frage, wie man einschläft. Fast schon philosophisches Problem. Endlich stand sie auf, machte wieder die Stirnlampe um und schaute sich selbst im Spiegel über dem Waschbecken an. Da war sie also. Dieses große, schwierige Mädchen. Sie trug ein schwarzes T-Shirt, das sie immer für die Nacht anzog. Ihr Vater hatte dieses schwarze Shirt einmal von irgendeinem Opernfestival für sie mitgebracht, darauf standen in weißen, schon abblätternden Buchstaben Verse aus irgendeiner Oper, die sie nicht die Bohne interessierte, aber das Shirt mochte sie trotzdem:

> Nie sollst du mich befragen,
> Noch Wissens Sorge tragen,
> Woher ich kam der Fahrt,
> Noch wie mein Nam' und Art!

34

Sie zuckte mit den Schultern, ihr Spiegelbild tat dasselbe, und dann verschwand ihr Spiegelbild ins Nichts, während sie selbst aufs Klo tapste. Barfuß. Ah, wie sie diese Löcher im Boden hasste … wie man da hocken und zielen musste … Als sie fertig war, wusch sie sich vor Ekel die Füße im Waschbecken, eisig. Und trank dieses eisige Wasser lang aus dem Hahn, weil sie auf einmal furchtbaren Durst hatte.

Erst als sie fertig war, fiel das Licht ihrer Stirnlampe auf ein Schild, auf dem stand:

ACHTUNG / ATTENZIONE
KEIN TRINKWASSER
ACQUA NON POTABILE

Scheiße.

Fluchte, und dann blickte sie auf und zuckte mit den Schultern. Da war wieder ihr Spiegelbild, es zuckte auch mit den Schultern. Würden sie schon nicht sterben, an diesem Wasser, sie und ihr Spiegelbild, und wenn doch, wer weiß, wozu es gut war. Sterben oder Weltberühmtwerden, zwei Möglichkeiten der Rache. Vielleicht würde ihre Familie um sie weinen und jammern, wenn sie stürbe. Sollten sie doch. Nur Mäxchen tat ihr leid. Na ja, und die anderen zumindest ein bisschen.

Verdammt, wieder dieses Mitleid …

Ihre Füße waren nach der panischen Kneippkur im Waschbecken erstklassig durchblutet. Weil sie das Gefühl hatte, jetzt überhaupt nicht mehr schlafen zu können, schaltete sie die Stirnlampe aus und ging zu dem kleinen Fenster am Ende des Waschraums. Sie musste sich auf Zehenspitzen stellen, um raussehen zu können. Draußen komplette Finsternis und eine Unendlichkeit von Sternen. Wow. Sie war nicht mehr sicher, ob die Hütte, in der sie sich befand, überhaupt noch auf festem Boden stand. Beinah kam's ihr vor, als schwebte sie in einer verschissenen Kapsel durchs Weltall. Und so war's ja irgendwie auch. Diese Erdkugel unter einem kann man sich leicht wegdenken, die ist nur ein unbedeutendes Anhängsel …

Und man schwebt also da, wo man gerade ist, irgendwie durchs All. In öden Schulstunden hatte sie manchmal schon ein ähnliches Gefühl gehabt. Allein im Weltall. Auf einem wackligen Stuhl oder, wie jetzt, auf den Zehenspitzen.

Und doch war ihr jetzt, als stünde ihr Spiegelbild neben ihr. Natürlich war es nicht zu sehen, in der Dunkelheit.

Nicht zu fassen, wie schwarz die Berge nachts sind. Quasi weg. Unerkennbar, wo Berge aufhören und Himmel anfängt.

Außer an den Sternen, natürlich. Die stehen am Himmel, und dort, wo nur mehr Schwarz ist, sind also Berge.

Da bemerkte sie ein matt und schwach glimmendes Lichtlein in der Gegend, wo Gipfel sein mussten. Dieses Licht gehörte nicht zu den Sternen. Obwohl man hätte glauben können, da wär ein Stern verlöschend vom Himmel gefallen und funzelte noch leicht vor sich hin, bevor er endgültig wegstarb.

Und sie fragte sich, ob das etwa bei den Wanderern war, die sie vorhin vom See aus noch dort oben gesehen hatte. Ein Lagerfeuer oder so was.

Sie öffnete das Fenster, um in die Nacht zu schauen und zu hören. Aber nix. Mucksmäuschenstill alles. Und kalt. Krasse Stummheit des Weltalls.

Auch kein Pfeifen.

Schließlich legte sie sich wieder hin … und irgendwann, einen winzigen Moment später und zugleich eine Ewigkeit: Da hatte sie einen Traum. Also musste sie wohl doch irgendwie eingeschlafen sein. Denn ein Tagtraum war's nicht. Obwohl es so hell war hier, viel zu hell, kaum auszuhalten. Im gleißenden Sonnenlicht auf weißen Bergen kämpfte ein Murmeltier gegen einen großen Vogel. Was für ein Vogel, wusste sie nicht. Sein Gegner war auch nur so ein pelziges Etwas, aber es gab keinen Zweifel, dass das ein Murmeltier war. Man hätte denken sollen, dass ein lächerliches Murmeltier keine Chance hätte gegen einen großen Vogel, aber so war's nicht. Es setzte sich ganz erstaunlich zur Wehr mit seinen putzigen, aber kräftigen zwei Nagezähnen und seinen kurzen, aber scharfen Krallen.

36

Immer wieder stieß der große Vogel aus steiler Höhe auf das schon ordentlich zerzauste Murmeltier herab. Goldene Klauen hatte der Vogel, und Feuerflammen kamen aus seinem Schnabel. Aber das Murmeltier, bald auf seinen Hinterbeinen kauernd, bald schlagartig zur Seite springend, hielt dem übermächtigen Angreifer stand. Und mehr als das: Dem großen Vogel waren auch schon einige Federn ausgerupft; und nach einem weiteren Angriff waren Blutstropfen auf seiner Brust zu erkennen.

Unerbittlich war der Kampf, und es schien, als dauerte er schon ewig an und könnte ewig weitergehen. Aber je länger man dem Kampf zusah, desto stärker blendete einen die Sonne; bis es schien, als würde man blind vom Zusehen.

Schließlich verschwand der Vogel. Das erschöpfte Murmeltier aber blieb reglos auf dem Stein hocken, von dem aus es sich zuletzt verteidigt hatte. Und das war auch gut, denn nach langer Zeit tauchte der Vogel wieder auf und griff von neuem an. Noch goldglänzender seine Klauen jetzt, noch flammenzuckender sein Schnabel. Und noch schärfer die Gegenwehr des tapferen Murmeltiers.

Der Kampf spitzte sich zu, es schien nun doch auf eine Entscheidung hinauszulaufen. Aber welche, wusste man nicht. Die Sonne blendete, dass es schmerzte, weiß wurde einem vor Augen, ganz weiß …

Doch was war das? Ein Wasserfall? Der Kampf hatte völlig lautlos stattgefunden, kein Ton war zu hören gewesen. Nun rauschte jedoch auf einmal Wasser: ein mächtiger Gebirgsfluss oder so was, tobend, tosend … und zwar hoch über ihr, als öffneten sich alle Schleusen des Himmels, und die Welt würde jämmerlich ersaufen, Sintflut, schrecklich, entsetzlich …

Von wegen. Jolantha wandte den Kopf zur Seite. Zwei Schrate standen da an den Waschbecken und wuschen sich. Ein Mann und eine Frau, sie mit kreisender Zahnbürste im Mund und im Sport-BH, er mit schwabbeligem freiem Oberkörper, an den er sich eiskaltes Wasser klatschte.

Die Frau nahm die Zahnbürste aus dem Mund. «Guten Morgen»,

flüsterte sie. «Wir wollten dich nicht aufwecken. Schlaf mal ruhig weiter, kleine Maus, es ist ja erst fünf Uhr früh.»

Bis an den Rand der Welt

Ein Adler, kein Zweifel. Der große Vogel in ihrem Traum musste ein Adler gewesen sein. Jolantha begriff es, als sie – noch im schwarzen Nachtshirt mit den weißen Versen – beim Frühstück wieder den dunklen Ölschinken neben dem Schrank sah.

Sie nahm sich noch eine Semmel aus dem Brotkorb. Mit ihrer Mutter und Mäxchen war sie die Letzte in der Stube. Und, oh Wunder, es hatte an diesem Morgen mal nicht geknallt. Es war leerer gewesen als gestern Abend, die meisten rüstigen Schrate waren wohl schon zu ihren nächsten Etappen aufgebrochen. Ihre Familie war später zum Frühstück gekommen, da sahen sie noch die letzten Wanderer losziehen mit ihren Rucksäcken wie Sträflingsbuckeln. Der Vater war für seine Verhältnisse einigermaßen entspannt gewesen (man schlafe so herrlich tief und fest in dieser reinen Höhenluft, sagte er, und übrigens habe er wunderbar geträumt, wenn auch krauses Zeug). Sogar gelächelt hatte er und gleich nach dem Aufstehen Jolanthas Matratze aus dem Waschraum in den Schlafsaal zurückgetragen. Und am Frühstückstisch fast keine beleidigte Schnute gezogen, als die unwütende Jolantha ihm klargemacht hatte, dass sie selbstverständlich immer noch nicht mitwollte auf diese fabelhafte Bergtour. Sollten er und Valentin gern allein diesen Gipfel stürmen, bitte schön.

Und jetzt waren die beiden schon aufgebrochen, sie aber strich entspannt und leise vor sich hin murmelnd Honig auf die labbrige Semmelhälfte. So klein waren diese Honigpäckchen aus Plastik, dass sie eins für jede Hälfte brauchte. Gut, sie nahm ja immer viel Honig ... während Mäxchen auf der Bank wieder Purzelbäume übte. «Kuck mal!», rief er immer wieder. «Kuck mal!»

«Bravo, aber pass immer schön auf», sagte die Mutter flüchtig lächelnd und las dabei weiter.

«Kuck mal, Jolantha!»

«Hmm. Toll. Mach weiter.»

Sie biss in die Semmel, von der der Honig tropfte, und erinnerte sich an ein Gespräch, das sie und ihr Vater vor einiger Zeit geführt hatten. Ebenfalls in einem friedlichen Moment. Das heißt, natürlich hatte auch da der Vater die meiste Zeit geredet. Vor dem Küchenfenster war der Frühlingsregen in den Hof gepladdert, und immerhin hatte der Vater ein paar Schokoladenkekse auf den Tisch gestellt, für lockere Atmosphäre. Erst sprach er über belanglose Sachen, ja er *fragte* sie sogar dies und das, was er sonst selten tat: nach der Schule und nach ihren Freundinnen. Und was sie denn eigentlich sonst so beschäftige. Allerdings, eine Sache kam noch seltener vor, als dass er etwas fragte: nämlich, dass sie Lust hatte, Fragen zu beantworten. Oder überhaupt auf Knopfdruck zu erzählen – so war das schon bei der Kindertherapeutin gewesen, zu der sie sie eine Zeitlang geschleppt hatten. Immerzu hatte sie der was erzählen sollen.

Dann noch lieber dieser *Workshop für anstrengende Mädchen*, in den sie sie letzte Osterferien gesteckt hatten. Der Kurs hieß in Wahrheit natürlich anders, aber so nannten ihn die Mädchen, die lustlos dabei waren. (Sie hatte ja schon einige Vereine durch, aber nichts länger als ein paar Wochen ertragen. Tanzen zuerst, dann ein Fußballverein und später Kinder-Taekwondo, das war eher so eine Art Gymnastik gewesen, Knie hoch zur Brust, höher, höher – ein Elend.) Dieser Oster-Workshop für anstrengende Mädchen war ein Kletterkurs gewesen oder tat so wie ein Kletterkurs, immerzu hatten sie Wände mit Knubbeln hochgesollt. Das war ihr überraschend leichtgefallen, da hatte die Trainerin sie *Naturtalent* genannt und sie gleich wieder in irgendeinen Verein stecken wollen – die Minischrate oder so was. Aber Vereine, nein danke.

Aber alles besser als diese Quatscherei. Und dann noch solche komischen Fragen jetzt vom Vater. Was sie beschäftigte? Wie soll ein Mensch das wissen, was ihn beschäftigt?

Hatte er also weiter selbst geredet, und irgendwann im Lauf des Gesprächs sagte er dann, sie müsse in ihrer lauten Stacheligkeit so etwas wie *Barmherzigkeit* lernen. Barmherzig sein, sagte er, gegen andere Menschen. Auch gegen ihre Familie. Ihre Brüder, ihre Mutter. Und sogar gegen ihn.

Noch so ein Wort. Irmgard, Schmalz, Barmherzigkeit. Ernsthaft hatte er dieses Wort benutzt. Der Regen hatte Schlieren übers Fenster gezogen, und jedes Mal, wenn sie seither irgendwo das Wort *barmherzig* hörte (in Religion hatten sie den barmherzigen Samariter), sah sie im Hintergrund des Wortes Regenschlieren über ein Fenster ziehen.

Und auch wenn ihr das alles wie albernes Gerede vorkam, ahnte sie, worauf er hinauswollte. So etwas wie: nicht ausflippen vor der Dummheit und Frechheit der anderen. Denn diese Dummheit und Frechheit der Menschen würde niemals aus ihrem Leben, aus der Welt verschwinden.

Aus dieser trüben bis finsteren Welt.

Na ja, dieses entspannte Gespräch war die Ausnahme gewesen. Ein andermal hatte der Vater in extra ruhigem Ton angefangen, von ihrer «drastischen, verletzenden Sprache» zu reden. Und daraufhin hatte sie – ebenfalls in extra ruhigem Ton – ihm geantwortet (denn er wollte doch Antworten): Wenn sie beispielsweise sage, er sei ein Dreck und solle sich aus ihrem Leben verpissen, dann sei der Grund dafür halt, dass er sich benehme wie ein Dreck, der sich aus ihrem Leben verpissen sollte.

Und irgendwie war dann alles wieder in einem Geschrei geendet. Dabei war sie überhaupt nicht auf Streit aus. Aber wenn jemand sie angriff, bitte sehr, dann sagte sie halt die Wahrheit. Sie wusste sich zu verteidigen. Und dann verselbständigte ihre Wut sich, und der Drache riss sich los.

Es kam ihr vor, als wäre sie das Murmeltier und der Vater der Adler. Oder der Adler, der sie angriff, war die ganze Welt.

40

Aber das Murmeltier hatte einen Drachen in sich.

Dein Kampfmodus. So nannte ihre Mutter das.

Sie schaute wieder das Adlergemälde in der Ecke an und dachte an den Traum in der Nacht. An den nicht endenden Kampf zwischen dem Adler und dem Murmeltier im gleißend hellen Licht. Sie überlegte, wer den Kampf am Ende wohl gewonnen hatte. Ob überhaupt einer gewonnen hatte. Und worum es eigentlich ging.

Und was hatte eigentlich *sie* dort gemacht? Wozu war sie dort gewesen? Zum Zuschauen?

Immer noch saß sie am Frühstückstisch, die Mutter und Mäxchen waren schon nach draußen gegangen. Allein in der Stube. Nur die liebe Hüttenwirtin mit den glänzenden dunklen Augen war noch mal kurz hereingekommen und hatte gesagt, sie könne ruhig so lang sitzen bleiben, wie sie Lust habe.

Allein. So ließ es sich fast aushalten in dieser Hütte.

Einmal ging sie ans Fenster der Stube und schaute hinaus. Schöner Tag draußen – was man so *schöner Tag* nennt. Sie stellte fest, dass die Fenster doppelt verglast waren und sich dadurch die Silhouette der Berge zweimal spiegelte: als existierte über oder hinter dem ersten Berg noch ein anderer. Er hatte genau den gleichen Umriss wie der erste, aber war nicht derselbe. Ein unselber. War ganz matt und lag etwas hinter dem ersten oder darüber oder davor, schwer zu sagen.

Später war sie allein im Waschraum und zog sich die Hose aus, um sich zu waschen. Da entdeckte sie eine lange, dunkelrote Schramme auf ihrem linken Schienbein – genau an der Stelle, an der sie schon zuvor eine kaum sichtbare Narbe gehabt hatte. Woher diese alte Narbe stammte, wusste sie nicht, sie befand sich an ihrem Bein, solange sie denken konnte. Vermutlich von irgendeinem Unfall als sehr kleines Kind. Aber jetzt leuchtete sie rot, und ein paar Tropfen vertrocknetes Blut waren darauf verschmiert.

Sie erinnerte sich, wie sie nachts im Dunkeln an den verschissenen Hocker gestoßen war. Dennoch kam es ihr jetzt vor, als stammte die

Schramme von dem Adler, der sie, steil aus der Luft, angegriffen hatte. Der Gedanke verwirrte sie. Alles verwirrte sie gerade. Vorsichtig wusch sie das trockene Blut ab.

Den Vormittag vertrödelte sie. Plauderte ein bisschen mit der netten Hüttenwirtin, Marina hieß die, wie sie jetzt wusste. Marina schaute ihr T-Shirt an und las, etwas stockend, vor:

> Nie sollst du mich befragen,
> Noch Wissens Sorge tragen,
> Woher ich kam der Fahrt,
> Noch wie mein Nam' und Art!

«Schön», sagte sie dann, lächelte und fragte sie, ob sie gern wanderte, Jolantha antwortete: «Geht so», und Marina lachte lieb.

Später kletterte sie allein auf großen Steinen herum. Singend und vor sich hin pfeifend. Schob sich immer mal ein Bonbon aus dem Hippiebeutel rein, ein rotes oder ein gelbes, Granatapfel oder Ananas. Setzte sich hinter die Hütte, wo die frisch gewaschene Wäsche an der Leine im Wind flatterte. Sie mochte diesen Geruch, wenn man sich hinter die Laken und Handtücher stellte und sich den Stoff ins Gesicht wehen ließ.

Eigentlich ging es hier. Wenn man sie nur in ihrem eigenen Takt durch den Tag treiben ließ. Jetzt konnte sie wieder atmen. Endlich wieder Zeit und Raum für sich. Sie schaute zu den Bergen hinauf, die hier draußen – natürlich – nur *einen* Umriss hatten. Sie waren rappelvoll von Ameisen, das mussten vergnügte Wanderer sein. Glückliche Bergfexe. Welche von diesen Krabblern dort oben mochten wohl Valentin und der Vater sein? Und ging irgendeine dieser fernen Ameisen sie mehr an als die anderen? Sie waren ja alle unbedeutend für sie.

Und in der Luft diese pechschwarzen Rabenviecher, die sich plötzlich fallen ließen und wie von einer Hand aufgefangen wurden. Dohlen waren das, jetzt wusste sie's wieder, Marina hatte es erwähnt.

42

«Würdest du vielleicht lieber fliegen, statt zu wandern?», hatte Marina gefragt. «Wie die Dohlen. Stell dir vor, man könnte ihnen nachfliegen bis an den Rand der Welt.»

Rand der Welt, was sollte das sein, darüber dachte sie nach hinter der flatternden Wäsche und auf den Klettersteinen. Und dann, im nächsten Moment, war ihr wieder alles nervig und widrig. Sie dachte an ihr Zimmer zu Hause und an die Mall und die Schule. Na ja, an die Schule weniger. Wenn schon, dann an Kunigunde-Marie und Elif und Jacky. Aber mehr noch an ihre unsichtbaren Freundinnen, mit denen wechselte sie ein paar Worte, das ging auch von hier, und an ihre unsichtbare Zwillingsschwester.

Und an die Trübnis bis Finsterkeit der Welt dachte sie.

Gegen Mittag schaute sie dann bei ihrer Mutter und Mäxchen vorbei, drüben am See, im hellen Licht. Die Mutter saß auf einem Stein in der Sonne, ein Tuch über die Haare gebunden und natürlich lesend. Schön sah sie aus. Und Mäxchen stand plappernd am Ufer, in seinem roten T-Shirt leuchtete er wie eine große Erdbeere. Er warf einen Stein nach dem andern, so weit er konnte. Also nicht sehr weit, aber das durfte man ihm nicht sagen. «Das war aber weit», sagte die Mutter ab und zu und las dabei weiter. Das Wasser glitzerte und funkelte im Sonnenschein, und das Glucksen der eintauchenden Steine stieg in den Sommertag. Tiefblau war der Himmel, fast wolkenlos, nur hier und da ein ganz zarter weißer Hauch; und natürlich die unvermeidlichen, manchmal sich kreuzenden Linien von Flugzeugen. Diesen CO_2-Schleudern, wie Valentin sagte.

Als Jolantha angeschlendert kam, steckte die Mutter einen Finger zwischen die Seiten, klappte das Buch zu und blinzelte in die Sonne, ihrer Tochter entgegen.

«Na?», sagte sie lächelnd.

«Was liest du?», fragte Jolantha. Nicht dass es sie wirklich interessiert hätte.

Die Mutter hielt ihr das Buch hin. Es hieß *Das Mädchen, mit dem die Kinder nicht verkehren durften*. Auf dem Titelbild war das Mädchen in einem roten Mantel von hinten zu sehen, es stand auf einer

43

schwarz-weißen Brücke und schaute aufs Wasser hinaus; am Ufer des Flusses war eine Großstadt wie ein Gebirge, Kirchtürme ragten als Gipfel in den Himmel.

Über dem Titel stand der Name der Autorin. Ihr Vorname war Irmgard.

«Irmgard ist so ein altmodischer Name», sagte Jolantha.

«Aber diese Irmgard ist überhaupt nicht altmodisch», sagte die Mutter. «Auch wenn sie schon lange tot ist. Sie ist in dem Jahr gestorben, in dem ich geboren wurde. Und das ist wirklich ewig lang her, du weißt ja, ich bin eine uralte Frau. Das Mädchen, um das es in dem Buch geht, erinnert mich übrigens ein bisschen an dich.»

Na, das war ja ein schönes Kompliment. In der Schule war sie einmal von einer Lehrerin mit Lucy aus den Peanuts verglichen worden. Auch so ein lautes und stacheliges Mädchen! Aber im Grunde hatte ihr dieser Vergleich gefallen. Seither fragte sie sich manchmal: Was würde Lucy jetzt tun?

«Warum erinnert sie dich an mich?», fragte Jolantha. «Weil die anderen Kinder nicht mit ihr … verkehren dürfen?»

«Quatsch. Sie ist ein ganz wunderbares Mädchen. Ich liebe sie sehr. Sie ist nicht so ein angepasstes Püppchen wie andere. Zum Beispiel ist sie viel ehrlicher als andere. Sie weigert sich einfach, falsch zu weinen, während andere gelogene Tränen vergießen. Und wenn jemand ihr blöd kommt, dann sinnt sie halt auf Rache. Denn sie hat den Teufel der Wut in sich. So nennt ihre Mutter das: den Teufel der Wut. Tja, dadurch kommt sie leider oft in schreckliche und auch lustige Situationen. Du könntest dieses Buch mal lesen. Es ist vielleicht nicht in erster Linie für Zwölfjährige geschrieben, es steckt sehr viel drin, aber du könntest es durchaus lesen. Überhaupt solltet ihr mehr lesen.»

«Sagt Papa auch immer.»

«Und er hat recht! Glaubst du etwa, nur weil er manchmal ein bisschen unbeherrscht ist, meint er es böse mit euch? Er ist halt auch aufbrausend. Er hat auch den Teufel der Wut in sich.»

«Aber er ist kein Kind mehr.»

«Wer weiß, vielleicht wär er gern eins? Oder das Kind steckt noch

44

in ihm drin ... sein wahres Wesen ... Und du? Was ist mit dir? Bist du eigentlich gern ein Kind?»

«Was ist denn das für eine Frage? Hm. Ich weiß nicht. Manchmal komme ich mir viel älter vor. Und dann komm ich mir wieder winzig klein vor. Kleiner als Mäxchen sogar.»

«Ich bin nicht klein!», rief Mäxchen empört. Er hatte sich sofort umgedreht, als sein Name fiel.

«Nein, du bist sehr groß», sagten die Mutter und Jolantha gleichzeitig, und da drehte Mäxchen sich zufrieden wieder zum Wasser, um weiter Steine zu werfen.

«Ich glaube», sagte die Mutter, «es gibt Kinder, die gerne genau das sind, was sie sind. Nämlich Kinder.»

«Zum Beispiel der da», flüsterte Jolantha, damit Mäxchen diesmal seinen Namen nicht hörte. «Auch wenn er will, dass wir sagen, dass er sehr groß ist.»

«Genau. Aber auch Valentin. Obwohl der ja schon gar kein Kind mehr ist mit vierzehn, sondern fast ein junger Mann ... Ich glaube aber, er ist immer gern genau das, was er gerade ist. Und dann gibt es welche, die gern ... etwas anderes wären. Zum Beispiel erwachsen. Und du, Jolantha, ich glaube, du bist so ein Mensch. Zum Beispiel wärst du gern eine Erwachsene. Zumindest manchmal.»

Jolantha sagte nichts. Wenn ihre Mutter wüsste.

Wenn sie was wüsste? Keine Ahnung. Jolantha wusste es ja selbst nicht. Sie verstand nicht, was hier gerade los war. Es kam ihr vor, als wüsste sie mehr als andere, ja sogar alles; und zugleich kapierte sie gar nichts.

Die Mutter schien ihr Schweigen misszuverstehen und schob hastig nach: «Das heißt aber nicht, dass an dir etwas falsch wäre. Dass man ein anderer oder etwas anderes sein möchte, heißt ja nicht, dass etwas an einem falsch wäre.»

«Manchmal fühle ich mich aber falsch.»

Da strich die Mutter ihr mit einer Hand sanft über den Kopf. Mit der Hand, die sie frei hatte – mit der anderen hielt sie das Buch fest, den Finger zwischen die Seiten gesteckt.

45

«Meine Tochter», sagte sie und lächelte.

Und erst nach einem langen Moment fügte sie hinzu: «Du musst halt dein wahres Wesen noch finden. Aber das müssen alle Menschen. Und vielleicht hat man gar nicht *ein* wahres Wesen, sondern viele verschiedene.»

Und dann saßen sie eine Weile beieinander, ohne zu reden. Jolantha fragte sich im Stillen, was das wohl sein sollte: ein *wahres Wesen*. So was wie die Jesuspuppe unter dem Wachsblut. Oder das tote Gerippe unter dem lebendigen Fleisch ... wie dieses schaurige Gerippe damals in Spanien ...

Über diesem Gedanken vergaß sie auch, dass die Mutter sie in manchen Augenblicken noch wütender machte als der Vater. Aber jetzt nicht. Jetzt war sie einfach ihre Mutter. Und der Vater war auch gerade erträglich. Na ja, Kunststück, jetzt, wo er auf dem Berg war. In die Majestät hineinlatschte.

Trotzdem: Die Eltern kamen ihr oft wie Verbündete gegen ein Kind vor. Sie liebte ihre Mutter, sie liebte sogar ihren Vater – aber trotzdem waren sie ihre Feinde. Weil sie über ihr Leben bestimmen wollten. Vielleicht bestimmen *mussten*.

Trotzdem.

Die Sonne schien den ganzen Tag, doch ihr kam es immer wieder vor, als lebte sie in einer verdunkelten, verdüsterten Welt. Aber gleich darauf lief sie wieder fröhlich herum.

Am Nachmittag, gegen drei, wenn die Sonne so knallt, dass die Zeit stillzustehen scheint: eine Erinnerung, fast wie ein Traum. Und genauso eklig wie der Blutfetzenjesus neulich. Nein, nicht ganz so eklig, denn es waren wenigstens keine Fetzen mehr dran, nur bleiche Knochen; dafür geheimnisvoller, merkwürdiger.

Der Sommerurlaub in Spanien vor einem halben Leben. (War das nicht vorletztes Jahr?, hätten vielleicht die Eltern gefragt.) An einem Tag hatten sie einen Ausflug vom Meer in ein Naturschutzgebiet gemacht, stehende Luft, flirrende Hitze über einer hellen Landschaft, die nach Staub roch und nach Kieselgestein und stachligen Pflanzen. Ab und zu ein dürftiger Baum. Sie verstand gar nicht, was für eine Natur es hier zu schützen gab. Nach einer Weile kamen sie an einen Nebenweg, den sie einschlugen, zu fünft, Mäxchen noch ein Baby, das in einer Kraxe getragen wurde, einer Art Rucksack zum Drinsitzen. Und sie hatte auch damals, natürlich, keinen Bock auf diese endlose Wanderlustigkeit gehabt. Weniger als null. Das war doch eine Gegend zum Mit-dem-Auto-Durchfahren. Wenn überhaupt. Wer latscht freiwillig durch eine Wüste! Sie bestimmt nicht, mit ihrer Abneigung gegen Sonnenschein. Mit Regen oder Hagel wär's vielleicht noch okay gewesen.

Als sie an einer halbwegs schattigen Stelle eine Pause machten, war sie etwas vom Weg abgegangen, rutschte eine kleine Böschung hinab, ein paar tote Äste, um einen großen Stein herum – und dort erblickte sie, was sie lieber nicht gesehen hätte. Ein großes bleiches Gerippe. Kein menschliches, aber fast noch schlimmer, ein sehr großes Tier. Das lag auf der Seite und grinste sie an. Der Schädel steckte an einem langen Hals wie eine Laterne am Stab zu Sankt Martin. Statt Augen Löcher. Und der Brustkorb ein riesiges hohles Ei, aber hinten nur lange dürre Beine und ein mickriger Schwanz.

Erstaunlich, dass in einem Schwanz überhaupt ein Knochen drinsteckt. Hatte sie nicht gewusst. Ein kleines Pferd musste das gewesen sein. Oder ein Esel. Aber was es auch war, es hörte nicht auf, sie anzugrinsen. Als hätte es bloß auf sie gewartet.

Aus irgendeinem Grund erzählte sie den anderen nichts von ihrer Entdeckung, als sie zu ihnen zurückgekehrt war. Sodass sie später sogar unsicher war, ob es dieses spanische Gerippe wirklich gegeben hatte. Aber dann wusste sie wieder, das gab es. Und allein sie hatte es gesehen, und es hatte sie angesehen. Und verglichen damit schien ihr der ganze Ärger mit ihrer sogenannten Familie unbedeutend, und sie ärgerte sich schon gar nicht mehr.

47

Aufbruch

Dann doch wieder Krach. Am Abend. Und was für einer!

Wieder mal der Anlass des Streits nicht wert und würdig, drüber nachzudenken. Der Vater und Valentin waren von ihrer fabelhaften Bergtour glücklich, aber erschöpft und reizbar zurückgekommen. Nach dem Abendessen dann irgendwelche albernen Kartenspiele, dazu die üblichen Scherze, Belehrungen, ein lächerliches *Machtwort* ... «Bitte schreit nicht so rum», zischte die Mutter, Jolantha aber unterdrückte nichts, das geht ja nicht in so einer Situation, und sogar das friedfertige Mäxchen kriegte diesmal den Rappel und kreischte.

Und Jolantha raus. In die Nacht. Auf atmungsaktiven Socken. Und im schwarzen T-Shirt mit den weißen Versen. Immerhin hatte sie die Wanderhose an, mit den praktischen Taschen am Bein.

«Dann komm halt wieder rein, wenn du dich beruhigt hast», bellte der Vater ihr nach, «junge Frau!»

Wutzitternd stand sie auf der Terrasse vor der Hütte in der Abenddämmerung. Es war schon wieder kühl, und ihr war heiß. Ah, sie wollte gern alle, alle Menschen an die Wand klatschen, sogar das Mäxchen und die liebe Marina. Aber alle andern noch davor und noch viel mehr!

Dann atmete sie langsam aus, und es tat ihr ein bisschen leid, dass sie sogar das Mäxchen gehasst hatte, das ja noch zu klein und zu doof war für alles. Aber wütend war sie immer noch.

Am dunkel werdenden Himmel standen schon die ersten Sterne, dieser eine sehr helle, der Abendstern, und rundherum ein paar andere. Die kamen ihr aber allesamt wie Pickel oder Pusteln vor. Die Dämmerung hat Ausschlag. Der Mond war auch schon zu sehen, aber nur eine winzig schmale Sichel, fast gar nicht vorhanden. Eine Narbe.

Sie spürte die alte Schramme auf dem Schienbein.

Was machte sie hier?

Da hörte sie wieder das Pfeifen. Seltsames helles Pfeifen, von weit

48

weg und trotzdem ziemlich laut. Kurz, kurz, etwas länger – dann wieder. Waren die Murmeltiere denn immer noch unterwegs? Um diese Abendzeit?

Sie stieg die paar Stufen von der Terrasse hinunter. Aber kaum unten, entschied sie sich, noch mal umzukehren, und zwar diesmal sehr eilig. Wieder rein in die Hütte also und die knarzende Treppe hoch in den Schlafsaal, wo sich drei oder vier Schrate schon bettfertig machten. Na, das würde wieder eine herrliche Nacht werden hier …

Aber ohne sie!

Sie holte die Stirnlampe aus ihrem Rucksack und wollte gleich wieder runtersausen. Aber dann hielt sie noch mal an und ging an den Rucksack ihres Vaters, nahm sich ein paar Energieriegel raus, zwei oder drei Bifis, ein Päckchen Cracker und stopfte alles in den Hippiebeutel. Dann erst wieder runter, drei Stufen pro Schritt. An der Tür zog sie diesmal die klobigen Bergstiefel an, bevor sie rausging. In die Dämmerung, die bald hereinbrechende Nacht.

Das Pfeifen. Da war es.

Sie knipste die Stirnlampe noch nicht an, sondern ging gleich los, so schnell und leise wie möglich. Dem Pfeifen nach. Fast wäre sie über einen Stein gestolpert. Am See vorbei, dessen Wasseroberfläche schon undurchdringlich dunkel war; kam wieder ins Straucheln, stürzte aber nicht; und nach dem See einen Hang hinauf, einen Hang aus Schotter und Steinen, ohne Weg. Denn von dort kam das Pfeifen. Schon ein Stück weiter oben.

Ihr war, als verstünde sie das Pfeifen.

Nein: Sie verstand es.

Komm!

Meine Fresse, nun komm doch endlich.

– Na ENDLICH macht sie sich auf die Pfoten. Meine Fresse, Alter. Hat echt lang genug gedauert! So was von begriffsstutzig, dieses Mädel.
– Du sagst es, Bruder. Wirklich, nicht die Hellste. Marschiert sie etwa nur im T-Shirt los? Aber egal. Hauptsache, sie kommt. Sie gehört nun mal zu uns. Sie ist unsere Schwester. Schwester und Königin.

Zweiter Teil: Die Gefährtin

Dichte Dunkelheit

Dichte Dunkelheit. Dennoch kam es Jolantha völlig klar und natürlich vor, was sie tat. Keine Wut mehr zu spüren in ihr, kein Teufel und kein Drache, sie stieg nur immer weiter bergauf. Den Schein ihrer Stirnlampe jetzt auf den schotterigen Hang gerichtet, ein Lichtkegel vor ihren Füßen, der den Berg hinaufwackelt. Mühsam. Ein paarmal rutschte sie aus, stützte sich mit den Händen ab. Einmal fiel sie auf die Knie, es tat weh, bestimmt alles aufgeschürft. Sie keuchte, hustete vom aufwirbelnden Staub – dann richtete sie sich mit einem Ächzen wieder auf und ging weiter.

Sie musste, sie musste.

Auch wenn das ein mulmiges Gefühl war: hier in der Nacht hochzustapfen, höher und immer höher. Weg von der Hütte, die ja immerhin ein sicherer Ort war, egal wie verschissen. Aber alle diese Empfindungen hatten sich in nichts aufgelöst: sowohl die Verschissenheit als auch die Sicherheit, all das kam ihr jetzt völlig unbedeutend vor, lächerlich und nichtssagend.

Einmal nur hatte sie sich umgedreht, da lag die Berghütte mit ihren erleuchteten Fenstern schon weit unter ihr. Tiefer drunter noch das Tal mit seinen Lichtern. Und über allem der Sternenhimmel, mit noch viel mehr leuchtenden Punkten jetzt als vorhin, abertausenden – und zwischen ihnen immer noch diese strahlende Mondsichel: ein kleiner weißer Schnitt am schwarzen Himmel.

Der Himmel kam ihr genauso weit weg vor wie die Hütte und das Tal, und Tal und Hütte waren so weit weg wie der Himmel. Da hatte sie bloß mit den Schultern gezuckt und sich wieder umgedreht, um weiterzugehen. Weiter bergauf.

Denn sie hörte immer noch das rufende, lockende, befehlende Pfeifen. Es war vor ihr, über ihr. Manchmal kam es ein Stück näher, dann entfernte es sich wieder. Zwischendurch dachte sie an böse Irrlichter oder die verhängnisvollen Sirenen, von denen ihre Mutter mal vorgelesen hatte: diese bezaubernd singenden Etwasse, die die Seefahrer anlocken, damit ihre Schiffe an den Felsen zerschellen.

Aber sie glaubte nicht, dass das Pfeifen hier böse war. Nein, sie *glaubte* nicht, sondern sie *wusste* es.

Denn sie verstand es. Sie kannte es.

Nur näher kam sie ihm nicht. Es war fast, als huschte es vor ihr weg. Aber das stimme ja gar nicht, es lief nicht weg. Es führte sie. Auch das wusste sie. Führte sie immer voran, bergauf, das musste so sein. In dichter Dunkelheit.

Bevor es ganz dunkel geworden war, viel weiter unten am Hang noch in der Dämmerung, da hatte sie ein Flattern über sich bemerkt: eine einzelne Dohle hoch oben in der Luft. An der war etwas merkwürdig. Obwohl es nämlich schon so dunkel wurde, dass einem alles ringsum (fast nur Steine hier) schwarz schien, kam ihr ausgerechnet diese Dohle dort oben nicht ganz schwarz vor, sondern auf eine matt schimmernde Art dunkelgrau – exakt im Ton der Dämmerung ringsum. Als wäre sie ein Teil des Finsterwerdens. Eine vergehende Farbe, die vom Schwarz immer stärker durchdrungen wird, aber noch nicht im Schwarz vergangen ist. Und es war, als folgte diese dämmerfarbene Dohle Jolantha, so wie sie dem Pfeifen folgte. Starrte beobachtend auf sie herab. Und eine Eiseskälte hatte sie gespürt.

Schließlich, als es ganz dunkel war, hatte die Dohle laut gekrächzt und war fortgeflogen.

Jolantha aber ging weiter, immer weiter. Sie dachte nicht darüber nach, wo sie heute Nacht bleiben oder wo sie morgen früh sein würde. Überhaupt: wohin es ging. Es würde sich finden. Sie wusste nur, dass sie es tun musste.

Einmal lief sprudelnd ein Bach durchs Gestein, da beugte sie sich runter und trank. Das Wasser schmeckte klar und weich und kühl, sie trank lang, das Wasser lief ihr über Kinn und Hals, als sie sich wieder aufrichtete. Sie spürte das kalte Wasser im Bauch, wie in

54

einer großen geheimnisvollen Höhle. Weil sie Hunger hatte, steckte sie sich noch ein Bonbon in den Mund. Es waren nicht mehr viele da, aber die Cracker und Energieriegel und Würstchen im Beutel rührte sie erst mal nicht an. Sie wollte ja weiter. Das Bonbon schmeckte Richtung Schwarz. Dichte Dunkelheit.

Ich, Tsikuta

Die dämmerfarbene Dohle bin ich, Tsikuta. Habe mir den Schnabel messerscharf gewetzt an Steinen und Wegweisern. Ich bin das Dazwischen. Ich bin etwas anderes als der olle Schpina. Der olle Schpina nämlich ist der böse Geist des Tages und der Nacht, von Schwarz und Weiß. Vor ihm haben sie die meiste Angst. Weil sie dumm sind, haben sie vor ihm, dem Traumlosen, mehr Angst als vor mir. Dabei sollten sie vor mir mehr Angst haben. Ich vermag ja sogar in fremde Tagträume einzudringen und in dösenden Halbschlaf.

Denn ich bin der böse Geist der Dämmerung.

Ich weiß, das scheint sehr wenig. Es scheint ungerecht für mich, diese Aufteilung: Tsikuta, das ist die kurze Zeit zwischen Hell und Dunkel. In der Frühe, kurz bevor der Tag anbricht, und am Abend, kurz bevor die Nacht gesiegt hat. Und in den wenigen Atemzügen, wenn alles schwarz wird, weil gleich ein Gewitter losstürmen und donnern und blitzen wird. Deshalb nennen manche mich die Gewitterhexe. Ein erbärmlicher Name! Aber sollen sie mich nennen, wie sie wollen. Solang sie nur Angst haben. Wenn auch nicht so viel wie vorm Schpina, diesem alten Esel.

Er ist ja alles andere als klein, mein Bezirk: die Töne zwischen Schwarz und Weiß. Zwischen Dunkel und Hell. Das unendliche Reich des Grauen. Die Zwischentöne sind ja unendlich viele. Schwarz und Weiß sind nur zwei. Und selbst wenn in einer fins-

55

teren Nacht ein Gewitter aufzieht, bin ich da – dann ist selbst das Schwarz, das sich ins Schwarz legt, ein Zwischenton. Mein Reich ist unermesslich größer als das vom Schpina.

Manche Dummköpfe, die von mir hörten, haben geschrieben, der olle Schpina wär mein Bruder. Na, das fehlte mir gerade noch! Dieses eklige halbe Skelett von einem Maultier mein Bruder, und ich seine Schwester. Da spuck ich drauf. Nein, nur seine Verbündete bin ich, und er ist mein Verbündeter. Denn er ist mächtig in seinem Bezirk. Und ich in meinem. Und gemeinsam sind wir noch mächtiger. Wir sind unbesiegbar.

Das werdet ihr schon noch sehen.

Da läuft es, das strunzdumme Mädchen. Dort unten. In die Nacht hinein, ins Schwarz. Hinauf zum Fanestor, von dem sie nichts weiß. Von der ganzen Unselben Welt weiß sie ja nichts. Und von dem zerlumpten Fanesgesindel irgendwo im Berg, das auf sie wartet und auf sie hofft. So stark fühlt sie sich ... und vielleicht ist sie es auch. Ich darf sie nicht unterschätzen. Aber wie lächerlich ist ihr funzelndes Lämpchen, mit dem sie vor sich hin leuchtet. Nicht mehr lange wird es ihr leuchten.

Nun wird es gleich Nacht, da muss ich sie erst mal laufen lassen. Im Dunkel wird sie schon dem ollen Schpina begegnen. Und wenn nicht, dann im Hellen. Und dazwischen, im Helldunkel, mir. Der Tsikuta.

Aber erst, wenn es nötig ist. Wir werden wohl noch warten, bis wir uns ihnen zeigen. Kann sogar sein, dass wir lange, sehr lange warten werden, bis wir uns zeigen. Denn wir verstehen zu warten, niemand versteht zu warten wie wir.

Die Ungeduldigen verlieren, die Ungeduldigen sterben. Wir aber haben Geduld.

Und kann ja auch gut sein, dass sich alles schon vorher erledigt. Dass die sich alle selbst erledigen, gegenseitig. Diese dummschlauen Murmeltiere und ihre falschen Feinde, die bösguten Adler. Und zwischen ihnen dieses schwachstarke Mädchen.

Am liebsten würde ich mich gleich auf sie stürzen, auf die dumm-

56

guten Murmeltiere, die ihr da vorauslaufen! Die hoffen im Ernst, das schwachstarke Mädchen könnte ihnen und ihren zerlumpten Fanesmenschen helfen, könnte sie retten vor ihren Feinden: dem Neuen Adlerprinzen und seinen Soldaten. Aber ich stürze mich noch nicht auf sie, es ist ja gar nicht nötig. Nicht dass sie zu früh erfahren, wer ihr wahrer Feind ist. Denn nicht einmal das wissen sie!

Und das ist der größte Vorteil ihres Feindes. Warte nur ein Weilchen, Tsikuta.

Lieber lache ich laut, krächze laut vor Lachen.

Vielleicht werden ja sogar diese blödbrutalen Trussaner sie erledigen, ohne dass unsereins auch nur den Finger krummmachen muss. Oder mit dem Flügel schlagen oder mit dem Huf scharren. Diese vergammelte, stinkende Rotte von Trussanern, die die ganze erbärmliche Mission der Murmeltiere seit Tagen vom Gipfel aus beobachtet hat. Wie die sich schleichen und ducken können, die groben Tölpel! Aus altem, zähem Hass auf die Fanesleute und aus dummer Gier auf gewisse zauberische Pfeile. Sie haben die vergeblichen Versuche der Murmeltiere gesehen, das Mädchen zu rufen. Ein hundsjämmerliches Schauspiel war das. Tag und Nacht lagerten die stinkenden Trussaner auf dem Berg an ihrem Feuer und haben alles beobachtet. Und niemand hat sie bemerkt, weder die dummschlauen Murmeltiere noch das schwachstarke Mädchen.

Nur ich natürlich. Tsikuta. Die Dämmerungsdohle. Böse Geistin des Dazwischen. Da ist die Nacht, hei!, jetzt fliege ich davon.

Ihr Name

Als Jolantha nur noch knapp unterhalb des Bergkamms war, brach das Gewitter los. Vor vielleicht einer Stunde waren die Sterne vom Himmel verschwunden, es hatte sich zugezogen, und schließlich war in der Ferne ein böses Grummeln aufgekommen,

Donnerdrummeln – rumpeln und pumpeln, als hätte der schwarze Himmel Steine im Bauch, im Himmelsbauch ... dann ein Blitz, der den Horizont erleuchtet ...

Aber war es wirklich eine Stunde gewesen oder eher drei oder vier? Oder vielleicht bloß zwanzig Minuten? Jolantha hatte keinerlei Zeitgefühl mehr. Als hätte sie es dort unten zurückgelassen, wie ihre Familie.

Doch dass man sich vor Gewittern auf dem Berg hüten sollte, so viel wusste sie noch. Je näher das Donnern kam, desto mehr machte sich in ihrem Kopf die Frage bemerkbar, die sie sich, seit sie losgegangen war, überhaupt nicht gestellt hatte: ob sie nicht eine gewaltige Dummheit beging. Und die Frage begann in ihr zu bohren. Vielleicht war sie ja (das hatte Valentin mal im Streit geschrien) *geistig verwirrt* und rannte hier geradewegs in ihren Untergang? Denn wenn eine verrückt ist, dann weiß sie das selbst ja nicht ... oder wissen Verrückte, dass sie verrückt sind?

Zum Bergkamm schien es nicht mehr weit. Wenn sie die Lampe ausknipste und hochschaute, erkannte sie die Höhenlinie, trotz der Finsternis. Dort waren die schwarzen Berge zu Ende, darüber der schwarze Himmel. Das Bergschwarz war ein anderes als das Himmelsschwarz, in dem ganz matt noch etwas Tiefviolettes pulste, kaum erkennbar und doch da. Etwas Gewitterfarbenes. Der reinschwarze Gebirgskamm war vor diesem Hintergrund klar zu erkennen, eine Schattierung in der Dunkelheit.

Ihre Augen gewöhnten sich wohl. Ob sie die Lampe auslassen sollte? Sie würde vielleicht auch so vorankommen und könnte dabei Batterie sparen. Wer weiß, wozu sie die noch brauchen würde.

Sie merkte auch, dass in der Luft über ihr schon wieder die Dohle flatterte. Oder irgendeine Dohle, natürlich, wer kann diese Viecher unterscheiden, zumal mitten in der Nacht. Man sah sie ja nicht mal! Oder? War sie da oben? Sie hatte das gewitterviolette Schwarz des Himmels, diese Dohle, nicht das der Berge ... Sie merkte nur, dass die Dohle da war. Ab und zu leises Flügelschlagen. Und wieder dieser eiskalte Hauch.

58

Er gab ihr einen Schauder, dieser Hauch. Und eine plötzliche Angst, die fast betäubend war.

Sie blieb stehen, ging in die Hocke und nahm zitternd den erstbesten Stein auf. Dann richtete sie sich wieder auf und schleuderte ihn, sinnlos, denn sie sah sie ja kaum, dafür mit umso ohnmächtigerer Wut in die Höhe, wo sie den Vogel vermutete.

Verflixt, der Wurf war wohl nicht so gelungen ... Als wäre etwas geschehen. Autsch. In ihrer Schulter spürte sie ein schmerzhaftes Reißen.

Stille ringsum. Nur den Stein hörte sie irgendwo aufschlagen und dann den Hang hinunterkullern. Lange dauerte das, schwächer werdend, aber kullerte immer weiter. Warum hatte sie das getan? Bloß wegen eines unheimlichen Vogels? Woher war auf einmal diese Angst gekommen? Und warum hatte die Angst sich schlagartig in eine solche Wut verwandelt, ja in Hass? Was war das gewesen? Was war da geschehen?

Kein Flügelschlag mehr, keine Kälte über ihr. Die Dohle schien fort.

Und da, plötzlich wieder Pfeifen.

Diesmal kam es nicht von weiter bergauf, sondern irgendwo von links. Ungefähr auf ihrer Höhe. Hastig knipste sie die Stirnlampe wieder an. Und dann ab vom Weg. Na ja, was heißt das, gab ja hier keinen Weg. Also lief sie quer am Hang, das war jetzt nicht mehr nach hinten rutschig, sondern zur Seite hin. Fühlt sich noch mehr abwärts an, wenn das Abwärts nicht mehr hinter einem ist, sondern neben einem. Das Donnern wurde heftiger, kurz darauf wieder Blitze, das Gewitter war jetzt ganz nah. Für die Oberschenkel war's immerhin eine Wohltat, sich nicht mehr bergauf zu plagen. Sie konnte viel schneller laufen so. Nur aufpassen musste sie, dass sie nicht hinfiel.

Und hoffen, dass das Gewitter einen nicht erwischt.

Wieder das Pfeifen. Sie wandte den Kopf, und da fiel das Licht ihrer Stirnlampe auf einige große Felsen, mehrere Meter hoch, ein kleines Stück entfernt. Der Felshaufen lag stabil am Hang. Wahrscheinlich vor ewigen Zeiten dort liegen geblieben und im Lauf der

59

Jahrhunderte irgendwie eingesunken. War ja auch egal. Vielleicht konnte sie sich dort unterstellen.

Tatsächlich war da zwischen den Steinen ein erstaunlich breiter, überdachter Unterschlupf. Wie eine kleine Höhle. Man konnte ein paar Schritte weit hineingehen. Dort könnte sie wohl trocken bleiben.

Erleichtert atmete Jolantha auf und knipste die Stirnlampe aus. Immer noch riss es in ihrer Schulter, von diesem verdammten Gewerfe, das hatte sie schon im Sportunterricht gehasst. Weitwurf. Ähnliche Desaster auch vor der Dartscheibe in Valentins Zimmer ... Dann drehte sie sich um und schaute hinaus in die Nacht. Sie war während der letzten Stunden nur noch vorwärts und bergauf gestapft. Jetzt spürte sie erst, wie sehr ihre Füße in den Stiefeln schmerzten. Und wie groß ihr Hunger war. Sie nahm eine Bifi aus dem Hippiebeutel, riss die Folie auf und stopfte sich das Würstchen rein (eigentlich ziemlich eklig) und schaute beim Kauen weiter in die Nacht. Von hier war gar kein Licht im Tal mehr zu sehen. Als ob es gar keine Häuser und Orte mehr gäbe. Überhaupt keine, auf der ganzen Welt nicht. So fühlte sich das gerade an in ihrem Unterschlupf, ihrem Höhlchen.

Aber was war das? Da eben? Sie meinte, ein Rascheln gehört zu haben. Oder hatte sie sich getäuscht? Doch, da raschelte was, irgendwo in einem Winkel ...

Sie war nicht allein hier. Es war noch jemand in dieser Höhle. Oder etwas. Vielleicht Mäuse? Oder sogar Ratten? Aber Ratten gab's so hoch im Gebirge wohl nicht. Oder? Hoffentlich war's was anderes ...

Oder gar diese unheimliche Dohle von gerade eben?

Knips, Stirnlampe an und mit flauem Gefühl in die Richtung geschaut, aus der das Rascheln gekommen schien.

«Hey, mach das aus!»

«Alter, das blendet!»

Jolantha schaute die beiden an. Da saßen sie mit kreisrund aufgestellten Öhrchen. Es war also das, was sie (jetzt wurde es ihr

60

schlagartig klar) erhofft und sogar erwartet hatte. Dennoch lachte sie erst mal vor Erleichterung, dass es wirklich so war. Endlich hatten sie zusammengefunden!

«Alter, was gibt's denn da zu lachen?» Das eine Murmeltier war etwas kleiner, sein linkes Ohr war ein Stückchen eingerissen, eine vernarbte Kerbe, wie die Erinnerung an irgendeinen Kampf.

«Ich glaub, die lacht am Ende UNS aus, Bruder!» Das andere, etwas größere, dickere Murmeltier hatte ein Auge, das auffällig weiter als das andere war.

«Aber nein», antwortete Jolantha. «Ich lach doch nur, weil ich mich freue, dass ihr es seid. Einen Moment lang hatte ich Angst, hier wären Mäuse oder Ratten.»

«RATTEN?!? Alter, hast du Ratten gesagt?»

«Das Mädel hat RATTEN gesagt, Bruder!»

«Jetzt beruhigt euch mal wieder. Ich weiß ja, wer ihr seid. Ich kenne euch doch. Das heißt, zumindest kommt es mir irgendwie so vor, als würde ich euch kennen ... seltsam. Ja, es ist alles sehr seltsam, ich bin komplett verwirrt.»

«Das merken wir, Alter.»

«Das haben wir die ganze Zeit schon gemerkt, Bruder. Dafür, dass du uns kennst (natürlich kennst du uns!), mussten wir ja ewig nach dir rufen. Tagelang sind wir dir nachgetrappelt, Mannomann.»

«Ich hab euch ja gehört, ich war nur ... na ja, verwirrt halt. Jedenfalls bin ich heilfroh, euch endlich zu sehen. Ich wundere mich nur ein bisschen, warum ich mit Murmeltieren spreche. Wie kann das sein?»

«Wie kann das sein ... was soll denn das nun wieder heißen, Mädel?!? Warum du mit uns sprichst? Tja, vielleicht weil es UNHÖFLICH wäre, nicht zu antworten, wenn jemand etwas zu einem sagt?»

«SUPERUNHÖFLICH sogar!»

«Nein, ich meine, wieso verstehe ich euch?»

«Wieso solltest du uns denn nicht verstehen? Nuscheln wir etwa? Stottern wir? Oder lallen, als hätten wir keine Zähne?»

«Nun regt euch doch nicht immer gleich so auf! Meine Güte, was seid ihr bloß für empfindliche Nager. Richtige Mimosen.»

«Erst Ratten, jetzt Mimosen, das wird ja immer besser. Übrigens, Bruder, was sind Mimosen überhaupt?»

«Interessiert mich doch nicht, Alter. Jedenfalls, mach jetzt endlich diesen grellen Scheinwerfer aus, Mädel, du leuchtest uns ja die ganze Zeit direkt in die Augen. Das blendet.»

«Oh ja. Entschuldigung.» Sie knipste die Stirnlampe aus.

«Na, geht doch. Ich sag's ja immer, Höflichkeit ist die Tugend der Könige. Und der Königinnen, natürlich. Also, wir wollen mal nicht so sein, Mädel. Setz dich zu uns, Bruder. Ist dir kalt? Kannst dich aufwärmen zwischen uns.»

«Und hast du Hunger? Knast? Kohldampf? Hier, bisschen Moos, willst du?»

«Moos? Hm, nein danke. Ich hab noch was dabei. Würstchen, Bonbons … Ist jetzt auch nicht das Wahre nach so einer Latscherei, ein Teller Nudeln wär besser. Aber immerhin hab ich was. Und ja, ich setz mich gern zwischen euch, mir ist nämlich saukalt. War vielleicht nicht so schlau, nur im T-Shirt loszugehen.»

Sie setzte sich zwischen die Murmeltiere. Ziemlich klein waren die, da musste sie aufpassen, sich nicht aus Versehen draufzusetzen. Die beiden waren ja schon sauer genug. Ein bisschen kannte sie das aus der Schule. Dass die anderen sauer waren, natürlich auch – aber vor allem, dass sie größer war als alle anderen Kinder: größer als die anderen Mädchen, und als die Jungs sowieso. Knirpse, sagte sie manchmal zu den Jungs, um sie zu ärgern. Zwölf Jahre halt und sah aus, als wäre sie vierzehn oder fünfzehn.

Doch so winzig waren die Murmeltiere dann gar nicht. Als sie zwischen ihnen saß, spürte sie das weiche Fell der beiden, das sie von den Seiten wärmte, bis hinauf an die Schultern. Oder war sie selbst nicht so groß? Der Stein in ihrem Rücken war glatt und kalt, aber trotzdem fror sie nicht.

«Will vielleicht einer von euch ein Bonbon? Ich hab rote und gelbe. Oder die letzte Bifi? Einen Cracker?»

62

«Nein danke. Igitt, Alter. Moos ist gesünder und besser für die Zähne.»

«Ist nämlich grün, Bruder.»

«Na, dann lasst es euch mal schmecken. Wie heißt ihr eigentlich?»

«Paminer und Struggles.»

«Ich heiße Struggles», sagte das größere Murmeltier mit den ungleichen Augen, das so gern *Bruder* sagte, «und der da ist Paminer.»

«Das heißt, ich bin Paminer», sagte das kleinere mit dem Riss im Ohr, das so gern *Alter* sagte, «und Struggles, das ist er.»

«Okay, das hab ich jetzt verstanden.» Nur dass Struggles immer Bruder zu ihr sagte, fand sie doch etwas seltsam. Aber es war wohl nicht wörtlich zu nehmen. So wenig wie *Alter*. Das war ja in der Schule auch so.

«Wirklich kein Moos, nein? Wir haben morgen noch einen weiten Weg vor uns, Bruder.»

«Einen sehr weiten, Alter.»

«Nein danke. Sagt mal, esst ihr eigentlich nur Moos?»

«Aber nein, auch Gras.»

«… oder mal eine Schnecke knacken.»

«Hm. Meint ihr, wir werden morgen irgendwas anderes zu essen finden?»

«Natürlich. Warum denn nicht? Aber das hängt von uns ab. Genauer gesagt, von dir. Von deinen Jagdkünsten. Aber das sollte wohl kein Problem für dich sein, Bruder. Die eine oder andere Gämse, oder auch nur ein Schneehuhn … Wir wissen ja, dass dir die normale Murmeltierkost nicht reicht.»

«Nein, kein Problem, das Jagen», antwortete Jolantha, ohne nachzudenken. «Hm, meint ihr? Na, mal sehen. Aber sagt mal, ihr zwei, wollt ihr mich denn gar nichts fragen? Wer ich bin?»

Draußen donnerte es, eine gewaltige Explosion. Der Himmel und die zerklüftete Bergkette lagen einen Augenblick lang in hellem Licht. Violetter Schnee auf den Gipfeln. Und Jolantha spürte, wie die beiden Murmeltiere links und rechts die Köpfe zu ihr drehten, als hätte sie etwas ungemein Dämliches gesagt.

63

«Alter, wieso sollten wir dich das fragen?»

«Wir werden wohl wissen, wer du bist, Bruder.»

«Aber woher denn?»

Die Blicke der Murmeltiere schienen noch ungläubiger zu werden, noch verständnisloser. Sie sah nichts im Dunkel, und trotzdem spürte sie, was ihre Blicke sagten. Womöglich schüttelte Struggles sogar verzweifelt den Kopf.

«Red keinen Unfug. Du bist Luyánta.»

«Luyánta? Nein, ich heiße Jolantha.»

«Uns doch egal, wie du zu heißen *meinst*. Eins ist jedenfalls sicher, du *bist* Luyánta.»

«Aber ...»

«Willkommen zurück, Luyánta. Hat ja lang genug gedauert.»

Ein edles Geschlecht

Der Regen schüttete jetzt wie aus Kübeln, aber in der kleinen Höhle saßen sie wie versteckt unter einem Wasserfall. Der schöne, musikalische Klang des Regens wirkte aber auch, als steckten sie in einem dieser Summsteine, die es manchmal auf alten Spielplätzen gab und in die man die Köpfe hineinstecken sollte (was niemand machte, nur kleine Kinder ließen sich manchmal von ihren Eltern hochheben). Wie in einem Summstein war es hier, oder in einem Rauschestein. Und obwohl Jolantha – oder, bitte sehr, wenn die beiden meinten: *Luyánta* – todmüde war, redeten sie lange miteinander. Die halbe Nacht. Oder die Hälfte von dem, was von der Nacht noch übrig war.

Luyánta wurde dabei immer wieder schläfrig, manchmal fielen ihr die Augen fast zu, während die beiden Murmeltiere munter plapperten. Dann verstand sie nicht alles. Auch sonst, wach, war das ewige Zuhören nicht ihr Ding. Wer kann ständig zuhören, wenn man selbst so viel zu sagen und zu denken hat! Da schweifen die Gedanken ab, das war zu Hause so gewesen und in der Schule und auch jetzt, in diesem müden Zustand. Sie wurde nicht ganz schlau aus dem, was Paminer und Struggles erzählten. Und sie hatte das Gefühl, die beiden setzten voraus, dass Luyánta ohnehin über alles Bescheid wüsste. Etwa wer die *Fanesleute* waren, die so dringend auf sie warteten. Weil sie übel in der Klemme steckten. «Schlimmer denn je, Bruder», sagte Struggles und seufzte.

Zuerst hatte Luyánta gemeint, von Murmeltieren wär die Rede. Aber offenbar handelte es sich um Menschen.

«Ihr gebt euch gern mit Menschen ab, was?», fragte sie.

«Das ist ja keine Frage von *gern* oder *ungern*», antwortete Struggles. «Ein Bündnis muss nun mal gehalten werden, ob man will oder nicht. Selbst wenn die andere Seite das Bündnis einmal gebrochen hat ... So etwas würden Murmeltiere niemals tun. Wir sind ja keine verräterischen, hinterhältigen Adler, die aus der Luft über einen herfallen. Auch wenn manche Menschen meinen, dass ein Adler mehr hermacht als ein Murmeltier. Weil er ja ach so majestätisch ist und so stark! Breite Schwingen hat er statt geschickter Stummelärmchen und scharfe Fänge, Bruder, da schaudert's einen (aber zum Graben völlig ungeeignet!), und einen Schnabel wie ein Schwert statt praktischer Nagezähne. Schau dir nur mal an, auf wie vielen Wappen Adler zu sehen sind und auf wie wenigen Murmeltiere! Selbst dem unseligen König von Fanes war es irgendwann peinlich. Damals, als er das Murmeltierwappen über dem Tor seiner Berggipfelburg entfernen ließ und stattdessen eins mit protzigen, hässlichen Federviechern hinklatschen ließ. Und das, obwohl er den Murmeltieren so viel zu verdanken hatte! Na ja, ewig her. Schwamm drüber. Wir sind zum Glück nicht nachtragend. Und außerdem liegt das Adlerwappen längst verschüttet im Graben der geschleiften Burg. Und ihn hat seine Strafe ereilt, den unseligen König.»

«Aber ärgern tut's mich heute noch», rief Paminer, «selbst wenn ich damals noch gar nicht gelebt habe! Aber das haben sie jetzt davon, dass sie sich mit den Adlern eingelassen haben. Alter, nur Ärger,

65

Unglück und Untergang! Wirklich ein Pechgeschlecht sondergleichen, deine Fanesleute.»

Luyánta sagte nichts. Sie merkte, dass sie ein schlechtes Gewissen hatte. Weil auch sie, still und heimlich zwar, damit gehadert hatte, dass sie hier mit zwei Murmeltieren zusammensaß. Es gäbe ja ernstzunehmende Tiere auf der Welt, hatte sie zwischendurch gedacht. Pferde. Löwen. Irgendwas Stolzes, Elegantes. Oder auch Drachen. Aber Murmeltiere, das waren ja eher ein paar bessere Kuscheltiere ... na, das sagte sie wohl besser nicht laut. Putzig irgendwie, aber nicht gerade abenteuerlich. Da könnte man sich was anderes vorstellen.

Als könnte er ihre Gedanken lesen, fuhr Struggles fort: «Niemand sollte uns unterschätzen. Übrigens geben wir uns ja nicht mit irgendwelchen Menschen ab, sondern nur mit denen von einer bestimmten Art. Von der Art, zu der du gehörst ... Aber Bruder, ich sag's, wie's ist, ihr könnt euch geehrt fühlen. Denn es ist ja wahrlich nicht so, dass wir Murmeltiere *irgendwelche* Tiere wären.»

«Ja», rief Paminer, «das kann man wohl sagen!»

«Vielmehr sind wir ein edles Geschlecht.» Jetzt veränderte sich Struggles' Ton. Vorher hatte er oft aufgeregt geklungen und sogar kindisch, nun aber sprach er ernsthaft, würdevoll, geradezu erhaben. «Ich weiß schon, auch ihr Fanesmenschen haltet euch für ein edles Geschlecht.»

Moment, dachte Luyánta, sie sagen, ich wär auch ein Fanesmensch? Verwechseln die mich mit wem? Eine Welle von Unwohlsein floss durch sie, sie spürte wieder das Reißen in der Schulter, und auch die alte Kindernarbe am Schienbein. Ihre Stirn war verklebt von getrocknetem Schweiß.

«Und meinetwegen, ihr seid auch edel», fuhr Struggles fort, «aber doch beileibe nicht wie wir. Wir leben ja nicht deshalb hoch in den Bergen, weil wir irgendeine niedliche Alpenkuriosität wären. Unser Geschlecht ist bekanntlich viel älter als das eure. Vor zehntausenden Jahren besiedelten wir endlose Steppen, die die ganze Welt waren. Vom Meer im Westen bis tief in den Osten. Und mit Bergen hatten wir schon mal gar nichts am Hut. Wir lebten im Tiefland, das war uns gerade kalt genug. Und wir wiederum waren gerade die Richtigen, um in den kalten Steppen zu leben, die die Welt waren. Denn es war die Zeit, die man Große Eiszeit nennt. All das, wo wir uns jetzt befinden, lag damals verborgen unter Tonnen von Eis. Völlig nichtsnutzige Gegend, Bruder. Erst als es wärmer und wärmer wurde, haben wir uns hierherauf zurückgezogen. Und hier oben waren wir lange, lange vor euch. Vergiss das nicht.»

«Natürlich nicht», sagte Luyánta. «Das weiß ich doch alles.» Na gut, das war gelogen, sie hatte keine Ahnung davon gehabt. Sondern nur das Gefühl, dass sie sich bei den beiden ein wenig einschmeicheln sollte. Also fuhr sie fort: «Auf eins könnt ihr euch jedenfalls verlassen. Ich werde euch nie verraten.»

«Ach, Mädel», sagte jetzt Paminer. «Das wissen wir doch.»

«Ach so? Wie könnt ihr das wissen?»

Paminer lachte. «Na, weil du eine von uns bist! Du bist ein Mensch, so gut, wie man nur ein Mensch sein kann. Okay, das ist immer ziemlich dürftig, ehrlich gesagt. Aber ebenso gut bist du nun mal eins von uns. Auch wenn du dich an den Zwillingstausch von einst nicht erinnern kannst ... Alter, du warst ja ein Baby damals.»

«Aber ihr erinnert euch daran?»

«Wo denkst du hin, Bruder, wir waren ja da längst noch nicht geboren. Aber an den Bund, der mit dem Zwillingstausch zwischen Murmeltieren und Fanesleuten geschlossen wurde, an den erinnern sich bei uns alle. Wir sind nun mal nicht so vergesslich wie ihr.»

«Jetzt sagst du wieder *wir* und *ihr*. Ich dachte, ich wär eine von euch?»

«Da hast du recht», sagte Struggles. «Bruder, es stimmt, was du sagst. Du bist das weiße Murmeltier.»

So war das also, dachte Luyánta. Und weil sie schon wieder so schläfrig war, nahm sie das einfach hin. Fragte nicht weiter nach, was das alles sollte. Sie saßen hier geborgen. Draußen strömte noch immer der Regen, und auch hinten in der Höhle (wenn man es so nennen wollte) schienen Rinnsale zu laufen. Aber wo sie saßen, war es trocken und sogar unerwartet gemütlich. Mal dämmerte sie in

67

Schlaf, mal wurde sie wieder wach, aber sie schreckte nicht hoch dabei, sondern öffnete nur ein wenig die Augen. Ihre Gedanken und Gefühle drehten sich in unregelmäßigen Kreisen. Und irgendwann hörte sie die Stimme von ... sie wusste nicht, ob es Struggles oder Paminer war, nur dass es sanft flüsterte:

«Behaglich, fühlst du dich?»

Sie nickte im Halbschlaf. «Ist mystisch alles», murmelte sie, «aber ich bin glücklich.» Allerdings, wenn sie ehrlich war, verstand sie überhaupt nichts mehr. Nur dass sie jetzt zu müde war, um ehrlich zu sein.

Aber schon bald würde sie mehr verstehen.

Der tote Wald

Als Luyánta am Morgen bibbernd aus der Höhle in die Sonne heraustrat, hatte sie (obwohl es ein kalter Morgen war) eine überwältigende Empfindung von Wärme. Sie blinzelte ins Licht. Es war, als entstünde die Welt neu. Die Sonne stand ein kleines Stück über den Bergen auf der anderen Talseite, das Tal selbst lag voll Nebel: ein weißes Meer aus Watte und Schaum. Es schien, als könnte man auf diesem Nebel dort unten laufen. Wie das verborgene Tal darunter wohl aussah?

Alles war noch nass vom nächtlichen Regen. In der Nähe plätscherte ein kleiner Bach durchs Geröll, dort wusch Luyánta sich das Gesicht und den Oberkörper. Das klare Wasser war schneidend kalt, schlimmer als auf den Alpenvereinshütten. Trotzdem tat es ihr gut, es löste das klebrige Schweißgefühl und belebte sie.

Kurz darauf waren sie schon wieder unterwegs. Paminer und Struggles hatten schon zu drängeln begonnen, während sie sich wusch, aber sie wollte ja selbst unbedingt vorankommen. Im Gehen schlangen sie hastig etwas Essen herunter, die beiden Murmeltiere

68

einige Fleckchen Moos, Luyánta ein paar Cracker und das letzte, rote Bonbon.

Sie bemerkte, dass sie nun zweifellos genau das waren, was man erwarten würde: zwei Murmeltiere und ein großes Mädchen. In der vergangenen Nacht war sie sich gar nicht mehr sicher gewesen. Das weiße Murmeltier, hatte Struggles gesagt ... Sie musste sich ordentlich ins Zeug legen, um mit den flinken Kameraden Schritt zu halten. Aber es ging erstaunlich gut. Nur das Reißen in der Schulter bemerkte sie immer wieder; und spürte in den Knochen, dass die Nacht elend kurz gewesen war.

Schon nach kurzer Zeit hatten sie den Bergkamm erreicht. Auf der anderen Seite blickten sie in ein weites Tal voller dichter Wälder, auf denen nur vereinzelte Nebelschwaden lagen. Das Gewitter und der Regen schienen großteils auf der anderen Bergseite niedergegangen zu sein.

Wenn man genau hinsah, bemerkte man im weiten, satten Waldgrün an einigen Stellen schwarze Flecken. Von hier aus wirkten sie klein, und Luyánta dachte nicht darüber nach, was es damit wohl auf sich hatte. Sie verschnauften nur kurz, dann gingen sie weiter. Eine Weile auf dem Kamm, von dem aus man in beide Täler hinuntersah, das Nebelmeer zur Linken, die Wälder zur Rechten. Aber bald führte ihr Weg auf der rechten Seite etwas hinunter und dann weiter am Hang entlang. Die Gegend hier schien viel weniger schroff als dort, von wo sie gekommen waren: Die Hänge waren zwar auch steil, aber etwas abwärts mit knöchelhohem Gras und bunten Blumen bewachsen. Man hörte es summen und brummen und zirpen in diesen Wiesen, man sah Schmetterlinge und Bienen. Sie mussten jetzt also schon ein erhebliches Stück tiefer sein.

Einmal kamen sie an ein paar recht verfallenen Scheunen vorbei. Das Holz im hohen Gras wirkte so dunkel und verwittert, als läge es da bereits seit sehr langer Zeit. Büsche und Sträucher wuchsen aus den sich auflösenden Bretterhaufen hervor, dahinter wucherten Brennnesseln.

Sie sprachen kaum miteinander, während sie unterwegs waren.

Die beiden Murmeltiere blieben nur ab und zu kurz stehen und schauten sich um: zum Himmel und zu den nächsten Berghöhen – so als witterten sie dort nach möglichen Gefahren. Luyánta machte es ihnen automatisch nach. Auch wenn sie keine rechte Vorstellung hatte, was für Gefahren das sein könnten. *Dass* ihnen welche drohten, konnte sie sich schon vorstellen. Aber Angst hatten sie keine.

Oder fast keine ... Einmal, als sie kurz zum Trinken an einem Bach hielten, schaute Struggles sich um und sagte: «Als es nachts geregnet hat, bestand keine Gefahr. Aber jetzt müssen wir ständig auf der Hut sein.»

Luyánta überlegte einen Moment, ob sie fragen sollte: Wovor auf der Hut? Aber dann erkundigte sie sich nach etwas anderem: «Wohin genau sind wir eigentlich unterwegs?»

Struggles sah sie erstaunt an. «Bruder, willst du mich veräppeln? Soll ich dir etwa vom Fanestor und von der Unselben Welt erzählen?»

«Alter, sie hat einen Scherz gemacht!», rief Paminer.

«Genau, ein Scherz ... Ich wollte es nur mal von euch hören.»

«Seltsames Mädel», sagte Paminer. Es klang aber nicht spöttisch, eher liebevoll.

Das Fanestor ... die Unselbe Welt ... was für Orte mochten das sein?

Im Moment war das egal. Sie mussten vorwärts. Am Nachmittag, noch etwas tiefer, gelangten sie endlich in den Wald. Sie liefen direkt hinein, auch hier gab es keinerlei Wege. Paminer und vor allem Struggles schienen genau zu wissen, wo sie lang mussten.

Der Wald bestand, neben einigen dornigen Sträuchern, fast nur aus Nadelbäumen. Die Luft war erfüllt von harzigen Gerüchen, und die Sonne schien leicht und flimmrig herein, sodass einem beinah schwindlig wurde. Sie sahen nun auch andere Tiere: davonhuschende Eichhörnchen etwa oder Blindschleichen, die Luyánta zuerst für Schlangen hielt (die Murmeltiere klärten sie auf). Und sie hörten Singen und Schnarren von Vögeln. Der mit hellbraunen Nadeln bedeckte Waldboden aber war weich wie ein Teppich.

Immer weiter ging es quer durch den Wald, über umgestürzte Bäume und moosbewachsene Steine, über Bächlein, durch spritzende Pfützen. Manchmal klebten ihnen Spinnweben im Gesicht. Und an einer Stelle war der Boden weithin mit flachem Gesträuch bedeckt, voller kleiner schwarzer Beeren. Hier hielten sie kurz an und pflückten einige. Säuerlich und angenehm frisch schmeckten die. Ein Stück dahinter befand sich eine kleine grasbewachsene Lichtung, dort fanden sie eine krautartige Pflanze und rissen grüne Blätter ab. Auch die hatten einen kühlen, säuerlichen Geschmack.

«Schwarzbeeren und Sauerampfer», schmatzte Paminer, «gibt nichts Besseres, Alter.» Der violette Saft der Beeren lief ihm über die Backen. Luyánta aß auch und betrachtete die Ameisen, die über ihre Schuhe krabbelten.

Struggles aber schien etwas zu beunruhigen. Er war noch ein Stück weiter in die Lichtung gegangen, saß nun aufrecht und winkte sie mit seinen kurzen Armen zu sich.

«Seht mal», flüsterte er ihnen zu.

Im Gras lag ein halbverschmorter Autoreifen, in dessen Mitte Asche und verkohltes Restholz lagen.

«Ein Lagerfeuer nach Trussaner-Art», flüsterte Struggles und roch an dem Haufen. Luyánta wunderte sich, wozu das gut sein sollte. Denn es stank ganz erbärmlich nach verbranntem Gummi, man musste nichts daran prüfen, besser hielt man sich die Nase zu.

«Höchstens ein paar Tage alt», stellte Struggles fest. «Wir müssen auf der Hut sein.»

Sie nahmen noch einige Vorräte mit. Luyánta füllte Schwarzbeeren in die leere Bonbonpackung, die sie noch in ihrem Hippiebeutel hatte, und stopfte so viel Sauerampfer dazu, wie es ging. Es war sicher gut, die letzten Riegel und Cracker so lange wie möglich aufzubewahren, wer weiß, wohin es sie noch verschlug. Dann machten sie sich eilig wieder auf den Weg.

Der Wald erschien Luyánta nun undurchsichtiger und bedrohlicher als zuvor. Das unregelmäßige Flirren des Lichts verursachte ihr wieder Schwindel. Wahrscheinlich hatte sie auch den

Tag über viel zu wenig getrunken. Sie trank ohnehin zu wenig Wasser, wurde ihr oft gesagt, und seit heute früh hatte sie nur einmal an einer Quelle in den Wiesen ein paar Schlucke genommen. Die Sauerampferblätter halfen ein bisschen gegen den Durst.

Und dann veränderte sich der Wald auf einmal. Die Bäume waren nackt und schwarz. Keinerlei Grün mehr, keine Nadeln, und keine Sträucher ringsherum; stattdessen kahle Zweige, wie vertrocknete Spinnennetze. Einige verrußte Stämme waren abgeknickt, ein Geruch von Kohle und kaltem Rauch lag in der Luft. Dazwischen schien die Sonne bis auf den Boden des toten Waldes. Aber in dieser Umgebung fühlte sich das Licht falsch und krank an.

Keine Vogelstimme mehr zu hören, kein Tier zu sehen. Nicht mal irgendwelche Käfer oder Asseln, die man in einem verbrannten Waldstück vielleicht erwartet hätte. Nur auf einem Ast entdeckte Luyánta die schwarzen, schrumpligen Mumien zweier Vögel, das machte alles noch schlimmer. Alles schien tot hier. Und nichts zu hören als das Geräusch ihrer eigenen Schritte, ascheknirschend, manchmal ein knackender Zweig.

Sie mussten sich jetzt *in* den schwarzen Flecken befinden, die sie vom Bergkamm aus gesehen hatten. Tatsächlich handelte es sich um ein ziemlich ausgedehntes Waldstück. Nicht zu erkennen, wo es endete. Ob es überhaupt endete.

Offenbar gab es mehrere solcher Gegenden. Jedenfalls waren von oben einige schwarze Flecken zu sehen gewesen.

«Trussaner», zischte Paminer, voller Hass.

«Sie haben diesen Wald geatmet», wandte Struggles sich zu Luyánta. «Sie müssen das tun, sonst können sie nicht leben. Ihre Herzen bestehen aus verbrennender Kohle. Immer wieder müssen sie nachfeuern, sonst sterben sie.»

«Wär nicht schade drum», sagte Paminer und spuckte aus.

«Aber es fallen ihnen nicht nur Bäume und Vögel zum Opfer», sprach Struggles weiter und zeigte auf etwas, was er zwischen verkohlten Baumstümpfen entdeckt hatte: die niedergebrannten Überreste einer kleinen Hütte.

72

«Wer auch immer da gewohnt hat», sagte Struggles, «die Trussaner haben ihn mitgeatmet. Irgendein kleines, harmloses Waldmenschlein wahrscheinlich.»

«Sind sie so bösartig – die Trussaner?», fragte Luyánta.

«Noch bösartiger», antwortete Struggles. «Denn sie haben jahrhundertelang nichts anderes als Böses getrieben. Darum sind auch ihre Herzen zu Kohle geworden. Früher, in den Zeiten des alten Fanesreichs, war das anders. Da waren sie auch schon Gesindel, lästige Räuber. Nichts als Ärger haben die gemacht. Aber sie waren doch Menschen. Bruder, Jahrhunderte der Bosheit verwandeln einen!»

Er schaute sich um. Alles war still und fahl und schwarz.

«Gehen wir weiter, so schnell wie möglich», seufzte Struggles, der jetzt sehr bedrückt wirkte. «Wir müssen sehr auf der Hut sein. Es ist nur gut, dass wir jetzt dich dabeihaben, Luyánta … Und wenn wir hier raus sind aus dieser tödlichen Kokelei, werden wir bald bei der Dicken sein. Wird auch Zeit. Sie wartet bestimmt schon sehnsüchtig auf dich.»

Die Dicke

Merkwürdige Empfindung, als sie endlich (es kam ihnen wie eine schlimme Ewigkeit vor) den toten Wald verlassen hatten: als ob man jetzt erst wieder richtig atmen könnte, hier in dieser lebendigen Umgebung. Luyánta fühlte am ganzen Körper eine Art von Befreiung. Sie sog die frische Luft stoßweise ein, als wäre sie aus tiefem Wasser aufgetaucht. Es schien ihr, dass sie hätte ersticken können, wenn sie noch längere Zeit im toten Wald hätte bleiben müssen. Noch dazu in der Nacht, die nun hereinbrach …

«Wir könnten uns einen verlassenen Fuchsbau suchen», überlegte Struggles. «Nur weiß man nie, ob sich nicht noch ein Fuchs drin befindet. Füchse, fürchterlich!»

73

Schließlich fanden sie einen Unterschlupf unter den bis zum Boden hängenden Ästen einer dichtgewachsenen Fichte. Der Boden in diesem Versteck war weich und trocken, und sie waren von einem schützenden, stacheligen Vorhang umgeben. Diesmal redeten sie nicht viel, sondern schliefen vor Erschöpfung schnell ein. Luyánta war es in der Nacht wieder warm und behaglich zwischen den beiden Murmeltieren. Sie spürte jetzt deutlich, dass sie ebenso groß war wie sie. Oder halt klein; aber es kam ihr gar nicht klein vor, sondern gerade richtig.

In dieser Nacht regnete es nicht. Etwas geschlaucht fühlte Luyánta sich trotzdem, als sie sich frühmorgens bibbernd und noch im Dunkeln wieder auf den Weg machten. Und wieder dieses unangenehme Reißen in ihrem rechten Schulterblatt.

Im stillen, nur manchmal wispernden Wald ging es nun ständig bergab. Nach einer Weile wurde es hell, die ersten Strahlen der Sonne fielen zaghaft in den noch kalten, schattigen Wald herein und wärmten die Wandernden ein wenig. Nach einem weiteren Stück abwärts (nur gelegentlich pflückten sie ein paar Schwarzbeeren) gelangten sie an einen großen See.

Dieser See, im Sonnenlicht smaragdgrün funkelnd, war von dichtem Wald umgeben. Am anderen Ufer ragte über den Bäumen eine felsige Bergkette auf, blendend vor Helligkeit und bedrohlich steil wie eine gewaltige Wand. Die meisten Berge bestanden aus Steinschichten: Platte stand an Platte, nicht waagerecht, sondern diagonal, aufgeschichtet in Millionen von Jahren – wie die Lagen eines umgestürzten steinernen Auflaufs, einer gigantischen Lasagne aus Felsen. Und als ein riesiges Viereck stand der höchste Berg mitten in dieser Kette da – ein Herr über den See! Der Wald zog sich noch ein Stück weit an diesem einschüchternden Berg hoch; aber zwischen die Bäume hatte heller Steinschlag viele bleiche Schlieren gezogen. Wie die Adern des Berges wirkten die. Weißes Blut.

Einen ähnlichen See hatte Luyánta (oder Jolantha?, fragte sie sich) zu Beginn des Urlaubs mit der Familie besucht. Dort waren allerdings bequeme Spazierwege am Ufer gewesen, einmal um den

See herum, und alles rappelvoll von Ausflüglern. Sogar aufgetakelte Italienerinnen in Stöckelschuhen waren da unterwegs gewesen und hinfällige Omas mit Rollatoren, und ein Restaurant hatte es auch gegeben. Dagegen hätte sie jetzt, hungrig trotz der paar Schwarzbeeren und letzten Cracker, keinen Einwand gehabt. Aber nichts. Stattdessen: Einsamkeit. Nur das stille Türkis des Sees. Wo Spazierwege gewesen waren (oder irgendwann sein würden, in ferner Zukunft), lagen umgestürzte Fichten und Föhren bis in den See hinein.

Sie verließen die offene Stelle am Ufer gleich wieder, und die Murmeltiere, die sich wohl kurz hatten orientieren müssen, schlugen jetzt zielstrebig einen Weg ein, der durchs Gehölz und über Baumstämme oder untendurch führte, bis sie an einen anderen Zugang zum Wasser gelangten: einen kleinen Strand aus feinen weißen Steinchen.

Aber als sie ihn betraten, erstarrten sie vor Schreck. Das heißt, vor allem die Murmeltiere zuckten zusammen – und Luyánta bloß mit ihnen, weil man halt auch erschrickt, wenn jemand anders es tut. Denn der wird schon wissen, warum er erschrickt. Und dann sah auch sie den Grund: einen Haufen verbrannter Bretter, der sich bei genauem Hinsehen als die Überreste eines kleinen Ruderbootes herausstellte.

«Trussaner?», fragte Luyánta. Langsam wusste sie Bescheid.

«Klar, Bruder», sagte Struggles, der sich schnell wieder gefasst hatte. Er berührte vorsichtig die verkohlten Planken. «Noch ein bisschen warm sogar. Sie müssen in der Nähe sein, das Feuergesindel. Wir müssen schauen, ob das andere Boot auch zerstört ist.»

So leise es ging, schlugen sie sich wieder zwischen die Bäume, wo sie nicht so ausgesetzt unterwegs waren wie am Strand. Nach ein paar Minuten kamen sie an eine Stelle, wo das Ufer besonders dicht bewachsen war. Zwischen Büschen und Sträuchern zwängten sie sich ans Wasser, wo sie unter Zweigen eingeklemmt einen hölzernen Kahn fanden: einen langen dünnen Einbaum, so gut versteckt, dass Luyánta ihn allein niemals entdeckt hätte. Allerdings kam ihr das Ding, als sie es hervorzogen, einigermaßen verdächtig vor. Sah

75

aus wie ein offener Schlangensarg, und schien nicht erst seit gestern dort zu liegen.

«Seid ihr sicher, dass diese abgewrackte Nuckelpinne schwimmt?», fragte sie.

Außerdem fragte sie sich, wie die beiden Murmeltiere eigentlich zu rudern gedachten. Jeder an einem Ruder? Aber gut, das Rudern konnte ja sie übernehmen. Nur dass der Kahn gar keine Ruder hatte. Die beiden Murmeltiere schoben ihn schon aufs Wasser hinaus und hüpften hinein.

«Nuckelpinne, von wegen», rief Paminer, «komm schon, Alter!»

Luyánta stapfte zwei Schritte in den See, sodass ihr das eisige Wasser in die Bergstiefel schwappte. Und als sie zu den beiden in den Kahn stieg, schwankte das Gefährt bedenklich.

Aber zu ihrer Überraschung beruhigte der Kahn sich sogleich und glitt über das Wasser, sehr langsam, aber überraschend sicher. Es war, als wüsste das halbvermoderte Ding von selbst, wo es hinmusste. Oder es reichte aus, den Kahn einmal in die gewünschte Richtung zu stoßen, damit er dorthin trieb.

«Auf dem Wasser sind wir sicher», sagte Struggles. «Die Trussaner können hier überall herumlungern, aber das Wasser fürchten sie nun mal. Wenn nur der Dicken nichts passiert ist, Bruder!»

Der Kahn trieb über das türkise glitzernde Wasser zum anderen Ufer, das voller hoher Felsen war. Es lag eine tiefe, seltsame Ruhe über dem ganzen See, so als wäre er fern der Welt – was immer das hieß … Vom Kahn aus sah Luyánta zu dem herrischen, viereckigen Berg hinüber, der von hier aus noch mächtiger wirkte. Ein wie aus dem Weltall herabgestürzter Klotz.

Als sie den Uferfelsen näher kamen, entdeckte Luyánta einen Schatten, von einem großen, eierförmigen Stein halb verborgen: der Eingang zu einer aus der Entfernung kaum erkennbaren Höhle, die nur übers Wasser zu erreichen war. Dort fuhren sie offenbar hin.

Sie waren nun alle mucksmäuschenstill und angespannt bis in die Haarspitzen, während der Kahn an dem Eierstein vorbeiglitt. Die Murmeltiere saßen aufrecht an der Spitze des hölzernen Kahns,

76

sprungbereit wie entschlossene, den Tod verachtende Krieger; während das Mädchen hinten erst mal den Kopf einziehen musste, um sich nicht an der steinernen Decke zu stoßen ... und was die Todesverachtung anging, na ja. Etwas mulmig war ihr schon zumute.

Drinnen hob sich die Decke der Grotte, wie Luyánta erkannte, nachdem sie eine Weile ins Dunkel geblinzelt hatte und ihre Augen sich an die Umgebung gewöhnten. Nur ein klein wenig dunkelbläuliches Licht fiel vom See in die Grotte herein. Das Wasser plätscherte leise an einen unterirdischen Strand, auf dem die Überreste eines weiteren Bootes lagen. Das schien nicht verbrannt, sondern wirkte uralt. Im Lauf der Zeit zerfallen.

Keine Gefahr hier anscheinend – keine sichtbare Gefahr zumindest ... Der Kahn glitt ans Land, und die drei Insassen stiegen vorsichtig aus, so leise wie möglich.

«Na endlich, Digger», herrschte sie eine ehrfurchtgebietende Stimme aus dem Dunkel an. Luyánta zuckte zusammen, aber ihre beiden Begleiter lachten auf. Und dann trat aus dem tiefen Schwarz weiter hinten ein anderes Murmeltier hervor: Es war etwas größer als Luyántas Begleiter und vor allem beleibter. Erheblich beleibter, um genau zu sein. Ist ja ein richtiger Dickwanst, dachte Luyánta, ein Schwabbel geradezu!

«Ich bin Die Dicke», sagte das dicke Murmeltier. Seine Stimme war etwas gequetscht, wie die von Paminer und Struggles, aber nicht so hell, sondern tiefer und rauer. «Das heißt nicht, dass ich dick bin, sondern es ist mein Name: Die Dicke. Hab nur etwas starken Knochenbau, verstehst du, was ich meine? Also, seid ihr wohlauf? Nicht aufgefressen worden, nicht verbrannt, nicht verlaufen, ja?» Und mit einem Blick auf Luyánta: «Du bist ja noch größer als gedacht, Digger! Gut, kommt mit.»

Und sie wandte sich um und lief tiefer in die Grotte hinein, um eine Ecke, hinter der es heller war: dunkelrot schwelendes Licht, ganz matt nur, fast funzelig – drei glimmende, schon zerfallende Klötzchen Kohle.

«Paar Trussaner sind mir blödgekommen, als ich draußen unter-

77

wegs war. Das machen die nicht noch mal, ich schwör's euch. Fragt mich nicht, Digger!» Und dann gab Die Dicke ihnen mit dem speckigen Ärmchen ein Zeichen, sich hinzusetzen.

«Los, los, setzt euch schon hin, ihr Flachpfeifen. *Wir* bräuchten das Licht ja nicht», fuhr sie fort und sah Luyánta an, «und *du* wahrscheinlich auch nicht, Digger. Aber ich dachte, damit du dich leichter gewöhnst, nach so langer Zeit! Ach ja, und das hier natürlich …»

Und sie zog mit der Schnauze ein lose verknotetes Bündel aus Leinen heran und schob es zu Luyánta. Dann nickte sie ihr zu, und Luyánta öffnete es und fand einige Laibe dunkles Brot und geräucherte Würstchen darin.

«Geschenk von den Fanesleutchen», sagte Die Dicke. «Ich würd's ja nicht mögen, aber bitte sehr … Hau also rein, wenn du Kohldampf hast!»

Sie setzten sich um die schwelende Kohle und begannen zu essen: Luyánta biss große Stücke von der Wurst ab, die einen herrlich rauchigen, salzigen Geschmack hatte, während Paminer und Struggles sich Moos zwischen die Backen stopften. Die Dicke aß nichts.

«Faste gerade», sagte sie. «Nicht dass ich's nötig hätte … starker Knochenbau, wie gesagt. Nicht dass du auf die Idee kommst, ich wär verfressen! Von wegen. Siebenunddreißig Junge hab ich schon geboren in meinem Leben, und einige davon auch schon lange verloren. In vielen verdammten Kämpfen. Was soll ich sagen, Digger, um jedes einzelne tut's mir leid. An jedes einzelne erinnere ich mich. Wie eine Mutter an ihr Kind. Na, es *waren* ja meine Kinder und ich die Mutter. Jedes hat eine Kerbe in meinem Herzen, eine Narbe. Aber so ist das Gesetz des Kampfes. Und Narben machen auch stark … Die Murmeltiere wissen jedenfalls, warum sie Die Dicke zu ihrem Chef gemacht haben.»

Dann schaute sie Luyánta an.

«Und du, Luyánta – du verstehst ja wohl, was ich meine. Du weißt, was es bedeutet, jemanden zu verlieren. Wenn ich an deine arme Schwester denke … deine arme, starke Schwester! Die Stärkste von allen! Aber was soll ich sagen. Es ist ja komplett sinnlos, den Ver-

78

lorenen nachzuhadern. Dann dreht man nur durch vor Traurigkeit. Also, wie ist es euch auf der Reise ergangen?»

Was ist mit meiner Schwester, wollte Luyánta fragen, traute sich aber nicht. Außerdem begannen Paminer und Struggles schon loszuplappern: wie sie jahrelang unterwegs gewesen seien, um die dringend Gesuchte zu finden, sich dann Stunde um Stunde die Lippen blutig gepfiffen hätten, um endlich gehört zu werden ... Petersilie in den Ohren ... bis das Mädel dann endlich ... und so weiter und so fort, bis hier in diese Grotte also. Alles paletti, keine Verluste erlitten, außer Zeit.

«Zeit ...», sinnierte Die Dicke. «Jahrhunderte verfließen, einfach so, werden verplempert und vertrödelt. Und dann pressiert's auf einmal. Zeit, Digger! Die ist ein sonderbar Ding, verstehst du, was ich meine?» Dann wandte sie sich direkt Luyánta zu: «Und du? Du bist über alles im Bilde, ja?»

«Schon ... das heißt ... nein», stammelte Luyánta. «Ich weiß nicht ... nicht über alles ...»

Die Dicke stöhnte rau. «Na gut, ich kapier schon», seufzte sie dann. «Ich erzähl's dir noch mal ganz von vorn. Meine beiden Männchen hier, die faseln ja oft wüst durcheinander, kein Wunder, dass du verwirrt bist. Tapfer sind sie ja, aber halt gottverdammte Quatschköpfe, Digger!

Na gut. Aber die Vorgeschichte lass ich weg. Aufstieg und Fall des Fanesreichs, eine glorreiche und todtraurige Angelegenheit. Na, das kennst du wahrscheinlich selbst am besten. Und wenn nicht, dann ist vielleicht ein andermal Zeit. Ist ja nicht Erzähltherapie hier oder Stuhlkreis mit Märchenquatschen, verstehst du, was ich meine? Jedenfalls, als die Alte Königin endlich starb, da schien dann wirklich alles, alles zu Ende. Jahrhundertelang hatte sie sich nach dem Untergang ihres Königreichs hier in dieser Höhle verborgen – gemeinsam mit dir, Luyánta, ihrem letzten Kind. Von den Murmeltieren, ihren alten Verbündeten, waren sie in schlimmster Not hierhergeführt worden. Tiefer in der Höhle westen noch die letzten Überlebenden des unglücklichen Fanesvolks vor sich hin, ein paar Frauen nur und

79

ein paar Kinder. Einige Mädchen, einige Jungen, verhärmt und bleich, ohne Hoffnung.

Nur einmal im Jahr rudertet ihr beiden hinaus auf den See: die alte Königin und ihre letzte Tochter. Was für ein herzzerreißender Anblick, die beiden Frauen in ihrem Boot auf dem einsamen nächtlichen See. Sie lauschten in die Weite, ob endlich der silberne Klang der Trompeten zu hören wäre. Dieser Schall, der ein Wiederauferstehen ihres Reichs verkünden würde, wie es einst verheißen worden war. Die beiden ruderten im Licht des Vollmonds auf dem See herum, hoffnungsvoll. Aber was soll ich sagen, nix. Kein Trompetentönchen, nirgends. Höchstens mal das schaurige Wuwu eines hungrigen Uhus, brrrr ... Und dann fragten sie sich beispielsweise, was wohl aus dem gewaltigen Krieger Ey-de-Net geworden war, dem Stärksten der Starken, der das Reich lange vor dem Untergang verlassen hatte ... genau gesagt, vertrieben worden war. Ja, vertrieben, dieser einzigartige Krieger Ey-de-Net, schmählich verjagt! Von dem alten König, diesem Verräter. Das durfte man nicht so laut sagen, weil es der alten Königin das Herz gebrochen hätte, aber er war ein Verräter gewesen, ihr Mann. Und er hatte seine gerechte Strafe bekommen, als er zu Stein wurde.

Gut, wir wollen uns nicht verquatschen in den alten Geschichten. Eines Tages also starb die alte Königin doch. Als ihre Kräfte endgültig erschöpft waren. Jahrhunderte hatte sie durchgehalten, so lange würde kein normaler Mensch auf irgendwas hoffen. Aber sie war halt die Fürstin eines edlen Geschlechts. Was soll ich sagen, Digger. Edel war sie, edel trotz der ganzen Misere.

Luyánta aber, ebenso edel und die Treueste der Treuen, die all die Jahre beständig an ihrer Seite gewesen war – die verschwand nun. Vielleicht war ihr die aussichtslose Welt, in der sie um ihrer traurigen Mutter willen noch geblieben war, zu aussichtslos geworden, zu erdrückend. Man fand nur noch, unter einem spitzen Felsen in der Höhle, ihr zurückgelassenes weißes Gewand. Am Hosenbein war es eingerissen und am Riss ein Blutfleck, sie musste sich das Bein aufgeschrammt haben. Das war ihre einzige Spur – sie verschwand wie ins Nichts. Mitsamt ihrem gefürchteten Weißen Schwert. Verschwand ebenso, wie sie einst aus dem Nichts erschienen war, gemeinsam mit uns Murmeltieren, um den Feind ein letztes Mal zurückzuschlagen und ihre bedrängten Leute zu retten. Keine Ahnung, Digger, wohin sie sich verdünnisierte. Jedenfalls nicht zurück zu den Murmeltieren, wie manche Fanesleute vermuteten. Nein, sie ging fort, irgendwohin. Außerhalb der Unselben Welt.

Die Überreste des alten Bootes der Königin, die habt ihr vorhin am Höhlenstrand gesehen.»

Die Prophezeiung des Fischs

Luyánta starrte in die verglimmende Glut der Kohlen auf dem Boden der Grotte. Das eingerissene Hosenbein mit dem Blutfleck … ihre Narbe aus Kindertagen, deren Herkunft sie nicht kannte … Sie versuchte, sich an irgendetwas zu erinnern: verzweifelte Jahrhunderte in dieser Höhle. Hoffnungsvolle nächtliche Fahrten auf dem See im Licht des Vollmonds und noch größere Verzweiflung. Und schließlich der Tod einer Königin mit gebrochenem Herzen, die ihre Mutter war – und ihr eigenes, Luyántas, Verschwinden. Als ob! Sie erinnerte sich an gar nichts.

Aber sie versuchte, tief in ihren eigenen Körper hinabzufühlen. Hinabzutauchen, dorthin, wo ihr alles unbekannt war, was in ihr lag. Denn es gibt solche Gegenden in einem, die man nicht kennt. Man kennt nur das Wenigste, was in einem ist. Und sie fragte sich, ob diese Erinnerungen vielleicht doch irgendwo verborgen in ihr selbst lagen. So wie diese Grotte hier, die in einen Berg führte, der nichts davon wusste.

«Hörst du überhaupt zu, Digger?», herrschte Die Dicke sie an. «Sonst brauch ich mir nicht die Schnauze fusslig zu quatschen.»

Sie schaute Luyánta mit durchdringendem Blick an. Und Luyánta bemerkte, dass einer ihrer beiden großen Nagezähne abgebrochen war. Anderthalb Nagezähne also, ziemlich schräg sah das aus. Und überhaupt, ein richtiges Kämpfergesicht, trotz des Schwabbels, sie hatte einige Furchen und Narben am Körper.

«Doch, natürlich hör ich zu», antwortete Luyánta. «Es ist nur die Erinnerung … sie tut weh …»

«Das versteh ich», sagte Die Dicke, nun in gnädigerem Ton. «Aber es nützt nichts, sich mit Erinnerungen zu quälen. Sinnlos, sich einen abzuhadern, wie gesagt. Das kann man höchstens machen, wenn man irgendwo beim Mittagsschlaf liegt und sich bloß die Hornhaut von den Pfoten kratzt.

Also, der bleiche, verhärmte Überrest des Volks hier unten, der war dann natürlich erst recht hinüber, ohne ihre alte Königin und ohne Luyánta, ihre treue, tapfere, zähe Prinzessin.

Und trotzdem gingen sie nicht ganz zugrunde. Fast ein Wunder. Sie lebten weiter, sie liebten sogar und bekamen gelegentlich Kinder. Mickrige Würmchen zwar, aber immerhin. Sie gaben ihnen das Wasser zu trinken, das von den Wänden der Grotte tropft, und manchmal erwischten sie eine Fledermaus. Oder sie gaben ihnen die Reste der Fische, die sie am Strand der Grotte fingen. Außerdem schlüpften hier von Zeit zu Zeit Fischer von draußen unter, wenn es auf dem See überraschend zu gewittern begann. Die brieten sich einen Fisch und ließen die Überreste in der Asche zurück. Oder sie legten einige Fische an den Strand, wenn sie ihren Unterschlupf wieder verließen – als Dank an die Grottengeister, die ihnen Schutz gewährt hatten. Woran Menschen halt so glauben! Immer wieder putzig. Aber die Existenz des Großen Murmel würden sie bestreiten!»

Dann sprach Die Dicke weiter: «Abergläubisches Fischervolk! Grottengeister – sich so was Albernes vorzustellen, bloß weil sie sich nicht denken konnten, dass da im Verborgenen des Berges die Reste eines Volks kauerten, das vor langen Zeiten einmal die ganzen Alpen beherrscht hatte. Andererseits, es gibt ja auch sprechende Fische. Man muss immer damit rechnen, einem sprechenden Fisch zu begegnen, verstehst du, was ich meine?

Und so geschah es auch hier. Einmal fanden die hungrigen Grottlinge einen Saibling am Strand, der noch lebte. Er lag auf seinem rosa Bauch und zuckte verzweifelt mit der Fettflosse, und als die Grottlinge ankamen, da lallte er mit jämmerlicher Stimme: ‹Werft mich zurück ins Wasser, dann erzähl ich euch was!›

Und was soll ich sagen, die warfen ihn zurück ins Wasser. Die ewige Grottenluft musste ihnen die Sinne getrübt haben, denn, Digger, wer würde sonst einen nahrhaften Fisch freigeben bloß für das Versprechen ‹Ich erzähl euch was›?

Aber dann hat's irgendwie doch gelohnt. Denn was der Saibling erzählte, war nix weniger als eine fette Prophezeiung. Gut, für eine Prophezeiung kannst du dir nix kaufen, aber nahrhaft ist sie trotzdem irgendwie, wenn's dir einmal schlecht geht. Dann denkst du einfach an die Prophezeiung!

Der Saibling steckte also seinen Kopf mit dem nicht sehr intelligent aussehenden Gesicht (Fische sehen so dämlich aus, seien wir ehrlich) … der steckte also seinen Kopf wieder aus dem Wasser, in das die Grottenolme ihn zurückgeworfen hatten, und sagte: ‹Okay, ich habe eine gute und eine schlechte Nachricht für euch und dann als Zugabe noch eine gute. Sperrt also die Ohren auf, ihr, meine barmherzigen Fischsammler: Euer armes, verlorenes Völkchen wird irgendwann wiedererstarken. Ihr werdet zahlreicher werden und auch wieder kräftiger und entschlossener. Müsst keine Angst mehr haben. Geht nur ab und zu mal an die frische Luft hinaus, ihr werdet sehen, wie gut das tut! Und ernährt euch vernünftig. Es müssen ja nicht gerade Saiblinge sein. Esst lieber Forellen. Bachforellen, Seeforellen, Regenbogenforellen … Dann könnt ihr irgendwann auch wieder ganz hinaus hier. Ihr werdet sehen. Das ist also die erste gute Nachricht. Und sie geht noch weiter: Dort draußen wird es wieder was mit euch. Es wird aufwärtsgehen, ihr werdet noch stärker werden und noch zahlreicher.

Aber dann wird es wieder abwärtsgehen. Euch wird ein Feind erstehen, der wird euch so was von zusammenstauchen. Ihr werdet euch hauen und schlagen und stechen mit diesem Feind, und er wird euch in fürchterliche Bedrängnis bringen. Und am Ende werdet ihr euch zerhauen und zerschlagen und zerstochen wieder in eine Höhle flüchten. Nicht in diese hier, sondern eine Höhle ganz woanders. Viel höher in den Bergen. Das ist die schlechte Nachricht, wie ihr schon gemerkt haben werdet. Tja. Wie gewonnen, so zerronnen, ihr Armen.

Aber es kommt ja noch eine gute Nachricht. Denn in dieser neuen Not wird die verschwundene Luyánta zu euch zurückkehren, um euch beizustehen. Das heißt, erst mal werden natürlich wieder die Murmeltiere auftauchen, eure alten Verbündeten. Sie werden euch in diese neue, rettende Höhle gebracht haben. Und sie werden sich auf den Weg machen, um Luyánta zu suchen und zu euch zu bringen. Seid ihnen dankbar! Sie sind die Besten! So, das war's. Beherzigt meine Worte›, sagte der Saibling, ‹und vergesst nicht: Forellen schmecken besser!› Und weg war er.»

Die Dicke machte eine Pause. Luyánta starrte nachdenklich in die nun ganz verglommenen Kohlen. Obwohl es nun überhaupt kein Licht mehr in der Grotte gab, konnte sie erstaunlicherweise ein wenig erkennen. Sie hob den Kopf und betrachtete die Murmeltiere. Struggles stocherte mit den Krallen seiner kurzen Arme ein wenig in der Asche. Paminer war eingeschlafen.

Dann schaute sie zur Dicken, die nun weitersprach: «Fische. Komplett seltsame Lebewesen, was? Wie kann man ein Fisch sein? Komplett seltsam, Digger … Also, um es kurz zu machen: Der Saibling war Ehrenfisch! Hätte ja sein können, dass er sich das alles bloß aus den Flossen saugte, um sein seltsames Leben zu retten. Aber es kam tatsächlich alles, wie er vorhergesagt hatte. Die Grottlinge berappelten sich mit der Zeit wieder, und irgendwann verließen sie, geführt von ihren drei Ältesten, die Höhle. Und dann breiteten sie sich wieder über die umliegenden Berge aus, eroberten einige Täler. Gegenden, die vor langen Zeiten einmal zu ihrem Reich gehört hatten. Aber alles behutsam. Meistens versuchten sie, sich mit denen, die dort schon lebten, zu arrangieren. Sie bauten Hütten, Dörfer, Burgen. Nur wenn sie angegriffen wurden, schlugen sie zurück. Aber dann bekamen sie es mit einem schrecklichen Feind zu tun, der sie nun so dicht an den Rand der Auslöschung geführt hat wie nie zuvor.»

«Die Trussaner?», fragte Luyánta.

Laut lachte Die Dicke auf. Auch Struggles fiel ins Lachen ein, und Paminer schreckte aus seinem Nickerchen hoch und gackerte ebenfalls los, ohne zu wissen, worüber.

«Die Trussaner doch nicht!», rief Die Dicke und wischte sich eine Lachträne aus dem Augenwinkel. «Digger, wer soll die ernst nehmen? Klar, sie können dich töten, aber ernst nehmen kannst du sie nicht. Das ist doch bloß räuberisches Gesindel. Kein Feind, vor dem man Angst haben muss, sondern ein Haufen von schmutzigen Brandpöblern. Unangenehm natürlich, wenn man ihnen über den Weg läuft, sehr unangenehm sogar, ich sag nur Murmeltierbraten … Sie lauern einem auf, sie pirschen sich heran – würde man niemals für möglich halten, diese plumpen, polternden Kerle, wie die schleichen können! Aber dennoch keine würdigen Feinde für echte Krieger wie uns. Nicht mal die garstigen Adler würden sich mit denen einlassen. Wenn man Trussaner trifft, zertritt man sie. Dann zerfallen sie zu Asche und Staub.

Nein, nein: Ein viel schlimmerer, gefährlicherer Feind begegnete den Fanesleuten. Dieser neue Feind waren die Adler. Genauer gesagt, deren Bündnispartner. Diese Krieger wurden angeführt vom Neuen Adlerprinzen, und sie paktierten mit den abscheulichen Adlern, die einen aus der Luft angreifen. Die Soldaten des Adlerprinzen sind grausam, aber leider auch furchtlos und listig.

Am Anfang errangen die Fanesleute noch einige Erfolge gegen die Adlerkrieger. Aber entscheidend besiegen konnten sie sie nicht. Tja, und dann wendete sich das Blatt. Die Adlerkrieger bekamen die Oberhand, oder die Oberklaue. Ich erspare dir die langwierigen militärischen Einzelheiten und Schlachtbeschreibungen. Entscheidend ist ja sowieso bloß, was hinten rauskommt, wie einmal ein besonders dickes, sehr weises Murmeltier sagte. Und was hinten rauskam, das war, dass die Leute des Adlerprinzen das Fanesvolk immer schärfer bedrängten. Weil sie keine Bedenken hatten. Immer grausamer und grausamer wurden sie.

Wo aber Gefahr ist, wächst das Rettende auch, wie ein anderes Murmeltier sagte, das einst auf einem fernen Berg lebte und derart weise war, dass es irgendwann seine Höhle dort oben überhaupt nicht mehr verließ. Andere behaupten, es sei verschüttet worden. Ist ja auch egal, ich verquatsch mich wieder, Digger. Also. Am Ende blieb den Fanesleuten nur die Flucht hinauf in die Berge. Die Adlerleute saßen ihnen hart im Nacken, aus der Luft griffen die Raubvögel sie an, und gemeinsam hätten diese Fürchterlichen ihnen allen beinah das Lämpchen ausgeblasen.

Und erst da erinnerten die Unglücklichen sich wieder an ihre alten, treuen Verbündeten. Tja. Wem hatten sie denn einst ein Zwillingsmädchen (eine Königstochter sogar!) geschenkt, um den Bund zu besiegeln? Und wer hatte sie schon einmal in höchster Not in unterirdische Rettung geführt – damals, in der Zeit des ersten Untergangs?

So passierte es also noch einmal. Digger, was tut man nicht alles! Aus Treue! Was sind wir geflitzt, um ihnen zu helfen! Und als die Unglücklichen, ein Häufchen Elend, endlich in der sicheren Höhle hockten, wimmernd und zitternd und zagend: Da versprachen wir ihnen, die Unselbe Welt zu verlassen und für sie die verschwundene Luyánta aufzuspüren. Um sie durchs Fanestor zurück zu ihnen zu bringen. Luyánta oder, wie du für uns heißt, das weiße Murmeltier.

Jahrelang suchten wir dich vergebens. In was für Gefahren haben Murmeltiere sich begeben, wie viele sind umgekommen – Adler, Trussaner ... Füchse, Wölfe, Schakale ... Automobile ... ach, meine verlorenen Kinder!»

Eine Weile schwieg Die Dicke. Luyánta hätte ihr fast schon die Hand auf die Schulter gelegt, um sie zu trösten.

Die Dicke aber gab sich plötzlich einen Ruck und rief: «So! Sie warten ja verzweifelt auf uns, diese ewigen Pechzausel. Deine alte

86

Verwandtschaft, Digger! Darum wollen wir uns, wenn ihr mit dem Essen fertig seid (seid ihr fertig, ja? Gut, ihr seid fertig!), sofort auf den Weg machen.»

Der erste Überfall

Das Tageslicht und die sommerliche Hitze schienen ganz unwirklich, wenn man aus der Dunkelheit der Höhle kam. Man kniff die Augen zu, hielt den Atem flach, so hell war's im ersten Moment und so dick und warm die Luft. Die Sonne stand hoch. Luyánta und die drei Murmeltiere überquerten den See im modrigen Kahn, der wie am Morgen übers Wasser glitt, als fände er seinen Weg von selbst: bis an die dichtbewachsene Uferstelle, wo sie ihn gefunden hatten.

Ob dieses verrottete Boot sie je wieder, ob es überhaupt irgendjemanden noch einmal tragen würde? Es machte nicht den Eindruck ... Gut, dass sie wieder an Land waren.

Vom See aus hatte Luyánta (den alten Hippiebeutel mit ihren neuen Vorräten über der Schulter) wieder den mächtigen, eckigen Berg betrachtet, und genau diese Richtung schienen sie nun im Wald einzuschlagen. Zu Luyántas Überraschung waren sie noch schneller unterwegs als zuvor. Denn Die Dicke hechelte keineswegs hinterher, wie man bei ihrer Statur hätte befürchten können, sondern sprang eilig voran und zog sie hinter sich her. Immer aufwärts.

So kamen sie schon nach kurzer Zeit aus dem Wald und mussten nun einen ansteigenden Hang aus weißem Geröll und Gestein überqueren. Die Mittagssonne fiel auf die blendenden Steine, und sie bewegten sich mit zugekniffenen Augen vorwärts, bis sie an den Fuß der steilen Wand gelangten. Nun, die hunderte von Metern in den Himmel schießende Steilwand direkt vor Augen, schien das alles noch furchteinflößender: als könnte der Berg im nächsten Moment über ihnen zusammenstürzen, er würde einen für Jahrhunderte unter sich begraben, für immer ...

Die Murmeltiere aber sausten die einschüchternden, stellenweise fast senkrechten Schotter- und Felsenhänge im Zickzack hinauf, und Luyánta gelang es zu ihrem eigenen Erstaunen, Schritt zu halten. Sie spürte zwar den schweren Druck ihrer pumpenden Lungen und ihr heftig bumperndes Herz. Es schmerzte in der Brust – und doch ging es wie von allein. Von wegen, sogar ein Ast läuft schneller den Berg rauf als du, wie ein wildfremder Mensch vor ewigen Zeiten mal zu ihr gesagt hatte ... Diese Erinnerung war fern, ganz blass schon ... Höher und höher sausten die drei Murmeltiere, oder waren es vier, und sprachen kein Wort dabei. Ganz gleichmäßig gingen ihre schweren Atemzüge und ihre Füße, so als keuchten und liefen sie in einem gemeinsamen Takt, mit einem gemeinsamen Puls. Als wären sie *ein* Körper.

Die steinerne Wand hinauf. Ohne in die Tiefe zu schauen.

Keine Ahnung gehabt, dass Murmeltiere so gut klettern können. Sie hätte gedacht, die tapsten bloß auf Wiesen herum. Aber gut, sie waren ja nicht irgendwelche Murmeltiere. Ein edles Geschlecht ...

Sie kamen um ein Eck, ein Felsvorsprung warf Schatten, dahinter lag eine Kuhle, die mit Schnee bedeckt war. Kurz zögerten die Murmeltiere, dann sausten sie hinüber. Wenn sie nur schnell genug liefen, sanken sie nicht ein. Einmal nur kam Paminer auf dem glatten Untergrund ins Schlingern, drohte abzurutschen, da stockte ihnen allen der Atem – aber er kratzte die Kurve und schaffte es. Als sie wieder Gestein unter den Pfoten hatten, fühlten sie sich sicher. Und sausten einfach weiter.

Ein Puls, ein Körper.

«Wenn uns nur kein Adler angreift», unterbrach Paminer nach langer Zeit das konzentrierte Schweigen. Klar, dass er als Erster der Versuchung zu plappern nachgab. Hechelnd und keuchend seine helle Stimme: «Alter, hier in der verflixten Wand wären wir ihnen komplett ausgeliefert! Keine Murmeltiergegend. Dazu die knallende Sonne ...»

88

«Schnauze, Digger!», rief Die Dicke. Und schweigend ging's weiter bergauf.

So erreichten sie schließlich die Schulter des Berges. Jetzt erst verschnauften sie und sahen vor sich: Auf der anderen Seite erstreckte sich unterhalb der Bergschulter eine größere, ebene Fläche, und dahinter sah man, sanft abfallend, eine unerwartet weite Ebene: eine strahlend grüne Graslandschaft, ohne Bäume (dafür war es wohl zu hoch), dafür durchzogen von Bächen. Unterhalb eines schneebedeckten Gipfels zu ihrer Rechten entsprang ein Wasserfall.

Nun, auf dieser sicher scheinenden Höhe, wandten sie sich um – zum ersten Mal, seit sie ihre halsbrecherische Tour begonnen hatten. Luyánta erschrak, als sie hinunterblickte: So eine gewaltige Höhe hatten sie überwunden! In der Tiefe lag der Wald und in seiner Mitte der türkis leuchtende See. Nur ein Klecks von hier oben.

Und weiter in der Ferne, mitten im Wald, die schwarzen Flecken. Leichter Qualm noch an einigen Stellen, wo die Trussaner *geatmet* hatten – auch nur Tupfer im Grün, ganz harmlos wirkten die von hier. Luyánta staunte, wie schnell das alles gegangen war. Die Bezwingung einer solchen Wand. Es fühlte sich keineswegs leicht an, im Gegenteil. Aber sie hatten es geschafft. Während des Rennens und Steigens hatte Luyánta gar nicht darüber nachgedacht, was sie taten. Jetzt aber erschrak sie.

Toller Ausblick, was … ja, ja. Wenn man oben ist, kann man runtergucken. Nichts Besonderes daran. Sie wusste das doch am besten!

Dort die Tiefe, und sie vier jetzt hier oben. Ameisen, hatte sie einmal gedacht, als sie von unten Wanderer auf Berggipfeln gesehen hatte. Aber jetzt waren sie die Ameisen … Nein, waren sie nicht. Sie waren Murmeltiere. Sie betrachtete ihre Hände, war aber fast enttäuscht, als sie feststellte, dass es tatsächlich Hände waren, wohlbekannte Menschenhände mit schlanken Fingern, nur die kleinen Finger leicht gekrümmt. Wund und rot und aufgeschürft vom Klettern.

Hände, nicht etwa weiße Pfoten.

89

Da war sie fast noch erstaunter, dass sie diese Steilwand hinaufgekommen war. Ein Naturtalent, hatte die Trainerin damals gesagt, im Workshop für anstrengende Mädchen ...

Die Sonne stand jetzt deutlich tiefer, es musste bereits weit im Nachmittag sein. Die ganze Mittagszeit hatten sie also ausgesetzt an der tödlichen Felswand zugebracht, in der sengenden Sonne. Und jetzt erst spürte Luyánta ihren brennenden Durst. Zugleich fröstelte sie im scharfen Wind, der hier oben wehte. Aber es ging, es ging. Später würden sie die Bäche in der tiefer gelegenen Graslandschaft erreichen.

«Auf, auf», rief sie den verblüfften Murmeltieren zu, «auf, meine putzigen Krieger!»

Und während sie sich wieder in Bewegung setzten, meinte sie im schwabbligen Gesicht der Dicken so etwas wie ein zufriedenes Lächeln zu erkennen. So seltsam das auch aussah – mit ihrem abgebrochnen Zahn.

Die Murmeltiere folgten ihr. Auf, meine putzigen Krieger!

Abwärts ging das Laufen natürlich leichter. Sie hielten das Tempo so scharf wie möglich, im Zickzack hinab. Trotz Nachmittag immer noch schweißtreibende Hitze, stechende Höhensonne. Aber als sie bald die Wiesenlandschaft erreichten, waren sie wieder im gemeinsamen Puls und Takt. Sie liefen durchs Gras, das ihnen bis über die Schultern reichte. Schließlich erreichten sie den ersten Bach, dort wollten sie kurz rasten. Luyánta legte sich auf den Bauch und schöpfte mit der Hand (der wunden, langfingrigen Hand) das Wasser in den Mund. Es war so kalt, dass es weh tat, aber das war egal.

An der Seite des Baches staute sich das Wasser in einer kleinen Bucht, dort stand es fast still. Da schaute Luyánta hinein und sah ihr verschwimmendes Spiegelbild: das Gesicht eines Menschenmädchens, keine Frage ...

Dann öffnete sie ihre Tasche und holte ein Stück Brot heraus, während die drei Murmeltiere sich etwas abseits vom Bach Gras aus der Wiese rupften. Und erst jetzt, in der ersten Ruhe, die sie sich gönnten, spürte Luyánta ihre Erschöpfung. Das Stechen in ihrer

90

Lunge, auch wieder das Reißen im Schulterblatt, das sie schmerzte, seit sie (keine Ahnung, warum) den Stein nach der unheimlichen Dohle geschleudert hatte, vergebens, kurz vor dem Gewitter. Aber es blieb ihnen keine Zeit zum Ausruhen. So oder so hätten sie weitergemusst, das war ihr klar. Da aber ertönte ein gellender Pfiff von der Seite. Dort hockte Struggles im Gras. Er warf seinen Kopf zur Seite, um ihnen etwas zu zeigen. Und tatsächlich sahen sie, vielleicht hundert Meter entfernt, fürchterlich nah also, drei riesige Gestalten auf sie zurennen!

Potthässlich waren die. Hässlich und schrecklich: Selbst auf die Entfernung sah man die langen, stachligen Augenbrauen über ihren gleißenden roten Augen. Ihre Quadratschädel waren dagegen völlig kahl. Ihre zerzausten Bärte wehten ihnen im Rennen über die Brustkörbe, die in grobem, grauem Wams steckten. In den plumpen Händen hielten sie Waffen: der eine einen Dolch, der andere eine Keule, der Dritte zog eben einen Pfeil aus dem Köcher, den er auf dem Rücken trug.

Zottelige unangenehme Kreaturen, dröhnende Wesen. Und dennoch mussten sie sich lautlos angeschlichen haben. Kaum zu glauben!

«Puh, sind die hässlich!», kreischte Luyánta. «Sogar aus den Ohren wachsen ihnen borstige Haare und aus den Nasen!»

«Willst du dir die Hackfressen etwa genauer ansehen? Paar Schönheitstipps geben?», rief Struggles und wandte sich zur Flucht.

«Verseuchte Gegend hier», fluchte Die Dicke und setzte sich ebenfalls in Schwung. Und schon liefen alle vier durch den spritzenden, eiskalten Bach und dann, so schnell es ging, die Wiese bergab. Ein Pfeil schwirrte über ihre Köpfe. Die Trussaner aber (denn dass es welche waren, war Luyánta glasklar) hielten weiter auf sie zu. Nur am Bach zögerten sie kurz, das verschaffte den Flüchtenden einen kleinen Vorsprung. Dann aber setzten die riesigen Kerle mit weiten Sprüngen hinüber, einer nach dem anderen – jedes Mal, wenn einer auf der anderen Seite aufsetzte, meinte man die Erde beben zu spüren.

91

«Bloß weg, Alter», keuchte Paminer, «mit den Gesellen ist nicht gut Moosflechten futtern!»

«Schnauze, Digger!», herrschte Die Dicke ihn an, und weiter sausten sie. Selbst auf der Flucht ein Puls, ein Takt. Ein Körper. Luyánta blickte im Laufen auf ihre rennenden Beine: vier weiße Pfoten ...

Und da war plötzlich ein überschäumendes Glücksgefühl in ihr, trotz der Angst vor den abscheulichen Kerlen. Sie rannte und rannte. Auf allen vieren. Nie in ihrem Leben war sie so schnell gerannt.

«Nicht umdrehen!», schrie Die Dicke, als Luyánta einmal den Kopf nach hinten wandte, um zu sehen, ob sie ihre Verfolger vielleicht abgeschüttelt hätten. «Wer sich umdreht, verliert!»

Aber sie hörte, sie spürte ja diese donnernden Schritte im Gras; und da drehte sie sich doch um: Die Feinde waren näher gekommen, sie sah ihre stachligen Brauen und die roten Augen, pfui Deibel! Meinte ihr Ächzen und Hecheln zu hören, ihren glühend heißen Atem im Nacken zu spüren.

Und wieder ein Pfeil über ihrem Kopf ... ziemlich daneben, das Zielen hatten die nicht gerade erfunden.

In diesem Moment aber, gerade als sie still auflachte, blieb sie mit dem Fuß an etwas hängen, wohl eine Wurzel unterm Gras, geriet ins Straucheln, gleich würde sie fallen ...

... aber sie wurde an der Vorderpfote vorangerissen, von der wütenden Dicken. Und nun flitzten sie wieder, noch schneller, die vier Murmeltiere. Ohne ein Wort jetzt. Ohne sich umzusehen. Immer weiter.

Auf einmal aber war Paminer verschwunden – wie aus ihrem gemeinsamen Körper herausgerissen. Luyánta, Struggles und Die Dicke blieben abrupt stehen und sahen sich um. Ein Blick nach hinten: die Trussaner trampelten auf sie zu! Im selben Moment kam ein Pfiff von der Seite, nur ein kleines Stück entfernt. Struggles schaltete als Erster und sprang in diese Richtung – fort war auch er.

«Rein da!», rief Die Dicke, und Luyánta sprang Struggles nach: in ein Loch unter der Grasnarbe hinein.

92

Eine Grube. Nein, ein Gang. Sie lief drauflos. Spürte, wie hinter ihr auch Die Dicke hereinhüpfte. «Los, los!», rief die, «so tief rein, wie es geht!» Und sie flitzten. Hinter ihnen stürzte Licht nieder, wie tödliche Blitzschläge: Das waren die Trussaner, die jetzt mit bloßen Händen die Grasnarben herausfetzten, um den Gang aufzureißen und ihre Beute doch noch zu erreichen.

Aber vergebens, die Murmeltiere liefen immer tiefer in den Berg hinein. Durch schwarze, feuchte Gänge, die sich immer wieder verzweigten. Luyánta folgte dem vor ihr laufenden Struggles, der wiederum Paminer nachlief. Einmal gerieten sie in einen toten Gang: «Toilette!», wisperte Paminer von vorn, sie drehten sich um, und Die Dicke übernahm die Führung, hinein in den nächsten Gang, wo sie weiterkamen.

Allmählich konnten sie etwas langsamer laufen, es drohte wohl keine Gefahr mehr.

Und obwohl es hier drinnen stockfinster war, erkannte Luyánta (ihre Augen waren wirklich immer für eine Überraschung gut) ihre weißen Pfoten. Das schneeweiße, weiche Fell, aus dem kleine, scharfe Krallen hervorkamen.

Schließlich wurde der Gang weiter, und dann: ein gewölbter Raum, fast eine Art Saal. Die Wände waren aus kühler, feuchter Erde. Dünne Wurzeln hingen von der Decke. Es war ganz still.

«Hier können sie uns nicht erreichen», sagte Die Dicke.

«Hoffentlich», sagte Paminer.

«Bleiben wir einfach ein Weilchen hier, Bruder», sagte Struggles.

«Und wenn sie uns erreicht hätten?», fragte Luyánta. Im selben Moment bereute sie ihre Frage. Denn wie die drei Murmeltiere sie jetzt wieder anblickten … Die Dicke antwortete mit ihrer rauen, furchtlosen Stimme:

«Hätten wir gekämpft. Und dann hätten wir schon gesehen.»

«Jawohl!», kreischte Paminer und schwang die Krallen seiner Vorderhand.

«Und warum haben wir dann nicht einfach gleich gekämpft?», setzte Luyánta nach. Sie ärgerte sich etwas: zum einen darüber, dass

93

ihre Kameraden sie anblickten, als hätte sie eine vollkommen unmögliche, dumme Frage gestellt; und zum anderen darüber, dass sie sich diesen scheußlichen Feinden nicht gestellt hatten, wenn sie doch anscheinend Aussichten gehabt hätten, den Kampf zu gewinnen; auch wenn man sich das schwer vorstellen konnte. Stattdessen waren sie davongerannt wie die ... Nun ja, dachte sie: wie die Murmeltiere.

Da zeigte Die Dicke ein sanftes, gnädiges Lächeln: «Du fragst zu Recht. Denn du hast so viel Mut in dir, weißes Murmeltier! Mehr Mut als wir alle zusammen. Aber das ist ja nix Neues. Nur vergiss nicht, dass du auch klüger bist als wir. Die Klügste von allen bist du, vergiss das nicht! Verstehst du, was ich meine? Kämpfen ist kein Selbstzweck. Wenn man kämpft, muss man gewinnen. Aber man kämpft nur, wenn man nicht fliehen kann.»

Luyánta sagte nichts mehr. Aber ganz war sie nicht überzeugt. Das hatte sie sich anders vorgestellt. Einfach so wegzurennen, das sollte also klug sein.

Andererseits, wenn sie das Donnern der Schritte über ihren Köpfen spürte, dann war sie doch nicht mehr so scharf auf den Kampf. Und sie hörten dieses Donnern einige Male in den nächsten Stunden. Die Trussaner suchten noch immer nach ihnen. Doch hier, tief unterm Gras verborgen, konnten die Feinde sie niemals erreichen.

«Warum aber», fragte Luyánta nach einer Weile, «hast du dann am See gegen die Trussaner gekämpft, Dicke? Denn du hast sie doch getötet? Nichts als ein paar Klötzchen glimmende Kohle sind von ihnen geblieben. Hattest du keine Gelegenheit zu fliehen? *Musstest du kämpfen?*»

Die Dicke antwortete nicht. Es war deutlich zu sehen, dass sie nichts mehr sagen wollte.

94

Der zweite Überfall

Am nächsten Tag steckten sie ihre Nasen vorsichtig in die Morgensonne – natürlich aus einem anderen Loch als dem, in das sie gestern auf der Flucht hineingesprungen waren. Dieses Loch gab es ja ohnehin nicht mehr, die Trussaner hatten es in ihrer blinden Wut zerwühlt und zerrissen.

Irgendwann in der Nacht waren die donnernden Schritte nicht mehr wiedergekehrt. Die Kerle mussten sich auch zur Ruhe begeben haben, oder sie hatten sich verzogen. Oder aber sie lauerten und kauerten wieder ... Doch dass sie ungeschützt auf der freien Hochebene geblieben waren, hielt Die Dicke für unwahrscheinlich: Die Angst der Trussaner, von nächtlichem Regen überrascht zu werden, war zu groß. Denn Wasser sei das, wovor sie sich unbedingt vorsehen müssten, und plötzlicher heftiger Regen sei im Gebirge nicht gerade selten. Andererseits, bei diesen Kerlen sei nichts auszuschließen, schon gar nicht Furchtlosigkeit durch Dummheit. (Und Luyánta erinnerte sich an das nächtliche Feuer auf dem Berggipfel, das sie von der Hütte aus gesehen und bei dem sie an einen verlöschenden Stern gedacht hatte, damals, als sie im Waschraum schlief. Was sie für Wanderer gehalten hatte, mussten Trussaner gewesen sein. Lang, lang schien das alles her ... die Rufe ... der Urlaub ... ihre Familie ...)

Jedenfalls hatten die Murmeltiere in ihrem sicheren Erdsaal tief und fest geschlafen.

Nun witterten sie in alle Richtungen. Von den Trussanern nichts mehr zu riechen, zu sehen. Hatten sich wohl frustriert und hungrig davongemacht. Irgendwem anders würden sie nun Ärger und Unheil bringen, der müsste dann bezahlen für ihre erfolgreiche Flucht. Vielleicht wäre es doch besser gewesen, gegen diese Monster zu kämpfen, dachte Luyánta. Sie zu besiegen. Sie auszulöschen ...

Die weiten Wiesen lagen friedlich im Morgenlicht, feucht vom Tau. Irgendwo flatterte ein brauner Vogel flach über das Gras, aus der Ferne ein einzelnes, fröhliches Zwitschern. Es war ein wolkenloser Tag, und unterhalb des beschneiten Gipfels, der sein Weiß in den blauen Himmel streckte, ergoss sich der Wasserfall, wie er es wohl seit Jahrtausenden tat und noch Jahrtausende tun würde. Unvorstellbar, dass in dieser friedlichen Landschaft je eine Bluttat stattfinden könnte, wie die Trussaner sie zweifellos im Sinn gehabt hatten. Eine Bluttat an ihnen.

Sie brachen auf. Und obwohl sie ein Ziel hatten, obwohl jemand in Not dringend auf sie wartete – fand Luyánta es schön, hier unterwegs zu sein. Einfach unterwegs, immer voran. Graslandschaft, so weit das Auge reichte, und darüber die hellen Berge. Einmal erkannten sie Gämsen im Fels. Die Murmeltiere aber schielten, während sie unterwegs waren, immer in die Höhe. Wahrscheinlich fürchteten sie den Angriff eines Adlers.

Doch es war kein Raubvogel zu sehen am weiten, blauen Himmel. Luyánta, so glücklich sie war, kam es völlig absurd vor, dass ausgerechnet sie, die doch am liebsten in ihrem Zimmer saß (weil sie die ganze Welt darin hatte), nun Tag und Nacht in so einer wilden, paradiesischen Einöde unterwegs war. Denn das war es: wild und paradiesisch. Fürchterlich und beglückend.

Sie liefen die meiste Zeit sacht bergab. Gegen Nachmittag kam ein bewaldetes Gebiet in Sicht. Tiefes, dichtes Grün. In der Ferne stieg eine Rauchsäule bedrohlich in die Luft, eine Spirale aus Qualm. Sehr weit weg, dennoch mussten sie sich weiter vor Trussanern hüten.

Als es auf den Abend zuging, erreichten sie den Wald. Das Gelände wurde sehr uneben, die Bäche hatten sich zu einem breiteren Fluss vereinigt, der schnell floss und sich laut rauschend immer tiefer in den abfallenden Grund eingrub. Über den Ufern ragten felsige Hänge, auf denen sich Bäume festkrallten – Föhren, Lärchen, Fichten, was auch immer.

In diese bewaldete Senke liefen die Murmeltiere hinein, zur Linken weit unter ihnen der Fluss, zu ihrer Rechten der aufsteigende Hang. Eine undurchsichtige, ungemütliche Angelegenheit, und sie verlangsamten ihr Tempo, um besser auf der Hut zu sein vor un-

96

liebsamen Überraschungen. Immerhin fanden sie wieder ein paar säuerliche Schwarzbeeren und bald darauf sogar köstliche, winzige Walderdbeeren. Da immer wieder sprudelnde Bäche durch den Wald bergab zum Fluss in die Schlucht stürzten, konnten sie öfter kleine Trinkpausen einlegen. Denn an den brennenden Durst nachts in der Höhe, nachdem sie die gewaltige Steinwand überwunden hatten, dachte Luyánta mit Schrecken zurück.

Die Schlucht wurde, je länger sie gingen, immer enger und steiler: als schnürte sich die Landschaft um sie herum zusammen, oder wie ein riesiger Schatten, der sich über die Welt warf. Hier war jetzt wirklich das, was man einen finsteren Wald nennt. Luyánta dachte mit Sehnsucht an die sonnigen Wiesen zurück, auf denen sie eben noch unterwegs gewesen waren. Es kam ihr schon ganz unwahrscheinlich vor, dass es eine so herrliche, strahlend helle Landschaft überhaupt geben konnte. Aus der Tiefe immerzu das Rauschen des strömenden Flusses. Man meinte, die Kälte des aufgischtenden Wassers dort unten zu spüren.

Luyánta bemerkte, dass Die Dicke immer unruhiger wurde, je dunkler der Wald und je steiler die Schlucht waren. Ihr Weg war allerdings trotz der Unbehaglichkeit nicht wirklich gefährlich. Es bestand wenig Risiko, in die Tiefe zu stürzen, wenn man ausrutschte, denn da waren genug Büsche und Bäume am Hang, die man notfalls schon zu fassen bekäme oder in denen man hängen bliebe. Nein, es musste der Wald selbst sein, der Die Dicke beunruhigte. Und da dieses alte Murmeltier zweifellos die Erfahrenste von ihnen war, versuchte Luyánta es ihr nachzutun und lauschte mit äußerster Spannung auf jedes verdächtige Geräusch. Dachte auch wieder an die Qualmsäule in der Ferne zuvor.

Aber nur das Rauschen des Flusses. Und manchmal der schnarrende Ruf eines Tannenhähers, wie ein seltsamer Apparat.

Nicht nur der Wald wurde dichter, die Schlucht dunkler, auch der Tag ging allmählich zu Ende. Es wurde Zeit, sich eine Stelle für die Nacht zu suchen. Sie hielten schließlich unter einem überhängenden Felsen, von wo aus sie etliche Meter rundum überblicken konnten.

Am Stein aufgetürmt, erhob sich ein lebhafter Ameisenhaufen, Luyánta lächelte, während sie ins Gewusel schaute. Wie eine verkehrsreiche Großstadt. Sieh an, das waren ja alles lebendige Tiere, nicht bloß herumlaufende Punkte ...

Der Dicken schien nicht ganz wohl hier. Aber sie konnten kaum weiter, denn Paminer begann zu murren, und auch Struggles und Luyánta waren erschöpft und hungrig.

«Erzähl mir mehr von den Fanesleuten, zu denen wir unterwegs sind», sagte Luyánta, während sie aus ihrer Tasche ein Stück Brot und eine Wurst herausnahm. Dabei stellte sie beruhigt fest, dass sie immerhin noch einigen Proviant hatte. Denn das Moos, an dem die anderen drei sich wieder labten, verlockte sie immer noch nicht. Sie war eins von ihnen, dachte sie, und war es nicht. Ein Mensch *und* ein Murmeltier.

«Du musst dein wahres Wesen noch finden», hatte die Mutter zu ihr gesagt. Vor sehr langer Zeit. «Und vielleicht hat man gar nicht *ein* wahres Wesen, sondern viele verschiedene.» Ein Murmeltier zu sein, das war nicht ihr *wahres*, sondern ihr *anderes* Wesen.

Vielleicht aber würde sie sich irgendwann vollends in ein Murmeltier verwandeln. Gerade wünschte sie es sich. Trotz des Mooses.

Jetzt aber hatte sie zwei starke Mädchenhände, in der einen hielt sie Brot mit fester Rinde, in der anderen eine geräucherte Wurst, von der sie abbiss. Mit den Schneidezähnen eines Menschen. Und sie dachte, dass sie, als Mensch, ja ein wirkliches Raubtier war im Vergleich zu ihren Brüdern und Schwestern, den Murmeltieren.

«An denen wirst du nicht viel Freude haben», antwortete Die Dicke, «an deinen Fanesleuten. Meine Meinung, Digger! Ein konfuser Haufen, haben keine Moral. Verstehst du, was ich meine? Den einen Tag sind sie obenauf, die Herren der Welt – das war gestern. Und den andern Tag schon wieder ein Häuflein Elend, ein Bild des Jammers, verzweifelte Todgeweihte in ihrem letzten Versteck – tja, und das ist leider heute. Deshalb sind wir ja unterwegs zu ihnen. Was tut man nicht alles aus Bündnistreue.

Aber lass dir einen Rat geben, Digger», fuhr sie fort und sah Lu-

98

yánta in die Augen: «Lass mich dir einen dringenden Rat geben für den Fall, dass es dir gelingen sollte, diese Pechfratzen rauszuhauen aus ihrer selbstverschuldeten Misere. Und ich bezweifle nicht, dass es dir gelingen wird.»

Und hier sprach sie nicht weiter.

Luyánta sah sie erwartungsvoll an. Wird es das?, dachte sie, wie könnte ich denn? Fragte es aber nicht, sondern:

«Ja, weiter? Was ist dein Rat?»

Da gab Die Dicke ihr jedoch ein Zeichen, sofort still zu sein. Alle begriffen, dass sie etwas bemerkt haben musste. Angespannt schweigend schauten sie sich um, ganz langsam. Nach rechts. Nach links.

Da. Eine Art Scharren. Ein Kratzen. Ganz kurz nur.

Ein merkwürdiger warmer Luftzug ...

Die Murmeltiere legten ihr Moos beiseite. Luyánta steckte Brot und Wurst leise zurück in die Tasche.

Und in diesem Moment erschienen zwei riesige, tramplige Füße in gewickelten Lappen, schienen einen schrecklichen Moment lang in der Luft zu stehen, direkt vor ihren Augen. Und dann stand der ganze Trussaner vor ihnen, und gleich darauf die beiden anderen, in all ihrer Unpracht: rote Augen, stachlige Brauen, kahle Quadratschädel – und ein ätzender heißer Atem, direkt in ihre Gesichter. Eine ekelhafte Mischung war das, stank nach verkohltem Gummi und verschmorten Haaren und angebrannter Milch, und in den Augen tat es einem auch noch weh, beißender Rauch.

Sie hätte jetzt einen an den Augenbrauen reißen können, so nah standen sie vor ihr und grinsten sie triumphierend an. Und sie erkannte, dass sie auch noch behaarte Zähne hatten. Oh Hässlichkeit!

Die groben Kanaillen waren über den Felsen zu ihnen gekommen, von oben. Unglaublich, wie diese Grobschlächter sich anpirschen konnten.

Die Murmeltiere waren erstarrt. Jetzt saßen sie in der Falle.

Luyánta aber wollte nicht erstarren. *Auf,* dachte sie wieder, mit pochendem Herzen: *auf, meine putzigen Krieger* ... noch ist nichts ver-

99

loren ... und sie fasste sich ein Herz und schaute dem Lumpenkerl in der Mitte, dem mit dem Dolch, direkt in die Fresse. Ohne eine Miene zu verziehen. Sie erinnerte sich an ein Bilderbuch, das sie als kleines Kind geliebt hatte und in dem ein Junge wilde Kerle zähmte, indem er sie ansah, ohne zu zwinkern. Nun, so was Stilvolles wie strenges Nichtzwinkern würde bei diesen Gesellen hier wohl nichts nützen. Man musste sich etwas anderes ausdenken! Etwas Einfaches, Wirkungsvolles ...

«Na, ihr Hübschen?», sagte sie mit fester Stimme – oder genauer gesagt: einer Stimme, die fest klang. Denn ihr selbst kam sie überhaupt nicht fest vor. Fremd fühlte diese Stimme sich an, als klapperten die Buchstaben einzeln in ihrem Mund.

Aber zugleich war Wut in ihr, brodelnde Wut – sie spürte den Drachen an seiner glühenden Kette reißen. Aber diesmal ließ er sie nicht besinnungslos werden und alle Kontrolle verlieren, ganz im Gegenteil: Der unbändige Zorn bewirkte, dass sie nicht in Panik geriet.

«Was willst du?», keifte der mit dem Dolch sie an. Eine Stimme wie prasselndes Feuer. Sie sah die Haare auf seinen Zähnen. «Wieso sagst du einfach ‹na› zu uns? *Ich* wollte ‹na› sagen!»

«Ja, hier sagt nur einer *na*, und das sind wir!», rief der zweite Trussaner, der mit der Keule. Und der dritte, mit Bogen und Köcher, grunzte: «Ihr braucht überhaupt nichts mehr sagen. Ihr seid nämlich am Arsch.»

«Zu», sagte Luyánta.

«Was?»

«‹Überhaupt nichts mehr *zu* sagen›, heißt es. Wer brauchen ohne zu gebraucht, braucht brauchen überhaupt nicht zu gebrauchen.»

«Schnauze! Am Arsch, sagen wir!»

«Meinst du?», sagte Luyánta. Obwohl sie zugeben musste, dass er nicht ganz unrecht hatte. Sie waren am Arsch ... zugleich der Zorn, der Drache ... Sie versuchte, einfach weiterzulabern. Immer drauflos, dachte sie, loslabern, wie ein Volltrottel, was bleibt mir übrig. «Ich merk schon, es stimmt, was man über euch sagt.»

«Ach ja? Was sagt man denn über uns?»

«Dass ihr nicht nur furchtbar bösartig seid, sondern auch sehr dumm. Und sogar noch dümmer als böse.»

Die Trussaner schnaubten. «Deine Frechheiten werden dir nichts nützen!», keifte der erste. «Im Gegenteil, die machen alles nur noch schlimmer für dich», rief der zweite, und der dritte grunzte: «Wobei, noch schlimmer gibt's gar nicht!»

«Ihr macht euch ja wirklich ganz schön viel Mühe für ein paar kleine Murmeltierbraten», sagte Luyánta. Ihre Kameraden zuckten zusammen bei diesem Wort.

«Murmeltierbraten?», bellte es zurück, und der Grobian wackelte mit dem Dolch in seiner Pranke. «Wer sagt dir, dass uns ein lächerlicher Braten interessiert? Schmeckt sowieso ranzig mit dem ganzen Fett. Als ob wir nichts Besseres hätten!»

«Also habt ihr schon gemampft? Was gab's denn? Habt ihr ein paar Fliegen gefangen oder einer Eidechse den Schwanz abgerissen?»

«Halt die Schnauze, du Miststück! Du weißt ganz genau, was wir von dir wollen. Die silbernen Pfeile. Die *unfehlbaren silbernen Pfeile*!»

«Natürlich, das hätte ich mir ja gleich denken können.»

Luyánta hatte keine Ahnung, wovon der Kerl redete, aber sie musste Zeit gewinnen. Vielleicht gab es doch noch einen Ausweg, denn es stimmte wirklich: So abscheulich die Kerle waren, so dumm wirkten sie.

«Und wenn ich», fragte sie zögernd, «euch die unfehlbaren silbernen Pfeile gebe, dann lasst ihr uns laufen, ihr Ehrenmänner?»

Da grunzten und keiften die drei vor Lachen.

«Natürlich nicht», schrie der mit dem Dolch. Luyánta spürte seinen garstigen heißen Atem im Gesicht. «Dann werden wir euch nur ein klein bisschen weniger quälen.»

«Verstehe», sagte Luyánta.

Und im selben Moment tat sie, was sie schon immer gern mal getan hätte: Sie trat den Kerl mit dem Knie dorthin, wo es richtig weh tut. Mit voller Wucht – einfach und wirkungsvoll. Schon bei der Kinder-Taekwondo-Gymnastik hätte sie das gern gemacht …

Die Wut schob sie voran dabei, der Drache! Paminer und Struggles schalteten sofort und warfen sich mit aller Murmeltierkraft in die Füße des sich Krümmenden; und der stürzte tatsächlich und riss seinen Spießgesellen mit zu Boden, beide direkt in den berstenden Ameisenhaufen. Da wollte sich der Dritte mit der Keule auf sie werfen, aber Die Dicke sprang ihm mit einem beherzten Satz in den Weg, sodass er ebenfalls zu Boden hinstürzte. Die Keule fiel ihm aus der Pranke und kullerte den Hang hinab.

Und schon sausten die Murmeltiere davon. Vier Murmeltiere, denn Luyánta spürte, dass sie jetzt, nachdem sie gerade eben noch so wirkungsvoll mit dem Mädchenknie zugetreten hatte, wieder eins von ihnen war. Ihre weißen Pfoten huschten über den Waldboden, sprangen um die steil am Hang stehenden Bäume herum, immer weiter.

Die drei Trussaner hatten sich allerdings sofort aufgerappelt und waren ihnen, vor Wut zeternd und brüllend, schon wieder auf den Fersen. Und so plump und ungelenk sie wirkten, sie konnten sich nicht nur lautlos anpirschen, sondern waren auch erstaunlich schnell. Beängstigend schnell! Sie durchpflügten den Wald wie böse, tödliche Maschinen. Und kamen schon wieder näher.

Wenn sich nur irgendwo wieder ein Loch auftäte! Sie waren doch in einem Wald, es musste doch Höhlen geben. Und wenn es ein Fuchsbau wäre.

Da sahen sie, dass ein Stück vor ihnen eine hohe Kiefer umgestürzt war und quer über der Schlucht lag – ein fast astfreier Stamm, der bis auf die andere Seite reichte. Tief darunter toste der Fluss, nicht gerade einladend, aber sie hatten keine Zeit, darüber nachzudenken.

«Also los!», rief Luyánta, das weiße Murmeltier, und fegte schon den Baumstamm entlang. Eine mordsgefährliche Brücke, aber egal. Die drei anderen zögerten keinen Augenblick und folgten ihr.

Über den Stamm. Nur geradeaus blicken, bloß nicht nach unten in die Tiefe schauen, bloß nicht nach den Verfolgern umdrehen. Nur geradeaus.

102

Das Halbdunkel der Dämmerung machte es nicht angenehmer. Und da sauste auch noch mit scharfem Geräusch ein Pfeil dicht über ihre Köpfe!

«Zielwasser trinken!», kreischte Paminer hysterisch lachend.

«Überhaupt Wasser trinken!», rief Struggles. «Gluck, gluck, ihr Feuerscheißer!»

«Schnauze!», schrie Die Dicke.

«Na kommt schon!», kam es wieder von Luyánta, die als Erste die andere Seite erreicht hatte und schnell hinter den nächsten Baum sprang. Einen Augenblick später waren ihre Kameraden bei ihr, und schwer keuchend sahen sie nun aus ihrer sicheren Deckung zurück.

Drüben standen die drei vor Wut schäumenden Trussaner: auf der anderen Seite der Schlucht. Sie bellten ihnen Verwünschungen herüber, und einer hatte bereits einen neuen Pfeil gespannt, bereit, sofort wieder zu schießen, sobald er seine Opfer erblickte.

Das machte Luyánta allerdings die wenigsten Sorgen. Denn sie konnte sich jetzt denken, warum die Kerle hinter unfehlbaren Pfeilen her waren. Aber was mochte es mit diesen silbernen Pfeilen auf sich haben?

Sie hatte keine Zeit, die anderen zu fragen. Denn nun mussten die Murmeltiere zu ihrem Entsetzen sehen, wie der Kerl mit dem Dolch seinen plumpen Fuß auf den Baumstamm setzte. In ihrem Hass wollten sie es also wagen, ihnen sogar über die Schlucht nachzusetzen! Möglicherweise konnten sie auch noch viel besser balancieren, als man vermutet hätte. Da war es wohl vernünftiger, nicht einfach abzuwarten. Schon waren die Murmeltiere also wieder auf den Beinen, im Zickzack bergauf, die erstbeste Strecke entlang, die sich ihnen bot.

In diesem Moment hörten sie ein kurzes, scharfes Sausen in der Luft und fast zugleich einen schauderhaften Schrei. Der hallte schrecklich durch die Schlucht und ließ den Wald beben. Sie wandten sich um: und sahen, wie der erste der Trussaner in die Tiefe stürzte. Und in das brodelnde Wasser des Flusses fiel – ein ätzendes Zischen, dunkler Qualm.

Die anderen beiden blieben entsetzt stehen. Sie waren bereits in der Mitte der Brücke, vorwärts war es ebenso weit wie zurück. Der hintere hob lauernd den Bogen.

«Alter, vielleicht hatte der noch Ameisen in der Hose, und dann haben sie ihn in den Hintern gebissen, und er ist erschrocken», wisperte Paminer.

Da sauste ein Stein, etwa so groß wie eine Faust, durch die Luft und traf den nächsten Trussaner am Kopf. Er wankte und stürzte mit einem wutschnaubenden Schrei in die Tiefe.

In panischem Hass schoss der dritte ziellos seinen Pfeil ab, irgendwie in die Richtung der Flüchtigen. Dann wandte er sich um, um auf die sichere Seite der Schlucht zurückzutappen – aber in diesem Moment flog noch ein Stein und traf ihn hart am Hinterkopf.

Noch ein Schrei.

Da lag der leere Baumstamm, quer über die Schlucht. Als hätte ihn nie jemand betreten. Aus der Tiefe aber stieg öliger schwarzer Qualm auf.

Über den Baumwipfeln krächzte eine Dohle laut auf und flatterte davon, als hätte sie genug gesehen. Ein kurzer eiskalter Hauch zischte über die Schlucht, quer zum dicken Rauch.

«Puh», sagte Die Dicke. Es konnte alles heißen. Halb schien es erleichtert, halb vor Schreck erstarrt. Und ähnlich ging es auch Luyánta: Sie freute sich, dass die Trussaner tot waren, und zugleich war sie schockiert, von Entsetzen erfüllt. Und auf einmal verstand sie, warum man es bevorzugen konnte, zu fliehen, statt zu kämpfen.

Dann aber fiel ihr ein, den Waldhang hinaufzuschauen. Sie kniff die Augen zusammen, um im Halbdunkel zu sehen, von wo die tödlichen, rettenden Steine geflogen waren. Wer auch immer sie geworfen hatte, der hatte ihnen vermutlich das Leben gerettet – und dafür drei, wenn auch widerwärtige, Kerle ins Jenseits befördert. Was auch immer für ein Jenseits auf die Trussaner warten mochte. Irgendein höllischer Kohleofen vielleicht oder einfach nur ewige Finsternis.

Da erblickte sie, auf einem Felsvorsprung zwischen zwei Bäumen hockend, ein Mädchen mit ganz verfilzten schwarzen Haaren. Das Mädchen sah sie an. Ein ängstlicher und zugleich entschlossener Blick, schien Luyánta.

Sie stand auf, um sich der Fremden zu zeigen. Sie hob die Hand, um ihr zu winken: ihre Menschenhand mit vier langen, schlanken Fingern und einem kleinen gekrümmten.

«Hey!», rief sie. «Mädchen!»

Das Mädchen aber wandte sich sofort um und verschwand von ihrem Ausguck. Sie rannte davon.

Luyánta besann sich keinen Moment, sondern stürzte drauflos, um ihr nachzurennen. Dem wilden Mädchen, das sie gerettet hatte, indem es die Trussaner tötete.

Die Gefährtin

Quer durch den dunklen Wald ging die Verfolgungsjagd. Ein Stück tiefer in die Schlucht, dann wieder den Hang hinauf. Das Mädchen schlug wilde Haken, schien das Gelände genau zu kennen. Denn obwohl es bald ganz dunkel wurde, zögerte sie nirgends auch nur einen Augenblick. Wie ein Nachttier sprang sie voran, ein nächtliches Waldwesen. In der linken Hand hielt sie einen Gegenstand, etwa so lang wie ihr Unterarm: Das musste die tödliche Steinschleuder sein, dachte Luyánta, die eigentlich keine Kraft mehr hatte zu rennen und Lust schon gar nicht, aber dem Mädchen trotzdem weiter nachsetzte. Warum, wusste sie selbst nicht genau. Sie wollte so gern mit ihr reden – sie hatte die andere von fern angeschaut, und sofort hatte sie sie gemocht.

Sofort. So seltsam das war.

Und wieder ein blinder, sicherer Haken in die Dunkelheit hinein! Nur der Mond schien in den Wald, geheimnisvoll bleiches Licht und geheimnisvolle matte Schatten ... Da ... da war sie wieder.

Aber wer? Wer war dieses Mädchen? Was um Himmels willen tat sie hier? War sie allein, oder waren noch mehr Menschen in der Nähe?

Das Mädchen war barfuß, bemerkte Luyánta. Und vielleicht ließ sich ja so besser durch den Wald laufen als in diesen Bergstiefeln, die sie noch immer an den Füßen hatte (obwohl die Stiefel ihr bei weitem nicht mehr so schwer vorkamen wie früher).

Wenn sie nicht ohnehin gerade auf weißen Pfoten lief. Aber jetzt rannte sie in Stiefeln, der Barfüßigen hinterher. Trotz des Mondlichts musste Luyánta sehr achtgeben, nicht zu stolpern – und trotzdem das Mädchen nicht aus den Augen zu verlieren.

Verfolgung ... nun war sie also die Verfolgerin und die andere die Verfolgte ...

Und vielleicht war es nicht die Sorge zu stolpern, sondern dieser Gedanke, der sie langsamer laufen ließ. Nicht viel langsamer, aber doch rannte sie nicht mehr ganz so schnell wie anfangs und wie sie wohl gekonnt hätte. Rutschte diesen kleinen Abhang ein wenig vorsichtiger hinab, setzte mit einem etwas kleineren Sprung über eine aufragende Wurzel, die sie am Boden entdeckt hatte.

Nein: Sie wollte kein Beutejäger sein wie ein Trussaner.

Das Mädchen hätte jetzt wohl leichter entkommen können. Stattdessen aber schien sie zu spüren, dass ihre Verfolgerin ein wenig nachließ, fast, als wäre es Absicht. Und das schien sie nicht zu erleichtern, sondern im Gegenteil zu beunruhigen. Sie wandte jetzt im Laufen den Kopf um, wurde selbst langsamer und nun auch erstmals ein bisschen hektisch. Und plötzlich, an einer steilen Stelle, stolperte sie, torkelte noch ein paar Schritte vorwärts, stürzte dann und rutschte kopfüber den glatten Hang hinab Richtung Fluss. Ihre Verfolgerin hielt die Luft an vor Schreck. Steine und Erde kollerten mit dem Mädchen, und sie drehte sich im aufwirbelnden Staub, den das Mondlicht silbrig funkeln ließ, bis sie die Füße wieder nach unten und den Kopf nach oben bekommen hatte ... versuchte sich festzukrallen dabei, alles innerhalb von Sekunden ... aber sie rutschte weiter, ohne einen Ton von sich zu geben ... ihre Schleuder ließ sie

106

dabei nicht los, ein instinktiver fester Griff: bis sie schließlich zwei oder drei Meter oberhalb des Ufers auf dem Bauch liegen blieb.

Dort lag sie nun und schaute zu Luyánta herauf, die sich langsam näherte.

Luyánta blieb stehen, und die beiden Mädchen blickten einander an. Beide atmeten schwer. Ohne etwas zu sagen. Und Luyánta machte keine Anstalten, sich zu ihr hinunterzubegeben, obwohl sie jetzt bequem auf dem Hintern hätte hinabrutschen können. Das Mädchen hätte dort unten kaum davongekonnt. Obwohl, wer wusste das schon bei ihr. Aber so wie Luyánta stehen blieb, blieb das Mädchen liegen.

Luyánta fiel ein, ihre Tasche zu öffnen und Brot und Wurst herauszuholen.

«Hast du Hunger?» Sie war immer noch außer Atem, trotzdem sprach sie sehr laut, wegen des rauschenden Flusses. Und zugleich bemühte sie sich, mild und sanft zu klingen, freundlich, damit die andere spürte, dass sie ihr nichts Böses wollte.

Das Mädchen antwortete nicht, sah sie bloß leise keuchend von dort unten an. Es war jetzt fast völlig dunkel, und Luyánta kam es vor, als blickten hier zwei japsende Schatten einander an. Und doch meinte sie, die strahlenden Augen des Mädchens zu erkennen, selbst in der immer größeren Dunkelheit, die sich ausbreitete. Leuchtend grüne Augen. Vielleicht spiegelte sich das Mondlicht darin.

«Hast du Hunger?», wiederholte Luyánta. Und fragte sich, ob das Mädchen vielleicht ihre Sprache nicht verstand.

Aber da antwortete das Mädchen, noch immer auf dem Bauch liegend: «Ja.» Das Wort kam wie unter dem Rauschen des Wassers hervor, und doch war es deutlich zu verstehen.

Und erst da setzte Luyánta sich hin und rutschte langsam den Abhang hinunter, während das Mädchen sich ebenso vorsichtig aufrichtete und den Schmutz von den Händen klopfte. Ganz verdreckt und zerkratzt war sie von der unfreiwilligen Rutschpartie. Jetzt aber schien sie nichts dagegen zu haben, dass Luyánta sich neben sie setzte.

«Schweinefleisch?», fragte sie, als Luyánta ihr die Wurst hinhielt.

«Nein. Das heißt ... keine Ahnung», sagte Luyánta.

«Natürlich nicht. Es ist Gämsenfleisch.» Es war Die Dicke, die ihnen das zurief, sie kam nun ebenfalls herabgetrippelt, den Kopf voran und die Ohren gespitzt.

Das Mädchen machte allerdings nicht den Eindruck, als ob es sie groß kümmerte, was in der Wurst steckte. Man merkte, wie ausgehungert sie sein musste. Jetzt legte sie ihre Schleuder neben sich, um mit beiden Händen zu essen. Und Luyánta, der nach den Abenteuern des Tages auch der Magen knurrte, aß mit ihr, sie teilten schwesterlich. So saßen sie schweigend und kauend am Fluss, während schließlich noch Paminer und Struggles zu ihnen stießen.

Beide beäugten die Fremde etwas skeptisch, sagten aber nichts.

Das Mädchen schien jetzt nicht mehr daran zu denken, davonzulaufen. Warum auch? Sie sah, dass die eigenartige Gesellschaft aus einem Mädchen und drei Murmeltieren ihr nichts Böses wollte.

Als sie gegessen hatten, stand Luyánta auf, um am Fluss zu trinken. So wild er floss, kam man an dieser Uferstelle doch gut ans Wasser. Aber als sie ein wenig davon mit der Hand geschöpft (angenehm kühl nach der Hetzerei) und bereits Richtung Mund geführt hatte, fiel ihr wieder ein, wie die drei Trussaner ein Stück flussaufwärts verzischt und verqualmt waren. Bei diesem ekelhaften Gedanken verging ihr der Durst, und sie ließ das Wasser aus der Hand rinnen. Wer weiß, was da noch drin trieb.

Statt zu trinken, wandte sie sich wieder dem Mädchen zu und sagte: «Wir suchen einen sicheren Platz für die Nacht. Ein Versteck. Kennst du eins?»

Das Mädchen nickte.

«Ja», sagte sie, «komm mit.»

Sie griff nach ihrer Schleuder, stand auf und lief los – nicht den Hang hoch, sondern am Fluss entlang, stromaufwärts in die Richtung, wo hoch oben der Baumstamm liegen musste, der ihre Feinde das Leben gekostet hatte. Das Leben, oder was es war. Befeuert von giftigen Kohleherzen.

Luyánta stand gleich auf, dem Mädchen zu folgen, dann aber sah sie, dass die Murmeltiere zögerten. Sie wandte sich um und rief: «Auf, meine putzigen Krieger!» Und da setzten auch sie sich in Trab, und alle folgten dem barfüßigen Mädchen.

Es ging in einem leichten Laufschritt voran, Luyánta hielt locker mit, hörte nur manchmal Paminer fluchen. Die Nacht war klar, und der Mond schien in die Schlucht herein, sodass sie auf den hellen Steinen am Ufer des tosenden Flusses sicheren Tritt fanden. Das Mädchen schien auch hier alle Wege genau zu kennen, denn ohne zu zögern lief sie an schwierigen Stellen mal einige Meter den Hang hinauf, mal sprang sie mit gewandten Schritten über ein paar Steine, die im Wasser lagen.

Erst als sie flussauf den verhängnisvollen Föhrenstamm in der Höhe sahen, blieb sie abrupt stehen. Grund war aber nicht der Baum. Stattdessen bückte sie sich am Ufer und hob zwischen den nassen Steinen etwas auf. Es war der lederne Köcher des bogenschießenden Trussaners.

Nun begannen sie alle das Flussufer abzusuchen und fanden zuerst zwei Pfeile und den Bogen, dann den Dolch des anderen Trussaners, schließlich einen weiteren Pfeil. Nur die Keule, die dem dritten Kerl bereits beim Überfall den Abhang hinabgefallen war, blieb verschwunden.

Das Mädchen nahm den im Mondlicht leuchtenden Dolch an sich, in dieselbe Hand wie ihre eigene Schleuder, und reichte Köcher, Pfeile und Bogen Luyánta, die diese Gegenstände zuerst nur zögerlich anfasste: als könnten sie von den widerwärtigen Feinden vergiftet sein. Aber das Mädchen zeigte gar keine Hemmungen, und Luyánta begriff, dass sie recht hatte. Sie durften hier nicht wählerisch sein und konnten sich keine Empfindlichkeiten erlauben! Alles, was nützlich und hilfreich sein konnte, mussten sie ergreifen.

Und dennoch lief ihr ein Frösteln über den Rücken, als sie die Waffe des toten Trussaners ergriff. Ob sie ihr mehr helfen würde als ihrem grauenvollen, bedauernswerten Feind?

Schweigend gingen sie weiter flussaufwärts, bis sie den gestürzten Baumstamm hoch über sich sahen. Hier war das Rauschen des Wassers ohrenbetäubend, und Luyánta meinte, in diesem Lärm immer noch die Todesschreie der drei Trussaner zu hören. In der Mitte des Flusses ragte ein Felsblock aus dem Wasser, auf dem schwarz verbranntes Moos haftete, deutlich zu erkennen im Mondlicht. Und in der Luft lag der immer noch beißende Geruch eines giftigen Qualms, wie verschmortes Gummi. Luyánta lief ein Schauer über den Rücken. Das Mädchen aber schien das alles gar nicht zu beachten, sondern eilte zielstrebig weiter, unterquerte den hohen Baumstamm, sprang geschickt voran.

Schließlich kamen sie an eine unbewachsene Schneise, die steil den Hang hinaufführte.

«Da hinauf», rief das Mädchen, ging aber noch ans Ufer, wo sie Dolch und Schleuder seitlich in den breiten Gürtel ihrer Hose steckte und einen verbeulten Eimer ergriff, der auf einem Ast steckte, und mit Wasser füllte.

«Den nehmen wir mit», sagte sie. «Für Durst. Oder für Trussaner, wie ihr sie nennt.»

«Wie nennst du sie denn?»

«Keine Ahnung. Gar nicht. Arschlöcher.»

«Hast du schon oft mit ihnen zu tun gehabt?», fragte Luyánta.

«Ein paarmal», antwortete das Mädchen schulterzuckend und machte sich daran, die Schneise hinaufzusteigen. «Die stolpern einem hier immer wieder vor die Füße.»

«Lass mich den Eimer tragen», sagte Luyánta, die anderthalb Köpfe größer war als die andere.

«Nicht nötig. Pass lieber auf deine ulkigen Freunde auf.»

«Ulkig, was soll das heißen, Alter», grummelte Paminer, aber sie achteten nicht auf ihn.

Das Mädchen redete weiter: «Wie heißt du überhaupt?»

Kurze Überlegung. «Luyánta. Und du? Und wie alt bist du?»

«Laleh. Vierzehn, glaube ich. Bin nicht sicher. Kann auch fünfzehn sein oder dreizehn. Und du?»

«Auch ungefähr vierzehn ... glaub ich.» Sie wurde rot, aber zum

110

Glück lief sie hinter Laleh. Und im Dunkeln war es bestimmt ohnehin nicht zu sehen.

«Soso, glaubst du, aha. Ist auch nicht wichtig. Hier, du kannst jetzt doch mal den Eimer tragen. Aber nicht verschütten, ja?»

«Klar», sagte Luyánta. Sie hängte Köcher und Bogen über ihre Schulter, zum Riemen ihres Hippiebeutels, und nahm den schweren Eimer in beide Hände. Und weiter ging es bergauf. Jetzt, wo sie sich vom tosenden Wasser entfernten, wirkte die einsetzende Stille fast betäubend. Wie in einer leeren Kirche kam es Luyánta vor – aber ohne diesen komischen Kirchengeruch. Stattdessen roch es nach nächtlichem Wald. Nur die knirschenden, jedes Mal ein klein wenig abrutschenden Schritte der beiden Mädchen waren zu hören, das leise Schwappen des Wassereimers und, wenn man darauf achtete, das bereits ferne Rauschen des Flusses. Die Murmeltiere folgten den Mädchen vollkommen lautlos.

«Gleich sind wir da», sagte Laleh. «Geht's mit dem Eimer?»

«Kein Problem», ächzte Luyánta. Das schmerzhafte Zerren in ihrem Schulterblatt war wieder sehr spürbar. Das verdammte Steinewerfen neulich ... Da hätte sie auch eine Schleuder gebraucht!

Nach einigen Minuten aber wurde der Anstieg flacher, dann erreichten sie einen eingerissenen (oder niedergetrampelten) Maschendrahtzaun. Der Wald reichte bis an den rostigen Draht heran, einige kleinere Stämme waren durch den Zaun gewachsen, sodass es wirkte, als wäre umgekehrt der tote Zaun durch die Bäume gewachsen. Dicht über dem Boden hing ein verbeultes gelbes Schild, auf dem sich entziffern ließ:

ZONA MILITARE
DIVIETO DI ACCESSO
SORVEGLIANZA ARMATA

Auch hinter dem Zaun wuchsen junge Bäume und viel Gestrüpp, Brennnesseln, hohes Gras. Trotzdem war noch zu erkennen, dass sich dort eigentlich eine Lichtung befand oder befunden hatte – eine

Wiese und mittendrin, was Luyánta hier kaum erwartet hätte: ein dreistöckiges Haus.

Eine alte Kaserne oder so was. Das Mädchen sah sich um, gab ihnen einen Wink mitzukommen und huschte hinüber – aber nicht zur geschlossenen Tür, vor der eine junge Birke und hohe Brennnesseln wuchsen. Auch die Fenster waren ziemlich zugewuchert, nur eins war einigermaßen zugänglich, die Scheibe eingeschlagen. Dorthin führte das Mädchen sie. Luyánta sah, dass unter dem Sims in den Brennnesseln ein schäbiger Stuhl stand, ein wackliges Ding mit aufgeplatztem Bezug aus noppigem Kunstleder.

«Passt auf, dass ihr euch nicht an den Glasscherben schneidet», sagte das Mädchen, während sie auf den Stuhl und durchs Fenster stieg.

«Und auf die Brennnesseln», sagte Luyánta.

«Brennnesseln sind egal, die tun nix», antwortete das Mädchen. «Kann man sogar essen.»

Luyánta reichte ihr den Wassereimer hinein, dann sah sie fragend die Murmeltiere an.

«Hock dich hin», sagte Struggles, «dann können wir auf deine Schultern klettern und reinhüpfen.»

So machten sie es. Nur Die Dicke sagte, dass sie lieber draußen bleiben wolle, versteckt unter dem Kraut – bereit zu pfeifen, falls wieder eine Gefahr drohe.

Nicht nur unter dem Fenster lagen die herausgeschlagenen Scherben, im ganzen Haus waren sie verstreut. Zum ersten Mal, seit sie mit den Murmeltieren unterwegs war, packte Luyánta ihre Stirnlampe aus und leuchtete damit vor sich her. Das Licht flackerte schon, die Batterie ging zu Ende. Offenbar stand das Haus schon lange leer. Aber ebenso offenbar waren auch Leute eingedrungen und hatten ihre Spuren hinterlassen. In einer Ecke standen leere Flaschen und Bierbüchsen, in einer anderen einige Spraydosen. Die Wände waren großflächig besprüht: mit deckenhohen Porträts von Köpfen hinter Gasmasken. Wie riesige Insektengesichter sahen die aus, mit kurzen Rüsseln und großen glotzenden Augen.

Gemütlich war anders.

Sie gingen so leise wie möglich die Treppe hoch in den ersten, dann in den zweiten Stock. Dort standen noch mehr Stühle wie der unten, schrottiges Mobiliar, auch ein wackliger Tisch, ein hässliches Ding wie in der Schule. Und eine Menge vergilbter Zeitungen lag auf dem Boden verstreut. Luyánta ging in die Hocke: Es waren italienische Zeitungen, oben auf einer Seite erkannte sie ein Datum, 20 *gennaio* 1972. Gennaio, das musste wohl Januar heißen. Und 1972, da waren noch nicht mal ihre Eltern geboren gewesen.

Das Mädchen führte die Gäste in ein Zimmer, das Fenster in zwei Richtungen hatte, vorne hinunter zum Fluss. Auch hier waren die Wände mit Gasmaskengesichtern bemalt, dennoch war es ein wenig hergerichtet: ein abgehalftertes Sofa stand in der Ecke. Reif für den Sperrmüll eigentlich, aber unter diesen Bedingungen fast ein Luxusbett. Darauf ein paar Decken, und am Boden ein Stapel Konservendosen mit altmodischen Etiketten: Gemüse, Ravioli, Fleisch. Daneben ein Haufen leerer Dosen, achtlos hingeworfen. Na, hier war das wohl egal.

«Hier wohnst du?», fragte Luyánta.

«Sieht so aus», antwortete das Mädchen. «Wenn ihr wollt, könnt ihr heute Nacht hierbleiben. Wenn ihr nicht wollt, könnt ihr wieder rausgehen.»

«Wir bleiben!», rief Paminer von der Tür.

Und zum ersten Mal lächelte das unbekannte Mädchen.

«Wir beide können zusammen auf dem ollen Sofa schlafen, ist breit genug», sagte sie zu Luyánta. «Und deine Kuscheltiere finden schon ein Plätzchen.»

«Kusch...», wollte Paminer protestieren, aber Struggles knuffte ihn in die Seite.

Die Mädchen legten sich hin. Luyánta erinnerte sich, dass sie mit ihrer Familie einmal über einen Gebirgspass gekommen war, an dem ein verlassenes Haus gestanden hatte, nicht so groß wie dieses hier, aber von der Bauweise ganz ähnlich. Eine ehemalige italienische Polizeistation, besser gesagt: Carabinieri, hatte ihr Vater

113

erklärt, davon gebe es einige hier oben in den Bergen, aus Zeiten, in denen es hoch hergegangen sei, Aufruhr, Proteste, sogar Terroranschläge. Lang her.

Hier hatte Luyánta so ein Haus nicht erwartet. Sie fragte sich, wann sie nun endlich dieses Fanestor erreichen würden, von dem die Murmeltiere gesprochen hatten. Das Tor zur Unselben Welt. Und was die grausigen Trussaner hier verloren hatten, denn die gehörten doch gewiss *hinter* dieses Tor.

Sie versuchte, sich das Fanestor vorzustellen. Wie sah es wohl aus? Sicherlich ganz anders als dieses abgeranzte Haus. Sie dachte sich das Tor prachtvoll, über und über mit funkelnden Steinen besetzt, wie ein Hohlstein mit Bergkristallen drin. Oder so etwas wie einen lodernden Feuerring. Aber sie war viel zu müde, um länger darüber nachzudenken. Außerdem hielt Die Dicke, die sie nach alldem hätte fragen können, ja draußen die nächtliche Wache.

Stattdessen spürte sie Lalehs Wärme an ihrer Seite. Beruhigende Wärme: kein Fell, sondern ein Mensch. Beide lagen in Decken gewickelt auf den Sperrmüllpolstern. Ihre Waffen hatten sie abgelegt. Und bald waren sie eingeschlafen.

Ich, Tsikuta

Flatternd auf und davon in die Nacht, die Dämmerung ist vorüber. Ah, wie ich mich ärgere und amüsiere! Platsch, zisch und stink – hei, wie das zu Ende ging mit den blödbrutalen Trussanern! Was für ein abendliches Jammerspiel. Was für ein schmählicher Untergang. Was für ein Spaß.

Verflixt und zugehext. Das hatte ich mir anders vorgestellt.

Kennt ihr mich noch? Kennt ihr noch Tsikuta, den bösen Geist der Dämmerung, Geistin des Dazwischens, der Spanne zwischen Hell und Dunkel?

Die gewitterfarbene Dohle. Mit meinem spitz gebognen, frisch gewetzten gelbgrauen Schnabel hätte ich niederfahren sollen auf das verhasste weiße Murmeltier, wie es da seine dummguten Kameraden furchtlos über den Baumstamm führte. Hätte das strunzdumme schwachstarke Mädchen in den Fluss stürzen sollen. Ein überraschender Hieb aus der Luft hätte genügt, zack, und alles wäre zu Ende gewesen.

Stattdessen wollte ich schlau die Drecksarbeit den Trussanern überlassen, der stinkenden Rotte. Schon manches dummgute Murmeltier haben die erledigt und auch manchen bösguten Adler. Den Fanesleuten sind sie eh eine Plage von jeher und neuerdings auch den Soldaten des Adlerprinzen. Die Pest am Arsch aller ehrlichen Krieger, das sind sie, diese vergammelten Trussaner. Und furchtlos auf ihre Weise.

Warst du etwa *zu* geduldig, listige Tsikuta?

Ruhig Blut. Ruhig gelbes Hexenblut. Geduld weiterhin. Die Ungeduldigen gehen zugrunde, die sterben. Wie ungeduldig die Trussaner waren! Wie musste ich lachen, krächzend lachen, als sie in die Tiefe stürzten, die Terrortölpel, einer nach dem anderen! Platsch der erste, zisch der zweite, stink der dritte ... hei, wer müsste da nicht aus vollem Halse feixen und keckern!

Auch wenn das klägliche Missgeschick der Blödbrutalen meine Pläne erst einmal zunichtegemacht hat. Geduld, Tsikuta. Es gibt wahrlich noch genug andere Trussaner, die durch die Wälder strolchen. Alle auf der Suche nach den unfehlbaren Pfeilen der Dolasilla, Luyántas Zwillingsschwester.

Ah, wie habe ich sie gehasst, diese tapfere, schöne Dolasilla!

Diese Pfeile zu besitzen – ein Floh, den ein Esel den haarigen Stinkern ins Ohr gesetzt hat. Der olle Schpina, halb Zauberer, halb Maultier: mein Verbündeter. Der hat die Trussaner belehrt und beschwatzt und bezirzt, dass sie diese Pfeile haben können, haben wollen, haben *müssen*. Und dass nur das weiße Murmeltier ihnen zeigen kann, wo sie verborgen sind, die silbernen Pfeile, die ihr Ziel niemals verfehlen.

115

Ach, wenn die Trussaner doch das schwachstarke Mädchen umbrächten in ihrer stinkenden Gier! Oder ihr Feind tut's, der Adlerprinz. Sonst tun wir's. Das wird ein Spaß! Ich tu's in der Dämmerung. Oder bei hellem Tag oder pechfinstrer Nacht tut's der Traumlose, der Schpina. Wir wissen zu warten. Gemeinsam sind wir unbesiegbar, auch wenn wir einander hassen, wir Verbündeten. Verbündet aus Hass.

Das schwachstarke Mädchen aber, es ist ungeduldig. Fürchterlich ungeduldig. Dieser in ihr kochende, brodelnde Drache – so ein Drache ist ja die Ungeduld in Person. Und Drachen gehen am Ende stets zugrunde. So war es immer, so wird es immer sein. Ein einziger Spaß ist es. Ah, wie heiter es ist, an die schwelende Entzündung in ihrer Schulter zu denken!

Schwelt, seit sie strunzdumm den Stein auf mich schleuderte. Denn wer die Tsikuta angreift, der verletzt sich selbst, so will es der alte Zauber. Vergiftet sich. Wie viele Dummköpfe sind schon an dem Fluch verdorben, weil sie mich blind bestürmen wollten! Schwelen und schwelen wird ihre Entzündung, wird die Schwachstarke immer schwächer machen, wenn auch sonst ihre Stärke wächst und wächst ... Ein einziger Spaß!

Wie lange es wohl brauchen wird, das Gift in ihr? Kommt drauf an. Kann sein, drei Wochen, kann sein, drei Monate. Kommt an – auf die Gegenkraft. Wie bereitwillig eine sich zerfressen lässt. Auf ihr Talent und ihre Neigung, sich zerfressen zu lassen vom Schlechten. Mancher Mensch wehrt sich dagegen, mancher zappelt, mancher ist willig, nur allzu willig.

Ihr Talent scheint groß zu sein, sehr groß, dieses Talent. Ihre Wut, ihr Hass, gute Zeichen sind das, sehr gute Zeichen.

Hei, wie ich davonflattere in die Nacht!

116

Lalehs Geschichte

Am nächsten Morgen erzählte Laleh Luyánta ihre Geschichte, oder zumindest ein wenig davon. Die beiden Mädchen saßen im Schneiderinnensitz auf ranzigen Kissen im Gras, angenehm gekitzelt von der sanftwarmen Morgensonne, die gerade eben über den Berggipfeln aufgegangen war. Luyánta sah nun, bei Tageslicht, den abblätternden roten Anstrich und das verrostete Blechdach der Kaserne, in der sie die Nacht verbracht hatten. Die Murmeltiere hockten etwas abseits und knabberten Gras und Blümchen, während Luyánta der auf einmal ganz redseligen Laleh zuhörte: Ihre Eltern, die nicht mehr lebten, stammten aus Afghanistan, geboren war sie aber im Iran, in einem Lager mit endlos vielen Zelten. Wenn Wind wehte, war das Flattern der Zeltplanen ohrenbetäubend gewesen. Auch dort hatten ringsum hohe Berge gestanden, nur nicht so grün wie hier und nicht so regenreich (nachts hatte es wieder geregnet). Die Winter aber waren dort, im Iran, ebenso hart gewesen wie hier. So kalt, dass man fürchtet zu sterben.

Einen harten Winter nun hatte sie bereits hier oben in der verlassenen Kaserne verbracht. Vorher hatte sie mit ihrem Onkel und ihrem älteren Bruder zweimal das Meer überquert, sie hatten über die Alpen nach Deutschland gewollt. Was das hier für eine Gegend war, keine Ahnung, interessierte sie auch nicht. Mit dem Zug waren sie gefahren, aber vor der Grenze hängen geblieben, tagelang, und dann hatten sie sich eines Abends im Durcheinander verloren. Plötzlich war sie allein gewesen und hatte schließlich vor der Polizei Reißaus genommen. Da war Herbst gewesen, und sie war auf und davon gerannt, in die Berge hinein, wo es ihr vor der Polizei am sichersten schien. Einige Tage war sie herumgeirrt, einige Nächte hatte sie frierend und hungrig im Wald verbracht, bevor sie schließlich, ein Glück, dieses verlassene Haus gefunden hatte.

Die ersten Nächte allein hier oben. In dieser völligen nächtlichen

117

Dunkelheit. Wenn das kleinste Geräusch entsetzlich laut scheint. Ein Alleinsein, eine Angst, die man sich nicht vorstellen kann. Aber dann ging's. Denn der Mensch gewöhnt sich an alles. Selbst an die furchteinflößendste Finsternis.

Und immerhin hatte sie einen ganzen Schrank voller Konserven im Keller gefunden, auch eine Kiste mit Streichhölzern und einiges mehr. Seither hatte sie jeden Tag eine Dose geöffnet, mit einem Stein. Nur eine am Tag! Denn sie wusste nicht, wie lange dieser Vorrat reichen musste. Und überhaupt, was werden sollte. Immer ein wenig hungern, um nicht zu verhungern.

Jetzt, während sie das alles erzählte, benutzte sie den scharfen Dolch des Trussaners, damit ging es einfacher: Sie hatte die Dose zwischen die Beine geklemmt und bearbeitete den Deckel mit der Klinge, stanzte am Rand entlang, bis sie den Deckel abnehmen konnte. Ein Kinderspiel.

Salsicce con cavolo di Trentino. Sauerkraut, nicht dass Luyánta wirklich scharf drauf gewesen wär. Und kalt schon mal gar nicht (denn Laleh sagte, was an Streichhölzern noch da war, sei für Herbst und Winter). Aber es war mit dem Essen wohl wie mit den Waffen: keine Hemmungen, keine Empfindlichkeiten – alles nehmen, was nützlich und hilfreich sein kann. Selbst wenn es kaltes Sauerkraut ist.

Den Trussanern war Laleh übrigens bald über den Weg gelaufen, nachdem sie sich hier einquartiert hatte. Anscheinend hatte Die Dicke recht, diese Gegend war verseucht. Aber Laleh hatte schnell herausgefunden, wie man sich gegen diese Feinde zur Wehr setzen konnte. Offenbar hatte sie schon einige erledigt. Die meisten mit der Steinschleuder, die sie sich aus einem harten Holzstück und mehreren rosaroten Haargummis gebaut hatte.

Die Gegend ringsum kannte sie mittlerweile genau. Seit einem Jahr war sie hier oben, einen Winter hatte sie überstanden, dank der Decken. Und öfter mal ein Feuer, nur musste sie aufpassen mit dem Rauch und dass das Haus nicht abbrannte. Die Vorräte würden wohl noch für einen weiteren Winter reichen. Jetzt, im Sommer, sammelte sie Beeren, Sauerampfer, Pilze – was sie fand. Oder leistete sich doch ab und zu ein Streichholz und kochte dann Brennnesseln im Wassertopf über zusammengeklaubtem Holz. Oder jagte ein kleines Tier und grillte das Fleisch. Eichhörnchen, die schmecken wie Lammfleisch, oder Kaninchen.

Luyánta war nachdenklich. Ihre eigene Geschichte kam ihr ganz ähnlich vor wie die von Laleh. Und doch war sie natürlich völlig anders. Denn sie hätte ja bei ihren Eltern bleiben können. Sie hatte das unbezwingbare Gefühl gehabt, wegzumüssen. Aber in Wahrheit hatte sie weggewollt. Das war nicht zu bestreiten.

Sie wollte müssen, vielleicht war es das.

Und doch fühlte sie sich Laleh so nah wie kaum je einem anderen Menschen. Und auf einmal schien ihr, dass sie niemals ganz ein Murmeltier werden würde. Sie war und blieb mehrere.

Und noch etwas wunderte sie. Laleh sprach in einer fremden Sprache, aber Luyánta verstand sie trotzdem und konnte ihr auch antworten. Allerdings, wenn sie ein wenig darüber nachdachte, kam es ihr auch schon gar nicht mehr so seltsam vor. Denn wenn man mit Murmeltieren sprechen kann und Trussaner verstehen, warum dann nicht ein Mädchen aus Afghanistan? Die war immerhin ein Mensch, und in ihrem Alter. Na ja. Ungefähr zumindest.

Es kam ihr so vor, als ob der Grund für dieses Verstehenkönnen darin lag, dass sie, Luyánta und Laleh, einander so ähnlich waren. Auch Laleh fand das anscheinend. Jedenfalls hielt sie sich voller Vertrauen an sie. Was natürlich auch kein Wunder war nach einem Jahr allein hier oben.

Luyánta erzählte Laleh dann, was sie selbst hierhergebracht hatte. Mit einigen Lücken, denn sie wusste ja selbst nicht ... verstand nicht alles genau.

Laleh aber fand anscheinend alles, was Luyánta berichtete, völlig normal und einleuchtend. Auch dass da zuerst, bei der Flucht über den Baumstamm, ein weißes Murmeltier gewesen war und danach, bei der Verfolgungsjagd, ein großes Mädchen. Warum denn nicht. Die Welt ist voll von Wundern, über Wunder braucht man sich nicht zu wundern.

119

Und schließlich, nachdem sie gegessen hatten (zum Glück waren Würstchen dabei, nicht nur dieses ungenießbare Kraut), da fragte Laleh genau das, woran Luyánta bereits still und heimlich gedacht hatte:

«Und? Kann ich mit euch kommen?»

«Nein!», rief Struggles mit dicken Backen aus dem Gras herüber.

«Nein!», sagte Paminer und schüttelte den Kopf, auf einer Blume herumkauend.

Laleh achtete aber überhaupt nicht auf die beiden, sondern sah nur Luyánta an. Die zögerte einen Moment, nur einen ganz kleinen, und dann antwortete sie:

«Ja.»

Um gleich danach zu fragen: «Aber bist du sicher, dass du mit uns gehen willst? Es könnte sehr gefährlich werden …»

Wieder so eine Frage, die ihr im Moment, als sie sie stellte, schon dämlich vorkam. Als würde die furchtlose Laleh Angst vor dem haben, was sie selbst, Luyánta, wagte!

Der weiteste Weg

Das elende Sauerkraut in ihrem Magen gärte und blubberte, während Luyánta und Laleh ihre Ausrüstung vorbereiteten. Die Murmeltiere hielten draußen Wache, und die beiden Mädchen durchstreiften noch mal das Haus, um nach brauchbaren Dingen Ausschau zu halten. Dabei betrachtete Luyánta wieder die unheimlichen Gasmaskenköpfe, deckenhoch an die Wände gesprayt: beunruhigende Glotzwesen mit Fliegenrüsseln. Jetzt kamen sie ihr vollkommen leblos vor oder zumindest ohnmächtig oder betäubt oder schlafend. Nachts aber, als sie auf dem Sofa kurz aufgewacht war, hatte sie das Gefühl gehabt, die Gesichter wären lebendig. Beobachteten sie. Oder wollten mit ihr reden. Fast als wäre eine Art mattes Leuchten auf den Masken gewesen. Sie hatte sich nicht wirklich bedroht gefühlt, die Maskengesichter wirkten nicht feindselig. Jetzt am Tag sah man, dass die Köpfe in knalligen Farben auf die Wände gesprüht waren.

«Weißt du, wer die da hingemalt hat?», fragte sie Laleh, die gerade in der ehemaligen Küche des Hauses eine Kiste mit Schrauben, Drähten und ähnlichem Zeug durchwühlte.

«Die Gruselfressen? Keine Ahnung.» Laleh zuckte mit den Schultern. «Irgendwelche Jugendlichen wahrscheinlich, oder? Die, die auch das Zeug hier ausgesoffen haben. Bäh!» Und sie kickte in einen Haufen leerer Bierbüchsen, sodass es laut schepperte.

«Volltreffer, alle neune. Du kannst dir einen Preis aussuchen», sagte Luyánta.

«Hier, ich nehme diesen heißen Scheiß», antwortete Laleh und hielt ein krummes Drahtstück hoch.

«Hauptgewinn», sagte Luyánta. «Ja, nimm's ruhig mit, wer weiß, wozu man es noch gebrauchen kann.»

Wie die Decken, Schnüre, Tücher und natürlich Essensvorräte. Die beiden Mädchen packten alles, was sie fanden und ihnen möglicherweise nützlich erschien, in zwei alte Armeerucksäcke. Im Keller des Hauses lagen Dutzende davon. Einen hatte Laleh schon im vergangenen Herbst, bald nach ihrer Ankunft, entstaubt, den zweiten hatten sie jetzt für Luyánta hochgeholt und hergerichtet. Das war schon ein anderes Gepäck-Kaliber als der Stoffbeutel, mit dem sie bisher unterwegs gewesen war und den sie jetzt auch in den Rucksack gestopft hatte, ganz zuunterst. Alles darin war aufgegessen, Bonbons und Bifis und Cracker und Energieriegel. Die Stirnlampe hatte sie in eine Seitentasche des Rucksacks gepackt. Griffbereit, obwohl sie hier wohl kaum neue Batterien herbeizaubern konnte.

Irgendwie wirkte dieser tarnfarbene Tornister mit seinen lederverstärkten Schulterriemen abenteuerlicher als der mintgrüne Globetrotter-Rucksack mit Reflektoren und belüftetem Tragesystem, den sie in der Berghütte zurückgelassen hatte. Auch wenn der, fand sie nun doch, erheblich bequemer gewesen war. Der Großteil des

121

Gewichts, das die Mädchen sich jetzt auf die Schultern luden, kam von den Vorräten: Jede hatte ein halbes Dutzend Konservendosen und Schraubgläser eingepackt. Sogar einmal Kirschkompott. Die Dicke schlug die Pfoten über dem Kopf zusammen, als sie zwischendurch ins Haus kam und die vollgestopften Teile sah. Dabei hätte Luyánta gern noch mehr mitgenommen, aber Laleh meinte auch, dann würden sie sich am Ende tatsächlich kaputtschleppen.

So oder so würden sie irgendwann jagen gehen müssen, fügte Laleh hinzu.

«Kein Problem, wir haben ja jetzt die Waffen», antwortete Luyánta zögerlich und warf einen zweifelnden Blick auf Bogen und Köcher, die neben der Tür lehnten. Und das Sauerkraut in ihr blubberte, oje.

«Mach dir nicht ins Hemd, ich werd's dir schon beibringen.» Laleh hatte offenbar Luyántas Bedenken gespürt.

Aus einem Berg von Krempel in der Küche zogen sie noch ein Paar Wanderstiefel hervor, ausgetretene schwarze Dinger mit Nieten, noch klobiger als Luyántas Schuhe, an die sie sich allerdings mittlerweile fast gewöhnt hatte. Laleh hatte diese schon rissigen Stiefel bereits ein paar Mal begutachtet. Aber sie anzuziehen, dazu hatte sie sich nie durchringen können. Auch nicht, als am Ende des Winters ihre ehemals weißen Turnschuhe, in denen sie hier angekommen war, endgültig zerfielen. In den Wäldern rund ums Haus war sie ja seit dem Frühling barfuß gut zurechtgekommen. Für das, was ihnen jetzt bevorstand (was immer es genau war), brauchte sie aber Stiefel. Als Ersatz für die fehlenden Schnürsenkel zogen sie zwei feste rote Schnüre ein, die sie in einem der Zimmer gefunden und auf halbwegs gleiche Länge gebracht hatten.

Alles unter den drängenden Ermahnungen der Dicken, die lieber schon längst aufgebrochen wäre. «Heute haben wir den weitesten Weg unserer Reise vor uns», sagte sie, während die beiden Mädchen kramten und kramten. Dann aber schob sie nach: «Es ist aber auch egal. Wir werden sowieso die nächste Nacht durchlaufen müssen. Trotzdem sollten wir mal los.»

122

Endlich waren sie so weit. Als sie sich anschickten, flussabwärts in den Wald zu laufen, sagte Die Dicke: «Jetzt aber Disziplin, bitte. Alle zwei Stunden fünf Minuten Pause. Mehr nicht, Digger!»

«Ich würde eher sagen, alle fünf Stunden zwei Minuten Pause», entgegnete Laleh.

«Alter, warum nicht alle zehn Stunden null Minuten?», maulte Paminer. Laleh aber, das merkten alle, hatte das nicht als Nölerei oder Witz gemeint.

Die Dicke schaute Laleh respektvoll an. «Okay, Digger», sagte sie dann. «Wir werden ja sehen. Aber jetzt endlich los.»

Tatsächlich schlugen die Wanderer heute eine noch schärfere Gangart an als in den Tagen zuvor. Und obwohl Luyánta jetzt mit ihrem vollgepackten altmodischen Soldatinnenrucksack viel schwerer beladen war als bisher, fühlte sie sich leichter – wegen ihrer Gefährtin?

Einer menschlichen Gefährtin. Bei allem Respekt, bei aller Liebe für die Murmeltiere. Auch das Sauerkrautblubbern legte sich. Und während sie zwischen hohen Nadelbäumen über weichen Boden leicht bergab liefen, schwirrte wieder die Frage durch Luyántas Kopf: *Wer bin ich?* Im nächsten Moment aber, bei dem Gedanken an all die unbekannten Abenteuer und Gefahren, die ihnen bevorstanden, kam ihr diese Frage völlig unpassend vor. Ablenkend. Und im Grunde auch ganz unwichtig.

Oder?

Bald waren sie unten am Fluss. So reißend er stellenweise war, gab es doch immer wieder flachere, ruhige Stellen, an denen die Mädchen im Wasser gehen konnten und die Murmeltiere unerschrocken schwammen oder sich stromab treiben ließen. Mehrmals legten sie auf diese Weise ein Stück im Wasser zurück. Dann liefen sie am anderen Ufer weiter, oder sie kehrten wieder ans selbe Ufer zurück – alles, um ihre Spuren vor möglichen wasserscheuen Verfolgern zu verwischen, wie Die Dicke ihnen erklärte.

«Auch wenn wir im Notfall kämpfen und gewinnen werden.»

Bei der ersten Wasseretappe hatten Laleh und Luyánta noch ihre

Schuhe ausgezogen und an verknoteten Schnürsenkeln über die Schultern gehängt. Das Wasser war schneidend kalt an den nackten Füßen, aber nach einigen Schritten ließ der Schmerz nach, dann ging es, fühlte sich sogar gesund an. Beim zweiten Mal ließen sie die Schuhe im Wasser schon an, um Zeit zu sparen. Und auch wenn die Schuhe vollliefen, war es schon bald so heiß, dass die Nässe ihnen nichts ausmachte, im Gegenteil. Außerdem trockneten die Schuhe schnell.

Denn die Sonne war schon bald überhaupt nicht mehr so sanft und kitzelig wie am frühen Morgen, als Luyánta und Laleh (etwas zu entspannt, das sahen sie jetzt ein) auf Kissen im Gras gequatscht hatten. Sie brannte erbarmungslos, da nützte die vom Fluss ausgehende Kühle wenig.

Schließlich, nach einigen Uferwechseln, verließen sie den Fluss und stiegen steil in den Wald hinauf – in einem Bachbett, im herabspringenden Wasser, wo sie auf den glitschigen Steinen immer wieder ausrutschten. Paminer schimpfte anfangs wie ein Rohrspatz, selbst ein strafender Blick der Dicken brachte ihn nicht zur Ruhe. Dann aber drehte Laleh sich um und herrschte ihn an: «Ich dachte, du wärst kein Kuscheltier, Kleiner?»

«Kuscheltier, na hör mal, Alter», brummelte Paminer. Von da an hielt er die Klappe. Dabei war sein Gemaule ja verständlich. Denn der steile Weg bachaufwärts trieb trotz des Waldschattens, in dem sie sich nun wieder befanden, den Mädchen den Schweiß heraus. Und die Murmeltiere, die nicht schwitzen, hechelten heftig.

Nach einer Stunde kamen sie aus dem Wald heraus und sahen, dass der Bach aus einem ansteigenden Steinfeld entsprang, voller wüster, schroffer Felsbrocken, von denen viele mit einer gelbgrünen Schicht überzogen waren. Luyánta hielt diese Ablagerungen zuerst für vertrocknetes Moos, aber die Murmeltiere klärten sie auf, dass sie das lieber nicht äßen. Schwefel.

Ein strenger Geruch stieg ihnen in Nasen und Lungen, während sie die Steine erklommen, einen nach dem anderen hinauf. Luyánta hätte es trotz des Gestanks gern den Murmeltieren gleichgetan, die immer wieder unter Felsbrocken oder in schmalen Spalten zwischen zwei großen Steinen hindurchschlüpfen konnten und so schneller und vor allem bequemer vorankamen. Stattdessen kraxelte sie mit Laleh gemeinsam über die Steine, zwei fluchende Mädchen, die sich die rauen Handflächen aufrissen. Manchmal rutschte eine ab, und einmal fing Luyánta Laleh auf, als die von der halben Höhe eines hohen Steins unfreiwillig herabglitt. Da riss es wieder heftig in ihrer Schulter.

Laleh fluchte stumm, setzte ihren Rucksack ab und holte ein dünnes, aber festes Seil heraus. Das wickelte sie sich um den Bauch und verknotete es locker. Dann ging Luyánta, anderthalb Köpfe größer als sie, in die Hocke, Laleh stieg auf ihre Schultern, und Luyánta richtete sich ächzend auf, sodass Laleh sich hinaufziehen konnte. Oben angekommen, legte sie sich auf den Bauch und ließ das Seil herunter, an das Luyánta das Gepäck band. Ihren Bogen legte sie quer über den Oberkörper, wie die Umhängetasche. Dann stellte sie die beiden Rucksäcke aufeinander, ein schiefer wackliger Turm, auf den sie sich hinaufbalancierte, um sich auf den Stein hochzuziehen. Oben lag Laleh und streckte ihr die Hand entgegen. Auf Lalehs Beinen saßen dabei die Murmeltiere, links Die Dicke, rechts Paminer und Struggles. «Um dich zu sichern», sagte Die Dicke, und Laleh nickte dankbar, auch wenn sie nicht sicher war, wie sehr die kleinen Tiere sie wohl tatsächlich sicherten.

Luyánta ergriff Lalehs ausgestreckte Hand. Wieder das schmerzliche Ziehen ... aber es war auszuhalten ... wenn man die Zähne zusammenbiss. Zuletzt zogen sie die beiden schweren Rucksäcke zu sich herauf.

So kamen sie voran, schnell und diszipliniert. An eine Pause dachte niemand, zumindest sprach keiner davon. Nicht mal Paminer, der nun die ganze Zeit ein so wütend entschlossenes Gesicht machte, dass Luyánta fast hätte kichern müssen. Was sie sich aber ebenso entschlossen verkniff, denn sie wollte ihn keinesfalls kränken, diesen putzigsten ihrer putzigen Krieger.

Gegen Mittag erreichten die Wanderer oberhalb des Schwefelsteinfelds eine Hochebene, ein viele Kilometer weites, leicht hüge-liges Plateau, baumlos und mit im Wind wogendem Gras bewach-sen, durch das sich ein paar Bächlein schlängelten. Erst in größter Ferne sahen sie verschwommen eine kreideweiße Bergkette, wie ein bleiches Flimmern am Horizont.

Luyánta war froh, dass sie den Schwefelgeruch hinter sich ge-lassen hatten, auch wenn die Weite des nun vor ihnen liegenden Gebiets einschüchternd war. Sie kamen, als sie sich auf den Weg machten, bald an lieblichen kleinen Mooren vorbei, reich an bunten Blümchen und Krautpflanzen. Der Himmel über ihnen war strah-lend blau; nie zuvor meinte Luyánta einen so weiten Himmel gese-hen zu haben, er kam ihr unendlich vor.

Und noch etwas schien ihr besonders, aber sie begriff zuerst nicht, was – bis ihr auffiel, dass kein einziger Flugzeugstreifen zu sehen war. Als wäre der Himmel hier vollkommen frei von menschlichen Ver-schmutzungen. Reines, pures Blau. Geheilt von all den Stichen und Schnitten, die Menschen ihm zugefügt hatten.

Die Sonne drückte allerdings immer gnadenloser, und im Vor-übergehen an Bächen nahmen die Wanderer nun öfter hastig einen Schluck Wasser. Einmal, als Die Dicke schon wieder einige Schritte voraus war, während Luyánta und die Murmeltiere noch schnell einen letzten Schluck tranken, sagte sie mit ihrer rauen Stimme zu Luyánta:

«Übrigens, Digger, ich hätte wie du entschieden. Verstehst du, was ich meine? Du hattest recht.»

«Recht? Womit?»

«Das Mädel mitzunehmen.»

Am Nachmittag wurde eine Rast schließlich doch unvermeidlich, denn alle merkten, wie ihnen mittlerweile die Beine schwankten. Laleh wollte zwar trotzdem weiter, und Luyánta war geneigt, die Zähne zusammenzubeißen und ihr zuzustimmen. Aber Die Dicke bestand jetzt auf einer Pause. Es sei nicht tapfer und zäh, über alle Kräfte hinaus zu marschieren, sagte sie, sondern leichtsinnig und töricht. Tage, an denen sie über alle Kräfte hinaus weiter und weiter müssten, würden gewiss noch kommen. Eher, als ihnen lieb sein könnte.

Luyánta merkte, wie gut die Pause tat, während sie und Laleh eine Dose kalter Ravioli in Tomatensoße teilten. Sie saßen an einem kleinen Teich mit klarem Wasser und pflückten als Beilage zu den sehr salzigen Teigschwabbeln ein paar Kräuter, die übrigens gar nicht schlecht schmeckten. Die Murmeltiere schoben sich jede Menge Grünzeug rein.

Erschöpft vom Gehen und müde vom Essen im Gras hockend, sah Luyánta sich um. Die Bergkette schien noch immer endlos weit entfernt, eine deprimierende Aussicht. Und von wahrlich endloser Weite schien diese Hochebene, auf der sie sich befanden, in jede Richtung zu sein. Dazu der unbegrenzte Himmel über ihnen: Das fühlte sich an, als säßen sie auf einer gigantischen grünen Platte, die in einer blauen Ewigkeit schwebt. Magisch, dachte Luyánta. Und schrecklich. Denn wie käme man hier je wieder runter? Dazu die Hitze …

«Hey, probier das mal», rief da Laleh. Sie hatte sich neben Luyánta auf dem Rücken ins Gras gelegt und presste die Hand über ihre Augen. Ihre Daumen lagen auf den Schläfen, die Finger hielt sie über Nasenwurzel und Stirn verhakt, sodass die Innenflächen der Hände ihre Augen ganz bedeckten.

Luyánta legte sich ins Gras und machte es ihr nach. Wie piksig und zugleich weich dieser Boden war. Ganz fest drückte sie die Hände aufs Gesicht und über die Augen, die eben noch vom Sonnenlicht geblendet gewesen waren. Und nun befand sie sich, unter ihrer Handhöhle, in bodenlosem Schwarz. Reines Schwarz. Als befände man sich mitten im gleißenden Tageslicht in einem tiefen, tiefen Gewölbe: einem lichtlosen Raum inmitten einer Welt des Lichts, oder dahinter oder darunter. In einer Art Urnacht. Einem schwarzen Raum, der immer da war.

Wie ihre Gefühle, dachte Luyánta. Wie ihre Phantasien, wie ihr Drache. Die waren auch immer da. Unsichtbar manchmal und völlig anders als alles. Aber immer da.

127

Und trotzdem spürte sie, während ihre Augen sich unter der Hand in völligem Schwarz befanden, das warme Gras unter ihrem Rücken und die Sonnenstrahlen auf ihrer Haut. Das war ziemlich seltsam.

Oder war da der Hauch eines Schattens, wie ein kalter Luftzug, der fröstelnd über ihren Körper streifte? War das möglich, dass sie ihren ganzen Körper dem Licht entzog, indem sie nur die Augen verschloss?

Oder dass sie gar – die Welt verdunkelte? Nicht nur für sich, sondern die Welt selbst? Kann man die Welt stockfinster machen, wenn man die Augen fest genug zudrückt?

«Das bringt nix», hörte sie in diesem Moment eine quiekige Stimme von der Seite. «Alter, das bringt doch nix!» Da öffnete sie die Augen wieder und schaute zur Seite: und sah Paminer, der sich ebenfalls auf den Rücken gelegt hatte und seine Vorderpfoten über die Augen hielt.

Die beiden Mädchen brachen in schallendes Gelächter aus. «Du bist ein Typ!», rief Laleh Paminer zu und setzte sich mit einem Ruck auf. «Aber ich mag dich, ehrlich.» Und sie beugte sich zu Paminer rüber und gab ihm einen knallenden Kuss auf die Stirn. Paminer riss die Augen erschrocken auf und kreischte: «Alter, was soll das denn werden?»

«Entschuldige», sagte Laleh lachend. «Ich konnte einfach nicht anders.»

Paminer zog eine Schnute und wischte sich über die Stirn. «Alter, das machst du nicht noch mal, klar?!»

Bald nahmen sie Gepäck und Waffen wieder auf und machten sich auf den weiteren Weg, leidlich gestärkt, auch durchs Lachen. Und dennoch eine Gewalttour. Der weiteste Weg.

Die weißen Berge schienen immer gleich entfernt zu bleiben, man hatte das Gefühl, überhaupt nicht voranzukommen. Nur wenn man sich umblickte und sah, wie weit die Gegend, aus der sie gekommen waren, schon zurücklag, war man sich sicher, schon viele Stunden gelaufen zu sein. Der Hang der Schwefelfelsen und

128

der Wald waren längst nicht mehr zu sehen, nur ganz in der Ferne standen schneebedeckte Berge. Ein Gefühl völliger Verlorenheit, totalen Ausgesetztseins. Trotz der lieblichen Graslandschaft, trotz der niedlichen Blümchen an den Teichen, Bächen, Mooren.

Es schien Luyánta unvorstellbar, aus dieser Landschaft je wieder herauszukommen. Es war wie in einem dieser Träume, wo man läuft und läuft und doch niemals von der Stelle kommt. Und schon gar nie ans Ziel.

Laleh machte ihr Mut. Einmal streckte sie im Gehen den Kopf in die Höhe und sperrte ihren Mund auf, so weit es ging.

«Schau!», rief sie. «Ich fresse Sonne!»

Und da fraß auch Luyánta Sonne, und ihre Stimmung hellte sich auf. Die Murmeltiere aber beobachteten immer wieder den Himmel. Denn natürlich, auf dieser endlosen Ebene wären sie dem Angriff eines Adlers ohne jeden Schutz ausgesetzt.

Irgendwann im Lauf des Nachmittags stießen sie zwischen kleinen gelben, blauen, roten Blüten auf die Überreste eines Tiers. Nur wenig Fleisch hing noch an den herausstakenden Knochen, Fliegen surrten an dem Kadaver; ein paar kleine Vögel flatterten davon, als die Gruppe sich näherte. So niedliche Vögelchen, die einem verwesenden Tier das Fleisch von den Knochen reißen, dachte Luyánta. Ob es ein Reh war?

«Eine Gämse», sagte Die Dicke, als hätte sie den Gedanken gehört. «Wölfe haben sie gerissen.»

«Es gibt hier Wölfe?», fragte Luyánta erschrocken.

Und wieder diese Blicke der Murmeltiere, als wäre sie bescheuert oder machte einen unmöglichen Witz.

«Jede Menge», antwortete Die Dicke. «Wo es Weite gibt, gibt es Hyänen, Schakale und eben auch Wölfe. Und das hier waren Wölfe.»

Schweigend zogen sie weiter. Immer den fernen weißen Bergen zu. Die Sonne stand nun tiefer, ihnen im Rücken, die Berge leuchteten noch unwirklicher, wie Dampf oder Nebel. Laleh ging mit Paminer voran (die beiden verstanden sich nun prächtig), gleich dahinter lief Struggles, während Luyánta und Die Dicke etwas zurückhingen.

Eine Menge verwirrender Dinge ging Luyánta durch den Kopf: der Gedanke an die geheimnisvolle Dunkelheit hinter der Lichtwelt etwa. Die scheinbare Unendlichkeit des Geländes, in dem sie voranzukommen suchten. Und natürlich die Adler und Wölfe. Ein beunruhigendes Gemisch von Fragen. Aber da gab es noch ein anderes Rätsel, das Luyánta wieder in den Sinn kam, als sie sich an die Trussaner gestern erinnerte (einen Schrecken, der schon sehr lange zurückzuliegen schien).

«Dicke», sagte sie beiläufig.

«Mmh?»

«Was hat es mit den silbernen Pfeilen auf sich?» Doch das war nicht die Frage, die Luyánta im Innersten bewegte. Wenigstens nicht die genaue Frage.

Die Dicke schwieg eine Weile und blickte im Gehen wie selbstvergessen zum Himmel. Dann erst antwortete sie, ohne Luyánta anzusehen: «Vergiss die verdammten Pfeile.»

Luyánta zögerte kurz, ehe sie entgegnete: «Aber die Trussaner haben sie auch nicht vergessen.»

«Die!», schnaubte Die Dicke, jetzt wieder voller Leidenschaft. «Was wissen die schon? Keine Ahnung, wie diese Deppen auf die silbernen Pfeile gekommen sind. Diese Waffen waren nie für ihresgleichen gemacht. Und niemals, ich sage dir, Digger: *Niemals* werden solche verlotterten Flachzangen auch nur in die Nähe derartiger Waffen gelangen. Verstehst du, was ich meine?»

Sie trotteten eine Weile voran, ohne ein Wort. Dann legten sie wieder an Tempo zu, weil Laleh, Paminer und Struggles ihnen sonst davonzuziehen drohten.

«Es ist aber ohnehin ganz gleichgültig», fuhr Die Dicke schließlich fort. «Ja, die silbernen Pfeile waren wirklich zaubermächtige Waffen. Lange her. Aber in der Tat, Digger, niemals hat einer dieser Pfeile sein Ziel verfehlt, egal wie weit weg oder wie wendig das Ziel war. Jeder Feind musste den silbernen Pfeilen erliegen: ob er nun ein

130

schändlicher Feigling war oder ein furchtloser Held. Viele, viele sind den Pfeilen zum Opfer gefallen.»

Und auf einmal blieb sie stehen und blickte Luyánta an: «Und vielleicht ist es gut, dass sie für immer verloren sind.»

Luyánta aber, die ebenfalls stehen geblieben war, fragte mit beinah erstickter Stimme: «Wem gehörten die Pfeile?»

Die Dicke zog die Augenbraue ein wenig hoch, als verblüffte die Frage sie ein wenig. Dann antwortete sie: «Deiner Schwester. Dolasilla.»

«Sie ist ... tot, nicht wahr?» Kaum brachte Luyánta diese Worte über die Lippen. Als zerfielen sie ihr im Mund, bevor sie sie sagen konnte.

Die Dicke aber verstand. Und seufzte, und antwortete dann: «Die meisten sagen, sie sei tot, ja. Einige Faneskrieger sollen berichtet haben, sie hätten den Leichnam der Dolasilla verbrannt, nachdem die Tapfere im Kampf durch Verrat gefallen sei. Damit die Tote nicht den Feinden in die Hände fiele. Aber die meisten dieser Krieger, die das erzählt haben sollen, starben kurz darauf ebenfalls im Kampf. Es war die Zeit, als ihr Reich zugrunde ging. Und dieses eine jedenfalls ist gewiss: der Untergang des Fanesreichs. Und ebenso sicher ist, dass die unfehlbaren silbernen Pfeile, mit denen Dolasilla einst Schlacht um Schlacht für die Ihren entschieden hatte, nie wieder gesehen wurden. Von niemandem.»

Sie richtete einen eindringlichen, schmerzlich berührenden Blick auf Luyánta.

«Ich bitte dich um etwas, tapfere Luyánta. Ich bitte dich sehr. Vergiss diese Pfeile. Vergiss sie völlig, lösche sie aus deinem Kopf. Wer auf etwas längst Verlorenes hofft, der wird untergehen.»

Und mit zur Seite gewandtem Kopf, mit einem Ausdruck unsäglichen Leids fügte sie hinzu: «Und ich habe genug Untergang gesehen in meinem Leben. Verstehst du, was ich meine? Genug Untergang für alle Zeiten, Digger.»

Die Nachtwache

Immer weiter und weiter. Es war, als sollten sie für alle Zeit in Bewegung bleiben. Die Sonne stand tief hinter ihnen, und ihre eigenen langen, dünnen Schatten schwirrten ihnen im Gras voran. Die bleichen Berge aber flimmerten verschwommen, so fern wie eh und je.

Einmal sahen sie über den Gipfeln einen winzigen, schwarzen Punkt am Himmel, und Struggles flüsterte mit erstickter Stimme: «Bruder, da ist einer.»

«Alter», wisperte Paminer.

«Ein Adler», erklärte Die Dicke, die weniger erschrocken wirkte. «In den weißen Bergen könnten wir noch vielen begegnen. Sehr unangenehm. Aber jetzt macht es nichts. Gut, dass bald Nacht wird, im Dunkeln ist es weniger gefährlich. Bei Tag ist der Adlerblick so scharf wie ihre Krallen und ihr tödlicher Schnabel.»

«Aber nachts sind sie blind?»

«Das nun auch wieder nicht. Und *diese* schon gar nicht. Denn es sind nicht irgendwelche Adler. Trotzdem ist es im Dunkeln für uns sicherer – fast wie in den Gängen unter der Erde.»

«Zumindest was die Adler angeht», murmelte Struggles. Ob er an die Hyänen und Schakale dachte? An die Wölfe?

Tatsächlich brach die Nacht bald herein. Der Mond schien am klaren Himmel, ein weißrötlich angeschwollener Mond, der genug Licht warf, dass sie weitergehen konnten. Groß war der Mond, man erkannte auf ihm die Schatten von Bergen und Tälern. Die Berge hier unten sahen sie weniger deutlich als die auf dem Mond, deshalb versuchten sie einfach, ungefähr die Richtung beizubehalten.

Unter dem Meer aus Sternen, und rundherum alles so schwarz, fühlte es sich wieder und noch stärker an, als ob sie auf einer riesigen, leeren Platte ziellos durchs All trudelten. Keine grüne Platte im blauen Weltozean mehr, sondern schwarz in schwarz.

So ist das Leben, dachte Luyánta, ziellos durchs Weltall trudeln.

132

Und abertausend Lichter, alle endlos fern. Aber: nicht allein. Und es tat gut, immer weiterzugehen. Stunde um Stunde. In dieser Nacht schwiegen sie. Es war völlig still. Nur der Wind wehte manchmal durchs dunkle Gras. Und gelegentlich blieben sie stehen, weil einer von ihnen einen Laut vernommen zu haben meinte, einen Mucks, vielleicht ein Pirschen. Derjenige, der etwas gehört haben wollte, blieb dann abrupt stehen und die anderen mit ihm. Dann lauschten und witterten sie alle, ob da was war. Aber nie war etwas.

Als das erste Dämmern des neuen Tags da war, hielt Luyánta den Atem an: Sie waren den weißen Bergen über Nacht ziemlich nah gekommen. Jetzt wirkte es, als ob sie in ein, zwei Stunden dort sein mussten. Wie groß die Bergkette war! Gestern erschien sie unerreichbar, konnten sie tatsächlich in der Nacht so weit gelaufen sein?

Oder war es umgekehrt, waren die Berge auf sie zugekommen? Oder gewachsen? Jedenfalls wuchsen sie jetzt aus der vergehenden Nacht hervor ...

All diese Grübeleien vergaß Luyánta, als etwa eine Stunde später die Sonne aufging. Die rotgoldene Scheibe schob sich über die Gipfel, das plötzliche Auftauchen eines gewaltigen Wesens. Und Luyánta begriff sofort, warum Menschen die Sonne früher für eine Göttin gehalten hatten, oder für etwas, wofür es keinen Begriff gibt und das man darum Gott nennt. Was für ein Wunder das ist, dachte sie, dass jeden Tag die Sonne über der Erde aufgeht.

Sie frühstückten im Gehen. Laleh und Luyánta einigten sich, jetzt das Glas Kirschkompott zu leeren, es war irgendwie der richtige feierliche Moment dafür. Zwar war es nicht ganz leicht, die entkernten Kirschen aus dem Glas zu fischen, der dunkelrote Saft lief ihnen übers Kinn, als sie aus der großen Öffnung zu trinken versuchten.

«Sieht aus wie Blut.» Laleh deutete mit einem Nicken auf Luyántas Kinn. «Du bist ein Vampir, glaube ich.»

«Ah, ich liebe die Süße dieses Bluts ...» Luyánta wischte sich die klebrige Flüssigkeit vom Kinn und warf sich noch eine Kirsche ein. «Fehlt nur noch der Milchreis dazu.»

«Mögen Vampire Milchreis?», sagte Laleh und runzelte die Stirn.

«Sie sind nicht wählerisch, wenn sie Hunger haben», antwortete Luyánta. «Keine Empfindlichkeiten, keine Hemmungen. Vampire verschlingen alles, was ihnen nützlich und hilfreich ist. Sogar Milchreis mit Blutkompott.»

Es dauerte dann doch länger als ein oder zwei Stunden, bis sie die Berge erreichten: Sie liefen den ganzen Tag, länger als gestern. Nur dass sie heute keine sprudelnden Bäche und stinkenden Steinhänge erklimmen mussten, sondern immer nur geradeaus gehen. Aber genau dieses nicht endende Geradeaus konnte einem alle Zuversicht rauben.

Im Lauf des Nachmittags bemerkten sie, dass immer mehr leuchtend weiße Steinchen und Kiesel im Gras verstreut lagen. Und je länger sie liefen, desto mehr und desto größer wurden diese auffällig bleichen Steine. Bald lagen da auch einzelne schwere Weißfelsblöcke. Gegen Abend waren sie den weißen Bergen endlich nah gekommen. Nun wurde der Schotter im Gras immer dichter, sodass es sich anfühlte, als gingen sie auf grobem Kies. Und die gleißenden Hänge vor ihnen waren weit Richtung Abendhimmel gewachsen.

Die Sonne stand nun wieder tief, die Beine der Wanderer waren schwer, ihre Schatten lang und dünn. Luyánta fragte sich zaghaft, wie weit sie heute wohl noch gehen sollten. Aber sie hielt die Klappe, sie wollte nicht diejenige sein, die mit dem Maulen anfing.

Gerade sie, die doch eigentlich die anderen führen sollte! Ihre Gruppe führte sich gerade wie von selbst ... Was für eine tapfere, zähe Gemeinschaft sie waren. Und Luyánta empfand so etwas wie Stolz, dass sie eine von ihnen war.

In diesem Moment wandte Die Dicke sich nach rechts, in eine Richtung, wo die Wiese leicht abfiel. Nach einigen Minuten erblickten die Wanderer einen kleinen Bergsee und an seinem Rand einen merkwürdig schiefen weißen Kasten. Als sie näher kamen, erkannte Luyánta, dass es sich um einen alten Campinganhänger handelte. Ziemlich schief stand er da, auf der Schnauze sozusagen, an einer Seite waren die Ständer unter dem Wagen weggebrochen. Rostflecken zogen sich über die Außenwand, in einem der verbeulten Fenster hing eine zerfetzte Häkelgardine.

Ein zweifelhafter Anblick. Trotzdem atmete Luyánta erleichtert auf, als Die Dicke ihnen erklärte, dass sie hier die Nacht verbringen würden. «Einer von uns muss allerdings Wache halten», fügte sie hinzu und schaute streng Struggles und Paminer an.

Bevor die beiden antworten konnten, sagte Luyánta: «Das werde ich machen.»

«Du? Aber du wirst noch alle Kräfte brauchen.»

«Geht schon. Heute Nacht halte ich Wache.»

So geschah es. Sie ruckelten die verklemmte Tür des Wohnwagens auf und machten sich im schiefen Innenraum ihre Nachtlager: Laleh in der unteren Hälfte, der Schnauze des Wagens, auf einer zerfledderten Sitzecke, die Murmeltiere im nach oben ragenden Teil, wo mal die Küchenecke gewesen war.

Fast war Luyánta froh, nicht hier schlafen zu müssen. Denn es sah in diesem Raum doch mächtig vergammelt aus, und so roch es auch. Starke Raucher mussten hier mal campiert haben, auf dem Boden lagen noch vergilbte Zigarettenstummel. In einer vertrockneten Spüle stand eine alte Tasse mit versteinertem Schmutz, in einer Ecke ein vergilbter Kanister, ein verrosteter Grill.

«Herzlich willkommen», sagte Laleh und packte aus ihrem Rucksack eine graue Wolldecke aus, die sie Luyánta reichte. «Die kannst du heute Nacht draußen besser gebrauchen als ich.»

«Digger, was soll das heißen?», fragte Die Dicke etwas ärgerlich. «Ihr habt eure Rucksäcke vollgestopft wie die Blöden, aber nur eine einzige Decke mitgenommen?»

«Natürlich nicht», antwortete Laleh. «Ich habe drei eingepackt, und Lu hat auch eine. Aber ich gebe ihr diese, die ist nämlich die einzige, die nicht ganz so kratzig ist. Und außerdem das hier. Mit Pfeil und Bogen wirst du im Dunkeln nämlich nicht weit kommen.» Sie zog den Trussanerdolch aus dem Gürtel und reichte ihn ihrer Freundin.

Luyánta legte Waffe und Decke beiseite, während sie vor dem

135

Caravan saßen und zu Abend aßen: die Murmeltiere das ewige Grünzeug, die Mädchen Sardinen in Tomatensoße. Schmeckte eher so lala. Dann, nachdem die Mädchen noch einmal an den kleinen See spaziert waren, um sich Gesicht, Hände und Füße zu waschen, sagten die Gefährten einander gute Nacht, und alle außer Luyánta zogen sich zum Schlafen in den Wohnwagen zurück.

Jetzt war Luyánta also allein. Nachtwache. Sie saß im Schneiderinnensitz vor dem Caravan, die Decke um die Schultern, den Dolch neben sich, und starrte in die Weite. Hier sollte sie sich die nächsten Stunden um die Ohren schlagen. Keine kleine Herausforderung: So eine Nacht kann wohl sehr, sehr lang werden, wenn man nicht schlafen darf, egal wie müde man ist.

War sie denn müde? Wollte sie schlafen? Natürlich, sie musste doch müde sein! Sie waren ja die ganze Nacht durchgelaufen, sechsunddreißig Stunden mit kaum einer Unterbrechung unterwegs gewesen. Und jetzt begann die zweite Nacht, die sie wach verbrachte. Oder wach verbringen sollte, noch hatte sie es ja nicht geschafft. Und sie fürchtete sehr wohl, dass sie einschlafen könnte.

Aber eigentlich war es etwas anderes, das in ihr steckte, in allen Winkeln ihres Körpers von den Füßen bis in den Nacken, von den Fingern bis in den Hintern: Erschöpfung. Erschöpfung ist etwas anderes als Müdesein. Schmerzhafter, hoffnungsloser. Sie spürte jetzt, da das Wandern für einige Stunden unterbrochen war, alle ihre Muskeln und Gelenke. Auch das verflixte Schulterblatt ziepte und brannte nun in einem fort, nicht nur, wenn sie sich bewegte. Und bei alldem (und das war das Hoffnungslose) fühlte sich diese Erschöpfung so an, als ob einzuschlafen völlig unmöglich wäre. Dieses Erschöpftsein war eine irre, kaputte Form von Wachsein. (Ihre Mutter hatte mal einen Roman gelesen, der ganz rot war und *wach* hieß, einfach *wach*, eher so mittelprächtig, sagte die Mutter.)

Aber es war okay. Sie wollte ja wach bleiben.

Sie musste. Es war ihre Verantwortung!

Sie schaute sich um. Sah zum Himmel. Es war jetzt dunkel geworden. Abertausende Sterne und der noch etwas größer geworde-

136

ne, nun beinah volle Mond. Aber nichts Lebendiges dort oben, kein Adler und keine Dohle, und auch ringsum im Gelände keine Spur eines Tiers oder eines anderen Feindes.

Allerdings, wie die Trussaner schleichen konnten, das hatte sie ja vor zwei Tagen erlebt. Oder waren es schon drei Tage? Und wie Wölfe wohl erst schleichen konnten ...

Blieb sie also eisern in Habacht.

An die Trussaner musste sie wieder denken, als sie auf einmal einen seltsamen, beißenden Geruch in der Luft wahrnahm. Ziemlich unangenehm und, was das Unbehaglichste war: ihr beängstigend nah, ganz dicht an ihr dran, um sie herum. Sie sog noch einmal die Luft tief durch die Nase ein. Was war das? So ein umgekippter, staubiger Geruch von etwas, das einmal Lavendel gewesen sein mochte. Ein Anti-Duft.

Ihr fiel ein, woher sie diesen Geruch kannte: aus dem Haus ihrer Tante Sofia, wo über dem Sofa das gestickte braune Bild mit dem Vers *Trautes Heim, Glück allein* hing.

Jetzt kam es ihr vor, als wäre diese knittrige Tante schon lange tot. Oder aber längst noch nicht geboren. Irgendwann in ferner Zukunft würde die alte Tante, würden ihre eigenen Vorfahren erst geboren werden.

Herrje, sie war wirklich durcheinander. Und dann ging ihr auf, woher der Geruch kam: aus der Armeewolldecke um ihren Rücken. Klar, das mussten Mottenkugeln sein!

Entwarnung also. Und weiter wachen. Den Dolch immer griffbereit.

Wie still die Nacht hier ist. Kein Geräusch, nur ganz leise das Plätschern kleiner Wellen am nahen See.

Vor allem aber: wie dunkel! Denn das hier war ja unverschmutzte Dunkelheit, trotz des Mondlichts. Keinerlei künstliches Licht – keine Laternen irgendwo, keine erleuchteten Fenster, keine Scheinwerfer. Am Himmel keine blinkenden Flugzeuge oder Satelliten, nirgends. Wenn man sich vorstellte, dass vor den Menschen die Welt nachts gleichmäßig dunkel war! Eine Welt ohne Menschen.

137

Da hörte sie ein Geräusch. Ein Knarren, ein Klappern. Ganz deutlich war das, keine Einbildung.

Quietschen.

Sie packte den Dolch und schoss hoch, in eine sprungbereite Hocke, blickte sich um wie ein kampfbereites Tier ...

«Moin», sagte eine quiekige Stimme – sie zuckte zusammen! –, aber es war bloß Paminer. Er hüpfte aus der aufgeschobenen Caravantür ins Gras.

«Muss mal», sagte er und verschwand um die Ecke.

Als er kurz darauf zurück nach drinnen verschwunden war, setzte Luyánta sich wieder hin und legte den Dolch beiseite. Nach einer Weile spürte sie aber wieder ein Ziehen in ihren Gelenken, so als wären ihre Muskeln sauer. Also stand sie auf, um sich die Beine zu vertreten. Ein paar Schritte durchs Gras.

Noch leiser musste sie gehen, so unauffällig wie möglich. Vollkommen lautlos ... und da schlich sie auf weißen Pfoten durchs Gras.

Nicht das kleinste Geräusch war nun mehr zu hören.

So lief sie hinunter an den See, auf den das Mondlicht fiel, beugte sich hinüber und sah wie in einem fernen Spiegel ihr weißes Gesicht. Und staunte sich an. Wie schön sie ist! Putzig und schön. Majestätisch, eine Herrin.

Königin und Murmeltier.

Da hörte sie vom Wohnwagen erneut ein verdächtiges Geräusch. Ein Klappern, ein Klopfen ... Kratzen ...

Sie hatte ihre Pflicht vergessen!

Und den Dolch. Es war ihre Pflicht gewesen, Wache zu halten. Ihre Gefährten zu beschützen. Sie sauste zurück. Würde sie halt mit Zähnen und Krallen kämpfen!

Vor dem Wagen aber saß Laleh auf dem Boden und kratzte mit dem Dolch verkrustete Erde aus dem Profil eines ihrer Wanderschuhe. Als sie das weiße Murmeltier sah, grinste sie und sagte: «Ah, hab mich schon gefragt, wo du steckst.»

Keine Verwunderung, keine Spur von Irritation darüber, wen

138

oder was sie hier vor sich hatte. Ihre grünen Augen strahlten einfach. Sie legte den Stiefel beiseite und streichelte dem weißen Murmeltier, das sich neben sie hockte, über den Kopf.

«Darf man das überhaupt?», sagte sie und lächelte. «Eine Königin streicheln? Deine Kumpels behaupten, du wärst eine.»

Auch Luyánta lächelte, aber sagte kein Wort.

«Das fühlt sich so wundervoll an. Weich und seidig.»

«Willst du nicht schlafen?», fragte Luyánta.

«Ich kann nicht. Vielleicht bin ich zu erschöpft zum Schlafen», sagte Laleh. «Außerdem sind die da drin so laut, ich sag dir, glaubt man nicht. So kleine Tiere, aber schnarchen, als wollten sie einen Wald absägen.»

Dann schaute sie Luyánta an: «Stört es dich, wenn ich dir ein bisschen Gesellschaft leiste bei deiner Nachtwache?»

Luyánta lächelte. «Natürlich nicht.»

Die zwei schauten einander an: in die Augen, trotz der Dunkelheit. Ein langer tiefer Blick, und beide hatten die Empfindung, die Augen der anderen erhellten die Nacht.

So saßen sie beieinander, und die langen Stunden wurden nun nicht quälend, sondern schön. So auszehrend das Wachbleiben auch war. Manchmal dämmerte eine weg, dann hielt die andere die Augen umso entschlossener offen; und erst wenn sie auch ihr zufielen, stieß sie ihre Gefährtin an.

Dann wieder, mitten in der Nacht, waren sie beide hellwach und behielten gemeinsam die dunkle Umgebung im Blick. Trotzdem alberten sie zwischendurch immer wieder kurz leise herum, oder sie flüsterten über die großen Fragen. Etwa: wozu man lebe. Um Spuren zu hinterlassen, meinte Luyánta (es ärgerte sie, aber nur ein bisschen, dass es ihr Vater war, der genau das einmal gesagt hatte). Laleh aber sagte, es wäre besser, zu leben, ohne Spuren zu hinterlassen. Denn die meisten Spuren, die Menschen hinterließen, seien böse Spuren. Zerstörungen. Leben, ohne zu schaden: Das sei ein gutes Ziel.

Luyánta betrachtete ihre Hände mit den langen Fingern und dem

139

kleinen, krummen – ihrem Markenzeichen. Jetzt hatte sie wieder die Finger eines Menschenmädchens, keine weißen Pfoten mehr. Es war seltsam, sie pendelte zwischen ihren Wesen hin und her. Auch in dieser Nacht, immer wieder. Dann hob sie den Kopf, schaute den Sternenhimmel an und sperrte den Mund auf, so weit es nur ging.

«Hey, was machst du da?», fragte Laleh.

«Ich fresse Nacht, Schwester.»

Und da sperrte auch Laleh ihren Mund weit auf und fraß Nacht. Ihre Ohren aber lauschten hinaus in die undurchsichtige Weite. Irgendwann hörten sie ein leises, inbrünstiges Heulen.

«Die Dummköpfe jaulen den Mond an», flüsterte Laleh.

Es musste sehr weit entfernt sein.

Da waren sie also. Die Wölfe schienen nicht zu wissen, dass sie hier waren. Oder sie wussten es, aber wagten sich nicht her. Und sollten sie sich herwagen – die beiden Mädchen hatten keine Angst vor den nächtlichen Wölfen.

Der Blick des Adlers

Der Gang in die weißen Berge war beschwerlicher und kräftezehrender als alles zuvor. Ausgetrocknet die Haut, die Lippen verbrannt. Die Sonnenhärte fühlte sich hier im schattenlosen bleichen Geröll noch tödlicher an als in den beiden Tagen zuvor im endlosen Grasland: als würde man zu Staub, zu weißem Staub. Von der Sonne pulverisiert.

Weiß waren sie ja alle schon. Sie hatten sich vor dem Wohnwagen mit dem Puder bröseligen Gesteins eingerieben, zur Tarnung vor den Adlern im Gebirge. Nur Luyánta konnte auf diese Tarnbemalung verzichten. Laleh meinte, als sie das weiße Murmeltier im Morgenlicht ansah: «So ist es das Praktischste, geh nur als steinweißes. Ich laufe einfach mit euch. Ich trage beide Rucksäcke, einen hinten,

140

einen vorn. Sie sind ja eh schon etwas leichter. Obwohl ich auf die saure Ochsenschwanzsuppe zum Frühstück hätte verzichten können. Pfui Teufel.»

Die Dicke hatte darauf bestanden, dass auch Laleh sich mit weißem Staub bedeckte, mitsamt den Rucksäcken. Denn auch von ihr könnten die Adler angezogen werden. Sie griffen sehr wohl Menschen an, obwohl die für sie eine schwerere Beute waren als Murmeltiere.

Das weiße Gestein blendete wie Schnee. Sie kniffen beim Gehen die Augen zusammen. Zuerst liefen sie in einem ausgetrockneten Flussbett, auch das war kalkweiß, totenbleich; nur einzelne knochentrockene Äste steckten darin, Wurzeln, auch sie schon ausgebleicht.

Ich gehe auf dem Mond, dachte Luyánta. Denn so stellte sie sich die Mondlandschaft vor. Die einzigen Farben, die sie wahrnahm, waren der wieder grenzenlos blaue Himmel und ein buntes Flimmern, das mit der Zeit vor den Augen erschien, verursacht vom reflektierenden Licht.

Das blendende Weiß schien Luyánta ein ebenso mysteriöses Nichts wie das Schwarz hinter der Welt, das sie vorgestern betreten hatte, indem sie sich die Hände über die Augen presste. Ebenso mysteriös und vielleicht noch tödlicher.

Und bald geschah es: Schon am Vormittag griff ein Adler sie an. Erst im letzten Moment bemerkten sie den fürchterlichen Schatten über sich. Laleh hatte eben die Rucksäcke abgesetzt und war in die Kuhle hinter einen großen Stein verschwunden, um dort ein gewisses Geschäft zu erledigen: als die Wartenden ein scharfes Rauschen über sich vernahmen und beinah gleichzeitig ein mächtiger schwarzbrauner Adler auf Struggles niedersauste, die scharfen Krallen ausgestreckt, sein gebogener Schnabel leuchtete feuergelb im Sonnenlicht. Es war, als bliebe ihnen allen das Herz stehen.

Struggles aber gelang es mit lebensrettender Geistesgegenwart, sich im letzten Moment zur Seite zu werfen. Die spitze Kralle eines Fangs ratschte über seinen Rücken, die staubige Tarnfarbe stob auf, Blut spritzte hervor. Ein Schmerzensschrei.

Der Adler hob scheinbar schwerfällig, doch beängstigend kraftvoll seine weiten Flügel, stieg wieder ein Stück auf, um sich erneut auf den zitternden Struggles zu stürzen. Aber kaum stand er für einen winzigen Moment in der Luft, sprangen Paminer und Die Dicke ihn von hinten an und bissen ihn mit ihren Nagezähnen in die Schwanzfedern. Sofort schüttelte der Adler sie ab und wandte sich in der Luft um, wollte sich auf die beiden zu Boden gepurzelten Gegner stürzen – doch da warf sich von einem hohen Stein aus das weiße Murmeltier auf seinen Rücken, kletterte rasch kopfwärts und biss ihn mit voller Kraft in den Nacken. Wütend schrie der Adler auf. Das weiße Murmeltier aber biss erneut zu und bohrte ihm seine Krallen in den Hals. Es wusste, dass es den Gegner so nicht ernsthaft verletzen konnte, aber es wollte ihn, so gut es ging, in Schach halten.

Aus den Augenwinkeln sah es währenddessen, wie Die Dicke und Paminer den angstschlotternden, blutenden Struggles unter einen Steinvorsprung zerrten.

Der Adler schüttelte heftig das Gefieder, bis es ihm gelang, seinen Gegner abzuwerfen. Das weiße Murmeltier fiel zu Boden, schmerzhaft auf den Rücken – und sah nun direkt über sich, wenige Meter in der Luft, den Adler mit ausgebreiteten Flügeln und vorgestreckten Krallen, bereit, auf seine Beute niederzustürzen ...

In diesem Moment sauste ein spitzer weißer Stein durch die Luft und traf den Adler hart am Flügel. Ein paar Federn flogen heraus, und der lädierte Adler sackte zu Boden: direkt neben das weiße Murmeltier, das sich wie ein Blitz zur Seite rollte und dann zu seinen Gefährten unter den Stein sauste.

Laleh stand auf dem Stein, hinter den sie sich kurz davor zurückgezogen hatte. In der Hand hielt sie ihre Schleuder.

«Soll ich den Piepmatz erledigen?», rief sie zu den Murmeltieren hinüber, die freie Hand am Dolch in ihrem Gürtel.

«Nein, lass ihn», rief Die Dicke. «Er ist wehrlos. Mädels, packt die Rucksäcke und lasst uns abhauen!»

Und Luyánta, nun wieder in Menschengestalt, rannte zu den Rucksäcken, Laleh setzte mit einem steilen Sprung vom Stein herab.

142

Während Luyánta den Rucksack aufsetzte, sah sie den benommenen Adler daliegen: schwer atmend, mit vielleicht gebrochenem Flügel. Für eine Sekunde sah sie ihm direkt in die Augen. Der brechende Blick, die tiefe Traurigkeit.

Im selben Moment blitzte eine Erinnerung in ihr auf: wie sie noch ein kleines Kind namens Jolantha gewesen war (fünf, aber fühlte sich oft wie vier oder drei) und sie im Garten eine verletzte Amsel gefunden hatten. Es war ein Abend zu Beginn des Sommers gewesen, alles blühte, zwei zitronengelbe Schmetterlinge flatterten über dem länger nicht gemähten Gras umeinander. Das kleine Kind, das sie gewesen war, und die Mutter bewachten die Amsel, wollten sie aufpäppeln, die Mutter rief eine Freundin an, die sich ein wenig mit Vögeln auskannte. Tags darauf brachten sie die Amsel zu einer Vogelstation; aber die Amsel starb.

Ihr war, als wäre das Salz der getrockneten Tränen, die sie damals weinte, noch immer auf ihren Wangen. Und nun spürte sie Mitleid mit ihrem gefallenen Feind. Schmerzendes, stechendes Mitleid. Der Blick des Adlers: als bäte er sie. Um ihr Mitgefühl. Um – Barmherzigkeit ...

Dieses Wort, dieses lächerliche Wort. Kitschige Regenschlieren auf einem Fenster im Hintergrund.

«Wird er sterben?», fragte sie Die Dicke, als sie sich ein Stück den Berg hinauf entfernt und alle wieder einigermaßen beruhigt hatten.

«Na hoffentlich, Alter!», rief Paminer. «Soll er krepieren!»

Struggles aber ächzte auf. Noch immer lief das Blut aus seinem Rücken. Bei dem Anblick des verletzten Gefährten durchfloss eine Welle von Zorn und Hass auf den Angreifer Luyánta, das Gegenteil ihres Mitleids von gerade eben. Sollte der Adler doch sterben! Sie machten halt und begutachteten die Wunde. Sie verlief tief über den Rücken, noch immer quoll Blut, tropfte hinter Struggles eine rote Spur über die weißen Steine. Es schmerzte allein, das zu sehen. In einem der Rucksäcke fanden sie ein gelbes Stofftaschentuch, mit dem sie die Wunde notdürftig verbanden. Um ihre schöne staubwei-

143

ße Tarnung war es damit zwar so ziemlich geschehen. Na, mussten sie eben umso wachsamer sein.

«Ich glaube nicht, dass der Adler sterben wird», antwortete Die Dicke schließlich nachdenklich. «Diese Federviecher sind zäh. Außerdem wird er sicher bald von seinen Kameraden aufgespürt werden, diesen scharfäugigen Helden der Lüfte. Die werden ihn schon zurück in ihr Lager bringen und sich um ihn kümmern.»

Sie schaute Luyánta an, mit einem qualvollen Blick, vor dem man erschrecken konnte.

«Kann also sein, dass wir ihn wiedersehen werden», fügte sie leise hinzu. «Kann sein, dass wir uns wünschen werden, er wäre krepiert.»

Luyánta verstand. Und doch kehrte das Mitleid zurück, wenn sie an den Anblick des gestürzten Adlers dachte. Und sie wollte es gar nicht loswerden, dieses Mitleid.

Als hätte er sie angefleht.

Und noch etwas Unerwartetes hatte die Erinnerung an die Amsel im Garten in ihr ausgelöst. Sie vermisste ihr Zuhause. Ein wenig nur, aber dennoch. Durfte das sein? Nie hatte sie sich zu Hause wohlgefühlt, «und niemand mit dir», wie ihr vorlauter Vater mal gesagt hatte. Irgendein Zitat aus irgendeinem Buch. Und doch verspürte sie jetzt einen Hauch von Heimweh. Obwohl sie keinesfalls zurückwollte. Ihr Platz war hier.

Sie gingen weiter; aber im Gehen fragte sie sich, was ihre beiden schrecklichen Brüder wohl gerade machten. Der ewig belehrende, treue Valentin. Und das nervige, geliebte Mäxchen.

Die Erinnerung an die beiden wurde aber gleich darauf fortgeweht, als Luyánta in einiger Entfernung auf einem steil ausgesetzten Felsen etwas Unerwartetes entdeckte: einen steinernen Rundbau, der sich bei genauerem Hinsehen als Ruine herausstellte. Die verfallenen Reste eines dicken Turms aus schlohweißem Stein, der einmal noch viel höher gewesen sein mochte und von dem aus man die Gegend wohl einst weit überblicken konnte. Nun glich er einem versehrten Stumpf, doch noch immer wirkte er schwer und mächtig. Man spürte die traurige Größe einer vergangenen Macht. Luyánta machte Die Dicke darauf aufmerksam, die sofort nickte und erklärte:

«Ja, mit solchen Türmen hatten die Fanesleute einst alle Täler durchzogen. Eine Kette von mächtigen Türmen. Wenn du dort hinüberschaust, fast bis zum Horizont, kannst du vielleicht die Überreste eines weiteren Turms erkennen. Sie wurden zur großen Zeit des alten Reichs errichtet, unter der Herrschaft des Königs, der zum Verräter an seinen eigenen Leuten wurde.»

«Meines Vaters?», fragte Luyánta leise. Ein Verräter ist schlimmer als der Feind selbst – diesen Gedanken hatte sie irgendwo und irgendwann schon einmal gehabt.

«… ja», antwortete Die Dicke, etwas zögerlich. «Wir kommen jetzt in eine Gegend, wo wir immer mehr Spuren des untergegangenen Fanesreichs finden werden. Es macht mich immer wieder schwermütig, das alles zu sehen. Verstehst du, was ich meine? So viel Unglück und Leid ist mit diesen Ruinen verbunden.»

Der Stumpf des weißen Turms aber stand stumm und reglos auf seiner Anhöhe. Ein Symbol der Vergeblichkeit und des Todes, das auch Luyánta trübsinnig machte. Und, merkwürdig, sogar für den seelenlosen Turm empfand sie eine Art Mitleid.

Und dachte wieder an den Adler zurück. Seinen Schmerzensblick.

Und auch an den Traum erinnerte sie sich, den sie in der Berghütte gehabt hatte: den erbitterten Kampf zwischen dem Murmeltier und dem herabstürzenden Vogel, den sie am nächsten Morgen als Adler identifiziert hatte.

Es war, als wäre sie nun in ihrem eigenen Traum unterwegs, mit ganzem Leib und Haut und Haar. Als echter Mensch, nicht als Traumwesen.

Je mehr sie sich dem Gebirgssattel näherten, desto stärker stach die Sonne auf sie ein. Der Schweiß brannte Luyánta auf ihrer ausgedörrten Haut. Immer wieder flimmerte das Gestein vor ihren Augen.

Schließlich aber erreichten sie erschöpft das Joch. Und dort machte Laleh, ehe sie alle durchgeatmet hatten, eine unerwartete Entdeckung. Sogleich winkte sie Luyánta herbei. Und so klein und unscheinbar der Fund war, so hob er doch ihre Stimmung merklich. Kurz unterhalb des Jochs entsprossen nämlich mitten im Gestein einige kleine Blumen: von einem warmen, schon leicht ins Violette spielenden Blauton. Zarte Schönheit, doch zugleich von zäher Kraft, mitten im toten Geröll.

«Frühlingsenzian», sagte Die Dicke, die hinzugekommen war. Auch sie lächelte. Dann wies sie mit der Pfote ein wenig nach rechts: «Und da wächst Vergissmeinnicht.»

Und tatsächlich, je genauer man sich umsah, umso mehr kleine Blümchen entdeckte man. Es war wie ein Trost. Vergessen die Anstrengung, der Schrecken.

Sie durften sich trotzdem nicht lange aufhalten, sondern überquerten den weißen Gebirgskamm. So weit der Weg vorher auch gewesen war, bewältigten sie diesen letzten Anstieg unerwartet schnell, ihre Füße liefen wie von allein. Dabei suchten sie ständig den Himmel nach möglichen Angreifern ab. Luyánta trug den Bogen und einen Pfeil die ganze Zeit in der Hand. Auf keinen Fall durften sie noch einmal so böse überrascht werden wie vorhin.

Alle waren erleichtert, als sie auf der anderen Seite des Kamms nach einer Weile eine angenehmere, pflanzenreichere Gegend und schließlich, bergab, wieder bewaldetes Gebiet erreichten. Unter den Bäumen marschierten sie eine ganze Weile auf etwa gleichbleibender Höhe, in einem langgestreckten Bogen um einen steilen Berg herum. Die Nadelbäume standen sehr dicht, der Wald war voller Spinnweben und Ameisen, und sie bemerkten zu ihrer Erleichterung auch allerlei andere Tiere – Eichhörnchen, Mäuse, vor allem aber viele kleine Vögel, die schnarrten und zwitscherten und sangen.

So dicht der Wald hier war, bemerkte Luyánta plötzlich, dass sie auf einer zugewachsenen, doch noch immer erkennbaren Schneise zwischen den Bäumen unterwegs waren. Tatsächlich liefen sie auf einem überwucherten Forstweg. Sogar rotweiße Wegmarkierungen konnte man mit etwas Mühe noch an einigen Baumstämmen erkennen, ganz verblichen. Vielleicht eine Täuschung. Und später, noch überraschender, gelangten sie auf eine von Sträuchern, hohem Gras und Brennnesseln bedeckte, dennoch erkennbare Lichtung. Und was das Erstaunlichste war: Über diese ganze verwachsene Waldflur verteilt standen halbverborgene, von wildem Pflanzengewucher bedeckte farbige oder metallische Gegenstände.

Ziemlich groß, ungefähr wie Autos, kam es Luyánta vor ...

Es waren Autos.

Verwirrt ging Luyánta zwischen ihnen herum. Es waren die normalen, langweiligen Wagen, wie sie die Straßen der Städte und Dörfer abertausendfach bevölkerten und zustanken. Doch zugleich wirkten sie uralt, geradezu antik: Denn sie waren nicht nur zugewachsen, sondern an allen Ecken und Enden von Rost bedeckt, reif für die Schrottpresse.

Und was Luyánta noch mehr irritierte: Sie erkannte die Autowracks nicht ganz deutlich. Sie sah sie nicht scharf, sondern nur verschwommen, mit unklaren, sich auflösenden Rändern.

Ihre Augen? Brauchte sie doch eine Brille? Hui, das war nun wirklich der falscheste Moment, darüber nachzudenken. Jedenfalls nützte es auch nichts, wenn sie die Augen zusammenkniff: Die Autowracks blieben verschwommen. Aber (und Luyánta war unsicher, ob sie das beruhigte oder noch mehr verwirrte) das war tatsächlich nur bei den Autos der Fall. Die Pflanzen ringsum, die Wipfel der Bäume, selbst die Ameisen am Boden und zum Glück auch die Gefährten: Die alle sah sie klar und scharf.

Sie lief einige Schritte weiter, wie in einem nebligen, verknäulten Traum. Und auf einmal entdeckte sie unter den gezackten Blättern zügellos ausgetriebener Brennnesseln einen blauen Kleinwagen, der ihr bekannt vorkam.

Es war der Kia. Ihr peinliches Familienauto. Oder was davon übrig war. Denn auch dieser Wagen war mit Rost überzogen, Teile der Karosserie abgebrochen. Direkt vor der Fahrertür wuchs ein junger

147

Nadelbaum, bereits höher als das Autodach. Die Reifen fehlten ganz, der Wagen stand auf nackten, ebenfalls verrosteten Felgen.

Luyánta bog die Brennnesseln beiseite, ohne auf ihre Haut zu achten, und ging dicht an den Wagen heran. Auf der Rückbank lag noch Mäxchens Sitzplättchen, zerfleddert und aufgesprungen.

Verwirrt und aufgewühlt schaute sie das an. Sie wollte das Auto gern berühren, wie es sich wohl anfühlte? Würde sie es überhaupt berühren können? Es war alles so seltsam.

Aber sie wagte es nicht. Stattdessen entfernte sie sich rückwärts wieder, starrte dabei weiter den halbverrotteten Kia an. Es war, als liefen seine Ränder in alle Richtungen aus.

Das Fanestor

«Jetzt werden wir bald da sein», sagte Die Dicke mit sorgenvoller Miene, während die Wanderer weiter den Wald durchquerten.

«Wird auch langsam Zeit», sagte Luyánta. Und dachte, wirklich gut versteckt ist es, das Fanestor … Denn nun ging es wieder stärker bergauf, und nicht nur deshalb wurde das Laufen immer anstrengender: Es war weiterhin brütend heiß, aber das Wetter war umgeschlagen, der Himmel bewölkte sich dichter und dichter, eine drückende und schwüle Atmosphäre. Der Wald wirkte nicht mehr wie kühlender Schatten, sondern feindselig und abweisend. Unsichtbare Vögel schnarrten schaurig.

Der verwundete Struggles hatte nicht mehr weitergekonnt, deshalb trug Luyánta ihn auf der Schulter. Sie spürte sein schwerfälliges, versehrtes Atmen. Paminer aber war plötzlich eingefallen, dass er ebenfalls verletzt sei, deshalb hatte Laleh ihn sich lachend auf den Kopf gesetzt. Sie ließ sich durch nichts erschüttern. Die Dicke schüttelte halb verärgert, halb belustigt den Kopf über die ganze Sache und sauste auf ihren kurzen, drallen Beinen der Gruppe voran.

Etwas abseits entdeckten sie Himbeersträucher und entschieden sich zu einer kurzen Rast – der letzten Pause vor ihrem Ziel, wie Die Dicke sagte. Die beiden Mädchen setzten ihre Passagiere ab, und alle pflückten hastig hellrote, saftige Beeren, ohne auf die Stacheln der Sträucher zu achten. Gerade hatte Luyánta einen besonders reichen Zweig entdeckt, als sie aus einigen Metern Entfernung Lalehs genervte Stimme hörte:

«Och nö, nicht schon wieder!»

Sie lief sofort zu Laleh und fand sie vor drei übereinandergestapelten, stark verschmorten Autoreifen. Ein Lagerfeuer nach Trussaner Art also, auch hier.

Ein ätzender Geruch in der Luft. Luyánta berührte die verbrannten Reifen.

«Sie sind kalt», sagte sie dann. «Aber drübergewachsen ist noch nichts. Kann also sein, dass es noch nicht lang her ist, dass sie hier waren, oder?»

«Digger, da wächst auf seeehr lange Zeit nichts, wo die waren», sagte Die Dicke, die hinzugekommen war. «So schwach, wie es hier nur noch stinkt, dürften sie schon vor Jahren hier gelagert haben.»

Dennoch waren sie, als sie weitergingen, noch aufmerksamer als zuvor. Und das, obwohl in Luyántas Kopf eine große Frage kreiste, die sie seit Tagen verwirrte. Das Fanestor … die Unselbe Welt … die drei toten Trussaner, die sie wohl schon damals in der Berghütte beobachtet hatten – die gehörten doch dort hinüber? Hinter die Grenze, in diese unbekannte andere Welt? Wie kamen sie hierher? Konnten selbst solche Tölpel das Tor einfach durchqueren?

Luyánta gab sich einen Ruck und schloss zu der Dicken auf. Die schaute sie aufmunternd an, als spürte sie, dass das Mädchen sie etwas fragen wollte.

«Das Tor», sagte Luyánta, «wie wird es sein? Was passiert, wenn man durchgeht? Ich kann es mir überhaupt nicht vorstellen.»

«Welches Tor?», fragte Die Dicke zurück.

149

Luyánta stutzte. Was sollte das? Die Murmeltiere waren es doch, die davon gesprochen hatten.

«Na ... das Fanestor ...»

Jetzt blieb Die Dicke doch stehen. Sie sah Luyánta an, dann wehte der Hauch eines Lächelns über ihr rundes Gesicht. Ein mildes Lächeln.

«Aber Mädel. Wir sind doch längst durch.»

«Längst, Bruder», bekräftigte der verletzte Struggles von Luyántas Schulter.

Luyánta schwirrte der Kopf ... schwindelte ... «Wir sind ... schon durch? Wo war es denn ... das Tor?»

«Aber hör mal», sagte Die Dicke. «Ich dachte, das wüsstest du.»

«Ich weiß nicht ...», stotterte Luyánta. «Weiß nicht, ob ich es weiß ...»

«Nun ja», entgegnete Die Dicke. «Es ist an keiner bestimmten Stelle, dieses famose Tor. Man sieht es auch nicht, und anfassen kann man es schon gar nicht. Man durchquert es einfach. Hast du es nicht gemerkt?»

«Vielleicht ... Aber ... wo war es?»

«Wie gesagt, es ist an keinem bestimmten Ort. Und man kann es auch nicht finden. Verstehst du, was ich meine?»

«Aber wie gelangt man dann dorthin? Wie kann man durchkommen?»

«Na, indem man es sucht, Digger.»

«Ja, man muss es suchen, Bruder», stimmte Struggles matt zu.

«Aber warum sollte man es suchen? Gerade hast du doch gesagt, man kann es nicht finden?»

«Kann man auch nicht. Es findet dich. Das Tor findet dich, wenn du suchst. Verstehst du, was ich meine? Denn suchen musst du es schon, Digger. Ohne dass du suchst, findet dich nix. Aber wann und wo es dich finden wird, Digger, das weißt du nicht. Du merkst es erst, wenn es dich gefunden *hat*. Wenn du es durchquert hast. Manchmal geht es blitzschnell, manchmal dauert es lang. Manchmal ist es einfach, manchmal fürchterlich schwer.»

150

«Aber die Autos vorhin … der Parkplatz … was hat das alles zu bedeuten …»

«Es hat gar nichts zu bedeuten», antwortete Die Dicke. «Dieser Krempel ist einfach da, man begegnet ihm. Die Selbe Welt existiert auch in der Unselben Welt. Wenn auch undeutlich. Aber es gibt sie. Zumindest gewisse Dinge. Du kannst sie sehen, sogar anfassen. Aber du weißt niemals, wann und wo.»

Und nun lächelte sie Luyánta direkt an, warm und geradezu mütterlich. Und lustig, mit ihrem einen abgebrochnen Nagezahn.

«Aber das ist doch auch komplett logisch, Mädel», fuhr sie dann fort. «Du findest doch auch in der Selben Welt die Unselbe Welt. Zumindest gewisse Dinge. Sie sind einfach da. Warum sollte es denn andersherum nicht genauso sein? Verstehst du, was ich meine? … Einen wichtigen Unterschied gibt es aber doch. Die Zeit. Sie ist hier und dort, wie soll ich sagen – *ungleich*. Aber du weißt nie, wie ungleich. Was dort ein paar Minuten sind, können hier Wochen oder Monate oder sogar Jahre sein. Und, Digger, niemals weißt du, in welche Richtung: vor oder zurück. Ob hundert Jahre nach vorn oder hinten, das macht schon einen Unterschied.»

«Aber innerhalb der Welten …», begann Luyánta. Neben ihr stand jetzt Laleh mit Paminer auf dem Kopf, die sie eingeholt hatten.

«… läuft die Zeit, wie sie läuft. Merkt ihr doch. Stinknormal. Von einer Sekunde zur andern, von einer Minute zur nächsten.»

Dann wandte sie sich zur Seite, um weiterzugehen.

«Jetzt lasst uns das letzte Stück packen, Digger. Deine Leute warten dort oben, in einem der Vergeblichen Bergwerke des Mondrius. Seit langem verstecken sie sich dort – seit der letzten, vernichtenden Niederlage, die die Truppen des Adlerprinzen ihnen beigebracht haben. Wir Murmeltiere haben sie nach der Katastrophe dort hinaufgeführt. Eine Katastrophe nach der anderen», seufzte sie. «Es ist wirklich ein ewiges Kreuz mit deinen Leuten. Aber gut, man sucht sich seine Verbündeten eben nicht aus. Du kannst dir ja auch nicht aussuchen, wessen Königin du bist. Verstehst du, was ich meine? Schade eigentlich.»

Der Weg im Wald bergauf wurde immer steiler. Und der Rucksack wurde Luyánta schwer, sogar der arme Struggles wurde ihr schwer. Sie spürte jetzt auch heftig die zwei schlaflosen Nächte in ihren Knochen. Immerhin gut, noch ein paar Handvoll Himbeeren gemampft zu haben. Trotzdem wollte sie immer mehr fragen. Ihr Kopf quoll jetzt über von Unklarheiten. Sie wusste viel zu wenig.

Sie wurde jedoch aus ihren Gedanken herausgerissen, als von irgendwoher ein heller Pfiff ertönte. Alle blieben schlagartig stehen. Die Dicke bedeutete den anderen zu warten und lief ein Stück, zu einem großen moosbewachsenen Stein, der zwischen Fichten und Lärchen lag. Ein Feuersalamander huschte davon.

Unter dem Stein krochen erst ein, dann drei weitere Murmeltiere mit blitzenden Augen hervor. Die Dicke begrüßte sie herzlich. Aber ihr Blick verdüsterte sich sofort, als die vier Murmeltiere aufgeregt durcheinanderzuplappern begannen. Leise wispernd, sodass nicht zu verstehen war, was sie sagten.

Zwischendurch warfen die vier immer wieder neugierige, aufgeregte, sogar ehrfürchtige Blicke auf die Wartenden. Blicke, die vor allem Luyánta galten.

Schließlich führte Die Dicke die vier Murmeltiere zu ihnen herüber.

«Unsere Kameraden bringen schlechte Nachrichten», erklärte sie. «Die Truppen des Adlerprinzen haben sich im Feuerrosental neu formiert und scheinen bald aufbrechen zu wollen. Offenbar haben sie vom Versteck im Vergeblichen Bergwerk erfahren. Es sieht so aus, als wollten sie sich bald aufmachen, um den ausgelaugten Feind endgültig zu besiegen.»

«Wann werden sie da sein?»

«Sie könnten es innerhalb von ein oder zwei Tagen schaffen. Immerhin, wir werden eher da sein. Es ist nur noch ein winziges Stück.»

«Dann müssen wir uns beeilen», rief Luyánta und stapfte sofort mit großen Schritten los, entschlossen in die steilste Richtung. Fast wäre der arme Struggles von ihrer Schulter gefallen.

«Halt, falscher Weg!», sagte Die Dicke. «Dort entlang!» Sie deutete auf den Moosstein, an dem die vier Murmeltiere sich versteckt gehalten hatten.

«Gut, dann eben da lang», sagte Luyánta. «Auf, meine putzigen Krieger!»

Und voran ging sie. Die vier neu hinzugekommenen Murmeltiere gaben einen bewundernden Piepslaut von sich und eilten ihr sofort nach, und auch die alte Gruppe folgte.

Das Vergebliche Bergwerk

Luyánta behielt die Führung, aber sie ließ Die Dicke wieder zu sich und Struggles, den sie noch immer trug, aufschließen. Schließlich kannte Die Dicke den Weg vermutlich besser. Auch wenn Luyánta jetzt das Gefühl hatte, sie würde ihn im Zweifel auch allein finden, mit sicherem Instinkt.

Immer schwerer japsten sie in der schwülen Hitze. Der Himmel war mittlerweile ganz bedeckt. Als sie eine Weile gelaufen waren, fragte Luyánta: «Sind die Truppen des Adlerprinzen sehr stark?»

«Ja, durchaus», antwortete Die Dicke. «Sie haben, um ehrlich zu sein, den klügeren, gerisseneren Anführer als ihr. Bisher zumindest, Digger. Genauer gesagt, sie haben überhaupt einen Anführer. Bei den Fanesleuten dagegen immer ein Durcheinander, einmal sagt der, wo's langgehen soll, einmal die. Aber das kann sich ja nun ändern.»

«Es wird sich ändern», entgegnete Luyánta. «Und so superstark können die Adlerleute ja wohl nicht sein. Sonst hätten sie ihren Gegner nicht entkommen lassen. Warum haben sie die Fanesleute denn nicht verfolgt und endgültig besiegt?»

«Na, weil die Fanesleute rettende Unterstützung hatten. Als die Soldaten des Adlerprinzen die Geschlagenen durch eine enge Schlucht verfolgten, hagelte ein Gewitter an Steinen und Felsbrocken auf die hetzende Meute herab. Das hat ihnen den Weg abgeschnitten.»

«Das wart ihr?»

«Darauf kannst du wetten, Digger, wer sonst? Hunderte Murmeltiere. Wir lassen unsere Verbündeten nicht im Stich. Ohne Verbündete bist du verloren.»

«Und die Verbündeten der Adlerleute?»

«Die Adler, meinst du? Dass ich nicht lache. Diese Flattertrottel. Sie stürzten natürlich auf uns herab und versuchten, den Steinschlag zu unterbinden. Einige schwere Wunden konnten sie uns schlagen, ja ... wir haben etliche verloren ... *Dass ich nicht lache*, habe ich gerade gesagt, aber von wegen: *Dass ich nicht weine*, das meine ich eigentlich, Digger ... verstehst du, was ich ... Jedenfalls, stoppen konnten sie uns nicht. Scharfe Steine haben sie abbekommen, 'ne Menge Federn gelassen. Und einige unserer besten Kundschafter führten währenddessen die Fanesleute durchs Gelände, durch Gänge und Höhlen und schließlich ins Vergebliche Bergwerk hinein. Schau, da vorn ist es schon!»

Luyánta sperrte die Augen auf und – sah nichts. Nur dichtes Gestrüpp, hohes Gras, dornige Stauden. Die Dicke führte sie direkt auf das Dickicht zu. Luyánta und Laleh setzten Struggles und Paminer ab, und der wiedererstarkte Paminer hob sich Struggles auf den Rücken. Dann witschten alle sieben Murmeltiere mühelos am Boden hinein ins Dickicht, während Luyánta und Laleh die Äste und Zweige beiseitedrücken mussten. Vorsichtig, um sie nicht abzubrechen und auf diese Weise verräterische Spuren zu hinterlassen.

Ganz gelang es nicht. Im Vorankommen bemerkten sie, dass schon einige Zweige geknickt oder abgebrochen waren. Aber schon vor längerer Zeit, das meiste war bereits wieder überwachsen.

Es hatte sich jetzt verdüstert, und über ihnen rollte und grollte es. Gleich würde gewiss ein Gewitter losbrechen. Luyánta schaute hoch und sah eine aufgeregte Schar von Dohlen am schwarzvioletten Himmel wild durcheinanderfliegen.

Dornen und Stacheln kratzten ihr und Laleh die Haut an Armen

154

und Beinen auf, fast als schlügen die scharfen Zweige auf die Eindringlinge ein. Die Mädchen aber bissen die Zähne zusammen und kämpften sich weiter, den Murmeltieren nach, die sich schließlich unter einem Strauch mit besonders langen, spitzen Dornen hindurchzwängten. Einem Strauch, an dem goldgelbe Blüten wuchsen, so groß wie menschliche Hände oder sogar die Köpfe von Kindern.

«Hübsch», sagte Luyánta.

«Aber stachlig», meinte Laleh. «Und da sollen wir jetzt durch? Autsch. Das tut ja schon vom Anschauen weh.»

«Wir müssen», sagte Luyánta.

«Weiß ich», sagte Laleh.

Und damit drangen die beiden ins Gebüsch ein. Doch es geschah etwas Unerwartetes: Die langen Dornen, die sich ihnen eben noch bedrohlich entgegengebogen hatten, zogen sich, bevor die Haut der Mädchen sie berührt hätte, wie durch Wunderhand zurück. Sie gewährten ihnen einen schmalen, sicheren Durchschlupf. Es war, als lächelten die Goldblüten dabei Luyánta an. Als erkennten sie sie.

Also schlüpften Luyánta und Laleh durch. Die ersten Regentropfen trafen jetzt ihre Haut. Und etwas entfernt im Gestrüpp bemerkten die Mädchen ein paar aufgequollene, zersplitterte Bretter: eine primitive Schubkarre, über und über eingewachsen im Heckengewucher. Ein alter Laufkarren von Bergleuten wohl, vermodert und vergessen.

Dann, noch ein Stück weiter, entdeckten sie mitten im Gesträuch ein kleines Loch in der Erde, kaum zu erkennen. Man musste sich direkt hinabbeugen, um es zu sehen. Wie ein Fuchsbau oder noch kleiner. Aber als sie sich ihm näherten, schien es plötzlich möglich, hineinzukriechen.

«Na kommt schon», hörten sie da die gedämpften Stimmen der Murmeltiere aus dem Inneren der Erde.

In diesem Moment donnerte es wahrhaft ohrenbetäubend. Gleich würde das Gewitter mit voller Wucht losbrechen.

Luyánta ging auf die Knie, setzte ihren Rucksack ab und schob ihn mit aller Kraft in das Loch hinein. Und es gelang, er bewegte

155

sich. Dann nahm sie ihren Bogen und den Köcher mit den Pfeilen in die Hände und kroch in die enge Öffnung hinein, den Rucksack vor sich herschiebend. Pechschwarz war es drin. Erst fürchtete sie sich, in der Höhle stecken zu bleiben, ein Querschuss von Panik zischte durch ihren Körper. Dann aber ging es wieder, sie wurde ruhig. Und rutschte auf dem Bauch vorwärts, keuchend; wie eine zu dicke Schlange ... Sie war erleichtert, als sie merkte, dass der Gang sich verbreiterte und sie sich aufrichten konnte, um auf allen vieren voranzukrabbeln.

Immerhin, verlaufen konnte man sich nicht in einem so schmalen Gang. Aber die Enge machte Angst. Immer wieder bekam Luyánta stoßweise Panik, dass sie nie wieder hinauskäme ...

Den Rucksack schob sie immer noch Stück für Stück vor sich her. Auf einmal aber schien ein schmaler, matter Lichtstreif am Rucksack vorbei ihr entgegen. Sie krabbelte weiter, unter sich feuchtes, aber festes Gestein, das die Knie schmerzen machte.

Und stärker wurde das Licht. Trotzdem blieb es auf seltsame Weise matt und fahl. Auch der Gang wurde weiter, sodass sie den Rucksack leichter schieben konnte und immer mehr Licht an ihm vorbeikam. Schließlich konnte sie sogar am Rucksack vorbeisehen und erkannte vor sich die sieben wartenden Murmeltiere, gemeinsam mit einer dünnen, weißen Gestalt.

Diese Gestalt, nicht größer als ein Drittklässler, hielt die Laterne, die jenes blasse Licht von sich gab. Sie stand aufrecht, es war ein Junge. Nicht blond, sondern mit schlohweißem Haar und ebenso bleicher Gesichtsfarbe. Zumindest wirkte es in dem fahlen Licht so.

Endlich konnte auch Luyánta sich wieder auf die Füße stellen und fast ganz aufrichten. Sie hob den Rucksack auf. Wasser tropfte von den Felswänden. Das Höhlengestein war vollkommen weiß, wie das Gebirge von außen. Aber hier war es kalt.

«Hi», sagte sie zu dem Blassen, immer noch mit eingezogenem Kopf. Der Junge war ja wirklich ein bedauerlicher Strohhalm, klapperdürr. Seine Kleider lumpig und viel zu weit. Und weiße Haare wie ein Greis. Aber trotz dieser verstörenden Tatsache und trotz

156

seiner geringen Körpergröße hatte man, wenn man ihm ins Gesicht sah, den Eindruck, dass er in Wahrheit ungefähr gleich alt wie die beiden Mädchen war.

Vor allem jedoch hatte er liebe, leuchtende Augen. Luyánta fand ihn sympathisch.

«Hi ...», sagte der Junge unsicher.

«Ich bin Luyánta.»

«Ich ... äh, weiß.»

«So? Und wer bist du?» Herrje, das Bürschchen bekam ja den Mund nicht auf.

«Ich ... heiße Mizuel. Ich ... bin heraufgeschickt worden, um euch in den Saal zu führen, an den unterirdischen See.»

In diesem Moment zuckten alle zusammen, weil sie ein wüstes Kollern vernahmen. War das das Gewitter, das draußen losbrach? So laut selbst hier drin? Sie mussten ja schon ein ganzes Stück weit im Berg sein.

Im nächsten Moment rumpelte Luyánta etwas von hinten in die Beine, sodass es sie beinah hinhaute.

Lalehs Rucksack. Sie kickte ihn wie einen übergewichtigen, unförmigen Fußball vor sich her.

«Hi», sagte Laleh und grinste.

Auch sie, kleiner als Luyánta, konnte im Stollen stehen. Nachdem sie und Mizuel sich bekanntgemacht hatten, gingen sie los: der blasse Junge und Die Dicke voran, dann die beiden Mädchen, hinter ihnen die Murmeltiere. Paminer trug weiter seinen fast ohnmächtigen Freund Struggles, eine Selbstverständlichkeit sei das, Alter.

«Au!», rief Luyánta nach ein paar Schritten. «Fluch!»

«Was ist passiert?», fragte Mizuel erschrocken.

«Kopf gestoßen.»

«Oh, da musst du aufpassen.»

«Danke für den superklugen Hinweis», brummte Luyánta ärgerlich und rieb sich die Stirn. Und bereute sogleich, dass sie das Bürschchen Mizuel so angefahren hatte. Das vertrug der doch bestimmt nicht, ihren Ton.

Sie gingen nun leicht bergab in dem Gang, der etwa gleich groß blieb: hoch genug für Laleh und Mizuel, zu niedrig für Luyánta. Es war still und kalt, der Boden überall feucht und glitschig. Manchmal stützten die Mädchen und Mizuel sich mit einer Hand an den felsigen Wänden ab, um nicht ins Rutschen zu geraten.

Nach einer Weile kamen sie an einen Seitenstollen, der steiler hinunterführte. Mizuel setzte sich auf den Hintern und rutschte voran, die anderen ihm nach. Dann ging es (jetzt mit unangenehm feuchtem Hosenboden) wieder in einen anderen Stollen, dann in noch einen, ein richtiges Labyrinth.

Schließlich kamen sie an eine Öffnung im Boden. «Hier müsst ihr die Rucksäcke an Seilen hinunterlassen», sagte Mizuel und stellte die Laterne ab. Nachdem Laleh und Luyánta die Rucksäcke vorbereitet hatten, verschwand er in die Öffnung, in der eine ins Schwarze führende hölzerne Leiter zu erkennen war. Luyánta hielt die Laterne über das Loch, aber viel war nicht zu erkennen, schnell war Mizuel im Dunkel verschwunden.

Sie atmeten erleichtert auf, als nach einer Weile aus der Tiefe ein Pfiff kam. Dann erst ließen sie die Rucksäcke hinab. Luyánta hob die Laterne und schaute Paminer an, der immer noch seinen Patienten trug. Als wären die beiden miteinander verwachsen. Aber man sah, dass sein Dienst ihn äußerst anstrengte.

«Die Leiter runter trage ich Struggles», erklärte Luyánta, reichte die Laterne Laleh und hob den Verletzten von Paminers Rücken. Sie riss den Kragen ihres schwarzen T-Shirts etwas ein, sodass sie Struggles behutsam hineinsetzen konnte, fast wie ein Baby in ein Tragetuch. Dann begab sie sich, während Laleh ihr leuchtete, vorsichtig in die Öffnung und setzte die Füße langsam auf die an der Wand befestigte Holzleiter. Sehr vertrauenerweckend kam die ihr nicht vor, wackelte ein paarmal bedenklich.

Luyánta beschloss, nicht drüber nachzudenken. Sprosse für Sprosse ertastete sie mit den Füßen, in zunehmender Finsternis. Das Licht der Laterne lag immer höher über ihr, immer ferner.

Sie kam mit Struggles sicher unten bei Mizuel an, und kurz darauf Laleh, die sich die Laterne mit einem Riemen umgebunden hatte. Wie tief mochten sie jetzt im Berg sein? Hinter ihnen sprangen nun die Murmeltiere, denen die Dunkelheit nicht das Geringste ausmachte, von Sprosse zu Sprosse herab, während Laleh und Luyánta sich ihre Rucksäcke wieder aufsetzten.

«Soll ich einen Rucksack tragen?», fragte Mizuel leicht erschrocken. Anscheinend fiel ihm erst jetzt ein, dass er das schon früher hätte anbieten sollen.

«Nö danke, nicht nötig», antwortete Laleh, und Luyánta warf einen mitleidigen Blick auf den dürren Jungen. Vielleicht hatte auch Laleh Mitleid, denn sie reichte ihm immerhin die Laterne, die er auch sofort beflissen nahm.

«Wir schaffen das schon», sagte Luyánta. «Aber sag mal, wer hat eigentlich dieses irre Bergwerk hier reingebaut? Was wurde hier gefördert?»

«Nichts wurde hier gefördert», sagte Mizuel. «Es ist ein völlig sinnloser Bau. Ein Clan von Gebirgsjägern hat ihn errichtet, nachdem einer von ihnen von einem unermesslichen Schatz vernommen hatte, der irgendwo tief in den Bergen lagern soll. Mondrius hieß er, und eine Aguana hatte ihm davon erzählt, eine alte Wasserfrau, die er auf der Gämsenjagd getroffen hatte. Da holte er seinen Clan herbei, und sie begannen, in den Berg hineinzubohren, tiefer und tiefer, wahrhaft besessen. Aber vergebens. Das war schon nach dem Untergang des Fanesreichs, heißt es, und auch nach dem Ende aller anderen Reiche, die ihm folgten. Über Jahrhunderte bauten sie und ihre Nachfahren weiter an dem Stollen. Ich glaube, am Ende hatten sie längst vergessen, was sie überhaupt suchten.»

«Was ist aus dem Clan geworden?»

«Sie sind alle tot. Der Clan ist ausgestorben. Sie haben noch einige andere solcher Labyrinthe errichtet, die weißen Berge sind voll davon. Die Vergeblichen Bergwerke, werden sie von den Murmeltieren genannt. Sie sind die Einzigen, die diese Höhlen kennen. Deshalb konnten sie unser Volk hierherführen, in Sicherheit.»

«Was tut man nicht alles für seine Verbündeten», seufzte Die

159

Dicke wieder mal. «Aber jetzt lasst uns weitergehen. Zum unterirdischen See.»

Das weiße Gewand

Sie folgten Mizuel, der seine fahle Funzel vorantrug. Der Stollen blieb so niedrig, dass Luyánta immer noch nicht aufrecht gehen konnte. Eine ziemlich unbequeme Art, sich fortzubewegen, wie ein buckliges Hutzelweibchen. Das gebückte Gehen war aber nicht das Unangenehmste. Die Stille im Berg, sie war fürchterlich. Und mit ihr die Kälte, die feuchte Kälte. Luyánta fror. Es war nicht lange her, dass sie sich in der schweißtreibenden Hitze des Tages befunden hatten. In Hitze und grellem Licht, das Luyánta hatte denken lassen, man könnte sterben davon, zu Staub werden. Jetzt war es, als ob man an Kälte oder Feuchtigkeit sterben würde. Oder an Dunkelheit?

Schwarze Gedanken. Das durfte sie nicht, sie durfte es nicht. Luyánta versuchte, sich einen Ruck zu geben. Sich aufzurichten. Natürlich nur in Gedanken – sonst hätte sie sich ja wieder den Schädel gestoßen.

Es war, als ginge sie nicht bloß in einen Berg hinein, sondern … ja, in was? In das Nichts? In sich selbst? Ihr geheimstes Inneres? Und erneut das Gefühl, als irrte sie leibhaftig und körperlich durch die Gänge ihres eigenen Traums. Oder nicht eines, sondern aller Träume …

Da riss Mizuels Stimme vor ihr sie aus ihren fruchtlosen Grübeleien. «Gleich treffen wir Titurel», sagte er. «Er hat das weiße Gewand bei sich.»

«Welches weiße Gewand?»

«Na … deins.» Mizuel wirkte etwas verdattert, auch wenn er es zu verbergen versuchte.

160

Schweigend gingen sie weiter. Kälte, gebeugter Gang, niederdrückende Gedanken. Und doch Neugier, Hoffnung, Entschlossenheit. Luyánta hörte das angespannte leise Atmen der Gehenden. Ihre Schritte wie gleichmäßige Tropfen im Berg.

Was mochte es mit dem weißen Gewand auf sich haben? Wie würden die anderen Fanesleute sein, denen sie gleich begegnen sollte? Lauter Hänflinge wie dieser liebe Mizuel? Keine Ahnung, wohin dieser Traum sie führen wird ...

Ein paar Minuten später blieb Mizuel stehen und trat zur Seite, um Luyánta vorzulassen. Da sah sie einen hageren Alten, der in einer Seitennische des Stollens auf dem Boden saß, den Rücken gegen die Wand gelehnt. Das musste Titurel sein. Er hielt eine verwitterte Kiste aus Holz auf dem Schoß und, wie man erst auf den zweiten Blick erkannte, schien im Sitzen zu schlafen, das Kinn auf der Brust, die Augen geschlossen. Auch die Kiste bemerkte Luyánta zunächst nicht, weil der Anblick des Alten sie so bestürzte: Er wirkte klein und sein Gesicht, das sie zunächst nur zur Hälfte sah, vollkommen zerknittert. Nie zuvor meinte sie eine derart zerfurchte, faltige Haut gesehen zu haben. Und wie Mizuel war der Alte ausgesprochen bleich, kalkweiß die wenigen Haare auf seinem Schädel. Eine Farbe, die zu seinem Alter immerhin besser passte als zu Mizuels.

Als Luyánta vor ihn trat, wachte der Alte anscheinend aus seinem Schlaf auf, hob den müden Kopf und schaute Luyánta an – ein kurzer Blick aus beinah farblosen Augen mit geröteten Rändern. Seine Augäpfel schienen wie mit einer dünnen weißlichen Schicht überzogen, einem Milchhäutchen. Der Alte schob hastig die Kiste vom Schoß, um sich zu erheben. Es fiel ihm sichtlich schwer. Da streckte Luyánta ihm beide Hände entgegen und zog ihn hoch.

«Luyánta», sagte er mit brüchiger Stimme, als er stand. Er ließ ihre Hände nicht los und hielt die fahlen Augen auf sie gerichtet.

«Kalte Hände hast du. Aber du bist wieder da.»

«Ich bin wieder da, Titurel», sagte Luyánta.

«Es ist gut», sagte Titurel und drückte ihre Hände. Wie warm die

161

seinen waren, trotz seines Alters. Dann wies er mit einem Nicken auf die Holzkiste zu seinen Füßen: «Darin ist es. Ich, als der letzte Lebende des Fanesvolks, der dich noch kannte, denn meine Brüder Manaal und Pelleams sind tot – ich habe es all die Jahre für dich aufgehoben. Denn ich habe immer gewusst, dass du eines Tages wiederkommen wirst.»

Mit diesen Worten ließ er sie los. Luyánta reichte Bogen, Köcher und Rucksack der hinter ihr stehenden, stillschweigenden Laleh und ging in die Hocke, um die Kiste zu öffnen, im Licht, das Mizuel über ihr hielt. Säuberlich zusammengefaltet lagen mehrere weiße Kleidungsstücke darin. Behutsam, wie zerbrechliche Kleinode, hob Luyánta eins nach dem anderen heraus: Obenauf lag ein breiter, silberner Gürtel. Darunter ein einfaches weißes Hemd mit weiten Ärmeln. Dann ein mit drei schräglaufenden Reihen durchsichtiger Edelsteine besetztes, breitschultriges Wams. Schließlich eine knieabwärts sich weitende Hose – eine weiße Schlaghose fast wie aus der Disco oder Hippiezeiten.

Es war, als strömte eine unheimliche Kraft von diesen, trotz der Edelsteine, einfachen Kleidungsstücken aus. Luyánta konnte ihren Blick nicht abwenden.

«Na, zieh's schon an», sagte Laleh hinter ihr.

«Wir drehen uns auch um, Digger», sagte Die Dicke. Und so taten es alle. Der umgewandte Mizuel streckte (lustig sah das aus und unbequem) den Arm ein wenig hinter sich, damit die Laterne ihr weiter leuchtete. Nur der Alte blieb, wie er war. Und Luyánta kam es so vor, als ob das ganz richtig war: nicht nur, weil ihr jetzt schlagartig aufging, dass er blind war, sondern auch, weil er sie (auch das war ihr plötzlich klar) von klein auf kannte. Er hatte sie schon als Säugling gesehen, vielleicht im Arm gehalten.

Sie nahm den reglosen Struggles aus ihrem Hemd, streichelte ihm zart über den Kopf und setzte ihn vorsichtig zu Paminer und der Dicken auf den Boden. Dann zog sie ihre alten Kleider aus: die klobigen Bergstiefel und die verdammten atmungsaktiven Socken, die Hose mit den ach so praktischen Taschen, das schwarze T-Shirt

162

mit der weißen Schrift, zuletzt die Funktionswäsche. Mochte das alles in diesem Stollen vergammeln!

Das Licht der Funzel fiel auf die Schramme an ihrem linken Schienbein, das sie sich in der Hütte gestoßen hatte, genau an der alten Kindernarbe. Noch immer war sie ein wenig gerötet.

Nun begann sie, das weiße Gewand anzulegen. Als sie die Hose mit dem weiten Saum, der knapp oberhalb ihrer Knöchel endete, hochgezogen hatte, bemerkte sie am linken Hosenbein einen ganz matten, kaum sichtbaren Fleck.

Titurel schien zu bemerken, dass sie einen Augenblick stutzte, und sagte leise: «Unsere Prinzessin Luyánta muss sich – *du* musst dich verletzt haben, als du damals von uns gingst. Wir fanden die zurückgelassenen Kleider in einem Seitenarm der Höhle am See, nicht weit von einem Ausgang, der uns unbekannt war. In der Nähe ragte ein spitzer Stein quer in den Gang, vielleicht hattest du dir daran die Haut aufgerissen. Die Hose flickten und reinigten wir, aber völlig konnten wir den Blutfleck nicht verschwinden lassen.»

Luyánta nickte. Wieder dachte sie an diese Narbe, die schon von klein auf an ihrem Schienbein gewesen war und über deren Herkunft sie nichts wusste. Nun passte alles zusammen, und doch blieb alles ein großes Geheimnis. So wie ihr auch diese weißen Kleider passten und doch geheimnisvoll blieben.

Sie legte das Hemd an. Darüber das Wams mit Edelsteinen und breiten Schultern. Zuletzt den silbernen Gürtel. Schloss mit zitternden Händen die breite, verzierte Schnalle.

Ihre alten Kleider. Sie kannte sie. Sie kannte diese Kleider, und es war, als kennten die Kleider sie. Lang, lang waren sie von Titurel für Luyánta gehütet worden.

Auf einmal fror sie nicht mehr. Keine Angst mehr. Jedenfalls fast nicht, fast keine.

Einen Augenblick nur gab sie sich ihrem beglückenden Gefühl von tiefem Wiedererkennen hin. Dann aber spürte sie ein Kribbeln, das ihr Glück ein wenig trübte, eine leise Unruhe. Sie blickte Titurel an. Den blinden Titurel.

«Dein Schwert ist nicht hier», sagte dieser, und wieder war es, als beantwortete er die Frage, die in ihr verborgen lag, ohne dass sie sie hatte stellen können. «Das Schwert mit der weißen Klinge, vor der unsere Feinde sich so fürchteten – auch nachdem wir Dolasilla und ihre unfehlbaren silbernen Pfeile verloren hatten. Ich weiß nicht, wo das Weiße Schwert ist. Deine Kleider hattest du in der Höhle zurückgelassen, als du von uns gingst. Dein Schwert nahmst du wohl mit. Wir haben es jedenfalls nie gefunden.»

Luyánta schwieg. Zögerte. Versuchte ihrer Erinnerung, ihrem Denken einen Ruck zu versetzen. Vergebens. Und da gab sie sich selbst, erneut, einen Ruck. Ihrem Willen. Denn auch ohne das Schwert wirkte das Gefühl des Wiedererkennens, die Wärme der altbekannten Kleider stark in ihr.

So flüsterte sie, ganz leise, aber mit fester Stimme: «Auf jetzt, meine putzigen Krieger.»

Da erst (es war, als hätten sie Luyánta und den alten Titurel ungestört Zwiesprache halten lassen wollen) wandten alle Köpfe sich zu ihr um: staunend vor Ehrfurcht die Gesichter der Murmeltiere und Mizuels, mit einem Lächeln das von Laleh.

Luyánta ließ ihnen keine Zeit, sie lange anzustarren. Jetzt ging sie voran, barfuß auf dem Steinboden. Als sie an eine Abzweigung gelangten, zögerte Luyánta nicht und wählte den linken Stollen. Hinter ihr trappelten die Murmeltiere, die nun gemeinsam den vor Benommenheit stöhnenden Struggles trugen, am Ende des Zuges stützten Mizuel und Laleh gemeinsam den blinden Greis Titurel. Mizuel trug den zweiten Rucksack, Laleh den Bogen und Köcher Luyántas.

So liefen sie weiter, ihr Schweigen auch dann nicht brechend, als ihnen schließlich von fern ein Licht entgegenflackerte. Es wurde stärker und stärker, je näher sie ihm kamen. Endlich erkannte Luyánta, dass sich in der Seitenwand des Stollens eine weitere Öffnung befand. Ein niedriger Durchschlupf, aus dem Licht kam.

«Geh nur hinein», sagte Titurel mit seiner leisen Greisenstimme. «An den Kleidern werden sie dich erkennen.»

164

«Wir hätten dich auch so erkannt …», flüsterte Mizuel, beinah versagte ihm die Stimme.

Luyánta beugte den Kopf tief, um sich durchquetschen zu können. Dennoch schlug sie wieder an den harten Felsen, diesmal mit dem Hinterkopf. Fluch! Das würde eine schöne Beule geben.

Aber sie achtete kaum darauf. Denn sie erschauderte vor Erstaunen, was sie nun sah: Unter ihr lag ein gewaltiger steinerner Raum, den man von der in ein paar Metern Höhe gelegenen Öffnung aus völlig überblicken konnte.

Ein Saal im Berg, größer als eine Kathedrale. Dieser Saal war offenbar nicht von Menschen erbaut, sondern eine natürliche Höhle. Die Bergleute mussten einst bei ihrer vergeblichen Arbeit darauf gestoßen sein. Auch die Wände dieses riesigen Raums bestanden aus weißem Stein. Daran steckten weit verteilt brennende Fackeln. Inmitten des Saals aber lag ein großer, stiller See, in dem sich ihre Flammen spiegelten.

Um das Wasser herum brannten einige kleinere Feuer, und an ihnen lagerten Menschen. Viele Menschen, hunderte mussten das sein. Männer, Frauen, Kinder. Aber was für ein erbärmlicher, jämmerlicher Anblick war das. Sie saßen und hockten und lagen dösend in kleinen Gruppen, in zerlumpter Kleidung, alle bleich und erschöpft. Eine todmüde wirkende Frau, jung und schön und doch schon weißhaarig, wiegte einen schwächlich wirkenden Säugling auf dem Arm. Am Ufer des Sees stand eine Gruppe von zehn, zwölf ausgezehrten Pferden, falb und reglos mit hängenden Köpfen; ein Stück entfernt lagen einige dürre Ziegen auf fauligem Stroh.

Das Herz krampfte sich zusammen bei diesem niederdrückenden Anblick. Keinen Mucks hatte man von all diesen Menschen und Tieren draußen im Stollen gehört, durch den die schweigenden Wanderer sich ihnen genähert hatten. Eine gespenstische Stille herrschte im Höhlensaal.

Nun aber, da die weiß gekleidete Luyánta hereintrat, wandten sich hunderte Köpfe der Öffnung entgegen. Ein kleiner Felsvorsprung befand sich hinter dem Zugang, darunter führte eine Leiter hinab. Nicht weit hinab, da hatte Luyánta auf ihrer Reise ganz andere Tiefen und Abgründe gesehen. Und dennoch schwindelte es ihr angesichts all dessen, was sie hier sah.

Und hörte. Denn es ging nun ein Raunen durch den Saal. Ein verängstigter, leidvoll gedämpfter, nur zaghaft anschwellender und doch mächtiger Jubel.

Und jetzt, nachdem sie die Öffnung ganz durchquert hatte, richtete Luyánta sich wirklich auf, zu voller Größe. Endlich wieder gerade stehen, dachte sie erleichtert. Und dass sie diese verzweifelten Menschen hier nun wohl irgendwie begrüßen musste. Also setzte sie ein Lächeln auf, so erschöpft und verwirrt und schwindlig sie sich auch fühlte. Und dann hob sie ihre Hand zum Gruß; langsam, beinah zitternd, aber sie ließ sich nichts anmerken.

Das Raunen unter den Menschen wurde lauter, der Jubel freier, sogar helles Kinderlachen war auf einmal zu hören. Selbst die müden Pferde hoben ihre Köpfe.

Durch Luyántas Schulterblatt aber zog sich in diesem Moment ein Schmerz wie ein gellender Schrei. Ein stechender, glühender Schmerz: so als würde ihre ganze Person entzweigerissen.

Dritter Teil:
Das Tal der Enge und Weite

Die Festung im Eis

Tief vor Tagesanbruch erhob Amian sich von seiner Bastmatte, legte leise im Dunkeln seine Kleider an, zuletzt den dreifach um die Hüfte geschlungenen Gürtel, und verließ das Zelt. Das Lager befand sich noch in völliger Finsternis. Amian ging schweigend zu den Bäumen hinüber, wo die Pferde standen. Harpag schien ihn bereits erwartet zu haben.

Amian führte den Schimmel zu seinem Zelt, sattelte ihn und legte seine Waffen an: das Schwert, den großen Bogen. Dann saß er auf. Er atmete einmal tief durch, das tat gut: Denn wie öfter hatte er unruhig geschlafen. In seiner Brust spürte er manchmal ein hohles Brennen, es juckte ihn von innen und weckte ihn auf. Die kühle Morgenluft tat Amian gut. Er blickte sich vom Rücken seines Pferdes aus um. Die Umrisse zahlloser Zeltdächer verloren sich in der Dunkelheit, ebenso die aufgesteckten Fahnen. Eine Kriegsstadt im Schlaf. Vor kurzem hatte sie noch nicht hier gestanden, bald würde es sie nicht mehr geben, irgendwo anders würde sie wiedererstehen, für eine kurze Zeit.

Im weiten Schwarz lagen die Gipfel der Berge, ihre Umrisse nur erahnbar. Irgendwo dort oben schliefen Amians Verbündete, die Adler. Und noch höher, noch unzugänglicher für Menschen ... er stockte beim Gedanken daran ... dorthin machte er sich auf den Weg.

Es war noch vormorgendlich kühl. Amian atmete ein weiteres Mal tief ein, spürte die Stärke seiner eigenen Brust. Dann gab er Harpag einen sanften Stoß mit den Fersen. Im lautlosen Schritt durchquerten sie die Zeltstadt, vorbei auch an der Behausung des grimmigen Malibran und bis zum Ausgang des Lagers, wo unter einer großen Adlerflagge die Wachen hockten. Starke, gesunde Männer, Kerle wie Baumstämme. Amian schien es, als könnte er sogar im Dunkeln das furchtlose und mitunter grausame Funkeln in ihren Augen wahrnehmen. Ein mit der Zeit grausam *gewordenes* Funkeln: im Verlauf langer, harter Kämpfe.

Die Wachen, sechs Mann hier mit spitzen Helmen, grüßten stumm den ausreitenden jungen Mann, den sie den Neuen Adlerprinzen nannten. Etwas außerhalb des Lagers befanden sich die Behausungen ihrer Verbündeten, der Kahlköpfigen Bogenschützen; weiter unten, am Waldrand, hatten die langlippigen Eunuchen ihre Statt genommen, grobschlächtige Kämpfer, die er nicht ganz ernst nahm, auch wenn sie in ihrer Einfalt treu ergeben waren. Er ließ diese alten Schlachtgefährten, die ihm der Kahle Fürst des Nordens und die Eunuchenkönigin schon vor langer Zeit geschickt hatten, lieber außerhalb des Hauptlagers kampieren. So hatte er es immer gehalten.

Sobald das alles hinter ihm lag, befahl Amian seinem Pferd einen schnellen Trab. Er war froh über die Einsamkeit, doch zugleich hatte er ein wisperndes Gefühl von Beklemmung. Harpags Hufe fanden ihren Weg durch den nächtlichen Wald. Nur die letzten Rufe eines Käuzchens waren zu hören.

Amian war aufs Äußerste angespannt, wie vor jeder Begegnung mit dem bösklappernden Zauberer. Als er aus dem Wald kam, bemerkte er einen ersten matten Lichtstreif über den Bergen im Osten. Überall am Rand des Wegs wuchsen die roten und gelben Feuerrosen. Aus ihnen ließ sich ein hochentzündliches Rosenöl gewinnen, das zu vielen Zwecken nützte, auch als tödliche Waffe. Aber Amian sah diese Pflanzen auch einfach gerne an, er mochte sie.

Bald darauf kam er an einer Hütte vorbei, aus deren Tür eben ein gebeugter Mann trat. Der blieb stehen und starrte zu dem Reiter hinüber: einem aufrecht sitzenden, schönen jungen Mann mit langen schwarzen Haaren und scharfer Höckernase. Amian aber beachtete den Alten nicht. Dafür zogen ein paar dünne Kinder, die er etwas später vor einem einsamen Gehöft in aller Frühe spielen sah, seine Aufmerksamkeit auf sich. Gab es auf diesem Hof nichts zu tun, fragte er sich: keine Arbeit, die die Kinder verrichten mussten?

170

Kein Vieh zu versorgen? Viele Tiere der umliegenden Höfe hatten allerdings seine Truppen zu ihrer Versorgung requiriert. Malibran war es, der sich darum kümmerte.

Einen wehmütigen Augenblick lang erinnerte er sich, wie er selbst als Kind gespielt hatte. Im Gefühl grenzenloser Freiheit. So als gäbe es keine Zeit. Immer wieder sah er in der folgenden Stunde vereinzelte Hütten und Höfe, einer ärmlicher als der nächste. Amian wusste, wie sehr die Bewohner dieser Täler, Wälder und Berge, die das doch alles nichts anging, unter den Kämpfen der letzten Jahre gelitten hatten.

Nun, bald würde diese finstere Zeit überstanden sein. Es kam alles darauf an, dass er nicht weich wurde. Die Feuerrosen in der Morgensonne trösteten ihn und gaben ihm Kraft. Am Ende des Feuerrosentals ging es steiler bergauf. Harpag hatte seinen Trab verlangsamt, um sicheren Weg zu finden. Seine anfängliche Leichtigkeit schien vergessen; aber das hatte Amian bereits erwartet. Schließlich ließ er das Pferd auf einer Wiese anhalten, an einer sprudelnden Quelle. Er stieg ab und koste dem weißen Tier den Hals. Dann sattelte er ab und legte auch Krummschwert und Bogen nieder. Allein eine lederne Tasche, von der Größe eines Buchs, nahm er vom Sattelknauf und hängte sie sich um.

«Von hier an gehe ich allein», sagte er zu Harpag, der das ja längst wusste, so kannte er es. Es waren die ersten Worte, die Amian an diesem Tag sprach. Vielleicht hatte er sie gesagt, um überhaupt eine menschliche Stimme zu hören. Der Weg wurde immer steiniger, unwirtlicher, steiler. An einigen Stellen musste Amian seine Hände zu Hilfe nehmen, um über die Felsen hinaufzuklettern. So gewann er schnell an Höhe, war bereits weit in den Bergen.

Da erst ging die blutrote Sonne über den östlichen Gipfeln auf. Amian beachtete sie kaum. Einige Abschnitte waren nun etwas ebener, aber darum nicht freundlicher als das Gestein zuvor. Kein Kraut hier, kein Blümchen, alles tot. Die Sonne gelangte nicht in die Klüfte, in denen er unterwegs war, würde auch später am Tag nicht hergelangen. Denn er stieg einen abgeschotteten Nordhang hinauf,

171

zu dessen Seiten zwei so breite wie steile Gipfel aufragten. Auf der Höhe des Hangs sah er bereits eine riesige weiße Fläche: den Gletscher. Ein Eismeer am Himmel. Amian kniff seine Augen zusammen und versuchte, irgendwo darin den eckigen, schiefergrauen Turm zu erspähen, den er noch nie betreten hatte. Er konnte ihn von hier aus noch nicht sehen.

Er ging weiter, es fiel ihm jetzt schwerer, obwohl es ihm an Kraft wahrlich nicht mangelte. An anderen Dingen lag das, diese Schwäche, an Zauberdingen. Da bemerke er abseits des Weges, halb unter Geröll, ein menschliches Skelett. Amian lief ein kalter Schauer über den Rücken, er hatte dieses verschüttete Skelett früher noch nie gesehen. Wenngleich es ihn nicht überraschte, ängstigte es ihn. Eingedrückt war der Schädel, die Armknochen verdreht.

Amian stapfte weiter bergauf, und etwas wie eine Staubschicht legte sich auf seine Seele – als würde dadurch diese seine Seele von einem unerträglichen Hustenreiz befallen. Was für ein Mensch mochte der da gewesen sein? Wahrscheinlich lag er schon viele Jahre dort, vielleicht Jahrhunderte. Und gewiss würde auch unter magischen Umständen kein Funken Leben mehr in dieses Gerippe hineinfahren, anders als in die Knochen des halbverwesten Maultiers, dem er bald …

Er wusste, dass er sich bereits im Bann des Zauberers befand, es war deutlich zu spüren. Als läge etwas in der immer kälteren Luft, unsichtbar, machtvoll. Hier wirkte eine besitzergreifende Kraft, die sich von der eisigen Höhe des Gletschers ausbreitete.

Aber Leben gab es hier, durchaus! Nur was für Leben. Etwas weiter nämlich lag eine große Schlangengrube am Weg. Amian erinnerte sich, wie er, als er zum ersten Mal hier gegangen war, hineingeschaut hatte: in ein ekliges Gewühl und Geknäuel sich umeinander ringelnder, verknotender giftiger Kriechtiere. Manche viele Meter lang, andere nur wurmgroß. Über der Grube hatte ein leises, aber unerträglich schmerzendes Pfeifen in der Luft gelegen – das Gift dieser Schlangen, man konnte es hören. Es waren keine gewöhnlichen Schlangen.

172

Vielleicht war der Mensch, der das Skelett einmal gewesen war, zwischen diese Schlangen geraten? Das war das Wahrscheinlichste. Hatte er sich beim von der Giftlähmung bewirkten Sturz den Schädel eingeschlagen, den Arm so grausig verrenkt? Oder als er sich in Todesqualen gewunden hatte? Oder war er doch – fast tröstlich wirkte dieser Gedanke – der Waffe eines Feinds zum Opfer gefallen? Einem Hinterhalt – oder im offenen Kampf? Wie lang hatte er wohl leiden müssen, bis er sterben durfte?

Ruckartig blieb Amian stehen. Ein Stück voraus ringelte sich eine hellgraue Schlange durchs Gestein. Er meinte sogar, sie leise zischen zu hören, das Pfeifen ihrer Giftdrüsen. Dazu war sie fast noch zu weit weg, aber Amians Gehör war fein, das hatte ihm schon in mancher gefährlichen Situation geholfen.

Die Langsamkeit der Schlange, sie mochte zwei oder drei Meter lang sein, täuschte Amian nicht. Er wusste, wie diese Reptilien sich plötzlich mit der Geschwindigkeit eines Pfeils bewegen konnten. Jetzt wünschte er sich, er hätte sein Schwert und seinen Bogen mitgenommen! Aber den Hang des Zauberers durfte er nun einmal nur waffenlos betreten. Dennoch hatte er, bei aller Anspannung, keine Angst vor der Schlange. Er wusste sich ja hier willkommen. Deshalb verstand er nicht, warum ihm beim Betrachten der Schlange feiner, fiebriger Schweiß über die Stirn perlte.

In diesem Moment vernahm er aus der Luft ein heftiges Rauschen, sah die große Schlange noch wild aufzucken – aber zu spät, da war schon der Adler auf sie herabgesaust und hielt sie fest unter seinen Krallen. Die Schlange wand sich verzweifelt, peitschte mit dem Schwanz aus, ihr grellgelber Giftzahn blitzte auf; aber der Adler hatte seinen Schnabel schon in ihren Nacken gesenkt. Noch ein letztes, wütendstes Zucken – dann regte die Schlange sich nicht mehr.

«Sei gegrüßt, Pollux», sagte Amian lächelnd.

«Sei gegrüßt, Amian», antwortete der Adler, nachdem er seinen Kopf von der toten Schlange gehoben und geschüttelt hatte, als wollte er etwas Widerwärtiges ausspucken. «Du bist unterwegs zum Zauberer?»

173

«Ja. Ich hoffe, er wird es mir nicht verübeln, dass mein gefiederter Bruder seine süßen Haustiere zerpickt.»

«Er wird schon darüber hinwegkommen. Ich kann nicht anders, wenn ich ein solches Kriechtier sehe.»

«Das kann ich gut verstehen. Sag mir, Pollux, was gibt es Neues im Lager der Adler?»

«Traurige Nachrichten. Sie haben einen meiner Greife getötet.»

«Welchen?»

«Tyndar.»

«Wer hat es getan? Das Mädchen?»

«Ihre Gefährtin mit den grünen Augen. Tyndar berichtete es uns mit letzter Kraft, nachdem andere Greife ihn schwer verwundet in unser Lager am Steilhang gebracht hatten. Dort starb er an seiner Verletzung.»

Amian schwieg und sah Pollux an. Das glänzend braune Gefieder des Adlers leuchtete warm selbst im ewigen Schatten dieses Hangs. Eine große Würde strahlte Pollux aus, doch auch eine eigenartige Traurigkeit. So majestätisch seine Augen strahlten, so tief schien in ihnen irgendein wühlender Kummer zu wohnen – viel tiefer als nur der jüngste Schmerz über den Tod seines Kriegers Tyndar.

«Wegen des Mädchens», sagte Amian schließlich, «gehe ich ja eben zum Schpina-de-Mul.»

«Meinst du, das weiß ich nicht?», entgegnete Pollux. «Ebendeshalb komme ich zu dir. Du weißt, dass ich dem Zauberer nicht traue. Wir alle nicht. Er ist falsch.»

«Wer würde einem Zauberer trauen? Aber er ist unser Verbündeter. Ihr wisst, wie viel wir ihm zu verdanken haben. Wären wir denn ohne seine Hilfe, ohne seinen Rat so weit gekommen? Hätten wir all diese Verbündeten gewonnen und unsere Siege errungen?»

Pollux antwortete nicht. Sollten sie noch einmal ihr altes, schon hundertmal geführtes Streitgespräch beginnen? Die längst bekannten Argumente, Bedenken, Hoffnungen wieder austauschen? Pollux wusste, warum Amian hier hochging. Auch er spürte den Bann, der vom Gletscher ausging, obwohl er diesem Zauber weit schwächer ausgesetzt war. Er wusste, dass Amian zum Zauberer gehen würde – gehen musste. Und doch hatte er, Pollux, kommen müssen, um dem Freund beizustehen. Ihn zu warnen.

«Sei auf der Hut, Amian!» Dann breitete er seine Flügel aus und war gleich darauf hoch am Himmel. Seine Freiheit gab Amian einen Stich ins Herz.

Im Geröll die tote Schlange.

Weiter ging Amian. Seine Schritte wurden schwerer in der Höhenluft. Nach einer Stunde hatte er den Gletscher erreicht: eine endlose Fläche aus Eis bis in den Himmel, ein blendend weißer Ozean. Auf dessen äußerster Höhe ragte der eckige, schiefergraue Turm aus dem Eis. Er war von hier aus winzig und doch wie ein schwerer Keil, der in den Gletscherkamm hineingetrieben war.

Stark spürte er die von dort ausstrahlende Kraft, den Bann, das Mächtige. Ihm war, als griff eine verzehrende Müdigkeit, eine Lähmung von dort nach ihm. Aber er war stark. Er öffnete die lederne Tasche, holte ein Paar vierzackige Eisen heraus, die er sich unter die Stiefel band, und machte sich auf den Weg über den Gletscher. Stets den Turm im Blick, der allmählich größer wurde. Schon ließen sich mehrere schlitzartige Fenster im Gestein erahnen. Der Bau musste geräumiger sein, als es aus der Ferne wirkte, er schien zehn oder noch mehr Stockwerke zu haben. Und vielleicht war er also noch viel weiter entfernt, als Amian gedacht hatte. Noch nie war er bis dorthin oder auch nur in seine Nähe gelangt.

So auch heute. Denn auf einmal bemerkte er eine schwebende, grell leuchtende Kugel über dem Eis. Sie kam vom Turm her, aber flog in wildem, weitem Zickzack über den Gletscher, funkensprühend bald hierhin, bald dorthin.

Und doch bewegte die Kugel sich unverkennbar auf Amian zu, der sofort stehen geblieben war. Je näher sie kam, desto unangenehmer spürte Amian einen von diesem blitzartigen Ding ausgehenden Druck im ganzen Körper. Und nun sauste sie schon in höllischem Tempo auf ihn zu. Amian schloss die Augen, wandte den Blick ab, riss zugleich den Unterarm vors Gesicht, wie um sich vor einem

Schlag zu schützen: und vernahm blind einen lauten, hässlichen Knall.

Dann war es auf einmal ganz still. Nur ein kaum merkliches Klappern, das zuvor nicht da gewesen war, lag nun in der stillen Luft.

Amian ließ den Arm sinken, richtete den Oberkörper auf, öffnete langsam die Augen.

Vor ihm stand der Schpina-de-Mul.

Wie abstoßend er war! Die Augen eines Maultiers glotzten Amian an. Gegen ein Maultier an sich wäre nichts zu sagen, nur hatte dieses hier ein ausgezehrtes, geschundenes Gesicht mit riesengroßen, dunkelgelben Zähnen. Kam das Klappern von diesen Zähnen her – oder von der fürchterlichen hinteren Hälfte des Maultierleibs, die allein aus dem Geripp bestand? Die Knochen der Hinterbeine und des Schwanzes waren völlig blank und kahl. Am Bauch und zwischen den unteren Rippen dagegen klebten und baumelten einzelne, verfaulte Fetzen von Fleisch. Und in der Gegend des Brustkorbs, wo das Maultier noch intakt und lebendig schien, bemerkte man bei genauerem Hinsehen und Hinriechen im rauen, graubraunen Fell Spuren von Moder und Verwesung.

Allein der Maultierkopf schien von der Fäulnis unberührt. Und aus diesem Kopf, mitten aus diesem Maul mit den Klapperzähnen klang nun die ätzende, höhnische Stimme des Schpina-de-Mul:

«Was hast du hier zu suchen? Hast du den Verstand verloren, den du noch nie hattest?»

«Erhabener Zauberer! Erlaubt mir …»

«Raub mir nicht die Zeit! Ich weiß ja, dass du mich liebst! Ich liebe dich ja auch! Ach, so sehr!»

«Ich bin gekommen, um dich Weisen um Rat zu bitten», sagte Amian. «Wir kennen jetzt dank einer Nachricht unserer geheimen Freundin die Höhlen, in denen die Feinde sich verstecken. Rate mir: Sollen wir sie sofort angreifen – heute noch? Meine Soldaten sind bereit. Und mein Bruder Malibran drängt darauf, den Feind endgültig zu vernichten, solange er geschwächt ist.»

«Was frag-g-gst du dann mich, du trottlig-ger K-k-kack-k-kerl?

176

Warum tust du es nicht einfach? Was spricht dag-geg-gen?» Hinter jedem Wort kl-klapperten die Zähne des Schpina, wie unermüdliche K-kastagnetten.

«Nun. Deine Großäugigen Späher haben mich gewarnt. Sie sagen, das Mädchen, das mich töten will, sei gekommen. Und sie habe eine Gefährtin, die genauso furchtlos und grausam sei wie sie selbst. Und wie ich eben von Pollux hörte, haben sie bereits einen seiner Adler erschlagen.»

«Polluk-k-k-x, diese G-g-gluck-ke, das flieg-g-gende Brathändl! Warum g-gibst du dich mit ihm ab? K-k-kriegst du etwa Muffensausen nur weg-g-gen einem k-kotzdummen Mädchen?»

«Ich nicht. Niemals. Aber die Gerüchte sind bis zu meinen Soldaten durchgedrungen. Sie munkeln, dass Luyánta zurückgekehrt wäre.»

«G-g-glaubst *du* das etwa auch?!?», tobte der Schpina mit immer heftiger klapperndem Gebiss. Amian bekam Kopfweh davon, ihm zuzuhören.

«Nein, natürlich nicht ...», keuchte er.

«Dann verk-k-klick-ker ihnen das g-gefällig-gst! Sag-g ihnen, es ist bloß irg-g-gendeine überg-g-geschnappte blöde G-g-göre!»

Der Schpina-de-Mul schien vor Wut zu kochen, er schüttelte seine Knochen. Dann aber beruhigte er sich schlagartig wieder und rasselte in süßhölzernem Ton:

«Übrig-gens bist du ja g-ganz zu Recht so besorg-gt, mein Lieber. Ach, wie ich dich liebe, furchtbar dolle! Auch wenn es ein Schmarrn ist, dass die schreck-kliche ek-klig-ge Luyánta jemals wiederk-kommen k-k-könnte: Vor dem Mädchen und ihrer G-g-gefährtin sollst du dich trotzdem in Acht nehmen! Denn sie sind besessen von dem Verlang-g-gen, dich abzumurk-k-ksen. Sie hassen dich. Du musst deshalb deine K-k-krieg-ger g-grausamer führen denn je! Aber zu schlottern brauchst du nicht, Dummk-kopf, mein Lieber. Ich bin doch immer für dich da. Wenn nötig-g, werde ich schon eing-greifen, um dir zu helfen. Ich habe es doch schon so oft g-g-getan! Und hat etwa je einer was g-g-gemerk-kt?»

177

«Nein, erhabener Zauberer. Du rätst mir also, dass ich meine Truppen heute zum Angriff auf das verhasste Fanesvolk führe?»

«Warte, warte noch ein Weilchen! Ich weiß ja viel mehr als du! Denn ich habe nicht nur meine Späher ausg-gesandt, die G-großäuggig-gen, sondern auch meine allerallerliebste Schwester, die wundervolle brillante Tsik-k-k-k-k-k-k-k-kuta!»

Es schüttelte ihn durch und durch bei diesem Namen, man hätte meinen können, er platzte beinah vor Abscheu und Verachtung und Ekel. Aber seine weiterklappernden Liebesworte belehrten Amian eines anderen:

«Ig-g-gittig-g-g-gitt! Pfui! Ach, meine allerliebste Schwester! Tsik-k-kuta, süßester Name, er k-k-kling-gt für mich wie k-k-köstlicher Honig-g-g und himmlische Musik-k-k-k! Wir lieben uns ja so sehr! Bäh, iih! Wer k-könnte einander auch innig-g-ger lieben als Bruder und Schwester? Ich liebe sie fast so stark-k-k wie dich, mein liebster Adrian!»

«Amian.»

«Sag-g ich doch. Warte noch ein Weilchen mit dem Ang-griff, das rate ich dir. Dann wirst du die Feinde umso sicherer vollständig-g vernichten. Du weißt, deine g-g-geheime Freundin bei den Fanesleuten (Verräter ist ja so ein unfeines Wort, schreck-klich), sie wird dich immer auf dem Laufenden halten, wohin dieses G-gesock-ks sich nun wieder verk-k-krochen hat. Warte also noch einige Wochen! Denn in dem g-grässlichen Mädchen wirk-k-t ein g-grauenhaftes, g-ganz lang-gsam schleichendes G-g-g-g-g-g-g-g-…»

Seine Knochen waren in ein ekstatisches Klappern geraten, das gar nicht mehr aufhörte. Erst nach einer Weile schoss das letzte Wort aus ihm heraus, wie gekotzt:

«… G-gift! Tsik-kuta hat es ihr verabreicht. Ach, meine über alles g-geliebte Schwester, Herrin der Dämmerung-g, die ich ihr ja von Herzen g-gönne. Wie ich sie liebe! Pfui, bäh! Wirk-klich, aus allertiefstem Herzen! G-genauso wie ich dich liebe, Aspian!»

Amian …

«Also: Lass es sich ausbreiten, das G-gift, lass es lang-gsam seine

178

tück-kische Wirk-kung-g tun! Sammle und stärk-k-ke solang-g-ge deine Truppen und Verbündeten! Halte auch die Adler bei der Stang-ge und traue dem Polluk-k-x nicht über den Weg-g. Erst wenn das G-gift g-gearbeitet hat, sollst du ang-greifen, hörst du, Andiam? Am sichersten wirst du sie in der Zeit der dunk-klen Tag-ge vernichten, in jener herrlichen Zeit, wenn es nicht einmal mittag-gs mehr richtig-g hell wird. Und wenn die Murmelratten sich in ihrer lächerlichen Winterstarre befinden, wie schnullernde Babys, rchra!, dann werdet ihr G-grausig-gen leichtes Spiel haben, ihnen allen den G-garaus zu machen. Ach, die verdammten Murmeltiere, wie ich sie um ihre Schnuller- und Schlummerträume beneide ... diese widerlichen Verräter am Recht des Stärk-k-keren! Denn nur das Stark-ke darf leben!»

So fuhr Schpina-de-Mul in seinem schwurblig machenden Klapperton fort. Er riet Amian also, vorerst nicht anzugreifen. In der Tat, auch die ohnehin wankelmütigen Adler seien ja verschreckt durch das Luyánta-Gerücht. Viele der Adler würden Luyánta lieben, denn sie kannten noch die lächerlichen alten Geschichten vom Zwillingstausch: dass das Mädchen einst, als weißes Murmeltier, im Frieden bei den Adlern gelebt habe.

«K-krudes Zeug-g, Märchenscheißdreck-k! Aber es nützt nichts, wir müssen die dämlichen Adler erst wieder aufhetzen ... auf*richten*, meine ich, moralisch aufrichten. Wie g-gut, dass sie einen Adler abg-gemurk-kst haben. Natürlich, tut mir furchtbar leid für diesen Adler, hatte Frau und K-k-kinder ... bin g-ganz g-gerührt ... Aber das wird den Hass der Adler von neuem anstacheln, g-gut so!»

Amian wollte sich krümmen, so heftig brauste es jetzt in seinem Schädel, während er dem halbverwesten Maultier zuhörte – immer gebannter und begieriger, seinen Ratschlägen zu folgen. Der Zauberer legte ihm auch ans Herz, in den nächsten Wochen weitere Verbündete zu suchen. Er solle zu den Trussanern gehen, die überall im Land herumkleckerten. Diese hätten nicht einen einzigen Hauptmann, sondern zahllose Hauptmänner. Und Hauptfrauen, die übrigens noch hässlicher seien als die Männer. Dieses abscheuliche Gesindel solle er sich geneigt machen, indem er ihnen gewisse silberne Pfeile verspreche. Pfeile, die es in Wahrheit überhaupt nicht gebe, aber die Trussaner gierten nun mal nach dieser eingebildeten Wunderwaffe. Außerdem hassten sie das Fanesvolk von jeher.

Amian hatte von dieser Besessenheit der Trussaner bereits gehört. Einmal hatten seine Soldaten einige gefangen und ausgequetscht. Und so hing er weiter an den weisen, geifernden Lippen seines magischen Ratgebers, der fortfuhr: Amian solle den Trussanern aber keinesfalls trauen! Sie könnten ihm nützlich sein, wenn er es recht anstelle, aber sie seien auch strohdumm, verschlagen und bösartig. Ihre Grausamkeit kenne keine Grenzen – anders als die der Adler und von Atrians Soldaten. Das sei das Schöne an ihnen: Die Trussaner seien zu *allem* bereit, seit ihre Herzen sich vor Gier in verglühende Kohle verwandelt hätten.

«So wie ja auch ich», klapperte Schpina weiter, merklich stolz, «im Lauf der Jahrhunderte zu nie g-geahnter Macht und G-größe g-gewachsen bin. Richtig-g ang-geschwolln. Früher, da war ich mal nur ein k-kleiner Zauberbösling-g, ein Provinzhek-k-xer, aber heute … Ach! Verfüg-ge über Menschenherzen, auch wenn ich niemals träume. Wir beide, g-g-geliebter Ask-kian, g-gemeinsam k-können wir die Welt aus den Ang-g-geln heben. Nein, nicht die Welt, sondern *die Welten*! Nicht nur eine – ALLE! ALLE WELTEN!

Also, du musst die Trussaner nur um den Fing-ger wick-k-keln. Später k-kannst du sie dann ja bek-k-quem in den Abg-g-grund stürzen. G-genau wie das widerliche Mädchen, wenn das G-gift sie g-genüg-gend g-geschwächt hat. Und ihre ek-k-kelhafte G-gefährtin, ohne das Mädchen wird sie auch verloren sein …»

Amian krümmte sich. Ihm war, als brauste ein fürchterliches Gift durch seine eigenen Eingeweide. Freilich, er wusste, dass dieser Schmerz verging, sobald er Schpina-de-Mul verließ. Später, im Tal bei den Seinen, würde er sich stärker fühlen als je zuvor.

Und doch musste jetzt etwas heraus. Er quälte sich, er stöhnte, er stieß hervor:

«Erhabener Zauberer … etwas … ich habe Bedenken …»

180

«BEDENK-K-KEN?!? Du K-k-… K-k-kack-k-kvog-gel, bist du g-gag-g-ga, was redest du denn da?»

«… Bedenken, ein Mädchen zu töten …»

«SIE IST K-K-KEIN MÄDCHEN! SIE IST EIN UNG-G-GE-HEUER, EIN STÜCK-K DRECK-K-K! Was sind das nur für widerliche weichliche Reg-gung-gen? Will der Adlerprinz etwa einen auf seelisch machen? Pfui, Seele, da k-k-kotze ich ja im K-k-quadrat!!! Aber», k-kriegte der beinah explodierte Zauberer sich schlagartig wieder ein, und ein hässliches gelbes Grinsen zog sich über sein klapperndes Gebiss, «ich verstehe dich ja so g-gut. Weil ich dich nun mal über alles liebe, Albian! Und siehe, ich bin ja dein bester Freund, bin dir ein Vater. Also höre, ich habe noch eine letzte wunderbare Neuig-g-k-keit, mein Sohn …»

Amian, unter Schmerzen sich windend, horchte auf.

«Meine Späher haben mir berichtet, dass ihre beiden bescheuerten Brüder dem widerlichen Mädchen g-gefolg-gt sind, um es zu suchen. Ein g-großer Dummer und ein k-kleiner Dummer, ein Vollidiot und ein Zwerg-g-g. Ein leichter Fang-g! Ach, dumme G-g-geschwisterliebe! Höre! Diese beiden müssen wir um jeden Preis in unsere G-g-gewalt k-kriegen!»

«Wie finden wir sie …?»

«K-k-keine Sorg-ge. Das wird ein Leichtes für deine Männer, ein K-k-kinderspiel. Am sichersten werden diese beiden G-g-gefanggenen in meiner herrlichen Festung-g-g schmoren, hoch auf dem G-gipfel des G-gletschers! Ja, verlass dich nur auf mich. Denn ich verlasse dich niemals! Ach, ich liebe dich ja so, bäh … Du darfst nur nicht weich werden. Hörst du? K-k-keine Weichheit! Die würde dich zug-grunde richten. Vernichtest du nicht deinen Feind – das Mädchen, dann wird sie dich vernichten. Schläg-gt der Adler nicht das Murmeltier oder anderes schwaches, wertloses G-getier, dann wird er verhung-gern. Und was ist so ein erbärmliches kleines Leben (ein Mädchen!, ein Murmeltier!) g-geg-g-gen den erhabenen Adler? Du oder sie. Darum g-geht es. Verg-g-g-giss das niemals!»

Hoch oben am Himmel im Blau des Morgens stand Pollux mit

ausgebreiteten Flügeln und blickte scharfäugig hinab in den ewigen Schatten der Gletscherlandschaft. Was war das für ein Anblick: der schöne Prinz mit den schwarzen Haaren und der geifernde Maultierkadaver inmitten des Eises. Der Prinz krümmte sich im unsichtbaren Bannstrahl des Zauberers, entsetzlich zu sehen.

Im Nebelwald

Dichter Nebel geisterte um die Bäume und ließ die Stämme verschwimmen. Herbstlich still war's, keine Spur der Morgensonne drang in den Wald: als wäre in der Nacht mit dem Regen ein riesiger Schleier übers ganze Tal gesunken oder vielleicht über die ganze Welt.

Die beiden jungen Jäger schlichen voran, langsam und angespannt, sich nicht im Nebel zu verirren. Die Dritte ihres Bundes hatten sie nämlich bereits bei Anbruch des Tages aus den Augen verloren. Eilig war sie ihnen davongelaufen, in der Annahme, die verlorene Fährte des Hirschs wiedergefunden zu haben.

Die zwei Jäger hatten diese Fährte aber nicht entdecken können, versuchten nun stattdessen, der Spur ihrer Gefährtin zu folgen. Die Bäume trieften von Nässe. An Spinnennetzen hingen Wassertropfen, dazwischen klebten winzige Insekten, nur vom Wind sanft bewegt, den die beiden Menschen gar nicht wahrnahmen. Dafür kroch ihnen die Feuchtigkeit unter die Haut. Sie konnten nicht weit sehen, vielleicht kam es ihnen deshalb vor, als wisperte es überall im Nebel. Immerzu lauschten sie ins Unbekannte hinein. Laleh, die eine der beiden, hätte gern den vom Regen aufgeweichten Boden unter ihren Füßen gespürt. Aber es war mittlerweile zu kalt zum Barfußlaufen, wie sie es im Sommer getan hatte. Sie liebt es, den Boden unter ihren Fußsohlen fühlen.

Das war nun vorbei. Jetzt fühlte die Erde sich fremd an, unheimlich. Jeder Schritt machte ein schwappendes Geräusch im nassen Gras und in Laleh ein schwappendes Gefühl. Sie war froh, nicht nur ihren Jagdbogen dabeizuhaben, sondern auch ihre Steinschleuder. Keiner Waffe vertraute sie so wie dieser guten alten Schleuder – auch wenn die Leute im Faneslager ihre Späße über das murkelige Gerät mit den Haargummis machten. Einmal hörten sie ein bedrohliches Rascheln. Aber dann tapste bloß ein Igel erschrocken ins Gebüsch – und Laleh und Mizuel, der der andere war, mussten lächeln.

Mizuel – auch er mit Pfeil und Bogen – machte mittlerweile einen ganz anderen Eindruck als bei ihrer ersten Begegnung vor einigen Monaten im Vergeblichen Bergwerk. Er war merklich kräftiger geworden und hatte eine viel gesündere Gesichtsfarbe. Auch sein damals weißes Haar hatte einen neuen, kastanienfarbenen Ton angenommen – als wären seine Haare wieder zum Leben erwacht.

Die beiden suchten Luyánta im Nebelmeer. Wie ungeduldig sie ihnen vorhin davongehuscht war! In Sorge um den angeschossenen Hirsch, der ihre Beute hätte sein sollen.

«Wie konnte es eigentlich passieren», fragte Mizuel endlich, was ihn schon seit gestern bewegte, «dass Luyántas Pfeil sein Ziel verfehlt hat?»

«Er hat sein Ziel nicht verfehlt», antwortete Laleh ärgerlich.

«Na ja, aber normalerweise wäre der Hirsch sofort tot gewesen. Wie es sonst bei jedem ihrer Pfeile war.»

Laleh antwortete nicht. Obwohl sie ihre Vermutungen über den Grund hatte. Doch die wollte sie niemandem verraten, nicht mal Mizuel. Sie hatten die Nacht zu dritt im Wald verbracht, in einem Versteck aus Ästen, Blättern und Moos, die sie sich bei Einbruch der Dunkelheit errichtet hatten. Sie hatten gewusst, dass es nachts sehr kalt werden würde. Auch dass wieder Regen kommen könnte. Tatsächlich hatte es dann wie aus Kübeln geschüttet, während die drei Jäger sich in ihrem Unterschlupf aneinanderkauerten, ihren Proviant verzehrten und sich wärmende Felle enger um die Schultern zogen. Sie schliefen in der Hocke.

Eigentlich hätten sie am Abend längst im großen Lager auf dem

Hügel zurück sein wollen. Mizuel und Laleh hatten zur Heimkehr gedrängt, aber Luyánta ließ sich nicht überreden. Sie forderte die beiden sogar auf, ohne sie zurückzukehren, während sie weiter den Hirsch suchte. Denn die Gedanken an das verwundete Tier, an seine Schmerzen und seine Angst ließen ihr keine Ruhe.

Laleh sah immer noch vor sich, wie Luyánta Bogen und Pfeil im letzten Moment verzogen hatte, genau im Moment des Schusses. Ausgerechnet sie, die treffsicherste Jägerin, die in den letzten Wochen so viele Wildtiere erlegt hatte! Und so, gemeinsam mit den anderen Jägerinnen und Jägern, so viele Kinder und Kranke der Fanes satt gemacht und gestärkt hatte.

Laleh war vermutlich die Einzige, die Luyántas Geheimnis kannte, aber sie hielt dicht. Niemand sollte von diesen rätselhaften Schmerzen wissen. Sie breiteten sich von ihrer Schulter aus, seit sie am Beginn ihres Wegs in die Unselbe Welt einen Stein auf eine unheimliche Dohle geschleudert hatte. Luyánta hatte es Laleh vor kurzem erzählt. Da hatten sie nach einem langen, anstrengenden Tag an der letzten Glut eines Lagerfeuers gesessen. Hieronyma und Hypatia waren gerade schlafen gegangen, und der beharrlich bleibende Mizuel war vor Müdigkeit im Sitzen eingenickt. So waren Laleh und Luyánta endlich ungestört gewesen. Sie betrachteten schweigend den Sternenhimmel, dann setzten sie ihre Unterhaltung fort. Und Laleh, die in den Tagen zuvor öfter bemerkt hatte, wie Luyánta das Gesicht verzog, sobald sie etwas aufhob oder bloß ein Scheit Brennholz nachlegte, fragte danach. Und Luyánta hatte geantwortet. Hatte ihrer engsten Gefährtin von dem vermaledeiten Stein erzählt, von der Dohle, vom plötzlichen Schmerz. Der einfach nicht wegging – sondern wuchs.

Ein böser Geist oder Dämon muss dich getroffen haben, hatte Laleh gesagt.

So ein Quatsch, war Luyántas Antwort gewesen. Sie hätte sich einfach irgendwas gezerrt. Aber sie ahnte selbst, dass es nicht nur das sein konnte.

Jedenfalls wusste Laleh jetzt als Einzige im Faneslager Bescheid

184

über diese Sache. Und sie wusste auch, wie ihre Freundin es zu bezwingen und zu verbergen verstand. Diesmal jedoch musste der Schmerz sie so plötzlich getroffen haben, dass sie den Bogen verriss. Hätte der Pfeil das Tier komplett verfehlt, wäre es nicht weiter schlimm gewesen. Aber schlimm war, was tatsächlich geschah: Der Hirsch, den sie seit einer Stunde verfolgt hatten, war in die Seite getroffen, doch nicht sofort tot.

Sonst war es ja so: Luyántas Pfeil traf ein Tier, und es sackte sofort zu Boden, fast sanft wirkte das, ein schmerzloses Hinübergleiten in den Tod. Dennoch eilte die Jägerin jedes Mal zu dem erlegten Tier, umarmte es und dankte ihm. Den Dolch, mit dem sie einem verletzten Tier notfalls den Gnadenstich versetzen konnte, hatte sie noch kein einziges Mal gebraucht.

Diesmal aber war der in die Seite getroffene Hirsch mit einem waidwunden Sprung ins Unterholz verschwunden, noch während Luyánta einen entsetzten Schrei erstickte. Hätte sie ihn rausgebrüllt, er wäre weniger schrecklich gewesen. Ihr Gesicht sah aus, als wäre sie selbst in die Eingeweide getroffen worden.

Sofort hatten die drei sich an die Verfolgung gemacht, doch immer wieder verloren sie die Spur. Noch am Abend wollte Luyánta unbedingt weitersuchen, immer weiter. Zweifellos hätte sie die ganze Nacht den Wald durchstreift, wenn Laleh und Mizuel ins Faneslager zurückgekehrt wären. Aber zumindest hatte sie sich überreden lassen, dass sie ein paar Stunden in einem Nachtlager verbrachten, um beim ersten Morgengrauen weiterzusuchen.

Längst ging es nicht mehr um die Beute. Es ging darum, das getroffene Tier von seinem Leiden zu erlösen. Der Fehlschuss hätte niemals passieren dürfen! Und es überraschte Laleh und Mizuel nicht, als ihre Freundin am frühen Morgen sofort losstürmte, weil sie die Fährte wiedergefunden zu haben meinte. Die beiden anderen, die noch zusammenräumten, hatten ihr zu folgen versucht, aber sie aus den Augen verloren.

Beinah wie gestern den Hirsch. Als wäre Luyánta selbst waidwund.

«Es ist halt passiert», beantwortete Laleh mit zusammengebissenen Zähnen nach Minuten Mizuels Frage. «Wir haben nun mal keine unfehlbaren Pfeile. Selbst Luyánta nicht. Sie ist einfach eine verdammt gute Bogenschützin, aber keine Hexe. Wenn dir das nicht passt, musst du dir halt Würstchen im Supermarkt klauen. Hab ich auch oft genug gemacht.»

«Auf was für einem Markt?»

«Egal. Kennst du nicht.»

Mizuel sagte nichts, er wollte Laleh nicht reizen. Außerdem bemerkten die beiden in diesem Moment im Nebel eine Gestalt. Kurz hofften sie, es wäre Luyánta; dann aber erkannten sie, dass es zwei Menschen waren, die langsam einen mit Birken bestandenen Hang herabkamen.

Laleh und Mizuel standen still und kampfbereit, sie ihre Schleuder mit einem eingespannten spitzen Stein in der Hand, er einen Dolch, falls es Feinde wären.

Für Trussaner waren sie allerdings nicht trampelig genug. Und Adlersoldaten waren hier wohl kaum zu befürchten, zu aufmerksam überwachten die Fanesleute die Zugänge ins Tal. (Obwohl die Kämpfer sich längst wunderten, dass der Erzfeind kein Lebenszeichen von sich gab, sie hätten ihn längst erwartet.)

Einen Augenblick später erkannten Laleh und Mizuel, dass es sich bei den Ankömmlingen aus dem Nebel um Silma und Wilbur handelte.

Die Spur des verwundeten Hirschs

Silma, die Braunlockige, ging voran, ihr Mann Wilbur wie meist drei Schritte hinter ihr. Er war kleiner als sie, dafür stämmig. Erleichtert steckten Laleh und Mizuel Steinschleuder und Dolch zurück in ihre Gürtel, und Mizuel stieß den hellen Doppelpfiff aus, das Erkennungszeichen der Fanesleute. Dann rannte er den beiden entgegen, die sofort winkten.

«Wir sind froh, euch getroffen zu haben», begann Silma mit ihrer dunklen Stimme. «Wir waren die ganze Nacht im Regen unterwegs. Schaut, wie mein armer Wilbur bibbert …»

«Von wegen!», rief der.

«Als ihr gestern Abend nicht zurückgekehrt wart, haben wir uns auf den Weg gemacht», fuhr Silma fort. «Titurel meinte zwar, wir sollten bis zum Morgen warten, es wäre sinnlos, wenn wir uns auch noch in Gefahr begäben. Aber wir wollten keine Zeit verlieren. Falls ihr in Not wärt.»

«Aber zum Glück seht ihr munter aus», bemerkte Wilbur. «Und trocken!» Dabei schüttelte er seine ledernen Hemdsärmel, dass die Wassertropfen spritzten.

Munter fühlte Laleh sich allerdings nicht, gerädert von der im Hocken verbrachten kalten Nacht.

«Aber wo steckt Luyánta?», fragte Silma.

Da erzählten Laleh und Mizuel, was passiert war – mit einer kleinen Lüge allerdings, denn Laleh behauptete, sie selbst wäre es gewesen, die den fehlgegangenen Pfeil abgeschossen hätte. Mizuel hob die Augenbrauen, als Laleh das sagte.

Wilbur schüttelte den Kopf darüber, dass die drei Jäger sich in Gefahr begeben hatten nur wegen eines Hirschs, dessen Fleisch sowieso ungenießbar wäre, falls der Pfeil die Eingeweide getroffen hatte. «Meint ihr etwa, ein Hirsch leidet weniger, wenn ein Bär oder ein Wolf ihn reißt?», rief er. «Das passiert alle Tage. Deshalb kann man sich doch nicht in Gefahr begeben und die eigenen Leute in Sorge stürzen!»

«*Wir* sind aber keine Wölfe und Bären», entgegnete Laleh. «*Uns* ist es nicht egal, wenn unsere Beute leidet!»

Mizuel nickte, wie immer, wenn Laleh etwas sagte. Und Silma stimmte auch zu. Überhaupt war sie unter all den mutigen Fanesfrauen, die Laleh und Luyánta kennengelernt hatten, vielleicht die warmherzigste. Und vielleicht gerade deshalb hing Wilbur an ihr

187

wie ein folgsames Hündchen. Nun wies seine Frau ihn an, Laleh und Mizuel bei der Suche nach Luyánta zu helfen. Sie selbst wollte zum Faneslager zurück, um zu berichten, dass sich die Jagd ein wenig hinzog. Wahrscheinlich, sagte sie noch, sei man dort ohnehin nicht sehr besorgt, wie Wilbur befürchtete, alle hätten ja größtes Vertrauen zu Luyánta und wüssten, wie sicher sie sich durch die Wälder bewegte.

«Und *euch* beiden vertrauen sie natürlich auch», fügte sie hinzu und lachte. «Außerdem sind wir im Lager geschützt, auch wenn es noch lang nicht fertig ist. Unsere Kämpferinnen und Kämpfer sind längst wieder bei Kräften. Wer uns angreifen will, sollte es sich dreimal überlegen!»

Damit verabschiedete sie sich von Laleh, Mizuel und ihrem Mann (von ihm mit einem Kuss auf die Stirn) und verschwand im Nebel.

Mizuel war alles andere als begeistert, jetzt diesen manchmal brummeligen Kerl dabeizuhaben, der immer tat, was seine Frau ihm sagte. Andererseits gab es an Wilburs Mut und Klugheit keinen Zweifel, es konnte also nicht schaden. Außer dass Mizuel lieber weiterhin allein mit Laleh gewesen wäre ... Aber er sah ein, dass es im Moment Wichtigeres gab.

So wie es irgendwie immer Wichtigeres gegeben hatte, seit er Luyánta und Laleh (und er dachte: *vor allem Laleh*) kennengelernt hatte. Sehr viel Wichtigeres. Das ganze Fanesvolk hatte seine Habseligkeiten packen, die Kinder und Kranken tragen, das ausgehungerte Vieh mit sich treiben müssen, als sie eilig den unterirdischen See verlassen hatten, gewarnt vom Bericht der Murmeltiere, dass der Feind das Versteck kenne und wahrscheinlich bald angreifen werde. Wie unerträglich hatte das Tageslicht sie geblendet, als sie das Vergebliche Bergwerk nach so langer Zeit verließen! Eine große, elende Karawane hatte sich da mühsam den Berg hinaufgeschleppt, geführt von der weiß gekleideten Luyánta und der erfahrenen Dicken. Sie hatten die Schwarze Scharte durchquert, Mann für Mann und Frau für Frau, Kind für Kind, und auch ihre Pferde und Ziegen hatten sie herüberbekommen. Einige der Tiere allerdings, geschwächt von der

188

langen Zeit in den Höhlen, hatten den beschwerlichen Weg nicht überlebt.

Dem Feind jedoch waren sie damals nicht begegnet, sondern sicher bis ins Tal der Enge und Weite gelangt. In dessen Mitte befand sich eine ungewöhnlich weite Ebene, lang und breit beinah in der Art einer Steppe, von mehreren Flüssen durchzogen; nur hier und da fanden sich Obstgärten, kleine Dörfer und Weiler. An den Rändern des Tals lagen dichte Wälder, in denen es jede Menge Wild gab. Hier lebten auch, versteckt, einige scheue Waldmenschen, jene friedlichen, kleingewachsenen Bewohner des Dickichts und der Gehölze, die sich vor den Menschen hüten.

Mitten in der Ebene aber lag einsam ein großer Hügel. Er war wie das Land ringsum unbewaldet, nur einzelne Bäume standen dort wie hölzerne Findlinge und an einer Stelle ein Ring aus elf uralten Eichen. Nicht nur dieser Eichenring zeigte, dass der Hügel früher einmal bewohnt war, es gab noch andere Spuren, ein Rondell aus großen Steinen etwa. Die Erhebung war ideal für ein befestigtes Lager. Luyánta hatte – unterstützt vom Rat friedfertiger Talbewohner – Wachposten in verschiedene Richtungen gesandt, bis auf die umliegenden Berge. Sie sollten alle Pfade zum Tal der Enge und Weite kontrollieren: von uralten Türmen aus, die übers Land blickten, und auch an den gefährlichen Pässen und Bergkämmen, wie dem Roten Grat oder der Scharte des Ewigen Regens.

Doch keine Spur vom Feind, all die Wochen und Monate seit ihrer Flucht. Es war ein Rätsel. Doch wer hätte sich darüber beschwert?

Mittlerweile hatten die entkräfteten Fanesleute sich allmählich erholt. Auch Mizuel war ja da erst ansehnlich geworden. Himmel, wenn er an diesen bleichen, weißhaarigen Höhlengnom dachte, der er gewesen war! Ein peinlicher Knirps. Jetzt war er proper und hatte schönes braunes Haar. Oft genug hatte er beim Fischen im See sein Spiegelbild betrachtet und gedacht, dieser junge Mann müsste doch Laleh gefallen …

Aber gut, jetzt war der falsche Moment. Außerdem war nun Wilbur dabei.

189

Wie sie durch den Nebel stapften, kam Mizuel sich wieder wie ein Gespenst aus Wasserdampf vor, ein Schatten aus Nebel. Wie diese Geister, die wir waren, damals in der Höhle, dachte er – in der lichtlosen Welt, in der schrecklichen Zeit.

Glücklicherweise war Wilbur ein erfahrener Fährtenleser, behauptete er zumindest, und er führte sie zielstrebig voran. Nach einer Weile gelangten sie in einen weniger dichten Teil des Waldes. Verstreut standen Linden und Eichen, der Boden war voll nasser gelber Blätter und mit Eicheln übersät. Einige Schritte weiter kamen sie ganz aus dem Wald heraus, auf eine Wiese, die sie wegen des Nebels erst erkannten, als sie fast schon auf ihr standen.

Die Wiese stieg an, sie mussten sich vorsehen, im nassen hohen Gras nicht auszurutschen. Ein Stück hinauf lichtete sich der Nebel, die Wanderer steckten sozusagen ihre Köpfe obenhinaus und sahen, wie weit diese Wiese sich erstreckte. In einiger Entfernung lag die Ruine eines niedergebrannten Hofs, schon stark überwachsen. Es musste lang her sein, dass dieses Gehöft zerstört und seine Bewohner getötet worden oder geflohen waren. Hinter der Ruine aber, wo es ebenfalls abwärtsging, waberte wieder der Nebel, sodass man hätte meinen können, es wäre der Rauch des Feuers, das eben jetzt menschliches Leben vernichtete.

In der Ferne sahen sie die schneebedeckten Berge, der Winter stieg langsam herab. Noch höher aber war kein Schnee mehr zu sehen. Dort verschwand alles im Grau. Irgendwo darin lag die Scharte des Ewigen Regens.

Die drei Wanderer standen nun in der Morgensonne, doch sie wärmte sie kaum. Und dann murmelte Wilbur auf einmal: «Ehrlich gesagt, keine Ahnung, wo wir sind …»

Mizuel hätte ihm am liebsten eine reingehauen.

Und nun zog auch noch der Nebel in ihrem Rücken weiter zu ihnen herauf. Da hörten sie von der Ruine her einen energischen Doppelpfiff. Sie blickten hinüber, und aus der Nebelwand löste sich eine helle Gestalt. Es war Luyánta im weißen Gewand, den Bogen lässig über der Schulter. Sofort winkte sie die drei zu sich heran. Sie

190

rannten hinüber, aber nur Laleh hatte bemerkt, dass ihre Freundin mit der Linken gewinkt hatte, nicht mit der Rechten.

«Ich habe die Spur wiedergefunden», sagte Luyánta, ohne sie zu begrüßen, und deutete den Abhang hinter dem abgebrannten Gehöft hinunter.

Ein Bach floss dort die Wiese hinab und in den Wald hinein. Sie gingen parallel zum Wasserlauf, der zwischen den Bäumen bald schneller floss. Nach einer Weile sahen sie die verfallenen Mauern einer Mühle, mit Moos und Gesträuch überwachsen, die hölzerne Wasserrinne vermodert, das Mühlrad zerborsten. Dieser Ort schien weiter fort vom Sonnenschein als jede andere Stelle im Nebelwald. Die Schwaden kamen den vier Jägern vor wie uralter Mehlstaub. Wie lange war es wohl her, dass hier jemand gelebt hatte?

Sie ließen die geisterhafte Mühle hinter sich und folgten weiter der Spur. Einige Minuten später bemerkten sie im Gesträuch einen grün überwucherten, verrosteten Motor; das Gusseisen ebenso verwittert wie zuvor das Holz der Mühlrinne, schon kein Ding mehr, sondern beinah aufgelöst in ein nebliges Flirren. Irgendjemand musste diesen Schrottmotor irgendwann hier abgelegt haben – auch das ein phantomhafter Hinweis auf Menschen, die vor Urzeiten hier gewesen sein mussten.

Sie gingen weiter, immer der Fährte nach. Tiefer hinein in den Nebelwald. Luyánta voran, sie zögerte an keiner Stelle, als spürte sie, dass sie dem Hirsch dicht auf der Spur waren.

Dann aber stockte sie und schien zu erschrecken. Denn der Boden war auf einmal aufgewühlt; und nun ging es durch niedergetrampelten Farn, ein Stück hinauf, dann wieder ein paar Meter bergab: in eine große, schlammige Mulde.

Luyánta, Laleh, Mizuel und Wilbur blieben am Rand oberhalb der Mulde stehen. Sie sahen ja, was unten lag, umringt von aufgeregt flatternden Vögeln, Mäusen, schwirrenden Insekten: das Skelett eines Hirschs – des Hirschs. Der Kopf mit seinem Geweih, ein Zwölfender gewiss, war noch zu erkennen. Aber ein braunes Vögelchen mit weiß getüpfeltem Gefieder und langem Schnabel pickte schon am Auge des Aases, und von den Knochen war fast alles Fleisch heruntergerissen.

Und doch dampfte es noch. Als hätten die Wölfe gerade eben erst das verlassen, was von ihrer Beute übrig war. Zwischen den blutigen Knochen lag der zerbrochne Pfeil.

Das Lager auf dem Hügel

Der Heimweg verlief in bedrückter Stimmung. Nicht mal ein paar Rebhühner brachten sie mit, aber das war nicht das Schlimmste, an anderen Tagen waren ihre Jagdgänge ja erfolgreich gewesen. Nun aber hielten die Gefährten ihre Waffen bereit und achteten genau auf die Umgebung, auf jeden Laut im Nebel. Die Wölfe konnten ja noch hier unterwegs sein.

Doch alles, was sie wahrnahmen, waren einmal ein paar davonhuschende Waldmenschen. Ihre kurzen Leiber verschwanden im Nebel. Wir tun euch doch nichts, ihr harmlosen Wichte.

Laleh hätte am liebsten laut losgeplappert, irgendwas, nur um Luyánta aufzuheitern. Denn was Laleh am meisten bedrückte, war die Bedrücktheit von anderen. Aber sie mussten nun mal auf der Hut sein, mucksmäuschenstill und höchst aufmerksam; und so blieb ihre Freundin allein in ihre trübe Gedankenwelt versunken. Noch immer sah Luyánta nämlich die Überreste des Hirschs vor sich: die abgenagten Knochen, blutig, zerbissen und zerknackt von der Wolfsgier. Und dazwischen ihr eigener Pfeil.

Ach, was dieser Fehlschuss in ihr ins Rutschen brachte! Alles, womit sie sich Respekt und Autorität bei den Fanesleuten erworben hatte, kam ihr jetzt wertlos vor, fast ausgelöscht. Vor allem natürlich ihre Bogenschusskünste. Sie war es ja gewesen, die die ersten Jäger in die unbekannten Wälder hier geführt hatte und dabei im beginnenden Herbst immer die reichste Beute machte, als sicherste Schützin von allen, trotz ihrer Schulter.

Auch Laleh hatte sich als gute Jägerin erwiesen. Luyánta erinnerte sich jetzt, wie sie am Abend nach einem besonders erfolgreichen (und zugleich für sie schmerzhaften) Jagdtag am Feuer gesessen hatten, den Blick in die herrliche Weite der Ebene und der Berge und des Himmels. Da hatte Laleh sie besorgt ausgefragt und sie sich ihr anvertraut. Aber das war gewesen, als sie noch alles traf.

Woher sie so gut schießen konnte, wusste sie selbst nicht. Es war wie mit ihrer Klingenkunst, die sie seit der Ankunft auf dem Hügel jeden Tag mit Hypatia übte, der besten Schwertkämpferin des Volks und einer der drei Mütter Mizuels. Es stimmt alles, was erzählt wird, hatte Hypatia zu ihr gesagt, noch nie habe ich eine so starke Gegnerin wie dich gehabt. Am Anfang kamst du mir ein bisschen eingerostet vor, du hast vielleicht längere Zeit kein Schwert in der Hand gehabt? Aber jetzt ist alles wieder da. Du hast nichts verlernt.

Ganze Nachmittage und Abende übten und duellierten die beiden sich auf einem Hang außerhalb des Lagers. Über dem grünen Gras und dem leuchtenden Violett und Gelb der Herbstzeitlosen und Hahnenfüße stoben die Funken ihrer sich kreuzenden Klingen. Dieses Spiel von Licht, Farbe, Feuer passte zu den großen Ringen, die Hypatia an ihren Fingern trug und um die Luyánta sie ein bisschen beneidete. Deren Farben veränderten sich nämlich ständig. Bruchstücke des Regenbogens nannte Hypatia sie. Es war, als fließe etwas von der Energie dieser ständigen Farbenwechsel in die gewandte wie wuchtige Art, mit der sie das Schwert führte.

Wirklich niemand außer dir hält mir stand!, rief Hypatia und ging zum nächsten Angriff über.

Luyánta war überrascht davon, was sie alles konnte. Und doch hatte sie bei diesen Trainingskämpfen das Gefühl, viel zu lernen und immer stärker zu werden. Später kam dann oft Laleh heraus, und sie unternahmen noch einen Ausritt oder liefen hinunter zu einem nahen Obsthain, wo sie mit schweren Ästen ihre Muskeln trainierten.

In Hypatias Wechselringen meinte Luyánta auch etwas von dem

schillernden Wesen der Schwertkämpferin zu erkennen: Bald etwa war sie durch und durch kriegerisch, bald warm, mütterlich. Sie war so vieles auf einmal. Aber alles kam aus einer großen weiblichen Kraft. Hypatia lebte mit zwei Frauen zusammen, so wie andere Fanesleute als Mann und Frau zusammenlebten; und dass diese drei Frauen gemeinsam einen Sohn geboren hatten, eben Mizuel, war in der Unselben Welt völlig natürlich. Auch wenn Luyánta sich nicht recht vorstellen konnte, wie *drei* Frauen *ein* Kind gebären.

Auch andere Wechselzauber gab es in Luyántas neuem, altem Volk, das sich seit seiner Ankunft auf dem Hügel so bemerkenswert erholt hatte. Die Tätowierungen auf der mächtigen Brust Hyypiäs, des rothaarigen Schmieds, waren so ein Wunder: breite grimmige Köpfe, die in einem Moment wütend brüllten, dann schallend lachten; und erzdonnernd war das Lachen, in das Hyypiä oft ausbrach, seinen ganzen Leib schüttelnd.

Doch es war nicht nur das Geschick mit Schwert und Bogen, das Luyántas Ansehen bei den Fanesleuten begründete. Dabei hatte sie große Sorge gehabt (und auch jetzt kehrte dieser Gedanke immer mal wieder), wie sie die fast übermenschlichen Erwartungen denn bloß erfüllen sollte, die diese Menschen in sie setzten. Wie sehnsüchtig sie auf sie gewartet hatten – als wäre sie eine Art Erlöserin. Ein bisschen viel verlangt. Aber dann war eine beinah idyllische Zeit gekommen, der späte Sommer und der beginnende Herbst, und Luyánta war oft zumute gewesen, als ginge sie schwerelos auf Glas, oder durch Luft von anderem Planeten. Im Kampf und auf der Jagd und auch bei ihren Erkundungsritten ins Tal mit Laleh und anderen, nachdem das Lager auf dem Hügel genommen war.

Dieses Lager begannen sie zu befestigen, während sie noch unten auf den Wiesen an Erschöpfung Gestorbene bestatten mussten: Nach alter Tradition wurden die Toten verbrannt, in gelbe Tücher gehüllt, die Farbe der Trauer bei den Fanes. Die Lebenden kamen indes zu neuen Kräften. Eine Zeit der Trauer und der Stärkung war das. Luyánta aber knüpfte da schon Bande mit den misstrauischen, verschreckten Talbewohnern. Sie erhandelte Getreide und viele

194

Pferde im Tausch gegen Schmiedeware, die Hyypiä und seine Helfer wie im Akkord schufen. Einmal fand Luyánta das verirrte, halb verhungerte Söhnchen einer alleinstehenden Bäuerin, gab ihm zu essen und brachte es heim, zu einem abgelegenen, ärmlichen Hof; das sprach sich im ganzen Tal herum. Ansonsten aber war es eine ruhige Zeit, in der Luyánta Arbeiten anleitete, Beratungen hielt und viel zuhörte und lernte.

Doch auch wenn sie ihre Beute sicherer traf als jeder andere Schütze, dachte sie manchmal an die unfehlbaren Pfeile Dolasillas. An die unbekannte Schwester reichte sie nicht heran, fühlte sie und erinnerte sich an die alten Geschichten, die immer wieder – bruchstückhaft, oft sich verändernd – erzählt wurden: Dolasillas unüberwindliche Kraft in blutigen Kämpfen, ihr Tod durch Verrat. Aber stimmte das überhaupt, war sie wirklich tot? Nichts Genaues, nur Hörensagen … Nach dem Tod oder Verschwinden der Dolasilla hatte die in schwerster Bedrängnis wiedergekehrte Luyánta die eigenen Leute ja nicht mehr zum Sieg geführt, sondern sie (nur? immerhin?) vor dem Untergang gerettet. Das war viel gewesen in dieser verzweifelten Lage, und doch, und doch … Wie würde es wohl diesmal sein, heute und in der Zukunft? Würde sie nun das Volk zum Sieg leiten? Oder es wieder nur in höchster Not retten? Oder am Ende nicht mal das … Fahle Gedanken hatte sie auf dem Heimweg. Ihre bewunderte Treffsicherheit. Ihr schrecklicher Fehlschuss.

Erschöpft, aber erleichtert kamen sie noch vor Mittag in dem Faneslager auf dem Hügel an, wo sie auch Silma unversehrt antrafen. Sie aßen gemeinsam, dann zog Luyánta sich zurück, um zu rasten und nachzudenken. Später traf sie sich mit Hypatia, aber sie kreuzten ihre Klingen heute nur kurz.

Am späten Nachmittag machte Luyánta sich auf, um Titurel zu besuchen. Auf dem Weg durchs Lager dachte sie wieder über die Wölfe nach. Es musste ein ausgehungertes Rudel sein, dass es einen großen Hirsch innerhalb so kurzer Zeit vertilgt hatte. Auch sie spürten gewiss, dass in einigen Wochen der Winter kam. Der starke Regen, der nachts fiel, auch wenn am Tage noch die Sonne strahlte, war bereits ein Vorgeschmack auf diese schwere Zeit. Sie rüsteten sich, die Wölfe. Wie auch sie es taten, die Menschen. Die Rivalen der Wölfe.

Im Faneslager legten sie Vorräte an, sammelten Feuerholz, trockneten oder räucherten das Fleisch der gejagten Tiere, gerbten Leder für Zelte und Gewänder, nähten Mäntel und Decken aus Fellen. Und bohrten noch immer tiefe Brunnen. Manchmal entdeckten sie bei dieser Arbeit Spuren der Menschen, die vor langer Zeit hier gelebt hatten: Tonscherben, Messerspitzen, Knöchelchen von einstigen Mahlzeiten ...

Das ganze Lager schwirrte an diesem späten Nachmittag von Stimmen, Geräuschen, Gerüchen. Brodelnde Kessel voller Suppe, der Duft in Butter gebratener Maiskolben und gegrillten Fleisches. Und die Hitze glühenden Metalls: Hyypiä mit den feuerfarbenen Haaren und der mächtigen Brust voller grimassierender Tätowierungen arbeitete mit seinen Helfern Tag und Nacht. Denn eins hatte die lange Zeit im Vergeblichen Bergwerk den Fanesleuten beschert: Sie hatten in den endlosen Gängen viel Erzgestein abgebaut und Eisen daraus geschmolzen. Davon beschlugen sie jetzt die Hufe der Pferde und schufen alle möglichen neuen Werkzeuge, Helme und Brustpanzer und natürlich Waffen wie Äxte, Dolche und Schwerter. Ein besonderes Schwert, sein bestes, hatte Hyypiä vor einiger Zeit Luyánta überreicht. Es ist zwar nicht das Weiße Schwert, hatte er gesagt, aber ich habe mein Bestes getan, nah heranzukommen. Der Abgrund der tiefsten Bergschlünde steckt in dieser Waffe.

Ein Stück weiter dirigierte die Baumeisterin Hieronyma ihre Arbeiter: eine wunderschöne Frau mit wallendem dunkelblauem Haar, Urenkelin Titurels. Immer spielte um ihre schmalen Lippen ein hintersinniges, ironisches, listiges Lächeln – *verschmitzt* hätten es diese Schmalzstullen verzehrenden Irmgards in der anderen Welt genannt, die mittlerweile so fern war. Treu folgten Hieronymas Arbeiter den Anweisungen ihrer Meisterin. Seit kurzem hatten sie begonnen, nach dem leichteren ersten Verteidigungsring aus hölzernen Palisaden

196

Wachtürme und einen zweiten Schutzkreis aus schweren Steinen zu errichten.

Es wurde auch Zeit, dachte Luyánta. Denn der Anstieg zum westlichen Haupttor, umgeben von abschüssigen Wiesen, war schmal und steil genug, dass er gegen Angreifer gut zu verteidigen wäre. Nord- und Südseite des Hügels stürzten uneinnehmbar schroff ab. Der Bereich, der Hieronyma und auch Luyánta die größten Sorgen machte, blieb die rückwärtige Ostseite, wo ein langer flacher Anstieg auf den Hügel heraufführte. Zwar lag unterhalb ein gefährliches, kaum durchquerbares Moor. Niemand hätte diesen Sumpf voller giftiger Dämpfe, erstickender Faulgase und giftiger Blumen freiwillig betreten. Die Bewohner des Tals erinnerten sich an Jäger, die sich vor langer Zeit dort verirrt oder aus Leichtsinn hineinbegeben hatten und nie wieder aufgetaucht waren. Dennoch schien Luyánta und Hieronyma die bequeme Steigung von dort zum Lager herauf eine gefährliche Schwachstelle, falls doch jemand das Moor überwände oder einen heimlichen Weg hindurchfände. Darum konzentrierten Hieronyma und ihre Leute die Arbeit an der zweiten Befestigungslinie derzeit auf diese Seite.

Luyánta liebte all diese Menschen hier, ihre Gefährten, Brüder und Schwestern. Nur einen gab es, der ihr zuverlässig Unbehagen verursachte, und das war ein Mann namens Pistior: ein kluger, ausdauernder Jäger und gewiss ein tapferer Kämpfer. Alles, was er sagte und tat, war klug, er schien der geborene Heerführer. Aber zugleich war er von düsterem, brütendem Wesen, und er betrachtete Luyánta, wann immer sie ihm begegnete, mit einem abschätzigen Blick, als hielte er sie für irgendein dummes Mädel. Sie hasste diesen Blick.

Nun, zum Glück traf sie Pistior nicht. Er hatte gestern mit zwei anderen einen Wachposten im Gebirge abgelöst, in einem der verfallenen weißen Türme. Morgen früh würde Luyánta zu diesem und anderen Spähposten aufbrechen, um zu erkunden, ob es etwas Neues gab.

Daran dachte sie jetzt noch nicht. Sie überquerte den Versammlungsplatz, auf dem elf alte Eichen in einem Kreis standen, und wie

197

sie weiterging, sah sie ein paar Kinder, die johlend durch spritzende Pfützen flitzten. Ein Stück entfernt schaukelte ein kräftiger Mann mit freiem Oberkörper ein weinendes Baby auf seinem Arm. Wie schön, dachte Luyánta, dass sie alle wieder frische Luft atmen und das Licht des Tages auf ihren Gesichtern spüren konnten!

Auch wenn die Tage jetzt schon merklich kürzer waren – der kürzeste Tag hier draußen, selbst die Nacht hier war ja doch heller als das finstere Leben in der Höhle. Wegen der Wölfe sorgte sie sich aber um die Hirten und die Lämmer und Zicklein ihrer Schaf- und Ziegenherden, die tagsüber außerhalb des Lagers grasten, unterhalb des Hügels. Manche Herden wurden von Kindern gehütet, Dreikäsehochs wie die, die hier so ausgelassen spielten. Natürlich waren diese kindlichen Hirten mutig und hatten Steinschleudern und Knüppel dabei, würden wohl auch nach glühenden Holzscheiten greifen, falls sie es mussten; auch Harichl würde sich im Falle wohl zu helfen wissen, der einsame Köhler draußen im Wald der tausend Vögel. Aber Kinder gegen ausgewachsene Wölfe?

Luyánta wollte all die Sorgen gern für eine halbe Stunde vergessen. Auf dem Weg zu Titurel grüßten die Arbeitenden Luyánta, und sie grüßte zurück: ein wenig geistesabwesend, ohne es sich anmerken zu lassen. Sie spürte die Zuneigung in den Blicken und Worten, aber eben auch die gewaltigen Erwartungen dieser Menschen. An sie, die Königin. Doch immer wieder dachte sie daran, dass sie ja noch keinen einzigen echten Kampf bestanden hatte, noch niemals auf den Feind getroffen war, den zu besiegen alle ihr zutrauten. Fast wäre es ihr lieber gewesen, statt der beschwerlichen und doch im Rückblick kinderleichten Flucht wäre es damals im Sommer direkt zur Schlacht gekommen. Dann hätte sie wenigstens gewusst, woran sie war.

Wenn man kämpft, muss man gewinnen – das hatte Die Dicke gesagt, die sich nun mit den Murmeltieren auf die hohen Bergwiesen zurückgezogen hatte. *Aber man kämpft nur, wenn man nicht fliehen kann.*

So aber schraubten die Erwartungen sich immer höher – auch ihre eigenen. Erwartungen, die wie von selbst zuweilen in schwere

Grübeleien und zernagende Zweifel kippten. So war es jedenfalls bei ihr; und wer weiß, vielleicht würde das auch irgendwann den Menschen hier passieren, deren Königin sie sein sollte?

Das sollte sie sein, was all diese Menschen in ihr sahen? Und wenn sie ihre Unsicherheit, ihr Grübeln, ihre Zweifel bemerkten? Ihre … Angst?

Und zu alldem noch die Schmerzen in der Schulter. Bisher hatte sie sie durch Willenskraft bezwungen. Bis gestern, im Nebelwald, bei dieser fatalen Jagd. Was nun, wenn es immer schlimmer wurde?

Aber ihr Wille war stark. Es würde ihr nicht wieder passieren. Sie wusste es. Sie konnte es!

Und dass es damals nicht zum Kampf gekommen war, war ja gut gewesen. Wahrscheinlich wären sie verloren gewesen, ausgezehrt, wie sie waren, und angeführt von einem unerfahrenen Mädchen. Nun aber hatten sie alle sich die Zeit zunutze gemacht: Die Fanesleute, das war jetzt ein völlig anderer Schlag als die jämmerlichen Lauche und Lappen und Bleichköpfe, die in der Höhle am unterirdischen See gedämmert hatten.

Und wie sehr sie doch, neben allem anderen, die Menschen hier kennen und lieben gelernt hatte!

Dann dachte sie an Laleh. Das war es, was Luyánta außer den drückenden Erwartungen und dem Schmerz sehr beschäftigte: ihr Verhältnis zu ihrer engsten Gefährtin, der Vertrauten, die sie als Einzige in das Geheimnis ihrer Schmerzen eingeweiht hatte. Sie liebten einander nach wie vor, Luyánta und Laleh. Aber Luyánta sah auch, wie gut Laleh sich mit dem Bürschchen Mizuel verstand. Und obwohl das lächerlich war (fast wie damals in der Schule) und sie sich gegen dieses kindische Gefühl sträubte, war ihr das nicht recht, diese Harmonie zwischen den beiden ihr lieben Menschen.

War das etwa – Eifersucht? Dabei waren sie und Laleh nach wie vor ein Herz und eine Seele. Jeder Dritte, der sich einem der beiden Mädchen nähern wollte, hätte ja auf die andere eifersüchtig sein müssen. Aber doch nicht sie auf einen Fremden! Wie Mizuel. Der übrigens ein feiner Kerl war. Was heißt schon *fremd.*

Das alles aber konnte Luyánta wenigstens zum Teil vergessen, solange sie bei Titurel war. Vor seinem Zelt blieb sie einen Moment stehen und schaute hinauf zu den rasenden Wolken am Herbsthimmel. Dann erst schlug sie den dicken Vorhang beiseite, und eine behagliche Wärme kam ihr entgegen. In der Mitte des schummrigen Raums prasselte ein Feuer. Daneben stand die bequeme Bettstatt voller Decken und Felle, die seine Kinder und Enkel dem Greis hergerichtet hatten. Am Kopfende lehnte ein krummer Gehstock aus dunklem Holz.

Titurel hob lächelnd den Kopf, um die Eintretende zu begrüßen – beinah, als wäre auch sie eine seiner Enkelinnen. Selbst dieser alte Mann hatte wieder etwas Farbe im Gesicht bekommen, seit sie das Bergwerk verlassen hatten, aber es war doch immer noch der Farbton eines Greises. Ähnlich wie das ganz blasse Blau, das seine zuvor schlohweißen Haare seither angenommen hatten.

Die meiste Zeit des Tages lag Titurel auf seinem Bett und ruhte, schwer atmend. Und doch fühlte Luyánta sich hier, ausgerechnet hier sicher und geborgen wie früher als sehr kleines Kind (Mäxchen war noch nicht geboren damals) bei ihren Großeltern, die schon seit einigen Jahren nicht mehr lebten. Wahrscheinlich war es dort gar nicht so toll gewesen, in diesem stinklangweiligen Reihenhaus mit rechteckigem Garten außerhalb der Stadt. Aber in ihren verschwommenen Erinnerungen leuchtete das Oma-und-Opa-Haus, das die Eltern nach deren Tod (weil sie auf keinen Fall in die öde Vorstadt ziehen wollten) verkauft hatten, wie irgendein krasses Paradies.

«Was bedrückt dich, Luyánta?», fragte Titurel mit schwacher Stimme. Der Blinde hatte sie sofort erkannt, vielleicht an der Art, in der sie den Vorhang beiseiteschob. Aber wie er auch ihre Stimmung erkannt hatte, konnte sie sich nicht erklären. Doch es wunderte sie nicht. Es war Geborgenheit.

Sie ging zu Titurel hinüber, setzte sich halb auf den Rand seines Bettes und küsste ihm die knittrige Hand. Ein vergilbtes Ahornblatt im späten Herbst, dachte sie. Titurel ließ den Handkuss geschehen.

200

Dann betrachtete sie sein von Falten und Narben übersätes Gesicht. Eine zerfurchte Landschaft, auf der der Widerschein des Feuers flackerte; in den blinden Augen des Alten aber waren die winzigen Flammen hell und lebendig zu sehen. Luyánta freute sich über die Wärme hier im Zelt: Eine andere, freundlichere Art von Nebel war das als draußen im Wald. Und statt Titurels Frage zu beantworten, erkundigte sie sich, wie es ihm gehe.

«Wie soll es mir Altem gehen?», sagte er. «Alle Tage sind gleich. Ich warte. Darauf, dass es mich erdrückt. Was mich erdrückt, ist die Zeit. Das ist nicht schlimm, sondern ganz normal. Ich werde dieses Lager in meinem Leben nicht mehr verlassen. Vielleicht werde ich, wenn es noch einen Sonnentag gibt, meinen Stock nehmen und mich noch einmal vors Zelt setzen. Denn die Sonne nicht mehr zu sehen, das wird mir leidtun. Doch sonst ist es nicht schlimm. Die Zeit kann man nicht abwerfen. Selbst wenn man seit Jahrhunderten lebt, wie ich es tue. Aber du, Luyánta, du bist jung. Du kannst und wirst alles abwerfen, was dich bedrückt und was vielleicht *dich* erdrücken will. Du musst nicht darauf warten, was es mit dir tun wird. Aber ich rede wieder zu viel. Auch eine Krankheit alter Männer, immer faseln und Vorträge halten. Erzähl mir, was mit dir ist.»

Und da berichtete Luyánta, was gestern auf der Jagd geschehen war. Vom fehlgegangenen Schuss, vom verwundeten Hirsch, von ihrer Verzweiflung und der langen Verfolgung und schließlich dem Fund der Überreste des Tiers, das die Wölfe verschlungen hatten. Nur warum ihr Pfeil gefehlt hatte, das sagte sie nicht.

«Wilbur hat mich auf dem Rückweg ausgelacht, und ich glaube, auch die anderen haben mich nicht verstanden … Aber ich muss die ganze Zeit an diesen Hirsch denken. Ja, ich wollte ihn töten. Damit wir leben können. Aber ich wollte ihn nicht quälen. Was bin ich für eine Königin, wenn sogar die Schmerzen irgendeines Tiers im Wald mich aus der Bahn werfen? Ich soll meine Leute ja in den Kampf gegen einen fürchterlichen Feind führen. Ich soll diesen Feind zerstören. Und ich weiß, auch wenn es gelingt (und es wird gelingen!), werden dennoch viele meiner Leute dabei sterben. Und da heul ich wie eine dumme Suse um einen Hirsch? Wie kann das sein? Wie soll ich das alles schaffen?»

Titurel richtete sich ein wenig auf und streichelte ihr über die Haare. Um es ihm leichter zu machen, beugte Luyánta ihren Kopf zu ihm hinunter. Tolle Königin, dachte sie: lässt sich streicheln wie ein plärrendes Kleinkind, das sich das Knie aufgeschürft hat. Ich habe mir das Knie meiner Seele aufgeschürft.

«Es ist gut, dass du leidest», sagte Titurel leise. Er blickte ins Leere, und doch war es, als sähe er direkt in ihr Inneres hinein. «Es ist gut, wenn du mitleidest, Luyánta – mit deiner Beute und sogar mit deinem Feind. Das nächste Tier wirst du mit sicherem Schuss erlegen, gerade weil du ihm unnötiges Leid ersparen willst. Und deine Feinde wirst du besiegen, nicht weil du sie hasst, sondern weil du deine eigenen Leute liebst. Sie wissen, dass du sie retten wirst. *Wir* wissen es – auch wenn es für mich selbst gleichgültig ist, auf ein paar Tage mehr oder weniger kommt es für mich nicht an.»

«Aber meinst du nicht, dass die verdammte Heulerei mich am Kämpfen hindern wird? Sogar wenn ich die Tränen unterdrücken kann und nur im Herzen heule?»

«Das wirst du selbst entscheiden, Luyánta. Durch deinen Willen. Aber wir wissen, wer du bist. Das Mitleid ist ein Teil deiner Kraft. Versuche nicht, dein Mitleid abzuschütteln, sondern behalte es. Hege dein Mitleid, pflege es, lebe mit ihm. Denn sonst wirst du dich in eine taube, entsetzliche Tötungsmaschine verwandeln. So, wie es dem Adlerprinzen ergangen ist.»

Eine Weile war nur das Knacken und Prasseln des Feuers und ihr Atmen zu hören: das mühsame, schwere des alten Mannes und das helle, dennoch beklommene der jungen Frau. Dann erst fasste Luyánta sich ein Herz und flüsterte:

«Wer ist der Adlerprinz?»

Was Titurel erzählte

«Einer von uns», antwortete Titurel. «Das ist die schreckliche Wahrheit: Er ist einer von uns. Und zwar einer der Besten. Nachdem wir damals, lange nach deinem Verschwinden und wie ein redseliger Saibling es prophezeit hatte, die Höhle am türkisfarbenen See verlassen hatten, da wurde Amian (denn so ist sein Name) zu einem unserer Anführer. Den Weg hinaus ins Freie hatten ich und meine Brüder Manaal und Pelleams das Volk geführt, als die damals stärksten, angesehensten Männer. Die alte Königin war gestorben, nachdem ihre Hoffnung ausgetrocknet war wie ein See in der Wüste, und unser aller Hoffnung Luyánta war mitsamt ihrem gefürchteten, aber seit Ewigkeiten nicht mehr benutzten Schwert verschwunden, nur das weiße Gewand hatte sie uns zurückgelassen (noch heute rätsele ich ja darüber, und du selbst vielleicht noch mehr). Uns blieb nur die Wahl zwischen Auslöschung und Aufstehen. Wir wussten nämlich, dass alle zugrunde gehen würden, wenn wir noch länger im Berg blieben. Und etwas Schlimmeres konnte uns draußen ja auch nicht drohen … Also übernahmen Manaal, Pelleams und ich die Führung.

Es ging gut. Die siegreichen Feinde von einst, vor denen unser Volk sich, nach dem Verrat des beinah vergessenen falschen Königs, in den Berg gerettet hatte, die gab es anscheinend nicht mehr. Keine Feinde, nirgends. Wir konnten uns in Frieden im Tal und darüber hinaus ansiedeln. Nur manchmal gab es Scharmützel mit feindseligen Altsiedlern, die uns nicht haben wollten. Aber meistens kamen wir zu einer Einigung. Viele von uns bestellten wieder Felder und Äcker, wir hielten Viehherden auf Bergwiesen, bauten Häuser und Höfe. Die alten, verfallenen Burgen aber, die ließen wir, wie sie waren. Es waren viele gute Jahre und Jahrzehnte, vielleicht Jahrhunderte, ich habe sie nicht gezählt.

Sehr glücklich bin ich darüber, dass meine Brüder Manaal und Pelleams damals starben, als alles gut schien. Sie wurden steinalt und gingen versöhnt in den Tod, in Frieden und hoffnungsvoll. Ich bin der letzte jener Alten, die die alte Königin und die verschwundene Luyánta noch gekannt hatten, und der jüngste der drei Brüder, die das Volk aus dem Berg führten. Als Einziger musste ich miterleben, was dann passierte …

Sehr unangenehm wurden zuerst die Zusammenstöße mit den Trussanern, dieser alten Plage aller Berge und Täler. Lästig waren sie schon in Urzeiten gewesen, ein dummes Räubervolk. Aber nun waren sie noch schwärzer und finsterer und übrigens auch hässlicher als je zuvor. Es war, als hätten ihre bösen Sehnsüchte sie von innen aufgefressen. Sie verbrannten große Wälder, um daraus zu leben, und brandschatzten und plünderten auch sonst, wo es ging. Deshalb stellten wir Trupps auf, die sie in ihre Schranken verweisen und aus den Tälern verscheuchen sollten.

Einige unserer jungen Leute zeigten sich dabei als besonders mutige Krieger. Die Bogenschützin Mitra war darunter, oder die Strategin Pristina, und die mutigen Anführer Pindal mit seiner Axt und der schnelle Amian … Du hättest sie sehen sollen! Ah, die gaben den ollen Trussanern ordentlich aufs Haupt, dass denen die Faxen vergingen!

Aber mit diesen Erfolgen erwachte auch der alte kriegerische Geist der Fanesleute zu neuem Leben. Du weißt ja, es gab einst ein riesiges, mächtiges Fanesreich. Dein Vater war sein König, und auf dem Höhepunkt seiner Macht errichtete er eine gewaltige Burg auf einem Gipfel, oberhalb des Bergkamms, den wir heute den Roten Grat nennen. Deine Schwester Dolasilla mit ihren unfehlbaren Pfeilen war seine gewaltigste Kriegerin. Und dann war da noch der mutige, geheimnisvolle Ey-de-Net, der auf einmal verschwand, und der ehrgeizige Adlerprinz … Nun, aus diesen alten Zeiten erzähle ich dir ein anderes Mal wieder, wenn du möchtest.

Denn du, du lebtest ja von klein auf als weißes Wesen bei den Murmeltieren. Erst zur Zeit der Katastrophe kehrtest du mit deinem Weißen Schwert zurück und führtest, gemeinsam mit den Murmeltieren, deine Leute in die rettenden Höhlen. Für die unglückliche alte Königin, deine Mutter, warst du der letzte Mensch, an den sie sich halten konnte in ihrer Not ...

Auch die neue Zeit, nachdem wir die Höhle verlassen hatten, erlebtest du nicht mit. Du hast wirklich ein großes Talent zum Nicht-da-Sein, du eigenartige Luyánta! Aber wir erinnerten uns immer an die Prophezeiung, dass du wiederkehren würdest, in schwerster Gefahr.

Nur dass jetzt niemand mehr an Gefahr dachte! Im Gegenteil, unsere Erfolge gegen die Trussaner verlockten uns, nicht nur in unserem Tal zu *leben*, sondern es zu *beherrschen*. Wir allein und niemand außer uns. Und nicht nur dieses Tal. Also breiteten wir uns aus, suchten mit den Nachbarn kein Einvernehmen mehr, sondern wollten das ganze Gebirge beherrschen, und am liebsten auch das Land darunter bis ans Meer.

Vor allem Amian und Mitra, die Bogenschützin, drängten auf immer neue Eroberungszüge. Pristina, die Strategin, und der Axtkämpfer Pindal aber wollten Verträge schließen, neuen Frieden suchen. Doch nun war es, als kennte Amian überhaupt kein Halten mehr. Ein Feuer loderte in ihm, schien es, oder es wuchs etwas in seiner Seele, und wir Ruhigeren konnten ihn immer weniger halten. Wie oft haben ich und andere mit ihm gesprochen, mit ihm gestritten, ihn beschworen, ihm gedroht!

Vergebens. Schließlich kam es zum unheilbaren Streit unter unseren Anführern und schließlich zur Katastrophe: Mitra tötete mit einem vergifteten Pfeil Pristina, und Amian verletzte Pindal schwer. Unsere Leute gingen aufeinander los, viele starben, und schließlich zogen Amian und Mitra mit ihren Getreuen im Galopp davon. Staub und Blut blieben zurück.

Pindal aber, kaum dass er sich unter pflegenden Händen von seinen Wunden halbwegs erholt hatte, sann auf Rache für die getötete Pristina und all die anderen. Er überredete uns also, gegen die Abtrünnigen ins Feld zu ziehen. Gegen unsere eigenen Schwestern und Brüder. Pistior, Pristinas Bruder, bestärkte ihn in seinem Wunsch nach Rache. Aber so stark Pindal und so klug Pistior waren,

Pristinas Ratschläge fehlten ihnen doch. Ein alter Mann wie ich war nicht mehr gefragt, stattdessen spülte das Chaos alle möglichen Möchtegern-Heerführer nach oben – und bald wieder davon. Einen nach dem andern! Pistior war noch der tauglichste unter ihnen. Viele fürchterliche und idiotische Fehler wurden gemacht. All die Wichtigschwätzer und Großtuer von damals leben nicht mehr, ihre Namen sind Schall und Rauch. Ach, wenn diese Besessenen und Vergessenen doch auf mich und auf die alten Frauen gehört hätten!

Der größte aller Fehler war, wenn du mich fragst, der Kampf selbst. Denn Amian und Mitra hatten einige der tapfersten Kämpfer mitgenommen, darunter Amians Bruder Malibran, der vielleicht noch hitzköpfiger ist als er. Nachdem sie zuerst einige Niederlagen gegen uns hatten erleiden müssen, wussten sie mächtige Bündnisse zu schmieden. Sie gewannen Mitstreiter aus fernen Gegenden, aus unbekannten Tälern und Ländern jenseits der Berge. Die gefürchteten Kahlen Bogenschützen etwa oder die langlippigen Eunuchen mit ihren stachelbewehrten Helmen und Keulen. Und manche munkelten, Amian befinde sich auch in Pakten mit dunklen Mächten …

Sicher ist hingegen, dass Amian, Mitra und Malibran einen Vertrag mit den Adlern schlossen, den wahren Herrschern der Berge, die in den Urzeiten einmal Freunde des Fanesreichs gewesen waren. In dieser Zeit hatte der erbarmungslose Adlerprinz gemeinsam mit dem Faneskönig gefochten.

So kam es, dass Amian den Namen *Neuer Adlerprinz* erhielt. Er wurde zum alleinigen Anführer unserer Feinde, nachdem auch Mitra im Kampf gefallen war. Mit ihrem Tod wurde er noch hasserfüllter, noch blutrünstiger und mehr noch als er sein Bruder Malibran, der nun sein engster Berater wurde. Es heißt, Malibran habe Mitra geliebt, und einige behaupten sogar, sie habe sein Kind unter dem Herz getragen, als sie fiel …»

«Das heißt, sie war schwanger?»

«Äh … ja. So kann man das auch sagen. Aber ich weiß es nicht, einige behaupten es. Jedenfalls würde das Malibrans grenzenlosen Hass auf uns erklären. Man mag sich nicht vorstellen, was das vielleicht für ein Mensch geworden wäre, mit einer solchen Bogenschützin als Mutter und einem solchen Krieger als Vater! In bessren, friedlichen Zeiten. Aber als die Mutter fiel, starb wohl das ungeborene Kind mit ihr. Ungeheuerlich kommt es mir heute noch vor, dass Mitra schwanger in den Kampf gezogen sein soll ...

Wie auch immer. Am Anfang hatten wir noch an die Möglichkeit geglaubt, dass wir uns wieder versöhnen könnten. Nun aber war klar, dass Amian und Malibran uns vollständig vernichten wollten. Und dass Amian vielleicht wirklich dunkelzaubermächtige Verbündete haben musste. Denn so tapfer er immer gewesen war – eine solche Gewalt, wie er sie nun im Kampf besaß, hätten wir nie für möglich gehalten.

Ich sagte es, eine Tötungsmaschine. Was war aus ihm geworden? Ich hatte ihn noch als Kind gekannt. Er hatte ein aufgewecktes, offenes Wesen, das vollkommene Gegenteil seines immer etwas düsteren Bruders. Aber später, als junger Mann, hatte er auch etwas Verdüstertes bekommen. Trotzdem sehe ich immer noch das Leuchten in Amians Augen. Er war begabt! Wild und zugleich sanftmütig. Ich hätte das alles niemals für möglich gehalten. Obwohl man es vielleicht hätte sehen können, wenn man genauer hingeschaut hätte, wer weiß. Amian und die Seinen brachten uns innerhalb kurzer Zeit bis an den Rand der Auslöschung. Es kam zu einer letzten großen Schlacht, auf den Steinernen Feldern des Südens. Sie endete mit Pindals qualvollem Tod und unserer völligen Niederlage und panischen Flucht. Der verwundete Pistior und ich, nun plötzlich wieder gefragt, führten den zerschlagenen, verzweifelten Haufen davon. Aber es würde uns trotzdem nicht mehr geben, wenn nicht ...»

«... die Murmeltiere gewesen wären!», warf Luyánta ein.

Titurel lachte mit seiner heiseren Stimme. «Das kann ich mir denken, dass die Murmeltiere ihre rettende Rolle ausgiebig gewürdigt haben! Sie halten *sich* für die wahren Herrscher der Berge. Aber sie haben nicht unrecht. Ja, sie kamen uns zu Hilfe, in Erinnerung an das alte Bündnis von Fanesleuten und Murmeltieren, das wir längst vergessen hatten. In einer Schlucht hielten sie mit Geröll und Steinschlag den Feind auf, der uns hart im Nacken saß, und führten uns ins Vergebliche Bergwerk, das außer ihnen niemand mehr kannte, seit der Clan des goldgierigen Mondrius ausgestorben war. Da saßen wir also wieder in einer rettenden, schrecklichen Höhle. So wie es schon einmal gewesen war. Nun allerdings ohne Königin, und der See war nicht mehr türkis und vom Mondlicht beschienen, sondern unterirdisch und schwarz. Wäre es nicht zum Verzweifeln, dann könnte man drüber lachen!

Die Murmeltiere aber machten sich auf den Weg, um dich, Luyánta, wiederzufinden. Niemand mehr außer mir hatte dich je mit eigenen Augen gesehen, aber alle hofften auf diese mittlerweile sagenumwobene weiße Murmeltierprinzessin. Also suchten unsere lieben Murmeltiere dich, viele Jahre lang. Auch wenn es in der Selben Welt nur ein paar Tage sein mögen.

Das ist es. Alles andere weißt du.»

Das Feuer flackerte und ließ die Schatten an den Zeltwänden spielen wie unruhige Gespenster. Luyánta stand auf, nahm den eisernen Haken, der in der Asche lag, und schürte die Flammen. Obwohl ihr mittlerweile sehr warm war (dieses Wärmebedürfnis alter Leute war ihr schon immer zu viel gewesen), musste sie einfach vom Bettrand aufstehen und sich bewegen. Denn ihr schwirrte der Kopf von diesen Geschichten und Namen! Wieder wäre es ihr lieber gewesen, einfach zu kämpfen, statt sich mit all diesen verwirrenden Menschen und Gefühlen auseinanderzusetzen.

Mitleid mit deinem Feind: Das hatte sich in ihrem Kopf festgehakt.

Mitleid mit Amian, dem Adlerprinzen?

Und noch ein Haken in ihrem Kopf, eine Frage, die Titurel gar nicht angesprochen hatte, sondern die in ihr entstanden war: Was, wenn sie siegten? Wenn sie die Fanesleute tatsächlich zu einem großen Sieg führen sollte, den Feind ausmerzen – könnte dann nicht von neuem dieser Machthunger in ihnen wachsen, in diesem Volk, das ja anscheinend aus Schaden nicht klug wurde, sondern immer dümmer? Ein dunkler Gedanke: Wäre es nicht besser, sie gingen ein für alle Mal unter?

208

Davon sagte sie aber nichts, sondern wandte sich mit etwas anderem wieder zu Titurel:

«Sag, Titurel, im Sommer berichteten die Murmeltiere, Amian habe das Versteck der Fanesleute erfahren. Aber er hat uns nicht angegriffen.»

«Er *wird* angreifen», entgegnete Titurel. «Warum er es nicht getan hat, weiß ich nicht, aber er wird. Ich kenne Amian – das, was aus Amian geworden ist. Er ist von Hass zerfressen. Es ist nur eine Frage der Zeit. Und dann wirst du unsere Leute in den Kampf führen.»

«Daran habe ich keinen Zweifel, und ich bin bereit. Warum er im Sommer nicht aufgetaucht ist – geschenkt. Vielleicht werden wir es irgendwann erfahren, vielleicht nicht. Was ich mich aber frage, ist, woher der Feind unsere Zuflucht kannte.»

Sie sprach das Wort *Verräter* nicht aus, aber es lag in der Luft. Auch Titurel antwortete nach einer etwas längeren Pause nur:

«Vielleicht kannte der Feind das Versteck ja gar nicht. Wie du selbst sagtest, er kam ja nicht.»

«Du meinst also, die Murmeltiere haben sich geirrt?»

«Nein. Die Murmeltiere irren sich nicht.»

Weiter sagte Titurel nichts mehr, er atmete schwer, und Luyánta verstand, dass er von ihrem Gespräch erschöpft war. Noch einmal beugte sie sich zu ihm, küsste ihm die Hand und verabschiedete sich. Und schon während sie den Vorhang hob, um aus dem Zelt zu treten, schien er eingeschlafen zu sein.

Dunkelheit war über den Hügel gesunken, es hatte zu nieseln begonnen. Diese Nacht schien empfindlich kalt zu werden. Aber vielleicht standen noch einige sonnige Tage bevor.

Silma und, etwas hinter ihr, Wilbur kamen die Gasse zwischen den Zelten entlang, und Luyánta ging ein Stück mit ihnen. Auch in Gegenwart der klugen Silma fühlte sie sich immer wohl, und Wilbur störte nicht weiter. Sie sprachen über das zu erwartende Wetter der nächsten Tage und über einige belanglose Dinge. Luyánta bewunderte einen gedrechselten Reif aus Rindshorn an Silmas Handgelenk. Im Licht einer Fackel blieben sie stehen, damit Luyánta ihn genauer anschauen konnte. Ein A war darin eingeschnitzt, und von der anderen Seite betrachtet, sah man ein ∀: den Kopf eines Stiers.

«Wilbur hat mir den Reif geschenkt», sagte Silma und streichelte ihrem einen Kopf kleineren, lächelnden Mann über die Haare.

Dann gingen sie weiter. Noch immer waren Frauen, Männer und Kinder in oder vor ihren offenen Zelten bei Arbeit und Spiel. Von überall lockten herrliche Düfte zum Abendessen. Luyánta grüßte viele und fragte sich doch bei jedem: Und wenn in seiner, ihrer Brust das Verräterherz steckte? Im gewaltigen Schmied Hyypiä oder in der spitzen Brust Hieronymas? Oder gar hinter dem Panzer Hypatias, ihrer Kampfpartnerin? In Mizuel, dem Bürschchen? Ganz zu schweigen von Pistior, der draußen auf einem alten Turm auf Wache war. Ausgerechnet er beschützte sie! Zum Glück nicht allein …

Zweifel, zernagende Zweifel. Ein Verräter ist schlimmer als der Feind selbst …

«Was ist mit dir?», fragte Silma, während sie weitergingen. Auch sie bemerkte also, wie bedrückt Luyánta war.

«Nichts», sagte Luyánta. «Ich bin nur ein bisschen erschöpft. Ich werde heute früh schlafen gehen.»

Sie ging in ihr Zelt, das sie sich mit Laleh teilte. In der Feuerstelle in der Mitte des Raums war noch etwas Glut in der Asche, die sie schürte, um dann drei Holzscheite aufzulegen.

Laleh war noch nicht zurück. Vielleicht würden sie und Mizuel gleich kommen, dann würden sie gemeinsam essen, was auch immer die beiden mitbrachten.

Neben ihrem Bett lagen alle möglichen neuen Dinge, Decken und Mäntel, aber auch der alte Bogen und der Köcher, die sie damals den Trussanern abgenommen hatten, und der tarngrüne Armeerucksack. Dahinter aber, ganz in der Ecke, waren der fast leere Hippiebeutel, in dem sich nur noch die Stirnlampe mit der leeren Batterie befand, und ihre alten Kleider, die sie im Vergeblichen Bergwerk ausgezogen und einfach liegen gelassen hatte, nachdem sie das weiße Gewand angelegt hatte. Mizuel hatte sie damals aufgehoben und ihr später, säuberlich zusammengelegt, gebracht.

Luyánta zog das alte schwarze T-Shirt hervor. Die weiße Schrift war im schummrigen Licht schwer zu lesen, aber sie kannte die Verse eh auswendig. Und so las sie sie, auch ohne sie deutlich zu sehen – dunkle Zeichen, die sie aus dem Gedächtnis erkannte:

> Nie sollst du mich befragen,
> Noch Wissens Sorge tragen,
> Woher ich kam der Fahrt,
> Noch wie mein Nam' und Art!

Wusste sie es denn selbst? War sie jetzt klüger als zuvor, wissender?

Vielleicht nicht. Sie war sich selbst noch immer ein Geheimnis, vielleicht mehr denn je.

Das T-Shirt war am Kragen eingerissen, so weit, dass der Riss die ersten beiden Verse zerteilte, genau in den Wörtern *mich* und *Wissens*. Sie selbst hatte das Shirt ja zerteilt, damals im Bergwerk, bevor sie die wacklige Holzleiter hinabgeklettert war: um ihren verwundeten Kameraden Struggles in diesem Riss, wie in einem Tuch, tragen zu können.

Der Jäger Gracchus und Harichl, der Köhler

Am nächsten Morgen verließen Luyánta und Laleh in aller Frühe, noch ehe die Sonne über den Bergen aufging, das Lager. Auf dem Boden lag Reif, eine hauchfeine weiße Kruste. In lockerem Trab ritten die Mädchen den Hügel hinunter und atmeten dabei die feuchte Luft der zurückweichenden Herbstnacht tief ein. Es war herrlich, das in der Lunge zu spüren.

Kaum hatten sie die Ebene erreicht, ließen sie ihre Stuten so schnell galoppieren, dass die Hunde kaum Schritt halten konnten. Sie sausten nebeneinanderher, Laleh und Luyánta, ihre langen Haare wehten im kalten Wind. Und manchmal wandten sie ihre Köpfe einander zu, sahen sich in die Augen und lachten.

Wie schön die Welt war! Alle Welten!

Und sie spürten, dass auch die Stuten lachten, auf Art der Pferde: der glänzende Rappe Kiki und der Lichtfuchs Chihiro mit seiner blonden Mähne. Die Sonne war nun über den schneebedeckten Berggipfeln aufgegangen. Nachts musste es auch hier im Tal den ersten Frost gegeben haben, denn das Laub der Kirschbäume hatte sich über Nacht knallrot gefärbt. Die Obstbäume und Haselnussstauden der vereinzelten Höfe in dieser Gegend waren längst abgeerntet. Das weite Grasland leuchtete teils schon gelblich, auch hier lag vielerorts Reif. In der Ferne sahen sie eine Gruppe Rehe, die scheu zu ihnen herüberschauten und dann davonsprangen.

«Macht euch nicht gleich ins Fell, liebe Rehe», rief Laleh ihnen übers Feld nach, «heute sind wir ja nicht auf der Jagd!»

Auch wenn sie ihre Bogen bei sich hatten. Dazu ihre langen Schwerter in ledernen, metallverstärkten Scheiden an den Gurten, in denen auch je zwei scharfe Dolche steckten, ein ganz kurzer und ein längerer. Und Laleh hatte natürlich auch ihre Steinschleuder dabei, Waffe und Talisman zugleich.

Sie wollten in die Berge. Ringsum gingen die dichten Wälder der Talränder erst einmal in sanftere, flachere Hänge mit großen Wiesen über, hinter denen dann jäh die Gipfel des Hochgebirges aufragten. Die höheren Bergwiesen waren vor wenigen Tagen noch ganz grün gewesen, nun aber über Nacht weiß geworden, der Schnee lag heute von oben bis an die Baumgrenze, manchmal in die obersten Wipfel hinein. Wie weiße Tusche, die auf einem Papier verläuft, wenn man es anhebt.

Etwas später kamen sie durch ein kleines Dorf, das gerade erwachte. Ein paar Menschen waren schon auf dem schlammigen Weg zwischen den windschiefen Ställen und Hütten unterwegs, durch deren Bretter der Wind pfeifen musste. Die Dorfbewohner

212

erschraken nicht vor den bewaffneten Reiterinnen, sondern grüßten sie. Sie kannten mittlerweile Luyánta und viele andere der Fanesleute, die vor kurzem in ihr Tal gekommen waren, und wussten, dass sie von ihnen nichts zu befürchten hatten. Manchen Handel hatten sie schon miteinander abgeschlossen, und Luyánta hatte vor, demnächst Hieronyma und ihre Helfer in die Dörfer zu schicken, um die Hütten vor dem Winter etwas abzudichten und zu befestigen. Wenn erst ihr Lager hinreichend gesichert wäre!

Vor einem der Häuser saß ein zahnloser Alter, bei dem blieben die Reiterinnen kurz stehen und wechselten einige Worte. Dann trat ein zweiter Mann vors Haus, der Sohn des Alten: Das war der Jäger Gracchus, einer der beschlagensten Männer weit und breit. Er wirkte aufrechter und freier als die meisten anderen in diesem Tal, die oft etwas Verducktes und Bedrücktes hatten, so als hätten die Spuren jahrhundertelanger entbehrungsreicher Leben sich ihnen eingeschrieben. Das Gesicht des Jägers, gesäumt von einem dichten grauen Bart, war wettergegerbt und durchzogen von tiefen Falten, so wie auch seine Kleidung übersät war von Nähten und Flicken und ganz grau, gleich den felsigen Höhen, in die er zur Gämsenjagd stieg. Aber er kannte nicht nur die Pässe, Kämme und Übergänge dort oben wie kein anderer, sondern auch die dichten Wälder darunter. Mit den Fanesleuten stand er auf gutem Fuß, die Mädchen vertrauten ihm. Luyánta hatte von ihm bei der Aufstellung der Wachposten viel über die gefährlichsten Pfade zum Tal erfahren, und er war es auch gewesen, der sie zuerst in die schwer zugänglichen, aber ergiebigen Jagdgründe im Nebelwald geführt hatte. Vorher war er öfter ins Lager gekommen und hatte dort Teile seiner Jagdbeute verkauft. Von Hyypiä hatte er im Austausch neue Messer und Dolche erworben.

Der Jäger Gracchus fragte die Mädchen, ob sie auf Jagd ritten, und sie erzählten ihm, was sie heute vorhatten. Er ermahnte sie, in den Bergen vorsichtig zu sein, den nächtlichen Schnee hätten sie ja gesehen, der würde wohl am Vormittag tauen, später aber würde es gewiss wieder heftig regnen. Dann ritten die Mädchen weiter.

Nach einer Weile kamen sie in der Ebene an einem uralten Hochspannungsmast vorbei, einer breitbeinigen Gestalt mit vier Stummelärmchen. Die abgerissenen, verrosteten Leitungen hingen herab wie strohiges Haar. Luyánta kam dieser Strommast wie eine alte Götterstatue vor, eine kultische Figur. Zu seinen Füßen lag, schon halb in der Erde versunken, das Wrack eines Lastwagens, auf dem die verblassten Buchstaben ... RCAM zu erkennen waren. Das alles war eine dieser undeutlichen, hier immer wieder anzutreffenden Spuren der Selben Welt, obwohl eine Landschaft wie diese steppenartige Grasebene ja in der Alpengegend kaum denkbar war. Dennoch gab es immer wieder diese verstreuten, halb aufgelösten Erinnerungen an die andere Welt, die hier wie in grauer Vorzeit verborgen lag oder in ferner Zukunft. Oder gar in einer uralten Zeit, die erst in der Zukunft einmal existieren würde ... So schien es Luyánta, ohne dass sie selbst richtig begriff, was sie da eigentlich dachte. Das Hirn verknotet sich einem.

Laleh dagegen überkam einfach unschuldige Lust, hinüberzupreschen und auf diesen verwitterten Strommast hinaufzuklettern! Doch Luyánta drängte voran. Sie hatten schließlich einiges vor heute.

Die ältere Laleh kam Luyánta, der grübelnden Königin, beinah wie ein unbeschwertes Kind vor. Sie überlegte, ob sie ihre vielen verwirrenden Gedanken, die sie sich gestern nach dem Besuch bei Titurel gemacht hatte – all die Fragen, jetzt mit Laleh teilen sollte. Vor allem diese eine, drängendste Frage: wer der Verräter sein könnte, den es unter den Fanesleuten zu geben schien.

Aber sie tat es nicht, und sie ritten schweigend weiter. Nur manchmal bellte einer der Hunde, vielleicht weil er irgendwo einen Fuchs oder Schakal erspäht hatte. Als die Reiterinnen an einen Fluss kamen, mussten sie einen Schlenker stromaufwärts machen, Richtung Nebelwald, wo es eine Furt gab, die sie durchqueren. Dann kehrten sie in die offene Ebene zurück, bis sie erneut den Weg zu den Talrändern einschlugen, wo sie bald in einen anderen dichten, schattig-kühlen Mischwald kamen, den Wald der tausend Vögel. Überall hörte man es auf einmal zwitschern und kullern, sirren und schwirren, rätschen, quorren, puitzen. Ein turbulentes Konzert wie aus Geisterkehlen, denn nur ganz ab und zu sah man einen der Vögel. Nach einer Weile erspähten die Reiterinnen hinter Bäumen auch eine versteckte Hütte aus Ästen und Lehm. «Wie die Zwerge wohl schlafen können bei diesem ununterbrochenen Vogeltumult?», fragte Laleh lächelnd.

Dann aber wurden die Vogelstimmen dünner und ferner. Und wie mit der Weite war es auch mit der frischen Luft vorbei, als sie im Holz unter buntem Herbstlaub eine erkaltete Feuerstelle aus verschmorten LKW-Reifen entdeckten. Trussaner. Aber obwohl immer noch ein beklemmender Gestank in der Luft lag, konnte das schon viele Jahre her sein. An der schwarzen Stelle wuchs nichts: Diese Trussanerfeuer erstickten ja das Leben auf lange Zeit, vielleicht für immer.

Obwohl Luyánta und Laleh dies alles schon kannten und längst nicht mehr fürchteten, wurden sie arg bedrückt, als sie bald darauf wieder mal ein Stück toten Waldes durchqueren mussten. Nun waren gar keine Vögel mehr zu hören, ja es schien unvorstellbar, dass es Vogelstimmen überhaupt gab. Die Pferde trotteten so langsam, als wären ihnen die Beine bleischwer geworden, oder die Hufe klebten am veraschten Boden, und die Hunde ließen Köpfe und Schwänze hängen. Die schwarz verrußten, laublosen Bäume standen wie dürre Grabsteine. Es roch nach kaltem, bösem Rauch. Es war, als könnte man aus diesem toten Wald nie wieder herauskommen …

Dabei war es nur ein kurzer Abschnitt, bald hatten die Mädchen ihn hinter sich gelassen und waren erneut umgeben vom Gesang der Vögel, als wäre nichts gewesen. Doch die Stimmung des toten Waldes steckte ihnen noch in den Knochen.

«Und Titurel behauptet, diese grässlichen Trussaner wären einmal normale Menschen gewesen?», fragte Laleh leise.

«Na ja, was heißt schon normal», antwortete Luyánta und lachte kurz, aber ganz unfroh. «Ein Räubervolk, aber man konnte mit ihnen irgendwie auskommen, meinte er. Doch sie verwandelten sich. Ob durch ihre ewige Gier oder andere böse Einflüsse, weiß man nicht. Vielleicht ein Virus. Anstelle ihrer Herzen aus weichem Fleisch und rotem Blut wuchsen ihnen harte, schwarze Kohlenstücke, die sie immer wieder befeuern und, wenn sie ausglühen, erneuern müssen. Und zwar, indem sie *Wälder atmen*, wie die Murmeltiere es nennen.»

«Im Grunde sind sie also auch eine Art von Köhlern, nicht?», sagte Laleh.

«Ach, sag doch nicht so was. Keiner kann sich vorstellen, wie das genau vor sich geht. Und ich will es ehrlich gesagt gar nicht so genau wissen.»

«Ja, pfui Deibel, schönen Dank auch. Lieber würd ich einer räudigen Hyäne beim Kacken zuschauen, als mir das vorzustellen», murmelte Laleh. «Jedenfalls ist dieser verkokelte Wald ein hübsches Vorspiel für den Besuch bei Harichl ... Ehrlich, mir reicht's jetzt schon mit Ruß und Asche.»

Da lachte Luyánta noch einmal, diesmal etwas echter lustig: «Na komm! Nach dem deprimierenden Aschehaufen hier wird dir die Köhlerstätte vorkommen wie das üppigste Blumenbeet!»

Ihr Plan war, einen kurzen Zwischenhalt bei Harichl zu machen, dem Kohlenbrenner der Fanes, der im Sommer gleich in den Wald der tausend Vögel gezogen war. Das hatte niemanden gewundert, denn Vögel schien der seltsame Mann mehr zu lieben als Menschen. Das war auch kein Wunder, denn er war der Enkel des Falkners und Vogelwarts, der im alten Fanesreich einst dem König gedient hatte. All diese Tiere, ob Jagdvögel oder Pfauen, waren beim Untergang des Reichs zugrunde gegangen, und der Falkner selbst war im Kampf gefallen. Die Neigung zu den Vögeln hatte sein Enkel geerbt, aber sie war im langen Höhlenleben arg verschroben, um nicht zu sagen: verkohlt. Kaum ein Vogel konnte in der ewigen Dunkelheit leben, nur einige Nachtschwalben zu züchten gelang Harichl dort, und Fledermäuse.

Jedenfalls war er am Ende des Sommers in den Wald gezogen. Mutterseelenallein, ohne Gehilfen, nur mit seinem Lasttier. Hier stellte er Holzkohle her, die vor allem der Schmied Hyypiä in großer Menge brauchte. Immer wieder kam Harichl selbst mit seinem Esel ins Lager, um neue Kohle zu bringen oder sich beim Schmied nach dessen Bedürfnissen zu erkundigen. Dann berieten sie sich ausgiebig über Qualität und Eigenschaften der Kohle.

Erst vor wenigen Tagen war Harichl wieder auf dem Hügel gewesen. Da hatte er trotz seiner angeblichen Menschenscheu auch einige andere Fanesleute besucht und sehr interessiert die wachsende Befestigung des Lagers besichtigt. Im Grunde hatten ja alle den vogelliebenden Einzelgänger gern, doch bei diesem letzten Besuch war Harichl trotz seiner zugewandten Neugier auffällig unruhig gewesen, nervös, sodass Luyánta sich gefragt hatte, ob er gesund sei. Darum wollten sie auf ihrem Weg in die Berge einmal nach dem Rechten bei ihm sehen. Nicht nur wegen der wichtigen Kohle, sondern auch wegen all der denkbaren Waldgefahren, Trussaner, Wölfe ...

Oder Adler! Denn kurz bevor sie die Köhlerstatt erreichten, spürten sie in ihren Haaren einen kalten Luftzug, und dann rauschte über den Wipfeln ein großer Vogel davon, und in den Baumkronen sah man aufgeschreckte Vögel fortflattern.

Die Reiterinnen konnten in diesem Moment schon einen von Harichls spitzen Hügeln aus Grassoden sehen. Unwillkürlich hatten beide Mädchen beim Flattern des Vogels ihre Pferde angehalten und hochgeschaut. Nun blickten sie einander an. Erst nach einer Weile sagte Luyánta, selbst nicht überzeugt: «Es könnte ein großer Bussard oder Habicht gewesen sein. Ich konnte ihn nicht richtig sehen.»

«Nein», sagte Laleh mit Entschiedenheit. «Das war ein Adler.»

Schweigend setzten sie ihre Pferde wieder in Gang, jetzt in ernsthafter Sorge um den Einsiedler. Doch sie trafen den kauzigen Mann unversehrt an, wie er an seinen Kohlenmeilern zugange war. Er schichtete gerade schlanke Stämme und schwere Äste zu einem weiteren Kegel auf, der dann unter Gras zu Kohle verglimmen sollte. Als er die beiden Mädchen erblickte, zuckte er jedoch regelrecht zusammen. Dann wischte er sich den Schweiß von der rußverschmier-

217

ten Stirn und begrüßte die Gäste in einer Freundlichkeit, die aufgesetzt wirkte.

«Hoheit, ich freue mich, Euch zu sehen.»

«Wie geht es dir, Harichl?», fragte Luyánta, während sie abstieg und die unruhige Kiki am kurzen Zügel nahm. «Alles in Ordnung?» Der Kohlenbrenner sah sie an. Selbst seine Stimme klang rauchig: «Mir geht's bestens. Was macht Ihr hier?»

«Wir sind auf dem Weg in die Berge. Erst zu Pistior im alten Turm, dann zum Roten Grat und zu Gabiel und Bagiuz.»

«Ich verstehe. Ich hatte schon davon gehört, dass Ihr dorthin wolltet, aber ich dachte, es würde nicht so bald sein. Na, ist auch nicht wichtig. Pistior hat vor zwei Tagen mit seinen Begleitern hier haltgemacht, als sie zum Turm unterwegs waren. Einen Hunger hatten die drei ... Aber etwas haben sie zum Glück übrig gelassen, sodass ich nicht verhungern muss. Und Ihr natürlich auch nicht! Bitte, setzt Euch!»

Er deutete auf einen umgestürzten Baumstamm, über den an einer Stelle eine Art Baldachin aus Blättern und Zweigen ausgespannt war: sein Esstisch. Etwas entfernt standen zwei Verschläge aus Holz, einer so klein, dass er Luyánta wie eine Hundehütte vorkam. Darin schlief Harichl, in dem größeren sein Esel.

Der Esel war mittlerweile herübergekommen, um die Pferde zu begrüßen. Die Hunde beachtete er nicht. Kiki aber schien weiterhin ebenso nervös wie der Köhler, sie hob fahrig den rechten Vorderhuf, schnaubte, und Luyánta zog ihren Kopf am Halfter nach unten, um sie zu besänftigen. Dann führte sie sie an die Stelle, wo Chihiro und der Esel bereits ein wenig Gras gefunden hatten.

Die Mädchen setzten sich unter den Laubbaldachin auf zwei breite Äste, die vom Stamm abstanden, und Harichl trug geräucherten Käse und hartes Brot auf. Das Wasser, das er ihnen dazu reichte, schmeckte nicht gerade frisch wie aus einer Bergquelle, sondern schlammig und modrig. Bestimmt war es wahnsinnig gesund ... Und dazu das ewige Vogelgeschrei ringsum.

Als Harichl sich zu ihnen setzte, beobachteten die beiden Mäd-

218

chen ihn genau. Seine Unruhe hatte sich jetzt etwas gelegt, oder er hatte sich besser unter Kontrolle. Jedenfalls wirkte er jetzt wie immer, eine durchaus eigenartige Erscheinung in diesen vielen übereinandergeschichteten Fellen und Tüchern. Wie ein Mensch aus Grassoden, dachte Luyánta, und darunter glimmt Holz zu Kohle ... Auf der Schulter und am Rücken war seine Kleidung an vielen Stellen von Vogelkot beschmutzt.

Der größte Teil von Harichls Arbeit musste im Warten bestehen, tagelangem Warten, während die Glut ihre Arbeit verrichtete und das Holz in Kohle verwandelte. Wie brachte er diese Zeit wohl zu, menschenverlassen, wie er hier war? In Gesellschaft der Vögel?

«Wölfen bist du hoffentlich noch nicht begegnet?», fragte Luyánta mit vollem Mund. Das machte hier nichts, reden mit vollem Mund. «Es muss ein großes, hungriges Rudel in den Wäldern unterwegs sein. Wenn die deinen köstlichen Käse wittern ... Vor zwei Tagen haben sie uns einen Hirsch vor der Nase weggeschnappt.»

Harichl zog die Augenbrauen hoch. «Ihr habt euch einen Hirsch entreißen lassen?»

«Es war Pech.»

«Einfach blöd gelaufen», stimmte Laleh Luyánta bei. «Nicht wert, drüber zu reden.»

«Nein, nicht wert», brummte Harichl. «Ich werde schon aufpassen wegen der Wölfe. Aber hier ist ja immer Feuer und Glut. Wenn die Wölfe eins hassen, dann das Feuer.»

«Im Gegensatz zu anderen Plagegeistern.»

«Trussaner? Die hassen das Wasser, und das gibt's hier auch.» Jetzt lachte Harichl. «Und habt ihr etwa schon mal einen Fanesmenschen gesehen, der Angst vor Trussanern hätte? Die sollen nur kommen. Mit denen werd ich noch meine Meiler nachheizen. Das wird die beste Kohle überhaupt.»

Ein schwarz-roter Falter flog dicht über dem Boden herum und zwischen Luyántas Füßen, setzte sich kurz auf ihren großen Zeh. Als kleines Kind hatte sie ihn *Zaumen* genannt, fiel ihr ein: kleiner Zeh, Ringzeh, Mittelzeh, Zeigezeh, Zaumen. Sie lächelte über die

Erinnerung und über den zutraulichen Falter und auch über Harichl, der sich durch nichts aus der Ruhe bringen ließ.

Aber Laleh war alles andere als beruhigt. Als sie sich verabschiedet hatten, sagte sie, kaum außer Hörweite: «Er hat kein Wort davon gesagt, aber er muss den Adler bemerkt haben. Er kam ja direkt von seiner Köhlerstätte.»

«Bist du sicher?», fragte Luyánta.

«Nein ... ja ... nein», sagte Laleh. «Ach, ich weiß es nicht. Aber es kam mir so vor. Und selbst wenn das Vieh nur obendrüber geflattert sein sollte, muss er das gehört haben. Er hat doch Ohren wie ein Luchs. Warum hat er nichts davon gesagt?»

«Wir haben ja den Adler auch nicht erwähnt. Aber wie dem auch sei», sagte Luyánta, die das Gespräch beenden wollte, um weiterzugrübeln über die Fragen, die sie umtrieben, «auch gegen einen Adler könnte er sich ja leicht zur Wehr setzen, unser Harichl. Um den müssen wir uns keine Sorgen machen.»

«Das könnte er bestimmt», antwortete Laleh. «Wenn er sich überhaupt wehren *müsste* ... Hast du gemerkt, wie er erschrocken ist, als wir ankamen?»

«Natürlich», sagte Luyánta. «Aber kein Wunder, dass man schreckhaft wird, wenn man einsam in diesem Vogeltollhaus lebt.» Weiter sprach sie nichts. Und Laleh wusste natürlich, dass sie Luyánta nicht erst erklären musste, was sie dachte. Denn die Fragen, die Luyánta sich gerade stellte, waren ja ihre eigenen.

Von Pistior zu den Murmeltieren

Der Weg hinauf ins Gebirge war völlig durchweicht von Matsch und schmelzendem Schnee. Die Schönheit dieser Jahreszeit war trügerisch – nächtelanger Niederschlag machte viele Pfade und Hänge schlammig und rutschig, auch wenn tagsüber immer wieder stundenlang die Sonne schien.

Die Eidechse, die sich auf einem Steinhaufen über einer großen Pfütze in der Sonne wärmte, scherte das nicht. Einer der Hunde rannte bellend hin, spritzte durchs Wasser, doch die Echse hob, statt in eine Ritze zu schlüpfen, bloß kurz den Kopf, und der törichte Hund drehte sich erschrocken um.

«Hoffentlich ist er mutiger, falls wir Wölfe treffen sollten», lachte Luyánta.

«Und hoffentlich ist die Eidechse klüger, wenn sie Besuch von einem Adler oder einer Dohle bekommt», meinte Laleh. «Übrigens, hast du schon mal eine Eidechse gegessen?»

Luyánta sah sie verdutzt an.

«Schmecken ganz okay», sagte Laleh und zuckte mit den Schultern. «Kein richtiger Schmackofatz, aber in Ordnung. Wie kleine Schlangen. Was ist, was schaust du so erschrocken? Findest du etwa Hungern besser?»

«Nein, natürlich nicht ... im Notfall würde ich ... aber jetzt mampf ich lieber einen saftigen Apfel!» Und Luyánta beugte sich nach hinten und zog zwei Äpfel aus ihrer Proviantasche. Einen warf sie Laleh zu, die ihn fing und im Reiten mit dem Dolch aus ihrem Gürtel schälte. Während sie aßen, diskutierten sie über Dinge wie: ob man Äpfel lieber mit oder ohne Schale essen sollte. Laleh sagte ohne, Luyánta mit und fand das Thema herrlich belanglos und wunderbar kindisch. Denn je erwachsener man wird, desto schöner ist es, Kind zu sein.

Der Ritt zu dem steil ausgesetzten, ehemals weißen Turm war beschwerlich. Aber Kiki und Chihiro stiegen gut bergan. Vollends unangenehm wurde es, als sie in einer gewissen Höhe waren und auf einmal die Sonne hinter einer Wolke verschwand und ein schneidender Herbstwind aufkam.

«Schneller zittern, das wärmt», rief Luyánta und dachte flüchtig an eine schöne warme Badewanne ...

«Für den Spruch sollten die Hunde dich in die Wade beißen», sagte Laleh. «Das wärmt auch.»

Ähnlich frostig war dann der Empfang durch Pistior, der im Turm mit zwei Armbrustschützen Wache hielt. Der düsterbrütende Mann hatte die beiden Reiterinnen längst entdeckt und erwartete sie vor dem Bau. Sein schwarzer Mantel wehte im Wind, ebenso sein strähniges blaugrünes Haar. Groß gewachsen, wie er war, wirkte er doch ein wenig wie ein Reptil auf zwei Beinen. Luyánta näherte sich ihm mit Unbehagen, sie hatte seine flach schnarrende Stimme bereits im Ohr, bevor er überhaupt das erste Wort sprach; und vor allem, wie er beim Reden immerzu laut schniefte.

Aber dann sagte er zur Begrüßung ohnehin kein einziges Wort, schniefte auch nicht, sondern zog nur ein wenig die Augenbrauen hoch und blickte sie starr an. Und genau das war es, was Luyánta am meisten irritierte: seine Augen. Große gelbe Kreise mit engen, senkrecht stehenden Pupillen, wie schlitzartige Scharten. Augen, die einen aufspießen konnten. Eins dieser Augen hielt er auf Wacht zu, aus dem anderen überblickte er das Tal den ganzen Tag lang durch ein langes, mehrfach gekrümmtes Fernrohr.

Ohne ein Wort stapfte Pistior den beiden Mädchen voran die enge Wendeltreppe hoch auf die Plattform des Turms, wo die beiden Armbrustschützen warteten, ein Geschwisterpaar namens Pibakú und Picabia, immerhin zwei angenehmere Leute.

«Danke für die überaus herzliche Begrüßung», sagte Luyánta jetzt. «Ich erwarte Euren Bericht.»

«Natürlich, *Königin*», antwortete Pistior in kaum verhohlener Geringschätzung. Dann endlich begann er zu sprechen, wie es seine Pflicht war, allerdings recht teilnahmslos, immer wieder gleichgültig schniefend. Immerhin hatte das alles auch sein Gutes, offenbar gab es nichts Auffälliges oder Bedenkliches zu vermelden. Kein Feind im Tal der Enge und Weite. Wenn er käme, waren sie sich alle einig, dann wohl nicht direkt durchs Tal, das man von hier aus perfekt überblickte, sondern eher über den Roten Grat, oberhalb der Murmeltierwiesen. Auch dort waren zwei Wächter postiert. Und dann gab es auf der anderen, nördlichen Talseite noch die schwer zugängliche Scharte des Ewigen Regens, ebenfalls bewacht von Faneskriegern.

Die Feindseligkeit, die aus Pistiors gleichgültigem Ton sprach, war dennoch ärger denn je, und Luyánta begriff einfach den Grund nicht. Am liebsten hätte sie ihm eine reingehauen. Pistiors Borstigkeit richtete sich übrigens nicht nur gegen Luyánta, sondern genauso gegen Laleh. Dabei hatten die Mädchen den Wächtern frische Vorräte mitgebracht, Brot und Äpfel, getrocknete Kräuter und geräuchertes Fleisch, mehrere Schläuche Wein. Eigentlich hatten sie sich vorgestellt, mit ihnen hier auf dem Turm gemeinsam zu essen (auch wenn Luyánta keinen Wein mochte) und sich dabei über alle Neuigkeiten auszutauschen. Aber nun wollten Luyánta und Laleh sich lieber flugs verabschieden, kaum dass sie das Wichtigste erfahren hatten, nämlich, dass es nichts Besonderes gab.

Pistior dankte nicht für die Vorräte und erwiderte nicht einmal den Abschiedsgruß.

«Offenbar fühlt der Herr sich vom Besuch seiner Königin schwer belästigt», sagte Laleh, nachdem sie den Turm hinter sich gelassen hatten.

«Anscheinend», antwortete Luyánta. «Ich frage mich ernstlich, ob man sich auf diesen Mann verlassen kann.»

«Im Zweifel würde ich mich auf die beiden anderen verlassen, Picabia und Pibakú.»

Erst in einiger Entfernung machten sie an einer windgeschützten Stelle halt und packten ihren Proviant aus. Ihr Essen verlief ziemlich still. Sie hatten zwar nichts Beunruhigendes erfahren, trotzdem wirkte dieser Besuch nicht gerade beschwichtigend auf ihre Stimmung.

Was war das für ein gänzlich anderer Empfang, der sie einige Stunden später, am frühen Nachmittag, bei den Murmeltieren erwartete! Luyánta und Laleh hatten, um die steile Nordflanke des Berges umrunden zu können, ihre abgesattelten Pferde und Hunde an der Baumgrenze zurückgelassen, bei einer Quelle im Schutz einiger Kiefern und Lärchen. Die Hunde hätten den rutschigen Weg vielleicht bewältigen können, doch Kiki und Chihiro sollten nicht allein zurückbleiben, außerdem konnten die Murmeltiere Hunde ums Verrecken nicht ausstehen.

Beängstigend schmal war der Grat, der zu den Wiesen der Murmeltiere führte, der Abgrund darunter tief. Die Mädchen schauten lieber nicht hinunter, sondern auf den Weg vor sich oder höchstens einmal hinauf zu den senkrechten Felswänden, von wo gelegentlich Gämsen und Bergziegen herabblickten.

Die beiden Mädchen freuten sich unbändig darauf, nach so vielen Wochen endlich die Gefährten ihres sommerlichen Weges wiederzutreffen, die putzigen Krieger! Dafür hätten sie noch ganz andere Risiken auf sich genommen als ein bisschen Kraxelei, die für sie mittlerweile sowieso etwas Alltägliches war.

Der Anblick, der sich ihnen bot, nachdem sie den schlimmsten Teil des Wegs am steilen Berghang zurückgelegt hatten, war atemberaubend: eine weitgestreckte, hügelige Hochgraslandschaft. Das Grün mit weißen Tupfen gesprenkelt, übrig gebliebene Schneeflecken, vor allem aber übersät mit Aberhunderten leuchtend hellen Steinen, wie Mondmineralien. Mitten auf der baumlosen Wiese aber stand ein hoher, breiter Stamm, offenbar künstlich aufgerichtet, das Holz im Lauf vieler Jahre tief verdunkelt. Die Spitze des Stamms war zurechtgenagt zu einem knubbligen, pausbäckigen Kopf mit riesigen Nagezähnen: ein Totem des Großen Murmel.

Die Wiese erhob sich sanft bis zu einem breiten Kamm aus rotem Gestein, hinter dem das nächste Tal liegen musste. Seitlich aber führte dieser Rote Grat auf einen oben abgeflachten Berggipfel, auf dem wie auf einem gigantischen Thron die Überreste einer verfallenen Burganlage zu erkennen waren. Um einen der noch stehenden Türme flatterten ein paar Dohlen, kleine schwarze Punkte, wie Asche in der Luft. Auf dem äußersten Turm, von hier unten noch nicht zu sehen, waren zwei weitere Wächter postiert, die Freunde Gabiel und Bagiuz, die die Mädchen nachher noch aufsuchen wollten.

Schon während sie sich der Bergwiese näherten, hörten Luyánta und Laleh die gellenden Pfiffe der äußersten Kundschafter; und als sie schließlich ankamen, wurden sie von einem jubelnden Pfeifkon-

224

zert begrüßt. Dutzende Murmeltiere rannten auf sie zu, quirlten um sie herum, hüpften auf die weißen Steine, ein paar Jungtiere schlugen vor Freude sogar Purzelbäume im Gras, und einer platschte mit dem Hinterteil in einen Schneefleck.

Plötzlich aber wichen alle quiekend zurück, als Die Dicke sich näherte. Und sie kam nicht allein, um Luyánta und Laleh zu begrüßen, zu ihren Seiten tapsten Paminer und Struggles! Der gute, alte Struggles, der durch den Angriff des Adlers so schrecklich verletzt worden war. Oft hatten Luyánta und Laleh an ihn gedacht, seit die Murmeltiere nach der glücklichen Flucht der Fanesleute aus dem Vergeblichen Bergwerk wieder davongezogen waren. Zwar hatten diese ihnen mehrmals ausrichten lassen, der Verwundete erhole sich langsam und stetig. Aber ihn jetzt so gesund und munter und auch noch dick und rund gefuttert zu sehen: Das war noch mal eine andere Sache! Struggles' Fell war zwar an der Stelle, wo der Adler ihn attackiert und ihm den Rücken aufgerissen hatte, noch spärlich und schütter. Aber sonst schien er wieder ganz der Alte. Auch die anderen Murmeltiere waren pummelig, sie hatten sich bereits einen ordentlichen Winterspeck angefressen, und ihr Fell war viel dichter als im Sommer und glänzte herrlich.

Keins der Tiere aber war so dick wie Die Dicke. «Digger, da bist du wieder, *Königin*!» Wie anders klang das Wort bei ihr als aus Pistiors höhnischem Mund! Dabei blinkte der abgebrochne Zahn in ihrem schwabbligen Gesicht, auf das das Licht der soeben durch die Wolken gebrochenen Nachmittagssonne fiel.

«Königin eurer Verbündeten», antwortete Luyánta lächelnd. «Ihr seid ja einfach meine Brüder und Schwestern, von klein auf. Ich bin eine von euch und werde es immer bleiben.»

«Jaja, geschenkt, diese bescheidene Fellspalterei», sagte Die Dicke. «Und, Digger, werd mal bloß nicht zu salbungsvoll, sonst heul ich noch vor Gerührtheit. Verstehst du, was ich meine? Wie war euer Weg hierher? Habt ihr Kohldampf?»

«Stückchen Moos gefällig, Alter?», fiepste Paminer, und sein eingerissenes Ohr wackelte beim Sprechen.

«Oder lecker Bergklee, Bruder?», rief Struggles.

Luyánta lächelte und sah sie an, als wollte sie sie mit ihren Blicken verschlingen vor Liebe: erst Paminer, dann Die Dicke, dann wieder Struggles, ach, Struggles, dessen eines Auge größer war als das andere.

«Nein danke», sagte sie, «wir haben unterwegs schon was gegessen. Ach, ihr wisst gar nicht, wie glücklich ich bin, dass du dich so gut erholt hast, Struggles!»

«Und ich erst», stimmte Laleh zu. «Ihr seid zwar bloß komische Kuscheltiere, aber es wäre ziemlich schade um dich gewesen.»

Ein empörtes Gefiepse ging bei dem Wort *Kuscheltiere* durch die Reihen der Murmeltiere. Aber Die Dicke brachte es zum Verstummen, indem sie sich ein wenig aufrichtete und ihr vorderes Stummelärmchen erhob. Sie warf ihren Artgenossen einen strengen Blick zu, räusperte sich und rief: «So, genug herumgekaspert! Husch, macht euch wieder an eure Arbeit, grabt eure Gänge weiter und vergesst nicht die Toilettenstollen. Aber vor allem: Futtert, was das Zeug hält! Denn der Winter kommt früh genug, und, Digger, ich habe genug Murmeltiere verhungern und erfrieren sehen in meinem Leben. Wir aber», sagte sie zu Laleh und Luyánta, während alle außer Paminer und Struggles davonsausten, «wir sollten jetzt zum Roten Grat und zu den Wächtern auf der Burg deines Vaters spazieren.»

So machten sie es. Im Vorübergehen blieben sie kurz vor dem Totempfahl stehen und neigten die Köpfe vor dem Großen Murmel, auch Laleh und Luyánta, und die Tiere murmelten ein kurzes Gebet. Dann stiegen sie bergauf. Luyánta wurde unbehaglich zumute, nicht wegen des Grats, sondern wegen der Burg. Sie war zwar noch nie dort gewesen, aber hatte immer wieder davon gehört, von der Dicken, von Titurel. Die Gipfelburg war eins jener entfesselten Bauwerke aus ferner Zeit, als das alte Fanesreich auf dem Höhepunkt seiner Macht gestanden hatte. Auch ein Schloss unter Wasser hatte der maßlose König damals gebaut, eine Mauer quer durch ein ganzes Tal und eine Festung auf einer künstlichen Insel im Meer

226

jenseits der Berge. So weit hatte sich damals für eine kurze Zeit die Macht des Mannes erstreckt, von dem alle sagten, er wäre ihr Vater gewesen. Und am Ende ein entsetzlicher Verräter. Schlimmer als der Feind selbst. Ein falscher König.

Für Luyánta war er ein fremdes Wesen, eine Fabelexistenz wie ein Drache aus uralten Märchen. Nichts Genaues weiß man nicht. Andererseits, das war bei ihrer sogenannten Familie ja auch nicht anders gewesen, damals in der Selben Welt.

Nah hingegen hatte sie sich immer ihrer nie gekannten Schwester Dolasilla gefühlt, von der die meisten annahmen, sie sei in den letzten Kämpfen ums Leben gekommen.

Doch all diese Gedanken, ihr Unbehagen und ihre Sehnsucht vergaß Luyánta schlagartig, als sie den Roten Grat erreichten. Denn dort oben trauten sie ihren Augen nicht.

Die Burg auf dem Gipfel

«Knahktus und Knärktus! Seid ihr noch zu retten?!?», kreischte Die Dicke und sauste zu den beiden Murmeltieren, die im Schutz eines Felsbrockens auf ihren Rücken lagen und selig vor sich hin schnarchten. Mit ihren Stummelärmchen hieb und knuffte sie die Schlafmützen in die Rippen, und als diese keinerlei Anstalten machten aufzuwachen, biss sie ihnen kurzentschlossen mit ihren anderthalb Nagezähnen in die feuchten Nasen. Da jaulten die Schläfer lauthals und rissen die Augen auf!

«Digger, *das* nennt ihr Wachehalten, ihr Tranfunzeln? Da hätte ich ja gleich ein paar räudige Köter auf Posten kommandieren können, die hätten es auch nicht schlechter gemacht als ihr Knallpisser! Knahktus, du Holzkopf! Knärktus, du Klappspaten! Auf eure Wachposten, Digger! Aber dalli!»

Da rappelten die beiden sich auf, beschämt und verstört, die Pfoten brachen ihnen unter den müden, dicken Leibern weg, sie rappelten sich erneut auf und flitzten hoch aufs rote Gestein, auf immer noch schwankenden Beinchen.

«Ich fass es nicht, Digger! So was hab ich ja noch nie erlebt bei ihnen. Ist mir richtig peinlich!»

«Als ob sie gesoffen hätten», sagte Laleh. «Oder betäubt gewesen wären.»

«Betäubt, ich werd dir mal was erzählen von betäubt!», schimpfte Die Dicke. «Die haben einfach zu viel Enzian geknabbert. Seht mal, da liegen ja noch die abgefressenen Stängel rum, ein ganzer Haufen. Und habt ihr gesehen, wie blau die waren? Versteht ihr, was ich meine? Blau wie der Enzian, Digger, das wird noch ein Nachspiel haben.»

Sie stiegen den Pflichtvergessenen nach, die immer noch betreten wirkten, wie sie nun bäuchlings auf dem Roten Grat lagen und hochkonzentriert das dahinter liegende Tal überblickten, als wollten sie Stunden der Abwesenheit durch besonders intensives Schauen wiedergutmachen.

Ganz friedlich wirkte das Tal mit seinen Wiesen, Flüssen und Seen, vereinzelten Dörfern und Weilern und großen herbstbunten Laubwäldern in den tieferen Lagen, immergrünen Nadelgehölzen darüber. Nur der Wald, der am weitesten heraufreichte, hatte etwas nicht Geheures. Sein Grün ging ins Gräuliche, fast als läge ein dichtes, klebriges Netz aus Staubfäden darüber.

«Das dort unter uns ist der Spinnwebwald, durch den wird wahrscheinlich eh kein Feind kommen», erklärte Die Dicke. «Zu klebrig und verwunschen ist es dort, arg unangenehm, und man sagt, eine garstige Hexe ginge dort manchmal spazieren. Wer ihr über den Weg läuft und in seiner Angst die Hand gegen sie erhebt, heißt es, der vergiftet sich selbst. Ein derart hinterfotziger Gruselwald ist im Grunde die beste Schutzmauer, die wir hier oben uns wünschen können. Nicht mal die Trussaner wagen sich dort rein. Aber, Digger», und sie wandte sich an ihre Späher, «trotzdem hättet ihr *niemals* eure Posten verlassen dürfen!»

228

Luyánta taten die beiden leid, sie schienen verwirrt und beinah den Tränen nah.

«Ich weiß nicht, wie das passieren konnte», piepste eins der beiden, das Die Dicke Knahktus genannt hatte. «Ich erinnere mich, dass eine Dohle über den Berg geflogen kam und etwas verlor, ein großes Bündel Enzian war's, wer weiß, wo die das gestohlen hatte, typisch, diese diebischen Dohlen.»

«Waren das nicht eher Elstern, die alles klauen?», fragte Laleh.

«Nein, aber nein, Dohlen!», piepste Knahktus, beinah flehentlich. «Auch wenn sie ungewöhnlich wirkte, nicht ganz schwarz wie sonst, sondern leicht angebleicht. Na ja, da dachten wir, wenn der ganze Enzian nun schon mal da liegt, dann können wir ihn ebenso gut verputzen. Wär doch schade drum.»

«Tja, und dann habt ihr ja gemerkt, was passiert ist, Digger. Ihr hättet wissen müssen, dass Murmeltiere nicht so viel Enzian vertragen! Und *angebleicht*, meine Fresse, ich glaub eher, dein Blick ist trübe, du wirst selbst am besten wissen, warum.»

«Genau, Alter!»

«Ich sag's euch, Bruder!»

«Aber wir haben nur ein klitzekleines bisschen davon geknabbert», wimmerte der andere Wächter namens Knärktus.

«Das seh ich, Digger! Schaut mal den Haufen Stängel da drüben an! Ein Riesenberg!»

«Der Tag ist lang», schluchzte Knärktus. «Furchtbar lang hier oben, und er schmeckt so gut.»

«Lass gut sein, Dicke», schaltete sich jetzt Luyánta ein, die sah, dass ihre Freundin zu einer neuen Schimpftirade ansetzen wollte. «Es ist ja nichts passiert, und es wird unseren beiden Geschwistern eine Lehre sein. Nicht wahr? Es wird euch nicht wieder passieren?»

«Nienienienie-mals!», beteuerten Knahktus und Knärktus durcheinander, noch immer überdreht und tatsächlich etwas blau im Gesicht.

«Dann wollen wir jetzt weiter hinaufsteigen, die Wächter auf der Burg besuchen», sagte Luyánta und ging voran. Die anderen folgten ihr, nur Paminer steckte den beiden Schlafwächtern kurz die Zunge raus und verpasste Knärktus im Abgang mit der Pfote eine Kopfnuss.

«Damit es euch *wirklich* eine Lehre ist, Alter!»

«Die Nuss kriegst du zurück!», zischte Knärktus ihm nach.

Das nackte Gestein, über das sie nun liefen, verursachte Luyánta einen plötzlichen Schauder. Abweisend kalt war der Stein und ganz fahl sein Rot, jetzt, nachdem auch der letzte Strahl Sonne hinter wild getürmten, immer dunkleren Wolken verschwunden war. Die rötliche Färbung war (so hatte Die Dicke ihr im Heraufkommen erzählt) die Erinnerung an eine grausame Schlacht, die hier vor Jahrhunderten stattgefunden hatte, in den letzten Tagen des alten Fanesreichs. Das verblichene Rot einstmals vergossenen Bluts. Die Berge weinen noch heute, hatte Die Dicke schnaufend gesagt, wenn sie an die Gemetzel denken, und ihre Tränen sind Blut. Denn wenn es regnet, beginnt der Rote Grat mordsmäßig zu leuchten. Kirschrot, sagen ahnungslose Wanderer, die von der Vorzeit nichts wissen. Aber es ist *blut*rot, dieses Leuchten.

Sie gingen auf Blut hier, dachte Luyánta, auf versteinertem Blut.

Wahrscheinlich würde es heute noch regnen. Und da bereits Nachmittag war, wollten Luyánta und Laleh die Wächter so schnell wie möglich aufsuchen und sich dann auf den Heimweg machen.

Aber es erwies sich als unmöglich, der Burg auf dem Gipfel nur eine kurze Stippvisite abzustatten: Zu faszinierend waren die Relikte dieses wahndreisten Bauwerks. Das Plateau, auf dem die Burg sich befand, war durch eine steile Schlucht vom Roten Grat getrennt, einen furchteinflößenden Abgrund, den man aber erst bemerkte, wenn man direkt davorstand. Tief unten lagen die Überbleibsel einer Zugbrücke, und im Schatten der Felswände schien es, als bestünden diese zerschmetterten Bohlen aus Stein.

«Auch das golddurchwirkte und mit Edelsteinen besetzte Wappen mit den Adlern, mit dem der durchgeknall... äh, verwirrte König damals das alte Murmeltierwappen ersetzen ließ, liegt jetzt da unten»,

230

sagte Die Dicke. «Er war seinem eigenen Sinn entfremdet, als er das Wappen austauschte, verstehst du, was ich meine?»

Über den Abgrund, der zwanzig Meter breit sein mochte, spannte sich nun straff ein Seil. Die ersten Faneswächter vor einigen Wochen, Silma und Wilbur, hatten es dort angebracht, indem sie es, an einen eisernen Haken geknotet, hinübergeworfen hatten, um ihren Posten zu beziehen. Ohne zu zögern, packten erst Luyánta, dann Laleh das Seil und hangelten sich hinüber. Man schaute besser nicht runter dabei, sondern konzentrierte sich auf die brennenden Handflächen, die den rauen Strick umklammerten, und die gestreckten Arme, die nicht nur das Gewicht des eigenen Körpers, sondern auch der Waffen tragen mussten. Für Luyánta kam ein weiteres, noch schlimmeres Problem hinzu: Sie musste irgendwie den wie auf Kommando wiederaufkommenden Schmerz in ihrer Schulter ignorieren. Der Schweiß rann ihr übers Gesicht, ätzte salzig in den Poren ihrer Haut.

Loslassen wäre der sichere Tod.

Hinter Luyánta und Laleh aber balancierten die Murmeltiere in traumtapsiger Sicherheit übers Seil, als wär das die leichteste Übung der Welt.

Die Mädchen atmeten erleichtert auf, als sie drüben angelangt waren. Sie sahen den eisernen Haken fest verkantet zwischen schweren Steinen, die früher zum Burgtor gehört haben mussten. Die äußeren Mauern waren eingerissen, stellenweise ganz geschleift, aber tiefer im Gelände standen neben Ruinen auch noch ganze, langgestreckte Gebäudeteile, und es gab mehrere, teils halb eingestürzte Türme. Zwischen zweien davon war einmal eine Brücke verlaufen, geblieben waren nur die abgebrochnen Enden.

Je weiter man ging und sich umsah, desto deutlicher wurde, dass die Burg viel größer war, als es von unten den Anschein hatte, es gab viele verschiedene Bereiche und Ebenen. Weitläufig und doch stellenweise eng und verwinkelt musste die Anlage einst gewesen sein.

Eine Festung der Enge und Weite, fast eine Stadt. Unbeschreibliche Traurigkeit lag über ihrer Ruine. Große versteinerte Wurzeln lagen auf den Brachflächen zwischen Mauerresten, und selbst an Ruinen und Turmresten ragten solche Steinwurzeln.

«Früher war hier alles grün und lebendig», sagte Die Dicke wie eine Reiseführerin. «Zwischen den Gebäuden des Palastes lagen herrliche, üppige Gärten, richtig paradiesisch. Murmeltiere allerdings waren zuletzt nicht mehr gern gesehen. Als wären wir Maulwürfe, Digger! Nun, nach dem Fall des Reichs und der Zerstörung der Burg überwucherte alles. Und noch später, als das Klima in diesen Höhen lebensfeindlich wurde, da starb alles ab, die Pflanzen zersetzten sich, und ihre Wurzeln versteinerten.»

Sie blickten sich um. An einer Stelle am äußersten südlichen Rand des Gipfelplateaus erspähten sie einen eingestürzten Rundbau, eine Art Wohnturm.

«Das war das Belvedere», erklärte Die Dicke. «Ein abgelegenes Häuschen mit wunderbarer Aussicht. Die Prinzessin liebte es, dort allein zu sein.»

«Dolasilla?», fragte Luyánta.

«Ja. Das war ihr eigenster Ort. Auch die Nacht vor ihrer letzten Schlacht verbrachte sie dort.»

«Ich möchte kurz hinübergehen.»

Die anderen schienen zu spüren, dass Luyánta dort allein sein wollte. Oder musste. Bei genauerem Hinsehen erschien ihr das nackte Gefels, über das sie lief, tatsächlich wie ein versteinerter Garten. Doch kein Blümchen, kein Grün. Dieser Garten war mausetot und großteils eingeebnet. Aber an einigen Stellen erkannte man doch Bestandteile eines Parks, etwa einen auseinandergebrochenen, wasserlosen Zierbrunnen. Oder eine Kuhle, die Luyánta bei genauerem Hinsehen als ausgetrockneten Teich erkannte. Auf seinem Grund lagen kleine und größere Glasscherben, grün und braun, wohl von zersplitterten Bierflaschen, die irgendwer irgendwann hiergelassen hatte. So was Dummes und Freches, auf einem Berggipfel!, dachte Luyánta, noch dazu einem Gipfel mit Schloss drauf. Unter den Scherben aber, schon Teil des Felsenbodens geworden, lagen versteinerte Seerosen.

232

Luyánta ging weiter und blieb ein Stück vor dem sogenannten Belvedere stehen. Nackter, toter Stein. Die Traurigkeit war überwältigend.

Eine Weile schaute sie den bedrückenden Überrest des Hauses an. In ihrem Innern versuchte sie, Dolasillas Stimme zu vernehmen. Wenn sie nur ganz aufmerksam in sich hineinlauschte ... Dolasilla, hörst du mich? Ich bin da, deine Schwester. Antwortest du mir? Aber sie vernahm nichts. Und sie ging auch nicht hinein in die Belvedere-Ruine, sondern kehrte zurück zu den Wartenden. Neben dem Weg zum Westturm, wo Gabiel und Bagiuz postiert waren, lagen weitere Gebäude unter den Steinwurzeln teils völlig zerstört, teils noch halb intakt. In manchen Ecken lag Müll, eine vertrocknete Bananenschale, eine leere Zigarettenschachtel.

Weil auch Laleh von Lust und Neugier getrieben war (ohne Luyántas Schwermut und Trauer), streiften die Mädchen durch mehrere alte Säle. An manchen Wänden entdeckten sie verwitterte Wandmalereien und brüchige Reliefs, Kampfszenen waren da zu erkennen und Jagdgesellschaften ... prächtige Feste, nur abgeblättert und verrottet ... Die Murmeltiere liefen hinter ihnen und schnupperten manchmal misstrauisch in Seitenkammern hinein.

Gewiss wirkten die Räume auch darum größer, weil sie fast völlig leer waren, vermutlich geplündert, sei es beim Sturz der Festung oder in späteren Jahrhunderten. Nur hier und da lagen einzelne umgekippte, zerbrochne Möbel: Sessel, halbe Tischplatten, ein von Spinnweben überwucherter Kerzenständer. Trotz der zerstörten Dächer war es schummrig hier drin, aber die Mädchen sahen nun deutlich, dass auch die zurückgebliebenen Dinge alle aus dunkelgrauem Stein bestanden. Entweder immer bestanden hatten oder, was sich auf seltsame Weise wahrscheinlicher anfühlte, versteinert waren, wie Fossilien. Teils waren die alten Möbel kaum von den Steinwurzeln zu unterscheiden, alles war im Zerfall miteinander verwachsen und dann zu Stein geworden.

Immer wieder hielten die beiden Mädchen den Atem an, auch wenn ihre Begleiter murmelten, so besonders sei dies alles ja nun auch wieder nicht, wenn man es etwa mit richtigen Höhlen vergliche oder jenen genial ausgeklügelten Labyrinthen, die beispielsweise Murmeltiere in die Berge nagten.

Sie kamen in einen großen Saal, an dessen Seite sich zwei riesige Kamine befanden, die Simse zerborsten. Hier waren die Wände unter Wurzelresten von Ornamenten und Inschriften überzogen. Alles derart verschnörkelt, dass nicht zu entscheiden war, was Schmuck und was Schrift war, was Schönheit und was Sinn.

«Kannst du das lesen?», fragte Luyánta.

«Nein», antwortete Laleh. «Paschtu ist es jedenfalls nicht.»

«Das hier ist ... war der Krönungssaal des Palastes», sagte Die Dicke, die leise zu den Mädchen getrippelt war.

Sie gingen längs durch den Saal. Vor dem weiter entfernten Kamin lagen auf dem Boden drei steinerne Gemälde. Luyánta blieb stehen, dann trat sie mit angehaltenem Atem und klopfendem Herzen darauf zu. Sowohl ihre Begleiter als auch sie, die Königin, erkannten sofort, wer auf diesen drei Bildern zu sehen war. In versteinerten Porträts.

Das knochige Gesicht einer abgezehrten alten Frau, die einst wunderschön gewesen sein musste. Tieftraurig und unergründlich blickten ihre großen Augen. Die alte Königin. Ihre im Berg gestorbene Mutter.

Das steinerne Porträt ihres Vaters, das gleich daneben und doch unendlich fern lag, war der ganzen Länge nach zerrissen, zerbrochen, eine Kluft, die sich von der linken Seite seiner hohen Stirn bis ans witzige Grübchen seines Kinns zog. Auch eins der beiden Augen war entzweigerissen; aber noch durch die trostlose Trockenheit des Steins leuchtete in diesen Augen das Feuer des Ehrgeizes, der Getriebenheit, flackernd bis zum Wahn. Und tief darin verborgen eine fürchterliche Traurigkeit. Es war, als wären es viele Menschen in einem, die nicht zueinander passten. Der verräterische König.

Der dritte Gemälderahmen aber war leer. Luyánta sah es erst, als sie direkt darüber stand. Darin musste sich einst das Bild ihrer Schwester befunden haben. Dolasillas.

234

Fragend blickte Luyánta zur Dicken hinüber, die sich genähert hatte.

Die zuckte mit den Schultern. «Keine Ahnung, Digger», sagte sie dann. «Jemand wird es mitgenommen haben, sie war ja hübsch. Vielleicht ein einsamer junger Mann, vielleicht ein ekliger Lustmolch. Verstehst du, was ich meine? Hoffentlich nicht. Und wer weiß, ich könnte mir sogar vorstellen, dass Ey-de-Net, der sie so geliebt hatte, es sich heimlich geholt hat. Nach dem Untergang des Fanesreichs. Weiß ja keiner, was aus ihm geworden ist.»

«Gehen wir weiter», sagte Luyánta entschlossen. Sie musste sich einen Ruck geben, um nicht in hoffnungslose Grübeleien zu versinken. Sie traten nun in einen schmalen Flur, ein enges Treppenhaus, auf dessen Stufen ein paar verrostete Bierdosen lagen, in einer Ecke auch eine zerfledderte Packung Kondome, das Etikett fast verblichen. An den Wänden aber bemerkte sie (und spürte, dass auch Laleh erschrak) drei übermenschgroße Porträts von Gasmaskengesichtern, wie jene in der aufgelassenen Kaserne, wo ihre Gefährtin gewohnt hatte. Laleh kannte diese Gesichter nur zu gut. Fiese Fliegenrüssel, grässliche Glotzaugen.

Luyánta kam das alles aus irgendeinem merkwürdigen Grund ganz selbstverständlich vor. Wie in einem Traum, wo alles normal ist. Außerdem hatten sie nun genug Zeit verbummelt, sie mussten endlich hoch zu Gabiel und Bagiuz. Also stiegen sie, so schnell es ging, die Steinstufen hinauf, die mehrmals um die Ecke und schließlich zu einer engen Wendeltreppe führten.

An deren oberem Ende lag eine granitene Tür, die Luyánta allein nicht aufschieben konnte, sosehr sie sich auch anstrengte (sofort spürte sie auch erneut den giftigen Schmerz in ihrer Schulter). Laleh zwängte sich neben sie, und sie drückten gemeinsam. Volle Pulle, ächzte sie. Und tatsächlich, schließlich öffnete die Tür sich einen Spalt. Gerade so groß, dass Paminer und Struggles hindurchschlüpfen konnten.

Im nächsten Moment hörten sie durch den Spalt ein zweistimmiges entsetztes Quieken. Die Mädchen zuckten zusammen, zogen ihre Schwerter und stemmten sich noch stärker gegen die Tür, die sich nun so weit öffnete, dass auch Die Dicke hindurchkam. Dann warfen Laleh und Luyánta – egal, wie es schmerzte! – sich mit ihren Schultern gegen den Granit, so stark sie nur konnten. Da endlich öffnete sie sich, und sie stolperten hinaus auf die höchste Plattform des Westturms.

Dort hockten die drei Murmeltiere, aufgerichtet, bereit zum Kampf. Vor ihnen aber lagen zwei tote Männer. Gabiel und Bagiuz. Jemand musste sie erschlagen haben.

Zwei Mädchen gegen drei Männer

Obwohl in äußerster Anspannung, ihr erhobenes Schwert mit beiden Händen umfasst, flashte in diesem Augenblick eine Erinnerung durch Luyántas Kopf: Ein schöner Spätsommernachmittag im Tal der Enge und Weite, ein sonniges Idyll, sie spielt mit Gabiel und Bagiuz zwischen Obstbäumen Fußball. Die reifen Äpfel leuchten so rot, als glühten sie, und die Spieler rennen lachend dem Ball hinterher, der aus Lederresten genäht ist und mit alter Wolle gefüllt. Manchmal bleibt einer stehen, bückt sich und hebt einen Apfel aus dem Gras; wie herrlich der schmeckt. Später werden sie, aufgeheizt und verschwitzt, ihre Köpfe an einer nahen Quelle mit Wasser übergießen. Glücklich sein, frei.

Gabiel und Bagiuz, zwei gutmütige junge Männer, die einander geliebt hatten. Jetzt lagen sie auf diesem verdammten Steinturm in ihrem Blut, erschlagen von irgendwem. Vielleicht hatte einer den andern bis zuletzt verteidigt, nie hätten diese beiden einander im Stich gelassen.

Die Feinde mussten noch hier sein. Sie spürte es. Laleh sprang bereits mit gezücktem Schwert herum und schaute in alle Richtungen und Ecken. Sinnlos, hier konnte sich niemand verbergen. Dennoch

236

entdeckte sie etwas, wie ein kurzer ächzender Aufschrei verriet, als sie über die Brüstung des Turms sah.

Sie wandte sich zu Luyánta. «Die Bescherung fängt erst an!»

Mit Knien, so wacklig wie Pudding, torkelte Luyánta zu Laleh. Erst begriff sie nicht, was ihre Freundin meinte. Dort, unterhalb des Roten Grats, lag ja nur der Spinnwebwald. Gut, der war nicht gerade einladend, aber ... Da sah sie im ungesunden Graugrün des Waldes ein kurzes Blitzen. Sie schaute genauer hin und erkannte wieder ein Funkeln zwischen den klebrigen Wipfeln, und noch eins, dort und dort ... immer wieder leuchtete und gleißte es durch das brüchige, rissige Baumdach dieses verwunschenen Waldes. Auf einmal schien es, dass der ganze Wald voll davon war.

«Sie kommen», murmelte Luyánta.

«Gut erkannt», sagte Laleh. «Scheiße.»

«Wir müssen los, Alarm schlagen!» Und schon stürzte Luyánta zur Tür und die Treppe hinunter. Laleh warf einen letzten Blick auf die Toten, bevor sie ihr nachrannte und dabei fast über die drei Murmeltiere gestolpert wäre, die ebenfalls lossausten.

Im Nu war Luyánta, an den Gasmaskengesichtern vorbei und hinweg über scheppernde Bierdosen, am unteren Ende der Treppe angekommen und jagte durch den Saal. Doch im selben Moment hörte sie hinter sich ein dröhnendes Geräusch und Lalehs Wutschrei. Sie wandte sich um und sah einen gepanzerten Mann mit Säbel, der eben zu Boden zu gehen schien. Offenbar hatte er sich auf Luyánta stürzen wollen, doch die war zu schnell gewesen, und so torkelte er direkt Laleh vor die Füße, die gleich auf ihn losging. Ihr Schwert traf seinen Krummsäbel, mit dem er Luyánta hatte treffen wollen, nun aber instinktiv seinen Kopf schützte.

Da stürzten von der anderen Seite zwei weitere Männer hinzu. Offenbar hatten sie hier im Saal auf die Runterkommenden gelauert. Alle drei trugen Kettenhemden und spitze Helme mit hakenartigen Nasenstücken, die ihre Gesichter halb verdeckten.

Sofort kam Luyánta Laleh zu Hilfe und vereitelte mit ihrem Schwert den Schlag, den einer der beiden Laleh von hinten versetzen wollte. Nun wandten die beiden Männer sich mit ihren Säbeln gegen Luyánta, während Laleh sich mit dem ersten duellierte, der sich in dem kurzen Durcheinander wieder aufgerappelt hatte.

Drei Männer gegen zwei Mädchen! Luyánta fühlte sich stark und bemühte sich, die beiden Feinde weiter auf sich zu ziehen, an sich zu binden, damit Laleh nur gegen einen bestehen musste. Hin und her sauste ihr Schwert, mit dem sie die gegnerischen Hiebe abwehrte, ihre scharfe, neue Waffe aus Hyypiäs Schmiede. Sie war beeindruckend wirkungsvoll, und Luyántas tägliche Übungen mit Hypatia zahlten sich aus. Die Funken stoben, wenn die Klingen sich trafen. Die Schläge des Metalls hallten kalt im nackten Steinsaal.

Und dann waren da noch die Murmeltiere! Sie flitzten jetzt um die Beine der Gegner, warfen sich gegen ihre Unterschenkel, versuchten sie mit ihren Nagezähnen in die Waden zu beißen, die anders als die Schienbeine nicht gerüstet waren. Ein paarmal gelang es ihnen, jedes Mal jaulte einer wütend auf. Schließlich sprangen die Murmeltiere zu dritt in die Kniekehlen eines der Männer, der tatsächlich ins Torkeln kam und hintenüberstürzte. Ein lautes Klonk, als sein Spitzhelm auf den harten Steinboden schlug! Die Murmeltiere stürzten sich auf sein Gesicht, spuckend und beißend und kratzend, der Gegner ließ seinen Säbel fallen und versuchte verzweifelt, sich die zornigen Plagegeister vom Leib zu halten.

Währenddessen drängte Laleh mit dem Schwert ihren Gegner zurück, Schritt für Schritt. Luyánta focht mit ihrem Feind einige Meter entfernt und beschloss, dass sie ihn in dieselbe Richtung zwingen wollte, sodass die beiden rückwärts zusammenstießen. Laleh schaute kurz herüber, begriff, was Luyánta vorhatte, und versuchte dasselbe.

So gewandt die beiden Kerle ihre Säbel auch schwangen, Luyántas und Lalehs Schwerter sausten schneller um sie herum, als sie sehen konnten. Luyánta versetzte ihrem Feind einen Schlag nach dem anderen. Blut spritzte ihm aus dem Arm, er schrie auf. Luyánta aber ließ sich vom Schmerz in ihrer Schulter keinen Mucks entlocken. Keine Zeit für Schmerzen. Sie musste siegen.

238

Wie die Wut in ihr brodelte! Sie dachte an Gabiel und Bagiuz, die sich geliebt hatten. Der Drache war in ihr. Durst nach Rache. Raserei.

Und sie erkannte die Panik in den Augen ihres Feindes.

Schließlich gelang der Plan der Mädchen, einer der Gegner wich vor einem Schlag nach hinten aus, und die beiden Männer stießen heftig mit ihren Hinterköpfen zusammen. Dumpf dröhnten die Helme, die Männer torkelten rückwärts und blieben mit ihren Fersen an dem leeren Bilderrahmen hängen, in dem sich einst Dolasillas Porträt befunden hatte, und stürzten gleichzeitig zu Boden, fast synchron, so als wäre das eine besonders lächerliche rhythmische Paargymnastik. Die Säbel fielen ihnen aus den Händen.

Im nächsten Moment hatten sie Luyántas und Lalehs Schwertspitzen an den Hälsen. Der dritte aber hatte sich entnervt den erbosten Murmeltieren ergeben, er hielt die Hände weit von sich gestreckt, während Paminer und Struggles auf seinen Schultern saßen und Die Dicke mitten auf seinem Gesicht.

Einen Moment lang war es nun ganz still im Saal. Nur das abgehetzte Keuchen aus den Kehlen aller Kämpfenden war zu hören.

Dann herrschte Die Dicke ihren Gefangenen an: «Ein Mucks, und wir legen wieder los.»

«Und darauf kannst du dich verlassen, Bruder.»

«Alter, keine Mätzchen!»

Der Gefangene sagte nichts, lag nur reglos. Die besiegten Gegner zu Luyántas und Lalehs Füßen aber schauten die Mädchen aus ängstlichen, zugleich feindselig funkelnden Augen an.

«Stoßt doch zu», zischte schließlich einer. Seine Stimme klang lächerlich quäkig unter dem eisernen Nasalschutz, wie wenn jemand sich beim Reden die Nase zuhielt.

Und dennoch schien er Luyánta in diesem Moment menschlich, fast edel.

«Stoßt zu, tötet uns!»

«So wie ihr Gabiel und Bagiuz getötet habt?», schrie Luyánta sie an.

239

«Ja. So wie wir sie getötet haben. Sie waren unsere Feinde. Meinst du etwa, sie hätten uns nicht erschlagen, wenn sie gekonnt hätten?»

Neuer, brennender Hass stieg in Luyánta auf bei diesen frechen Worten, und sie hob ihr Schwert.

«Lass!», schrie Laleh sie an. «Willst du sein wie sie? Einen am Boden Liegenden abstechen?»

Luyánta hielt ein und sah sie an.

«Vielleicht könnten wir sie einfach irgendwo einsperren», sagte Laleh etwas ruhiger. «Mal schauen, was da drüben ist.» Sie wies mit dem Kopf zu einer Nische in der Ecke des Saals. Sie reichte ihre Waffe Luyánta, die sie in die Linke nahm, sodass sie nun zwei Schwerter hielt, jedem Feind eins an die Kehle.

Laleh ging langsam hinüber, blickte kurz in die Nische und lachte auf.

«Das ist genau das Richtige», sagte sie. «Treibt sie rüber!»

Luyánta stach mit den Schwertspitzen die beiden Gegner, nur leicht, aber doch genug, dass sie zusammenzuckten und ein paar Tropfen Blut auf den Hälsen hervortraten. Folgsam rappelten sie sich auf und gingen vor Luyánta her zur Nische, genau wie der Dritte, den die Murmeltiere freigegeben hatten.

«Rein da!», sagte Laleh und wies auf ein großes Loch im Boden.

«Da?», fragte einer mit wutbebender Stimme.

«Du hörst wohl schlecht, was?», fuhr Laleh ihn an. «Noch eine blöde Frage, und wir überlegen wir uns noch mal, ob wir so nett zu euch sein wollen.»

«Genau, Alter, Petersilie in den Ohren, ja? Wir können nämlich auch anders!»

«Bruder, *das* wollt ihr nicht erleben!»

«Jaja, wir machen schon», grummelte der Besiegte, ging in die Hocke und rutschte in das Loch. Ein paar Sekunden hörte man nichts, dann einen Schmerzensschrei und ein lautes Scheppern.

«Und jetzt ihr!», befahl Laleh, da folgte der Zweite zähneknirschend dem Ersten.

240

Noch mal Scheppern, ein Schrei. Kein Todesschrei, sondern einfach wütend und schmerzvoll.

Der Dritte aber sträubte sich. Er begann am ganzen Körper zu beben, ein Zittern nicht aus Angst, sondern aus Trieb zu kämpfen. Ein Krieger durch und durch schien er zu sein, mehr noch als die beiden andern.

Ehe er aber auf dumme Gedanken kommen konnte, hob Luyánta blitzartig ihr Schwert und sauste mit der Spitze, schneller, als irgendwer schauen konnte, sein Gesicht hinunter und scharf nach rechts, bis dicht vors Ohr.

Ein blutiges L klaffte auf seiner Wange.

Nun erst gab er, noch immer bebend, bei und verschwand wie seine beiden Kameraden im Loch. Diesmal ertönte kein Schrei nach dem Scheppern, dieser Krieger war zu stolz.

Luyánta ging in die Hocke und sah in das Loch. Wie eine übersteile Rutsche führte ein Tunnel nach unten, bis tief in die Schlucht, die wie ein monströser Burggraben um das Bergplateau mit der Festung lag. Da würden sie nicht so schnell wieder rauskommen.

«Dieses Loch», fragte Luyánta, «war das etwa …»

«Klar», sagte Laleh und grinste. «Das muss früher mal der Müllschlucker gewesen sein.»

«Da wär ich nicht so sicher, Digger», schaltete Die Dicke sich ein.

Laleh und Luyánta sahen sie an. «Was meinst du? War das etwa ein Notausgang? Meinst du, die sitzen gar nicht fest da unten?»

«Und wie die festsitzen, Digger», lachte ihre alte Freundin, und ihr Gesicht schwabbelte vor Freude. «Über dem Loch hier war früher eine Bank aus Holz mit ein paar Löchern drin. Direkt neben dem Bankettsaal, damit der Weg von der königlichen Tafel nicht so weit war. Verstehst du, was ich meine? Ihr habt die Kerle sozusagen im Klo runtergespült.»

«Genau das Richtige für solche Scheißtypen», sagte Luyánta. «Waren das Adlerleute?»

«Kannst du wohl sagen, Digger. Man erkennt sie leicht an den spitzen Helmen mit dem komischen Eisenschnabel. Und an den Krummsäbeln natürlich. Amians Heer.»

«Das gerade den Roten Grat heraufkommt!» Luyánta schlug sich mit der Hand vor die Stirn. «Amians Heer kommt aus dem Spinnwebwald, und wir stehen hier rum und quatschen wie die Kaffeetanten! Wir müssen zurück zu den Murmeltieren, so schnell es geht, und dann Boten zum Faneslager schicken!»

Die erste Schlacht beginnt

«Sie müssen unsere Wächter ausgeschaltet haben, damit sie sich unbemerkt dem Roten Grat nähern können», rief Luyánta den anderen zu, während sie durch den versteinerten Garten den Resten des Burgtors zueilten. Ganz außer Atem, aber in Luyántas Gehirn ratterte es in einem fort.

«Aber wie haben sie die Murmeltiere betäubt?», antwortete Laleh, ebenso japsend. «Dieser Unfug mit der angebleichten Dohle und dem Enzian? Wie haben sie das hingekriegt?»

«Keine Ahnung!»

«Alter, Dohlen sind die *dümmsten* aller Vögel», kreischte Paminer hinter ihnen. «Die kann jeder Armleuchter dressieren!»

Laleh und Luyánta waren nicht überzeugt. Sie hatten aber keine Zeit, länger darüber nachzudenken, denn sie waren nun schon bei dem Seil, das sich über die Schlucht spannte. Wieder hangelten sie sich hinüber, so schnell es ging, Luyánta voran. Sie war so erregt, dass ihr das Stechen in der Schulter, obwohl immer stärker geworden, fast unwirklich vorkam. So als hätte das rasende Kampfesfeuer den Schmerz narkotisiert. So als könnte er tatsächlich irgendwann wieder verschwinden ...

Doch er kam gleich zurück. Mitten über dem Abgrund, scharf und giftig. Luyánta biss die Zähne zusammen und zog sich vorwärts.

242

Kaum hatte sie wieder festen Boden unter den Füßen, sah sie die am Seil voranhangelnde Laleh und die balancierenden Murmeltiere dahinter an, dann schaute sie in den Abgrund. Dort unten waren die drei besiegten Adlersoldaten und blickten zu ihnen herauf. Sie hockten an einer Quelle, die aus dem Felsen kam, und hatten ihre Helme und Kettenhemden abgelegt, wahrscheinlich um ihre Wunden zu waschen.

«Verdursten werden sie wenigstens nicht da unten, die Drecksäcke», sagte Laleh, die nun keuchend neben Luyánta ankam. Dann fiel ihr etwas ein, sie löste einen Beutel von ihrem Gürtel und warf ihn in die Schlucht. «Ein bisschen Speck hab ich noch übrig. Mir reicht's eh mit dem ewigen Speck.»

Der Beutel landete einige Meter vor den Männern. Einer schritt zögernd hinüber, hob ihn auf und öffnete ihn, dann blickte er wieder hoch. Es war der mit dem blutigen L auf der Wange. Sein Blick wirkte überrascht, sofern man das von oben beurteilen konnte.

Luyánta aber empfand für einen Moment Mitleid mit denen da unten, ihren Feinden ja, fast sogar Liebe. Ein seltsames, unpassendes Gefühl.

Aber nur ganz kurz, denn da plärrte Struggles: «Pff, bisschen hungern wird ihnen auch nicht schaden, Bruder! Außerdem wächst da unten jede Menge Moos. Witter ich ja bis hier oben.»

«Das reine Schlaraffenland, Alter.»

«Quatscht nicht, Digger!»

Richtig, sie mussten weiter! Im riskanten Sprint ging's abwärts über den Roten Grat. Die mächtig sich auftürmenden Wolken wirkten wie ein zerklüftetes, felsiges Gebirge in den Lüften.

Schon von weit oben hörten sie aufgeregte, gellende Pfiffe, dann sahen sie eine riesige Schar Murmeltiere von der Bergwiese auf den Roten Grat heraufströmen. Es sah aus, als fließe eine Lawine bergauf. Knahktus und Knärktus, offenbar wieder richtig wach, hatten den Feind im Spinnwebwald also ebenfalls entdeckt und riefen mit ihrem Alarm das Murmeltierheer herauf.

Ein paar Minuten später waren Luyánta, Laleh und ihre drei Begleiter inmitten der Murmeltierscharen auf der waagerechten Linie des Grats, zu der ihr Feind aus dem jenseitigen Tal kommen musste. Die Dicke lobte ihre beiden Kundschafter, die sie vorhin noch ausgeschimpft hatte, und begann sofort, die Murmeltiere so zu dirigieren, dass sie sich in alle Richtungen entlang des Grats verteilten. Dort lagen große Ansammlungen von Steinen und Felsbrocken, die die Murmeltiere in den letzten Wochen vorbereitet hatten. Nun nahmen sie eingeübte Posten ein und begannen mit vereinten Kräften, das vorbereitete schwere Gestein ganz an den roten Abhang zu schieben. Entschlossen zum Kampf.

Luyánta und Laleh schauten hinab auf den unheimlichen Spinnwebwald, aus dem es immer stärker funkelte und blitzte, nun bereits dichter am Rand des Gehölzes, kurz vor der Baumgrenze.

«Was schätzt du, wie lange sie hier rauf brauchen werden?», fragte Luyánta.

«Anderthalb Stunden, vielleicht zwei», meinte Laleh. «Wenn wir Glück haben, etwas mehr. Denn die Schweinehunde tragen natürlich Rüstungen und schwere Waffen.»

«Bis ins Faneslager schaffen wir es in zwei Stunden auf keinen Fall. Verdammte Scheiße. Was sollen wir machen?»

«Kämpfen, würde ich sagen. Und auf unsere tapferen Kuscheltiere hier vertrauen ...»

«Du hast recht, was anderes bleibt uns nicht übrig», sagte Luyánta. «Aber wir müssen unsere Geschwister im Faneslager trotzdem warnen. Die Kämpfer müssen hierherkommen, um uns beizustehen! Alleine haben wir keine Chance. Aber wenn wir die Angreifer zumindest eine Weile aufhalten können, dann können unsere Leute vielleicht eingreifen.»

«Du hast recht. Wir müssen es versuchen. Soll ich ins Faneslager reiten?»

«Nein, ich habe eine andere Idee», sagte Luyánta. «Zu Pistiors Turm schafft man es in anderthalb Stunden, vielleicht in einer, wenn man sich krass anstrengt. Ich werde selbst hinheizen wie eine gesengte Sau. Ich werde einen von Pistiors Leuten zum Faneslager schicken und mit Pistior und dem anderen wiederkommen. Dann sind wir immerhin zu viert.»

«Plus natürlich die Kusch… äh, die tapferen Murmeltiere», sagte Laleh. «Das könnte klappen. Bis ihr hier seid, werde ich mit der Dicken die Verteidigungslinie überwachen und notfalls schon den Kampf führen.»

Auch Die Dicke, die sich zu ihnen gesellt hatte, hieß dieses Vorgehen gut. Luyánta und Laleh umarmten sich hastig, dafür umso fester, dann stürzte Luyánta los: vom Grat hinunter und quer über die Murmeltierwiese mit dem großen Totempfahl, dem sie zunickte (und ihr war, als nickte das Große Murmel aufmunternd zurück), und von dort auf den steilen Pfad um die Nordflanke des Berges. Nun kam ihr dieser Weg noch schattiger vor als bei der Ankunft, es war ja auch schon tief im Nachmittag. Doch selbst hier flitzte Luyánta, so schnell es nur ging, setzte mit gestreckten Beinen über die Hürden herausstehender Felsbrocken. Das Herz schlug ihr bis zum Hals; und blieb ihr mehrmals beinah stehen, als sie auf feuchtem Gestein ausrutschte. Denn es ging hier hunderte Meter in die Tiefe. Doch es ging jedes Mal gerade noch gut, und jedes Mal rannte sie weiter, als wäre nichts gewesen. Nur weiter!

Schneller, als sie zu hoffen gewagt hatte, erreichte sie die Pferde und Hunde am Waldesrand. Sie sattelte die schwarz glänzende Kiki, schwang sich auf und preschte los, zu Pistiors Turm. Fast erstaunt blickten Chihiro und die einfältigen Hunde ihnen nach.

Kiki schien zu begreifen, dass es um Leben oder Tod ging, und galoppierte wie vielleicht noch nie zuvor in ihrem Pferdeleben, egal, wie beschwerlich und schlammig dieser Weg war! Mehrmals musste Luyánta ihr Pferd geradezu bremsen, damit es nicht am Ende stürzte und sie sich beide den Hals brachen.

Schon bald war der weiße Turm in Sicht, und auch Pistior hatte sie bereits erspäht: Als Luyánta ankam, stand die schlangenhafte Gestalt schon vor dem Gemäuer. Pistiors fragender Blick war wieder alles andere als freundlich, aber auch er schien den Ernst der Lage intuitiv zu erfassen, schon bevor Luyánta auch nur ein Wort gesagt

245

hatte. Schweigend hörte er ihren aufgeregten Bericht an, schniefte nur ein paarmal vernehmlich (er bemerkte das wohl gar nicht).

Erst als Luyánta fertig war, fragte er: «Meinst du nicht, es wäre *(schnief)* unvorsichtig, den Turm hier ganz zu verlassen?»

«Vorsicht bringt uns jetzt den Untergang», entgegnete Luyánta entschlossen. «Was nützt es uns, diesen Turm zu halten, wenn wir den Roten Grat verlieren?»

Pistior zog noch einmal geräuschvoll hoch, dann stimmte er ihr widerwillig zu. Mit schnarrender Stimme befahl er seine Armbrustschützen herbei. Picabia, die schnellere Reiterin, wies er an, sich eiligst zum Faneslager zu begeben: Sie sollten dort unverzüglich einen möglichst großen schlagkräftigen Trupp zusammenstellen, der sich sofort zum Roten Grat begäbe. Die Zurückbleibenden sollten im Lager äußerst wachsam und auf alles gefasst sein.

Picabia preschte davon. Pistior und Pibakú verrammelten den Eingang zum weißen Turm und schwangen sich auf ihre Pferde, Luyánta folgend. Erst jetzt und auch nur nebenher bemerkte Luyánta, dass Pistiors glänzender Rappe ihrer Kiki wie aufs Haar glich.

Nach kurzer Zeit kamen die drei Reiter bei Chihiro und den Hunden an, stiegen ab und machten sich zu Fuß um die nördliche Flanke. Diesmal ging es nicht ganz so schnell wie zuvor, denn Luyánta fürchtete, dass sie sonst einen ihrer beiden Kämpfer schon hier verlieren könnte – an den schrecklichen Abgrund. Außerdem war die Abenddämmerung mittlerweile noch näher gekommen und auch sie selbst erschöpfter als vorhin. Sie musste ungeheuer achtgeben, nicht die Konzentration zu verlieren. Ein falscher Tritt konnte hier verhängnisvoll sein.

Dennoch erreichten sie die Murmeltierwiesen noch rechtzeitig. Einsam stand das Totem, der Rote Grat war mittlerweile bestückt von Steinen und Felsen, und Aberhunderte Murmeltiere drängten sich kampfbereit an der Kante. Luyánta schlug das Herz höher, nicht mehr aus Atemlosigkeit oder Schreck, sondern vor Hoffnung. Und auch vor Stolz auf ihre furchtlosen putzigen Krieger.

Dann aber wäre ihr das Herz fast in die Hose gesunken, als sie den

Grat erreicht hatten und den ersten Blick darüberwarfen: Das anrückende Heer hatte den Spinnwebwald verlassen und befand sich bereits im Anstieg zu ihnen, weit über halber Höhe. Die feindliche Schar war viel größer als erwartet. Hunderte eisengrauer Helme wogten dort, bedrohlich wie die Spitzen der tödlichen Lanzen und Speere. Auch Fackelwerfer und Steinschleuderer waren zu sehen, und Ochsen zogen mühsam ein halbes Dutzend Katapulte den Hang bergauf. Dem Heer voraus liefen Fahnenträger: bösartig gelb die Augen und bedrohlich abwärtsgebogen die Schnäbel der Adler auf ihren großen Flaggen.

Laleh, von der Dicken schon ausgiebig aufgeklärt und instruiert, stellte Luyánta die verschiedenen Truppenteile vor. Da waren etwa Amians gefürchtete Kahle Bogenschützen aus dem Tiefland, die aus der Deckung der zweiten und dritten Reihe ihre Pfeile abschossen. Ganz vorne stapften, gemeinsam mit den allgegenwärtigen spitzhelmigen Adlersoldaten, die zwei Meter großen langlippigen Eunuchen, die breite, stachelbesetzte Ketten um ihre kurzen Hälse und ebenfalls stachelbewehrte Helme auf dicken Köpfen trugen; als Waffen schwangen sie Morgensterne und dornige Streitkolben.

«Nicht gerade die Burschen, die man auf einer Bergtour treffen will», murmelte Luyánta.

«Hatte ich mir auch anders vorgestellt heute Morgen», antwortete Laleh. «Na ja, machen wir halt das Beste aus dem angebrochnen Tag ...»

«Nur Adler sind nicht dabei», sagte Luyánta, den Blick zum Himmel. «Was das wohl zu bedeuten hat?»

Pistior und Die Dicke kamen herzu, und nach einer kurzen Beratung waren sich alle einig, dass der Feind nun nah genug war, dass man nicht länger warten sollte, sondern losschlagen musste. Die Dicke stieß einen durchdringenden Pfiff aus, der noch von den umliegenden Gipfeln widerhallte, und Luyánta rief mit königlicher Stimme: «Auf, meine putzigen Krieger!»

Wie aus dem Nichts sauste und rollte ein gewaltiger Hagel aus Steinen und Felsen vom Roten Grat auf die Anrückenden. Eine abrupte Naturgewalt, die das Adlerheer tatsächlich auf dem falschen Fuß zu erwischen schien. Unvermittelt kam der eben noch unerbittlich sich vorwälzende Zug zum Stehen, vorne sanken die Adlerfahnen, ein leichter Tumult brach aus. Offenbar hatten die Feinde sich ganz darauf verlassen, dass die Wächter und die Murmeltiere ausgeschaltet waren und sie unbemerkt bis auf den Grat steigen könnten.

Doch der Schock und das Durcheinander dauerten nur kurz. Dann hatte das Heer sich wieder geordnet und die Fahnen erhoben, alles setzte sich erneut in Bewegung, diesmal zum Angriff. Nun schossen aus den Reihen der Kahlen Bogenschützen die ersten Pfeile herauf, die Katapulte wurden in Stellung gebracht. Schon bald sausten die ersten Geschosse herauf und schlugen auf dem roten Gestein auf, inmitten der Murmeltiere, die sich nur durch waghalsige Sprünge retten konnten.

Doch sofort kehrten die Tiere auf ihre Posten zurück und setzten den Steinhagel auf den Aggressor fort. Die herabrollenden Brocken rissen immer wieder Steine vom Hang mit, sodass am Ende kleine, harte Geröllllawinen Schneisen in die Reihen der Feinde schlugen. Luyánta, die nun ihrerseits den Bogen spannte und Pfeil um Pfeil abschoss, sah mit pochender Schläfe, wie einer der riesigen Eunuchen mit über dem Stachelhelm kreisendem Morgenstern heraufstürmte, aber von einem rollenden Felsen, der ihn mitten in die Beine traf, gestoppt wurde. Fast komisch sah das aus.

«Touché», schniefte Pistior, der wie Pibakú Schuss um Schuss aus seiner Armbrust feuerte. Laleh dagegen rannte, wie von Luyánta aufgetragen, die Reihen der Murmeltiere auf und ab, schloss entstandene Lücken und leitete den Abtransport verletzter Murmeltiere hinunter in die friedliche Wiese, wo nur vereinzelt feindliche Pfeile und Steine einschlugen. Lalehs Absicht aber, den hart geforderten Murmeltieren gut zuzureden und sie zu ermutigen, war ganz überflüssig: Die sturen Tiere waren ein Ausbund an Kühnheit und Kampfeswillen. Laleh schwor sich im Stillen, nie wieder ihren *Kuscheltier*-Witz zu bringen.

248

Das anrückende Heer begann indessen, neben Steinen auch brennende Fackeln heraufzukatapultieren, wohl in der Überzeugung, dass die Murmeltiere vor dem lodernden Feuer besondere Angst haben müssten. Aber von den Adlern, nach denen Luyánta immer wieder besorgt den dunkler werdenden Himmel absuchte, keine Spur. Das war immerhin gut.

Die Wolken wurden immer dichter, Regen würde kommen, wenn nicht Schnee in dieser Höhe. Luyánta spürte die Kälte nicht, und auch der Schmerz in ihrer Schulter, aus der sie immer wieder die Sehne ihres Bogens schnellen ließ, kam ihr wie etwas Unwirkliches vor, etwas Fernes, das da war, aber gar nicht zu ihrem Körper gehörte. Oder, und das war weniger beruhigend: als ob ihr eigener Körper gar nicht mehr zu ihr gehörte. Als ob ihr Körper ganz von allein kämpfte. Wie eine Maschine.

Der Kampf mochte zwanzig Minuten gedauert haben oder zwei Stunden, man verlor jedes Zeitgefühl. Zwischendurch waren die Adlerleute den Hang weit heraufgedrungen. An seitlichen Steilwänden, wo die Murmeltierlinien weniger dicht waren, begannen Adlerleute und Morgenstern-Eunuchen, gedeckt von den Pfeilen der Kahlen Bogenschützen, lange Leitern anzulegen, über die sie heraufklettern wollten. Gelänge es einigen, den Grat zu entern, so wären die Verteidiger wohl verloren. Doch immer wieder flitzten Murmeltiere herbei und wagten sich weit vor über den Grat, um sich gegen die Leitern zu stemmen und sie mit vereinten Kräften umzustürzen. Dann purzelten die stämmigen Eunuchen, die bereits einige Sprossen erklommen hatten, fluchschreiend zu Boden. Andere Angreifer wurden von einem Stein aus Lalehs Schleuder an Kopf oder Hand getroffen und ließen mit einem Aufschrei die Leiter los.

Manches Murmeltier aber wurde von feindlichen Pfeilen getroffen, und einige stürzten bei ihren tollkühnen Aktionen mit den Leitern in die Tiefe. Und jedes Mal, wenn Luyánta das sah, gab es ihr einen Stich ins Herz. Ach, meine putzigen Krieger!

Schließlich aber wendete sich der Gang der Schlacht, zumindest vorerst, zugunsten der unermüdlichen Murmeltiere: Das Adlerheer zog sich Meter für Meter wieder zurück, bis auf Waldeshöhe. Doch für Jubel war kein Anlass, das spürten alle hier oben. Dieser Feind würde gewiss nicht so schnell aufgeben. Vielleicht wollten sie sich nur im Schutz des Spinnwebwalds sammeln, um dann im nächsten Morgengrauen neu anzugreifen. Oder sogar in der Deckung der Nacht, die nun bald kam. Der Hang unter den Verteidigern lag schon in der Dämmerung, nicht dunkel, sondern fahl und grau: als wären alle Farben aus der Welt gewichen. Zwischen dem tiefgrauen Himmel und den fast schwarzen Wipfeln des unheimlichen Spinnwebwalds flatterten einige Dohlen.

Pistior aber, der noch immer neben Luyánta auf dem Bauch lag, nutzte das letzte Tageslicht, um durch sein schlangenartiges Fernrohr die Reihen der Feinde abzusuchen. Das hatte er schon seit einer Weile immer wieder getan, und merkwürdigerweise schien er dabei jedes Mal unruhiger zu werden. Sehr zur Verwunderung Luyántas, denn der Kampf schien sich doch in eine erfreuliche Richtung zu entwickeln. Auch wenn der Sieg längst nicht sicher war. Aber fürs Erste zurückgeschlagen hatten sie den Angriff doch wohl.

Nun aber setzte Pistior das Schlangenrohr ab und blickte Luyánta aus seinen kreisrunden gelben Augen mit den senkrechten Pupillen an.

«Ich kann Amian nicht entdecken», schniefte er. «Weder Amian noch Malibran, seinen Bruder.»

Luyánta zögerte einen Moment. «Nun», sagte sie dann unsicher, «sie werden vermutlich hinter dem Heer in der Deckung bleiben, oder? Im Schutz des Waldes, und von dort aus ihre Truppen kommandieren.»

Verächtlich schaute Pistior sie an. «Da kennst du die beiden schlecht. Du kennst so vieles schlecht (schnief). Niemals würden Amian und Malibran sich hinter ihren Soldaten verstecken. Immer haben sie inmitten ihres Heers gekämpft, damals, niemals sich verkrochen. Sie sind unsere Todfeinde, ja. Aber feige (schnief), feige sind sie nicht.»

250

Der Blick der Wölfin

Die Erklärung lag auf der Hand, doch Luyánta zögerte, sie auszusprechen. Aber das war auch gar nicht nötig. Denn Pistior sprach alles gnadenlos aus, und er schien fast Befriedigung über den schlimmen Verdacht zu empfinden, ja sogar heimlich schniefende Freude:

«Wenn Amian und Malibran nicht *hier* sind, dann sind sie *woanders*. Das kapierst sogar du, oder?»

«Und ... wo?», presste Luyánta heraus.

«Kannst du dir das denn nicht denken? Unterwegs zum Faneslager. Auf dem wunderbar bequemen Weg mitten durch das Tal der Enge und Weite *(schnief)*. Dem Weg, den wir freigegeben haben, als wir leichtsinnig unsern Wachturm verließen. Wie *du* es uns befohlen hast, *Königin*!»

Wie verächtlich er das Wort hinrotzte. Ja, er hasste und verachtete sie aus tiefstem Herzen.

Widersprüchliche Gefühle schossen jetzt durch Luyánta, löschten sich gegenseitig aus, so gründlich, dass am Ende nichts mehr übrig blieb von ihr: Völlig erstarrt war sie, oder nein, ein Häufchen Elend, oder nein, sie löste sich in Luft auf ...

Dolasilla, dachte sie, was soll ich tun?

Doch Pistiors stechender gelber Blick riss sie aus diesen vergeblichen Anrufungen und ihren panischen Selbstbespiegelungen. Und über die Schulter ihres feindlichen Kampfgefährten schaute auch Laleh sie an, aus ihren liebevollen grünen Augen. Sie hatte alles mitangehört.

Erneut schnürte sich Luyánta innerlich alles zusammen, sie glaubte ersticken zu müssen. Konnte das wirklich sein? Dass dieser große Angriff auf den Roten Grat nur eine böse Finte war, ein Ablenkungsmanöver, um die Wächter des Turms fortzulocken? Aber: Dann hätten die Feinde doch wissen müssen, dass sie, Luyánta, die Wächter herbeirufen und so den Weg durchs Tal ungewollt freigeben würde?

Und dass sie die Krieger aus dem Faneslager hierherrufen würde? Denn die mussten jetzt schon unterwegs sein, alarmiert von Picabia.

Dann war das Lager so gut wie ungeschützt ...

Das alles hieß ... bedeutete ... dass die Feinde gewusst haben mussten, dass *sie*, Luyánta, hier oben sein würde, bei den Murmeltieren! Dass sie ihre Pläne, ihre Visite hier, gekannt hatten. Sonst ergab das alles keinen Sinn.

Nein, es gab keine andere Möglichkeit als diese: Die Feinde mussten es aus dem Faneslager erfahren haben. Spätestens, als sie heute Morgen aufgebrochen war.

Von wem? Von wem hatten sie es erfahren?

Noch fester schnürte es sich zusammen in ihr ... entsetzlich ... aber sie durfte doch nicht ersticken ... sich in Luft auflösen ...

«Nun?», durchschnitt Pistiors klare Stimme erbarmungslos ihre Atemnot.

Was sollte sie tun? Was nur, was?

Dolasilla, wo bist du ...

Höhnisch stach es aus Pistiors gelben Augen. Und einen Moment später (der Luyánta vorkam, als wären es Stunden gewesen) sprang er auf.

«Komm mit!», zischte er.

Luyánta erhob sich, wie willenlos, folgsam. Sie kam sich ganz klein vor, ein überfordertes, blödes Mädchen. Was hatte sie da bloß angerichtet in ihrer Dummheit.

Pistior wandte sich schon zum Gehen, da streckte Luyánta mit letzter Kraft den Rücken durch und sah Laleh an. Vielleicht machte die Liebe, die aus Lalehs Augen sprach, Luyánta stark genug. Und die verzweifelte Sorge um die Murmeltiere, die weiter um sie herumwuselten, in unermüdlicher Zuversicht und ohne Angst vor dem, was da kommen würde. Ach, diese ganze kühne Regsamkeit, wie fern und vergeblich kam Luyánta das alles jetzt vor.

Aber sie war die Königin. Sie. Königin von Fanes, Schwester der Murmeltiere. Nun musste sie stark sein.

Selbst wenn sie dabei draufging. Wenn doch nur und einzig *sie* draufginge statt all derer, die so lächerlich an sie glaubten!

Laleh musste sie die fürchterliche Lage nicht erklären, sie hatte ja alles gehört und gesehen. Und dennoch war auch jetzt keinerlei Zeichen von Panik in Lalehs Gesicht, nur Entschlossenheit, bis zum Äußersten. Ein wenig steckte dieser Trotz Luyánta an, auch wenn Pistior in ihrem Rücken ungeduldig schnarrte.

«Du und Die Dicke», sagte sie mit bemüht fester Stimme zu Laleh, «ihr übernehmt den Befehl. Haltet euch bereit für den nächsten Angriff aus dem Spinnwebwald. Früher oder später wird er kommen. Dann müsst ihr versuchen, den Grat so lange wie möglich zu halten. So lange wie nur irgend möglich, hörst du? Aber niemand opfere sich sinnlos. Falls es am Ende gar nicht mehr geht, dann ergebt euch. Oder besser, versucht in diesem Fall, euch in die Burg zurückzuziehen. Wenn ihr drüben seid, kappt das Seil.»

«Es wird nicht nötig sein», sagte Laleh mit einem Anflug von Lächeln. «Wir werden die Dreckskerle fertigmachen. Denn wir haben die kühneren Krieger.» Sie sah zu den eifrigen Murmeltieren.

«Los jetzt!», schnarrte Pistior. «Wird's endlich?»

Luyánta drehte sich um und folgte ihm bergab über die Murmeltierwiese. Beide ihre Bögen geschultert, er rannte voran, mit geschmeidigen Schritten am Totem vorbei, sie hinterher auf Beinen wie aus Pudding, die sie dennoch durchdrückte. Sie musste!

Musste Pistior folgen, diesem Ekel. Der sich jetzt bückte und eine brennende Fackel aus dem Gras hob, die die Feinde bis hier geschleudert hatten.

Es war klar, was sie zu tun hatten, um vielleicht noch das Schlimmste zu verhindern: Wenn sie direkt Richtung Faneslager aufbrachen, würden sie hoffentlich im Tal das eigene Heer treffen, das bereits zum Roten Grat unterwegs war. Sie mussten ihren Leuten die sofortige Umkehr befehlen, um zu retten, was zu retten war.

Wieder also über den halsbrecherischen Weg an der Nordflanke entlang, zum vierten Mal an diesem verfluchten Tag! Nur dass jetzt schon Nacht war, fast zumindest. Geradezu lächerlich das Flackern der Fackel in der ausgedehnten Finsternis. Bald konnte sie ganz erlöschen, denn es hatte zu allem Überfluss auch noch zu regnen begonnen, ein klitschiger Schneeregen, die nassen Flocken schnitten den beiden Läufern kalt ins Gesicht. Und natürlich machte die Feuchtigkeit den Weg über den dunklen Steilpfad noch unangenehmer.

Was, wenn sie in die dunkle Tiefe stürzte? War das so schlimm? Ein falscher Tritt hier schien auf einmal keine Bedrohung mehr. Sondern eine Verlockung. Ein kurzer Sturz, dann wäre alles aus, und sie müsste das Entsetzliche nicht mehr mitansehen, das ihnen drohte und wofür sie, Luyánta, verantwortlich war. Durch ihre Dummheit, ihre Unerfahrenheit, ihre Naivität ...

Schon einmal hatte sie sich vorgestellt, in einen Abgrund zu springen. Aber das war nur ein popeliger Hang gewesen, damals auf dem Weg zur Berghütte, man hätte sich höchstens den Knöchel verstaucht ... Jetzt war es etwas anderes und viel ernster als ihr kindischer Ärger damals, unendlich fern ...

Nein! Nein! Noch war nichts verloren. Solange sie es nicht mit eigenen Augen sah. Wenn sie unterging, dann nur gemeinsam mit denen, die sie liebten und ihr vertrauten. Und wenn sie dafür mit dem widerwärtigen Pistior durch die Nacht fliegen musste. Ihm nachrennen wie ein willenloses Gänslein ...

Einmal kam sie ins Rutschen, da wandte Pistior sich blitzschnell um und packte sie mit der Linken fest unter dem Arm. In der Rechten hielt er die Fackel.

«Pass doch auf, wo du hintrittst!» Sein rettender Griff schmerzte, seine gelben Augen spritzten Verachtung. Dann ließ er sie wieder los, angewidert, als wäre sie ein Stück Abfall. «Obwohl der Verlust nicht sehr schlimm gewesen wäre», schniefte er und lief weiter. Und Luyánta wieder hinterher.

Was für eine Nacht, was für ein Albtraum. Sie hörte nur ihr eigenes schweres Atmen, sah vor sich die Fackel und ihren Träger, wie ein Phantom. Dann mischte sich aber ein anderes Geräusch in die Nachtluft. Zuerst rätselte sie, was es war. Doch als sie weiterliefen,

254

begriff sie, es war aggressives Hundebellen, das da laut durchs Dunkel schnappte. Verfolgten die Hunde sie, saßen sie ihnen im Nacken, kamen sie näher?

Nein, sie liefen auf das Bellen zu. Es mussten ihre eigenen Tiere sein, Luyántas und Lalehs Begleiter. Nun sausten sie und Pistior noch schneller bergab, bis zum Waldrand, wo sie ihre Tiere zurückgelassen hatten. Die Fackel nützte über ein oder zwei Meter hinaus nichts, aber Luyántas Augen hatten sich mittlerweile an die Finsternis gewöhnt. Und auch wenn kein Mondlicht durch die Wolken drang, so schien deren Decke doch ein wenig Helligkeit zu reflektieren, der Himmel mochte wissen, woher.

Trotzdem war es schwer, Genaueres zu erkennen in dem düsteren Gewusel dort unten. Als Erstes sah man die großen Pferde, die sich wiehernd aufbäumten, traten, herumsprangen. Dann ein umherzischendes Schattendickicht zu ihren Füßen, es schien, die paar Hunde hätten sich vervielfacht und wären von Sinnen, gingen auf die Pferde los. Und aufeinander, denn andere Hunde stellten sich den Attacken entgegen, sprangen die Angreifer an, schnappten nach ihren Kehlen.

Pistior, dessen gelbe Augen die Nacht vielleicht besser durchdrangen, begriff als Erster. Das waren keine Hunde, die hier die Pferde angriffen. Es waren Wölfe. Doch Luyántas und Lalehs törichte Hunde hatten nicht ängstlich das Weite gesucht, sondern kämpften mit dem Mut der Verzweiflung gegen ihre wilden Verwandten. Und die Pferde in ihrem Abwehrkampf blieben instinktiv beieinander, spürend, dass sie nur so eine Chance hatten – wäre eins ausgerissen, in den Wald gerannt, hätten die Wölfe leichtes Spiel mit ihm gehabt.

Pistior drückte die Fackel Luyánta in die Hand, riss seinen Bogen von der Schulter und einen Pfeil aus dem Köcher, spannte und schoss. Ein Wolf sackte lautlos zu Boden. Dann zog Pistior sein Schwert aus der Scheide und stürzte sich dem nächsten Wolf entgegen. Mit einem Streich streckte er den Räuber nieder, als ihn auch schon ein anderer attackierte. Trotz der Schwärze meinte Luyánta seine gefletschten Zähne zu sehen, zu hören, am eigenen Leib zu spüren.

«Na?», schrie Pistior über die Schulter, ohne sich umzudrehen. «Gedenken Madame im Kerzenschein staunend zuzuschauen? Heiße Schokolade gefällig, Hochwohlgeboren? Oder könnten Ihre Majestät vielleicht doch ein königliches Fingerchen krümmen?» Schon sank der zweite Wolf unter Pistiors Schwerthieben nieder.

Nun kam Leben in Luyánta. Sie riss ihre Waffe hervor und stürzte sich ins Gewühl. In einer Hand die Fackel, in der andern Hyypiäs Schwert, das im Feuerschein glänzte vom Öl des eingefetteten Fells im Innern der Scheide. Ein Wolf sprang erschrocken zur Seite, als erschauderte er vor dem Glanz und der Flamme oder aber vor Luyántas Anblick, vor dem Weiß ihrer Kleidung, das in die Nacht strahlte. Wie die Farbe eines außergewöhnlichen, aberwitzigen Wolfs … Schon hatte sie einen anderen Wolf zu Fall gebracht und attackierte mit fuchtigen Stößen zwei weitere. Die Fackel zog Lichtschlieren in die Schwärze, wie Feuerwerk. Und Wolfsblut spritzte durch die Nacht, Luyánta sah es wie düsteren Funkenflug und spürte es warm auf ihrer Haut.

Über den Schlachtplatz wirbelnd, konnte sie die Lage jetzt immer genauer überblicken. Das Pferd von Pibakú, der Pistior begleitet hatte und oben bei den Murmeltieren und Laleh zurückgeblieben war, lag tot am Boden, mit aufgerissenem Hals und Bauch, aus dem die Gedärme quollen. Die Wölfe hatten von dem dampfenden Kadaver abgelassen, denn nun ging es unter den Attacken der zwei Menschen und der Hunde um ihr eigenes Leben. Doch weiterhin hetzten und hechteten sie gierig die Pferde an, die noch lebten. Mit wilden Huftritten und verzweifelten Sprüngen wehrten sich Lalehs Lichtfuchs Chihiro und die beiden stämmigen Rappen Luyántas und Pistiors.

Einen Wolf nach dem anderen streckten die Kämpfer nun nieder. Jetzt stand Luyánta ihrem hassenden Gefährten nicht mehr nach, ja übertraf ihn noch an Wut. Mit nicht endenden Streichen und Hieben drängten die beiden, von ihren Hunden unterstützt, die hungrige Wolfsmeute auf einen Abhang zu. Die Wölfe versuchten fauchend und schnappend zu entweichen, in Richtung großer Felsen, um von dort erneut auf ihre Feinde zuzustoßen oder wieder die Pferde zu attackieren.

Schließlich hatten ein paar von den Räubern Chihiro abgesondert und umkreisten sie gierig. Die Stute geriet in Panik, und dann tat sie etwas Unerwartetes: Sie drehte sich um und galoppierte in Richtung der Nordflanke, auf jenen steilen Weg, der für ein Pferd halsbrecherisch sein musste. Es war die letzte Ausflucht, die Chihiro in ihrer Not einfiel: die Richtung, in die sie vor vielen Stunden ihre Herrin Laleh hatte fortgehen sehen.

«Nein!», schrie Luyánta Chihiro nach, «nein!»

In dem Moment, als sie dem galoppierenden Pferd nachsah, spürte sie die reißenden Zähne eines Wolfs in ihrer Wade. Fluch! Ihr Schwert sauste nieder auf den Angreifer, und zurück war sie im Kampf, auch wenn sie noch an Chihiro dachte, für die sie nichts mehr tun konnte, außer ihr alles Gute zu wünschen. Die Lichtstute war davon, in der Dunkelheit. Nicht einmal die besessenen Wölfe wagten ihr zu folgen.

Luyánta und Pistior mussten hier weiterkämpfen. Und sie taten es erfolgreich, immer mehr Wölfe fielen. Ein Schauder packte Luyánta, als das graue Fell eines der Raubtiere von einem heftigen Streich mit der Fackel Feuer fing. Jammerheulend huschte der brennende Wolf in den Wald hinein, wurde von der Dunkelheit verschluckt.

Da, in ebendiesem schrägen Moment, als ein Schwall von Mitleid für den leidenden Wolf in ihr aufzuckte, blickte ein anderer ihr direkt in die Augen. Dieses Tier war auffällig groß, ja riesig: nur drei oder vier Meter entfernt, ein mächtiger grauweißer Leitwolf. Luyánta achtete nicht auf seine gefletschten, bluttriefenden Zähne, es waren die tiefschwarzen Augen, die ihr als die tödlichste Waffe ihres Gegenübers erschienen. Augen, die einen in den Bann schlagen konnten.

Die Oberste Wölfin. Ohne nachzudenken, wusste Luyánta sofort, dass sie es war. Die grausame Herrin des unheilvollen Rudels. Ob es diese reißenden Zähne waren, die den Hirsch im Nebelwald, ihre entlaufene Beute, getötet hatten? Die ... sie zögerte ... die den

Hirsch von dem Leid erlöst hatten, das Luyántas Fehlschuss ihm zugefügt hatte?

Erlöst, aber auf welche Weise. Luyánta hob jetzt Schwert und Fackel, bereit zum entscheidenden Kampf. Doch da wandte die Oberste Wölfin sich mit einem Mal um und sprang leichtpfötig davon, direkt hinein in den Wald.

Als letzte der Wölfe, wie Luyánta nun begriff. Alle hatten sie die Flucht ergriffen. Verflogen wie ein Spuk.

Dass es keiner gewesen war, sah man an den erschlagenen Tieren, die am Boden verteilt lagen. Einigen Wölfen und den beiden toten Hunden und Pibakús totem Pferd.

Pistior ging heftig keuchend in die Hocke. Die erhitzte, schwitzende Luyánta hob ihr Gesicht dem Himmel entgegen, die Schneeregenflocken waren jetzt eine willkommene Abkühlung. Ihre gebissene Wade brannte elend, doch schien die Wunde nicht tief zu sein.

Die treue Kiki trabte auf sie zu, auch sie blutete aus der Seite.

«Gar nicht so schlecht war das, Hochwohlgeboren, für eine Madame mit Schokoladenfingerchen», sagte Pistior schließlich, ohne Luyánta anzusehen. Gekrümmt saß er da. Dann schnellte er empor, sprang auf sein Pferd: «Na los, weiter! Das hier war nur ein unterhaltsames Zwischenspiel.»

Durchs Wasser

Die Fackel war im Galopp im Regen erloschen, die beiden Reiter rasten beinah blind zuerst durch dichten Wald und dann hinaus in die Ebene. Doch nichts war im Dunkel sichtbar von dieser Weite. Nur spüren konnte man sie, erahnen. Einmal erkannten die Reiter schattenhaft einen schwarzen, schlafenden Weiler ganz nah. Auch an dem flogen sie vorbei, begleitet von ihren Hunden, die den Wolfskampf überlebt hatten.

258

Irgendwo zu ihrer Linken musste der Forst mit Harichls Köhlermeiler liegen. Luyánta erinnerte sich jetzt verwirrt an Harichls Nervosität und an den Adler, den sie und Laleh am Morgen dort hatten aufsteigen sehen. Was hatte dieser Adler da getan? Sie fragte sich, ob der undurchsichtige Harichl wohl gerade in seinem Heim war. Oder irgendwo anders in dieser Nacht, in der so viel geschah. Auf wessen Seite stand der Einzelgänger?

Dann fiel ihr der graubärtige Jäger Gracchus ein, dieser Mann aus Furchen und Flicken. Auch ihm, ihrem engen Talverbündeten, hatten sie und Laleh in der Frühe von ihren Ausflugsplänen erzählt. Irgendwo dort im Dunkeln musste seine schiefe Hütte stehen. Lag er dort friedlich schlafend im warmen Bett? Oder war er unterwegs auf Missionen, von denen sie nichts ahnte? Und Pistior, der da neben ihr durch die Nacht sauste? Wem war zu trauen?

Die Grübeleien halfen jetzt nichts. Sie galoppierten gegen den Wind. Es regnete mittlerweile in Strömen, das klatschnasse Haar klebte ihnen auf der Stirn, sie kniffen die Augen zusammen. Pistior schien es nichts auszumachen, und auch Luyánta achtete kaum auf den Regen. Und sie dachte nicht an die ins Ungewisse geflohene Chihiro, nicht einmal an Laleh und die Murmeltiere, und nicht an die bedrohten Menschen im Faneslager.

Denn sie war Schmerz. Voller Schmerzen, ihr ganzer Körper. Dicht vorm Zerbersten. Der Wolfsbiss in der Wade war noch das Geringste, es war ihre alte, sich nun ausbreitende Qual. Während des Kampfs mit den Wölfen hatte sie nichts gespürt in ihrer Schulter, da hatte sie gefochten wie eine Maschine. Nun aber, da sie schweigend durch die Nacht sprengte: Da hatte der Schmerz sich schlagartig in ihr ausgebreitet. Er pulsierte nicht mehr nur in der Schulter, sondern im ganzen Körper, in Rücken und Rippen, in Bauch und Beinen, sogar in Händen und Füßen. Ein Brennen und Reißen von innen, dass es sie jeden Moment in tausend Stücke zu zerfetzen drohte.

Doch sie krümmte sich nur leicht, ein einziges Mal. Stöhnte nur stumm. Versuchte, sich nichts anmerken zu lassen. Aber es war schwer. Es hämmerte in ihren Schläfen. Sie hatte Angst, ohnmächtig zu werden und vom galoppierenden Pferd zu stürzen.

Nichtsdestotrotz versuchte sie immer wieder, strategische Gedanken zu entwerfen, mögliche Schlachtpläne, spielte Szenarien durch: Was tun, falls … Aber ihre Gedanken stellten sich quer, prallten ab wie von einer undurchdringlichen Wand oder zerfielen in Stücke. Dann schoss der Schmerz in neuen Strömen durch sie. Tat ihr nicht bloß weh, sondern schnitt jeden klaren Gedanken, den sie doch jetzt unbedingt hätte haben müssen, gnadenlos ab.

Was hätte Dolasilla getan. Was soll ich tun.

Warum antwortest du nicht?

Plötzlich packte sie eine helle Wut gegen Pistior, der sie für ein kleines, verpeiltes Mädchen ansah. Doch genau das war sie ja gerade! War sie deshalb so wütend auf den selbstgefälligen, zwielichtigen Kerl?

Und dann wieder (und gleich darauf alles durcheinander) diese verdammte bohrende Frage, auch ein Gift, das durch sie strömte: Wer nur hatte den Feinden verraten, dass Luyánta und Laleh heute ausgeritten waren? Wer war der Verräter?

Sie kam nicht weiter mit ihren Überlegungen, sie kam nicht mal ins Überlegen hinein, nicht hinaus über die nackte Frage. Weil der Schmerz sie beherrschte.

Schließlich versuchte sie, sich einzureden, dass dieser Schmerz nur Einbildung wäre, Illusion. Anders ging es nicht, anders konnte sie nicht weiter. So namenlos und ohne Maß war dieser brennende Schmerz, dass er gar nicht wirklich sein konnte! Sie wollte ihn einfach nicht beachten, das sollte ja möglich sein. Sie war doch schon immer eine Meisterin darin gewesen, alles zu ignorieren und zu verdrängen, was ihr nicht passte. Dinge und Menschen …

Egal, ob möglich oder nicht: Mein Schmerz ist unwirklich. Es gibt ihn nicht.

Gelang es ihr tatsächlich, sich selbst zu betäuben? Oder war das bereits ein Fiebertraum? Jedenfalls erinnerte Luyánta sich auf einmal glücklich an die Nachtwache, die sie mit Laleh in jener fernen

260

Sommernacht auf dem weitesten Weg gehalten hatte. Auf einer unendlichen Ebene vor einem lächerlichen schiefen, verrosteten Campinganhänger.

Da hatten sie beide noch nichts geahnt von dem, was ihnen hier blühen würde, von Herausforderungen und Verzweiflung und Tod. Wären sie weitergegangen, wenn sie es gewusst hätten? Oder wären sie umgekehrt, wären sie einfach davongelaufen?

Eine deutliche Empfindung, die sie damals gehabt hatte, kehrte wieder, trotz unterdrückten Schmerzen und wahnsinniger Angst und Kälte und Regen: wie die Welt so schwarz sein kann. Dieses Gefühl. Dass sie durchs Nichts sausen.

Aber kann man sausen durchs Nichts? Und kann es schwarz sein, das Nichts, kann das Nichts überhaupt *irgendwie* sein? Es müsste doch gar nicht sein, überhaupt nicht ...

Ja, dachte sie, während ihr das vom Himmel fallende Wasser auf die Augen schlug: Ja, es kann sein. Das Nichts ist schwarz. Kein Licht, nirgends. Abwesenheit von allem. Ich fliege bis ans Ende von allem ... Ich sause *im* Ende ...

Aber die Nacht riecht. Die Nacht schmeckt. Regen, Luft, unsichtbares Herbstgras, die Welt ist übervoll. An Schönheit. Die einfache Schönheit der Nacht. Und die unsichtbare Weite der Welt.

Die Welt ist da, sie ist gewaltig, sie ist schön, selbst wenn sie schrecklich ist. Ach, und die Schönheit der Menschen! Menschen, die sie liebt und von denen sie geliebt wird. Laleh vor allen anderen. Aber auch die Frauen und Männer der Fanes: der Schmied Hyypiä und die Baumeisterin Hieronyma und die Schwertkämpferin Hypatia, ihr lieber Greis Titurel und das Bürschchen Mizuel, und Silma und Wilbur, dieses seltsame Paar ... dazu all die Kinder, die unschuldigen, wunderbaren Kinder ... ja, und auch der zwielichtige Harichl und selbst der schlangige Pistior, der in diesen kaum erträglichen Stunden ihr engster Gefährte war. Niemals kann er mein Feind sein! Da sauste er neben ihr durch die Nacht, ganz nah und doch wie ein Phantom. Gefolgt von den hechelnden Hunden.

Sie sog die kalte, klare Luft durch die Nase tief ein, hielt sie lang

261

in der Lunge, atmete langsam aus. Und dann hob sie den Kopf und öffnete weit den Mund, dass Nacht und Regen hereinflogen, hineinstürzten in sie. Die ganze Nacht in mir und der wunderschöne Nachtregen.

Nein, das war nicht Nichts. Wie schön und gut die Welt ist! Alle Welten! Selbst in der Kälte und Nässe, in Finsternis und Angst und Not! Es lohnt sich zu kämpfen. Darum, in der Welt sein zu dürfen. Zu leben.

Und um diese Welt zu kämpfen. Um alle Welten.

In diesem leuchtenden Augenblick der Zuversicht aber stürzte Kiki zu Boden. Es war brutal, wie der Schlag einer feindlichen Waffe, plötzlich hing die Stute fest, sank nieder, nein, knallte zu Boden, und Luyánta wurde aus dem Sattel in die Luft geschleudert. Unwillkürlich senkte sie im Fallen den Kopf auf die Brust und rollte über die linke Schulter ab. Das rettete sie. Im Abrollen spürte sie den unebenen Grund, mit dem Rücken quer über harte kleine Steine, dazu das Aufspritzen des Schlamms und nassen Grases. Ein Glück, dass der Boden matschig weich war. Auch so tat der Aufprall ja weh genug.

Doch dieser Schmerz machte schon gar nichts mehr aus, so übervoll an Schmerz war sie ja längst.

Pistior, einige Meter voraus, riss seinen Rappen scharf herum und zurück zu den Gestürzten. Fluchend rutschte er vom Pferd und trat nicht zu Luyánta, sondern erst zu Kiki, die nicht sofort wieder aufgesprungen war, sondern sich am Boden wand. Kurz und kalt betrachtete er die gestürzte Stute. Dann wandte er sich zur glimpflich davongekommenen Luyánta, die sich eben wieder erhob, umringt von den Hunden.

«Steig hinter mir auf!»

Und schon hatte er sich wieder in seinen Sattel geschwungen. Luyánta zögerte, sah zu ihrer geliebten Kiki. Vielleicht hatte die Stute sich mit dem nächtlichen Galopp doch übernommen, angesichts der Wunde, die Wolfsbisse ihr zugefügt hatten.

Doch schon schnarrte Pistior: «Ein Pferd, das sich nicht sofort wieder erhebt, ist verloren! Los, steig auf!» Und als Luyánta noch immer zauderte, zischte er zornig: «Ist dir dein Pferd etwa mehr wert als tausend Menschen, die auf dich warten?»

Da stieg Luyánta hinter Pistior auf, entschlossen, auch wenn das Herz ihr blutete. «Verzeih mir, Kiki!», flüsterte sie. Und umklammerte mit beiden Händen Pistiors harten, glitschigen Bauch.

Schon flogen sie wieder durch die Nacht. Nur die Schritte des Rappen zu hören, das Hecheln der Hunde und das Atmen der zwei Menschen. Und das allgegenwärtige, einsame Fallen des Regens.

Jetzt spürte Luyánta nicht mehr nur Wind und Wasser im Gesicht, sondern auch Pistiors unangenehme Wärme und in ihrem Gesicht seine strähnigen Haare, die ihr vor kurzem noch eklig gewesen wären. Jetzt war das egal. Der Reiter aber griff, ohne den Galopp nur um einen Deut zu verlangsamen, in die lederne Tasche, die sich am Sattel zwischen den Beinen der beiden Aufsitzenden befand. Luyánta rätselte, was er da herausfingerte, da hielt er ihr schon einen Kanten Brot hin.

«Halt dich mit einer Hand an meinem Gürtel fest und iss mit der andern!», schniefte er. «Aber fall nicht vom Pferd, verstanden?»

Luyánta griff das Brotstück und biss gierig davon ab. Sie hatte ja seit Stunden nichts gegessen, allein die brennenden Schmerzen und die Erschöpfung hatten sie ihren Hunger vergessen lassen.

«Eine gute Nachricht vielleicht», hörte sie, während sie kaute, Pistior von vorne. «Am Horizont erkenne ich Lichter. Das müsste unser Heer sein.»

Luyánta wischte sich die nassen Haare aus dem Gesicht (ihre eigenen und Pistiors) und reckte den Hals, um an seiner Schulter vorbeizuschauen. Tatsächlich, in der Ferne war etwas Helles zu erkennen. Viele kleine Lichter, wie Glühwürmchen oder auch Irrlichter; Dinge und Tierchen, die sie nie gesehen, aber von denen sie immer wieder gehört hatte. Es mussten wohl die Fackeln der Fanes sein.

Hoffnung und Verzweiflung zugleich. Wie gut, bald ihren Leuten zu begegnen. Aber wie schrecklich weit sie noch vom Faneslager entfernt waren! Es würde sicherlich noch zwei Stunden dauern, bis sie endlich dort waren. Und das dann erst wendende Heer würde natürlich noch länger brauchen! Denn große Gruppen sind immer schwerfällig, das war schon in der Schule so gewesen.

Zwei Stunden. Was konnte in dieser Zeit dort alles geschehen, im ungeschützten Lager? Luyánta grübelte schwer, dann fragte sie Pistior: «Aber müssten sie nicht den Angreifern begegnet sein? Wie können sie einfach so auf uns zukommen?»

«Das ist nicht gesagt», zischte Pistior. «Amian könnte den Weg am Rand des Tals genommen haben, hinter den Wäldern. Dann kommt er am entgegenziehenden Trupp unbemerkt vorbei. Wenn er klug ist, dann wird er das getan haben. Und bild dir nichts ein, er ist klug. Er wird lieber durch die Enge kommen als durch die Weite.»

«Wer weiß», sagte Luyánta laut, weniger aus Überzeugung, als um selbst ans Unwahrscheinliche glauben zu können. «Vielleicht ist ja alles bloß ein Irrtum. Vielleicht hat Amians Abwesenheit am Roten Grat einen ganz anderen Grund. Und unser Lager ist überhaupt nicht in Gefahr.»

Pistior schnaufte. «Und was für einen anderen Grund (schnief) könnte es geben?»

«Nun, er … er könnte krank sein.»

«Krank, ja? Liegt mit Schnupfen im Bett und trinkt Kräutertee?» Ein höhnisches Lachen. «Was für ein kluger Gedanke, Madame! Wahrhaft königlich! Dann können wir ja ganz beruhigt sein.»

Luyánta war froh, dass Nacht war, so konnte man nicht sehen, wie rot sie wurde. Außerdem saß sie hinten.

«Schau mal hoch!», setzte Pistior nach. «Da siehst du noch mehr Beruhigendes! Deine beruhigenden Gedanken fliegen uns sozusagen voraus!»

Luyánta reckte den Hals und blickte auf. Was meinte er? Sie sah nur dahinfegende schwarze Wolken am schwarzen Himmel. Merkwürdig, wie gut man sie erahnen konnte. Deutlicher als den Boden zu ihren Füßen.

Ein Tempo und eine Schwärze, die ihre Kiki zu Fall gebracht hatten. Es gab ihr einen Stich ins Herz. Wie hatte sie das tun können – Kiki zurücklassen, allein und schutzlos mitten in der Nacht? So wie

Lalehs Chihiro in ihrer Panik allein ins steilste Gebirge geflohen war. Und Laleh in der schlimmen Schlacht dort oben geblieben war. Vielleicht lebte sie schon nicht mehr oder war den Feinden in die Hände gefallen.

Immer weiter starrte die willenlose Luyánta zum bewegten Himmel, und dann erkannte sie etwas. Sie erschauderte. Das waren gar keine dahinstürmenden Wolken. Denn es flog ja in die falsche Richtung, gegen den Wind.

Welche Kräfte es wohl brauchte, um dort oben gegen den Sturm zu fliegen, der sie schon hier unten immer wieder fast vom Pferd fegte!

Adler. Es gab keinen Zweifel. Eine große Menge von Adlern, eine mächtige schwarze Ordnung, die fliegend die Reitenden in der Ebene überholte. Eine Armee aus Schatten, so wirkte es von hier unten. Aber von wegen Schatten! Diese Adler waren aus Fleisch und Blut und Federn und aus langen, scharfen Krallen und spitzen Schnäbeln. Sie flogen in Richtung des Faneslagers. Auch daran kein Zweifel.

«Sie sind viel schneller als wir!», schrie sie entsetzt.

«Natürlich sind die Adler des Pollux schneller als wir (schnief), was hast du denn gedacht?»

«Wie lange werden sie bis zum Lager brauchen?»

«Vielleicht eine halbe Stunde. Wir werden zwei brauchen. Und auch das nur, wenn du nicht noch mal vom Pferd fällst!»

Luyánta senkte den Kopf, sie konnte den Anblick der über ihnen ziehenden Ordnung der Adler nicht länger ertragen. Also starrte sie wieder nach vorn, auf Pistiors Rücken und daran vorbei.

Immerhin, die Lichter des ihnen entgegenziehenden Fanesheers schienen etwas größer geworden zu sein. Man näherte sich einander. Oder war das nur Einbildung, mit der ihr von Angst umklammertes Mädchengehirn sich trösten wollte?

Und das, was Luyánta jetzt hinter sich wahrnahm: auch Einbildung? Denn da war etwas, drang an ihr Ohr. Sie lauschte gespannt in die Nacht in ihrem Rücken, bemühte sich, durch ihr eigenes Keuchen und Pistiors reptilisches Atmen hindurchzuhören, durch Regen und Weite ...

Ja: Etwas galoppierte hinter ihnen.

Alles wurde immer schlimmer. Konnten das Amians Soldaten sein, ihnen auf den Fersen? Oder gar Amian persönlich, der wahnsinnige Adlerprinz, getrieben von Hass und Vernichtungssucht? Er würde es sich nicht nehmen lassen, sich seine Feindin Luyánta eigenhändig zu holen.

Das Galoppieren kam näher. Kein Wunder, dass sie nicht davonkommen konnten, sie saßen ja zu zweit auf ihrem Pferd. Armes Tier! So gewaltig die Kräfte des Rappen schienen, er hatte schwer zu tragen. Der hinter ihnen kam näher ... oder die ...

Nein, es schien ein einzelner Reiter zu sein.

Hoffentlich, hoffentlich war es nur einer.

«Hörst du es nicht?», schrie Luyánta. «Hörst du nicht, Pistior?»

«Was?», schnaufte ihr Vordermann.

«Hinter uns!»

«Nein!» Und Pistior trieb sein Pferd weiter an.

Doch das Galoppieren kam näher. Nun musste es doch auch Pistior hören. Luyánta versuchte, sich umzudrehen, etwas zu erkennen. Aber sie konnte den Hals nur bis zur Seite wenden, sonst hätte sie ihren Klammergriff um Pistiors Rumpf lockern müssen und wäre am Ende vom Pferd gefallen.

Es blieb ihr nichts übrig, sie musste warten, bis sie eingeholt wurden. Wenn sie nicht schon vorher von einem Pfeil in den Rücken getroffen wurde ...

Warten, bis es bei ihnen war.

Und da war es *neben* ihnen, da war *sie*: Kiki! Die Stute hatte sie eingeholt und fegte nun an ihrer Seite durch die Nacht, ein Sturm des Lebens.

Endlich hatte auch Pistior sie bemerkt. Er blickte hin, seine gelben Augen strahlten in die Nacht, er zog die schmalen Brauen hoch. Und zum ersten Mal, seit Luyánta ihn kannte (vielleicht zum ersten Mal in seinem ganzen Leben, dachte sie), lachte er.

266

«Nicht schlecht!», rief er. «Dein *Pferd* zumindest taugt was!»

Er lenkte seinen Rappen im Galopp sacht hinüber, dicht an Kiki, sodass die Flanken der beiden Tiere einander fast berührten. Als sie nah genug waren, packte Luyánta den Knauf des kaum verrutschten leeren Sattels auf Kikis Rücken, erst mit einer Hand, dann mit beiden, und zog sich mitten im Galopp mit einem kräftigen Ruck hinüber. Sie spürte im Sprung ihr Schwert in der Scheide gegen ihren Oberschenkel schlagen und landete hinter dem Sattel, auf Kikis Kruppe, gleich vor dem Schweif. Aber sie fiel nicht, sie hielt den Sattelknauf fest.

Wie eine Flunder lag sie nun auf dem weiterjagenden Pferd. Und doch war sie glücklich! Mit aller Kraft zog sie sich nach vorn, bis auf den Sattel. Dann beugte sie sich noch einmal vor, auf Kikis heißen Nacken, liebkoste die feuchte Mähne. Das alles im ungebremsten Lauf, denn auch Pistior machte keine Anstalten zu verlangsamen. Im Gegenteil, er trieb seinen Rappen, der nun nur noch einen Reiter zu tragen hatte, umso heftiger an.

So sausten sie weiter, Pferd neben Pferd. Die Adler über ihnen waren davongezogen, dafür waren die Lichter der (wie sie vermuteten) eigenen Leute nicht mehr weit weg. Größer, breiter und heller wurde dieser sich ihnen nähernde Leib: ein anschwellendes schillerndes Nachttier, das ins Dunkel flackert.

Bald würden sie ihre Leute treffen. Doch noch ein Hindernis galt es erst zu überwinden, den Fluss. Der Umweg zu der Furt in den Ausläufern des Nebelwalds, den Luyánta mit Laleh am Morgen genommen hatte, wäre diesmal zu weit gewesen, sodass sie und Pistior beschlossen, den direkten Weg durchs Wasser zu nehmen. Ihre Fackel war eh erloschen, nass waren sie auch längst, und es kam jetzt auf jede Minute an.

So trieben sie ihre Rappen ins kalte Wasser hinein. Kies knirschte beim Hineinsteigen unter den Hufen. Die Hunde folgten gehorsam und schwammen tapfer. Und die Pferde trugen ihre Reiter sicher ans andere Ufer.

Vielleicht war den erhitzten Tieren die Abkühlung sogar willkommen. Luyánta meinte jetzt, wo es langsamer ging, zu erkennen, dass Pistiors Rappe blutigen Schaum vor dem Maul hatte. Das fließende Wasser wusch ihn ab.

Und auch ihr war das eisige Wasser angenehm, das sie um die Beine spürte. Sie zitterte zwar, aber ebendiese stechende Kälte half, den stets neu auflodernden Schmerz zu unterdrücken, der immer wieder drohte, sie zu zerreißen, in unerbittlichen Anläufen ...

Ans andere Ufer. Dann jagten sie wieder durch die Nacht, bis sie schließlich dem Fackelzug nahe genug gekommen waren, um zu erkennen, dass es sich tatsächlich um ihre eigenen Leute handelte. Sie trieben ihre Pferde von neuem an, kaum nötig, denn die gaben von selbst alles, was nur möglich war.

Der Trupp aber, der die beiden Reiter mit ihren Hunden auf sich zusprengen sah, war zum Stehen gekommen. Bereit zum Kampf. Wer würde es wagen, sich ihnen so selbstmörderisch entgegenzuwerfen?

Dann erkannten sie ihre Königin Luyánta und den Kämpfer Pistior. Die beiden blickten ihnen freudig entgegen: viele hundert Kämpfer, bewaffnet mit Speeren und Lanzen, Bögen und Armbrüsten, gebogenen Schwertern und Säbeln, Dolchen, Keulen. Was für eine Gewalt, was für eine Energie! Luyánta hatte keinen Zweifel, dass diese Männer und Frauen siegen mussten.

Im Fackelschein sah Luyánta die entschlossenen Gesichter der Anführer, die an der Spitze des Zuges ritten: Silma mit den braunen Locken. Der feuerhaarige Hyypiä mit der stärksten Lanze. Hypatia mit ihrem langen Schwert. Hinter ihnen weitere vertraute Gesichter: der stämmige Wilbur, ihr Freund Mizuel und Schützin Picabia, die ins Lager geritten war.

Die beiden erschöpften Reiter begaben sich zu den wartenden Anführern, und Luyánta setzte ihnen knapp auseinander, was geschehen war und was sie befürchteten. Sorgenvoll hörte man ihnen zu, dann runzelte Silma die Stirn und berichtete mit ihrer dunklen Stimme, dass sie nur wenige Kämpfer im Lager zurückgelassen hätten. Immerhin sei Hieronyma unter ihnen, die Baumeisterin. Und

268

das Tor sei mittlerweile stark befestigt. Man könnte es zur Not auch mit nur einem Dutzend Verteidiger eine Weile halten.

«Wenn die Feinde nur nicht hinten durchs Moor kommen», wandte Luyánta ein. «Dort ist das Lager noch kaum befestigt.»

Silma fuhr sich mit der Hand durchs Haar; an ihrem Gelenk war der rindshörnerne Armreif mit dem eingeschnitzten ⱴ zu sehen, dem Stierkopf. «Aber wie sollten sie dieses Giftmoor mit seinen Dämpfen durchqueren? Noch dazu nachts. Das ist nicht möglich. Sie würden ersticken, ersaufen.»

«Aber ihr seid dem feindlichen Heer nicht begegnet, nicht wahr?», schaltete sich jetzt Pistior ein. «Sonst wärt ihr ja nicht hier. Die Adler am Himmel habt ihr auch übersehen, ihr Schlaumüller. Nun, ich sag euch was. Amians Heer muss den unbequemen Weg am Rande des Tals genommen haben, hinter den Wäldern. Und sollte das so sein, kämen sie direkt zum Moor.»

«Wo sie krepieren werden, wenn sie sich reinwagen!», rief Silma.

Falls Amians Heer überhaupt zum Faneslager unterwegs war, aber das sagte Luyánta nicht, sie hoffte es nur still. Sie wollte sich nicht noch einmal blamieren. Und die Adler hatte sie ja mit eigenen Augen gesehen.

«Rätseln wir nicht herum!», sagte sie mit fester Stimme. Dann ordnete sie an (Selbstsicherheit und Überblick vortäuschend), dass achtzig Kämpfer den Weg zum Roten Grat fortsetzen sollten, um dort Laleh, Pibakú und die Murmeltiere gegen den Angriff aus dem Spinnwebwald zu unterstützen oder, falls es dazu bereits zu spät wäre, sie aus der Gefahr zu retten und ihren Rückzug zu decken.

Mizuel hatte besonders die Ohren gespitzt, als es um Laleh ging. Nun kam er auf seinem Pferd hervor und bot an, die achtzig zum Roten Grat zu führen. Hypatia, die eine der drei Mütter Mizuels, schloss sich an. Schnell riefen Mutter und Sohn die nötigen Kämpfer zusammen und begaben sich auf den Weg.

Der weit größere Rest des Heers aber machte sich bereit, zum eigenen Lager zurückzukehren. Im Umwenden öffneten die Reihen in ihrer Mitte eine Gasse, um Luyánta hindurch- und an ihre Spitze

269

zu lassen. Und sie ritt hinein, durch all die Kämpfer. Wie selbstverständlich ließ Pistior, trotz seiner Verachtung für sie, der Königin den Vortritt und folgte ihr mit Silma, Hyypiä und den anderen Anführern.

Im Fackellicht zu Seiten der Gasse sah Luyánta nun erst, wie bespritzt und besudelt ihr weißes Gewand war. Vom Blut der Wölfe und vom Schlamm, durch den sie galoppiert und in den sie am Ende gestürzt war.

Alle Augen ruhten auf Luyánta, folgten ihr still. Blicke voller Bewunderung. Hoffnung. Den Kampfesschmutz an ihrer Königin bemerkten die Krieger wohl, doch ihren nun wieder brennenden Schmerz konnten sie weder sehen noch ahnen. Denn Luyánta zeigte ihn nicht. Sie krümmte sich nicht, sie schrie nicht.

Und doch blickten diese Leute in einem gewissen Maß in sie hinein. Nein, ihren Schmerz und ihre Erschöpfung erkannten sie nicht. Aber sie sahen in aller Deutlichkeit ihren Mut und ihre Entschlossenheit. Und die waren nichts Äußerliches, nichts Vorgespieltes, sondern kamen aus ihrem tiefsten und eigensten Inneren.

So ritt Luyánta an die Spitze des Zuges und führte ihn, so schnell es ging, heim zum Faneslager. Und dort erwartete sie tatsächlich das Schlimmste.

Die mutigen Kinder

Schon von weitem sahen sie den dunkelroten Lichtschein am Himmel, als brennten die Wolken. Aber es war nicht recht zu begreifen, denn es leuchtete nur in der Höhe. Das Lager auf dem Hügel, das unterhalb des Leuchtens liegen musste, war ganz schwarz. Es schien also nicht in Flammen zu stehen. Aber woher kam dann der flammende Widerschein in der Höhe?

Sie waren noch ein ganzes Stück vom Hügel entfernt in der Ebene und kamen an dem uralten Hochspannungsmast vorbei, auf den zu klettern Laleh morgens beim Ausreiten solche Lust verspürt hatte. Jetzt in der Nacht wirkte dieser Mast noch spukhafter, die breitbeinige Gestalt mit Stummelärmchen, von denen die abgerissenen Leitungen herabhingen. Luyánta ließ ihr Heer auf Höhe dieser stählernen Riesenvogelscheuche halten, sprang vom Pferd und rannte hinüber. Ihr Herz pochte, als sie sich dem Gerüst näherte. Vorsichtig führte sie ihre Hände an die Stangen, unsicher, ob sie sie überhaupt würde berühren können – oder ob sie hindurchgreifen würde, ins Leere.

Nein, da waren die Stangen. Und schon kletterte sie hinauf. Wind und Regen pfiffen um sie, sie spürte den beißenden Rost unter ihren klammen Händen. Neben dem Mast sah sie den großen schwarzen Quader, von dem sie wusste, dass es ein in der Erde steckender, verrotteter Lastwagen war. Es schien ihr, dass er ein Stück tiefer im Boden versunken sei als noch morgens. Das Gebilde kam ihr vor wie der Kadaver eines Dinosauriers, oder wie der Leib eines Wals auf dem Meeresboden, nicht zu erkennen, ob schlafend oder tot.

Auch aus der Höhe war nicht mehr zu erkennen. Das Lager lag dunkel, das Leuchten am Himmel musste von hinter dem Hügel kommen. Und so beklemmend es war, hatte das alles doch eine eigenartige Schönheit: das warme Feuerleuchten am schwarzen Regenhimmel.

Doch mit der Faszination war es gleich vorbei, denn auf einmal, oben in der Spitze des Strommasts, begriff Luyánta: Es musste einfach der hintere Teil im Osten des Lagers sein, wo es brannte, der schwache rückwärtige Bereich, unter dem das giftige Moor lag. Verdammt, wie begriffsstutzig sie war!

Aber ganz sicher war sie immer noch nicht. Konnte das allein ein solches Leuchten in der Höhe verursachen? Sie grübelte nicht länger nach, denn ein anderer Gedanke verbiss sich in ihrem Kopf: *Wir kommen zu spät!* So schnell es ging, kletterte sie wieder hinunter. Das letzte Stück von drei, vier Metern sprang sie ins Gras, ihr Knöchel knackste, Fluch! Aber sie beachtete auch diesen Schmerz nicht,

271

sondern schwang sich in den Sattel und preschte zu den Wartenden zurück.

«Schneller, schneller!»

Und schon bald schoss das Heer durch den lockeren Hain von Obstbäumen, der zu Füßen des Hügels lag. Nun hatte er überhaupt nichts Idyllisches mehr, die fast kahlen Stämme standen im nicht nachlassenden Regen wie dürre Grabmale. Der Trupp ritt bergan, direkt auf das geschlossene Lagertor zu. Der Weg hinauf war schmal für so eine große Menge von Kriegern, der Zug streckte sich lang wie eine Schlange. Für Angreifer wäre das ungünstig, zum Vorteil des Lagers. An den Seiten des Weges fielen im Dunkel die steilen Wiesen ab, auf denen Luyánta oft mit Hypatia trainiert hatte.

Weit und breit war kein Mensch zu sehen auf diesem Anstieg. Aber das konnte einen nicht beruhigen. Auch auf dem hölzernen Wachturm schien niemand zu sein. Also tatsächlich zu spät ... oder?

«Schlagt das Tor auf!», befahl Luyánta, als sich weiterhin nichts regte. Einige Männer machten sich sogleich mit schweren Äxten, Keulen und Hämmern ans Werk. Doch da sauste ein Hagel von faustgroßen Steinen auf sie nieder, sie trafen auch Luyánta, die gleich hinter den Männern stand. Denen aber taten die Steine nicht das Geringste, sie verrichteten weiter ihr Werk.

Luyánta hob ihre Arme schützend über den Kopf und schaute hoch auf den Turm, von dem die Steine kamen. Da erkannte sie oben zwei Kinder, vielleicht acht oder neun Jahre alt. Im Licht einer Fackel hinter ihr sah sie die niedlichen Wuschelköpfe, ein Junge mit roten, ein Mädchen mit blauen Haaren. Sie mussten sich zuvor hinter der Brüstung versteckt haben.

«He, ihr Stöpsel!», rief sie hoch. «Seid ihr verrückt geworden? Erkennt ihr uns nicht? Wir sind eure eigenen Leute. Ich bin's, Luyánta!»

Da hörte das Steinewerfen prompt auf, und man sah, wie die zwei Köpfchen sich zusammensteckten und aufgeregt tuschelten. Dann verschwanden die Kinder vom Turm, und einen Moment später öff-

272

nete sich knarzend das Tor, dessen Außenseite von den Schlägen der Männer schon halb zerborsten und zersplittert war.

Luyánta ritt zu den Kindern. Sie musste sie nicht erst auffordern zu berichten, was passiert war, denn aus dem blauhaarigen Mädchen sprudelte es los, während der rote Junge immer wieder bekräftigend nickte und *genau* oder *so war's* rief:

«Das Lager wird von hinten angegriffen seit etwa einer Stunde! Hieronyma hat alle Kämpfer dorthin gerufen. Unsere Väter und Mütter, die hier vorn Wache hielten, haben uns geweckt. Und auf den Turm geschickt, um ihre Posten zu übernehmen. *(Genau!)* Als wir euch haben kommen sehen und dachten, ihr wärt Feinde, da sind zwei von uns gleich losgerannt, um Hieronyma zu alarmieren. *(Ja!)* Und wir beide sind hiergeblieben, um euch Saures zu geben. Wir konnten doch nicht wissen, dass ihr es seid!»

«Gut gemacht!», sagte Luyánta. Jetzt erkannte sie die glasigen Augen der Kinder. Ihre Müdigkeit, die sie sich auf keinen Fall anmerken lassen wollten. «Jetzt hört mir gut zu», fuhr sie fort. «Lauft durch das ganze Lager und weckt alle schlafenden Kinder. *Alle*, hört ihr? Auch die Babys. Die größeren Kinder sollen die Kleinsten tragen. Und lasst die Tiere frei! Reißt alle Gehege auf, damit die Tiere herauslaufen können und nicht am Ende hinter ihren Zäunen verbrennen müssen. Und dann lauft ihr hinunter in die Ebene, zu den Obstbäumen. Ihr kennt den schönen Hain, nicht? Natürlich, da spielt ihr, was frage ich ... Dort wartet ihr.»

Während sie das sagte, erinnerte sie sich an den Sommernachmittag, als sie dort unten Ball gespielt hatte. Mit Gabiel und Bagiuz, die nun tot waren. Irgendwie festigte diese schöne Erinnerung in ihr die Gewissheit, dass die Kinder im Hain sicher sein würden. Oder zumindest von dort ins Sichere kämen.

Die zwei Kleinen aber machten enttäuschte Gesichter und maulten.

«Können wir nicht mit euch kämpfen?», rief der Junge.

«Nein», sagte Luyánta. «Was auch geschieht, wir werden niemals Kinder in die Schlacht schicken. Das erlaube ich nicht. Zehn erfahrene Männer und Frauen werden mit euch in den Obsthain gehen und dort mit euch warten, was passiert.»

Sie stockte einen Moment, warf einen Blick auf die warmherzige Silma, den draufgängerischen Hyypiä und all die anderen Kämpfer hinter ihr. Sie erkannte Zustimmung in ihren Blicken, selbst in Pistiors gelben Augen.

Dann wandte sie sich wieder den Kindern zu: «Solltet ihr sehen, dass wir den Kampf verlieren ... wenn das Lager völlig in Flammen aufgehen sollte und wir nicht mehr herauskommen: Dann werdet ihr gemeinsam in den Nebelwald gehen, dort kann man euch am schwersten verfolgen. Durchquert den Wald und zieht von dort in die Berge und auf und davon, so weit wie möglich. Versteht ihr? Über die Berge davon, irgendwohin, wo es besser und friedlicher ist.»

«Gut», antwortete das Mädchen, «Na gut», murmelte der Junge und gähnte herzhaft. Dann sagte das Mädchen: «Wir machen, was du sagst, Luyánta, auch wenn wir lieber mit euch kämpfen würden. Nur eine Sache: Bitte, gib niemanden zum Aufpassen mit. Lass uns alleine gehen! Ihr braucht alle im Kampf.»

Luyánta überlegte einen Moment, dann stimmte sie zu: «Gut, ihr mutigen Kinder. Dann flieht allein, wenn es sein muss. Durch den Nebelwald und in die Berge. Vielleicht habt ihr Glück, und die Murmeltiere werden euch finden und führen. Aber auch wenn nicht, werdet ihr es gemeinsam schaffen. Wenn ihr nur immer zusammenbleibt! Und noch eins dürft ihr nicht vergessen: Kehrt niemals zurück in die Höhlen, in denen ihr so lange gelebt habt. Denn es darf nicht eure Zukunft sein, wieder zu bleichen, verängstigten Höhlenwesen zu werden!»

Die beiden Kinder nickten, beinah zufrieden, als hätten sie eine schöne Belohnung erhalten. Wie naiv und zuversichtlich sie waren, es rührte Luyánta, am liebsten hätte sie geflennt. Dann flitzten die beiden los, um alle Kinder aufzuwecken, das Mädchen in die Gasse nach links, der Junge nach rechts.

«Passt auf euch auf!», rief Luyánta ihnen nach.

Der Weg durch das Lager bis zur rückwärtigen Ostseite war lang und stellenweise verwinkelt. Luyánta beschloss, zunächst nur mit fünfzig Kämpfern hinzugehen, um sich ein Bild von der Lage zu verschaffen. Dann erst wollte sie ihre Leute verteilen. Doch schon jetzt war klar, dass es keinen Sinn hatte, sich in solcher Menge mit den Pferden ins Lager zu begeben. Darum ordnete sie an, dass die Tiere auf eine große Wiese unter dem Hang gebracht würden. Dann sollten sich alle am Tor bereithalten, zu Fuß.

Hyypiä und Pistior übernahmen also das Kommando am Tor, während Luyánta sich mit ihren fünfzig, darunter Silma, ins dunkle Lager begab. Sie bewegten sich mit Fackeln über die zunächst geräumige Hauptgasse, von der aus es dann später in einigen Windungen und Kurven bis zur Rückseite ging. Öfter hörten sie es an Zelten rascheln oder bemerkten huschende Schatten in Seitengassen. Und jedes Mal sahen sie, dass es wuselnde Kinder waren, die durch die Zelte rannten, um andere Kinder zu holen. Die beiden Knirpse vom Tor erfüllten ihren Auftrag also gewissenhaft und schnell, sie hatten ein richtiges Lauffeuer in Gang gesetzt.

Einmal kam ihnen ein vielleicht zehnjähriges Mädchen entgegen, das gleich zwei Babys trug, eins im linken und eins im rechten Arm, Zwillinge offenbar mit süßen Speckröllchen am Hals und dünnen rötlichen Haaren. Ein Baby schlief, eins schrie, das wiegte sie leicht. Als sie Luyántas Krieger um die Ecke kommen sah, blieb das Mädchen erschrocken stehen. Doch dann erkannte sie sie, atmete auf und rannte mit ihren Schützlingen weiter Richtung Tor.

Wie stark dieses Mädchen ist, dachte Luyánta, durch die eben eine neue Welle von Schmerzen schoss. Ich werde auch stark sein, wie sie. Für sie.

Dann endlich, auf einem etwas breiteren Versammlungs- und Essensplatz, trafen Luyánta und ihr Stoßtrupp auf eine Gruppe von Kämpfern, die ihnen entgegenkam, offenbar unterwegs zum Tor. Ihre Gesichter zuckten vor freudiger, glücklicher Überraschung, als sie die Weiße Kriegerin erkannten, egal, wie beschmutzt das weiße Gewand war. Atemlos berichtete der Anführer, dass Hieronyma von zwei Mädchen alarmiert worden sei und sie darauf losgeschickt habe. Sie sollten sich vorne ein Bild über die Lage verschaffen und notfalls helfen, das Tor zu verteidigen.

Sie waren nur zu fünft. Luyánta hatte den Anführer erst nach einer Weile erkannt, denn seine Haare waren verbrannt, die Kopfhaut schwarz von Ruß und rot von Blut: der Schneider Anchises, ein friedlicher, dünner Mann. Es wäre leicht gewesen, sein Häuflein zu überrennen. Aber mehr Kämpfer konnte Hieronyma offenbar nicht mehr entbehren. Denn der aufgewühlte Anchises setzte Luyánta in wenigen Worten die brenzlige Lage hinten auseinander: Amians Heer stand an der schwachen Rückseite des Lagers. Er kam tatsächlich über das Moor, das die Fanesleute für undurchdringlich gehalten hatten. Wie das geschehen konnte? Es waren die Adler, die Amians Kämpfern halfen, das Moor zu überwinden. Eine bedenkliche Menge an Feinden stand schon vor der wackligen Befestigung, wo Hieronyma und ihre Krieger verzweifelten Widerstand leisteten. An manchen Stellen waren bereits Feinde ins Lager eingedrungen, zwar nur einzelne, dann war es den Verteidigern gelungen, die Durchbrüche wieder zu schließen. Aber lange würde das nicht mehr gelingen, bald drohten die Dämme zu brechen, die Feinde unkontrolliert ins Lager zu strömen.

Und hinter dem Moor stand, wie ein ausgesandter Späher berichtet hatte, immer noch eine gewaltige Menge an Feinden, die nach und nach übersetzten. Eine entsetzliche Übermacht.

Hastig beriet Luyánta sich mit Silma, dann stand ihr Entschluss. Silma sollte mit den fünfzig Männern und Frauen sofort zu Hieronyma eilen und sie in der Abwehr unterstützen, während Luyánta zum Tor zurückkehren wollte, um den dort wartenden, weitaus größeren Teil des Heeres zu verteilen.

Schon während sie nun ganz allein, in einer Hand ihr Schwert, in der anderen eine Fackel, durch die Gassen rannte, formierten sich in Luyántas Kopf mögliche Taktiken und Schlachtpläne. Die Gedanken ratterten und klackerten ... so könnte es gehen ... Da aber fiel ihr Blick auf das unscheinbare Zelt, an dem sie gerade vorbeikam – das von Titurel. Wahrscheinlich schlief er tief und altersmüde darin. Wie gern wäre sie jetzt zu ihm hineingegangen. So wie sie es oft getan hatte. Sie sehnte sich nach dem Greis, nach seiner Güte, seinem Wissen, seiner Ruhe.

Sie rannte weiter, bis zum Tor, wo Pistior und Hyypiä mit ihren hunderten Kämpfern sie erwarteten. Die Pferde waren, wie von Luyánta befohlen, auf die Wiese in der Ebene getrieben worden.

Unverzüglich gab die Königin ihre neuen Anweisungen: Mit einem Drittel des Heers würde sie sich gleich auf dem Hauptweg durchs Lager zu Hieronyma begeben, um den direkten Abwehrkampf zu unterstützen. Ein weiteres Drittel sollte sich in zwei Hälften spalten und sich innerhalb des Lagers verteilen: die eine Hälfte unter Hyypiäs Führung im südlichen Bereich, die andere unter Wilbur im nördlichen Bezirk. Dort sollten sie nach Eindringlingen suchen, die versuchen würden, das Lager weiter in Brand zu stecken oder den Verteidigern um Hieronyma in den Rücken zu fallen. Sie sollten die Zelte nach möglicherweise vergessenen, zurückgelassenen Kindern durchsuchen und sie notfalls in Sicherheit bringen. Dabei müssten sie sich auf unübersichtliche Einzelkämpfe in allen Ecken und Winkeln des Lagers einstellen. Und es könnte noch schlimmer kommen, früher oder später würde der Feind vielleicht in großen Mengen ins Lager fluten.

«Wir müssen auf alles gefasst sein!», rief Luyánta. Dann wandte sie sich an den ungeduldig und wie immer abweisend schniefenden Pistior: «Nun zu dir, mein Freund Pistior. Ohne dich und deine Klugheit wäre hier schon alles verloren. Auf dem Roten Grat hast du die Finte des Feindes durchschaut und mich gewarnt, gerade noch rechtzeitig.»

«Hoffen wir's», schnarrte der Schlangenhafte auf seine übliche Weise.

«Es hängt von uns ab, was aus unserer Hoffnung wird», entgegnete Luyánta. «Dies ist deine Aufgabe, Pistior: Führe das übrige Drittel unserer Kämpfer. Holt eure Pferde und reitet zurück in die Ebene, um den Hügel herum und hinter das Moor. Von dort dringen immer

277

neue Feinde nach, ein riesiges Reservoir an Kämpfern. Greift sie von den Seiten an, fallt ihnen in die Flanken. Wie hungrige Wölfe!» Dann blickte sie Pistior in seine giftgelben Augen. «Wie genau du vorgehen wirst, überlasse ich deiner Schlauheit. Ich vertraue dir.» Pistior schniefte vernehmlich. Dann zog er sein gekrümmtes Fernrohr aus der Tasche und reichte es Luyánta. «Hier. Du brauchst es jetzt dringender als ich. Du bist unsere höchste Feldherrin.» «Du wirst es auch benötigen am dunklen Moor», entgegnete Luyánta. «Meine Augen sind scharf genug», schnaufte Pistior und sammelte ohne ein weiteres Wort seine Leute ein. Währenddessen begaben sich Hyypiä und Wilbur mit ihren Kämpfern in die unübersichtlichen Randbezirke des Lagers. Luyánta aber ließ für alle Fälle zwanzig Männer und Frauen am Tor zurück und machte sich auf, ihren Teil des Heers durchs Lager zur rückwärtigen Seite zu führen.

Immer wieder kamen ihnen auf ihrem Weg Kinder entgegen. Manche trugen Babys und verängstigte Kleinkinder auf den Armen, unterwegs zum Tor und dann den Hügel hinab in Richtung des Obsthains. Ein großes Mädchen hielt einen zarten Säugling auf dem Arm, sie stolperten fast über freigelassene Hühner und Gänse. Zwei Kinder trieben einen alten, grauen Esel voran, auf den sie einen Jungen mit geschientem Bein gesetzt hatten. In allen Gassen trafen Luyánta und ihre Krieger Kinder auf der Flucht. Angst sahen sie in ihren Augen, tiefe Müdigkeit, aber auch Mut und Zuversicht.

Alles war offen. Alles ist offen.

Das Lager in Flammen

Nach einer Viertelstunde hatte Luyánta mit dem Heer Hieronymas Verteidiger erreicht. Silma mit ihren fünfzig war bereits als erste Verstärkung angekommen und hatte für eine, wenn auch nur leichte, Entlastung gesorgt.

Auf dem letzten Stück des Weges waren Luyánta und ihre Leute durch mehr und mehr in Flammen stehende Zelte gekommen, angesteckt durch Brandpfeile und Feuerkugeln. Einmal hatten sie sich auch gegen ein paar feindliche Spitzhelme zur Wehr setzen müssen, die sie aus einer Seitengasse angesprungen hatten. Aber die wütende Luyánta hatte diese lebensmüden Angreifer mühelos abgewehrt, und dann hatten sich die Kämpfer hinter ihr weiter um sie gekümmert.

Je weiter sie durchs Lager drangen, desto schwerer fiel ihnen das Atmen. Das kam allerdings nicht vom Rauch der brennenden Zelte, so wenig wie der Feuerschein am Himmel. Luyánta begriff den wahren Grund, als sie endlich bei Hieronyma angelangt war. Die Baumeisterin leitete ihre Verteidigung von einer hölzernen Plattform aus, einem provisorischen Turm, der eigentlich den Bauarbeiten diente. Zu Tode erschöpft wirkte die schmale Frau da oben, Titurels Urenkelin mit dem üppigen dunkelblauen Haar, das über der rechten Schulter von feindlichem Feuer versengt war. Viel schlimmer jedoch, dass ein Pfeil Hieronyma in die linke Schulter getroffen hatte. Dennoch hatte sie ihren Posten nicht verlassen, sondern mit zusammengebissnen Zähnen den Pfeil herausgezogen, von sich geschleudert und ihre Wunde notdürftig versorgen lassen. Das Kommando hatte sie währenddessen weitergeführt. Ihre Aufmerksamkeit war überall, und selbst ihr hintersinniges Lächeln lag ihr noch auf den Lippen. Seelenruhe in Todesnot.

«Wir halten uns einigermaßen», begrüßte sie Luyánta, als diese sich zu ihr aufs Podest schwang. Aber sie unterdrückte merklich ein Stöhnen beim Sprechen. Zugleich zogen sich ihre ausgelaugten

Kämpfer, höchstens dreißig Männer und Frauen, in die zweite Linie zurück, während Silmas frische Leute vorne blieben und Luyántas Truppen dazustießen. Gemeinsam suchten sie die auf die noch allzu locker gefügten Palisaden anstürmenden Feinde zurückzudrängen.

Das gelang mit geeinter Kraft zunächst gar nicht schlecht. Es war aber nicht zu übersehen, dass es allerhöchste Zeit für diese Verstärkung gewesen war. Zahllose Feinde drängten den Anstieg vom Moor herauf; wie eine riesige Geisterschar wirkten sie unter dem unheimlichen Himmelsleuchten.

Luyántas Blick aber schweifte über das unmittelbare Schlachtfeld hinaus. Denn nun sah sie vom hohen Podest aus, dass das Moor selber in Flammen stand. Das also war das gewaltige Feuer, dessen Widerschein am Himmel leuchtete! Es mussten die allgegenwärtigen Dämpfe und Faulgase des Sumpfes sein, die selbst im Dauerregen so unlöschbar brannten. Die vom Rauch in die Höhe getragenen Gifte regneten dann über dem gesamten Kampfplatz ab und machten das Atmen kaum erträglich. Ein einziger beklemmender Hustenreiz.

Diese Qual allerdings traf beide Seiten gleichermaßen, auch die Angreifer. Immer wieder sah man welche mitten im Ansturm sich krümmen und würgen.

«Zünden sie uns an, zünden wir sie an», sagte Hieronyma. «Sie benutzen für ihre brennenden Lehmkugeln und Pfeile das berüchtigte Feuerrosenöl, und wir nutzen das Moor.»

«Aber *wir* ersticken auch fast», wandte Luyánta ein.

«Ja, das ist allerdings der Nachteil.» Hieronyma zuckte mit den Schultern. «Aber nur fast. *Wir* halten es besser aus als die.»

Hoch über das lichterlohe Moorfeuer flogen indessen dunkle Schatten, die Luyánta zuerst für riesige Knäuel und Ballungen aus Ruß hielt. Sie setzte Pistiors gekrümmtes Fernrohr ans Auge, um genauer zu sehen: Und da krümmte sich auch ihr Herz. Denn sie erkannte, dass es sich bei den unbekannten Flugobjekten um Adler handelte, majestätische Adler. Jeweils zwei von ihnen hielten mit

280

ihren Krallen feste Seile, an denen mit straffem Gurt immer ein bewaffneter Mann befestigt war. So trugen sie einen Soldaten Amians nach dem anderen über das Moor bis auf den Anstieg, wo der Soldat sich ausgurtete und den Angreifern des Faneslagers anschloss. Wie Harpyien aus einem Feuerregenwald flogen die Adler mit den Soldaten herbei.

«So sind sie also über das Moor gekommen», murmelte Luyánta.

«Selbst Feuer und Giftdampf halten sie nicht ab», antwortete Hieronyma. «Sie fliegen einfach über Flammen hinweg, durch den Rauch hindurch. Wir haben es ihnen nur ein bisschen erschwert. Immerhin stürzt manchmal einer ab und versinkt im brennenden Moor, Gnade seiner Seele. Aber die meisten kommen rüber.»

«Scheiße.» Das kam Luyánta selbst nicht gerade klug oder feldherrinnenhaft vor, aber ihr fiel nichts Besseres ein.

«Kann man wohl sagen», nickte Hieronyma. «Immerhin, viel weiter können die Adler die Soldaten nicht tragen. So stark sind nicht einmal sie. Am Anfang haben ein paar versucht, die Feinde gleich über unsere Köpfe ins Lager zu tragen. Aber die flatterten dann schon arg mühsam, und wir haben sie mit Pfeilen und Schleudern runtergeholt. Nein, Amians Brut muss schon den Fußweg nehmen, wenn sie hier reinwill!»

Doch auch auf diesem Fußweg sah es nicht schlecht aus für den Feind, der ungerührt über die eigenen Toten hinwegstieg. Zahlenmäßig waren die Angreifer den Fanesleuten bereits jetzt überlegen, trotz der Ankunft des großen Trupps mit Luyánta und Silma. Dazu die nachrückenden Kräfte hinter dem Moor. Unermüdlich flogen die Adler über die hochschlagenden Flammen.

Man musste auf Pistior hoffen, der den Feinden in den Rücken fallen würde. Und auch auf die verteilten Kämpfer Wilburs und Hyypiäs in den unübersichtlichen Lagergassen! Denn immer mehr Feinde drangen an den Rändern herein. Einige wurden von den Verteidigern gleich niedergemacht, aber immer öfter brachen einzelne durch die Abwehrreihen und verschwanden in den schutzlosen Gassen. Die Verteidiger konnten sie nicht verfolgen, sonst hätten sich ihre Reihen ausgedünnt, und die Feinde hätten umso ungehinderter hereinströmen können.

Wieder und wieder sah man in der Tiefe des Lagers die Flammen entzündeter Zelte in die Höhe schlagen. Aber was auch immer geschah, man musste sich auf die eigenen Leute dort drinnen verlassen, auf Hyypiä und Wilbur. Hier außen galt es, den Ansturm zurückzuschlagen.

Luyánta hielt es nicht länger auf dem Kommandoposten, sie musste hinein ins Kampfgewühl. Sie umarmte Hieronyma:

«Hältst du durch?»

«Klar.»

Dann sprang Luyánta hinab und begab sich nach vorn. Ihre eigenen Leute wichen zur Seite, um ihr Platz zu machen, und sie erklomm eine Leiter, die vorne auf die Palisaden hinaufführte. Ihr Schwert hatte sie jetzt in die Scheide gesteckt, dafür nahm sie ihren Bogen von der Schulter und zog mehrere Pfeile aus dem Köcher.

Zugleich geschah etwas Erstaunliches. Kaum dass Luyántas Gestalt auf den Palisaden erschien, war in den feindlichen Reihen etwas wie ein Zusammenzucken zu spüren, ja ein Schaudern. Trotz dichtem Gedränge und Hitze der Schlacht hatten die Angreifer offenbar die Ankömmlingin sofort bemerkt und als die gefürchtete Weiße Kriegerin erkannt – egal, wie befleckt ihr Gewand war.

Als strahle etwas von ihr aus. Der Körper der Königin.

Sie ist zurück.

Aber das Erschrecken des Feindes dauerte nur kurz. Dann hatte er sich wieder gefasst und drängte von neuem, noch wütender. Doch auch die Verteidiger hatten jetzt frischen Mut gefasst. Sie hatten ihre Königin Luyánta gesehen und das bange Zucken des Feindes gespürt.

Luyánta spannte ihren Bogen und schoss Pfeil um Pfeil ab, mitten hinein in die Reihen der Spitzhelme und der Kahlen Bogenschützen und der stachelbewehrten Eunuchen, die mit ihren Streitäxten in vorderster Front attackierten. Viele fielen.

Der Kampf tobte und tobte auf höchster Temperatur, unter

282

stärkstem Druck, wie ein brodelnder Kessel. Und doch stellte sich allmählich etwas wie Erstarrung ein: Über mehrere Stunden ging es erst ein kleines Stück vor, dann wieder ein kleines Stück zurück, ein Vorteil bald hier, bald auf der anderen Seite ... Ab und zu, wenn die Situation es erlaubte, kehrte Luyánta zu der immer bleicher werdenden Hieronyma zurück, die auf ihrem Podest die Stellung hielt. Dann berieten die beiden die Lage. Ein andermal, als die Angreifer wieder Oberwasser gewannen, stürzte Luyánta sich zornbrüllend hinaus in das Gewühl vor den Palisaden. Die eigene Stimme kam ihr fremd und beängstigend vor, wie die einer Löwin. Das scharfe Schwert Hyypiäs gezückt, führte sie Seite an Seite mit der furchtlosen Silma ihre Leute an, die Feinde im Nahkampf zurückzudrängen. Einmal traf das Krummschwert eines Spitzhelms sie an der Seite, rutschte scharf ihren Oberarm entlang nach unten, ihr Blut spritzte, der Spitzhelm aber fiel unter Luyántas Gegenschlag.

Als das dringendste Zurückschlagen geschafft war, zog Luyánta sich wieder zurück, um einen Moment zu verschnaufen und sich aufs Neue mit Hieronyma zu beraten. Wiewohl von ihren Wunden geschwächt, blieb die Baumeisterin diejenige mit der größten Übersicht aller Fanesleute. Wie von selbst erfasste ihr kluger Kopf alle Räume, Flächen, Bewegungen auf dem Schlachtfeld.

Sie reichte der keuchenden Luyánta einen ledernen Wasserbeutel, Luyánta trank in gierigen Schlucken. Erst jetzt merkte sie, wie entsetzlich durstig sie war. Und wie giftstickig die Luft. Und selbst den rasenden Schmerz in ihrem Körper spürte sie erst jetzt wieder, in diesem Augenblick der Ruhe. Die Verletzung am Oberarm war noch das Geringste. Solange sie im Kampfgewühl getobt hatte, eine Rasende, blieb der Schmerz verschwunden. Da war sie wie außerhalb des eigenen Körpers gewesen, der sich von ganz allein bewegte, und trotzdem genauso, wie ihr Geist es wollte. Eine perfekte Maschine unter ihrem Befehl.

Jetzt aber war alles schlagartig unerträglich. Nicht einmal der Durst ließ sich wirklich löschen ... Sie krümmte sich heftig.

«Was ist?», fragte die besorgte Hieronyma, die doch selbst viel schlimmer dran war.

«Nichts», sagte Luyánta und richtete sich mit aller Willenskraft auf. «Nur das verdammte Seitenstechen …»

Hieronyma schaute sie liebevoll an. Dann sagte sie mit geschwächter Stimme: «Der Anflug übers Moor hat nachgelassen.» Sofort blickte auch Luyánta zum Himmel. Tatsächlich, nur noch wenige Adlerpaare trugen Kämpfer heran.

«Bravo, Pistior.»

«Er ist der tapferste, klügste Mann, den ich kenne», sagte Hieronyma. «Es war klar, dass er den Feinden dort unten übel zusetzen würde.»

«Warum hasst er mich so?» Luyánta fragte es fast unwillkürlich. Es war wohl kaum der richtige Moment für private Befindlichkeiten! Und doch konnte sie dem Drang, die Frage zu stellen, nicht widerstehen.

Hieronyma sah sie an. Dann gab sie leise zurück: «Meinst du denn wirklich, er hasst *dich*?»

«Du meinst, er hasst …»

«… *alle*, ja. Und gegen seinen Willen. Aber ist es denn zu verwundern? Wir haben ihm böse mitgespielt. Pistior war in den ersten Kämpfen mit Amian und Malibran der beste, besonnenste Ratgeber von allen. Trotzdem führten am Ende andere das große Wort, und die trafen die dümmsten Entscheidungen. Ich will nicht zu viel davon reden. Denn diese Leute sind alle, alle tot. Sie haben für ihren Hochmut und ihre Selbstüberschätzung bitter bezahlt. Pistior blieb dann nur die undankbare Aufgabe, uns gemeinsam mit Titurel in die rettenden Berge zu führen, wo uns schließlich die Murmeltiere wieder in die Höhlen brachten. Dabei hätte er allen Grund und vielleicht auch Lust gehabt, uns alle verrecken zu lassen.»

«Aber er tat es nicht.»

«Nein, er tat es nicht. Dafür nagten dann dort, in dieser lichtlosen Unwelt, Schmerz und Hader immer weiter in ihm. Wie Tiere, die einen nach und nach von innen auffressen. Und dieser Schmerz hat-

284

te ja noch andere Ursachen. Weißt du, dass Pristina seine Schwester war?»

«Titurel hat es mir einmal erzählt. Sie war eine große Strategin und führte die Fanesleute an, gemeinsam mit Amian und ein paar anderen.»

«So war es am Anfang. Doch als es zum Bruch kam, wurde sie von Mitra mit einem vergifteten Pfeil getötet. Nun, Pristina war unsere erfahrenste Feldherrin. Aber für Pistior war sie noch viel mehr: Er liebte seine Schwester über alles. Ja, die Geschwister Pistior und Pristina liebten einander. Als Mann und Frau. Pistior verlor also Frau und Schwester zugleich.»

Luyánta lief ein Schauer über den Rücken. Sie konnte kaum fassen, was sie da hörte.

«Jetzt erschrick doch nicht», sagte Hieronyma und lächelte matt. «Die beiden wussten, was sie taten, und sie wollten es so. Aus freiem Willen. Das war ein Teil ihrer Kraft, sie taten immer nur das, was *sie* wollten und für richtig hielten. Darin waren sie von klein auf einig gewesen. Über ihren Verlust konnte Pistior niemals hinwegkommen. Und nun stell dir vor, wie *du* dann auftauchtest, Luyánta. Als die sehnsüchtig erwartete Retterin! Erhofft von den dummen, nichtswürdigen Menschlein, die seinen sinnreichen Rat immer wieder in den Wind geschlagen hatten! Verstehst du, dass er da Groll gegen dich empfinden *musste*? Nachdem er schon so viele falsche Führer hatte erleben müssen. Vertrottelte Propheten und närrische Erlöser, die ihm in ihrer Blindheit das Allerliebste geraubt hatten.»

«Doch», sagte Luyánta leise, «ich verstehe ihn.»

«Aber er *hasst* dich ja nicht», fuhr Hieronyma fort. «Er spürt, was du in Wahrheit bist. Und er wird es dir auch zeigen. Du hast ihm Vertrauen bewiesen, als du ihn auf die gefährliche Mission hinters Moor geschickt hast. Und er rechtfertigt es, gerade in diesem Moment. Kein einziger Adler kommt mehr übers Moor.»

Eindringlich sah sie Luyánta an.

«Und *du* rechtfertigst sein Vertrauen zu dir, Luyánta! Eben jetzt.

285

Ohne dich wären wir hier ja längst verloren gewesen. Gemeinsam rettet ihr, was zu retten ist.»

Dann hielt sie inne und schaute angestrengt das Schlachtfeld hinunter, bevor sie ihren langen Zeigefinger hob und in die feindliche Menge wies:

«Aber sieh mal hinunter, dort am Rand des Moors. Da siehst du einen anderen Mann, den es von innen zernagt und zerfressen hat. Erkennst du sie, zwischen all den Spitzhelmen und Speeren und Lanzen, die zwei strahlenden Schimmel?»

Luyánta hob den Blick und sah die beiden Tiere inmitten des feindlichen Heers, wie weiße Boote auf einem wogenden Meer. Ihre beiden Reiter schienen die Soldaten zu dirigieren.

«Auf dem rechten Schimmel», sagte Hieronyma, «sitzt Malibran. Er liebte Mitra.»

«Pristinas Mörderin ...»

«Ja, auch das. Aber sie war noch mehr, kein Mensch ist ja nur Mörder. Sie *wurde* zur Mörderin. Mitra, die Bogenschützin, die beste von allen! Unsere Ältesten, die damals noch lebten, erinnerte sie sogar an Dolasilla mit ihren unfehlbaren Pfeilen. Aber Mitra schlug sich auf Amians Seite und fiel später im Kampf. Es heißt, sie erwartete damals ein Kind von Malibran. Ich weiß nicht, ob das stimmt. Aber fest steht, dass Malibran der hitzköpfigste aller unsrer Feinde ist.»

«Ich dachte, das wäre Amian?», fragte Luyánta. «Wenn das rechts Malibran ist, muss Amian der Typ links sein, oder?»

«Ja, der auf dem linken Schimmel. Aber der Hitzköpfigste ist er nicht. Er ist viel besonnener als sein Bruder. Aber genauso oder noch hasserfüllter.»

«Warum?», flüsterte Luyánta jetzt. «Warum dieser Hass? Was treibt ihn?»

Und Hieronyma, die mit ihrer Wunde bald das Bewusstsein zu verlieren drohte, flüsterte zurück: «Ich weiß es nicht, Luyánta. Wir alle wissen nicht, was Amian treibt ... den *Neuen Adlerprinzen*, wie sie ihn nennen. Aber er ist der Gefährlichere der beiden. Gerade *weil*

286

er besonnen ist in seinem Hass. Und weil er Bündnisse zu schmieden versteht. Du siehst ja die Eunuchen, die Bogenschützen ... Sie alle hat er herangeholt, sogar aus weiter, weiter Ferne. Wir kennen sie von früheren Kämpfen. Mich wundert eigentlich nur, dass er diesmal nicht noch weitere, unbekannte Verbündete aufbietet. Ich hätte darauf gewettet, damit hat er uns noch jedes Mal überrascht, wenn er uns angriff. Aber noch einen sehe ich nicht ...»

«Wen?»

«Pollux und seine zwölf Geschwister, die mächtigsten der Adler. Die Edle 13, werden sie genannt, sie treffen gemeinsam alle gefiederten Entscheidungen. Mit ihnen hat Amian damals ein Bündnis geschlossen, zu unserm Verhängnis. Aber jetzt im Kampf habe ich sie nicht gesehen. Wohl jede Menge Adler, aber weder Pollux noch Tyndar noch irgendeinen andern der 13. Dabei flogen sie sonst immer vorneweg in die Schlacht.»

«Hoffentlich bedeutet das nicht, dass wir noch weitere böse Überraschungen erleben werden», sagte Luyánta.

«Was meinst du damit?»

«Wie sagte Pistior: ‹Wenn sie nicht hier sind, dann sind sie woanders ...› Und das kann nichts Gutes bedeuten, oder?»

«Wer weiß», entgegnete Hieronyma. «Wir werden es erleben, wohl oder übel.»

Luyánta spürte, dass sie schon viel zu lang geschwatzt hatten. Sie musste in den Kampf zurück. Es war, als hätte dieses Gespräch sie für ein paar Minuten Raum und Zeit enthoben. Aber bevor sie hinabstieg, zog sie noch mal Pistiors Fernrohr hervor und richtete es auf den fernen Amian.

Und erschrak. Erleuchtet vom brennenden Himmel, das in Flammen stehende Moor in seinem Rücken, saß Amian aufrecht auf seinem starken Schimmel. Wunderbar glänzend sein langes schwarzes Haar, scharf geprägt seine Nase mit dem Höcker, wie der Haken im Schnabel eines Adlers. Und doch hatte sein Blick etwas Eigenartiges, Verkehrtes. Als trüge er eine Maske. Dennoch konnte Luyánta es vor sich selbst nicht verheimlichen: Sie fand, gegen ihren Willen, diesen

287

Amian einen schönen Mann. Oder einen Jungen? Einen Jungmann. Einen Jüngling.

«Mein Pfeil kann ihn von hier aus nicht erreichen», murmelte sie in Hieronymas Richtung.

«Natürlich nicht», antwortete diese. «Wenn er nah genug wäre, meinst du, ich hätte ihn nicht längst vom Pferd geschossen? Ihn und den vermaledeiten grausamen Malibran mit seinem tragischen, uferlosen Hass!»

Nochmals umarmte Luyánta Hieronyma, Schmerz an Schmerz; dann kehrte sie in das furchtbare Toben zurück. Schoss Massen von Pfeilen von den Palisaden, kämpfte mit dem Schwert Seite an Seite mit ihren Kriegern gegen anstürmende Eunuchen und Spitzhelme. Dann wieder eilte sie durch die eigenen Reihen, zog hier Leute ab, um dort eine gefährdete Stelle zu verstärken, verschob und dirigierte, ermahnte und sprach Mut zu.

Doch trotz der Entlastung, die Pistior jenseits des Moors ihnen verschafft hatte, war ein Sieg nicht in Sicht. Im Gegenteil: Jetzt, da hinter den Bergen allmählich das erste Licht des neuen Tags zu erahnen war, schien alles sich in eine böse Richtung zu entwickeln. Im Rücken der Verteidiger brannte das Lager nun auf der gesamten Breite. Und es war nicht zu überhören, dass in allen Gassen kleine Kämpfe und Einzelgefechte tobten. Klirren von Schwertern, die Schreie Getroffener. Die Krieger Wilburs und Hyypiäs schienen überall, aber es waren immer mehr Feinde eingedrungen.

Und sie stürmten auch von unten weiter heran, angeschoben von den besessenen Schimmelreitern Amian und Malibran. Die beiden mussten längst bemerkt haben, dass der Nachschub an Kämpfern übers Moor ausblieb, vielleicht wussten sie auch längst, dass ihr Heer von hinten angegriffen wurde. Aber sie reagierten darauf mit umso größerer Erbitterung und Angriffswucht.

Die Lage schien kurz davor, ins Unkontrollierbare zu kippen. Neigte es sich nur noch ein wenig, dann waren die Verteidiger geliefert. Ohne Ausweg.

Luyánta musste eine Entscheidung treffen, jetzt. Noch konnte sie

288

Herrin der Dinge sein, aber wahrscheinlich nicht mehr lang. In diesem Moment bemerkte sie oben auf einer Palisade Picabia, die Armbrustschützin, die sie vor vielen Stunden als Botin hergesandt hatte und die noch immer kein Anzeichen von Erschöpfung zeigte.

Luyánta winkte sie zu sich herunter und wies sie in kurzen Worten an, sich durchs Lager zu kämpfen. Wenn sie das geschafft habe, solle sie ihr von der Wiese ihre Stute Kiki herbringen, koste es, was es wolle!

Picabia fragte nichts, forderte keine Erklärung, eilte nur davon, um Luyántas riskanten Auftrag auszuführen. Hinein ins brennende Lager.

Unterdessen kehrte Luyánta, etliche Gegner mit dem Schwert erledigend, zu Hieronyma zurück und setzte ihr ihre Absicht auseinander. Die schwerverwundete Baumeisterin nickte zustimmend. Es gab keinen anderen Ausweg. Das Lager auf dem Hügel war verloren.

Durchs Feuer

Kurz darauf, während Luyánta sich schon ungeduldig fragte, wo Picabia denn blieb, erschien Hyypiä. Der Schweiß rann ihm über den starken Leib, diesem Mann, der durch seine Schmiedefeuer Hitze besser zu ertragen gewöhnt war als jeder andere hier. Sein Hemd hing in Fetzen über der mächtigen Brust, die voller dunkelroter Wunden und Schnitte war, kreuz und quer über die grimmigen, schreienden, blutenden Blicke, die die tätowierten Köpfe warfen.

Hyypiä aber beachtete seine Verletzungen nicht mal, er war, wie diese Köpfe, ganz Grimm und Todesmut. Er schwang sich zu Luyánta und Hieronyma aufs Kommando-Podest und berichtete, dass die Situation außer Kontrolle geraten sei. Zu viele Feinde seien eingedrungen, und es würden immer mehr.

«Am Anfang haben wir viele von den Kerlen gefällt», fuhr er mit grollender Stimme fort, ein unterdrückter Donner. «Aber jetzt fallen immer mehr von uns. Wenn wir noch länger warten, gehen wir alle unter.» Dann schaute er Luyánta an: «Sag uns, was wir tun sollen, Königin.»

Nun weihte Luyánta auch Hyypiä in ihren Plan ein. Der Schmied schien erschrocken, ja schockiert, aber er widersprach nicht. Wenn es noch Rettung gäbe, dann nur so.

Sofort machte er sich auf den Weg zurück zwischen die brennenden Zelte. Der Auftrag an seine verstreuten Kämpfer war klar: Einige sollten nochmals so viele Zelte wie möglich nach letzten Zurückgebliebenen, Verwundeten oder Hilflosen durchforsten und diese aus dem Lager bringen. Der Rest aber solle sich um den Hauptweg durchs Lager sammeln, um diesen freizuhalten, eine Rettungsschneise durchs Verderben, und sich dann den Abziehenden anschließen.

Kurz darauf erschien endlich auch Picabia mit Kiki am Zügel. Die dunkle Stute schien die geifernden Flammen nicht zu fürchten. Hieronyma reichte Luyánta ihr eigenes Schwert, das sie in ihrer Schwäche nicht mehr würde führen können, und Luyánta sprang vom Podest. Unten gab sie der atemlosen Picabia einen flüchtigen Kuss auf die Wange und fragte sie:

«Warum bist du nicht auf Kiki geritten, meine Freundin?»

Picabia sah sie erstaunt an. «Ich kann doch nicht aufs Pferd meiner Königin steigen!»

«Beim nächsten Mal tust du es. Es geht um jede Sekunde!» Schon schwang Luyánta sich auf den Rücken ihres Rappen, der vor Ungeduld bereits mit den Hufen scharrte.

Währenddessen hatte Hieronyma die Trompeter des Heers um sich versammelt. Luyánta gab ihr vom Pferd aus das vereinbarte Zeichen, und im nächsten Moment geschahen zwei überraschende Dinge zugleich: Die Trompeter ließen in ohrenbetäubender Lautstärke das Signal zum Rückzug erschallen, während Luyánta auf

290

Kiki durch die eigenen Leute und niedergestürzte Palisaden mitten hinein in die Reihen des Feindes preschte, in der rechten Hand ihr eigenes Schwert, in der linken dasjenige Hieronymas.

Die Faneskrieger stürzten sich auf das Trompetensignal hin Hals über Kopf in den Rückzug. Die Feinde aber, statt ihren Triumph zu begreifen und die Verteidiger sofort zu verfolgen, wurden von einer Welle des Schreckens ergriffen, als sie die Weiße Kriegerin mit zwei blitzenden Schwertern mitten in sie hineinsprengen sahen. Das konnte keine menschliche Kämpferin sein, nur eine tödliche Zauberin konnte etwas derart Wahnsinniges wagen! Eine, die sich unverwundbar weiß.

Schon sausten die beiden Schwerter links und rechts auf die Gegner. Die Feinde wichen zurück, gerieten in Panik, stürzten und stolperten übereinander ... Luyánta aber fräste mit ihren Klingen durch sie hindurch, ohne Luft zu holen. Und Kiki galoppierte nieder, was ihr vor die Hufe kam.

Luyánta war klar, dass diese Schockwirkung auf den Feind nicht lange andauern konnte. Bald würden sie sich berappeln, und sei es unter dem Druck der Schimmelreiter Amian und Malibran, die zweifellos die Situation schnell begreifen würden. Nun ... dann würde sie halt abwarten müssen, was passierte. Wenn sie fiel, dann fiel sie. Wichtig war nur, dass sie ihren Leuten genügend Zeit verschaffte, das Lager zu verlassen. Wären sie erst draußen bei den Pferden angelangt, würden sie gemeinsam entkommen. Denn der Feind hatte ja, außer den schrecklichen Brüdern, seine Pferde hier nicht dabei, um die Verfolgung aufnehmen zu können. Bis dahin aber hätten die Fanesleute genug Zeit, um in den Nebelwald und von dort in die rettenden Berge zu gelangen, hinauf zur Scharte des Ewigen Regens. Wohin es von dort freilich weitergehen würde, konnte niemand wissen. Denn das Gebiet dahinter war ihnen allen völlig unbekannt.

Und die Kinder? Sie waren sicherlich längst vom Obsthain auf den befohlenen Weg aufgebrochen. Im Wald oder in den Bergen würden die berittenen Fanes und ihre Kinder sich hoffentlich wiedersehen.

Ohne mich, ihre Königin. Aber was soll's. Hab ich Angst vor dem Tod? Irgendwann muss ich sterben. Warum sich fürchten, dass es ein bisschen früher geschieht?

Wenn sie die Feinde nur noch ein Viertelstündchen in Schach halten konnte. Fünfzehn Minuten, eine Ewigkeit …

Denn sehr schnell war zu spüren, dass die zunächst entsetzten Gegner wieder zu sich kamen und begriffen, was Sache war. Selbst die tumben, schreckhaften Eunuchen, die im ersten Moment herumgeflattert waren wie ein Haufen Hühner, in die das schlaue Füchslein fährt. Noch wichen die Gegner vor dem Sausen der zwei Schwerter zurück. Und wichen sie zu zögerlich, fielen sie den Klingen zum Opfer. Doch schon merkte Luyánta, wie sich die hinteren Reihen wieder ordneten und stabilisierten. Langsam schloss sich ein bedrohlich fester Ring um sie und Kiki.

Von wegen! Sie würde hineinrasen und diesen Ring aufbrechen, wieder und wieder! Seht euch vor!

Erneut wichen die Feinde zurück.

Und erneut fassten sie sich und begannen, den Ring wieder zu schließen und fester zu ziehen. Mit einem flüchtigen Blick, den sie zu den Palisaden hinaufwarf, sah Luyánta, dass nun auch Adlersoldaten und Eunuchen ins Lager zu strömen begannen, um die Flüchtenden zu verfolgen.

Sie aber würde ertrinken. Dieser Gedanke kam ihr jetzt. Denn die Feinde um sie waren wie Ringe und Kreise, die das Wasser zog – aber nicht fort von ihr, wie wenn man einen Stein ins Wasser schmeißt (und flüchtig dachte sie an Mäxchen, der das so gern getan hatte), sondern auf sie zu, immer fester, immer enger. Eine Schlinge aus glühendem Wasser. Ein Mahlstrom, der sie einsaugen würde, hinunter in eine Tiefe, aus der es kein Auftauchen mehr gibt.

Aber noch war sie nicht geschlagen. Noch sausten ihre Schwerter tödlich durch die Luft, noch konnte niemand diesen Klingen standhalten.

Noch … Ein Pfeil streifte durch ihre Haare, haarscharf über der Schädeldecke. Sie erinnerte sich an den Wolfsbiss vorhin, an den

292

Schwerthieb auf ihren Oberarm. Es war nur eine Frage der Zeit, bis die rettenden Zentimeter fehlen würden.

Und nun sah sie auch noch durch die äußeren Ringe der Feinde einen imposanten Krieger auf sich zukommen. Einen Mann, einen *Jüngling* mit glänzendem Schwarzhaar auf einem Schimmel. Er war noch weit weg, sie sah noch nicht, wie man so sagt, das Weiße um seine Iris. Aber seine raubvogelhafte Nase, die konnte sie bereits erkennen.

Amian. Er kam zu ihr. Gleich würden sie einander gegenüberstehen, es war unvermeidlich.

Dann würde sich alles entscheiden. Und es war klar, wie die Entscheidung fallen würde. Denn Amian war hier von seinen eigenen Kriegern umgeben, einer Masse aus hunderten, tausenden grausamen Kämpfern. Ein Räderwerk des Todes. Sie aber war allein. So hatte sie es gewählt.

Er sah sie an. Obwohl noch relativ weit entfernt, spürte sie seinen Blick. Und auch sie sah ihn an. Hielt sich mit unbewussten Schlägen ihre Gegner vom Leib wie lästige Fliegen und fixierte Amian, ihren größten Feind, den Prinzen. Über die Distanz durchbohrten sie sich mit ihren Blicken.

Und zugleich lag da etwas Elektrisierendes in ihren hasserfüllten Blicken, ein unsichtbarer Strahl ... ein Begehren sogar, ein Verlangen nach dem feindlichen Körper. Ihn zu berühren, ihn zu verletzen, ihn ... zu zerstören?

Da nahm sie direkt hinter Amian einen zweiten Reiter wahr. Das musste Malibran sein.

Sie kam wieder zu sich. Was war da in ihrem Kopf herumgeschwirrt? Es erschreckte sie, mehr als die ganze Gefahr, die sie gerade umringte.

Amian und Malibran. Nun. Sie hatte zwei Schwerter. Kommt nur.

In diesem Moment aber hörte sie in ihrem Rücken, von der Höhe des brennenden Lagers her, einen gewaltigen Krakeel, ein richtiges lärmendes Spektakel. Und nicht nur sie hörte es, sondern auch die

Feinde: Der Druck des Rings, der sich um sie herum zugezogen hatte, ließ augenblicklich nach, alle Köpfe wandten sich in die Richtung des Lärms.

Auch Luyántas Kopf. Und da sah sie, dass dort oben Hyypiä und Silma auf ihren Pferden mitten in die Feinde hineinjagten. Dabei schwangen sie ihre Schwerter und schrien, so laut sie konnten. Noch lauter aber kreischten ihre wie vom Schlag getroffenen Gegner.

Nun entstand ein riesiges Durcheinander, ein Chaos. Die Feinde zappelten in alle Richtungen: Einige duckten sich oder flohen, andere wandten sich gegen die stürmischen Reiter, wieder andere wollten partout ins Lager, um sich der Verfolgung der Fanesleute anzuschließen. Aber einen Plan hatte das alles in diesem Moment nicht mehr. Auf dem Schlachtfeld entstand wieder offener Raum, sodass Kiki erneut im Galopp herumsausen konnte wie die Sense im Gras.

Auch Amian und seinen Bruder konnte Luyánta nun im Kuddelmuddel nicht mehr entdecken, es war, als hätten die Wellen des überraschend aufgepeitschten Meeres die beiden verschluckt. Dafür begegnete Luyánta nach einer Weile (und trotz der Euphorie erlahmten allmählich ihre Arme) ihrem Genossen Hyypiä. Wenige Meter von ihr hieb er die Gegner mit harten Streichen nieder.

«Warum seid ihr zurückgekommen, ihr Idioten?», schrie sie zum Schmied hinüber.

«Hast du *warum* gesagt?», schrie Hyypiä zurück.

«Du hast es genau gehört!», kam es von Luyánta, während ihre zwei Schwerter niedersausten.

«Blöde Frage! Selber Idiotin!», rief Hyypiä. «Hast du geglaubt, wir würden nicht mal versuchen, dich zu retten? Wenn es nicht klappt, will ich wenigstens zusammen mit dir draufgehen!»

«Sind unsere Leute in Sicherheit?»

«Einige sind noch gefallen, aber die meisten haben das Tor erreicht. Sie sind zu den Pferden und auf und davon. Jetzt müssen sie schon auf halbem Weg zum Nebelwald sein. Nur Silma und ich

294

haben uns entschlossen, noch mal zurückzukommen. Weil's doch grad so lustig war!»

«Man soll aufhören, wenn's am schönsten ist!», schrie Luyánta.

«Du meinst, wir sollen uns jetzt erschlagen lassen?»

«Nein, du Idiot! Abhauen!» Sie gab auch Silma, die mit wehenden Locken hundert Meter entfernt gnadenlos um sich schlug, ein unmissverständliches Zeichen. Und so überraschend, wie die beiden Reiter vor zehn oder zwanzig Minuten in die Schlacht hereingaloppiert waren, jagten nun gleich drei davon: den Hügel hinauf und durch die zerborstenen Palisaden, über konsternierte Feinde hinweg, mitten hinein ins brennende Lager.

Gemütlich war anders, aber sie ritten einfach drauf zu. Luyánta lächelte, und sie sah, dass auch Hyypiä und Silma das taten. Ein Ritt durchs nackte, alles fressende Feuer. Unerträgliche Hitze, unerträgliche Blendung. Als würde vom Heißen ihre Haut schmelzen, vom Licht ihre Netzhaut sich lösen. Aber sie mussten hier durch, es gab keinen anderen Weg.

Wie erleichtert hatten sie alle sich gefühlt, als sie vor wenigen Monaten dieses Lager errichteten! Und jetzt war es schon vernichtet. Einstürzende Neubauten. Was für ein lächerlich flüchtiges Daheim. Ja, genau das war ihr *Daheim*: ein einziges loderndes Feuer, das man durchqueren muss, so schnell es geht. Sonst verbrennt es einen. Und jederzeit konnten die erstickenden Rauchschwaden sie vom Pferd holen. Oder die wütenden Feinde, die ihnen immer wieder mordlüstern in den Weg sprangen.

Noch aber preschten sie alles nieder, die drei wilden Reiter!

Und für einen Moment war es Luyánta, als wäre dieses Feuer, durch das sie auf ihrem Pferd sprengte, in ihr selbst. Das giftige Feuer des Drachen, der die ganze Welt vernichten will. Sie war in sich selbst unterwegs. Ich reite durch mein eigenes Innerstes.

Schon aber hatte sie keine Zeit mehr für solche Schnickschnack- und Schabernackgedanken, denn dann hätte sie den Anschluss an Silma und Hyypiä verloren. Weiter, weiter der Ritt. Mitten durch die Flammen, ein geiferndes Knistern und Prasseln. Hätte man die Au-

295

gen geschlossen, hätte es wie Sturzregen geklungen. Aber die Hitze wäre immer noch da gewesen. Ein Feuersturzregen. Der Schweiß strömte Luyánta über Gesicht und Rücken und Beine, und gleich war er schon wieder verdunstet. Und auf einmal zitterte sie wie vor Frost. Wird übergroße Hitze am Ende zu Eiseskälte? Erfriert man im Feuer?

Dann geschah doch noch etwas, was sie aufhielt. Kurz bevor die drei Reiter das Tor erreichten, nahm Luyánta in dicken Rauchschwaden zu ihrer Linken einen menschlichen Schatten wahr, vor einer Zeltwand, die ihr selbst im Verbrennen noch vertraut vorkam. Das war kein Feind, der da zitternd auf dem Boden saß.

Jäh hielt sie Kiki an, sprang vom Pferd und stapfte in den beißenden Rauch hinein. Im tränenden Augenwinkel sah sie noch die weiterjagenden Hyypiä und Silma verschwinden. Sie aber stand, die Schwerter in ihren Händen, auf ihren wackligen Beinen und konnte kaum mehr atmen, es zerriss ihr den Hals. Doch sie achtete nicht darauf, denn sie erkannte: Titurel.

Der Greis saß auf dem Boden vor seinem verbrennenden Zelt. Lebte er noch?

Ja, der Blinde hob den Kopf. Nur ein klein wenig, wie mit letzter Kraft. Er musste durchs Rasseln und Knistern der Flammen das galoppierende Pferd vernommen haben. Oder er spürte, wie sie, Luyánta, sich ihm näherte.

«Titurel!», schrie sie. «Haben sie dich nicht mitgenommen? Ich habe ihnen gesagt, sie sollen jeden mitnehmen, der noch da ist!»

«Schimpf nicht mit ihnen», hörte sie die heisere, ersterbende Stimme des Alten. «Sie haben es ja versucht. Wilbur selbst wollte mich auf seine Schultern nehmen. Aber ich habe es ihm nicht erlaubt und auch keinem anderen.»

«Warum nur? Warum?!?»

«Wozu? Wozu sollte ich euch zur Last fallen? Rettet ihr erst mal *eure* Leben und die der Kinder. Außerdem, wozu sollte ich mir alles noch einmal ansehen, was ich schon früher ansehen musste? Wie ihr euch auffresst in Hass. Wie am Ende alle … alle untergehen.»

«Das wollen wir erst mal sehen!», rief Luyánta. «Ich nehme dich jetzt mit, scheißegal, was du sagst!»

Sie steckte ihre beiden Schwerter weg, ihr eigenes in die Scheide, Hieronymas in den Gürtel. Dann ging sie noch einen Schritt auf Titurel zu und beugte sich vor, um ihn unter den Armen zu nehmen. «Hüte dich!», rief da Titurel. Und im selben Augenblick sprangen zwei Gestalten herbei, feindliche Soldaten. Sie mussten lautlos im Qualm auf diesen Moment gelauert haben. Der Blinde mit seinem Instinkt hatte sie einen Sekundenbruchteil vor Luyánta bemerkt. Jetzt sah sie im Licht der Feuersbrunst erst die Spitzhelme funkeln, dann die mit gezückten Messern auf sie zuspringenden Männer.

Fluch! Keine Chance, ihre Schwerter zu ziehen. Doch im selben Augenblick geschah, womit sie selbst am wenigsten gerechnet hätte: Schlagartig erinnerte sie sich an die elenden Kampf- oder eher Gymnastikstunden im Taekwondo-Verein, wohin ihre Eltern sie mal geschickt hatten. Und sie schnellte in die Luft, den Angreifern entgegen – Knie im Flug hoch zur Brust – höher, höher –, und dann sauste ihr Fuß nach oben und traf den verdatterten Feind hart unters Kinn. Er ließ sein Messer fallen und torkelte rückwärts ins brennende Zelt, während Luyánta auch ihr anderes Knie zur Brust riss, wieder von sich stieß und den zweiten Soldaten direkt am Hals traf. Auch er ging zu Boden.

«Jetzt reicht's mir aber langsam!», kreischte sie hysterisch, als sie wieder auf dem Boden aufsetzte. Dann packte sie den störrischen Alten unter den Armen. Fest, obwohl sie Angst hatte, ihn zu zerbrechen, diesen Greisenkörper mit seinen gläsernen Knochen. Als sie ihn aufgerichtet hatte, drehte sie ihn um und zog ihn an seinen Unterarmen auf ihren Rücken.

Erinnerungsblitz, Flashback: Ihr Bruder trägt Mäxchen durch die Berge, als der Kleine nicht mehr kann. Und sie, sie fragt sich, wer trägt mich?

Weg damit, das gehört nicht hierher! Schon wollte sie sich mit Titurel auf den Sattel schwingen, da ziepte es auch noch garstig im hinteren Oberschenkel. Bestimmt von dem verdammten Taekwondo-Tritt, wahrscheinlich gezerrt. Ah, sie wusste schon, warum sie Sport immer gehasst hatte!

Kiki merkte sofort, dass ihre Reiterin Probleme beim Aufsteigen hatte, und knickte die Vorderbeine ein, sodass Luyánta den reglosen Titurel vor sich aufs Pferd setzen konnte. Um die Hüften des reglosen Alten packte sie die Zügel, und schon richtete Kiki sich auf und galoppierte wieder los.

Hinter ihnen krachte auflodernd ein Zelt nieder, es verfehlte sie nur knapp.

In einem dieser Zelte verbrennen jetzt meine alten Sachen, fiel Luyánta ein. Der Hippiebeutel mit der Stirnlampe, das Kleiderbündel, das zerrissene schwarze T-Shirt mit den abblätternden Buchstaben. Woher ich kam der Fahrt. Mein Nam' und Art. All das nur noch Glut und Asche.

Wasser und Feuer hatte sie in dieser Nacht durchquert. Wenige Augenblicke später stoben sie durch das zerborstene Tor des Ortes, der einmal das Faneslager gewesen war, hinaus ins Freie.

Die Stadt aus Knochen

Auf dem Weg, der zum Tor heraufführte, kamen ihr Hyypiä und Silma entgegen. Die beiden mussten außerhalb des Lagers Luyántas Fehlen bemerkt haben und wollten gerade zurück in die Feuerhölle, der sie eben entkommen waren. Als sie Kiki durchs Tor sausen sahen, zügelten sie ihre schnaubenden Pferde und erwarteten erleichtert die Königin.

Kein erklärendes Wort war nötig, Silma und Hyypiä erkannten den halbtoten Greis vor Luyánta auf dem Pferd und begriffen. Sofort setzten sie sich wieder in Bewegung und galoppierten gemeinsam in Richtung des Obsthains. Dort zügelten sie ihre Pferde und sahen sich um. Erleichtert stellten sie fest, dass niemand mehr da

298

war. Still und verlassen lag das lichte Wäldchen, friedlich, aber auch etwas trostlos. Die Baumstämme glänzten vor Nässe, und das Laub, das gestern früh noch in voller Pracht rot und gelb geleuchtet hatte, war im nächtlichen Regen fast abgefallen, nur spärlich hing es noch an den Zweigen.

Aber viel wichtiger war, dass die Faneskinder beizeiten aufgebrochen sein mussten, genau wie Luyánta es ihnen gesagt hatte. Das immer ausgreifendere Feuer im Lager war ja auch von hier sicherlich bereits seit Stunden unübersehbar gewesen. Vielleicht, so hofften die drei, hatte das abziehende Heer die Kinder bereits eingeholt.

Es war ein schöner, sanftkalter Morgen. Hätten die Reiter vergessen, welchem nächtlichen Inferno sie gerade entronnen waren, sie wären einfach abgestiegen und hiergeblieben, an diesem schönen Ort unter tiefblauem Herbsthimmel.

Luyánta aber kam der Hain nicht nur aufgrund der quälenden Nacht seltsam und unwirklich vor. Ihr war, als gäbe es diesen Obsthain nur ... sie wusste nicht, wie sie es nennen sollte ... *halb*. Irgendwie nicht wirklich. Ihr Gefühl und ihre Wahrnehmung waren schwer zu erklären, sie verstand sie selbst nicht ganz. Sie dachte an Gabiel und Bagiuz.

Und wer war noch tot? Laleh, Mizuel, wie mochte es ihnen wohl gehen?

Sie ritten langsam zwischen den Obstbäumen umher und schauten sich genau um, damit sie nicht am Ende doch ein vergessenes Kind übersahen. Aber es war wirklich keine Menschenseele mehr hier. Luyánta atmete die erlösend frische Herbstluft tief ein, wandte sich auf ihrem Pferd um und warf einen Blick zurück auf den brennenden Hügel. Vom Lager war in den Flammen nichts mehr zu sehen. Bei allem Schmerz erleichterte sie dieser Anblick auch, denn es war unmöglich, dass irgendwer dieses Feuer jetzt noch durchquerte. Der Feind musste einen stundenlangen Umweg machen, wenn er sie verfolgen wollte.

Der Hügel aber, auf dem die Flammen im angebrochenen Morgen loderten, sah von hier wunderschön aus, es war nicht zu bestreiten. Die grüne Kuppe mit ihrer rot und gelb wuchernden Krone, hell und herrlich (die todbringende Hitze und der erstickende Qualm von hier aus nicht spürbar). Auch dieser Schrecken kam einem nun ganz unwirklich vor. War das alles tatsächlich passiert, oder hatte Luyánta es nur geträumt? Oder wurde sie geträumt und von wem? Dann aber dachte sie, in erschreckender plötzlicher Klarheit: Ich habe getötet. Sie mögen Feinde gewesen sein, aber ich habe sie getötet. Die Worte der Dicken fielen ihr ein: *Wenn man kämpft, muss man gewinnen. Aber man kämpft nur, wenn man nicht fliehen kann.*

Sie hatten gekämpft. Jetzt waren sie auf der Flucht. In diesem Moment spürte sie Angst vor sich selbst; dann, gleich darauf, wurde ihr von neuem alles schleierhaft und unwirklich. Auch sie selbst.

Hinter dem Hügel, ganz im Osten, ging eben die Sonne auf. Genau jetzt wäre wohl jener erhabene Moment, da sie sich über den Bergen in den Himmel schiebt; aber der war von der qualmenden, sirrenden Giftluft ganz verdorben: Denn die Brandnebel über dem schwelenden Moor ließen die Sonne falsch und milchig erscheinen. Eine trügerische Scheibe.

Und das galt für den ganzen Morgen, empfand Luyánta, nachdem sie sich mit ihren Begleitern wieder in Trab gesetzt hatte. Der neue Tag schien überhaupt unscharf und nur in Umrissen da, oder in Luftspiegelungen, in durchsichtigen Schatten. Als hätte sie einen Schleier vor Augen. Vielleicht war das alles ja nur eine Folge von Blendung durch das Feuer, es hatte sich angefühlt, als würde ihre Bindehaut schmelzen. Oder war es wieder die Kurzsichtigkeit, die sie schon länger befürchtete? Unfassbar, vor welchen Lächerlichkeiten sie sich früher gefürchtet hatte. Sie kniff die Augen zusammen.

Oder löst die Welt sich auf?

Oder *sie?* Löste sie selbst sich auf? Luyánta-Jolantha, das weiße Murmeltier, Kriegerin, Königin, das seltsame Mädchen? Wer war sie denn, wenn sie das *alles* war? War sie dann überhaupt irgendwer?

«Ist es so neblig?», fragte sie die neben ihr reitende Silma.

«Neblig? Nein.» Silma, die Hand mit dem V-Reif am Zügel, wirkte erstaunt. «Es ist doch ein herrlich klarer Tag nach dieser fürch-

300

terlichen Regennacht. Schau nur, wie es funkelt im nassen Gras! Wassertropfen wirken wie Silber, findest du nicht?» «Aber deinen Nebel wirst du schon bekommen», fügte Hyypiä donnerlachend hinzu. Er war ein Stück vor ihnen geritten und hatte sich zurückfallen lassen, als sie sprachen. «Bald werden wir ja im Nebelwald sein, dort gibt es mehr als genug.» Dann schaute er sie, plötzlich besorgt, an. «Du bist erschöpft vom Kampf, Luyánta. Es ist kein Wunder.» Nein, es war kein Wunder. Vor gerade mal vierundzwanzig Stunden war sie mit Laleh ausgeritten, um erst Harichl und Pistior, dann die Murmeltiere am Roten Grat zu besuchen. Vierundzwanzig Stunden, die wie viele Tage oder Wochen schienen. Und wieder die Frage – wie mochte es nur ihrer lieben Laleh ergangen sein, die dort oben zurückgeblieben war? Während sie, die schrecklich überforderte Luyánta, davongeritten war, um zu retten, was zu retten war? Und die nun wieder darüber grübelte, wer sie denn bloß sei, eigentlich und wahrhaftig und überhaupt! Als gäbe es keine wichtigeren Fragen auf der Welt.

Auf dieser schönen und entsetzlichen, verschwommenen, unerklärlichen Welt. In der Ferne sah sie einen wackligen Weiler, umgeben von stoppeligen Ackerflecken, alles längst abgeerntet. Aus dem Schornstein der einen oder andern ärmlichen Hütte stieg dünner Rauch in den Morgenhimmel. Hoffentlich erging es den Menschen, die dort lebten, nicht übel, wenn erst Amians Soldaten durchs Tal zogen.

Es war eine schlimme Vorstellung, aber sie dachte nicht lange daran, denn nun waren auch ihre Schmerzen wieder voll da. Oben im Feuer war es beinah gewesen, als brennte der teuflisch glühende Kessel den Schmerz aus ihrem Körper raus. Doch nun flutete und pulsierte es wieder durch ihren Leib, hinein in Arme und Beine und Fuß- und Fingerspitzen. Ja bis in die Haare, denn auch im Kopf waren sie; und dazu ein brausender Schwindel, der ihr eigenes Dahinreiten unwirklich machte. Ihre Bewegung fühlte sich an wie ein Schweben vor Schwäche. Sie hätte nicht beschwören mögen, dass

Kikis Hufe überhaupt den Boden berührten. Oder dass sie jemals irgendwo aufschlagen würde, wenn sie jetzt vom Pferd fiele ...

Mehrmals krümmte sie sich, dann hielt der vor ihr sitzende bewusstlose Titurel sie mehr, als sie ihn hielt. Hyypiä bemerkte ihr Unwohlsein und sah öfter sorgenvoll herüber.

Sie riss sich zusammen. Wieder. Sie durfte ja nicht hinabfallen. Noch nicht. Nach einer Weile erkannten sie den Tross der flüchtenden Fanesleute, eine geschlagene Karawane wie ein davonfließender und doch zäher Brei. So sah das aus von hier. Quälend, beschwerlich. Silma hatte sie zuerst am Horizont erspäht.

Da trieben sie ihre Pferde an, und bald hatten sie den Zug eingeholt. Die Freude der entkräfteten, aber nicht entmutigten Fanes war groß, als sie Luyánta erkannten. Und wieder teilte sich wie von allein die Menge, damit die Königin durch ihre Mitte dorthin reiten konnte, wo sie hingehörte: an die Spitze. Viele bekannte Gesichter sah sie auf ihrem Durchritt. Einige Kriegerinnen hatten auf ihren Pferden Verletzte oder gebrechliche Alte dabei, und auch sonst saßen oft zwei oder sogar drei auf einem Pferd, einige ritten auch auf Eseln.

Die Kinder aber, die in den Hain geschickt worden waren, waren nicht zu sehen.

Luyánta langte bei Hieronyma an der Spitze des Zuges an, und diese bestätigte ihr, dass sie von den Kindern keine Spur entdeckt hatten. «Das könnte ein gutes Zeichen sein», sagte die verwundete Baumeisterin, die sich nur mit Mühe auf ihrem Pferd hielt. Das Sprechen fiel ihr schwer. «Das Lager hat ja ewig gebrannt, und die Kinder werden bald aufgebrochen sein, so wie du es ihnen befohlen hattest. Sie haben vermutlich einen großen Vorsprung. Sicherlich sind sie schon tief im Nebelwald.»

«Habt ihr Nachricht von Pistior und seinen Leuten?», fragte Luyánta.

«Nein. Aber der alte Teufel wird sich schon zu helfen wissen. Ich wette, dass wir ihn gesund und munter wiedersehen werden. Um andere mache ich mir größere Sorgen ...»

Luyánta wusste, von wem Hieronyma sprach: Laleh, Mizuel, Hypatia und die achtzig Kämpfer, die sich gestern auf den Roten Grat begeben hatten. Von ihnen jetzt Nachricht zu erhalten, war kaum möglich. Sie mussten sich gedulden, so schrecklich das war. Sie kamen ja selbst nur mühsam voran. Ein Stück hinter sich bemerkte Luyánta, als sie sich einmal umdrehte, den schwerverletzten Anchises, er lag gemeinsam mit einem weiteren Versehrten ohnmächtig und notdürftig angebunden auf einem dürren Pferd, das von Picabia am Zügel geführt wurde. Und viele im Heer boten einen ähnlichen Anblick.

Die nächsten Stunden erlebte Luyánta wie aus der Ferne, wie in einem bösen Traum. Aber zumindest war die erbarmungswürdige Karawane halbwegs beruhigt durch die Gewissheit, dass die Feinde sie in den nächsten Stunden kaum erreichen konnten. Denn die mussten ja zurück übers Moor und von dort den weiten Weg ins freie Tal nehmen, falls sie nicht warten wollten, bis das Lager ganz zugrunde gebrannt war und sie wieder über den Hügel konnten, durch Glut und Asche. Aber auch dann hätten sie zunächst ja keine Pferde gehabt, außer den beiden Anführern.

Doch wie ein Stich in diese Gewissheit hinein erschienen nach einer Weile Adler am blauen Himmel, eine ganze Legion. Die hinteren Reihen des Zugs bemerkten sie als Erste. Zunächst näherten die Adler sich schnell. Ein aufwärtsschießender Hagel von Pfeilen holte einige der Vögel herunter, und da ließen sie sich wieder zurückfallen und folgten den Fliehenden in größerer Ferne.

Auch das erlebte Luyánta nur wie durch einen Schleier, wie eine unbeteiligte, ratlose Zuschauerin, obwohl sie ja selbst den Befehl zum Abschuss der Pfeile gegeben hatte.

Nun. Bald würde sie sich ausruhen können. Hoffentlich. Wenn die Schmerzen sie ließen. Immer wieder wandte sie sich um, und da sah sie, dass etwas vom Himmel fiel. Wie ein Stein. Ein Adler aus der Schar ihrer Verfolger. Er stürzte einfach ab, ganz von allein, keine unsichtbare Hand fing ihn in der Luft. Plumpste einfach verloren in die Tiefe. Dort würde er liegen bleiben, den Wölfen und Schakalen zur leichten Beute.

303

Das geschah noch einmal, und nochmals. Immer wieder stürzte einer ab.

«Es müssen die giftigen Dämpfe sein, die sie über dem brennenden Moor die ganze Nacht eingeatmet haben», sagte Hyypiä, der es auch bemerkte. «Das Zeug steckt in ihren Lungen und in ihrem Blut, sie sind geschwächt. Ein schrecklicher Anblick, einen Adler so stürzen zu sehen. Sie tun mir leid. Denn es sind doch eigentlich wunderbare, stolze Tiere. Man müsste sie lieben, wenn sie nicht unsere Feinde wären.»

Luyánta war geistesabwesend, während Hyypiä sprach. Wer weiß, was *sie* alles eingeatmet hatte. Unter den Hufen ihres Pferds bemerkte sie im feuchten Grün die Überreste einer Straße, selbst zerbröckelte Spurmarkierungen waren hier und da noch zu erkennen; aber der Asphalt war überall aufgesprungen, Gras schoss daraus hervor. Einige hundert Meter seitwärts entdeckte sie den alten Hochspannungsmast, auf den sie in der Nacht geklettert war. Nun war der Mast ganz eingestürzt, ein von hohem Gras überwucherter Haufen Metall. Und der Lastwagen war viel tiefer in der Erde versunken, nur noch ein letztes Eck lugte heraus, darauf der Buchstabe M.

Sie gelangten an den Fluss, durch den sie mit Pistior in der Nacht geradewegs durchgeritten war. Am Ufer sahen sie eine schlanke, graue Gestalt auf grauem Pferd warten. Schon von weitem wusste Luyánta, dass es der Jäger Gracchus war, ihr engster Verbündeter unter den Talbewohnern. Als sie ihn erreichten, begrüßte sie ihn mechanisch, und er erklärte ihnen knapp, warum er sie erwartete und was er vorhatte. Bei Luyánta kamen seine Worte aber gar nicht an, so sehr drehte es sich in ihrem Kopf und Körper; die Stimme des grauen Mannes war wie ferne Begleitmusik zum sanften Wehen des Windes und der Stille, die die Welt füllte.

Trotzdem wusste Luyánta sicher, dass es gute und rettende Worte waren. Und während Gracchus noch sprach, betrachtete sie das gegenüberliegende Ufer: Dort drüben floss Wasser in eine mit Schilf und Gesträuch überwachsene Höhle ab, die sie als das verwitterte Dach einer Tiefgarageneinfahrt erkannte. Die verwitterten roten

304

und blauen Einfahrtsschilder lagen halb im Wasser, unter üppigem Moos.

Dann ging es flussaufwärts, die Karawane folgte Luyánta, die Gracchus folgte. Bald hatten sie den Nebelwald erreicht und die Furt, die der Zug nehmen musste. Die argwöhnischen, versehrten Adler am Himmel begleiteten sie in respektvollem Abstand bis an den Waldrand. Dort aber konnten sie nicht weiterspähen. Denn der Wald war dicht und von weißen Schwaden gesättigt. Man konnte von dort nicht zum Himmel sehen und vom Himmel nicht in den Wald hinein. Der Faneszug konnte sich hier weiterbewegen, ohne dass jemand verfolgen konnte, wohin.

Die Bäume im Nebelwald waren schon völlig entlaubt, überall nackte Äste und Zweige der Silberpappeln und Birken. Freundlich und unheimlich zugleich klang durch den Nebel das morgendliche Quaken der Frösche an verborgenen Tümpeln. Doch die dichten Schwaden hierin wirkten auf Luyánta auch nicht schleierhafter als die helle Ebene zuvor. Eine unscharfe, unwirkliche Welt, durch die der wegkundige Gracchus sie zielstrebig führte. Auf einem Ast saß ein Käuzchen, es schien, dass der Jäger und das Käuzchen einander begrüßten. Vor sich im Sattel spürte Luyánta immer noch den bewusstlosen Titurel, seine eiskalten Hände, ein nur mehr Halblebendiger. Aber er atmete noch, und sein Herz schlug; wenn auch alles matt und flach. Hinter ihnen ritten wachsam Hyypiä und Silma, die auf die immer schwächere Hieronyma achtgab. Und dahinter zog, fast lautlos, der aberhundertköpfige Tross der Fanesleute. Verwundet und geschlagen, aber sie lebten. Doch wie viele Köpfe dort hinten mochten gerade von der Frage zermartert werden, wo die Faneskinder steckten, ihre eigenen Kinder?

Als sie eine Lichtung überquerten, bemerkte Luyánta einen Hirsch, der vor ihnen davonsprang ins Weiß. Das hier waren ja ergiebige, wildreiche Jagdgründe. Luyánta schien es, als wäre dieses flüchtende Tier kein anderes als jener Hirsch (oder sein Geist), den sie damals so ungeschickt getroffen und dadurch leiden lassen hatte. War das wirklich erst ein paar Tage her? Ihr war, als ob der Geist des

305

Hirschs sie aus den Tiefen des Nebelwalds ansah; und ihr vergeben hatte.

Noch öfter erspähten die Voranziehenden ein Reh oder Wildschwein oder auch bloß einen Hasen, aber sie ließen die mögliche Beute. Denn sie hatten zwar Hunger, aber keine Zeit für die Jagd und Bereitung des Fleischs. Stattdessen rissen sie Wegerich ab, Sauerklee oder Gierschblätter, gerade so viel, dass sie vor Hunger nicht von den Pferden fielen. Wenn jemand noch ein Stück Brot oder Speck in seinem Beutel fand, teilte er es mit den anderen um ihn. An einem schnell fließenden Bach kamen sie an der verfallenen Mühle vorbei. Luyánta erkannte die verrottete Wasserrinne und das zerbrochne Mühlrad im Unterholz gleich wieder. Sie hielt auch Ausschau nach dem Motor, den sie einst gesehen hatten, aber konnte ihn nicht entdecken. Der Wald schien noch dichter geworden zu sein, oder sie waren doch in einer anderen Gegend des Walds unterwegs. Trotzdem war sie sicher, dass irgendwo in der Nähe die Kuhle sein musste, in der der verwundete Hirsch vom Wolfsrudel zerfleischt worden war. Der Gedanke daran war Luyánta jetzt gar nicht mehr so entsetzlich, wie er ihr noch vor kurzem vorgekommen wäre. Einen Moment lang war ihr, als sei alles versöhnt; und die Wölfe, dachte sie, leben.

Dann wieder schaute sie den mysteriösen Jäger neben ihr an, der sie schweigend führte. Pockennarben übersäten sein scharfes, fahles Gesicht, und selbst seine Augen waren grau wie Asche. Sie erinnerte sich, dass sie ihn vor einigen Stunden verdächtigt hatte, als sie über den Verräter nachdachte. Wer war es nur, der sie alle Amians Vernichtungswillen ausgeliefert hatte? Ihr Denken kreiste in sich selbst, kam nicht voran. Mein Kopf ist ein Gefängnis.

Aber war das alles überhaupt wichtig? Was zählten Feinde und Verräter? War nicht *sie* es, sie ganz allein, die all diese Menschen hier in Elend und Verderben führte? Diese kreuzdummen Menschen, die ihr sonst was zutrauten, die sie für Gott weiß wen hielten? Ah, es war derart widerwärtig! Nichts ahnten sie von ihrer Blödheit, ihrem Stumpfsinn, ihrer jämmerlichen Hilflosigkeit ... und nichts von die-

306

sem grauenhaften Schmerz, der sie auffraß ... vergiftete, verbrannte ...

Und doch hatte sie diesen unerträglichen Schmerz bereits besiegt. Nicht endgültig, dafür immer wieder. So wie sie die anstürmenden, verheerend überlegenen Feinde in Furcht und Schrecken versetzt und zurückgeschlagen hatte.

So stark war sie.

Nun hatte der Schmerz von neuem zugenommen. Die Welt löst sich auf. Alles undeutlich, verschwommen.

Aber es war gleichgültig, ob sie starb oder nicht. Sie musste nur diese Menschen beschützen. Sie in die rettenden Berge führen.

Je höher sie im Nebelwald zogen, desto öfter stießen sie schon auf Schneefelder. Als sie nach einem Tag aus dem Wald kamen, waren sie bereits hoch im Gebirge. Aber der Nebel blieb in ihr, auch als sie sich in reiner, klarer Luft befanden. Das Tal der Enge und Weite, längst verlassen, war von hier aus nicht mehr sichtbar. Aber für Luyánta war auch alles um sie herum nicht mehr richtig sichtbar. Alles unwirklich. Die Welt nicht mehr ganz da. Immer mühseliger hielt Luyánta sich auf ihrem ausdauernden Pferd. Der Schmerz in ihr drehte sich in einem fort, ein sausender Kreisel. Unterm Rad, aber das Rad war in ihr.

Zwei Nächte und zwei Tage folgten, keine Pausen, nur das allernötigste Luft- und Wasserholen. Die aufgeriebene Luyánta, immer wieder nahe der Ohnmacht, nahm alles wie unter einer Glocke wahr. Sie spielte sich selbst. In den höheren Lagen war der Schnee dann auf einmal fort, und in dauerströmenden Wolkengüssen erreichte der Zug die Scharte des Ewigen Regens. Es war, als käme alles Wasser der Welt von dort, aus dem Himmel über diesen gezackten Felsen. Die Faneswächter, die hier postiert gewesen waren, trafen sie nicht an, nur noch ihren verlassenen Unterschlupf. Unter einigen Brettern waren zwei raue Decken zurückgeblieben, ein blecherner Topf, eine kalte Feuerstelle. Wo mochten die Wächter hin sein?

Die Frauen und Männer führten die immer wieder stolpernden Pferde an den Zügeln über die Scharte, ein kräftezehrendes Unterfangen. Jenseits dieses Übergangs stiegen sie ein Stück ab, völlig durchnässt, aber erleichtert, den unbehaglichen Ort verlassen zu haben. Sie kamen dann über steile Wiesen, später über ein unzugängliches Geröllfeld und hart unterhalb eines schroffen Gipfels entlang. Leichtes Schneeregennieseln dort, dann wieder fahle Sonnenstrahlen, ein weiterer Bergkamm.

Sie überquerten ihn und zogen weiter. Irgendwann dann sahen sie am Berghang weit vor sich, fast senkrecht an der Wand klebend, die Überreste einer einst großen, verfallenen Stadt, Mauern und Häuser und Türme. Auch die erreichten sie, nach Stunden, die sich ewig zogen und zugleich wie im Flug vergingen, und durchquerten den verlassenen Ort voller überwachsener Gassen und zerbröselter Gemäuer und verwitterter Statuen mit leeren Augenhöhlen. In einem eingestürzten Tempel hausten Wildschweine, die den Vorbeiziehenden stumm nachsahen.

War das eine alte Fanesstadt? Irgendeine andere Urstadt?

Dann stiegen sie wieder auf, weiter, ins Seitental eines Seitentals eines Seitentals begaben sie sich, alles obenherum. Der Jäger kannte den Weg, den kein anderer gefunden hätte. An einem einsamen Hof machten sie halt, dort schlachteten die Bewohner in aller Eile zwei Ochsen und stärkten mit dem Fleisch den ausgemergelten Treck.

Oberhalb eines Nadelwaldes zogen sie weiter. Der Himmel war nun wieder strahlend blau, aber immer weiter entfernt, so schien es Luyánta. Er sirrte und flirrte, dieser Himmel, als bestünde er aus Millionen winziger, wackelnder Punkte und ebenso vieler kleiner Löcher ins Weltall. Der Weg führte sie bergauf, wohl auf einen weiteren Grat zu. Und in Luyántas schwindligem Kopf, immer tauber und blinder, tauchten warme Erinnerungen und klare Bilder auf. Mit heiterem Schreck fiel ihr ein, es heißt, ein Mensch sehe sein ganzes Leben an sich vorbeiziehen, wenn er stirbt. Ein Film. Aber sie sah nicht einen zusammenhängenden Film, sondern einzelne Bilder. Hörte vertraute Melodien, aber auch die wüst durcheinander, zwei bekannte Töne hier, einer dort. Anfang und Mitte und Ende des Lieds, nur nicht in dieser Reihenfolge. Alles da, aber in Fetzen.

Ein Pfeifen hörte sie auch, ihr eigenes Pfeifen im geschlossenen Zimmer, oh, der Vater irgendwo vorn wird wütend werden. Sie aber ist völlig allein und von vielen Freunden umgeben. Das Treppenhaus rauf und runter, ein Abgrund und eine Himmelsleiter und die verschlossene Tür zum Dachboden. Ein Gletscher ist der Dachboden, ein geheimnisvoller Gletscher, erhaben und verhängnisvoll. Fasziniert richtet sie den Blick auf einen winzigen Finger, zauberhaft gekrümmt, das Fingerchen eines Kleinkinds, es ist ihr eigener. Er ist anders als alle anderen Finger. Da schaut sie ihn an, das bin ich: weiße Pfoten, samtweiche, strahlend weiße Pfoten.

In einer Höhle, endlose Gänge, endlose Dunkelheit. Sicherer Schutz ist hier und das Ende aller Zeit. Wie geborgen man in diesen schwarzen Gängen ist, tief unter der Welt. Sie aber, sie wird diese Höhle verlassen. Sie muss endlich raus hier, raus. Dort hinten ist ja Licht, in der Höhe, am Ende eines unendlich langen Tunnels. Da will sie hin, ins blendende Licht. Sie umklammert ihr Schwert und geht, eilt, rennt dorthin. Verletzt sich im Laufen an einem scharf hervorstehenden Felsen, Fluch, es tut weh am Knie, ihre Kleidung zerreißt, das edle weiße Gewand, wie eine nahrhafte, bergende Blase, die plötzlich platzt, einfach zerspringt.

Dort ist ein einsamer See. Im Sonnenlicht liegt er, türkis wie ein Edelstein. Eine uralte Frau an seinem Ufer, eine Aguana, türkisgrau ihr nasses Haar. Das Schwert aber, das unbesiegbare Schwert, da versinkt es in dem tiefen, tiefen See.

Und das Murmeltier, es ist wieder in einer sicheren, bergenden Höhle. Zur Welt gekommen ist ein Mädchen, das seinen seltsam krummen kleinen Finger betrachtet. Diese Welt ist etwas Fremdes, Unverständliches, manchmal Feindliches. Will in ihre Höhle eindringen, dieses Fremde und Feindliche, in ihr verschlossenes Zimmer, will sie herauszerren, sie verwirren, sie auffressen.

Doch das Feindliche unterschätzt, wie stark sie ist. Es kann sie gar nicht herauszerren und auffressen. Also dringt es in sie ein, will sie von innen auffressen. Beinah ist es ihm schon gelungen, es fehlt nicht mehr viel.

309

Hi, Leute, hier bin ich wieder, und mein Leben war groß. Aber ist es wirklich schon vorüber, dieses Leben? Das wollen wir erst mal sehen. Aber es ist so schwer, sie ist so schwach. Aber sie hat so viel Kraft. Aber so schwer, so schwach ...

Aber, aber, aber ... Das Wort ist ein Pendel, das hin- und herschlägt, hin und her.

Nein. Weiter. Weiter.

Ich reite durch meinen eigenen Tod.

Und sie hört noch mehr Töne und sieht noch mehr Bilder, immer mehr, immer weiter fließen sie: ein erbitterter Kampf in den Lüften. Im Himmel. Feuerräder rollen auf sie zu. Sausende Geräusche. Ek-kliges K-klappern. Das halbverweste Skelett eines Maultiers, es kommt ihr bekannt vor, da liegt es im Wüstensand eines Naturschutzgebiets, hinter einem Stein, der in der Sonne glüht ... aber das ist ja ewiges Eis, diese Wüste, und dort oben auf dem Gletscher steht eine uneinnehmbare, verwunschene Festung. Masken sind an ihren Mauern, riesige Gasmasken, oder Insekten. Sie starren sie an. Dieser Blick aber, das ist ein anderer, der Blick einer großen Wölfin, nicht feindselig, sondern voller Liebe.

Dann eine alte Frau, die ihr bekannt vorkommt. Fremd und zugleich vertraut ist diese Alte, ganz faltig und runzlig und immer noch groß, gebeugt, aber glücklich. Sie lebt in einem kleinen, unaufgeräumten Haus, allein unter Katzen. Ist das *sie*? Sie selbst, als zufriedene alte Frau.

Das ist es, was gerade geschieht. Sie erinnert sich an die Zukunft. An ihre eigene Zukunft. Wie ist das möglich?

Ich will nicht sterben.

Ich werde sterben.

Aber noch nicht jetzt.

Mein Gott, wie schön die Bäume hier um sie sind, der blaue Himmel und die dahinfegenden Wolken über ihr, der Wind, und unter den Hufen ihres lieben Pferds das Gras, das überwältigend grüne Gras, und darin die Steine. Als sähe sie das alles zum ersten Mal. Nicht diese Steine, sondern einen Stein überhaupt.

Voller weißer Steine liegt das Gras, durch das sie reiten, geführt vom Jäger Gracchus. Sie kennt solche zauberhaften Wiesen bereits. Dann aber sieht sie genauer hin und erkennt, die weißen Steine sind alles Knochen, ausgeblichne Knochen. Doch das Gras, in dem die Knochen liegen, ist saftig grün, grüner, als sie je gesehen hat, und der Erdboden darunter von fruchtbarer, dunkler Farbe.

Sie hebt mit aller Kraft den hängenden Kopf und erkennt nun ein strahlend helles Tal, in dem sie endlich, endlich angekommen sind. Weit und weiß ist dieses rettende Tal, der abgelegenste Ort des Gebirges. Das Licht der tiefstehenden Sonne blendet die Ankommenden. Männer und Frauen um sie herum heben ihre Unterarme vor die Gesichter, um ihre Augen zu schützen. Der Jäger Gracchus an ihrer Seite, erkennt sie mit flimmerndem Blick, bindet sich ein graues Tuch vor die Augen.

Sie aber schaut geradeaus: Ganz am Ende des Tals liegt eine große Stadt, mit mächtigen weißen Mauern, weißen Dächern, weißen Türmen. Eine Stadt wie aus purem Licht. Es ist die Stadt der Knochen.

Es ist geschafft. Endlich sind sie am Ziel. Ist das der Rand der Welt? Reiter kommen ihnen entgegen, alle mit verbundenen Augen wie der Jäger. Ihr aber, der Weißen Kriegerin und Königin, wird in der übergroßen Helligkeit schwarz vor Augen. Die Welt löst sich in Licht auf. Sie merkt noch, wie sie vom Pferd stürzt. Aber sie spürt keinen Schmerz mehr.

Vierter Teil: Das Tal der Knochen

Das Treffen im Spinnwebwald

Stumm und hässlich steht der Wald. Sein Grün ist grau, die Bäume flach, im dumpfen Licht scheinen sie fahl, dunstig, platt. Dürre Fledermäuse huschen zwischen den Stämmen umher. Das löchrige Dach des Waldes bilden strähnige Zweige, es wirkt, als hingen die Spinnwebbäume leblos an den Fäden eines erloschenen Himmels.

Ist Tag oder Nacht hier, Abend oder Morgen, Mittag oder Dämmerzeit? Schwer zu sagen. Es scheint, alles ist zugleich und immerzu. Und jederzeit liegt ein Gewitter in der Luft.

Da durchbrach ein schrilles Prasseln die Stille, und ein Flackern zischte durchs Gehölz, so grell, wie es in diesem verklebten Laubgrau gar nicht möglich schien. Im funkensprühenden Zickzack fräste sich ein Kugelblitz durch den Spinnwebwald, fraß brutal eine Schneise durch die Bäume, die umknickten – doch sich dann sogleich wieder aufrichteten und ihre Laubnetze schlossen, wie im Handumdrehen neu gewachsen.

Auf einer trostlosen Lichtung kam die Kugel abrupt zum Stillstand und verpuffte mit einer Druckwelle, sodass eine Schar von Dohlen auf den Ästen ringsum erschrocken aufflatterte. Das grelle Licht der Kugel schien in alle Richtungen davonzustieben und sich aufzulösen, eine silbrige Qualmsäule schoss in die Höhe, und im nächsten Augenblick stand an ihrer Stelle ein halbverwestes Maultier: vorn ausgezehrter, glotzender Kopf und in Fäulnis übergehender Brustkorb, hinten klappernacktes Skelett, in dem bloß hier und da noch letzte Fleischfetzen baumelten. Ein Wesen von geradezu abscheulicher Anmut.

Die Dohlen hatten ihren Schreck schnell verwunden und flat-

315

terten auf den Halbkadaver zu, um ihm Brocken vermodernden Fleischs von den Knochen zu reißen. Da versetzte das Ungetüm sich in ein markerschütterndes Geklapper, das die Dohlen sofort verscheuchte. Am Rand der Lichtung ließen sie sich nieder und starrten herüber, immer noch gierig, aber sie wagten nicht, sich noch einmal zu nähern.

«Bist du's, g-g-geliebte Schwester?», klapperte der Schpina-de-Mul in Richtung der schwarzen Vögel, seine großen gelbbraunen Zähne entblößend.

Aber die Dohlen antworteten nicht.

«Ach, hätt ich mir denk-k-ken k-können, sie ist natürlich wie immer zu spät, das g-g-gottverdammte Miststück-k-k-k-k …»

Fahrig begann der Schpina sich im Kreis um sich selbst zu drehen und stampfte immer wieder wütend auf: vorn Hufe mit struppigem Fell an den Beinen, hinten blanker Knochen. Ab und zu schleuderte er kurze Blitze ins Unterholz. Der stumpfe Spinnwebwald aber stand still und unbeeindruckt. Als hätte er sowieso kein Leben, das vor Schreck aus ihm entweichen könnte.

Aber nicht nur von diesen knochigen Hufen war das dürre Gras der Lichtung zertrampelt. Eine ganze Horde war darübermarschiert, jene Abteilung des Adlerheers, die wenige Tage zuvor in Richtung des Roten Grats gezogen war. Eine verlorene Pfeilspitze lag im Sand, das Maul des Skeletttiers senkte sich im Vorbeistampfen jäh zu ihr und verschluckte sie. *Ach*, machte es lustvoll, und man hörte die Eisenspitze zwischen den Zähnen k-klappern, bevor sie zwischen den Rippenknochen gleich wieder zu Boden k-klackerte. Denn dort, wo ein lebendiges Tier den Magen hat, war ja nur Luft. Stickige, verpestete Luft.

Wieder und wieder schnappte das kreisende, Blitze spritzende Wesen nach der Pfeilspitze und auch nach herumliegenden Steinen, verschlang sie und ließ sie erneut zu Boden klappern.

Endlich sauste aus der Höhe zwischen dem Spinnweblaub eine besonders große Dohle herab, fast senkrecht, als fiele etwas zu Boden. Diese Dohle war nicht so tiefschwarz wie die, die schon bei der

316

Lichtung saßen, sondern diffuser, grauer. Als sie ihre Artgenossen sah, flatterte sie sofort auf sie zu, krächzte böslaunig und hackte mit ihrem spitzen, gräulich gelben Schnabel nach ihren Augen. Wieder flogen die Dohlen auf, heiser empört. Jetzt reichte es ihnen, und sie verzogen sich von diesem Ort, wo für sie nichts zu gewinnen war.

Eine Eiseskälte war mit der Dämmerdohle auf die Lichtung gestürzt. Aber da war der Schpina nicht empfindlich.

«Eine K-k-krähe hack-kt der andern ein Aug-g-ge aus, sehr g-g-gut. Da bist du ja endlich, du bek-knack-kte K-k-kuh!», klapperte er in Richtung der Dohle, die nun mit einem Ruck die Gestalt einer schlanken Frau mit strähnigem grauem Haar annahm. Ein Gesicht ohne alle Freude, ja ohne Leben. Alt wirkte sie nicht, auch nicht jung, irgendwas dazwischen.

«Tss, du ekliges Skelett, ich würde dich gern zum Abdecker hexen», zischte sie den Schpina an. «Du Aas, ich spei auf dich, die Vögel sollen deinen Kadaver zerrupfen und die Schmeißfliegen auffressen, was von dir übrig ist!»

Hasserfüllt umkreisten die beiden einander, zwei mächtige Zauberleute, von denen manche behaupten, sie seien Bruder und Schwester. Der Schpina schäumte ums Maul, außer sich, weil die feindliche Verbündete auf seiner hässlichen Gestalt herumritt.

«Du Männerschreck-k-k-k, meinst du etwa, du wärst schöner als ich? Was hast du nur ang-gerichtet, du g-geistesg-gestörte Pute? Du hast ja den Marzipan bestärk-k-kt, dass er seinen dämlichen Bruder zum K-k-kampf dräng-gen soll. Du hast ihm von irg-g-gendwelchen Hirschjag-g-gden berichtet und behauptet, der richtig-ge Zeitpunk-k-kt wäre g-gek-k-kommen, denn das schreck-kliche Mädchen träfe seine Ziele nicht mehr. Was ist nun mit deinem g-grandiosen G-g-gift, du ek-klatante K-k-kurpfuscherin? Pustek-k-kuchen!»

«Wirst du die dreckige Schnauze halten, du verweste Schindmähre! Zum Abdecker, sag ich, du Aas, der zieht dir den Rest deines Fells über die scheußlichen Ohren! Ah, du Rumpelstilzchen auf fünf Beinen. Ja, fünf Beine, deinen widerlichen Knochenschwanz zähle ich mit. Dein riesiger Maultierpenis ist ja längst vermodert und verwest. Den haben die Vögel gefressen, deinen Penis, so wie sie deine Träume gefressen haben. Du, der du nicht mal ein Mann bist, was wagst du mir vor die Augen zu treten?»

Wild schnaubte der Schpina, stampfte zornbebend auf, drehte sich wütend im Kreis, während die Tsikuta nachtrat: «Haha! Bist du keusch, wie fühlt sich das an?»

«Was fräg-g-gst du das? Verfluchtes Weib! So lacht nun der Teufel mein, dass einst ich ... ach, was k-k-quassel ich da? Willst du so zum Triumph k-kommen, alte Jung-g-gfer? Sumpfk-k-kuh! Du bist ja noch blöder, als ich dachte. Was hab ich bloß verbrochen, dass mich das Schick-k-ksal mit so einer g-grauenhaften Verbündeten plag-g-gt? Noch mal werd ich Esel nicht auf deine faden K-k-künste hereinfallen! Nur deinetweg-gen habe ich ja diesem ärg-g-gerlich g-gutaussehenden Prinzen g-geraten, dass er sich noch in G-geduld üben soll. Bis dein g-grandioses G-gift seine Wirk-kung täte! Das war mein erster Fehler. Der zweite war, dass ich dich seinen g-genauso g-grässlichen Bruder hab bezirzen lassen, dass er den Prinzen bek-k-quatschen soll, in die Schlacht zu ziehen. Ein Reinfall nach dem andern! Das Fanesvolk-k-k lebt, da haben wir den Salat. Wo steck-k-ken sie jetzt? Wo versteck-k-kt sich das schreck-k-kliche Mädchen? Ach, ich hätte alles allein in die Hufe nehmen sollen! In die nächste, entscheidende Schlacht werd ich persönlich eing-g-greifen, ich hab's dem Ayman schon versprochen, diesem nützlichen Idioten. Von weg-gen, dein G-gift hätte das Mädchen erledig-gt! Sie ist *wieder* ent-k-k-kommen! Putzmunter! Du Totalversag-g-gerin!»

Nun tobte die graue Tsikuta, tiefster Zorn unter ihrem leblosen Gesicht, sie war in ihrer Giftmörder-Ehre getroffen.

«Was kann ich bitte dafür, dass es so ist? Ah, wie ich dieses strunzdumme Mädchen hasse, fast so wie dich, du kastriertes Klappermuli! Ich gebe ja zu, ihre Widerstandskräfte sind stärker als erwartet. Jede andere wär längst hinüber durch mein Gift, das sie sich selbst reingezogen hat, als sie mich angriff, diese Ratte. Ah, sie ist zäh, trotz ihrer Blödheit. Dabei hat ihr ekelhaft hübscher Leib mein Gift gleich so

318

gierig aufgesaugt, als hätte er sein ganzes kurzes Leben schon drauf gewartet. Als wär es ihr eigenes Gift! So flutscht es nämlich immer bei Menschen, die viel Hass in sich tragen. Bei anderen wirkt es langsam, aber Menschen wie sie gurgeln sich an meinem Gift sofort zugrunde.»

«Hat ja famos g-gek-k-klappt, dein Zug-g-grundeflutschen! Von weg-g-gen!»

«Was willst du? Sie hat eben größere Gegenkräfte in sich, als ich dachte.»

«Ach! Wenn ich das schon höre! Was du *dachtest*! Das hält der stärk-kste G-gaul nicht aus! Das Denk-ken sollen die Weiber den Maultieren überlassen, die haben die g-größeren K-köpfe. Spar dir bloß deinen g-grässlichen Rechtfertig-gung-gssalbader. Ist denn wenig-gstens ihre G-gefährtin erledig-gt? Diese Lola, das schwarzhaarig-ge Pestg-g-gör mit den g-grünen Aug-gen und der Steinschleuder, das dämlicherweise bei den muffigen Murmelhasen blieb?»

«Nein, sie ist auch entwischt.»

«ARG-G-G-G-GHH!!! Pleiten, Pech und Pannen, das g-gibt's doch g-gar nicht! Und dafür hast du also eig-genflüg-gelig-g die g-gefräßig-gen Murmeltierwächter enzianbetäubt und das Ablenk-kunggsheer durch den Spinnwebwald g-geführt! Für nichts und wieder nichts!»

«Na und? Meinst du etwa, das wird die verhassten Mädchen retten? Am Ende werden sie trotzdem krepieren, alle beide. Und diese Möchtegernkönigin am allerqualvollsten. Hei! Dank mir, der großen Geistin des Dazwischen! Aber du, verächtliches Aas! Hast du etwa das Warten verlernt? Das Warten, unsere große Stärke? Was fällt dir überhaupt ein, mir Vorwürfe zu machen? Was hast *du* denn schon groß geleistet bisher?»

«Ach, du machst mich g-ganz rasend, dein unverschämtes G-g-geplapper! Wer hat denn wohl diesen bek-k-kloppten Prinzen in den Bann g-g-geschlag-gen, sodass er die Waffen g-geg-gen seine eig-genen Brüder und Schwestern erhoben hat?»

«Gut, meinetwegen, das warst du», zischte die Tsikuta widerwillig,

319

«das hast du also geschafft, aber was hast du sonst schon beigetragen, sag's mir.»

«Was fällt dir ein? Wer hat damals den K-kahlen Fürsten des Nordens und die Eunuchenk-k-königin des Südens behek-k-xt, dass sie dem Prinzen ihre stärk-ksten Truppen g-gaben für den K-kampf zur Fanesauslöschung?»

«Ah, na gut, ich erinnere mich dunkel! Aber sonst, was hast du da bitte schon Tolles gemacht?»

«Und bitte, wer hatte seinerzeit die brillante Idee, den trottliggen Trussanern die Flausen von den unfehlbaren Pfeilen in den K-k-kopf zu setzen? Dolasillas Pfeile, von denen in Wahrheit niemand weiß, wo sie sind! Ewig-g-g verloren, g-gewiss. Aber die g-gierig-gen Trussaner werden jetzt tun, was sie noch niemals taten: nämlich in ihrer dummen G-g-gier sich ebenfalls dem Prinzenheer zur Verfüg-g-gung-g zu stellen! Sag-g mir, wer war's, der das erreicht hat?»

«Na ja, schon gut, ein blinder Esel findet auch mal eine Distel, aber sonst, was war da schon?»

«*Eine* Distel? Wer hat denn k-klug-g den Hass zwischen Alibran und Mamian entflammt? Ach, wer war denn das? Dass sie sich einst todsicher g-g-geg-genseitig-g vernichten werden, wenn sie erst mal die Dreck-ksarbeit für uns erledig-gt haben?»

«Ah, das war doch überhaupt kein Kunststück bei solchen Hitzschwachköpfen. Ich bin eben über den Aschehügel geflogen, Amian und Malibran zofften sich wieder bis aufs Blut. Ein herrlicher Anblick, einer macht dem andern Vorwürfe, Amian spielt den Besonnenen, Malibran galoppiert wütend davon. Eine helle Freude ist so ein Bruderzwist, hei, eine Höllenfreude. Köstlicher Vorgeschmack auf den Tag, an dem sie sich gegenseitig töten werden. Ich freu mich auf die herrliche Stunde, wenn die Brüder es so machen werden wie die Trussaner, die sich von innen heraus selbst auslöschen. Das wird ja ein feines Bündnis werden zwischen Adlerheer und Trussanerrotten, passt wie die Faust aufs Auge ... Also, na gut, zugegeben, dieser köstliche Bruderzwist, das warst du, bitte sehr, aber sonst?»

320

«Dann sag-g-g mir mal, wessen Späher haben den vermaledeiten K-k-köhler abg-gefang-gen und g-getötet? Diesen vermessenen Harichl, der seine schwarzen Fing-ger ausg-gestreck-kt hatte nach den Adlern, um heimlich Frieden zu stiften? So ein G-größenwahnsinnig-ger! Hat den um Tyndar trauernden Oberadler g-ganz irre g-gemacht mit seinem Versöhnung-gsg-geschwafel, sodass Pollukk-x und die Seinen sich g-geweig-gert haben, mit den anderen in den K-kampf zu ziehen? Da musste das g-gemeine Adlervolk-k ohne ihre Edelsten und Stärk-k-ksten in die Schlacht. Ein hundsg-gemeiner, hinterhältig-ger K-kerl war das, dieser K-köhler! Spalter! Aber er hat dafür mit dem Leben bezahlt, ach.»

«Er ist also endlich erledigt, der hässliche Harichl? Guuut, guuut! Na meinetwegen, bitte sehr, das waren dann wohl *deine* glotzenden Späher, die ihn erledigt haben. Aber sonst, was hast du denn schon groß getan, sag's mir?»

«Ha! Sag-g lieber du mir, wer ist es denn, der die Brüder des schreckk-klichen Mädchens g-g-geschnappt hat? Den k-kleinen Dummen und den g-großen Dummen, die ihrer abg-gehauenen Schwester nachg-gelaufen sind ins nächtliche G-g-gebirg-ge? Wie mutig-g die Dummen sich dünk-kten! Wer hat sie g-gefang-gen? Du etwa? Du warst ja dazu nicht in der Lag-g-ge, unfähig-ge Tsik-kuta. Du hast sie g-gereizt und g-gereizt, trotzdem haben sie k-keinen Stein g-g-geg-gen dich erhoben in ihrer unerschütterlichen G-gemütsruhe! Und auch den spitzhelmig-gen Häschern des Adlerprinzen sind die beiden Deppen entwischt, wer hätte das den Brüderwürstchen zug-getraut? Aber dann habe *ich*, Schpina-de-Mul, den K-k-kleinen eing-gefang-gen. Ah, wie er da g-geg-greint und g-geheult hat vor Ang-gst! G-ganz herrlich anzuhören! G-gibt es schönere Musik-k auf der Welt als so ein jämmerlich weinendes k-k-kleines K-k-kind? Und dann k-k-kam tatsächlich dieser törichte G-g-große daher, zu mir, ach, und weißt du, was er mir vorschlug-g-g?»

«Was?» Ganz begierig war die Tsikuta jetzt, diese überraschende Neuigkeit zu erfahren, sie hatte den Kopf vorgestreckt, die Spucke lief ihr aus den grauen Mundwinkeln.

«Pfui, wie du sabberst, Schwester! Ist das unappetitlich! Aber ich sag-g's dir: *Austauschen* wollte er sich! Dieser Narr, dieser Hanswurst! Wollte sich mir ausliefern, wenn ich dafür sein g-geliebtes k-k-kleines Brüderlein freig-g-gäbe! G-g-gerne, habe ich lächelnd g-geantwortet, k-komm nur her ... ach, und jetzt sind sie alle beide in meiner G-g-gewalt! Schmoren im K-kerk-ker meiner G-gletscherfestung-g!»

«Ah», kreischte die Tsikuta begeistert, «wie kann man nur so blöd sein, sich für seinen Bruder opfern zu wollen? Feiern hätt er sollen, dass sein Bruder verloren ist, was gibt es Ekelhafteres als Brüder?»

Vergessen war auf einmal alles Gift zwischen der Tsikuta und dem Schpina. Auch die dämmergraue Zauberfrau kringelte sich jetzt vor hämischem Lachen, und das halbverweste Maultier klapperte und knöchelte triumphierend im Kreis, auf der toten Lichtung im Spinnwebwald. Der graue Wald, die niedrigen Bäume und mitten darin: *Ah, du genialer, anmutiger Bruder! Ach, allerliebste Schwester, ich bin g-ganz vernarrt in dich!* Immer wieder spritzten die beiden ihre Blitze ins klebrige Gehölz und freuten sich heftiger und heftiger über alle Zwiste und Nöte auf Erden, helle Freude, Höllenfreude, *hell, Hölle, alles muss finster und hell werden! Ein finsterer heller Tag dämmert der ganzen Welt*, klapperten und kreischten und jubelten sie, *allen Welten. Denn eine einzige Welt ist uns nicht genug.* Kein anderes Geräusch drang durch die Stille des Spinnwebwalds als das wahnsinnige Triumphgackern und Liebkosen der beiden Zauberwesen. Von neuem besiegelten sie ihr Bündnis, ein Bündnis aus gegenseitiger hasserfüllter Liebe und liebeglühendem Hass. Tag und Nacht, es ist alles zugleich. Der Wald hängt am toten Himmel.

322

Bruderzwist

Die Gestalten Cravans und seiner Häscher warfen lange, dünne Schatten auf ihrem Ritt durch die mondhelle Nacht. Die Männer hielten die Speere im Anschlag, jederzeit zum Kampf bereit. In der Ferne lohten Feuer, einsam zuckende Flammen, das waren die brennenden Höfe der Talbewohner. Die Häscher beachteten sie nicht mehr, sie hatten ihre Arbeit dort erledigt. An den Oberkörpern trugen sie Kettenhemden, die leise klirrten, das einzige Geräusch in der Nacht neben dem Galopp der Pferde. Ihre Gesichter waren von spitzen Helmen halb verdeckt, dennoch waren ihre harten Züge im Licht des tiefstehenden Mondes gut zu erkennen; und mehr noch ihr erloschener Ausdruck, so als wären alle menschlichen Gefühle in diesen kraftstrotzenden Leibern im Lauf vieler Kriegsjahre erstorben. Reitende Leichen voller zuckender Muskeln.

Und doch regte sich manchmal etwas unter diesen Seelenpanzern, und auch in diesem Moment war eine gewisse Unruhe an ihnen zu bemerken, beinah Furcht. Denn ihnen stand eine unangenehme Begegnung bevor. Gefährlicher als die Begegnungen mit den verängstigten Bauernfamilien, die sie seit Tagen drangsalierten und deren armselige Häuser sie angezündet hatten.

Die Begegnung mit Malibran. Dem Fürchterlichen. Dort war der einsame Schimmelreiter schon, mitten in der Ebene stand er im fahlen Gegenlicht des Mondscheins und erwartete sie. Ein bewegungsloser Schatten.

Malibran blickte die Häscher stumm an, wie sie ihre Pferde vor ihm zügelten. Mit dunklem, stählernem Blick.

«Keine Spur, Herr», rief Cravan, der Anführer des Suchtrupps, mit heiserer Stimme.

Der Schimmelreiter zeigte keine Reaktion.

«Meine Männer haben alle Höfe und Weiler durchsucht und die Bauern peinlich befragt», fuhr Cravan fort. «Sie sagen alle, sie wüssten von nichts. Dabei besitzt jeder von ihnen Dinge, die sie von den

Fanesleuten bekommen haben. Feuersteine, Sensen ... Man erkennt die Sachen auf den ersten Blick, so gut sind sie gearbeitet. Es ist Hyypiäs Handschrift an den Messern und Äxten. Die Bauern dieses Tals müssen mit den Fanesleuten munter Handel getrieben und diesen Abschaum durchgefüttert haben. Aber keiner von ihnen will die Flüchtenden beobachtet haben! Geschweige denn sagen, was ihr Ziel war in jener Nacht, als sie uns durch die Lappen gegangen sind.»

Nun erst stellte Malibran, aber ohne ein Gefühl in seinem Blick, eine knurrende Frage: «Ihr glaubt den Bauern?»

«Ja», antwortete Cravan nach einem kurzen Zögern. «Meine Männer haben einige gefoltert, aber sie sagten dennoch kein Wort. Dabei sind das erbärmliche Schwächlinge, die hätten schon geplaudert. Allein aus Angst um ihre Frauen und Kinder.»

«Habt ihr sie getötet?»

«N... nein», stotterte Cravan jetzt, «hätten wir das tun sollen? Sie sind keine Gefahr, die feigen Bauerntrottel. Und wenn einen dann die Kinder so anschauen mit ihren großen Augen ... Sollen wir zu ihnen zurückkehren?»

Was für erbärmliche Gefühlsdusel seine Männer waren, dachte Malibran. Weicheier. Wie soll man mit solchem Gesocks einen Krieg gewinnen? Aber der Herr der Häscher ließ sich seinen Zorn nicht anmerken.

«Jetzt ist es auch egal. Sucht weiter», befahl er kalt und wollte sein weißes Pferd schon wenden, um davonzureiten.

Aber da erhob Cravan, allen Mut zusammennehmend, noch mal seine Stimme: «Einer der Talbewohner ist allerdings ebenfalls spurlos verschwunden.»

Malibran zog eine Augenbraue hoch. «Was sagst du da?»

«In einer Hütte haben wir nur einen uralten, gebrechlichen Mann angetroffen. Er kann dort unmöglich allein leben, denn es war eindeutig die Behausung eines Jägers. Wir haben später die Bauern auf dem nächsten Hof ausgequetscht, und sie haben uns gesagt, dass dort ein Jäger namens Gracchus lebe. Und es gebe keinen, der sich in

324

den Bergen so gut auskenne wie er. Der Alte ist sein Vater, aber der Sturkopf hat uns nichts verraten. Er behauptete steif und fest, sein Sohn wäre schon lange tot. Der Alte blieb standhaft, was wir auch mit ihm machten ... Ich muss sagen, er war mutiger als alle anderen Talbewohner.»

«Wenigstens ihn habt ihr getötet?»

«Er hat unsere Befragung nicht überlebt.» Fast war eine Erleichterung in Cravans Stimme zu spüren, dass er wenigstens diesen Mord vorweisen konnte.

«Na gut», sagte Malibran, sichtlich unzufrieden. Dann wandte er sein Pferd um.

«Ansonsten: alle töten, keine Gefangenen machen.»

Und schon ritt er davon, fort in die Mondnacht.

Eine Woche war die große Schlacht ums Faneslager nun vorüber, und so stahlkalt Malibran in diesem Moment auch wirkte, so heiß brodelte es immer noch in seinem Innern. Er war es ja gewesen, der auf den Angriff gedrängt hatte – gegen Amians ewiges Zagen und Zaudern. Denn ihm, Malibran, war im dämmernden Halbschlaf eine rauchgraue Dämonin erschienen: Worauf wartest du, hatte sie verführerisch gewispert, das böse Mädchen ist längst am Ende, seine Pfeile verfehlen bei der Jagd die Beute ... greif endlich zu, greif an!

War es ein Fehler gewesen? Sie hatten das Lager der Feinde zerstört, aber der verzweifelte Mut der Faneskämpfer hatte auch dem Adlerheer schwere Verluste bereitet. Und es hatte lange, quälend lange gedauert, bis sie am Morgen nach der Schlacht zurück zu den Pferden kamen, um die Verfolgung des Feindes aufzunehmen. Denn das Lager hatte lichterloh gebrannt, sodass Durchkommen unmöglich war. Trotzdem hatte Malibran es, gegen Amians Warnung, an der Spitze seiner Soldaten versucht. Sie hatten auf halbem Weg umkehren müssen, sonst wären sie in den Flammen gestorben. So hatte der Versuch nur einige Männer gekostet.

Währenddessen hatte Amian mit Hilfe der Adler einen Teil der Soldaten bereits durchs brennende Moor zurückgeführt. Malibran überquerte schließlich ebenfalls das Inferno und fand Amian im verbissnen Kampf mit einem hartnäckigen Stoßtrupp der Fanesleute, der den nachrückenden Angreifern bereits nachts hinterlistig in den Rücken gefallen war und sie schwer geschädigt hatte. Schon von fern erkannte Malibran den Anführer dieser Verwegenen. Es war der schlangenhafte Pistior, sein alter Erzfeind, Bruder und Mann der listigen Pristina. Mitra hatte sie einst mit einem vergifteten Pfeil zur Strecke gebracht. Wie lang das alles her war ... Und dennoch gärte und wucherte es immer wieder in Malibran, wenn er daran dachte. Den großen Bruch im Fanesvolk, zu dem auch die Adlersoldaten einst gehört hatten ... Dieser Gedanke war Malibran zutiefst widerwärtig.

Während die Adler bereits zur Verfolgung der flüchtenden Fanesleute aufgebrochen waren, hatten die Adlersoldaten unter heftigen Mühen Pistiors verwegene Rotte schließlich niedergemacht. Malibran trieb am Ende den schwerverwundeten Pistior schwertfechtend ins Moor, wo er versank. Seine schwefelgelben Augen waren schreckensweit aufgerissen, als der Boden ihn verschluckte, den verschlagenen Kerl. Sein Angstschrei war markerschütternd gewesen.

Ja, Pistior hatte geschrien. Vor Todesangst. Ausgerechnet Pistior. Malibran empfand etwas, das halb Entsetzen, halb Triumph war. Zwei gegensätzliche Gefühle, in ihm unauflösbar verschmolzen.

Der Kampf gegen Pistiors Stoßtrupp hatte jedoch viel zu lange gedauert. Zeit, die ihnen fehlte, als sie endlich dem Fanesvolk nachsetzten. Erst gegen Abend stießen sie auf ihre Spur, der anfangs auch nicht schwer zu folgen war. Es war ja eine riesige Menge, die da durch die offene Steppe gezogen war, ausgelaugt und verwirrt. Aber es war schon stockfinster, als die ebenfalls erschöpften Verfolger einen undurchdringlichen, nebligen Wald erreichten, in den die Spur führte. An dessen Rand wurden sie von den todmüden Adlern erwartet. Natürlich nur von jenen Adlern, die ihnen treu geblieben waren; denn von Pollux und seinen Geschwistern, der Edlen 13, waren sie ja schmählich im Stich gelassen worden. Die Gründe für diesen Verrat (denn nichts anderes war es, und Pollux würde dafür

326

bezahlen müssen) waren Malibran unklar. Jedenfalls waren die Adler ohne ihre Edelsten in den Kampf gezogen, geführt vom niederträchtigen Hippok. Und nun waren diese minderen Adler, die sie da erwarteten, durch die nächtliche Schlacht und die Gase des Moors schwer dezimiert. Dennoch hatten sie das flüchtende Fanesvolk bis hierher beschattet. Doch in den dichten Nebelwald konnten sie aus der Luft nicht hineinblicken, schon gar nicht bei Nacht.

Die Soldaten kamen nicht weit, als sie in den grässlichen Wald drangen. Im Dunkel heulten Wölfe, alles war schauerlich. Bald hatten sie aufgeben müssen, und es erwies sich als schwierig, diesen Wald überhaupt wieder zu verlassen. Als sie am nächsten Morgen erneut eindrangen, um die Verfolgung wiederaufzunehmen, blieben sie nochmals im Nebeldickicht stecken, fanden keine Spur mehr, selbst die eigene nicht, als sie umkehren wollten, verirrten sich, verloren immer wieder Männer. Wenn die abgängigen Soldaten nicht von allein herausfanden, würden sie den Wölfen zum Opfer fallen. Verfluchter Nebelwald!

Die treu gebliebenen Adler hatte Amian indessen in die Berge jenseits des Walds ausgesandt, dass sie dort nach den geflohenen Fanes suchten. Aber als sie zurückkehrten, konnten sie nichts berichten. Die Feinde blieben wie vom Erdboden verschluckt.

Vielleicht waren sie ja alle im Nebelwald verreckt? Wie schön das wäre! Oder waren diese Feiglinge etwa in eine ihrer jämmerlichen Höhlen zurückgekehrt? Dann auch gut, sollten sie doch in Bergestiefe elend verrotten. Lebendig begraben in alle Ewigkeit. Und doch wäre es Malibran lieber gewesen, er hätte diese Brut eigenhändig auslöschen dürfen.

So wie diese Schurken einst Mitra getötet hatten! Die einzige Frau, die er je geliebt hatte. Und mehr noch: die ihn geliebt hatte. Ausgerechnet ihn, den Finsteren. Und nicht Amian, den Aufgeweckten, den doch immer alle geliebt hatten. Zumindest als Kind, bis er sich unerklärlich verändert hatte ... Malibran dagegen war von Anfang an das düstere Kind gewesen, allen fremd. Seit er denken konnte, verfolgten ihn Albträume. Nur Mitras Liebe hatte die drückenden

327

Schlafbilder eine Zeitlang gestillt. Malibran machte eine unwirsche Handbewegung in die Luft hinein, um alles Vergangene beiseitezuwischen, die Ereignisse und Gefühle von vor langer Zeit ebenso wie den Ärger der letzten Tage.

Hinter den Bergen war bereits das Aufdämmern des neuen Tags zu ahnen, als Malibran den verheerten Faneshügel erreichte. Er ritt den Hang hinauf und preschte dann über das Meer aus Asche, ohne auf die Umgebung zu achten. Dafür kam in seinem Inneren wieder der Groll gegen seine eigenen Leute hoch. Unfähig und verweichlicht waren sie alle. Warum verschonten Cravan und seine Häscher auch nur einen einzigen Bauern? Jeder konnte doch ein Verräter sein, ein Handlanger des Feindes, ein Spion. Wenn selbst ihr Verbündeter Pollux sie verraten hatte!

Aber Malibran spürte genau, dass der in ihm kochende Zorn sich in Wahrheit gegen Amian richtete, der ihn hier erwarten wollte. Noch immer der Hass des brütenden Finsteren auf das helle Geschöpf. Obwohl sie, warum auch immer, im Lauf der Zeit einander ähnlich geworden waren, blieb da ein Graben zwischen ihnen. Ja, er schien sogar immer unüberwindlicher zu werden. Amians aufreizende Ruhe, seine Besonnenheit und sein überlegtes Wesen brachten Malibran jedes Mal zur Weißglut.

Das war zwar selbst in all den Jahren so gewesen, als das Fanesvolk sich feige verborgen hatte, während Amian und Malibran mit ihrem Heer ruhelos durch die Berge gezogen waren, auf der Suche nach dem Feind. Aber da war es ihnen irgendwie doch immer gelungen, ihre Zwietracht im Zaum zu halten. Seit jedoch der Krieg wieder ausgebrochen war, gärte es mehr denn je zwischen den beiden.

Amian erwartete den Bruder auf seinem Schimmel Harpag inmitten eines Rings aus elf alten Eichen, die das Feuer merkwürdigerweise verschont hatte. Die Stämme kaum angeschmort, standen die unversehrten Bäume mit ihren prächtigen gelbroten Herbstkronen in der Morgendämmerung. Unverletzbare Götter, Wesen aus fremder Zeit und fremder Welt.

«Nun, mein Bruder?», begrüßte Amian ihn. Er stützte die Hand aufs Heft seines Krummschwerts, das im dreifach geschlungenen Gürtel steckte. «Was gibt es zu berichten?»

«Was soll es geben?», rief Malibran, und sein Schimmel schnaubte unwillig. «Nichts. Die verstockten Bauern schweigen. Oder sie wissen tatsächlich nichts. Und die Häscher sind unfähig oder unwillig, etwas herauszufinden.»

«Geduld, Bruder», entgegnete Amian. «Wir werden sie schon finden. Es eilt ja nicht. Am Ende wird unser Sieg umso gründlicher sein. Ich breche gleich in die Berge auf, um das Bündnis mit den Trussanern zu besiegeln. Ihr Fürst Mrtz erwartet mich in der Schlucht der drei Feuer.»

«Fürst!», rief Malibran verächtlich und spuckte aus. «Der Anführer eines Räuberhaufens. Geiferndes Gesindel, dem man nicht über den Weg trauen kann. Und die sollen sich unter den Befehl eines einzigen Hauptmanns stellen? Und dann unserm Heer dienen? Wer soll das glauben? Ich verlasse mich lieber auf meine eigene Kraft!»

«Du hast ja recht, Mrtz ist ein Stück Dreck wie alle Trussaner», antwortete Amian. «Aber man muss diese Kreaturen zu nehmen wissen, dann können sie uns von Nutzen sein.»

«Weil du ihnen die unfehlbaren Pfeile versprochen hast, von denen in alten Legenden die Rede ist …»

«Na und? Es kann uns doch gleichgültig sein, welchen Köder sie schlucken. Wenn sie so sehr nach diesen Pfeilen gieren, dann bitte sehr, da haben wir unsern Köder. Wahrscheinlich gibt es diese Pfeile überhaupt nicht. Sollten die Trussaner sie dennoch jemals aufstöbern, dann kann es uns nur recht sein. Es wäre ja ein Leichtes, sie ihnen abzuluchsen. Aber darum geht es jetzt nicht. Die Hauptsache ist, dass wir einen brauchbaren Verbündeten gewinnen.»

«Ich pfeif auf deine Verbündeten!», brach es aus Malibran heraus, während die ersten Sonnenstrahlen über die östlichen Berge heraufleuchteten. «Schon deine großartigen Adler haben uns im Stich gelassen! Pollux und die Seinen sind fort, dafür sind uns Hippok und die zerrupften Unteradler geblieben, das schwächliche Federvieh.

329

Und jetzt kommst du mit einer elenden Räuberhorde daher! Ohne deine Strategiespielchen wäre dieser Krieg schon längst entschieden. Alles nur Zaudern und Zögern bei dir.»

Nun brauste auch Amian auf. «Ach ja? Übrigens wird Pollux gewiss bald zurückkehren. Ich habe mit ihm gesprochen. Es gab ein Problem, aber es wurde ausgeräumt.»

«Das glaub ich erst, wenn ich's mit eigenen Augen seh!»

«Meinst du etwa, durch dein plumpes Draufschlagen wären wir weiter? Wie in der letzten Schlacht, in die du ja unbedingt ziehen wolltest? Deine alte idiotische Ungeduld, Malibran! Wir hätten warten müssen, ich habe es dir wieder und wieder gesagt. Dann würde das Mädchen, das uns töten will, von ganz allein zugrunde gehen. Daran kann kein Zweifel bestehen. Ich weiß es von meinen sicheren Ratg-g-g-g ...»

«Was? Was klapperst du da?» Malibran kniff misstrauisch die Augen zusammen.

«*Ratgebern*, meine ich ...», keuchte Amian aus.

«Ts, ich habe meine eigenen Ratgeberinnen! Und die haben mir versichert, dass der Zeitpunkt gekommen wäre, hei!»

«Na, das hat ja auch hervorragend geklappt.»

Jetzt explodierte Malibran. «Jedenfalls hatten wir lange genug gewartet! Wenn es nach dir ginge, würden wir erst alt und grau und als Greise tot vom Pferd fallen, bevor wir dem Feind den Garaus machen! Ich habe lange genug auf dich gehört, auf deine verdammten weitsichtigen Weisheiten, die zu nichts führen!»

«Beruhige dich, mein Bruder. Wir müssen geduldig und einig bleiben.»

«Ich pfeif drauf. Was ist uns denn gelungen dank deiner verfluchten Geduld und Einigkeit? Das Fanesvolk lebt lustig und munter, das Mädchen pfeift sich eins in seiner Bosheit, und nicht mal ihre verfluchten Brüder haben wir eingefangen. Selbst dazu waren unsere Soldaten ja zu blöd. Ich habe es dir gleich gesagt, wir hätten sie einfach umbringen sollen. Das wär ein Leichtes gewesen.»

«Und dann? Was hätten sie uns dann noch genützt? Übrigens kann ich dir versichern, die Brüder des Mädchens *sind* in unserer Gewalt. Ich habe es gestern erfahren.»

«Ja? Dann zeig sie mir!»

«Das geht noch nicht. Aber du kannst mir vertrauen.»

«Da stecken wohl wieder deine verfluchten geheimen Ratgeber dahinter? Was spielst du für ein Spiel, Amian? Und *du* sprichst mir von Einigkeit?»

«Du bist und bleibst ein Narr, Malibran. Dir geht es nur um Rache, nicht um unsern Sieg. Um Rache für Mitra. Sie ist tot. Begreif das endlich. Du bist blind in deinem Durst nach Rache! Du reitest sogar kopflos in ein Flammenmeer.»

«Und du bist ein Dummkopf, Amian, ein kaltblütiger Trottel. Was hat uns deine ganze Klugheit eingebracht? Die Feinde waren uns doch schon oft ausgeliefert. Wir hätten sie viel früher und entschlossener angreifen müssen, dann hätten wir sie längst vernichtet. Wie finden wir sie jetzt wieder?»

Amian schaute seinen Bruder mit kalter Überlegenheit an. «Wie immer bedenkst du nicht alles, Malibran. Wenn ich ein kaltblütiger Trottel bin, dann bist du ein heißblütiger Narr. Was ist nun besser? Vergiss nicht, dass wir immer noch eine listige Spionin im Fanesvolk haben. Sie wird schon eine Gelegenheit finden, mit mir zusammenzukommen. Bald schon, bald … Und dann werden wir erfahren, wo das Mädchen sich mit ihren Leuten verkrochen hat. Wir müssen nur noch etwas Gedu…»

Doch da riss der erboste Malibran seinen Schimmel herum und preschte über die aufstiebende Asche davon. In ebendiesem Moment schob die Sonne sich über die Berge im Osten, und eine dämmerfarbene Dohle, die über den beiden streitenden Brüdern unbemerkt in der Luft gestanden hatte, machte sich mit einem freudigen Krächzen davon, beinah, als löste sie sich ins Morgenlicht auf.

Die Sternschnuppe und der Drache

Amians schulterlanges Haar wehte im Wind, der so plötzlich aufgekommen war, als hätte der davonstiebende Malibran die Lüfte des Tals in Bewegung gesetzt. Die Asche ballte sich in dunklen Wolken über dem Boden. Der Adlerprinz schaute seinem grimmigen Bruder eine Weile nach, wie er, ohne sich noch einmal umzusehen, in die Ebene hinabpreschte.

Dann gab Amian seinem Harpag mit den Schenkeln einen leichten Druck und ritt ebenfalls los. Er hatte es allerdings nicht so eilig wie Malibran. Den lächerlichen Trussanerchef würde er noch früh genug treffen. Mrtz sollte ruhig ein wenig warten, damit er nicht vergaß, wer Herr und wer Knecht war in ihrem Bund. Dass Mrtz ein Lump und sein ganzer Trussanerstamm ein scheußliches Gesindel war, damit hatte Malibran ja recht. Aber ihm fehlte der kühle Kopf, um den eigenen Vorteil zu wägen. Den kühleren Kopf hatte nun mal er, Amian, darum war er der Heerführer.

In beiden Brüdern aber schwelte das gleiche Feuer. Und dennoch hatten sie sich niemals einander nah gefühlt. Bevor sie einst im Innern ähnlich geworden waren, hatten sie beide immer ihre eigenen Wege zu gehen gepflegt und sich gegenseitig in Ruhe gelassen. Oder eben in Unruhe, in Malibrans Fall; jedenfalls fern voneinander gehalten. Das helle und das düstere Kind, jeder war, wie er war, ohne Streit und Zwist.

Das hatte sich geändert. Als sie einander fremd waren, hatte zwischen ihnen Frieden geherrscht; seit sie einander glichen, war Hass. Auch wenn sie Kampfgefährten waren.

Amians kühler Kopf sagte auch: Dass es dem Lumpen Mrtz gelungen war, etliche Trussanerbanden unter sein Kommando zu bringen, war immerhin ein gewisses Kunststück. Normalerweise ließen die halsstarrigen Banditen sich von niemandem etwas sagen und waren darum immer nur in bösen, kleinen Zellen unterwegs,

332

selten mehr als drei oder vier. Kein Wunder, dass die Trussaner es nie zu etwas gebracht hatten. Von Gier zerfressener, inwendig verkokelnder Abschaum.

Aber es waren Geschöpfe, die keinerlei Skrupel kannten. Das war gut. Solche brauchte Amian. Er würde die Horden hierher zusammenziehen, um sie in den Kampf zu senden, wenn es so weit war. Man musste nur aufpassen, dass sie am Ende nicht einem selbst gefährlich wurden.

Was Pollux und die edlen Adler anging, war Amian alles andere als sicher. Er hatte Malibran vorhin nicht die Wahrheit gesagt. Zwar hatte er vor wenigen Tagen tatsächlich mit Pollux gesprochen, aber ob der edle Adler zurückkehren würde, war zweifelhaft. Denn sosehr Pollux auch weiterhin Amian, den Adlerherzigen, liebte: Er hatte auch den Schmeichler Harichl geschätzt, den kauzigen Vogelversteher. Und dass die glotzenden Viertelmondspäher des Schpina den Harichl aus dem Weg geräumt hatten, machte Pollux noch unwilliger, als er schon gewesen war. Denn dieser Harichl hatte im Herbst Pollux' Trauer um den gefallenen Tyndar ausgenutzt, um dem obersten Adler kitschige Bilder von Frieden und Versöhnung vorzugaukeln. Lächerliche Utopien, Erinnerungen an Vorzeiten, in denen ein Murmeltier friedlich unter Adlern gelebt habe, als Ziehkind von Pollux' Vorfahren. Dummes Zeug war das – trotzdem hatten Pollux und seine Geschwister sich geweigert, wieder zu kämpfen. Als sollte ihre Trauerzeit niemals enden! Doch die unteren Adler um den mittelmäßigen, dafür umso ehrgeizigeren Hippok brannten auf Rache und Streit, so war es sogar im Adlervolk zu Querelen gekommen, und Pollux und die Seinen waren davongeflogen, niemand wusste, wohin. Und selbst das gefiederte Kroppzeug, das Amians Heer die Treue hielt, hatte der verstiegene Harichl beharrlich irre zu machen versucht. Noch am Morgen der Schlacht war ein schwärmerischer junger Adler heimlich in den Köhlerwald geflogen und hatte ihm von den Kampfesvorbereitungen berichtet. Da war Harichl zu den windumtosten Adlerhorsten hinaufgestiegen, um die Aufbrechenden noch umzustimmen. Der Narr! Hätte er einfach seine Fanesleute gewarnt, hätte er mehr bewirken können. Es wäre ein Leichtes für ihn gewesen, die schrecklichen Mädchen waren noch an seiner Köhlerstätte vorbeigekommen. Aber Harichl ging es ja nicht darum, dass eine Seite gewann. Er hatte die ganze Schlacht verhindern und den Krieg beenden wollen.

Ja, ein Narr, ein Fetzenschädel. Jetzt lag er tot in irgendeinem finsteren Schlund in den Bergen. Der Viertelmond hatte geschienen, und die Späher des Zauberers hatten Harichl auf seinem Weg zu den Adlern eliminiert, bevor er noch mehr Unheil anrichten konnte.

Pollux aber blieb verstockt. Er liebte Amian nach wie vor, aber weigerte sich, danach zu handeln. Doch was war mit dem unbeherrschten Malibran? Könnte Amian am Ende im eigenen Bruder ein Feind erstehen?

Amian hatte Kopfweh, und in seiner Brust spürte er einen Moment lang das hohle Brennen, das ihn manchmal nicht schlafen ließ. Langsam ließ er seinen Schimmel durch das verbrannte Lager schreiten, vorsichtig, so als könnte aus dieser Asche noch eine Gefahr aufsteigen. Oder als drohte es einen zu verschlingen. Denn während Malibran in allem, was den Hügel bedeckte, nichts als Asche sah, erkannte Amian viel mehr darin. Da waren nicht nur Überreste von Gegenständen: verschmorte Balken etwa oder ein halbgeschmolzener Topf; der verbrannte Kadaver eines Schafs, das in seinem Stall vergessen worden war. Und viele schwarz verkohlte Leichen, natürlich. Faneskrieger wie Adlersoldaten. Im Tod sahen sie alle gleich aus.

Wie unwirklich das dalag in der Morgensonne. Und so sah Amian in der Asche nicht nur versunkene und vernichtete Vergangenheit, sondern auch Zukunft: neues Leben, das aus dem Inferno aufblühen würde. Im nächsten Frühling, morgen, schon im nächsten Moment. Für den zornblinden Malibran aber kam diese Asche aus nichts und führte in nichts. Er sah nur schwarzen Sand. Und vielleicht hatte er recht. Vielleicht war nicht in der Asche Vergangenheit und Zukunft, sondern Vergangenheit und Zukunft waren nur Asche.

An einer bestimmten Stelle ließ Amian, einer unklaren Emp-

334

findung nachgebend, sein Pferd halten. Er stieg ab und bückte sich, um etwas aufzuheben, das er in der Asche erspäht hatte. Vorsichtig drehte er das Ding in der Hand und betrachtete es genauer: ein deformierter Klumpen aus einem unbekannten, sehr leichten Material. Es musste geschmolzen und dann als entstelltes Etwas wieder fest geworden sein. Was war das? Amian konnte dieses Relikt einer Stirnlampe aus Kunststoff nicht bestimmen. Aber er spürte, dass der Gegenstand mit dem Mädchen zusammenhing, das ihn töten wollte.

Wie oft hatte der Schpina, sein dämonischer, treuer Ratgeber, ihn vor dieser gefährlichsten Feindin gewarnt. Bei ihrer letzten Begegnung (sie steckte Amian noch in den Knochen) hatte der Zauberer diese Warnungen eindringlich wiederholt. Du oder sie. Aber er hatte Amian auch mit der guten Nachricht von der Gefangennahme der beiden Mädchenbrüder Mut gemacht, und ebenso mit dem Versprechen, in der nächsten Schlacht verborgen an seiner Seite zu fechten.

Dennoch konnte es nützlich sein, einen Gegenstand aus dem Besitz der Erzfeindin an sich zu nehmen. Der Prinz steckte das Ding in seine Tasche und saß wieder auf. Nun trieb er Harpag doch an. Als er den Hang hinuntergaloppierte, nahm er verstreut im Tal brennende Feuer zwar wahr. Aber er wollte sie nicht aus der Nähe sehen, diese verheerten Hütten der Talbewohner. Diese Menschen waren jämmerliche Gestalten, im Grunde bedauernswert. Aber was seine Männer taten, das musste sein. Sie oder die Feinde, nur darum ging es. Waren sie nicht erbarmungslos, würden es die anderen sein.

Lieber als auf Elend und Zerstörung sah er im Reiten hinauf zum Himmel, der nirgendwo endet. Und er blickte auch direkt in die aufgegangene Sonne, hielt seine Augen mit Gewalt offen. So betrachtet, war die Sonne gar nicht mehr zärtlich, Amians Augen begannen zu tränen, ärger als vom Rauch der Schlachtfeuer vor einer Woche. Tränen … aber nicht aus Traurigkeit, geweint hatte er seit seiner Kindheit nicht mehr. Seit jener allerersten Begegnung im Wald. Würde er jetzt noch länger in die Sonne starren, würde er vielleicht blind.

Und doch wollte er den Blick nicht abwenden. Was waren diese

335

flüchtigen Feuerchen hier unten gegen das mächtige Feuer der Sonne?

Denn tief verborgen in seinem Innern, beinah unbewusst, spürte er noch jene schwarzen Höhlen, in denen er einst zur Welt gekommen war, wie sie ihm als Kind erzählt hatten. Zur finsteren Welt gekommen, als das geschlagene, aber damals noch einige Volk versteckt im Berg gelebt hatte, scheinbar in alle Ewigkeit, unter der erstickten Herrschaft einer alten, todtraurigen Königin. Aus dieser Schwärze stammte er, Amian.

Luyánta sei noch bei ihnen gewesen damals, hieß es: an der Seite ihrer untröstlichen Mutter und als Hoffnung des dahinsiechenden Höhlenvolks. Dann aber war sie verschwunden.

Das waren alles keine klaren Erinnerungen, er war ja ein Säugling gewesen. Wenn er bewusst an seine Kindheit zurückdachte, dann sah er Bilder aus späterer Zeit: weite, nicht endende Wälder, durch die er neugierig streift, und Wiesen voller Blumen und Schmetterlinge, über die er läuft.

Quälend schöne Erinnerungen. Auch diese Kindheit lag in Asche. Das offene, helle Gemüt, das er einmal gewesen war, im Unterschied zu seinem verschlossenen, düsteren Bruder, den schon immer alles zu bedrücken schien, was es auf der Welt gab.

Solche Erinnerungsfetzen und brüchigen Gedanken schwirrten in seinem Kopf, während er sich bergan dem Wald südlich des giftigen Moors näherte. Den musste er durchqueren, um zur Schlucht der drei Feuer zu gelangen. Aber an Mrtz verschwendete er keinen Gedanken mehr. Das würde nun alles seinen Weg gehen wie von selbst.

Den Namen dieses Waldes kannte Amian nicht, aber er war, anders als man hätte vermuten können angesichts der Nähe zum verpesteten Moor, überraschend hell und freundlich. Die Sonne fiel durch die lichten Kronen der weit auseinanderstehenden Bäume, und der Boden stand voller anmutiger Herbstblümchen in allen Farben des Regenbogens. Inmitten einer moosigen, blütenreichen Wiese lag ein großer Teich. Ein See beinah, dunkelgrün schillernd.

336

Einzelne große Bäume ragten aus dem Wasser und spiegelten sich darin, als wüchsen sie in die Tiefe.

Amian spürte plötzlich, dass er durstig war. Ob man dieses Wasser trinken konnte? Eine Quelle war weit und breit nicht zu sehen, und sein Durst war auf einmal nicht auszuhalten. Also stieg er ab und ging über das weiche Moos ans Ufer. Dort stand alles voller leuchtend blauer Vergissmeinnicht. Amian beachtete die Blümchen nicht, sondern ließ sich mitten in sie hinein auf die Knie nieder und sah ins Wasser. Es war dunkel, aber nicht tief, und Amian sah einen ganzen Haufen winziger Fische umherschwärmen. Ihre Umrisse schienen seltsam zu flirren, so als würden sie sich jeden Moment verwandeln. Waren es Kaulquappen? Im Herbst? Vielleicht flirrte nur Amians Blick vom unvernünftigen langen Blick in die Sonne.

Dann tauchte wie aus dem Nichts etwas anderes auf. Es war eigenartig, denn obwohl ja schon ein paar Handbreit unter der Oberfläche der schlammige Boden zu sehen war, musste das Wasser doch sehr tief sein, bis weit in den Schlick hinein. Ja, die Bäume wuchsen wirklich bis in die Tiefe, er hatte es doch geahnt. Und das Wesen, das dort auf einmal erschien, war sehr groß. Schlick und Wasser gehörten zu ihm, unruhig dehnte es sich aus und zog sich wieder zusammen. Ein flackerndes Tier, mal schien es Schuppen zu haben, dann plötzlich lange schwarze Federn. Bald einen spitzen Schnabel, bald Reißzähne. Eins verwandelte sich ins andere.

Ein rasender, kochender Drache, der giftiges Feuer spuckte, giftgrünes Feuer.

Dieser Drache war er selbst. Amian. Er sah sein eigenes Spiegelbild.

Aber da war noch etwas, nach einer Weile erkannte Amian es. Das Gesicht des fürchterlichen Drachen zeigte nicht nur unbändige Feindschaft, sondern auch unsägliches Leiden. Und da war noch ein anderes Antlitz im Rücken des Drachen und um seinen Kopf, rund um ihn herum: Der Drache befand sich im Biss eines noch viel größeren Ungeheuers, einer Bestie mit riesigem Maul und entsetzlichen gelben Zähnen, denen der Drachennacken sich nicht entwinden

337

konnte. Selbst wenn er gewollt hätte. Es ist gar kein böser Drache, er wird nur erwürgt, und der Würgegriff vergiftet und verpestet ihn. Und jetzt hat der Drache weder Federn noch Schuppen, er verliert alles Fleisch, ist nur noch ein Gerüst aus Knochen.

Entsetzt sprang der Adlerprinz auf und mit großen Sätzen weg vom See, der nun wieder wie ein friedlicher kleiner Teich wirkte.

Im selben Moment sah Amian alles wieder vor sich: Das offenherzige Kind, das frühmorgens in den Wald stapft. Es geht an einem Heuschober vorbei, in dem es oft mit anderen Kindern spielt, es ist neugieriger und aufgeweckter als alle Gleichaltrigen und doch eins von ihnen. In einem Säcklein hat es zu Essen dabei und ein kleines Messer, um Brot und Speck zu schneiden. In der vorigen Nacht, bevor es schlafen gehen musste, hat das Kind mit seinen scharfen Augen am Himmel zahllose Sternschnuppen gesehen. Sie lösten sich in die Nacht auf, verglühende Feuerpunkte. Die Mutter sagte, es seien alles Götter und Dämonen. Das müde Kind aber glaubte, die sausenden Sterne fielen auf die Erde, ganz in der Nähe. Und so hat es sich vorm Zubettgehen die Stelle gemerkt, wo sie niedergingen. Um am nächsten Morgen hinzulaufen und nach ihnen zu suchen.

Da ist das Kind, allein im Wald, und sucht nach den heruntergefallenen Sternen. Wo verstecken sie sich? Einmal begegnet das Kind einem freundlichen kleinen Waldmenschen, der blickt es kurz an (vor ihm hat er weniger Scheu als vor Erwachsenen), bevor er davonhuscht.

Vor Waldmenschlein hat das Kind keine Angst, dennoch wird ihm auf einmal unwohl. Plötzlich ist in ihm ein Gefühl grenzenloser Einsamkeit. Nie hätte das Kind gedacht, dass etwas auf der Welt so groß sein kann wie diese Einsamkeit. Ihm ist, als starre es ihn aus allen Wurzeln abweisend und hasserfüllt an.

Dann aber sieht das Kind etwas leuchten im Unterholz, ein verheißungsvolles goldenes Strahlen. Und da kommt es auch schon hervor, ein wunderbares kleines Tier, nicht größer als ein Eichhörnchen, aber es sieht eher aus wie ein winziges Pferd. Leise klappert es. Neugierig und auch erleichtert tritt das Kind auf das hübsche gol-

338

dene Zauberpferdchen zu, und das trappelt ihm entgegen. Das sind also die Sternschnuppen, die zur Erde gefallen sind? Und dann, mit einem Mal, springt das kleine Tier das Kind an und umklammert seinen Leib: ein glühender Felsen, der sich um es schließt. Das Kind will sich wehren, aber es kann nicht, es kommt nicht an das kleine Messer heran. Und da reißt das glühende, klappernde Tier das Kind einfach auf, ratsch, seinen ganzen Bauch.

Amian keuchte schwer. Harpag kam zu ihm gelaufen und streckte ihm seinen Kopf entgegen, er spürte, wie sein erbleichter Herr litt. Sie alle hingen zusammen, spürte Amian. Alle. Er, der mächtige Prinz, war nichts anderes als der Wille des bösen Zauberers, und Malibran war Amian, und alle ihre Soldaten und Häscher und ihre Pfeile schießenden und Keulen schwingenden Verbündeten waren auch er. Und selbst die hirn- und herzverbrannten Trussaner würden Amian sein, und Amian war Schpina-de-Mul, der Zauberer, der sein kindliches Herz besaß.

Das endlose Weiß

Das Mädchen lief über eine endlose glatte weiße Fläche. Zunächst hielt sie es für Schnee, aber dann hätte sie doch irgendwann einmal einsinken müssen. Das war hier undenkbar. Sie trat ja nicht einmal auf. Dafür hatte sie ständig das Gefühl, ins Rutschen zu geraten. Doch sie blieb auf den Beinen. Dann wieder meinte sie, überhaupt nicht von der Stelle zu kommen. Das machte sie ganz fuchsig. Die weiße Fläche, auf der sie lief, unterschied sich in nichts vom Weiß ringsum, in welche Richtung sie auch schaute.

Auch das ärgerte sie. Der ganze Fiebertraum (denn dass es einer war, wusste sie) ärgerte sie.

Es rauschte fürchterlich, aber nichts war zu hören. Dröhnende

339

Stille ringsum, die Ohren könnten einem platzen davon. Sie hätte sich gern in eine Höhle unter dem endlosen Weiß verkrochen, in verborgene unterirdische Gänge. Aber sie fand keinen Eingang. Diese Höhlen waren offenbar allzu gut verborgen. Oder es gab sie gar nicht. Wo sollte sie überhaupt suchen? Wenn sie recht überlegte, wusste sie ja nicht mal, wo hier oben und unten war. Es sah überall gleich aus. Eigentlich war es sogar überhaupt keine weiße Fläche, wurde ihr klar, ohne dass dieses Klarwerden sie weiterbrachte. Sie befand sich einfach im weißen Raum.

Nichts ist so nutzlos wie Nachdenken. Und obwohl alles weiß und nichts als weiß war, kam ihr Blick ihr verschmiert und verschwommen vor. Sie hob ihre linke Hand, um sie zu betrachten, das würde sie beruhigen. Ihr gekrümmter kleiner Finger, an dem würde sie sich selbst erkennen. Ihretwegen könnte es auch eine weiße Pfote sein, Hauptsache, sie sah sich. Aber die Hand tauchte nicht in ihrem Sichtfeld auf. Also schaute sie nach unten, um ihre laufenden Füße zu betrachten oder halt die Pfoten. Aber niemals sah sie ihre Füße oder Pfoten, sosehr sie den Kopf auch senkte.

Waren sie unsichtbar? Oder bekam sie einfach den Kopf nicht gebeugt? Wie steif kann man sein! Und das in der totalen Leere. Hier müsste man doch total biegsam sein.

Äußerst mühsam war das: voranzugehen. Aber wohin denn auch, wohin nur. Vielleicht kam sie ja überhaupt nicht voran. Das konnte ewig so weitergehen. Was für eine Aussicht.

Einmal spürte sie ihre Tränen, die ihr in den offenen Mund rannen. Das nasse Salz. Das war ein gutes Zeichen, besann sie sich: Wer weint, der lebt. Dann wurde sie erneut ohnmächtig und befand sich wieder in diesem ärgerlichen endlosen Weiß. Stehend oder gehend, so oder so ausweglos.

Als sie von neuem halbwach wurde, nahm sie undeutlich die große Bettstatt wahr, in der sie lag: das Bettdach über ihr ein felsenfestes Halbrund aus weißem Stein. Oder aus Knochen? Sie wähnte, im Schädel eines riesigen Tiers zu liegen, in der leeren Augenhöhle.

340

Befand sie sich also doch in einer Art Höhle, immerhin! Mit den Fingerspitzen (sie spürte sie deutlich, was für eine Freude) tastete sie unter die dünne Matratze, auf der sie lag: Auch darunter war Stein, oder Knochen.

Mit der Zeit weitete sich ihr Blick. Im Zimmer gab es Fenster, mit dunklen Tüchern verhängt, durch die es dennoch weiß hereinleuchtete. Ob draußen Schnee lag? Vielleicht war Winter. Es gab ja Winter. Irgendwann musste auch mal Winter sein. Dann trat ein Mensch mit verbundenen Augen durch eine Tür herein, die gab es also auch: eine Tür. Und einen Menschen. Sie konnte aber nicht hinsehen zu dieser Tür, als der Mensch hereintrat, es blendete so stark von draußen, derart, als käme dieser Mensch aus dem Herzen allen Lichts. Erst als die Tür wieder zu war, schaute sie hin. Der Mensch trat stumm an das verhängte Fenster, schob den Vorhang ein wenig beiseite, schon strahlte es noch heller herein, die Kranke schloss geblendet die Augen, während der Unbekannte das Fenster öffnete.

Ein andermal ging ein hereintretender Unbekannter nicht ans Fenster, sondern nahm das Tuch von seinen Augen und kam dann auf ihr Bett zu, aus unermesslicher Ferne. Wie wollte dieser Mensch einen solchen Abgrund überwinden, um bis zu ihr zu gelangen? Er muss aufpassen, nicht ins leere Weiß zu stürzen.

Wieder ein andermal war ihr ein Mensch ganz nah, sie sah weiße Ringe an seinen Ohren und eine weiße Kette um seinen Hals, auch der Schmuck der Menschen hier schien aus Knochen. Der Kranken rann der Schweiß. Wieder schmeckte sie das Salz. Sie würde am Ende noch wegfließen und ertrinken in diesem salzigen Wasser.

Da tupfte ihr jemand sanft den Schweiß ab. Jemand gab ihr vorsichtig einen Schluck zu trinken, klares, salzloses Wasser. Jemand gab ihr etwas zu essen: einen Löffel lauwarme Suppe. Ein Stück aufgeweichtes Brot. Jemand legte ihr lindernden Balsam auf. Eine Frau war das, deren Haare manchmal die Farbe wechselten, als käme sie aus dem Regenbogen. Dich kenne ich doch, du, sag, wer du bist.

Erst als sie langsam nachließen, merkte die Kranke, wie übergroß ihre Schmerzen gewesen waren. So gewaltig, dass alles von ihnen erfüllt war, nichts anderes mehr hatte es gegeben auf der ganzen Welt. Und erst im Vergehen taten sie weh.

Jemand tupfte sie ab, jemand wechselte ihren Verband. Auch nachts wurde es nie ganz dunkel.

Dann endlich schlief sie wieder ein, diesmal tief und fest und ohne zu träumen.

Luyántas Erwachen

Als sie erwachte, saßen Laleh und Mizuel an ihrem Bett. Das Erste, was Luyánta sah, verschwommen noch, war das Lachen ihrer beiden Gefährten.

«Ihr lebt ja», flüsterte sie erstaunt, und so glücklich sie in diesem Augenblick war, merkte sie, wie schwer ihr das Sprechen fiel. Furchtbar mühsam. Ungläubig schaute sie ihre eigenen Hände an, gelb und mager, es kam ihr vor, als seien sie geschrumpft.

Laleh war sofort aufgesprungen, so lebhaft, dass ihr Schemel umkippte. Mizuel, genauso aufgeregt, erhob sich gleich und stellte ihn eifrig wieder auf, während Laleh Luyánta beruhigend die Hand auf die Schulter legte.

«Natürlich leben wir», sagte Laleh.

Ihre grünen Augen funkelten. Luyánta bemerkte, dass Lalehs Haut um die Augen herum etwas heller war, als käme sie gerade aus dem Winterurlaub, wo sie tagelang eine Skibrille getragen hätte.

«Was hast du denn gedacht?», sprach Laleh weiter. «Das Wunder ist, dass *du* lebst. Mensch, du hast wirklich ein ausgiebiges Schläfchen gehalten!»

«Wie lange habe ich …»

«Über zwei Monate!» Und jetzt sprudelte sie richtig los: «Die erste Zeit bist du dauernd zwischen Leben und Tod geschwankt. Wie so ein Scheißpendel, das sich nicht entscheiden kann. Du hast dich her-

342

umgewälzt und fürchterlich gefiebert und seltsam phantasiert. Immer war jemand von uns hier, um dich zu pflegen und zu bewachen. Mizuel und ich, oder auch Hypatia oder Hyypiä, und manchmal wer von den Knochenheinis. Die sind übrigens ziemlich in Ordnung. Es hat sie nur verwirrt, dass du dich ab und zu nachts in ein Murmeltier verwandelst. Erst dachte ich, auf diese Weise würdest du dem Tod entwischen. Aber das war zu optimistisch, auch das weiße Murmeltier litt und stöhnte schauderhaft. Wir hatten echt keine Ahnung, ob du es am Ende schaffen würdest. Deine Wunden hatten sich schrecklich entzündet. Die Verletzungen aus der Schlacht und dieser eklige Wolfsbiss in deiner Wade. An sich alles keine schweren Wunden. Aber das Gift, das in dir war, hat sie grausig verschlimmert.»

«Das Gift, das ...» Was sollte das bedeuten? Luyánta spürte nun, dass sie an mehreren Stellen ihres Körpers verbunden war, nicht nur an der Wade und am Oberarm, sondern auch an der Schulter, genau dort, von wo sich im Sommer der unheimliche Schmerz auszubreiten begonnen hatte. Ein eigenartig prickelndes und doch wohltuendes Gefühl pulste unter dem dicken Verband. Und ihr Körper war mit irgendeinem gut riechenden Öl eingerieben.

Im ganzen Raum roch es nach Kräutern und ätherischem Balsam. Und in den verhängten Fenstern bemerkte Luyánta ein leichtes, unruhiges Glitzern und Funkeln hinter den Tüchern. Auch über ihrem Kopf am oberen Ende des Bettes blinkte und blitzte es, quecksilbrig nervös. Sie schob ein wenig den Kopf in den Nacken und erkannte, dass über ihr an einer langen Kette Glasscherben und bunte Metallsplitter baumelten, auch einige schillernde Perlen. All die Bruchstücke bewegten sich immerzu leicht, sodass sie das Licht reflektierten.

«Ein Abwehrzauber», sagte Laleh, die bemerkte, wohin Luyánta sah. «Ich habe ihnen alles erzählt.»

Sie ließ sich wieder auf der Kante ihres Schemels nieder, nach vorn gebeugt, die Hand weiter auf Luyántas Schulter. Mizuel mit seinem braunen Wuschelkopf hörte schweigend zu, nickte manchmal bestätigend. Vor seinen Knien stand ein Tischchen mit Tupfern und Salbe, daneben eine Tasse mit kaltem Gewürztee und eine Schüssel, in der noch ein Rest von irgendeinem Brei war.

Neben dem Kopfende ihres Bettes blitzte noch etwas anderes: An die Wand gelehnt standen ihr Bogen und das Schwert, das Hyypiä für sie geschmiedet hatte. Und an einem Bügel, der auch wie ein langer Knochen aussah, hing ihr weißes Gewand. Es war offenbar gründlich gesäubert und ausgebessert worden, nach all den Flecken und Rissen im Kampf; jetzt leuchtete es wieder rein wie frisch gefallener Schnee.

«*Wem* hast du *was* erzählt?», fragte Luyánta, mit Blick wieder zu Laleh.

«Dem Rat. Von diesem giftigen Schmerz, den dir irgendein verfluchter Gespenstervogel beigebracht haben muss und den du so lange verborgen gehalten hast. Ich habe den Fanesrat eingeweiht, ich musste, meinst du nicht? Dieser Rat hat sich gebildet, nachdem du bei der Ankunft hier ohnmächtig vom Pferd gestürzt bist. Er sollte dich vertreten, bis du wieder bei Bewusstsein wärst. Wobei man ja nicht wusste, ob du überhaupt wieder ...»

Luyánta lächelte sie milde an. «Es ist sicher gut so. Wer gehört zu dem Rat?»

«Na, ich natürlich! Zumindest seit ich hier bin, ich bin ja erst später dazugekommen. Zuerst bestand er nur aus Hieronyma und Hyypiä, dann kam Hypatia dazu, als Letzte ich. Jedenfalls wissen die drei jetzt Bescheid.»

Es tat gut, diese Namen zu hören. Luyánta erinnerte sich allmählich wieder an die entsetzliche Schlachtnacht. «Hieronyma hat sich also von ihren Verletzungen erholt?»

«Ja, sie war ziemlich schnell wieder auf den Beinen. Hypatia mit ihrem Heilwissen hat sie im Handumdrehen wieder aufgepäppelt. Auch du hast ihr dein Leben zu verdanken, wenn du mich fragst. Es ist unglaublich, was sie über geheime Kräuterkräfte weiß. Und über Abwehrzauber.»

«Ja, unglaublich, das ist es», stimmte Mizuel zu, der vorher noch

344

gar nichts gesagt hatte. Auch seine Haut war streifenbreit um die Augen ein wenig heller. «Meine Mutter!»

Laleh lachte, und auch Luyánta verzog milde ein wenig den Mund. Trotzdem wurde Mizuel rot; und Luyánta merkte, wie sehr sie sogar das Lächeln anstrengte. Doch die Neugier gab ihr Kraft, zuzuhören und selbst zu sprechen. Mit leiser Stimme redete sie Mizuel an: «Und unsere liebe Laleh habt du und deine Mutter auch gerettet! Wie gut, dass ihr in dieser schrecklichen Nacht zur Murmeltierschlacht aufgebrochen seid.»

Mizuel wurde noch röter. «Gerettet, na ja, also, wenn man's genau nimmt, dann ...»

«Doch, doch», sagte Laleh und schaute Mizuel wohlwollend an. «Jedenfalls seid ihr zu unserer Rettung gekommen. Und die Feinde habt ihr vertrieben!»

«Wie ging das vor sich?», fragte Luyánta. «Bitte, erzählt mir alles.»

«Na ja, wir sind natürlich nicht einfach blind drauflosgestürmt», antwortete Mizuel, jetzt vorsichtig stolz. «Mama ... äh, ich meine, *Hypatia* und die achtzig Kämpfer warteten erst mal im strömenden Regen auf der anderen Seite des Bergs, bei Pibakús totem Pferd an der Stelle, wo du und Pistior wohl gegen die Wölfe gekämpft hattet. Ich bin erst mal allein zum Roten Grat geschlichen, um die Lage auszukundschaften. Im Morgengrauen war ich da, als der Regen allmählich nachließ. Und da sah ich, dass die Angreifer den Grat und die Murmeltierwiese besetzt hatten. Mit schweren Äxten waren sie dabei, den großen Totempfahl in der Mitte der Wiese zu fällen. Und auch die alte Königsburg auf dem Gipfel hatten sie eingenommen, die Schweinehunde. Eben hissten sie auf der höchsten Turmruine die Adlerflagge. Ich hab einen ziemlichen Schreck bekommen!»

Lalehs Blick, während sie Mizuel zuhörte, war mehr als wohlwollend, wie Luyánta trotz ihrer Erschöpfung bemerkte. Dass Mizuel seinerseits immer wieder verliebt zu Laleh schielte, war ja nichts Neues ...

Nun übernahm wieder Laleh das Wort: «Zu diesem Zeitpunkt

345

waren wir wohl schon im Burggraben. Wir hatten uns nämlich nachts auf die Burg zurückgezogen, als wir dem Ansturm nicht länger standhalten konnten, egal wie tapfer die Murmeltiere kämpften. Keine Ahnung, wieso ich die mal Kuscheltiere genannt habe. Respekt! Aber trotz aller Tapferkeit war klar, dass der Grat nicht zu retten war. Also beschlossen Pibakú und ich, uns in der Burg zu verschanzen. Den Murmeltieren sagte ich, sie sollten sich besser in ihre Höhlen verziehen. Das taten sie dann auch, aber nur murrend und erst auf Befehl der Dicken. Die Dicke selbst und Paminer und Struggles bestanden darauf, uns auf die Burg zu begleiten, und Knahktus und Knärktus kamen auch mit.»

«Die beiden, die auf ihrer Wache eingepennt waren?»

«Ja. Oder die wahrscheinlich betäubt wurden, dafür konnten sie nichts. Trotzdem wollten sie wohl noch was gutmachen. Knärktus gab Paminer zwar, als Die Dicke gerade nicht hinsah, eine Kopfnuss zurück, die er von ihm abgekriegt hatte, und die beiden Trottel hätten sich fast auf dem klitschnassen Roten Grat im Regen geprügelt, wir mussten sie zurechtweisen ... Als wir dann drüben auf der Burg waren, kappten wir das Seil über dem Abgrund. Bald hatten die Feinde den Graben erreicht und versuchten, mit neuen Seilen und Leitern überzusetzen. Aber die Murmeltiere, versteckt zwischen den Steinen, flitzten immer wieder hervor, um die Leitern runterzuwerfen und die Seile durchzubeißen. Pibakú und ich schossen währenddessen hinter der eingestürzten Burgmauer unsere Pfeile hervor. Die Angreifer versuchten es trotzdem immer weiter, und sie waren viele. Puh, wir wussten nicht, wie lange wir noch durchhalten konnten. Ehrlich gesagt, die Scheiße stand uns bis zum Hals. Also wollten wir wenigstens unsere Haut so teuer wie möglich verkaufen ...»

Sie schaute auffordernd Mizuel an, und der erzählte weiter: «Tja, wir fanden jedoch keine Spur mehr von euch, als wir später auf die Burg kamen. Aber alles der Reihe nach. Ich berichtete also, als ich von meinem Erkundungsgang zurückkehrte, meiner Mam... äh, Hypatia ...»

346

«Jetzt sag doch ruhig Mama», unterbrach Laleh. «Ist keine Schande, eine Mama zu haben. Ich hätte auch gern eine. Noch dazu eine so tapfere. Meine ist schon lange tot.»

Und wieder war Mizuel rot geworden, eine richtige Tomate war der. Er schluckte nervös, dann fuhr er fort: «Ich berichtete also Mama, wie die Sache stand, und dann ging ich mit sechzig Kämpfern den beschwerlichen Weg über den Gipfel des Nordbergs, um Grat und Wiese von oben angreifen zu können. So schnell bin ich noch nie auf einen Berg gestiegen, das sag ich euch! Die Gämsen schauten uns vielleicht komisch an ... Hyp-, äh, Mama und die übrigen zwanzig gingen währenddessen auf den steilen Weg um den Nordhang und versteckten sich an einer geeigneten Stelle im Geröll oberhalb des Pfads, um den Feinden den Weg ins Tal der Enge und Weite so lange wie möglich zu verstellen.

Wir fürchteten, wir kämen zu spät, während wir über den Nordberg kraxelten. Zum Glück waren die Schweinehunde noch nicht aufgebrochen, als wir ankamen. Diese Faulpelze wollten nach ihrem Sieg wohl ein wenig rasten, ehe sie sich zum Faneslager aufmachten. Sie hatten den Totempfahl in Stücke gehauen und daraus ein Feuer entfacht, an dem sie sich wärmten und Fleisch brieten. Wir waren aber sicher, dass sie bald losziehen würden. Also griffen wir sie sofort an.»

«Und weiter?»

«Lief super. Der Überraschungseffekt war auf unserer Seite. Einen Angriff vom Berg aus hatten sie nicht erwartet. Sie wehrten sich kaum, sondern versuchten hektisch, ins Tal zu kommen. Aber auf dem steilen Pfad wurden sie von Mamas Kämpfern und einem üblen Steinhagel erwartet. In ihrem Rücken setzten wir ihnen weiter zu. Und was das Beste war: Nun stürzten auch die Murmeltiere wieder aus der Erde hervor. Sie loderten vor Zorn, als sie sahen, dass die Besatzer das Totem des Großen Murmel zerstört hatten. Auf der gegnerischen Seite kamen zwar die Soldaten von der Burg herunter, die sie inzwischen besetzt hatten. Aber das half ihnen auch nichts mehr.

Die Steinlawinen hatten mittlerweile eine breite Kluft in den Steilhang gerissen, sodass kein Rüberkommen mehr war. Da gingen Mama und ihre Leute von oben auf den gestauten Feind los. Sie stürmte ihren Kämpfern voran und trieb den Gegner mit ihren Schwertstreichen Schritt um Schritt zurück auf die Wiese unter dem Roten Grat, wo wir und die Murmeltiere ihnen heftig zusetzten. Am Ende ließen wir ihnen keinen anderen Ausweg, als zurück über den Roten Grat zu setzen und durch den Spinnwebwald zu flüchten, durch den sie gekommen waren, als sie euch angriffen. Einige Murmeltiere verfolgten sie sogar bis an den Waldrand.»

«Und so hattest du Laleh gerettet, du Tapferer», sagte Luyánta und lächelte Mizuel an. Sie freute sich richtig für ihn, dass ihm das gelungen war. «Und Pibakú natürlich und die Murmeltiere auf der Burg. Die hattet ihr auch gerettet.»

«Äh ... nein», sagte Mizuel. Knallrot. «Wir durchsuchten später die ganze Burg, weil wir hofften, sie hätten sich dort versteckt. Aber, wie gesagt, keine Spur. Also fürchteten wir, sie wären gefangen oder sogar tot. Ihre Leichen fanden wir allerdings nicht.»

«Freut mich, dass du meine Leiche nicht gefunden hast», sagte Laleh. Es machte ihr wohl Spaß, Mizuel zum Erröten zu bringen. Doch diesmal ließ er sich nicht aus dem Konzept bringen und fuhr unbeirrt fort:

«Wir haben sie erst Tage später wiedergetroffen, hier im Tal der Knochen. Pibakú lief neben Laleh her, die auf Chihiro ritt.»

«Chihiro lebt also auch?», rief Luyánta. Und merkte sofort, dass sie zu laut gesprochen hatte, es strengte sie sehr an. Leiser fuhr sie fort: «Oh, das freut mich so sehr. Ich war sicher, sie wäre verloren, als sie damals in Panik vor den Wölfen in die Berge galoppierte.»

Dann besann sie sich einen Moment. Und schaute noch einmal zu dem weißlichen Bettdach über ihr. Es war wohl tatsächlich aus Knochen, nicht aus hellem Gestein.

«Aber sagt mir, *Tal der Knochen* ... was ist das? Wo sind wir überhaupt? Und was ist das für ein seltsames Bett?»

348

«Das ist vermutlich die Augenhöhle im Schädel eines Schnabelwals», antwortete Laleh.

«Bitte? Wie?» Luyánta fragte sich, ob sie in einen ihrer wochenlangen Fieberträume zurückgekippt war.

«Dein Bett befindet sich im Schädel eines Schnabelwals», erklärte Laleh, «in der zwei Meter breiten Augenhöhle. Hier ist alles aus Gebein. So ist das nun mal im Tal der Knochen.»

«Was ist das Tal der Knochen?»

«Hat dir das der Jäger Gracchus nicht erklärt, als er euch hierherführte?»

«Nein ... oder doch. Vielleicht. Ehrlich gesagt, ich war nicht mehr richtig bei der Sache, vielleicht hat er es mir erklärt, und ich habe es nicht mehr mitbekommen. Ich erinnere mich, dass ich völlig benebelt war und mir immer schwindliger wurde. Ich konnte mich nur mit Mühe auf dem Pferd halten. Als würde ich neben mir selbst herreiten. Oder als würde ich mich auflösen ... ach, ich weiß es nicht. Es ist alles so verwirrend.»

Sie unterbrach sich, das Atmen fiel ihr schwer. Erst nachdem sie sich einen Moment erholt hatte, fügte sie hinzu: «Und wisst ihr was? So geht es mir im Grunde, seit ich in die Unselbe Welt gekommen bin. Andauernd begegne ich Dingen, die ich nach allgemeiner Meinung wissen müsste. Aber ich *weiß* das alles nicht, sondern *ahne* es höchstens. Verstehst du, was ich meine?» Sie schaute Laleh in die grünen Augen. «Ach, jetzt red ich schon wie Die Dicke! Bitte, Laleh, erzähl mir doch, was es mit dem Tal der Knochen auf sich hat.»

«Das will ich gern tun», antwortete Laleh. «Aber ... vielleicht lieber morgen.»

Mizuel gab ihr mit einem Nicken recht.

Laleh schaute Luyánta liebevoll an. «Du isst jetzt etwas, und dann schläfst du wieder ein bisschen, verstanden? Nicht gleich zu lange wach bleiben! Du brauchst Zeit, um dich zu erholen. Zeit ist das Wichtigste, sagt Mizuels Mama, und sie hat immer recht, wenn du mich fragst. Und wir werden an deiner Seite bleiben. Wenn du dich

349

ein bisschen ausgeruht hast, dann wirst du alles über das Tal der Knochen erfahren. Wir sind hier jedenfalls in Sicherheit. Und wenn du dich weiter erholt hast, in ein paar Tagen oder auch Wochen, ganz egal, dann wird dich auch Asver empfangen, der König des Knochentals. Er wartet schon sehr darauf.»

«Gut», sagte Luyánta. Sie spürte, dass ihre Freundin recht hatte: Sie war wirklich schwach und matt. So stellte sie sich das Alter vor. Und fühlte sich auch ganz schweißverklebt, sie meinte, ihr ganzer Körper ... «Sagt mal, stinke ich eigentlich nicht ganz furchtbar?»

«Ach, das geht schon», antwortete Mizuel. «Wir machen öfter mal das Fenster auf.»

Laleh warf ihm einen vernichtenden Blick zu, und Mizuel wurde erneut rot. Diesmal eher wie ein Hummer, den man in kochendes Wasser warf.

«Du stinkst überhaupt nicht», sagte Laleh entschieden.

Luyánta lächelte. Wie schön es sich anfühlte, zurück im Leben zu sein, egal, wie beschwerlich es war. Und obwohl sie fröstelte, weil ihr Hemd so nassgeschwitzt war. Jede Sekunde, die möglich war, wollte sie leben.

«Du musst dich jetzt wirklich ausruhen, Luyánta», fuhr Laleh fort. «Ich werde dir jetzt ein bisschen Suppe bringen, und danach schläfst du wieder, ja?»

Aber da war Mizuel schon aufgesprungen, froh über die Gelegenheit, seine Dummheit wiedergutzumachen: «Ich werde die Suppe holen, bleib du bei Luyánta!»

Und schon war er an der Tür. Bevor er sie öffnete, zog er ein dünnes, dunkles Tuch hervor und band es um den Kopf, sodass seine Augen bedeckt waren. Jetzt begriff Luyánta, woher die hellen Streifen um seine und Lalehs Augen stammten: von diesen Binden, die sie anscheinend im Freien trugen. Außerdem bemerkte sie, dass auch am Eingang blitzende Scherben und Metalle hingen: der Abwehrzauber. Dann wandte sie den Kopf ab, als Mizuel vorsichtig die Tür aufzog, denn schon durch den ersten Spalt drang gleißend helles Licht herein. Erst als die Tür wieder zu war, blickte Luyánta wieder hin. Selbst das Türblatt bestand aus weißem Gebein, ebenso die Wände.

Luyánta bat Laleh, ihr das feuchte Hemd zu wechseln. Umsichtig machte die Gefährtin sich daran, und Luyánta strengte selbst das an, sich nur umziehen zu lassen. Wie fremd und seltsam kam ihr eigener Körper ihr vor, den sie nun sah. Auf ihrem linken Schienbein die alte Kindernarbe. Sie war erleichtert, als sie wieder auf dem Rücken lag und zugedeckt war. Trotzdem wollte sie unbedingt noch mehr wissen.

«Eins musst du mir wenigstens noch erzählen, Laleh.»

«Na gut, eins noch.»

«Sag mir, wie du dich auf der Gipfelburg gerettet hast. Und wie du Chihiro wiedergetroffen hast und hierhergekommen bist.»

«Richtig, den Schluss der Kampferzählung schulde ich dir ja noch. Also: Als uns klarwurde, dass wir das Eindringen der Feinde in die Burg nicht mehr verhindern konnten, zogen Pibakú und ich uns in die hinteren Bereiche der Anlage zurück. Die Murmeltiere wichen nicht von unserer Seite, obwohl sie sich leicht irgendwo hätten verkriechen können. *Gemeinsam siegen, gemeinsam sterben!*, piepste Paminer immer wieder. Ach, ich liebe diesen dummen Kerl. Wir beschlossen, uns auf einem Turm zu verschanzen. Aber als wir durch den Krönungssaal kamen, hatten Die Dicke und ich quasi im gleichen Augenblick dieselbe rettende Idee: das Loch in der Seitenkammer, durch das wir am Vortag die drei besiegten Adlersoldaten geschickt hatten, diese Feiglinge, die Gabiel und Bagiuz umgebracht und uns dann überfallen hatten. Das Plumpsklo, von dem ich zuerst gedacht hatte, es wär der Müllschlucker, erinnerst du dich?»

Luyánta lächelte, nicht ohne Traurigkeit. «Natürlich erinnere ich mich.»

«Da sprangen wir also rein, und runter ging's. Ich und Pibakú voran, die Murmeltiere hinterher. Die quietschten und johlten, als wär's eine Riesenrutsche. Nur Die Dicke schüttelte pikiert den Kopf über ihre kindischen Kameraden. Pibakú und ich hatten die Bögen umgehängt, aber unsere Schwerter im Anschlag, um bereit zu sein, falls wir unten den drei Adlersoldaten begegneten. Aber keine Spur mehr von ihnen. Vielleicht hatten sie denselben Ausweg genommen, wie wir ihn bald fanden, obwohl ich ihnen so viel Mut eigentlich nicht zutraue. Wir schlichen jedenfalls durch den vollgeregneten Graben, so leise wie möglich und im Schatten der Felsen, um vielleicht irgendein Versteck zu finden. Aber wir fanden keins. So kamen wir auf die andere Seite der Gipfelburg dahin, wo der Graben aufhört und es nur noch senkrecht in die Tiefe geht. Wir beschlossen, zu warten. Und, falls die Feinde hier herunterkämen, zu kämpfen. Und wenn alles verloren wäre, wollten wir in die Tiefe springen, um ihnen nicht lebend in die Hände zu fallen.»

«Kein verlockender Gedanke», sagte Luyánta, die gebannt zuhörte und der dennoch die Augen fast zufielen.

«In die Tiefe zu springen? Nein. Aber diesen Scheißtypen in die Hände zu fallen noch weniger. Wir hatten uns mit dem Gedanken an den Tod schon abgefunden. Trotzdem glotzte ich ab und zu voller Angst die steile Wand hinunter. Und nach einer Weile dachte ich mir: Es ist ekelhaft senkrecht und außerdem verdammt nass, aber versuchen könnten wir's doch mal. Was hatten wir noch zu verlieren?»

«Und, habt ihr es geschafft?», fragte Luyánta matt. «Ach, blöde Frage ... sonst säßest du ja nicht hier.»

Laleh grinste. «Ich hab dir doch gesagt, du musst dich ausruhen. Aber erst was essen. Wo bleibt nur diese Schnarchnase Mizuel? Okay, die Wege hier im Knochenschloss sind weit.»

«Erzähl mir so lang, wie es weiterging!»

«Gut. Wir wagten uns also an den Kletterversuch. Erst ich, dann Pibakú, dann die fünf Murmeltiere. Denen fiel das nicht weiter schwer, die sind von Felsvorsprung zu Felsvorsprung gehüpft, als hätten sie ihr Lebtag nichts anderes gemacht. Ich hätte nie gedacht, dass Murmeltiere so famos klettern können!»

«Nicht alle», sagte Luyánta. «Nur diese. Sie sind nämlich ein edles Geschlecht. Aber du hast es zum Glück auch geschafft. Und Pibakú?»

352

«Er auch, na klar. Wir haben uns die Hände blutig gerissen beim Klettern, das war vielleicht eine Sauerei. Und ich hab mir so was von in die Hosen gemacht, sag ich dir, es war ja alles feucht und ging bestimmt zweihundert Meter in die Tiefe. Ein paarmal bin ich mit dem Fuß abgerutscht, oder ein Stein wackelte, und jedes Mal dachte ich, das war's, adieu, du schnöde Welt. Aber schließlich kamen wir unten an der Steilwand an, von da ab konnten wir über Geröllhänge weiter bergab, dann in ein ausgetrocknetes Flussbett und so fort. Da war schon heller Morgen. Der Regen hatte aufgehört. Mizuel und Hypatia hatten oben die Feinde angegriffen – aber das wussten wir ja nicht. Und wir ahnten zum Glück auch nicht, dass das Faneslager in Flammen stand und ihr auf der Flucht wart. Bei uns war es jetzt ruhig, fast idyllisch. Schließlich gelangten wir in einen Wald. Von da wollten wir uns ins Tal der Enge und Weite durchschlagen. Mir kam das aussichtslos vor, aber Die Dicke hat einen unglaublichen Orientierungssinn, das sag ich dir … Und als wir gerade durch eine enge Schlucht unterwegs waren, rate mal, wer mir da plötzlich entgegenkam.»

«Wer?»

«Chihiro! Denkst du, wie überrascht ich war? Bis jetzt kann ich mir nicht vorstellen, wie sie ihren Weg durchs Gebirge gefunden hat. Aber ist ja auch egal, Hauptsache, ich hatte sie wieder. Na ja, der Rest ist schnell erzählt. Pibakú und ich sind abwechselnd geritten, der andere lief dann immer nebenher, die Murmeltiere auch, nur Die Dicke saß auf Chihiros Kopf, um die Richtung zu bestimmen. So kamen wir nach einiger Zeit in den Wald der tausend Vögel. Dort suchten wir die Köhlerstätte auf, aber sie war verlassen. Von Harichl keine Spur.»

Luyántas müder Blick verdüsterte sich. «Harichl … erinnerst du dich an den Adler, den wir morgens von ihm wegfliegen sahen?»

«Natürlich», sagte Laleh. «Daran habe ich oft denken müssen, und ich habe es auch im Fanesrat erzählt. Hypatia mag es einfach nicht glauben, aber Hieronyma und Hyypiä sind überzeugt, dass er uns verraten hat. Durch ihn muss Amian erfahren haben, dass wir beide das Lager verlassen hatten. Harichl! Ich kann es einfach nicht glauben. Was meinst du?»

«Ich weiß es nicht», sagte Luyánta. «Aber es sieht so aus.»

«Ja, scheiße. Wir zogen also weiter und lugten dann aus dem Wald und sahen an einem Einsiedlerhof vielleicht ein Dutzend Adlersoldaten. Sie zündeten das Haus an, diese Verbrecher. Ich war so wütend, ich wollte gleich angreifen, aber Pibakú und Die Dicke hielten mich fest. Es wäre Selbstmord gewesen. Also versteckten wir uns wieder im Wald und streiften nur nachts vorsichtig herum. So fanden wir heraus, dass das Faneslager völlig zerstört war. Ich wollte nur noch sterben. Ich dachte, ihr wärt alle tot, Luyánta! Aber dann sahen wir wieder ein paar von Amians Häschern, die im Tal unterwegs waren. Und daraus schlossen wir, dass zumindest einige Fanesleute entkommen sein mussten. Warum hätten die Schufte sonst das Tal durchsuchen sollen, wieder und wieder?»

«Da waren wir längst hier im Tal der Knochen, wie ihr es nennt», sagte Luyánta. «Das heißt, diejenigen von uns, die diese fürchterliche Nacht überlebt hatten …»

«Ja. Und wir trafen nach einer Weile zwei Faneskundschafter. Sie erzählten uns von dem sicheren Tal und auch, dass nach euch auch Hypatia und Mizuel mit ihren Leuten dort angekommen waren. Sie hatten nämlich ebenfalls, so wie wir jetzt, hier Faneskundschafter getroffen. Diese heimlich auszusenden, hatten Hieronyma und Hyypiä entschieden. Ein gefährlicher Auftrag, aber es fanden sich genügend mutige Freiwillige. Sie sollten nicht nur herausfinden, was Amian mit dem Tal anstellte, sondern vor allem verirrte und verlorene Fanesleute aufstöbern und in Sicherheit bringen. Versprengte Kämpfer, fehlgegangene Hirten und Schäfer. Tja. Als wir die Kundschafter sahen, versteckten wir uns zuerst im Gebüsch, aber dann erkannten wir sie und zeigten uns. Und sie brachten uns hierher, auf dem schwer zu findenden Weg, den Gracchus ihnen gezeigt hatte: durch den Nebelwald und über die Scharte des Ewigen Regens, durch geheime Täler und unbekannte Höhen.»

354

«Was wurde aus den Murmeltieren?»

«Sie begleiteten uns, alle fünf. Ein paar Tage blieben sie hier, Die Dicke beriet sich mit dem Fanesrat und besuchte Asver, den Knochenkönig. Und natürlich kamen die Murmeltiere auch an dein Krankenlager. Struggles und Paminer wollten dir sogar ihr letztes Moos schenken. Du warst nicht ansprechbar, das hat uns alle immer noch sehr besorgt. Aber Die Dicke blieb zuversichtlich, sie meinte, es würde schon. Und als sie uns hier endgültig in Sicherheit wussten, kehrten sie zum Murmeltiervolk zurück. War nämlich schon höchste Zeit für ihren Winterschlaf.»

In diesem Moment ging die Tür auf, Luyánta und Laleh wandten die Köpfe ab vor der grellen Blendung. Mizuel trat herein. Er trug vorsichtig eine große, dampfende Schüssel. Es duftete nach kräftiger, köstlicher Hühnerbrühe.

«Na endlich, du Trantüte!», rief Laleh Mizuel zu, der mit dem Fuß die Tür hinter sich zuschob. Ob er Lalehs liebevolles Lächeln sehen konnte, mit seinen verbundenen Augen?

Wozu?

In den folgenden Tagen erholte Luyánta sich allmählich – unerträglich langsam zwar für einen ungeduldigen Menschen wie sie, aber doch beständig. Sich auch nur im Bett aufzurichten, fiel ihr zunächst noch schwer. Sie merkte, wie abgemagert und geschwächt sie war, trotz aller Pflege in den langen Wochen ihrer Bettlägerigkeit. Nun sorgte Laleh als fürsorglicher Quälgeist dafür, dass Luyánta die ganze Zeit aß, sobald sie wach war. Oft setzte die Gefährtin sich auf die Bettkante und streichelte ihr über den Kopf.

«Deine Haare sind ganz schön lang geworden. Vielleicht sollten wir sie mal schneiden? Aber wie wunderbar seidig sie sich anfühlen … na los, iss schon weiter!»

«Jetzt stopf mich doch nicht wie eine Gans», murrte Luyánta. Aber dann löffelte sie gehorsam ihren Gemüsebrei weiter. Auch Hieronyma und Hyypiä kamen bald zu Besuch. Die beiden hatten ähnliche helle Streifen um die Augen wie Laleh und Mizuel. Es war wunderbar, die ganz erholte Hieronyma wiederzusehen, mit ihrem wallenden blauen Haar, ihren langen Fingern, ihrem hintersinnigen Lächeln. Und das dröhnende Lachen des Feuerkopfs Hyypiä füllte den Raum, dass die Amulette spukhaft klirrten. Es tat gut, das zu hören.

Nur manchmal wurde sie traurig, wenn sie an Pistior dachte, den sie irgendwie liebgewonnen hatte, und an seinen Trupp, der sich für die anderen Fanesleute aufgerieben hatte.

Von Hieronyma und Hyypiä aber hörte Luyánta nun die ganze Geschichte ihrer Flucht, in deren Verlauf sie nach und nach das Bewusstsein verloren hatte, bis sie schließlich ohnmächtig vom Pferd gestürzt war. Der sichere Ort, an den Gracchus sie geführt hatte, war das abgelegene Tal der Knochen. Der graubärtige Jäger hatte den Untergang des Lagers in der Nacht gesehen und die Fanesleute, denen er gewogen war, am Fluss erwartet, um sie mit seiner Kenntnis der Wälder und Berge vor ihren Verfolgern zu retten. So hatte er sie durch den Nebelwald geführt und hinauf zur Regenscharte, von wo die postierten Faneswächter aber spurlos verschwunden waren. Der eigentliche Fluchtweg hatte dann erst jenseits der Scharte begonnen. Nach mehreren Tagen war der Zug zu jenem geheimen Ziel gelangt, das Gracchus für den sichersten Ort des ganzen Gebirges hielt: dem sagenumwobenen Tal der Knochen. Ein rätselhafter, abgelegener Ort, dessen Boden mit Abermillionen Knochen aus Ur- und Vorzeiten bedeckt war. Einige davon waren groß wie Bäume, andere winzig wie Kiesel und Sandkörner. Klare Flüsse und Bäche liefen durchs Beinland, dennoch wuchs hier keine Pflanze, lebte kein Tier. Wohl aber Menschen: Denn das Tal der Knochen war einem alten, unglücklichen Volk, dessen mächtige Stadt an den Berghängen einst zerstört worden war (das flüchtende Fanesvolk hatte ihre Ruinen durchquert), zur Zuflucht geworden. Hier hatten sie eine neue Stadt

356

ganz aus Knochen errichtet und lebten seither im Verborgenen. Nur um Nahrung zu sammeln und zu jagen, gingen einige von ihnen auf die umliegenden Gipfel oder überquerten die schützenden Berghänge in nahe gelegene Wälder. Selbst die mächtigen Adler in der Luft mieden diese Gegend: zum einen weil es dort für sie ohnehin keine Beute gab, vor allem aber, weil die meilenweite Bleiche der Gebeine ihre scharfen Augen unerträglich blendete.

Auch die Menschen, die derart abgeschieden hier lebten, mussten ihre Augen mit Tüchern bedecken, sobald sie ihre Behausungen verließen, sonst wären sie erblindet.

Gefesselt hörte Luyánta zu. Das Schicksal derer, die hierher verschlagen worden waren, erinnerte sie an das unglückliche Dasein ihres Fanesvolks. Waren sie nicht natürliche Geschwister? Was ihren Leuten die finsteren Höhlen gewesen waren, war offenbar jenen das grellbleiche Knochental. Dem Jäger Gracchus zuliebe, der schon öfter hier war, hatte Asver, der König des Knochentals, zugestimmt, dass die Verzweifelten in seinem Gebiet bleiben durften. Luyánta freute sich darauf, ihn aufzusuchen, sobald sie sich wieder auf den Beinen halten konnte.

Daran übte sie immerzu auch mit Hieronymas und Hyypiäs Hilfe, aber vor allem natürlich gemeinsam mit Laleh und Mizuel. Sie waren beide dabei, als Luyánta zum ersten Mal die Füße vor das Bett setzte. Anders als Steinboden waren die unebenen Knochendielen des Zimmers überhaupt nicht kalt und abweisend, sondern schienen genau die Temperatur ihres Körpers zu haben. Gestützt von ihren Gefährten, ging sie ein paar Schritte, ihre Beine wacklig, leichter Schwindel, das erschöpfte sie bereits. Am nächsten Tag probierte sie es erneut und tags darauf wieder, und sie fühlte sich von Mal zu Mal besser dabei.

Manchmal kamen auch einheimische Pfleger, die nicht viel sprachen, aber ihr ehrerbietig Essen oder frische Bettwäsche brachten. Diese schweigsam freundlichen Menschen trugen Schmuck aus geschnitzten Knöchelchen an Ohren, Hals und Händen.

Wer Luyánta aber außer Laleh am häufigsten aufsuchte, war

Hypatia, die erfahrenste Ärztin der Fanesleute. Sie untersuchte die Wunden der kranken Königin, pflegte sie mit seltenen Ölen und Kräutern, erneuerte die Verbände. Auch die schützenden Talismane im Zimmer überprüfte sie immer wieder, dabei schillerten die wechselnden Farben ihrer Regenbogenringe. Hypatia selbst kam Luyánta wie ein menschlicher Schutzzauber vor, mit ihren feurigen Augen unter Wimpern wie aus Samt.

«Wir können das Gift aufhalten», sagte Hypatia zu Luyánta. «Aber es völlig zu vertreiben, das übersteigt meine Möglichkeiten, fürchte ich. Wenn dich ein Fluch getroffen hat, dann kann es ein sehr langer Kampf werden. Und ob dieser Fluch überhaupt jemals endgültig zu besiegen ist, das weiß ich nicht.»

«Meinst du, es könnte auch wieder schlimmer werden?»

Hypatia zögerte kurz. «Ja. Ich fürchte sogar, dass es passieren wird. Du bist stark, Luyánta, deshalb will ich dich nicht anlügen. Es könnte sein, dass trotz der Besserung am Ende das Gift siegen wird.»

«Dann ...»

«Ja», sagte Hypatia leise. «Dann stirbst du.»

Merkwürdigerweise tat es Luyánta wohl, dass Hypatia dieses Wort einfach aussprach. Es war, als würde der grenzenlose Schrecken dieser Erwartung durch das Aussprechen erträglicher: *Du stirbst.* Als würde das entsetzliche Unbekannte in ein Wort gebannt. Auch das war wie ein Zauber. Er rettete nicht, und doch hatte er die Kraft zu heilen. Nicht vom Tod, sondern von der flatternden Angst davor.

Luyánta sah Hypatia dankbar an. «Was für ein Fluch ist das? Was soll das? Was will er von mir?»

«Ich weiß es nicht. Die graue Dohle, von der du Laleh erzählt hast, muss ein böser Geist gewesen sein. Du hast ihn angegriffen, und vielleicht wollte er genau das. So konnte er das böse Gift, aus dem er besteht, in dir hinterlassen. Aber was für ein Geist das war, ich weiß es nicht. Vielleicht kann man ihn überwinden, besiegen, mag sein. Aber dazu müsstest du ihn wiedertreffen.»

Luyánta dachte an die Dohle, die den Murmeltieren den betäu-

358

benden Enzian gebracht hatte. Ob das derselbe böse Vogelgeist gewesen war? Wenn ja, dann schien er ja ihre Wege immer wieder zu kreuzen. Hatte er es auf sie abgesehen? Warum? Sie würde die Augen nach der Dohle offen halten, sobald sie wieder auf den Beinen war.

«Und was muss ich tun, falls ich den Geist wiedertreffe?»

«Gute Frage», sagte Hypatia. «Und ehrlich gesagt: keine Ahnung. Ich weiß überhaupt nichts über diesen Geist. Du müsstest es selbst herausfinden.»

Luyánta starrte ins Leere. Sie wollte einen Gedanken fassen, aber keiner kam zustande. Hypatia schien ihre Ratlosigkeit für Trauer oder Verzweiflung zu halten.

«Es tut mir leid, dass ich dir nicht besser helfen kann», sagte sie bedrückt. «Es gibt viele Geschichten über Geister, die als Vögel erscheinen. Vor allem einen Dämon, der in der Dämmerung wohnt, eine Gewitterhexe … Sie sollen an den Rändern der Welt hausen, heißt es. An den Grenzen der Berge, der Zeit, des Lebens. Die alten Frauen erzählten noch in den Höhlenzeiten davon. Aber diese Geschichten sind mit den Alten gestorben. Wir müssten einmal Titurel fragen, wenn er aufwacht.»

Mit einem Schlag war Luyánta hellwach. «Titurel lebt?»

«Ja. Aber er erwacht immer nur kurz. Wie du, Luyánta. Nur mit dem Unterschied, dass es mit ihm langsam zu Ende geht, mit dir aber aufwärts, jeden Tag.»

«Aufwärts, na ja», sagte Luyánta lächelnd, «wer weiß, wie lange und wohin.»

«Ja, wer weiß. Aber eins ist sicher, *du* hast Titurel aus dem Feuer gerettet. Wie du viele gerettet hast in jener Nacht. Denn ich bin sicher (und Hyypiä und Hieronyma sind es auch), dass Amian und sein Adlerheer uns völlig ausgelöscht hätten, wenn du nicht gewesen wärst.»

Dann verabschiedete Hypatia sich. Luyánta lag eine ganze Weile wach und dachte nach. Sie freute sich, dass Titurel noch am Leben war. Ob er mehr über die Geisterwelt wusste? Sie sehnte sich aber

359

ebenso danach, aus seinem Mund wieder die alten Geschichten vom Fanesreich zu hören. So oft er sie ihr schon erzählt hatte, hoffte sie noch immer, irgendwann alles zu verstehen … alle Zusammenhänge, die ihr so unklar waren, obwohl sie manchmal meinte, sich tief im Innern an all das zu erinnern, was in der Vorzeit geschehen war.

Und wer sie war. Wer bin ich?

Es war auch schlicht und einfach ein Trost, dass dieser zähe Alte nicht totzukriegen war. Denn in Luyántas Kopf waberte, während sie allmählich wieder zu Kräften kam, derart viel Tod und Unglück, die schlimmen Geschehnisse lagen wie ein Schatten auf ihrem Gemüt. Und das in diesem Zimmer hier, in das doch überweißes Licht hereindrang! Ständig musste sie daran denken, wie viele Opfer die Schlacht im Tal der Enge und Weite gekostet hatte. Der alte Schneider Anchises, von dessen Tod Hieronyma ihr mittlerweile berichtet hatte, war nur einer von vielen Toten. Auch von Pistiors Stoßtrupp war kein Einziger zurückgekehrt. Die Kundschafter, die auf Geheiß des Fanesrats ab und zu ins Tal zogen, hatten keinen von Pistiors Leuten auffinden können. Sie mussten alle umgekommen sein. Andere hatten sie gerettet, aber selbst ihr Leben verloren.

Ansonsten aber griffen die Kundschafter immer wieder den einen oder anderen versprengten Fanes auf und brachten ihn hierher. Öfter ritt auch Gracchus mit ihnen. Einmal hatte er bei der Rückkehr seinen alten Vater dabei. Der war von Malibrans Häschern überfallen und schwer misshandelt worden, aber hatte heimlich, um sich der Peinigung zu entziehen, ein Stück von jener im Verborgnen wachsenden, betäubenden Scharlachwurzel geschluckt, die er sonst kaute, um seine Zahnschmerzen zu lindern. Daraufhin war er in Ohnmacht gefallen, die Häscher aber hatten geglaubt, den sturen Alten hätte der Schlag getroffen, und waren davon. Der Alte war nach einer Zeit wieder aufgewacht und hatte sich in den Nebelwald geschleppt, wo sein Sohn ihn fand.

Der war also gerettet. Aber all die anderen gutmütigen Menschen im Tal der Enge und Weite? Je mehr Luyánta vom Wüten der Häscher hörte, desto zorniger wurde sie. Auch auf Harichl, den Ver-

360

räter, dessen Köhlerstätte man verlassen gefunden hatte. Wie hatte der Kohlenbrenner das tun können, und warum? Denn dass *er* der Verräter sein musste, darüber war Luyánta jetzt immer sicherer, selbst wenn zumindest Hypatia noch Zweifel daran hatte. Die aber dachte betrübt und wütend an die verbrannten Höfe. Am liebsten wäre sie sofort an der Spitze ihres Heers in das Tal zurückgekehrt, um die Bauern aus ihrer Not zu befreien. Aber ihr fehlte die Kraft. Und welch ein Wahnsinn wäre es, wenn das furchtbar geschlagene Fanesheer das rettende Tal gleich wieder verließe?

Also hatte sie durch Hypatia und Hieronyma den Kundschaftern auftragen lassen, allen geknechteten Bauern, die sie trafen, die Flucht ins Tal der Knochen anzubieten. Manche wollten trotz allem auf ihrem Land bleiben, aber der eine oder andere war bereits mitgekommen. Oder hatte zumindest seine Kinder mitgegeben, in die Sicherheit des Knochentals.

So waren immerhin einige Kinder da. Wenn auch nicht ihre eigenen, die Faneskinder ... Das war das Quälendste. Es gab Momente, in denen Luyánta sich wünschte, sie wäre nie wieder aufgewacht: wenn sie an die Faneskinder dachte, die sie in der Nacht der Schlacht davongeschickt hatte. Denn niemand wusste, wo sie geblieben waren. Es gab keine Spur. Immer wieder waren Kundschafter ausgezogen, um sie zu suchen, Hyypiä selbst und auch Hieronyma waren schon mitgegangen, ohne Erfolg.

Dass es richtig gewesen war, die Kinder rechtzeitig davonzuschicken, daran bestand dennoch kein Zweifel. Denn hätten die Fanesleute auf der Flucht all die Kinder dabeigehabt, wären sie mit großer Wahrscheinlichkeit vom Feind eingeholt und niedergemacht worden. Aber hätte sie nicht, fragte Luyánta sich jetzt immer wieder, darauf bestehen müssen, dass einige Erwachsene mit den Kleinen zogen?

Wie selbstsicher die mutigen Kinder gewesen waren! Lass uns alleine gehen, ihr braucht jede Frau und jeden Mann, hatte das Mädchen gesagt, das am liebsten selbst mit den Großen in den Kampf gezogen wäre.

Tief im Herzen aber war Luyánta überzeugt, dass die Karawane der Kinder sich in jener Nacht in Sicherheit gebracht hatte, wohin auch immer. Die Wachstelle an der Scharte des Ewigen Regens war verlassen gewesen – ob womöglich die Wächter mit den Kindern gezogen waren? Luyánta wünschte es so sehr. Denn alles andere war unvorstellbar. Man *durfte* sich nicht vorstellen, dass den Kindern etwas zugestoßen war. Denn wenn man es sich vorstellte, könnte man nicht länger atmen, nicht länger denken, nicht weiterleben.

Schon so waren die Gedanken, die durch Luyántas Krankenkammer zogen, bedrückend genug. All die Toten, all die Unglücklichen! Sogar der leidensvolle Blick des Adlers, den sie im Sommer verwundet hatten, trat ihr wieder vor Augen. Und wieder spürte sie ihr unpassendes Mitleiden von damals. Und Hypatias Bemerkung, dass sie, Luyánta, das Fanesvolk in der Kampfesnacht gerettet habe, löste in ihr nur Beklemmung aus. Was hatte sie denn getan, um das Los dieser Menschen zu verbessern? Um ihnen endlich eine bessere, friedlichere Zukunft zu bereiten? Sie war ja nur blöd um ein ewig loderndes Feuer herumgetanzt, um eine nicht endende Katastrophe.

Wozu das alles? Wozu nur? Sie wollte keine weitere Gewalt. Keine weiteren Schlachten. Keinen Krieg mehr. Aber wie wäre das möglich? In einer Welt voller Zorn und Angst und Hass? Sie *musste* gegenhassen.

Amian hassen. Er oder sie.

Dabei wollte sie nur noch Ruhe und Frieden. Auf einmal erinnerte sie sich auch wieder an ihre Familie, nicht die königliche der Vorzeiten und nicht die geschwisterlichen Scharen der Murmeltiere, sondern ihre Familie in der seltsam fernen Selben Welt. Zum ersten Mal seit langer Zeit dachte sie an sie, zwischendurch hatte sie sie vollkommen vergessen gehabt. Ihre Eltern, ihre Brüder. Wie es ihnen wohl gerade ging? Ob sie ihre anstrengende Jolantha vermissten?

Das machte ja alles noch komplizierter und verwirrender! So wie sie weißes Murmeltier und Weiße Kriegerin war, war sie auch und

362

immer noch diese unmögliche Jolantha, die sich in ihrem Leben immerzu fehl am Platz gefühlt hatte. Jetzt hatte sie, als Luyánta, den lang ersehnten anderen Ort gefunden und kam sich immer noch falsch vor. Wie schwierig es doch ist, viele zugleich zu sein. Nur eins konnte ihr in diesem Moment Halt geben: Sie musste wissen, wo sie sich jetzt befand. Und sie würde sich selbst immer wieder daran erinnern müssen, wo jetzt ihre Verantwortung und ihre Aufgabe lag: hier.

Wo war sie also? Tal der Knochen, schön und gut ... Sie brannte vor Neugier, mehr über diesen seltsamen Ort zu erfahren. Eine knöcherne Stadt. Und was das für Menschen waren, die hier lebten und die sie aufgenommen hatten. Sobald es nur ging, wollte sie sich zum König des Knochenvolks bringen lassen. Sie nahm alle ihre Kräfte zusammen und richtete sich im Bett auf. Dann beugte sie sich zu dem Tischchen hinüber, nahm mit zittriger Hand die Schale und trank einen Schluck Kräutertee. Und stand auf. Auch diesmal waren ihre Beine wacklig, aber ohne dass jemand sie stützte, setzte sie eins vors andere. Und ja, es ging. Schritt für Schritt bewegte sie sich durch den Raum. Hypatias Talismane an den Wänden schienen ihr Kraft zu geben.

Langsam trat sie zu einem der Fenster hinüber. Durch den zugezogenen Vorhang drang strahlend helles Licht herein. Sie spürte jetzt eine überwältigende Sehnsucht nach Licht. Nach Himmel und Sonne. Sie wollte endlich einen Blick hinauswerfen in das Tal, ergriff den Vorhang und schob ihn beiseite, und da blendete sie ein Gleißen, wie sie es nie zuvor erlebt hatte. Schon an einem anderen Ort hätte einen, beim allerersten Blick ins Freie nach so langer Zeit in einer Krankenkammer, das Tageslicht geblendet. Hier aber war es wie eine Sturzflut von Helle, die über sie kam. Alles vor ihren Augen wurde zu einem Blitz, und sie sank zu Boden.

Bei König Asver

«Du bist wohl nicht bei Trost», schimpfte Laleh, während sie die mit den Augenlidern flackernde Luyánta unter den Achseln fasste. Sie hatte sie zusammensacken sehen, als sie eben zur Tür hereinkam, war sofort zu ihr gestürzt und hatte den leichtsinnig geöffneten Vorhang wieder zugezogen. Danach erst hatte sie das Tuch von ihren Augen genommen und sich zu ihr gebeugt, um ihr aufzuhelfen. Luyánta stöhnte.

«Bald werden wir eh gemeinsam hinausgehen», fuhr Laleh fort, während sie die Freundin zum Bett führte. «Dann kannst du dir die ganze Stadt mit deinen eigenen Augen anschauen. Aber diese wertvollen Augen müssen geschützt sein, sonst ist die Blendung des Knochentals nicht zu ertragen. Und das habe ich dir auch schon gesagt! Warum hast du nicht auf mich gehört?»

Zum Glück erholten sich Luyántas Augen schon bald von dem Lichtschock. Sie stand nun immer öfter und länger auf, Laleh ließ sie die Arme strecken und alberne Kniebeugen machen. «Ich muss noch strenger mit dir sein», sagte sie dabei, nun wieder gutgelaunt.

Einmal brachte Laleh Luyánta ein Stück Stoff mit, ein mitteldickes graues Tuch. Sie gingen zum Fenster, und Laleh band ihr das Tuch um. Zuerst schloss sie darunter instinktiv die Augen, aber Laleh sagte: «Nein, du musst sie schon offen lassen und durch den Stoff schauen!» Dann zog sie den Vorhang langsam beiseite, und zum ersten Mal, seit sie aus der Ohnmacht erwacht war, sah Luyánta wieder die Welt außerhalb ihres Zimmers. Draußen lag ein großer Palasthof; darin wuchsen keinerlei Bäume oder Pflanzen, dennoch war es ein kunstvoller Garten: aus Knochen und Gebeinen ein wenig wie ein Steingarten, aber um vieles heller. In diesem Beingarten standen auch sprudelnde Brunnen, manche klein und zierlich, andere prächtig und reich geschmückt, allesamt aus Knochen gefertigt. Und auf den Wegen sah man Höflinge schlendern, jeder mit verbundenen Augen.

Bald darauf trat Luyánta auch erstmals, wieder begleitet von Laleh, vor die Tür ihres Zimmers. An die verbundenen Augen hatte sie sich bei den Fensterblicken der letzten Tage bereits gewöhnt. Nun aber kam sie wirklich ins Freie, denn der Palastgang vor ihrem Raum war eine langgestreckte, zu Stadt und Tal hin offene Balustrade. Das über ihnen liegende Stockwerk ruhte auf hohen Knochensäulen. Ein sanfter Luftzug, von angenehm lauer Wärme, umwehte sie. «Nach rechts geht es zum Königssaal», sagte Laleh. «Asver hat dich nah bei sich unterbringen lassen. Ich und die anderen vom Fanesrat haben auch Räume im Schloss, etwas weiter weg.»

«Und Mizuel?»

«Der nicht, er kommt jeden Morgen her. Unser Volk ist vor den Toren der Stadt am Fluss untergebracht. Die Bewohner haben uns geholfen, Zelte und Hütten zu errichten.»

Dann traten sie an die Balustrade, unter der sich die bleiche Stadt erstreckte. Wie unermesslich musste ihre Helligkeit sein, wenn sie schon durch das graue Augentuch derart strahlte! Der Palast lag hoch über der Stadt. Unter sich sahen Luyánta und Laleh zahllose krumme Häuschen, die Wände und Dächer gebogen und gebeugt wie die Rücken und Buckel uralter Lebewesen. Dazwischen lagen Gassen, in denen die Menschen wuselten. Vor allem in der Nähe des Palastes gab es aber auch einige vornehmere Stadthäuser und Palazzi.

Rund um die Stadt verlief eine weiße Mauer mit hohen Türmen, hinter der das offene Tal lag. Der Ausblick in die Weite war überwältigend: eine Art Meer aus Knochen, die den Talgrund völlig bedeckten, bis zu den fernen hohen Bergen, die alles umschlossen.

Es war wie auf einer Insel. Oder, besser, wie in einer Wüstenstadt.

Man konnte sich leicht vorstellen, dass die meilenweite Knochenbleiche einen ohne Schutz unerträglich blenden würde und dass die scharfäugigen Adler diese Gegend mieden wie eine tödliche Gefahr. Wie war diese unfassbare Masse von Gebeinen wohl in das Tal gekommen?

Während in anderen Tälern die Bäume bis zur Waldgrenze hinaufreichten, gab es hier so etwas wie eine Knochengrenze. Die Gipfel, die aus dem Knochenmeer herauszuwachsen schienen und in den Himmel ragten, bestanden offenbar aus normalem Gestein. Der größte Teil war mit Schnee bedeckt, aber bis herab in die Knochengründe reichte der Schnee nicht.

Der Himmel über den Gipfeln war heute wohl wolkenlos blau, aber durchs Tuch wirkte er grau und traurig.

«Ist Winter?», fragte Luyánta. «Denn kalt ist es nicht. Dabei stehen wir ja im Freien. Es ist angenehm lau.»

«Ja, es ist Winter», antwortete Laleh. «Aber im Tal der Knochen scheint es niemals Schnee zu geben. An manchen Tagen sehen wir hoch oben am Himmel Schneetreiben, aber bis herunter fallen die Flocken nicht. Das soll bei allen Niederschlägen so sein. Selbst bei Gewittern oder wenn es in Strömen gießt, sprühen höchstens einige Tropfen ins Tal.»

«Es ist wie eine Wüste», murmelte Luyánta. «Ein unheimlicher, lebensfeindlicher Ort.»

«Aber geschützt», antwortete Laleh.

«Ja», sagte Luyánta, in Gedanken versinkend. «Sicher und geschützt.» Sie entdeckte jenseits der Stadtmauern an einem breiten Fluss die Unterkünfte der Fanesleute. Dort herrschte reges Treiben, darüber freute sie sich. Bald wollte sie ihre Leute dort aufsuchen. Laleh bemerkte ihre Freude und sagte, dass auch die Fanesleute sehnsüchtig darauf warteten, Luyánta wiederzusehen.

Aber vorher hatte sie, als Königin, eine andere Aufgabe. Ein paar Tage später, als nicht nur Laleh und Mizuel, sondern auch die drei Mitglieder des Fanesrats bei ihr waren, erhob Luyánta sich und sagte: «Es wird Zeit. Ich fühle mich wieder stark genug. Ich möchte jetzt zu Asver, dem König des Knochentals.»

Mizuel und Hyypiä eilten hinaus, um Luyántas Wunsch den Palastwachen zu melden. Währenddessen halfen Laleh, Hieronyma und Hypatia Luyánta, erstmals wieder das weiße Gewand anzulegen: die Hose mit dem weiten Beinsaum, das edelsteinbesetzte Wams, den breiten Gürtel.

366

Wie damals im Vergeblichen Bergwerk, als Titurel ihr das alte Gewand wiedergegeben hatte, kam es Luyánta vor, als hätten diese Kleider sehnsüchtig auf sie gewartet und erkennten sie nun sofort. Als schmiegten sie sich an sie, liebkosten sie. Auch wir schützen dich, schienen sie sagen zu wollen.

Bald darauf kamen Hyypiä und Mizuel mit einer sechsköpfigen Abteilung der Palastwache zurück, jeweils drei hochgewachsene Frauen und Männer mit verbundenen Augen, die verzierte Hellebarden aus Langknochen trugen. An den Seiten trugen diese Wachen scharf gezackte weiße Schwerter, die wie Zähne von Riesentieren wirkten. Von anderen, nicht ganz so großen Wesen mochten die ausgehöhlten Schädelplatten stammen, die sie als Helme trugen. Die Palastwächter verneigten sich schweigend vor Luyánta. Dann trat die Führerin der Abteilung vor, um ihr ein Tuch aus schimmernder grüner Seide zu überreichen.

«Asver, unser König, schickt dir dieses Tuch, damit sein Reich deine Augen nicht verbrennt», sagte sie.

«Ich danke König Asver, unserem Gastgeber», antwortete Luyánta und nahm das Tuch entgegen. Laleh half ihr, es um die Augen zu binden. Wunderbar weich und zärtlich fühlte die Seide sich an. Das war etwas anderes als der graue Filz, den Luyánta während ihrer Genesung getragen hatte.

Mizuel hielt beflissen die Tür auf, durch die zuerst Wachen und Luyánta gingen, dann die anderen Fanesleute. Der wieder wolkenlose Himmel, den Luyánta von der Balustrade aus sah, wirkte nun anders als durch das graue Tuch der vorigen Tage, milder und freundlicher. Mit der grünen Seide vor Augen erinnerte er sie an das Türkis des Sees, den sie einst in einem klapprigen Kahn mit den Murmeltieren überquert hatte. Auch an silberne Vollmondnächte, in denen sie mit ihrer todtraurigen Mutter in einem Kahn auf dem See gerudert war, dachte sie auf einmal; aber diese Erinnerung kam aus einer viel tieferen, verborgenen Gegend ihrer Seele.

Die schneebedeckten Berggipfel hier und heute hingegen waren für sie hellgrün, fast als wüchse dort oben frisches Gras. Und der weite Knochengrund leuchtete selbst durchs Tuch in strahlendem Weiß, nur wenig gemildert durchs augendeckende Grün.

Die Palastwache führte Luyánta und die Ihren bald in einen Raum, wo weitere Wächter mit gekreuzten Hellebarden postiert waren. Die Tür hinter ihnen wurde geschlossen, und alle nahmen jetzt die Tücher von den Augen. Der Raum, in dem sie sich befanden, musste das Vorzimmer des Königssaals sein, denn am anderen Ende lag eine hohe, zweiflügelige Pforte. Auch sie natürlich aus Knochen und mit reichen Schnitzereien geschmückt. Wilde Kämpfe waren da zu sehen und aufregende Jagden und rauschende Feste. Luyánta konnte nur einen kurzen Blick auf diese Bilder werfen, denn die wartenden Wachen öffneten schon ihr Hellebardenkreuz und zogen die Flügel der Pforte auf.

Sie betraten den Königssaal. Auch der war ganz aus Knochen gezimmert, und doch war er erfüllt vom Flirren und Flitzen kunterbunter Punkte und von lebendigem Zwitschern in allen Ecken. Es erinnerte Luyánta an die Scherbentalismane in ihrem Zimmer, aber hier waren es lauter kleine Vögel, himbeerrote und apfelgrüne und zitronengelbe, sie saßen und flatterten und ziepten überall.

In der Mitte des Saals aber stand auf einem hohen Podest der Knochenthron: Auf ihm saß Asver, der Herr dieses Palasts und des eigenartigen Tals. Er hatte eine hohe Stirn und einen völlig kahlen Kopf, seine Ohren waren mit ovalen Knochenringen geschmückt. In seinen Augen lag ein harter und zugleich gütiger Ausdruck. Und beides zusammen, Härte und Güte verbanden sich zu etwas, das wie bodenlose Traurigkeit wirkte. Kein Wunder, dachte Luyánta, das muss einen ja depressiv machen, über ein solches Reich zu herrschen, eine lebenlose Lichtwüste. Trotz der fröhlich-bunten Vögel hier drinnen. Sofort empfand sie diesem fremden Mann gegenüber Respekt und Vertrauen.

Zur Seite des Throns standen zwei weitere Menschen, eine Frau in mittleren Jahren und ein alter Mann. Beide trugen Ketten um den Hals, aber an der des Mannes hingen viele klappernde Knochen, an der der Frau nur ein einziger, dafür umso größerer, rund wie eine

368

Brosche. Und alle drei, Berater wie König, hatten weiße Streifen um die Augen, viel heller als bei Laleh und den anderen Fanes. Die Streifen waren fester Teil ihrer sonst sonnendunklen Gesichter, ja es war, als läge von Schläfe zu Schläfe der Schädelknochen frei. Es hatte etwas Kämpferisches, wie Kriegsbemalung oder -färbung. Es war nämlich die Farbe des Krieges: Totenbleiche.

Doch kriegerisch erschien der König vor Luyánta nicht, im Gegenteil. Ein Vögelchen ließ sich eben auf seiner Schulter nieder.

«Asver grüßt seine Gästin, die edle Königin des Fanesvolks», sagte der König. Seine Stimme klang flach, und doch strahlte sie Erfahrung und Würde aus. Härte, Güte, Traurigkeit.

«Die Königin des unglücklichen Fanesvolks grüßt Asver, den großherzigen König des Tals der Knochen. Und sie dankt ihm aus tiefstem Herzen für seine Gastfreundschaft.»

Der König winkte ab. «Ich und mein Volk wissen nur zu gut, was es bedeutet, in höchster Not zu sein. Auch unsere Vorfahren sind einmal der Vernichtung nur um Haaresbreite entronnen. Ihr seid auf eurem Weg durch die Ruinenstadt gekommen, wurde mir erzählt?»

«Ja, wir haben sie durchquert.»

«Diese Stadt war einst unsere Heimat, bevor wir, von einem erbarmungslosen Feind bedrängt und verfolgt, hierherkamen.»

«Ich habe davon gehört, König Asver. Ich bitte dich, erzähl mir mehr über dieses Tal. Woher stammen all die Knochen? Was ist das für ein sonderbarer Ort?»

Asver lächelte. Dann wandte er sich seinen beiden Beratern zu und sprach den Mann mit der Knochenperlenkette an: «Das ist Moësver, unser Seher. Seinem Vater verdankten unsere Ahnen, dass sie diesen geheimen Ort fanden, den kein Bergbewohner je betritt und den selbst die Adler meiden.»

Der Seher Moësver senkte das Kinn auf die Brust und schwieg, so als müsste er sich erst besinnen. Eine ganze Weile. Winzige Vögelchen flatterten um seinen Kopf.

«Ist der Alte eingeschlafen?», flüsterte Mizuel ganz hinten.

369

«Pst», wies Laleh ihn zurecht und gab ihm einen leichten Tritt gegens Schienbein.

Dann begann Moësver leicht zu summen, fast unhörbar zunächst. Und schließlich hob er den Kopf wieder und begann, mit geschlossenen Augen, zu sprechen. Unter seiner Stimme war wie ein tiefer Grundton immer das Summen zu hören, das aus seiner Brust kommen musste, und darüber das helle Zwitschern der Vögel:

«Was heute das Tal der Knochen ist, war in ferner Vorzeit ein Friedhof der Wale. Vor Millionen Jahren lag dieses ganze Gebirge in der Tiefe eines Ozeans, der fast die ganze Welt bedeckte. Noch heute finden Wanderer manchmal auf den Berggipfeln die Versteinerungen urzeitlicher Fische oder längst ausgestorbener Seeschnecken. Am Grund des Ozeans aber lebten mächtige Wasserdrachen und gewaltige Urwale. Wenn sie ihr Ende nahen spürten, begaben sie sich zum Sterben in diese weite Senke, zwanzigtausend Meilen unter dem Meer. Zurück blieben ihre Knochen, und im Lauf von Jahrtausenden und Jahrmillionen wuchs dieser unterseeische Friedhof immer weiter an.»

Gebannt lauschten die Fanesleute dem alten Seher. Die Vögel schienen jetzt verstummt, dafür klirrten über seinen Worten leise die Knochenperlen der Kette auf der summenden Brust.

«Viele, viele Schichten von Gebeinen», fuhr Moësver fort. «Sie blieben hier liegen, als die Welt sich veränderte und aus der tiefen, schwarzen Meeressenke ein helles Tal wurde. Was mag der Grund sein, dass dieser aus dem Ozean aufgetauchte Friedhof nicht von Staub und Erde bedeckt wurde, wie es anderen Meerestälern erging, sodass Gras und Bäume darauf wachsen konnten und sie zur Welt von Adlern, Wölfen und Murmeltieren wurden, zur Heimat von Menschen und Schakalen? Vielleicht ist es der lückenlose Ring von steilen Bergen, der diese Senke umgibt. Vielleicht ist es aber auch eine geheime Kraft, die von den Knochen der ausgestorbenen Tiere ausgeht. Denn auch wenn ihr Leben seit Millionen Jahren erloschen ist, besitzen ihre Reste enorme Kräfte. Sie saugen in unendlichem Durst das Licht der Sonne auf. Auch nachts wird es

370

hier niemals ganz dunkel. Und wohl fließen Flüsse und Bäche, die in den Bergen entspringen, durchs Tal der Knochen. Aber Niederschläge kommen hier nicht an, ebenso wenig wie Kälte oder Hitze. Die enorme Helligkeit lässt schon in Himmelshöhe den Schnee schmelzen und den Regen verdunsten. Im Sommer kühlt sie die zu uns hereinsinkende Luft ab, im Winter erwärmt sie sie. Deshalb herrscht hier immer die gleiche angenehme Temperatur, es gibt keine Jahreszeiten.»

Dann verfiel der Seher wieder in Schweigen. Die Vogelstimmen waren wieder zu hören. Erst nach einer ganzen Weile wagte Luyánta, etwas zu sagen: «Die Knochen dienen euch auch als Werkzeuge und Baumaterial.»

«So ist es», antwortete nun wieder König Asver. «Unsere ganze Stadt ist aus den alten Knochen errichtet. Aus ihnen fertigen wir alles, auch unseren Schmuck und unsere Waffen. Habt ihr die gezackten Schwerter meiner Palastwache gesehen? Sie stammen aus den Gebissen von Säbelzahnwalen.»

«Das müssen große und gefährliche Tiere gewesen sein», entgegnete Luyánta.

«O ja. Manche behaupten auch, diese Wale wären trotz ihres Namens eine Art von Drachen gewesen, wir wissen es nicht. Und unsere Möbel fertigen wir aus den Schädeln von Schnabelwalen und Tiefseedrachen. Die Knochen dienen und schützen uns also ebenso, wie sie uns beherrschen und gefährden. Genauer gesagt, es ist die gewaltige Helligkeit, die von den Knochen ausgeht und die unser Dasein bestimmt, es wird euch nicht entgangen sein. Nur Vorhänge und Tücher halten uns am Leben. Unsere Nahrung sammeln und jagen wir auf regelmäßigen Gängen in die Berge.»

«Das klingt nach einem kargen, entbehrungsreichen Leben.»

«Ach, nein. Wir haben uns im Lauf vieler Jahre besser eingerichtet, als du denkst, Faneskönigin. Regelmäßig ziehen unsere Weltkundigen aus. Sie gehen weite Wege, freilich immer im Geheimen, und kennen verborgene Routen in die entferntesten Gegenden, wo sie Handel treiben, denn unsere Knochenschmuckstücke sind dort sehr begehrt. Dafür erwerben wir Köstliches aus aller Welt oder auch Seide, wie ich sie dir geschenkt habe. Und wir haben hier im Tal kleine Vögel in allen erdenklichen Farben gezüchtet, die freilich nur in unseren Häusern leben dürfen. Denn draußen, im Licht, würden sie eingehen.»

«Sie sind wunderschön. Es macht einen froh, sie zu sehen und zu hören.»

«Nicht wahr? Ich schenke dir einen, Faneskönigin. Welche Farbe wünschst du dir?»

Luyánta überlegte. Sie hatte eine ganz bestimmte Farbe vor Augen, aber es fiel ihr schwer, sie richtig zu benennen. «Ein tiefdunkles Grün», sagte sie. «Ich kann es nicht genau beschreiben, so eine Art Tümpelgrün ... also, ein Moosgrün ...»

Asver lächelte und hob die linke Hand, machte eine Bewegung in der Luft, und ein grüner Vogel flog zu Luyánta. Es war genau die Farbe, die sie sich vorgestellt hatte, und als er sich auf ihre Schulter setzte, war er leicht wie eine Feder, sie spürte ihn gar nicht.

«Wickel ihn nur in dein Tuch, wenn du ihn hinüberbringst», sagte Asver, «damit er heil in deinem Zimmer ankommt.»

«Auch für diesen wunderschönen Vogel danke ich dir, Asver», sagte Luyánta. «Und ebenso für das Seidentuch.»

Wieder winkte Asver ab. «Es ist mir eine Freude, deinem Volk beizustehen und dich zu beschenken, Faneskönigin. Und man braucht diese Farben, um es in diesem weißen Tal auszuhalten. Die Tücher vor unseren Augen und die Vögel in unseren Häusern schenken uns Farben, und Farben sind Leben. Manchmal betrachten wir auch durch die schützenden Tücher den blauen Himmel des Mittags oder die Röte des Morgens und Abends.

Und, wie gesagt, einige von uns gehen manchmal in die Berge. Auf einem dieser Wege habe ich vor vielen Jahren auch den Jäger Gracchus kennengelernt, den alten Graubart, unseren gemeinsamen Freund, der euch hierhergeführt hat. Er wagt sich in entlegenere Gegenden als jeder andere Gebirgsmensch.»

«Auch ihm sind wir zu unendlichem Dank verpflichtet», sagte

372

Luyánta. «Was können wir wohl tun, um deine Güte und Hochher-zigkeit zu entgelten, König Asver?»

«Ihr braucht nichts zu tun. Ihr könnt so lange bleiben, wie ihr wollt. Wir gewähren hier jedem Bedrängten Schutz. Wende dich mit deinen Wünschen nur immer an mich. Oder an die Kanzlerin Cerbreë.» Und er wies auf die Frau mit der Knochenbrosche. Sie verneigte sich lächelnd. Auf ihrem Kopf saß ein hellrotes Vöglein.

«Ich stehe zu euren Diensten», sagte Cerbreë zu den Fanesleuten, und das Vöglein tschilpte.

«Und wir zu euren», entgegnete Luyánta und verneigte sich eben-falls.

«Es gibt nur eins, das ich von euch verlange», sagte Asver, «eine einzige Sache: dass ihr mit uns in Frieden lebt. Was sind deine Pläne, Faneskönigin? Willst du erneut gegen eure Feinde ausziehen, wenn ihr stark genug dazu seid?»

«Ich weiß es noch nicht», antwortete Luyánta zögernd. «Ich ver-abscheue den Krieg. Aber unsere Feinde sind gnadenlos. Ich bin sicher, dass sie nicht ruhen werden, bis sie uns vernichtet haben.» Dann schwieg sie einen Moment, ehe sie fortfuhr: «Es gibt aber eine andere Sache, die mich momentan noch stärker beschäftigt.»

«Ich weiß, was du meinst», antwortete Asver. «Eure verschwun-denen Kinder. Deine Ratsleute haben mir bereits davon berichtet.»

«Ja.»

«Wir werden euch bei der Suche helfen, wie es in unserer Macht steht. Ich habe alle Weltkundigen, die aus unserer Stadt fortziehen, angewiesen, dass sie im Gebirge nach den Kindern Ausschau halten sollen, sie suchen, sich überall erkundigen. Und auch aus eurem Volk sind ja schon Kundschafter losgezogen. Ich bin sicher, dass die Kinder bald auftauchen werden.»

«Ich danke dir», sagte Luyánta.

Asver nickte kurz, dann schwieg auch er eine Weile. Etwas schien in ihm zu arbeiten, es wirkte, als wollte er zu einem Wort ansetzen … aber dann überlegte er es sich anders und sagte: «Was den Krieg mit eurem Erzfeind angeht – du wirst die Entscheidung treffen, die du für die weiseste hältst, Faneskönigin. Es steht allein in deiner Verantwortung. Solange ihr hier in unserem Tal seid, seid ihr jedenfalls unter unserem Schutz. Bei der Suche nach euren Kindern unterstützen wir euch mit allen Mitteln. Und sollte ein Feind hierher gegen euch ziehen, dann verspreche ich dir ebenso unseren Beistand. Eins werden wir aber niemals tun: mit euch in den Krieg ziehen, falls ihr das zu tun beschließt. Wir greifen niemanden an. Das haben wir uns damals geschworen, als wir uns hierhergerettet haben. Euch steht es aber natürlich jederzeit frei, das Tal wieder zu verlassen, wohin ihr wollt. Solange ihr jedoch bleiben wollt, seid ihr unsere willkommenen Gäste.»

Das Lager am Fluss

Am nächsten Morgen verließ Luyánta erstmals den Palast. Laleh sowie Hypatia, Hyypiä und Hieronyma begleiteten sie, wie am Abend zuvor verabredet. Dabei hatte Laleh zunächst noch Bedenken geäußert, ob so ein Ausflug nicht zu anstrengend für Luyánta wäre, sie wollte ihre Patientin lieber erst noch weiter aufpäppeln. «Dann kannst du mich aber durch die Stadt rollen», hatte Luyánta gesagt, «wenn du mich weiter derart pflegst, werd ich noch rund wie eine Tonne.» Da hatte Laleh nachgegeben. Aber nur unter der Bedingung, dass Luyánta vor dem Aufbruch ausgiebig frühstückte!

Luyánta fühlte sich wieder kräftig, als sie in den Gassen der Knochenstadt unterwegs war. Sie hatte das grüne Seidentuch umgebunden und saugte das frühmorgendliche Leben regelrecht ein. Es herrschte die gleiche angenehm laue Temperatur wie gestern, die weißen Gassen waren dicht bevölkert, manche Stadtbewohner erkannten sie als Fanesmenschen, ihre Gäste, und grüßten freundlich. Nach einer Weile kamen sie auf einen belebten Marktplatz, große weiße Planen waren über den Ständen gespannt, auf denen feine Knochenschnitzereien, gedörrtes Fleisch und getrocknete Beeren angeboten wurden, auch leuchtend bunte Früchte und Kräuter, grüne Artischocken, saftige Feigen und Datteln, Safran, rote Berberitzen und vieles, was Luyánta gar nicht kannte. Sie staunte.

«Tja, Asvers Schmuggler verstehen ihr Geschäft», sagte Laleh, die ein rotes Tuch vor den Augen hatte.

Luyánta sah sie an. «Schmuggler?»

«Ja ja, meinetwegen nenn sie halt *Weltkundige*. Das klingt vornehmer, was? Aber wir haben schon ein bisschen was mitbekommen, während du schliefst.»

«Du meinst, das sind Gauner?»

«Wie kommst du darauf? Ich hab nichts gegen Schmuggler.»

Sie verließen den Markt und gingen durch enge, helle Gassen, vorbei an schiefgewachsnen Häuschen und schönen Stadtvillen, über elegante Brücken und lauschige Plätze Richtung Stadtmauer. Alles war knochenweiß; so hatte Luyánta es erwartet, trotzdem war es merkwürdig anzuschauen. Und immer, wenn sie Stadtbewohnern mit Kindern begegneten, gab es ihr einen Stich ins Herz.

Etwas später trafen sie eine Fanesgruppe, die mit leeren Körben zum Markt unterwegs war. Die Männer und Frauen gerieten fast außer sich vor Freude, Luyánta über den Weg zu laufen. Sofort drehten sie um und rannten zur Fanessiedlung zurück, um dort die Ankunft der wiedererwachten Königin anzukündigen.

Auch Luyánta freute sich, dass sie ihre Leute endlich wiedersehen würde! Aber wie schon so oft war das Glück getrübt. Es war ein merkwürdiger Punkt, an den sie auf dieser langen Reise jetzt gelangt war: Ausgerechnet sie, die immer am liebsten in ihrem Zimmer geblieben war und, wenn sie schon rausmusste, Regen oder Hagel lieber gehabt hatte als blendende Sonne; sie, die einst in den dunklen Gängen der Murmeltiere gelebt hatte und, als Weiße Kriegerin, ihr bedrängtes Volk in rettend finstere Höhlen geführt hatte, ausgerechnet sie war anscheinend an den hellsten Ort der Welt geraten.

Sie dachte zurück an all das, was gewesen und woher sie gekommen war, es rollte nur so durch ihren Kopf, ein langes Band: die Bergwanderung mit ihrer anstrengenden Familie, die elende Hütte mit den schnarchenden Schraten, das geheimnisvolle Pfeifen und das Feuer der lauernden Trussaner auf dem Berg; schließlich der nächtliche Aufbruch ins Ungewisse und die erste Begegnung mit den beiden Murmeltieren unter dem großen Stein, die ihr ihren wahren Namen nannten; lebendiger und toter Wald und der wie von Geisterhand dahingleitende Kahn auf dem türkisen See, und dann Die Dicke in der verlassenen Faneshöhle, dem Ort, wo die Königinmutter lange getrauert und vergebens gehofft hatte und endlich gestorben war; die Überfälle der Trussaner und die Begegnung mit Laleh, die die Fliehenden mit ihrer Steinschleuder gerettet hatte und ihre beste, liebste Gefährtin geworden war, und die verlassene Kaserne mit den Gasmaskengesichtern; und eine Reise über steile Bergwände und stinkende Schwefelhänge und endlose Grasebenen; die weißen Berge und der Blick des Adlers, der sie angegriffen hatte; und schließlich die Ankunft im Vergeblichen Bergwerk des Mondrius, diesem trostlosen Labyrinth, darin das liebe Bürschchen Mizuel und der greise Titurel, der sie so sehnsüchtig wie geduldig erwartet hatte; und ihr altes weißes Gewand, das ebenfalls auf sie gewartet hatte und das sie jetzt wieder trug.

Das Fanesvolk. Und dann all das, was im Tal der Enge und Weite geschehen war. Die Errichtung des Lagers und sein Untergang, bevor es überhaupt fertig geworden war und sie dort hatten heimisch werden können. Das letzte Glied in einer endlos scheinenden Kette von beklemmenden Erfahrungen, Fehlern, Katastrophen: der Steinwurf, bei dem sie sich anscheinend den Fluch eines Dämons zuzogen hatte, der Waidschuss gegen den Hirsch, die albtraumhafte Nacht – die Schlacht, an deren Ende die ganze Welt in Flammen zu versinken schien. Gabiel und Bagiuz, Anchises und Pistior und viele andere waren gefallen, unzählige Namenlose, und die Faneskinder verschwunden. Aufs ganze Tal der Enge und Weite hatten sie das Unglück herabgezogen.

Und im Hintergrund dieser Gedanken stets die Erinnerung an die oft erzählten, dennoch undeutlichen alten Geschichten und an diese bedrückende Burgruine auf dem Gipfel, mit den zerschmetterten Porträts des Königspaars und dem leeren Rahmen, in dem sich einst Dolasillas Bild befunden haben musste. Wo war es hin, dieses Bild? Und wo war Dolasilla hin?

Schwester, wo bist du?

Und wohin werden wir gehen? Wohin würde es sie verschlagen, wohin würde sie, die überforderte Königin, dieses unglückselige Volk führen? In immer neue Gewalt und Schlachten und Kriege? Zu welchem Ziel denn? *Zu neuer Größe, neuer Macht* – wie leer und hohl das alles klang! Ihr war, als müsste es für immer und ewig so weitergehen wie bisher, ein Kreislauf des Kampfes. Von Untergang zu Untergang.

Ach! War es nicht besser, das ganze Fanesvolk würde endgültig zugrunde gehen mitsamt seinen ewigen Verhängnissen? Einfach vom Erdboden verschwinden, für immer. Schon einmal hatte sie das gedacht (und schon damals war sie darüber erschrocken), noch auf dem alten Lager auf dem Hügel, als sie unterwegs war zu Titurel.

Titurel, den sie noch aus den Flammen gerettet hatte. Ihn würde sie, hoffentlich, gleich wiedersehen. Dahinten war schon das Stadttor aus mächtigen Urwalknochen, durch das es hinausging in die offene Ebene. Unbändige Freude auf das Wiedersehen mit ihren Leuten, mit den Überlebenden ihres Volks erfüllte sie mit einem Mal. Und sie gab sich einen Ruck: erst mal nicht weiter hadern und sich zermürben. Zumindest wollte sie das versuchen, denn hadernd und zermürbt kann man erst recht keinen klaren Gedanken fassen. Es war sinnvoller, sie würden bis zum Frühling im Tal der Knochen bleiben und wieder zu Kräften und dann auch zu Entschlüssen kommen. Zu überwintern hier, wo es keinen Winter gab.

Die Knochenwachen grüßten mit ihren Hellebarden Luyánta und ihre Begleiter, als sie durchs Stadttor hinausgingen. Trotz der schützenden Tücher blendete sie der Blick in die bleiche Ebene. So weit man sah, lag Knochengestein, kreuz und quer, reflektierte das Himmelslicht in alle Richtungen. Das Glitzern der Sonnenstrahlen auf den Wellen eines Flüsschens, das unter der Stadtmauer herausfloss, war nichts dagegen. Am Rand des Wassers waren viele kleine Knochen und winzige Schädel verstreut. Anderswo im Tal, weiter entfernt, lagen riesengroße Schädel, hoch wie mehrstöckige Häuser, die Leere der Augenhöhlen war überwältigend; oder es ragten nur gewaltige Schädeldecken aus dem alles bedeckenden Knochengeröll oder meterhohe Wirbelsäulen wie tote Bäume.

Luyánta erinnerte sich wieder an die weißen Berge, durch die sie einst gezogen waren. Sie kamen ihr jetzt wie ein Vorgeschmack vor, eine geheime Ankündigung des reinen, unerträglich hellen Lichts an diesem Ort hier.

Sie hob leicht ihren Kopf und flüsterte der neben ihr gehenden Laleh zu: «Ich fresse Licht.»

«Verschluck dich nicht dran», wisperte Laleh zurück. «Ich hab mich schon überfressen von Licht, ehrlich gesagt.»

Dann aber war keine Zeit mehr für solche zweisamen Späße. Denn ein Stück den Weg hinab lag am Ufer des Flüsschens das neue Faneslager, errichtet auf Asvers Geheiß mit Hilfe der Stadtbewohner: einige einfache Hütten aus Knochen, vor allem aber etliche große Zelte mit weißen Tuchdächern. Vor dem Lager strömten bereits die Menschen zusammen, die von der Ankunft ihrer erwachten Königin erfahren hatten. Es war nicht derselbe überschwängliche Jubel wie damals in der Tiefe des Bergwerks. Aber doch Erleichterung, Freude, Vertrauen und Hoffnung, ja Liebe.

An der Spitze des Zugs, der ihnen jetzt entgegenkam, liefen Mizuel und die braunlockige Silma mit ihrem Mann Wilbur etwas hinter ihr. Alle mit verbundenen Augen. Man gewöhnte sich daran, das merkte Luyánta bereits. Gewöhnt man sich an alles?

Die Begrüßung war kurz, aber herzlich. Laleh bemühte sich zuerst noch, die Leute zu verscheuchen, damit die gerade Genesene geschont würde. Jetzt bedrängt sie doch nicht, bedrängt sie nicht! Aber Luyánta sagte lächelnd: «Ach, Laleh, lass sie, es geht schon.»

378

Denn die Sympathie der Menschen vor ihr machte sie stark. Also wandte sie sich ihnen zu und sagte, mit so kräftiger Stimme, wie es nur ging:

«Liebe Schwestern und Brüder. Wir haben Schreckliches durchgemacht. Ich bin glücklich, euch wohlauf zu sehen. Wir müssen König Asver und dem Jäger Gracchus dankbar sein. Wie es weitergeht, werden wir sehen. Vor allem müssen und werden wir die Kinder finden und hierherbringen. Lasst uns nur immer Zuversicht bewahren. Nun geht, bitte, alle zurück an eure Arbeit oder womit ihr gerade beschäftigt wart. Ich möchte mich in Ruhe im Lager umsehen und mit einigen von euch sprechen.»

Es dauerte ein paar Minuten, dann hatten die Leute sich zögernd zerstreut. Laleh hielt Luyánta untergehakt, falls ihr doch blümerant würde. Es war nicht nötig, aber Luyánta genoss es, die Wärme ihrer Gefährtin zu spüren. Als sie bald darauf durch die Gassen des Lagers gingen, war sie einigermaßen beruhigt. Denn die Menschen hatten sich, den schrecklichen Umständen entsprechend, gut zurechtgefunden und eingelebt. Einige trugen sogar schon, wie die Einheimischen, Ohrringe oder anderen Schmuck aus Knochen. Die meisten lebten in Doppeltuchzelten, überdacht mit zwei Planen: einer äußeren, weißen, die das verborgene Tal hell und weiß und also unsichtbar hielt und das heiße Gleißen reflektierte, und einer inneren, schwarzen, die das Zeltinnere vor dem Licht schützte.

Auch zu den provisorischen offenen Pferdeställen kam sie. Die Tiere hatten darin genug Platz und wurden mit Heu und Hafer versorgt, herbeigebracht wohl aus den Bergen und umliegenden Tälern. Als Kiki sie (durch ein graues Tuch) erblickte, schnaubte sie fröhlich durch die Nüstern und kam sofort angetrabt. Luyánta umarmte ihre Stute und streichelte ihren Hals und Bauch. Am liebsten wäre sie sofort aufgesessen und durchs Tal galoppiert.

«Und da ist ja auch Chihiro», rief sie. «Bist du schon mit ihr ausgeritten, Laleh?»

«Ja, schon öfter. Auch wenn die Landschaft hier ein bisschen, sagen wir mal, eintönig ist. Aber ich bin ein paarmal raus, immer wenn ich mal nicht gerade dabei war, dich aufzupäppeln, und wenn der Fanesrat nicht tagte. Meistens zusammen mit Mizuel.»

«Natürlich.»

«Na ja, es macht halt mehr Spaß, gemeinsam auszureiten. Am liebsten wäre ich mit dir unterwegs gewesen, ist doch klar. Das werden wir auch machen, aber noch nicht heute, erst in ein paar Tagen. Jetzt bist du noch ...»

«Ja, ja, ich weiß. Lass uns weitergehen.»

Sie schauten noch in ein paar Zelte hinein, bei dieser und jener Familie, und auch in die neue Schmiede, die Hyypiä seine Helfer errichten ließ. Denn er wollte, wenn er sich nur erst Eisen besorgen konnte, sein Handwerk wiederaufnehmen, auch um den Bewohnern der Knochenstadt das eine oder andere nützliche Geschenk machen zu können.

Trotz der friedlichen Stimmung fühlte sich das Leben hier gedrückt und unnatürlich an. Denn die Kinder fehlten, ihre hellen oder auch schrillen Stimmen, ihre Spiele. Ihr Zauber, ihr Tumult. Allein am Rand des Lagers gab es das, dort, wo einige Bauernfamilien wohnten, die die Faneskundschafter später hierhergebracht hatten, um sie den Adlerhäschern zu entziehen.

Vielleicht trug diese trübe Atmosphäre dazu bei, dass Luyánta schneller, als sie erwartet hatte, die Puste ausging. Oder Laleh, ihr fürsorglicher Quälgeist, hatte doch recht, und sie war immer noch schwächer, als sie es gern gehabt hätte. Sie sagte, dass sie sich gern ein wenig ausruhen würde.

«Eine gute Idee!», rief Laleh. «Wir klopfen einfach ans nächste Zelt.»

«Kann man an ein Zelt klopfen?»

«Ah, vorlaut bist du nach wie vor. Ein gutes Zeichen.»

«Dieses Zelt hier», sagte Luyánta, «wer wohnt da?» Sie zeigte nach links. Aus irgendeinem Grund zog es sie in genau dieses Zelt, um sich darin auszuruhen.

Laleh lächelte. «Das ist Titurels Zelt. Wir können mal nachsehen, ob er gerade wach ist. Denn die meiste Zeit schläft er jetzt.»

380

Das Murmeltier, das bei den Adlern lebte

Lange saßen die beiden Mädchen auf niedrigen Knochenschemeln am Bett des alten Mannes, den sie (*natürlich*, meinte Laleh) schlafend vorgefunden hatten. Titurel lag auf einer Strohmatte, das Licht im Zelt war durch den dunklen Innenstoff angenehm gedämpft, die Besucherinnen hatten ihre Augentücher abgenommen. Die Luft im Zeltinneren war gar nicht stickig, sondern bemerkenswert klar, wie in großer Höhe. Luyánta betrachtete das zerknitterte, durch und durch zerfurchte Gesicht des Greises. Sein schütteres Haar, in das noch im Herbst ein mattes Blau zurückgekehrt gewesen war, war nun wieder schlohweiß, wie seinerzeit im Innern des Bergs.

Er ruhte vollkommen reglos, einmal dachte Luyánta sogar, er sei tot. Da nahm sie vorsichtig sein kaltes Handgelenk zwischen ihre Finger und spürte nach seinem Puls. Der schlug, aber nur ganz leicht, kaum wahrnehmbar, mit langen Pausen. Es war, als lebte der Alte nur mehr auf kleinster Flamme, Atem und Herzschlag aufs Allernötigste reduziert.

Wie Murmeltiere im Winterschlaf. Aber für den alten Mann würde irgendwann jener Winter beginnen, der niemals endet ...

Manchmal öffneten sich im Schlaf Titurels Augen, dann flackerten die geröteten Lider, aber seine Augäpfel, wie mit einem Milchhäutchen überzogen, gaben kein Lebenszeichen. Undurchdringlich. Träumte er?

Diese Augen waren ja seit langem blind. Schon im alten Faneslager hatte Luyánta sich bei Titurel immer wohl und geborgen gefühlt, und genauso war es jetzt wieder. Warum? Nur wegen der menschlichen Wärme und Güte des Alten? Da war mehr, schien ihr, noch etwas anderes. Ein Gefühl der Verbundenheit mit etwas, das tief verschüttet in ihr selbst lag, eine geheime Vergangenheit, eine Wahrheit sogar. Es war ähnlich gewesen, wenn sie sich in der lustigen Gesellschaft der Murmeltiere befunden hatte, die nun sicherlich alle ihren Winterschlaf hielten. Luyánta kannte diesen inneren Kreis ihres eigenen Wesens, und zugleich war er ihr ganz fremd. Sie war sich ja selbst fremd. Hi, du schöne, rätselhafte Unbekannte.

Sie dachte an das Tal der Knochen da draußen, den jahrmillionenalten Friedhof. Und sie betrachtete den gebrechlichen Schläfer wie einen Wal oder Ozeandrachen aus der Vorzeit, ein urtümliches Fossil, das noch im Urmeer gelebt hatte, in der See steinalter Legenden und vergessner Träume.

Und sie selbst? War sie auch ein Fossil?

Lalehs Stimme riss sie aus ihrem Grübeln: «Soll ich mal versuchen, ihn zu wecken? Nur so 'n Stupser, was meinst du? Sonst können wir uns hier noch die Arschbacken in den Bauch warten.»

Luyánta legte den Finger auf ihre Lippen. «Nein, weck ihn nicht», sagte sie leise.

So blieben sie still bei Titurel sitzen, bis er (eine Stunde mochte vergangen sein oder zwei) von allein aufwachte. Und er schien sofort hellwach. Obwohl er sie nicht sehen konnte, erkannte er Luyánta. Denn gleich sprach er sie mit seiner halbgebrochnen Stimme an: «Ah, du bist hier. Das ist schön. Ich habe gerade von dir geträumt.»

«Von mir?»

«Von dir, ja. Du warst ein Säugling, ich hielt dich auf dem Arm. Ein richtiges Federgewicht und doch voller Leben. Es war wunderschön, dich zu tragen.» Er seufzte. «So ist es im hohen Alter, es gibt nichts Wohltuenderes als Träume. Im Traum ist auf einmal alles wieder gut: Ich gehe, ich renne herum, ich kann klettern oder schwimmen … Und es gibt wieder das alte Fanesreich. Die verschwundene Welt, die ich als junger Krieger noch erlebt habe.»

«Wie viele Jahre ist das her? Und wie alt bist du eigentlich, Titurel?»

«Ach, die Zeit, die ist ein sonderbares Ding, und hier in der Unselben Welt erst recht, da fließen ihre Dauern anders. Jedenfalls bin ich unter allen, die am Leben sind, der Einzige, der das alte Reich und die Prinzessinnen Dolasilla und Luyánta noch kannte.»

Aus seinen blinden Augen sah er Luyánta an, die sich fragte, was er jetzt in ihr, der für ihn Unsichtbaren, erblickte.

«Viele Jahrhunderte hab ich seither gelebt», fuhr er dann angestrengt fort, beinah flüsternd, «Tausende Male den Vollmond gesehen und ebenso oft den Nichtmond, in den er sich immer wieder verwandelt, bevor er neu entsteht. Deine Zeitläufte, Luyánta, scheinen anders zu sein als unsere. Immer wieder verjüngst und erneuerst du dich. In dieser Hinsicht gleichst du eher dem Mond als den Menschen. Und darum bist du ja auch ein weißes Wesen, wie der Mond ... Damals aber warst du ein süßer Säugling, den ich auf dem Arm hielt. Ja, es gab tatsächlich diesen besonderen Moment, der gerade eben im Traum zu mir zurückgekehrt ist. Mein Bruder Manaal, der dich bei sich trug, hatte dich mir zum Halten gegeben. Das war, als wir uns in dem dichten Wald trafen, der damals noch den Bergkamm bedeckte, den man später den Roten Grat nennen sollte. Ich war gerade auf dem Heimweg von der Jagd, zurück in die herrliche Burg auf dem Berggipfel, die König Calocer damals errichten ließ. Murmelburg, hieß sie zunächst, die Fanesbauleute hatten das Murmeltierwappen übers Burgtor gesetzt, wie es alte Tradition war. Diese riesige neue Festung war aber bereits ein Auswuchs von Calocers Ehrgeiz und Größenwahn. Später, als seine Kinder schon etwas größer waren, benannte er sie gegen den Willen seiner Frau Ciolà in Adlerburg um und ließ ein von Gold und Edelsteinen strotzendes Adlerwappen an die Stelle des alten Murmeltierwappens setzen.

Wir jungen Krieger aber bewunderten König Calocer, weil er unser Reich aus der selbstzufriedenen Erstarrung riss und uns aufweckte, wie wir glaubten ... Wir freuten uns über seine Unternehmungen und Feldzüge, die damals nach und nach begannen. In solcher zukunftsfrohen Stimmung traf ich damals im Wald Manaal, meinen ältesten Bruder, der dich forttrug.»

«Wohin trug er mich? Und wie sah ich aus?»

«Nun ... ein Säugling warst du eben. Niedlich, zerbrechlich. Aber wenn ich mich zurückbesinne auf diesen Tag vor langer Zeit und

383

auf den Traum gerade eben, in dem der ferne Tag mir wiederbegegnet ist, dann sehe ich zugleich ein weißes Murmeltier auf dem Arm meines Bruders. Ja, wir meinten ein Murmeltier zu sehen und wunderten uns beide, ich und Manaal. Er brachte dich fort von deinem Zuhause, wie es ihm das Königspaar befohlen hatte: zum Zwillingstausch.»

«Aber nicht zu den Murmeltieren, wie meine Mutter es gewollt hatte.»

«Nein, sondern zu den Adlern. So hatte es König Calocer befohlen, der einen neuen Bund geschlossen hatte, gegen den Willen Ciolás. Wie über dem Burgtor ließ er die Murmeltierwappen überall im Reich beseitigen und durch Adlerwappen ersetzen. Denn von dem alten Bund der Frauen wollte er nichts wissen. Seine neuen Verbündeten waren die Adler. Darum sollte nun mit ihnen der alte Zwillingstausch gelten: Wann immer einem Herrscherpaar zwei Kinder geboren würden, sollte eins davon bei dem Bundesgenossen aufwachsen. Nun hatten bereits Castrop und Rauxel, das weise Fürstenpaar der Adler, eins ihrer Zwillingskinder auf die Fanesburg gesandt. Der tapfere Waltrop, ein Adler in menschlicher Gestalt, wuchs bei uns als Prinz auf. König Calocer liebte ihn sehr, er war froh, einen Sohn zu haben.»

«Warum, genügten ihm seine Töchter nicht?», fragte Luyánta ärgerlich. «Eine war immerhin Dolasilla. Und die war ja wohl tapfer!»

«Und die andere, nur ein paar Minuten nach Dolasilla geboren, war Luyánta, und die würde nicht weniger tapfer sein als Dolasilla. Das kannst du mir glauben, mein Kind, ich habe es mit eigenen Augen gesehen. Mit diesen Augen, die jetzt nichts mehr sehen, weil sie zu viel sahen im Lauf eines allzu langen Lebens. Vermilcht von der Zeit. Aber damals waren sie krallenscharf, wie die eines Adlers. Und mein junger Körper war zäh und stark. Jeder neue Tag schien endlos, als ich jung war, und grenzenlos das Leben, das vor mir lag. Doch vor unbändiger Kraft brannte ich auf Kampf und Krieg, wie viele andere junge Männer; und darum liebten wir Krieger den unsteten

König, den unsere Mütter wohl misstrauisch beäugten. Erst später ist mir klargeworden, wie sehr seine Königin unter seinem heillosen Wesen gelitten haben muss, obwohl sie ihn innig liebte, oder gerade deshalb.»

Titurel sammelte ein wenig Kraft, dann fuhr er fort:

«Dein Vater, der König. Er hatte etwas Zerrissnes in sich, etwas immer Ruheloses, dauernd Gepeinigtes. Die Faneswelt war und blieb ihm fremd. Ursprünglich stammte er nicht von hier, er war aus dem hohen Norden gekommen, auf ständiger Suche (ihm selbst unklar, wonach) in die Welt gezogen, und hatte die Faneskönigin geheiratet. Aber Männer galten ihm mehr als Frauen, einer der ältesten und schlimmsten Fehler der Welt, ich selbst habe ihn oft gemacht. Den überlieferten Bund mit den Murmeltieren nahm Calocer nicht für voll. Dieser Bund ging auf die sagenhafte Ahnin aller Fanesköniginnen zurück, eure traurige Vorfahrin Moltína. Ihre Mutter soll in einer Zeit, da es noch keine Reiche und Völker gab, vor bösen Menschen in die Berge geflohen sein und dort sterbend ihr Kind zur Welt gebracht haben. Die gutmütigen Murmeltiere hatten Mitleid mit dem hilflosen Kleinen und zogen es auf, und das Kind lernte ihre Sprache und sogar ihre Gestalt anzunehmen, heißt es … Ein Märchen, das die Großmütter ihren Enkelkindern erzählten. Aber von solchen Frauengeschichten wusste der Faneskönig nichts und wollte nichts wissen. Darum schloss er eines Tages den Adlerbund. Und daran wäre noch nichts Falsches gewesen (denn die Adler sind edel und mutig), wenn es nicht zugleich der Bruch des anderen, alten Bündnisses gewesen wäre.

Aber wie dem auch sei, der Adlerprinz Waltrop entwickelte sich zu einem heldenhaften Jungmann, vielleicht zu waghalsig, wie sich später zeigen sollte. Er war wie wir alle, wir jungen Krieger, nur alles noch in gesteigertem Maß. Waltrops Todesübermut war eine Art von Leichtsinn, das hatte er wohl von seinem Ziehvater Calocer im Fanesreich, nicht von seinem Adlerblut. Denn die Adler sind anders.»

«Aber Dolasilla …»

«... wuchs auch zu einer starken Kriegerin heran, Waltrop in jeder Hinsicht ebenbürtig oder sogar überlegen. Calocer sollte große Freude an ihr haben; und doch richtete er sie zugrunde und mit ihr sein ganzes – erheiratetes! – Reich. Aber das sollte sich ja alles erst später zeigen. Als ihr beide geboren wurdet, stand das Reich in schönster, friedlichster Blüte wie die üppigen Gärten in der neu errichteten Gipfelburg.»

«Und den zweiten Zwilling sandte der König also den Adlern. Dein Bruder Manaal wurde geschickt, um ihnen das Kind zu bringen.»

«So ist es. Manaal wusste nicht, dass der König seine Frau Ciolá angelogen und ihr weisgemacht hatte, das Kind würde zu den Murmeltieren gebracht, wie es immer gewesen war. Manaal tat, was sein König ihm befohlen hatte.»

«Aber dieses Kind, das ich war ... *ich* ... bin dann von den Adlern geflohen?»

«Erst nach einigen Jahren. Bis dahin musst du in großer Harmonie bei ihnen gelebt haben. Trotz deines ganz anderen Wesens! Manaal erzählte mir, wie sehr es ihn wunderte und besorgte, als er mit dem winzigen, weißen Murmeltier, als das der Säugling ihm immer wieder erschien, auf dem Felsgipfel das Fürstenpaar Castrop und Rauxel erwartete. Er hatte Angst, die Adler würden das kleine Wesen sofort zerfetzen und verschlingen.»

«Aber das taten sie nicht.»

«Nein, das taten sie nicht. Rauxel nahm das weiße Murmeltier vorsichtig zwischen ihre Klauen und trug es behutsam davon, und Castrop begleitete sie. Niemals hätten sie dem Kind ihrer menschlichen Eidgenossen etwas angetan.»

«Also habe ich friedlich bei den Adlern gelebt. Und dennoch habe ich sie später verlassen.»

«So muss es gewesen sein. Du neigst ja zum Verschwinden ... Ob du heimlich geflohen bist oder ob Castrop dich gehen ließ, weil du es wolltest, oder ob möglicherweise Fürstin Rauxel dir zur heimlichen Flucht verhalf, das alles weiß ich nicht. Jedenfalls musst du später bei den Murmeltieren gelebt haben, auf Bergwiesen und in unter-

386

irdischen Gängen und Höhlen. Wahrscheinlich hatte es dich im Innersten all die Zeit dorthin gezogen, während du mit den Adlern auf den Felsengipfeln lebtest. Aber niemals warst du die Gefangene der Adler, nie haben sie dir ein Leid getan.»

Die schwarze Rüstung

«Ich habe also wirklich keinen Grund, die Adler zu hassen», sagte Luyánta. «Ich hasse sie auch nicht.»

«Nein, es gibt keinen Grund dazu», antwortete Titurel. «Die Adler waren treue Freunde des Fanesreichs, sie standen ihm bei bis zuletzt, genau wie sie geschworen hatten. Für Calocers Missachtung gegenüber den alten Bundesgenossen konnten die Adler ja nichts. Und dem Fanesreich ging es damals noch gut. Es war sicher und wohlhabend und sehr stark, aber nicht kriegerisch, sondern friedfertig. Zu friedfertig für den Geschmack vieler junger Krieger, wie ich einer war ... Aber so war es, man lebte in Harmonie mit den Nachbarvölkern, den Caiutes und Beduiéres, den Duranes, Landrínes und Lastoyéres und wie sie alle hießen. Lauter Völker, die es nicht mehr gibt oder die sich in andere Völker aufgelöst haben. Einzig und allein die Trussaner bestehen bis heute fort, ausgerechnet sie: ein loser Bund räuberischer Stämme, die manchmal Städte überfielen. Die Faneskämpfer hatten sie damals schon in entlegene Berggegenden verdrängt. Darum hassen die Trussaner die Fanesleute, ihre Bezwinger, bis heute mehr als irgendwen sonst. Was im Lauf der Jahrhunderte aus ihnen geworden ist, das hast du leider mit eigenen Augen gesehen.»

«Und mit eigener Nase gerochen!», rief Laleh. «Bäh!»

Titurel wandte sich ihr zu. «Du bist auch hier, Laleh. Wie schön.»

«Erzähl noch ein wenig weiter», bat Luyánta. Halb hörte sie diese alten Geschichten gern immer wieder, halb waren sie ihr jedes Mal von neuem fremd und unbekannt, selbst wenn sie sie schon oft erzählt bekommen hatte.

«Wie wunderbar es sich damals in der Gipfelburg lebte! Wenn ich dort war, verstand ich trotz meines kriegerischen Gemüts den Liebreiz des Friedens. Die prächtigsten Gärten lagen zwischen den Sälen und Türmen. Die Vögel zwitscherten in den Bäumen, die Zierbrunnen plätscherten, und über den Teichen schwirrten die Libellen im Sonnenlicht. Am Rand eines steilen Felsens ließen Calocer und Ciolá ihrer Tochter Dolasilla ein eigenes Lusthäuschen bauen, das Belvedere. Denn sie liebten sie sehr, ihre Tochter, auch Calocer, so wie er halt zu lieben imstande war. In dem hübschen Türmchen verbrachte Dolasilla gern ihre Zeit, wenn sie nicht gerade durch die Wälder streifte. Allein, denn sie war stark und furchtlos. Wie wir sie bewunderten, wenn wir sie sahen, meist leider nur von fern: aufrecht sitzend auf ihrem schwarzen Pferd in einer weißen Rüstung. Wohl jeder junge Krieger stellte sich in heimlichen Wunschträumen vor, diese Dolasilla würde seine Frau werden ...»

«Du auch?»

«Natürlich! Die üblichen Jünglingsträume.»

«Hattet ihr keine Angst um sie, wenn sie allein in den Wäldern unterwegs war?»

«Aber nein! Sie wusste sich schon zu wehren, wenn ihr einmal ein böses Wesen begegnete. Damals waren die Wälder und Täler voll von Dämonen und unheimlichen Geistgetümen. Die müssen alle untergegangen sein seither, wie die alten Völker, oder sie haben andere Gestalten angenommen, in denen wir sie nicht mehr erkennen. Es war eine andere Welt, damals.»

Titurel holte Luft. Man sah, dass er nun noch einmal zu einer längeren Erzählung ansetzen wollte.

«Einen solchen Dämon», begann er dann, «hatte ein junger Edelmann besiegt, der eines Tages auf die Burg kam und sich dem Königspaar vorstellte. Als Geschenk brachte er einen wundervollen Edelstein mit, der schimmerte, als wäre er pures Licht. Er nannte ihn *Raiëta* und berichtete, dass er ihn einem garstigen vagabundierenden Zauberer abgenommen habe, der damals durch die Berge strolchte und öfter harmlose Wanderer ansprang. Wir hatten schon von diesem Lumpenmagier gehört, er wurde Schpina-de-Mul genannt. Es hieß, er verwandele sich manchmal in ein Eselsgerippe, ein scheußlicher Anblick. Oft erschrecke er die Wanderer nur zum Spaß oder um ihnen irgendeine Kleinigkeit von Wert abzujagen, aber manchmal passiere es, dass einer sich in Panik zu Tode stürze. Wenn jemand ihn anzugreifen versuche, schlage er ihm durch Zauberkraft die Waffe aus der Hand.

Diesem Kerl habe er, berichtete nun der junge Edelmann, eine heftige Abreibung verpasst, als er abenteuerhungrig im Gebirge unterwegs gewesen sei. Und weil er ihn im Finstern besiegt habe, hätten ihm einige Wanderer, die bei dem Spektakel dabei gewesen seien, den Namen Ey-de-Net gegeben, *Nachtauge*. Sein Schwert habe ihm der Gegner noch mit einem schmerzhaften Blitz aus der Hand geschlagen, aber da habe er ihm einfach mit einer kräftigen Salve von Steinen die Hölle heißgemacht. Gegen die habe sein Zauber nichts geholfen, er konnte wohl nur menschengemachte Waffen abwehren.

‹Trotz seines unwürdigen Gejaules und Zähneklapperns habe ich ihm diesen Edelstein, die Raiëta, abgenommen›, erzählte Ey-de-Net unseren Königen und Prinzessin Dolasilla, die ganz große Augen machte – mehr wegen des schönen Mannes als wegen seines Edelsteins, war mein Eindruck. Wir jungen Krieger standen auch ehrfürchtig im Spalier um ihn und lauschten gebannt seinen Worten. Solche Abenteuer wollten auch wir erleben! ‹Ich hätte den erbärmlichen Hexenschuft auch töten können›, fuhr Ey-de-Net lachend fort, ‹aber ich würde nie einen Wehrlosen erschlagen, und so einen schäbigen Nichtsnutz wie diesen sogenannten Schpina-de-Mul schon gar nicht.›

‹Was hast du stattdessen mit ihm gemacht?›, fragte Dolasilla.

‹Ihm noch einen Tritt in den Allerunwertesten gegeben und ihn zum Teufel gejagt. Hui, wie der in die Nacht davongeklappert ist, das hättet ihr sehen sollen!›

‹Wir würden in der Nacht vermutlich nicht so scharf sehen wie du, mutiger Ey-de-Net›, sagte Dolasilla.

Ey-de-Net bat das Königspaar, dass er sein Gastgeschenk, die Raiëta, der Prinzessin schenken dürfe. Calocer war erstaunt, aber dann erlaubte er es. Es war offensichtlich, dass Dolasilla dem Ey-de-Net überaus gefiel, und er gefiel ihr. Silberschmiede fertigten für die Raiëta ein Diadem, das Dolasilla von nun an trug. Es zeigte sich, dass der Edelstein eine besondere Kraft hatte: Er schenkte seiner Trägerin die wundervollsten Träume.

Auch dem König Calocer, deinem Vater, war dieser Ey-de-Net zunächst sehr willkommen. Denn er konnte jeden Krieger gebrauchen, und einen so tapferen erst recht. Seine Ruhelosigkeit und Zerrissenheit war nämlich immer größer geworden, er hatte bereits einige kleinere Feldzüge in Nachbarländer unternommen, und nun sann er auf weitere Kriege. Und ebenso wie nach Macht gierte er nach Gold und Schätzen. Das waren halt die naheliegendsten Dinge. Ich glaube ja, in ihm war vor allem dieser unruhige Antrieb, irgendein Drang, aber wohin und wonach, das war ihm nicht bewusst. Doch das war uns jungen Kriegern gleich, wir freuten uns über die Abenteuer. Immer wieder sandte er uns auf Expeditionen aus, damit wir in entlegene Gebirgsregionen nach einem Reich voller Gold suchten, das alten Sagen nach verborgen in irgendeinem Berg liege. *Aurona* war sein Name in den Geschichten. Es sind dieselben Legenden, die in späterer Zeit einen unglückseligen Jägerclan dazu trieben, ganze Gebirgsketten mit sinnlosen Gängen zu durchlöchern.»

«Die Vergeblichen Bergwerke des Mondrius», sagte Luyánta. «Die schreckliche Zuflucht des Fanesvolks …»

«Ja, aber das war alles viel, viel später. Noch wusste das Fanesvolk nichts vom Leben in düsteren Höhlen. In der Seele des getriebenen Königs aber müssen immer schon solche dunklen Höhlen gewesen sein. Einmal kam er auf seiner Suche nach der Aurona mit einem kleinen Gefolge, zu dem ich und meine Brüder gehörten, an einen silbernen See. Wir fanden dort keinen Schatz, dafür etwas anderes, verborgen im Silberschilf: Pfeile, die niemals ihr Ziel verfehlen.»

390

«Die unfehlbaren Pfeile! Wie oft habe ich von denen nun schon gehört ...»

«Ja, die unfehlbaren Pfeile, Segen und Fluch zugleich. Für das ganze Reich und besonders für seine Tochter Dolasilla, der Calocer diese Pfeile schenkte. Denn er hatte mittlerweile erkannt, dass sie die Tapferste aller seiner Krieger war, kühner sogar noch als der Adlerprinz Waltrop. Mit ihr wollte er seine Kriege gewinnen. Auch Waltrop war versessen auf Kämpfe und Eroberungen, unbändig, vielleicht weil er sich gegenüber Dolasilla weniger geliebt sah. So stachelten Vater und Sohn sich gegenseitig an. Und wir jungen Krieger empfanden genauso: Es gibt keine Worte für unsere Kriegsbegeisterung, es war wie ein Rausch.

Und unsere Eroberungszüge verliefen lange Zeit auch sehr erfolgreich. Unser Heer besiegte ein Nachbarvolk nach dem anderen. Wir unterwarfen sie, oder sie flohen vor uns in die hintersten Winkel des Gebirges. Wer sich weder unterwarf noch floh, den vernichteten wir. Das Fanesreich erstreckte sich bereits bis weit außerhalb des Gebirges. Ich werde niemals den Tag vergessen, als wir die endlos scheinende Ebene des Brennenden Flusses ganz hinabgezogen waren und ich zum ersten Mal das funkelnde Meer im Süden erblickte. So weit zog und siegte unser Heer. Calocer ließ dort in einer Lagune eine künstliche Insel anlegen, auf der er eine Festung errichtete. Eins von vielen Bauwerken, die wohl seinen wachsenden Wahn zeigten. In einem Bergsee ließ er auch ein Schloss unter Wasser bauen, hieß es; das habe ich aber nie mit eigenen Augen gesehen. Und im Westen, wo das Gebirge endet, baute er eine mächtige Mauer quer durch ein ganzes Tal.»

«Was war aus Ey-de-Net geworden?»

«Er gehörte lange zum Fanesheer. Es gab einen schweren, zauberkräftigen Schild, den nur Ey-de-Net tragen konnte. Mit diesem Schild beschirmte er Dolasilla in allen Schlachten, während sie ihre unfehlbaren Pfeile abschoss. Aber eines Morgens war Ey-de-Net fort. Er war einfach aus der Burg verschwunden.»

«Er ließ Dolasilla im Stich?», rief Laleh aus, und auch Luyánta spürte Wut bei diesem Gedanken, selbst wenn sie schon wusste, dass es nicht so war.

«Das glaubten wir zunächst», antwortete Titurel. «Wir waren genauso empört, wie ihr es jetzt seid. Aber eines Tages vertraute sich mir ein Kamerad an, der mit einer in der Schlacht erlittenen Brustwunde im Sterben lag. Sabor war sein Name. Er hatte zu einer kleinen geheimen Einheit gehört: ein Trupp, der eines Nachts Ey-de-Net festnahm und heimlich außer Landes brachte. Auf Befehl von König Calocer.»

«Aber warum nur? Was war der Grund? Und wusste er nicht, dass er Dolasilla damit in die größte Gefahr brachte? Seine eigene Tochter! Oder wollte er ihr sogar Böses?»

«O nein, ich bin sicher, dass er sie liebhatte. So wie er konnte ... Vielleicht hatte es ihm nicht gepasst, dass seine Tochter und dieser fremde Krieger einander immer näherkamen. Es konnte ihm nicht entgangen sein; jeder sah es ja, selbst wir unbedeutenden Mannen. Kann sein, dass Calocer fürchtete, Ey-de-Net würde ihm seine größte Kriegerin abspenstig machen, sie würde Kinder bekommen und all das – statt mit ihm in weitere Kriege zu ziehen, als unfehlbare Schützin.»

«Und Dolasilla wusste nichts davon? Sie kannte die Gründe für Ey-de-Nets Verschwinden nicht?»

«Vielleicht hat sie etwas geahnt, vielleicht nicht. Ich weiß nur, dass sie todunglücklich war. Auch das konnte jeder sehen.»

«Und sie wurde nun von keinem magischen Schild mehr beschützt.»

«Auch das, ja. Und dann passierte noch etwas: Sie verlor ihre unfehlbaren Pfeile.»

«Wie das?»

«Es ist ungewiss. Viel ist darüber gemunkelt worden. Dolasilla soll ihrem Vater erzählt haben, die Pfeile seien ihr durch arglistigen Zauber abgenommen worden, als sie allein über Bergwiesen ritt. Aber es gibt auch welche, die meinen, dass sie in ihrer Verzweiflung die Pfeile selbst fortwarf, um keine Feinde mehr töten zu müssen. Vielleicht wäre es das Beste gewesen, sie hätte diese unfehlbaren Pfeile für alle Zeiten im tiefsten See versenkt. Denn wie auch immer sie verloren gegangen waren, am Ende wurde Dolasilla vermutlich von genau diesen Pfeilen getötet. Obwohl man selbst das nicht genau weiß. Denn niemand, den ich damals sprach, hat je ihre Leiche gesehen. Alle, die bei ihrem Tod dabei gewesen sein sollen, fielen selbst in der letzten Schlacht.»

«Ist das die Schlacht, die den Grat blutrot färbte? Den Grat, der noch von einem Wald bewachsen war, als du mich als Säugling auf dem Arm hieltst?»

«Ja, genau dieser Grat, genau diese verhängnisvolle Schlacht. Sie dauerte mehrere Tage und fand dort statt, wo einst der Wald stand. König Calocer ließ ihn abholzen, viele Meilen, damit das Gelände weit überblickbar wäre. Er war nämlich außer sich vor Angst. Es hatte da schon Rückschläge gegeben, militärische Niederlagen am Rand des Reichs, und nun hatte er gehört, dass seine Feinde sich gegen ihn zusammenschließen wollten, um seinem Treiben ein für alle Mal ein Ende zu setzen. Selbst Magier und Dämonen würden von den Gegnern angeworben. Calocer fürchtete, dass diese Verbündeten am Ende in sein Reich eindringen und ihn in seiner Burg umschließen könnten. Sein blinder Drang hatte sich in blinde Angst verwandelt. Und es gab allen Grund dazu. Denn die unglückliche Dolasilla verließ ihr Belvedere nicht mehr und weigerte sich, auch nur einmal noch in den Kampf zu ziehen. Dieses Gerücht verbreitete sich bei uns wie ein Lauffeuer.»

«Und dann wurde Calocer, mein Vater, zum Verräter ...»

«Du weißt alles, Luyánta ... *alles*. Und doch erzähle ich es dir gerne immer wieder, solange ich noch erzählen kann. Du weißt ja auch, alte Menschen erzählen gern immer wieder dasselbe ... Der von Gier und Angst zugleich zerfressne Calocer brütete nach einem Ausweg. Erst viel später erfuhren wir von Murmeltieren, die verräterische Unterredungen im Gebirge belauscht hatten, die schreckliche Wahrheit: Calocer schickte heimlich Nachricht an die Feinde, die sich zum Feldzug rüsteten, und versprach ihnen, er würde dafür

393

sorgen, dass die gefürchtete Dolasilla nicht mit in die Schlacht zöge. Dass sie das ohnehin nicht mehr wollte, konnten die Feinde ja nicht wissen! Als Preis dafür, dass er ihnen *sein eigenes Reich ausliefern* wollte, verlangte er das Schatzreich der Aurona.»

«Wie hätten die Feinde ihm diesen Preis denn verschaffen sollen? Wenn doch niemand weiß, wo die Aurona sein soll!»

«Tja, das ist auch so eine Frage, die ich nicht beantworten kann. Ob sie ihm irgendetwas vorgaukelten? Wie gesagt, es hieß damals, die anderen hätten sogar Hexen, Schwarzmagier in ihren Reihen, um dem kriegerischen Fanesreich den Garaus zu machen. Oder ob Calocers Sinne schon derart getrübt und vernebelt waren, dass er in irgendwelche Wahnwelten versank? Ich weiß es nicht. Ich weiß nur, dass der König heimlich aus der Burg verschwunden war, als uns die Nachricht erreichte, der Feind sei mit einem riesigen Heer ins Reich eingedrungen. Angeblich begab Calocer sich ins Gebirge. Manche sagen, er sei dort zu Stein geworden, als Strafe für seinen Verrat. Keine Ahnung, ob das stimmt. Wenn alle Verräter zu Stein würden, dann wäre die Welt voll von versteinerten Menschen.»

«Aber wie kam es, dass Dolasilla am Ende doch in die Schlacht zog?»

«Was hättest du denn getan? Wir waren in schlimmster Not. Wir Krieger, die wir so begeistert und rauschhaft auf Eroberungen gezogen waren, wir waren ja bereit zu sterben, trotz aller Angst. Aber da waren ja auch all die Kinder! Und die Alten! Und es gab allen Grund, die Rache der Feinde zu fürchten, das wussten wir am besten, wir Komplizen Calocers – aus Treue, aber auch aus Ruhmsucht und Abenteuerdurst. Prinz Waltrop bedrängte seine Schwester, auch alle anderen taten das. Wir flehten sie an. Also verließ sie das Belvedere und zog an unserer Spitze in die Schlacht auf dem Berggrat. Aber schon da schwante uns das Schlimmste. Denn ihre weiße Rüstung …»

«… hatte sich schwarz gefärbt!», entfuhr es Luyánta, sie wusste selbst nicht, woher es kam.

«So ist es, Luyánta. Pechschwarz, du weißt alles. Und Dolasilla

394

wusste, was das bedeutete, und zog trotzdem in die Schlacht. Ach, es war ein langes Gemetzel, ein Blutbad. Nach mehreren Tagen erreichte uns schließlich die Nachricht, dass Dolasilla gefallen sei, angeblich getötet von ihren eigenen Pfeilen, den unfehlbaren, die irgendwie in den Besitz der Feinde gerieten. Es hieß, einige unserer Kämpfer hätten ihre Leiche verbrannt, damit sie nicht ihren Gegnern in die Hände fiele und von ihnen geschändet würde. Alle diese Kämpfer aber kamen bei der Verteidigung des Leichnams ums Leben.»

«Niemand, der überlebte, hat es also mit eigenen Augen gesehen?»

«Nein, niemand. Aber es überlebten ja auch nicht viele.»

Luyánta biss sich auf die Lippen. Sie zögerte, es auszusprechen, aus Sorge, sich wieder mal lächerlich zu machen; aber dann musste es raus: «Also könnte es sein, dass Dolasilla in Wahrheit überlebte und ... verschwand?»

Titurel zögerte ebenfalls einen Moment. «Könnte, könnte ... es könnte vieles sein. Aber wohin wäre sie wohl verschwunden? Jedenfalls tauchte sie nicht wieder auf, beispielsweise, um uns zu retten. Diejenige, die das tat ...»

«... war Luyánta!», rief Laleh begeistert.

«So ist es», lächelte Titurel, beinah zahnlos. «Es war der letzte helle, glückliche Moment, nachdem die Schlacht zur Katastrophe geworden war. Da war ja nicht nur Dolasillas Tod. Tausende fielen. Auch die Adler, die uns treu beistanden bis zuletzt, starben in Scharen. Und der fanatische Adlerprinz Waltrop warf alles in den Kampf, bis er von den Schwerthieben und Lanzen der Feinde regelrecht zerfetzt wurde. Ein Speer durchbohrte seinen Nacken, dass die Spitze zu seinem Mund heraustrat wie eine eiserne Zunge. Das habe ich selbst gesehen. Nur der letzte Fanesrest rettete sich auf die Gipfelburg, wo die Kinder und Alten angstvoll harrten. Aber der Ansturm der Feinde ging immer weiter. Alles war hoffnungslos, wir warteten nur noch aufs Ende.

Und da erschien Luyánta. Im weißen Gewand, begleitet von einer großen Schar von Murmeltieren, und sie schwang ein Weißes

Schwert. Das hatten ihr, wie wir später erfuhren, Bergzwerge geschmiedet, mit denen die Murmeltiere verkehren. Du, Luyánta, erschienst auf den Zinnen der Burg, die gerade von den Feinden erstürmt wurden. Ihre tapfersten Kämpfer gingen voran, zwei Prinzen der Caiutes und der Lastoyéres. Dein Weißes Schwert traf sie, ihre Köpfe flogen wie Bälle hoch durch die Luft. Da wichen die nachrückenden Angreifer, die unten das Burgtor schon fast zerschmettert hatten, entsetzt zurück. Denn sie hielten dich für Dolasilla. Ihr ähneltet euch bis aufs Haar, und dein weißes Gewand glich ihrer Rüstung. Die Feinde fürchteten, Dolasilla wäre doch nicht tot. Vielleicht hatten sie Angst, dass die bösen Geister und Magier, mit denen sie verbündet waren, sie schändlich betrogen hatten. Denn niemand schließt Dämonenpakte, ohne dafür zu bezahlen.»

«Und doch konnte Luyánta ... konnte *ich* die Schlacht am Ende nicht wenden.»

«Nein, das war nicht mehr möglich. Aber du rettetest die Menschen aus der eingeschlossenen, verlorenen Burg. Während du noch auf den Zinnen kämpftest, führten die Murmeltiere sie bereits in den tiefsten Keller, wo es einen Zugang in den Berg gab, den niemand kannte. Als Erstes gingen die Kinder mit ihren Müttern, dann die Alten, zuletzt wir übriggebliebenen Krieger. Einige von uns murrend und widerstrebend, noch immer verblendet und besessen vom Wunsch, heldenhaft zu fallen. Nur der Gedanke daran, wer sonst die Kinder, Frauen, Alten in den Tiefen des Berges beschützen sollte, bewegte uns dazu, ebenfalls dem Murmeltierzug in den Berg hinein zu folgen. Wir teilten noch immer die törichte Geringschätzung unseres verschwundenen Königs für diese weibischen Tierchen. Wir wollten majestätische, männliche Adler sein.»

Titurels blinde Augen waren auf Luyánta gerichtet und zugleich nach irgendwo. Die beiden Mädchen schwiegen. Sie spürten, wie erschöpft Titurel vom langen Erzählen war. Und auch ihnen schwirrte, wieder mal, der Kopf.

«Als Letzte betratst du den Berg, Luyánta», setzte Titurel schließlich seine Rede fort. «Ich und einige andere Krieger, darunter die verwundeten Pelleams und Manaal, warteten am Zugang, gemeinsam mit einigen Murmeltieren, die uns verächtlich ansahen. Und wir alle gemeinsam brachten die Pforte in den Berg hinter uns zum Einsturz. Ein langer Weg durchs Innere des Gebirges folgte. Von da an lebte das Fanesvolk verborgen im Unterirdischen.»

Ausritt ins Knochental

Die nächsten Tage vergingen in ständiger Beschäftigung. Luyánta stand früh auf und eilte durch die wuseligen Gassen der Knochenstadt in das neue Faneslager am Fluss, inspizierte dort alles, machte Besuche, führte Gespräche. Laleh begleitete sie jeden Tag, und oft erwartete Mizuel in der Morgendämmerung die beiden schon am Palasttor.

Abends war Luyánta manchmal bis in die Nacht mit Laleh, Hypatia, Hieronyma und Hyypiä zusammen. Sie hatte sich entschieden, die nützliche Einrichtung des Fanesrats beizubehalten. Sie saßen zu fünft im Schneiderinnensitz im Kreis, und das grüne Vögelchen, das Asver Luyánta geschenkt hatte, zwitscherte und flatterte umher, während sie Fragen des täglichen Lebens besprachen. Natürlich ging es immer wieder auch um die verschwundenen Kinder. Am liebsten wäre Luyánta sofort losgezogen, um sie zu suchen. Aber die anderen (und wieder war es vor allem Laleh, die Bedenken hatte) hatten wahrscheinlich recht, wenn sie Luyánta nach der wochenlangen Ohnmacht noch für zu schwach hielten.

Doch Suchtrupps wurden immer wieder ausgesandt, Freiwillige gab es mehr als genug. Allerdings zeigte sich, dass die Gebirgsgänge in den hohen Schnee, der außerhalb des Knochentals lag, überaus beschwerlich waren; dabei war es noch früh im Winter. Ans Auffinden von welchen Spuren auch immer war also gar nicht mehr zu denken.

Trotzdem stürzte Luyánta allen heimkehrenden Suchern entgegen und ebenso den Weltkundigen des Knochenvolks, die immer wieder von weiten Reisen zurückkamen. Niemand aber wusste etwas zu berichten, was Hoffnung machte.

Wie gern hätte sie wieder mit Titurel gesprochen! Aber dafür hatte sie in diesen Tagen keine Zeit; und wenn sie es doch einmal in sein Zelt schaffte, dann schlief der Alte tief und fest, nicht leidend und siech, dennoch dem Tod nah, schien Luyánta. Sie wünschte sich, dass er wieder aufwachte, aber weckte ihn nicht. Die alten Geschichten ließen sie einfach nicht los; andersherum kamen ihr aber auch ihre Erinnerungen oft vor wie ferne Märchen. Und was war das eine, was das andere?

Sie sah Bilder von windigen, felsigen Höhen und erinnerte sich an ihr Leben bei den Adlern. Sie sah grüne Wiesen und dunkle Gänge und erinnerte sich an ihr Leben bei den Murmeltieren. Und ihr kam die Sehnsucht nach den Menschen ins Gedächtnis, die sie damals empfunden haben musste. Nach ihrer kühnen Zwillingsschwester, die ihren Feinden schweres Leid zugefügt und selbst schweres Leid erfahren hatte, nach ihrer unglücklichen Mutter Ciolá, ja selbst nach ihrem schrecklichen Vater Calocer, dem Zerrissenen, dem Verräter. Sie alle waren ihr ganz nah. Obwohl sie ja ohne diese Menschen aufgewachsen war. Nur als Säugling war sie bei ihren Nächsten gewesen; und nachdem sie zur Rettung in höchster Not zurückkehrte, war die arme Mutter bereits erstarrt vor Trauer und Vater und Schwester auf immer verschwunden, der eine versteinert, die andere gefallen. Wie es hieß.

Auch jetzt erwachte öfter der Wunschtraum in ihr, Dolasilla möge noch leben. Sie sei, zum Beispiel, heimlich mit Ey-de-Net geflohen, dem Mann, den sie so geliebt hatte wie er sie. Aber sofort wischte Luyánta den törichten Gedanken beiseite. Auch heftigstes Wünschen macht die Toten nicht wieder lebendig.

Als sie nach dem Untergang des Reichs mit dem unglücklichen Volk und der todtraurigen Mutter im Berg gelebt hatte, da hatte Luyánta dann Sehnsucht nach den Murmeltieren verspürt, ihren

398

putzigen Kriegern, ihren Geschwistern. Und schließlich hatte sie ihr weißes Gewand abgelegt und die Unterirdischen verlassen. An einem Felsen hatte sie sich noch das Bein geschrammt, ehe sie ins Licht zurückgekehrt war, eine Narbe war davon zurückgeblieben. Und ihr tödliches Weißes Schwert, das die Bergzwerge für sie geschmiedet hatten? Was war aus dem geworden?

Auch das Fanesvolk war irgendwann in die Welt zurückgekehrt ohne Luyánta, stattdessen angeführt von den alten Kämpfern Manaal, Pelleams und Titurel. Und hatte sich, nach einer Zeit der Blüte und des Friedens, gespalten und wiederum in nicht endende Kriege verloren. Die verwirrenden Geschichten von Pindal und Pristina, von Mitra und Malibran und von dem Neuen Adlerprinzen Amian, diesem schrecklichen Amian … Was war er für ein Mensch?

Seit Luyánta nun erneut zurückgekehrt war, von allen so sehnsüchtig erwartet, waren die Kriege erneut wiederaufgeflammt. War es nicht immer wieder dasselbe, was dem Fanesvolk geschah? Oder besser: was es immer wieder anrichtete? Krieg, Hass, Zerstörung. Konnten sie nichts aufbauen? Nur vernichten?

Erneut der schwarze Gedanke: Wäre es nicht besser, dieses Volk ginge ein für alle Mal unter?

Über all diese Sorgen und über die Faszination an den alten Geschichten hatte Luyánta bei ihrem Besuch bei Titurel vergessen, das Wichtigste zu fragen: nämlich, was er von den alten Geistern wisse und was für ein Dämon das sein könne, der sie in jener Nacht vergiftet hatte? Was für ein Fluch da über sie gekommen war? Im Moment waren, dank der heilenden Salben und der Talismane, ihre Schmerzen unter Kontrolle, sogar fast verschwunden. Aber Hypatia hatte ihr ja gesagt, dass sie dennoch mit dem Schlimmsten rechnen musste. Wenn es ihr nicht gelänge, den Fluch zu brechen.

Vielleicht war ja gerade das *königlich*, dass die Sorgen ums große Ganze schwerer wogen als die Angst vor ihrem möglichen eigenen Schicksal?

Dennoch, das Fluchgift mochte in Schach gehalten sein, aber gebannt war es nicht. Was würde weiter passieren?

399

Aber Titurel schlief und schlief jetzt. Stattdessen führte Luyánta eifrig ihre königlichen Geschäfte und Aufgaben weiter. Auch den Jäger Gracchus besuchte sie einmal, der mit seinem alten Vater in einer kleinen Knochenhütte am Rand des Faneslagers wohnte. Er servierte Luyánta starken dunklen Tee und wollte von ihrem Dank nichts hören. Denn auch er hasste das Adlerheer, das in seiner Heimat jetzt Furcht und Schrecken verbreitete. Demnächst wollte er wieder einmal zurückkehren, um sich ein Bild von der Lage zu verschaffen und, wenn möglich, weitere Bauern und ihre Familien in Sicherheit zu bringen. Luyánta versprach dem Jäger, ihm auch diesmal einige Faneskrieger mitzugeben.

Öfter kam auch, mit dem Segen König Asvers, die Kanzlerin Cerbreë auf Luyántas Zimmer oder ins Faneslager, um sich nach ihrem Zustand und den Bedürfnissen ihrer Leute zu erkundigen. Ihre Brosche glänzte, als trüge sie den Mond auf der Brust. Luyánta fasste großes Vertrauen zu der mächtigen Frau, und Cerbreë schien die Zuneigung zu erwidern.

Schließlich nahmen Luyánta und Hypatia auch ihr Klingenkreuzen wieder auf, am Ufer des Knochenflusses. Sie fingen zunächst sanft an. Aber Luyánta hatte es sich gewünscht, denn sie hatte allmählich die Nase voll von der öden Gymnastik, zu der Laleh sie nötigte, all das Armkreisen und Rumpfbeugen und Herumtapsen auf Fußballen und Zehenspitzen, um wieder in Form zu kommen. Langweilig! Wie aufregend war es dagegen, wieder Hyypiäs Schwert in Händen zu halten. Auch wenn es Luyánta zunächst viel schwerer als früher vorkam.

Eines Morgens ritten Luyánta und Laleh dann gemeinsam in die bleiche Weite des Knochentals hinaus. Zuerst hatte Luyánta sich gegen den Vorschlag gesträubt, weil sie meinte, so ein Ausflug wäre ein Vergnügen, für das sie nun wirklich keine Zeit hätte. Aber Laleh überzeugte sie, dass es ihrer Ausdauer guttun und sie weiter stärken würde.

Es war wunderbar, wieder auf Kiki zu sitzen. Die Energie und Geschmeidigkeit der Stute zu spüren, und neben sich Laleh auf ihrem Lichtfuchs Chihiro. In einem leichten Trab zunächst. Doch das Verlangen, wild draufloszugaloppieren, erwachte sofort in ihr und sicher auch in Laleh.

Für Luyánta war die Helligkeit durch ihren grünen Schleier gemildert, für Laleh durch ihren roten, so wie auch den Pferden die Augen verbunden waren. Die Umgebung im friedlichen Knochental hatte eine eigenartige Wirkung, stellte Luyánta während des Ausritts fest. Die Temperatur war angenehm, wie überall hier, sie blieb ja stets gleich. Und die Luft war angenehm klar und rein. Aber es war eine verstörend leere Welt, dieser meilenweite, jahrmillionenalte Knochenschutt, über den sie in gleichmäßigem Tempo ritten. Auch hier sang und krächzte kein Vogel, und keine einzige Pflanze wuchs. Aber auch kein Zeichen des Winters, den man doch sah, oben auf den schneeigen Bergen. Wo der Schnee das Leben nur für eine gewisse Zeit bergend bedeckt, da ruht das Leben nur. Aber hier war es anscheinend für immer fort. Abgesehen von den Menschen, die das Tal besiedelten, und ihren Haustieren.

Eine Welt ohne Jahreszeiten war hier, ja scheinbar ganz ohne Zeit. So fühlte es sich an. Und doch hatte dieses sonderbare blendende Tal etwas sehr Beruhigendes. Oder sollte man es lähmend nennen? Aber es war nicht unangenehm. Luyánta spürte, wie in ihr der Wunsch erwachte, für immer hier zu bleiben. Ob es der schweigend reitenden Laleh auch so ging?

Die immer gleichbleibende Temperatur: Das war wie in einer tiefen Höhle, fiel Luyánta ein, dort war alles ebenso konstant und immergleich. Wenn auch kühler und feuchter, nicht so angenehm. Aber das ewig Andauernde war dasselbe und also die Abwesenheit von Zeit. Jetzt kam es Luyánta ganz naheliegend vor, dass man sich in unterirdischen Reichen einschließen konnte, ohne sie je wieder verlassen zu wollen.

Oder war das nur etwas Murmeltierhaftes in ihr: ein unterdrückter Wunsch, in jenen Winterschlaf zurückzukehren, aus dem ihre liebevollen Pflegerinnen sie geweckt hatten?

Einmal hielten die Reiterinnen an und blickten zurück. Da sahen

401

sie, etwas erhoben, die stolze Knochenstadt mit ihren weißen Türmen, Dächern und Zinnen. Dann ritten sie wieder weiter. Die ganze Zeit sprachen sie kaum ein Wort. Luyánta hätte nie gedacht, dass Laleh so schweigsam sein konnte! Auch sie schien also diese Beruhigung zu empfinden, oder angenehme Lähmung.

Schließlich aber erlebten sie doch eine unerwartete Erschütterung in ihrer merkwürdigen Gemütsruhe. Laleh zügelte plötzlich ihr Pferd und wies mit der Hand auf die Berge, die noch ein ganzes Stück entfernt waren. Etwas unterhalb der Linie, wo die Knochen endeten und der Schnee begann, war eine schwarze Gestalt zu erkennen, winzig wie eine Ameise von hier, aber doch anscheinend eine menschliche Gestalt. Sah man sie eine Weile an, so erkannte man, dass sie sich bergab bewegte.

«Wer mag das sein?», fragte Luyánta. «Einer unserer Kundschafter mal wieder? Oder einer von Asvers Schmugg…, äh, Weltkundigen?»

«Aber die sind doch niemals allein unterwegs», antwortete Laleh. «Hoffentlich ist nichts Schlimmes passiert, dass einer seine Kameraden verloren hat.»

«Reiten wir hin, statt zu grübeln!», rief Luyánta. «Dann werden wir es erfahren.»

Und schon war Kiki wieder in Bewegung. Diesmal im Galopp. Endlich.

Die Rückkehr eines Toten

Nach einer Stunde erkannten Luyánta und Laleh den Mann, der da ins Tal der Knochen herabkam: Sie trauten ihren Augen kaum, denn es war der totgeglaubte Pistior. Lang und hager torkelte seine Gestalt übers weiße Geröll herab auf die beiden Reiterinnen zu, die die Pferde antrieben, um ihn schneller zu erreichen.

402

Schließlich standen sie Pistior gegenüber. Er hatte den Ärmel seines schwarzen Mantels abgerissen und sich um den Kopf gewickelt, um seine Augen vor der gleißenden Helligkeit zu schützen. Auch der Rest seines Gewands war zerschlissen und hing in Fetzen an dem dünnen Körper, und Pistiors blaugrünes Haar war noch strähniger als früher. Ausgemergelt und abgekämpft war der listige Mann.

Aber er lebte. Was hatte das zu bedeuten? Luyánta hatte geglaubt, er wäre im Kampf gefallen, wie sein ganzer Stoßtrupp am Moor hinter dem Hügel.

«Da wär ich wieder», sagte er, flach schnarrend, ein mattes Schniefen kam nach. Luyánta musste lächeln vor Freude.

«Du lebst?», sagte sie.

«Unsere Königin hat ihren überragenden Scharfsinn also nicht verloren», antwortete er, es klang schwer erschöpft, doch nicht so feindselig wie früher.

Diesmal war es Luyánta, die das Kommando übernahm. Sie stieg vom Pferd, half dem Erschöpften aufzusitzen und nahm hinter ihm Platz. Schon einmal hatte sie ja in Pistiors Rücken gesessen, damals auf seinem Pferd, nach Kikis Sturz. Sie hatte sich an den regennassen Feindfreund geklammert; jetzt hielt sie ihn fürsorglich fest, damit er nicht vor Entkräftung zu Boden fiel.

So brachte sie ihn, begleitet von Laleh, zum neuen Faneslager vor der Knochenstadt. Natürlich entstand große Aufregung, als die beiden Reiterinnen vorzeitig von ihrem Ausritt zurückkehrten – mit dem gänzlich unerwarteten Ankömmling. Sofort eilten Helfer herbei, hoben den Kranken vom Pferd und bereiteten ihm ein Lager. Auch Hypatia erschien, um Pistiors Wunden zu versorgen. Sie schickte alle aus dem Zelt hinaus, nur Mizuel durfte bleiben, um ihr beim Waschen und Pflegen des Verletzten zu helfen.

«Mizuel wird das schon hinbekommen», sagte Laleh, die mit Luyánta und einigen anderen ungeduldig vor dem Zelt wartete.

Es dauerte vielleicht eine halbe Stunde, bis Hypatia wieder herauskam. «Seine Wunden sind nicht allzu schwer», sagte sie, «allerdings sehr verschmutzt und teilweise eitrig. Aber davon wird er sich erholen, er ist zäh. Wir haben ihn gewaschen und ihm Kräuter und Cremes aufgelegt. Dann habe ich ihm einen Schlaftrunk gegeben, damit er zur Ruhe kommt. Er scheint tagelang nicht geschlafen zu haben. Also geduldet euch noch ein bisschen, bis ihr mit ihm sprechen könnt.»

Aber schon am nächsten Tag ließ Pistior selbst nach Luyánta rufen. Mizuel erschien atemlos in Hieronymas Zimmer im Palast, wo Luyánta mit der Baumeisterin einige Versorgungsfragen besprach.

«Pistior ist aufgewacht», rief Mizuel. «Hypatia meinte, er solle ein paar Löffel Suppe essen und dann weiterschlafen. Aber er ließ sich nichts sagen und verlangte, dass die ‹weise Königin des Fanesvolks sich allergnädigst an sein Bett begeben möge›.»

«Höre ich da etwa ein klein wenig Spott aus Pistiors Worten heraus?», fragte Luyánta.

Mizuel wurde rot. «Ich ... äh, weiß nicht, also, ganz ausschließen kann ich das ni...»

«Schon gut!», lachte Luyánta. «Er scheint ganz der Alte zu sein.»

Schon war sie aufgesprungen und stürzte mit dem grünen Tuch vor Augen aus dem Zimmer. Hieronyma und Mizuel folgten ihr, und auf dem Balustradengang trafen sie Laleh, die auch gleich mitlief.

Dann waren sie im Lager angelangt; die Knochler in den Gassen hatten sich wohl noch gewundert, warum die vier Fremden in solcher Eile waren. Komische Leute sind das, murmelte eine alte, dicke Frau, immer in solcher Hektik ...

Da war Luyánta schon bei Pistiors Zelt, die anderen dicht hinter ihr. Am Bettrand des Erwachten saß Hypatia, die beiden in regem Gespräch.

«Ah, da bist du ja schon», begrüßte Hypatia sie. «So schnell! Ich lasse euch allein, Pistior möchte unter vier Augen mit dir reden.»

Sie schob Luyántas Begleiter mit sich hinaus und schloss den Vorhang des Zelts, gegen den Protest von Laleh, die gern mit hineinwollte.

Luyánta nahm das Tuch ab und blickte Pistior, der aufrecht im

404

Bett saß, an: geradewegs in die altbekannten kreisrunden Augen, gelb mit schwarzen Keilpupillen. Früher hatte sie vor Pistiors feindseligem Blick eine gewisse Scheu gehabt, beinah Angst. Jetzt war sie glücklich, den alten Schniefer heil davongekommen vorzufinden.

«Ich freue mich, dich wiederzusehen, tapferer Pistior.»

«Jaja», schnarrte er, «lass doch die salbungsvollen Reden. War mühsam genug, euch hier zu finden. Aber kein schlechtes Versteck, das muss ich dir lassen. Mal was anderes als feuchte Tropfsteinhöhlen *(schnief)*. Hypatia hat mir schon alles erzählt, was passiert ist. Du kannst es dir also sparen. Sag mir lieber, was deine Pläne sind. Wie soll es jetzt weitergehen?»

«Meine Pläne sind, dass du erst mal gesund werden sollst.»

«Das werd ich schon von allein, wenn's sein soll. Und wenn nicht, geh ich auch ohne deine Pläne vor die Hunde.»

«Ich hoffe, dass du nicht vor die Hunde gehst, alter Griesgram! Ich verbiete es dir, hörst du? Jedenfalls sollen unsere Leute sich hier erst mal erholen. Wir sind in diesem Tal in Sicherheit vor den Feinden.»

«Die Fanesleute erholen sich hier seit Monaten. Und in Sicherheit zu sein reicht nicht, um seine Feinde zugrunde zu richten.»

«Das nicht, aber besser, als selbst zugrunde zu gehen, ist es ja wohl, oder? Wer zugrunde geht, der besiegt niemanden mehr. Aber als Erstes müssen wir die verschwundenen Kinder wiederfinden. Hat dir Hypatia auch von ihnen erzählt?»

«Ja, natürlich.»

«Du hast auf deinem Weg nichts von ihnen gesehen?»

«Nein *(schnief)*, keine Spur. Leider.»

«Wenn du wieder auf den Beinen bist, brauche ich deine Erfahrung und Klugheit bei der Suche nach ihnen. Aber jetzt erzähl mir erst mal, wie es dir ergangen ist und wie in aller Welt du hierhergekommen bist. Wir hatten angenommen, du wärst tot. Die Faneskundschafter, die in den letzten Wochen im Tal der Enge und Weite unterwegs waren, haben keinen einzigen Überlebenden von deinem Stoßtrupp gefunden.»

«Ich fürchte, dass ich tatsächlich der einzige bin. Das dürfte einem Anführer ja überhaupt nicht passieren, dass er als Einziger überlebt. Und wenn alles mit rechten Dingen zugegangen wäre, dann wär ich auch tot.»

«Und was ist dazwischengekommen? Was hat dir den Heldentod vermasselt?» Halb widerwillig, halb ironisch sprach sie das Wort *Heldentod* aus; denn sie dachte: Jeder, der überlebt, ist ein Glück. Leben ist immer besser als Sterben.

«Ein unerwarteter Zufall.»

«Na, erzähl doch endlich!»

«Nun, wie du befohlen hattest, sind wir den Feinden hinterm Moor in den Rücken gefallen. Sie haben ganz schön dusslig hervorgeschaut unter ihren spitzen Helmen mit den albernen Nasenbalken. Die haben ihnen nämlich nicht viel geholfen, als wir uns über sie hergemacht haben.»

«Das haben wir auf der anderen Seite des Moors, auf dem Hügel schon gemerkt. Euer Einsatz hat uns sehr entlastet. Auf einmal ließ der Angriffsdruck spürbar nach, weil keine Feinde mehr rüberkamen.»

«War ja auch der Sinn der Sache *(schnief)*. Wir haben sie so hart attackiert, wie wir konnten. Aber natürlich waren wir viel weniger. Der Überraschungseffekt war auf unserer Seite, aber hat sich von Stunde zu Stunde abgenutzt. Wir waren wie Wölfe, die in eine riesige Wasserbüffelherde stoßen: Wir bissen tödlich zu, aber wussten, dass sie uns nach und nach zermalmen würden. Manche Haken haben wir geschlagen, entschlossen, die Feinde so lange zu stören, wie wir halt konnten. Der Rest würde dann von euch abhängen.»

«So war es auch. Ihr habt uns wahrscheinlich die entscheidende Luft verschafft.»

«Die ihr dann genutzt habt, um abzuhauen! Na ja, man soll nicht zu viel verlangen. Es hat im Fanesvolk schon ganz andere Stümper gegeben als dich, Königin Luyánta. Du bist immerhin halbwegs mutig, und du hast nicht *alles* falsch gemacht *(schnief)*. Für unsere Verhältnisse sind das schon bedeutende Fortschritte.»

406

«Du bist ein leuchtendes Vorbild in positivem Denken, Pistior. Wie erging es euch weiter?»

«Die Kämpfer um mich fielen, einer nach dem anderen. Es war klar, dass wir ein Himmelfahrtskommando waren. Also wollten wir so lang wie möglich durchhalten, um euch drüben maximal zu nützen. Das Moor brannte lichterloh, aber zum Glück zogen die giftigen Gase nicht in unsere Richtung, sondern stiegen zum Himmel auf. Und wir sahen natürlich, dass gegen Morgen das ganze Faneslager in Flammen stand. Ob unser Kampf noch etwas nützte, wussten wir nicht, aber da waren wir sowieso nur noch ein paar wenige. Wir waren uns einig, dass wir uns lieber abstechen lassen wollten, als denen in die Hände zu fallen. In die Adlerkrallen.

Schließlich bemerkten wir, dass die ersten Adlersoldaten wieder übers Moor zurücksetzten. Einer meiner letzten Kampfgefährten hoffte noch, dass das ein Rückzug wäre, dass ihr sie in die Flucht geschlagen hättet. Seine Zuversicht konnte nicht mehr enttäuscht werden, denn bald darauf war er tot. Ich aber dachte mir, dass der Kampf ums Hügellager zu Ende sei. Entweder wärt ihr alle vernichtet oder aber auf der Flucht, und die Feinde könnten euch nicht durchs Feuer verfolgen und müssten deshalb hintenrum.»

«Tja, so war's auch. Letzteres.»

«Immerhin, besser abgehauen statt ausgelöscht. Wie gesagt, die kleinen Erfolge im Schicksal des Fanesvolks! Irgendwann war ich der letzte Kämpfer. Ich war an Armen und Beinen verletzt, das Blut rann mir übers Gesicht. Ich schmeckte es auf der Zunge. Aber die nichtswürdigen Feinde waren einfach zu dusslig, mich zu töten, trotz ihrer Überzahl. Am liebsten hätte ich mich einfach in ein feindliches Schwert fallen lassen, um dem Affentheater ein Ende zu machen. Und wahrscheinlich hätte ich es auch getan. Aber dann erblickte ich Malibran.»

Luyánta sah deutlich, wie auf einmal heißschäumendes Leben in Pistiors dürren Leib schoss.

«Ah, Malibran! Es gibt keinen Feind, den ich so hasse wie ihn. Nicht einmal Amian.»

407

«Weil deine Schwester Pristina durch Mitras Hand starb», flüsterte Luyánta. «Malibrans Frau.»

«Du weißt Bescheid, wie es sich für eine Königin gehört! Gut aufgepasst in Titurels Geschichtsstunden!»

«Aber Mitra ist auch schon lange tot. Pristinas Tod ist gerächt. Und aus jedem Wunsch nach Rache entsteht ein neuer Rachewunsch.»

«Nein! Pristinas Tod ist niemals gerächt, solange nur noch ein einziger Feind lebt. Darum müssen wir auch wieder in den Krieg ziehen, sobald es geht! Amians und Malibrans Heer ist eine Pestseuche auf dem Rücken der Erde. Solange es existiert, wird es niemals Frieden geben.»

«Möchtest du überhaupt Frieden? ... Aber darüber sprechen wir vielleicht später. Erzähl mir erst, wie es dir weiter erging.»

«Ich kämpfte in rasender Wut gegen Malibran! Aber ich war verwundet und geschwächt und allein, während Malibran mit der Deckung vieler Krieger focht. Sie hätten mich jetzt wohl niedermachen können, aber Malibran hielt die anderen immer wieder zurück. Er wollte mir unbedingt eigenhändig den tödlichen Schlag versetzen.»

«Sein Rachedurst ist mindestens so groß wie deiner.»

«Mag sein. Ich merkte jedenfalls, dass ich langsam die Besinnung verlor. Und dass mich Malibran unbemerkt in Richtung Moor gedrängt hatte. Auf einmal spürte ich, wie der Boden unter mir nachgab. Es ging alles sehr schnell. Als ich begriff, dass ich im schlingenden Morast versank, war es schon zu spät.»

«Wie bist du denn aus dem Schlamm wieder herausgekommen?»

«Gar nicht. Ich bin durch das ganze Moor hindurchgesunken. In den Ohren hatte ich noch das abscheuliche Triumphgeheul, das Malibran ausstieß, als er mich versinken sah. Alles war schwarz um mich, Schlamm um meinen ganzen Körper, es glitt und schmierte über mein Gesicht. Ich bekam keine Luft mehr, und zugleich war es, als zerfetzten die giftigen Gase des Sumpfes meine Lungenflügel. Und dann spürte ich auf einmal meine Füße nicht mehr. Ich dachte, das wär's, der Tod fängt in den Füßen an. Aber dann begriff ich, dass meine Füße nicht mehr im Schlamm waren, sondern irgendwo in

408

der Luft hingen. Ja, in der Luft! Und der Rest meines Körpers rutschte hinterher, mein Hintern und mein Bauch, und dann fiel ich ganz heraus und stürzte zu Boden, schmerzhaft auf den Steiß.

Ich wischte die Schlammreste von meinem Gesicht und öffnete die Augen, und da war um mich herum ein unermessliches goldenes Funkeln von allen Seiten. Ich schaute hoch und sah über mir den Schlamm des Moors. Er glibberte und brodelte, aber nichts tropfte herab, sondern es hing wie eine flüssige Decke über dem Raum. Oder wie ein morastiges Himmelszelt. Denn dieser Raum, wo ich mich fand, war eine Stadt. Eine unterirdische goldene Stadt, voller Paläste und Schlösser und Schatzkammern.»

«Die Aurona …», flüsterte Luyánta. «Es gibt sie also wirklich.»

«Du sagst es», schniefte Pistior. «Das sagenhafte Goldreich, für das der irrsinnige Clan des Mondrius einst das halbe Gebirge durchbohrte. Die schreckliche Aurona, die schon König Calocer suchte und für die er sein eigenes Reich, sein eigenes Heer, seine eigene Familie verriet! Alle Schatzsucher hatten denselben Fehler gemacht: Sie suchten immer in der Höhe, bis unter die Gipfel der Berge. Die alten Geschichten waren sich ja alle einig darin, dass das Goldreich hoch oben versteckt läge. Doch im Lauf der Jahrtausende muss es tiefer und tiefer hinabgesunken sein, bis unter den Talboden.»

«Und zwar ausgerechnet unter das giftige Moor», sagte Luyánta. «Ein merkwürdiger Zufall. Oder ist es gar kein Zufall? Vielleicht besteht ein Zusammenhang.»

«Du *bist* tatsächlich scharfsinnig, Königin *(schnief)*. Zumindest ein klein bisschen. Über genau diese Frage habe ich auch nachgedacht, während ich wochenlang durch die unterirdische Stadt mit ihren Goldtürmen und -brücken und -treppen irrte: warum sie unter dem giftigen Moor liege. Bis mir auf einmal aufging, dass es die Aurona selbst sein muss, die das Moor vergiftet hat. Die tödlichen Faulgase und all der andere ätzende Schmodder, der von dort aufsteigt, all das stammt aus der Aurona! Es gibt unzählige Legenden über das Volk, das einst lichtlos in der Aurona gelebt und all die Schätze erschaffen haben soll, geknechtet und eingesperrt von einem namenlosen Herrscher, dessen Seele durch und durch verseucht war von unersättlicher Habgier. Selbst wenn sein Sklavenvolk irgendwann die Aurona verlassen haben und ans Sonnenlicht gezogen sein sollte (denn das behaupten einige Varianten der Sage), so blieb all die Niedertracht und Tücke zurück, die im jahrhundertelangen Verzicht auf Licht und Leben für gleißendes Gold entstanden war. Jenes Gift, das Habgier und Leiden ausdampften. Und auch das Gift all der Gierigen und an der Gier Zugrundegegangenen späterer Zeiten muss an den Bauten und Schatzkammern der Goldstadt gehaftet haben. Calocer und Mondrius waren ja nicht die Einzigen, die an ihrem Lechzen nach Gold erstickt sind.»

«Aber du warst *in* der Aurona und bist nicht daran erstickt!»

«Was weiß ich. Vielleicht, weil das Gift längst aufgestiegen ist oder aufgesogen wurde vom Moor darüber. Sodass das Gold wieder rein und unschuldig unten liegt, wie einst im Felsen und Fluss … Ich weiß es doch nicht. Das Moor ist nun jedenfalls verseucht, aber die Höhlen sind rein. Die Luft, die ich in der Aurona geatmet habe, war klar, wie die angenehm saubere Luft im Tal hier übrigens. Ich konnte unbeschwert atmen in der Aurona, die mich vor Malibrans Schwert gerettet hat. Nur dass ich leider fast verhungert wäre oder krepiert an meinen Wunden.»

«Wie ist es dir gelungen, die Aurona wieder zu verlassen?»

Pistior zog vernehmlich die Nase hoch. «Wenn ich das nur wüsste. Irgendwann wurde ich so müde, dass ich mich niederlegte. Und nicht wusste, ob ich je wieder aufwachen würde. Wenn ich schon sterben müsste, dann wär das nicht der schlechteste Ort, dachte ich mir, umgeben von unermesslich viel Gold. Es wurmte mich nur, dass der schändliche Malibran denken würde, *er* hätte mir das Lebenslicht ausgeknipst. Wenn ich ein weiteres Leben erhalten würde, dachte ich, dann wollte ich wiederkommen und Malibran hetzen bis ans Ende der Welt. Mit diesem schönen Gedanken schlief ich ein. Keine Ahnung, wie lange ich schlief, es kam mir unendlich lang vor …»

«Und dann?»

«Als ich aufwachte, war ich woanders.»

410

«Woanders? Und wo?»

«Im Nebelwald. An einem Bach, in der Nähe einer verfallenen Mühle. Zuerst dachte ich, ich wär im Totenreich. Ich trank Wasser aus dem Bach, riss Moos von den Steinen und stopfte es in mich hinein, so hungrig war ich.»

«Moos ist gar nicht so schlecht.»

«Na ja *(schnief)*. Die Pilze, die ich später fand, und ein paar Mäuse, die ich fing, schmeckten mir besser. Ich versorgte notdürftig meine Wunden. Ich war wohl noch nicht ganz bei mir, erst nach einer ganzen Weile ging mir auf, dass es der Nebelwald sein musste, in dem ich mich befand. Ich war ja auch zwei oder drei Mal auf der Jagd darin gewesen. Also machte ich mich auf den Weg.»

«Aber nicht zurück ins Tal, sondern hinauf in die Berge.»

«Ja, zur Scharte des Ewigen Regens und darüber hinaus, immer weiter. Ich kann nicht sagen, warum. Mir war die ganze Zeit, als wüsste ich, wo ich entlangmüsste. Ich bin immer weitergelaufen.»

«Bis du zu uns gekommen bist. Ziemlich instinktsicher.» Luyánta schaute Pistior an, den Schlangenhaften, das Reptil auf zwei Beinen. Jetzt saß er aufrecht in seinem Bett, gerade so dem Tod entronnen. Und Luyánta empfand ihn nicht mehr als Widersacher, sondern als wahren Freund. Sie war glücklich über das Leben in seinen gelben Augen. Doch ebenso besorgt über die schwelende Rachsucht darin, über den Hass.

Kinder im fernen Tal

«NEIN!»

Luyántas Schrei zerriss die Stille der Knochenlandschaft. Mit einem heftigen Ruck hatte es sie aus dem Schwertkampf gerissen. Nur das Klirren der sich kreuzenden Klingen und das leise Gurgeln des Flüsschens hatten zuvor in der immerklaren Talluft gelegen.

411

Hypatia sah sie bestürzt an, dann senkte sie ihr Schwert.

«Was ist passiert? Sind die Schmerzen zurück?»

Luyánta war keuchend in die Knie gegangen, den Schwertgriff mit beiden Händen umklammert. «Nein, nein, das ist es nicht», stöhnte sie.

«Was ist es dann? Bist du erschöpft von der Anstrengung?» Luyánta stand auf, es ging wieder. Sie lächelte etwas matt und hob ihr Schwert. «Auch das nicht. Im Gegenteil, es geht jeden Tag besser. Lass uns weitermachen.»

Aber sie fochten nicht mehr lange, es war schon spät. Über den verschneiten Bergen glühte der Himmel, durch Luyántas Seidenschleier bekam das Abendrot einen leichten Stich ins Gelbe. Auf dem Heimweg in die Knochenstadt (denn die beiden hatten vor dem Faneslager gekämpft) erzählte Luyánta Hypatia dann doch, was ihr das Herz bedrückte und mitten im Kampf so schwer geworden war, dass es mit einem Schrei herausgemusst hatte. Über die drängendste Not, die verschwundenen Kinder, hatten sie ja im Fanesrat oft gesprochen, auch heute Morgen wieder. Aber das Grundsätzlichere, wohin es eines Tages gehen würde mit dem Fanesvolk: Darüber hatten sie noch nie miteinander beraten.

«Ich denke oft an die Schlacht zurück», sagte Luyánta, während sie auf die Mauer der Knochenstadt zugingen, die grellbleich in den Abend leuchtete. «Aber nicht daran, dass wir fliehen mussten, sondern daran, dass ich getötet habe.»

«Es waren Feinde, die du getötet hast. Weil sie uns angegriffen haben.»

«Ja, Feinde. Aber es ist nicht schön.»

«Nein», stimmte Hypatia zu, «Kämpfen ist schön, aber töten nicht. Es ist wie bei der Jagd.»

«Findest du Kämpfen wirklich schön?»

«Ja. Es ist edel. Und es ist Leben.»

«Ich weiß nicht», antwortete Luyánta. «Die Dicke hat einmal zu mir gesagt: *Wenn man kämpft, muss man gewinnen, aber man kämpft nur, wenn man nicht fliehen kann.*»

412

«Sie ist eben ein Murmeltier.»

«Ich bin auch ein Murmeltier.»

«Aber nicht nur. Du bist ebenso eine Kriegerin. Die größte Kriegerin von allen.»

«Die Murmeltiere sind auch Krieger. Putzig, aber nicht weniger tapfer als wir. Ich habe es mit eigenen Augen gesehen, ich kenne sie besser als irgendjemand. Weißt du, Hypatia, in letzter Zeit frage ich mich manchmal, was eigentlich unser Ziel ist.»

«Unser Ziel? Den Feind zu besiegen.»

«Und du meinst, dann wäre Frieden?»

«Ich weiß es nicht. Was ist Frieden? Wir sind Krieger. Das sind wir immer gewesen: ein Kriegervolk. Weißt du, was ich mir wünsche?»

«Was?»

«Wir fänden die unfehlbaren Pfeile Dolasillas. Dann wäre der Sieg bald unser.»

«Und was dann? Meinst du, wir wüssten mit dem Sieg umzugehen? Etwas draus zu machen?»

«Das werden wir nur erfahren, wenn wir ihn erringen. Möchtest du denn etwa nicht siegen, Luyánta, Königin der Fanes?»

«Natürlich will ich das! Trotzdem, wenn ich den Hass in Pistiors Augen sehe ... Ich spüre seinen Wunsch nach Rache und habe das traurige Gefühl, dieser Wunsch kann niemals echte Befriedigung finden. Selbst wenn er Malibran eigenhändig umbringt, wird er keinen Frieden haben.»

«Mag sein, ja. Sein Herz ist ruhelos.»

«Und was ist mit unserem Volk? Ist es mit uns nicht genau das Gleiche? Wenn wir eines Tages Amian und Malibran und alle ihre Schergen vernichtet haben, werden sich dann nicht unsere ruhelosen Herzen woanders hinwenden? Unser Verlangen nach Kampf und Krieg?»

«Das klingt nicht gut, Luyánta», sagte Hypatia leise und in einem anderen Ton. «Zweifel nagen an deinem Mut, das ist gefährlich, es kann dich auszehren.»

«Weißt du», antwortete Luyánta, ebenso leise, obwohl sie noch ein ganzes Stück vom Stadttor entfernt waren und weit und breit kein Mensch in Sicht, «manchmal kommt es mir vor, als würde die ganze Welt schreien. Das Gras schreit, wenn wir darüberreiten, die Blumen schreien, wenn wir sie pflücken. Von den Tieren zu schweigen, die wir jagen ...»

«Aber in diesem Tal gibt es weder Gras noch Blumen noch Tiere.»

«Selbst die Steine schreien. Und erst recht die Knochen, die einmal Tiere waren, Wale und Drachen. Sie alle schreien.»

Hypatia war stehen geblieben und sah Luyánta an. Sie schien bestürzt.

«So denkst du also, Luyánta? Du, die Weiße Kriegerin, unsere Königin? Wenn es so ist, dann muss Fanes untergehen. Diesmal endgültig.»

«Ach, ich weiß es doch nicht!», rief Luyánta, ebenfalls erschrocken. «Hüte dich, alles für voll zu nehmen, was ich vor mich hin plappere. Es kreisen halt die ganze Zeit solche Gedanken in meinem Kopf. Vielleicht kommt es ja auch von dem Gift in mir, das du gehemmt hast. Ich kann nichts dagegen tun.»

Dann blieb Luyánta stehen.

«Liebe Hypatia, ich bitte dich, dass das alles unter uns bleibt. Lass uns später noch einmal in Ruhe darüber sprechen. Dann, wenn sich meine Gedanken hoffentlich ein wenig sortiert haben. Vielleicht schon nachher, im Palast.»

«Natürlich bleibt es unter uns», sagte Hypatia und lächelte Luyánta mütterlich an. Die Ringe an ihrer Hand schillerten. «Wir werden in aller Ruhe sprechen. Wenn du möchtest, besuche ich dich nachher auf deinem Zimmer.»

Dazu kam es jedoch nicht, denn die beiden wurden am Stadttor bereits erwartet. Ein Laufbursche der Cerbreë sollte Luyánta sofort zur Kanzlerin bringen. Entweder war der Junge sehr beflissen, oder es war sehr dringend, jedenfalls eilte er Luyánta und Hypatia voran, sie im Sauseschritt hinterher. Hastig ging es über breite Treppen in den östlichen Flügel des Palasts und dort zum Kanzlerinnengemach.

Auch in diesem Raum flatterten kleine bunte Vögel herum. Cerbreë saß auf einem Knochenstuhl mit breiter Lehne und lächelte die Eintretenden an. Neben ihr standen zwei hagere Knochenmenschen, deren Schläfen weniger weiß waren als die der anderen Palastbewohner, die Luyánta in geschlossenen Räumen hier ohne Augentuch gesehen hatte. Offenbar verließen diese beiden Männer das Knochental häufiger und länger als andere.

«Danke, dass du gleich gekommen bist, Faneskönigin», sagte Cerbreë. Sie nickte auch Hypatia zu und wies auf zwei Stühle. «Bitte, setzt euch. Darf ich euch diese beiden weitgereisten Männer vorstellen? Sie gehören zu den Weltkundigen und sind erst heute Nachmittag aus den Ländern jenseits der Berge heimgekehrt, mit Säcken voll Ajischoten und den teuren Fäden des blauen Safrankrokus. Aber ich habe euch natürlich nicht wegen der Gewürze gerufen. Bei uns hat jeder Weltkundige, der heimkehrt, der Kanzlerin Bericht von seiner Reise zu erstatten, und die beiden hier haben mir etwas erzählt, von dem ich dachte, dass du es hören solltest.»

«Worum geht es?» Luyánta beugte sich auf ihrem Sitz nach vorn.

«Bitte, Odker und Tesber», wandte Cerbreë sich an die Männer, «erzählt der Faneskönigin, was ihr erlebt habt.»

«Zu Diensten, Kanzlerin», antwortete der Größere, etwas Ältere der beiden und sah Luyánta schüchtern an.

«Ich bitte dich, sprich!», ermunterte Luyánta ihn.

«Zu Diensten, zu Diensten», sagte der Mann. Seine Scheu stand in merkwürdigem Gegensatz zu seiner Weitgereistheit. «Vor zwei Tagen sind wir auf unserer Heimreise auf dem Pass der Sechs Zinnen unerwartet in einen heftigen Schneesturm geraten. Die Reise war ohnehin schon beschwerlich gewesen, denn in den Tagen zuvor waren uns immer wieder ziemlich große Gruppen von Trussanern über den Weg gelaufen, vor denen wir uns versteckten. Sie wirkten unruhig; dass sie in vereinzelten Rotten durch die Berge streifen, war schon immer so, aber diese schienen alle in eine bestimmte Richtung unterwegs zu sein.»

«Etwa hierher?», fragte Luyánta.

«Nein», schaltete Cerbreë sich ein, «das ist unmöglich. Sie fürchten diese als verzaubert geltende Gegend hier, wie alle Bergbewohner. Aber um die Trussaner ging es auch gar nicht, Odker.»

«Richtig», fuhr dieser fort, «sondern um den Schneesturm, der uns erwischte. Wir waren ohnehin schwer erschöpft, uns blieb nichts übrig, als so schnell wie möglich ins Tal abzusteigen, sonst wäre es böse ausgegangen. Auch der Wald, den wir bald erreichten, war bereits stark eingeschneit. Wir überlegten, wo wir uns einen Schneeschutz bauen konnten, als wir zum Glück einen Waldmenschen trafen.»

«Er rannte nicht weg?», fragte Luyánta. «Das machen sie doch sonst immer.»

«Nicht vor uns. Wir kannten ihn (wie einige andere Waldmenschen in der Gegend) schon von früheren Reisen, wir stehen auf gutem Fuß mit ihnen. Er lud uns gleich in seine Behausung ein.»

«Ihr durftet ins Heim eines Waldmenschleins?» Luyánta war erstaunt. «Donnerwetter! Ich hätte nie gedacht, dass sie jemals einen Fremden einlassen.»

«Doch, schon», antwortete der Weltkundige. «Man kann Freundschaft mit ihnen schließen, wenn man nur sanft und höflich ist und sie ihre erste Angst überwunden haben. Und sie sind sehr gutmütig. Die Frau des Waldmenschen hatte vor uns schon einen anderen Menschen eingelassen, ebenfalls zum Schutz vor dem Schneeeinbruch.»

«Wer war das?»

«Ein Felljäger aus dem Feuerrosental. Wir kannten ihn nicht.»

«Das Feuerrosental? Dort muss auch Amians Adlerheer gewesen sein. Sie haben ja unser Lager mit Geschossen voller Feuerrosenöl in Brand gesteckt.»

«Ja, der Felljäger erzählte uns, dass das Adlerheer sich dort aufgehalten hatte, aber zum Glück sei es vor einigen Monaten davongezogen. Die Bewohner des Feuerrosentals hoffen, dass diese Leute niemals zurückkehren, denn sie haben dort viel Unheil angerichtet.»

416

«Das kann ich mir vorstellen. Ihr habt dem Felljäger aber nichts von uns, den größten Feinden des Adlerheers, erzählt?»

«Natürlich nicht, wir wussten von euch hier ja noch gar nichts, wir waren ein Jahr lang auf Reisen. Und auch sonst hätten wir nichts erzählt. Wie wir über unser ganzes Tal ja stets schweigen. Die Geheimhaltung ist ein strenges Gesetz der Weltkundigen. Für die Bewohner der Städte und Länder, mit denen wir Geschäfte machen, sind wir Händler ohne Herkunft.»

«Ich verstehe», sagte Luyánta. «Was war also mit dem Felljäger?»

«Wir verbrachten den Tag und die folgende stürmische Nacht am warmen Ofen der Waldmenschlein, die uns gastfreundlich bewirteten. Wir sprachen viel miteinander. Und der Felljäger erzählte uns, dass er vor wenigen Tagen durch ein Tal gekommen sei, wo eine große Schar von Kindern lebe, viele von ihnen blau- und rothaarig, und zwar lebten sie ganz allein dort, ohne einen einzigen Erwachsenen.»

Luyánta sprang von ihrem Stuhl auf. «Was sagst du?»

Auch Hypatia war erregt und erhob sich. «Die Faneskinder!»

«Hoffen wir es», rief Luyánta. «Was hat er erzählt? Wie ging es den Kindern?»

Der Weltkundige lächelte vorsichtig. «Gut, sehr gut. Das meinte zumindest der Felljäger. Die Kinder hätten sich am Rand eines Waldes einfache Behausungen errichtet und wüssten sich dort allein zu versorgen, wie ein erfahrener Bergstamm. Der Jäger blieb einen Tag bei ihnen, die Kinder luden ihn zum Essen ein, und er bedankte sich, indem er ihnen einige warme Felle und Pelze schenkte.»

«Wo war das? Hat er den Namen des Tals genannt?»

«Es war im Tal des roten Honigs.»

«Ist das weit von hier?»

«Zwei bis drei Tagesmärsche», antwortete Odker. «Für euch vielleicht vier oder fünf ...»

«Wir brechen sofort auf!», rief Luyánta. «Wir müssen sie finden!»

Aber sie sah sofort selbst ein, dass es ein törichter Plan war, zur hereinbrechenden Nacht ins verschneite Gebirge aufzubrechen. Im

417

Knochental wurde es ja auch jetzt, da man die Vorhänge vorsichtig beiseiteschieben konnte, nie wirklich dunkel. Aber die Berge lagen bereits in Finsternis. Dazu kam, dass die Weltkundigen sie warnten, im Gebirge liege hoher Schnee, und der Weg ins Tal des roten Honigs, der ohnehin über mehrere Gletscher führe, sei unter diesen Bedingungen ausgesprochen schwierig.

«Aber ist es unmöglich?», fragte Luyánta die Männer.

«Unmöglich nicht. Aber gefährlich.»

Luyánta und Hypatia waren sich einig, dass sie trotzdem versuchen mussten, so bald wie möglich zu den Kindern zu gelangen. Sie konnten sie nicht den Winter über allein dort lassen. Außerdem brauchten sie Gewissheit, ob es sich wirklich um ihre Kinder handelte. Cerbreë stimmte den Fanesfrauen zu und bot ihnen an, dass einer der zwei Weltkundigen sie begleiten sollte. Odker erklärte sich sofort bereit. Luyánta und Hypatia dankten ihm und seinem Gefährten Tesber, der kaum ein Wort gesagt hatte, sowie der Kanzlerin. Dann beschlossen sie, auch Laleh und Mizuel mitzunehmen, außerdem den zielgenauen Armbrustschützen Pibakú, der sich ja auf dem Roten Grat und danach mit Laleh oft bewährt hatte. Den erfahrenen Gracchus, diesen genauesten Kenner aller Berge und Täler, hätten sie natürlich auch gern mitgenommen, aber er war vor zwei Tagen mit einigen Kundschaftern wieder ins Tal der Enge und Weite gezogen.

Vom Fanesrat würden nach diesem Plan also nur Hyypiä und Hieronyma zurückbleiben. Luyánta und Hypatia einigten sich darauf, dass während ihrer und Lalehs Abwesenheit Silma und Pistior den Rat verstärken sollten; denn Pistior hatte sein Bett mittlerweile ungeduldig verlassen.

«Sollte ich morgen König Asver aufsuchen und um seine Zustimmung bitten?», wandte Luyánta sich an Cerbreë. «Immerhin sind wir seine Gäste.»

«Das ist nicht nötig», entgegnete Cerbreë. «Er würde dich im Moment auch gar nicht empfangen wollen.»

«Warum? Haben wir seinen Ärger erregt?»

418

«Nicht doch! Aber im Moment macht er den ganzen Tag lange einsame Spaziergänge in den Gärten des Palasts. Er hat solche Zeiten, es ist ganz normal für uns. Dann zieht er sich für eine Weile von allem zurück, auch von uns. Es ist seine alte Traurigkeit. Sie war eine Weile verschwunden, nun ist sie zurückgekehrt. So ist es immer wieder.»

«Wenn du erlaubst – und König Asver, natürlich! –, würde ich darüber gern mehr erfahren.»

«Warum nicht? Er selbst wird es dir sicherlich eines Tages erzählen. Vielleicht schon bald. Aber jetzt solltet ihr eure Aufmerksamkeit wieder dem morgigen Tag zuwenden.»

So wurde schließlich die nötige Ausrüstung besprochen und verabredet, dass man sich drei Stunden vor Sonnenaufgang am Palasttor treffen wollte. Durchs nie dunkle Knochental konnte man auch bei Nacht laufen, und zur Morgendämmerung würden sie dann das Knochental verlassen und ins verschneite Gebirge steigen.

Als sie das Kanzlerinnengemach verlassen hatten, begleitete die Schwertkämpferin ihre Königin noch zu deren Raum. An der Tür machte Hypatia ein nachdenkliches Gesicht. Luyánta bemerkte, dass das Farbenspiel in ihren Ringen unruhig war, flackernd.

«Was ist?», sagte sie.

«Nur ein Gedanke noch», antwortete Hypatia. «Wenn wir losziehen, sollten wir niemandem außer dem Fanesrat sagen, was unser Ziel ist. Es ist nicht gut, wenn es sich unter den Leuten herumspricht, bevor wir bei den Kindern sind und Gewissheit haben. Es würde sie nur unruhig machen und im schlimmsten Fall falsche Hoffnungen wecken.»

«Du hast recht. Aber ich habe den Eindruck, dass das noch nicht alles ist, was dir durch den Kopf geht, oder?»

«Du hast recht, Luyánta. Es geht mir auch darum, dass wir sichergehen müssen, dass niemand den möglichen Aufenthaltsort der Kinder an unsere Feinde verrät.»

«Aber der Köhler Harichl ist nicht mehr bei uns. Er ist wie vom Erdboden verschluckt.»

«Du kennst meine Zweifel in dieser Sache», sagte Hypatia. «Ich mag bis heute nicht daran glauben, dass Harichl uns verraten hat.»

«Dann wäre der Verräter noch unter uns.»

«Falls er nicht in der Schlacht gefallen ist. Auch das wäre immerhin möglich.»

«Ja.» Luyánta dachte einen Moment nach. «Aber wenn er noch bei uns wäre, könnte er Amian auch verraten, wo wir sind. Es verlässt zwar niemand ohne unser Wissen das Knochental. Aber er könnte sich zum Beispiel unseren Kundschaftern anschließen.»

«Bisher hat der Verräter jedenfalls offenbar immer einen Weg gefunden.»

«Ich kann daran nicht glauben», sagte Luyánta. «Es gehen ja nur die Allervertrauenswürdigsten auf Kundschaft aus.»

«Alle Fanesleute sind vertrauenswürdig», entgegnete Hypatia. «Also muss ein Vertrauenswürdiger der Verräter sein.»

«Wenn es nicht Harichl war.»

«Dem wir auch vertrauten.»

«Auch wahr», sagte Luyánta. «Du hast recht, Hypatia. Wir werden dem Fanesrat sagen, dass unser Ziel geheim bleiben muss. Sie sollen höchstens sagen, dass wir auf einer Jagd- oder Erkundungstour sind.»

Fünfter Teil: Das Tal des roten Honigs

Schon wieder Trussaner! Die Sonne war vor wenigen Minuten aufgegangen, als die sechs Wanderer die Höhengrenze erreichten, wo die Knochen enden und der Schnee beginnt. An dieser Linie, die etwas Unwirkliches hatte, blieben sie stehen und schauten noch einmal auf das unter ihnen liegende Tal. Winzig klein wirkte von hier die große Stadt mit König Asvers Palast im Norden.

Nach dem kurzen Blick zurück wandten die Wanderer sich nach vorn und nahmen ihre Augentücher ab – obwohl auch der Schnee im Sonnenlicht blendete, aber groß war ihr Bedürfnis nach ungefiltertem Tageslicht. Die vorher laue Temperatur sank, während sie weiterstapften, schlagartig ins schneidend Frostige. Zum Glück waren die sechs vorbereitet und legten bald ihre dicken Pelzjacken an. Alle waren sie mit Dolchen sowie Pfeil und Bogen ausgerüstet, nur Pibakú trug seine bewährte Armbrust auf der Schulter. Außerdem hatten sie zwei große Tragegestelle dabei: In dem einen, das ihr Bergführer Odker aufgeschnallt hatte, waren Seile, Gurte, Decken und allerlei Werkzeuge, die sie unterwegs benötigen könnten; in dem anderen Gestell, Mizuel trug es auf dem Rücken, befanden sich ihre Essensvorräte sowie ein Glutbehälter aus dünner Knochenrinde, der ein Stück glimmende Holzkohle enthielt. Laleh hatte dieses Gepäck dem keuchenden Mizuel schon abnehmen wollen, aber der hatte das nicht zugelassen. Nicht doch, keine Hilfe nötig! Hypatia und Luyánta schauten sich dabei unauffällig lächelnd an ...

Bei ihrem Marsch durchs windstille Tal und dem anschließenden Aufstieg hatten sie ununterbrochen das leise Knochenklackern unter ihren Stiefeln gehört, nun knirschte der Schnee, und sie sanken immer wieder ein. Bald befestigten sie unter ihren Füßen hölzerne Schneeschuhe, die Luyánta an Tennisschläger erinnerten. Es war

423

wirklich eine Menge Schnee, über den sie steil bergauf gingen. Und es würde wohl noch viel mehr werden, wie Odker sie warnte.

Aus der künstlich wirkenden Welt des Knochentals waren sie also in die verschneiten felsigen Höhen gekommen, die das Tiefland umschlossen. Und schon in dieser doch immer noch leblosen Gegend empfand Luyánta so etwas wie eine Wiedererweckung aus abgrundtiefem Frieden. Eine Art erleichtertes Aufatmen, so als wachte man aus einer umfassenden Ruhe auf, die zugleich todesähnliche Lähmung ist. Als hätte irgendjemand plötzlich Fenster an Körper und Seele geöffnet, und frischer Wind bliese herein – beglückend kalt.

Aber auch verwirrend war das, fast schwindelerregend: die Rückkehr aus der Zeitlosigkeit in die Zeit.

Nach zwei Stunden überquerten die Gefährten den Grat, der das Knochental vom umliegenden Gebirge abschnitt. Nun schauten sie in eine belebtere Landschaft: Weiter unten war eingeschneiter Wald zu sehen – ihr nächstes Ziel. Und die eigenartigen Empfindungen, die Luyánta beim Verlassen des Knochenbezirks gehabt hatte, nahmen zu. Es war dieses Winterächzen: Sie hörten das Knirschen ihrer Schritte auf dem Schnee, das Glucksen eines Bachs unter seiner Eisdecke, das Knacken der Lärchen, Fichten und Föhren, die sie bald erreicht hatten. Laleh schoss mit ihrer Steinschleuder lachend einen Eiszapfen von einem Ast. Luyánta hatte das Gefühl, dass es im Herzen ihrer Gefährtin genauso zuging wie in ihrem eigenen.

Es ist schön, wie der Schnee leise von den Fichtenzweigen rieselt. Und dass sie nun auch auf Tiere stießen: zunächst nur die Spur eines Schneehasen mit seinen gespreizten Hinterpfoten, dann ein davonflatternder kleiner Vogel, später ein Stück entfernt ein dickes Alpengürteltier, plump tapste es fort ins verschneite Unterholz.

Gegen Mittag waren sie schon weit gekommen und wieder in großer Höhe unterwegs. Sie gingen oberhalb einer ausgedehnten Schneefläche, auf die die Sonne fiel, die den Vormittag lang geschienen hatte. Es war richtig warm jetzt, eine ausgesprochen angenehme Bergtour.

«Unter dem Schneefeld liegt ein riesiger, nicht ungefährlicher

Gletscher», sagte Odker. «Wir überqueren ihn obenherum. Hinter der Bergkette dürfte uns dann noch tieferer Schnee erwarten.»

Doch ehe sie den Kamm erreichten, zog der Himmel sich überraschend schnell zu, und innerhalb kürzester Zeit begann es, stark zu schneien. Dazu wurde es sehr windig, die Schneeflocken schlugen den sechsen ins Gesicht. Sie stemmten sich gegen den Wind und kamen nur noch langsam voran.

«Irgendwas geht bei unseren Ausflügen immer schief», sagte Laleh mit zugekniffnen Augen zu Luyánta.

«Ich habe euch gesagt, dass es schwierig wird», rief Odker, der dicht vor ihnen ging. «Aber in einer Stunde erreichen wir eine kleine Höhle, da können wir uns unterstellen und notfalls auch die Nacht verbringen.»

«Gut, das schaffen wir», sagte Luyánta und drehte sich zurück, um zu sehen, ob noch alle da waren. Pibakú ging mit seiner Armbrust gleich hinter ihnen, aber Hypatia und Mizuel waren ein Stück nach hinten gefallen. Was offenbar an Mizuel mit der schweren Vorratskraxe lag.

«Jetzt langt's mir aber mit der Angeberei», schimpfte Laleh, stapfte hin und hatte gleich darauf die Kraxe auf ihren Rücken genommen. Den eingeschnappten Mizuel zog sie an der Hand hinter sich her. Es war zu erkennen, dass Hypatia trotz des unbehaglichen Schneetreibens Mühe hatte, ihr Lachen zu unterdrücken.

Odker hingegen ließ nicht zu, dass Luyánta oder Hypatia seine Kraxe mit der Bergausrüstung übernahmen. Er holte ein langes Seil heraus, mit dem sich jetzt alle sechs aneinanderknoteten. Denn der Schneefall wurde immer noch stärker, und aus der Tiefe zog nun dichter Nebel herauf, sodass man nicht mehr weiter als zwei oder drei Meter sehen konnte. Zum Glück schien Odker genau zu wissen, wo sie langmussten. Trotzdem scheute Laleh sich nicht, zu fragen:

«Aber du kennst den Weg schon, ja, Chef?»

«Sonst würde ich euch nicht weiter voranführen», antwortete Odker.

«Man sieht echt die Hand vor Augen nicht!», rief Laleh. «Keine Ahnung, was ich machen würde, wenn ich in diesem Mist allein unterwegs wär.»

«Zum Glück bist du nicht allein!», sagte Mizuel. «Wir werden schon auf dich aufpassen.»

«Das ist lieb», antwortete Laleh. «Aber pass du erst mal auf dich selber auf!»

In diesem Moment blieb Odker plötzlich stehen und gab seiner Gruppe ein Zeichen, anzuhalten und still zu sein. Einen Moment standen sie schweigend, dann flüsterte Odker:

«Ich meinte, ich hätte etwas gehört.»

«Und ich meine, dass ich etwas *rieche*», wisperte Laleh.

Und da merkten es alle. Auf einmal lag nämlich ein erbärmlicher Gestank in der Schneeluft, die auf sie zu wehte, nach verschmortem Gummi und verbrannter Milch. Und einen Augenblick später tauchten aus dem Schneenebel verschwommen mehrere hässliche, haarige Visagen auf, dicht vor ihnen. Sie kamen direkt auf sie zu.

Nur eine Sekunde später hatten die Trussaner auch die Wanderer bemerkt. Aber da rief Luyánta schon: «Ab nach rechts, den Hang rauf!» Denn die Aussichten, den klobigen Trussanern davonlaufen zu können, waren vermutlich bergauf besser als bergab. Außerdem wollte Luyánta lieber nicht auf den Gletscher kommen, der unter ihnen sein musste, wenn auch unter dickem Schnee.

Sie hatten durch ihren abrupten Haken einige Meter gewonnen, aber aneinandergeseilt und mit den Schneeschuhen war das Laufen kein Kinderspiel. Und die Trussaner folgten ihnen dröhnend durch den Schneenebel. Wie viele mochten es sein? Vielleicht lohnte es ja, gleich stehen zu bleiben und sie mit ein paar Pfeilen zu begrüßen? Sie selbst waren ja immerhin zu sechst.

Doch das polternde Stimmengewirr hinter ihnen wies darauf hin, dass es mehr als sechs sein mussten. Erheblich mehr. Das wunderte Luyánta, sie hatte immer gedacht, dass diese vermaledeiten Räuber nur in kleinen Grüppchen durchs Gebirge strolchten. Sie erinnerte sich, was Odker gestern Abend erzählt hatte: dass die Trussaner gerade in Unruhe waren und in größeren Trupps in eine bestimmte Richtung unterwegs zu sein schienen. Was war da los?

Um gründlicher darüber nachzudenken, saßen ihnen die Kerle allerdings gerade zu dicht im Nacken.

«Déjà-vu!», rief Luyánta der neben ihr rennenden Laleh zu.

«Was heißt das, du Wichtigtuerin?», japste Laleh zurück.

«Schon wieder dieselbe Scheiße!»

Das Seil hatte den Vorteil, dass keiner der sechs verloren gehen konnte, aber natürlich barg es die Gefahr, dass alle festhingen, falls einer stolperte oder nicht mehr konnte. Allerdings zeigte sich, dass sie alle eine gute Ausdauer hatten.

Als sie nach einigen Minuten stehen blieben, hörten sie die Trussaner nicht mehr.

«Vielleicht haben wir sie abgeschüttelt», flüsterte Mizuel.

«Im Schnee?», entgegnete seine Mutter. «Solche Spuren können selbst Trussaner lesen.»

«Aber wir haben einen Vorsprung rausgeholt», sagte Luyánta. «Lasst uns schnell weiterziehen. Wenn der Vorsprung größer wird, deckt der Schnee unsere Spuren zu. Insofern ist der starke Schneefall ein Glück für uns.»

«Ja, wenn man's so nimmt», sagte Laleh. «Na, dann mal weiter. Und alle Augen und Ohren offen halten, und vor allem die Nasen!»

Odker gab wieder die Richtung vor, in der sie zu ihrem Ziel, der schneesicheren kleinen Höhle, gelangen würden. Ihr Tempo blieb zwar hoch, aber jetzt doch so, dass sie währenddessen leise miteinander sprechen konnten.

«Warum macht der Schnee die Trussaner eigentlich nicht fertig?», sagte Luyánta zu Laleh und Hypatia. «Die Strolche vertragen doch kein Wasser. Das letzte Mal, als wir welchen begegnet sind, plumpsten sie in einen Fluss, es gab ein grausiges Zischen, und Schluss.»

«Ja, ekelhaft», sagte Laleh.

«Wenn sie in einen Fluss fallen, dann ist es klar», meinte Hypatia. «Und wenn es ein richtiger Sturzregen ist, dann sind sie auch geliefert. Aber ein leichter Nieselregen reicht leider nicht aus, sonst wären sie ja längst ausgestorben. Und den Schnee können sie abschütteln, der erreicht ihre glühenden Kohleherzen nicht so schnell. Außerdem hatten sie geölte Umhänge an, hast du nicht gesehen? Die sind wasserdicht.»

«Womit ölen sie die?», fragte Mizuel von hinten.

«Wahrscheinlich mit Murmeltierfett», antwortete Hypatia.

«Ah, ich hasse diese Trussaner-Arschgeigen», rief Laleh. «Solche Viecher! Wer einem Murmeltier nur ein Haar krümmt, den könnte ich ... Ich wünschte, ich könnte sie alle mit meiner Schleuder erledigen, einen nach dem anderen.»

«Kann ich verstehen», sagte Luyánta, «aber sprich bitte trotzdem leiser.»

So eilten sie auf den Schneeschuhen weiter. Jeder hielt einen Pfeil im gespannten Bogen bereit, Pibakú in seiner Armbrust. Aber keine Spur mehr von den Trussanern.

Endlich ließ der Schneefall nach, sodass man wieder weiter schauen konnte; und schließlich gelangten sie auch aus dem Nebel heraus. Ein Stück vor ihnen, vielleicht noch eine halbe Stunde entfernt, sahen sie nun eine senkrechte Felswand, auf deren rechter Seite ein Wasserfall herabströmte, um unten im Schnee zu verschwinden.

«An dieser Wand befindet sich die Höhle, von der ich gesprochen habe», sagte Odker und löste das Seil, das sie aneinanderband. Jetzt konnte wieder jeder für sich gehen. «Wir sollten dort die Nacht verbringen, auch wenn der Schneefall vorbei ist. Denn wir haben durch die Flucht einen weiten Umweg gemacht, wir sind müde, es wird schon spät.»

«Wo ist denn diese Höhle?», sagte Luyánta. «Ich kann nichts entdecken.»

«In etwa hundert Meter Höhe. Nur ein kleiner Unterschlupf. Wenn man den Weg kennt, kann man hinaufklettern. Es ist etwas unangenehm, aber lässt sich machen.»

«So ein Abendprogramm hat mir gerade noch gefehlt», seufzte Laleh.

428

«Das schaffen wir schon», sagte Mizuel aufmunternd.

«Hoffentlich», brummte Laleh. «Notfalls trag ich dich.»

«Pass auf, was du sagst», warf Luyánta ein, «sonst täuscht er noch einen Schwächeanfall vor, damit du's wirklich tust!»

Sofort bereute sie ihren Witz, als sie sah, wie Mizuel schon wieder knallrot wurde. Irgendwann, dachte sie, musste man ihm dieses ewige Erröten mal austreiben. Das hatte er doch gar nicht nötig, ist doch ein nettes Bürschchen; und ein Blinder sah ja, wie gern Laleh ihn mochte.

«Wenn ihr euer Getändel mal für eine Sekunde unterbrechen könnt», sagte Hypatia, «dann haltet doch mal eure Nasen in die Luft und schnuppert.»

«Nicht nötig. Da sind sie schon!», rief Pibakú und zeigte auf die Nebelwand, die ein Stück bergab waberte – und schon schoss er seine Armbrust in diese Richtung ab. Denn aus dem Nebel kam in diesem Moment eine Horde Trussaner hervor, laut röhrend und trampelnd.

«Das sind, äh – viele», sagte Laleh.

Auch die anderen schossen ihre Pfeile ab, und zwei oder drei Trussaner stürzten getroffen in den aufstiebenden Schnee. Aber ein Kampf hatte wohl kaum einen Sinn. Denn es war eine riesige Rotte, die da auf sie zugetrampelt kam, bestimmt hundert Zottelkreaturen, vorwiegend Männer, aber auch einige Frauen, die hatten ebenfalls kahle Quadratschädel, stachlige Augenbrauen, glutrote Augen – nur die Bärte fehlten ihnen (dafür hatten sie bestimmt auf den Zähnen umso mehr Haare, dachte Luyánta). Viele waren mit Pfeil und Bogen bewaffnet, und sie schwangen Keulen, Äxte, lange Dolche.

«Jetzt stimme ich deinem dicken Murmeltier doch mal zu», sagte Hypatia zu Luyánta.

«Worin?»

«Dass Fliehen das Beste ist. Aber wohin?»

Es blieb ihnen nur der Weg auf die Felswand zu, denn von unten kamen ja die Trussaner über den Schnee herauf. Aus ihren Reihen

429

sausten bereits Pfeile zu ihnen, in altbekannter besoffner Manier zwar hoch über ihre Köpfe – aber wenn erst mal die ganze ungeschlachte Bande über sie käme, würden die Kerle sie schon abzuschlachten wissen. War es vielleicht doch das Beste, sich direkt in den Kampf zu stürzen?

Luyánta wandte sich um und schaute die deprimierend steile Wand mit dem Wasserfall an. Da säßen sie wirklich wie die Mäuse in der Falle.

«Was meinst du?», sagte Laleh. «Auf sie mit Gebrüll?»

«Denen werd ich's schon zeigen!», brüllte Mizuel, fletschte die Zähne und schoss einen weiteren Pfeil ab, der einen besonders klobigen Trussaner mitten in die Stirn traf.

«Bravo», sagte Pibakú. «Ich fürchte nur, es sind so viele, dass unsere Pfeile auch dann nicht reichen, wenn jeder Schuss so gut trifft.»

«Ich habe eine Idee», rief Luyánta, «mir nach!»

Und schon rannte sie los, auf die hoffnungslose Bergwand zu.

Unterm Eis

Obwohl die anderen nicht wussten, was Luyánta vorhatte, folgten sie sofort. Schnell waren sie vor der Wand angekommen, dort, wo der Wasserfall an bizarren Eiszapfen und -zacken entlang ins Schneefeld stürzte, glucksend und sprudelnd in einer Art Becken. An den Rändern lag dickes Eis, aber in der Mitte war das Wasser offen, wahrscheinlich, weil es so schnell floss – rasant unters Eis und die meterhohe Schneedecke.

«Äh, was genau hast du vor?», fragte Laleh mit skeptischem Gesicht.

Dabei schauten sie alle zu dem brutalen Trussanerpulk hin, der ihnen nachgetrampelt kam.

430

«Na los!», rief Luyánta. «Was so flott reinfließt, fließt auch irgendwo wieder raus.»

«Bist du sicher?», meinte Laleh. «Das Wasser wird auf jeden Fall saukalt sein.»

Mizuel schaute zu den näher rückenden Trussanern: «Wenn wir's warm haben wollen, müssen wir nur auf die da warten.»

«Na gut!», sagte Laleh. «Probieren geht über krepieren. Aber mit Kraxe auf dem Rücken wird das nix.»

Das stimmte, der Zugang unters Schneefeld war eng, gerade so, dass ein schlanker Mensch hineinkäme. Laleh und Odker nahmen rasch die Tragegestelle ab, während Pibakú und Hypatia schon ins Wasser stiegen, Zähne zusammenbissen und Köpfe senkten, um sich vom Bach unter das Schneefeld mitreißen zu lassen. Odker folgte ihnen, die Kraxe mit der Bergausrüstung vor sich haltend. Dann schob Laleh ihre Trage ins Wasser und ging ebenfalls rein, begleitet vom besorgten Mizuel. Ob er Laleh im eiskalten Strom beschützen wollte oder ob es eher so war, dass er selbst sich in ihrer Nähe sicherer fühlte, war nicht zu sagen. Vielleicht beides.

Ein Pfeil trudelte über den Kopf von Luyánta, die noch einen Blick auf die Trussaner warf: Jetzt waren diese Grobiane fast da, aber sie trafen immer noch nicht. Luyánta streckte ihnen die Zunge raus und hüpfte als Letzte ins Wasser. Die Kälte zerschnitt ihr fast die Beine, dann war sie schon bis zur Brust ins frostige Nass eingetaucht, und sofort zog es auch sie unter die Schneedecke. Kurz wandte sie noch den Kopf und sah, dass zwei zornblinde Trussaner, komplett von Sinnen, ihr nachsprangen. Da gab es ein grausiges Zischen, Fauchen, Gären, und dicker dunkler Qualm schoss raketengleich aus dem Wasser auf. Ein Teil der Schneedecke stürzte ein und fiel vor den Zugang, in den die Flüchtenden sich gewagt hatten.

Nun kam Luyánta sich vor wie in einem hungrigen Schlund. Sauste durch den schummerlichtigen Eiskanal. Wäre es nicht so grauenhaft kalt, würde es geradezu Spaß machen. Wohin würde das Wasser sie tragen? Irgendwo musste es ja rauskommen. Hoffentlich ... Dann müssten sie das Beste aus ihrer durchnässten Lage machen. Aber erst mal stieß sie sich mit ihren Armen und Füßen vom steinigen Boden des Sturzbachs und den harten Eiswänden ab, um sich nicht zu verletzen, aber auch um sich warm zu halten. Plötzlich musste sie den Kopf einziehen, weil die Schneedecke dicht über dem Wasser hing ... und kurz darauf sogar untertauchen, um durchzukommen. Dahinter hob sich das Dach des Kanals dann wieder.

Mehrmals bemerkte Luyánta nun in der düsteren Höhe über ihrem Kopf kurz aufblitzende Lichtflecken. Was hatte das zu bedeuten? Waren es etwa Risse in der massiven Schneedecke, durch die Tageslicht hereinfiel? Oder verlor sie schon die Besinnung vor Kälte? Halluzinationen, Erfrierungsflimmern? Das konnte ja heiter werden ...

Sie versuchte, schneller voranzukommen, um die anderen vor ihr zu erreichen. Sehen konnte sie nichts von ihnen und hören auch nicht, dazu rauschte das Wasser zu laut. Wenn es noch lang so weiterging, wäre es vielleicht doch besser gewesen, sich von den Trussanern abmurksen zu lassen.

Auf einmal hatte sie das Gefühl, dass es über ihr ein wenig durchschien. Wurde die Schneedecke hier schon so dünn, dass Licht hereinfiel? Aber dieses Eisdach wirkte überhaupt nicht dünn, sondern im Gegenteil schwerer und massiver denn je, ein Panzer wie das Eis der Arktis. Trotzdem war es, als leuchtete irgendwas hindurch. Oder würde zumindest sichtbar, zeigte sich, auch ohne wirklich zu leuchten. Denn was sie da erahnte, war ja durch und durch unerleuchtet grau, trostlos schiefergrau und eckig: ein schwerer Keil im Eis, hineingebohrt durch Zaubergewalt. Er war ja riesig, dieser Turm, eine Festung, viele Stockwerke hoch und voller schmaler Fenster, hunderter und tausender Schlitze. Direkt über Luyánta war die Turmfestung und doch ewig weit weg. Je weiter der Turm sich entfernte, desto größer wurde er. Sie konnte auf einmal hineinsehen, oder es spiegelte sich vor dem Turm, was darin war: Drachen, die gefesselt und erwürgt wurden, und in Wände gebannte Masken mit großen Insektenaugen – Fluchgefangene des nahen, fernen Turms.

Und dann meinte sie, Mäxchen und Valentin zu sehen. Auch sie

432

in dem Turm. Eingesperrt, verzweifelt. Was hatte das zu bedeuten? Drehte sie durch im eisigen Wasser?

Denn Luyántas Arme und Beine brannten vor Kälte, in ihrem Kopf sauste und brauste es wüst, dann wurde ihr wieder pechschwarz vor Augen. War das nur die alte Dunkelheit des Eiswassertunnels, oder verlor sie schon das Bewusstsein?

Würde sie ertrinken oder erfrieren?

In diesem Moment bemerkte sie wieder Licht, diesmal aber nicht über, sondern vor sich, bachabwärts. Sie trieb direkt darauf zu. Je näher sie kam, desto größer und heller wurde das Licht. Sie erkannte querstehende Eiszapfen am Wasser, eine Art Steg auf Pfählen, und dahinter eine Einbuchtung ins Eis. Auf dem Eispfahlsteg kauerten zwei Gestalten, die eine dritte an den Händen hielten: Es waren Pibakú und Hypatia, die eben Odker aus dem Wasser zogen.

Aber sie schauten alle nicht zu der nachkommenden Luyánta, sondern tiefer hinab in den immer abschüssigeren Eistunnel, in den das Wasser fortströmte. Wo waren Laleh und Mizuel? Schon erreichte Luyánta die Stelle mit den Eispfählen. Dort fiel tatsächlich Tageslicht herein, vom Himmel, denn es gab eine Öffnung im Eis über dem Spalt. Aber diese Öffnung war sehr weit oben, unerreichbar hoch wirkte sie.

Luyánta griff nach einem über den Bach ragenden dicken Eiszapfen, ihre Hände waren tot und taub, aber sie schaffte es, sich festzuklammern. Sie versuchte, die Füße in den Grund des Bachs zu stemmen; aber er war an dieser Stelle zu tief.

Dann entdeckte sie Mizuel und Laleh. Die beiden waren offenbar an der rettenden Stelle vorbeigetrieben, doch kurz darunter hatten sie ihr Forttreiben gestoppt. Mizuel befand sich dicht hinter Laleh und hielt sie mit ausgestrecktem Arm am Kragen fest; die Hand seines anderen Arms umfasste den Griff des Dolchs, der in der Eiswand steckte.

«Laleh wurde an uns vorbeigerissen, sie konnte sich nicht festhalten», rief Hypatia zu Luyánta, die sich an dem Eiszapfen schon halb hochgezogen hatte. «Da hat Mizuel auch wieder losgelassen und

433

sich ihr nachtreiben lassen, und dort hat er sie zu fassen bekommen und sein Messer in die Wand geschlagen. Jetzt versucht er, sie und sich selbst gegen die Strömung zurückzuzerren.»

Odker und Pibakú waren unterdessen bei Luyánta, um auch sie aufs Trockene zu hieven – aber Luyánta ließ kurzentschlossen den Eiszapfen los, sodass das Wasser sie wieder mitriss – bis zu Mizuel und Laleh. Sie musste dorthin! Im Treiben zog sie ihren eigenen Kurzdolch aus dem Gürtel und hackte ihn, als sie dicht hinter Mizuel war, mit aller Gewalt in die Eiswand. Er hielt. Mizuel hatte es währenddessen geschafft, seinen Griff von Lalehs Kragen unter den Arm zu verlagern, sodass er sie hielt wie ein Rettungsschwimmer. Mit der anderen Hand hielt er sich weiter am Dolch fest.

Unter großer Mühe schob Luyánta, immer mit einer Hand an ihrem Dolch, den Ellenbogen ihres anderen Arms durch den Bogen, den sie quer trug. Als sie das geschafft hatte, klemmte ihr der Bogen am Hals.

Noch ein Stück näher zu Mizuel ... «Fass den Bogen!», rief sie, und Mizuel begriff, ließ seinen Dolch los und packte den Bogen. Das versetzte ihr einen Ruck, auf einer Seite drückte das Holz auf ihren Hals, auf der anderen schnitt die Sehne hinein. Aber Luyánta ließ nicht los. Stattdessen streckte sie den anderen Arm, bis sie Mizuels Dolch erreicht hatte, und zog ihn mühsam aus der Eiswand, um ihn gleich darauf hinter ihrem eigenen Dolch erneut in die Wand zu sto-ßen. Dann zog sie diesen heraus und trieb ihn in die Wand, nun ein Stück hinter Mizuels. Der Gefährte hielt währenddessen mit einer Hand den Bogen fest, mit dem anderen Arm Laleh.

So zog Luyánta die beiden und sich selbst Stück für Stück bach-aufwärts, der rettenden Stelle entgegen. Dort streckte ihnen Odker, der Längste von allen, seinen Bogen entgegen; Hypatia und Pibakú hielten ihn dabei fest. Und mit vereinter Kraft zogen sie erst Laleh, dann Mizuel, dann Luyánta an Land.

Wenn man es *Land* nennen mochte. Denn es war ja nichts als Eis. Dieser Eisspalt verlief einige Meter weit in die Wand hinein, wo die Höhlung im Dunkel verschwand. Aber so groß der Spalt war, so tief war er hier unten leider auch, erst in deprimierender Höhe sah man eine schmale Öffnung und darüber ein kleines Stück leuchtendes Abendrot. Beinah erhaben könnte man diesen mächtigen Schnitt im Eis finden, dachte Luyánta – wenn man nicht darin festsäße. Sie hockten hier auf querstehenden Eiszapfen, die wie riesenhafte Kristallpfropfen waren. Furchtbar glatt die Wände, an Hochkommen war nicht zu denken. Sollte man es noch mal mit den Dolchen versuchen? Aber welche Höhe!

«Wir stecken im Gletscher», sagte Odker, im Ton einer sachlichen Mitteilung.

Erst jetzt spürte Luyánta wieder die Eiseskälte. Den anderen musste es genauso gehen. Sie waren ja alle durchnässt.

Am schlimmsten schien es Laleh erwischt zu haben, sie war komplett benommen und zitterte heftig. Mizuel und Hypatia massierten ihr Arme und Beine, während Odker ein großes, mit Leder umschlossenes Bündel aus seinem Tragegestell holte. Er öffnete das Bündel und holte mehrere eng zusammengelegte, grobe Wolldecken heraus.

«Wir haben Glück», sagte er, «die Decken sind trocken geblieben.»

«Wohl eher dein Können als Glück», sagte Luyánta. «Diese Kraxe hast du also auch gerettet.» Ein Hoffnungsschimmer, denn darin waren ja auch einige Werkzeuge und Seile, mit denen sie einen Rettungsversuch aus der Gletscherspalte versuchen konnten. Aber erst mussten sie wieder richtig warm werden. Luyánta nahm eine Decke und brachte sie zu Laleh.

«Gut», sagte Hypatia. «Wir müssen sie sofort darin einwickeln. Aber zuerst die nassen Sachen aus.»

Mizuel wurde knallrot, das war selbst hier in der Gletscherspalte zu sehen.

«Das machen wohl wir beide», sagte Luyánta zu Hypatia, während Mizuel sich hastig umdrehte. Wellen von Sorge und Mitleid schossen durch Luyánta, während sie die Kleider vom Körper der frostzitternden Freundin nahm. So schnell und dicht es ging, hüllten sie die trockene Decke um Laleh.

Erst da schaute Mizuel sie wieder an und griff sofort wieder nach Lalehs Händen, um sie warm zu klopfen und zu massieren. Plötzlich rief er: «Da!»

Denn Laleh schlug die Augen auf. Kurz sah sie sich um, lächelte für eine Sekunde Mizuel an.

«Du hast mich ja fast erwürgt im Wasser, Mizuel», sagte sie leise zu ihm, «aber danke.»

Dann schaute sie Luyánta an und flüsterte: «Lu, ich sag's, wie's ist, mit dir kommt man von einer Patsche in die nächste.»

Begegnung im Gletscher

Alle hatten nun ihre nassen Kleider ausgezogen, sich in die Decken gewickelt und hockten jetzt eng zusammen, um sich aufzuwärmen. Beinah kuschlig war das, auch wenn die Gesamtlage sich unbehaglich anfühlte. Während Odkers Trage gerettet war, hatte Laleh ihre Kraxe mit den Essensvorräten und dem Glutbehälter nicht festhalten können, sie war vom Wasser fortgerissen worden. Die Seile und einige Werkzeuge, über die sie verfügten, schienen nicht ausreichend, um die hohe, glatte Eiswand bis zur Öffnung zu überwinden. Zudem verengte der Schacht sich nach obenhin stark, sodass man einen Überhang kletternd überwinden müsste (falls man überhaupt so weit kam). Trotzdem mussten sie es versuchen.

Was blieb ihnen auch übrig? Falls es nicht gelang, irgendwie oben hinauszukommen, konnten sie sich nur ins Wasser zurückbegeben. Stromabwärts, und Odker wusste wohl, dass der Bach unterhalb des Gletschers als Wasserfall wieder herauskam. Aber die Aussicht auf einen Sturz diesen Wasserfall hinab war wenig verlockend. Überdies konnte der Weg von Eis verbarrikadiert sein, das dann zur tödlichen Falle würde – zu einer Sackgasse, in der man jämmerlich ersoff.

Ihnen wurde klar, dass sie bisher immenses Glück gehabt hatten. Auch wenn es ihnen gerade nicht so vorkam.

Erst nachdem sie sich, so gut es ging, aufgewärmt und immer betretener zur Öffnung hinaufgeschaut hatten, fingen sie an, sich auch hier unten umzusehen. Es war wie in einer Gefängniszelle, die man erst genauer untersucht, wenn man eine Weile sinnlos das vergitterte Fenster angestarrt hat. Zunächst, wenn man aus der Dunkelheit kam, schien die Spalte hier hell. Aber je länger man drinsaß, desto schattiger war sie dann doch. Außerdem wurde es draußen Nacht.

Unter der Öffnung lag einiger Schnee auf dem Eis. Trotz des nur noch schwachen Lichts war zu erkennen, dass der Raum hier größer war, als es auf den ersten Blick gewirkt hatte. Er führte ums Eck noch ein Stück ins Eis hinein. Luyánta zog ihre Decke enger um sich und stand auf, um sich anzusehen, wie weit es wohl ging. Sie hoffte zwar nicht ernsthaft darauf, einen gemütlichen Gang durch den Gletscher hinaus zu finden oder gar eine Eistreppe nach oben. Aber nachschauen konnte ja nichts schaden.

Doch nach ein paar Schritten blieb ihre Aufmerksamkeit an etwas anderem hängen: Auf Höhe ihres Knies war nämlich ein Stück Felsen in der Eiswand zu sehen. War das ein einzelner, ins Eis eingeschlossner Stein? Oder gehörte es womöglich zum massiven Fels, auf dem der Gletscher lag?

Während sie den Stein noch betrachtete, hatte sie auf einmal das seltsame Gefühl, irgendjemand oder etwas starrte sie an. Sie wandte den Kopf zur Seite und sah mit Schrecken, dass aus dem Dunkel in der Ecke des Eisraums zwei Augen sie anblickten. Tiefschwarze Augen. Vermutlich hatten diese Augen sie und die anderen schon die ganze Zeit beobachtet. Sie alle hatten es nicht bemerkt, so beschäftigt waren sie gewesen; und so dunkel diese Augen. Aber jetzt sah Luyánta, dass das tiefe Schwarz dieser Augen kraftvoll leuchtete. Sie kannte diese Augen. Die Augen eines großen Tiers.

Langsam und vollkommen lautlos kam die Oberste Wölfin aus ihrem Versteck im Winkel des Eisspalts hervor. Sie trat auf Luyánta

437

zu, und Luyánta erinnerte sich, wie sie sich schon einmal angesehen hatten. Am Ende eines blutigen Kampfs.

«Du hast keinen Mucks von dir gegeben, Wolfskönigin», sagte Luyánta, keinen Schritt zurückweichend.

«Du hast nur nicht richtig hingehört, Faneskönigin», antwortete die große graue Wölfin mit knurrender Stimme, «sonst hättest du mein Atmen gehört. Aber so ist es Menschenart. Ihr hört nie richtig hin.»

«Wirst du uns angreifen? Du musst Hunger haben, falls du schon länger hier drinsteckst.»

«Seit zwei Tagen. Für einen Wolf sind zwei Tage Hunger nicht viel. Allerdings habe ich schon vorher tagelang nichts gefressen. Habt ihr Blindköpfe euch nicht gefragt, warum über der Gletscherspalte kein Schnee liegt? Solche schmalen Schlitze sind normalerweise von Schneewehen bedeckt. Dort bin ich eingebrochen.»

Ihre schwarz leuchtenden Augen schauten Luyánta unverwandt an.

«Wozu sollte ich euch angreifen? Ihr seid zu sechst. Und auch wenn ich euch allen die Kehlen durchbeiße, komme ich hier nicht heraus.»

«Gibt es keinen Ausweg?»

«Ich habe jedenfalls keinen gefunden. Und nun, Faneskönigin? Werdet *ihr* denn *mich* angreifen? Mein Wolfsfleisch kann euch immerhin ein paar Tage ernähren.»

«Aber wir kommen hier ebenfalls nicht raus, auch wenn wir dich töten. Du hast also recht, Wolfskönigin. Wir können einander ebenso gut verschonen. Wie konntest du aber nur hier reingeraten?»

«Wir hetzten eine Schar Gämsen über das Schneefeld. Normalerweise jagen wir nicht in solchen Höhen. Aber mein Rudel hungert, deshalb bin ich ihm vorangezogen, hierherauf.»

«Findet ihr denn in den Wäldern im Tal nicht mehr genug Beute? Ausgerechnet ihr, die besten Jäger?»

«In den verschneiten Wäldern ist es neuerdings ungemütlich geworden. Es wimmelt dort seit einigen Wochen von Trussanern.

438

Meilenweise lassen sie gerade Wälder verglühen, und sie schlachten uns Wölfe, um unser Fleisch zu fressen und unser Blut zu trinken. Warum tun sie das, Faneskönigin? Kannst du, die du doch so klug bist, es mir erklären? Die Trussaner waren immer lächerliche Einzelräuber, die wir nicht fürchten mussten. Warum rotten sie sich jetzt zu riesigen Rudeln zusammen, als wären sie selber Wölfe?»

«Ich hab keine Ahnung. Auch wir sind vorhin einem Haufen Trussaner begegnet. Wir konnten ihnen gerade so entkommen, aber auf der Flucht sind wir hier gelandet.»

«Und ich bin durch den Schnee über diesem Spalt gebrochen, als ich dicht hinter einer versprengten Gämse war. Der Rest meines Rudels war weit entfernt von mir, sie haben mich hier nicht gefunden. Und selbst wenn, was hätten sie tun sollen? Nun müssen sie also anführerlos durchkommen. Aber das werden sie schaffen.»

Die anderen fünf, die noch immer beisammenhockten, hatten nach dem ersten Schreck, als sie die Wölfin bemerkten, Luyántas Gespräch mit ihr aufmerksam zugehört. Es war ihnen nicht unrecht, als die Wölfin auf Luyántas Aufforderung zu ihnen kam und sich in den Kreis einschmiegte; denn der Körper der Wölfin war warm, fast wie ein Ofen.

«Kuscheln mit einer Wölfin», sagte Laleh zu Luyánta, mit der sie Schulter an Schulter saß, «bei dir erlebt man wirklich was.» Und zur Wölfin an ihrer anderen Schulter: «Freut mich. Das gehört zu den Sachen, die ich immer mal machen wollte, obwohl ich es nie wusste.»

«Ganz meinerseits», knurrte die Wölfin und fletschte die scharfen Zähne, «auch wenn ihr einen stechenden Geruch nach Mensch habt. Wie haltet ihr das bloß aus?»

Später standen sie auf und gingen ein paar Schritte herum. Was konnten sie schon tun, nackt unter ihren Decken? Ihre nassen Kleider und Schuhe hatten sie auf dem Eis ausgebreitet, obwohl hier wenig Aussicht bestand, dass sie trockneten. Sie konnten froh sein, dass sie die immerhin hatten. Weil man mit nackten Füßen nicht lange auf dem Eis stehen konnte, setzten sie sich bald wieder zusammen und zogen ihre Beine, so eng es ging, in ihre Decken.

Dann aber gaben Luyánta, Odker und Hypatia sich einen Ruck, verknoteten ihre Decken unter dem Kinn und machten den Versuch, mit Hilfe von Dolchen und Seilen an der hohen Eiswand aufwärtszukommen. Aber weit schafften sie es nicht, es war schnell zum Scheitern verurteilt.

Die anderen sahen ihnen fast teilnahmslos zu. Allmählich breitete sich Hoffnungslosigkeit aus. Sie waren in dieser Gletscherspalte gefangen, es war nicht ersichtlich, wie sie hier jemals wieder herauskommen sollten.

Als sie wieder im Kreis saßen, lehnte Luyánta sich eng an Laleh, die sie liebevoll ansah, in ihren Augen schien die Hoffnung ungebrochen. Das hatte eine wärmende, beruhigende Wirkung auf Luyánta: Wie gut tat doch diese alte Vertrautheit, die sich durch nichts erschüttern ließ. Wenn sie zugrunde gingen, dann wenigstens gemeinsam. Wenn einem nur die Nasenspitze nicht so kalt wär dabei.

Luyánta hatte ihr Kinn auf die Brust gesenkt und war fast eingedämmert, als sie plötzlich spürte, wie die Wölfin sich aus dem Kreis erhob. Kein anderer bemerkte es, denn das Raubtier bewegte sich, als wäre es ein körperloser Geist. Was für eine Leichtigkeit und Anmut für ein Tier von tödlicher Kraft, dachte Luyánta und sah reglos zu, wie die Wölfin auf leisen Pfoten zu der Stelle schlich, wo sie sich vorhin versteckt gehalten hatte.

Dann sauste plötzlich ihre Schnauze zu Boden. Sie hatte etwas geschnappt und verschlang es.

Luyánta hob den Kopf und flüsterte: «Was tust du da?»

«Ein Hungerhappen», knurrte die Wölfin. «Eine Maus.»

«Eine Maus?» Luyánta stand verwundert auf. Nun waren auch die anderen aufmerksam geworden und hoben ihre Köpfe. «Bist du sicher?»

«Ich werde wohl wissen, wie eine Maus schmeckt, Faneskönigin. Ihr Blut ist von einer unverkennbaren Süße.»

«Sicher, sicher. Aber wie ist die Maus hier reingekommen? Sie wird ja kaum über den Gletscher spaziert und versehentlich gestürzt sein, nicht?»

440

«Vielleicht hat ein Raubvogel sie fallen lassen, der über den Gletscher flog», antwortete die Wölfin, «so was kommt vor. Allerdings lebte die Maus noch. Sie trippelte übers Eis.»

Dann senkte das graue Tier seinen langen Schädel, als wäre ihm etwas eingefallen. Es ging auf die kleine Felsenstelle inmitten des Eises zu, die Luyánta vorhin schon bemerkt hatte.

Luyánta trat zu der Wölfin, die sich mit den Vorderbeinen zu Boden ließ und ihre Pfote unter eine kleine, unebene Stelle im Stein steckte, als wollte sie etwas hervorholen.

«Es geht dort unter den Stein», sagte die Wölfin.

«Wirklich?», rief Luyánta. «Lass mich mal fühlen.»

Die Wölfin zog ihre Pfote zurück, und Luyánta steckte ihren Zeigefinger hinein, so weit es ging.

«Tatsächlich. Da ist ein Loch im Stein. Vielleicht ein Gang.»

«Vielleicht aber auch nur eine Kuhle», knurrte die Wölfin.

«Aber irgendwo muss diese Maus ja reingekommen sein. Wenn es nicht der Raubvogel war, wie du vermutet hast.»

«Wer weiß», antwortete die Wölfin. «Aber man müsste eine Maus sein, um hineinzukriechen und zu sehen, wie weit es geht. Oder ein Murmeltier, das könnte sich vielleicht gerade so noch dort reinquetschen.»

Im Berg der Murmeltiere

Das Murmeltier flitzte wie um sein Leben. Sein weißes Fell war zerfleddert und die Haut darunter zerschnitten und zerschrammt, als es sich mit äußerster Kraft durch die enge Öffnung im Felsen gezwängt hatte. Eine Maus war man nun eben doch nicht! Bald hinter der Öffnung aber wurde der Gang größer, sodass auch ein Murmeltier vorwärtsrennen konnte.

Wie tief mochte es wohl schon im Berg sein?

Trotz der Zerzausung war dem Murmeltier überhaupt nicht kalt, sein gerauftes Fell deckte es warm und gut. Dafür geschah etwas anderes, Unerwartetes, während es durch die langen finsteren Höhlenschläuche rannte: Es wurde auf einmal müde, unsagbar müde – die Augen fielen ihm zu, ein gähnender Abgrund von Schlafenwollen. Es war kaum auszuhalten. Wie ein schweres, klebriges Netz legte sich das Schlummerverlangen um das Murmeltier. Die Lust zu pofen.

Aber es gab dem Wunsch nicht nach, sondern wetzte weiter, was das Zeug hielt. Retten, dachte das weiße Murmeltier, ich muss sie alle retten!

Abzweigungen, Kreuzungen. Manchmal geriet es in einen toten Gang, wo es nicht weiterkam, dann lief es zurück und woanders entlang. Schließlich kam es in einen niedrigen Tunnel, aus dem ihm duftiges Schlafflair entgegenschlug, eine Aura tiefster Entspannung. Die Decke wölbte sich, und da war das Murmeltier schon in einen hohen, weiten Raum eingetreten. Einen Bergsaal.

Voller eingerollter, putziger Fellknäuel war dieser Saal. In der Mitte ragte ein wacklig aufgestellter, verwitterter Baumstumpf auf, dessen obere Hälfte notdürftig rund und pausbäckig geknabbert war. Offensichtlich waren die Nagwerker in Eile gewesen. Und doch war es unverkennbar das Große Murmel, das hier über die Winterschlafenden wachte.

Der Schlafsaal der Murmeltiere in der Tiefe des Bergs.

Das weiße Murmeltier beugte sein Köpfchen über den erstbesten Ratzerich und zupfte ihn am flauschigen Ohr. Aber der Schläfer gab nur ein ärgerliches Piepsgrunzen von sich und mummelte sich wieder ein.

Nächster Versuch beim Nachbarn, gleiches Ergebnis. Das war ja zum Murmelmelken! Das weiße Murmeltier flitzte durch die Reihen der schnarchenden Pelzbündel. Hunderte und aberhunderte waren es, die hier tief und fest schliefen – wie es das althergebrachte Murmeltiergesetz im Winter unerbittlich befahl.

Luyánta selbst konnte ja kaum mehr die Augen offen halten. Wie

442

gern hätte sie sich jetzt einfach dazugelegt und mitgeschlummert. Bis zum nächsten Frühling.

Aber dann wären die Gefährten in der Gletscherspalte längst tot. Verhungert und erfroren. Das durfte nicht geschehen! Sie musste wach bleiben. Sie musste die anderen Murmeltiere wecken, damit sie mitkamen und halfen.

Da erkannte sie in einem besonders seligen Säger ihren Freund Paminer. Er schien gerade etwas Hübsches zu träumen, denn seine geschlossenen Augenlider zuckten leicht, und seine Lippen bewegten sich, als lächelte er.

Luyánta biss Paminer ins Ohr, und er schlug unwirsch mit der Pfote nach ihr. Noch ein Biss, diesmal versuchte er der Störerin richtig eins zu wischen, aber wachte immer noch nicht auf, sondern drehte sich unwillig auf die andere Seite. Da biss Luyánta ihn, so doll sie konnte, in den Hintern, und Paminer jiekste schrill in die Stille des würdigen Saals und sprang auf.

Nun kam ringsum eine gewisse Unruhe unter den Schläfern auf, aber noch niemand erhob sich – außer einem Murmeltier, das ein Stück entfernt geschlafen hatte. Es hob seinen großen Kopf über die umliegenden Fellknäuel und rief mit rauer Stimme, recht barsch:

«Digger, was'n das für Radau mitten im Winterschlaf?!? Willste Ärger?»

Luyántas Herz pochte vor Freude bis hinauf in den Murmeltierhals.

«*Du* bist das, Digger? Luyánta, weiße Schwester – also, wenn irgendwer anders das gewagt hätte, ich schwöre dir, du wärst geliefert ... Aber ... was ist denn eigentlich los?»

In wenigen Worten erklärte Luyánta der Dicken, was passiert war. Von ihrer Expedition zu den Kindern und wie sie unter dem Gletscher gelandet waren, hoffnungslos – bis jetzt. Und die alte Freundin fackelte nicht lang. Sie spitzte ihren Mund mit den anderthalb Nagezähnen, dem ganzen und dem abgebrochnen. Dann tönte ein gellender Pfiff durch den Bergschlafsaal und noch einer: das Erkennungssignal der Murmeltiere!

Nun wachten alle schlagartig auf. Die Dicke aber witschte durch die sich regenden Reihen zu dem unbeholfnen Totem des Großen Murmel und kletterte eichhörnchengleich hinauf.

«Brüder und Schwestern», rief sie, «keine Zeit für Sperenzchen und Zicken jetzt! Wahr sprecht ihr, es gibt in der Tat nichts Gemeineres, als im heiligen Winterschlaf gestört zu werden. Aber wieder einmal ist der Bündnisfall eingetreten. Versteht ihr, was ich meine? Fanesmenschen sitzen wieder mal in der Bredouille, nicht alle, nur eine Pfotevoll, aber allein wir können sie raushauen: die Murmeltiere, ein edles Geschlecht. Es wird nicht besser mit unseren alten Verbündeten, aber was willst du machen, Digger? Also aufgestanden, ihr Lieben und Tapferen, schlafen können wir später noch, sogar bis ans Ende aller Zeiten, wenn wir einst in die ewigen Mümmelgründe eingegangen sein werden. Aber nun heißt es: Pfoteneinsatz!»

Alle Murmeltiere hatten sich mittlerweile aufgerichtet, und auch wenn sie sich noch mit den Vorderpfoten den Schlaf aus den Äuglein wischten, hörten sie ihrer erfahrenen Häuptlingin aufmerksam zu.

«Abteilung eins, Digger!», rief sie von ihrem Murmeltotem herab. «Ihr packt unsere besten Moosvorräte ein und verzieht euch damit flugs in den nördlichen Gletschertunnel. Von dort ist unsere Schwester Luyánta gekommen, um von uns die Hilfe einzufordern, die der Vertrag verlangt. Ihr bringt den Eingeschlossenen das Moos, damit sie nicht verschmachten, bis wir anderen obenrum zu ihnen gekommen sind. Darum, ihr alle andern: Mir nach! Digger, wir werden euch wieder mal raushauen.»

Die letzten Worte hatte sie bereits, während sie vom Totemstumpf heruntergesprungen kam, an Luyánta gerichtet. Schon setzte sich ein kleiner Teil der Murmeltiere, offenbar Abteilung eins, in Bewegung auf den Gang zu, aus dem Luyánta vorhin hereingekommen war. Die anderen bildeten eine Gasse, durch die Die Dicke und an ihrer Seite Luyánta rannten, um den Weg auf den Gletscher zu nehmen.

«Auf, meine putzigen Krieger!», rief Luyánta, obwohl das gar nicht mehr nötig gewesen wäre. Denn der riesige Schwarm der Murmel-

444

tiere folgte schon ergeben ihr und Der Dicken, die sie sogleich in einen anderen, breiteren Gang führten. Luyántas Müdigkeit war jetzt verflogen, es kam ihr vor, als wäre sie selber aus dem Winterschlaf aufgewacht – Murmeltier unter Murmeltieren!

Im Zickzack ging es und um viele Kurven, fast immer bergauf, vielleicht eine Stunde lang, vielleicht zwei. Dann verengte sich der Gang wieder, wenngleich nicht so extrem wie der Schlitz in der Gletscherhöhle vorhin. Die Dicke quetschte sich als Erste ins Schmale. Luyánta wurde erst jetzt richtig bewusst, wie dünn die mollige Kameradin geworden war, zumindest für ihre Verhältnisse. Offenbar hatte sie schon einen guten Teil ihres Winterspecks im Schlaf abgenommen, mittendrin in der kalten Jahreszeit. In der Selben Welt wäre vielleicht Weihnachten, vielleicht schon Dreikönigstag gewesen.

Vor dem Ausgang des Ganges lag dichter Schnee, in den Die Dicke sich, ohne zu zögern, hineinwühlte. Luyánta tat es ihr nach, ebenso der Schwarm der Murmeltiere, eins nach dem anderen. Der Schnee stiebte und spritzte zur Seite – und dann stürmten die Murmeltiere inmitten eines mondbeschienenen Schneefelds an die Oberfläche. Ans Nachtlicht. Die Milchstraße begrüßte sie funkelnd, der Himmel war übersät mit Sternen, ringsum die verschneiten Berge.

Die Dicke aber verschnaufte nicht, sondern fegte sofort quer übers Schneefeld bergab. Nur manchmal blieb sie kurz stehen und sah sich um.

«Digger, ich kenn die Gegend wie meine Felltasche, aber nicht bei Schnee. Muss mich nur kurz orientieren, verstehst du, was ich meine?»

«Findest du den Gletscher trotzdem? Und die Stelle mit dem Loch», fragte Luyánta besorgt.

«Alter, was fragt das Mädel!», piepste Paminer empört, der sich gemeinsam mit Struggles durch die Murmeltierscharen gedrängelt hatte, um zu den beiden aufzuschließen.

«Natürlich findet sie den Weg, Bruder!», rief Struggles, «was denkst denn du?»

Und so war es auch, sie kamen in die richtige Gegend. Der Schnee, an einigen Stellen tagsüber im Sonnenlicht angetaut, war in der Nacht wieder festgefroren, sodass sie ihn gut überqueren konnten. Nur gelegentlich mussten sie schneller trippeln, um nicht einzusinken.

Schließlich sah Luyánta im Mondlicht die senkrechte Bergwand mit dem Wasserfall, wo sie am Abend zuvor in der Klemme gesessen hatten.

«Die Quelle da drin ist warm», rief Die Dicke im Weiterrennen, «deshalb schlafen wir gerne im Innern dieses Bergs, den wir gerade umkreist haben. Und darum friert auch der Wasserfall nie ein. Aber hier unten muss das Wasser schon elend kalt sein, oder? Digger, was für eine Idee, da baden zu gehen, Sachen machst du!»

«Was hätten wir tun sollen?», keuchte Luyánta. «Wir mussten flüchten.»

«Wenn man nicht flüchten kann, muss man kämpfen, verstehst du, was ich meine?»

«Nicht ganz. Früher hast du mir nämlich gesagt, wenn man kämpft, muss man gewinnen.»

«Digger, was schert mich mein Geschwätz von gestern! Das ist doch kein Widerspruch!»

«Und was tut man, wenn man weder flüchten noch kämpfen kann?»

«Trotzdem flüchten, Bruder!», rief Struggles.

«Trotzdem kämpfen, Alter!», rief Paminer.

«Schnauze, Digger! Wir kommen jetzt auf den Gletscher. Äußerste Vorsicht, wenn ich bitten darf!»

Wie ein geheimnisvoller Schatten huschte die Horde nun über das mondleuchtende, schneebedeckte Eisfeld. Die Dicke war jetzt sicher über den Weg, sie zögerte keinen Augenblick mehr. Und wenige Minuten später hatten sie die schmale Öffnung der Gletscherspalte entdeckt. Erst wenn man dicht davor war, bemerkte man sie.

Das weiße und das mollige Murmeltier steckten ihre Köpfe vor-

446

sichtig über den Rand. Dann stieß zuerst Die Dicke einen gellenden Pfiff aus, der von den Wänden widerhallte. Die unten hoben ihre Köpfe, und Luyánta rief: «Hey, schießt mal einen Pfeil hoch! Aber vorher bindet ihr einen Faden dran und daran unser längstes Seil.»

So geschah es, Odker schoss den Pfeil ab, der über die aufgeregt piepsende Menge der Murmeltiere flog und in den Schnee fiel. Nun witschten die Murmeltiere herbei, zogen an dem Faden das Seil hoch und zogen es straff, in bergab laufender Richtung. Als wollten sie eine lange Perlenkette werden, nahmen sie das gespannte Seil in ihre Münder und gruben ihre langen Buddlerkrallen, so tief es ging, in den Schnee, um Stabilität zu haben.

Hunderte Murmeltiere hielten so das Rettungsseil in die Gletscherspalte straff, vorn Die Dicke und Luyánta, das weiße Murmeltier, die Königin.

Luyánta bestimmte die Reihenfolge: Als Erster hatte Mizuel raufzukommen, obwohl er sich sträubte und unbedingt als Letzter dran sein wollte. Laleh solle zuerst! Aber er war nun mal der Leichteste. Also kletterte er am Seil herauf. Es funktionierte, die Murmeltiere hielten den Strick fest, als wäre er im Gletschereis eingefroren. Dann kamen Hypatia, Odker und Pibakú herauf, mehr oder weniger mühselig kletternd, aber die Hoffnung machte ihre kalten Glieder beweglich.

Nun waren nur noch Laleh und die Wölfin unten. Laleh band zuerst das Tragegestell fest, in dem sie alle Werkzeuge und die nach wie vor feuchte Kleidung verstaut hatten; denn sie selbst trugen alle immer noch nichts als die Decken. Als die Murmeltiere die Trage hochgezogen und das Seil wieder hinuntergelassen hatten, machte sich Laleh daran, es der Wölfin um die Brust zu knoten, hinter den Vorderbeinen.

«Moooment mal, Digger», rief da Die Dicke, «den räudigen Köter sollen wir ja wohl nicht auch noch rausziehen?»

«Wenn ihr's nicht tut, bleib ich auch hier unten», antwortete Laleh aus der Tiefe.

«Ich bitte dich, lass uns auch die Wölfin befreien», sagte Luyánta

447

zur Dicken. «Wir waren gemeinsam gefangen. Sie wird euch nichts tun.»

«Digger, wir tun's nicht gern, verstehst du, was ich meine? Aber was tut man nicht alles. Also: hau – ruck!» Und unter allgemeinem Gemurre, aber mit ebenso gemeinsamer Kraftanstrengung zogen die Murmeltiere die Wölfin aus dem Gletscher. Hypatia knotete ihr das Seil ab, als sie oben angekommen war. Dann ließen sie es erneut hinunter, und Laleh kletterte herauf. Mizuel zog sie das letzte Stück nach oben, obwohl Laleh gar keine Hilfe benötigt hätte. Locker lächelnd kam sie oben an. Luyánta bemerkte, dass sie kaute.

«Moos», sagte Laleh mit vollem Mund, «eure Kameraden haben es uns vorhin gebracht. Gar nicht so schlecht, man könnte sich glatt dran gewöhnen.»

Währenddessen senkte die Oberste Wölfin ihre Schnauze dem weißen Murmeltier entgegen. Kurz und feucht berührten sich ihre Nasen. Dann wandte die Wölfin sich um und lief über den Gletscher davon, lautlos in die Nacht, so wie sie aus dem Dunkel des Winkels in der Gletscherspalte aufgetaucht war.

«Alter, ist das eklig!», hörte Luyánta Paminer in ihrem Rücken kreischen. «Nase-Nase mit einem Wolf!»

Lalehs Liebe und Titurels Tod

Weil ihre Kleider hoffnungslos nass und sämtliche Essensvorräte verloren waren, entschieden die sechs Wanderer sich wohl oder übel zur direkten Heimkehr ins Tal der Knochen. Sie verabschiedeten sich noch am Rand der Gletscherspalte dankbar von den tapferen Murmeltieren, die todmüde in ihren Schlafberg zurückkehren wollten. Und während die Wanderer im ersten Morgengrauen talwärts unterwegs waren, sahen sie im Hochgebirge schon neue, noch heftigere Schneestürme aufziehen.

448

Immerhin, die würden vielleicht den abgefeimten Trussanern zu schaffen machen ...

Es war ihnen bewusst, dass es etwas Erbärmliches und fast Komisches hatte, wie sie da nur in Decken gewickelt heimkehrten. Aber die durchgefrorenen nackten Füße, um die sie ein paar von den Decken geschnittene Lappen gewickelt hatten, wurden von der Komik auch nicht wärmer. Und so waren sie trotz ihrer Enttäuschung erleichtert, als sie von der Gebirgskälte ins immermilde Klima des Knochentals kamen: aus der natürlichen, tödlichen Schneelandschaft ins künstlich scheinende und doch unter diesen Umständen viel lebendigere Tal der Überhelle.

Sogleich banden sie Tücher vor die Augen – die Gefährten von den Decken gerissene, Luyánta ihr durchnässtes grünes Seidentuch. Die feuchten Kleider wurden zum Trocknen ausgebreitet, während die Wanderer rasteten und dabei das letzte Moos aßen, das Laleh aus der Gletscherspalte mitgenommen hatte, in ihren Pfeilköcher gestopft.

«Es schmeckt *echt* besser als gedacht, findest du nicht?», sagte sie kauend zu Luyánta.

«Ja, im Grunde ganz fabelhaft», rief Mizuel, «das hätte ich nie gedacht, aber du hast völlig recht!»

«Übertreib nicht», antwortete Laleh.

Luyánta aber teilte den anderen ihren Entschluss mit: Es sollte in diesem Winter keinen weiteren Versuch geben, zu den Kindern ins Tal des roten Honigs zu gelangen. Sie könnten ja froh sein, dass ihr Wintergebirgsgang keine Toten gekostet hatte. Da laut Odker die zu überwindenden Bergketten auf dem weiteren Weg zum Rothonigtal noch höher und der Winter dort noch tiefer und tödlicher sei, dürften sie dieses Risiko nicht noch einmal auf sich nehmen.

«Ich habe wahrscheinlich einen Fehler gemacht. Es war leichtsinnig, es zu versuchen. Wir könnten alle tot sein.»

«Es war kein Fehler», entgegnete Hypatia nachdrücklich, und die großen Ringe an ihren Fingern schillerten. «Ich finde es richtig, dass wir es versucht haben. Die Ungewissheit, was aus den Kindern geworden ist, bringt uns noch um.»

449

«Mich nicht!», rief Laleh gut gelaunt. «Ich hab die im Sommer und Herbst ja kennengelernt, die werden sich zu helfen wissen.»

«Stimmt genau!», rief Mizuel. «Die haben's drauf.»

«Da habt ihr hoffentlich recht», fuhr Hypatia fort. «Trotzdem war es gut, es zu versuchen, dabei bleibe ich. Doch ebenso stimme ich Luyánta zu, es jetzt erst mal bleiben zu lassen. Den Winter über. Es einmal zu versuchen, war kühn. Das Schicksal ein zweites Mal herauszufordern, wäre nur noch leichtfertig. Außerdem hat der Felljäger, den Odker und Tesber beim Waldmenschen trafen, gesagt, die Kinder seien wohlauf und könnten gut auf sich aufpassen. Nicht wahr?»

«So sagte er's», bestätigte Odker.

«Noch ein Versuch würde also nicht den Kindern, sondern nur uns selbst dienen, weil wir unbedingt wissen wollen, ob es wirklich *unsere* Kinder sind. Und weil *wir* sie wieder in die Arme nehmen wollen.»

Luyánta schwieg. Hypatias Argumente, die sie bestärken sollten, klangen überzeugend. Aber dienten sie nicht auch nur dem eigenen Wohlbefinden: nämlich, sich übers ungewisse Schicksal der Kinder zu beruhigen? Was, wenn das dort überhaupt nicht die Faneskinder waren? Andererseits, in diesem Fall würden sie ja auch nicht erfahren, wo die Kinder in Wirklichkeit steckten. Wie man es also drehte und wendete: Alles sprach dafür, bis zum Frühjahr zu warten, ehe sie sich wieder auf den Weg machten.

Einige Tage nach der Rückkehr war aus Luyántas notgedrungener Selbstberuhigung tatsächlich eine tiefe innere Ruhe geworden. Tatsächlich verspürte sie nun ein grenzenloses Vertrauen in die Kraft der Faneskinder. Wo auch immer sie waren, ob im Tal des roten Honigs oder anderswo: Sie würden sich zu helfen wissen, bis sie gefunden würden und zu den Ihren heimkehren konnten. Und neben diesem Vertrauen fühlte Luyánta eine weitere positive, belebende Kraft, ja eine Tugend (dieses altmodische Wort fiel ihr ein): Sie wappnete sich in *Geduld*. Das war früher nicht gerade ihre Stärke

450

gewesen. Aber jetzt war sie wie eine Rüstung gegen alle Anflüge von Verzweiflung.

In den nächsten Wochen schien ihr, dass alle Fanesleute ebenso viel Vertrauen wie Geduld entwickelt hatten. Tiefe Ruhe herrschte. Selbst diejenigen Mütter und Väter, die ihre eigenen Kinder vermissten und die Luyánta öfter in ihren Zelten besuchte, wirkten seelenstill und zuversichtlich. Ähnlich die unglücklichen Krieger und Kriegerinnen, die in der Schlacht ihre Geliebten verloren hatten; ebenso alle anderen, die Grund zur Verzweiflung gehabt hätten.

Die zur Ruhe gekommene Luyánta verschwendete eine Zeitlang keinen Gedanken mehr an die Feinde, von denen sie doch noch immer bedroht waren. Auch die Frage, was das verdächtige Trussanertreiben zu bedeuten hatte, trieb sie nicht wirklich um: Warum rottete das Grobgesindel sich zu riesigen Haufen zusammen und zog offenbar zielstrebig durchs Gebirge und in gewisse Täler, dass selbst die Wölfe dort weichen mussten? Was hatten sie vor? Es war Luyánta im Grunde egal. Natürlich beriet sie mit den anderen im Fanesrat darüber, und sie wollten die Frage auch den Kundschaftern mitgeben, wenn diese wieder auszögen. Was allerdings noch einige Wochen dauern würde, denn sie hatten im Rat beschlossen, vorerst niemanden mehr ins Tal der Enge und Weite auszusenden. Grund war ein Bericht, den sie bald nach dem Gletscher-Abenteuer erhalten hatten: Kurz nach dem Aufbruch ihrer Expedition waren Silma und Wilbur mit zwei weiteren Männern losgezogen, doch wie Luyántas Gruppe waren die vier im Schnee stecken geblieben; wenn auch zum Glück in keiner Gletscherspalte. Der aus seinem Heimattal zurückkehrende Jäger Gracchus hatte sie dennoch in verzwickter, kalter Lage angetroffen und (noch ein Glück) ins Tal der Knochen zurückgebracht. Silma war jetzt noch schlecht gelaunt wegen des Fehlschlags, denn sie hatte schon seit langem endlich einmal das bleiche Tal verlassen wollen; aber immer waren andere Kundschafter ausgesandt worden. Wilbur wollte die Missmutige trösten und ablenken, aber er erreichte nicht viel. Gute Silma, die in ihrem Tatendrang das erzwungene Nichtstun nicht ertrug!

451

So wenig die Trussanerwanderung Luyánta beunruhigte, so wenig dachte sie auch an das unterirdische Goldreich der Aurona, das Pistior entdeckt hatte. Dabei hätte diese Schatzkammer doch in ihr Begehren, ihre Habgier wecken können, wie einst in ihrem verräterischen Vater und in manchem anderen. Auf welche Weise Pistior aus der Aurona herausgekommen war, war unklar – aber wie man hineinkam, wussten sie nun; auch wenn es Todesmut erfordern würde. Doch die Schätze interessierten sie gar nicht.

Hätte etwas anderes sie stärker gereizt? Die unfehlbaren silbernen Pfeile etwa? Auch an die dachte sie jetzt nicht mehr oft, und auch nicht an ihre Zwillingsschwester Dolasilla. Ebenso wenig kehrten in dieser Zeit ihre Schmerzen zurück, die von der Schulter ihren Ausgang genommen hatten. Trotzdem war Luyánta klar, dass sie eigentlich über das Gift und den mutmaßlichen Fluch nachdenken müsste und auch über die alten Geister und Dämonen. Aber nicht mal diese Angelegenheit, in der es doch um ihr eigenes Leben oder Nichtleben gehen konnte, plagte sie besonders. Sie ließ es entspannt geschehen, dass Hypatia sie weiterhin mit Salben und Kräutercremes pflegte und manchmal die Amulettwehr erneuerte. Auch Hypatia wirkte übrigens optimistischer als in den Tagen nach Luyántas Erwachen: damals, als sie ihr offenbart hatte, es könne mit ihr, der Verfluchten, ein böses Ende nehmen.

So überwinterten sie. Im immergleichen Tal der Knochen. Der Winter war weit weg in ihrer geborgenen Kapsel mitten im Gebirge. Allein die Kürze der Tage erinnerte hier an die Jahreszeit außerhalb des Tals; aber auch die Nächte waren hier ja nie sehr dunkel.

In diesen Nächten wurde Luyánta manchmal von einer schlimmen Ahnung befallen. Dann wachte sie in ihrem Bett in der knöchernen Augenhöhle des Schnabelwals plötzlich auf und meinte dann eine innere Stimme zu hören, die warnte, jemand sei in größerer Gefahr als die Faneskinder: nämlich ihre eigenen Brüder. Weder ihre Fanesgeschwister noch ihre Murmelbrüder und -schwestern, sondern ihre Brüder Mäxchen und Valentin.

Aber wie? Und wo? Dort, in der Selben Welt – oder etwa hier?

452

Was hatte diese Vision von der keilförmigen Festung zu bedeuten gehabt, die im eiskalten Wasser über sie gekommen war: der albtraumhafte Anblick des schiefergrauen Kerkerturms mit den tausend Schlitzen? Nur mehr undeutlich erinnerte sie sich. Auch an Masken, an Augen, an Schatten und Knochendrachen ...

Tagsüber vergaß sie die düsteren Hirngespinste. Manchmal spazierte sie mit der Kanzlerin Cerbreë durch die weiten, bleichen Palastgärten, nicht nur um sich über Versorgungs- und andere Fragen zu beraten, sondern oft einfach zum Plaudern. Einmal sahen sie dabei von weitem König Asver, der mit gesenktem Kopf langsam seines Wegs schritt. Er hielt sich noch immer von allen fern. Diesmal hatte ihn seine alte Traurigkeit anscheinend besonders arg erwischt, meinte Cerbreë.

Nach wie vor ging Luyánta auch jeden Tag ins Faneslager vor der Stadt. Dort übte sie sich wieder regelmäßig und immer kräftiger mit Hypatia im Schwertkampf. Aber es war noch weniger als früher die Kriegslust, eher eine harmlose sportliche Betätigung.

Laleh hingegen traf sie seltener als früher. Denn die Gefährtin war jetzt oft mit Mizuel zusammen, halbe Tage lang unternahmen die beiden weite Spaziergänge ins Tal hinaus, auch wenn die Landschaft dort nicht gerade abwechslungsreich war. Einmal sah Luyánta über den Fluss hinweg die beiden, wie sie auf dem Schädelhügel eines gewaltigen Tiefseedrachens lagen und miteinander plauderten. Stundenlang blieben sie dort.

Eines Tages dann waren Luyánta und Laleh wieder gemeinsam unterwegs. Draußen in den Bergen schien der Winter sich seinem Ende zu nähern, das sah man beim Blick in die Ferne, und so berichteten es auch diejenigen, die gelegentlich hinauf an die Knochengrenze stiegen. Hier unten aber war das Wetter wie immer. Die beiden Mädchen strichen durch den überdachten Gewürzmarkt in den Gassen der Knochenstadt und freuten sich am Stimmengewirr und an den herrlichen Düften und den Farben, die durch ihre Augentücher leuchteten, Luyántas grünes und Lalehs rotes.

«Du verstehst dich ziemlich gut mit Mizuel, oder?», fragte Luyánta scheinbar beiläufig, während sie den Kopf über einen großen Sack voller Schmetterlingsvanille beugte, um den beflügelnden Geruch einzuatmen.

Laleh schaute die Gefährtin einen Moment an, dann brach sie unvermittelt in ein herzliches Lachen aus: «Sag mal, Luyánta – so komisch, wie du gerade gefragt hast ... du bist doch nicht etwa *eifersüchtig?*»

Luyántas Kopf fühlte sich plötzlich heiß an. Laleh hatte wirklich ein besonderes Talent, Leute zum Rotwerden zu bringen! Luyánta war doch nicht das Bürschchen Mizuel, das sich so leicht verunsichern ließ.

«Wieso sollte ich eifersüchtig sein? So ein Quatsch. Aber sag mal, ist er dir nicht ein bisschen zu ... na ja, zu süß?»

«Aber was! Immer will er so männlich und ritterlich sein, und dann vertut und verhaspelt er sich ständig.»

«Das *ist* doch süß.»

«Stimmt auch wieder. Aber im Eiswasser unter dem Gletscher, da hat er mir wohl das Leben gerettet. Was ist, willst du sie kaufen?»

«Wen?»

«Was. Die Schmetterlingsvanille.»

«Was macht man wohl damit?»

«Man könnte sie übers Bett hängen und die ganze Nacht lang den schönen Duft einatmen.»

Das fand Luyánta eine gute Idee, sie ließ sich vom Verkäufer ein Säckchen geben. Im Weiterschlendern öffnete sie es gleich und ribbelte zwei Stückchen von den Schoten ab; eins hielt sie Laleh hin, eins steckte sie sich selbst in den Mund. Ein Geschmack wie ein tanzender Stern.

«Krass!», rief Laleh begeistert.

«Besser als Moos?», fragte Luyánta.

«Kannst du wetten», antwortete Laleh. Und ein paar Schritte weiter: «Aber sag mal, Luyánta, was ist denn eigentlich mit dir?»

«Mit mir?»

«Tu nicht so begriffsstutzig. Verliebst du dich nie?»

454

«Ich? Ich bin doch die Königin.»

«Na und? Kann eine Königin sich etwa nicht verlieben?»

War sie etwa schon wieder rot geworden? Luyánta ärgerte sich über sich selbst. Aber Laleh achtete nicht darauf, sondern sinnierte:

«Ich rätsle nur, welcher besondere Mensch für einen besonderen Menschen wie dich geeignet sein könnte.»

«Vielleicht nur man selbst», sagte Luyánta.

«Was?»

«Ich meine, dass man selbst für sich geeignet ist. Alleinsein.»

«Ah, bah!», schnaubte Laleh. «Red nicht so deprimierendes Zeug! Man kann doch wohl auch verliebt sein und trotzdem bei sich bleiben.»

«Kann man? Und ist das dann weniger deprimierend?»

«Wieso? Du müsstest es vielleicht mal ausprobieren, um es zu wissen. Wie wär's zum Beispiel mit Hyypiä? Der hat ja keine Frau. Und Hieronyma auch nicht. Ich kenne ja deine Vorlieben nicht.»

«Na hör mal! Also, Hyypiä ist ein netter Kerl, aber der wär mir nun wirklich zu alt. Und viel zu bullig mit diesen ganzen Muskeln. Und Hieronyma, ich weiß nicht, die ist ja so dünn.»

«In der Liebe geht's doch nicht um dünn oder dick», antwortete Laleh. «Höchstens darum, dass man zusammen durch dick und dünn gehen will.»

Dann blieb sie stehen, mitten im dichten Marktgedränge. Eilige Stadtbewohner schoben sich höflich, aber bestimmt an ihnen vorbei, ein nicht abreißender Strom von Geschäftigkeit. Laleh schaute Luyánta jetzt direkt an, durch die Tücher natürlich: «Aber das werden *wir beide* auch weiterhin tun, Luyánta: gemeinsam durch dick und dünn gehen. Egal, was wir tun. Egal, in wen wir uns verlieben. Egal, was aus uns wird.»

Als Luyánta und Laleh zum Palast zurückkamen, wurden sie vor dem Portal bereits von Mizuel erwartet. Seine Haare waren zerstrubbelt, er wirkte aufgelöst.

«Nanu?», sagte Laleh zu ihm, «was ist los?»

Mizuel schaute sie an. Man sah, dass er geweint hatte.

«Titurel ist gestorben», sagte er mit erstickter Stimme.

Einen Augenblick standen die drei still beieinander. Schließlich gab Luyánta sich einen Ruck und sagte leise: «Lasst uns zu seinem Zelt gehen.»

So machten sie es. Wie anders als vorhin wirkte das bunte Markttreiben, das sie nun wieder durchquerten, diesmal in umgekehrter Richtung: ein fernes, bedeutungsloses Lärmen und Plappern. Obwohl Titurels Tod einen nicht überraschen konnte (er war ja uralt gewesen und seit Wochen bettlägrig und sterbensmüde), war Luyánta untröstlich. Es war nicht mal Reue, dass sie den Alten nicht beizeiten darüber ausgefragt hatte, was er über die alten Geister und Dämonen wisse, von denen einer sie anscheinend angegriffen hatte. Daran dachte sie gerade gar nicht. Sie hätte einfach gern noch oft in seinem Zelt gesessen und seinen Geschichten zugehört. Mehr nicht. Sie dachte an die vielen schönen Stunden an seiner Seite, in seiner beruhigenden Gegenwart. Die war nun Vergangenheit. In Zukunft musste sie sich mit der Erinnerung daran begnügen. Niemals würde sie ihn vergessen.

«Wie ist er gestorben?», fragte sie, kurz bevor sie zum Stadttor kamen.

«Ganz still», antwortete Mizuel. «Hieronyma ging in sein Zelt, um nach ihm zu sehen und ihm, wenn er wach wäre, Gesellschaft zu leisten. Erst dachte sie, er schliefe besonders tief. Aber dann sah sie, dass er nicht mehr am Leben war.»

«Er ist also im Schlaf gestorben.»

«Anscheinend.»

«Es ist nichts Schlimmes daran», sagte Luyánta, wie um sich selbst zu beruhigen. «Er war uralt.»

«Das kannst du wohl sagen», stimmte Mizuel zu. «Uralt.»

Dennoch wühlte dieser seit Wochen erwartete Tod Luyánta heftig auf. Dabei waren in den letzten Monaten so viele Menschen gestorben, alle qualvoller und vor ihrer Zeit. Irgendwie hatte Lu-

456

yánta sich eingebildet, Titurel könnte für lange oder gar alle Zeiten in seiner Erschöpfung dahindämmern. Als würde der Tod selbst vor ihm müde. Nun ließ ausgerechnet Titurels friedliches Ende die Beruhigung von ihr abfallen, von der sie im zeitlosen Tal der Knochen erfasst worden war. Eine Beruhigung, die manchmal einer Lähmung glich. Titurels Tod zeigte, was sie hätte wissen können und doch vergessen oder verdrängt hatte: dass man auch hier älter wurde. Dass auch hier die Zeit verging. Im scheinbaren ewigen Stillstand.

Mehrere Männer und Frauen standen vor Titurels Zelt, das mit einem gelben Tuch verhängt war, der Farbe der Trauer. Als Luyánta und ihre Begleiter sich näherten, senkten die Harrenden schweigend die Köpfe und wichen zur Seite. Mizuel wollte mit ins Zelt, aber Laleh hielt ihn am Arm zurück, sodass Luyánta alleine eintrat.

Am Bett saßen Hieronyma und andere Enkel und Urenkelinnen des toten Kriegers. Die blauhaarige Baumeisterin stand auf, Luyánta ging zu ihr, und die beiden umarmten sich stumm. Dann gab Hieronyma den anderen Trauernden ein Zeichen, dass sie mit ihr das Zelt verlassen sollten.

«Nein, ich bitte euch, bleibt», sagte Luyánta leise. «Er war euer Groß- und Urgroßvater. Ihr seid seine Nächsten.»

«Er hätte gewollt, dass wir dich noch einmal mit ihm allein lassen», entgegnete Hieronyma. Luyánta widersprach nicht, und Titurels Nachkommen traten leise hinaus.

So stand Luyánta einsam an Titurels Totenbett. Wie zerfurcht seine Gesichtszüge auch schon gewesen waren – nun waren sie ganz eingefallen, und sein zwischenzeitlich wieder leicht erblautes, dann wieder lichtbleiches Haar hatte das endgültige Weiß des Todes angenommen.

Luyánta kniete sich vor das Bett und nahm die kalte Hand des Toten in ihre eigene. Diese Hand, die einst mit der Stärke eines jungen Kriegers den Säugling gehalten hatte, der sie gewesen war. Damals, als der schon längst tote Bruder Manaal das Kind des Faneskönigspaars Calocer und Ciolá den Adlern hatte überbringen sollen.

457

Vielleicht hat Titurel viel zu lange gelebt, dachte sie. Er selbst hatte das öfter gesagt. Es war die Art, wie alte, erschöpfte Menschen sprechen. Aber steckte nicht noch mehr Wahrheit in diesen Worten? Titurel war ihre letzte direkte Verbindung zu ihrem verräterischen Vater und zu ihrer unglücklichen Mutter gewesen und auch zu ihrer Schwester Dolasilla, die er alle noch selbst gekannt hatte. Die letzte Verbindung zur alten Faneswelt. Nun war sie gekappt. Vielleicht war daran sogar etwas Gutes?

Zu Titurels Bestattung am folgenden Tag erschien auch König Asver mit seinem engsten Gefolge, darunter Cerbreë und der Seher Moësver. Titurels in ein fanesgelbes Gewand gehüllter Leichnam war auf hochgeschichteten Holzscheiten am Fluss aufgebahrt worden – ein Ritus, der den Knochenmenschen fremd war, denn sie pflegten ihre Toten ins Gebirge außerhalb der Knochenwelt zu bringen und dort dem Fraß der Vögel und anderer Tiere zu überlassen. Aber sie akzeptierten, dass bei den Fanesleuten die Verbrennung der Toten Brauch war, und schenkten ihnen das nötige Feuerholz, das sie in kleinen Mengen in der Knochenstadt lagerten, auch wenn es bei ihnen kaum Verwendung fand.

Auch einiges Knochentalvolk war erschienen, viele gewiss aus Neugier; von weitem sahen sie zu. Die Fanes aber waren vollständig versammelt. Die ergriffene Luyánta stand im Kreise Hieronymas und der anderen Nachfahrinnen und Nachfahren Titurels und sah zu, wie der starke Hyypiä mit einer Fackel den Scheiterhaufen entzündete. Und während die Flammen aufloderten, flossen der Königin von Fanes die Tränen.

Scharlachwurzel und verschmähtes Gold

Einige Tage nach Titurels Feuerbestattung spazierte Luyánta vormittags zum Jäger Gracchus. Sie wollte mit ihm den Plan besprechen, den sie gefasst hatte, denn niemand kannte die Berge so genau wie er. Im Gebirge machte sich allmählich der Frühling bemerkbar, es wurde dort wärmer, in den tieferen Lagen schmolz der Schnee – so berichteten es die ersten Kundschafter, die auszogen, und man ahnte es selbst hier unten im Tal ohne Jahreszeiten. Luyánta wollte los, denn trotz der betäubenden Ruhe war in ihr der schnell wachsende Wunsch erwacht, endlich hinauszukommen, aus dieser Welt ohne Blumen und Würmer. Sie spürte es, sobald sie sich im Palast in einem der knochenumrahmten Spiegel betrachtete und den bleichen Streifen sah, der ihr mittlerweile von Schläfe zu Schläfe verlief. Auch ihr grünes Flattervögelchen vermochte sie nicht zu trösten. Und genauso drängend spürte sie Aufbruchslust, wenn sie am Ufer des Flusses saß, wo kein Moos und kein Gras wuchsen, nur totes Plätschern und Sprudeln. Manchmal kam es ihr vor, als befände sie sich hier in einem Totenreich: Alles war ja Vergangenheit, trotz des bunten Lebens in der Stadt, trotz der freundlichen, eifrigen Menschen, trotz der farbenfrohen Palastvöglein. Ein Meeresfriedhof aus der Vorzeit und ein untergegangenes Volk, das im Verborgenen lebte.

Hatte sie solche Empfindungen wegen Titurels Tod? Sie glaubte, dass mehr dahintersteckte. Manchmal kam es ihr vor, als wäre es auch bei der gescheiterten Expedition zum Tal des roten Honigs gar nicht um die Kinder gegangen, sondern allein um sie selbst, um ihr eigenes Leben: alles nur ein verzweifelter Ausbruchsversuch aus lähmender Gemütsruhe.

Der graubärtige Gracchus empfing sie an der niedrigen Tür seiner Hütte, die klein am Rand des Faneslagers stand, dort, wo sich auch die Behausungen der aus dem Tal der Enge und Weite geflohenen

459

Bauernfamilien befanden. Er trug sein immergleiches Flickenwams und führte die Besucherin ins enge Innere, wo sein Vater auf einem dicken Teppich saß. Luyánta begrüßte den Alten, setzte sich neben ihn und nahm ihr Augentuch ab. Der Jäger servierte ihnen starken dunklen Tee. Luyánta dankte ihm und erkundigte sich nach seinen Plänen.

«Ich werde sehr bald wieder in unser Tal aufbrechen», sagte Gracchus, «um zu sehen, wie schlimm Amians Heer es mittlerweile getrieben hat. Vielleicht kann ich auf diesem Gang auch etwas über die Trussanerbewegungen herausfinden. Oder hast du andere Wünsche an mich?»

«Nein … und ja, doch», entgegnete Luyánta. Sie konnte seine Ungeduld nur zu gut verstehen; Silma, die ähnlich getrieben schien wie sie beide, war bereits gestern mit Wilbur und zwei anderen Fanesleuten auf Erkundungen gezogen. Sie wollte sich im westlichen Teil des Tals der Enge und Weite umsehen, während es Gracchus in die östliche Gegend zog.

«Ich finde es gut, wenn du gehst», fuhr Luyánta fort. «Ich möchte zuvor nur deinen Rat.»

Dann erzählte sie dem Jäger von den wahren Gründen für ihre Expedition vor einiger Zeit, aber nicht von den *inneren* Gründen und der Reiselust, der sie sich gerade selbst verdächtigte, sondern von der überraschenden Nachricht über die Kinder. Denn außer den Expeditionsteilnehmern selbst wussten nur die anderen Mitglieder des Fanesrats sowie Cerbreë, Tesber und (durch Bericht der Kanzlerin) König Asver, was das Ziel der Wanderung gewesen war. Vor den Fanesleuten selbst hielt man es weiterhin geheim: zum einen, falls der Verräter doch immer noch unter ihnen weilte, zum anderen und vor allem, um keine heftige Unruhe im Volk hervorzurufen.

Verworfen hatte Luyánta allerdings ihre Überlegung, beim nächsten Aufbruch ins Tal des roten Honigs den kenntnisreichen Jäger mitzunehmen: «Ich will dir allerdings sagen, was ich vorhabe. Ich will allein dorthin gehen.»

460

Der Jäger zog die grauen Augenbrauen hoch. «Allein? Ins Tal des roten Honigs? Das ist ein sehr schwieriger Weg. Warum hast du das vor?»

«Weil ich ein Murmeltier bin. Wenn ich wieder einer Hundertschaft Trussaner über den Weg laufe, kann ich mich ohne Umstände ins nächste Erdloch verkriechen. Ginge ich wie beim letzten Mal mit Gefährten, hätten wir diese Möglichkeit nicht.»

«Das stimmt. Dann müsstet ihr wohl oder übel kämpfen. Aber dazu müsstest du natürlich mit mehr Leuten gehen, einem richtigen Trupp wahrscheinlich. Zu sechst, wie beim letzten Mal, habt ihr keine Chance gegen Hunderte Trussaner. Es sei denn, ihr würdet euch die ganze Zeit geschickt verborgen halten – dann könntet ihr einen Kampf umgehen. Wenn ich euch begleiten würde, wäre das vielleicht möglich.»

«Es ist aber auch wichtig, dass du mit deiner Erfahrung Neues aus dem Tal der Enge und Weite berichtest. Wer weiß, was dort jetzt vorgeht?»

«Da hast du recht. Ich will auch irgendwann zurück, es ist nun mal meine Heimat.»

Nachdenklich nahm der Jäger einen Schluck von seinem dunklen Tee. Dann sprach er weiter:

«Gesetzt den Fall, du erreichst das Rothonigtal und es sind tatsächlich eure Kinder, die du dort findest – wie wirst du sie dann hierherbringen, ganz allein?»

Das war eine gute Frage. Nicht sehr weitsichtig, dass sie darüber noch gar nicht nachgedacht hatte … Aber bevor Luyánta ihren Denkfehler eingestehen musste oder herumlavierte, gab der Jäger Gracchus selbst eine Antwort:

«Ich verstehe schon. Du wirst erst einmal herausfinden, ob es überhaupt die Faneskinder sind. Stell dir vor, du zögest los mit einem ganzen Heer und kämst bei ganz fremden Kindern an! Von Zwischenfällen ganz zu schweigen. Wenn du sicher weißt, dass es eure Kinder sind, kannst du immer noch zurückkommen und ein weiteres Mal losziehen, diesmal in großer Besetzung. Oder aber du

461

wirst die Kinder allein über die Berge hierherführen. Ich bin sicher, es würde dir gelingen.»

«Meinst du? Ich weiß ja nicht mal, ob ich allein den Weg ins Tal des roten Honigs finde.»

«Den findest du!», lachte Gracchus. «Ich werde ihn dir genau erklären, wenn du ein bisschen Zeit für mich hast.»

«So viel Zeit wie nötig, grauer Jäger. Ich danke dir, wieder einmal.»

Also begann Gracchus, Luyánta zu unterrichten: über die Strecke, Wege und Umwege, mögliche Rastplätze, drohende Gefahren und rettende Verstecke. Luyánta hörte mit höchster Konzentration zu und prägte sich jedes Detail ein. Je länger die Besprechung dauerte und je akribischer die Instruktionen des Jägers wurden, desto mehr freute sie sich darauf, am nächsten Morgen aufzubrechen.

Als die Beratung schließlich beendet war und Luyánta sich verabschieden wollte, wandte sie sich noch einmal dem Vater des Gracchus zu, der schweigend bei ihnen gesessen hatte. Hatte er zugehört oder vor sich hin gedöst? Vielleicht bald dies, bald das. Jetzt legte der Alte ihr seine Hand auf den Unterarm und sagte: «Sei vorsichtig auf deinem Weg, Luyánta. Deine Leute brauchen dich. Und du bist jung.» Er hielt kurz inne, schien zu überlegen, dann sagte er: «Ich würde dir gern etwas mitgeben. Wer weiß, vielleicht wirst du es gebrauchen können.»

«Was möchtest du mir denn geben?»

«Scharlachwurzel aus dem Nebelwald. Sie ist ein äußerst wirkungsvolles, aber nicht ungefährliches Medikament. Ich kaue schon seit Jahren auf solchen Wurzelstücken, um die tausend Leiden und Zipperlein des Alters zu betäuben. Wenn du von Schmerzen überfallen wirst (denn mein Sohn hat mir erzählt, dass es dir schon einmal geschehen ist), kann sie dir helfen.» Wieder zögerte er einen Moment, ehe er weitersprach: «Diese Wurzel kann allerdings noch mehr. Sie ist, wie gesagt, nicht ungefährlich. Als mich die Häscher in unserer Hütte überfielen, habe ich heimlich eine ganze Wurzel gegessen und bin für mehrere Stunden in einen starren Schlaf gefallen, der dem Tod glich.»

«Ja, ich habe davon gehört», sagte Luyánta. «Als du wieder aufwachtest, waren die Folterknechte fort, und du konntest dich in den Wald retten, wo dein Sohn dich fand.»

«So war es. Ich wünsche dir, dass du sie nicht brauchen wirst. Aber solltest du in eine Situation geraten, in der sie dir nützen kann, dann zögere nicht – bei aller Vorsicht. Ihre Kraft ist groß. Aber auf jeden Fall kann sie dir Linderung gegen deine Schmerzen verschaffen, wenn du darauf kaust.»

Der Alte erhob sich mit großer Mühe. Dabei hielt er sich an seinem Stock fest, auf den gestützt er dann in eine Ecke der Hütte zu einer kleinen Kiste humpelte. Darin wühlte er kurz, wirkte verwundert, wühlte noch einmal, dann schüttelte er den Kopf.

«Seltsam», murmelte er, schaute in eine andere Kiste, auch ohne Ergebnis, und kramte schließlich in den Taschen seines zerschlissnen Mantels.

«Ich kann es mir nicht erklären. Ich finde die Scharlachwurzel nicht mehr, die ich mitgebracht hatte. Es war eine kleine rote Knolle.»

Herrje, der Alte war vielleicht schon kräftiger durch den Wind, als es auf den ersten Blick wirkte. Die geistige Klarheit des sterbensmüden Titurel, die Luyánta so beeindruckt hatte, war ja nicht der Normalfall, dieses Kramen und Nichtwiederfinden hatte sie früher schon bei alten Leuten erlebt. Tante Sofia, trautes Heim ...

«Es macht nichts», sagte sie, «sie wird schon wieder auftauchen. Wenn du möchtest, gib sie mir, sobald ich zurück bin. Übrigens stimmt es, was dein Sohn dir von den Schmerzen erzählt hat. Aber in letzter Zeit sind sie zum Glück verschwunden.»

Der Alte lächelte. «Hypatias Arztkunst wirkt immer. Sie ist eine kluge Frau, mir hat sie auch schon geholfen.»

«Ja, das ist sie. Wissend, hilfreich.» Luyánta bedankte sich noch mal bei dem Alten und wandte sich zum Gehen. Da nahm der Jäger seine lederne Tasche vom Haken und sagte, dass er sie in die Stadt begleiten wolle, er brauche einige Dinge vom Markt.

«Meinst du, er hat die Scharlachwurzel verlegt?», fragte sie den Jäger, als sie aus der Hütte getreten waren.

463

«Gut möglich. Menschen werden alt. Er schläft oft im Sitzen ein, und manchmal ist er verwirrt und verwechselt Tag und Nacht.»

Auf ihrem Weg durchs Faneslager trafen Luyánta und Gracchus den gut erholten Pistior, der gekrümmt vor seinem Zelt saß und die Klingen seiner Messer schärfte. Obwohl seine Augen mit einem pechschwarzen Tuch verschleiert waren, wirkte auch er gelöst, zumindest für seine Verhältnisse. Sie wechselten ein paar Worte.

«Es geht ihm merklich besser», sagte Gracchus, als sie weitergingen, «aber er ist und bleibt ein Getriebener.»

«So ist es wohl. Als ich ihn nach seinem Erwachen sprach, war er trotz Wunden und Erschöpfung wie besessen vom Wunsch nach Rache. Ich vertraue ihm mittlerweile von ganzem Herzen. Trotzdem macht mir sein Rachedurst Sorgen.»

«Vielleicht ist dennoch selbst er hier ruhiger geworden.»

«Es scheint so. Wie wir alle an diesem eigenartigen Ort. Übrigens ... weißt du, wo er auf seinem verworrenen Weg hierher entlangkam? Ich habe es außer Laleh niemandem erzählt.»

«Nein, wo?»

«Er hat die Aurona durchquert, den verborgenen Goldschatz.» Und sie gab Pistiors Bericht in kurzen Worten wieder. «Aber der Glanz der Aurona hat anscheinend nicht seine Begierde geweckt. All der Reichtum hat ihn nicht einmal interessiert.»

«Ja, das ist einigermaßen ungewöhnlich», sagte der Jäger Gracchus lächelnd. «Die meisten Menschen wären in Goldlust entbrannt. Spricht es gegen ihn, dass es bei ihm anders war?»

«Wenn er frei von der Gier nach Reichtum ist, wäre das ein edler Zug. Aber vielleicht ist es auch bloß so, dass sein Wunsch nach Rache alle anderen Wünsche verzehrt. Dann wäre seine Leidenschaftslosigkeit gegen solche Dinge nur die Folge einer einzigen, übergroßen Leidenschaft.»

«Da magst du recht haben, Luyánta», sagte Gracchus.

Die beiden durchquerten das weiße Tor der Knochenstadt, gegrüßt von den Wachen mit ihren Hellebarden. Während sie sich dem Markt näherten, fuhr der Jäger fort:

464

«Ich will dir auch etwas verraten, Luyánta. Ich weiß schon lange, wo die Aurona liegt, aber ich habe nie jemandem davon erzählt.»

«Du kennst sie? Woher?»

«Weil ich dort war.»

«Wie bitte? Wie bist du dort hineingekommen?»

«Frag lieber, wie ich wieder rauskam! Hineingelangt bin ich auf demselben unangenehmen Weg wie Pistior: durch den Morast des Moors, und zwar unfreiwillig. Es passierte vor vielen Jahren auf einer allzu langen, unglücklich verlaufenen Jagd, die mich am Ende erschöpft in die Irre und ins Moor führte. Als ich im Schlamm versank, dachte ich, mein letztes Stündlein hätte geschlagen. Doch stattdessen bin ich in die Aurona geraten. Die unterirdische Stadt ist tatsächlich ein phantastischer Anblick, wie Himmel und Hölle zugleich: eine Welt aus und voller Gold, aber von sämtlichen Menschen, vom Leben verlassen. Man könnte sich darin verlieren.»

«Wie bist du wieder rausgekommen? Pistior konnte es sich nicht erklären.»

«Ich habe es auch lange nicht verstanden. Selbst heute kann ich nur Vermutungen darüber anstellen. Aber ich glaube mittlerweile, dass diese verhexte Goldstadt denjenigen verstößt, den ihre Schätze nicht verlocken. Wer sie begehrt – und das sind fast alle –, den tötet sie. Aber wer sie missachtet, den spuckt sie aus.»

Asvers Geheimnis

«Ehrlich, *mich* hätte die Aurona todsicher gekillt», lachte Laleh, nachdem Luyánta ihr abends im Zimmer anvertraut hatte, was dem Jäger einst und nun auch Pistior widerfahren war und was er sich für einen Reim darauf gemacht hatte. «Ich wäre dermaßen heiß auf dieses Gold, ich wär da niemals rausgekommen! Und du?»

«Hm», meinte Luyánta. Der grüne Vogel saß auf ihrer Schulter. Sie liebte es, ihn da zu spüren: seine winzigen Krallen, seine zarte Wärme – sogar das eifrige Pochen seines Herzchens fühlte sie. «Ja, ich wär wahrscheinlich auch nicht rausgekommen. Aber wer weiß?»

«Genau, wer weiß! Vielleicht würdest du dich auch auf deine königlichen Pflichten besinnen und auf den ganzen Glitzerkram pfeifen, so wie die beiden hehren Hagestolze. Recht hast du! Ist ja letztlich alles nur Plunder!»

Dann verabschiedete sie sich. Es war zwar noch nicht spät, aber Luyánta wollte so zeitig wie möglich zu Bett, um am nächsten Tag gut erholt zu sein. Bevor Laleh zu ihr gekommen war, hatte Luyánta noch die Kanzlerin aufgesucht, um sie über ihren Aufbruch zu unterrichten. Cerbreë war besorgt gewesen und hatte angeboten, Luyánta zumindest einen weltkundigen Bergführer mitzugeben, Odker oder jemand anders. Aber Luyánta hatte abgelehnt. Der Jäger Gracchus hatte sie ja bestens vorbereitet. Zum Abschied hatte sie Cerbreë noch gebeten, sie möge bei Gelegenheit König Asver mitteilen, was seine königliche Gästin vorhatte; denn Asver mied noch immer die Menschen, und sie wollte ihn nicht behelligen.

Gerade als Luyánta sich in ihr Bett in der Walaugenhöhle legen wollte, klopfte es an der Tür. Sie vermutete Laleh, die irgendwas vergessen hatte, und rief gut gelaunt: «Hereinspaziert, mein Schatz!»

Es war allerdings König Asver, der eintrat.

«Ach du grüne Neune», rief Luyánta beschämt und sprang vom Bett, «verzeih mir, edler König, ich hatte, äh, jemand anders erwartet. Tritt näher! Die Faneskönigin grüßt ihren großmütigen Gastgeber mit dem traurigen Herzen!»

Asver winkte ab. «Lass nur, Luyánta», sagte er mit seiner flachen wie würdevollen Stimme. «Wir Könige sind jetzt unter uns, da können wir den Formeltand ruhig weglassen und frei sprechen, wie zwei Hirtenknaben.»

«Oder Hirtenmädchen.» Luyánta lächelte, Asvers Vorschlag war ihr sehr recht.

466

«Richtig. Also, wie zwei Kinder. Darf ich mich setzen?»

«Natürlich», sagte Luyánta. «Wohin du willst.»

Asver hockte sich auf einen der Knochenschemel, während Luyánta sich wieder auf der Bettkante niederließ. Neugierig betrachtete sie den kahlen Mann mit dem eigenartigen Blick. Härte und Güte lagen darin, und etwas wie eine Wolke von Trauer war um ihn. Die langen, schmalen Knochenringe an seinen Ohren wirkten wie Trauervögel, die in dieser Wolke schwebten.

«Cerbreë hat mir von deinen Plänen für morgen erzählt. Du willst also ins Tal des roten Honigs aufbrechen.»

«Ja. Ich hoffe, du hast nichts dagegen.»

«Wie könnte ich? Ich wünsche dir viel Glück auf deiner Reise. Hoffentlich gelingt es dir, eure Kinder zu finden. Sie sind euer Glück und eure Zukunft.»

«Danke, Asver. Ich bin zuversichtlich, dass diesmal alles gutgehen wird. Cerbreë hat dir gewiss erzählt, dass wir es schon einmal versucht haben und es fehlschlug?»

«Ja, sie berichtete mir davon. Aber dir allein wird es gelingen. Außerdem bricht jetzt in den Bergen der Frühling an – auch wenn das den Weg an einigen Stellen vielleicht sogar gefährlicher macht.»

«Ich weiß. Aber ich werde mich vor der Schneeschmelze hüten. Unser Freund, der Jäger Gracchus, hat mich genau belehrt.»

Asver lächelte bei der Erwähnung dieses Namens und schwieg einen Moment. Er senkte den Kopf zu Boden, und Luyántas Vöglein, das vorher auf einer kleinen Kommode in der Ecke gesessen hatte, flog herbei und ließ sich nun auf Asvers Schulter nieder. Der König hob ein wenig den Kopf und sah es an.

«Ich würde … dir gerne etwas erzählen, Luyánta», begann er dann stockend, für einen Augenblick wirkte er zögerlich. Das verunsicherte wiederum Luyánta. Sie zog die Brauen fragend hoch und versuchte zu lächeln. Was konnte es sein, das diesen großen Herren durcheinanderbrachte?

Doch schon hatte er sich wieder gefasst. Nun blickte er Luyánta direkt an, seinerseits mit dem Anflug eines bitteren Lächelns: «Ihr kennt uns nicht mehr, Luyánta, aber wir kennen euch.»

Was hatte das zu bedeuten? Luyánta wusste keine Antwort. In schweigender Erwartung sah sie Asver an. Das grüne Vögelchen auf seiner Schulter zwitscherte leise, dann flatterte es davon, um sich auf den Tisch zu setzen.

«Du erinnerst dich», sagte der König, «was Moësver dir über die Geschichte meines Volks erzählte? Und entsinnst dich der Ruinenstadt, durch die ihr auf eurer Flucht gezogen seid? Der Stadt, aus der mein Volk einst vor der Auslöschung floh, die ihm durch einen erbarmungslosen Feind drohte.»

«Wie könnte ich das vergessen? Als ich das hörte, fühlte ich mich dir ganz nah, lieber Asver. Das alte Unglück deines Volks ähnelt dem traurigen Schicksal meiner Leute. Und das empfinde ich jetzt noch stärker. Ich glaube, unsere Völker sind eng miteinander verbunden.»

Asver nickte. «Noch enger, als du ahnst, Luyánta. Weißt du, wer der vernichtende Feind war, vor dem mein Volk einst hierher entronnen ist?»

Luyánta blickte Asver starr an. Sie spürte einen Kloß im Hals, ein Schwindel kam über sie … der Raum begann sich zu drehen … sie wusste nicht, was sie antworten sollte.

Asver aber fuhr fort, ohne die geringste Feindseligkeit in seiner Stimme: «Beim Begräbnis eures alten Kriegers Titurel habe ich wieder daran gedacht. An diese unsere Vergangenheit, die nie vergeht. Ich selbst habe in diesen Zeiten noch nicht gelebt und auch kein anderer von uns Heutigen hier. Mein Großvater herrschte damals, Moësvers Vater war sein Seher. Und vielleicht stand euer Titurel, in der Blüte seiner Kraft, in den Reihen des übermächtigen Gegners, denen mein Ahn mit seinem Heer damals gegenüberstand. Ja, dieser Feind war seinem Heer weit überlegen, und seine Anführer waren grausam und kannten keine Gnade. *Unterwerfung oder Untergang* – das war die Botschaft, die die feindlichen Herolde überbracht hatten. Weil das bedrängte Volk sich nicht unterworfen hatte, kamen die Feinde also zu seiner Auslöschung.»

468

«Wer waren diese Anführer?», fragte Luyánta mit fast erstickter Stimme.

«Sie waren drei. Der König Calocer und sein Sohn, Prinz Waltrop, ritten Seite an Seite. Und neben ihnen zog Waltrops Stiefschwester, die Tochter des Königs.»

«Dolasilla», murmelte Luyánta.

«So hieß sie», sagte Asver. «Ein mächtiger Schildträger deckte sie, auch sein Ruf war weit vorausgeeilt, er hieß Ey-de-Net. Die Prinzessin in strahlend weißer Rüstung, von der mein Großvater noch auf dem Totenbett sprach. Er redete nur selten von jenen schrecklichen Tagen. Aber wenn er es tat, dann immer von Dolasillas weißer Rüstung und ihren silbernen Pfeilen. König Calocer mag das böse Herz des eroberungssüchtigen Reichs gewesen sein. Aber was in der Schlacht das größte Entsetzen verbreitete, war Dolasillas unbesiegbare, von Zaubern gestählte Kraft.»

Schweigend stand König Asver von seinem Schemel auf und schritt langsam in Richtung des verhängten Fensters. So ruhig er wirkte, in seinem Inneren mochte ein Sturm wüten. Er betrachtete Hypatias Talismane an den Wänden.

Luyánta hingegen blieb sitzen, als fräße die Schwerkraft sie auf. Alles an ihr war zu Blei geworden. Doch obwohl ihr fast die Tränen aus den Augen liefen, zwang sie sich zu sprechen: «Ich finde keine Worte dafür, wie mich unsere Verantwortung für euer Schicksal bedrückt. Und noch weniger dafür, wie sehr deine Gastfreundschaft mich beschämt.»

Sie unterbrach sich, ihr war zum Schluchzen zumute. Alles, was sie Asver antworten konnte, kam ihr hohl und ungenügend vor.

«Deine Güte», sagte sie dann, «geht über alles Menschenmaß hinaus. Ihr hättet uns leicht abweisen und unserem Schicksal überlassen können. Und ihr hättet in jeder Nacht, seit wir hier sind, über uns kommen und uns niedermachen können.»

König Asver wandte sich langsam wieder um und sah sie an. Luyánta aber, mit aller Kraft, sprang auf und ging drei Schritte auf ihn zu – nur um vor ihm auf die Knie zu sinken.

«Wie hast du uns nur verzeihen können?», flüsterte sie. «Es ist gar nicht möglich ...»

«Was war, das war», entgegnete Asver. «Aber ich bitte dich, steh auf. Wir wollten wie zwei Kinder miteinander sprechen, nicht hochgestochen wie Fürsten. Und Kinder knien nicht voreinander.» Damit streckte er Luyánta die Rechte entgegen. Luyánta ergriff sie mit ihren beiden Händen und drückte ihre Stirn auf seine beringten Finger. Nun weinte sie wirklich.

Asver aber entzog ihr nicht seine Hand, sondern griff mit seiner anderen Hand an ihren Unterarm, um die Kniende zu sich heraufzuziehen.

«Ich wollte keinen Handkuss von dir», sagte er, «ich habe dir die Hand gereicht, um dir aufzuhelfen. Ich wollte nicht mehr, als dir dies zu erzählen. Und dir noch einmal alles Gute für morgen und für die nächsten Tage zu wünschen. Wenn du noch etwas brauchst, lass es mich wissen.»

Noch immer hielt er mit der Linken ihren Unterarm, sie mit ihren Händen seine Rechte. Sie spürte die Tränen auf ihren Wangen.

Asver aber sagte: «Jetzt solltest du zu Bett gehen und dich ausschlafen. Denn du wirst deine Kraft brauchen für die große Aufgabe, die dir bevorsteht.»

Ins Tal des roten Honigs

Nach drei anstrengenden Tagen näherte Luyánta sich gegen Mittag dem abgelegenen Tal des roten Honigs. Der letzte Bergkamm, den sie überqueren musste, lag noch voller Schnee, wie einige der Grate und Pässe, über die ihre Reise sie bisher geführt hatte. In den mittleren Lagen hatten schmelzende Schneemassen ihre Füße durchnässt, aber in den Unterschlüpfen und Verstecken, die ihr vom Jäger Gracchus angewiesen worden

470

waren, hatte sie mit Hilfe von Feuerholz und mitgeführter Glut ihre Sachen wieder getrocknet und sich selbst während der eiskalten Nächte warm gehalten.

Von lästigen Trussanern war sie auf dem weiten Weg, den sie dank des Jägers sicher fand, glücklicherweise verschont geblieben. Allein ein ausgedehntes Stück zugrunde geschmorter Wald unten in einer Talsohle zeugte davon, dass dort vor kurzem eine Rotte dieser Unholde entlanggekommen sein musste. Die toten Bäume und verkohlten Vogelkadaver bedrückten sie auf ihrem Weg hindurch. Ansonsten aber hatte Luyánta, trotz der Herausforderung und aller Ungewissheit, ihre Reise manchmal sogar genießen können wie eine unbeschwerte Wandertour. Da hatte sie sich verwundert daran erinnert, wie sie in jener fernen Zeit, als eine gewisse Jolantha bei ihrer Familie lebte, derartige Latschereien verabscheut hatte. *Verschissen ...* War sie jetzt in einen anderen Menschen verwandelt? Oder lag es bloß daran, dass sie hier (wie Jolantha es damals empfunden hätte) angenehm allein war?

Nur das allererste Stück ihres Wegs, noch im Knochental, war sie von Laleh begleitet worden. Die Gefährtin hatte Luyánta in aller Frühe in Asvers Schloss abgepasst und war mit ihr losgegangen. Am Anfang hatte sie Luyánta noch zu überreden versucht, sie doch besser mitzunehmen; aber im Grunde schien ihr klar, dass ihre Freundin allein gehen musste.

Luyánta war glücklich, als sie das schützende bleiche Tal verließ – glücklich mit ganzem Körper und ganzer Seele: nach den vielen Wochen in Asvers sicherem Reich, die so erholsam wie lähmend gewesen waren, direkt in den ausbrechenden Frühling. Eine Explosion von Leben! Überall schien Vogelzwitschern, je tiefer am Berg, desto mehr. Die Laubbäume waren noch kahl, aber die Sonne schien warm, selbst wenn die Temperaturen (hätte man sie gemessen) gewiss tiefer lagen als im Knochental. In den höheren Lagen aber schmolz der Schnee, und noch darüber lag weiter die Hartnäckigkeit des Winters, die in den Nächten auch talwärts drang.

Wie der Natur erging es auch Luyánta: Sie spürte ihre Muskeln, ihre Sehnen, ihre Gelenke, als triebe ihr Körper selbst neue Lebensknospen aus. Diesmal ging sie mit offenem Blick oberhalb des Gletschers, unter den sie beim letzten Mal geraten waren und der sie fast für immer verschluckt hätte. Was für ein Glück das war, vorsichtig in die blendende Sonne zu blinzeln – ohne schützendes Tuch.

So beschwingt Luyánta zu Beginn der Reise war – irgendwann auf ihrem Weg sank ihre Stimmung schlagartig ab. Da hatte sie sich immer noch einsam gefühlt, doch es war keine angenehme Erfahrung mehr, sondern eine traurige, bedrückende. Dann sah sie eine lange Linie von Vögeln, die hoch am Himmel nordwärts flogen. Gänse oder Kraniche waren es sicher nicht, eher irgendwelche schmalen Singvögel. Für Schwalben war es wohl noch zu früh im Jahr. Konnten das dennoch Zugvögel sein, die auf dieser riskanten Route aus ihren Winterquartieren in die Brutreviere unterwegs waren? Es wirkte so – obwohl die meisten Zugvögel die Berge wohl lieber umflogen. Wie leicht kann so ein Vogel doch verloren gehen im ewigen Hin und Her der weiten Reisen, dachte Luyánta und fühlte sich, obwohl erdverbundenes Murmeltier und Höhlenmensch, diesen gefährdeten Himmelwesen verwandt, die in mehreren Welten zu Hause sind. Vor allem diesen zerbrechlichen, nun schon verschwindenden Vögeln, die die riskanteste Route wählen. Und doch schienen die unerwarteten Ziehenden ihren Weg sicher zu finden. Mochten sie mit heilem Gefieder ihr Ziel erreichen!

Was aber, wenn der Vogelschwarm sich längst verirrt hatte und hier nur mehr in seinen Untergang unterwegs war? Bald in irgendwelchen finsteren Felsenklüften verschwunden, auf Nimmerwiedersehen … Nie würde sie es erfahren.

Sie dachte an das Gespräch mit Asver am letzten Abend. Nun kannte sie also den Grund, weshalb der König gelegentlich in tiefer Traurigkeit versank. Vielleicht versank er auch gar nicht darin, sondern blieb einfach nur stehen, wo er war, während die Traurigkeit unter ihm gärte und unerbittlich anstieg, bis sie ihn völlig umschloss. Asvers bedrückende Erinnerungen, oder die Erinnerung an das Schicksal seiner Vorfahren, umhüllten und füllten sein Seelenreich

472

dann wie das grenzenlose Meer, das hier einmal gewesen war, lange vor allen Menschen.

Doch seit das Fanesvolk nach Calocers Ende selbst geschlagen und aus dem Licht des Tages unter die Erde vertrieben worden war, waren viele Jahre und Jahrhunderte vergangen. Hätte da Asvers unglückliches Volk nicht einfach wieder hinausziehen können in die Welt? Sie hatten sich wohl gemütlich eingerichtet in ihrem gleißend hell verwunschenen Tal, diese Knochler. Die lähmende Ruhe ihrer neuen Heimat war vielleicht Teil von ihnen geworden. Ihr Knochenmark, sozusagen.

Das waren aber nicht die einzigen Verstörungen, die sich nach dem ersten Gefühlsüberschwang in der weiterwandernden Luyánta ausbreiteten. Sie dachte erneut an ihre Brüder, die ihr in der Gletschervision erschienen waren: der *sehr kleine* und der *etwas große*, wie sie sie einst genannt hatte. Wie ging es ihnen wohl, wo mochten sie mittlerweile sein? Wieder zu Hause, ohne die anstrengende Schwester? Oder immer noch auf Wandertour? Denn die Zeitläufte, das hatte sie nun ja oft gehört, waren dort und hier verschieden. Nur was bedeutete das eigentlich genau? Was, wenn die Brüder dort drüben bereits alte Männer waren? Oder längst gestorben, vor Generationen? Da schnürte ihr sich das Herz ein …

Sie verscheuchte die irritierenden Gedanken, um sich wieder dem Naheliegenden zu widmen: ihrem Ziel, den Faneskindern. Um Gewissheit zu erlangen, musste sie das Tal des roten Honigs erreichen! Aber die diffuse Sorge um ihre Brüder blieb. Und noch etwas höchst Unerwünschtes passierte: Nun, da sie eine Weile unterwegs war, meldete sich wieder der verfluchte alte Schulterschmerz. Ganz leicht erst, aber unverkennbar und also bedrohlich. Ihr bunter Talisman, eine Schutzzauberkette Hypatias aus wirkmächtigen Edelscherben, verhinderte die schleichende Rückkehr des Schmerzes nicht. Auch er glich einer Knospe. Einer bösen.

Einmal wurde der Schmerz jedoch gewaltsam weggedrückt, als die Kälte Luyánta beinah zerriss: Sie musste durch einen eisigen See schwimmen. Ans andere Ufer waren es nur etwa hundert Meter, doch der See lag viele Meilen breit quer auf ihrem Weg, ein ganzes Tal schien er geflutet zu haben. Die schattigen Uferbereiche waren noch vereist. Gracchus hatte sie auch auf dieses Hindernis vorbereitet. Den See am Ufer zu umrunden hätte einen Umweg von einem halben Tag bedeutet, deshalb nahm Luyánta mit erst zusammengebissnen und später klappernden Zähnen die frostige Schwimmtour auf sich. Sie zog sich aus, wickelte ihre Kleider in eine wasserdichte Hirschhaut und zog diese zusammen mit dem Bündel, das Vorräte, Decke und Glutbehälter enthielt, auf ein paar zusammengeknoteten Ästen hinter sich her; Pfeil, Bogen und Schwert auf dem Rücken. Als sie sich ins Wasser begab, glaubte sie, sie müsste sterben vor Kälte.

Aber dann ging es.

Am anderen Ufer angekommen, erreichte ihre Stimmung eine neue Höhe, in ihr war nun ein einziges Jubeln, und diese Hochlaune trug sie vorwärts, bis sie schließlich das Tal des roten Honigs erreicht hatte.

Der letzte Abschnitt, bereits im Tal, erwies sich jedoch als schwierigster Teil der Reise, viel kniffliger als ein eiskalter See. Denn wo genau die Kindergruppe nun lebte, hatte der Felljäger den Weltkundigen Odker und Tesber nicht näher beschrieben. Also wanderte Luyánta drei weitere Tage im Tal herum. Die Nächte verbrachte sie unter ihrer Decke am Feuer in den Wäldern. Da bemerkte sie, dass die Bäume in diesem Tal nachts rötlich leuchteten, ganz matt, nur ein warmes Schimmern.

Obwohl der Frühling gerade erst begonnen hatte, schienen die Waldnächte dieses Tals Luyánta mild. Und obwohl sicher in Wahrheit kühler, kam ihr die laue Luft angenehmer und wärmender vor als die ewige Wohltemperiertheit im Knochental. Auch meinte sie im Dunkel ein sanftes Summen und Schwingen zu hören, überall; wie das lange Ausklingen eines Konzertflügels, über dessen Öffnung sie einmal den Kopf gehalten hatte, bis der Schlussakkord völlig verschwunden war. Damals war ihr gewesen, als wären in diesem Kasten sämtliche Töne zugleich, die es nur gibt. Ganz ähnlich kam

474

ihr das leise Nachtklingen der Rothonigwälder vor: als schwebten hier alle Töne der Welt.

Ob das die Bienen waren, die den roten Honig sammelten? Nächtens im Vorfrühling?

Am Tag sah sie die Bienen, die die ersten Blüten ihr unbekannter Bäume anflogen. Auch die Bienen waren rötlich. Luyánta genoss es, ihnen zuzusehen und auf ihr Summen in der kühlen, feuchten Frühjahrsluft zu lauschen. In solchen Momenten hätte sie leicht vergessen können, weshalb sie hergekommen war.

Am dritten Tag, den sie nun schon durch diese Wälder streifte, setzte ein leichter, doch hartnäckiger Regen ein. Auch ihre Stimmung nieselte jetzt ins Bodenlose, sie wurde ganz verzagt. Und hatte das Gefühl, sie könnte noch ewig weitersuchen. Sollte sie sich etwa schon wieder einen Fehlschlag eingebrockt haben? Aber es ging ja gar nicht um sie. Es ging um die verschwundenen Faneskinder.

Luyánta kam auf eine weite, bemooste Lichtung, wo das Sonnenlicht schimmerte wie Goldstaub. Da sah sie einen Hasen übers Goldgrün hoppeln. Obwohl sie kurz dachte, dass sie das Tier eigentlich erlegen sollte (denn ihre Vorräte gingen langsam zu Ende, und der Gedanke an einen Braten war verlockend), blieb sie am Rand der Lichtung stehen und betrachtete lächelnd das Tier, einfach so.

Plötzlich war kurz ein leises Sausen zu hören, das mit dem üblichen Waldsummen nichts zu tun hatte. Erst als der Hase ohne einen Mucks ins Gras sackte, erkannte Luyánta, dass es ein kleiner, harter Stein gewesen sein musste, der das Tier tödlich am Kopf getroffen hatte. Im selben Moment regte sich etwas im Gebüsch am anderen Ende der Lichtung, und hervor kamen zwei blaue Wuschelköpfe: die treffsicheren Jäger! Die beiden rannten zu ihrer Beute, und Luyánta erkannte in den zerstrubbelten Blauschöpfen sofort waschechte Fanesknirpse. Einer der beiden, ein Junge mit kurzen Beinen, hielt die Steinschleuder, des Hasen Verhängnis; das andere Kind war ein aufgewecktes, pummeliges Mädchen, das einen schlichten, aus einem Ast geschnitzten Spieß in der Hand trug und an einer Schnur über seiner Schulter vier, fünf dicke Fische hängen hatte.

475

Nun trat auch Luyánta einen Schritt hervor, um sich den Kindern zu zeigen. Die beiden erkannten sie sofort.

«Luyánta!», rief die kleine Fischjägerin mit dem Spieß, ganz hell klang ihre Stimme. «Was suchst du denn hier?»

«Na, euch!», rief Luyánta, beinah wären ihr die Tränen aus den Augen geschossen. Und gleich darauf fielen alle sich in die Arme.

Die Entscheidung der Kinder

Luyánta staunte nicht schlecht, als sie das Lager der Kinder sah, in das die beiden jungen Jäger sie geführt hatten. Es lag am oberen Rand des Waldes auf einem Südwesthang, auf den auch am Abend noch das Sonnenlicht fiel. Das Gefälle herab sprudelte mitten durchs Lager ein Bach, an dessen Rand gerade ein großer Junge mit ein paar Kleinen spielte, die noch wacklig auf den Beinen waren und immer wieder ins Gras plumpsten. Weiter oben am Wasser befand sich eine Art große Freiluftküche, in der vielleicht ein Dutzend ältere Kinder an Feuern und Kesseln zugange war. Etwas tiefer hatten die Kinder – teils noch an den Bäumen des Waldes, teils schon außerhalb – notdürftige Hütten aus Stämmen, dicken Ästen, Grassoden, Blättern und Schilf errichtet, in denen sie den Winter anscheinend gut überstanden hatten und die sie jetzt, im Frühling, befestigen und ausbauen wollten. Was ihnen dazu an Werkzeugen fehlte, hatten sie sich aus Steinen oder Holz selbst zurechtgemacht, oder sie planten es.

Das alles erfuhr Luyánta in wüst durcheinandergehenden Erzählfetzen, während sie von lauter Kindern fröhlich bestürmt wurde. Sie hätte ja selbst am liebsten jedes einzelne von ihnen in den Arm genommen und nie wieder losgelassen. Dabei erzählte auch sie (ebenso stammelnd und unzusammenhängend) vom Zufluchtsort, den die erwachsenen Fanes im weit entfernten Tal der Knochen gefunden hatten.

Mittlerweile hatte es zu dämmern begonnen, und auf dem großen Platz zwischen den dichtgedrängten Kinderhütten wurde ein großes Feuer entzündet. Dort versammelten die Kinder sich jeden Abend zum gemeinsamen Essen, wie Luyánta erfuhr, die heute der Ehrengast war. Hunderte Kinder saßen eng beieinander auf dem Boden und warteten auf die Versorgung aus der Feldküche.

Natürlich hätte jedes der Kinder gern neben Luyánta gesessen. Am Ende lief es darauf hinaus, dass zu ihrer Rechten die beiden kleinen Jäger saßen, die ihr als Erste begegnet waren, und zu ihrer Rechten jene beiden, die damals das Hügeltor bewacht und das zurückkehrende Fanesheer zunächst mit Steinwürfen empfangen hatten. Luyántas Herz pochte vor Freude, als sie diese beiden Mutigen wiedersah: den rothaarigen Jungen, der in jener Nacht todmüde und doch entschlossen gewesen war, und das blauhaarige Mädchen, das das Wort geführt hatte und am liebsten mit den Erwachsenen in den Kampf gezogen wäre. Enki und Nammu waren ihre Namen, wie Luyánta nun erfuhr. Und wie in der Schlachtnacht war es meistens Nammu, die sprach, während Enki nickte oder «So war es» rief – heute allerdings, ohne ständig zu gähnen.

Während die eifrigen Küchenkinder gebratene Hasen und gegrillten Fisch, Salat aus Huflattich, Scharbockskraut und Sauerklee herabtrugen, dazu natürlich jede Menge roten Honig und dampfenden Schlüsselblumentee, berichtete Nammu Luyánta genau, was die Kinder in jener schlimmen Nacht und den folgenden Tagen und Wochen erlebt hatten: Wie von Luyánta angewiesen, hatten sie sich unterhalb des Hügels im Obsthain versammelt, von wo sie bang beobachteten, was oben geschah. Als sie die Flammen im Faneslager um sich greifen und immer höherschlagen sahen, hatten sie getan wie geheißen und waren beherzt ins Ungewisse aufgebrochen. Bald hatten sie den unheimlichen Nebelwald erreicht und waren, sich unverdrossen auf ihre Kraft und ihr Glück verlassend, stur geradeaus gelaufen, egal wie besorgt sie vor Begegnungen mit Wölfen oder

477

Bären waren. (Die kleineren Kinder hatten auch wegen Gespenstern gequengelt, aber die größeren hatten sie getröstet, dass dieser Spuk nur Käuzchenrufe waren.)

Schon am nächsten Morgen kamen sie aus dem Nebelwald heraus und erreichten in nassen grauen Schwaden, die gar nicht aufklaren wollten, die Scharte des Ewigen Regens, wo sie die beiden dort postierten Faneswächter trafen. Denen berichteten sie, was vorgefallen war, woraufhin die beiden Männer sich berieten und schließlich entschieden, zum Wohl der Kinder ihre Posten zu verlassen und mit ihnen ins Unbekannte zu ziehen, in der Hoffnung auf einen geschützten Ort. Wüssten sie die Kinder erst in Sicherheit, wollten sie ins Tal oder an ihren Posten zurück.

Dazu kam es jedoch nicht, denn diese Wächter kamen unterwegs um: Sie waren zu zweit ein Stück vorgegangen, um einen unsicher wirkenden Hang zu erkunden, als eine Steinlawine niederging und sie mit sich in die Tiefe riss. Das Geschrei und Entsetzen der Kinder war groß, aber sie hatten die Treuen nicht retten können. So waren die Kinder erneut auf sich allein gestellt gewesen und umgekehrt, um irgendeinen anderen Weg zu finden, in irgendein anderes Tal.

Tatsächlich waren sie nach einem strapaziösen Zickzack, der vielleicht zwei Wochen gedauert hatte, in das unerwartet einladende Tal gekommen, wo ihnen schon in der ersten Nacht die rot leuchtenden Bäume auffielen. Es weckte heimatliche Gefühle in ihnen, obwohl sie nie eine Heimat gekannt hatten, außer den dunklen Höhlen ihrer ersten Jahre. Und sie waren so erschöpft, dass sie einfach nicht mehr weiterziehen konnten und wollten.

Also richteten sie sich hier ein, und schon bald erwies sich, dass sie unter den gegebenen Umständen einen guten Platz gefunden hatten, vielleicht den besten überhaupt. Denn sie konnten noch vor dem Winter halbwegs stabile provisorische Unterkünfte errichten, sie fanden etwas höher in den Felsen reichlich Flintgestein, um Feuer zu machen, und in Wald und Gewässern wimmelte es nur so von Hasen, Fischen und anderen Tieren, die sie jagen konnten.

«Es stimmt schon, wir haben viel gefroren in diesem Winter», sagte Nammu, deren Stimme hier viel zu gelten schien. «War ganz schön hart. Aber wir haben alles gefunden, was wir brauchen, und wir leben alle noch. Wir haben uns hier gut eingerichtet.»

«Genauso ist es!», rief Enki.

Luyánta lächelte. «Ich bin froh, dass es euch so gutgeht, auch wenn es mir um die beiden Wächter von der Scharte leidtut. Noch zwei tapfere Menschen, die wir verloren haben ... Aber sie haben richtig gehandelt, als sie euch begleitet haben. Denn ihr seid unser größter Schatz, mehr wert als alles andere auf der Welt. Hier habt ihr es euch also nun schon so gemütlich gemacht, dass ihr sogar Gäste empfangen könnt!»

«Und du, Luyánta, bist unser willkommenster Gast», sagte Nammu, die manchmal schon wie eine Erwachsene sprach. «Aber nicht der erste! Im Winter kam einmal ein Felljäger vorbei, der bei uns rastete. Er schenkte uns einige Pelze und Felle, die wir gut gebrauchen konnten, besonders für die Kleinsten.»

«Durch diesen Jäger habe ich erfahren, dass ihr hier in diesem Tal seid», sagte Luyánta und erzählte, wie die seltsame Kunde der Kindersiedlung ins Knochental gedrungen war. Die fehlgeschlagene Expedition mit dem Gletschersturz ließ sie dann lieber weg.

Mittlerweile war es dunkel geworden, das Feuer brannte nur noch niedrig. Die ersten Kinder gingen, trotz ihrer Aufregung, zum Schlafen, ein paar Kleine waren schon beim Essen eingeschlummert und wurden von den Größeren in ihre Hütten getragen.

«Schläfst du heute Nacht in meiner Hütte, Luyánta?», fragte die blauhaarige Nammu.

«Wenn ich darf, gern.»

«Natürlich darfst du! Jedes Kind hier würde sich freuen, wenn du bei ihm schlafen würdest. Aber ich bin eine Art Anführerin geworden, seit wir ohne Erwachsene auskommen müssen.»

«So ist es», bestätigte Enki.

«Das habe ich schon gemerkt», sagte Luyánta. «Eine kleine Königin habt ihr also auch. Du hast deinen Stamm gut gehütet, Nammu, vielleicht besser, als ich es getan hätte. Morgen früh können wir uns

479

darüber beraten, wie ihr sicher zu euren Eltern zurückkehren könnt. Ihr werdet dort so sehnsüchtig vermisst!»

Auf einmal war das Lächeln von Nammus Gesicht verschwunden. Eine Wolke schien über ihr kindliches Gesicht zu ziehen, ein Schatten von Sorge. Hatten etwa die Worte *kleine Königin* sie verletzt? Doch gleich darauf sagte sie (und wieder klang sie wie eine, die vor der Zeit hatte erwachsen werden müssen): «Darüber lass uns morgen sprechen, Luyánta. Du musst sehr müde sein von deiner Reise.»

Als Luyánta in aller Frühe erwachte, war Nammu bereits wach. Kurz dachte Luyánta, dass es noch mitten in der Nacht wäre. Nammu saß am Eingang der Hütte und sah hinaus. Nach einer Weile erkannte Luyánta über Nammus Schulter hinweg, dass hinter der Gebirgskette im Osten ein allererster Streifen Tageslicht erschien.

Eine Frühaufsteherin. Oder hatte Nammu etwa die ganze Nacht nicht geschlafen?

Luyánta blieb noch eine Weile reglos liegen und atmete ruhig. Denn der Schmerz in ihrer Schulter war über Nacht wieder stärker geworden. Noch war es nicht schlimm, sondern leicht zu ertragen; aber sie wusste seit dem vergangenen Herbst, wie schlimm es werden könnte. Es *wird* so schlimm werden, dachte Luyánta, noch wie in einem halben Traum. Oder noch schlimmer. Sie erinnerte sich an Hypatias Worte. *Es kann ein sehr langer Kampf werden, und ob der Fluch jemals endgültig zu besiegen ist, weiß ich nicht.*

Das hatte sie gesagt, nachdem Luyánta aus ihrer Bewusstlosigkeit erwacht war, während der Laleh die anderen im Fanesrat in das Geheimnis des Schmerzes eingeweiht hatte.

Dann stirbst du ...

Luyánta gab sich einen Ruck, setzte sich auf und grüßte Nammu, die sich bei Luyántas erster Bewegung zu ihr umgedreht hatte.

«Guten Morgen», antwortete Nammu.

«Sag mal, hast du etwa gar nicht geschlafen?», fragte Luyánta.

«Nein, ich war nicht müde. Manchmal geht mir das so. Dafür

480

schlafe ich in anderen Nächten doppelt so viel, mach dir also keine Sorgen. Aber diese Nacht musste ich gründlich nachdenken.»

«Nachdenken ist immer gut», meinte Luyánta. «Worüber hast du denn nachgedacht?»

«Darüber, ob der Entschluss richtig ist, den wir Kinder gefasst haben. Schon vor einer Weile, bevor du gekommen bist. Und wie ich es dir am besten sagen soll.»

Nammu erhob sich und kam langsam zu Luyánta herüber. Sie machte ein ernstes Gesicht, todtraurig und fest entschlossen zugleich.

«Was willst du mir sagen, Nammu?»

«Ich weiß nicht, wie du es aufnehmen wirst. Ich möchte dich nicht verletzen. Denn ich liebe dich, wie wir alle hier.»

«Jetzt raus mit der Sprache! Du kannst mir alles sagen.»

«Also gut. Wir sind glücklich, dass du hier bist. Ich am allermeisten! Das hast du bestimmt gemerkt.»

«Natürlich hab ich das gemerkt, Nammu. Und ich bin unglaublich glücklich, euch gefunden zu haben.»

«Wir werden aber trotzdem nicht mit dir gehen, Luyánta.»

«Was?» Luyánta verstand erst nicht, was Nammu meinte; im nächsten Moment kam ihr der Satz wie ein Schlag in die Magengrube vor. Ein Schlag, den sie nicht begriff – nicht, woher er kam, noch, weshalb.

«Wir gehen nicht mit dir», wiederholte Nammu. «Wir kehren nicht zum Fanesvolk zurück. Das haben wir in den letzten Wochen beschlossen, nachdem wir uns hier gut eingerichtet und den ersten Winter überstanden haben.»

Luyánta stand nun steif und starr vor ihrem noch warmen Nachtlager. Sie fröstelte plötzlich, war verwirrt. Schluckte einmal, es fiel ihr schwer. Dann fragte sie leise: «Aber warum denn? Wir werden den Weg doch gemeinsam schaffen. Oder ich gehe zurück und hole unser Heer, um euch heimzubringen.»

«Heim?»

«Zu euren Familien. Zu uns.»

481

«Nein, Luyánta. Wir wollen es nicht. Ich bin so glücklich, dass du gekommen bist und uns hast wissenlassen, dass es euch gut geht. Wir lieben euch, und wir vermissen euch schrecklich. Aber wir werden trotzdem nicht mehr zu euch kommen.»

«Warum nur? Warum?»

«Weißt du noch, was du uns damals – in dieser schrecklichen Nacht – gesagt hast: *Kehrt niemals zurück in die Höhlen, in denen ihr so lange gelebt habt.* Erinnerst du dich?»

«Ja, natürlich», sagte Luyánta. «Es darf nicht eure Zukunft sein, wieder zu bleichen Höhlenmenschen zu werden, die in Angst leben. Das sagte ich. Und das meine ich noch immer.»

Nammu nickte. «Wir alle hier, außer den Kleinsten, erinnern uns an unsere Kindheit in der Finsternis des Vergeblichen Bergwerks. Die ewige Dunkelheit, die fürchterliche Feuchtigkeit, die grässliche Kälte. Wir kannten nichts anderes, von klein auf! Nun aber kennen wir etwas anderes, dank dir. Aber wir kennen auch die Geschichte des Fanesvolks. Oft genug haben wir davon in diesen Höhlen gehört. Und dann – dann haben wir den Hügel in Flammen gesehen. Für einige schöne Monate war er unsere neue Heimat gewesen, aber so schnell war es wieder vorbei! Und danach haben wir begriffen, dass es immer so sein wird.»

Nammu schwieg einen Moment. Es fiel ihr sichtlich schwer, Luyánta all das zu sagen.

«Sprich weiter», ermunterte Luyánta das kluge Mädchen.

«Du bist sehr tapfer und auch voller Liebe», sagte Nammu. «Wir verehren und lieben dich, Luyánta. Aber es wird immer so sein, wie es schon lange war, bevor es uns Kinder gab, und wie wir es nun auch erlebt haben. Ihr werdet in neue Kriege ziehen. In immer neue Kriege. Das ist gewiss, denn es ist das Wesen der Fanes. Darum werden wir nicht zu euch *heim*kehren (wie du es nennst), sondern hierbleiben. Das ist der Entschluss, den wir gefasst haben.»

482

Angriff der Adler

Luyánta blieb zwei Tage im Tal des roten Honigs. Zunächst überlegte sie noch, wie sie Nammu und die anderen Kinder dazu bringen könnte, ihre Entscheidung zu ändern. Ja sie erwog sogar, ihnen die Heimkehr zu befehlen. Sie war schließlich die Königin. Wenn die Kinder so unvernünftig waren ...

Aber dann ließ sie von diesen Gedanken ab. Sie hatte das Gefühl, dass sie die Entscheidung der Kinder respektieren musste; trotzdem gab sie die Hoffnung nicht auf, dass das alles nicht endgültig wäre. Sie musste später darüber nachdenken, musste irgendwann Entscheidungen treffen. Schon wieder kam es ihr alles zu viel vor ... Auf jeden Fall wollte sie später im Frühling noch einmal hierherkommen, um nach dem Rechten zu sehen.

Aber erst einmal genoss sie, so gut es ging, die beiden Tage hier, umgeben von den vielen Kindern; endlich wieder die Kinder! Erst jetzt, gründlich ausgeschlafen, nahm Luyánta die ganze Schönheit des Tals wahr, sein lebendig keimendes Grün und sein leuchtendes Rot, den kühlen Geruch des Waldes im beginnenden Frühling. Obwohl dieses Frühlingsglück durch das Gespräch mit Nammu getrübt war, überwog doch die Erleichterung, dass die Kinder wohlauf waren. Das war das Wichtigste!

Nammu, Enki und einige andere begleiteten Luyánta durchs Lager, wo allerlei fleißige Handwerker an den Hütten schraubten und hämmerten, und einmal spazierten sie auch in den Wald. An den frühblühenden Bäumen schwirrten die rötlichen Bienen, und zwischen den Zweigen flatterten, zwitscherten, gurrten die Vögel umeinander, große wie kleine. Dort witschte eben ein braunes Weibchen den Baumstamm hinauf, ein buntes Männchen flatterte ihm nach ...

Und wie schön es war, am Abend inmitten der Kleinen am großen Feuer zu sitzen! Wie gut die grünen Suppen schmeckten und wie würzig-süß der rote Honig, den es zu jedem Essen gab! Mehr

483

als einmal dachte Luyánta, am liebsten würde sie für immer hierbleiben.

Doch ihr war klar, dass sie zurück ins Tal der Knochen musste. Sie trug dort Verantwortung; und wenn sie nicht bald heimkehrte, würde man früher oder später bewaffnete Suchtrupps losschicken. Also verabschiedete Luyánta sich beim Abendessen in einer kurzen Rede an die versammelten Kinder.

«Ich achte euren Entschluss – auch wenn er mich traurig macht. Aber ihr seid immer in meinem Herzen. In einigen Wochen werde ich euch wieder besuchen. Passt aufeinander auf, und hütet euch vor allen Gefahren, die euch hier heimsuchen könnten!»

Am nächsten Morgen zog Luyánta noch vor Sonnenaufgang los. Nammu, Enki, die beiden blauhaarigen Jäger und vielleicht ein Dutzend weitere Kinder begleiteten sie durch den Wald und trugen abwechselnd das Tragegestell, in dem Vorräte, eine warme Decke und der neubefüllte Glutbehälter mit einem Stück glimmender Holzkohle verstaut waren. Gemeinsam gingen sie bis an den Rand des Tals. Luyánta war sich sicher, dass sie bald auf demselben Weg zurückkehren würde, um die Kinder in den Schoß des Fanesvolks heimzubringen. Außerdem war sie alles andere als unbesorgt, was die Lage hier anging. Ja, die Kinder waren klug und mutig. Aber diese Welt war voll von abscheulichen Trussanern, von Amians bösartigem Heer ganz zu schweigen. Und dann gab es da noch jene zerstörerischen Geister und Dämonen, von denen man nichts Genaues wusste …

Die ersten anderthalb Tage der Heimreise verliefen ohne nennenswerte Zwischenfälle bei herrlichem, sonnigem Wetter. Am frühen Nachmittag des zweiten Tages aber kam es anders als erhofft. Luyántas Weg führte gerade über eine weite, leicht bergab geneigte felsige Fläche – eine sehr große Steinplatte, wie das umgestürzte Grabmal einer Gottheit aus Vorzeiten … An den westlich gelegenen Berghängen hatte sie Gämsen bemerkt, zu denen sie im Gehen immer mal wieder hinaufsah – so schön war der Anblick.

Mit einem Mal stellte sie jedoch fest, dass die Gämsen in Unruhe

484

gerieten und in ihrer steilen Höhe schnell davonsprangen. Konnten sie dort oben von Wölfen oder Schakalen bedroht sein? Kaum möglich.

Plötzlich kam es Luyánta vor, als zögen kleine Wolken über den blauen Himmel. Sie schaute hoch und sah, dass weit oben Vögel flogen, eine ganze Schar, zwanzig vielleicht. Wie winzige Bumerangs sahen sie aus mit ihren gespannten Flügeln – aber sie waren sehr hoch, tatsächlich mussten es überaus große Vögel mit weiten Schwingen sein.

Adler. Vor ihnen waren die Gämsen also geflüchtet! Aber die Adler hatten es nicht auf die Gämsen abgesehen. Luyánta begriff sofort, dass sie selbst ihr Ziel war. Sie griff kurz nach dem Knauf des Schwerts in ihrem Gürtel – dann aber nahm sie den Bogen von ihrer Schulter und zog zwei Pfeile aus dem Köcher. Allerdings waren die Adler noch viel zu weit weg, als dass Luyántas Pfeile sie schon erreichen konnten.

Und wäre es überhaupt sinnvoll zu schießen? Was, wenn die Adler sie überhaupt nicht angreifen wollten? Zugegeben, das war nicht sehr wahrscheinlich. Warum sollten sie in einer so großen Schar kommen – um mit ihr ein Schwätzchen zu halten? Und sie konnte ja schlecht alle diese Adler nacheinander vom Himmel schießen, bevor sie hier ankamen. Es waren übrigens wohl eher dreißig als zwanzig …

Man kämpft nur, wenn man nicht fliehen kann. Also ab die Post.

Das steinerne Plateau hinab, mit der schweren Kraxe auf dem Rücken. Die Pfeile hatte Luyánta in den Köcher zurückgesteckt und den Bogen wieder über die Schulter geworfen. Sie rannte, so schnell sie konnte – bloß wohin? Es gab hier keinerlei Deckung und schon gar keinen Wegschlupf, irgendein schönes Erdloch wie in den Bergwiesen. Das Gras dort unten, wo die Steinplatte endete, war noch ewig weit weg. Hier könnte sie zappeln wie ein verdammtes Schnitzel auf einem riesigen Teller, es kann rennen, wohin es will, dieses Schnitzel, die Gabel saust doch erbarmungslos nieder. *Schiefes Bild,* hätte die Lehrerin in der Schule an den Rand des Aufsatzes geschrieben, aber darüber nachzudenken, hatte Luyánta gerade weder Zeit noch Lust. Weiter! Bergab keuchen, wenn es nur nicht so schrecklich weit wäre. Und was, wenn sich auch in der Wiese dort unten kein Versteck auftat, was, wenn sie dort genauso ausgeliefert blieb wie hier? *Präsentierteller*, das war das Wort, aber ja ... also tatsächlich ein hilfloses Schnitzel ... im Rennen drehte sie den Kopf, um zu sehen, wie nah die Adler ihr mittlerweile waren, und sah, dass sie jetzt schon verflixt nah waren, und – stolperte! Blieb mit dem Fuß an einer winzigen Steinspitze hängen und knallte auf die harte Felsplatte, das tat richtig weh. Und die Kraxe ihr voll ins Genick.

Schon sauste der erste Adler auf sie herab. Luyánta schlüpfte aus den Tragegurten und drehte sich blitzschnell zur Seite, im selben Moment trafen die scharfen Krallen des Adlers den Stein, dass Funken sprühten. Zwei andere Adler wollten sich auf sie stürzen und gerieten, Glück für Luyánta, zwei Meter über ihr mit den Flügeln ineinander, sodass sie ein weiteres Mal davonrollen konnte.

Gleich war sie wieder auf den Beinen und hatte ihr Schwert gezogen. Drohend schwang sie es über dem Kopf und sah hinauf. Dieses bedrohliche Geflatter nur wenige Meter über ihr!

Gleichzeitig schoss ein Strahl von Schmerz durch ihre Schulter, ein Zerreißen und Zerbeißen innen drin. Während der zwei Tage bei den Kindern war es erträglich gewesen, fast hatte sie dieses Übel wieder vergessen und dran glauben können, es verschwände irgendwann doch einfach ... aber nun explodierte es, im ungeeignetsten Moment.

Da stürzte schon der nächste Adler auf sie herab, aber Luyánta (zusammengebissene Zähne und pulsierende Schläfen) wehrte ihn mit einem starken Schwertstreich ab, dass sein Blut spritzte. Im selben Moment ratschte der spitze Schnabel eines anderen Adlers über ihren Oberarm, Luyánta sprang schreiend zur Seite und sah dem Tier direkt in die feindlichen gelben Augen.

Die Zeit scheint stillzustehen in diesem Einanderanstarren, Auge in Auge. Nur der rasende Puls in der Schläfe und der ewige Schmerz.

486

Dabei dauerte es keine Sekunde. Dann spritzte ihr eigenes Blut aus dem Arm dem Adler ins Gesicht. Und Luyánta traf auch ihn mit Hyypiäs scharfem Schwert.

Kein Geräusch gaben die Angreifer bei ihren Attacken von sich, außer dem der bewegten Luft. Ebenso antwortete ihr sausendes Schwert. Stille, konzentriert und schrecklich.

Zwei Adler waren liegen geblieben, die anderen erhoben sich wieder in die Luft – wahrscheinlich, um Schwung zu sammeln für die nächste Attacke. Luyánta fackelte nicht lang, sie ließ die Kraxe liegen und rannte sofort wieder los in Richtung Wiese, erst ein paar Meter geradeaus, dann im überraschenden Zickzack. Sie konnte die Adler über ihrem Kopf nicht sehen; aber sie meinte plötzlich, ihre Bewegungen zu spüren. In einem Moment *wusste* sie, ohne etwas zu sehen, dass genau jetzt der Adler auf ihren Nacken zuschoss – da bückte sie sich abrupt, und tatsächlich sauste der Adler über ihren Kopf hinweg ins Leere.

Im Aufrichten wandte Luyánta sich um, sah schon einen weiteren Adler nachkommen und empfing ihn mit ihrer tödlichen Klinge. Heftiges Beißen im Schultergelenk, aber sie traf.

Wie viele es trotzdem immer noch waren. Einer nach dem anderen sammelten sie sich in der Luft, um erneut auf ihre Beute niederzusausen. Beute ... das hätten die wohl gern! «Ihr haltet mich wohl für einen mürben Hasen!», schrie Luyánta den Adlern entgegen, um die fürchterliche Stille des Kampfes zu unterbrechen. «Kommt nur her, wenn ihr noch mehr Blut verspritzen wollt – es wird euer eigenes sein!»

Von den Bergen hallte es wider: ... *eigenes sein* ... Luyánta schwang das Schwert über dem Kopf, es blitzte im Sonnenlicht.

Die Adler standen in der Höhe, sie schienen zu zögern. Vielleicht sahen sie ihre drei Kameraden, die erschlagen auf dem Felsen lagen. Jetzt selbst auf dem Teller, wie gebratene Hähnchen.

So starrten sie einander an, das Mädchen auf der steinernen Erde und die Adler am blauen Himmel. Vielleicht eine Minute dauerte das, dann stiegen die Adler wieder höher. Wollten sie sich etwa verziehen? Kaum anzunehmen. Luyánta drehte sich trotzdem um und rannte los. Jeder Meter zählte, das Grasland war schon näher.

Dort! Ein paar Schritte noch!

Und schon wieder spürte Luyánta einen Schatten hinter sich, einen tödlichen Luftzug. Sie sprang mit aller Kraft nach rechts, der Flügel des Angreifers streifte noch über ihr Ohr und ihre Schläfe, wie eine Ohrfeige von hinten. Im selben Augenblick berührte Luyántas Fuß endlich den weichen Boden unter dem Gras. Sie hatte es von der Steinplatte heruntergeschafft. Jetzt nur weiter! Nun mit einem zackigen Sprung nach rechts, denn ein weiterer Adler versuchte es, verfehlte aber sein Ziel, seine scharfen Krallen zerrupften nur ein Büschel Gras.

War dort ein Loch? Nein, nur eine kleine Kuhle, nutzlos. Aber da, was war das für ein schwarzer Fleck unter der Grassode?

Noch ein beherzter Sprung. Zugleich ein reißender Schmerz: Der kam nicht von innen, das war von außen, die messerscharfen Krallen eines Adlers schrammten ihr den Rücken hinab bis zum Steiß.

Dann war das weiße Murmeltier im Gang und flitzte blind geradeaus. Ins rettende Dunkle, so schnell es konnte.

Wieder mal.

Flüchtiger Gruß an die Vorfahren

Aus dem Rücken des Murmeltiers lief weiter das Blut, ebenso aus der Schulter, die vom Adlerschnabel getroffen worden war. Das kleine weiße Tier presste sich mit der Seite, so fest es konnte, gegen die Wand des schmalen Gangs, um den Blutfluss zu stillen. Nach einer Weile wurde ihm schwindlig und flau, sei es vom Blutverlust oder von der Erschöpfung, es schloss benommen die Äuglein.

Später hockte es, wieder wach, im Finstern und blickte starr vor sich hin. Die Wunde war nun verkrustet. So wartete es wohl mehrere Stunden, ehe es sich langsam Richtung Ausgang wagte. Vorsichtig spähte es hinaus auf die Wiese. Mittlerweile war Nacht. Nur weil das Murmeltier aus der Dunkelheit des Erdreichs kam, konnte es auf Anhieb erkennen, was draußen los war. Schön war das nicht, trotz des überlaufenden Sternenhimmels dort oben. Denn auf der Wiese verteilt hockten viele Adler. Sie waren überall, hunderte mussten das sein. Die Angreifer vom Nachmittag hatten offenbar Verstärkung herbeigerufen.

Sie wollten unbedingt Beute machen. Und die Beute, auf die sie es abgesehen hatten, war das einsame weiße Murmeltier.

Auch in der Luft flogen Adler: zahllose schwarze Schatten am Nachthimmel.

Ein kleines Stück vom Eingang des Erdlochs entfernt lagen im Gras Luyántas Schwert, ihr Bogen und der Köcher mit den Pfeilen. Die waren bei ihrer Verwandlung einfach abgefallen, während ihre Kleidung mit dem Gurt anscheinend zum weißen Murmelfell wurde – daher also die einladende Kraft des weißen Gewands, jetzt endlich begriff sie es. Ausgerechnet in dieser vertrackten Lage nicht nur der Waffen, sondern auch ihrer Ausrüstung beraubt: Denn die schwere Kraxe mit Glut und Vorräten hatte Luyánta ja bereits auf der Steinplatte während des Kampfes abgeworfen, an diese Dinge war überhaupt nicht mehr zu denken.

An ihre Waffen jedoch musste sie rankommen, unbedingt. Zwei oder drei Meter vom Schwert entfernt saß still ein Adler, er hatte dem Erdloch halb den Rücken zugewandt und seinen Kopf auf die Schulter gebettet. Offenbar döste oder schlief er, wie auch die anderen in der Nähe. Fürchterlich nahe Nähe – aber es musste sein.

Leise zu sein reichte nicht. Das Murmeltier musste sich völlig lautlos bewegen, sonst war es verloren. Seine Pfoten glichen Watte oder Wolken, als es sich Schrittchen für Schrittchen durchs Gras zum Schwert pirschte. Immer wieder rollten seine Augen zu den Seiten und spähten, ob auch nicht einer der Adler ringsum sich regte.

Dann war es beim Schwert angelangt. Behutsam senkte es den

Kopf und nahm die Klinge in die Schnauze. Sich nur nicht schneiden am scharfen Stahl und erst recht keinen Laut von sich geben!

Auf seiner Zunge schmeckte es das Blut der getroffenen Feinde, das am Schwert getrocknet war. Saures Adlerblut, nicht gerade das, womit ein Murmeltier seinen Durst löschen will. Ein Stück saftiges Moos wäre ihm lieber gewesen.

Überaus vorsichtig ging es rückwärts Richtung Erdloch. Lautlos. Das Schwert Stück für Stück nachziehend.

Regt da etwa einer der Adler den Kopf? Ah, das sind ja richtige Schlafmützen!

Mit dem felligen Po voran ins Erdloch ...

Doch vermaledeit, das Schwert blieb am Eingang hängen. Die breite Kreuzstange zwischen Klinge und Griff passte nicht herein, keine Chance. Wie ein Widerhaken, so was Ärgerliches!

Das Murmeltier kauerte im Loch in der Nähe des Eingangs und brütete darüber, was es tun sollte. Es war klar, dass über die adlerverseuchte Wiese kein Entkommen war. Es blieb nur der Weg in die Tiefe des Gangs, um herauszufinden, ob es noch andere Ausgänge gab, am besten so weit wie möglich entfernt von hier. Aber wo auch immer es rauskam (falls es irgendwo rauskam): Irgendeine Waffe musste Luyánta dann haben.

Nur war der gespannte Bogen leider noch breiter als das Heft des Schwertes. Doch das unverdrossene, verletzte Murmeltier gab nicht auf, sondern schlich sich über die Klinge wieder nach vorn ins offene Gras, genauso lautlos wie zuvor, genauso umsichtig. Die Adler im Gras schienen weiter alle tief und fest zu schlafen, was für Schnarchschnäbel, und die in der Luft merkten auch nicht, dass sich dort unten ihre begehrte Beute aus dem Versteck wagte.

Das Murmeltier beugte sein Köpfchen zum Bogen und begann, sachte mit seinen Nagezähnen an der Sehne zu knabbern. Bloß kein Geräusch machen, bloß nicht schmatzen ... Fädchen um Fädchen ...

Auf einmal wurde es hektisch. Einer der Adler hatte im Schlaf ein Auge geöffnet und das tollkühne Murmeltier entdeckt. Sofort

490

streckte er den Kopf, hob die Flügel an, stieß sich mit den Krallen vom Boden ab und flatterte auf es zu. Glück des kleinen Tiers, dass der Greifvogel nicht steil aus der Luft herabstieß, sonst wäre es unweigerlich verloren gewesen! Doch auch so schoss der tödlich gebogene Adlerschnabel rasant auf es zu. Im selben Moment riss die angeknabberte Sehne des Bogens, und das Holz schnellte dem angreifenden Adler wie ein Knüppel aus dem Sack mitten ins Gesicht. Ohnmächtig sackte der große Vogel zu Boden.

Das Spektakel allerdings hatte alle Adler ringsum aus dem Schlaf gerissen. Köpfe hoben sich, Augen gingen auf. Doch das Murmeltier flitzte schon auf seinen kurzen Beinchen, so schnell es konnte, rückwärts in sein schützendes Erdloch, die gerissene Sehne fest in der Schnauze. Der nun langgestreckte Bogen glitt ihm nach und verschwand im Gang.

Gerade so war es den Adlern entronnen. Nun lief es und zog den ramponierten Bogen im Schlepptau. Hoffentlich ging es nicht um die Ecke, oder die Kurven würden zu scharf, denn dann müsste es wohl oder übel den geretteten Bogen zurücklassen und sich waffenlos weiterwagen. Jeder Rückweg wäre aussichtslos. Doch die Gänge waren gerade und lang, nur mit gelegentlichen sanften Abzweigungen, ein Labyrinth durch die Tiefe des Bergs. Nach wenigen Minuten hatten die Augen des Murmeltiers sich an die Dunkelheit gewöhnt. Dafür hatte es alle Himmelsrichtungen verloren. Es wollte nur noch so weit wie möglich fort von der schauerlichen Adlerwiese.

Ja, ein Labyrinth. Der Weg des weißen Murmeltiers durch den Berg dauerte Stunden. Diesmal stieß es auf keine Artgenossen im Winterschlaf. Dieses Netz von Gängen war wohl schon lange verlassen.

Einmal kam das weiße Murmeltier in eine Art Saal. Die Wände des Gangs weiteten sich, die Decke hob sich. Was das Tier in diesem Gewölbe vorfand, waren aber keine Schläfer. Sondern die vergilbten Skelette von Murmeltieren, die vielleicht schon vor Jahrhunderten gestorben waren. Knochen pflastern meinen Weg, dachte das Murmeltier, und Luyántas Weg. Seite an Seite lagen die Gebeine mit den langen Nagezähnen und den vierzehigen Vorderbeinen, den breiten Schultern und dem dünnen Schwanz. Vielleicht dreißig oder vierzig Skelette waren das. Eine Art Gruft war das hier, eine Krypta. Da spürte das weiße Murmeltier etwas Seltsames und Erhabenes, so eine putzige Andächtigkeit, ja etwas Spirituelles. Eine Ahnung: Was, wenn das hier die Überreste jener Murmeltiere waren, die einst das Kind Moltína aufgezogen hatten, nachdem seine gehetzte Mutter gestorben war? Moltína, Ahnin aller Fanesköniginnen, die erste Frau, die die Sprache der Murmeltiere verstanden und ihre Gestalt anzunehmen gewusst hatte – Titurel hatte von ihr erzählt.

Das weiße Murmeltier blieb einen Moment bei den Überresten der Toten hocken, senkte ehrfurchtsvoll den Kopf und gab ein geheimnisvolles Pfeifen von sich: Die Seelen dieser unbekannten Vorfahren seien dem Großen Murmel befohlen!

Dann flitzte es weiter. Stock und Schnur hinter sich her. Ihr werdet Verständnis haben für die Flüchtigkeit meines Grußes, ehrwürdige Ahnen, schlaft weiter bis ans Ende der Zeit!

Das weiße Murmeltier rannte, bis es endlich aus dem Labyrinth hinauskam. Und zwar Murmel sei Dank nicht auf der adlerverseuchten Wiese! Es hatte in den letzten Stunden nämlich befürchtet, es könnte am Ende sinnlos im Kreis gelaufen sein oder in vielen Kreisen und genau dort ankommen, wo es losgerannt war. Da, wo es verloren wäre.

Aber das hier war keine Wiese. Es war – auch eine Höhle! Und zwar kein enger Murmeltiergang mehr, sondern eine riesengroße Höhle, viele Meter hoch und breit, voller Tropfsteine. Sie sahen aus wie aus dem Leim gegangene, überwucherte, verwarzte Orgelpfeifen. Der Boden hier war glitschig und voller Geröll, und auch darin lagen allerlei Knochen, aber von anderen Tieren: riesige Gebisse mit scharfen Zähnen. Wahrscheinlich die Überreste von Höhlenbären. Dort ein Schädel … und dort eine andere Art Schädel, mit langen Säbelzähnen. Möglicherweise ein Urlöwe oder Vorzeittiger. Mit einem Schaudern sauste das kleine Tier daran vorbei.

Aufs Licht zu! Dort hinten. Tageslicht. Schon war das Grün von

492

Bäumen zu erkennen, herrliche satte Farbe. Die Höhle lag also tiefer als gedacht, sie befand sich mitten in einem Wald. Die letzten Meter vor dem Eingang war der ganze Boden mit Vogelkot bedeckt. Angeekelt schaute Luyánta hinunter auf diese Riesenkleckserei, die sie überqueren musste. Mit nackten Füßen in der schmierigen Vogelscheiße, na danke.

Ja, es waren ihre Füße. Menschenfüße, keine weißen Pfoten. In der Hand, auf deren Rücken Blut klebte, hielt Luyánta das Bogenholz mit der zerrissenen Sehne. So trat sie aus der Höhle hinaus in den Tag, in einen unbekannten Wald.

Wo war sie?

Der Nacken des Feindes

Der Wald lag matt im Schatten, die Sonne stand tief – *noch* oder *schon*? War das die Morgendämmerung oder die Abenddämmerung? So wie Luyánta im Berg die Orientierung über die Himmelsrichtungen verloren hatte, war es auch mit der Zeit. Natürlich hoffte sie auf Morgen, dann hätte sie jetzt einen langen hellen Tag vor sich, das würde alles einfacher machen. Aber es sangen weniger Vögel als sonst am Morgen. Und Tau, keine Ahnung, es war eh alles feucht. Wenigstens regnete es jetzt nicht.

Sie zögerte einen Moment, bevor sie losstapfte. Bald würde sie's wissen. Fiebrig überlegte sie, was zu tun war, um die Misere heil zu überstehen: verwundet, ausgerüstet nur mit einem kaputten Bogen ohne Pfeil und dem kleinen Dolch in ihrem Gürtel. Und weder Essen noch den Hauch einer Ahnung, wo sie war.

Dann ging sie los, und nach wenigen Schritten im Wald bemerkte sie einen großen Ameisenhaufen, der an einem Findling emporwuchs. Wenn sie davon ausging, dass die Tiere ihre Stadt möglichst Richtung Süden anlegten, zu Licht und Wärme hin – ja, dann stand

493

die tiefe Sonne jetzt leider im Westen. Das hieß, es wurde Abend, was die Lage verkomplizierte. Jetzt meinte Luyánta auch zu sehen und zu spüren, wie es dunkler wurde. Aber sie durfte nicht verzagen, darum ging sie weiter, bis sie zwischen verstreut stehenden Fichten einige Polster Weißmoos auf dem Waldboden fand. Ein paar Fetzen stopfte sie sich gierig in den Mund. Dann bedeckte sie mit mehreren großen Stücken, so gut es ging, die lange Wunde, die die Adlerkralle über ihren Rücken gezogen hatte, und die aufgerissene Stelle an ihrem Oberarm. Weich und wohltuend war das Moos auf der verletzten Haut.

Der Stoff ihres weißen Gewands, das sie zum Verbinden ablegen musste, war durchgesuppt vom Blut und teils schon wieder getrocknet, rotbraun, als wäre die Kleidung verrostet. Und bei der ganzen Auszieh- und Verbandsprozedur musste sie sich ziemlich verrenken, was durch den weiter gärenden Fluchschmerz noch quälender war. Mit aufeinandergepressten Lippen und tränenden Augen bekam sie es hin.

Notdürftig verarztet also und wieder angezogen, immerhin. Das Nächstwichtige schien Luyánta, ihren Bogen zu reparieren und sich ein paar neue Pfeile zu schnitzen. Ersteres war schnell erledigt, sie bog mit aller Kraft das Holz und spannte die durchbissene Sehne neu. Die Herstellung der Pfeile erwies sich als schwieriger. Weil weit und breit kein Haselbusch zu finden war, dessen Holz sie am liebsten benutzt hätte, suchte sie sich ein paar gerade Kiefernzweige und schnitzte daraus mit dem Dolch die Schäfte zurecht. Das Ergebnis dieser Bastelei fand sie allerdings dürftig. Wenn man ehrlich war, ein Murks.

Trotzdem: Je mehr sie tat, desto zuversichtlicher wurde sie wieder – auch wenn der Abend sich ausbreitete, um Nacht zu werden. Mit der Temperatur drohte ihre Stimmung zwar zu sinken (noch tiefer), aber ihre Aktivität fing sie auf. Ihr eigener rettender Finger, mit dem sie sich selbst am Kragen hielt. Und hochzuziehen versuchte.

Dann gelang es ihr in der Dämmerung noch, einen Hasen zu erlegen, den sie zwischen den Bäumen entdeckt hatte – mit einem trotz

Schulterschmerz sauberen Blattschuss in die kleine Brust. Ihre Hand war seelenruhig dabei, erst als der Getroffene stumm zu Boden sackte, spürte sie einen Stich in ihr eigenes Herz und zuckte zusammen. Das würde sie nie loswerden, und vielleicht war es gut so. Bitte verzeih der hungrigen Jägerin, du kleiner Hase ...

Mit ihrer Beute ging Luyánta weiter. Auch wenn jetzt kein Niederschlag war, musste es doch vor kurzem geregnet haben, das Wasser tropfte noch hier und da von Nadeln und Laub. Das Pochen eines Spechts war zu hören. Der Himmel verdunkelte sich weiter; und aus dem, was sie an weniger zugewachsnen Stellen sehen konnte, erkannte Luyánta, dass sie sich in einem sehr engen, sehr verschatteten Seitental befinden musste. Die nahen Hänge gingen dichtbewaldet und steil in die Höhe.

In eine kleine Senke hinein lag eine umgestürzte Birke. Hoffnungsvoll rutschte sie hinunter, und tatsächlich, die Rinde an der Unterseite des gekippten Baums war einigermaßen trocken. Luyánta zog und zupfte die papierfeine Ringelborke ab und stopfte sich die Taschen damit voll. Auf dem anschließenden Rückmarsch zur Höhle sammelte sie an geschützten Stellen halbwegs trockenes (oder besser: nicht komplett durchnässtes) Holz ein, alles in Eile, denn sie wollte wieder an der Höhle sein, bevor es ganz dunkel war.

Alles ging gut, nur im geschützten Höhleneingang ein Feuer zu entfachen, erwies sich als die befürchtete Plackerei. Mit dem Dolch schabte Luyánta die weiße Birkenborke zu Flocken, bis das Häuflein einen Funken fing und sie einen Zunder hatte, mit dem sie die dünnsten, trockensten Zweige entflammen konnte. Es brauchte Geduld, aber schließlich knisterte ein kleiner Herd, auf den sie behutsam größere Stücke Holz legte. Ein gemütliches Feuer entstand.

Dann kam allerdings der weniger gemütliche Teil: das Fellabziehen und Ausnehmen und Zerwirken, es war immer noch nicht Luyántas Liebstes (am schlimmsten die Hasenaugen) – aber man gewöhnt sich an alles, vor allem, wenn man Hunger hat. Und schließlich briet sie das Fleisch, auch alle Innereien. Ein bisschen Salz hätte nicht geschadet, aber gut, immerhin würde es auch für den morgigen Tag reichen. An einem Waldhasen ist viel dran für einen einzelnen Menschen.

Nach dem Essen griff sie ein brennendes Scheit und ging noch einmal einige Schritte in den vor ihr liegenden Wald. Sie wollte sich Moos und möglichst nicht zu feuchte Blätter suchen, um sich daraus ein Schlaflager am Feuer zu machen. Das hätte sie besser schon vorher machen sollen, als es noch heller gewesen war, aber sie hatte ja nicht viel Zeit gehabt. Wie unheimlich der Wald jetzt war, umarmt von Dunkelheit. Angespannt lauschte das einsame Mädchen immer wieder in die schwarze Stille, während sie Moos und Blätter auflas.

Kein Mucks, nirgends. War das nun beruhigend oder besonders gruselig?

Obwohl es nicht gerade bequem war und wahrlich nicht zu warm, schlief sie im Kopfumdrehn ein, es war ja ein turbulenter Tag gewesen. Aber ihr Schlaf war unruhig. Sie schraubte sich in einen Traum: Alles ist schwerelos, und die vierzig Murmeltiere aus der Berggruft erscheinen. Aber nun ist es freies Feld, auf dem sie paradieren, irgendwo in der Ebene, und sie sind quicklebendig und kräftig und fröhlich und tragen Wimpel und wehende Flaggen. Hach, und sie pfeifen ein hübsches, munteres Lied, pirili-pa-pa, pirili-pa-pa, und schreiten voran, diese Tapferen. Voran, meine Brüder und Schwestern!

Luyánta aber reitet den Säbelzahntiger. Da sitzt sie im Nacken des urzeitlichen Raubtiers und spürt unter sich seinen warmen Körper. Die gefährlichen Muskeln seines Halses. Der Tiger saust in der Luft hoch über den Bäumen. Die Ebene, in der die Murmeltiere marschiert sind, ist verschwunden, unter Luyánta und dem Tiger liegt der weite dunkelgrüne Wald. Was sich darin verbergen mag. Was, wenn man hineinstürzt?

Aber wie weit man sehen kann! Der Wald hat kein Ende. Tiger und Flugreiterin sausen weiter, was mag ihr Ziel sein? An ihrer Seite trottet ein – ja, was? Ein riesiges Murmeltier? Nein, es ist der ausgestorbene Höhlenbär, der auf Wolken geht, bärengemächlich, und doch hält er Schritt.

496

Und wer ist da noch? Über Luyántas Kopf, ganz nah? Beugt sich herab und legt sanft und warm die Hand auf ihr Haar. Eine schmale Hand mit langen Fingern, rau und mit eingerissenen Nägeln, und doch – anmutig, zart. Die Hand einer jungen Frau, uralt. Wundertraurig und todschön ist diese unbekannte Frau.

Moltína, dass du zu mir kommst! Vorfahrin aller wandelbaren höhlenkundigen Fanesfrauen, erste Menschschwester der Murmeltiere. Nicht meine verschwundene Schwester erscheint mir also, sondern du. Meine rätselhafte Urahnin.

Da hockt sie, Moltína, ihre Hand ruht auf dem Kopf der schlafenden Luyánta am immer noch glimmenden Höhlenfeuer. Luyánta wollte so gern die Augen öffnen, die geheimnisvolle Moltína ansprechen, herausfinden: Wie war das alles? Und nach Dolasilla fragen, dem unbekannten Zwilling, unsäglich fern und unsagbar nah. Mein Ebenbild, das es nicht gibt. Fragen will sie, alles fragen! Aber verflixt und zugenäht, sie bekommt kein Wörtchen heraus, sosehr sie es auch aus ihrem Mund zu schieben versucht, das Sprechen. Denn leider, leider, sie schlief ja tief und fest. Ein winterliches Murmeltier, Inbegriff des Schlummers.

Zitternd und schlotternd erwachte Luyánta noch vor dem Morgengrauen. Sie war völlig durchgefroren, die Asche kalt. Doch obwohl sie auch noch vom Kampf lädiert war und unbequem gelegen hatte, fühlte sie sich erstaunlich gut erholt. Sie sprang auf ihre Beine, ließ die Arme kreisen und hüpfte herum, um sich aufzuwärmen. Wie war das noch gewesen, was Laleh immer von ihr verlangt hatte, um sie wieder fit zu machen? Na los, du Faulpelz, noch fünf Kniebeugen ...

Bevor sie hinausging, warf sie einen Blick zurück dorthin, wo man nichts sah. In der immerschwarzen Tiefe des Berges mussten weiter die Überreste des Säbelzahntigers und der Höhlenbären ruhen, und tiefer noch die toten Murmeltiere.

Luyánta packte alles zusammen, ihre Waffen und das restliche Hasenfleisch. Als sie die Höhle verlassen hatte, patschten ihre Füße auf dem Boden, nachts hatte es geregnet, der Wald war voller Pfützen.

497

Wohin sollte sie sich jetzt wenden? Als Erstes wollte sie sich einen besseren Überblick über das unbekannte Tal verschaffen, von dem sie bisher nur wusste, dass es eng und schattig war. Um mehr herauszufinden, auch wie sie hier am besten rauskäme, musste sie wohl in die Höhe gelangen. Vielleicht tat's ja erst mal auch ein Baum? Tatsächlich, nach einer Weile erreichte Luyánta eine kleine Erhebung innerhalb des Walds, auf der ein besonders großer Baum mit starken Ästen stand. Ein Kletterbaum, hätte sie als Kind gerufen. Dort musste sie hinauf! Der Stamm und die Äste waren noch nass, von den Blättern tropfte es bei leichter Erschütterung. Die Zweige, die von den Ästen abgingen, waren voller zarter gelblicher Triebe, Luyánta bemühte sich, nichts abzubrechen.

Obwohl sie bei jedem Strecken und jedem Griff das hartnäckige Beißen in ihrem Schulterblatt spürte, bereitete ihr das Klettern kindliche Lust. Auf halber Höhe sah sie ein Eichhörnchen, das sich in der Nähe des Stamms zu schaffen machte. Wie niedlich. Aber was tat es da? Ah, es plünderte ein Vogelnest. Drolliges, grausames Tierchen. In diesem Moment bemerkte das Hörnchen die Kletternde, wandte sich um, ein kleines bläuliches Ei sauste in die Tiefe, und der Räuber huschte davon.

Luyánta blickte ins Vogelnest, darin lagen zwei weitere zerschlagene Eier, etwas Hellbraunes in den mattblauen Schalen. Sie hatte das Eichhörnchen beim Futtern gestört. Die Vogeleltern waren fort, wo mochten sie stecken?

Traurig zuckte Luyánta mit den Schultern und kletterte weiter. Tatsächlich ragte die Krone des Baumes ein wenig über die anderen Wipfel hinaus. Luyánta stieg so hoch wie möglich, bis auf die obersten Äste, die sie gerade so noch hielten. Niemals hätte sie das als Kind gewagt (aber immer gewollt). Und es lohnte sich, denn sie hatte weite Sicht. Auch wenn es nicht gerade erbaulich war: Ihr Eindruck hatte sie nämlich nicht getrogen, sie befand sich hier in einem trostlos engen Seitental – dunkel und feucht, abgelegener ging's kaum. Na herrlich, murmelte Luyánta zu sich selbst, ich sitze in irgendeiner Arschspalte. Bewohnt war dieses Seitental vermutlich nicht, es

498

sei denn, irgendwo im Wald hauste ein Einsiedler oder Köhler oder auch ein Müller, immerhin floss ein Bach die innerste Talritze hinab. Aber vermutlich war es komplett menschenleer.

So hockte Luyánta im Baumwipfel und überlegte, ob sie sich besser bergab oder bergauf wenden sollte. Wohin das Seitental unten mündete, war nicht zu sehen, es knickte um einen steilen Berghang. Nach oben aber ging's weit, in der Höhe lagen jede Menge Schnee und Eis. Das war noch weniger einladend. Da Luyánta kaum Ausrüstung und Nahrung hatte, blieb ihr wohl nur der Weg nach unten. Auch wenn sie keine Ahnung hatte, wo sie da landen würde.

Eine Weile hatte Luyánta dort oben gehockt und gegrübelt (ihr Kopf fühlte sich so eng an wie das Tal, von wegen *Überblick*), als sie plötzlich bemerkte, dass sich unten zwischen den Bäumen etwas bewegte. Es war ein Stück entfernt, vielleicht hundert Meter, aber doch deutlich zu merken: Die Blätter der Bäume bewegten sich, als zögen sie sich zurück. Blitzte dort hinten, zwischen dem noch nicht dichten Laub, etwas auf? Ein größeres Tier, vielleicht ein Alpengürteltier oder ein fettes Wildschwein? Plötzlich bekam Luyánta Lust auf Schweinebraten. Aber das war ja Unfug, wie sollte sie von hier aus ein solches Tier mit ihren jämmerlichen handgeschnitzten Kiefernpfeilen erlegen? Außerdem, was sollte sie allein mit einem ganzen Wildschwein? Obwohl sie gerade mächtigen Hunger hatte. Sie griff in ihren Beutel und zog ein Stück von der gestrigen Beute heraus. Ein kaltes, geröstetes Hasenherz, nun denn. Nicht wählerisch sein oder empfindlich, hatte Laleh einmal gesagt. Ihre Gefährtin, die in ihrer Not auch schon Eidechsen gegessen hatte. Wenn es so weit wäre, würde Luyánta das auch tun.

Aber erst mal hatte sie ein anderes Problem. Es war nämlich weder Wildschwein noch Alpengürteltier noch sonst ein Wild, was dort auftauchte – und genau in ihre Richtung kam. Gut, dass sie hier oben saß ... Es war ein Reiter auf einem weißen Pferd. Luyánta verhielt sich mucksmäuschenstill. War es Freund oder Feind? Ein Unbekannter, bei dem das schwer zu sagen wäre?

Wenigstens in dieser Hinsicht hatte sie Glück: Es war kein Unbekannter. Aber auch kein Freund. Der Reiter, der sich da näherte, war – kein Zweifel – Amian. Luyánta hatte ihn zuvor nur von weitem gesehen, in jener Schlacht, einmal durch Pistiors Fernrohr und einmal mit bloßen Augen. Und doch hatte sich sein markantes Aussehen in ihrem Gedächtnis festgesetzt: die große, schlanke Gestalt. Das schwarze Haar. Die Hakennase, wie der Schnabel eines Raubvogels. Die kalten, klaren Augen, messerscharf.

Sein Schimmel näherte sich direkt ihrem Baum. Über seiner Schulter hingen ein langer Bogen und ein Köcher voller Pfeile, an seiner Seite ein großes Krummschwert. Wenn er nur nicht heraufsah ...

Das Pferd bewegte sich langsam, sein Reiter war merklich auf der Hut. Dann ließ er sein Tier mit einem Griff in den Zügel stehen bleiben: genau unter dem großen Baum, in dessen Krone Luyánta sich verbarg.

Langsam drehte er seinen Kopf zur Seite, nach rechts erst, dann nach links – dann hielt er wieder still. Es schien, als wittere er etwas. Und sicher lauschte er ins Dickicht. Wie fein sein Gehör war, darüber hatte Luyánta schon oft erzählen gehört, von Titurel und anderen.

Auf einmal senkte er den Kopf und blickte zu Boden. Er musste dort etwas entdeckt haben. Das herabgefallene Vogelei, ging Luyánta durch den Kopf, und schnell rutschte sie zur Baummitte und quetschte sich dahinter, halb vom Stamm verborgen, halb von Blättern ... Alles schien ihr furchtbar zu wackeln dabei, sie drückte sich, so nah es ging, ans Holz.

Sie war sicher, dass Amian jetzt heraufblickte. Gewiss tat er das.

Da huschte etwas über einen Ast, ein paar Meter unter ihr. Das Eichhörnchen. Oder ein anderes als vorhin, keine Ahnung.

Amian musste es, wenn er heraufschaute, sehen. Das war gut. Er würde begreifen, wer für das herabgefallene Ei verantwortlich war.

Erst nach zwei oder drei Minuten hob Luyánta vorsichtig wieder den Kopf, um herabzuspähen. Amian hatte den Kopf wieder gesenkt und blickte geradeaus. Aber noch immer stand sein Pferd da unten, und man spürte bis hierherauf, dass der Adlerprinz sich in Lauerstellung befand.

Umso stiller musste Luyánta sich verhalten.

Und doch, ging ihr durch den Kopf, musste sie sich jetzt regen, musste sie handeln. Direkt unter ihr befand er sich: ihr größter Feind. Sie hätte ihm von hier aus auf den Kopf spucken können, auf sein schwarz glänzendes Haar. Wie schön es übrigens war, dieses Haar – aber wie viel Böses saß darunter. Im Kopf ihres Feindes.

Zugleich spürte sie noch etwas anderes, wenn sie auf den schönen, bösen Feind herabsah: eine grenzenlose Kälte, die zu ihr aufstieg. Aber nein, Kälte war das falsche Wort – da war eher etwas wie ein düsteres Loch, oder ein Nichts in der Mitte dieses Kriegers. Eine blutige Leere. Aber es war eine Leere von fürchterlicher, grausiger Kraft. Sie, die auf dem Wipfel kauernde Kriegerin, hatte das Gefühl, diese Leere könnte sie einfach einsaugen, mitsamt dem tiefverwurzelten Baum. Mit dem ganzen sie umgebenden Wald. Nacktes Grausen packte sie, eisige Angst – nicht Furcht vor dem Gegner, sondern vor etwas viel Unheimlicherem.

Sie starrte ihn aus der Höhe an: den bösen Feind, den schönen jungen Mann. Verzehrender Hass war in ihr und zugleich … nein, das konnte nicht sein. Wenn *das* in ihr war, dann musste sie es töten. So wie sie den Feind töten musste.

Sie sah nicht nur sein Haar, sondern erkannte darunter auch den verborgenen Nacken des Feindes. Es war, als böte er ihr seinen schutzlosen Hals dar. War das der Moment, in dem sie, die Königin, endlich das Schicksal des gemarterten Fanesvolks wenden würde? Ihr war klar, dass sie sich diese Gelegenheit nicht entgehen lassen durfte.

Vorsichtig legte sie das angebissene Hasenherz neben sich auf dem Ast ab. Dann nahm sie langsam den Bogen von ihrer Schulter. Und legte ebenso langsam den Pfeil an die Sehne. Was für ein lächerlicher Pfeil das war, umso schärfer musste sie die Sehne spannen, umso genauer zielen. Treffen würde sie, daran hatte sie keinen Zweifel. Sie war in diesem Moment absolut sicher darüber, sie spürte ihre Meisterschaft.

Ein Kinderspiel, jetzt Amian zu töten.

Amian schaute sich wieder um, nach beiden Seiten, links – rechts – sein Gehör schien ihn zu warnen oder irgendein anderer Sinn. Sein Instinkt.

Aber er sah nicht noch einmal hoch. Sein Schimmel regte sich nicht. Kein Laut im Wald. Die morgendlichen Vögel schienen alle vor Entsetzen verstummt zu sein, oder sie sangen in unendlicher Ferne.

Luyánta meinte, man müsste doch diesen pulsierenden Schmerz in ihr hören, während sie den Bogen langsam spannte – es müsste durch den ganzen Wald dröhnen, dieses schauerliche Beißen und Reißen, das sich jetzt in ihrem Körper ausbreitete wie ein rasender Brand. Die Zielende aber beirrte er nicht, dieser Schmerz. Vollkommen ruhig war ihre Hand. Die Spitze des Pfeils richtete sich genau auf Amians Nacken, einige Meter unter ihr.

Tropft es auch nicht von den Zweigen herab?

Der Schmerz zerreißt sie. Schon einmal hat sie es in solcher Heftigkeit erlebt, in den Tagen nach ihrer Flucht von dem Schlachtfeld. Jetzt geschieht es wieder. Ihr Körper hat sich aufgelöst, ihr langer Mädchenkörper, unbehaglich, darin zu leben – es gibt diesen Körper nicht mehr, es gibt sie nicht mehr, da ist nur noch reißendes, verzehrendes Feuer. Eine Flamme, die sie auslöscht. Unbeirrbar zielt der Pfeil auf den Feind, trotz des Schmerzes im Körper der Schützin. Die Sehne des Bogens ist bis zum Äußersten gespannt. Eine winzige Bewegung der Hand nur. Dann wird der Feind sterben.

Doch sie schoss nicht.

Sie ließ die Hand sinken, lockerte die Sehne. Was war geschehen? Es war nicht der Schmerz gewesen, der sie am Schießen hinderte. Sondern ein Gefühl, nein, ein plötzliches sicheres Wissen: Sie würde, gemeinsam mit dem Feind, sich selbst töten. Im selben Moment, da Amian vom Pferd stürzte, würde sie tot vom Baum stürzen. Nicht im übertragenen Sinn, nicht symbolisch, sondern wörtlich: tot. Und während sie das fühlte und wusste, rauschte auf einmal Mitleid durch ihren Körper, der auf einmal wieder da war – überwäl-

502

tigendes Mitleid, aus ihrem wiedererstandenen Innersten herausströmend. Zugleich ließ der Schmerz schlagartig nach, als wäre er aus ihr gewichen wie Luft durch eine Öffnung.

Der Schmerz war fort, auf einmal. Was hatte das zu bedeuten? Sie hätte jetzt viel leichter schießen können, ohne die Zähne zusammenzubeißen wie zuvor, als es weh tat. Und da murmelte es wieder in ihrem Kopf, es kam von irgendwoher, beinah verzweifelt klang es, zornig krächzend oder klappernd: *Schieß. Na schieß schon.* So ein Kuddelmuddel war in ihr! Aber sie hatte das Gefühl, dass sie der einflüsternden Stimme nicht trauen durfte.

Sie schoss nicht. Sie senkte die Waffe.

Unter dem Baum, als hätte er nach kurzer Irritation seine Sicherheit wiedergefunden, gab Amian seinem Pferd einen leichten Ruck mit dem Zügel und bewegte sich weiter.

Luyánta war fassungslos. Was war das wieder für ein Betrug, der ihr da widerfahren war, sie heimgesucht hatte? Wütend hob sie den Bogen wieder, noch war Amian nah, sie wollte ihm von hinten in den Hals schießen, und wenn der Pfeil ihn in den Rücken traf, dann wäre es auch egal. Hauptsache, er würde verenden, und wäre es qualvoll … es war sogar gut, wenn er qualvoll starb. Sie würde vom Baum herabstürzen und ihn mit ihrem Dolch massakrieren. Sie hatte versäumt zu tun, was zu tun war!

In ihrer plötzlichen Hektik fiel das angebissene Hasenherz, das sie neben sich gelegt hatte, vom Ast und plumpste durch die Blätter hinab Richtung Waldboden. Ein leichtes Rauschen, wie wenn eine Kastanie herabfällt.

Amian ließ sein Pferd halten und wandte sich um. Luyánta duckte sich wieder auf ihrem Ast, gegen die Baummitte ins Blätterwerk.

Und wieder sah er sie nicht. Einen Augenblick wartete er, spürbar in äußerster Anspannung; dann ritt er weiter.

Was geschah hier? Jetzt raste in Luyántas Kopf alles wüst durcheinander. Sie blickte Amian nach. Er ritt durch die Bäume, langsam, aber erkennbar zielstrebig. Luyánta hatte gute Sicht. Sollte sie herabklettern und ihm heimlich zu folgen versuchen? Mittlerweile war er wohl außerhalb der Reichweite ihres Pfeils. Zumal mit diesem handgemurksten Stängel, den sie da hielt. Ah, was war sie nur für eine jämmerliche Gestalt ... *Königin*, wie lächerlich kam ihr dieses Wort vor ... Sie hatte sich die große Gelegenheit entgehen lassen. Ein Kinderspiel wäre es gewesen. Sie war nichts als eine dumme Pute!

Amian erreichte nun eine kleine Lichtung zwischen den Bäumen. Luyánta sah ihn nur noch klein, wie einen Spielzeugritter aus Zinn. Hinter der Lichtung war der Wald dicht, wenn er dort hineinritt, würde sie ihn aus den Augen verlieren. Freilich, sie war eine sichere Fährtenleserin, sie konnte ihm nachpirschen.

Aber er verließ die Lichtung nicht. Stattdessen erschien aus dem Dickicht zur Rechten eine weitere Gestalt auf einem Pferd. Luyánta erkannte sofort, wer das war, und nun wurde ihr schwindlig.

Dies also war der Verräter ... die Verräterin.

Die Verräterin

War das alles ein böser Traum? Luyánta wollte nur noch aufwachen. Durch die Wolken am Morgenhimmel war die Sonne gebrochen oder besser gekrochen, aber sie erreichte den verfluchten Wald im engen Spaltental nicht. Luyánta hockte auf ihrer Baumspitze wie ein herabgeplumpster und aufgespießter Stern, fassungslos zu der Lichtung hinüberstarrend, wo die beiden Reiter wie zwei Spielfiguren einander gegenüberstanden: Amian, der Adlerprinz, und – *Silma*.

Eine neuerliche Welle von Schwindel brauste durch Luyántas Kopf, gleich würde sie in die Tiefe stürzen, von Ast zu Ast schlagen ... würde auf den Waldboden plumpsen, wie sie zuvor vom Himmel geplumpst war ... und erlöschen. Ein mausetoter Stern.

Amian und Silma sprachen ruhig miteinander. Es wirkte vertraut, keine Spur von Feindschaft spürbar. Während Luyánta das Unerklärliche beobachtete, kam ein kleiner brauner Vogel angeflogen und setzte sich neben sie auf den Ast, keine zwei Meter entfernt. Luyánta schaute ihn kurz an: Ob das die arme Mutter war, die die nun verlorenen Eier ins Nest weiter unten gelegt hatte? Armes Vöglein, du ... es hüpfte mit seinen zerbrechlich wirkenden Krällchen ein, zwei Schritte auf dem Ast, dann flatterte es davon.

Luyánta hingegen blieb sitzen und schaute wieder zu den beiden Reitern auf der Lichtung hinüber. Braunlockige, warmherzige Silma! Wie ist das möglich? Was tust du da? Warum nur, warum?

Nach ein paar Minuten kam wieder Bewegung auf die kleine Lichtung: Die beiden trennten sich. Amian ritt davon, schneller nun als zuvor und nicht in die Richtung, aus der er gekommen war, sondern ins entgegengesetzte Dickicht. Schon schloss sich das frische Grün hinter ihm, und er war Luyántas Blick entschwunden.

Silmas Pferd aber stand noch einige Minuten still, die Reiterin wirkte jetzt erstarrt oder unschlüssig. Erst dann setzte auch sie sich langsam in Gang. Und zwar genau in die Richtung von Luyántas Baum. Nun endlich erwachte Luyánta aus ihrer Schockstarre. Sie rutschte zur rückwärtigen Seite des Baums und machte sich daran, so leise wie möglich herabzuklettern, Ast um Ast. Zwischendurch lugte sie um den Stamm herum und durch die Blätter, um zu sehen, ob Silma sich weiter in ihre Richtung bewegte.

Das tat sie, aber sie schien gar nicht auf ihre Umgebung zu achten: Stattdessen hielt sie den Kopf gebeugt. Unglücklich wirkte sie, beinah, als weinte sie. Oder bildete Luyánta sich das bloß ein? Sie musste sie zur Rede stellen! Sie konnte das alles einfach nicht glauben.

Schließlich hatte Luyánta einen dicken Ast in etwa zwei Meter Höhe erreicht, wo sie in angespannter Haltung hinter dem breiten Stamm versteckt blieb und lauschte. Die Vögel des Waldes gaben ein morgendliches Frühlingskonzert, ein hundertstimmiger Chor. Aber Luyánta hatte keinen Sinn dafür, sie versuchte nur, die fast unhörbaren Schritte von Silmas Pferd auf dem weichen Boden zu erfassen. Und sie war selbst erstaunt, wie scharf ihre Ohren waren. Genau hörte sie, wie das Pferd sich näherte.

Dummerweise hatte sie kein Schwert mehr, deshalb zog sie ihren kurzen Dolch aus dem Gürtel. Schließlich erreichte das Pferd den Baum, gleich würde es direkt vorbeilaufen. Und jetzt sah die hervorspähende Luyánta in aller Deutlichkeit die Reiterin. Ja, es war Silma – bis zuletzt hatte Luyánta noch gehofft, es wäre nur eine Verwechslung gewesen, alles ein Irrtum. Eine böse Illusion. Aber sie war unverkennbar: dieses freundliche, ebenmäßige Gesicht, die braunen Locken – ganz nah schon, gleich könnte Luyánta ihr in die Haare fassen …

Auf einmal sah Silma aus ihrem Brüten auf, und da entdeckte sie die Lauernde auf dem Baum, weitete verdutzt die Augen – doch Luyánta hatte sich bereits mit aller Kraft von ihrem Ast abgestoßen und riss, wie eine hungrige Pantherin auf ihre Beute stürzt, Silma vom Pferd. Sie bemühte sich, sie bei der Attacke nicht mit dem Dolch zu verletzen (und natürlich erst recht nicht sich selbst!), trotzdem ratschte sie Silmas Schulter auf, sodass etwas Blut hervorschoss. Das Pferd bäumte sich vor Schreck auf und wieherte angstvoll, während seine Reiterin zu Boden ging. Silma aber gab nicht den kleinsten Mucks von sich, auch nicht, als sie gleich darauf auf dem Rücken lag, über sich Luyánta, die ihr zitternd den Dolch an die Kehle hielt.

Mit aufgerissenen Augen schaute Silma Luyánta an. Nicht bittend, flehend, ängstlich – nur fragend.

Es schien eine Ewigkeit vergangen, bis die erste endlich ein Wort sagte. Es war nicht Luyánta, sondern Silma, mit ihrer vertrauten tiefen Stimme, die so warmherzig klang wie eh und je, selbst wenn sie jetzt leise und gedrückt war.

«Du weißt es also», stieß sie hervor. Luyánta spürte den Atem der Sprechenden in ihrem Gesicht.

«Ich weiß es», zischte Luyánta. «Ich habe euch gesehen.»

Silma schwieg. Sie schaute Luyánta in die Augen. Ihr eigener Blick verriet nichts, keinen Gedanken, kein Gefühl. Luyánta spürte, wie ihr selbst der Schweiß lief. Ein Tropfen von ihrer Stirn fiel auf Silmas Wange.

Dann sagte Silma leise: «Es ist gut so …»

Luyánta kapierte nichts. Stattdessen wieder der Schwindel. Der Dolch in ihrer Hand, an Silmas Kehle – «Nichts ist gut!», kreischte sie zornig. «*Du* bist also die, die uns verraten hat? *Warum?*» Jetzt versuchte Silma doch, den Blick abzuwenden, ihre Pupillen schoben sich in die Winkel, ihre Lider verengten sich. «Du würdest es doch nicht verstehen», antwortete sie schließlich mit leiser, doch fester Stimme. Dann machte sie die Augen wieder weit und schaute die auf ihr liegende Luyánta an. Sie waren einander so nah wie ein ineinander verschlungenes Liebespaar, es war alles eine absurde und widerwärtige Situation. Luyánta spürte Ekel, ein Grollen in ihrer Magengrube, wenn sie an diesen Dolch in ihrer Hand dachte – eine Waffe am Hals der Frau, die ihr lieb und wert gewesen war! Oder noch immer war. Denn sie konnte es einfach nicht begreifen. Das unermüdliche Zwitschern der Vögel ringsum, das sie erst jetzt wieder wahrnahm (ach, der Wald war ja übervoll davon), kam ihr vor wie böser Hohn.

Die Stichwaffe immer fest in der Hand, sprang Luyánta auf. Silma berappelte sich, blieb aber liegen, hob nur leicht Kopf und Oberkörper und stützte sich auf einem Ellenbogen ab. Die Hand ihres anderen Arms legte sie auf die Stelle an ihrer Schulter, wo Luyánta sie mit dem Dolch geschnitten hatte. Sie wischte sich über die Wunde und hielt dann die Hand vor sich, ihr eigenes Blut an den Fingern betrachtend. Über ihr Gesicht huschte der Hauch eines traurigen, aber auch spöttischen Lächelns. An ihrem Armgelenk war der gedrechselte Reif aus Rindshorn, mit dem Kopf des Stiers darauf, dem Ⴒ.

Sie warf einen Blick zu ihrem Pferd hinüber, das einige Schritte entfernt ratlos wartete; dann schaute sie wieder Luyánta an, die mit leicht gebeugten Knien vor ihr stand, sprungbereit, den angewinkelten Dolch in der Hand. Doch vor allem: auf Antworten wartend. Auf irgendeine Erklärung fürs Unerklärliche.

Die grässlichen zwitschernden Vögel, als lachten sie die beiden unglücklichen Menschen aus!

«Wer hat dich verletzt?», fragte Silma am Boden leise. «Du bist voller Blut.»

507

«Es ist schon getrocknet.» Luyántas Stimme war kalt und abweisend. Zumindest bemühte sie sich, sie so klingen zu lassen. Denn innerlich glühte sie vor Verzweiflung.

Und Silma? Spürte sie es? Was ging in ihr vor?

Auf einmal flüsterte sie, in einer Art von Entschlossenheit: «Es ist gut, wenn du mich tötest.»

«Ich will dich aber nicht töten, verdammt!», brach es aus Luyánta heraus. «Ich will wissen, warum *du uns* töten willst! Was hast du mit Amian beredet? Was hast du früher schon mit ihm besprochen? Was hast du ihm alles verraten?» Sie keuchte heftig; und fuhr fort: «Warum willst du uns alle in den Untergang stürzen? Und dich selbst!?»

Denn im selben Moment stand ihr wieder das Bild vor Augen, wie Silma ihr todesmutig zu Hilfe gekommen war, als sie selbst, die Faneskönigin, auf verlornem Posten focht. Sie hatte sich mit gezognem Schwert ins Feindgetümmel gestürzt, nachdem sie ihren Leuten den Abzug durchs brennende Lager befohlen hatte. Umringt von den Kreisen der Adlersoldaten, die sich enger und enger zusammenzogen, hatte sie den sich nähernden Amian erwartet. Da waren aus dem Feuer auf dem Hügel plötzlich Silma und Hyypiä herausgesprengt, um ihr beizustehen – oder mit ihr unterzugehen, was in diesem Moment das Wahrscheinlichere war. Silma, eine der Mutigsten von allen! Mit ihrem Verrat unterschrieb sie ja ihr eigenes Todesurteil.

An alles erinnerte Luyánta sich auf einmal, da die undurchschaubare Verräterin ihr zu Füßen lag: wie Silma nach der Ankunft des Fanesvolks im Tal der Enge und Weite gemeinsam mit Wilbur als Erste den Spähposten auf der alten Königsburg bezogen hatte. Der Ort, wo später die Freunde Gabiel und Bagiuz ermordet worden waren. Hatte Silma etwa da schon im Dienst des Feindes alles ausgekundschaftet, um den Angriff auf den Roten Grat zu ermöglichen? Und dann die Nacht der Schlacht: Als Luyánta und Pistior im strömenden Regen zurück zum Lager galoppiert waren, war ihnen das Fanesheer mit Silma an der Spitze entgegengezogen. Was hatte sie da im Sinn gehabt? War alles falsches Spiel gewesen, Hinterlist, Betrug?

508

Luyánta konnte es einfach nicht glauben. Sie sah noch vor sich, wie Silma auf der großen Flucht auf die schwerverwundete Hieronyma achtgegeben hatte, sie tagelang stützend in liebevoller Fürsorge. Jetzt sah alles anders aus. Statt Behütung Verrat. Silmas ständiger Wunsch, das Knochental zu verlassen – war es also gar nicht darum gegangen, die Lage draußen zu erkunden, sondern hatte sie nur die Gelegenheit gesucht, den nächsten Verrat zu üben? War sie nur deshalb so frustriert gewesen, als ihren Erkundungszügen immer etwas dazwischenkam? Weil sie Gelegenheit zum Verrat verpasste?

Zuletzt war Silma doch losgezogen, gleichzeitig mit Luyántas Aufbruch ins Tal des roten Honigs. Dies hier war also ihr wahres Ziel gewesen. Wo steckten eigentlich die anderen Kundschafter? Wilbur und zwei weitere Faneskrieger hatten Silma doch begleitet.

So viele Fragen, alles war unklarer als zuvor. Nun, da Luyánta wusste, wer die Verräterin war ... Nichts wusste sie in Wahrheit, nichts! Von neuem schwindelte ihr ...

Silma musste es gespürt haben. Blitzartig sprang sie auf und warf Luyánta, die nicht rechtzeitig reagierte, mit einem heftigen Stoß zu Boden. Entsetzt merkte Luyánta, wie ihr der Dolch aus der Hand fiel. Sofort rollte sie zur Seite, damit nicht Silma vor ihr die Waffe schnappte und damit auf sie losging. Denn nun lag sie am Boden, während die Verräterin auf beiden Beinen stand. Im Rollen schnappte Luyánta den Dolch und bewegte sich weiter, wieder auf den Rücken, den Dolch zur Abwehr hochreißend, sie musste sofort wieder auf die Beine kommen ...

Aber Silma war ihr gar nicht nachgesprungen und hatte auch nicht versucht, an den Dolch zu kommen. Stattdessen war sie zu ihrem wartenden Pferd gerannt und hatte sich in den Sattel geschwungen. Und während Luyánta sich noch fluchend wieder aufrappelte, sah sie Silma in den unbekannten Wald davongaloppieren.

Heimkehr durchs Feuerrosental

Luyántas Rückkehr ins Tal der Knochen verlief, angesichts all der neuerlichen Miseren, erstaunlich reibungsfrei. Zunächst hatte sie allerdings einen unfreiwilligen Umweg gemacht: Denn sie war noch einige Stunden lang der Fährte von Silmas Pferd gefolgt, die bergauf in den immer engeren Talschluss führte. Über der Baumgrenze kam Luyánta auf ausgedehnte Geröllfelder, auf denen die Spur des Pferdes nicht mehr zu finden war, und schließlich lagen vor einer senkrechten Bergwand links und rechts zwei steile Schotterhänge. Welchen der beiden Wege hatte die Flüchtende wohl genommen?

Luyánta blickte hinauf. In beiden Richtungen sah sie in der Höhe ausgedehnte Schneefelder, die immer noch weiter bergauf führten. Vielleicht waren es auch Gletscher, das war von hier unten nicht erkennbar. Was war zu tun? In ein bis zwei Stunden würde sie die Schneefelder erreichen, in denen sich wieder Spuren finden lassen mussten – falls sie sich für den richtigen Aufstieg entschieden hatte. Aber wenn sie Pech hatte, war es der falsche, dann würde sie wieder absteigen und es auf der anderen Seite versuchen müssen. Der Anschluss wäre dann endgültig verloren. Außerdem fragte Luyánta sich, was sie denn überhaupt tun sollte, wenn der unwahrscheinliche Fall einträte und sie (fast unbewaffnet und ohne Pferd) die berittene, gut ausgerüstete Silma schließlich doch einholen sollte.

Es war wichtiger, dachte sie, dass sie zum Fanesvolk zurückkehrte, um sich dort mit ihren Leuten zu beraten und für alles zu wappnen, was kommen mochte. Denn vermutlich hatte die Verräterin den Adlerprinzen ja über den Aufenthaltsort seiner Feinde und vieles Weitere in Kenntnis gesetzt. Das war umso schlimmer, als Silma zuletzt in den Fanesrat aufgenommen worden und dadurch in die vertraulichsten Dinge eingeweiht war.

Und noch etwas bewog Luyánta, die Verfolgung abzubrechen

510

und umzukehren: Es hatte zu regnen begonnen, und über dem Geröllfeld war starker, eisiger Wind aufgekommen, der ihr in die Glieder fuhr. Sie erlebte (und das in der ohnehin noch nicht warmen Jahreszeit) einen starken Temperatursturz, und die Schotterhänge und darüberliegenden Eisfelder hatten etwas Unklares, über die Kälte hinausgehend Bedrohliches. Dort oben würde ihre Lage noch heikler. Am Ende landete sie noch in der nächsten Patsche (wie Laleh es nannte), statt ihren Leuten herauszuhelfen.

Es half nichts, sie musste zurück. Sie kehrte also um, stieg bergab und durchquerte schlecht gelaunt den Wald, wo sie ohne Appetit die jetzt schon ziemlich zähen Reste vom Hasenfleisch aufaß und ein bisschen fades Moos nachschob. Weiter unten wurde der Wald dichter, Luyánta folgte immer grob dem Bachlauf und schnitzte sich nachmittags aus Haselzweigen, die sie gefunden hatte, ein paar weitere Pfeile. An diesem Abend schoss sie aber nicht wieder ein Tier, sondern aß scharfen Bärlauch, der im schattigen Auenwald des sich ausbreitenden, verzweigenden Bachs wuchs, außerdem Spitzwegerich von einer Wiese, der beinah nach Pilzen schmeckte. In der tieferen Lage war es nicht mehr sehr kalt. Zur Nacht grub sie sich in einen nicht zu feuchten Laubhaufen ein, in dem es sich halbwegs erträglich schlafen ließ.

Am nächsten Tag fand sie endlich heraus, wohin das versteckte Seitental mündete: Sie kam ins Tal der Feuerrosen, von dem sie schon oft gehört hatte. Die namengebenden Blumen blühten zwar noch nicht, aber die leuchtend gelben und roten Knospen, die die Form von sehr großen Tropfen hatten, waren unverkennbar.

Gegen Mittag gelangte Luyánta an die armselige Kate einer Ölbauernfamilie. Vor der Hütte aus undichten, verwitterten Brettern wuchs märchenhaft ein alter, knorriger Feuerrosenstock, vor dem eine handbetriebene Ölmühle stand. Die Familie empfing die Wanderin freundlich und lud sie gleich ins Haus. Der Bauer sagte kein Wort, sondern nickte immer nur freundlich. Die Bäuerin war eine Mutter von sechs dünnen, aber aufgeweckten Kindern und in Wirklichkeit wohl jünger, als sie auf den ersten Blick wirkte: eine vom harten Leben gebeugte Frau mit tiefen Augenringen. Bei Krautsuppe und trockenem Brot erzählte sie Luyánta von der Plage, die bis zum vergangenen Sommer das Adlerheer über das Feuerrosental gebracht hatte. Ihrem Mann hatten Häscher auf der Suche nach aufrührerischen Elementen die Zunge abgeschnitten, und ähnliche Grausamkeiten hatte es viele gegeben. Nur langsam erholten sich die Talbewohner von dieser jahrelangen Geißel.

Luyánta spürte ohnmächtige Wut, als sie von Unrecht und Grausamkeiten hörte, und erzählte der Bäuerin und ihrem stummen Mann, gegen wen das Adlerheer gezogen war, als es das Feuerrosental verlassen hatte – ohne freilich zu verraten, wer genau sie selbst war. Da wurden die Gastgeber noch großherziger und schenkten, trotz ihrer Armut, Luyánta zum Abschied ein warmes Fell, einiges Brot und geräucherten Speck sowie einen Beutel mit dem entflammbaren Öl, für das das Tal berühmt war.

Luyánta dankte den hilfsbereiten Leuten von Herzen und wünschte ihnen alles Gute, bevor sie weiterzog. Von hier aus konnte sie sich den Weg ins Tal der Knochen zusammenreimen, und dank der ordentlichen Ausstattung, die sie empfangen hatte, kam sie gut und sicher voran und konnte sich nachts ein wärmendes Lagerfeuer machen.

Am Abend des übernächsten Tags erreichte sie das Knochental. An Erholung war aber nicht zu denken, denn sie fand die Fanesleute in großer Aufregung: Luyántas Abwesenheit hatte zwar nicht länger gedauert als erwartet, aber aus dem von Amians Heer besetzten Tal der Enge und Weite waren verstörende und beängstigende Nachrichten gekommen. Der Jäger Gracchus hatte auf seiner Rückkehr von dort in der Ruinenstadt, der verlassenen alten Heimat des Knochenvolks, Wilbur und die beiden anderen Faneskrieger aufgefunden, die mit Silma aufgebrochen waren. Silma war rätselhafterweise verschwunden, und die drei Männer befanden sich in einem verfallenen, überwucherten Tempel in einer Art Bannstarre, für die niemand eine Erklärung wusste. Zwar gelang es Gracchus, mit Hilfe von Schwarzsalbei die Eingefrorenen wieder ins Leben zu rufen. Aber was geschehen war und wo Silma sein mochte, dafür hatten die drei keinerlei Erklärung. Alle Erinnerung in ihren Köpfen schien ausgelöscht, wie durch Zauber. Die Männer verstanden zunächst nicht einmal, dass sie offenbar mehrere Tage lang in einen Bann geschlagen gewesen waren. Und Wilbur war jetzt natürlich in großer Furcht um seine verschwundene Frau.

Das war aber noch nicht alles, was die Fanesleute so aufwühlte. Denn Gracchus musste außerdem berichten, dass es über das Ziel der massenhaften Trussanerwanderungen während der letzten Wochen keinen Zweifel mehr geben konnte: Sie zogen ins Tal der Enge und Weite. Und sie kamen offensichtlich nicht als Feinde zu Amians Heer, selbst wenn sie dem Tal schrecklich zusetzten: Der Wald der tausend Vögel war schon gänzlich verbrannt und verkohlt, und selbst der undurchdringliche Nebelwald war bereits zu einem Drittel abgestorben. Was das alles zu bedeuten hatte, konnte weder Gracchus noch jemand anders erklären. Aber natürlich gab es Anlass zu größter Sorge.

Der Fanesrat versammelte sich gemeinsam mit dem hinzugezogenen Jäger und Kanzlerin Cerbrëe sowie dem von Laleh mitgebrachten Mizuel im Zimmer von Luyánta, nachdem Hypatia deren Wunden (die sich als eher oberflächlich herausstellten) versorgt hatte. Erschüttert hörten alle, was die Heimgekehrte von ihrer Begegnung mit Silma erzählte.

«Und wir hatten den Köhler Harichl verdächtigt», rief Hyypiä, «diesen schrulligen Vogelfreund. Was mag aus ihm geworden sein?»

Die schlimme Enthüllung über Silma verdrängte die Erleichterung darüber, dass Luyánta im Tal des roten Honigs tatsächlich die Faneskinder angetroffen hatte, und sogar die Bestürzung über den Willen der Kinder, nicht mit der Königin zu gehen. Denn immerhin, sie waren wenigstens am Leben und in Sicherheit.

Aber was hatte die Sache mit Silma zu bedeuten? Wie man das alles dem unglücklichen Wilbur beibringen sollte, war noch das geringste Problem. Wobei, war ihm denn selbst zu trauen?

«Natürlich!», rief Laleh empört. «Den kleinen Wilbur braucht ihr doch nur anzuschauen. Wer dem nicht vertraut, der hat einen Sprung in der Schüssel.»

«Das hätten wir von Silma auch gesagt», brummte Hyypiä. «Wir haben ihr alle vertraut.»

«Aber Wilbur ist ein Mann und Silma eine Frau», sagte Laleh. «Frauen können sich verstellen, Männer nicht.»

In dem Lachen, das durch den Raum schallte (*Ist halt so!*, rief Laleh, nun selbst einmal rot im Gesicht), lag eine gewisse Erleichterung, aber sie hielt nicht lang. Trotzdem war es, als ob die Scherbenamulette an den Wänden – von Hypatia vor kurzem wieder erneuert und verstärkt – etwas von dem befreienden Lachen aufsaugten und in sich behielten. Denn das Gespräch war von nun an nicht mehr ganz so bedrückt. Jetzt sprachen die Anwesenden mit klarerem Kopf darüber, was am besten zu tun wäre.

Schnell waren sie sich einig, dass der anscheinend ahnungslose Wilbur und die beiden anderen verzauberten Kundschafter zur Sicherheit vom Rest des Fanesvolks abgesondert werden sollten. Cerbröe stellte dafür einen geschlossenen Trakt des Knochenpalasts zur Verfügung, in dem es den dreien an nichts fehlen sollte, den sie aber auch nicht verlassen konnten. Denn der Vorgang war ja unerklärlich, und man wusste nicht, welche nicht erahnbaren Folgen der unheilvolle Starrebann am Ende noch haben mochte. Hieronyma gab zu bedenken, dass bei dem Bannschlag möglicherweise auch Silma in die Macht irgendeines Zaubers geraten sein konnte. Luyánta wünschte sich sehr, dass Hieronyma recht haben möge. Aber ihr klangen noch die Worte Silmas im Kopf: *Du weißt es also – du würdest es nicht verstehen – es ist gut, wenn du mich tötest.*

«Ich werde mich morgen selbst ins Tal der Enge und Weite begeben», sagte Luyánta schließlich. «Ich muss herausfinden, was dort vor sich geht.»

«Morgen? Bist du verrückt?» Laleh sah ihre Freundin entsetzt an. «Du bist gerade erst von einer einwöchigen Reise zurückgekommen, bei der wieder mal fast alles schiefgeg... also, wo du schlimm in die Patsche gekommen bist! Du wurdest fast von Adlern zerfetzt, du

514

hättest im Berg verrecken können, und Amian und Silma hätten dich massakriert, wenn sie dich entdeckt hätten. Und auf dem Rückweg wärst du fast verhungert – doch, doch, widersprich mir nicht! Eigentlich müsstest du dich sowieso immer noch schonen und von mir pflegen lassen, du bist längst noch nicht die Alte. Stattdessen willst du sofort wieder los, auf eine noch gefährlichere Mission!»

«Ich finde, Laleh hat recht. Du solltest unbedingt erst mal hierbleiben und wieder zu Kräften kommen», sagte Mizuel mit ernstem Gesicht.

«Was redest du denn da?», fuhr Laleh ihn an, dass Mizuel zusammenzuckte. «Meinst du etwa, Luyánta weiß nicht, was sie tut? Es ist ja ganz richtig, man muss unbedingt rausfinden, was da los ist. Aber, Luyánta: Du wirst garantiert nicht wieder allein gehen!»

Die anderen stimmten zu. Man wusste einfach nicht, welche Gefahr möglicherweise dem Knochental drohte – von den wahrscheinlich grauenhaften Zuständen im Tal der Enge und Weite ganz zu schweigen, in dem ja noch immer verstreute Bauernfamilien und andere unschuldige Menschen lebten. Luyánta dachte an die Grausamkeiten, von denen sie im Feuerrosental gehört hatte.

Schließlich einigte man sich darauf, dass Luyánta gemeinsam mit Laleh, Mizuel, Hyypiä und natürlich dem Jäger ins Tal der Enge und Weite gehen würde. Die zurückbleibenden Hypatia, Hieronyma und Pistior (der nicht an der Beratung teilnahm) würden wie gehabt die Verantwortung für das Fanesvolk übernehmen, in ständiger Beratung mit der Knochenkanzlerin Cerbrëe. Zuletzt stimmten alle – wenn auch schweren Herzens – überein, dass es unumgänglich sei, sich auf einen eventuellen Angriff aufs Knochental vorzubereiten. Wie auch immer der aussehen könnte. Sie mussten sich rüsten: sowohl die kriegserfahrenen Fanesleute als auch das seit Jahrhunderten im Frieden abseits der Welt lebende Volk des Knochentals.

Luyánta fand in der folgenden Nacht keinen Schlaf, so erschöpft und so glücklich sie auch war, wieder in ihrem gemütlichen Bett im Schnabelwalschädel zu liegen. Vielleicht, spukte es ihr durch den

Kopf, würde bald das liebenswerte Knochenvolk Seite an Seite mit denjenigen kämpfen, von deren eroberungssüchtigen Vorfahren sie einst beinah vernichtet worden waren. In schwerer Not waren sie vor den Soldaten von König Calocer, Luyántas Vater, hierher entronnen. Dennoch hatten sie ihren alten Feind, als der selbst in Not war, freundlich aufgenommen. Nun waren sie in gewisser Weise aneinandergebunden.

Erneut hatte das Fanesvolk diesen Menschen Unglück gebracht, ihren jahrhundertelangen Frieden zerstört.

Oder? Es war ja alles längst noch nicht sicher, sie wussten im Grunde nichts. Welche Gefahren drohten, war unklarer denn je. Sie mussten es unbedingt herausfinden!

Und dazu musste Luyánta gefälligst schlafen, sie würde ihre Kräfte morgen brauchen. Aber alles Diskutieren mit sich selbst half nichts, sie konnte einfach nicht einschlafen.

Zuletzt aber fiel ihr, wie sie vor Erschöpfung wach dalag, auf einmal etwas Gutes ein, sogar etwas Hervorragendes, Hoffnungmachendes. Ein unerwartetes Licht im alles auslöschenden Dunkel, ein Glück, das ihr plötzlich so groß vorkam, dass sie es kaum für wirklich halten mochte.

Warum war es ihr gar nicht aufgefallen? Der rasend sich ausbreitende Fluchschmerz in ihr war geplatzt wie ein Luftballon. Er hatte sich einfach in Luft aufgelöst, als sie den Pfeil, die gegen ihren nahen Erzfeind Amian erhobene Waffe, hatte sinken lassen. Nichts hatte sie seither noch von diesem Schmerz gespürt.

In der Ruinenstadt

So müde Luyánta am nächsten Tag auch war, so entschlossen fühlte sie sich. Hypatia kam vor Sonnenaufgang in ihr Zimmer, um die von den Adlern gerissenen Wunden frisch zu verbinden. Und noch etwas hatte sie, außer Salben und Verbänden, mitgebracht: ihr Schwert.

«Du musstest dein eigenes Schwert auf der Flucht vor den Adlern zurücklassen», sagte sie. «Nimm heute meins mit.»

«Das kann ich nicht. Du könntest deine Waffe selbst brauchen.»

«Aber du brauchst sie nötiger, Luyánta. Wer weiß, in welche Gefahr ihr diesmal geraten werdet. Außerdem besitze ich noch weitere Schwerter. Meinst du etwa, eine alte Kämpferin wie ich hätte nur ein einziges? Aber dieses ist mein bestes. Nimm es.»

Luyánta dankte Hypatia und legte ihr weißes Gewand an, das Wäscherinnen des Knochenpalasts während der Nacht, so gut es ging, gereinigt und getrocknet hatten. Wenn man genau hinsah, war noch immer ein unauswaschbarer Hauch von Rot zu erkennen – nicht nur an einem kleinen Fleck auf Höhe des Knies wie früher, sondern fast über den ganzen Rücken. Eine Spur von Blutrot unter dem strahlenden Weiß des Königingewandes ...

Von dem dämonischen Schmerz aber, der ihr unentrinnbar erschienen war, spürte Luyánta nichts mehr. Sie erzählte es Hypatia, die sich darüber so freute wie sie. Trotzdem gab sie zu bedenken: «Wer weiß, was es bedeutet? Wir können über nichts sicher sein. Ich habe dir gesagt, dass mir dieser Fluch ein Rätsel ist und genauso die Frage, was für ein Dämon dahinterstecken könnte. Denn dass es ein Dämon ist, da bin ich sicher.»

Das änderte nichts daran, dass Luyánta richtig beflügelt war. Und als auch Laleh erschien (ziemlich verschlafen noch), rieb sie sich die Augen nicht nur vor Müdigkeit, sondern auch vor Überraschung, wie gut gelaunt ihre Freundin heute Morgen war. Vor Freude fiel sie ihr gleich um den Hals.

Hypatia brachte die beiden Gefährtinnen bis zum Palasttor, wo bereits Hyypiä und die aus dem Faneslager gekommenen Mizuel und Gracchus warteten. Fast gleichzeitig erschienen auch Cerbrëe und König Asver, der nicht mehr so bedrückt wirkte wie bei seiner letzten Begegnung mit Luyánta, als er ihr die Vorgeschichte seines Volks offenbart hatte.

517

«Asver», sagte Luyánta, «ich freue mich, dich zu sehen.»

Asver lächelte. Mit seiner hohen Stirn, die in den Kahlkopf überging, wirkte er auf Luyánta wie eine steinerne Büste, die von einer Fee zum Leben erweckt worden war.

«Ich will euch alles Gute für euren Weg wünschen», sagte er. «Cerbrëe hat mir berichtet, was dir widerfahren ist und was ihr nun plant. Es ist schlimm, dass ihr in eurem eigenen, engsten Kreis einen Abgrund an Treulosigkeit entdecken musstet.»

«Manchmal denke ich, dass in meinem Volk Abgründe und Untreue allzu verbreitet sind», antwortete Luyánta. Sie sah Asver in die harten, gütigen, traurigen Augen und wusste, dass er genau verstand, wovon sie sprach: von ihrem eigenen Vater, dem verräterischen König Calocer.

Asver ging auf diese Bemerkung aber nicht ein. Stattdessen sagte er: «Ist es nicht seltsam, dass der Zufall es vielleicht so gewollt hat, dass unsere beiden Völker, falls wir angegriffen werden, zu Kriegsverbündeten werden könnten? Wer hätte das gedacht?»

«Ich hoffe es nicht», sagte Luyánta. Sie erinnerte sich auf einmal an ihre spukhaften Empfindungen und Gedanken in der vergangenen, schlaflosen Nacht. «Es macht mich bekümmert. Ihr habt uns mit offenen Herzen aufgenommen, und jetzt werdet ihr möglicherweise durch unsere Schuld aus eurer Ruhe gerissen.»

«Es ist nicht eure Schuld», entgegnete König Asver, «und *deine* schon gar nicht, Luyánta. So ist die Welt: trüb und finster. Wir können uns dieser Trübnis und Finsternis höchstens entgegenstellen.»

«Ist die Welt wirklich so? Denkst du das, Asver? Und muss sie so sein?»

«Hier nicht. Das Tal der Knochen ist anders, es ist eine Welt der hellen, blendenden Ruhe. Aber, liebe Luyánta, auch wenn wir uns bisher immer nur kurz begegnet sind, meine ich doch dein Wesen zu kennen – ein wenig zumindest. Es ist unruhig, dein Wesen. Ist die Ruhe dieses Tals die Welt, in der du leben möchtest?» Und als er sah, dass Luyánta mit der Antwort zögerte, fügte er hinzu:

518

«Du kannst sagen, was du möchtest, es verletzt mich nicht. Weißt du nicht mehr? Wir wollten frei miteinander sprechen, wie Kinder.»

Luyánta blickte den Knochenkönig voller Zuneigung an. Dann sagte sie leise: «Asver, die Ruhe deines Tals macht mich wahnsinnig. Sie kommt mir wie eine Täuschung vor, denn außerhalb dieser Ruhe brennt die Welt. Ich muss los.»

«Ja, das musst du wohl», entgegnete Asver. «Und ich wünsche dir für diesen gefährlichen Weg alles Gute.»

Sie verabschiedeten sich voneinander, und die fünf Kundschafter machten sich auf: eilig durch die erwachenden Gassen, in denen Handwerker ihre Läden öffneten und Markthändler ihre Stände mit Waren befüllten, und weiter hinaus aus der Stadt in das Faneslager am Fluss, das ebenfalls schon geschäftig war. Sie hielten sich hier aber nicht lange auf, sondern holten nur ihre Pferde, von Hieronyma und zwei Knechten schon fertiggesattelt.

Luyánta war froh, endlich wieder auf Kiki zu reiten, auch wenn es nur ein kleines Stück sein würde. Die fünf durchquerten ohne viele Worte die offene Knochenlandschaft, in der sie nur das Klappern der Hufe auf den uralten Gebeinen aus Ozeantiefen hörten. Schließlich hatten sie ein Stück bergauf die Knochengrenze erreicht, wo es in die normale Bergnatur ging und sie ihre Augenbinden abnehmen konnten, und auch die der Pferde.

Luyánta schaute Laleh und Mizuel an: «Ihr seht richtig lustig aus mit den weißen Streifen um die Augen!»

«Ich bin froh, wenn ich die loswerde», sagte Laleh.

Ein Stück ritten sie noch weiter, denn sie wollten, dass auch die Pferde das junge Grün des Frühlings sahen und rochen, dass sie Vogelgesang hörten und frisches Gras fraßen: all das, was es im Knochental nicht gab. Dort könnte man auf Dauer wohl vergessen, dass so etwas überhaupt existierte.

Schließlich aber wurde es Zeit. Die fünf stiegen ab, packten ihre Sachen zusammen und schickten ihre Pferde (mit wieder verschleierten Augen) zurück ins Tal, von hier würden sie den Weg leicht finden. Die kommenden steilen Scharten hätten die Pferde vielleicht noch überwinden können. Aber im Tal der Enge und Weite, vom Feind besetzt, würden die Kundschafter sich streng verborgen halten müssen. Und das war mit Pferden kaum möglich.

Zu Fuß, die meiste Zeit schweigend, zogen die Wanderer voran: der Jäger Gracchus in seinem grauen Wams ging voran, hinter ihm Luyánta und Laleh, am Schluss Mizuel und der draufgängerische, nun höchst aufmerksame Feuerkopf Hyypiä mit seinem mächtigen Leib. Nur manchmal drehte Laleh sich kurz zu Mizuel um, und die beiden tuschelten oder kicherten einander etwas zu. Luyánta lächelte dann, und einmal schaute Laleh sie mit hochgezogenen Augenbrauen an: «Was?»

«Nichts, nichts», antwortete Luyánta, «alles in Ordnung.»

Mit ihrer morgendlich leichten Laune versuchte sie, das stumme Ächzen im Zaum zu halten, das in ihr allmählich wieder anschwoll: Es kam von der drückenden Last ihrer Verantwortung. Sie wollte all die Schönheit des Frühlings in sich aufnehmen, das frische Grün rundum, die klare Luft, den blauen Himmel. Es schien ein herrlicher, warmer Tag zu werden.

Als sie den ersten Berggrat überquerten, auf dem wie eine Erinnerung an den Winter noch letzter Schnee lag, erinnerte Luyánta sich verschwommen an ihren Weg in die entgegengesetzte Richtung. Das war vor etwa einem halben Jahr gewesen: auf der Flucht ins Tal der Knochen, bei der sie fast schon ohnmächtig gewesen war. An diesem Grat hatte heftiger Schwindel sie überfallen, an den sie sich nur noch schwach erinnerte, genau wie an die matten, fast durchsichtigen Bilder ihres Lebens, die damals vor ihren Augen entlanggeflogen waren: Fetzen von Kindheit oder besser Kindheiten in Höhlen und Treppenhäusern, unter Adlern, Murmeltieren und fremden Menschen, und die Erinnerung an viele Väter und Mütter – Menschen und andere Wesen … und ihr krummer kleiner Finger (jetzt schaute sie ihn staunend im Gehen an, beinah liebevoll, dieses seltsam fremde Körperteilchen). Und schließlich sich selbst als glückliche alte Frau.

520

Auch das hatte sie gesehen. Da hatte sie tief im Innern gewusst, dass sie nicht vor der Zeit sterben würde.

Lange liefen sie am Hang oberhalb eines ausgedehnten Nadelwalds, bis sie abends an einen Hof kamen, in dem mit Gracchus vertraute Bergbauern lebten. Luyánta erinnerte sich, auf der Flucht des Fanesvolks hatten diese Leute den Hungrigen zu essen gegeben, sogar Ochsen geschlachtet, dafür dankte sie ihnen noch einmal. Die Nacht verbrachten die Kundschafter bei ihnen, ehe sie im Morgengrauen weiterzogen.

Ihr Weg führte nun von Seitental zu Seitental, es wurde einem erst wirklich bewusst, wie abgelegen von der Welt das Tal der Knochen war. Am Abend des zweiten Tages erreichten sie den Ort, an dem das Knochenvolk einst gelebt hatte: die Ruinen der großen Stadt, die fast senkrecht an einem Hang errichtet gewesen war, als klebte sie mit ihren Häusern und Türmen regelrecht an der Bergwand. Die Abendsonne überzog die verfallenen Gemäuer mit einem rötlichen Schimmer, der diese Geisterstadt noch merkwürdiger machte, eine Art Glühen.

Die Kundschafter näherten sich dem Ort allerdings mit unbehaglichen Gefühlen, denn sie mussten daran denken, was Wilbur und seinen Begleitern dort widerfahren war. Es war noch immer völlig unklar, zumal was Silmas Rolle anging. Und wenn es ein böser Zauber oder eine dämonische Kraft war (und natürlich dachte Luyánta an den Fluch, der sie getroffen hatte), dann mochte er ja immer noch in den Gassen lauern, versteckt hinter verwitterten blinden Statuen oder zerbrochnen Säulen.

Der Jäger bestand trotzdem darauf, dass sie in der Ruinenstadt ihr Nachtlager aufschlugen. Es sei nun mal der sicherste Ort, und für alle Fälle habe er genügend Schwarzsalbei und andere Abwehrkräuter dabei. Also richteten die fünf sich unter einem noch halbwegs festen Dach in der Nähe der Tempelruine ein, wo sie ein Lagerfeuer entfachten, in dem sie Brot und Rüben rösteten.

Während sie vor dem Feuer beisammensaßen, musste Luyánta an die alte Königsburg der Fanes auf dem Gipfel denken. Das war ein ebenso eigenartiger, vielleicht verwunschener Ort – und doch war es dort völlig anders gewesen. Denn während auf der Gipfelburg alles versteinert war, selbst die alten Gärten und Teiche zu totem Fels geworden, hatte hier die lebende Natur alles an sich genommen. Die Wege und Steine waren überwuchert, aus jeder Mauerritze Gras und Blumen gesprossen, und man sah nicht nur Eidechsen in der Abendsonne, sondern auch herumtrottende Wildschweine oder auch einmal einen Schakal. Und hinter einem verfallenen Brunnen, aus dem krumm eine Birke wuchs, entdeckte Luyánta den grauen Rückenpanzer eines Alpengürteltiers. Man hörte Frösche quaken, und in Tümpeln schwammen winzige Fischlein herum und hier und da rote und grüne Forellen.

Über dem Essen war es Nacht geworden, am Himmel stand der Mond, dessen fahles Licht das Abendrot auf den Steinen abgelöst hatte. Die fünf breiteten ihre Decken aus. Laleh bestand darauf, dass Luyánta direkt am Feuer schlafen sollte. Mizuel wollte neben den beiden Freundinnen liegen, um sie im Fall einer nächtlichen Gefahr beschützen zu können – eine Absicht, die Laleh mit einem Lächeln quittierte, aber ihm nicht ausredete.

Hyypiä legte sich ein Stück entfernt zur Ruhe, während Gracchus sich im Schneidersitz auf einen moosbewachsenen Steinquader setzte.

«Weck mich gegen Mitternacht, dann übernehm ich die Wache», sagte Hyypiä. Aber der Jäger lehnte das ab, er wollte die ganze Nacht auf dem Posten verbringen. Wie er es gewohnt sei.

Sollte sie drauf bestehen, selbst eine Wache zu übernehmen? Das fragte Luyánta sich im Liegen – aber sie hatte sich schon wohlig ausgestreckt; und wie gemütlich es am Feuer war … Doch vielleicht wäre es ihre königliche Pflicht?

Wie sie noch unschlüssig zum Wächter hinübersah, bemerkte sie, dass Gracchus auf etwas anderes achtete. Schon während seines Wortwechsels mit Hyypiä hatte er die Tempelgasse hinaufgeschaut, die steil bergan führte.

Nun blickte auch Luyánta in diese Richtung. Und tatsächlich, am

522

Ende der Gasse, an deren Knick der Stumpf eines vieleckigen Turms stand, war eine schlanke menschliche Gestalt zu erkennen. Langsam schritt oder glitt sie herab, in ihre Richtung.

Sie hatte dunkles, lockiges Haar, und der Mond schien ihr direkt ins Gesicht. Obwohl sie noch weit weg war, gab es keinen Zweifel.

«Das ist …», murmelte Luyánta, die sich neben dem Feuer aufgerichtet hatte.

«Ja», flüsterte der Jäger Gracchus. «Sie ist es. Silma.»

Was die Verräterin sagte

«Silma!», brüllte Hyypiä. Es war, als explodierte ein Vulkan. Er sprang von seinem Nachtlager auf und griff nach seinem Schwert. «Ich stech die verdammte Schlange ab!» Schon wollte er die Tempelgasse hinaufstürzen.

«Halt!», schrie Luyánta. «Bleib hier, Hyypiä!»

Vor Wut bebend, aber gehorsam blieb der Schmied stehen, sein Schwert in der Hand. Die Flammen des halb abgebrannten Lagerfeuers bewegten sich unruhig und warfen flackernden Widerschein in Hyypiäs roten Haaren, und wild zuckten die tätowierten Grimassen, die auf seiner Brust unter halboffnem Hemd hervorlugten. Alles in ihm war Aufruhr.

Auch die anderen Kundschafter befanden sich in größter Anspannung. Gracchus war von seinem Steinquader aufgestanden, schaute bald gassauf zu der Gestalt, die Silma war, bald sah er sich vorsichtig in der dunklen Umgebung um. Kam Silma allein, oder war das ein Zauber? Oder drohte einfach ein Überfall? Auch Mizuel hatte sein Schwert genommen und sich hinter Laleh gestellt, dabei machte er sich so breit wie möglich, während Laleh ihre Steinschleuder ergriffen hatte.

Luyánta aber war ruhig von ihrer Decke aufgestanden und ging langsam ein paar Schritte in Richtung Gasse. Silma war wenige Meter vor dem dunklen, vieleckigen Turmstumpf stehen geblieben und sah zu ihnen herüber.

Dann fasste Luyánta einen Entschluss: «Ihr bleibt hier. Seid vorsichtig», sagte sie und stieg ein paar Stufen von ihrem Unterschlupf. Erst als sie den Fuß auf das von Moos und Gras überwucherte Straßenpflaster setzte, fiel ihr auf, dass sie ihre Waffen am Feuer hatte liegen lassen, sowohl ihren Dolch als auch das Schwert, das Hypatia ihr gegeben hatte. Trotzdem ging sie weiter. Sie hatte das dunkle, dennoch sichere Gefühl, dass es richtig war, Silma waffenlos gegenüberzutreten.

«Was um Himmels willen hat sie vor?», hörte sie in ihrem Rücken Hyypiä den anderen zuraunen.

«Sie weiß, was sie tut», wisperte Laleh zurück.

«Ja, das ist sicher», flüsterte Mizuel.

«Pst», zischte Laleh.

Langsam ging Luyánta die Gasse hinauf. Hinter fernen Trümmern sang eine Nachtigall, das klang wie aus einer anderen Welt – vielleicht aus jener, aus der das eigenartige Mondlicht kam, das auf der Ruinenstadt lag. Und auf Silmas vertrauter, fremder Gestalt, die dort vorne stand und Luyánta reglos erwartete.

Einige Schritte vor Silma blieb Luyánta stehen und sah sie fragend an. Die braunen Locken rahmten Silmas mondschimmerndes Gesicht, ihre Augen glichen zwei dunklen Perlen. Luyánta spürte in diesem Augenblick keinerlei Hass auf die Verräterin. Im Gegenteil, sie merkte, dass Silma ihr immer noch lieb und teuer war.

«Ich schulde dir eine Erklärung», sagte Silma ohne Gruß.

«Du schuldest mir viel mehr als eine Erklärung», antwortete Luyánta in ruhigem Ton. «Und nicht nur mir. Bitte sag mir, dass das alles ein furchtbarer Irrtum ist.»

«Nein», sagte Silma. Dann schwieg sie und sah Luyánta unverwandt an, bis sie hinzufügte: «Ich muss dich leider enttäuschen. Es ist kein Irrtum.»

Luyánta zögerte. Was jetzt, womit sollte sie beginnen? Sie drehte

524

sich kurz um und blickte zu ihren Gefährten, die noch immer in der Ruine am Feuer lauerten. Dann wandte sie sich wieder Silma zu und fragte: «Was ist an diesem Ort mit Wilbur und deinen anderen Begleitern geschehen?»

«Sie wurden mit Feuernebel betäubt, den man aus einer Scharlachwurzel gewinnt. Es ist ein alter, geheimer Bannschlag.»

«Wer hat sie betäubt?»

«Ich.»

Luyánta begriff allmählich. «Du warst es also, die die Scharlachwurzel des alten Gracchus entwendet hat.»

«Sag ruhig *gestohlen*. Ja, das war ich. Es war nicht schwer, der Alte schläft ja den halben Tag, und der Jäger zog wieder und wieder ins Tal der Enge und Weite, wohin auch ich wollte. Aber immer kam mir etwas dazwischen.»

«Warum wolltest du dorthin?»

«Das weißt du doch. Um Amian zu treffen. Dazu musste ich meine ahnungslosen Begleiter stillstellen. Mit Hilfe des Scharlachwurzel-Nebelfeuers geht es ganz leicht, man muss nur wissen, wie man es herstellt.»

«Du hast Amian aber nicht im Tal der Enge und Weite getroffen, sondern in einem versteckten Seitental der Feuerrosen-Ebene.»

«Ja. Den Treffpunkt nannten mir die Viertelmondspäher, die sich hier in der Ruinenstadt verborgen hielten.»

«Die Viertelmondspäher? Wer ist das nun wieder?»

«Weißt du das wirklich nicht? Du hast sie bestimmt schon öfter gesehen. Phantome mit großen, insektenartigen Augen. Sie dienen manchmal Amian als Boten oder für andere Dienste, obwohl sie, glaube ich, nicht sein Eigentum sind. Sie können sich nur bei Viertelmond bewegen, sonst sind sie in Mauern und Wänden gefangen. Sicher stecken sie auch jetzt irgendwo hier, in irgendwelchen Steinen. Aber sie sehen und tun nichts, weil Vollmond ist. Von ihnen erfuhr ich jedenfalls den Treffpunkt.»

Die Gasmasken also mit den gruseligen Glotzern, schon in Lalehs verlassner Kaserne, später an der Wendeltreppe der versteinerten

525

Königsburg ... Luyánta begriff nun, und begriff nicht. «Waren sie jedes Mal die Boten des Verrats?», fragte sie.

«Immer, außer beim ersten Mal. Da war ich durch die Gänge des Vergeblichen Bergwerks gewandert. Ich war sehr aufgeregt, weil ich wusste, dass die Murmeltiere dich suchten. Im siechenden Fanesvolk wurde ja seit Wochen und Monaten von nichts anderem mehr gesprochen. Alle waren voller Hoffnung – außer mir. Aber wie alle war ich sicher, dass du uns finden und aus dem Berg führen würdest. Deshalb suchte ich Kontakt zum Feind. Und ich fand einen abgelegenen Ausgang, nahe einem Gipfel. Dort traf ich den Adler Pollux, Amians Verbündeten, der ihn jetzt aus unbekannten Gründen verlassen hat. Aber damals brachte er Amian und mich zum ersten Mal zusammen.»

«Du warst es also auch, die damals den Auszug der Fanes aus dem Vergeblichen Bergwerk verriet. Und später, als ich mit Laleh das Hügellager verließ, um zum Roten Grat zu reiten? Da auch?»

«Ja. Amian und ich trafen uns an einer verborgenen Stelle im Nebelwald. Auch sie wurde mir von den Viertelmondspähern genannt, wie auch die Lichtung, wo du uns dann entdeckt hast. Unsere Begegnungen waren immer streng geheim. Denn Amian traut seinen eigenen Leuten nicht, vor allem nicht seinem Bruder Malibran. Und seit er mit den Trussanern verbündet ist, ist er noch misstrauischer geworden. Du kennst die Trussaner gut genug und weißt selbst, dass sie der letzte Abschaum sind.»

«Und doch sind sie jetzt ebenso deine Verbündeten. Oder etwa nicht? Denn du dienst Amian, wie auch die Trussaner ihm neuerdings dienen.»

«Ich *diene* Amian nicht. Oder nur so, wie ich es will und wie es meinen Zielen nützt. Aber findest du denn wirklich, du gutmütige, ahnungslose Königin Luyánta, dass das Fanesvolk nicht weniger Abschaum wäre als die Trussaner?»

Luyánta spürte, wie ihre Knie wacklig wurden. War es möglich, dass diese warmherzige tiefe Stimme, die ihr so vertraut war, all diese entsetzlichen Dinge sagte?

526

Trotzdem blieb sie stehen. Und Silma sprach weiter, ruhig und ohne jede Feindschaft in ihrer Stimme: «Ich möchte dir ein Erlebnis erzählen, Luyánta, das ich als Kind hatte. Es war in der Zeit, als du verschwunden warst – während der Zweiten Faneskriege. Das Volk hatte sich gespalten, und unser Heer war unter dem Befehl von Pindal und Pistior nach Süden gezogen, in die Gegend der Steinernen Felder, wo man die Truppen von Amian, Malibran und Mitra vermutete. Der Krieg befand sich in seiner unbarmherzigsten Phase, unsere Anführer Pindal und Pistior waren besessen vom Wunsch nach Rache für Pristina, die von Mitra ermordete bräutliche Schwester Pistiors.»

«Titurel hat mir von diesen Zeiten erzählt. Später besiegte Amians Heer das von Pindal, bei den Steinernen Feldern.»

«So ist es», sagte Silma, «doch erst Jahre später. Zu diesem Zeitpunkt hatte unser Heer einige Rückschläge erlitten, aber es war immer noch stark und hatte alle Aussichten.»

Auf einmal lächelte Silma Luyánta an. Aber es war ein erschreckendes Lächeln, in dem gar nichts mehr von der Wärme lag, die Luyánta von Silma kannte, sondern etwas Untröstliches, Hoffnungsloses. Ein Lächeln, trauriger als Tränen.

«Aufregend waren sie, Titurels Geschichten, nicht wahr?», fuhr Silma fort. «Ein bisschen verwirrend zwar, das gebe ich zu, dieses ewige Hin und Her. Aber abenteuerlich! Doch deine Vorstellungskraft scheint nicht sehr ausgeprägt zu sein, Luyánta. Dabei ist Titurel so ein guter Erzähler. Hast du denn eine Ahnung, wie es wirklich war?»

Luyánta schwieg.

«Es war grauenvoll», sprach Silma nach einer kurzen Pause weiter, leiser jetzt, «nichts als grauenvoll. Und damit meine ich nicht nur Amians Schreckenstaten, sondern auch unsere eigenen. Denn Pindals Heer war keinen Deut besser als die Adlersoldaten. Ich habe als kleines Kind im Süden verbrannte Höfe und verkohlte Leichen gesehen und verzweifelte Mütter mit ihren schreienden Säuglingen, die vor uns und unserem Krieg ins Ungewisse flohen. Und einmal bin ich im Wald einem kleinen Jungen begegnet, der ungefähr so alt war wie ich, damals. Er sprach mich an, obwohl er verängstigt war. Denn er war ganz allein und auf der Flucht. Unsere Soldaten hatten die Mühle zerstört, in der er gelebt hatte, und seine Eltern getötet. Ich weiß nicht, warum sie das getan hatten, vielleicht dachten sie, dass die Eltern dem Adlerheer geholfen hatten.»

«Was wurde aus dem Jungen?»

«Ich weiß es nicht. Ich schenkte ihm das Stück Brot und den Speck, die ich als Proviant dabeihatte. Er hatte solchen Hunger. Wir saßen eine Weile zusammen am Bach und sprachen, während er alles in sich hineinstopfte. Ich weiß noch, dass ich überlegte, ob ich ihn zu uns mitnehmen könnte. Aber er wollte das nicht, er hatte Angst vor unserem kriegerischen Volk. Nie werd ich seinen furchtverbrannten Blick vergessen, mit dem er mich zuerst ansah … Am Ende dankte er mir und zog weiter. Er lief vor *uns* davon, Luyánta! Bis heute denke ich manchmal an diesen Jungen und wünsche mir, dass es ihm gut ergangen sein möge. Aber ich werde es niemals erfahren. Ich weiß nur eins: nämlich dass ich seither mein eigenes Volk hasse.»

«Darum also …», murmelte Luyánta.

«Darum», sagte Silma mit fester Stimme. «Und du könntest das alles selbst wissen, Luyánta, aus den ewigen Geschichten, die du dir bei Titurel angehört hast. Dieses Volk von Fanes – unser Volk – wird immer Leid über die Welt bringen! Amians Stamm ist ja genauso auch ein Teil der Fanes, er stammt aus unserer Mitte, er ist das Gleiche wie wir. Nur dass er und die Seinen sich der Dunkelheit noch entschlossener hingegeben haben.»

«Du wünschst dir also, dass Fanes untergehen soll. Deine eigenen Leute …»

«Und ich mit ihnen. Ja, danach sehne ich mich.»

«Und deshalb hast du dich mit Amian verbündet? Du sagst doch selbst, dass er das Gleiche ist wie wir, nur finsterer. Er selbst ist Fanes. Warum sollte denn er die Welt vor uns retten?»

Silma gab einen kurzen Laut von sich, der wie ein ersticktes Lachen wirkte. Es war das trostloseste Geräusch der Welt. Dann

528

sagte sie: «Er wird die Welt nicht retten. Er wird selbst untergehen, nachdem er uns zerstört hat, daran gibt es keinen Zweifel. Er ist dem Untergang geweiht. Sein Teil von Fanes ist so verfault, dass er von ganz allein untergehen wird, darum muss man sich nicht kümmern. Sein Bündnis mit den Trussanern beweist es nur wieder, und er paktiert auch mit anderen finsteren Kräften, die ich nicht kenne. Wahrscheinlich leihen sie ihm auch die Viertelmondspäher. Nur eins weiß ich: dass diese Kräfte ihn am Ende zerstören werden, so wie die Trussaner von innen verbrennen.»

«Und unseren Teil des Fanesvolks findest du tatsächlich schlimmer als seinen?»

«Habe ich das gesagt? Aber jetzt, wo du fragst: vielleicht ja, vielleicht finde ich uns tatsächlich schlimmer. Denn unser Teil von Fanes würde ja weiterleben und stärker und größer und mächtiger werden, wenn er Amians Heer je auslöschte. Und was dann passieren würde, das weiß ich, es ist ja schon oft geschehen: Das Fanesvolk würde erneut machtgierig werden, es würde die Menschen der Berge und Täler bedrohen und unterjochen. So war es, so wird es wieder sein.»

Luyánta schluckte. «Darum hast du uns also verraten. Du willst, dass Amian ganz Fanes auslöscht. Dazu muss er erst einmal siegen, um schließlich selbst unterzugehen.»

Noch immer klang hinter Trümmern das ferne Lied der Nachtigall. Das stumme Mondlicht machte die alten, überwachsenen Steine unwirklich. Und Luyánta kam es vor, als spräche sie mit einem Gespenst. Oder wäre selbst eins.

«Und wir hielten Harichl für den Verräter», sagte sie zu Silma, fast wie zu sich selbst. «Was ist aus dem Köhler geworden? Weißt du es?»

«Nein. Ich kannte ihn kaum. Alles, was ich weiß … was ich glaube, ist, dass er als Kind ähnlich empfand, wie ich es nach der Begegnung mit dem Müllerwaisen tat. Ich ließ es mir nicht anmerken. Aber Harichl zog sich früh vom Fanesvolk zurück, als wollte er mit seinen eigenen Leuten nichts zu tun haben, sondern lieber nur mit den Vögeln. Er war ja auch der Enkel des alten Fanesfalkners, soweit ich

529

weiß. Manchmal sah ich Harichl als Kind im Wald, aber wir liefen immer aneinander vorbei. Später, in den Vergeblichen Bergwerken, lebte er dann nur für seine mickrigen schwarzen Höhlenvögel und Fledermäuse. Und kaum hatten wir unter deiner Führung den Berg verlassen, zog er sich ja in den Wald der tausend Vögel zurück, wo er seine Köhlerstätte errichtete.»

«Aber jetzt ist er verschwunden. Und der Vogelwald ist verbrannt. Die Trussaner haben ihn geatmet.»

«Der Wald wird wieder wachsen. Wenn es keine Trussaner mehr gibt.»

«Meinst du? Das wäre schön. Aber wahrscheinlich werden wir das nicht mehr erleben.»

«Ja», sagte Silma. «Hoffentlich.»

Luyánta überlegte kurz. Dann fragte sie: «Und warum bist du hierhergekommen, Silma? Nur um mir die Beweggründe deines Verrats zu erklären? Oder willst du dich von uns verabschieden, bevor wir alle zugrunde gehen, wie du also hoffst? Es sieht nicht schlecht aus für dich, denn Amian ist anscheinend noch viel stärker geworden. So dämlich diese Trussaner auch sind, in riesigen Scharen werden sie ihm nützen … Und dank dir weiß Amian jetzt ja wohl, wo wir sind. Zieht er bereits gegen das Tal der Knochen? Müssen wir damit rechnen, ihm direkt in die Arme zu laufen?»

«Nein, das müsst ihr nicht», antwortete Silma, und zum ersten Mal wich die Trostlosigkeit ihres Ausdrucks so etwas wie Verzweiflung, sie schien innerlich zu erbeben, auch wenn sie es zu verstecken versuchte. «Amian will nicht ins Tal der Knochen, es erscheint ihm aus verschiedenen Gründen uneinnehmbar. Er hat bei seinen geheimen Ratgebern Erkundigungen über Asver eingezogen und fürchtet die Stärke und Macht des Knochenkönigs in seinem Reich. Und die Adler meiden dieses blendende Tal sowieso wie die Pest. Trotzdem ist es wahr, dass Amians Heer sich zum Kampf rüstet. Sie haben allerdings ein anderes Ziel – eins, mit dem ich nicht rechnete. Und das ist der Grund, warum ich noch einmal zu dir gekommen bin.»

530

«Ein anderes Ziel? Welches?»

Silma zögerte einen Moment. Dann schluckte sie und sagte leise, wie tot: «Das Tal des roten Honigs.»

Die Kinder in Gefahr!

Nun wankte Luyánta erneut, heftiger als zuvor, ihre Knie wie Pudding. Das Rothonigtal, die Faneskinder! Dorthin wollte Amian also ziehen. Es war alles noch schlimmer, als sie befürchtet hatte. Und ihr Feind noch teuflischer als gedacht.

«Ins Tal des roten Honigs?», flüsterte Luyánta fassungslos, «zu unseren Kindern?»

«Ja.» Silma schien den Tränen nah. Ihre dunklen Edelsteinaugen … «Ich habe versucht, es ihm auszureden. Aber er will mit dem Adlerheer die Kinder überfallen. Denn er weiß, dass Asver euch nur beistehen wird, wenn ihr im Knochental überfallen werdet – nicht wenn ihr es verlasst, um wieder in den Kampf zu ziehen. Also hofft Amian, dass ihr von der Auslöschung der Kinder erfahrt und euer sicheres Asyl verlasst, um Rache zu nehmen. Dann will er euch endgültig vernichten.»

«Silma», stöhnte Luyánta, «Silma – was hast du getan … Die Kinder haben mit uns gebrochen, sie wollen niemals zu uns zurück. Sie denken … wie du, sie hassen den Krieg.»

«Ich habe versucht, ihn von diesem Mittel abzuhalten, ich habe ihn angefleht. Aber er ist wie besessen. Oder er *ist* von finsteren Mächten getrieben, die über ihn befehlen. Sie sind seine schrecklichen Ratgeber, sie müssen es ihm eingeflüstert haben: die Kinder!»

Nun wankten auch Silmas Beine. Sie kam auf Luyánta zu, die sich mit aller Willenskraft aufrecht hielt, und fasste sie am Unterarm.

«Ihr müsst ihnen in den Arm fallen, Luyánta! Massakriert euch gegenseitig, zerstört und vernichtet euch alle – wie auch ich mich

531

vernichten werde. Aber sorg dafür, dass die Kinder in Frieden leben können!»

«Silma ... was hast du getan ...»

«Hör mir zu!», beschwor Silma Luyánta. «Amian rüstet sein Heer gerade erst. Trotzdem, wenn ihr erst ins Tal der Knochen zurückkehrt und von dort auf demselben Weg wieder hier entlangzieht, werdet ihr zu spät kommen. Es gibt aber eine Möglichkeit, ihn aufzuhalten. Die Reise vom Adlerlager ins Tal des roten Honigs ist weit. Wegen der Stärke und Schwerfälligkeit des Heers werden sie den Weg durch die Ebene des Brennenden Flusses nehmen müssen. Wenn ihr euer Tal, so schnell ihr könnt, in westlicher Richtung verlasst, dann könnt ihr sie dort noch stellen und stoppen.»

«Dann werden wir uns dort gegenseitig vernichten. In der Ebene des Brennenden Flusses.»

«Ja, das wäre das Beste», sagte Silma, noch schwankend.

Luyánta hob ihren Unterarm, um Silmas Hand wegzuschieben. Doch sofort tat ihr die harte Geste leid. Tatsächlich, sie empfand Mitleid. Mitleid mit Silma.

«Ich verspreche dir, dass wir sie aufhalten werden», sagte sie. «Und du, Silma? Was wirst du jetzt tun?»

Silma sah Luyánta aus ihren dunklen Augen an. «Ich werde in den Berg gehen. Ein Stück über der Ruinenstadt befindet sich der Eingang in ein System von Höhlen, die von den einstigen Bewohnern die *Höhlen ohne Wiederkehr* genannt wurden. Darin bestatteten sie einst ihre Toten.»

«Heute lassen ihre Nachkommen sie in den Bergen von den Tieren fressen.»

«Ja, ich weiß. Das ist eine schöne Art der Bestattung, finde ich: Die Toten gehen ins Lebende ein. Aber ich gehöre in die Höhle ohne Wiederkehr. Dort werde ich hineingehen und nie wieder herauskommen. Ich werde den Rest meines Lebens allein in der Tiefe des Berges verbringen.»

«Wilbur wird es das Herz brechen.»

«Ich habe Wilbur bereits das Herz gebrochen – auch wenn er es

532

nicht weiß. Er, der Treueste von allen, hat eine Verräterin geliebt.» Dann hielt sie inne und zog ihren Rindshornreif mit dem $\forall$ vom Arm. «Diesen Armreif hat er mir einmal geschenkt, als Zeichen seiner Liebe. Als ob seine Liebe der Zeichen und Geschenke bedurft hätte! Bitte gib ihm diesen Reif, als Erinnerung an mich. Und das –» Sie zog den kleinen Dolch aus ihrem Gürtel. Luyánta zuckte zusammen, und sie hörte, wie ihre Gefährten in der Ruine aufsprangen und herbeistürzen wollten.

Aber Silma wollte ihr nichts tun. Schon hatte sie den Dolch an ihr eigenes Haar gelegt und schnitt sich eine braune Locke ab. «Da. Ich bitte dich, gib sie Wilbur. Tu es nicht für mich, sondern für ihn. Denn er kann nichts dafür.»

Luyánta nickte und steckte Silmas Haarlocke in ihren kleinen Gurtbeutel. Den Hornreif hielt sie fest in der Hand. Dann ging sie einen Schritt auf Silma zu, die sie eben von sich gestoßen hatte – so war es ihr zumindest vorgekommen. Und sie umarmte Silma. Auch das kam ihr unwirklich vor, beinah wahnsinnig. Aber sie tat es: Sie umarmte eine Verräterin. Eine Mörderin … Denn wie viele Fanesleute hatte Silma auf dem Gewissen! Trotzdem wollte Luyánta sie am liebsten niemals loslassen.

Schließlich ließ sie etwas lockerer und flüsterte: «Ich kann dir nicht verzeihen, Silma, aber ich liebe dich.»

Nun löste Silma sich selbst aus Luyántas Umarmung. Noch einmal sah sie sie an und antwortete: «Dich um Verzeihung zu bitten, hätte ich nie gewagt. Es gibt kein Verzeihen für mich. Aber rette die Kinder, Königin von Fanes.»

Dann wandte sie sich um und ging schnell davon, um die Turmecke und in eine bergauf führende Gasse. Luyánta stand reglos da. Nun erst rannten ihre Gefährten herbei, und Laleh und Mizuel fingen sie gemeinsam auf, gerade als ihr die Beine wegsackten.

Hyypiä, noch immer das gezogene Schwert in der Hand, wollte Silma nachstürzen und riss auch den Jäger Gracchus am Ärmel, dass er ihm folgen solle.

«Lasst!», rief Luyánta. «Lass sie, Hyypiä!»

533

«Du lässt sie einfach so gehen?!», brüllte Hyypiä. «Die verräterische Schlange?!»

Der Mondschein fiel auf die fünf, als wäre nichts, und aus den alten Mauern klang noch immer das Nachtigallenlied.

«Ja, wir lassen sie gehen», sagte Luyánta, die die Kraft in ihre Beine zurückkehren spürte. «Sie wird sich selbst strafen. Wir haben jetzt etwas anderes zu tun!»

Sechster Teil:
Die Ebene des Brennenden Flusses

Ich ... ächz ... Tsikuta

Ein zerzaustes schwarzgraues Etwas eierte am wolkenzerfledderten Abendhimmel, hoch über den Gipfeln des Gebirges. Nanu, so weit oben fliegt doch sonst nicht mal die tollkühnste aller gewöhnlichen Alpendohlen? Eisige Höhenwinde schleuderten den Vogel in der Luft herum wie einen Fetzen Papier, pusteten ihn immer wieder rabiat aus seiner Flugbahn, kalte Gegenluft ins Gesicht wie Ohrfeigen, Sturmböen wie Peitschenschläge auf die struppigen Schwanzfedern. Und doch, und doch! So sehr sie auch herumgewirbelt wurde, diese ungewöhnliche Dohle – sie hielt eisern Kurs. In Richtung des steilsten Gipfels.

Ihr unbeirrbarer Blick schweifte in alle Richtungen, zu den fernen Tälern der Feuerrosen und des roten Honigs und der Enge und Weite, über unbekannte Seitentäler und endlose grüne oder schwarz qualmende Wälder. Und irgendwo in ewiger Entfernung ein blendend weißes Leuchten, wie in einem Kessel inmitten hoher Berge: eine geheime, sonnenknochenhelle Gegend, in die ein Dämmerdämon sich besser nicht wagt. Pfui, dort plumpstest du übel ins Licht, böse Geistin des Dazwischen!

Hier aber ist es heimeliger für dich: Eine unzugängliche Schlucht dort unten, darin das alte Wrack eines Flugzeugs, ausgeweideter, gesichtsloser Kadaver, halb von Steinschlag verschüttet. Die Dohle beachtete das Flugzeugwrack nicht, sondern ließ sich auf dem windumtosten Felsengipfel nieder, einem abgeschliffenen Plateau vom Ausmaß eines Doppelbetts. Um den sturmverwitterten Rumpf eines abgebrochnen Gipfelkreuzes lagerten fünf, sechs pechschwarze Dohlen mit gelben Schnäbeln, die den Ankömmling krächzend begrüßten, als lachten sie ihn aus: *Haha, hat die der Blitz getroffen? Wer hat dir denn den grauen Schnabel abgebrochen? Was für ein Fledderzapfen!*

Da schleuderte die gezauste Dohle zornig einen Blitz auf ihre Artgenossinnen, ein seltsam müdes Geschoss zwar, trotzdem blieben zwei Vögel tot liegen, während die anderen entsetzt krächzend aufflatterten und talwärts glitten, so schnell es ging. Bloß weg von der Hexe, mit der ist nicht gut Schnecken essen!

Hei...eieiei, das war ein feines Späßchen, aber wie bitter, der kleine Blitz reißt mir gleich wieder in allen Gliedern. Ich ... ächz ... Tsikuta, arme Dämmerhexe, mich hat es kräftig gezauauaust neulich. Hab mich immer noch nicht von diesem unerwarteten Schlag erholt, im Gegenteil. Da steckt zweifellos das strunzdumme Mädchen dahinter, das verhasste zweibeinige Murmeltier. Mein gelbes Hexenblut, wie ich sie hasse, mehr denn je...ojeojeoje. Schon ihre schöne Schwester hasste ich wie die Pest, und das strunzdumme Mädchen gleicht ihr ja wie ein Ei dem andern. *Ihr* Schlag, hei...eieiei, wie das zwickt und zwackt in mir und pickt und plagt! So geht es, seit sie den bösguten Adlerprinzen Amian verschont hat, ihren falschen Feind, der ihr doch arglos und dumm seinen Nacken dargeboten hatte. Mit einer winzigen Bewegung hätte sie ihn töten können. Aber nein, sie schlug die Gelegenheit aus, die Dumme! Hätte sie's doch getan! Köstlich verloren wäre sie gewesen, dem wunderqualvollsten Untergang geweiht. Aber nein, sie hat ihn ja unbedingt mitleidsblöd verschonen müssen, sodass mein prächtiger Fluch auf mich zurückgeschleudert wurde. Wie alle Murmeltiere ist sie dummschlau...auauau.

Der Wind pfiff der zerfledderten Dohle durchs verwirrte Gefieder, während sie auf dem Gipfel zwischen den toten Vögeln kauernd ihren Verbündeten erwartete, den Traumlosen, von dem manche behaupten, er sei ihr Bruder.

Es dauerte auch nicht lang, da flackerte es grell über einer Bergkette am Horizont. Schön ist es schon, dachte die dämmerfarbene Dohle: erhaben geradezu, wenn er angesaust kommt, dieser widerwärtige Kerl, gewitterschön ist er ... hei...eieiei! Schon sauste der Kugelblitz im Zickzack flach übers Tal (da erschrak dort unten mancher Bauer auf seinem Feld oder Wanderer im Wald), und dann flitzte die Blitzkugel ratzfatz den Berg herauf – abrupte Verpuffung, magnifike Miefwolke, aah, bäh! Das halbverweste Maultier hatte Gestalt angenommen und scharrte wütend mit den Hufen. Ein Tritt gegen die beiden Dohlenleichen, und sie flogen den steilen Hang hinab, auf Nimmerwiedersehen.

«Weg-g mit dem K-kroppzeug-g!» Dann glotzte das Maultier die Dämmerdohle an: «Pfui, wie siehst du denn aus, Schwester?»

«Verflixt und zugehext! Nenn mich gefälligst nicht Schwester!»

«Ha! Ein richtig-ges g-g-gerupftes Hühnchen bist du, g-gehörst ja an den Bratspieß!»

«Hüte dich, oller Schpina, sonst pick ich dich, dass du in den Abgrund stürzt wie die zwei Vögel. Bin vielleicht ein bisschen indisponiert, aber du wirkst ja selbst schwach wie Flasche leer. Bist wohl wieder ein Stückchen weiter vergammelt. Pass auf, dass du nicht im Rumstehn verrottest.»

Ah, da wurde der Schpina wütend! «Wieder frotzeln und ulk-k-ken auf meine K-kosten! Tut man nicht. Was fällt dir ein, du versauerte G-glucke!»

«Halt dein freches Klappermaul! Hier in der Tagnachtstunde bin ich die Herrin. Helldunkeldohle und mächtiger Fluggeist! Du wärst nicht der erste klapprige Esel, den ich ins Verderben schubse. Pass auf, ich mach dich zum entmannten Flugobjekt!» Und sie schleuderte einen wütenden Blitz gegen die Hufe des Halbskeletts, die Funken stieben vom Felsen, die Dohle aber krümmte sich vor Schmerz.

«Ha!», wieherte der Schpina. «Das tat dir selbst weh, was, blöde Tsi-k-k-k-kuta?» Und er blitzte zurück, dass es der Dohle ein paar Federn verschmorte. «Ach, g-geliebte Schwester, ich freue mich ja so, dich wiederzusehen, auch wenn du abg-gewrack-k-kt bist wie eine zersplitterte Suppenschüssel. K-k-kann mich g-gar nicht sattsehen an deiner Unanmut.»

«Un-Anmut? Hei, dagegen deine Ur-Armut … eieiei, wie in mir alles brennt und mich piesackt, uiuiui. Wirst du wohl deine schwefelgelbe Klappe halten, du abscheuliches kastriertes Nutztier! Sogar die Schakale verschmähen dein Aas.»

539

Noch einen Blitz schleuderte Tsikuta, aber er verfehlte den Schpina und traf den Gipfelkreuzstumpf, der blaurot aufglühte. Schpina blitzte zurück. So ging es eine Weile hin und her. «Muss ich mir das anhören, ich g-geplag-gte K-k-kreatur, dass so eine alte Schabrackke wie du auf meiner verwesten Männlichk-keit herumreitet!?! Ach, wie mich das aufreg-g-gt! Dabei bist du der leibhaftig-ge Männerschreck-k!»

«Und du der größte Frauenschreck! Klapperkadaver, abscheuliches Aas!»

«Ach», lenkte der Schpina ein, «Frauen- *und* Männerschreck-k sind wir beide. Ist doch g-gut so, wenn ich's recht bedenk-ke. Also k-k-komm lieber endlich zur Sache, Tsik-k-kuta. Was ist dir denn zug-g-gestoßen? Schlimm siehst du Arme aus, g-ganz schlimm, k-krieg-g ich richtig-g Mitleid, pfui g-g-gack-k-k!»

«Spar das falsche Gegacker! Ich hätte alles Mitleid der Welt verdient, auauau, wenn du wüsstest, wie's beißt und reißt in meinen jahrtausendealten Knöchlein. Irgendwas muss schiefgegangen sein bei dem strunzdummen Mädchen, mit dem Hass zwischen ihr und Amian. Vor ein paar Tagen, da ist mir der Blitz meines eigenen Fluchs in die Glieder gefahren, hab mich bis jetzt nicht erholt.»

«Haha, dein Problem, elende Zank-k-ktippe. Aber hattest du nicht g-getönt, das Mädchen würde an ihrem eig-genen Hass k-krepieren, sobald sie Amian tötet?»

«Sind deine Ohren doch schon vermodert? Ich sag doch, irgendwas muss schiefgegangen sein. Sie hätte ihn und damit auch sich selbst töten können, aber sie hat ihn verschont. Kann ich was dafür? Die Widerstandskraft dieses Mädchens ist die Pest, eigentlich müsste sie längst erledigt sein.»

«*Eig-g-gentlich*, wieder mal typisch für dich dumme Dohle! Aber was soll's. War ja k-klar, dass du's vermasselst, macht mir trotzdem alles k-keine Sorg-gen. Es läuft ja alles wie am Schnürchen. Damians Heer zieht g-gerade in den K-kampf, und der unselig-ge Trottel hat sich noch freiwillig-g-g die Pest an Bord g-geholt.»

«Welche Pest?»

540

«Die Trussaner. Sie g-glauben immer noch, dass sie so an die unfehlbaren Pfeile k-kommen k-können.»

Tsikutas Krächzen schrillte auf und schmierte ab: «Hei…eieiei … Soso, die blödbrutalen Gammelfeuerlinge endlich im Adlerheer, das wird ein Spaß! Und? Werden sie die Faneskinder überfallen, wie wir es uns ausgedacht haben?»

«Darauf k-kannst du G-gift nehmen, du Sumpfk-kuh. Dabei hat dieser Amiran erst noch töricht g-gezaudert. Der dämliche G-gefühlsdusel! *Wirk-klich die K-kinder*, hat er g-geg-greint, *doch nicht die K-kinder*, achch, war mir das G-genöle widerwärtig-g! Und selbst seinen Bruder Marzipan hab ich schon schwarzfeurig-ger erlebt, wenn's ans Töten g-ging-g. Hast du ihn in letzter Zeit nicht mehr in seinen Träumen heimg-gesucht, wie du's sonst immer tatest?»

«Ich … ts … sag doch, ich bin im Moment nicht auf der Höhe.»

«Hör bloß auf, ist ja abstoßend, deine Leiderei! G-g-gar nichts nützt du einem, du bist k-keine G-gewitterhek-k-xe, eher ein Nieselpriem. Aber macht nichts, ich hab Amibran und Malian noch mal ang-gestachelt, dass sie g-geg-gen die Kinder losziehen. Schon der G-gedank-ke daran macht mich bumsfidel und freudetrunk-k-ken! Und wenn die K-kinder erst mal massak-k-kriert sind, dann werden die Fanes-Armleuchter mit dem g-grässlichen Mädchen rachsüchtig-g ihr Versteck-k verlassen. Und dann werden sie sich alle vernichten, G-gesindel k-killt G-gesindel! K-k-köstlich werden Adlerprinz und Fanesk-königin sich g-geg-genseitig-g abmurk-k-ksen!»

«Na, und wenn's schiefgeht? Wenn das schwachstarke Mädchen widersteht, so wie sie anscheinend (tsss, wie ich es hasse, das zuzugeben) meinen Fluch abgeschüttelt hat?»

«Hältst du mich etwa für so bek-knack-kt wie dich selbst, verkkack-kte Schwester?»

«Nenn mich nicht …»

«K-k-klappe! Der Schpina-de-Mul lässt nichts anbrennen, verlass dich drauf! Eig-genhufig-g werd ich in die g-große Schlacht einggreifen, werd meine K-kraft rollen lassen g-geg-gen das Fanesvolk-k-k-k!»

541

«Haha, meinst du, ein verschimmelter Halunke wie du wird die tapferen Krieger beeindrucken? Ist lange her, dass du im Gebirge die Wanderer erschreckt hast!»

«Mag-g-g sein, trotzdem bin ich tausendmal mächtig-g-ger als in den alten Zeiten. Verg-giss auch nicht, dass ich noch immer die bescheuerten Brüder des Mädchens in meiner G-gewalt habe, den etwas g-großen Döspaddel und die sehr k-kleine Heulsuse! Ha! Das Fanesk-krieg-gerg-gesindel wird schon k-kapieren, dass ich von k-krasserem K-k-kaliber bin als dein erbärmlicher Fluch, dieser Rohrk-k-krepierer! Und dann wird alles seinen Weg-g-g g-gehen. Aus den sterbenden Leibern der Feinde aber wird das Zehn- und Hundert- und Tausendfache an Bitterk-k-keit und Hass entweichen, herrlich wird das die g-ganze Welt verg-giften. Und dann Alte g-geg-gen K-kinder, Mädchen g-geg-gen Jung-gs. Freu dich nur, dass du Dämliche deinen k-klug-gen Bundesbruder hast, den g-g-großartig-gen Schpina-de-Mul. Du selbst k-k-kurier erst mal dein Wehwehchen aus, das dir die k-k-kleine Rotzg-g-göre g-gehauen hat. Nicht dass du noch dran k-krepierst, Schwester ... allerliebste ... pfui Deibel ... ach, tätst du dran k-k-krepieren! Wem tät's um dich Luftratte schon leid!»

Ein letzter Zornesblitz der wehkrächzenden Tsikuta, fast hätte der Schpina jetzt den Halt verloren und wäre mit klappernden Knochen in den Abgrund gerauscht, eine Sekunde lang wurde ihm bang. Die Dämmerdohle aber spannte ihre lädierten Flügel und schwang sich in die Luft, erstaunlich kraftvoll. Hämische Flüche des Schpina gellten ihr nach. Der Wind brauste heftig, als bliese er den Rest des Tages fort. In Schluchtentiefe der Flugzeugkadaver, ein zu Tode gestürzter Dämon aus Urzeiten.

Hei...eieiei, heute ist echt kein Wurm zu gewinnen, da flatter ich lieber weg und verkriech mich in den Schlaf. Ich ... ächz ... Tsikuta. Aber freu dich nicht zu früh, du scheußlicher toter Esel, noch bin ich nicht erledigt. Zerzaust und zerfleddert, jawohl, sowas hab ich noch nie erlebt: vom eigenen Fluch torquiert und geutzt, auauau ... hei...eieiei. Nein, triumphier nicht zu früh, Scheißschpina! Ich wer-

542

de schwere, schwere Gewitter suchen, um mich in ihnen zu baden und zu heilen und wieder aufzuladen. Die Sorte Gewitter, die entsteht, wenn das Reich des Grauen und das Land der Zwischentöne explodieren! Vielleicht werde ich mir auch einen Haufen Dohlen knechten, und dann schau ich weiter... Wollen wir doch mal sehen, wer zuletzt krächzt und wer verzweifelt mit den Zähnen klappern wird, wenn er in seine tausend stinkenden Knochen zerfällt! Hei! Tsikuta, böse Geistin der Dämmerung! Schreibt sie bloß nicht zu schnell ab!

Zwei Heere im Tal der Knochen

Als nach einer knochentalhellen Nacht der Morgen anbrach, machte das eilig aufgestellte Heer der Fanes sich zum Aufbruch bereit. Es war nicht so groß wie einst, die Verluste durch die Schlacht im Herbst waren auf den ersten Blick erkennbar. Doch schon von weitem strahlte die bewaffnete Menge eine außerordentliche Kraft aus, den Mut zum Äußersten. Im ganzen Zug wurde kaum ein Wort gesprochen, zu hören waren nur das leise Klirren von Schwertern und Lanzen und die trockenen Huftritte der wartenden Pferde auf dem gebeinigen Untergrund. Die Reittiere wie die ungeduldigen Krieger hatten die Augen verbunden, zum Schutz vor der Helligkeit dieser seltsamen Gegend, in der sie wieder zu Kräften gekommen waren und die sie nun verlassen mussten, um von neuem in den Krieg zu ziehen.

An der Spitze des Heers um Königin Luyánta in ihrem weißen Gewand waren die Anführer versammelt. Die Baumeisterin Hieronyma, Urenkelin des verstorbenen Titurel, saß auf einem braunen Hengst, unter ihrem schmalen Helm wallte ihr dunkelblaues Haar hervor. Hypatia neben ihr trug geheimnisvoll funkelnde Ringe an allen Fingern, Bruchstücke des Regenbogens; vier Schwerter steckten am Sattel ihres Apfelschimmels. Muskulös gedrungen war der Rappe Hyypiäs, des Schmieds mit den feuerroten Haaren. Sein Oberkörper war nackt, die tätowierten Köpfe auf seiner gewölbten Brust lachten grimmig. Auf einem weiteren Rappen, so glänzend wie Luyántas Kiki, saß Pistior, der dem Kampf entgegenfieberte wie wahrscheinlich kein anderer hier. Auch Mizuel auf seinem cremefarbenen Hengst stand in vorderster Reihe, neben dem Lichtfuchs Chihiro mit seiner Freundin Laleh, die ihr Schwert und die bewährte Steinschleuder bei sich trug. Und auch der Jäger Gracchus, ausgerüstet mit dünnen Pfeilen und scharfen Messern, war dabei.

Luyánta aber, die Weiße Kriegerin mit dem von Hypatia geschenkten Schwert zu Hüften, verließ noch einmal die Spitze des Zuges. Sie ritt auf ihrer schwarzen Kiki durch die Reihen ein Stück nach hinten. Während sie ihren Blick über die entschlossenen Gesichter der Fanes schweifen ließ, wich ihre Müdigkeit einer großen Zuversicht. Sie sah Menschen, die während der letzten Monate in der betäubenden Ruhe dieses Tals friedlicher Arbeit und ruhigem Handwerk nachgegangen waren. Da gab es neben hoffnungsfrohen Gesichtern auch solche, die leer gewirkt hatten, gezeichnet von den Schlägen ihres Schicksals. Jetzt aber brodelte es in allen diesen Menschen, vor Willen und Kampfbereitschaft: nicht aus Lust am Krieg, sondern aus Sorge um die Kinder. Dampf stieg aus den Nüstern der auf den Abmarsch wartenden Pferde. Luyánta ritt vorbei an Jungen und Alten, an den beiden tapferen Frauen der Hypatia und an den Armbrustschützen Picabia und Pibakú. Ihr Ziel war ein bestimmter ziemlich kleiner, sehr stämmiger Krieger im Lederwams.

«Und, Wilbur?», fragte Luyánta ihn. «Bist du immer noch sicher, dass du mit uns in den Kampf ziehen möchtest?»

«Ja, das bin ich», antwortete Wilbur standhaft, ohne ein Zeichen des Leids in seinen Augen.

Statt zu antworten, legte Luyánta ihm kurz ihre Hand auf den breiten Unterarm – um sein Handgelenk Silmas gedrechselter Reif, den sie ihm zur Erinnerung an seine Frau überreicht hatte, wie es Silmas Wunsch gewesen war. Nur wenige Stunden lag das Gespräch

544

zurück, das Luyánta in dieser kurzen Nacht nach ihrer Rückkehr ins Knochental mit Wilbur geführt hatte: fürchterlich, einem liebenden Mann zu erzählen, dass seine Frau eine Verräterin und für immer fort sei. Und doch hatten sie nicht viel Zeit, das zu bewältigen, weder Luyánta noch Wilbur. Luyánta hatte ihm die Entscheidung ausdrücklich freigestellt – und staunte: Wie stark dieser Mann war, dass er nach einer solchen Nachricht mit dem Fanesvolk in den Kampf ziehen wollte, zur Rettung der Kinder!

Dann wendete Luyánta ihre Kiki und ritt schnell zurück an die Spitze des Kriegszugs, der bereit zum Aufbruch war. Eben als sie den Befehl zum Losritt erteilen wollte, hörte sie einen lauten Ruf. Luyánta sah sich um und erblickte einen Boten des Knochenvolks herangaloppieren. Erwartungsvoll sah sie ihn an, bis er sein Pferd bei ihr zügelte.

«König Asver bittet Euch, noch einen Augenblick zu warten, Faneskönigin», rief der Bote, ganz außer Atem von seinem rasanten Ritt. «Er möchte Euch noch einmal sprechen.»

Das war überraschend. Vor wenigen Stunden war sie noch bei König Asver gewesen. Nach der nächtlichen Rückkehr aus der Ruinenstadt (schlaflos hatten sie den Weg zurückgelegt, für den sie in der anderen Richtung volle zwei Tage gebraucht hatten) hatte sie sofort die Mitglieder des Fanesrats zusammengetrommelt. Alle waren sich einig, was zu tun sei. Die anderen hatten sich daraufhin ins Faneslager begeben, während Luyánta König Asver aufgesucht und ihm die dramatische Entwicklung erklärt hatte. Da hatte Asver seinen Segen gegeben für den sofortigen Aufbruch des Fanesheers. Sie war den anderen ins Lager vor dem Stadttor gefolgt, wo bereits alle Fanesleute geweckt wurden. In den wenigen verbliebenen Nachtstunden, während deren Luyánta auch noch das schwere Gespräch mit Wilbur führte, hatte das Heer sich gerüstet und versammelt. Nun war es so weit, sie mussten, so schnell es ging, in die Ebene des Brennenden Flusses ziehen. Was mochte es sein, das Asver jetzt noch von ihr wünschte?

Ganz egal, jedenfalls konnte sie dieses Verlangen nicht ausschlagen. «Gut», sagte Luyánta zu dem Boten. «Ich folge dir, bring mich zu Asver.»

«Das ist nicht nötig», antwortete der Mann. «Er ist bereits unterwegs zu Euch. In ein paar Minuten wird er hier sein.»

Ungeduldig warteten Luyánta und die anderen Anführer; es kam ihnen vor, als dauerte es ewig. Doch dann sahen sie König Asver aus dem Stadttor reiten. Luyánta spürte, wie die Gefährten um sie herum zusammenzuckten, und im ganzen Fanesheer war ein Erschrecken zu spüren: Denn Asver kam nicht allein. Mehr und mehr gerüstete, bewaffnete Knochensoldaten strömten hinter Asver aus dem Tor – ein ganzes Heer. Was hatte das zu bedeuten? Hatte Asver sich etwa doch entschieden, Rache zu nehmen an denen, deren Vorfahren sein Volk ins Unglück gestürzt hatten?

Aber Luyánta konnte sich das nicht vorstellen. Sie spürte, nein: sie *wusste*, dass Asver nicht auf Rache sann. Seit er sie im Gespräch unter vier Augen in die Geschichte seines Volks eingeweiht hatte, empfand sie unerschütterliches Vertrauen und beinah eine Art von Liebe zu König Asver, als einem Geistes- und Schicksalsverwandten. Wie könnte man, fragte sie sich, einem misstrauen, der ein unverzeihliches Verbrechen verziehen hat?

So erwartete sie Asver und seine Soldaten mit ihren knöchernen Lanzen. Sie boten einen eindrucksvollen Anblick. Kurz nach Asver ritt die Kanzlerin Cerbrëe, dahinter waren in der Menge die Weltkundigen Odker und Tesber zu sehen – alle in grellbleichen Rüstungen. In den Knochen der hochaufragenden Lanzen aber schienen gleichermaßen die Kräfte des tiefsten Ozeans und der brennenden Sonne zu stecken. Luyánta empfand eine gelöste Zuversicht, die auf das nervöse Fanesheer übersprang.

Das letzte Stück galoppierte sie dem König entgegen. «Asver», rief sie, als sie ihn erreicht hatte, «warum kommst du noch einmal zu uns? Wir haben uns ja gestern Nacht Lebewohl gesagt.»

«Ich komme, weil ich dir nicht die Wahrheit gesagt habe», antwortete Asver. «Oder genauer gesagt, ich habe meinen Sinn geändert.»

546

«Was meinst du damit?»

«Kannst du es dir nicht denken, Luyánta? Wir werden mit euch ziehen.»

«Mit uns? Die Ruhe eures Tals verlassen, um zu kämpfen? Aber das wolltet ihr doch niemals wieder tun. Ihr habt dem Krieg und seinem Leid für ewig abgeschworen. Außer wenn euch jemand hier angriffe ... aber das geschieht ja nicht.»

«Nein. Und doch», antwortete Asver. «Ja, ich sagte, wir würden euch nicht beistehen, wenn ihr wieder in den Krieg wolltet. Aber nun ist es etwas anderes. Ihr wollt es ja nicht, ihr müsst es. Und das Verbrechen gegen die Kinder, das euer Feind plant, ist der größte Frevel unter dem Himmel. Wir können nicht zurückbleiben, ohne etwas zu tun.»

Luyánta stockte die Stimme. «Asver ... Das können wir nicht annehmen.»

«Ihr müsst es annehmen. Um der Kinder willen.»

«Mir fehlen die Worte, um dir zu danken, Asver. Also lass uns gemeinsam in den Kampf ziehen. In einen Krieg – zum letzten Mal.»

«Zum letzten Mal ...», antwortete Asver nachdenklich. «Hoffen wir es.»

Hippok und die trussanischen Lumpenfürsten

Sieh, da verstopfen sie Täler und Tiefen, sie mit ihrer Dummheit, ihrer Gier, ihrem Hass: die Menschen und dergleichen. Aus scharfen Augen blickte Hippok auf sie herab, mit ausgespannten Flügeln übers Tal der Enge und Weite gleitend – jener niedere Cousin, der seit dem Verschwinden Pollux' und der anderen Edelsten zum Anführer des Adlervolks geworden war.

Ausgedehnte Wälder lagen an den Rändern dieses großen Tals,

547

dicht, wie die Adler des Gebirges es keinesfalls lieben. Doch große Teile dieser Wälder waren nicht mehr grün, sondern pechschwarz. Verkohlt, veratmet – von den Trussanern, die Hippok abscheulich waren, diese Menschen-Dergleichen. Selbst der unheimliche Nebelwald, den die Adler immer gemieden hatten, war durch die Trussaner verschmort, als wäre er bloß irgendein wehrloses Allerweltsgesträuch. In weiter Ferne (für Menschen-Dergleichen eine Tagesreise, für Adler ein paar Minuten im Flug) lag der zu Asche gewordene Hügel, auf dem das Fanesvolk sein Lager errichtet und verloren hatte, und dahinter das verbrannte giftige Moor. Der Ort, an dem so viele Adler vom Nachthimmel in den schlammigen Erstickungstod gestürzt waren. Hippok schmerzte die Erinnerung daran.

Er dachte auch an die toten Adler, die er aus der Höhe auf dem Felsplateau hatte liegen sehen, als er und die Seinen das feindliche Mädchen angegriffen hatten, die Murmeltier-Dergleichen. Die Adler waren auf Amians Bitte ins Tal des roten Honigs unterwegs gewesen, um herauszufinden, ob dort tatsächlich eine Menge von Faneskindern allein lebte; so war es Amian von irgendwem gesteckt worden. Auf ihrem Weg hatten die Adler das verhasste Mädchen entdeckt und attackiert. Aber sie war ihnen entkommen. Zuerst hatte sie sich tapfer gewehrt und danach murmeltiergleich ins Erdreich verkrochen. Hippok selbst hätte sie zuvor fast gepackt, seine tödlichen Krallen hatten ihr noch in den Rücken geschnitten – doch blutend war sie ihm entglitten.

Auch recht. Denn Amian wollte das Mädchen selbst töten, und bald würde es ja so weit sein. Sein Heer voller Menschen-Dergleichen, die sich hochtrabend, ja anmaßend *Adlersoldaten* nannten, obwohl gar nichts Adlerhaftes an ihnen war, füllte die weite Talebene. So besaßen die Menschen-Dergleichen jämmerlich die Erde. Nicht aber den Himmel und die Höhen, die den Adlern gehören! Doch wer weiß, auch Himmel und Höhen würden sie irgendwann besitzen wollen, die dummen, gierigen, hasserfüllten Geschöpfe. Wie lächerlich viele es von ihnen gab. Und alle schienen sie sich dort unten

548

zu quetschen in den Tälern und Tiefen: nicht nur Amians Soldaten, sondern auch die Kahlköpfe mit ihren Pfeilen, aus dem Norden geschickt, und die Axtschläger und Keulenhauer der Eunuchenkönigin.

Und vor allem jene unfassbaren Scharen von verabscheuenswerten Trussanern, die südlich des Moors lagerten – unterhalb der Schlucht der drei Feuer, in sicherer Entfernung zu den anderen Teilen von Amians Truppen.

Das Tal der Enge und Weite war ein einziges Heerlager, der Sieg war dieser Macht gewiss. Alles war in Aufbruch dort unten, man spürte im Stillstand der Menschen-Dergleichen-Massen ein heftiges inneres Drängen, gleich einem aufgestauten Fluss, der seine Dämme einreißen will. Schon jetzt hatte sie das Tal gefressen, diese Macht. So wie die Trussaner die Wälder versehrten, so hatten die anderen alles Vieh geschlachtet und alle Vorräte geplündert, die die Bauern hier noch besessen hatten. Die letzten Talbewohner waren verhungert, verkommen, in die Berge geflohen.

Nun aber würde das Heer in den Krieg ziehen, in die entscheidenden Schlachten. Und mit ihnen die Adler, ihre Verbündeten auf Gedeih und Verderb.

Geführt von ihm, Hippok. Denn sein hoher Cousin Pollux hatte sich noch immer nicht wieder blickenlassen, er schmollte im Friedenswunsch auf entlegenen Bergzinnen, gemeinsam mit seinen Schwestern und Brüdern der Edlen 13. Es war einer der sonderbarsten Mensch-Dergleichen, der den einst Tapferen dieses Gewölle in den Kopf gesetzt hatte, schwärmerische Speiballen: der schwarze Kohlenmann Harichl. Den hatte Hippok nie leiden können, immer schon eine Abneigung gehabt gegen diesen kauzigen Freund der Kleinvögel, umwölkt von Ruß und Staub statt Klarheit und Kraft! Ausgerechnet der Sonderling hatte eine gewisse Wirkung auf die edelsten Adler gehabt, seit er im letzten Sommer erstmals zu ihren Horsten heraufgekraxelt gekommen war. Menschen-Dergleichen im Hochgebirge, ein lächerlich schwerfälliger Anblick, immer verachtenswert. Doch Pollux hatte den Schwarzmann angehört: sein bizarr sanftes Zirzen, seinen Säuselton, in dem er vom Ende der

Kriege sprach, aller Kriege, allen Leids. Wieder und wieder erzählte er jene alte Geschichte, die auch unter den Adlern noch nicht ganz vergessen war: wie einst ein weißes Murmeltier in Frieden bei den Adlern gelebt habe. Damit stieß er bei Pollux auf offene Ohren – jene merkwürdigen Adlerohren, die im Inneren des Kopfes sitzen; während andere sagen, der ganze Kopf des Adlers sei sein Ohr. Pollux war damals untröstlich wegen des edlen Tyndar, der von dem Mädchen und seiner Gefährtin sowie (unfassbare Demütigung!) ein paar Murmeltieren getötet worden war. Statt aber auf Rache zu sinnen, hatte die Trauer anscheinend seine Adlerohren fürs Gesäusel des Schwarz-Harichl geöffnet. Die große Menge der Adler verlangte jedoch Revanche und Kampf und Blut, und dieser Stimmung hatte er, Hippok, sich zu bedienen gewusst. Schließlich hatten Pollux und seine Geschwister das Adlervolk im Streit verlassen. Und Amian und Malibran hatten Hippok als neuen Anführer der Verbündeten akzeptieren müssen.

Noch am Tag vor der nächtlichen Schlacht hatte es Unruhe gegeben. Ein junger Adler, noch von Pollux' Friedensschwärmereien infiziert, hatte sich heimlich in den Wald der tausend Vögel begeben, als wäre er ein mickriger, würdeloser Schrei- oder Fischadler, kein Herr der felsigen Höhen. Dort hatte er Harichl vor dem bevorstehenden Angriff gewarnt, in der Hoffnung, der neue Krieg ließe sich doch noch vermeiden. Zum Glück war Harichl närrisch genug gewesen, die Faneskönigin nicht zu warnen, die kurz darauf an seiner Köhlerstätte vorbeikam. Das erzählte er noch dumm den Adlern, *seinen*, Hippoks Adlern, als er eilig ihre Höhen erklommen hatte. Er hielt diese Torheit wohl für einen Beweis, dass man ihm vertrauen konnte! Und versuchte, die Adler zu überreden, es Pollux gleichzutun und Amian die Gefolgschaft zu verweigern. Auf dass, so phantasierte er, auch Amian zur Besinnung komme und Frieden statt Blut suche ...

Was für ein Tor! Am Nachmittagshimmel stand bereits eine schmale, harte Mondsichel, als Harichl zu den Adlern kam, die sich zum Abflug rüsteten. Bei Hippok stieß er natürlich auf verschlossene Ohren, verschlossenen Kopf. Und dann tauchten jene eigen-

550

artigen, glotzäugigen Phantome auf, die Harichl offenbar den ganzen Weg herauf gefolgt waren: schattenhafte Rieseninsekten, wer waren die? Wohl welche von Amians zahllosen Verbündeten. Ihm war leicht zuzutrauen, dass er auch mit Geistermächten Verträge schloss. Diese Späher waren über Harichl gekommen und hatten ihn in eine tiefe Felsenkluft gestürzt, in den sicheren Tod. Da sollten ihn die Dohlen fressen oder irgendwelche Kleinvögel, wie Harichl sie gemocht hatte. Die Adler jedenfalls waren ihm nicht zu Hilfe gekommen, jedes Zucken und Mucken eines Rettungsinstinkts hatte Hippok mit scharfem Blick unterbunden. Ihm war ja klar, dass es unter den Adlern noch immer heimliche Sympathie für den säuselnden Schwarzmann gab, den Pollux-Bezirzer. Nicht nur bei dem jungen Schwärmer, der Harichl aus seinem Wald geholt und so, unwillentlich, ins Verderben geschickt hatte. Um diesen verächtlichen Unadler hatte sich Hippok dann eigenkrallig gekümmert, wie auch um einige andere Weicheier oder Abweichler, die sich ihm nicht unterwerfen wollten: dem neuen Anführer der Adler.

Nun hatte er Amian und Malibran erreicht. Sie erwarteten ihn außerhalb ihres Lagers, bei den zerbrochnen Stücken eines alten Strommasts, die verstreut in der Ebene lagen. Der Boden war aufgewühlt, das hohe Gras weithin niedergetrampelt und schon jetzt im Frühling verdorrt. Hippok spürte die Unruhe der Schimmel von Amian und Malibran, als er, kolossaler Vogel, sich aus der Luft näherte. Und er empfand Widerwillen, als seine Klauen den Talboden berührten. Die Tiefe. Den Ort der Menschen-Dergleichen. Nur der Beute würdig, nicht der Herren.

«Sei gegrüßt, Hippok», sagte Amian ungeduldig. Hippok spürte die Abneigung, die der Adlerprinz ihm gegenüber empfand, auch wenn er sie nicht zeigen wollte. «Ist dein fliegendes Volk bereit zum Aufbruch ins Tal des roten Honigs?»

«Längst sind wir bereit», antwortete Hippok. «Und wir werden dort sein, lange bevor ihr es erreicht.»

«Das ist mir klar. Besetzt die umliegenden Gipfel, wie wir es besprochen haben. Erkundet alles aus der Höhe. Und haltet eure Adleraugen in Richtung des weißen Tals offen, in dem der feige Feind sich duckt.»

«Das werden wir tun, Amian, auch wenn wir diesen Ort meiden. Meine Boten werden dir jederzeit Bericht erstatten. Sieh du nur zu, deine behäbigen Massen über die Berge zum Ziel zu bugsieren. Welchen Weg werdet ihr nehmen?»

«Die Route durch die Ebene des Brennenden Flusses, denn das Heer ist riesig.»

«Das ist allerdings ein weiter Weg für euch. Wir Adler legen ihn in einer halben Stunde zurück, aber ihr werdet Tage brauchen.»

«Auf die kommt es jetzt auch nicht mehr an. Durch Geduld kommen wir zum Sieg. Sag mir lieber, wie es um die Härte deiner Adler bestellt ist. Hadern sie auch nicht damit, einen Stamm von Kindern anzugreifen, um den wahren Feind aus seinem Versteck zu locken?»

«Wie kommst du darauf, Amian? Härte ist unsere Natur. Weißt du nicht, dass sich bei den Adlern die Kinder gegenseitig töten? Das eine Jungtier drängt das andere aus dem Nest, nur das stärkere überlebt, das schwache stirbt. Es ist wie mit dem Fanesvolk – deinem eigenen Stamm. Es ist an *euch* zu beweisen, dass ihr der starke Teil seid, nicht der schwache. Denn sonst habt *ihr* den Untergang verdient.»

Es war zu spüren, wie Hippoks Worte Amians Antipathie anstachelten. Doch ehe der Adlerprinz etwas sagen konnte, schaltete sich der finstere Malibran ein, der bisher nichts gesagt hatte. Er sprach nicht Hippok, sondern Amian an: «Warum fragst du die Adler nach ihrer Härte, Bruder? Du solltest besser dich selbst fragen. Du selber bist der Zauderer und hast Skrupel, die Kinder zu überfallen. Deine Zaghaftigkeit wird uns noch in Gefahr bringen, nicht die unserer Verbündeten.»

Amian sah verärgert seinen Bruder an. «Dem kopflos Dreinschlagenden kommt alles Denken wie Verzagtheit vor. Unsere Erfahrungen mit deinem Ungestüm sind übel genug, Malibran.»

Hippok bemerkte einen Würgreiz in seinem gefiederten Hals. Körperlichen Abscheu vor dem Zank der Menschen-Dergleichen.

552

Und nun bemerkte er, wie sich aus der Richtung des Moors auch noch zwei hässliche, plumpe Riesengestalten näherten. Die Flugunfähigsten schlechthin, das Gegenteil von Adlern, wahre Trampeldronten: Mrtz und Schmrtz, die «Fürsten» der Trussaner, besser gesagt Oberlumpen der Lumpenrotten.

«Die widerwärtigen Adlerbräter nähern sich», sagte Hippok und spreitete seine Flügel aus. «So ist alles gesprochen. Auf bald!»

Mrtz und Schmrtz besaßen auch noch die Unverschämtheit, dem davonfliegenden Adler schmatzende Grobheiten nachzujohlen. Dann stapften sie mit großen Schritten auf Amian und Malibran zu, die sie in regloser Spannung erwarteten: ihre neuesten Verbündeten, die aus glühenden roten Augen unter langen, stachligen Brauen gierig in die Welt starrten. Kahle Quadratschädel, doch ihre zerzausten Bärte hingen bis auf Höhe ihrer Hüften. Einen Moment standen die beiden still, starr wie verwittert-vermooste Baumstümpfe, und glotzten die Adlerbrüder an. Da kam von irgendwo eine Amsel angeflogen und ließ sich auf Mrtz' linker Schulter nieder. Der Lumpenfürst regte sich nicht, einen Moment lang – dann packte er mit hochsausender rechter Pranke die Amsel und stopfte sich den jämmerlich piepsenden Vogel ins Maul, dass Federn und Blut spritzten.

Ein wohliges, lüsternes Mampfen war zu hören. Angewidert wandten Amian und Malibran sich ab, als Mrtz noch mit vollem Mund zu sprechen begann: «Also, was ist eure Stragedie?»

«Unsere was?»

«Na, die Stragedie, die Tiktak. Ihr müsst doch woll einen ausgepfeilten Schlachteplan haben, in den ihr uns jetzt ma einweint.»

«Jawoll, aber flotti!», pflichtete Schmrtz seinem Kameraden bei. Auch er entblößte beim Sprechen seine behaarten Zähne. «Also ma los, oder haltet ihr uns etwa für mindervermittelt? Versucht ma bloß nicht, uns ein U für ein X vollzumachen oder uns zu vergackeisen. Sonst kracht's nämlich, bäm!»

«Bäm!», rief auch Mrtz und spuckte dabei noch eine Amselfeder aus.

Amian und Malibran hielten die Besprechung mit den Trussanerfürsten so kurz, wie es ging – darin zumindest waren sie sich einig. Sie wussten beide, dass Trussanern nicht zu trauen war, diesen beiden am allerwenigsten. Auch ihre Offiziere, die wegen der neuen Verbündeten unruhig waren, hatten sie schon besänftigen müssen. Den Trussanern ging es nur um die Zauberpfeile. Jemand hatte ihnen vor langer Zeit die Überzeugung in die schweren Köpfe gepflanzt, dass sie nur durch die Weiße Kriegerin an diese Waffen kämen. Amian bestärkte sie erneut in diesem Glauben.

«Mein Schwur gilt», sagte er zu den dumpf nickenden Mrtz und Schmrtz: «Wenn die Weiße Kriegerin erst in meiner Gewalt ist, werde ich sie euch ausliefern, damit sie euch ans Ziel eures Begehrens führt. Danach tut mit ihr, was ihr wollt.»

«Wir werden sie zerquetschen», sagte Mrtz.

«Zermantschen, jawoll», sagte Schmrtz.

«Oder besser, das weiße Murmeltier soll uns zu den Pfeilen bringen, und dann braten wir es und fressen es auf!»

«Jawoll, oder erst Murmeltiersuppe und dann Adlernbraten!»

«Es ist mir ganz gleich», entgegnete Amian widerwillig. «Sind eure Horden zum Aufbruch in die Ebene des Brennenden Flusses bereit? Halten sie Disziplin?»

«Jawoll, und wie die halten! Brennen alle darauf, es den Fanesleuten zu zeigen, die haben uns schließlich schon so oft prozoviert. Und wenn doch einer meiner Leute aufmurrt, wird er gnadenlos gewassert», sagte Mrtz, und Schmrtz ergänzte: «Wir zwingen sie mit glühender Klaue, und sie folgern gehorchsam.»

«Gut», rief Amian. «Dann kehrt jetzt zu euren Rotten zurück und bleibt wachsam. Sobald unser Heer loszieht, setzt auch ihr euch in Bewegung. Folgt uns in sicherem Abstand, damit ihr und unsere Soldaten nicht aneinandergeraten. Das darf nicht passieren, verstanden?»

Mrtz und Schmrtz neigten ehrerbietig ihre Köpfe, ein unnatürlicher und unschöner Anblick, der Amian und auch Malibran zurückweichen ließ.

«Das wäre also alles!», rief Amian, der fortwollte. Er befahl Har-

554

pag herbei und schwang sich in den Sattel. Zu Malibran sagte er: «Wir sehen uns im Feldlager!»

Dann galoppierte er davon. Er musste jetzt, bevor er dem Heer den Befehl zum Aufbruch erteilte, allein sein. Bevor Hippok aufgetaucht war (zweitklassiger Vogel, jede Feder seines verlorenen Freundes Pollux war mehr wert als er), war Amian heftig mit Malibran aneinandergeraten. Wie schon so oft. Der Bruder hatte ihm schon da sein angebliches Zaudern vorgeworfen und gehöhnt und gegeifert: Na, warst du wieder tagelang in den Bergen, bei deinen ach so klugen geheimen Ratgebern?

Ja, das war er gewesen. In Gletscherhöhen, beim Schpina. Er spürte die Tortur dieser Begegnung noch in allen Fasern seines Körpers, so stark und kampfbereit der auch war.

Er sehnte sich jetzt oft danach, nur noch zu schlafen. Aber er vermochte zurzeit kaum einzuschlafen, wenn er einmal zur Ruhe kam … Unfassbare Nervosität zuckte in ihm. Und vor allem immer wieder der drückende Schmerz in seiner linken Brust, da, wo sonst in manchen Nächten das hohle Brennen gewesen war.

Auch der Schpina hatte allerdings etwas angegriffen gewirkt, fahrig, nicht ganz so mächtig und groß, wie Amian ihn sonst kannte …

Bald kam er zu einem schnell fließenden Bach, und nach einer Viertelstunde erreichte er am Talrand eine Klamm, aus der der Bach herauskam. Amian ließ Harpag stehen und ging zu Fuß in das immer schmaler werdende Schlüchtlein, wo die Gischt ihn anspritzte. Ohne nachzudenken, kletterte er über die nassen Steine am Bachrand tiefer in die Klamm hinein.

Erst nach einer ganzen Weile blieb er auf einem bemoosten Steinbrocken stehen. Er schloss seine Augen und spürte das kalt sprühende Wasser auf seinem Gesicht. Als wollte er etwas von sich abwaschen. Ewig könnte man so stehen. Selbst zu Wasser werden, das sich in Luft auflöst.

Mit geschlossenen Augen griff er in die kleine Ledertasche, die zwischen Dolch und Krummschwert an seinem Gürtel hing. Er betastete den Gegenstand, den er seit Wochen bei sich trug, er wusste selbst nicht, warum: den zusammengeschmolznen Klumpen von wenig Gewicht, aus irgendeinem fremden Material, den er in der Asche des verbrannten Faneslagers auf dem Hügel gefunden hatte. Jenen seltsamen Gegenstand, der mit dem feindlichen Mädchen zusammenhing, das ihn töten wollte.

Dem Mädchen, das er bald töten würde.

Fest umschloss seine Faust das leichte, unzerstörbar scheinende Ding.

Der Feind in meinem Traum

Luyánta, König Asver und der Jäger Gracchus ritten an der Spitze des Heeres, das in mehrere Abteilungen geordnet unterwegs war: Die erste Gruppe der Fanes wurde von Hypatia geführt, die zweite von Pistior, die dritte von Hieronyma und Hyypiä, die vierte von Laleh und Mizuel, während die Kanzlerin Cerbrëe die Truppe des Knochenvolks leitete. Die Streitmacht kam zügig voran, sodass sie gegen Abend bereits die Bergwiesen von Sompuntara erreichte: ein Blumenmeer auf Höhe der Baumgrenze, durchsetzt von klaren Bächen und Teichen, purpurblühenden Lärchen und hellnadeligen Zirben, die sich in die Tiefe zu vollem Wald verdichteten. Schmetterlinge flatterten über die Wiesen, als löste das späte Tageslicht sich in tausend Farbtupfer auf.

Schon als das Heer tagsüber durchs Tal gezogen war, hatte die Natur sich in atemberaubender Pracht gezeigt. Die Obstbäume blühten, der Frühling war mit voller Kraft ausgebrochen. Luyánta aber hatte den ganzen Tag das Gefühl gehabt und hatte es nun – im wundervollen Abendrot über der bunten Wiese – mehr denn je, dass sie inmitten all dieser Schönheit zum Herz der Dunkelheit unterwegs sei, hinein in die Schrecken des Eises und der Finsternis.

556

Oberhalb der Sompuntara-Wiesen lagen schneebedeckte Gipfel und steile Berggrate. Diese Höhen erläuterte Gracchus den Anführern der Heeresteile, die zur Beratung beisammensaßen; Luyánta zwischen Pistior und König Asver, dessen kalkweiße Streifen über den Schläfen im natürlichen Licht umso furchteinflößender aussahen, als läge der blanke Knochen frei. Zuvor hatten sie beschlossen, die kommende Nacht auf der Hochebene zu verbringen.

«Dort oben», sagte Gracchus und zeigte auf die steinigen Hänge in südlicher Richtung, «liegt das Silberwasser der Engüana, der größte Hochsee dieser Gegend. Aber wir müssen morgen diese Bergkette da überqueren.» Und er wies nach Osten, auf einen weit höheren, schroffen Bergkamm, der an eine riesige Mauer erinnerte. «Dahinter liegt die Ebene des Brennenden Flusses.»

Die Krieger versorgten inzwischen die Pferde und richteten ihre Schlaflager ein. Für die Anführer wurden drei Zelte aufgebaut: eins für König Asver, eins für Luyánta, in dem auch Laleh schlafen sollte, und eins für die anderen. Während gleichzeitig das Nachtessen vorbereitet wurde, berieten diese zehn Männer und Frauen sich über das Vorgehen am morgigen Tag und auch darüber, was heute Abend noch zu tun sei. Gracchus wollte, bevor es dunkel wurde, auf den östlichen Kamm eilen, um einen Blick in die Ebene des Brennenden Flusses zu werfen. Luyánta zog es natürlich auch dorthin, aber der Jäger war strikt dagegen. Und Laleh unterstützte ihn.

«Luyánta!», rief sie. «Wie viele der letzten Nächte hast du eigentlich durchgemacht oder zumindest kaum geschlafen? Erst der Ausflug ins Tal des roten Honigs, ganz allein, da haben dich noch die verflixten Adler gepiesackt. Dann die schreckliche Sache mit Silma in der Ruinenstadt und unser Gewaltmarsch zurück und in der letzten Nacht die Vorbereitungen zum Aufbruch ... Du musst endlich mal *schlafen*, Mädel! Dich ausschlafen! Wer weiß, was das morgen für ein Tag wird?»

«Das sehe ich genauso», nickte Mizuel mit nachdenklicher Miene.

«Sie haben recht, Luyánta», sagte auch Hypatia. «Diese Erkundung geht auch gut ohne dich. Ich gehe gemeinsam mit unserem Jäger und Pistior, sicherheitshalber nehmen wir ein paar Leute mit. Und du legst dich hin, damit du uns morgen führen kannst. Vielleicht geht es ja direkt in die Schlacht.»

Widerwillig stimmte Luyánta zu. Während Hypatia und die anderen aufbrachen, begab sie sich in ihr Nachtlager. Obwohl sie hundemüde war, dachte sie aber nicht daran zu schlafen, sondern sprach noch mit Laleh. In der Mitte des Zeltes hatten sie ein kleines Feuer entzünden lassen.

Bald nachdem es dunkel geworden war, kehrte der Spähtrupp um Gracchus zurück. Luyánta hörte es und ließ ihre Vertrauten gleich zu sich ins Zelt rufen.

«Wo ist denn Pistior?», fragte sie, als Gracchus und Hypatia eintraten.

«Er bleibt die Nacht über mit zwei Kriegern auf dem Grat», antwortete der Jäger, während er und Hypatia sich setzten. «Nur zur Sicherheit. Die Ebene des Brennenden Flusses liegt noch in völliger Ruhe, aber vielleicht täuscht sie. Nahe am Fluss haben wir nämlich ein kleines Lagerfeuer erspäht. Ich vermute, dass es vorausgeschickte Kundschafter des Adlerheers sind. Vom Heer selbst ist noch nichts zu sehen. Zum Glück hat man von dem Grat aus einen weiten Blick über die Ebene. Auch wenn Amians Leute die ganze Nacht unterwegs sein sollten, können sie sie frühestens morgen Mittag erreichen. Es reicht also, wenn wir unsere Stellungen in aller Frühe einnehmen.»

So waren alle sich einig, dass diese Nacht geschlafen werden sollte. Luyánta befahl, alle Krieger außer den Wachen zur Ruhe zu schicken. Dann gingen auch sie und Laleh zu Bett.

Es dauerte nicht lang, bis ihre Gefährtin eingeschlafen war. Luyánta hingegen lag wach, unruhig – wieder mal. Wie viel hing von morgen ab! Vielleicht das Schicksal aller Faneskinder. Zwar war sie in gewisser Weise zuversichtlich: Dass ihr peinigender Schmerz sich auf unerklärliche Weise in nichts aufgelöst hatte, machte alles leichter, kam ihr wie ein hoffnungsvolles Zeichen vor. Dennoch hatte sie

558

das undeutliche Gefühl, dass hinter dem womöglich entscheidenden morgigen Tag noch eine ganz andere Aufgabe auf sie wartete. Dieses Gefühl, dass hinter dem Kampf mit Amian noch etwas anderes lauere – das, was ihr während des langen Ritts heute wie ein verborgenes Herz der Finsternis vorgekommen war. Plötzlich dachte sie an die Dämonen, von denen Titurel gesprochen hatte und über die sie immer noch nicht mehr wusste als damals.

Als sie merkte, dass das grübelnde Wachliegen sie noch wahnsinnig machte, erhob sie sich leise. Das Feuer in der Zeltmitte züngelte sich seinem Erlöschen entgegen, aber gab noch ein wenig Licht. Sie warf einen Blick auf die seelenruhig schlummernde Laleh. Diese Gefährtin hatte sie lieber als jeden anderen Menschen. Als sei sie die älteste Freundin der Welt.

Barfuß verließ sie das Zelt. Den Wachleuten vor dem Eingang, die aufspringen wollten, als die Königin heraustrat, gab sie ein Handzeichen, sitzen zu bleiben. Dann spazierte sie durchs schlafende Lager. Es war eine klare, trockene Nacht, die Krieger lagen mit ihren Decken unter freiem Himmel, die Waffen neben sich. Alles ruhig – nur einige Nachtfalter schwebten herum. Die seltsamen Gäste auf ihrer Bergwiese waren ihnen gleichgültig.

Leicht fröstelnd lief Luyánta durchs dunkle hohe Gras, als watete sie durch Wasser. Am Lagerrand standen weitere Wachen, sie grüßte auch diese mit einem beruhigenden Wink. Ja, hier schlendert eure Königin durch die Nacht, dachte sie mit unsichtbarem Lächeln, in das sich eine Spur von Bitterkeit mischte. Sie ging weiter, schaute dabei hinauf zum Sternenhimmel. Wie oft hatte sie ihn nun schon betrachtet, seit sie die Unselbe Welt betreten hatte, und wie oft hatte der Anblick sie zum Staunen gebracht und beinah überwältigt! Doch nie, nie war dieses überwältigte Staunen ungetrübt gewesen: Immer hatten sich gleich Gedanken eingeschlichen an Krieg und Gefahr und ihre eigene Verantwortung. Würde es jemals anders sein?

Sie schaute zu der dunklen Bergwand hinauf, die nur zu erahnen war – ein schwarzer Schleier. Dahinter die Ebene des Brennenden Flusses.

Schließlich kehrte sie in ihr Zelt zurück, wo das Feuer erloschen war, nur ein wenig Glut war noch in der Asche zu sehen. Laleh schlief friedlich, als gäbe es keine Sorgen auf der Welt. Luyánta beneidete sie um ihre unbeschwerte Art, als sie sich wieder hinlegte. Sie atmete tief ein und aus, ein und aus – dann war auch sie eingeschlafen.

Oder? Schläft sie tatsächlich? Es scheint ja alles wirklicher als wirklich hier, in diesem Ding, was offenkundig ein Traum ist. Sie geht durch die leeren steinernen Gassen einer unbekannten Stadt. Kein Mensch zu sehen, auch kein Tier. Nicht mal ihre eigenen Schritte sind zu hören, ihr Atem nicht zu spüren. Auch keinerlei Schatten, weder ihr eigener noch jener der grauen Hausmauern, obwohl die Sonne ja hell hereinfällt in diese Gasse. An den Wänden hängen Plakate in einer verschnörkelten Schrift, die sie nicht lesen kann. Es nützt auch nichts, die Augen zusammenzukneifen, um etwas zu erkennen. Also versucht sie, in ein Fenster hineinzuschauen. Es ist immerhin ein großes Fenster, ein richtiges Schaufenster – aber es gibt da nichts zu schauen, die Scheibe ist milchig, überhaupt nichts zu erkennen! Wer hat die denn nicht geputzt, die dumme Scheibe?!? Sie ärgert sich.

Sie geht weiter. Immer enger scheint die Gasse zu werden. Wer weiß, in was für eine Falle man da noch geraten könnte? Wird wohl besser sein, diesem trostlosen Weg mal flugs zu entwischen. Sie probiert es an einer mächtigen eisernen Tür – und sieh da, die lässt sich leicht aufdrücken, von wegen Eisen, diese Tür muss ja aus Luft sein.

Das Haus, das sie betritt, ist ebenfalls menschenleer. Keine Spur von Leben, genau wie sie erwartet hat. Nur Möbel voller Staub, darauf hat schon lang niemand mehr gesessen, vielleicht noch nie wer. Sie will den Staub fortblasen, aber er bleibt liegen. Zur Rechten führt eine hölzerne Treppe hinauf, ganz schön morsch sieht die aus. Sie geht mal lieber an der Treppe vorbei, und tatsächlich, dahinter führt noch eine Stiege nach unten. Auch aus Holz und vielleicht morsch. Also steigt sie besser in den Keller hinab. Es geht weit hinunter, sehr weit, die Treppe hört ja überhaupt nicht mehr auf. Wenn sie nur nicht mittendurch bricht. Noch mal ums Eck und noch mal und immer weiter. Und gerade als sie sicher ist, dass die Treppe unendlich so weitergehen wird, ist sie unten angelangt. Der Keller ist eine weite offene Landschaft, in allen Richtungen liegt der Horizont frei. Nur hier und da ein einzelner kahler Baum in der Gegend oder ein verlorner großer Stein. Gute Güte, welch leere Leere. Dann aber geht ihr ein Licht auf, dass es hier in Wahrheit rappelvoll ist, und zwar voller Menschen, dicht an dicht gedrängt. Sie alle stehen still und schweigen. Sind das etwa die Schatten, die sie oben in der hellen Gasse vermisst hat? Die stecken also alle hier unten? Aber *wessen* Schatten überhaupt? Egal, sie geht munter drauflos, mischt sich unter diese Menschenschatten oder Schattenmenschen, aber dann fühlt es sich gleich wieder unmunter an, sie drängt sich durch die Mitte, zwängt sich ärgerlich hinein, dabei versucht sie noch, irgendjemandem ins Gesicht zu sehen. In die Augen, bitte sehr! Aber es gelingt ihr nicht. Sind denn da keine Gesichter, oder kann sie sie nur nicht sehen? Vielleicht ist ja sie selbst der Schatten. Sicher, so muss es sein. *Sie* ist der Schatten. Die anderen sehen *sie* nicht.

Wie sie weitergeht, läuft sie auf einmal durch eine einsame Wüste. Das ist auch wieder fürchterlich, nichts als Sand über Sand. Ist das möglicherweise Treibsand? Denn er rinnt und rinnt. Aber nicht etwa in die Tiefe, wie er sollte, sondern waagerecht, ebenerdig, in alle Richtungen, wahrer Vertreibsand. Macht einen schwindlig. Also schaut sie mit einem Nackenruck zum Himmel hinauf. Der Himmel über der Wüste, der ist doch blau und schön und sicher. Doch wie sie hochschaut, bemerkt sie zahllose legöV dort oben. Ja, so ist es, die Vögel am Himmel fliegen ja alle rückwärts. Was soll denn das? Immer ärgerlicher schüttelt sie den Kopf und schaut lieber wieder nach unten, in den verrinnenden Wüstensand. Und da sieht sie, tief im Treiben, ehcsiF schwimmen. Viele kleine Fische. Auch die schwimmen alle rückwärts, voran mit wedelnden Schwanzflösslein.

Was soll sie bloß tun? Losrennen, auf und davon? Aber wer garantiert, dass sie dann nicht auch rückwärtsrennen wird – je schneller, desto zurücker?

Sie schaut wieder zum Himmel: Das wird ja immer bunter, jetzt flösseln die Fische dort oben, immer noch rückwärts. Sie schaut in den Sand: Das war jetzt zu erwarten, dort unten fliegen die Vögel mit den Schwanzfedern voran.

Da bemerkt sie in der Ferne der Wüste eine lange Gestalt auf sich zukommen. Diesmal ist sie sicher, dass es kein Schatten ist, sondern ein echter lebendiger Mensch, gut und lieb und vertraut. Die Gestalt nähert sich ihr, sie nähert sich der Gestalt: eine große schlanke Frau. Sie kommt ihr äußerst bekannt vor. Sie kommt nur gerade in diesem Augenblick nicht drauf. Dann aber schnallt sie: Das ist ja sie selbst.

Dolasilla lächelt sie an, ihre Zwillingsschwester. Dolasilla! Wie schön, dich endlich, endlich mal zu treffen! Wo hast du dich die ganze Zeit vor mir versteckt?

Oder? Bist du es überhaupt, Dolasilla? Oder irgendwer anders? Ach, ist das alles undurchsichtig in diesem Traumding! Wer ich bin und wer du und überhaupt wer wer. Könntest du vielleicht am Ende wieder Moltína sein, meine und unser aller murmelnde Ahnfrau?

Sie beugt sich zu ihr und flüstert ihr etwas ins Ohr, von gleich zu gleich. Sie flüstert lange, ebenso lange hört sie zu. Mit höchster Aufmerksamkeit lauscht sie ihrem Murmeln. Es gelingt ihr zwar nicht, die einzelnen Worte zu erfassen, keins kann sie vom andern unterscheiden. Aber sie begreift alles. Ja, jetzt endlich begreift sie. Alles!

Dann aber: wieder allein. Auch der Sand ist fort. Dafür gleißendes Sonnenlicht auf weißen Bergen. Und – ich. Ich kämpfe gegen einen großen Vogel, offensichtlich ein Adler. Er hat goldglänzende Klauen, Feuerflammen zucken aus seinem Schnabel. Immer wieder stürzt er nieder auf mich, die ich nur ein putziges pelziges Etwas bin – ohne Zweifel ein Murmeltier, schon kräftig zerzaust, uiuiui. Doch ich setze mich zur Wehr mit meinen Nagezähnen und scharfen Krallen. Ich halte stand. Bald kauere ich auf meinen Hinterbeinen, bald springe ich geschickt beiseite. Und greife selbst an, sobald der Feind auf mich niedergestoßen ist und mich knapp verfehlt hat: Da hast du, elender Piepmatz! Ich reiße ihm gnadenlos Federn aus, Blut tropft aus seiner Brust auf meine Schnauze. Schon hebt er sich wieder in die Luft hinauf. Und ich sitze reglos auf einem Stein, lauere unbewegt auf seinen nächsten Angriff.

Doch etwas irritiert mich. Jemand sieht mir zu, sieht uns zu, unserem Kampf. Eine Zuschauerin. Es ist ihr viel zu hell hier, sie hält es kaum aus, kneift die Augen zu. Sie ist verwirrt, diese aus irgendwelchen Höhlen stammende Zuschauerin, sie hat Angst, vom Hinsehen blind zu werden, das Licht schmerzt, schon wird ihr weiß vor Augen ...

Ich aber, die Kämpferin, muss meine Augen aufwärts in den weißen Himmel richten. Auf meinen alten Feind achten, den mit Goldkrallen und Flammenschnabel. Da oben ist er, und – nun erkenne ich es auf einmal. Es ist überhaupt kein Adler, der da mit dem Murmeltier kämpft seit geraumer, fast schon ewiger Zeit. Es ist eine Dohle. Eine Dohle ist das, kein Adler!

Ob auch die geblendete Zuschauerin das erkennt mit ihren zusammengekniffnen Augen? Diese Zuschauerin, ist das etwa sie selbst? Aber nein. Nun wird es mir klar, wie konnte ich es nur übersehen: Die Zuschauerin ist – Amian.

Ja, Amian schaut zu.

Da verlasse ich den gleißenden Ort in den weißen Bergen. Alles ist plötzlich fort, der Feind und mit ihm der ganze Kampfplatz.

Der Himmel verengt sich, unter dem sie flitzt und flitzt und flitzt. Er wird zu einer Gasse, nein: einem Gewölbe. Einem Tunnel! Unter ihren sausenden Füßen ist nun wieder der Sand, der nach allen Seiten verrinnt. Und da kommt noch mal jemand auf sie zu, im Tunnel: *einer.* Sie kennt ihn gut, fast so gut wie ihr Schwesterselbst: Amian ist es. Schon wieder Amian. Er kommt zu ihr. Sie geht auf Amian zu. Schon stehen sie einander gegenüber – sie und Amian, Amian und sie, grüß dich, Todfeind. Einander blicken sie in die Augen. Tiefer und tiefer rutschen die Blicke, als könnte man sich selbst hineinblicken mit Haut und Herz in die offenen Augen, und so fliehen sie schließlich eins in die Augen des andern.

Aber der Sand, der furchtbare Sand! Er rinnt immer weiter seitwärts davon, und nun ist es zu sehen: Der Sand ist gar nicht das Furchtbare, sondern das, was darunter ist. Unter dem Sand liegt etwas, etwas Großes, Raues, Brüchiges. Nach und nach gibt der verrinnende Sand es frei. Es ist mehr als deutlich zu erkennen, wie hat man es zuvor bloß übersehen können?

Der Rücken eines riesigen Tiers, das unter dem Sand liegt. Ein Tier, das die Welt ist. Ein Welttier. Auf dem Rücken dieses furchtbaren Welttiers sind sie unterwegs.

Schweißgebadet, heftig keuchend erwachte Amian. Mit einem Ruck setzte er sich auf.

Ein kurzer Blick, dann wusste er wieder, wo er sich befand: in seinem Lager, dem Lager des Adlerheers.

Was hatte er da für einen Mumpitz geträumt? Das Mädchen, das ihn töten wollte, war ihm begegnet. Was hatte das zu bedeuten? Er dachte nicht lang darüber nach, denn er hatte schwere Schmerzen. Schon wieder dieser gewaltige Druck in seiner linken Brust, dort, wo sonst das hohle Brennen gewesen war. Nun war es noch stärker als in den letzten Tagen. Viel stärker, kaum mehr auszuhalten.

Als wüchse etwas in ihm. Er empfand Grauen.

Es war noch tiefe Nacht. Dennoch stand er jetzt auf. Er musste sich bereit machen. Im ersten Morgengrauen würde sein Heer aufbrechen. Sein gewaltiges, vielbündiges Heer. In wenigen Stunden würden sie die Ebene des Brennenden Flusses erreichen.

Das Weiße Schwert

Luyánta stand in ihrem Zelt auf. Das Feuer war nun erloschen, aber ihr war überhaupt nicht kalt, als sie die Decke abstreifte. Im Dunkeln sah sie Laleh tief und fest schlafen.

564

An den wirren Traum von eben konnte sie sich schon kaum mehr erinnern, nur zwei Dinge hatte sie behalten: Erstens die Gewissheit, dass ihr entscheidender Kampf unmittelbar bevorstand. Zweitens, was sie jetzt zu tun hatte.

Sie hob ihr weißes Gewand auf und zog sich an. Dann kniete sie sich neben ihr Lager, zog den kurzen Dolch aus dem Gürtel und griff eine Strähne ihres langen Haars. Stumpf und verfilzt kamen ihr diese Haare vor, kein Wunder nach all den Monaten. Sie zögerte kurz; dann trennte sie die Strähne mit einem Schnitt ab, es riss an der Kopfhaut. Und nun, ohne jedes Zögern, nahm sie die nächste Strähne und schnitt auch sie ab. So machte sie es weiter, ein Haarbüschel nach dem anderen, bis ihr ganzer Kopf kurzgeschoren war.

Ein trister Haufen Haare war das, der da zu ihren Füßen in der dunklen Zeltecke lag.

Sie stand auf und verließ das Zelt, zum zweiten Mal in dieser Nacht. Noch immer schlief das Kriegslager, noch immer standen die unzähligen Sterne am Himmel. Aber manche der Kämpfer hatten sich im Schlaf auf die andere Seite gedreht, und die Sternenschar war ein Stück weitergewandert.

Die Wachposten blickten irritiert über ihre kurzen Haare, ohne das weiße Gewand hätten sie wohl gezweifelt, wer vor ihnen stand. Luyánta bemerkte die fragenden Blicke der Männer und Frauen und sagte leise: «Wundert euch nicht. Ich gehe ein paar Schritte aus dem Lager. In zwei Stunden, bevor die Sonne aufgeht, werde ich wieder bei euch sein.»

Durchs hohe Gras machte sie sich auf den Weg in südlicher Richtung, wo oberhalb einiger Lärchen und Zirben ein Steinhang steil bergan führte. Zügig stieg sie hinauf. Unter den Steinen hörte sie einen Wasserlauf plätschern. Nach ein paar Minuten kam sie ins Schwitzen, aber die Anstrengung in der kühlen Nachtluft tat gut. Sie war vollkommen ruhig dabei, ihre Füße fanden trotz der Dunkelheit immer den nächsten sicheren Tritt, ganz von selbst.

Einmal kletterte sie über mehrere große Felsbrocken und wusste, was darunter verborgen war: ein schmaler Ausgang aus dem Berg.

Jetzt lag er verschüttet, früher war er einmal offen gewesen. Vor langer Zeit. Da war eines Tages ein Mädchen herausgekommen, sein Knie hatte es sich an einem Felsen im Berginneren blutig geschrammt. Die ungewohnte Sonne blendete das Mädchen, kaum zu ertragen. Und bleich war sie, kreidebleich, aber nicht vor Schreck, sondern weil sie so lange in tiefen Höhlen gelebt hatte: gemeinsam mit einem unglücklichen Volk, das sie einst vor dem Untergang gerettet hatte, und als Tochter einer tiefbetrübten Mutter, einer alten Königin, die seit langer Zeit vergeblich gewartet hatte auf den verheißenen Klang silberner Trompeten, der das Wiederauferstehen ihres Reichs verkünden sollte. Nun war Mutterkönigin tot, und Königintochter verließ den Berg mit blutendem Knie. Ein weißes Gewand hatte sie in der Höhle zurückgelassen und trug irgendwelche andere Kleidung, das war unwichtig. Nur dass sie ging. Dieses Mädchen war den Berg hochgelaufen, denselben Hang, doch damals hatten die Steine anders gelegen. Und sie war am helllichten Tag genauso bergauf gestiegen, wie Luyánta es jetzt in der Nacht tat.

Zum Silberwasser der Engüana. Dort lag der große See still und schwarz, in einer Art Krater nicht weit unterm Grat, man blickte hinein, sobald man das Ende des Steinhangs erreicht hatte. Dort stand Luyánta nun und spürte den kalten Höhenwind. Sie wandte sich um und sah in die Tiefe. Dort, wo alles schwarz war, lag das Kriegslager der Fanes, das bald erwachen würde – sie würde dann zurück sein, wenn sie hier oben getan hatte, was zu tun war. Dann schaute sie nach rechts, wo ein schwarzer Schleier unter dem Sternenhimmel hing: die Bergmauer, hinter der die Ebene des Brennenden Flusses lag.

Dorthin würde der kommende Tag sie führen.

Doch jetzt musste sie zum nächtlichen Silberwasser. Bergab gehend, sah sie das matte Leuchten tausender Sternpunkte auf dem Engüana-See. Wie er bei Tageslicht funkeln mochte, konnte sie sich nicht vorstellen. Es war auch gleichgültig, sie wusste ja, was sie tun musste. Sie trat ans Ufer, an dieselbe Stelle, wo einst das aus dem Berg entflohene Mädchen gestanden hatte.

566

Hier aber trennten sich ihre Wege. Denn das Mädchen war damals dort stehen geblieben, hatte so weit ausgeholt, wie sie konnte, sie war stark. Dann war sie fortgezogen, auf und davon, irgendwohin. Luyánta hingegen legte ihre Kleider ab, das mehrfach blutbefleckte, mehrfach geflickte weiße Gewand, und schritt in den See hinein. Sie hatte schon manches kalte Wasser durchschwommen in den letzten Wochen; aber nicht einmal im Wildbach unter dem Gletscher war es ihr so eisig vorgekommen wie jetzt im Silber des Engüana. Doch sie zögerte nicht, sondern ging auf den glitschigen Steinen weiter, bis sie nicht mehr stehen konnte, und dann schwamm sie hinaus.

Das nachtschwarze Wasser unter ihr, der nachtschwarze Himmel über ihr: als schwebte sie in der vollkommenen Schwärze. Doch sie musste noch tiefer hinein. Sie spürte es, als sie die richtige Stelle erreicht hatte. Weit draußen lag diese Stelle, wirklich, der Arm des Mädchens war stark gewesen. Luyánta meinte, noch immer die sich ausbreitenden Kreise auf dem schwarzen Silberwasser zu sehen; und jetzt, jetzt befand sie sich genau in der Mitte dieser Kreise von einst. Sah noch einmal zu den gleichgültig funkelnden Sternen hinauf, holte tief Luft und tauchte dann in den See hinab.

Mit offenen Augen, dabei war ringsum nichts zu sehen – als gäbe es die Welt nicht mehr. Oder glitt dort hinten ein großer dunkler Fisch? Sie freute sich über die Eiseskälte des Wassers, denn die bewies ihr, dass es die Welt doch gab und dass sie, die Schwarztaucherin, in ihr lebte. Immer tiefer tauchte sie, mit kräftigen Armen und flösselnden Füßen. Ungeheuer, wie tief dieser See war. Und sie musste noch weiter hinunter.

Langsam wurde ihr schon die Luft knapp …

Dann sah sie in der Tiefe einen hellen Punkt. Als leuchte dort unten ein Licht. Und das war es ja auch, sie wusste es, dorthin musste sie. Sie schwamm zu dem Hellen, das nach und nach größer wurde. Es war gar kein Punkt, sondern ein Strich, etwas Langes, Strahlendes. Etwas Scharfes. Endlich sah sie es wirklich: Dort am lichtlosen Grund lag das Weiße Schwert der Luyánta. Die helle Klinge, vor der die Feinde solche Angst gehabt hatten. Dorthinein, in den See, hatte

567

das königliche Mädchen es einst geworfen, als sie ihr unglückliches Volk verlassen hatte, ihr Leben ohne Mutter und ohne Zukunft.

Nun hatte Luyánta es wiedergefunden. Sie streckte die linke Hand aus und nahm das Schwert beim Griff. Das Metall war überhaupt nicht kalt, wie sie eigentlich erwartet hatte, und es schien, als schmiegte es sich von selbst in Luyántas Hand: All die Jahre in der Tiefe des Sees und der Zeit hatte es auf sie gewartet.

So schnell es ging, tauchte Luyánta wieder auf, das Schwert in der linken Hand. Mit schmerzender Lunge durchstieß sie die Oberfläche und schnappte heftig nach Luft. Vielleicht eine Minute trieb sie japsend im Wasser, dann schwamm sie ans Ufer zurück. Wie schwer der Stahl auf einmal war, kaum dass sie das Wasser verlassen hatte. Noch nass, legte sie schnell ihre Kleider an und kraxelte das Stück den Engüana-Krater hinauf. Erst dort, am höchsten Punkt, blieb sie stehen und reckte das Weiße Schwert in die Höhe, es glänzte vor dem Sternenhimmel. Dann lief sie in rasantem Zickzack den steinigen Hang hinab. Ehe der Morgen graute, war sie ins Kriegslager der Fanes zurückgekehrt.

In die Ebene des Brennenden Flusses

Bei den Wachen am Rand des Lagers traf Luyánta auf Hypatia, Hyypiä und den Jäger Gracchus, die sich eben auf den Weg machten, um noch vor Sonnenaufgang auf den Bergkamm zu steigen. Hyypiä machte große Augen, als er die Zurückkehrende mit dem Weißen Schwert sah. Hypatia sagte bloß lächelnd, als ginge es um nicht mehr als eine verlorene Haarspange: «Ich wusste immer, dass du es wiederfinden würdest, Luyánta.»

«Wusstest du?»

«Ja.» Dann besprachen die vier sich eilig: Luyánta wollte zu ihrem

568

Zelt, dort einige Anweisungen geben und dann nachkommen, um sich oben, mit Blick auf die Ebene des Brennenden Flusses, über Lage und Vorgehen zu beraten.

Kurz darauf sah Luyánta zu ihrem Erstaunen Mizuel bei der Wache vor ihrem Zelt stehen. Wirklich interessant, wer alles schon wach war zu dieser frühen Stunde!

«Nanu? Was machst du denn hier? Wartest du auf Laleh?»

«Ja, aber sie schläft wohl noch», antwortete er. «Hörst du es? Wenn man leise ist, kann man ihr Atmen durch den Stoff wahrnehmen. Wenn sie aufwacht, dann will ich schon bereit sein. Wer weiß, was uns heute alles erwartet!»

«Das stimmt. Kann sein, dass es ein mies langer Tag wird.»

Mit diesen Worten hob Luyánta das Tuch am Eingang und nickte Mizuel zu, dass er ihr hineinfolgen solle. Der aber starrte sie auf einmal erschrocken an, denn erst jetzt hatte er das Weiße Schwert bemerkt. Fast ein Kunststück, dass er es zuvor übersehen hatte, wo hatte er nur seine Gedanken?

Jedenfalls fasste er sich gleich wieder und kam ihr nach. Laleh wachte gerade auf, als die beiden eintraten. Sie streckte sich behaglich wie an einem schönen, entspannten Ferientag, dann kniff sie die Augen zusammen, um im Dunkeln etwas zu erkennen. Ihren Freund Mizuel beachtete sie erst gar nicht, sondern sagte mit einem überraschten Blick auf Luyántas kurzgeschorene Haare und das unbekannte Schwert: «Oh. Cool.»

«Kampffrisur zur Feier des Tages», entgegnete Luyánta schulterzuckend. «Und ein neues, altes Schwert. Es lag gut versteckt, zum Glück hat es keinen Rost angesetzt.»

«Echte Wertarbeit!»

«Das sti…», wollte Mizuel zustimmen, aber Luyánta schnitt ihm das Wort ab: «Wir haben jetzt aber keine Zeit für Wortgeplänkel über Frisuren und Waffen. Wir müssen den Aufbruch des Heers vorbereiten.»

«Da hast du recht.» Laleh sprang aus dem Bett. «Auf in eine neue Patsch… äh, in ein neues Abenteuer mit Luyánta!»

Gemeinsam gingen die drei durchs Gras zum Zelt von König Asver, der ebenfalls schon wach war (vielleicht hatte er auch gar nicht geschlafen) und mit seiner Kanzlerin Cerbreë und drei seiner Offiziere zusammensaß. Fast gleichzeitig traf dort Hieronyma ein. Das Gespräch verlief kurz und sachlich. Dann machten sich Luyánta und Asver auf den Weg zum Bergkamm. Die anderen sollten inzwischen den Abbau des Lagers und den Aufbruch des Heers befehligen. Das würde eine Weile dauern. Oben am Kamm würden Knochenheer und Fanesleute dann von ihren Anführern erwartet werden.

Nach einer halben Stunde hatten Luyánta und Asver den Grat erreicht, wo Gracchus, Hypatia und Hyypiä schon bei Pistior und seinen beiden Kriegern saßen. Hinter den Bergen jenseits der Ebene sah man das Morgenlicht am blauen Himmel, bald würde die Sonne aufgehen. In der Ebene unten aber erkannte man noch nicht viel; immerhin war zu ahnen, dass dort Nebel lag.

«Die Ebene des Brennenden Flusses ist oft neblig», erklärte Gracchus, nachdem Pistior auch der Königin und dem König Bericht erstattet hatte: Nachts habe es (außer dem Lagerfeuer, das möglicherweise Amians Kundschafter entzündet hatten) keine Auffälligkeiten gegeben, auch noch keine Spur von Amians Heer oder den Adlern. «Dieser Nebel», fuhr Gracchus fort, «könnte uns aber von Nutzen sein. Denn wir sind weit weniger. Und wer in der Unterzahl ist, dem nützt Unsichtbarkeit mehr als der Übermacht.»

Dann erläuterte er die Besonderheiten der Ebene, von der durch das immer stärkere Tageslicht allmählich mehr zu erkennen war. Es handelte sich um ein sehr langes Tal, dessen Mitte der Brennende Fluss bildete – ein Strom, der im Hochgebirge weit im Norden begann und sich südlich bis ins Tiefland zog, um ins Meer zu münden.

Nun ging über den Bergen die Sonne auf. Trotz des Nebels in den tiefen Lagen bot sich ein weiter Blick über die Ebene des Brennenden Flusses.

«Warum um alles in der Welt heißt er *brennend*?», sagte Luyánta. «Dieser Fluss sieht eher aus, als bestünde er aus Asche.»

«Ja, schön ist er wirklich nicht», antwortete Gracchus. «Es soll

570

aber Zeiten geben, in denen er unruhig wird. Dann nimmt er verschiedene Farben an und flackert, als ginge er in Flammen auf. So wird es zumindest erzählt. Vielleicht war das auch nur früher – ich habe es jedenfalls noch nie mit eigenen Augen gesehen.»

«Vielleicht haben wir ja das Glück», brummte Hyypiä.

Luyánta ließ währenddessen ihren Blick schweifen. Der breite aschgraue Fluss war ein unheimlicher, trostloser Anblick. Unterhalb des Bergkamms lief er durch einen dichten Wald, der ebenfalls etwas Beklemmendes hatte. Nach Norden und Süden aber war die Ebene offener, da floss der Strom durch eine weitere, hellere Landschaft. Auffällig waren viele Felsen und Bergkuppen in der Ebene, auf denen verfallene kleine Burgen und die Ruinen des alten Fanesreichs standen, die Luyánta schon öfter gesehen hatte. Auch diese Ebene – einen Zugang zum Meer im Süden – hatte der Eroberer Calocer also einst beherrscht. Asche, auch Calocers Reich und seine unersättliche Seele ...

Was rings um den Fluss lag, war weitaus freundlicher. Es gab viel Grün, überall blühten die Apfel- und Kirschbäume, ein heiterer weiß-rötlicher Kontrast zum trübseligen Strom. Auch einige Dörfer und einzelne Höfe waren zu sehen, alles wirkte ausgesprochen friedlich.

Am Flussufer aber, nördlich des unbehaglichen Walds, befand sich ein nicht recht erklärbarer Ort, wo es matt glänzte, obwohl die Sonne noch längst nicht dorthin schien. Wie eine große Ansammlung von Metall sah das aus. Aber es war wohl kaum die Aurona, Luyánta erinnerte es eher an einen Schrottplatz – eine verblichene, halb durchsichtige Halde freilich; vielleicht war es einfach eine dieser immer wieder auftauchenden Spuren der Selben Welt, die wirkten wie zurückgeblieben aus ferner Vorzeit.

Luyánta hatte keine Zeit, lange über diesen Ort und das Verhältnis der Welten nachzugrübeln. Denn Gracchus und Pistior, der die ganze Nacht über möglichen Schlachtplänen gebrütet hatte, waren sich einig darin, dass der Düsterwald unter dem Kamm von entscheidender Bedeutung sein konnte.

«Ich kenne diese Gegend gut», sagte der Jäger, «ich war oft dort unterwegs. Für ein großes Heer wird das eine unangenehme Passage sein. Denn sie müssen dort eng am Fluss entlang, über eine längere Strecke sogar einzeln hintereinander.»

Pistior nickte zufrieden und fügte schnarrend hinzu: «Wenn ihr Heer so riesig ist, wie man befürchten muss, dann wird es dort extrem langgezogen sein. Ein richtiger ausgespannter Bandwurm.»

«So ist es», sagte Gracchus. «Und das sollten wir uns zunutze machen.»

Nun war es an Faneskönigin und Knochenkönig; zusammen mit den anderen entwarfen sie den Plan für den Tag. Als alles bedacht und beschlossen war, wollten der Jäger, Pistior und Hyypiä sich gemeinsam auf den Weg in die Ebene machen, um das Nachtlager der Adlerkundschafter aufzuspüren und diese Feinde aus dem Weg zu räumen, ehe sie das herabkommende Fanesheer sichten und verraten könnten. *Abstechen*, meinte Pistior – aber Gracchus entgegnete, es würde reichen, sie zu überwältigen und ihnen Scharlachwurzel zu verabreichen. Bei seinem letzten Besuch im Tal der Enge und Weite hatte er nämlich viel davon gesammelt, um das seltene Kraut vor dem Verbrennen im Nebelwald zu bewahren.

«Wenn Pistior ihnen mit seinem Dolch unter der Nase rumschlängelt, werden die Halunken sicher freudig zustimmen, ein bisschen davon zu naschen», sagte Hyypiä mit schallendem Lachen, und da zeigte sogar der Jäger Gracchus den Anflug eines Lächelns, das man kaum von ihm kannte.

«Verschwendung!», schnarrte Pistior missmutig. «Pure Verschwendung, wenn ihr mich fragt. Ein Stich tut's auch *(schnief)*. Aber wir wollen nicht zanken, das ist der Feind nicht wert.»

«Und du wirst noch genug zu stechen bekommen, Pistior», sagte Hypatia, die alles andere als vorfreudig wirkte. Die Schwertkämpferin, die das Töten hasste …

Bald nachdem Pistior, Hyypiä und Gracchus die anderen verlassen hatten, zogen von der anderen Seite des Bergs die vereinigten Heere der Fanes und des Knochentals herauf. Von hier oben konnte man die Schar gut überblicken. Sie kam Luyánta jetzt bei weitem nicht mehr so klein vor, wie sie zuerst befürchtet hatte. Vor allem aber wirkte sie kraftvoll und entschlossen. Keine Spur von Zagen kam einem entgegen aus der Fanesmenge, die Wamse und Kettenhemden in allen Farben trug und in der rote, blaue, schwarze Köpfe bunt gemischt waren. Hieronyma und Laleh ritten voran. Ein Stück hinter ihnen sah sie Mizuel mit Pfeil und Bogen und Wilbur mit Speeren in der Menge. Direkt nach der Fanesmacht führte Cerbrëe die Truppe des Knochenvolks, die mit ihren bleichen Rüstungen und beinernen Lanzen nicht weniger furchteinflößend war.

Bei diesem Anblick war Luyánta zuversichtlich beim Gedanken an die Prüfung, die sie nun wohl erwartete. Und sie spürte, dass es Asver und Hypatia ebenso ging. Nun komme, was wolle.

Die Schlacht beginnt

Malibran hatte bereits den ganzen Tag ein ungutes Gefühl gehabt – auch schon, bevor sein Truppenteil am Nachmittag an den schmalen Uferbereich des Flusses gelangte. Das Adlerheer war in der Nacht aufgebrochen und vom Weg erschöpft, das Fußvolk wie die Reiter. Trotzdem mussten sie alle nun noch diesen dichten, dunklen Wald durchqueren, und zwar mitten in den Nebel hinein, auf dem engen Uferkies entlang des Brennenden Flusses. (Woher eigentlich der abwegige Name für das bleigraue Gewässer?) Dabei hatte sein Bruder Amian, der der gesamten Streitmacht voranritt und ihm also schon weit voraus war, wohl recht: Die Route durch diesen Korridor war unvermeidlich.

Und doch: Malibrans flaue Ahnungen hatten sich, während er hier warten musste, zu bohrendem Argwohn gesteigert. Denn dieser unheimliche Wald, der wie ein Riegel in der Ebene lag, kam ihm auf verwirrende Weise ehrlich vor. Den ganzen Tag über war er befremdet gewesen von der falschen Schönheit des Frühlings in dem Tal, von all dem verlogenen Werden und Blühen. Als gäbe es Zukunft, als gäbe es Leben! Und nicht nur Kampf und Krieg, einen niemals endenden Kreislauf der Rache: Das war nämlich die Wahrheit. Und genau das drückte dieser unbehagliche Wald aus, der die Ebene einzuschnüren schien. Er kam Malibran *wahrhaftig* vor.

Aber auch mit diesem Wald stimmte irgendetwas nicht. Malibran kam nur nicht darauf, was es war. Das Misstrauen wühlte in ihm. Angewidert betrachtete er das quälend langsame Einfädeln des Truppenteils vor ihm. Das war der mittlere Abschnitt des Heers, angeführt vom Hauptmann Cravan, seinem alten Häscher. Diese Gruppe bestand aus Adlersoldaten und langlippigen Eunuchen. Eine dieser unbestreitbaren Amianklugheiten: dass er die Verbündeten mit echten Adlerkämpfern mischte, um sie jederzeit unter Kontrolle zu haben.

Einzig die schmierigen Trussaner zogen allein für sich, sonst wäre zu befürchten gewesen, dass sie sich mit den anderen Soldaten ins Gehege bekamen, die sich ja vor solchem Gesindel ekeln mussten. Selbst die tumben Eunuchen waren im Vergleich mit den Trussanern ehrbare Krieger. So liefen die Trussaner allen anderen hinterher, mit gehörigem Abstand. Doch wenn das Einfädeln von Cravans Leuten hier noch lange dauerte, säßen die Trussaner am Ende noch Malibrans wartender Abteilung im Nacken, wer weiß, was dann passierte. In seinem Verband aus Adlersoldaten und Kahlköpfigen Bogenschützen herrschte Eintracht, darauf achtete er mit eiserner Faust. Doch wenn die Trussaner kamen, wer konnte da für Disziplin garantieren?

Mit neu aufloderndem Groll dachte Malibran an Amian, der es sich immer leicht machte. Er zog als Neuer Adlerprinz allen voraus, in seinem Truppenteil waren die stärksten Adlersoldaten versammelt. Natürlich, für Amian nur die Besten der Besten! Wahrscheinlich hatte diese erste Gruppe den Wald längst durchquert und befand sich schon wieder in der freien Ebene. Diesen seltsamen Wald ... Weit reichte der Blick von hier hinten ja nicht. Man konn-

574

te lediglich sehen, wie Cravans Eunuchen und Adlerkrieger einer hinter dem anderen aufs Kiesbett am Fluss tapsten. Links lag, leicht erhöht, der dunkle Wald. Fünfzehn losgehende Kämpfer, schemenhaft sichtbar, vielleicht zwanzig, konnte Malibran von seinem Pferd aus noch erkennen, dann verlor sich der Gänsemarschzug in der Nebelwand. Und noch immer staute es sich dahinter. Erst wenn sich alle eingereiht hatten, konnte auch Malibran mit seinen Leuten losziehen. Darauf war er alles andere als scharf, trotzdem betrachtete er das zähe Manöver mit Ungeduld.

Immer wieder wandte er sich um oder sandte Boten nach hinten, die Ausschau halten sollten, ob die Trussaner sich schon näherten. Gern hätte er einige Adler bei sich gehabt. Aber die waren dem Heer ja bereits vor zwei Tagen vorausgeflogen, ins Tal des roten Honigs, um es auszukundschaften und die Zugänge zum Tal zu überwachen ... Würde er also von den Boten hören, dass die Trussaner seinen Leuten auf die Pelle zu rücken drohten, dann würde er selbst zurückgaloppieren und diesen sogenannten trussanischen *Fürsten*, in Wahrheit Oberlumpen, Mrtz und Schmrtz klarmachen, dass sie gefälligst Abstand zu seinen Kriegern zu halten hatten, im beidseitigen Interesse.

Einzig Gutes an dieser räuberischen Sippschaft, dass sie all diese nicht geheuren Wälder ausbrennen! Sodass man hindurchsehen kann. Vielleicht hätte man die Trussaner hier mal vorangehen lassen sollen, dann wär's aus mit diesem hinderlichen Wald. Darauf war Amian in seiner Klugheit nicht gekommen.

Trotzdem musste Malibran sich eingestehen, dass die Trussaner ihnen wahrscheinlich nützen würden. Denn wenn seine Soldaten auch grausam waren, so flackerten hier und da immer noch menschliche Züge auf. Ärgerlich und verdächtig war das! Den Trussanern hingegen waren alle Bedenken und Skrupel fremd. Vielleicht, überlegte Malibran, waren sie also tatsächlich die *wahrsten* Menschen ... Und gewiss würde der Zeitpunkt kommen, an dem man sie voranschicken konnte, um alles gnadenlos auszulöschen.

Endlich schien der Stau sich doch aufzulösen. Langsam reihten die letzten von Cravans Kriegern sich in den Zug am Fluss ein. Zeit für Malibran, sich bereit zu machen, auch seinen Truppenteil auf den schmalen Weg zu führen. Er stieg vom Pferd ab, so ungern er den erhöhten Platz verließ, von dem aus er weitere Sicht hatte. Aber übers Kiesbett waren die Pferde wohl am Zügel zu führen.

Malibran gab den angespannten Männern, die hinter ihm warteten, ein Zeichen und ging los. Hinein und dann so schnell wie möglich durch diesen Wald, der ihm immer unheimlicher wurde. Ihm war jetzt, als regte das Gestrüpp sich, als wäre er auf unwaldhafte Art lebendig, und die finsteren Nadelbäume könnten jederzeit losmarschieren.

Und dann ging ihm schlagartig auf, was an dem Wald nicht stimmte, die ganze Zeit schon: Keine Vogelstimme war hier zu hören, weder Singen noch Zwitschern noch Krächzen. Nichts, nur Stille. Als wär's tatsächlich ein von Trussanern zerstörter Wald!

Im selben Moment, da er das begriff, marschierten die Bäume nah vor ihm tatsächlich los, oder besser: sie stürmten, stürzten. In dichter Folge krachten die Baumstämme von der Böschung herab, spritzten ins Wasser, legten sich quer, versperrten den schmalen Weg. Ein Dutzend Bäume zugleich, alle nebeneinander. Das Pferd an Malibrans Zügel scheute entsetzt. Und da sah Malibran auf der anderen Seite der Baumbarriere auch schon bewaffnete Krieger aus dem Wald herabstürmen und -stürzen. Eine Falle! Sie mussten da oben im Unterholz gelauert haben. Darum also war weit und breit kein Vogel zu hören gewesen, die hatten sich verzogen.

Die Angreifer stürzten sich mit Keulen, Äxten und Schwertern auf die erschrockenen Adlersoldaten und Eunuchen, die wie an einer Perlenkette aufgeschnürt am Ufer liefen. Die Reihe geriet in Panik, keine Zeit, ihre Waffen zu zücken, da war der Feind schon über ihnen.

Und es geschah nicht nur hinter den umgestürzten Bäumen, sondern offenbar auch weiter vorn, in der Nebelwand. Man konnte es nicht sehen, aber man hörte den Aufruhr, das Geschrei.

Malibran war sofort klar, dass er hier nicht eingreifen konnte. Er musste den Trupp da vorne sich selbst überlassen und seinen eige-

576

nen Heeresteil schützen, der in helle Aufregung geraten war. Schnell wandte er sich um und rief das Kommando, sofort in die offene Ebene zurückzukehren.

Dort würde er die Kämpfer ordnen, und dann musste man sehen ...

Schon sah er seine eigenen Soldaten vor sich umdrehen und davonlaufen. Ein mächtiger Strom, der plötzlich seine Richtung änderte und rasant schneller wurde. Ein widernatürlicher Anblick. Und Malibran seinen Leuten hinterher, ein Feigling, kein Anführer. Aber man würde schon sehen, man würde ja schon sehen! Die Schlacht begann erst.

Er hatte die Angreifer aus dem Hinterhalt nur kurz erspäht, aber es gab keinen Zweifel: Faneskrieger. Hass kochte in Malibran auf, aber er musste kühlen Kopf bewahren, um im Kampf glühen zu können. Die Unruhe unter seinen Leuten, die ihm jetzt also voranliefen, statt ihm zu folgen, wurde rasch immer heftiger. Kurzentschlossen schwang Malibran sich auf sein Pferd. Er musste sich einen Überblick verschaffen – auch auf die Gefahr hin, dass er sich hier seinen Feinden offen aussetzte und ein Pfeil aus dem Wald ihn im Rücken träfe.

Die offene Ebene war zum Glück nicht weit, nach kurzem Galopp ritt er aus den Bäumen heraus. Aber tatsächlich lauerte dort weiteres Unglück, denn hier flogen schon die ersten Pfeile. Es waren aber nicht Trussaner, die da von hinten kamen, von denen war nichts zu sehen. Es war der berittene Fanesfeind, der von der Seite aus auf Malibrans fliehenden Trupp zu galoppierte. Direkte, tollkühne Attacke, mitten in sie hinein.

Sie mussten sich ebenfalls am Waldrand verborgen haben, weiter westlich, um im Bogen auf den Zug zuzurasen. Aber noch war Zeit, dass sie sich sammelten, um sich zu verteidigen, das Blatt zu wenden. Und hier war offenes Feld, das war gut. Außerdem verstand Malibran bereits, dass der heranpreschende Feind mit seinen Pfeilen und Lanzen – so entschlossen er sein mochte – zahlenmäßig weit unterlegen war.

Sofort war er wieder guten Mutes. Tollkühn und grausam, das war er auch. Mehr als jeder andere.

Und noch etwas erkannte er jetzt. Etwas, das andere im Adlerheer vielleicht geängstigt hätte. Auch Malibran entsetzte es in dem Augenblick: Der Feind wurde von Pistior angeführt. Von seinem Erzfeind Pistior, den er doch mit eigenen Augen im giftigen Schlamm hatte versinken sehen. Was hatte das zu bedeuten? Was für ein böser Spuk steckte dahinter?

Aber der Schockmoment lähmte ihn nicht. Im Gegenteil, der Anblick des Totgeglaubten stachelte nur seinen Hass an, entflammte seinen Zorn. Malibran zog sein Schwert.

«Zur Seite!», brüllte er und preschte durch die eigenen Reihen nach vorne, dorthin, wo die beiden Gegner gleich aufeinandertreffen würden. «Rache für Mitra!»

«Rache für Pristina!», schrie Pistior und jagte mit erhobenem Schwert auf den Feind zu.

Angriff der Feuerräder

Die offene Landschaft südlich des Dunkelwalds glich einem brodelnden Kessel. Später Nachmittag, die tiefstehende Sonne flackerte gelegentlich zwischen unruhigen Wolkenbergen hindurch, noch immer waren die Kämpfer Amians und die Angreifer grimmig ineinander verkeilt, ein unüberschaubares Durcheinander. Als die Faneskrieger unter plötzlichem Trompetengeschmetter wie aus dem Nichts erschienen waren, hatte das Adlerheer sich schnell zur Verteidigung gewappnet. Doch der Anblick der kurz darauf heranstürmenden bleichen Asver-Krieger samt dem Gedröhn ihrer Knochenhörner hatte bei Amians Soldaten nacktes Entsetzen ausgelöst. Als sie dann auch noch das gefürchtete Weiße Schwert in der Hand jener kurzhaarigen Kriegerin erkannten, die den Angreifern vorangaloppierte, waren sie in Panik geraten.

Dennoch waren Luyánta und König Asver, die das Getümmel mittlerweile von einer Hügelkuppe aus verfolgten, mit dem Gang der Ereignisse unzufrieden. Asver, mit aufgeplatzter und geschwollener Lippe, wirkte dabei ruhiger, während die Blut und Wasser schwitzende Luyánta mit staubverklebtem Gesicht geradezu fiebrig schien. Ihr Schlachtplan war nur zum Teil aufgegangen. Sie selbst hatten, als die Falle im Wald zugeschnappt und das Adlerheer in drei Teile zerschnitten war, die direkte Attacke auf die Spitze angeführt. Ihr Ziel war gewesen, Amian auszuschalten – sei es, indem sie ihn festsetzten, sei es, indem sie ihn, falls es nicht anders ginge, erschlugen. Doch der listige Adlerprinz war, als er den Hinterhalt begriff, so geistesgegenwärtig gewesen, mit seinem Truppenteil in die freie Ebene zu stürmen, wo es dann zur offenen Schlacht kam.

Amian war ihnen also vorerst durch die Lappen gegangen. Und der Kampf tobte bis jetzt, ohne sich zu entscheiden. Luyánta und Asver hatten sich zur Beratung auf einen nahegelegenen Hügel begeben, wo unter Dornensträuchern die eingestürzten Mauern eines Fanesturms lagen. Eine Eidechse saß auf einem sonnenwarmen Stein und war unbeeindruckt von allem: dem Kämpfen und Sterben der großen Tiere. Die beiden Herrscher der Fanes und des Knochentals aber versuchten, von ihrer Position aus einen Überblick über die Lage zu gewinnen. Das Kampfgetümmel wirkte chaotisch. Die Angreifer waren zu allem entschlossen und der Schock, den der Anblick von Asvers Kämpfern beim Feind ausgelöst hatte, immer noch spürbar. Andererseits war das Adlerheer weitaus größer, und je mehr der Überrumpelungseffekt nachließ, desto stärker fiel diese Übermacht ins Gewicht.

Ein Wimmelbild des Todesmuts und des Grauens. Dort sah Luyánta einige Faneskrieger in heftige Lanzenkämpfe mit Adlerspitzhelmen verstrickt, dort fochten feindliche Krieger mit Schwertern, dort stachen sie mit Dolchen aus nächster Nähe aufeinander ein, dort schlugen sie einander mit klobigen Keulen. Und über allem eine Wolke von Schlachtstaub und immer wieder herüberwehende Nebelschlieren aus dem Wald, wo am Flussufer ein eigenes Gefecht stattfand, von hier aus unsichtbar. Nicht weit vom Hügel hingegen erkannte Luyánta den tapferen Wilbur, der gerade drei Adlersoldaten hart bedrängte, und tiefer im Gewühl die berittene Hypatia, zwei Schwerter gleichzeitig schwingend, unter ihren Feinden Furcht und Schrecken verbreitend. Dort aber – das waren die unerschrockene Laleh mit ihrer Steinschleuder und der treue Mizuel mit Pfeil und Bogen, der seiner geliebten Freundin nicht von der Seite wich. Rings um sie stürzten die Adlersoldaten wie Kegel. Und vom Süden des Schlachtfelds her ritten die Knochenkrieger unter Führung Cerbrëes Attacke um Attacke durch die feindlichen Reihen.

Immer wieder sah Luyánta aber auch Fanesleute fallen, und jedes Mal war es wie ein Stich in ihr Herz. Diese Schlacht verursachte ihr Ekel und Schmerzen: nicht in ihrer Schulter diesmal, sondern in Herz und Seele – all das Blut, all das Leid!

Trotzdem zog es sie mit Macht in den Kampf zurück. Sie wollte gemeinsam mit ihren Leuten fechten – Seite an Seite in Gefahr. Einmal blickte sie auch übers Schlachtfeld hinweg und die Ebene hinunter, am aschgrauen Fluss entlang Richtung Süden. Auf einem Berghang bemerkte sie ein Rudel Schakale, das wohl Blut gewittert hatte und geduldig darauf wartete, sich später über die zurückgelassenen Leichname herzumachen. Weiter entfernt graste friedlich eine Herde Wildpferde. Und irgendwo noch dahinter, dort wo ein wilder Gebirgsbach in den Brennenden Fluss mündete, musste der Zugang zu jener Klamm liegen, durch die man ins Tal des roten Honigs gelangte. Dass Amian diese Klamm jemals erreichte, musste um jeden Preis verhindert werden! Mit Sorge und Wut dachte Luyánta an die Faneskinder, an Nammu und Enki und all die anderen, die dort in Frieden lebten, nichts ahnend von der Gefahr.

Wo steckte Amian, der mörderische Adlerprinz? Luyánta sah Scharen von Feinden, zu Fuß und zu Pferd – nur nicht diesen einen! Wie sehr sie sich wünschte, sie könnte ihn in ihre Gewalt bringen.

580

Vielleicht würde das diesen Krieg beenden. Doch wenn nicht: Dann mussten sie ihn eben gewinnen.

Während Luyánta und Asver das Geschehen beobachteten, diskutierten sie darüber, wie man die westlichen Kämpferscharen besser verteilen könne, um die bedrängten östlichen Krieger, in der Nähe des Flusses, zu entlasten. Da bemerkten sie abseits des Schlachtfelds einen Reiter aus dem dunklen Wald preschen. Es war eine Frau mit schwarzblauen Haaren, offenbar eine Faneskriegerin. Sofort sandten sie ihr einen Krieger entgegen, der sie zur Berichterstattung auf den Hügel bringen sollte. Ein paar Minuten später war die dunkelhaarige Reiterin bei Asver und Luyánta angekommen und rutschte atemlos vom Pferd.

«Und?», rief Luyánta. «Wie sieht es im Wald aus? Und hast du Nachricht von Pistiors Leuten?»

«Von Pistior haben wir leider nichts gehört», antwortete die keuchende Botin, «aber Hieronyma hat auch zu ihm einen Boten gesandt. Sobald sie mehr weiß, wird sie Nachricht hierherschicken.»

«In Ordnung. Und ihr?»

«Ich bringe gute Neuigkeiten! Dein Plan ist geglückt. Unter der Führung von Hieronyma, Hyypiä und Gracchus haben wir die eingekesselten Soldaten überrumpelt, die einzeln am Fluss entlangliefen. Wegen der Sperren durch die gefällten Bäume konnten sie weder vor noch zurück und wegen des engen Wegs auch keine Verteidigungsformationen bilden. Da sind die meisten einfach ins Wasser geflüchtet. Um nicht unterzugehen, rissen sie sich die Helme von den Köpfen und warfen ihre Rüstungen und Kettenhemden und Waffen von sich. Sie versuchten nur noch, ihr nacktes Leben zu retten, indem sie irgendwie ans andere Ufer kämen. Einige wurden vom Wasser mitgerissen, aber viele haben es rübergeschafft.»

«Was tun sie dort?»

«Ha! Ein Bild des Jammers, Königin. Klitschnass sind sie dort drüben, waffenlos, unschlüssig. So haben sie keinerlei Nutzen mehr für Amian. In Scharen machen sie sich Richtung Berge davon.»

«Wahrscheinlich fürchten seine eigenen Leute Amians Zorn noch mehr als uns.» Luyánta freute sich dabei über jeden Feind, der geschlagen war, aber doch mit dem Leben davonkam.

«Das kann wohl sein», entgegnete die Botin. «Du hättest sie laufen sehen sollen! Wie die aufgescheuchten Karnickel sind sie gehoppelt! Aber sag, was sollen wir tun, sobald wir unseren Auftrag erfüllt und den mittleren Heeresteil komplett aufgerieben haben?»

Luyánta und Asver sahen einander an. Sie waren sich einig. Asver nickte nur stumm, und Luyánta antwortete: «Die Hälfte eurer Leute soll unter Hyypiäs Kommando hierherkommen und uns unterstützen. Wir werden inzwischen versuchen, das Schlachtfeld in Richtung Wald zu treiben, damit die Feinde dort eingezingelt werden können. Eure andere Hälfte soll mit dem Jäger Gracchus und Hieronyma erst mal abwarten, welche Nachricht von Pistior kommt. Falls er Hilfe braucht, eilt zu ihm. Wenn er aber den abscheulichen Amianbruder schon niedergerungen hat, dann sollen sie ebenfalls herkommen.»

«So werde ich es ausrichten, Königin!», rief die Botin, verneigte sich und sprang wieder auf ihr Pferd, um in den Wald zurückzujagen. Gleichzeitig schwang sich auch Luyánta in Kikis Sattel, um gemeinsam mit mehreren Kriegern hinunter zur rechten Seite des Schlachtfelds zu reiten. Dort wollten sie unter den Faneskämpfern die Anweisung verbreiten, den Feind möglichst näher zum Wald zu drängen.

Ein Pfeil sauste dicht über Luyántas Kopf, sie hörte das Sausen, während sie sich instinktiv wegbückte. Um sich nahm sie das kalte Klirren der Schwerter wahr und das Schreien und Keuchen der Kämpfenden. Das Wiehern und Schnauben der Pferde, den Geruch von Ledergeschirr und Kriegerschweiß – und dahinter der sanfte Duft des Frühlings, eine gespenstische Mischung.

Da schoss ein berittener Adlersoldat mit vorgestreckter Lanze auf die Faneskönigin zu, doch Kiki wich mit einem Sprung aus, drehte sich, und Luyánta hieb den Angreifer mit ihrem Weißen Schwert von seinem Pferd.

Manchen gefallenen Faneskämpfer sah sie und die bleichen Wunden gefallener Knochenkrieger, aus denen weißes Blut rann. Sie

582

empfand Dank und Schuld beim Anblick dieser Toten, beim Gedanken an die unverdiente Treue des verbündeten Volks.

Immer nur noch verbissener schien die Schlacht zu werden. Oder lag es daran, dass Luyánta die Schrecken des Kampfes nun wieder mittendrin erlebte statt vom hohen Hügel aus? Niedergetrampeltes Gras, brennende Obstbäume, rot nicht von der Apfelblüte, sondern vom Feuer.

Luyánta aber ritt durchs Kampfgewirr, als wäre sie unverwundbar, gefeit gegen all die schwirrenden Pfeile und sirrenden Schwertstreiche rings um sie. Die Feinde erschraken vor der Faneskönigin im weißen Gewand und vor ihrem Weißen Schwert. Sie wehrte alle Bedrohungen ab wie eine Schlafwandlerin, denn sie hatte nur Augen für einen – den einen, den sie nicht sah: Amian, den Adlerprinzen. Auf dem ganzen Schlachtfeld hielt sie Ausschau nach dem Feind. Bereute sie es, dass sie ihn verschont hatte, damals, als er ihr unter dem Baum ahnungslos seinen Nacken dargeboten hatte? Vielleicht sollte sie die vertane Gelegenheit bedauern. Und doch begriff sie, dass ebendieser merkwürdige Moment sie von ihrem verfluchten Schmerz befreit hatte.

Trotzdem war sie nun wieder im Krieg unterwegs. Voller Zorn, auf der Suche nach dem Todfeind.

Inzwischen war es den Faneskämpfern gelungen, das Kampffeld Meter für Meter näher an den Wald zu schieben, von dem Amian seine Krieger vor Stunden rettend ins Offene geführt hatte. Und auf einmal war es so weit: Aus dem Dickicht und hinter den Bäumen brachen gleichzeitig Dutzende neue Angreifer hervor – die siegreichen Fanesleute des Hinterhalts am Fluss! Bis ins innerste Kampfgewühl meinte Luyánta das Brüllen Hyypiäs zu vernehmen, der die Männer und Frauen anführte.

Erneut verbreitete sich der Schrecken unter den Adlersoldaten. Trotz ihrer Überzahl lähmte sie das Gefühl, sie seien eingeschnürt. Die Faneskrieger hingegen ließen nicht nach. Sie fochten mit dem Mut der Verzweiflung und der Liebe zu ihren fernen Kindern.

Auch Luyánta schlug weiter um sich, während sie ruhelos durchs

583

Schlachtfeld streifte, um endlich Amian zu stellen. Wo mochte er sich verbergen? Aber es war ja gleichgültig. Er konnte sich in ein Mauseloch verkriechen, sie würde ihn am Ende doch finden.

Auf einmal aber bemerkte Luyánta eine Bewegung unter den Kämpfern. Erst waren es nur einzelne Köpfe, die sich zum Himmel hoben, dann immer mehr, wie eine Welle. Nun blickte auch Luyánta nach oben: und sah von Süden her eine riesige Schar von Adlern heranfliegen. Amians unselige Verbündete hatten also Nachricht von der Bedrängnis seines Heers erhalten. Oder hatte der verkrochne Prinz selbst nach ihnen geschickt?

Das war aber noch nicht alles, was sich aus dem Süden näherte. Luyánta erkannte es von Kikis Rücken gut, aber auch die Fußkämpfer konnten es nicht übersehen, so hoch ragte es auf. Nur, was um alles in der Welt war das? Auch unter den Faneskämpfern war nun Entsetzen zu spüren.

Es leuchtete, es brannte und blitzte, es kam näher und näher: gewaltige Feuerräder, so groß wie ein Haus. Vielleicht ein Dutzend, sie rollten durch die Ebene heran, in wütendem Zickzack über den Fluss hinweg und wieder zurück, als gäbe es ihn nicht. Die Wildpferde galoppierten hektisch Richtung Berge, während die Feuerräder trotz aller Kreuz- und Querschläge zielstrebig auf das Schlachtfeld zu rasten.

Pistior und Malibran

Giftgelbe Blitze schlugen zwischen Malibrans und Pistiors Schwertern hin und her. Wie lange schlugen die beiden schon aufeinander ein? Ging das eine Stunde oder zwei oder drei? So heiß glühte der Kreis, den dieser erbitterte Zweikampf um sich zog, dass niemand sich in ihre Nähe wagte. Während ringsum die Schlacht tobte, duellierten sich die Anführer der feindlichen Heeresteile, als kämpften sie in ihrer eigenen Welt.

Tatsächlich formten sich im Funkenflug ihrer Klingen merkwürdige Gestalten: winzige Irrlichter, die ihrerseits miteinander fochten. Da war der starke Pindal mit seiner Axt, einst Feldherr der wiedererstandenen Fanesmacht, und dort war Pistiors Brautschwester, die schwarzhaarige Strategin Pristina, die mit ihrem Schlangenschwert die vergifteten Pfeile Mitras abwehrte, jener so betörenden wie todbringenden blonden Bogenschützin, die Malibran einst geliebt hatte. Und noch viele weitere waren um sie, Krieger der Vorzeit, Waltrop und Pelleams und Manaal und andere, bunt schillernde Schatten, sehnende und stöhnende Geister: in ewigem Kampf voneinander besessen. Mitten durch ihr Gewimmel sausten die Waffen von Malibran und Pistior, ohne eine Entscheidung.

Die offene Schlacht zwischen Adlersoldaten und Fanesheer nahm indessen nach einiger Zeit eine furchtbare Wendung, ohne dass die Anführer es überhaupt mitzubekommen schienen. Malibran hatte zwar am Anfang noch gesehen, wie Cravans Krieger, eingekesselt zwischen Wald und Fluss, närrisch ins Wasser tapsten. Ihr Schicksal war Malibran jedoch gleichgültig, weder des Ärgers noch des Hohns wert. Denn da hatte er bereits seinen alten Erzfeind Pistior erspäht, den Totgeglaubten.

Der Schlachtvorteil war zunächst auf Seiten der Angreifer gewesen, die der Adlertruppe überraschend in Flanke und Rücken fielen. Aber auch ohne Malibran hatten die hochdisziplinierten Überfallenen sich schnell wieder gefasst und hielten nun stand. Drei Offiziere Malibrans führten mittlerweile den Kampf. Doch die Fanesleute unter Picabia und Pibakú ließen ebenso wenig locker. Immer wieder stand der Streit hart auf der Kippe, aber es fiel keine Entscheidung.

Und da geschah die Wendung: Eine gewaltige Rußwolke schien von Norden her zu kommen. Aber nein, sie flog nicht, diese Wolke, sondern näherte sich erd- und kohlenschwer, glühende Lava oder eine Mure, eine jener Schlammlawinen, die sich im Frühling oft von den Bergen abwärtswälzen.

Aber auch das war es nicht. Denn es trampelte gewaltig. Es war niemand anders als die Trussaner, die dem Adlerheer mit Abstand gefolgt waren, nun aber das Schlachtfeld erreichten. Begriffen sie überhaupt, was da vor sich ging? Denn was taten diese Kerle? Keineswegs sprangen sie ihren Verbündeten bei, sondern sie stürzten sich blut- und feuerrünstig auf alle, die ihnen vor die Keulen kamen, egal, ob Adlermann oder Fanesfrau. Hier und da machte sich sogar ein Trussaner über den anderen her, oder eine Trussanerin riss der nächsten die borstigen Haare vom Kinn.

Alles war ihnen egal, die blinde Beutegier ihrer Glutherzen war entflammt. Stinkend, schnaufend, schwarzzähnig wälzten die garstigen Männer und scheußlichen Frauen sich durchs Schlachtfeld. Ein Teil von ihnen schlug gleich eine qualmende Schneise in den dunklen Wald hinein. Dort hörte man die Bäume schreien, Vögel flatterten zum Himmel, Rauch stieg auf, alles verwandelte sich in Rußschwärze. Und am Ufer des grauen Flusses begannen die Metallberge einer riesigen, halb durchsichtigen Schrotthalde zu glühen und langsam zu schmelzen, während die Trussaner ihre Gegner dorthin drängten. Für Menschen war diese Hitze unerträglich, selbst für so abgestumpfte wie die Adlersoldaten.

Dass den Grobianen in ihrer Raubgier alles Feind war, war dabei noch ein Glück für die überrumpelten Fanesleute, denn so gerieten sie nicht ganz ins Hintertreffen. Bald darauf erschien auch aus dem Wald einige Verstärkung, angeführt von Hieronyma und Gracchus, die aber Mühe hatten, sich in dem Durcheinander zurechtzufinden. Denn jeder schien jetzt gegen jeden zu kämpfen.

In diesem Chaos machten sich die drei Offiziere Malibrans, die das Kommando übernommen hatten, auf die Suche nach Mrtz und Schmrtz, den Obertrussanern, die sich dreist *Fürsten* nennen ließen. Und trotz aller Hiebe rasender Trussaner fanden sie die zwei auch bald, und zwar mitten auf dem unwirklichen Schrottplatz am Flussufer: thronend auf der lila glühenden, ausgeweideten Karosserie eines riesigen, verrosteten Geländetrucks. Die Offiziere ließen ihre Pferde stehen, die sie nicht übers heiße Metall laufen lassen konnten, und liefen zu den beiden.

«General Mrtz! Hochkommandierender Schmrtz!», rief der ers-

586

te Adleroffizier, obwohl ihn diese ehrerbietigen Worte anwiderten. Ah, lieber würde er diese Lumpen sein Schwert schmecken lassen ... «Ich bitte euch, sagt mir, was geschieht hier? Eure tapferen Kämpfer scheinen die Schlacht misszuverstehen.»

Mrtz glotzte den Offizier an, die langen Zahnhaare hingen ihm aus dem Mund, und Schmrtz runzelte die dunkelgrau verschmirgelten Zähne, die seine Augenbrauen waren.

«Hä, was gipps?», grunzte Schmrtz unwillig.

«Edle Fürsten!», versuchte der Offizier es nochmals und tippelte dabei hektisch auf der Stelle, weil seine Fußsohlen glühten wie unter Folter. «Ich erinnere euch daran, dass ihr mit unseren Prinzen Amian und Malibran einen Bund geschlossen habt. Unsere und eure Krieger sind per Vertrag Kampfgenossen! Doch jetzt machen sich eure bewunderungswürdigen Männer und Frauen unterschiedslos über alles her, auch über unsere Soldaten. Ich muss euch dringend bitten, haltet sie zurück!»

«Bah, wer soll'n das unterscheiden!», maulte Mrtz. «Alles viel zu komprimiert! Amian hat uns fürs Zerstören bedungen, und das machen wir. Wenn einem Trussaner seine Nase Beute wispert, dann folgt er nun mal seinem Instanz, und dann macht's *bäm.*»

«Bäm!», rief der euphorische Schmrtz, Mrtz bestärkend.

Was redet denn der da, fragte sich der Offizier und begriff, ach so, *kompliziert, wittert, Instinkt* ... Ah, diesen Schuften gleich das Schwert ins Herz, oder besser (denn was ist bei ihnen das Herz) in die Fresse!

Er bemühte sich, gefasst zu bleiben: «Besinnt euch doch, hehre Fürsten! Ihr schadet ja euren eigenen Zielen, wenn ihr die blinde Wut eurer Leute nicht hemmt. Schlagt ihr uns mit, so helft ihr Fanes.»

«Fanes, helfen?», murrte Mrtz. «Dem vermaleseiften Fanesvolk? Niemals nich! Wie oft hamm die Faneskrieger uns ehrliche Räuber verprügelt und verjagt und versotten. Niemals nich helfen wir denen! Fertig machen wir die, bäm!»

«Kommt doch zur Besinnung!», stöhnte der Offizier, dem der

Schweiß in Strömen lief und der trotz seiner Tippelei das Gefühl hatte, dass seine Fußsohlen verbrannten. «*Wir* sind die Feinde der Fanes. Schlagt ihr *uns*, dann dient ihr *ihnen*.»

«Nix da!», bellten Mrtz und Schmrtz unisono. «Unsere tapfren Räuber hauen druff, wie's unsre Art ist. Wir können sie doch nicht bärtigen!»

Bärtigen? Ach so … «Gut», entgegnete der Offizier mit zusammengebissenen Zähnen. «Wenn ihr sie nicht bändigen könnt oder wollt, dann werdet ihr am Ende eben auch die unfehlbaren silbernen Pfeile verlieren». Denn Amian und Malibran hatten ihre Hauptleute eingeweiht, welchen Köder der Adlerprinz den Trussanern zu fressen gegeben hatte. «Löscht ihr alles unterschiedslos aus», fuhr der Offizier fort, «dann wird euch niemand zu den Pfeilen führen. Versteht ihr? Hört mir gut zu! Niemand, nicht, niemals. Nur wenn der Adlerprinz die Faneskönigin besiegt, wird sie den Weg zu den Pfeilen enthüllen. Und unser Prinz wird die Pfeile samt Mädchen euch überlassen, wie er es euch versprochen hat.»

Auf einmal kam Unruhe in die stumpfe Selbstgefälligkeit der Trussanerchefs. «Mooomentchen mal», schnaubte Schmrtz, und Mrtz knurrte: «Jetz ma halblang, liebe Leute, nu lass uns erst ma diskulpieren wie vernümpftige Mentschen. Nicht son aggressiblen Ton, bitte schön.»

«Sehr gern», sagte der Offizier. Dann wiederholte er mit Nachdruck, was er eben gesagt hatte. Mrtz und Schmrtz zeigten sich auf einmal beflissen, ihre Horden zu *bärtigen*, um dem Adlerheer zum Sieg zu verhelfen – und dadurch die Trussaner näher an die Silberpfeile zu bringen.

Ganz konnte es nicht gelingen, das wütende Gesindel an die Kandare zu nehmen, zu tumb war die trussanische Brutalität. Aber wenigstens zum Teil schafften es Mrtz und Schmrtz, ihre Horden gegen die Fanesleute zu hetzen. Auch wenn der Wucht der Trussaner weiterhin der eine oder andere Adlersoldat oder Kahlköpfige Bogenschütze zum Opfer fiel und immer wieder ein eigener Spießgeselle, so kamen die Fanesleute nun doch in immer schwerere Bedrängnis.

588

Der vor einigen Stunden noch so undurchdringliche Wald war in der Zwischenzeit immer heftiger verkohlt, wurde pechschwarz, als verwandele er sich selbst in die hereinbrechende Nacht. Doch dieser tote Wald war eine Nacht ohne alle Sterne. Dafür waren aber über die Baumleichen hinweg, auf dem anderen Schlachtfeld im Süden, unerklärliche Feuerkreise zu sehen, rollende brennende Räder. Auch dieser Anblick versetzte die Faneskrieger in Furcht und Schrecken. Trotzdem ließen sie in ihrer Gegenwehr nicht nach.

Allein um den immer heißeren Kreis der heervergessen fechtenden Anführer Pistior und Malibran machten selbst die Trussaner einen weiten Bogen. Etwas Merkwürdiges war hier geschehen: Die immer schnelleren Drehungen der beiden und der zahllosen Funkengestalten zwischen ihnen hatten den Kampfkreis angehoben, sodass er nun in vielleicht einem Meter Höhe über dem niedergestampften Gras schwebte. So fochten die von alter Liebe verzehrten Erzhasser schwebend in der Luft – schwerelos, doch unversöhnlich.

Der zersplitterte Mond

Inzwischen befanden sich auch die Fanesleute und Knochenkrieger auf der anderen Seite des sterbenden Waldes in schweren Nöten. Viele ihrer Kämpfer waren gefallen, Fußvolk und Reiter, deren Pferde in die offene Ebene davongaloppierten – in die Freiheit, den Frieden. Die übrig gebliebenen Kämpfer aber waren bei Aufzug der Nacht in Gruppen gespalten und mehrere Hänge am Rand der Ebene hinaufgedrängt worden, wo steile Felsenwände aufragten. Trotz der erhöhten Stellung gegenüber dem nachsetzenden Feind fühlte sich das an wie in Mausefallen. In vorderster Reihe stemmten sich Hypatia und Wilbur den Feinden entgegen. Aus der Luft wurden die eingeengten Kämpfer wieder und wieder von Hippoks Adlern mit scharfen Krallen und

Schnäbeln attackiert. Hyypiä war an Kopf und Bauch schwer verwundet, einige Krieger versorgten den Ohnmächtigen und andere Verletzte im Schutz großer Felsbrocken. Mizuel aber hatte sich die Schwanzfedern eines Adlers ins Haar gesteckt, der Laleh angegriffen hatte und den er für diese Frechheit hatte büßen lassen.

Zugleich rollten aus der Ebene weiterhin, wie von Zauberhand, die schrecklichen Feuerräder herauf. Luyánta wollte von hier oben endlich erkennen, woher sie kamen. Aber sie schienen aus der Luft zu entstehen, aus dem Nichts, irgendwo hinter der Adlertruppe. Und kaum waren sie da, rollten sie los und beschleunigten sich in immer heftigeren Schwung.

Und zwar, trotz ihres Zickzacks, mit klarem Ziel. Schon in der verworrenen Schlacht in der Ebene hatten diese Räder sich wieder und wieder auf die Faneskrieger zu gewälzt – je mehr Fanesleute auf einem Fleck waren, desto gnadenloser sausten sie heran. Was hatte das nur zu bedeuten, was hatte der Feind da für eine dämonische Hilfe?

Nun saßen sie hier oben in der Falle. Luyánta hatte bereits zwei Kundschafter weiter den Hang hinaufgeschickt, um herauszufinden, ob es oben einen möglichen Fluchtweg gäbe, aber die beiden waren bald darauf mit enttäuschenden Nachrichten zurückgekommen. Über den schwer zu erklimmenden Berg konnte man nicht entwischen, ohne sich den Verfolgern voll auszusetzen.

Luyánta versuchte, einen kühlen Kopf zu bewahren. Auf dem benachbarten Hang, südöstlich gelegen, stemmten sich die dort eingeschlossenen Knochenkrieger mit Asver und Cerbreë gegen den aufwärtsdrängenden Feind. Mit senkrechten Knochenlanzen stürmten sie ihm entgegen – doch sie wurden von den nun sogar heraufrollenden Feuerrädern gestoppt.

Ohne diese Knochenkrieger wäre das Fanesheer bereits in der Ebene vollständig aufgerieben worden. Und schon unten war Luyánta ihrerseits mit dem Mut der Verzweiflung den schrecklichen Feuerreifen entgegengaloppiert. Ritt man frontal auf so ein Rad zu, wirkte es wie eine Monsterwelle aus Flammen. Es schien selbstmör-

590

derisch, nicht davor zu fliehen, aber Luyánta ritt einfach weiter. Sie musste dieses Ding unbedingt aufhalten, und ohne zu wissen, wie das gehen sollte, spürte sie, dass sie es konnte. Und auch ihre Kiki, die doch die nackte Angst des Tiers empfinden musste, schien das zu empfinden.

Unerträgliche Hitze ging von dem rollenden Rad aus, die einen beinah zerriss – als ritte man direkt in die Sonne.

Und Luyánta ritt hinein. Als sie dem Rad nah genug war, riss sie, einer Eingebung folgend, ihr Weißes Schwert in die Luft und schleuderte es mit voller Kraft, Spitze voraus, dem Feuerkreis entgegen. Dann riss sie Kiki scharf zur Seite – und sah im Augenwinkel, wie das Flammenrad mit der Berührung des Schwerts erstarrte, die Hitze ließ schlagartig nach, auch das rot glühende Licht erlosch. Das Rad war zu Eis geworden. Und dieser Eisreif stand still und stürzte krachend zu Boden, auf tote Krieger und brennende Bäume, die unter ihm zischend erloschen und zerbrachen. Und dann lag dort stumm eine riesige Eisplatte.

Luyánta wendete Kiki erneut, ritt heran und zog ihr Schwert aus dem Eis. Gleich darauf wiederholte sie diese tollkühne Aktion beim nächsten rollenden Feuerrad, das sie erreichte; und wieder gelang es ihr, die dämonische Flammenkraft durch das Weiße Schwert in Eis zu bannen.

Den Faneskämpfern, die das Ungeheure von nah und fern beobachteten, gab diese Tat neuen Mut, so wie sie auch die Adlersoldaten merklich beeindruckte. Dennoch waren es fürchterlich viele Feuerräder – zu viele für die Weiße Kriegerin, denn immer neue kamen aus der Tiefe der Ebene nach. So hatten diese dämonischen Waffen und die vielen Feinde das Fanesheer schließlich aus der Ebene und den Berg hinauf gedrängt. Wo sie unter der Steilwand in der Falle saßen …

Hartnäckig verteidigten sich die Faneskrieger, unermüdlich stürmte Luyánta auf Kiki den heraufrollenden Feuern entgegen. Immer wieder kollerte eins, zum Eisrad geworden, zurück in die Tiefe und schlug dabei schwere Schneisen durch die Scharen der Ad-

591

lersoldaten. Aber an der fürs Fanesheer bedrohlichen Gesamtlage änderte das wenig.

Mittlerweile war es Nacht geworden, Berg und Tal lagen in fahlem Mondschein. Ein überaus eigenartiges, zerfasertes Licht, denn auch am Himmel war etwas Ungeheures geschehen: Der riesige Mond war in Stücke gesprungen. Dutzende weiß leuchtende Brocken standen am schwarzen Himmel. Aber in dieser Nacht wirkte es normal: in der wahrscheinlich entscheidenden Schlacht, unter dem Ansturm gespenstischer Feuerräder, die man für kreisende Sternscheiben halten konnte. Der Himmel schien auf die Erde zu fallen.

In einer friedlichen Nacht hätte man dieses überirdische Schauspiel in Ruhe betrachtet, man wäre fasziniert und voller Bewunderung gewesen, und man hätte vielleicht mehr gestaunt als sich geängstigt. Und auch bemerkt, dass die Teile des zerbrochnen Monds sich langsam voneinander wegbewegten. Aber in der Schlacht nahm es niemand wahr.

Das Licht des zerstückelten Monds ergoss sich auch hell in die Ebene des Brennenden Flusses. Still lag das aschgraue Gewässer mit seinem seltsam unpassenden Namen. Von hier oben erkannte man nun auch jenen Zugang in die Klamm, durch die man an einem Gebirgsbach entlang bis ins Tal des roten Honigs kommen konnte.

Wo war bloß Amian? Noch immer hatte Luyánta ihn nicht entdeckt. Noch war sein Heer hier gebunden im Versuch, das Fanesheer zu zerquetschen.

Ob er die Kinder verschonen würde, wenn er das übrige Fanesvolk ausgelöscht hätte? Ob sein Rachedurst dann endlich gestillt wäre? Sie kannte ihn ja gar nicht, diesen Amian, aber auf eine solche Mildwerdung war wohl nicht zu hoffen. Deshalb musste sie um jeden Preis verhindern, dass das Adlerheer wieder in die freie Ebene gelangte.

Der sorgenvolle Gedanke an die Kinder gab der Faneskönigin frische Kraft. Und von neuem stieg in ihr die Überzeugung auf, dass sie Amian stellen musste, den Neuen Adlerprinzen, ihren Todfeind.

Sie beschloss, die nicht endende Jagd auf die nachwachsenden

592

Feuerräder aufzugeben. Stattdessen wandte sie ihren Blick den dichten Reihen des Adlerheers entgegen, das sich bergauf schob und nur durch die Aufopferung der standhaften Faneskrieger gehemmt wurde. Irgendwann musste ihr Widerstand zusammenbrechen, früher oder später würde das Fanesheer gegen die Bergwand gedrückt und aufgerieben.

Sie musste es versuchen. Musste die feindlichen Reihen durchstoßen, direkt hinein in die Kreise des Feindes. So wie sie es schon einmal getan hatte: im vergangenen Herbst in der Schlacht um das Hügellager. Damals war sie von Feinden umringt worden, deren schiere Masse und Gewalt sie zu verschlucken gedroht hatte wie das Meer ein Holzfloß. Da hatte sie ihren Feind Amian von fern auf sich zukommen sehen. Doch sie hatte ihn nicht erwartet, sondern war vor ihm geflohen. Vielleicht war das verkehrt gewesen. Vielleicht hätte sie sich ihm schon damals stellen müssen.

Noch einmal aber würde sie diesen Fehler nicht machen. Und heute, in dieser Nacht, war sie eine andere als damals. Und führte eine andere Waffe. Mit festem Griff umschloss ihre Faust das Weiße Schwert. Dann drückte sie Kiki die Fersen in die Seite und jagte los, auf die Kampflinie zu.

Die Faneskrieger begriffen die Absicht ihrer Königin und wichen zur Seite, Luyántas Wut ein Spalier bildend. Auch die angreifenden Adlersoldaten erkannten die Weiße Kriegerin, die schon früher übermächtige Feinde erschreckt hatte: nicht nur in jener Nacht am neuen Faneshügel, sondern auch einst nach dem Untergang Calocers, als die aus der Tiefe des Murmeltierreichs Aufgetauchte den Eingeschlossenen in der Gipfelburg zu Hilfe gekommen war. Damals hatten die Belagerer sie zunächst für Prinzessin Dolasilla gehalten. Doch die Wirklichkeit war für den Feind kaum weniger schauerlich: Prinzessin Luyánta kam, Dolasillas Zwillingsschwester, Murmeltier unter Murmeltieren!

Der Puls pochte in ihren Schläfen, auf ihrer Haut spürte sie kalt den Wind ihres rasanten Ritts, während sie die feindlichen Reihen durchbrach. Auf einmal war sie fest überzeugt, dass sie in wenigen

593

Momenten Amian stellen würde: Auge in Auge, endlich bereit zum entscheidenden Kampf.

Doch da wurde, unvorhergesehen, ihr Ausfall gehemmt. Etwas gleißend Helles loderte auf in der Nachtluft, nur wenige Meter vor ihr, gerade über Kopfhöhe: eine Art Blitz, Zucken, Funken – dann ein Schäumen und Schlagen, wie eine elektrisch geladene Wolke. Ja, es war eine Wolke aus Blitzen, die da einige Sekunden lang vor ihr stand. Und inmitten dieser eigenartigen Erscheinung zeigte sich etwas. Der Dämon, fühlte Luyánta sofort. Halb war er Skelett eines Esels oder so, halb Dämpfe oder verpestete Luft, jedenfalls gasförmig. Was auch immer das war, es hatte ein riesenhaftes Maul, das es aufriss, voller gewaltiger gelber Zähne, zwischen denen es gellend zu schreien schien, ohne dass aber auch nur ein einziger Ton zu hören war. Dieses markerschütternd stumme Schreien erfüllte plötzlich das ganze Gebirge, zugleich schien es, als existierte es allein in Luyántas berstendem Schädel. Es schmetterte sie zurück wie eine undurchdringbare Wand.

Auch Kiki erbebte vor Schreck, wieherte laut und scheute, sodass Luyánta fast gestürzt wäre. Aber es gelang ihr, sich im Sattel zu halten. Sie wendete und preschte durch die noch immer entsetzensgelähmten Feinde zurück in die eigenen Reihen, zu ihren eingeschlossenen Fanesleuten. Die grässliche Erscheinung in der Blitzwolke aber löste sich schon im selben Moment auf.

Überraschende Hilfe

Auch in der Ebene nördlich des Walds, der in dieser Nacht starb, war die Fanesnot jetzt gewaltig. Pibakú und Picabia waren im Kampf gefallen, er durch Pfeile der Kahlköpfigen Bogenschützen, sie durch den Speer eines Adlersoldaten, der sie in den Rücken traf. Hieronyma aber befand sich in der Hand

594

des Feindes. Sie war von Trussanern umzingelt gewesen, als einer von Malibrans Offizieren sie als hohe Fanesfrau erkannt und den blutrünstigen Pulk mit Müh und Not daran gehindert hatte, sie auf der Stelle zu massakrieren. Denn wer wusste, dachte der Offizier sich, wozu es noch gut sein konnte, eine so wichtige Gefangene zu haben. Sterben lassen oder den Trussanern zum Fraß vorwerfen konnte man sie später immer noch.

Der magische Kampfkreis mit Malibran, Pistior und den wütenden Funkengestalten der Vorzeit schwebte weiter über den Köpfen der Schlacht, eine Kugel zwischen Erde und Nachthimmel. Im Kampfgetümmel aber herrschte immer größere Hitze, das Gras brannte lichterloh, am Ufer glühten und schmolzen die Schrottberge. Wieder und wieder sanken vom Qualm benommene Kämpfer ohnmächtig nieder und wurden von schweren Trussanern oder den eigenen fliehenden Pferden zertrampelt.

Auch hier war es nur noch eine Frage der Zeit, wann die Schlacht entschieden sein würde. Die Faneskrieger waren nun an mehreren Stellen umzingelt, bloß einige wendige Grüppchen unter Führung des Jägers Gracchus schlugen hier und da Löcher in diese Einschlüsse. Ans Aufgeben aber dachte niemand. Und aus irgendeinem Grund schien Gracchus trotz der bedrückenden Lage ungebrochen zuversichtlich.

Dann irgendwann nach Mitternacht geschah etwas Unerwartetes. Auf den westlich über der Ebene gelegenen Schotterhängen erschien eine weitere Wolke. Tiefgrau wirkte sie in der Nacht, doch ebenso bedrohlich wie die Kohlenschlammmure, in deren Gestalt Stunden zuvor die Trussaner aufgetaucht waren und der Schlacht die üble Wendung gegeben hatten.

Doch was hier angeflogen kam, das war wendiger, geschmeidiger als diese Trampel. Auch die Adlersoldaten und Kahlköpfigen Bogenschützen bemerkten das heransausende Grau und erstarrten vor Schreck. Am heftigsten jedoch erzitterten die Trussaner, als sie die anstürmenden Wölfe erkannten.

Und sie hatten recht mit ihrer Angst! Denn es war eine große

Menge, die da kam, viele vereinte Rudel. Sie alle wurden angeführt von der Obersten Wölfin. Und stürzten sich auf die Trussaner, diese Wolfsbräter und Meuchler der Wälder, in denen die Wölfe zu Hause gewesen waren. Die Fanesleute erkannten, dass die Wölfe auf ihrer Seite standen, und fassten neuen Mut. Gracchus aber wirkte, als überraschte ihn das Eingreifen der Wölfe nicht im Geringsten. Einmal sauste die Oberste Wölfin nicht weit von ihm vorüber und warf ihm einen flüchtigen Blick aus ihren herrischen schwarzen Augen zu. Alte Bekanntschaft und Vertrauen sprach daraus.

Den schwebenden Kampfkreis Pistiors und Malibrans aber mieden auch die Wölfe, während sie sich durchs Kampffeld bissen. Tatsächlich hatte dieser Kreis mit der Schlacht der heutigen Nacht längst nichts mehr zu tun, er war ein Duell wie jenseits von Zeit und Raum.

Nun war es wieder das Adlerheer, das schwere Verluste erlitt. Auch zwei der kommandierenden Offiziere kamen ums Leben, während der dritte mit mehreren Soldaten zu verhindern versuchte, dass seine kostbare Gefangene Hieronyma befreit wurde. Am heftigsten aber traf es die Trussaner: Ohne Mitleid drängten die Wölfe sie in Richtung des Flusses und ins Wasser. Ein entsetzliches Zischen, Qualmen und Stinken gab das; und nun war es, als wäre durch das wütende und angsterfüllte Brüllen der Trussaner der Fluss selbst zu hören, der zu schreien begann.

Auf den Hängen südlich des Walds aber standen die Fanesleute und das Knochenheer mittlerweile mit dem Rücken zur Wand: Sie waren nun bis knapp vor die fast senkrechten Bergseiten gedrängt, wo sie den Angreifern bald zur Beute werden mussten.

Doch sie gaben nicht auf. Sie standen dicht an dicht, um ihre Haut so teuer wie möglich zu verkaufen. Luyánta kämpfte Seite an Seite mit Laleh, Kiki stand an Chihiro, daneben fochten Mizuel und Hypatia.

«Patsche, ich sag's ja», rief Laleh atemlos.

«Keine Bange, Mädels», keuchte Mizuel, während er sein Schwert schwang, «ich hole euch hier schon raus…»

596

«Klappe!», befahl Laleh, und ein Stein aus ihrer Schleuder sauste auf die Nase eines herangaloppierenden Adlersoldaten, sodass sein spitzer Helm zersplitterte, er vom Pferd stürzte, sich aufrappelte und hinkend davonrannte.

Mittlerweile kamen keine Feuerräder mehr herauf. Bis vor kurzem waren sie immer noch durch die Belagerungsringe und in die Menge der Eingeschlossenen gesaust. Dort aber waren sie zuletzt gegen die Felsenwände geknallt und zurückgeschmettert worden, sodass sie wie ohne Ziel herumschossen – und manchmal im Adlerlager mehr Schaden anrichteten als unter den Fanesleuten. Dann waren sie zurück in die Ebene gerollt, wo sie sich anscheinend in Nichts auflösten, so wie sie zuerst aus dem Nichts erschienen waren.

Dann hatte das aufgehört. Luyánta versuchte, es sich zu erklären. Sie dachte an die eklige Erscheinung in der Blitzwolke von vorhin, das halbe Skelett – was war das gewesen? Eine dämonische Kraft, der Verbündete Amians?

Amian. Auf einmal spürte sie seine Nähe. Die ganze Zeit hatte sie ihn vergeblich gesucht und sich gefragt, wo er steckte: der Todfeind, der doch den Ruf eines tapferen Kriegers hatte, nicht eines, der sich versteckt. Doch nun war sie sicher, dass er ihr näher war als je zuvor im Lauf dieser Schlacht.

Angestrengt starrte sie von Kikis Rücken in die feindlichen Reihen. Irgendwo in dieser Masse kam Amian jetzt herauf, an die vorderste Front, zu ihr – sie wusste es. Dort unten, war da sein Schimmel inmitten des feindlichen Heers zu erkennen? Dann machte sie sich klar, dass der Kampf um sie herum ja weiterging, und zwar äußerst brenzlig. Die Menge der Feinde war ein deprimierender Anblick und das Verschwinden der Feuerräder nur ein geringer Trost. Der Feind würde die Eingekesselten trotzdem im Lauf dieser Nacht einfach zerquetschen können, wenn nicht etwas Unverhofftes geschah.

Auf einmal zeigte sich jedoch im Licht des zersplitterten Monds, dessen Stücke sich weit über den Himmel verteilt hatten, etwas Unerwartetes. Unten in der Ebene geschah etwas mit dem Fluss, der zuvor trostlos grau und still dagelegen hatte. Er schien auf einmal in Bewegung zu geraten, seine Aschfarbe sich in ein silbriges Glänzen zu wandeln. Und bald begann dieses Silber sich in weitere Farben aufzuspalten, Gold, Rot, Gelb und Blau.

Luyánta blickte verwirrt die neben ihr fechtende Hypatia an, und wirklich, die Ringe an ihren Fingern schillerten. Aber das hatten sie vielleicht schon die ganze Zeit über getan. Jedenfalls waren das, was dort in der Ebene sichtbar wurde, nicht die Farben des Regenbogens. Es waren die Farben des Feuers. Der Fluss begann zu brennen.

Der Kampf geriet angesichts dieses Ereignisses ins Stocken. Freund wie Feind blickten zur Ebene, staunend und mit einer undeutlichen Empfindung von Ehrfurcht. Die Verstörung nahm noch zu, als bald darauf ein undeutliches Grollen und Rumoren hörbar wurde. Was passierte hier? Man konnte denken, ein Vulkan bräche aus.

Plötzlich schwoll der Lärm an, und schlagartig begriffen alle, dass er nicht vom Brennenden Fluss kam, sondern von oben. Alle schauten hinauf und sahen die weitverteilten bleichen Brocken am Himmel stehen. Und während sie sich noch fragten, ob das etwa der zersplitterte Mond sei, der so seltsam donnerte: Da dröhnte und krachte es schon direkt über ihren Köpfen.

Und auf die Köpfe der Belagerer. Denn die Fanesleute waren so dicht an die Steilwand gedrängt, dass sie vor den herabstürzenden Felsmassen geschützt waren. Nun quetschten sie sich noch mehr an den Berg, während ein gewaltiger Steinschlag aufs Adlerheer niederging. Es geriet unter der Lawine in hektischen Aufruhr, jeder wollte sich selbst retten, und zwar bergab, so schnell es nur ging.

Dasselbe geschah an den anderen Hängen, unter denen Fanesleute und Knochenkrieger eingezwängt waren: Überall gingen Mengen von Gestein nieder und trieben die Feinde in die Flucht. Viele wurden in die Tiefe mitgerissen oder unter den Brocken begraben.

Luyánta nahm das alles nur wie am Rande wahr. Ihre Sinne waren nämlich vom sicheren Wissen gefesselt, dass Amian irgendwo dort unten in dem Heer steckte, das nun nicht mehr heraufdrängte, sondern davonstürzte. Amian floh mit ihnen.

598

Und, zu überraschend – das tat ihr weh. Wie nah ihr der große Feind schon gewesen war! Jetzt musste sie ihn von neuem suchen. Noch meinte sie seinen Schimmel in der Menge zu erkennen ...

Nun ging es ihr genau wie den anderen Faneskriegern: Am liebsten wären sie ihren davonrennenden, stolpernden, torkelnden Feinden gleich hinterher. Aber auf diese Weise hätten sie sich selbst dem tödlichen Steinhagel ausgesetzt. Sie mussten abwarten, erleichtert und ungeduldig zugleich.

Und wie sie da alle standen und unruhig harrten, hörten sie inmitten des Felsgedonners und Steinepolterns schon wieder etwas anderes. Es waren helle Geräusche, die unpassend klangen, mitten in so einem Albtraum. Aber es war nicht mehr zu überhören: ein Pfeifen, aus vielen kleinen Kehlen, aus der Höhe. Und schließlich ein zuerst piepsendes, dann immer heftiger anschwellendes Triumphgeheul.

Die Stimmen der Murmeltiere.

Faneskönigin gegen Adlerprinz

Erst in der Ebene, in der Nähe des Brennenden Flusses (der seinem Namen nun alle Ehre machte), gelang es dem aufgescheuchten Adlerheer, sich wieder zu ordnen. Währenddessen waren nach dem Versiegen der Felslawinen auch die Fanesleute und Knochenkrieger von ihren Höhen herabgekommen und hatten sich unter der Führung Luyántas und Asvers neu vereinigt. Nur kurz tauschten die beiden sich aus, Luyánta berichtete von Hyypiäs Verletzung und hörte, dass auch Cerbrëe schwer, aber nicht lebensgefährlich getroffen war. Mit großer Trauer vernahm sie jedoch vom Tod Odkers und Tesbers, der beiden Weltkundigen, ohne die sie die Faneskinder nie gefunden hätte.

In aller Eile besprachen sich Luyánta und Asver, dann brachen beide Truppen auf, um dem Adlerheer nachzusetzen. Gleichzeitig strömten die Murmeltiere von den Bergen: Teils kamen sie in Scharen die Hänge herabgeflitzt, teils tauchten sie aus Gängen und Tunneln in der Ebene auf – manche inmitten der feindlichen Reihen. Dort wuselten sie gleich durchs feindliche Heer, bissen die Pferde der Adlersoldaten in die Fersen oder sprangen dem Fußvolk von hinten in die Waden, sodass die Krieger fluchend zu Fall kamen.

Durch den nun völlig verkohlten Wald kamen weitere Kämpfer herbei. An ihrer Spitze erkannte Luyánta den Jäger Gracchus – und dann noch eine geschmeidige Gestalt: die Oberste Wölfin. Luyánta meinte ihren Augen nicht zu trauen und galoppierte den beiden entgegen. Als sie bei ihnen war, grüßten die Faneskönigin und die Wölfin einander wortlos, wie alte Bekannte und vollkommen Vertraute.

Gracchus berichtete, dass ein kleiner Teil der Fanesleute und Wölfe auf der anderen Seite des toten Waldes noch im Kampf gebunden war, aber die Oberhand hatte. Die Trussaner waren dank der Wölfe besiegt, nur wenige hatten sich in die Berge gerettet, und kleine Häufchen von Adlersoldaten und Bogenschützen leisteten noch Gegenwehr. Hieronyma, die sie befreit hatten, führte dort den Kampf gegen diesen Rest.

«Und Pistior?», fragte Luyánta. «Und Malibran, der Anführer des hinteren Truppenteils? Was ist mit ihnen?»

«Nun», sagte der Jäger zögerlich, und Luyánta fragte sich, ob ein verstecktes Lächeln über sein Gesicht huschte, «sie sind – sagen wir – beschäftigt.»

«Womit?»

«Miteinander.»

Für weitere Erklärungen war keine Zeit. Mit diesen herbeigekommenen Kämpfern herrschte wieder ungefähr ein Gleichgewicht der Kräfte, denn der Feind wurde weiterhin von seinen geflügelten Verbündeten unter Führung Hippoks unterstützt. Aber der Schock durch den gewaltigen Steinschlag saß offenbar tief, das Gewusel der Murmeltiere verwirrte den Gegner, und der Grimm der Wölfe entsetzte ihn. Amian aber war nach wie vor nicht zu sehen …

600

Bald hatte die Schlacht sich in der Ebene des Brennenden Flusses ausgebreitet, sie war jetzt viel verstreuter als zuvor an den Hängen. Und es schien, als wäre diese Schlacht unendlich.

Luyánta machte sich nun wieder, quer durchs Kampffeld, auf die Suche nach ihrem Erzfeind. Was den großen Verlauf des Kampfes anging, vertraute sie auf ihre Mitbefehlshaber: nicht nur den Knochenkönig, sondern auch Hypatia, Laleh und Mizuel, den Jäger Gracchus und die Oberste Wölfin – und auch auf Die Dicke, die sie plötzlich durchs Gras flitzen sah! Sie war dabei, einem Adlersoldaten, der eben seine Lanze schleudern wollte, die Beine wegzureißen, sodass seine Waffe im Gras landete.

«Hast du so gedacht, Digger!», fiepste sie zornig, und mit einem lauten «Was tut man nicht alles!» nahm sie den Lanzenschaft zwischen die Zähne und sauste davon. Der Soldat rannte ihr fluchend nach, konnte sie aber nicht erwischen, stolperte, stürzte.

«Wo wieht man wich wieder, Wigga!», begrüßte Die Dicke Luyánta, als sie mit dem Holz in der Schnauze an ihr vorbeikam. «Wir wuatschen wbäter, wenn Wuhe ist!»

«Ja, später quatschen wir!», lachte Luyánta, «in Ruhe!» Im selben Moment erblickte der hingefallene Adlersoldat sie, erschauerte vor der Weißen Kriegerin, sprang auf und rannte davon.

Luyánta gab Kiki einen Ruck und ritt weiter durchs Schlachtfeld. Viele Feinde flohen bei ihrem Anblick, nur ab und zu musste sie einen mutigen oder leichtsinnigen Gegner abwehren.

Und dann geschah es – endlich!: Sie erblickte Amian. Er war noch weit entfernt, aus der südlichen Ebene kam er auf seinem weißen Pferd auf sie zu, von dort, wo vorhin die Feuerräder entstanden waren.

Und Amian sah auch sie. Kurz schien er zu stocken, zügelte seinen Schimmel. Doch dann tat er dasselbe wie Luyánta mit Kiki: lospreschen, wie ein Sturm. Durch die Ebene, weder auf Freund noch Feind achtend, galoppierten die Faneskönigin und der Neue Adlerprinz aufeinander zu.

Es war, als hielten beide Heere, ja als hielten das Tal und alle Berge den Atem an. Und man hätte meinen können, dass der Mond am nächtlichen Himmel allein aus Erwartung dieses Zusammentreffens zerbrochen war.

Im rasanten Ritt griff Luyánta in ihren Köcher, spannte ihren Bogen und ließ einen Pfeil gegen Amian sausen, der im Gras landete. Ein weiterer Pfeil erreichte den Feind, der seinerseits ohne Innehalten galoppierte. Doch Amian duckte sich, der Pfeil zischte knapp über seine schwarzen Haare hinweg.

Nun hob er seine schwere Lanze über den Kopf und schleuderte sie mit voller Kraft der Faneskönigin entgegen. Der dünne Schatten der Waffe sauste über die mondbeschienene Ebene – doch auch Luyánta duckte sich geschickt. Dabei spürte sie noch den gespenstischen Lufthauch im Nacken, ehe die Lanze sich hinter ihr in die Erde bohrte, ihr Schaft zitterte in der Luft.

Kurz bevor die zwei einander erreichten, zogen sie ihre Schwerter aus der Scheide, Luyánta ihr glorreiches Weißes, Amian sein gefürchtetes krummes. Und einen atemlosen Augenblick später schlugen die Klingen aufeinander, Funken stoben auf, ein Blitz zuckte zwischen den Waffen, ein elektrischer Schlag – und ein einsamer Baum in der Nähe ging lichterloh in Flammen auf.

Luyánta stob auf Kiki hinüber und riss einen brennenden Ast ab, den sie wütend auf Amian schleuderte. Doch die Fackel verfehlte den Prinzen, der höhnisch auflachte. Schon schoss Luyánta wieder auf ihn zu, und nun jagten beide Pferde im hitzigen Kreis umeinander, Amians weißer Harpag und Luyántas schwarze Kiki.

«Bist du also endlich aus deinem Loch gehoppelt, in das du dich feige verkrochen hast», rief Luyánta, «du niederträchtiges Kaninchen?!»

«*Du!*», brüllte Amian zurück, keuchend vor Kampfglut. «Du klägliche Murmeltierschwester wagst es, *mich* ein Kaninchen zu nennen? Den Bruder der Adler?» Wild riss er sein Krummschwert in die Luft. «Aber warte! Denn du bist ja wirklich kein Murmeltier, sondern in Wahrheit eine Schlange! Eine Giftnatter, die sich vor ihrem stinkenden Loch ringelt und kringelt, zischend vor Hass!»

«Dann spür jetzt meinen Giftzahn, Karnickel!», schrie Luyánta, und erneut kreuzten sich die Schwerter, dass die Ebene zuckte.

«Hinterfotzige Viper, nimm das!»

So schlugen die beiden von ihren Pferden aus aufeinander ein, wieder und wieder, mit einer Wucht, die jeden anderen Gegner längst aus dem Sattel befördert hätte. Die Ebene lag im unheimlichen Licht des zersplitterten Monds, während der Brennende Fluss höher und höher loderte. Hatte die grausame Leidenschaft der fanatischen Krieger in dieser Nacht den Strom wieder entflammt, wie er in alten Zeiten schon gebrannt haben musste? Oder hatten nur die verschmorenden Trussanerhorden das Wasser entzündet?

Die Krieger ringsum dachten darüber nicht nach. Immer mehr Adlersoldaten und Fanesleute vergaßen, gegeneinander zu fechten. Sie blieben stehen und ließen ihre Waffen sinken, um dem Zweikampf von Faneskönigin und Adlerprinz zuzuschauen. Während an den Rändern des Schlachtfelds weiter gefochten wurde, vereinten sich die Krieger in den inneren Ringen um die beiden Heerführer, die endlich einander gegenübergetreten waren.

Fest heftete Luyánta ihren Blick auf den Feind, der aufrecht im Sattel seines starken Schimmels saß: diesen schönen Jüngling mit Adlernase, stechenden Augen und langen schwarzen Haaren, die im Nachtwind wehten – Gestalt und Antlitz eines edlen Raubvogels. Amian seinerseits fixierte seine Gegnerin, als wollte er sie mit seinen Blicken durchbohren: die große junge Frau mit leuchtenden Augen, die wie das Tor zu einer unbekannten Welt wirkten. Das strahlende Weiß aber ihres Gewands und ihres Schwerts blendete ihn schmerzhaft.

Und noch etwas ging in ihm vor, während er äußerlich nichts als Hass und Raserei zeigte: Da war wieder dieses Drücken und Stechen in seiner linken Brust, das er immer wieder spürte – seit seiner Begegnung mit der Fanesverräterin Silma in einem verborgenen Tal, genauer, seit einigen Minuten voller unerklärlicher Empfindungen, die er auf Harpag unter einem Baum gestanden hatte, seltsam unentschlossen – als wäre er in diesem Moment aus seinem Leben und aus der Welt gefallen. Nur kurz war das gewesen, aber seither ... als wollte ihn etwas von innen aufsprengen.

Doch er ließ sich nichts anmerken, während er sich gegen seine mächtige Gegnerin, das schöne Mädchen, zur Wehr setzte. Und die Faneskönigin zeigte nichts von dem, was in ihr vorging in diesem Kampf: Da war wieder dieses alte *Es* in ihr – wie auch immer man es nennen wollte, die Wut, die Maschine, den Drachen. Wie oft hatte es sich losgerissen, sich entfesselt in ihr. Nun war es anders. Es tobte, aber in Zügeln. Fest hielt sie den Drachen der Wut und zwang ihn, ihr zu dienen.

Um das zu tun, was sie nicht wollte, aber musste: Amian töten.

So fochten die beiden unermüdlich. Die Krieger aller Heere hatten das Kämpfen vergessen und sahen dem Zweikampf zu. Selbst dann griff niemand ein, als langsam der Morgen graute und die Faneskönigin immer mehr die Oberhand gewann. Meter für Meter hatte sie den Adlerprinzen in Richtung des toten Waldes gedrängt.

Da endlich geschah es, dass Luyánta ein vielleicht entscheidender Schlag gelang. War der starke Amian den Bruchteil einer Sekunde unaufmerksam gewesen? Jedenfalls hieb Luyántas weiße Waffe hart gegen sein Krummschwert, fast auf Höhe des Hefts. Und da fiel es Amian aus der Hand und zu Boden.

Luyántas Pferd aber war mit dem Schlag noch einen Satz vorangesprungen. Amian überlegte blitzschnell, was zu tun war; und auf einmal schoss nackte Angst durch den Adlerprinzen. Reflexartig wollte er davongaloppieren. Doch im selben Moment überlegte er es sich anders, rutschte vom Pferd und hob sein Schwert auf.

Luyánta zögerte nicht. Wie ihr Feind sprang sie vom Pferd, und das Schwert mit beiden Händen vor sich erhoben, rannte sie auf Amian zu, um den Kampf zu entscheiden.

Bei dem Anblick der auf ihn zukommenden Weißen Kriegerin rauschte eine neue Welle von Panik durch Amian, den so lange Furchtlosen. Abrupt drehte er sich um und rannte, zum Erstaunen aller, davon – direkt in den toten Wald.

604

Gestern hatte dieser Forst noch gelebt, dunkel zwar und unheimlich, aber doch voller atmender Bäume und zwitschernder Vögel. Nun lag nur der abscheuliche Qualm in der Luft, den die gierigen Trussaner mit ihren Kohleherzen hinterlassen hatten – üble Lumpen, die in der Zwischenzeit ihr Schicksal ereilt hatte.

«Meinst du, hier findest du dein Kaninchenloch?», brüllte Luyánta dem Flüchtenden nach, während sie die Verfolgung in den toten Wald aufnahm.

Die schwebende Brücke

Das Atmen fiel den beiden Gegnern schwer, die dahinrannten unter den pechschwarzen Resten riesiger Bäume: einst mächtigen Lebewesen, nun zu gewaltigen Unwesen geworden. Totwesen. Die Asche knirschte unter den Füßen der Läufer, bei jedem Tritt zerbröselten verkohlte Äste und Zweige.

Immer tiefen gerieten Amian und seine Verfolgerin in den toten Wald. Der Prinz hielt seinen Vorsprung. Laufen kann der zumindest, dachte die Königin. Die Zuschauer aber, die auf dem Schlachtfeld ihr Kampfwerk vergessen hatten, wagten nicht, den beiden zu folgen. Doch statt ihr Gefecht wiederaufzunehmen, standen sie ratlos.

Zwischen den verbrannten Hölzern und Sträuchern, über die Amian und Luyánta sprangen, lagen schwarze Reiser und Triebe, die man zuerst auch für Totholz halten konnte. Nach einer Weile erkannte Luyánta jedoch, um was es sich in Wirklichkeit handelte: verschmorten alten Stacheldraht. Er hatte wahrscheinlich sehr lang unter Laub und Büschen gelegen und war erst jetzt, als alles Leben dem trussanischen Brandwesen zum Opfer fiel, wieder zum Vorschein gekommen.

Ringsum stürzten nun auch verbrannte und verkohlte Baumstämme in sich zusammen, als wären sie nichts als hochgeschichteter Sand und Staub. So entstanden hier und da auf einmal kleine Lichtungen, in die, ganz unpassend, das helle Morgenlicht fiel.

Und während das Dickicht zerkrümelte, stellte Luyánta fest, dass sie auf einen befremdlichen Waldboden geraten war: Ein Untergrund aus auffällig ebenem Gestein, grobkörnig, aber doch von platter Oberfläche, kam unter der Holzasche zum Vorschein, und genau darauf war Amian gerannt. Die Fläche stieg an wie eine Rampe, und während Luyánta ebenfalls aufwärtslief, dachte sie noch, dass es wie eine alte Straße aussah.

Da wandte Amian sich auf einmal um. Was lässt du dich von diesem Mädchen hetzen wie ein Reh vom Wolf, hatte er sich gefragt und beschlossen, sich dem Kampf zu stellen – auch wenn er seinen Tod bedeuten mochte.

Nun blieb auch Luyánta stehen und umfasste ihr Schwert wieder mit beiden Händen. Einmal tief Luft holen (trotz des Gestanks), dann ging sie breitbeinig auf Amian zu.

«Außer Atem, Kaninchen?», rief sie.

«Lass endlich die verdammten Sprüche», antwortete Amian leise, «dann können wir es hinter uns bringen.» Und schon sprang er mit erhobenem Krummschwert auf sie zu, der Zweikampf begann von neuem.

Die beiden Fechter drehten sich umeinander, wieder klirrte es kalt, heiß stoben die Funken zwischen den Klingen. Während sie kämpften, bemerkte Luyánta in den Augenwinkeln, dass der tote Wald um sie herum verschwunden war. Doch statt der offenen Ebene sah sie die umliegenden Berge und darüber den blauen Himmel des Vormittags, an dem Adler mit ausgebreiteten Flügeln standen und ihnen offenbar zusahen, doch ohne Anstalten, herabzukommen.

Was sie nicht sah, war Amians anschwellender Brustschmerz, immer an der verdammten Stelle, wo diese brennende Leere saß. Gern hätte er sich dorthin gefasst, wo es stach, aber er verkniff es sich. Luyánta aber merkte nur, wie sehr sie schwitzte im Kampf und dass ihre Muskeln und Gelenke allmählich ermüdeten. Aber auch sie ließ sich nichts anmerken, sondern schwang weiter das Weiße Schwert. Eisiges Klirren, Funkenglühen, weiter und weiter.

Immer stärker spürte Luyánta jetzt ihre Erschöpfung. Amian bemerkte ihr winziges Nachlassen und drängte sofort aggressiv vorwärts. Luyánta erschrak und ging fechtend einige Schritte rückwärts. Da stieß sie mit der Ferse gegen etwas Festes. Sie wandte sich um und zuckte noch mal zusammen: Zu ihren Füßen war der zusammengequetschte Rest einer rostroten Leitplanke und eines verrosteten Zauns, und dahinter gähnte ein Abgrund. In schrecklicher Tiefe lag die Ebene des Brennenden Flusses. Aber war es überhaupt noch dieselbe Ebene? Die Landschaft hatte sich völlig verändert, steile Hänge und enge Schluchten waren dort unten, alles dicht bewaldet.

Luyánta wurde schwindlig, und sie begriff: Sie und Amian befanden sich tatsächlich auf einer Straße, oder was von ihr übrig war. Zugleich erkannte sie, was für eine Art von Straße – eine Autobahn, allerdings sehr alt, die Leitplanken abgebrochen oder gestaucht, von den Laternen nur kniehohe zerfranste Stummel übrig. Sie kämpften auf einer verwaisten Autobahnbrücke, gewiss hundert oder hundertfünfzig Meter hoch.

Das alles begriff Luyánta im Bruchteil einer Sekunde! Denn fast wäre sie rücklings über eine Planke gestürzt, und gleichzeitig musste sie sich wegducken, denn Amians Schwert sauste von der Seite heran. Und während sie (als hätte die Zeit sich gedehnt oder wäre stehengeblieben) all das erkannte, sprang sie unter Amians Schwert hindurch zurück in Richtung Brückenmitte.

Der Schreck setzte neue Energien in ihr frei. Nun war sie es wieder, die vorwärtsging und ihren Gegner in Bedrängnis brachte. Einmal hatte sie ihn schon nah an den Abgrund gezwungen; doch dann gelang es ihm, wieder in die Mitte zu kommen. Luyánta konnte währenddessen noch einen Blick in die gähnende Tiefe werfen: Und da war dort unten statt Steilhängen und engen Schluchten auf einmal wieder die weite Ebene des Brennenden Flusses, und darin standen sowohl das Fanes- als auch das Adlerheer und verfolgten gebannt ihren Zweikampf.

607

Was die Kämpfenden allerdings nicht wussten, sahen die Männer und Frauen, Murmeltiere und Wölfe, die von dort unten hochschauten, und auch Hippoks Adler aus der Luft: Diese Brücke kam undeutlich aus dem Nichts und verschwamm ins Nichts. Einige hundert Meter mochte das sichtbare Brückenstück lang sein, und es stand auf keinen Pfeilern, sondern schwebte frei in der Luft. Nach und nach hatte es sich während des Zweikampfs erhoben, nachdem es aus der Asche des Walds aufgetaucht war.

Die beiden Kämpfenden aber nahmen unter ihren Füßen etwas anderes, Beunruhigendes wahr: Nicht nur an den Rändern löste die Autobahnbrücke sich ins Unklare und ins Nichts auf, sondern auch unter ihnen. Der Asphalt wurde dünner, nebelhaft, dann schon leicht durchscheinend. Die Füße der Faneskönigin und des Adlerprinzen wurden nun unsicherer, so wie es ihr Untergrund wurde, und die Schläge ihrer Schwerter ließen nach – nicht nur vor Erschöpfung, sondern auch vor Verunsicherung.

Ein Abgrund. Es ging weit in die Tiefe, man konnte nun hinuntersehen auf die Graslandschaft, den sich dahinziehenden Brennenden Fluss, die vielen Menschen so klein wie Ameisen oder Käfer, die Wölfe Grausilberfischlein, die Murmeltiere unsichtbar. Wie lange würde der Boden sie noch halten? Er zersetzte sich, wurde zu Luft und Licht.

Dann würden Faneskönigin und Adlerprinz gemeinsam in die Tiefe stürzen, in den sicheren Tod. In Luyánta kam auf einmal wieder der Hader hoch, den sie seit der Katastrophe um den Faneshügel im Tal der Enge und Weite schon ein paarmal gefühlt hatte. Sie fragte sich, wozu schlagen wir uns hier? Amian aber verlor die Selbstbeherrschung, er hielt es nicht mehr aus, ließ sein Krummschwert in der Rechten sinken und fasste sich mit der anderen Hand an die linke Brust ... torkelte, ihm war, als schwankte die sich auflösende Schwebebrücke, und sein Schwert fiel zu Boden – und durch den bald durchsichtigen Asphalt in die Tiefe.

Luyánta riss sich zusammen. Jetzt musste es sein, jetzt! Sie hob ihr Weißes Schwert und ging auf Amian zu. Dabei war ihr trotz der

608

Hitze wie auf dünnem Eis, jeden Moment konnte sie einbrechen und versinken ...

Amian aber drehte sich um und versuchte schwankend zu fliehen. Nur wohin? Er konnte hier nicht entkommen. Und die trotz ihres Haderns zu allem entschlossene Faneskönigin setzte ihm nach. Sprang über Löcher im Boden, die sich auftaten. Diesmal nicht wieder alles verspielen durch dein dummes Zaudern und Zagen!, dachte sie.

Da aber, als für den Prinzen alles verloren schien, machte sich eine Bewegung unter den Adlern bemerkbar, die zuvor reglos am Himmel gestanden hatten. Sie kamen jedoch nicht etwa herab, um dem Adlerprinzen zu helfen, sondern wichen zur Seite: um einem anderen, mächtigeren Adler Platz zu machen. Sein Erscheinen löste Ehrfurcht in ihnen aus.

Es war Pollux, dem seine Geschwister folgten, die Edle 13. Die zwei stärksten Schwestern nahmen Hippok in die Zange, um ihm klarzumachen, dass seine Heerführerschaft jetzt ein Ende hatte, die anderen verteilten sich zwischen den übrigen Adlern. Pollux aber flog zielstrebig auf die schwebende Brücke zu, zum taumelnden Adlerprinzen.

Luyánta achtete nun nicht mehr auf Löcher und rannte schneller, damit Amian ihr nicht wieder entginge. Ihr fehlten noch zwei oder drei Schritte, die Spitze ihres Schwerts schon beinah an Amians Brust – als Pollux den alten Verbündeten mit seinen feuergoldenen Krallen bei den Schultern packte und in die Luft hob. Und schon flog er mit seinem Schützling davon.

Luyánta fluchte, und im selben Moment begriff sie ihre Lage. Der Boden unter ihren Füßen wurde immer dünner, war fast schon weg. Ach, wär man nur leichter, dachte sie, und dann: ach so! ... und schon flitzte ein weißes Murmeltier auf der durchsichtigen Brücke herum. Das schwere Schwert der Faneskönigin aber sauste in die Tiefe.

Die Erleichterung währte nur kurz, denn was war gewonnen? Auf ein Schlupfloch oder rettenden Gang war hier oben nicht zu hoffen. Das Murmeltier sauste auf seinen Beinchen, so schnell es konnte, voran, bis es beinah am Ende der Brücke war – kurz vor dem Nichts. Da nahm es am Rand der schon kaum mehr sichtbaren Straße, zwischen zusammengeknülltem Zaun und letzten Plankenresten, einen Haufen Gerümpel wahr. Ohne sich zu besinnen, rannte das Murmeltier hin und wühlte mit seiner Schnauze hinein. Was war das? Ein dickes rotes Seil aus gebündelten Latexfäden, in der Art, wie sie es früher einmal irgendwo gesehen hatte.

Was hatte es zu verlieren? Wenn es schiefging, dann auf Wiedersehen beim Großen Murmel! Flink wickelte es sich das Gummiseil um den Bauch, zog es so fest wie möglich, machte einen Knoten – und sprang. Kaum in der Luft, fiel ihm ein, dass es zumindest noch hätte nachsehen sollen, ob das Bungeeseil noch irgendwo verankert war. Andererseits, was änderte es?

Rasend schnell kam die Ebene (ein erschrockenes Raunen ging durch die unten schauende Menge) auf das Murmeltier zu; und im Flug bemerkte es, wie das Seil sich spannte. Es fiel also nicht ihm hinterher, sondern war wirklich noch irgendwo befestigt. Nun atmete das Murmeltier tief ein, sodass seine Brust sich aufblähte und es noch fester im Seil steckte. Vor der Höhe von etwa zwanzig Metern über dem Gras verlangsamte der Fall sich dann so stark, dass das Murmeltier spürte, dass das Seil maximal gespannt war und gleich wieder hochschnellen würde. Direkt unter ihr sah es die Oberste Wölfin, die erwartungsvoll heraufblickte, wie alle ringsum, ob Freund oder Feind.

Kurzentschlossen zog das Murmeltier, so stark es konnte, seinen dicken Bauch ein, atmete alle Luft aus, wurde dünn – und siehe da, es flutschte tatsächlich aus dem Seil. Nun segelte es allerdings wieder im freien Fall, ganz ohne Seil. Der Wind flatterte ihm durchs Fell, und dass es seine Ärmchen zu den Seiten streckte, als wären es Flügel oder ein Fallschirm, nützte ihm genau gar nichts.

Es fiel genau ins Fell der Obersten Wölfin, die gewandt zugleich in die Knie ging, um den Aufprall des Murmeltiers abzumildern. Trotzdem tat es beiden ziemlich weh. Wie erstaunlich weich so ein

610

Wolfsfell übrigens war, gar nicht so kratzig, wie man es bei einem Raubtier hätte erwarten können. Fast murmeltierhaft …

«Entschuldigung», rief Luyánta, «und danke schön!», während sie sich, nun wieder in Menschengestalt, aufrappelte.

«Ich hätte einfach mein Maul aufhalten sollen, dann wäre mir das Mittagessen zwischen die Zähne geflogen», knurrte die Wölfin. «Aber Murmeltiere schmecken so schrecklich ranzig.»

«Alter!», hörte Luyánta es empört von der Seite fiepsen, und: «Bruder, *ranzig*, was soll das hei…»

Aber Luyánta achtete nicht darauf und antwortete nichts, sondern schwang sich direkt auf den Rücken von Kiki, die sogleich zu ihr herangelaufen kam, und galoppierte los. Am Himmel, über den südwestlichen Bergen, sah sie den Umriss des Adlers, der den Prinzen davontrug. Amian durfte ihr nicht entkommen!

Siebter Teil: Die Festung im Eis

Die Verfolgung

Luyánta war schon bald hoch in die südwestlichen Berge gelangt, in eine geröllreiche Gegend, wo es für ihr Pferd immer schwieriger wurde, festen Tritt zu finden. Noch immer sah sie am Horizont den mächtigen Adler, der Amian davontrug. Es würde nicht leicht sein, die Flüchtigen einzuholen. Die Reiterin und ihr Pferd boten alle Kräfte auf, um sie nicht aus den Augen zu verlieren. Einige Male hatte Luyánta schon stehen bleiben müssen, um den Himmel abzusuchen und zu entscheiden, welche Richtung über Hänge und Kämme am besten einzuschlagen wäre. So stand sie auch jetzt, kniff die Augen zusammen und überlegte, als sie in ihrem Rücken leises Hufeklappern vernahm.

Sie wandte sich um und erkannte, noch weit entfernt, Laleh, die ihren Lichtfuchs den Hang herauftrieb. Daneben lief – eine noch größere Überraschung – die Oberste Wölfin, sprang lautlos über Steine, harrte kurz aus; sie hätte wohl noch schneller vorankommen können, doch wartete auf Laleh.

Als sie näher kamen, erkannte Luyánta drei weitere liebe Gefährten, Krieger von kleiner Gestalt. Einer saß auf Lalehs Schulter, einer klammerte sich in Chihiros Mähne fest, und eine (die pummeligste von allen) saß auf dem Kopf des Pferdes. Doch sosehr Luyánta sich über diesen Anblick freute: Das Wichtigste jetzt war vielleicht das Weiße Schwert, das Laleh bei sich trug. Kaum hatte der kleine Trupp Luyánta erreicht, übergab sie es ihr strahlend.

«War nicht schwer zu finden, das Ding leuchtet ja richtig im Gras.»

Dankbar nahm Luyánta die Waffe entgegen und schaute Laleh an.

«Meine Güte. Ich freu mich so, dich zu sehen!»

«Na ja, Ehrensache, dass ich dich auch in die nächste Patsche begleite.»

«Und du bist auch gekommen, Herrin der Wölfe! Ich weiß nicht, wie ich dir danken soll.»

«Dann spar es dir», knurrte die Wölfin, «wir verlieren nur Zeit.»

«Aber, Alter, hey!», piepste es da beleidigt aus Chihiros Mähne, «eins könnten wir trotzdem mal ausdiskutieren, und zwar, warum du hier ein bekanntermaßen durchtriebenes und tückisches Raubtier anschleimst, bevor du mal deine alten Kameraden aus edlem Geschlecht begrüßt!»

Da lachte die Wölfin verächtlich, und Luyánta antwortete: «Na, weil ihr Murmeltiere mir ohnehin die Allerliebsten seid! Muss ich euch das etwa noch erklären? Die ersten Tage, nein, *Jahre* meines Lebens habe ich ja mit euch in dunklen Gängen verbracht. Meinst du im Ernst, das könnte ich jemals vergessen, Paminer?»

«Alter, bei dir kann ich mir alles vorstellen, ich sag's, wie's ist.»

«Bei aller Liebe, Bruder!», rief Struggles von Lalehs Schulter.

Luyánta lächelte, dann wurde sie gleich wieder ernst. «Die Oberste Wölfin hat recht, wir verlieren zu viel Zeit. Lasst uns aufbrechen, damit uns der Feind nicht entkommt. Ich bin froh, dass ihr mir helfen wollt, den Adlerprinzen zu stellen, damit er endlich seine gerechte Strafe bekommt.»

Gleich darauf waren sie wieder unterwegs: zwei Mädchen auf ihren Pferden, drei Murmeltiere und die gewaltige Wölfin. Laleh ritt neben Luyánta und berichtete ihr, dass das Heer unter König Asver und Hypatia eine Frontlinie quer durch die Ebene errichten wolle, damit das aufgemischte Adlerheer nicht wieder losziehen könne in Richtung Tal des roten Honigs. Man wisse allerdings nicht, ob die Feinde es ohne Prinz Amian überhaupt noch versuchen wollten. Von Malibran und Pistior, die auf der anderen Seite des mittlerweile komplett zu Asche und Staub zerfallenen Waldes gekämpft hatten, gebe es übrigens überhaupt keine Spur mehr. Sie seien wie vom Erdboden verschluckt, nachdem sie lange im Zweikampf gesehen worden waren.

Trotz Pistiors Verschwinden waren das alles in allem halbwegs beruhigende Nachrichten aus der Ebene. Und so drehte das Gespräch sich gleich wieder um die Verfolgung des Adlerprinzen. Die Dicke, herrisch auf Chihiros Kopf thronend, plapperte weise, ihr abgebrochner Nagezahn funkelte dabei: «Tja! Der Adler hält eben dem Amianlurch die Treue. Selbst für den ollen Vogel ist Bündnis eben Bündnis. Für uns erst recht, auch wenn der Vertragspartner leider eine ewige Pechmatzsippe ist. Das ist nun mal so, Digger. Aber der alte Vertrag ist ja längst nicht alles, und das andere ist noch viel wichtiger, Mädel: Wir sind und bleiben deine Schwestern und Brüder, verstehst du, was ich meine?»

«Oh ja», antwortete Luyánta, wieder lächelnd. Sie verstand genau, was Die Dicke meinte.

«Aber Digger, trotzdem irgendwie jammerschade, dass es den elenden Dämlack Amian ausgerechnet heute erwischen wird, wo er zum ersten Mal in seinem Leben was Vernünftiges getan hat …»

«Was Vernünftiges? Was denn?»

«Na, abhauen! Sich verdünnisieren, Fersengeld geben, Hasenpanier ergreifen oder besser gesagt: ausfliegen. Das ist vernünftig, Digger!»

«Richtig, wie du mal gesagt hast: *Man kämpft nur, wenn man nicht fliegen kann …*»

«Digger, du verstehst, was ich meine! Und endlich hat dieser Gummiadler es auch geschnallt. Zu doof, dass er trotzdem sterben muss … Digger, irgendwie tut's mir leid um ihn.»

Mir nicht, wollte Luyánta sagen; aber sie war gar nicht sicher, ob das stimmte. Stattdessen entgegnete sie: «Noch hab ich ihn ja nicht umgebracht. Es ist nicht gesagt, wer von uns beiden am Ende siegen wird.»

Da lachte Die Dicke laut, und auch Paminer und Struggles gackerten.

«Red keinen Käse, Digger! Das machst du ja mit der linken Pfote. Wobei, du bist ja eh Linkspföterin, warst du schon immer. Den wirst du locker erledigen, diesen verlornen Gebirgsdepp. Der Piepmatz Pollux wird ihm keine große Hilfe sein, von Vögeln hat man nämlich nie was Gutes zu erwarten. Aber ich bleib trotzdem dabei, Digger, es tut mir ein bisschen leid um den Trottel. Er ist ja zu allem Überfluss ein hübscher Bursche. Zumindest für einen Menschen.»

«*Hübsch*, Alter, was redest du da?!», kreischte Paminer von Lalehs Schulter.

«Hübsch wie ein ausgehungerter Schakal, Bruder!», schmollte Struggles aus der rotblonden Pferdemähne.

«Doch, doch, ich find das auch», meinte Laleh. «Hübsch, meine ich, nicht Schakal. Wobei, vielleicht ist er einfach ein hübscher Schakal. Jedenfalls hab ich ihn in der Schlacht ein paarmal von fern gesehen. Wenn ich nicht so damit beschäftigt gewesen wäre, Feinde zu massakrieren und mich dabei von Mizuel beschützen zu lassen, dann hätte ich ihn mir bestimmt mal näher angeschaut, diesen schwarzhaarigen Prinzschakal. Und dann im Zweikampf, als du ihn dermaßen verdroschen hast, da hat er doch eigentlich keine schlechte Figur gemacht!»

«Lass das nicht Mizuel hören», sagte Luyánta.

Laleh lachte noch mal. «Ach, der weiß genau, dass er mir von allen am besten gefällt! Er soll sich bloß nicht anstellen.»

Die Wölfin, die stumm nebenherlief, knurrte unmerklich. Man konnte ahnen, dass ihr das seichte Geplauder der Mädchen und Murmeltiere auf die Nerven ging. Außerdem hätte sie allein wahrscheinlich viel schneller vorangekonnt als mit den Reiterinnen.

Es dauerte aber nicht lange, bis die Wölfin genau das zeigen konnte. Die kleine Gruppe gelangte nämlich auf den äußerst unbequemen, steilen Anstieg zu einem Berggrat mit einer Scharte, die scharfzackig in den Mittagshimmel ragte. Die Pferde kamen bereits hier unten kaum mehr weiter, weiter oben würde es unmöglich werden. Nach ein paar Minuten war allen klar, dass es keinen Sinn hatte. Was sollten sie nun tun? Absteigen und einen anderen Weg um den Grat herum suchen? Das konnte ewig dauern, und ob der Adler mit dem Prinzen dann noch einzuholen wäre, war sehr die Frage. Winzig klein sah man sie nur noch am Himmel …

Es war die Oberste Wölfin, die schließlich mit ihrer rauen Stimme

618

entschied: «Das bringt nichts, Faneskönigin. Lass die Pferde und setz dich auf meinen Rücken. Ich werde dich tragen.»

Luyánta zögerte kurz, doch Laleh sagte: «Die Wölfin hat recht. Geht ihr beide voran und macht dem Adlerprinzen die Hölle heiß. Wir werden uns einen anderen Weg suchen. Wenn es gutgeht, holen wir euch ein, und wenn nicht, kehren wir in die Ebene des Brennenden Flusses zurück.»

Luyánta stieg von Kiki, strich ihr dankbar über den Hals und umarmte sie, dann verabschiedete sie sich von den drei Murmeltieren. Paminer und Struggles machten Anstalten zu murren, aber Die Dicke wies sie zurecht. Luyánta nahm ihr Weißes Schwert und setzte sich auf den Rücken der Obersten Wölfin, die schon ungeduldig knurrte.

Wie verblüffend weich ihr Fell war, wusste Luyánta nun schon, aber jetzt nahm sie auch den beißenden Geruch des Raubtiers wahr, den Dunst von Blut. Im Aufsitzen spürte sie einen wilden Schauer, als sie den Leib der Wölfin berührte, die ihr im Herbst als gefährliche Feindin gegenübergestanden hatte; damals, als die Pferde beinah den Räubern zur Beute gefallen waren. Als sie einander im Gletscher wiederbegegneten, war es, als ob sie sich diesmal als Wesen erkannt hatten, die einander ähnelten oder sogar glichen. Noch ein Wesen also, dachte Luyánta jetzt verwirrt, fast bestürzt. Als wäre es nicht genug, Menschenmädchen und Faneskönigin zu sein und weißes Murmeltier, das einst unter Adlern gelebt hatte! Nun auch noch Wolfsschwester. So viele Wesen schien sie zu haben, wie Ringfarben an Hypatias Fingern schillerten.

Und ihre Zwillingin aus der Vorzeit, die verschwundene Dolasilla?

«Halt dich fest», rief die Wölfin, ihr Atem dampfte rötlich. Luyánta griff ihr ins Fell. Ihr war, als vibriere dieser muskulöse, warme Körper des tödlichen Tiers. Fest presste sie ihr die Beine an die Seiten. Und schon sauste die Wölfin auf lautlosen Pfoten los, federleicht übers schwere Geröll bergauf zu der scharf gezackten Scharte.

«Wenn du sie nicht tötest …»

Das Gebirge: ein grauenerregendes Labyrinth! Niemals würde man es durchschauen können, es durchdringen, geschweige denn beherrschen. Wie neugierig er als Kind in dieses große Unbekannte aufgebrochen war – und wie viel Angst es ihm heute machte!

Das flatterte durch Amians Kopf, obwohl er halb bewusstlos war. Und obwohl er hoch aus der Luft einen Überblick über das Gebirge hatte wie niemals zuvor. Pollux' starke Krallen hielten ihn fest unter den Achseln, ohne ihn zu verletzen. Trotzdem empfand Amian, dass er nicht hierhergehörte – in die Lüfte.

Er, der *Adlerprinz*.

Tausend Berge und tausend Täler und Schluchten lagen unter ihnen, und der Blick reichte noch übers labyrinthische Gebirge hinaus: bis in grünes Tiefland, voller Wälder und Wiesen und auch Felder und unbekannter Dörfer. Dahinter aber, ewig weit entfernt, das blaue Meer. Man erkannte winzige Schiffe darauf, nicht mehr als weiße und schwarze Punkte auf dem Blau.

Trotz seiner Schwäche und der wiederkehrenden Ohnmachtsmomente merkte Amian, dass auch Pollux' Kräfte nachließen. Wie viele Stunden trug der edelste und stärkste aller Adler ihn nun schon, seit er ihn aus der Bedrängnis im Zweikampf mit der Faneskönigin gerettet hatte? Es war Hilfe in höchster Not gewesen, diese Rückkehr seines ältesten Verbündeten, der so viel höher stand als sein selbsternannter Nachfolger, der Usurpator Hippok. Pollux hatte nicht zurückkehren wollen nach dem Mord der Viertelmondspäher am Vogelfreund Harichl, der blauäugig Frieden hatte stiften wollen. Denn Pollux hatte diesen weltfremden Kauz Harichl geschätzt, und seither trauerte und grollte er und haderte mit dem Krieg. Nun! War Pollux denn nicht selbst weltfremd und naiv? Wie sollte dieser Krieg jemals anders zu beenden sein, als indem man ihn gewann?

Dennoch, Pollux bedeutete Amian immer noch viel mehr als der kriegswillige Möchtegern-Anführer Hippok. Und sogar mehr als der mächtige dämonische Verbündete, der Amian und sein Heer so weit gebracht hatte ... Gewaltige Feuerräder hatte er in die Schlacht geworfen, und noch immer hielt er die Brüder des bösen Mädchens gefangen. Den großen und den kleinen, die ihr gefolgt und den Adlerhäschern entkommen waren. Diesen geheimen Trumpf hielten sie noch!

Das Labyrinth der Berge da unten. Das ferne Meer. Wieder Schwindel und Ohnmacht ...

Da spürte er, dass Pollux zur Landung ansetzte. Der Adler ging in den Sinkflug auf ein Felsplateau zu, das aus einer steilen Bergwand hervorstand. Dort setzte er den Adlerprinzen sanft ab, bevor er selbst den Boden berührte und seine Flügel einfaltete.

«Sei gegrüßt, Pollux», sagte Amian mit schwacher Stimme.

«Sei gegrüßt, Amian», antwortete der Adler, fast ebenso matt.

«Ich wünschte mir, wir hätten uns unter günstigeren Umständen wiedergesehen», flüsterte Amian. «Aber ich muss dir danken. Du hast mir das Leben gerettet. Alles ist schiefgegangen ...»

«Sprich nicht so viel», entgegnete Pollux, «das ist zu anstrengend. Wir wollen uns ausruhen, ehe wir weiterfliegen. Ich bin sicher, dass deine unversöhnliche Feindin uns verfolgt.»

Das gab Amian einen Stich. «Dann will ich sie erwarten und mit ihr kämpfen, statt wie ein Feigling davonzulaufen!», rief er. Aber seine Stimme brach dabei fast vor Schwäche.

«Du *läufst* nicht davon, Amian. Du wirst *ausgeflogen*, muss ich dich daran erinnern? Wenn du in dieser Verfassung gegen die Faneskönigin kämpfen willst, kannst du ebenso gut gleich in die Tiefe springen.» Dabei wies Pollux mit einem Nicken des scharfschnabeligen Kopfes in den Abgrund. Dann fuhr er fort: «Jetzt lass uns gefälligst verschnaufen.»

Mit diesen Worten spannte er die Flügel an und drehte seinen Kopf auf die Seite, in die Schlafposition der Adler.

Doch den Erschöpften war keine lange Ruhe vergönnt. Denn da näherte sich schon über Hänge, Schluchten und Felsenklüfte ein nervöses, ja wütendes Zucken und Blitzen, das Amian nur zu gut kannte. Er richtete sich gleich wieder auf, und auch Pollux hob angespannt den Kopf.

Als diese funkenschlagende Energie dicht bei ihnen war, verdichtete sie sich zur bestens vertrauten Flammenkugel und schoss im Zickzack, dass die Steine von den Felswänden splitterten, bis zum Plateau. Und schon war es da! Es knallte vor ihren Füßen in einer qualmenden Verpuffung, die in die Augen von Prinz und Adler stach und sie husten und würgen ließ.

Da stand es, das halbverweste Maultier, stinkend, schnaubend und klappernd vor Zorn.

«Was ist das für eine g-g-gemeine, niederträchtig-ge Ak-k-k-ktion, du bek-knack-kte K-k-knallcharge? Hast du noch alle Haferl im Schrank-k-k?!? Machst einfach die Flatter mit deinem g-g-grässlichen g-g-gefiederten G-g-gevatter?»

Da richtete Pollux sich drohend auf, dass sein spitzer Schnabel in Richtung des Maultierfleischs blitzte. Der Halbvermoderte fuhr gleich zitternd zusammen:

«Ach, jetzt aber halblang-g-g, das war ja nur so dahing-gesag-g-gt! Der Schpina-de-Mul liebt ja alle lieben Freunde seines lieben Freundes Amrijan! Liebe, Liebe! Vor allem euch g-garstig-ge G-g-g-geier! Aus tiefstem Herzensg-g-grunde!»

«Als ob du ein Herz hättest, lächerlicher böser Geist!», fauchte Pollux. «Wo sitzt es denn, dein Herz? In deinem Brustkorb gibt es ja nur den giftigen Gestank verfaulter Fleischfetzen, die zwischen deinen nackten Knochen baumeln!»

Immer wütender klapperte da der Schpina: «Mannomann, ist doch nur eine bek-kack-kte Redensart! Respek-k-kt, du mein hochgeschätztes Vög-g-gelchen Pollack-k-k, mehr Respek-kt, bitte schön! Pik-k-ks mich ja nicht, ich bin da empfindlich!» Und plötzlich weinerlich: «Was hab ich nicht alles g-g-getan, um meinem k-k-kostbaren Mündel Arniam behilflich zu sein! G-gek-k-kümmert, g-gesorg-gt, g-geack-k-kert und g-gerack-kert wie ein alter Pack-k-k-g-g-gaul! Und was ist der Dank-k-k?»

622

Er senkte das Maul mit den großen Zähnen, zwischen denen es gelb und braun herausdampfte, ein deutliches Schluchzen war zu hören, der vielgestaltige Zauberer schien tatsächlich in Tränen auszubrechen. Misstrauisch und unschlüssig schob Pollux seinen Kopf ein Stück nach vorne, um sich das erbärmliche Schauspiel näher anzusehen ...

Doch da schoss der Kopf des Schpina schäumend hoch, sein Körper klapperte ekstatisch, und ein Blitzschlag sauste gegen den Adler. Seine Federn sträubten sich, und er sank unter dem Freudengeschrei des Schpina bewusstlos zu Boden, nah am Rand des Plateaus.

Im selben Moment fühlte Amian wieder ein heftiges Drücken links in der Brust, da wo die böse Leere war, zugleich war er vor Schreck erstarrt. Doch der Schpina-de-Mul, der eben im selben Atemzug erst geheult und dann gejubelt hatte, schnauzte ihn schlecht gelaunt an:

«Na los, du bek-k-kloppter G-g-gonzo, schieb den Scheißg-g-greif über den Rand, damit er in die Tiefe stürzt und sich alle Vog-g-gelk-k-knochen bricht! K-k-kann ja wohl nicht wahr sein, dass der uns hier so auf den K-k-kek-ks g-geht. Schlimmer wie die ek-kelhafte Tsik-k-kuta!»

Schon drehte er sich um und wollte selbst mit den blanken Knochen seiner Hinterfüße den ohnmächtigen, erkennbar atmenden Adler in den Abgrund treten. Doch da sprang Amian mit letzter Kraft auf.

«Nein! Vergreife dich nicht an Pollux, Zauberer! Ich warne dich!»

Sofort gab der Schpina nach. «G-g-gut, meinetweg-g-gen, ist zwar bloß trottlig-g-ge Humanitätsduselei von dir oder, besser g-gesag-gt, Ornitholog-gieduselei, aber mir doch schnurzeg-gal, solang-g der verfluchte G-g-geier uns nicht mehr in die K-k-quere k-kommt. Der vermasselt uns sonst noch die Tour. Aber ich lieb ihn ja auch, deinen tollen K-k-kranich Polyk-k-krates, ach. Aber jetzt lass uns lieber zur Sache k-kommen. Was ist dir denn da bloß eing-g-gefallen, einfach abzuhauen vor dem g-g-grässlichen Mädchen? Sie will dich töten, und du g-gehst einfach stiften? Mein lieber Herr G-g-gesang-gsverein, ich k-k-krieg-g-g die K-k-krise!»

Mit festem Blick, obwohl voller Scham wegen seiner Flucht, schaute Amian den Schpina an: «Hast du es nicht mitbekommen? Ich war besiegt. Das Mädchen war im Begriff, mich zu töten. Da hat der Adler mich gerettet. Pollux, nicht du, mächtiger Zauberer.»

«Ach, also das schläg-g-gt ja g-glatt der Pfanne den Boden aus! Wer hat dir immer g-geraten, wer hat dich g-getrag-gen von Sieg-g zu Sieg-g, wer hat dir Verbündete noch und nöcher zug-geschanzt? Und wer hat die g-gestrige Schlacht mit dir hinterm Heer verbracht und dir g-gesag-gt, was zu tun ist, und hat unermüdlich g-g-grässliche Zauberräder g-g-geg-gen das Fanesg-g-gesock-ks rollen lassen? Die waren ja fast schon g-geschlag-g-gen, diese Scheißer, als uns wieder mal die verächtlichen Murmeltiere einen Strich durch die Rechnung-g-g machen mussten. Ach, wie die mich aufreg-gen, diese Murmeltiere! Aber das hätte dem Fanesg-gesindel auch nichts g-g-genützt. Wenn du nur g-g-geduldig-ger g-g-gewesen wärst und ausg-geharrt hättest, Adrian!»

«Amian.»

«G-g-grr, jetzt g-g-geh mir nicht mit irg-gendwelchen Ping-geliggk-k-keiten auf den Sack-k-k! Aber ja, aber ja, du hast ja so recht, ich hab mich verhaspelt. Ich k-kenne ja deinen richtig-gen Namen, lieber Affenzahn. Jede Nacht flüstere ich ihn in meinen süßesten Träumen, so lieb hab ich dich, ach, du weißt es doch. Aber jetzt hör sofort auf, törichtes Zeug-g-g zu k-k-quasseln. Die Zeit dräng-gt, die Lag-g-ge ist prek-kär! Das Mädchen sitzt dir im Nack-k-ken, sie will dich k-kurzerhand k-k-kaltmachen. Dass sie sich danach *mich* vorkk-knöpfen k-könnte, ja das ist mir ja g-gleichg-g-gültig-g. Um mich selbst g-geht's mir ja nicht im G-gering-gsten. Eg-g-goismus lehne ich ab, das k-kapierst du mieser Armleuchter hoffentlich. Um die g-gute Sache g-geht's mir ja, den edlen Zweck-k, ums g-g-große G-gganze! Ich liebe – ich liebe doch alle – alle Menschen – na, ich liebe doch – ich setze mich doch dafür ein …»

Nanu, was war das denn? Tatsächlich schien der Schpina-de-Mul

624

auf einmal aus dem Konzept geraten zu sein. Etwa weil er selbst Angst hatte vor dem Mädchen? Der Adlerprinz warf einen Blick auf den immer noch ohnmächtigen Pollux, der dicht am Abgrund vor sich hin keuchte. Doch darunter, tief unten am weiten Fuß des Hangs, entdeckte Amian noch etwas. Oha, dachte er, Überraschung. Nun ist es aus. Mit mir und, wer weiß, vielleicht auch mit dem neunmalklugen Zauberer, meinem Ratgeber, der mich bis hier gebracht hat. Und wieder spürte er, schwer und leidvoll, den Druck in seinem Brustkorb.

Er wandte sich zum Schpina-de-Mul: «Wo wir gerade von ihr reden – da kommt sie.»

Plötzlich gerieten alle Knochen des halbverwesten Maultiers ins Klappern, dass es von den Berggipfeln widerhallte, als rasselte das ganze Gebirge. Der Schpina riss den fauligen Kopf herum, starrte in die Tiefe und keifte durch seine gelben Riesenzähne:

«Was ist das wieder für eine k-k-krumme Tour? Richtig-ge Rosstäuscherei, ich k-k-kotze im K-k-quadrat! Fuck-k-k, ist ja Fak-kt, sie k-k-kommt wirk-klich! Auf dem Rück-k-ken einer ek-kelhaften Wölfin. Wölfe, Murmeltiere, Adler, da k-k-kreucht und fleucht ja ein G-g-getier hier, dass man total g-gram wird. Hier rauf k-kommen die, das wag-g-gen die!»

Dann gab er sich einen Ruck, straffte die klappernden Knochen und das vermoderte Fleisch, rollte sich zusammen, begann zu zucken.

«Wollen wir doch mal sehen!», kreischte er, bebend vor Ärger. «Jetzt nehm ich die Sache selbst in die Hufe und zeig-g dieser miesen Schabrack-ke, wo der Hammer häng-g-gt! G-g-grr, die mach ich fertig-g!»

Kurz bevor der Kugelblitz lossauste, wandte er sich (nur mehr Maul und gelbbraune Zähne waren im Zickzackzucken zu sehen) nochmal an Amian: «Du aber versteck-k-k dich auf den Felsen dort! Und wenn die G-g-grässliche wider Erwarten hier raufk-k-kommen sollte, dann stürz dich mit dem Messer auf sie und g-gib ihr den Rest. Verg-giss nie, hörst du, verg-g-giss es NIEMALS: Wenn *du* sie nicht tötest, wird sie *dich* töten! So wahr ich der Schpina-de-Mul bin, der dich liebt wie sein eig-genes K-k-kind!»

Und kaum gesagt, sauste die flammenzuckende Kugel auch schon in den Abgrund.

Dämon am Steilhang

Luyánta spürte an ihren Beinen, wie sich der Wölfin die Haare aufstellten. Mitten auf dem Felsenhang, den sie hinaufrannten, blieb das Raubtier stehen, hob den Rücken, fletschte die Zähne und knurrte hasserfüllt. Und eine Sekunde später sah Luyánta es selbst: ein gleißend zuckendes Licht und gleich darauf ein stechender Geruch, der aus der Höhe herabfiel. Eine andere Ausdünstung war das als der erdige Blutgeruch der Wölfin – schweflig und erstickend.

Es kam von dort oben, wo sie vorhin den Adler mit seiner Adlerprinzfracht hatten landen sehen, vermutlich erschöpft vom langen Flug. Da war die Wölfin, die die Faneskönigin auf dem Rücken trug, noch schneller vorangesprungen, kreuz und quer den Hang hinauf.

Jetzt war keine Zeit zum Nachdenken. Denn der Kugelblitz sauste schnell herab, aus dem stinkenden Geflirr tönte ohrenbetäubendes Rasseln und Klappern. Luyánta erkannte den feindlichen Dämon sofort, der ihr schon in der Schlacht erschienen war, als sie versucht hatte, die Belagerung zu durchbrechen.

Dieses Ungeheuer fehlte hier gerade noch! Luyánta überlegte nicht lang, sondern rutschte vom Rücken der Wölfin und riss ihr Schwert aus der Scheide.

Die Wölfin schoss sogleich aufwärts, dem herabstürzenden Kugelblitz entgegen, der flirrend schnell seine Form veränderte, in alle Richtungen zickend und zackend. Nochmals fletschte die Wölfin ihre Reißzähne, dann sprang sie auf die grelle Erscheinung zu – und es gab ein gewaltiges Zucken, etwas flammte auf, und die brennende Wölfin wurde weit den Hang herabgeschleudert.

«Nein!», schrie Luyánta entsetzt und rannte bergauf, so gut es an dieser steilen Stelle ging. Das gleißende Etwas aber schwebte da, wo es die Wölfin getroffen hatte, ein Stück über dem Boden, als müsse es in freier Luft Atem für die nächste Attacke holen.

Hastig wandte Luyánta sich um und sah, dass die Wölfin vierzig oder fünfzig Meter tief gestürzt war, sich dort aber gefangen hatte und in Staub und Schotter wälzte, um das Feuer zu ersticken.

Erleichtert (zumindest ein bisschen) lief Luyánta weiter. Eine äußerst unangenehme Stelle war das für einen Kampf, aber es ging nicht anders. Schon war sie dicht an der schwebenden Feuerkugel und hob das Weiße Schwert, um dem Scheusal zuzusetzen.

Wollen wir doch mal sehen, ob die Kraft dieser Waffe dir nicht schaden kann, Monster!

Da schoss aus der Kugel ein Blitz und traf das Schwert, direkt unter dem Heft, die Klinge glühte weiß, und in Luyántas Hand fuhr ein Schmerz, als hätte sie einen starken elektrischen Schlag bekommen. Die Waffe fiel ihr aus ihrer Hand und rutschte den Hang hinab.

Bei allem Schreck kam Luyánta dieser Moment bekannt vor … Und ihr fiel die Geschichte ein, die der alte Titurel kurz vor seinem Tod erzählt hatte: von der Begegnung des Kriegers Ey-de-Net mit einem herumstrolchenden Zauberer, der seinen Gegnern jede Waffe aus der Hand schlug. Ey-de-Net, Nachtauge, den Dolasilla später geliebt hatte. Einen traumschenkenden Edelstein hatte er dem Schurken abgenommen, Raiëta genannt, den er später Dolasilla schenkte. Was hatte Nachtauge getan, um den magischen Nichtsnutz zu besiegen?

Luyánta erinnerte sich, und gleich bückte sie sich, um einige faustgroße Steine aufzuheben. Nur menschengemachte Waffen habe der Zauberer abwehren können, hatte Titurel erzählt. Na, dann bitte sehr! Schon schleuderte sie mit ganzer Kraft einen Stein gegen den Kugelblitz, der noch immer spannungsvoll lodernd über dem Hang schwebte. Der Stein flog in das Feuer hinein, man hörte

627

aus seinem Inneren ein Klackern und Scheppern. Aber nichts Sichtbares geschah.

Frisst das Ding die Steine? Luyánta schmiss auch die anderen wütend gegen die garstige Kugel, auch sie verschwanden einfach darin. (Aber wie sie werfen konnte, die Faneskönigin! Ganz anders als einst das Mädchen Jolantha. Und kein Reißen, kein Schmerzen und Stechen in der Schulter wie damals, nachdem sie den Stein gegen die boshafte Dohle geworfen hatte.)

Dann aber kam Bewegung in den Kugelblitz, der sich offenbar wieder aufgeladen hatte. Und jetzt nahm er gleich Schwung, um auf Luyánta zuzusausen. Das war bei allen Zickzackzuckungen unverkennbar. Was sollte Luyánta jetzt tun? Der Hang war fürchterlich steil, es wäre kein Vergnügen, hier abzurutschen, man konnte sich den Hals brechen, wenn man keine geschickte Wölfin war. Was machte die eigentlich? Ah, dort unten immer noch, sie brannte nicht mehr, aber wirkte noch benommen, versuchte sich zu berappeln.

Luyánta schleuderte dem auf sie zukommenden Feuerwesen noch einen Stein entgegen, aber das schien es nicht zu beeindrucken. Welche Hitze dem Ding vorausging, und was für ein abstoßender Gestank! Am liebsten hätte Luyánta sich die Nase zugehalten, aber dafür war wohl der falsche Moment. Stattdessen warf sie noch einen Stein, den letzten, als die Kugel nur noch drei, zwei Meter vor ihr war. Und stand jetzt ganz ohne Waffe da!

Na gut. Also würde sie mit bloßen Händen kämpfen. Denn hier weglaufen hieße unweigerlich abstürzen. Sie kniff die schmerzenden Augen zusammen und sprang mit ausgestreckten Armen auf das blendende Ding zu, griff mitten hinein, packte etwas …

Da gab es erneut einen Knall, üble Verpuffung, ein Zischen und Blitzen in alle Richtungen. Und Luyánta spürte zwischen ihren Händen etwas, einerseits fest, aber am Festen dranklebend auch etwas Wabbeliges, Modriges, ganz und gar ekelhaft. Und wie das stinkt! Sie machte die Augen auf und sah, dass sie mitten in ein Skelett griff, sie hielt einen breiten Knochen umfasst, an dem aber noch ein paar

628

faulige Fleischfetzen baumelten. Und mit der anderen Hand einen dünnen, spitzen Knochen, völlig blank. Igitt, war das abscheulich!

Das Skelett schüttelte sich, es klapperte gewaltig, und unter seinen Bauchknochen kollerten alle Steine heraus, die Luyánta geschmissen hatte.

«Wirst du wohl meinen K-k-kreuzbeinwirbel loslassen, verdammtes Rotzg-g-gör! Und nimm die dreck-k-kig-gen G-g-grabbler von meinem K-k-knieg-gelenk-k-k-k!», klapperte das Etwas sie an, ein riesiges, pferdeartiges Ding oder eher ein entsetzlicher Riesenesel. Das Gerippe anzufassen, brannte in den Handflächen, Luyánta ließ los und fiel rücklings auf den Hang, mit dem Steiß auf die harten Steine.

Die Gestalt wandte sich um und richtete sich auf: ein gewaltiger, behaarter Kopf mit einem riesigen Maul voller tellergroßer gelber Zähne. Es riss das Maul auf, um über sie zu kommen, die unbewaffnet auf dem Hintern saß!

In diesem Moment sprang von unten die Wölfin herbei, mit lautem Fauchen, und trieb dem Biest seine Reißzähne in die Rippen, dass es nur so knackte. Das Halbskelett wurde erneut von einem schauderlichen Klapperrasseln durchgeschüttelt. «Nicht ok-k-kay», brüllte es, «zwei g-geg-gen einen», und da war Luyánta auch schon wieder aufgesprungen. Mit bloßen Händen geht es also, dachte sie, und mit den Zähnen! Und voller Abscheu stürzte sie nach vorn und biss dem Monster in den Hals. Ein widerwärtiger Geschmack, Lippen und Zunge brannten, und dicke Borsten in ihrem Mund – aber sie spürte, dass ihre Zähne sein Fleisch trafen. Gleichzeitig rammte sie ihren linken Arm in das Maul des Tiers und bekam einen seiner riesigen Zähne zu fassen. Daran rüttelte sie, so kräftig sie nur konnte. Die Wölfin hatte sich währenddessen weiter in die Rippen der Bestie verbissen, schnappte wieder und wieder zu, dass man die Knochen knacken hörte.

«K-k-kack-ke», brüllte der wütende Dämon, «ich massak-k-krier euch alle!» Und erneut ging ein heftiger elektrischer Stoß von ihm aus, der die zwei Angreiferinnen meterweit fortschleuderte. Während Luyánta schon wieder schmerzhaft rücklings landete, sah sie, dass sie einen der großen gelben Zähne des Viehs in der Hand hielt. Dicker, schmieriger Schleim klebte auf dem reizenden Beißerchen. Ha, sie hatte ihn einfach ausgerissen! Sie schleuderte den Zahn in den Abgrund.

Inzwischen hatte das dämonische Skelett sich erhoben, hoch über sie. Sein Kopf schien angeschwollen, als hätte er sich aufgeblasen: groß wie eine Baumkrone war der Schädel jetzt, und er hatte es auf Luyánta abgesehen. Die erneut abgestürzte Wölfin aber sprang erst wieder den Hang herauf, diesmal würde sie zu spät kommen.

«NEIN!», schrie Luyánta.

«ACH-CH NEE!», schrie da der Dämon genervt, denn im selben Moment wurde er aus der Luft attackiert. Was war das denn? Eine dämmerfarbene Dohle (aber groß wie ein Wildschwein) griff ihn überraschend von oben an, hackte mit ihrem scharfen graugelben Schnabel direkt auf seinen Schädel.

Luyánta kroch so schnell wie möglich zur Seite und machte, dass sie auf die Füße kam. Dann drehte sie sich atemlos wieder um: und sah die chaotische Kabbelei des wieder geschrumpften, halbverwesten Maultiers mit einer grässlich aufgeplusterten Dohle. Haare und Federn stoben auf, wenn sie aufeinandertrafen. Dann warf das Skelett Blitze, aber verglichen mit den vorigen wirkten sie mickrig, während die Dohle ihren Kot in Richtung seiner Augen spritzte. Ringsum zuckten giftblaue Flämmchen auf, es klapperte und klapperte, und aus dem hassbrodelnden Tohuwabohu hörte man dröhnende *Hei-* und *K-kack-k*-Rufe.

So fasziniert wie abgestoßen standen Luyánta und die Wölfin, die wieder heraufgekommen war, nebeneinander und betrachteten das Spektakel. Es dauerte vielleicht eine Minute, dann knallte und puffte und blitzte es erneut, eine pestilenzartige Wolke dampfte auf – und die Skelettbestie purzelte keifend und mit Riesengedröhn den Berg hinab. Gleichzeitig flatterte die Dohle mit einem hämischen Krächzen auf, drehte noch eine Pirouette und flog davon.

Das Maultierskelett aber zerschlug in der Tiefe nicht, sondern

630

veränderte erneut seine Form: wieder in eine Kugel. Jetzt schien sie weniger geladen, nur ein giftiges Glühen wurde sichtbar. Dann aber sauste sie davon, weiter hinab, wo sie zwischen Felsen verschwand. Luyánta war es, als brüllte es durch die Berge, aber so, dass nur sie es hören konnte, in ihrem hämmernden Schädel: Wir sehen uns wieder!

Äußerlich aber war nun alles still. Kein Mucks, kein Hauch.

«Was war *das* denn?», knurrte die Oberste Wölfin leise, mehr als angewidert. Dabei keuchte sie schwer, der Blitzstoß hatte ihr zugesetzt.

«Der sympathische Freundeskreis unseres lieben Amian, würde ich sagen», antwortete Luyánta – auch sie unter Mühen, vom Schlag getroffen.

«Ich befürchte, das ungenießbare Aas ist noch nicht erledigt», sagte die Wölfin.

«Glaub ich auch. Es kann sich anscheinend immer wieder aufladen. Aber fürs Erste scheint sein Akku leer zu sein.»

Luyánta erschauderte noch einmal, als sie an das verfaulte Fleisch an den Knochen und an den schmierigen Zahn in ihrer Hand dachte. Eine richtige Gänsehaut bekam sie, aber nicht vor Freude.

Da unten lag der Zahn, den sie der Bestie ausgerissen hatte. Er sah nun aus wie ein kantiger schwefelgelber Stein.

Die Wölfin spuckte aus. Dieser Dämon war gewiss nicht die Beute, nach der sie gierte.

Luyánta sah ihre räuberische Gefährtin an. Wie schwer sie beide atmeten …

«Lass uns weitergehen. Auch wenn mir ganz schön flau ist, wir müssen. Sonst nutzen Amian und der Adler die Gelegenheit, um sich wieder davonzumachen.»

«Ja», entgegnete die Wölfin schwach. «Weiter hinauf.»

Herzsprung

Aber Amian hatte sich keineswegs davongemacht. Wie der Schpina ihm geraten hatte, war er auf die Felsen oberhalb des Plateaus geklettert. Von dort beobachtete er den wüsten Kampf unter ihm, bei dem er sich kaum verhehlen konnte, dass er von seinem magischen Ratgeber mehr erwartet hatte. Er selbst hatte ja die Macht des Zauberers am eigenen Leib erfahren!

Nun aber drückte es immer heftiger in seiner Brust. Was geschah da mit ihm? Während er dem Kampf zusah, blieb seine Aufmerksamkeit an Pollux hängen, der am Rand seines Blickfelds dalag. Noch immer war der Adler ohne Bewusstsein, niedergestreckt vom Zorn des Schpina. Was hatte Pollux nur getrieben, sich gegen ihren listigen Verbündeten zu wenden?

Es war alles ein schreckliches Verhängnis, dachte Amian auf einmal. Der Bann des Schpina-de-Mul über ihn schien nachgelassen zu haben. Aber es wuchs und wuchs dieser unerträgliche Druck in ihm, der ihn zu zersprengen drohte.

Und dann der hinterhältige Angriff der Dohle! War das etwa Tsikuta, Schpinas magische Schwester? Aber er liebte sie doch, er vertraute ihr von ganzem Herzen (oder was für Dämpfe er dort eben hatte). Verrat, alles Verrat! Auch der Schpina war offenbar Opfer von Verrat geworden. Von seiner Lieblingsschwester betrogen. Denn die dämonische Dohle schien im Dienst des Fanesvolks und seiner blutrünstigen Königin zu stehen. Sogar eine Wölfin hatte sie mitgebracht.

Nun kam es also allein auf ihn an, Amian, den Tapferen. Er duckte sich hinter den bergenden Felsen, presste sich dann flach auf den Grund, so gut es ging, und zog seinen Dolch. Befühlte vorsichtig mit der Fingerkuppe die scharfe Klinge. Eine sanfte Berührung – schon zeigte sich eine dünne rote Linie auf dem Finger. Amian fluchte stumm und sog sein eigenes Blut ein.

Hier wollte er seine Feindin erwarten, die bald mit ihrem monströsen Wolf auf dem Plateau ankommen musste. Dann würde er sich auf sie stürzen und ihr die Kehle durchschneiden. Oder das Herz durchbohren, wie der Dolch halt wollte. Wenn er selbst danach vom Wolf getötet wurde, so war es egal. Hauptsache, er hatte die Welt von dem schrecklichen Mädchen befreit.

Während er in solcher dumpfen Brüterei ausharrte, steckte er seine freie andere Hand in die Ledertasche an seinem Gürtel und spürte darin das geheimnisvolle Ding, das er in der Asche des Faneslagers gefunden hatte, im Herbst nach der Schlacht am Moor. Mit dem Finger, in den er sich eben geschnitten hatte, betastete er das unbekannte Material. Leicht war es, aber durchs Schmelzen in der Hitze bizarr verformt, ein Klumpen. Er wusste, dass dieses Ding dem Mädchen, das ihn töten wollte, gehörte. Wer weiß, vielleicht war es ein Zaubergegenstand. Aber jetzt befand es sich in seiner Tasche. Und ein Tropfen seines eigenen Bluts hatte es berührt. Möglicherweise gab ihm das einen magischen Vorteil über seine Feindin.

Er hoffte es. Doch er musste sich eingestehen, dass er Angst hatte. Angst, dass ihm ein schmachvoller Tod durch seine Feindin bestimmt war, die Faneskönigin mit ihrem Hass.

Er spürte nun, kalt an seinen Armen und Händen, den harten Felsen, an den er sich presste. Böse und abweisend kam ihm dieser Stein vor, er erschreckte ihn. Denn das riesige, labyrinthische Gebirge bestand ja aus diesem einen Stein! Er war nur hier und da notdürftig von ein bisschen Erde und Gras oder ein paar Bäumen überdeckt. Aber im Grunde war das alles ein einziger gigantischer Stein.

Auf einmal erschien ihm seine eigene Haut merkwürdig, als würde auch sie grau, kalt und hart. Ihm fiel der Faneskönig Calocer ein, von dem er vor langer Zeit gehört hatte: der Verräter, der zu Stein geworden war. Wurde etwa er, Amian, auch zu Stein? Da war wieder das Drücken in der Brust, etwas beulte sich in ihm aus, eine Verdickung und Verhärtung ... Wurde er gerade selbst zu dem Felsen, auf dem er voller Angst lag?

Eine Verwandlung ereignete sich, er spürte es genau. Eine Verwandlung, die schon vor Tagen oder sogar Wochen begonnen hatte. Als es anfing mit diesem Drücken.

Aber, nein, es war ja doch alles anders! Er wurde nicht zu diesem Bergstein, sondern er war aus dem Bergstein entstanden. In dem Stein war er geboren worden, in ihm hatte er als Kind gelebt. Schattenhaft traten ihm die dunklen Tage seiner ersten Jahre in Erinnerung. Geduckt in den engen Gängen im Berg. Kindsein in Gestein und Schwärze.

Dann sah er auf einmal grün über grün: Wasser, Gespiegeltes, sich selbst ... Und eine Sternschnuppe, die aussah wie ein süßes Pferdchen und plötzlich zu einem Monster wurde, zu einem Ungeheuer, einem fürchterlichen Drachen. Irgendwas, das ihn umklammerte.

Sein Herz hatte es ihm geraubt, sein Herz! Jetzt fiel es ihm wieder ein.

Das war es, was da drückte und beulte in seiner Brust! Eine entsetzliche Hohlheit, der Ort, wo sein Herz gewesen war. Das Loch fraß ihn von innen auf. Das musste es sein, was mit ihm geschah, was da seit einiger Zeit heftiger und heftiger presste in ihm. Die Verwandlung.

Der Stein, auf dem er lag. Auf einmal schien es ihm verlockend, dieser Stein zu werden. Ganz grau schon seine Haut, hart, ein Hauch von Felsen, der ihn überzog.

In diesem Moment erschien die Faneskönigin auf dem Plateau. Amian erkannte sie mit schwindelndem Kopf, doch sie sah ihn nicht: Mühsam zog sie sich mit beiden Händen aufs Plateau herauf, nicht weit von Amian und auch nur ein paar Meter von dem ohnmächtigen Pollux entfernt. Auch der Adler schien sie zu bemerken, schien jetzt langsam zu erwachen. Leicht hob er den Kopf.

Die Faneskönigin aber stand unentschlossen und sah den siechen Adler an. Was war mit ihr? Offensichtlich war sie erschöpft. Der Kampf mit dem Zauberer hatte ihr doch stärker zugesetzt als gedacht.

Fest umklammerte Amian seinen Dolch und kroch vorsichtig auf dem Stein nach links. Er musste nur ein klein wenig hinüber, dann befand er sich direkt über ihr. Ganz leise musste er sein. Von dort

634

konnte er sich auf sie stürzen und endlich, endlich ein Ende mit ihrer Bosheit machen. Und auf diese Weise sich selbst retten. Wenn er sich nur nicht vorher in Stein verwandelte ...

Die Faneskönigin bemerkte nichts, sie schien selbst geschwächt. Amians Mut wurde wieder größer, als er ihre Verzagtheit sah. Nun war er schon fast über ihr, nur ein kleines Stück fehlte noch. In seiner Hand der Dolch.

In diesem Moment erschien auch die riesige Wölfin auf dem Plateau, mit einem Funkeln des Sonnenlichts: Denn sie trug das Weiße Schwert der Faneskönigin im Maul und legte es ihr gleich zu Füßen. Dann ließ sie den Kopf müde zu Boden sinken. Sie wirkte noch kraftloser als die Faneskönigin, beinah gebrechlich.

Wirklich, er hatte dem Schpina-de-Mul unrecht getan, dachte Amian bei diesem kläglichen Anblick. Seine Blitze hatten die beiden schwer getroffen. Er legte ihm, seinem geliebten Amian, die Feinde wehrlos zu Füßen.

Nun jedoch geschah wieder etwas, womit Amian nicht gerechnet hatte. Der halbwache Adler bemerkte nämlich jetzt auch die Ankunft der Wölfin und versuchte, sich aufzurichten – und zwar zum Kampf: Matt hob er den Kopf mit dem scharfen Schnabel und streckte seine Krallen. Fast lächerlich sah das aus. Aber es war ja Wahnsinn, was er tat! Denn er kam nicht mal vom Boden hoch, er würde sich mit dem aussichtslosen Angriff selbst dem Feind ausliefern.

Die müde Wölfin begriff sofort. Ihr Fell sträubte sich, sie fletschte die Zähne und wollte sich schon auf den darniederliegenden Adler stürzen, wehrlose Beute für sie, selbst wenn sie beeinträchtigt war. Luyánta aber erschrak anscheinend, sie schien plötzlich wie erstarrt.

Das war der richtige Moment für Amian. Er hob den Dolch und richtete sich langsam auf, bereit zum entscheidenden Sprung auf die Todfeindin ...

Da machte Luyánta einen plötzlichen Satz nach vorn, zwischen Adler und Wölfin, an die Stelle, wo das Weiße Schwert lag. Sie ergriff es verzweifelt und riss es hoch, sodass die funkelnde Klinge wie eine Grenze zwischen Adler und Wölfin stand.

«Nein!», schrie Luyánta. Tränen schossen ihr aus den Augen. «Töte den Adler nicht!»

Nun war es der sprungbereite Amian, der erstarrte. Er konnte sich nicht mehr regen, steif seine Hand mit dem Dolch, die Beine gelähmt, der Kopf betäubt.

In seiner Starre staunte er. Ist es so, dachte er, wenn ein Mensch zu Stein wird? War es das, was Calocer spürte, als ihn sein Schicksal ereilte?

Aber noch immer presste, zwängte etwas in Amians Brust, qualvoller und bohrender als je zuvor. In diesem Hohlen, das in ihm war. Und dann pulsierte es in ihm, es schlug, es hämmerte den Prinzen bis in den Hals.

Währenddessen war die Wölfin in die Knie gegangen, und auch Luyánta hatte das Schwert sinken lassen und glitt langsam zu Boden. Auch sie verwandelte sich jetzt. Lag es an der übermenschlichen Anstrengung?

Während ihre Wahrnehmung sich bereits ausschaltete, merkte sie undeutlich, wie in ihrem Rücken ein Mann von dem höhergelegenen Felsen aufs Plateau stürzte.

Da lagen sie nun auf dem Plateau, alle vier schwer benommen und vollkommen reglos: Der Adler. Die Wölfin. Das weiße Murmeltier, das die Königin von Fanes war. Und Amian, in dessen Brust aus dem Nichts ein neues Herz entsprungen war.

Luyánta und Amian

Wie viele Stunden mochten vergangen sein, als der erste der vier Ohnmächtigen auf dem Plateau erwachte? Oder waren es sogar Tage oder Wochen? Ein Blick auf Form und Stand des Mondes hätte diese Frage normalerweise beantwortet.

636

Doch der schwebte nach wie vor zersplittert am Himmel, seine Bruchstücke hatten sich noch immer weiter voneinander entfernt, vereinzelt schwebten sie über den schwarzen Bergen.

Wie viel Zeit es nun gewesen sein mochte: Jedenfalls war Nacht, als die große Wölfin sich wieder regte. Sofort fiel ihr ein, wo sie sich befand, und sie schaute sich um. Ihre schwarzen Augen sahen gut in der Dunkelheit. Aber sie fühlte sich immer noch benebelt. Und sie nahm den verschmorten Geruch ihres eigenen Fells wahr, versehrt vom Blitz des Monsters.

Bald darauf, immer noch mitten in der Nacht, kam auch der Adler Pollux zu sich. Schwerfällig hob er seinen Kopf, auch er beduselt durch einen garstigen Schpina-Blitz, der ihn niedergestreckt hatte. Anders als das Wolfsauge sah das tagsüber so scharfe Adlerauge jetzt nur grau in grau. Doch am leisen Schnaufen erkannte Pollux die Wölfin in seiner Nähe. Instinktiv war die heftige Abneigung gegen dieses Raubtier, das so anders war als er; diesmal jedoch war sein Kopf klar genug, dass er nicht erneut zu einem sinnlosen Angriff ansetzte.

Auch die Wölfin, die das Erwachen des Adlers sah, blieb ruhig liegen. Beide Tiere spürten, dass es jetzt keinerlei Feindschaft mehr zwischen ihnen gab.

Stattdessen betrachtete die Wölfin die beiden Bewusstlosen, die zwischen ihr und dem Adler ruhten. Pollux spürte, ohne zu sehen, ihre Gegenwart: Sein Freund Amian lag zusammengekrümmt und keuchte in heftigen Stößen, immer wieder stöhnte er heftig im Schlaf. Das weiße Murmeltier hingegen wand sich neben Amian in unruhigen, aber stummen Träumen.

Wohl hatten auch Wölfin und Adler während ihres bleiernen Schlafs geträumt. Aber auf andere Art als die fiebrige Königin und der Prinz: nämlich in klaren und deutlichen Bildern ihrer Leben, vom Himmelsflug und vom Laufen im Wald und vom unermüdlichen Jagen.

Das weiße Murmeltier und Amian hingegen träumten hochnervös von wechselnden Formen und sich verwandelnden Gestalten. Trotzdem klärten sich in Luyántas schlafendem Kopf gerade einige

Dinge. Tatsächlich *begriff* sie etwas *im* Traum, es war eine Art Begreifen ohne Begriffe, ein schlagartiges Bewusstsein. Sie verstand nämlich jetzt jenen allerersten Traum, den sie in einer fernen Zeit gehabt hatte: im Waschraum der Alpenvereinsberghütte, wohin sie vor unerträglichem Schlafsaalschnarchen geflüchtet war. (*Die Schrate*, erinnerte sie sich ... oh, wie weit das alles weg war!) In diesem Traum hatte sie in blendend weißen Bergen dem erbitterten und niemals endenden Kampf zwischen einem Murmeltier und einem riesigen Vogel zugesehen. Später (vor kurzem erst!) war dieser Traum dann wiedergekehrt, und zwar, als sie im Zelt auf den Sompuntara-Wiesen geschlafen hatte, in der Nacht vor der Schlacht in der Ebene des Brennenden Flusses. Doch in diesem wiedergekehrten Traum war sie auf einmal nicht mehr die Zuschauerin gewesen, sondern selbst das kämpfende Murmeltier. Und sie hatte das begriffen, woran sie sich jetzt in kribbeligem Schlaf auf dem Felsplateau erinnerte: dass der Riesenvogel, gegen den das Traummurmeltier immerzu kämpfte, gar kein Adler war. Dabei war sie darüber völlig sicher gewesen, als sie damals auf der Berghütte zum ersten Mal aus diesem Traum erwacht war! Jetzt aber wusste sie, dass der Feind etwas anderes war. Sie hatte zuvor nur nicht genau hingeschaut. Oder es nicht wissen wollen ...

Nur was war es in Wahrheit, wogegen das Murmeltier kämpfte? Vielleicht jene fluchbringende Dämmerungsdohle? Die war ja vogelhaft. Oder möglicherweise das ekelklappernde Flugmonstermuli mit den Schleimzähnen? Doch was auch immer es war: jedenfalls kein Adler. Der war nicht ihr Feind.

Und der, der sich Adlerprinz nannte?

Er war ihr überraschend im zweiten Traum begegnet. Vor der Schlacht, in der sie sich zum ersten Mal Auge in Auge gegenüberstehen sollten. Und voller Hass versuchen würden, einander zu vernichten.

Jetzt aber lag er (wunderlicher Gang der Dinge) friedlich neben ihr, hier auf dem Felsplateau. Sie spürte ihn bereits, ehe sie mühsam ihre Augen öffnete, mit schweren, verklebten Lidern.

Amian erwachte gleichzeitig. Was hatte er geträumt? Und hatte auch er sich an ihre Begegnung im Traum vor der Schlacht erinnert?

Er hatte sich in dieser Nacht in seinem Heerlager befunden, unmittelbar vor dem Aufbruch in die Ebene des Brennenden Flusses. So fern Adlerprinz und Faneskönigin da einander gewesen waren, hatten sie doch einen einzigen, gemeinsamen Traum geträumt.

Im langen, verwundeten Schlaf gerade eben aber war ihm gewesen, als befände er sich auf einer losen Steinplatte, die sinnlos durchs Weltall trudelte. Doch auf dieser verlorenen, herumirrenden Platte lag jemand neben ihm – etwas: ein weißes Murmeltier. So war es ihm erschienen, das Murmeltier schlafend an seiner Seite. Jetzt schlug er seine schmerzenden Augen auf und erblickte neben sich ein Mädchen mit kurzen Haaren und in weißen Kleidern.

Auch sie schaute ihn an. Sie lagen auf dem harten Stein, Auge in Auge, ohne sich zu regen oder nur ein einziges Wort zu sprechen.

Wie schön und freundlich sie aussieht, dachte Amian. Ihm war, als könne er in ihren Augen versinken.

Und ihr war, als könne sie in seinen Augen versinken.

Die Blicke des Adlers und der Wölfin wachten über den beiden. Wie lange sahen Luyánta und Amian einander an? Die Zeit schien sich aufgelöst zu haben. Schließlich aber fielen den beiden vor Erschöpfung doch wieder die Augen zu, und statt im Blick des Gegenübers versanken beide erneut in ihr eigenes Dämmern. Doch nun schien ihr Schlafen ruhiger als zuvor.

Als schließlich der Morgen anbrach, schreckte Amian panisch hoch und setzte sich ruckartig auf. Sein schwarzes Haar klebte ihm auf der verschwitzten Stirn, und er krümmte sich vornüber. Offenbar peinigten ihn grauenhafte Schmerzen. Aber er schrie nicht, stöhnte nur leise, fast unhörbar. Ein Bild des Leids, das im Gegensatz zum strahlenden Himmel des neuen Tags stand. Der zersplitterte Mond war im leuchtenden Blau nicht mehr zu sehen.

Erschrocken betrachteten der wachende Adler und die aufmerksame Wölfin ihn. Doch auch Luyánta hatte es gespürt und war aufgewacht. Sie sah, dass Amian nach hinten gefallen war und sich auf dem Boden wälzte, gefährlich nah am Abgrund. Angst überfiel sie, und sie krabbelte hektisch hinüber und packte Amian mit festem Griff am Fußgelenk.

«Was ist mit dir?», schrie sie, und ihre Stimme hallte von den Felswänden.

«Hier», stöhnte Amian und schlug sich an die Brust, «hier drin ... etwas ... schreit und hämmert, es zerreißt mich ...»

Luyánta erinnerte sich an den verfluchten Schmerz monatelang in ihrer Schulter, ein furchtbares und hoffnungsloses Gefühl, als verbrennte sie von innen. War es dasselbe, was jetzt und hier mit Amian geschah?

Da hörte sie es hinter sich knurren: «Jetzt zieh ihn doch erst mal vom Abgrund weg.» Und nun erst nahm sie die Wölfin wahr und auch den Adler, die beide nach wie vor unbewegt auf dem Plateau lagerten. Und natürlich hatte die Wölfin recht. Mit aller Kraft zerrte Luyánta Amian vom Rand des Felsens weg. Dann richtete sie sich halb auf, kroch über ihn und stützte sich auf ihre Hände, direkt über seinem Gesicht.

Zu ihrem Erstaunen sah sie, dass er weinte. Der grausame Amian! Niemals hätte sie das für möglich gehalten. Die Tränen liefen ihm übers schmale Gesicht, wie einem kleinen Kind. Und auf seine linke Brust presste er jammervoll beide Hände.

Luyánta kam es vor, als müsste sie selbst gleich weinen. Aber diese Peinlichkeit wollte sie sich verkneifen. Was wäre das für eine verstörende Wendung, sich mit ihrem Todfeind vollzuflennen? Außerdem wollte sie endlich wissen, was es mit diesem verdammten Fluch auf sich hatte, den sie selbst schon hatte erleiden müssen – wenn es denn derselbe war. Energisch zog sie Amians Hände von seiner Brust weg.

«Lass mich mal hören, was da schreit», sagte sie.

«Pass auf», flüsterte Amian wie willenlos.

Und schon hatte Luyánta ihren Kopf auf seine Brust gesenkt. Und da hörte sie es. Sie flüsterte: «Aber das ist doch ...»

«Ja?», wisperte Amian voller Angst. «Was?»

640

«… na, gar nichts», antwortete Luyánta. «Da ist gar nichts. Ich höre nur dein Herz schlagen.»

«Das kann nicht sein!» Luyántas Worte schienen Amian schockiert zu haben.

«Warum kann das nicht sein? In jedem Menschen schlägt ein Herz. Und auch in jedem Wolf, in jedem Adler und in jedem Murmeltier.»

«Da irrst du dich», entgegnete Amian düster.

«Ich irre mich? Was willst du mir hier für einen Quatsch erzählen?» Fast musste sie lachen.

Amian aber lachte nicht, sondern schaute kreuzunglücklich drein.

«Hast du ihn gesehen? Den Schpina?»

«Den Spinner? Welchen Spinner? Ich hab schon ein paar getroffen in meinem Leben, das kann ich dir sagen.»

«Nicht Spinner!» Jetzt lachte Amian fast. «*Schpina!* Den Schpina-de-Mul. Er ist ein gewaltiger Zauberer. Manchmal erscheint er als halbverwestes Maultier, dann wieder als Feuerkugel.»

«Du meinst dieses beschissne Gebilde, das uns angegriffen hat? Der Typ (oder das Ding) ist doch dein Verbündeter, nicht?» Dann besann sie sich. «Oder vielleicht … *war* dein Verbündeter?»

Amian wandte den Blick ab. Auf einmal schien es ihm unerträglich, Luyánta in die Augen zu schauen.

«*Er* hat jedenfalls kein Herz», murmelte er.

«Das hab ich gesehen. Er ist ja bloß ein abgeranztes Skelett mit paar stinkenden Fleischfetzen dran. Natürlich hat er weder Herz noch Magen oder Niere und so was. Das ist doch klar, sieht man ja auf den ersten Blick. Aber *du* – du bist ja kein Skelett.» Dann, nach einer kurzen Pause, setzte sie leise hinzu: «Zum Glück … Auch wenn ich mir oft gewünscht hätte, du lägst verwest unter der Erde, nur noch ein Haufen Knochen. Oder noch besser in der freien Ebene und die Vögel würden dein totes Fleisch auffressen.»

«Das habe ich mir auch oft gewünscht.»

«Dass ich tot wär und die Vögel mich fräßen? Ja, hab ich gemerkt.»

«Auch das, schon», sagte Amian, immer noch, ohne Luyánta

anzuschauen. «Aber ich meinte, dass ich mir gewünscht habe, *ich* wäre tot. Und die Vögel würden *mich* fressen. Oft hab ich mir das gewünscht! Genau genommen, seit ich den Schpina-de-Mul zum ersten Mal getroffen habe.»

«Wann war das denn?» Dabei schaute Luyánta den abgewandten Kopf Amians an, sie hätte gern gehabt, er würde ihr wieder in die Augen blicken. «Wann hast du die klappernde Pestzecke zum ersten Mal getroffen?»

Auch die Wölfin und Pollux hoben jetzt die Köpfe. Sie hatten schon die ganze Zeit zugehört, jetzt aber wurden sie immer neugieriger.

«Ich war noch ein Kind», begann Amian zögerlich. «Ich war Tag und Nacht in den Wäldern unterwegs. Meine ersten Jahre hatte ich in den finsteren Höhlen verbracht, in denen mein Volk – *unser* Volk sich versteckt hatte. Du kennst sie ja selbst, diese Höhlen.»

«Oh ja. Nur zu gut.»

«Dabei bist du ja noch für die schwarzen Gänge gemacht, Luyánta! Du bist ja ein Murmeltier. Irgendwie, auch wenn ich das nicht kapier.»

«Bist du nicht auch ein Adler?»

«Nicht so wie du ein Murmeltier. Bei mir ist es höchstens … ich weiß nicht, eine Sehnsucht, eine Wunschverwandtschaft. Aber du bist *wirklich* ein Murmeltier. Ich hab es vorhin mit eigenen Augen gesehen. Oder hab ich das etwa nur geträumt, dass da ein weißes Murmeltier lag?»

«Nein. Es lag wirklich da. Ich bin das, und es ist ich.»

«Also tatsächlich! Du bist seltsam. Aber selbst du, die du so ein Höhlenwesen bist, hast es irgendwann nicht mehr ausgehalten und bist aus den Faneshöhlen geflohen. Und irgendwohin verschwunden.»

«Ja, so soll es gewesen sein. Es wurde mir erzählt. Ich erinnere mich nicht mehr daran, oder nur manchmal, aber dann immer verschwommen.»

«So geht es mir jetzt mit den ganzen letzten Jahren», rief Amian, «alles kommt mir verschwommen und unwirklich vor. Dafür erinnere ich mich an das davor auf einmal viel deutlicher. Das frühe Leben in den Höhlen ... ich und all die anderen, wir waren ja keine Höhlenwesen! Wie hätten wir ertragen sollen, was nicht mal du ausgehalten hast? Zum Glück war ich noch klein, als das Volk die Höhlen wieder verließ. Sonst wäre ich vielleicht damals schon zugrunde gegangen. Aber immer zog es mich ins Grüne, in die Wälder, ins Leben. So als wollte dieses Kind, das ich war, die Schwärze und das Gestein von sich abschütteln und die Erinnerung an seine finsteren ersten Jahre auslöschen.»

«Verständlich.»

«Und da ist mir eines Tages der Schpina zum ersten Mal begegnet. Aber ich habe ihn nicht erkannt, und wenn ich ihn erkannt hätte, dann hätte ich nicht gewusst, wer das ist. Ich wusste ja gar nichts ...»

Er schwieg. Luyánta beugte sich ein Stück vor, stützte sich nur noch auf eine Hand und legte die andere Amian auf den Hals. Sie spürte seine pulsierende Halsschlagader.

«Schau mich an, Amian», flüsterte sie. Und er tat, was sie sagte. Langsam drehte er den Kopf wieder zu ihr.

Auge in Auge.

Dann fuhr er fort, ebenfalls leise: «Ich war morgens in den Wald gegangen, um Sternschnuppen zu suchen. Ich hatte sie nachts am Himmel gesehen und war sicher, sie fielen auf die Erde. Und da, auf der Suche, ist er mir begegnet – im einsamen Wald, als ein winziges, goldenes Pferdchen.» Dann stockte er wieder.

«Erzähl weiter!», befahl Luyánta sanft.

«Ja, gleich ... gleich ... Ich habe immer wieder an diesen Moment gedacht. Und zugleich konnte ich mich nicht richtig daran erinnern, es war immer alles sofort wieder weg. Diese Erinnerung kam in bestimmten Momenten hoch, dann war sie verschwunden. Aber jetzt sehe ich es so deutlich vor mir, als wäre es gestern gewesen. Es ist, als ob irgendwas von mir abgefallen wäre.»

«Was tat er denn? Das goldene Pferdchen, meine ich?»

643

Amian biss die Zähne zusammen, dann presste er die Worte heraus: «Er hat mir das Herz aus dem Leib gerissen. Ich war plötzlich von ihm umfangen, überall war er um mich, er hat mich gewürgt und gebissen. Und dann hat er es mir herausgerissen.»

«Warum? Warum hat er das getan?»

«Ich weiß es ja nicht. Ich weiß nur, dass sich mein Wesen danach verändert hat. Alles wurde dunkel in mir, ich wurde düster und brütend, wie mein fremder Bruder Malibran es schon immer gewesen war. Oder nein, noch schlimmer, denn ich konnte dabei klarer denken und planen als er. Nur kam mir die Welt pechschwarz vor.»

Er hob den Kopf, um der über ihm knienden Luyánta noch näher zu sein. Alle Geschehnisse der letzten Jahre schienen ihm so undeutlich, aber er hatte das Gefühl, dass er gerade etwas Wichtiges vergessen hatte, das er eigentlich unbedingt sagen müsste. Etwas Entscheidendes … Doch er kam nicht darauf.

Stattdessen flüsterte er: «Dieses Düstere, Schwarze in mir, dieses Böse – wahrscheinlich ist es das, weshalb du mich schon so lange töten wolltest, nicht wahr? Ich wünschte, du hättest es getan …»

Da machte Luyánta große Augen. «*Ich* wollte *dich* töten? Wie kommst du denn darauf?» Nun schaute auch Amian erstaunt, während Luyánta fortfuhr, geradezu verärgert: «Was ist das für eine Verdrehung? Wir mussten uns gegen deinen Hass wehren! Denn du wolltest doch unbedingt mich töten, ganz Fanes wolltest du auslöschen!»

«Um mich zu retten … uns, meine Männer und mich.»

«Ah, ich kann's nicht glauben, was ich da höre. Hat *er* dir das eingeredet? Dein Ekelvieh, dieser herzraubende Gammelesel?»

«Er ist mir stets zur Seite gestanden. Ich habe ihn immer wieder getroffen. Es war wie ein … etwas Magnetisches, ich weiß nicht …»

«Ein Bann.»

«Ja, ein Bann. Er hat mich beraten. Und gut beraten! Er hat ja das Adlerheer von Sieg zu Sieg geführt. Bis das feindliche Fanesheer, geführt von Manaal und seinen Brüdern, sich vor uns in den Berg rettete.»

644

«In einem sinnlosen Krieg, den das räudige Zauberscheusal überhaupt erst angezettelt hatte!»

«Nein», widersprach Amian da und sah Luyánta an. «Nein, angezettelt hat er ihn nicht. Er kam erst wieder zu mir, als der Krieg bereits in Gang war. Nachdem Pindal und Pristina uns im Streit attackiert hatten und nachdem Mitra Pristina tötete. Malibran und ich waren in Bedrängnis. Da kam er eines Nachts unbemerkt zu mir und bot mir seine Hilfe an. Ich merkte, dass ich ihn kannte, und ich spürte den – den Bann, wie du es nennst. Später rief er mich regelmäßig zu sich.»

«Er rief dich zu sich? Wohin?»

«Hoch in den Bergen ... Ich wusste immer, wohin ich musste. Aber jetzt ist es so verschwommen wie alles in den letzten Jahren ... Mir wird schwindlig, wenn ich daran denke ... ein Gletscher, hoch oben, und irgendwo darauf seine Festung. Die ist ein riesiger, unheimlicher Turm. Aber ich habe ihn niemals betreten.»

«Aber ich erinnere mich», schaltete sich auf einmal mit flammender Stimme der Adler Pollux ein. Amian und Luyánta schauten ihn an. «Ich kenne den Gletscher und die Festung, die tatsächlich niemand betreten kann – ich kenne sie aus der Luft. Denn ich bin im letzten Herbst einmal dorthin geflogen, als du zu ihm unterwegs warst, Amian. Da spürte ich auch den Schwindel, von dem du redest. Aber wohl bei weitem nicht so stark wie du. Ich kam dorthin, weil ich dich davon abbringen wollte, zu ihm zu gehen. Denn ich habe deinem listigen Ratgeber immer misstraut. Doch du warst nicht abzuhalten. Du hast ihm völlig vertraut.»

Amian wirkte verunsichert. Dann murmelte er: «Aber der Schpina half mir ja auch, treu und zuverlässig. Bis zur Schlacht in der Ebene des Brennenden Flusses.»

«Da hat er dich verlassen?», fragte Luyánta, während sie sich hinsetzte, sodass sie Amian nun nicht mehr ganz so dicht ins Gesicht sah.

«Nein, im Gegenteil», antwortete Amian. «Er stand mir ständig zur Seite. Wir waren gemeinsam hinter dem Heer, von wo er seine

645

Feuerräder rollen ließ. Aber es war … keine Ahnung, es reichte nicht. *Du* warst zu stark für ihn, Luyánta. Und jetzt wird mir klar, was ich zur gleichen Zeit spürte: nämlich, dass seine Macht über mich Stück für Stück verloren ging.»

Über den Bergen im Osten war mittlerweile die Sonne aufgegangen. Nun sahen alle klar, am schärfsten wieder der nachtblinde Adler. Mit Wohlwollen blickten er und die Wölfin auf die beiden Menschenkinder, die zwischen ihnen einander gegenüberhockten. Denn auch Amian, der sich selbst fremd vorkam, hatte sich nun aufgerichtet.

Luyánta schien aber noch über etwas anderes nachzudenken als Amians Schicksal. Und nach einer Weile durchbrach sie das Schweigen. Sie blickte ins Morgenrot und sagte langsam und leise: «Der Krieg kam also nicht durch dunkle Mächte zustande. Er kam aus Fanes selbst.»

Amian sagte nichts. Aber er schien ihr zuzustimmen.

Dann wandte Luyánta ihren Kopf wieder ihm zu und sagte: «Und du hast dein Herz zurück, Amian! Ich weiß nicht, wie das zugegangen ist, aber es gibt keinen Zweifel daran. Ich habe es ja mit eigenen Ohren gehört. Es schlägt in deiner Brust, wie das normalste Herz der Welt. Weißt du, was ich glaube? Dieser Schmerz, der dich vorhin so erschreckt hat – der kam von der Rückkehr deines Herzes.»

Amian hatte seine rechte Hand auf die Brust gelegt, diesmal frei von Panik. Er fühlte seinen eigenen Herzschlag. Es kam ihm wie ein Wunder vor. «Aber wie kann das nur sein?»

«Ich habe keine Ahnung. Aber ich weiß, was wir jetzt machen sollten.»

«Und was?» Amian fragte das, aber auch die Wölfin und Pollux schauten Luyánta erwartungsvoll an.

«Wir sollten auf diesen Gletscher gehen, in die verschissne Festung des Schpina-de-Mul.»

646

Am Träumenden Berg

Nun berieten die vier über das weitere Vorgehen. Alle fühlten sich noch immer lädiert durch die Blessuren, die sie erlitten hatten: in Amians Fall die unerklärliche Verwandlung, bei den anderen die Blitze des Schpina-de-Mul. Dennoch wurde rasch beschlossen, dass Pollux und die Oberste Wölfin in die Ebene des Brennenden Flusses zurückkehren sollten, um im Namen der beiden Befehlshaber die Schlacht zwischen Adlerheer und Fanesheer zu beenden – falls das überhaupt noch nötig war. Denn nach dem Abgang Luyántas und Amians war das Kampfgeschehen ja bereits zum Erliegen gekommen, wie Laleh berichtet hatte, als sie und die Wölfin Luyánta eingeholt hatten. Gemeinsam mit den drei Murmeltieren und den beiden Pferden hatte Laleh dann Luyánta nachkommen oder aber, falls das nicht möglich wäre, in die Ebene zurückkehren wollen. Sie war nicht aufgetaucht, und das Plateau wäre mit Pferden sowieso unerreichbar. Vermutlich war Laleh also längst zurück beim Fanesheer und König Asver.

Luyánta und Amian hingegen wollten sich auf den Weg zu dem namenlosen Gletscher machen, auf dem sich angeblich die Festung des Schpina-de-Mul befand. Pollux, dessen Erinnerung an diesen Ort klarer war als die des verwirrten Amian, beschrieb ihnen die seiner Meinung nach beste Route dorthin, einen unangenehmen Weg durch eine wahre Steinwüste.

«Unterwegs werdet ihr auch einen breiten Berg umrunden müssen, auf dem euer Pfad sehr ausgesetzt liegt», fuhr der Adler fort. «Mein Vater hat mir oft von diesem Ort erzählt, den er *Den Träumenden Berg* nannte. Er sah dort so manchen Wanderer abstürzen. Auf diesem steilen Pfad seid ihr schutzlos und zugleich schon nah an dem Gletscher, auf dem die Festung steht. Also vielleicht schon im Bereich von Schpinas Bann. Es kann gut sein, dass er euer Kommen bemerkt und euch attackieren wird.»

«Na und, wir haben ihn ja schon mal verscheucht», sagte Luyánta.

«Hm», brummte die Wölfin, «um genau zu sein, hat uns die Dohle dabei geholfen. Auf die würde ich mich nicht verlassen.»

«Die Wölfin hat recht, es könnte schwierig werden», sagte Pollux. «Trotzdem ist dieser Weg von hier aus der einzige sinnvolle zu dem Gletscher. Übrigens heißt es, dass man den Träumenden Berg betreten könne.»

«Mit Höhlen haben wir reichlich Erfahrungen.» Amian schaute leicht gequält zu Luyánta. Er war unsicher, ob er sich einen Scherz erlauben durfte. Zu seiner Erleichterung sah er, dass Luyánta lächelte.

«Mit dem Träumenden Berg ist es allerdings etwas anderes als mit normalen Höhlen, so heißt es, oder mit Murmeltiergängen und Bergwerken», entgegnete Pollux. «Kein Mensch weiß, wo die Zugänge in sein Inneres sind. Trotzdem solltet ihr, falls ihr in Gefahr geratet, versuchen, euch in diesen Berg hineinzuretten. Für den Schpina-de-Mul ist er nämlich unzugänglich.»

«Warum?»

«Weil er niemals träumt.»

«Verstehe», sagte Luyánta. «Nur wenn man gar nicht weiß, wo es überhaupt reingeht, dann nützt es uns nicht allzu viel, oder? Trotzdem danke für den nett gemeinten Tipp.»

Pollux schien ein bisschen eingeschnappt über Luyántas Antwort, aber er sagte nichts. Ihr werdet ja sehen, dachte er.

Nachdem sie das besprochen hatten, trennten die vier sich: Pollux segelte, und die Wölfin sauste den steilen Hang hinab, während Amian und Luyánta den Berg weiter hinaufstiegen, genau wie der Adler ihnen erklärt hatte. Schon bald hatten sie den windigen Gipfel erreicht und erblickten auf der anderen Seite des Berges eine wenig einladende Gegend: Geröll und Felsen, so weit das Auge reichte, die Steine voller dunkler Schlieren, eine bedrohliche Gegend ohne alles Leben und auch ohne die Majestät der weißen Berge, die Luyánta im vergangenen Jahr öfter gesehen hatte. Hier war alles nur grau und Staub.

Immerhin kamen sie nach einer Weile an einem trübe vor sich hin

648

plätschernden Bach vorbei, an dem sie sich notdürftig den Schmutz von den Wunden wuschen und ihren Durst stillten (obwohl auch das Wasser staubig schmeckte). Dazu aßen sie den letzten Proviant auf, den sie in ihren Taschen fanden, ein paar Stücke hartes Brot und einen Fetzen Speck.

Und weiter. Es gab auf dem Weg keinerlei Schatten, der vor der immer höher steigenden Sonne schützte, und irgendwann murmelte Luyánta: «Schade, dass es nicht regnet.»

«Hm», meinte Amian. «Eine Abkühlung wär angenehm, aber wir können trotzdem froh sein, wenn wir in dieser Gegend nicht in Regen geraten.»

«Ich hätte Regen lieber. Ich bin schon immer lieber im Regen rumgegangen als in der Sonne.»

Amian sah Luyánta im Gehen von der Seite an. «Du bist wirklich seltsam. Wie kann man den Regen lieber mögen als die Sonne? Ich kann nie genug von der Sonne bekommen.»

«Dann friss sie doch», antwortete Luyánta.

«Was?»

«So!» Und Luyánta öffnete im Laufen weit den Mund und hob das Gesicht zum Himmel. «Schau. Ich fresse Sonne.»

«Echt, du *bist* seltsam», sagte Amian, und Luyánta wurde rot, obwohl Amian es freundlich gesagt hatte. Gleichzeitig ärgerte sie sich über sich selbst, dass sie rot wurde wie ein kleines Mädchen (oder das Bürschchen Mizuel).

Ansonsten sprachen sie nicht viel. Denn ihr Weg war anstrengend, außerdem bewirkt es eine gewisse Verlegenheit, wenn man sich gestern noch gegenseitig umbringen wollte, nun aber Seite an Seite zur Festung eines Dämons unterwegs ist. Doch wenn sie redeten, dann scherzten sie eher, als über die schlimme Vergangenheit oder die gefährliche nahe Zukunft zu sprechen. Dabei hatten beide das merkwürdige Gefühl, einander sehr nah zu sein, wie Bruder und Schwester oder sogar …

«Was essen wir eigentlich, wenn der Weg noch lang so geht?», fragte Luyánta.

649

«Muss auch mal ohne gehen», brummte Amian. «Oder wir jagen was.»

«Mit einem Schwert?»

«Oder mit dem Dolch.» Denn das waren die Waffen, die ihnen geblieben waren, Luyántas Weißes Schwert und Amians Dolch. Pfeil und Bogen oder etwas anderes hatten sie nicht dabei. Aber es war auch gleichgültig, denn irgendwelche Tiere waren hier weit und breit nicht zu sehen.

Amian war allerdings noch von etwas anderem bedrückt als der Sorge ums Essen. Immer noch hatte er das Gefühl, es gebe etwas ungeheuer Wichtiges, dass er Luyánta unbedingt sagen müsse – sofort, auf der Stelle. Nur kam er nicht darauf, was es war. Offenbar etwas, das mit seinem unheilvollen Schpina-Bund zu tun hatte. Aber all diese Dinge erschienen ihm jetzt verschwommen, seine Erinnerung war durchlöchert, und die Löcher wurden immer größer, statt sich zu schließen. Was war ihm da widerfahren, was hatte er getan? Aber dieser Gedächtnisschwund fühlte sich überhaupt nicht wie eine Zerrüttung seines Geistes an, im Gegenteil: Er meinte, in rasantem Tempo gesund zu werden.

Aber diese eine Sache, die musste ihm doch einfallen, er musste es Luyánta sagen, sofort ...

Nachdem sie eine Ebene voller Geröll durchquert hatten (und darin immerhin noch auf eine staubwässrige Quelle gestoßen waren), befanden sie sich am frühen Nachmittag wieder in einer höheren Gegend. Pollux hatte ihnen den Weg genau beschrieben, und als der Pfad an dem breiten Berg immer ausgesetzter wurde, begriffen sie, dass sie schon eine Weile an dem erwähnten Träumenden Berg unterwegs sein mussten. Es war ihnen aus irgendeinem Grund gar nicht aufgefallen. Das bedeutete, dass sie sich dem Gebiet des Zauberers näherten, auch wenn hier weit und breit nichts von einem Gletscher zu sehen war. Ob er hinter dem Berg lag?

Dafür tauchte etwas anderes auf. Es glitt in der Tiefe übers Geröll und näherte sich dem steil heraufsteigenden Hang: sonderbare flüchtige Schatten, die wirkten, als wären die schwarzen Schlieren

650

der Steine lebendig geworden. Zuerst dachten Luyánta und Amian noch, es wären die Schatten kleiner Wolken. Aber der Nachmittagshimmel war strahlend blau.

Es war – *etwas*. Und es kam immer näher.

«Die wollen ... das will zu uns, glaube ich», sagte Amian.

«Sind das auch ein paar tolle Freunde von dir?», fragte Luyánta. Sofort tat ihr die Häme leid.

Sie hatten allerdings keine Zeit, sich in ein Gespräch zu vertiefen, denn schon waren die Schatten dicht bei ihnen. Auf einmal hob einer sich über den Boden, und ein Blitz zuckte heraus und schoss in die Richtung der beiden Wanderer. Nur einen halben Meter neben ihnen schlug er ein, es staubte heftig, ein Haufen Steine spritzte auf und kollerte den Hang hinab.

«Langsam nervt mich diese Blitzerei!» Luyánta hob ihr Schwert, auch wenn sie nicht recht wusste, wozu. Auch Amian zog seinen Dolch.

Der zweite Schatten hob sich, und der nächste Blitz flirrte heran, direkt unter ihre Füße, sodass ihnen Steinchen gegen die Schienbeine prasselten. Und nun folgte Blitz um Blitz. Die schwarzen Wölkchen waren wie eine Schattenarmee, ein richtiges Geschwader, das sie unter Beschuss nahm. Wie konnte man sich dagegen wehren? Deckung gab es auf diesem Pfad nicht, und der Abhang war noch steiler als jener, auf dem der Schpina (wie viele Tage oder Wochen mochte das her sein?) Luyánta und die Wölfin angegriffen hatte, die Verfolger Amians.

Plötzlich schoss ein Blitz direkt auf Luyántas Gesicht zu. Sie konnte nicht mehr ausweichen, aber hob in einem Reflex ihr Weißes Schwert – und tatsächlich neigte der Blitz seinen Winkel und sauste gegen das Schwert. Eine Flamme züngelte kurz um die Klinge, in Richtung der Schwertspitze, und löste sich in Luft auf. Luyánta aber war, als träfe sie der Schlag, und hätte sie sich nicht die Haare so kurz geschnitten, wären sie ihr zu Berge gestanden.

«Wow!», rief Amian begeistert. Doch im selben Moment raste auch auf ihn einer dieser kleinen Blitze zu. Geistesgegenwärtig riss

Luyánta ihr noch glühendes Schwert hoch und streckte es vor Amian, und auch dieser Feuerstrahl wurde von der Klinge angezogen und verpuffte in die Luft.

Jetzt wurde es eine richtige Tanzstunde für Luyánta: Stichfunke um Stichfunke entlud sich aus den schwirrenden schwarzen Wölkchen am Hang, und Luyánta fuchtelte mit dem Schwert über ihren Kopf, vor ihre Beine und dann wieder hinüber zu Amian, dessen Brust sie erst schützte, dann seinen Kopf ... Mühsam gelang es ihr, die Blitzkanonade in Schach zu halten, sie wusste selbst nicht recht, wie sie das schaffte. Hypatia wäre jedenfalls stolz gewesen auf Luyántas Schwerttanz! Amian hingegen stand etwas verloren daneben und wusste nicht recht, was er tun konnte, außer sich ab und zu wegzuducken.

Die beiden Angegriffenen bemerkten, dass die schwarzen Wölkchen sich auflösten, immer wenn sie drei oder vier Blitzschläge den Hang hinauf entladen hatten. Ihr Feuer war also nicht unerschöpflich, das gab Luyánta neue Kraft und Amian frischen Mut. Im rechten Moment, denn nun hörten die beiden auch hinter sich ein Donnern und Grollen, von der Höhe des Berges in ihrem Rücken, und gleich darauf trommelte ein Steinhagel herab, der sie fast zu Fall brachte.

«Schau doch mal nach, was das ist!», rief Luyánta, während sie weitere Feuerstrahlen von unten abwehrte. Aber Amian hatte sich bereits umgedreht.

«Der Schpina-de-Mul!», rief er. «Er kommt über den Berggipfel.»

«Darum musst du dich jetzt kümmern», sagte Luyánta und schwang ihr Schwert.

«Klar», antwortete Amian. «Nur wie? Mit dem lächerlichen Messer?»

«Das nützt dir nix. Nimm die Hände!»

«Bitte?»

«Na, einfach reingreifen. Ist nicht so schlimm, wie man denkt ... Na ja, um ehrlich zu sein, ist es doch so schlimm. Aber du kriegst das hin, Amian!»

Nun stellten Amian und Luyánta sich Rücken an Rücken, um sich gegenseitig zu decken. Das war im steilen Hang eine heikle Sache, aber besser, als den Rücken ungeschützt zu lassen. So vollführte Luyánta weiter ihren Schwerttanz gegen die heranschießenden Blitze, während Amian den bösen Kugelblitz näher rauschen sah. Schon bei diesem Anblick befiel ihn ein dröhnender Schwindel, und er hielt die Hände gegen die Schläfen, als ob er das unangenehme Gefühl aus dem Kopf herausdrücken könnte.

Und dann war es bei ihm, rauschend und klappernd. Luyánta, die sich nicht umdrehen konnte, nahm gleißendes Licht und üblen Gestank hinter sich wahr, und sie spürte an den Bewegungen in ihrem Rücken, dass Amian mit dem Schpina rang. Dabei stöhnte er laut. Der Feind aber gab brüllende, fletschende Geräusche von sich, ein grauenhafter Lärm. Er wollte ihnen wohl die Schädel aufsprengen.

Amian aber hörte das böse Brüllen anders. Es waren garstige und schmeichelnde Worte, die in seinen Kopf eindrangen, obwohl er die Ohren zu versperren suchte. *K-k-kamerad,* säuselte und keifte es in ihm, *k-komm zurück-k ... mein lieber Sohn, lass dich nicht verführen von dem schreck-klichen Mädchen, es trachtet nur danach, dich zu töten ... G-g-glaub doch deinem alten Freund ... g-glaub doch, g-g-g-glaub ...*

«Nein!» schrie Amian aus Leibeskräften oder wie einer am Spieß. «Noch mal bekommst du mich nicht in deine Gewalt!»

Das werden wir ja sehen ... du depperte Arschk-krampe, dich mach ich k-kalt ... ich liebe doch ... und bist du nicht willig-g, so brauch ich G-g-gewalt ... ach, schön blöd, wenn du dem G-g-gör vertraust, du g-glaubst wohl noch an den Osterhasen ... k-komm doch, Amirjan, ich liebe dich, ich lock-ke dich, ich werde dich reich beschenk-k-ken ... dein Herz g-gehört ja mir, nur mir ...

«Nein!», rief Amian, und tiefer schlugen seine Arme in den vermoderten Leib und rissen an den klappernden Knochen des Feindes, der sich aufplusterte und größer und größer wurde. Und Amian spürte den Schwindel sich ausbreiten, die schreckliche Beklommenheit, an die er sich dunkel erinnerte. Der Bann, da war er ... nicht noch mal ...

653

«Widersteh ihm!», schrie die fechtende Luyánta. «Lass es nicht zu, du Idiot! Nicht noch einmal! Du bist stark genug, Amian! Glaub es!»

«Ich kann nicht mehr ...»

«Dann quäl dich!»

Und Amian quälte sich, im Angesicht des nach ihm greifenden, um ihn geifernden Dämons. Immer größer wurde der. Luyánta hingegen hatte genug mit den Feinden vor sich zu tun. Denn die schwarzen Blitzwölkchen aus der Tiefe des Gerölls ließen nicht nach, immer kamen neue, so viele auch abgewehrt verpufften. Es war nicht abzusehen, wie die bald überforderte Luyánta und der taumelnde Amian aus dieser Lage noch entkommen sollten.

Und ausgerechnet jetzt, in der ärgsten Not, fiel Amian ein, was er ihr die ganze Zeit hatte sagen wollen: das Entscheidende, was Luyánta wissen musste.

«Deine Brüder!», schrie er. «Das Monster hält deine Brüder gefangen!»

«Was?» Luyánta verlor die Fassung, sie fühlte, wie ihre Kräfte sie verließen und ihr Schwert niedersank.

Amian wurde schlecht. Was hatte er getan? Wie konnte er weiterleben? Alles war aus, alles. Er ließ die glitschigen Knochen des Dämons los, an denen er eben noch voller Zorn gerissen hatte ... ließ das Monster frei ...

Und der triumphierende Schpina plusterte sich gewaltig auf, wuchs in die Höhe, gleich würde er berggroß sein, und er öffnete sein riesiges Maul. Von der anderen, tieferen Seite aber schoss ein gewaltiges Bündel aus Blitzen auf die wehrlose Luyánta zu, der ihr allzu schweres Schwert aus der Hand zu gleiten drohte.

«Schwester!», schrie sie mit letzter Verzweiflung. «Hilf mir! Dolasilla!»

In diesem Moment öffnete sich der Boden unter den beiden, und der Träumende Berg verschluckte Amian und Luyánta.

654

Im Träumenden Berg

In unmessbarer Geschwindigkeit stürzten Amian und Luyánta durch einen schwarzen Tunnel hinab. Die Organe in ihren Körpern schmerzten gequetscht, die beiden Fallenden wurden ins Abwärtssausen gepresst, erstarrt lagen sie da im rasenden Tempo. Wohin ging es? Mühsam öffnete Luyánta einen Spalt breit die Lider, die sie geschlossen hatte, und sah, dass das Schwarz des Tunnels sich auffächerte. Vielleicht war es auch nur eine Täuschung ihrer Augen, die das Dahinjagen nicht ertrugen. Töne erschienen jetzt im Tunnel, Flimmern und Schillern aller Farben, die es gibt – immer strahlender –, und wurde zu vollkommenem Weiß.

Hart schlugen sie auf. Aber Luyánta rieb sich gar nicht erst den schmerzenden Steiß, sondern sprang sofort in die Höhe und stürzte sich auf den benommenen Amian. Mit beiden Fäusten prügelte sie auf ihn ein, besinnungslos, wahnsinnig vor Wut.

«Meine Brüder!», brüllte sie. «Mäxchen! Valentin! Das Monster hat meine Brüder, und *du* hast es gewusst! Ich hasse dich!»

Immer heftiger schlugen ihre Fäuste auf den am Boden gekrümmten Amian ein, der schnell zur Besinnung kam. Ihr Zorn explodierte, der Drache hatte sich wieder losgerissen – sollte er doch, sie würde diesen Amian totprügeln!

Amian ließ es willenlos über sich ergehen. Er hätte gern gerufen: *Ich kann doch nichts dafür, ich war nicht ich selbst* – aber er konnte es einfach nicht, es kam ihm jämmerlich vor. Ihm war, als würde er von seiner Scham zerrissen, sie war schlimmer als Luyántas Schläge, überhaupt nicht zu ertragen. Wie konnte er wagen, weiterzuleben?

Aber Luyánta prügelte ihn nicht tot. Schließlich ließ sie nach, vor Erschöpfung und vielleicht auch, weil sie die Sinnlosigkeit ihrer Wut spürte. Zwei, drei Mal sausten ihre Fäuste noch auf den Rücken des hingeduckten Amian ... noch ein Fußtritt ... dann sank sie selbst wieder zu Boden, außer Atem. Erst jetzt spürte sie, wie weh ihr der Hintern tat, auf den sie geplumpst war.

Innehalten. Wo um Himmels willen waren sie hier?

Sie spürte einen Wassertropfen auf ihren Kopf fallen und sah hoch. Ein großer Raum, eine Art Gewölbe, dunkel, aber nicht völlig schwarz. An der hohen Decke hingen nasse Wurzeln, manche dick wie Baumstämme, andere dünn wie Fäden, von allen tropfte es gleichgültig herab auf die beiden Atemlosen.

Allmählich beruhigte sie sich.

Noch langsamer, so als wagte er es kaum, hob Amian den Kopf. Eine Weile war nur Luyántas leises Auskeuchen zu hören. Dann erst flüsterte Amian, wie von der Schwelle des totalen Verstummens: «Du hast recht, mich zu hassen.»

Luyánta zuckte mit den Schultern. «Du kannst nichts dafür. Du warst nicht du selbst.» Und dann: «Es tut mir leid, dass ich dich geschlagen habe.»

Sie sah ihn an, ihr Blick kam ihm wie ein Licht vor.

«Was ist mit meinen Brüdern passiert?», fragte sie leise. «Wo sind sie?»

Amian stockte erneut die Stimme, während er antwortete: «In der Festung des Schpina-de-Mul. Glaube ich. Das hat er mir gesagt.»

«Aber wie ist er an sie rangekommen? Sie waren doch … anderswo, nicht hier, sondern in der Selben Welt. Das ist ewig weit weg. Kann er denn dorthin?»

«Ich weiß nichts von der Selben Welt», sagte Amian. «Wohl habe ich mal davon reden gehört, aber ich weiß nichts darüber. Auch nicht, ob er dorthin kann. Vielleicht kann er überallhin, er ist ja mächtig. Aber es ist auch egal. Denn deine Brüder sind selbst hierhergekommen.»

«Sie kamen selbst? In die Unselbe Welt?»

«Ja. Sie sind dir gefolgt, als du loszogst, von wo auch immer. *Er* hat es mir erzählt. Sie wurden von seinen Spähern beobachtet.»

«Was für Späher?»

«Ich weiß nicht, irgendwelche fürchterlichen Phantome. Mal

656

nennt er sie die *Großäugigen*, mal die *Viertelmondspäher*. Ich habe sie nie gesehen.»

Wieder die Viertelmondspäher. Silma hatte sie in der Ruinenstadt erwähnt. Da waren Luyánta die unheimlichen glotzenden Gasmaskengesichter eingefallen ...

«Jedenfalls», fuhr Amian fort, «riet mir der Schpina, deine Brüder gefangen zu nehmen, als Geiseln, mit denen wir euch notfalls unter Druck setzen könnten. Aber die beiden entkamen meinen Adlerhäschern. Sie sind geschickt und schlau.»

«Ja, das sind sie», murmelte Luyánta. «Aber was passierte dann?»

«Der Schpina fing sie. Mehr weiß ich nicht. Er hat es mir gesagt.»

In Luyánta schnürte sich alles zusammen, ihr war zum Heulen zumute. Mäxchen, ihr sehr kleiner Bruder! Und der etwas große Bruder Valentin – wie fern waren sie ihr gewesen in dem knappen Jahr, das vergangen war, seit sie ihre unerträgliche Familie verlassen hatte. War es denn ein Jahr? Unendlich fern. Und jetzt musste sie erfahren, dass die Brüder in der Gewalt dieses grauenhaften Zauberzausels waren! Mäxchen musste doch Angst haben und Valentin auch. Sie konnte es nicht fassen, sie war am Boden zerstört.

Und sie fühlte sich schuldig ...

«Warum sind die beiden mir bloß nachgelaufen?», murmelte sie. «So was Idiotisches.»

Amian sah sie an. Er schien erstaunt.

«Warum? Na, weil sie dich suchten, wahrscheinlich. Oder? Weil sie sich Sorgen um dich gemacht haben. Weil sie dich vermissten, Luyánta.» Und nach einer kurzen Pause, fast unhörbar: «Ich wünschte, ich hätte solche Brüder wie du.»

Luyánta antwortete nichts. Reglos saß sie da. Sie hatte keine Ahnung, was sie jetzt tun sollte. Was sie überhaupt noch tun *konnte*. In diesem Moment war sie völlig entmutigt. Und sie spürte in sich den schrecklichen Gedanken aufsteigen: Das Beste wäre, einfach zu sterben ...

Doch etwas in ihr antwortete: Als ob Sterben jemals einfach sein könnte. Und mitten in diese verworrene Stimmung fiel plötzlich der nun festere Klang von Amians Stimme. Nun war sie es, die das Gefühl hatte, sie würde von einem Sonnenstrahl berührt.

«Wollen wir nicht versuchen, deine Brüder zu retten?»

Der Strahl wärmte ihre fröstelnde Haut. Ohne ein Wort richtete Luyánta sich auf. Auch Amian erhob sich. Beide schauten zur Decke hinauf, von wo es ununterbrochen herabtropfte.

«Anscheinend sind wir ziemlich weit runtergesegelt», sagte Luyánta. «Über uns scheint ein Wald zu sein.»

«Oder der größte Baum der Welt», sagte Amian. «Aber wo sollen wir jetzt hingehen?»

Sie sahen sich um. In den Wänden des großen Höhlengewölbes waren viele Löcher, manche unten am Boden, manche darüber, auch in mehreren Metern Höhe. Teils waren diese Löcher winzig, teils so, dass man sich vielleicht hineinzwängen konnte, und einige wenige waren so groß wie Türen oder sogar Scheunentore. Ein merkwürdiger Anblick. Luyánta überlegte, woran die von Löchern übersäte Felswand sie erinnerte, und ihr fiel ein: an den Sternenhimmel.

Aber der war unvorstellbar weit weg hier unten, abgesehen davon, dass draußen wahrscheinlich Tag war. «Wo sind wir hier bloß?», fragte sie.

«Vermutlich», antwortete Amian, «im Träumenden Berg.»

Luyánta schaute ihn an, fast hätte sie lächeln wollen – trotz allem.

«Dann lass uns losgehen», sagte sie.

«Aber wo lang?»

«Egal. Einfach los.»

Sie hob ihr Weißes Schwert auf, das sie ein Stück entfernt auf dem Boden liegen sah. Die beiden entschieden sich auf gut Glück für eine der größeren Öffnungen in der Wand, etwa so breit wie eine Flügeltür. Der Gang, in den sie gelangten, wurde zunächst schmaler, bald darauf wieder weiter, dann erneut enger. Aber sie konnten aufrecht laufen: Luyánta voran, Amian dicht hinter ihr. Zunächst sprachen sie kein Wort, sondern lauschten im Gehen aufmerksam ins immer noch feuchte Gestein. Ab und zu verzweigte sich der Gang, sodass sie sich für einen der Wege entscheiden mussten. Auch das taten sie aufs Geratewohl.

Luyánta hatte ein irritierendes Gefühl zwischen den steinernen Wänden, aber sie kam nicht drauf, was es war. Sie fragte sich, ob es irgendeine unklare Einbildung war, die sich in ihr regte, oder ein Schwindelgefühl, vom Sturz hervorgerufen oder durch die Dunkelheit, in der sie sehen konnte. Mit ihren Murmeltieraugen, die hatte sie nun mal. Allerdings, Amian schien hier drin auch sehen zu können? Denn er hatte sie ja die ganze Zeit angeschaut!

«Wo kommt eigentlich das Licht her?», fragte in diesem Moment Amian hinter ihr, als hätte er dasselbe gedacht wie sie.

«Das hab ich mich auch gefragt. Keine Ahnung.»

Sie stellte fest, dass sie das Gestein ringsum gar nicht als schwer und bedrückend empfand. Selbst wenn möglicherweise der ganze Berg auf ihnen lag. Es war ähnlich wie früher in ihrem Kinderzimmer, in das sie sich stunden- und tagelang eingeriegelt hatte, *eingeigelt*, hatten die anderen gesagt und immerzu geschimpft über ihr Höhlenmenschentum; sie aber hatte sich frei gefühlt.

«Die Wände», sagte sie zu Amian, «spürst du es auch? Sie kommen mir irgendwie eigenartig vor. Fast lebendig.»

«Ja, ich habe es auch bemerkt. Als würden sie atmen.»

«Und etwas … schlägt oder so. Das Herz des Berges.»

Schweigend ging's weiter, doch nach einer Weile sagte Amian in die Stille hinein: «Erzähl mir von deinen Brüdern, Luyánta. Wie sind sie?»

«Ach! Das ist alles so weit weg, und es ist eine endlose Geschichte. Sie dauert sowieso schon viel zu lang. Der eine ist winzig klein, der andere ein klein bisschen älter als ich. Allerdings bin ich größer als er. Aber du hast sie doch sowieso gesehen, oder?»

«Wie kommst du denn darauf?»

«Na, als du versucht hast, sie zu fangen! Aber sie waren zu schlau für dich und sind dir entwischt.»

«Hey, *so* hab ich's nicht erzählt. Ich war gar nicht dabei. Ich habe die Häscher geschickt. Ich kann mich gar nicht richtig erinnern … Ich glaube, ich hatte Angst vor ihnen.»

Jetzt musste Luyánta schließlich doch lachen, obwohl sie es nicht wollte (sie hatte ja Angst um ihre Brüder, und sie wollte auch Amian nicht auslachen). «Angst? Vor Valentin und Mäxchen? Ich kenne niemanden auf der Welt, vor dem man weniger Angst haben müsste.»

«Nicht vor ihnen», entgegnete Amian, «sondern vor *dir*. Weil sie *deine* Brüder sind.»

«Du hast also Angst vor mir, ja?»

«Hatte», sagte Amian. Und dann hörte er zu, wie Luyánta von ihren Brüdern erzählte. Von Mäxchens Hampeleien und Valentins Angebereien; alles Mögliche kam ihr in den Sinn, irgendwelche belanglosen Geschichten, die sie mit ihren Brüdern erlebt hatte. Sie vergaß beinah die Situation und auch die Gefahr. Und als sie einmal kurz Luft holte und nachdachte im Erzählrausch, da sagte Amian: «Man merkt, dass du deine Brüder über alles liebst.»

Das verunsicherte Luyánta. «Na ja», entgegnete sie, «ein paar andere liebe ich mindestens genauso.»

«Wen denn?»

«Laleh, zum Beispiel. Meine beste Freundin.»

«Ist das die krasse Schwarzhaarige, mit der du immer unterwegs bist? Die mit der Steinschleuder, die Trussanertöterin?»

«Du bist wirklich bestens informiert, Amian.»

Sie kamen zu einer schmalen Hängebrücke, die über eine Schlucht führte. Die Holzplanken unter ihren Füßen wackelten bedenklich, in der Tiefe schwebten dünne Nebel in schimmernden Farben, ähnlich wie in dem Tunnel, durch den sie vorhin hier hereingestürzt waren. Wer hatte diese Brücke gebaut? Handelte es sich hier um künstliche, uralte Höhlen, etwa eins der Vergeblichen Bergwerke des Mondrius? Aber dessen Gänge, die sie ja kannten, hatten anders gewirkt. Völlig leblos waren die Höhlen gewesen, die den geschlagenen Fanesleuten als Zuflucht gedient hatten und in die Luyánta von den Murmeltieren geführt worden war – jener Stollen, wo sie das weiße Gewand empfangen hatte, das sie immer noch trug.

660

Sonderbarerweise hörte sie in diesem Gang hier, dessen Wände sich nun immer mehr veränderten, zwitschernde Vögel und allerlei undeutbare Klänge. Luyánta hatte das verwirrende Gefühl, hier in ihrem eigenen Inneren unterwegs zu sein. Dabei war sie doch auf den Steiß gefallen vorhin und nicht auf den Kopf!

Ihre Schritte wurden federleicht, und obwohl sie Amian hinter sich gehen hörte, kam er ihr plötzlich weit weg vor. Sie schaute jetzt *in* die Wände und sah dort Dinge. Und sie erkannte, das alles, was sie da sah, Orte waren, die sie kannte. *Nur sie.* Orte, die sie sich irgendwann einmal (manche vor sehr langer Zeit) ausgedacht oder von denen sie geträumt hatte. Einige dieser Phantasien und Träume hatte sie längst vergessen gehabt, aber hier existierten sie wieder oder immer noch. Eine sandige Gasse, an deren Rand ein rotes Auto parkt, irgendwo bellt ein Hund. Luyánta erkannte den längst vergessenen, geträumten Ort sofort wieder. Und auch den Hund, der um die Ecke an seiner Kette reißt, auf einem schäbigen Hof. Anderer Ort: eine mächtige graue Stadt mit einem Hafen, der an einem Meer aus Wolken liegt. In der Stadt herrscht helle Aufregung, denn das Kind der Königin ist im Wolkenmeer versunken. Luyánta erinnerte sich, dass sie darüber vor langer Zeit eine Geschichte geschrieben hatte, Buchstabe für Buchstabe auf einer alten Reiseschreibmaschine getippt, die sie von der ebenso alten Tante Sofie geschenkt bekommen hatte. Das Schreiben hatte trotz der Mühe Spaß gemacht, man brauchte ein wenig Kraft. Das versunkene Kind der Königin wird von der Erzählerin gerettet, die sofort zum Hafen eilt, im Boot hinausfährt, sich ein Seil um den Bauch knotet und ins Wolkenmeer hinabtaucht.

Bald darauf sah sie in der Wand ein Mädchen, das auf einem Elefanten durch die Straßen reitet. Es ist zu einem Palast unterwegs, sie wird vom Elefantenrücken in ein spitzes Fenster klettern. Sie sah einen Höhlenbären durch den Wald tapsen. Ein Säbelzahntiger saust am blauen Himmel entlang.

Und dort unten, in einem schwindelerregend tiefen Gewölbe? Ein Riesentier, auf den fetten Tatzen dösend. Aber es macht den

Eindruck, es könnte jederzeit explodieren. Gepanzert ist es und geflügelt und gehörnt, Luyánta hat dieses Tier noch niemals gesehen, kennt es aber genau. Es verbirgt giftgrünes Feuer in sich. Es ist *ihr* Drache.

Obwohl sie ihn nicht mehr hören konnte, spürte sie Amian hinter sich. Und gelangte an einen großen See, die ruhige Wasseroberfläche grün und gelb schillernd, voller Blüten und Teichrosen. In der Mitte eine Insel voller Blümchen und Klee, darauf steht ein anderes Riesentier. Das ist aber nicht der Drache, wie Luyánta zuerst meinte, sondern ein ungewöhnlich großer Hirsch mit prächtigem Geweih. Und sie kennt auch diesen Hirsch gut, vielleicht nicht so genau wie den Drachen, dafür hat sie den Hirsch schon einmal gesehen: Es ist der, den sie einst im Nebelwald verwundete, ohne ihn zu erlegen. Verzweifelt hatte sie damals das waidwund geschossene Tier verfolgt, aber am Ende nur seine Überreste gefunden, von Wölfen zerfleischt. Nun steht der Hirsch lebendig auf der Kleeinsel im schillernden See und schaut zu ihr, der durch den Berg irrenden Luyánta. Sein Blick ist frei von Groll oder Hass. Er hat der Jägerin verziehen, der Verursacherin seines Leids.

Und dann läuft der Hirsch übers Wasser, nur leicht plätschert es um seine Fersen. Er kommt auf sie zu, blickt sie einen Augenblick lang stumm an, bis er sich zur Seite wendet und vorangeht. Er führt sie, begriff Luyánta und folgte ihm vertrauensvoll. Das Weiße Schwert in ihrer linken Hand trug sie tief gesenkt. Erst nach einer Weile fiel ihr etwas ein, und sie wandte sich um, in plötzlicher Sorge, ihr Gefährte könnte verloren sein. Doch Amian lief hinter ihr. Erleichtert streckte sie ihre freie Hand aus, und Amian ergriff sie. Gemeinsam gingen sie weiter.

Immer tiefer führte der sich ständig wandelnde Weg in ihr eigenes Inneres – so kam es ihr vor, und umso besser war es, Hand in Hand mit Amian zu gehen. Sie liefen immer dem schönen Hirsch nach, nun wieder über nackten Steinboden, die Wände waren schroff und hatten viele spitze Zacken, man musste aufpassen, sich nicht Kopf oder Knie zu stoßen. Der Gang wurde niedriger, schon mussten die

662

beiden Höhlengänger ihre Köpfe senken. Aber der Hirsch? Wie kam es, dass er mit seinem ausladenden Geweih nicht stecken blieb?

Das Vogelzwitschern und die anderen Töne hatten sich mittlerweile zu einem silbernen Klangteppich verdichtet. Luyánta musste einen Moment überlegen, woher sie diese Musik kannte, die ihr so vertraut vorkam. Dann fiel ihr ein, dass es die silbernen Trompeten waren. Nicht etwa die schmetternden Instrumente, mit denen die Faneskrieger sich in die Schlacht stürzten, sondern der einst versprochene silberne Schall, der das Wiederauferstehen des Fanesreichs verkünden sollte. Jener Klang, auf den die alte Königin so lange vergebens gehofft hatte und in dessen Erwartung sie mit ihrer Tochter Luyánta manchmal die Höhle verließ und sich im Licht des Vollmonds über den See rudern ließ. Niemals hatte die Königin jenen Silberklang zu hören bekommen. Jetzt war sie schon lange tot. Aber hier war er nun, der ersehnte Schall. Daran zweifelte Luyánta nicht – auch wenn er ganz anders war, als sie ihn sich vorgestellt hatte: nicht triumphal, sondern leise, friedvoll, ergeben.

Wo aber steckte der Hirsch jetzt? Er war auf einmal verschwunden. Hatte er sie denn bereits ans Ziel geführt? Luyánta kam es tatsächlich so vor. Denn sie empfand irgendeine bedeutende Gegenwart. Aber es war nicht die Amians, der war halt da, das war sehr schön. Es war die Gegenwart von irgendetwas. Oder von irgendwem. Oder – von sich selbst?

Dolasilla

Ein mattes Leuchten füllte den weit gewölbten Felsensaal, den Amian und Luyánta nun gemeinsam betraten. Der Raum war gefüllt von diesem milden, leicht flackernden Lichtschein, und darein gemischt lag der gedämpfte Silberhall der Trompeten.

«Hörst du sie auch?», flüsterte Luyánta. Sie spürte ihre Hand mit diesem einen krummen kleinen Finger, ihrem Markenzeichen, in Amians Hand. Der andere krumme kleine Finger umschloss, als Teil ihrer Faust, den Griff des Weißen Schwerts.

«Nein», flüsterte Amian zurück, fragend, «ich höre nichts.» Trotz seines scharfen Gehörs.

Aber der Klang war da, Luyánta nahm ihn deutlich wahr. Der Saal stand voller Felssäulen und großer Tropfsteine, die wie aus Wachs wirkten. Auch von der Decke hingen bizarre blassrote Stalaktiten. Durch den Boden zogen sich schmale Spalten, unerkennbar, wie tief es in ihnen hinabging. Man musste aufpassen, nicht mit dem Fuß in so einer Spalte stecken zu bleiben.

Luyánta achtete allerdings nur am Rande darauf, denn etwas anderes fesselte ihre Aufmerksamkeit: Am entgegengesetzten Ende des Felsensaals lag, im Lichtschimmer wie unter leicht sich kräuselnden Wellen, eine weiße Gestalt. Sie ruhte mitten zwischen den Steinen, die am Boden verstreut waren, so als hätte sie sich gerade eben dort hingelegt. Hohe Stalagmiten ragten zu ihren Seiten auf, Tropfsteinwächter: halb Orgel, halb Tentakel.

Luyánta ahnte, wer das war. Nein, sie ahnte es nicht, sondern *wusste* es. Langsam ging sie hinüber. Amian begleitete sie die ersten Schritte, aber als Luyánta in der Mitte des Saals stehen blieb, verstand er sofort und entzog seine Hand ihrem Griff. Er würde Luyánta allein an die Schlafende herantreten lassen.

Luyánta hielt den Atem an, als sie endlich vor ihr stand. Sie hatte gleich erkannt, dass die Kriegerin zu ihren Füßen nicht schlief, sondern tot war. Doch ihr Leichnam war unversehrt, unverwest trotz der langen Zeit, sogar schön. Die Haut glatt und rein, kein Fältchen auf den geschlossenen Augenlidern. Die Rüstung aber, die sich vor der letzten Schlacht pechschwarz gefärbt hatte, war nun wieder strahlend weiß.

All die alten Geschichten von Titurel schwirrten Luyánta durch den Kopf, etwa die Gerüchte, der Leichnam der gefallenen Dolasilla wäre von ihren Kampfgefährten verbrannt worden, die danach alle selbst ums Leben kamen. So war es also nicht gewesen. Luyánta war

664

sich jetzt gewiss, ohne dass ihr klar gewesen wäre, woher: Murmeltiere hatten damals die sterbende Dolasilla in den Berg gebracht, um sie dem Hass ihrer Feinde zu entziehen. Wessen Körper auch immer verbrannt war – es war nicht der Dolasillas gewesen. So wie die Murmeltiere einst nach dem Erschöpfungstod seiner Mutter das Kind Moltína in den Berg mitgenommen hatten, damit es leben konnte, so hatten sie Dolasilla aus der blutigen Schlacht ins Innere des Träumenden Berges gerettet, damit sie in Frieden sterben konnte.

Das war die Zwillingsschwester, nach der Luyánta sich ihr Leben lang gesehnt hatte. Dort lag sie. Ihre Stimme (dieselbe wie Luyántas) würde nie mehr zu hören sein. Ihr lautes und stachliges Wesen, dasselbe wie Luyántas, vergangen, der wilde Drache in ihr reglos und für immer verstummt.

Sie schaute der Toten ins Gesicht. Es war niemand anders als sie selbst, die da lag. Luyánta sah sich selbst, als vor Jahrhunderten Gestorbene. Sie blickte in ihr eigenes Gesicht als das einer Toten.

Nur Dolasillas seidige Haare waren immer noch lang. Auf ihrem Kopf, der sich nie mehr erheben würde, steckte ein betörend schönes Diadem, ein über und über mit funkelnden Diamanten besetzter Silberreif. Die Raiëta. Jenes Schmuckstück, das seiner Trägerin die wundervollsten Träume schenken wird.

Ob die tote Dolasilla träumte?

Luyánta erinnerte sich an Titurels Erzählungen. Ey-de-Net hatte die Raiëta einst Dolasilla geschenkt, der tapferste aller Krieger, der später spurlos verschwand, wie man dachte – in Wahrheit hinterhältig von Calocer vertrieben. Die Schwester hatte ihn also wohl niemals wiedergesehen: den unbesiegbaren Mann, den sie geliebt hatte und von dem sie geliebt worden war. Was mochte aus ihm geworden sein?

Aber es war ja egal. Alles unendlich lang her, und Dolasilla war tot.

Luyánta erinnerte sich, wie sie im Knochental einmal davon phantasiert hatte, Dolasilla wäre in Wahrheit heimlich mit Ey-de-Net geflohen, ihr Tod nur eine Legende …

665

Quälende Gedanken schossen nun durch Luyántas Kopf. So wie man ihre Schwester Dolasilla gezwungen hatte, eine Kriegerin zu sein statt einer Liebenden – so war es ihr, der murmeltiergleichen Zwillingin, verboten gewesen, die Kriegerin zu sein, die sie in Wahrheit war. Und jetzt spürte sie wieder den ungebärdigen Drachen in sich rumoren. Aber nun war er keine blinde Wut mehr, sondern Kampfgeist. Der Drache war nicht mehr ihr Herr, sondern sie war die Herrin des Drachens. Niemand als sie. Sie würde den Drachen zur Waffe ihres Willens machen, ihre Brüder zu retten.

Ihre Brüder. Sie blickte sich um. Geduldig stand Amian in der Mitte des Saals. Konnte er Dolasilla wohl sehen, die tote Weiße Kriegerin? Sie fragte ihn nicht danach, sondern wandte sich erneut um und richtete ihren Blick auf das glitzernde Bündel, das neben der Toten lag. Sie hatte es zunächst nicht beachtet: Es waren die unfehlbaren silbernen Pfeile, fünfzehn oder zwanzig Stück, mit Bast zusammengeschnürt. Die unbesiegbare Waffe, vor der Dolasillas Feinde sich mehr gefürchtet hatten als vor allem anderen. Der todbringende Schatz, den später Räuber begehrt hatten, am gierigsten von allen die Trussaner, die sich selbst von innen verbrennen und in den Untergang treiben.

Also waren die unfehlbaren Silberpfeile Dolasilla gar nicht entwendet worden. Sie hatte sie weder verloren noch fortgeworfen, sondern zum Sterben mit in den Berg genommen. Oder die Murmeltiere hatten sie für sie getragen.

Und sie war auch nicht von diesen Pfeilen in Feindeshand getötet worden. Die Gegner hatten sie einfach so verletzen können, es hatte gereicht, dass Ey-de-Nets Schild sie nicht mehr geschützt hatte. Wer weiß allerdings, welche dunklen Mächte sich noch gegen sie gerichtet hatten in jener letzten Schlacht ...

Auch das war ja gleichgültig. Noch immer schwebte der Silberklang der Trompeten in der Luft. Das also war ihre Verheißung gewesen: weder Wiederauferstehung noch neue Macht, sondern der ewige Tod. Die ersehnte Zwillingsschwester würde nicht mehr lebendig werden. Sie war für immer fort. Luyánta wiederholte diese

666

Tatsache wieder und wieder, aber ihr Verstand konnte es nicht begreifen.

Dolasilla, deine Zwillingsschwester, ist tot. Du allein musst diesen Kampf führen – *du allein*.

Es hatte keinen Sinn, hier länger zu bleiben und sich in Trauer und Wehmut über einen unerfüllten Traum zu verlieren. Stattdessen musste Luyánta weitergehen – mit Amian, in die Festung des Feindes, um den Dämon zu besiegen und die Brüder zu retten.

Bevor sie aufbrachen, beugte Luyánta sich langsam zu Dolasillas Leichnam hinab. Zart strich sie über die kalte Wange, dann griff sie ihr vorsichtig ins Haar. Was tue ich da?, fragte sie sich. Raube ich wie ein Grabplünderer meiner toten Schwester ihren letzten Schmuck, das Geschenk ihres Geliebten? Entreiße ich ihr gar die ewigen Träume? Nein. Sie *erbte*. Sie war sich gewiss, dass Dolasilla es genauso gewünscht hätte.

Langsam zog Luyánta die Raiëta von Dolasillas Kopf und setzte sie sich selbst auf.

Und auch das andere, was sie tat, war in Dolasillas Sinn. Daran hatte Luyánta nicht den Schatten eines Zweifels: Sie ließ die verhängnisvollen silbernen Pfeile dort, wo sie lagen. Für alle Zeiten.

Ruhe wohl, Schwester.

Das schwarze Gewand

Der Träumende Berg, dessen Atmen und sanften Herzschlag die Höhlenläufer weiterhin spürten, verdunkelte sich nun immer stärker. Bald konnten beide die eigene Hand nicht mehr vor Augen sehen. Immerhin gab das Weiße Schwert, das Luyánta vor sich hielt, einen leichten Schimmer von sich. Es war, als schwebte es durchs Schwarz, den Läufern voran. Luyánta hätte wohl auch ohne diesen Schimmer ihren Weg gefunden, aber für

667

Amian reichte das Licht nicht aus. Immer wieder stieß er (obwohl Luyánta ihn an der Hand führte) mit dem Fuß gegen Steine oder schlug sich den Kopf an Zacken, die von der Decke hingen. Luyánta bemerkte es, obwohl er keinen Mucks von sich gab. Vermutlich tat es weh, und es war auch nicht ungefährlich, denn sie liefen ja schnell, und überall konnte ein scharfer, spitzer Stein in den Gang ragen. Luyánta wusste, dass sie als Murmeltiergleiche einem solchen Hindernis jederzeit ausweichen konnte. Aber der gestürzte Halb- oder Möchtegernadler Amian konnte das nicht.

«Mann, wenn wir nur ein Licht hätten», sagte Luyánta, «irgendein verschissnes Lämpchen.» Sie war stehen geblieben und hatte sich zu Amian umgedreht. Zwar sah sie ihn in der Dunkelheit nicht, aber sie fühlte seine Hand in der ihren und seinen Atem auf ihren Wangen. «Mein Schwert strahlt zwar, aber es beleuchtet nichts.»

Amian gab keine Antwort. Luyánta merkte an einem gewissen Geruckel, dass er mit seiner freien Hand in der Tasche kramte.

«Hast du etwa noch was zu essen?», fragte sie, denn auf einmal merkte sie, dass sie gewaltigen Hunger hatte.

«Leider nicht. Nur das hier.» Und er zog irgendwas hervor.

«Was soll das sein?»

«Das müsstest du doch am besten wissen.»

«Dazu müsste ich es erst mal sehen.»

«Hier.» Amian ließ Luyántas Hand los und legte ihr den Gegenstand hinein. «Das gehört doch dir.»

Luyánta spürte etwas Leichtes in der Hand, unförmig und verschrumpelt, aber richtig rau war die Oberfläche nicht. Dann begriff sie, dass es sich um geschmolzenen Kunststoff handelte.

«Hey, das ist ja meine Stirnlampe!», rief sie. «Oder was von ihr übrig geblieben ist … Wo hast du das denn her?»

«In der Asche eures verbrannten Lagers gefunden.»

Luyánta sagte nichts. Die Erinnerung an die kurzlebige neue Fanesheimat im Tal der Enge und Weite, wenige Wochen nur, machte sie traurig. Damals war auch alles, was sie aus der Selben Welt mitgebracht hatte, verbrannt – ihre alte Umhängetasche (der

668

Hippiebeutel), das T-Shirt mit dem aufgedruckten *nie sollst du mich befragen* ... Schlagartig kam ihr in den Sinn, wer all das zerstört hatte: der ihr gegenüberstehende Amian. Auch wenn er nicht Herr seiner selbst gewesen war, flackerte ein kleiner, nagender Hass in ihr auf. Doch gleich darauf war er wieder erloschen. Als hätte das Flämmchen des Hasses keine Nahrung in ihr gefunden, keinen Sauerstoff, aus dem es hätte wachsen können.

Sie befühlte das Ding in ihrer Hand. Und bemerkte, dass das verschmorte Lampenklümpchen leicht glühte. Erst war es ihr nicht aufgefallen, aber wenn man genau hinschaute, war es unübersehbar.

«Das Ding leuchtet ja», sagte Amian im selben Moment. «Ist mir vorher noch nie aufgefallen.»

«Du hast recht. Wie kann das sein? Das war nur ein olles Plastikding, das kann nicht mehr funktionieren, nachdem es verbrannt ist. Es ist ja total hinüber, man erkennt es gar nicht mehr.»

Aber es war keine Einbildung. Im Gegenteil, das Leuchten wurde stärker. Bald warf das Ding seinen Schein aus ihren Händen herauf, sodass Luyánta im Dämmerlicht wieder Amians Gesicht sah: die scharfen Züge, die Hakennase, seine dunklen Augen, die ebenso scharf wie traurig waren, sein langes schwarzes Haar.

Und er hob seinen Blick und schaute sie an. Aber da wirkte er auf einmal verwirrt, sogar erschrocken. Was war los mit ihm? Sie wusste doch genau, was er sah, wenn er sie anblickte. Sie hatte ja gerade eben im Felsensaal selbst gesehen, was Amian nun sah: eine schöne junge Frau, vielleicht manchmal ein bisschen wirr, aber stark und klug und unbeugsam. Nur dass Luyánta, anders als Dolasilla, unter der funkelnden Raiëta kurze Haare trug. Und dass sie lebte.

Aber Amian sagte: «Hast du dich umgezogen?»

«Was?» Sie verstand nicht, was er meinte.

«Deine Kleidung. Sie war doch immer weiß.»

Nun schaute Luyánta an sich herunter und begriff, was Amian erschreckt hatte. Ihr weißes Gewand hatte sich schwarz gefärbt. Vollkommen schwarz. Und sofort dachte sie an Titurels Erzählung, wie sich Dolasillas weiße Rüstung am Morgen vor der letzten

669

Schlacht ihres Lebens schwarz gefärbt hatte. Die Ankündigung ihres Todes.

Und doch war Dolasilla in die Schlacht gezogen.

Der Klumpen war nun hell genug geworden, dass er den Weg ausreichend beleuchtete.

«Es hat nichts zu bedeuten», murmelte Luyánta. «Du weißt ja, dass sich bei mir manchmal dies und das verwandelt. Mach dir keinen Kopf drüber. Wir müssen weiter.»

Amian schaute sie besorgt an, als ob er ihr nicht recht glauben mochte. Aber er fragte nicht nach, sondern folgte ihr. Es ging über herumliegende Steine und Felsspalten und mit eingezogenen Köpfen vorbei an spitzen Zacken. Sie hielten sich nicht mehr aneinander fest, denn Luyánta hatte ja keine Hand mehr frei: In der linken Hand trug sie ihr Schwert, in der rechten den Leuchtklumpen. Amian folgte ihr freihändig und sicheren Schritts. Dafür hatte er nun das Gefühl, dass die schwarz gekleidete Luyánta nun, auf dem leuchtenden Pfad, unsicherer ging als zuvor in der Finsternis. Aber bald wischte er diesen Gedanken beiseite. Nein, Luyánta lief so sicher wie zuvor. Vielleicht hatte sie sich nur erst an das Licht gewöhnen müssen.

Der Gang wurde immer weiter und breiter, als ob er sich bald nach draußen öffnen würde. Aber dann erwartete sie eine böse Überraschung: Denn es blieb dunkel um sie, und plötzlich standen sie nicht etwa im Licht des Tages, sondern vor einer harten Wand aus Eis, die undurchdringbar wirkte. Luyánta klopfte mit den Knöcheln der rechten Hand dagegen und gab dem Eis einen leichten Tritt.

Ein Frostpanzer. Vielleicht war er kilometerdick, wer konnte das schon wissen?

Amian sah ratlos aus. «Sollen wir umkehren und einen anderen Ausweg suchen?»

«Nein», antwortete Luyánta. «Wir kehren nicht mehr um. Egal, was uns das Klappermonster für Hindernisse in den Weg legt.» Wieder dachte sie an das Schwarz, das sie nun trug; aber sie verdrängte es sofort. Sie durfte sich nicht mehr beirren lassen.

«Meinst du, *er* hat das Eis dorthin gepackt?», fragte Amian.

670

«Bin ich die allwissende Müllhalde?» Trotzig hob Luyánta ihr Schwert. «Ist auch egal. Lass uns auf jeden Fall probieren, hier durchzukommen. Sonst können wir noch durch den Berg latschen, bis wir alt und grau sind.»

Damit hieb sie mit der Klinge ins Eis. Und so hart die Wand auch war, schnitt das Schwert eine verblüffend tiefe Lücke ins Eis. Luyánta war selbst erstaunt und schlug gleich noch einmal zu – mit noch größerem Erfolg.

«Wow», rief Amian, und weil er nicht dumm danebenstehen wollte, zog er seinen Dolch aus dem Gürtel. Mit seinem Kratzen am Eis bewirkte er zwar nicht viel, aber es war besser als Nichtstun.

Luyánta drückte dem dolchstochernden Amian das leuchtende Klümpchen in die Hand, damit sie das Schwert mit beiden Händen fassen konnte. Das Ding warf seinen Schein aufs Eis, das ihnen als Schnee ins Gesicht staubte und in Bröckchen und Flöckchen vor die Füße fiel, manchmal auch in so dicken Brocken, dass die beiden einen Schritt zurückspringen mussten.

So drangen sie dank des Weißen Schwerts unerwartet leicht vor. Nach kurzer Zeit waren sie schon einige Meter weit gekommen und hatten den Anfang eines Schachts ins Eis gegraben. Es dauerte noch eine Weile, bis Luyántas Arm ermüdete. Dann hielt sie Amian wortlos das Schwert hin. Voller Freude ergriff er es, um die Arbeit fortzusetzen, und führte es fast mit derselben Kraft wie Luyánta.

Diese aber atmete tief durch und drehte sich dann um, um zu sehen, wie viel sie schon geschafft hatten. Doch was sie erblickte, hatte sie nicht erwartet. Erschrocken fasste sie Amian an die Schulter.

«Hey, schau mal nach hinten!»

Amian wandte sich um, und nun sah auch er, dass das Eis sich hinter ihnen wieder geschlossen hatte. Es wuchs anscheinend von selbst wieder zusammen. Der Schacht, den sie sich schlugen, wurde so zu einer Blase mitten im Eis; und sie darin gefangen.

Nein, nicht gefangen. Denn sie konnten ja weiter vorwärts. «Egal», sagte Amian, der sich schon wieder gefasst hatte. «Wir müssen eh in die andere Richtung.»

«Vermutlich», sagte Luyánta. «Wir haben zwar keine Ahnung, in welche Richtung es hier geht. Aber wir müssen trotzdem da lang.»

Und so machten sie weiter, immer sich abwechselnd, nur der Lichtklumpen erhellte die merkwürdige Blase, die da langsam durchs Eisgebirge wanderte. Luyánta fragte sich allmählich, wann denn nun endlich Tageslicht durchs Eis fallen würde. Irgendwann musste es doch so weit sein!

Zwischendurch erinnerte sie sich an den Gletscher, unter den sie mit ihren Gefährten im Winter geraten war, als sie ins Tal des roten Honigs gewollt hatten. Als sie durch den Eisbach stürzte, da hatte sie eine Art Vision gehabt: von einer Festung jenseits des Eispanzers, auch ihre Brüder hatte sie da überraschend wahrgenommen. Jetzt begriff sie, warum.

Doch es war ein anderer Gletscher gewesen als dieses verhexte Eisgebirge hier, das hinter ihnen stetig zuwuchs. Dieser Gletscher war ja normal gewesen, aber das hier? Was würde wohl passieren, wenn sie aufhörten, sich den Weg weiter frei zu schlagen? Sie verspürte wenig Lust, es herauszufinden. Am Ende mochte sie als gefrorene Leiche im ewigen Eis ewig jung bleiben, so wie die tote Dolasilla im Träumenden Berg. Würde sie selbst dann im Tod träumen (als Trägerin der Raiëta)?

Sie war jedes Mal froh, wenn der keuchende Amian ihr entkräftet das Schwert weiterreichte, und drosch dann umso wilder ins Eis ...

Dabei wurde ihr immer heißer. Zuerst dachte sie, es käme von der Anstrengung. Doch dann hörte sie Amians Stimme in ihrem Rücken: «Ich glaube, wir müssen gleich nach draußen kommen. Es wird immer wärmer.»

Luyánta ließ das Schwert sinken und blickte ihn an.

«Aber man sieht noch nichts.»

«Stimmt.»

«Und du meinst, man kann die Wärme des Tags draußen spüren, während man noch im Eis steckt?»

«Hm. Du hast recht, es ist ein bisschen komisch. Vielleicht haben wir ja auch die Richtung verloren und nähern uns in Wahrheit dem Erdmittelpunkt.»

Sie hatten keine Zeit, lange darüber zu sinnieren, denn sie sahen, wie der Eispanzer hinter ihnen wieder zuwuchs, langsam kroch die Wand auf sie zu. Also schlugen sie weiter ins Eis, abwechselnd, Meter für Meter. Während sie so vorankamen, ohne zu sehen, wohin oder wie lang das noch ginge, wurde ihnen klar, dass es das Eis selbst war, das immer wärmer wurde. Es kam nicht von draußen, sondern schien so zu sein, dass es desto heißer wurde, je tiefer sie ins Eis vordrangen. Es glühte regelrecht.

Vielleicht wären wir doch besser im Inneren des Berges geblieben, dachte Luyánta, aber sprach es lieber nicht aus. Denn das hätte ihnen in ihrer beklemmenden Lage gerade noch gefehlt: Hader und Selbstentmutigung. Das Schwitzen und der immer größere Durst waren schon schlimm genug. Er brannte auch dann weiter, wenn sie sich den herausgeschlagenen Eisstaub in den Mund stopften. Der war auch genauso kalt wie zu erwarten. Aber warum war das gefrorene Eis vor ihnen dann so heiß?

«Ich glaub, ich schmelz gleich», stöhnte Amian.

Schwielen hatten sie an den Händen, Blasen, Blut. Egal. Sie schlugen sich mit dem Schwert immer weiter voran. Und irgendwann, ohne dass irgendein Schimmer von Tageslicht durchs Eis es angekündigt hätte, durchhaute das Schwert tatsächlich das letzte Stück der Eiswand und hieb in die leere Luft. Gleich darauf traten sie hinaus, und es war ihnen, als tauchten sie in einem Eismeer auf: Sie waren auf dem Gletscher des Schpina-de-Mul.

Das Eismeer am Himmel

Wo sie sich nun befanden, war weder Tag noch Nacht. Der Himmel über ihnen war weiß und schwarz und grau – alles zugleich, wie auch immer das ging. Dieser Himmel schien selbst aus Eis zu sein; und zugleich war es hier kalt und auch heiß. Amian kannte den Gletscher, doch er erinnerte sich nur verschwommen. Ihm war klar, dass er so weit wie jetzt niemals gekommen war, sondern immer nur den unteren Rand betreten hatte.

Wohin man auch blickte, war nur Eis zu sehen, nirgendwo ein Tal zu erahnen. Selbst zwei Berggipfel zu Seiten erschienen nur schemenhaft. Allein hoch oben auf dem Gletscher, weit entfernt, sahen sie einen schiefergrauen, eckigen Turm mit winzigen Fenstern und Schlitzen, der dastand wie ein ins Eis geschlagener Keil.

«Da wohnt also der Klapperknacker, ja?», sagte Luyánta.

Amian zitterte vor Kälte und hechelte vor Hitze. Unsicher schaute er Luyánta an. «Bist du sicher, dass du dorthin gehen willst?»

«Natürlich geh ich hin. Und du? Kannst es dir ja überlegen.»

Da stapfte Amian bereits los. Aber hier machte das Eis einen Buckel, und schon nach wenigen Schritten rutschte er aus, fiel hart und glitt bergab. Zum Glück hielt er noch seinen Dolch in der Hand; hektisch rammte er ihn ins Eis und bekam Halt.

Luyánta, ebenfalls schwitzend und fröstelnd, hatte die Spitze ihres Weißen Schwerts ins Eis gestoßen, an dem sie sich wie an einem Pfahl festhielt, um nicht ebenfalls auszugleiten.

«Ach so», rief der auf dem Bauch liegende Amian, «was ich noch sagen wollte! Früher hab ich mir hier nämlich immer vierzackige Eisen unter die Schuhe gebunden.»

«Guter Hinweis», schrie Luyánta zurück, die das Schwert umklammert hielt. «Du hast sie nicht zufällig dabei, deine famosen Gletschereisen?»

«Dummerweise vergessen.»

674

«Warum bloß?»

«Ich hab beim Aufbruch nicht genau gewusst, wie der Tag verlaufen würde.»

«Geht mir ähnlich», sagte Luyánta. «Scheiß auf die Steigeisen. Dann müssen wir uns halt mit den Klingen übers Eis stochern.»

«Ja, jetzt ist auch egal», meinte Amian, zog sich auf die Knie und den Dolch aus dem Eis, um ihn ein Stück weiter vorne wieder hineinzutreiben und sich wie an einem Griff voranzuzerren. Luyánta machte dasselbe mit dem Schwert, nur dass sie dabei auf den Füßen stand. Mühsam kamen sie voran.

«Dort oben scheint das Eis flacher zu sein», sagte Luyánta und wies mit der linken Hand den Gletscher aufwärts. «Lass uns versuchen, da raufzukommen!»

Es dauerte eine Weile, bis sie die flache Stelle erreicht hatten (ob eine halbe Stunde oder zwei, war nicht zu schätzen, ihr Zeitgefühl war hier komplett verworren). Dort konnte man tatsächlich versuchen, ohne Sicherung langsam geradeaus zu gehen. Amian war nach der anstrengenden Knierutscherei erleichtert, als er wieder aufstehen konnte. Dennoch mussten sie äußerst vorsichtig laufen, um nicht hinzufallen und womöglich den ganzen Gletscher hinabzustürzen. Von Gletscherspalten hatte Luyánta sowieso für den Rest ihres Lebens genug.

Immer quälender wurde, während sie vorwärtsgingen, die Empfindung von klirrender Kälte und glühender Hitze. Luyánta dachte an die Feuerräder in der Schlacht, die sich in Eis verwandelt hatten. Stammten sie aus dieser Glutgletscherwelt? Den beiden sank der Gedanke ins Bewusstsein, dass sie im Grunde auf Wasser liefen. Konnte das Eis nicht durch die Hitze schmelzen, und sie beide gingen unter, würden fortgerissen? Aber es war ja das Eis selbst, das diese bestürzende Hitze hatte. War das nun gut oder schlimm?

Zudem kam über die gebeutelten Gletschergänger jetzt eine überaus bedrückende, lähmende Müdigkeit, die Amian gut kannte – auch das aus seiner verschwommenen Erinnerung: eine Art Hustenreiz der Seele, von dem Staub, der sich einem hier aufs Wesen legt.

675

Doch etwas war diesmal anders. Er spürte, wie ihm in der Brust sein Herz schlug. Eine Welle aus Glück und Mut floss durch seinen Körper.

«Es wäre nicht sehr angenehm, wenn die verschissne Feuerkugel uns hier auf dem Eis angreifen würde», sagte Luyánta nach einer Weile.

«Stimmt. Es ist schon mühsam genug, sich überhaupt auf den Beinen zu halten. Kommt mir vor, als gingen wir immer auf der Stelle.»

«Mir auch.»

«Aber immerhin scheint *er* sich nicht zeigen zu wollen.» Amian sah zum keilförmigen Turm hinauf, der immer noch so weit entfernt schien wie zuvor. «Wo steckt der Schpina? Er muss uns doch längst bemerkt haben.»

«Vielleicht ist er nicht zu Hause.»

«Doch. Ist er.»

«Woher weißt du das?» Luyánta blieb kurz stehen und schaute Amian fragend an. «Kann doch sein, dass er gerade seine Großmutter besucht oder so.»

«Ich kann es spüren. Er ist da drin.»

«Hm. Du spürst ihn? Bist du wirklich sicher, dass du mit reingehen willst? Wirst du das schaffen?»

«Ich weiß nicht, ob ich es schaffen werde. Aber ich gehe mit, ja. Verdammt, was denkst du?»

«Entschuldigung», murmelte Luyánta. «Ich wusste, dass du mitgehen würdest.»

Das Gehen blieb schwer, bleiern; es war wie in einem dieser schrecklichen Träume, in denen man geht und geht und geht und doch am selben Fleck bleibt.

Also rannten sie los. Sonst kämen sie ja nie an ihr Ziel! Sie vergaßen ihre Angst und flitzten übers Eis, wie sie nur irgendwie konnten. Auf ihre Sicherheit achteten sie jetzt nicht mehr. Einmal glitt Amian tatsächlich aus, und Luyánta gelang es gerade so, seine Hand zu packen und ihn festzuhalten. Danach rannten sie zunächst eine

676

Zeitlang vorsichtiger; aber schon bald schlitterten sie wieder so geschwind wie möglich. Ohne ans Ausrutschen zu denken. Stattdessen merkten sie nun, wie der Boden unter ihnen nachgab und sie einsanken. Der Schreck war heftig – schmolz das Eis unter ihnen jetzt doch? Als sie nach unten schauten, sahen sie, dass ihre Füße in Schmodder steckten, eine dicke braungelbe Suppe, durchsetzt von blauen und grünen Plastikfetzen und Tüten. Nun blickten sie um sich und erkannten, dass sie sich in einer riesigen Abfalllandschaft befanden, einem Gebirge aus Müll. Die Deponie erstreckte sich kilometerweit, es gab Berge und Täler, sogar Bergstraßen, auf denen man in der Ferne Lastwagen fahren sah. Es standen auch einzelne kleine Hütten mit rostigen Dächern oder ganze, baufällige Siedlungen, wo Menschen zu sehen waren, auch barfüßige Kinder. Eine magere Kuh, die im Dreck graste. Eine riesige zerfetzte Kunststofffolie flatterte irgendwo im Wind. Am Himmel segelten Möwen, und auf einer Kuppe standen dicht beieinander zwanzig oder dreißig große Marabuvögel, mit schlabbernden rosa Hautsäcken unter ihren Schnäbeln.

Noch immer war die Hitze enorm, während die beiden Läufer vor Kälte schlotterten, als wären sie von starkem Fieber befallen. Vor allem aber stieg ihnen jetzt ein bestialischer Geruch in die Nasen, niemals hätte Luyánta gedacht, dass es auf Erden solchen Gestank geben konnte. Es war wie das Ende der Welt. Sie war dicht davor, sich zu übergeben, Amian schien es ähnlich zu gehen. Ihre Füße suppten in die eklige bräunliche Brühe hinein, während sie weiterliefen, hinweg über Coladosen, dünne Plastiktüten, leere Putzmittelflaschen, alte Toaster und ausgeleierte Rucksäcke …

Die Festung des Schpina-de-Mul war nirgends mehr zu sehen. Stattdessen senkrechte Bergwände aus Müll, die auf sie herabzustürzen drohten.

Immer übler wurde Luyánta von dem grauenhaften Gestank, sie versuchte, den Atem anzuhalten, es half nichts. War *das* etwa die Art von Träumen, die die Raiëta schenkte? Am liebsten hätte sie sie vom Kopf gerissen und auf die Müllhalde gepfeffert, wahrscheinlich

677

war sie bloß ein lächerlicher billiger Plastikschmuck. Und die geschmolzne Stirnlampe am besten gleich mit, das war doch alles nur erbärmlicher Dreck. Unerträgliches Hämmern und Schwindel in ihrem Schädel ... dazu die Lähmung, das Einsinken im Ekelmatsch ... Sie schloss die Augen, es ging nicht mehr ...

... da riss Amian sie am Arm zur Seite. Erschrocken riss Luyánta die Augen auf und sah eine rotgraue Schlange nah an ihrem Kopf vorbeisausen. Pfeilschnell war die, die können springen? Die Spitze des Schlangenschwanzes schlug ihr noch ins Gesicht, aber der Angriff hatte sie verfehlt. Amian hatte sie gerettet, und jetzt hatte er sie schon losgelassen und sich mit seinem Dolch auf die Schlange gestürzt, ein drei oder vier Meter langes Vieh, dem er den Garaus machte.

Aber das war ja nicht die einzige Schlange. Sie waren umgeben von ihnen. Überall um sie wand und ringelte es sich, ineinander verknäulte Tiere, einige lang wie Baumstämme, andere bloß glitschige Würmer. Die großen Schlangen fraßen die Kleinen, die kleinen Schlangen traten aus den aufplatzenden Augen der großen Schlangen hervor oder krochen über menschliche Knochen, die überall verstreut lagen. Nun lag ein anderer, stechender Geruch in der Luft. Vor allem aber war ein leises, dennoch schmerzendes Pfeifen zu hören. Der Klang des Gifts, das Zischen der Drüsen.

Sie befanden sich in einer Schlangengrube. Ringsum hohe Wände aus festem Sand und Gestein. Während Amian wieder aufsprang, den Dolch in der Hand, hob Luyánta ihr langes Weißes Schwert. Denn schon krochen weitere angriffslustige Reptilien auf sie zu. Aber als sie das Schwert erblickten, zuckten sie zurück.

«Geh dicht hinter mir!», rief Luyánta. Amian ließ sich nicht lange bitten, sondern stellte sich in ihren Rücken.

Eine Schlange sauste auf ihn zu, verfehlte ihn nur knapp.

«Halt dich an meinen Schultern fest!», befahl Luyánta, und schon spürte sie seine Hände. Ihr Schwert im Anschlag führend, ging sie langsam vorwärts, mitten durchs Schlangengewirr, das beiseitewich. Blieb eine Schlange doch vor ihnen liegen, trat Luyánta darauf oder stieg hinüber. Kein Giftzahn wagte sie mehr zu attackieren.

678

Als sie den Rand der Grube erreicht hatten, drehte Luyánta sich langsam um und sagte zu Amian: «Versuch rauszuklettern. Ich geb dir Deckung.»

Es bröckelte aus der Wand, Steinchen purzelten herab, während Amian sich mit den Fingerspitzen in die Wand krallte und mühsam hochzog, vier oder fünf Meter hinauf. Luyánta hielt die wütend züngelnden Schlangen in Schach.

Als Amian es nach oben geschafft hatte, riss er sich den dreifach geschlungenen Gürtel von der Hüfte, legte sich bäuchlings hin und ließ ihn über den Rand in die Grube. Luyánta starrte unten unverwandt die Schlangen an, das Schwert in der linken Hand drohend gegen die Giftviecher erhoben, während sie mit der rechten nach dem Ende des Seils fasste. Als sie es ergriffen hatte, schlang sie es hastig einmal über den Handrücken, um es nicht zu verlieren. Dann steckte sie ihr Schwert blitzschnell in die Scheide, ergriff das Seil auch mit der anderen Hand und rannte fast die steile Wand bergauf. Das Schlangengewirr stürzte ihr nach, aber Amian war währenddessen in die Hocke gegangen und zog mit aller Kraft am Seil, sodass Luyánta senkrecht hinauflief. Die Giftzähne der Schlangen schnappten noch nach ihren Waden, aber sie erreichten sie nicht, sondern fielen in die Grube zurück.

Mit einem Ächzen fiel Luyánta neben Amian aufs harte Eis. Auch Amian war auf dem Hintern gelandet.

Lächelnd schaute sie ihn an. «Immerhin, du hast Kraft», sagte sie und rückte die verrutschte Raiëta gerade.

Amian keuchte nur leise.

Luyánta aber richtete ihren Blick bereits auf das, was jetzt noch in Amians Rücken lag. Eine weitere Wand, schiefergrau. Ihr Ende nicht zu erkennen, nicht an den Seiten, nicht in der Höhe, wo sie sich bis in den Himmel zu erstrecken schien.

Sie kam mitten aus dem glühenden Eis. Es war die Mauer von Schpinas Festung, die sie nun endlich erreicht hatten.

Amians Verwandlung

Wie viel Zeit mochte vergangen sein, seit Luyánta und Amian den Träumenden Berg verlassen und den Glutgletscher überquert hatten? Es kam ihnen vor, als wären sie Jahre unterwegs gewesen. In dieser langen Zeit hatte ihr eisiger Weg sich ständig gewandelt, bald als wollte er sie abwehren (möglichst durch Vernichtung), bald als enthüllte dieser Ort auf einmal sein wahres Wesen.

Doch nun war alles wieder wie zuvor: weder Tag noch Nacht, der Himmel weiß und schwarz und grau, der Gletscher heiß und kalt zugleich.

Nur dass da diese Mauer im Eis war. Auch Amian sah sie nun an, niemals hätte er sich vorstellen können, dass es tatsächlich möglich wäre, bis zu jenem abschreckenden Turm vorzudringen, den er immer nur aus weiter Ferne gesehen hatte. Doch nun standen sie direkt davor.

Oder darunter. Denn die monströse Mauer berührte anscheinend wirklich den farblosen Himmel. Kein einziges Fenster war darin zu entdecken, nicht der schmalste Schlitz. Dabei waren von weiter weg doch immer welche zu sehen gewesen?

«Und?», sagte Amian. «Was machen wir jetzt? Aufhacken wie vorhin das Eis?»

«Probieren kann man's ja mal!» Schon ließ Luyánta die Klinge ihres Schwerts gegen die Mauer krachen. Eigentlich hatte sie damit gerechnet, hoffnungslos abzuprallen. Aber obwohl das Schwert tatsächlich zurückgeschmettert wurde, war eine Erschütterung in der Wand zu spüren: Die ganze Mauer bebte einige Sekunden lang. Und das Eis, auf dem Amian und Luyánta standen, bebte mit; alles wie der Krampf eines fiebernden Körpers.

Dann aber war es wieder vorbei. In der Mauer nicht die geringste Spur von Luyántas Hieb, sie war so undurchdringlich wie zuvor, der gefrorne Boden fest.

Trotzdem überkam Luyánta das beflügelnde Gefühl, dass es gelingen konnte. Ihr Weißes Schwert besaß nun mal Kräfte, die andere Waffen nicht hatten, das war ihr in der kurzen Zeit, seit sie es wiederhatte, klargeworden. Also schlug sie trotz ihrer Müdigkeit erneut auf die Mauer ein, und dann wieder, ein richtiges wütendes Dreindreschen.

Obwohl die starre Wand bebte und zuckte, gab sie nicht das kleinste Stück nach. Kein Körnchen bröselte aus der Mauer. Entmutigt ließ Luyánta das Schwert sinken und beugte sich vornüber. Nach Luft japsend, stützte sie ihre freie Hand auf dem Knie ab. Ihre plötzliche Zuversicht, dass sie einfach ein Loch nach innen hauen könnte, einen Zugang in die Festung des Schpina-de-Mul, war genauso schlagartig wieder verflogen. Und nun spürte sie erneut die bleierne Müdigkeit von vorhin und auch Hoffnungslosigkeit und totale Trostlosigkeit.

Sie dachte an das kleine Mäxchen, wie er einmal wütend gegen die harte Wand getreten hatte, nachdem er mit seinem Dreirad rangerumst war. Da musste sie lächeln; und im selben Moment wurde sie von Verzweiflung zerrissen beim Gedanken, dass der kleine Junge hinter dieser Mauer gefangen war. Wenn das alles ein höhnischer Traum war, dann wollte sie nur noch aufwachen. Oder sterben.

In diesem Moment nahm sie hinter sich ein eigenartiges, fast bizarres Rumoren wahr. Ein Knistern und Knacken, Plustern, Blitzeln. Dann berührte ein milder Windhauch ihren Hals, angenehm kühl in der Hitze, zugleich wärmend vor dem klirrenden Frost.

Trotzdem erschrak sie fast zu Tode, als sie sich umdrehte und sah, was mit Amian geschah: Seine Arme hatten sich ausgebreitet, sein Nacken gesenkt. Gelb waren seine Augen und schienen schärfer denn je, und seine Nase glich nun gänzlich einem Schnabel, um den Flammen zuckten. Seine Krallen aber waren aus strahlendem Gold. Weit spreizte der Adler seine mächtigen Flügel.

Dabei war er doch nur ein *Möchtegern-* und *Halbadler*? Nur eine *Sehnsucht*, das hatte der wiederbeherzte Amian selbst gesagt, eine

Wunschverwandtschaft, als sie ihn gefragt hatte, ob er denn nicht ein Adler sei.

Nicht so wie du ein Murmeltier, hatte er da geantwortet.

Ein Murmeltier, ja. Denn das war *sie*, wie sie jetzt feststellte. Sie sah ihre kleinen Pfoten auf dem Eisgrund, und der Adler ihr gegenüber war auf einmal noch gewaltiger als zuvor. Es schien, nicht sie wäre geschrumpft, sondern er ins Unermessliche gewachsen.

Aber das alles nahm sie auf einmal nur noch am Rande wahr, wie eine Nebensache. Denn ihre Pfoten waren nachtschwarz. Sie hatten sich verfinstert wie das Gewand der Faneskönigin.

Nun denn! Was geschehen sollte, sollte geschehen. Sie durfte sich nicht mehr beirren lassen, sagte sie sich im Stillen wieder und wieder.

Währenddessen breitete der Adler seine Flügel kraftvoll aus und senkte seinen Kopf noch tiefer, bis auf den Boden. Dann nahm er das Weiße Schwert, das neben dem schwarzen Murmeltier lag, in den flammenzuckenden Schnabel. Und hob seinen rechten Fang, spreizte die Kralle und streckte sie dem Murmeltier entgegen. Voller Vertrauen lief es hin und ließ sich von der sanften Klaue umschließen.

Es war wie einst nach dem Zwillingstausch, als das Murmeltier friedlich unter den Adlern gelebt hatte, auf felsigen Höhen, die damals von Castrop und Rauxel beherrscht worden waren, den Vorfahren des Pollux. Damals hatte das Murmeltier am Anfang seines Lebens gestanden.

Nur mit seinen Blicken durchbohrte der Adler, in den Amian sich verwandelt hatte, das in seine Klauen laufende Murmeltier. Wie es ihm vertraute. Aber warum hatte es sich verfärbt? Auf seinem schwarzpelzigen Kopf jedoch erkannte er aus dem Dunkel hervorfunkelnde Farbpunkte. Die mitverwandelte Raiëta.

Der Adler bewegte seine Flügel und stieg auf in die Luft.

Nun dachte das Murmeltier in seinen Fängen nichts mehr von *todgeweiht*, sondern hatte das wunderbare Gefühl zu schweben. Sein Atem ging ruhig, es hatte keinerlei Angst. Und sah, wie sich der Eis-

682

boden unter ihm entfernte – und mit ihm Kälte und Hitze. Jeder Meter, den Adler und Murmeltier sich erhoben, nahm etwas von der Beklemmung und Lähmung fort, die sie zuvor verspürt hatten. Sie konnten wieder frei durchatmen, alles wurde ihnen leicht.

Der Adler stieg zunächst dicht an der Mauer hoch, dann flog er ein Stück von ihr fort. Nun sah das Murmeltier in seiner Klaue auf einmal mehr und mehr vom Gebirge jenseits des Gletschers: Die Welt gab es ja doch noch! Berge und Täler mit Wäldern, Flüssen und Seen. Auch den Himmel gab es wieder, blau und betupft mit weißen und rosa Wölkchen, ein unbegreiflich idyllischer Anblick nach allem, was sie durchlebt hatten. Und was ihnen noch bevorstehen mochte …

Wie winzig aber dort unten auf einmal der Gletscher war! Kaum mehr als irgendein Schneefeld. Warum nur hatte es sich angefühlt wie Jahre, ihn zu überqueren?

Auch der Turm war nun überhaupt nicht mehr furchteinflößend. Die Mauer hatte ja doch ein Ende, sowohl in der Höhe als auch seitwärts. Was hatte sie nur in die Irre geführt, als sie direkt davorgestanden hatten? Auch Fenster waren aus der Ferne wieder zu erkennen: viele sogar, sehr viele, breite Doppelfenster ebenso wie enge Schlitze, auch runde und drei- und vieleckige Fenster und selbst Balkone und Terrassen.

Auch der Adler hatte es gesehen. Denn nun setzte er im Gleitflug auf das Gemäuer an, in Richtung einer breiten Galerie, hinter der eine große, offene Doppeltür lag.

Doch je näher sie dem Turm kamen, desto unbarmherziger schien die Mauer wieder ins Unermessliche zu wachsen. Und die Fenster und sonstigen Öffnungen verengten sich und verschwanden eins nach dem anderen. Die auf den Turm Zufliegenden mussten mitansehen, wie die anvisierte Galerie sich einebnete und zu harter, grauer Mauer wurde. Der Adler machte einen Schlenker zur Seite, um einen anderen Schlitz anzusteuern – und dieser schloss sich vor ihren Augen.

Da drehte der Adler bei und flog wieder hoch hinaus ins Offene. Da lag unbeeindruckt die gleichgültige Gebirgswelt jenseits des Schpina-Gletschers, der wirklich klein war – in den entfernten Bergketten sah man viel mächtigere Eisplatten! Was war das nur für ein trugvoller Ort?

Auch der Turm, der nun, als der Adler erneut drehte, wieder wie ein kleiner Keil auf dem Eis stand, irgendein grob quaderförmiger Stein. Das Murmeltier spürte, dass der Adler einen Entschluss gefasst hatte. Ihn seinem Schützling erklären konnte er ja schlecht, er trug schließlich im Schnabel das Schwert.

Aber es erklärte sich alles von selbst. Der Adler richtete das Schwert in seinem Schnabel, das er zuvor quer getragen hatte, spitz nach vorn wie eine Lanze im Turnier und schoss mit halsbrecherischer Geschwindigkeit erneut auf die Mauer zu. Diesmal zielte er nicht auf eine große Terrasse oder eins der Riesenfenster, die sich bereits wieder schlossen, sondern auf ein unscheinbares kleines Loch. Das Murmeltier nahm es erst wahr, als sie schon dicht davor waren: ein schmaler Zuschlupf, nicht größer als ein Klofenster. Würde es gleich geschlossen sein, würden sie hart gegen die Riesenwand knallen, und dem Adler würde das Schwert heftwärts in den Rachen geschossen?

Alle großen Fenster waren bereits verschwunden, als Adler und Murmeltier im Sturzflug die Mauer erreichten. Das winzige Fenster aber stand immer noch offen. Im nächsten Moment hatten die beiden Angreifer sich in die Festung des Schpina-de-Mul hineingequetscht.

Wege durchs Nichts

«Nicht schlecht, Herr Specht», murmelte Luyánta und pfiff leise durch die Zähne.

«Was ist das für ein doofer Spruch? Und warum *Specht*?», sagte Amian und rieb sich mit schmerzverzerrtem Gesicht die Arme, die über und über aufgeratscht und mit Blut und Staub verschmiert waren. Rings um ihn lagen zerfledderte Adlerfedern.

Die Öffnung, durch die sie hereingesaust waren, hatte sich hinter ihnen geschlossen. Es war alles blitzschnell gegangen, aber Luyánta erinnerte sich, dass sie durch einen immer enger werdenden Tunnel gesaust waren.

Nun befanden sie sich in einem großen, leeren Raum. An den Wänden klebte schäbige, stellenweise abblätternde Raufasertapete, erstaunlicherweise, an einer Stelle erkannte man noch den Umriss eines Bildes, das dort mal gehangen haben musste, und an der gegenüberliegenden Seite befand sich eine schmutzig weiße Tür. Sonst nichts. Nur drei Dinge lagen auf dem gewellten hellbraunen Linoleumboden verstreut (außer den beiden hingeplumpsten Eindringlingen und den Federn): das Weiße Schwert, ein paar Meter nach vorn geschleudert. Die Raiëta, die Luyánta vom Kopf geflogen war. Und das verklumpte Lämpchen aus Amians Tasche, das das trostlose Zimmer überhaupt erst ein bisschen erhellte.

Luyánta schaute den lädierten Amian an.

«Na gut, meinetwegen: Gut gemacht, *Adler*. Das war stark. Aber du hast ordentlich Federn gelassen bei der Landung.»

«Ja, ich bin in irrem Tempo an der Mauer entlanggeschrammt. Nicht zu empfehlen.»

«Wie bist du gerade auf diesen Trichter gekommen?»

«Nur so 'n Einfall. Ich dachte mir, wenn wir überhaupt irgendwo reinkommen können, dann dort, wo die Festung es wahrscheinlich nicht erwartet. Es war klar, dass sie ihre großen Öffnungen zuerst schließen würde. Hat man ja bei unserem ersten Versuch gesehen.»

«Klar, hab ich auch bemerkt. Oder, um genau zu sein, hab ich nicht bemerkt.»

«War aber so. Ist ja auch egal, Hauptsache, wir sind drin. Und jetzt?» Erwartungsvoll schaute er Luyánta an.

Die stand auf und streckte ihm den Arm entgegen. Er ergriff ihn und stöhnte, während er sich erhob.

«Tut es sehr weh?», fragte Luyánta. «Sollen wir versuchen, das irgendwie zu behandeln?»

«Geht schon.» Amian drückte den Rücken durch. «Ich hab schon Schlimmeres erlebt. Zum Beispiel Zweikampf mit dir ... Lass uns lieber los.»

«Okay.» Luyánta bückte sich, um das Schwert und das Raiëta-Diadem aufzuheben, das glücklicherweise unversehrt war. Amian griff nach dem Leuchtklumpen und zog seinen Dolch.

«Also los! Wohin auch immer ...»

Sie öffneten die Tür und kamen in einen kahlen Gang, der ebenfalls mit verschlissenem Linoleum ausgelegt war, hier aber in tristem Orange. Keine andere Tür war zu sehen.

«Links oder rechts?»

«Links.»

«Warum nicht rechts?»

«Dann halt rechts.»

«Na gut, gehen wir links.»

Sie liefen nach rechts, den vom Lampenklümpchen befunzelten Gang hinunter. Am Anfang war er schnurgerade, dann führte er um eine Ecke – und da standen sie vor einer Tür: sperrholzkackbraun, ranzig, mit schmutzigem Glaseinsatz.

Sie öffneten sie vorsichtig und traten in ein großes, helles Gewölbe, in dem lauter Leitern frei im Raum balancierten, manche quer, andere senkrecht. Wohin sie führten, war nicht erkennbar, nur dass sie hoch waren; aber wenn man hinaufzuschauen versuchte, war man so heftig geblendet, dass man sofort den Kopf abwandte.

«Da rauf?», fragte Amian zweifelnd.

«Da rauf.» Luyánta steckte ihr Schwert weg, Amian seinen Dolch in den Gürtel. Das Leuchtklümpchen packte er in den Lederbeutel. Dann ergriffen sie wahllos zwei nebeneinanderstehende senkrechte Leitern und kletterten los.

Schon nach kurzer Zeit konnten sie den Boden unten nicht mehr erkennen. Wenn sie hinabblickten, blendete es von unten ebenso grell wie zuvor von oben. Auch die vielen anderen Leitern sahen sie

686

nun nicht mehr. Sie merkten aber besorgt, dass ihre eigenen Leitern, die zuvor lange parallel verlaufen waren, sich nun voneinander zu entfernen schienen.

«Ich dachte, Parallelen schneiden sich im Unendlichen», rief Luyánta, «aber das stimmt gar nicht, sie entfernen sich voneinander.»

«Was redest du da?», rief Amian zurück.

«Egal. Jedenfalls ist es nicht gut. Lass uns lieber gemeinsam klettern! Am Ende verlieren wir uns noch aus den Augen.»

«Du hast recht. Dumm von uns, zwei verschiedene Leitern zu nehmen. Sollen wir wieder runterklettern und auf derselben hochsteigen?»

«Nein. Ich komm rüber zu dir.»

«Mach keinen Scheiß!», schrie Amian, als er sah, dass die schon ein Stück entfernte Luyánta sich sprungbereit machte. Aber da hatte sie sich schon von ihrer Leiter abgestoßen; sie segelte ein Stück durch den Raum und kam erst weit unterhalb von Amian an seiner Leiter an. Ihre Hände rutschten über ein paar Sprossen runter, eh sie eine zu fassen bekam, und die Leiter begann heftig zu wackeln. Beide klammerten sich mit aller Kraft fest, um nicht abzustürzen.

«Okay, alles klar!», rief Luyánta hoch, nachdem das Wackeln aufgehört hatte.

Amian war kreidebleich geworden von der Schaukelei im freien Raum. «Dann ist ja gut», murmelte er und kletterte langsam wieder los, Sprosse für Sprosse, während Luyánta sich schnell aufwärtsbewegte und ihn bald eingeholt hatte.

Es dauerte ewig, aber als sie schon kaum mehr damit gerechnet hatten, erreichten sie endlich doch ein oberes Ende. Allerdings was für eins: eine flache Stahlplatte oder wohl doch eher Blech, wie ein riesiges verbeultes Backblech – zehn mal zehn Meter vielleicht. Obwohl die Platte, auf die die beiden sofort hinaufkrabbelten, frei zu schweben schien, wirkte sie einigermaßen stabil. Trotzdem gingen Amian und Luyánta, nachdem sie sich vorsichtig aufgerichtet hatten, lieber einige Schritte zur Mitte. Als sie sich von dort umschauten, war die Leiter, auf der sie gekommen waren, verschwunden. Dafür begann die Platte leicht zu schaukeln.

«Hinlegen!», schrie Amian Luyánta an. «Sofort!»

Gleich darauf hatten sich beide auf die Bäuche gelegt, in denen es heftig kribbelte, sie pressten sich mit aufgeregt bumpernden Herzen fest gegen den Boden. Wenn nur dieses Blech nicht kippte ... Dann würden sie – ja, *wohin* stürzen? Denn es war ja nichts zu sehen ringsum, das Riesenblech schaukelte in kompletter Leere.

Aber dann wurde doch etwas sichtbar, an einer Seite der Platte – eine Tür, ebenfalls aus Stahl (oder halt Blech). Amian und Luyánta schauten sich kurz an und begannen ohne ein Wort hinüberzurobben. Das Schaukeln wurde immer stärker, sehr unangenehm, aber ganz zu kippen schien die Platte nicht.

Die Blechtür hatte keine Klinke. Als sie auf den Bäuchen bei ihr angekommen waren, zog Luyánta (noch immer mit zusammengekrampftem Kitzelmagen) ihr Schwert und stieß mit der Spitze gegen die Tür. Sie ging auch problemlos auf, aber im selben Moment klappte die Platte steil nach oben. Gleich würde sie kentern! Luyánta rutschte auf dem Blech direkt gegen Amian, dem es gerade so gelang, mit beiden Händen die Türschwelle zu ergreifen und sich daran festzuhalten. Luyánta aber rutschte an Amians Körper abwärts, erst im letzten Moment konnte sie sich mit dem rechten Arm an Amians Unterschenkel festklammern. Instinktiv knickte er seinen Fuß, der jetzt in der Luft stand wie ein Haken, an dem sie sich mit diesem einen Arm halten konnte, in ihrer anderen Hand das Schwert. Sie spürte, wie das Blech unter ihnen nach nirgendwo segelte.

Da baumelten sie nun an der Schwelle der Tür, die im leeren Raum zu schweben schien.

Amian neigte den Kopf nach unten und versuchte, mit möglichst ruhiger Stimme zu sprechen (sein angstvolles Keuchen war trotzdem nicht zu überhören): «Halt dich gut fest.»

«Danke für den Tipp», stöhnte Luyánta. «Halt *du* dich gut fest, bitte.»

Sie atmete tief durch, um sich zu beruhigen. Langsam hob sie ihre linke Hand und steckte das Schwert in seine Scheide. Nun konnte sie sich immerhin mit beiden Händen an Amians Beinen halten … aber wie lange würde er sich dort oben festklammern können?

«Hör zu», rief sie nach oben. «Du bist stark, aber uns beide hochzuhieven, schaffst du niemals.»

«Ich kann's ja mal versu…»

«Nein. Halt dich gut fest, und ich versuche, an dir zur Türschwelle hochzuklettern.»

Sie wartete nicht erst ab, ob Amian zustimmen würde, sondern begann schon, sich an seinen Beinen hinaufzuziehen. Es war ihr ein bisschen viel Körperkontakt, aber es war ein schlechter Moment zum Pingeligsein. Schon bekam sie mit der linken Hand Amians Gürtel zu fassen und zog sich daran hoch, Stück für Stück aufwärts. So gelangte sie bis zu seinen Schultern. Nun spürte sie, wie heftig Amians Arme zitterten, mit denen er eisern an der Türschwelle hing. Ihre eigenen Armmuskeln brannten ja wie von tausend Klimmzügen. Früher hatte sie keinen einzigen geschafft, aber das war lange her. Jetzt ging es immer noch ein bisschen weiter und immer noch ein bisschen.

Endlich bekam sie ihre Hände an die metallene Türschwelle. Die war zu allem Überfluss eckig und ziemlich breit – wie furchtbar musste das in Amians Hände einschneiden! Aber er hatte nicht losgelassen.

Nun baumelten sie nebeneinander unter der verschissnen Tür.

«Und? Wer zieht sich zuerst rauf?», japste Luyánta.

«Du …», wisperte Amian. Seine Stimme jagte Luyánta einen Schreck ein. Sie klang wie ersterbend, ihn verließen wohl die Kräfte … Das durfte nicht passieren! Mit einer letzten Willensanstrengung zog sie sich hinauf, packte mit einer Hand die Zarge der Tür und murkste unter Schnauferei irgendwie ihren Fuß auf die Schwelle. Gleich darauf stand sie im Türrahmen – eine Erlösung!

Selbst wenn sie nun mit Schrecken sah, dass es auf der andere Seite der Tür nicht viel besser aussah: auch dort ein leerer Raum.

Aber erst mal egal, sie musste Amian helfen. Der hatte sich bereits ein Stück heraufgezerrt, aber er bekam seinen Kopf kaum über die Schwelle. Luyánta ließ eine Hand fest an der Türzarge, ging in die Hocke und streckte Amian ihre andere Hand entgegen.

Mit flackerndem Blick schaute er sie von unten an. «Und wenn ich dich runterreiße?»

«Passiert nicht», sagte Luyánta mit zusammengebissnen Zähnen. «Nimm meine Hand. Mach schon.»

Amian packte also ihre Hand, und Luyánta zog ihn mit letzter Kraft herauf. Hätte Amian nicht mit der anderen Hand an der Türschwelle mitgezogen, wäre es nicht möglich gewesen.

Und nun standen sie beide nebeneinander in diesem blechernen Türrahmen, wie in einem großen Trapez unter einer unsichtbaren Zirkuskuppel. Jeder hielt sich an einer Seite fest. Gemeinsam keuchten sie stumm und blickten dabei bestürzt in den Raum jenseits der Tür. Zwar sah Luyánta, dass ihr erster Blick nach drüben sie getäuscht hatte, aber sie war nicht sicher, ob das ein Grund zur Freude war. Wenn man nach unten schaute, war drüben ebenso wenig zu sehen, wie wenn sie hinter sich nach dort sahen, von wo sie gekommen waren. Aber wenn man den Blick nach oben richtete, sah man sehr wohl etwas. Dieses «Etwas» bewegte sich dicht oberhalb des Türrahmens. Es war dunkel und sehr haarig, und Haariges hing auch herab, meterlang: Borsten, so dick wie Seile. Sie waren sehr verfilzt und rochen nicht gerade angenehm.

Aber da hatten sie in letzter Zeit erheblich Schlimmeres gerochen. Das hier erinnerte eher an ein altes Wildschwein. Ein fliegendes und sehr, sehr großes Wildschwein, wie tausend Blauwale.

«Und?», meine Amian. «Wollen wir?»

Luyánta schaute ihn begriffsstutzig an. Dann kapierte sie.

«Warte. Lass uns noch einen Moment verschnaufen.»

Amian nickte. So standen sie noch ein paar Minuten in dem schwebenden Türrahmen und kamen allmählich wieder zu Kräften. Dabei behielten sie die ganze Zeit den dahinziehenden Bauch dieses Irgendwas im Blick. Ab und zu tropfte es von oben, aber auch das

690

machte jetzt nichts mehr aus, da hätte schon ein heftigerer Horror kommen müssen.

Als sie wieder halbwegs Luft hatte, schaute Luyánta Amian in die Augen und nickte ihm zu. Er nickte zurück. Dann sprangen sie kurz nacheinander hinüber in die herabhängenden Borsten des Hängebauch-Flugviehs, krallten sich mit den Händen ein und fanden in den Knoten Halt unter ihren Füßen. Und schon flogen sie mit dem «Etwas» von der unseligen Tür fort.

Luyánta und Amian verlieren sich

Das «Etwas», von dem sie nur die eindrucksvolle Bauchbehaarung sahen (und rochen), flog in gemächlichem Tempo bald durch dichten Nebel, bald durch weite marmorne Gewölbe. Fast hätte man die Reise entspannend finden können … hinweg über Seen, die tot schienen, und über ein ausgedehntes steinernes Labyrinth, in dem herumwuselnde Schatten zu sehen waren. Luyánta geriet in Aufregung und begann, nach ihren Brüdern Ausschau zu halten. Aber nichts. Außerdem waren sie und Amian so hoch über dem Boden, dass sie nicht hätten abspringen können. In eins der toten Gewässer hätten sie sich vielleicht fallen lassen können, aber wäre das besser, als hier weiter mitzufliegen?

Immerhin stand man in diesen Seilen gar nicht so schlecht, abgesehen vom beißenden Wildschweingestank. Dieses Borstengeflecht war so ziemlich das Stabilste, was sie in letzter Zeit erlebt hatten.

Die Stille aller Räume, die sie durchquerten, war ungeheuer. Irgendwann kamen sie an einer grauen Wand vorbei, gespickt mit ebenso grauen Türen, anscheinend wahllos im Gemäuer verteilt. Es schien hier enger zu sein als in den anderen Räumen, denn das «Etwas» bewegte sich sehr dicht an der Wand mit den Türen, so als müsse es sich hier hindurchquetschen.

«Und?», flüsterte Luyánta. «Wollen wir langsam aussteigen?»

«Von *wollen* kann nicht die Rede sein», flüsterte Amian zurück.

«Aber wir können's ja mal versuchen.»

Vorsichtig hangelten sie sich durch die Borsten Richtung Wand. Als sie so weit außen wie möglich angekommen waren, hielt Luyánta sich mit einer Hand in den Seilen fest und zog mit der anderen ihr Schwert. Tatsächlich ließ sich damit die erste Tür leicht aufstoßen. Dichtes, dunkelgrünes Gebüsch war hinter ihr zu sehen.

Luyánta wartete, bis sie an der nächsten Tür vorbeitrieben, und stupste wieder ihr Schwert dagegen. Die Tür ging genauso leicht auf. Aber diesmal war nichts dahinter zu erkennen, nur Dunkel.

Hinter der nächsten, größeren Tür wurde dann ein bläulicher Gang sichtbar.

«Okay, versuchen wir's», sagte Luyánta kurzentschlossen und hopste hinüber.

Amian folgte, und schon standen sie sicher in dem Gang. Wieder pure Trostlosigkeit: ein leerer, türloser Flur mit blassblau getünchten Wänden, als wäre den Mauern übel, ebenso der Boden. Nur ein einziger Gegenstand war in dem endlosen Flur zu sehen, ein paar Meter entfernt an die Wand gerückt, ein eckiges Ding mit einer Art ungelenkem Schwanenhals, es wirkte schrottreif.

«Was ist das?», flüsterte Amian.

«Sieht fast aus wie 'n Folienprojektor», murmelte Luyánta.

«Bitte?»

«Overhead. Egal, musst du nicht kennen. Und? Wo lang jetzt?»

«Nach links vielleicht?»

Sie warfen noch einen Blick zurück, vor der Tür trieben noch die hängenden Borsten des «Etwas» vorbei. Ordentlich schlossen sie die Tür, und nach ein paar Schritten stocherte Luyánta mit dem Schwert in das Projektorwrack, das sofort in sich zusammenfiel und mit gebrochnem Schwanenhals liegen blieb. Amian schaute sie erstaunt an, zog etwas die Augenbrauen hoch.

«Doch kein Monster», murmelte Luyánta. Er nickte stumm.

Erst nach einer Weile sprach er Luyánta wieder an: «Hast du dir eigentlich mal Gedanken gemacht, wie wir hier wieder rauskommen?»

«Eins nach dem anderen», antwortete Luyánta, die nun erstaunlich entspannt war. Und für sich dachte, mit Blick auf ihre schwarze Kleidung: Wer weiß schon, wer von uns hier lebend rauskommen wird. «Erzähl mir lieber, wie du dich vorhin in den Adler verwandelt hast. Das wollte ich dich schon die ganze Zeit fragen.»

«Hm. Wie verwandelst du dich denn in ein Murmeltier?»

«Keine Ahnung.»

«Siehst du. Genauso ging's mir. Keine Ahnung, wie.»

«Ist dir das schon früher passiert?»

«Noch nie.»

«Und trotzdem haben sie dich Adlerprinz genannt!»

Darauf antwortete Amian nichts, und Luyánta fragte nicht weiter, sie wollte nicht in seiner schmerzvollen Vergangenheit herumbohren. Er hatte sie ja abgelegt. War dieser Wandel, diese Befreiung auch der Grund dafür, dass er sich vor der Festung ebenjenes Dämons, der ihn so lange im Griff gehabt hatte, in einen Adler verwandelt hatte – in das also, was er immer nur halb und im Wunschtraum hatte sein können?

Sie beschloss, später darüber nachzudenken. Es war auch egal, denn jetzt nahm sie etwas anderes wahr. Hörte sie da nicht eine Stimme, die ihr vertraut war – aber aus einer lange vergangenen Zeit und von einem weit entfernten Ort? Sie spitzte die Ohren. Amian, mit dem Dolch in der Hand schweigend neben ihr, schien nichts zu hören.

Dabei hörte er in Wahrheit sehr wohl etwas – nur etwas anderes, und er ließ sich nicht das Geringste anmerken. Es waren keine fremden Kinderstimmen, wie Luyánta sie hörte. Was Amian wahrzunehmen meinte, war ein sachtes Pochen. Zuerst meinte er, dass es in ihm selbst wäre. Aber es kam von irgendwo anders her. Und dennoch aus ihm. Wie ging das zusammen, aus ihm selbst und von woanders zugleich?

Jetzt meldete sich schleichend auch wieder der alte Schwindel, den er von früher kannte, der Umschlag ins Bleierne, die Lähmung. In diesem Moment wurde es ihm klar: Er hörte sein eigenes Herz. Aber nicht das neue, das in seiner Brust schlug (er spürte es kraftvoll und heiß in sich, lebendiger denn je). Was er da sacht in den Wänden und in sich pochen spürte, war sein altes Herz, das kindliche, das der Schpina ihm einst geraubt hatte.

Er wurde nervös. Ihm nach!, rief es in ihm, zu ihm!

Luyánta fiel Amians Unruhe nicht auf, weil sie mit sich selbst beschäftigt war. Mittlerweile war sie nämlich todsicher, dass es die Stimmen von Mäxchen und Valentin waren, die sie irgendwie aus den bläulichen Wänden dieses Flurs vernahm. Eine kindliche und eine fast schon männliche Stimme. Ihre Brüder.

Auf einmal waren sie an das Ende des Flurs gelangt, wo eine breite Schwingtür mit eingesetzten Glasfenstern lag. Ohne Zögern drückten sie sie auf und traten in ein weites Treppenhaus mit schwarzgrau gesprenkelten Stufen. Nun hörte Luyánta die Stimmen Mäxchens und Valentins noch deutlicher. Was sie sagten (oder ob es überhaupt etwas war oder nicht nur ein Summen), war unklar, aber dass es ihre Stimmen waren, daran gab es keinen Zweifel mehr. Sie mussten auf dem richtigen Weg sein.

Erst jetzt, da sie es aufgeregt Amian sagen wollte, erkannte sie, dass er mit seinem Kopf woanders zu sein schien als sie.

«Was ist?»

«Mein Herz», flüsterte Amian. «Ich kann es hören.» Er schaute die breite Treppe hinauf. «Es ist da oben. Ich muss da hoch.»

«Aber du hast doch ein Herz!», sagte Luyánta. Es machte sie kribbelig, was Amian da redete, damit hatte sie nicht gerechnet. Gleichzeitig schaute sie die Treppe hinab. Sie war sicher, dass die Stimmen von unten kamen.

«Mein altes Herz ... mein echtes», stotterte Amian, «das, was er – *es* mir damals herausgerissen hat.» Mit aufgerissenen Augen starrte er sie an: «Luyánta! Ich muss dahin!»

«Warte doch!», rief Luyánta. «Wir müssen runter. Ich kann meine Brüder hören.»

694

Aber da war Amian schon auf der Treppe nach oben. Nicht zu halten. Luyánta überlegte, ob sie ihm nachrennen sollte – um ihn festzuhalten? Oder um ihn zu begleiten?

Aber da klangen die Stimmen ihrer Brüder noch deutlicher in ihrem Ohr. Rief ihr Mäxchen da nicht nach ihr? Um Hilfe? Aber ja. Sogar Valentin schrie: *Schwester, hilf uns!*

Sie fühlte eine große Wut und eine große Kraft in sich aufsteigen. Spürte den harten Stahl des Schwerthefts in ihrer linken Hand. Und war schon auf der Treppe, die nach unten führte.

Die steinernen Schatten

Immer deutlicher hörte Amian das lockende Herzbumpern, während er allein die Treppe hochstürmte, Stockwerk für Stockwerk hinauf. Dabei schlug ihm sein neues Herz vor Anstrengung bis zum Hals. Dieses Herz, das offenbar über viele Wochen heimlich in ihm gewachsen und schließlich auf dem Felsplateau aufgesprungen war – ein Herz aus dem Nichts.

Aber er *musste* dem Schlagen seines alten Herzens nach, das ihm als Kind entrissen worden war. Wie es da in der Höhe pocht! Immer stärker.

Währenddessen staunte Luyánta, wie sie die Treppe nach unten sauste, immer drei oder vier Stufen nehmend. Einmal rutschte sie fast aus, egal … Diese Treppen kamen ihr bekannt vor, woher?

Einmal blieb sie kurz stehen, um zu Atem zu kommen, wandte sich um und schaute die Treppe hinauf, zurück. Das hörte ja gar nicht mehr auf, ein richtiges Hochhaus war diese verflixte Festung. Auf einem Schild an einer Stufe stand in roten Buchstaben

VORSICHT, FRISCH GEBOHNERT

695

Wer's glaubt … Je weiter sie nach unten kam, desto sicherer war sie, dieses komische Treppenhaus zu kennen. Die Wände verzerrten sich allerdings immer wieder, die Stufen verbogen sich unter ihren Schritten, trennten sich für Momente voneinander, sodass sie über einzeln im Raum wackelnde Stufen hinwegrannte. Die Stimmen ihrer Brüder hörte sie jetzt nur noch schwach, dafür lag ein Brummen und leises Kreischen in der Luft, wie von einem Maschinenraum irgendwo oder einer Werkstatt, in der gebohrt und gesägt wird. Dann ging ihr ein Licht auf: Sie meinte (wenn auch in verdrehter, gekrümmter Form) nichts anderes als das Treppenhaus vor ihrer eigenen Wohnung zu erkennen. Beziehungsweise Jolanthas Wohnung: das Treppenhaus, in dem sie sich als Kind so gern aufgehalten hatte, umgeben von unsichtbaren Freundinnen und Feindinnen, mit denen sie sich in unbekannten Singsang-Sprachen unterhielt. Damals war es ihr vorgekommen, als sei sie endlich im Echten und Wirklichen, alle anderen Menschen aber und die ganze sogenannte Welt um sie herum, die sie so stressten und bedrängten, seien nichts als Täuschungen …

Dann endete das Treppenhaus. Luyánta stieß eine dicke, rostige Brandschutztür auf, auf der Betreten verboten stand und: Eltern haften für ihre Kinder. Die Tür knirschte, Rost rieselte von ihr. Und Luyánta hatte das altbekannte, beklemmende Gefühl, beobachtet zu werden, so wie sie es als Kind immer gehabt hatte, wenn sie etwas Unerlaubtes tat.

Die schwere Rosttür fiel hinter ihr ächzend zu. Nun ging Luyánta durch einen niedrigen Gang, an dessen Decke dicke Rohre verliefen. Manchmal stand eins quer oder machte einen Haken, sodass man den Kopf einziehen musste, um nicht anzustoßen. Das Brummen war immer noch da, kam es aus den Rohren über ihr? Nein, es war wohl weiter weg, vielleicht ein Heizungsraum oder irgendein Kessel.

Die Stimmen ihrer Brüder hingegen hörte sie jetzt gar nicht mehr. Stattdessen bemerkte Luyánta mit einem Mal, woher ihr Gefühl des Beobachtetwerdens kam: Sie wurde tatsächlich angeschaut. Oder

696

auch nicht. Denn es war nicht klar, ob diese Augen etwas sahen – aber da waren sie jedenfalls, direkt neben ihr. Und zwar sehr große. *Gefräßige Augen*, dachte Luyánta: die starrenden Riesenglotzer von Gasmaskengesichtern. Vom Boden des Gangs bis zur Rohrdecke zogen sich an den Wänden Porträts dieser Köpfe, die an kurzrüsselige Insekten erinnerten. Jeder einzelne Kopf war so hoch wie Luyántas ganzer Körper – aber doch kleiner als dieselben Bilder, die sie schon öfter gesehen hatte, zuallererst in Lalehs Kaserne. Hier, im niedrigen Kellergang, schienen die Köpfe gestaucht und zusammengedrückt.

Die Viertelmondspäher. Schpinas Boten des Verrats und des Verbrechens. Ein kalter Schauder krisselte Luyánta über den Rücken, als sie ihnen in die Riesenaugen sah. Aber sie wirkten ohnmächtig oder wie im Schlaf oder noch mehr: tot, mausetot. Absolut leer waren diese Blicke. Nichts beobachteten die, überhaupt nichts.

Luyánta fiel der zersplitterte Mond ein, den sie über der Ebene des Brennenden Flusses erstmals gesehen hatte. Dort war er während der großen Schlacht in viele Stücke zerbrochen, weit mehr als bloß geviertelt. Und seine Bruchteile hatten sich seither immer mehr voneinander entfernt, sie wanderten in alle Richtungen.

Luyánta fasste sich. Sie war nun sicher, dass diese Späher fest in die Wand gebannt waren und ihr nichts konnten. Versteinerte Schatten. Immer sicherer schaute sie den Rüsselköpfen in die großen Glotzaugen, während sie mit ruhigem Schritt weiterging. Dann aber kam sie ins Wanken. Denn jetzt sah sie an der Wand ein Gesicht und dann gleich noch ein weiteres, die ihr bekannt vorkamen. Erst ein Blick wie ein erstarrter Zeigefinger, irgendwie beleidigt, eingefrorenes belehrendes Geplapper. Daneben ein schönes Gesicht, auf den Haaren ein rötliches Tuch, wohl gegen die Sonne. Wie sinnlos, hier in diesem Keller!

Beide mit weit aufgerissenen Augen: ihr Vater und ihre Mutter. Nicht Calocer und Ciolá, sondern die Eltern einer gewissen Jolantha. Was sollte das denn, wer hatte die in diese Mauer gesteckt? Aber sie waren es, eindeutig: versteinert und in einer unglückseligen Reihe mit den gespenstischen Spähern.

697

Aber sie ließ sich nicht verrückt machen. Nicht mehr. Nicht an diesem Punkt ihrer Reise. Sie murmelte eine leise Ausflucht an die Adresse ihrer steinernen Eltern, die ja vermutlich eh nichts hörten. Müssen sie halt noch ein bisschen in der Wand schmoren, was soll's! Sorry, aber die Brüder gehen vor. Doch falls wir uns nicht noch einmal sehen sollten, bitte seid mir nicht böse …

Und schon war sie an den Eltern vorbei. Es dauerte nur einen kurzen Moment, dann kam sie an eine weitere Tür. Die befand sich nicht in der Wand, sondern im Boden: eine Fallklappe aus hellem Holz mit einem Griff aus goldlackiertem Blech. Obwohl sie die Stimmen ihrer Brüder nicht mehr hörte (sosehr sie jetzt wieder nach ihnen lauschte), war Luyánta sicher, dass sie dort hinuntermusste. Zu Mäxchen und Valentin.

Sie zog die Klapptür auf. Es ging ganz leicht.

Das goldene Pferdchen

Währenddessen war Amian weiter im Treppenhaus hinaufgestiegen, immer dem Pochen nach. Auch er gelangte schließlich an eine Tür, eine marode Pforte aus feuchtem, aufgedunsenem Holz. Eindeutig, dass das Pochen von hinter der Tür kam. Dort musste er rein. Zu ihm, zu meinem kindlichen Herz, das noch schlägt!

Er zog die Tür auf, es ging alles andere als leicht, weil sie so dickgequollen war, er musste mit beiden Händen daran zerren.

Was ihn hinter der Tür erwartete, verschlug ihm den Atem. Ein mild gelb und grünlich schimmernder Raum voller sanft schaukelnder Gehänge. Zuerst dachte Amian, diese baumelnden Dinge wären selbst gelb und grün, dann begriff er, dass es vom Raumlicht kam. Waren das helle Äste, die da so friedlich schwangen und schimmerten? Endlich erkannte er: Es waren lauter Knochen, vom

698

Boden bis zur Decke baumelten sie an dünnen Schnüren eng beieinander.

Leise k-k-klapperten sie vor sich hin. Dieses Geräusch war es also, das Amian gehört hatte und dem er gefolgt war. Wie hatte er es nur für Herzschlag halten können? Das pulsierende Pochen hatte sich aufgesplittert in ein x-faches, leises Geklacker pendelnder Knochen. Aber wie schön das war! Wohltönend und friedlich im gelbgrünen Geschimmer. Es klang ein bisschen wie leise durcheinandertickende Uhren. Langsam und beinah ehrfürchtig betrat Amian den Raum, mitten zwischen das Knochenschaukeln. Die aufgedunsene Pforte in seinem Rücken ließ er offen und ging herum.

Bald war er von den schaukelnden Knochen umgeben. Es war wundervoll. Hier und da erkannte er das Schädelstück eines Rehs oder einer Gämse oder auch einen halben Kieferknochen mit den breiten Mahlzähnen eines gutmütigen Pflanzenfressers.

Nachdem er eine Weile herumgestreift war, gelangte er an eine Stelle, die wie eine Art Waldlichtung wirkte: Die Knochen baumelten hier weniger eng und nicht so durcheinander. Stattdessen hingen da einzelne, klumpenförmige Knochen, nicht größer als Amians Faust. Die Form der Klümpchen erinnerte ihn an Küken mit spitzen Bäuchen. Sie waren in einer geraden Reihe mit einigem Abstand zueinander an Schnüren befestigt, die von der Decke herabhingen – so hoch, dass man gar nicht sah, woher, aus einem pechschwarzen Irgendwo schienen die Schnüre zu kommen.

Herzfossile, dachte Amian. Geschrumpfte und versteinerte Organe. Von Menschen oder anderen Wesen?

Eins von denen war vielleicht sein eigenes? Das herausgerissene Herz des Kindes, das er gewesen war? Aber dann konnte es ja niemals wieder schlagen und pochen!

Die Herzfossile klackerten und k-klapperten leise vor sich hin. Da erst entdeckte Amian eine weitere Tür, gleich hinter der Herzfossillichtung, ebenfalls grünlich und gelblich schimmernd. Eine Klinke hatte die Tür nicht, aber sie ließ sich leicht aufdrücken. Amian bemerkte noch, wie die Knochengehänge hinter ihm lautlos in die

Höhe stiegen, wie davonfliegende Ballons. Dann hatte er den neuen Raum schon betreten: Dieses Zimmer war leer und stumm. Breite Holzdielen verliefen ins Endlose. Und mitten darin stand ein goldenes Pferdchen, winzig klein wie ein Spielzeug. Erwartungsvoll schaute es zur Tür, durch die Amian hereinkam. Und piepste mit hauchdünnem, doch zauberhaftem Stimmchen:

«Grü-ü-üß dich, Ami-ian.»

Goldig! Entzückt ging Amian ein paar Schritte auf das Pferdchen zu, das blieb, wo es war, und den Besucher freundlich ansah.

«Wer bist du?», flüsterte Amian.

«Kennst du mi-ich ni-icht mehr? Wi-ir si-ind uns doch schon begegnet.»

Einen dumpfen Stoß spürte Amian da in seinem Schädel, ganz plötzlich, als risse wer ruckartig an seinem Hirn. Das war sehr unangenehm. Aber es hielt ihn nicht davon ab, das Pferdchen anzustarren und noch einen Schritt darauf zuzugehen.

Ist es nicht ein Stückchen größer geworden? Gerade eben?

«Doch, ich kenne dich», sagte Amian mit stockender Stimme. «Du bist ... eine Sternschnuppe. Aber ich weiß nicht ... meine Erinnerung ist so trüb ...»

«Di-ie kann man doch auffri-ischen», entgegnete das goldene Pferdchen, das schon wieder ein Stückchen gewachsen zu sein schien. Jetzt reichte es Amian, der nicht mehr weit weg von ihm war, schon fast bis ans Knie. Fröhlich und leichtfüßig trippelte es auf der Stelle.

«I-ich bi-in glü-ückli-ich, di-ich zu sehen», quiekte es süß.

Dieses Schädelreißen in ihm ... aber Amian war auch glücklich beim Anblick des goldenen Pferdchens.

«Nur betrü-übt bi-in i-ich», fuhr es mit Piepsstimme fort, «wegen des fi-iesen Mädchens. So ei-in gemei-ines Girli-ie, hat ei-inen Nagel i-in dei-ine Seele getri-ieben.»

«Was für ein Nagel ... ich versteh nicht ...»

«Natü-ürlich verstehst du ni-icht, darum tri-iffst du mi-ich ja wiieder. Deine Schutzschnuppe, begrei-ifst du?»

700

«Du beschützt mich also?» Dem armen Amian brauste der Kopf. Und das Pferdchen schien auf einmal noch ein bisschen mehr gewachsen; oder war das alles nur Amians Schwindel?

«Natü-ürli-ich, du li-ieber Junge. Ich hü-üte ja dei-in Herz wi-ie mei-ine Augbi-irne.»

«Augbirne? ... Augapfel, meinst du ... was bedeutet das denn ...»

«Bi-irne, Apfel, Erdbeere, i-ist doch Banane, li-iebes Jungchen. Du wei-ißt doch, i-ich bi-in dei-in Herzhü-üter.»

«Herzhüter ... Aber ich habe ja ein Herz!» Nun hatte der kopfwehgeplagte Amian sich einen Ruck gegeben, richtig rausgestoßen hatte er diesen Satz.

Doch das Pferdchen kicherte goldig und fiepste allerliebst: «Aber du Dummi-ie, das i-ist doch ni-icht dei-in ei-igenes Herz. Das böse Girli-ie hat di-ich rei-ingelegt, hast du es denn ni-icht bemerkt?»

«Nein ...»

«Na, das macht ja ni-ichts, dafü-ür hast du ja mi-ich, deine herzhü-ütende Schutzschnuppe. Dei-inen Li-iebesstern. Sü-üßer Ami-ian.»

Immer größer schien das Pferdchen geworden zu sein, nun reichte es ihm ja bereits bis zur Hüfte. Und Amian, der jetzt ganz steif stand, bemerkte, dass es sich ihm unauffällig um ein paar Trippelschrittchen genähert hatte, auf den Hufspitzen. Etwas meldete sich in ihm: Er durfte sich nicht wieder einfangen lassen! Aber in seinem Gehirn rauschte und brauste es so heftig, ein einziges Stoßen und Reißen ...

«Ja, beg-grei-ifst du es denn ni-icht, du li-ieber dummer Jung-ge?» Immer größer wurde das Pferd, und sein hübsches Gold schien auch verblasst zu sein. Dafür sah Amian etwas Gelbes ... Feuer ... seine Zähne, von denen es flammenhaft triefte ...

«Li-ieb, aber dumm, furchtbar dumm, du Jung-ge – i-ich li-iebe ja – li-ebe i-immens –» Nun überragte ihn das goldene Pferd schon. Und es war auch nicht mehr Pferd und nicht mehr golden ... das Reißen im Kopf, was ...

«MARIAN!!!», donnerte es zornig und stürzte sich mit offenem Maul auf ihn. «Du elende K-kack-kbratze, nun hab ich die Fak-k-xen

701

aber dick-ke! Soll das böse Mädchen dich halt k-k-killen, mir doch eg-gal, wenn du k-keinen G-grips hast! G-g-grr! Ach, dich beißen ja die Schweine im G-g-galopp!» Und nun hatte sich das riesige Maul des Schpina mit seinen scheußlichen gelbnassen Zähnen über den Schädel seines Opfers gestülpt. Amians Kopf steckte auf einmal im deftig stinkenden Pestloch, die ätzende Spucke des Monstrums troff über seinen Kopf, brannte in seinen Augen, und er spürte die Zähne des Viehs sich in seinen Hals verbeißen.

Das Schlimmste aber war das Klappern überall um ihn, das entsetzliche K-klappern und K-klack-kern …

Es war wie damals: im Wald, als das Kind Amian die Sternschnuppen gesucht hatte. Ein glühender Felsen schließt sich um ihn. Er will sich wehren, aber kann nicht, kann nicht. Der Dolch in seinem Gürtel, seine Waffe, er kommt nicht ran. Das Tier aber klappert und glüht immer übler. Damals hat es ihm, ratsch, den Bauch aufgerissen … jetzt will es ihm an den Hals, einfach den Kopf abbeißen …

Und dann, mit einem entsetzlichen Ruck, war der Kopf ab.

Nein. Nur der Biss war ab, der würgende köpfende Kiefer des Monsters. Der Kopf aber war noch dran, begriff Amian. Nun sah er aus brennenden Augen wieder das leere Zimmer und, an die Wand geklatscht, das betrügerische goldene Pferdchen, wieder ganz klein. Mit wütendem K-k-klappern und ersterbendem Fi-i-iepsen rutschte es langsam zu Boden.

Und in der Mitte des Raums stand eine leuchtend schwarze Gestalt, auf deren Kopf es funkelte: Luyánta, die Faneskönigin. Sie zitterte vor Wut. Das Schwert steckte in ihrer Scheide, sie hatte den Angreifer mit bloßen Händen an den Knochen gepackt und gegen die Wand geschmettert.

«Du zerlumptes, ekelhaftes Wrack!», kreischte sie voller Wut das Vieh an der Wand an. «Du wirst dir Amian nicht noch einmal grapschen!»

702

Luyánta und der Schpina-de-Mul

Solide, wenn auch kräftig durchgerüttelt, stand das halbverweste Maultier wieder auf allen vieren und schlackerte mit dem Kopf. Dann aber wurde sein Blick von neuem grausig und stier: «Was hast du da auf dem K-k-k-k-kopf?», schnaubte es. Und erneut schüttelte es ihn durch und durch, dass alle Knochen seines Hinterleibs klapperten.

Luyánta beachtete ihn nicht, sondern half Amian auf, dem noch die Knie schlotterten. Er hielt sich die Hände an den Hals, auf dem man deutlich die Beißspuren sah.

«Was du da hast, frag-g-g ich?!?», keifte der Schpina. Da erst sah Luyánta ihn an und antwortete:

«Die Raiëta, die ich von meiner Schwester Dolasilla geerbt habe.»

«LÜG-G-G-GE!», brach es aus dem Halbskelett heraus. «Schändliche Lüg-ge, du Dreck-ksg-göre! Die Raiëta g-g-gehört mir! Diebsstück-k-k!»

«Träum weiter, du Aas.»

«Ach, du verhöhnst mich noch? Weil du mir den Traumzauber raubtest? Das wag-gst du?»

«Ich brauch dich gar nicht zu verhöhnen», entgegnete Luyánta in aller Seelenruhe, während Amian sich weiter bibbernd den Hals rieb. «Dafür sorgst du schon selbst, scheußlicher Schpina. Du bist dein eigener Hohn. Glotz mal in den Spiegel, da fällst du tot um vor Schreck.»

«Ach, macht mich das wütend, dein tück-k-kisches G-gebrabbel! Weißt du, was es mich einst g-gek-kostet hat, die Raiëta zu erwerben?»

«Nein, und interessiert mich auch nicht die Bohne.»

«G-g-g-arstig-ge Jug-gend, nichts wollen sie hören von den wichtig-gen Erfahrung-gen der Alten! Immer das G-g-gleiche! Deprimierend ist das!»

703

«Was willst du überhaupt mit der Raiëta? Meinst du etwa, sie macht dich schöner?»

«Schönheit, wen interessiert denn Schönheit? Ist doch nur eitler Tand! Da k-kack-k ich drauf, auf deine Schönheit. Träume, du g-garstig-ge G-göre, die Raiëta schenk-kt *Träume.* Demjenig-gen, der sie träg-g-gt. Seit Jahrhunderten hab ich k-keinen Traum mehr g-gehabt, seit Jahrtausenden.»

«Ist wahrscheinlich auch besser so», keuchte Amian. «Wer oder was würde *dir* schon im Traum begegnen, du Ungeheuer? Nur andere Ungeheuer.»

«Ach, du also auch, Amirjan, du also auch. Ist eine herbe Enttäuschung-g-g-g für mich. Wo ich dich doch so arg-g liebhab! Nein, pfui, ich hasse dich ja in Wahrheit. Bist *du* etwa k-k-kein Ung-geheuer? Wer beg-geg-gnet denn dir im Traum, du armselig-g-ges Opfer?»

«Luyánta, zum Beispiel.» Amian schaute das Mädchen an. «Sie ist mir im Traum begegnet.»

«Ha! Das wird ja immer besser mit euch! Ich lach mich schlapp, ihr K-k-kack-kbratzen. Ihr seid ja von allen g-guten G-g-geistern verlassen, richtig-g g-g-grenzdebil, dumm wie die Berg-gbauern. Du freust dich also noch, wenn dir im Traum das hinterhältig-ge Mädchen über den Weg-g-g latscht, das dich töten will? Na, dann G-g-gott befohlen, du Depp! G-g-geschieht dir recht! Dummerjan!»

«Sie will mich nicht töten.»

«Ha! Wer hat dir das g-gesag-g-gt?»

«Sie selbst.»

Da brach der Schpina in markerschütterndes Klapperlachen aus. «Dir ist ja *wirk-k-klich* nicht zu helfen. Ach, Ariman, wie hab ich dich g-geliebt, aber für dich g-gibt es k-keine Rettung-g-g. Na, mir doch eg-gal!»

Sein dampfender Maultierkopf wurde plötzlich wieder ernst, und er glotzte Luyánta an, die seinem Wortwechsel mit Amian beinah amüsiert zugehört hatte.

«Na los, scheußliche Schlampe, rück-k die Raiëta raus! Sie g-gehört mir. Irg-gendein mieser Weg-gelag-gerer hat sie mir g-gemopst.»

«Das war Ey-de-Net. Der Held, den du überfallen hast und der dich besiegt hat.»

Jämmerliches Klappern und Rasseln bei der Erwähnung dieses Namens. «Ach! Ui! G-g-grr! Erinnere mich bloß nicht daran, autsch, diese K-k-kloppe. Fast hätt er mich totg-geprüg-gelt, der agg-g-g-g-ggressive Strolch. Viel hätt nicht g-gefehlt, und ich wär unterm Torf g-gewesen. Von der Hand so eines Lausejung-gen! Ah, g-ganz pissig-g macht mich die Erinnerung-g daran, total g-g-gram! Aber ich hab's ihnen ja heimg-gezahlt, jawohl, heimg-gezahlt hab ich's denen. Diesem K-kack-k-k-könig K-k-calocer die Flöhe der Macht ins Ohr g-gesetzt und ins Herz die G-g-gier nach G-gold. Und seinen Feinden bin ich mit Rat und Tat zur Seite g-gestanden und mit Zauber und Zunder. Haha! Den K-k-Caiutes hab ich g-g-geholfen und die Lastoyéres g-gestärk-kt. Und am Ende g-ging-g sie zug-g-grunde: die abscheuliche Prinzessin Hoppladiva, der der diebische Eiernetz meine Raiëta g-geschenk-kt hatte.»

«Ey-de-Net liebte Dolasilla über alles.»

«Und ich hab sie ihm g-genommen, diese Hehlerin! Ha!»

«Dann hast du ihm etwas Wertvolleres geraubt, als er dir entrissen hatte. Reicht dir diese Rache nicht aus?»

«K-k-keinesweg-gs! Niemals hab ich an Rache g-genug-g! Und jetzt g-gib schon die Raiëta her. Aber bisschen zack-kig-g! Wird's bald?»

«Warum springst du mich eigentlich nicht an, so wie du über Amian hergefallen bist? Wagst du dich etwa nur an wehrlose Männer und Kinder, nicht an Kriegerinnen?»

«Ha, was du dir einbildest! Mannomann, wie mich dein G-gesülze ank-k-kotzt! Muss nur erst mal bisschen Puste holen …»

«Puste holen? Zwischendurch erlahmst du also, ja? Gut zu wissen.»

«Was denk-k-kst denn du? Wie merk-kbefreit bist du eig-gentlich, Fanesk-k-könig-gin? Meinst du, der K-k-kug-gelblitz hätte euch am Hang-g nicht lock-ker erledig-gt, wenn ich noch weiterg-gek-k-konnt hätte? Auch die Feuerräder hätten euch doch in G-grund und Boden g-gewalzt! Ratzeputz, jawohl! Wenn ich nur k-k-könnte ... Ach, wie ich euch hasse! Aber wartet, wartet nur ein Weilchen, dann k-komm ich schon wieder zu K-kräften.»

«Ich zweifle nicht daran, Schpina-de-Mul. Aber vergiss nicht, wem du gegenüberstehst!»

«Der tapfersten Kriegerin», raunte Amian, der sich wieder gefasst hatte.

«Und dem tapfersten Krieger», sagte Luyánta.

«Ach, ihr unterschätzt mich, ihr Blöden, und das wird euer Unterggang-g sein. Wartet nur, wartet, bis ich mich wieder vollg-gesog-gen hab. Bin g-gleich wieder aufg-geladen, lang-g dauert's nicht mehr. Früher, zu den Zeiten des k-k-knechtischen K-krieg-gers Eisenherz, und noch früher, viel früher – ja, haha, da hättet ihr wohl recht g-gehabt. Da war ich nur irg-gendein k-kleiner Irgendwo-Magier, so ein Feld-und-Wiesen-Hek-xer. K-k-kleinbösewicht, Provinzdämon, Infinitesimalg-g-gaukler, nicht der Rede wert. Aber die Zeit, meine ekkelhaften K-kinder, die Zeit! Die Zeit pumpt einen auf, wenn man sich nur von ihr aufpumpen lässt. Es ist in mir angewak-k-chsen. Wenn du wüsstest, was ich k-k-kann! G-g-gefühle einnehmen, K-k-körper verseuchen. Herzen herausreißen, Zornmäg-gen schaffen und g-gallig-ge Lung-gen. Durch alle menschlichen Leiber g-g-g-luck-k-kern Hass-Adern! Schon lang-g hab ich anderes und G-g-größeres im Sinn, als nur ein paar blöde Wanderer anzuhopsen.»

«Das haben wir gemerkt», antwortete Luyánta. «Aber was? Was ist eigentlich dein Ziel?»

«Mein Ziel? Dass alles schwarz wird, natürlich. Verlock-kt dich das nicht? Bruder g-geg-gen Schwester, ist doch herrlich. Alt g-geg-gen Jung-g. Mann g-geg-gen Frau, divers g-geg-gen divers! Alles zerspalten, alles in Splitter hauen: Mensch g-geg-gen Mensch. Ja! Alles soll g-garstig-g werden, nichts mehr als Niedertracht und Tück-ke, die Unselbe Welt K-krieg und Feindschaft ... und morg-gen die g-ganze Welt. Hört ihr, ihr Deppen? Und morg-gen die g-ganze Welt, ob Selb oder Unselb!»

«Und dafür bist du zum Welthexer angewachsen? Schau dich an,

Monster! Es ist dir wie den Trussanern ergangen, deren Gaunerwesen so angeschwollen ist, dass sie von innen verglühen.»

«Verg-gleich mich bloß nicht mit denen! Ha! Pfui! Arg-g, was du da laberst. Was meinst du denn, wer die lächerlichen Trussanerherzen verpestet hat? Wer hat wohl dafür g-gesorg-gt, dass sie erstick-k-ken an ihrer eig-genen G-gier?»

«Du vermutlich, klappernder Hexerich.»

«Bist du aber scharfsinnig-g! Wird dir aber nichts nützen, Fanesk-k-könig-gin. Ich spüre nämlich schon, wie die K-k-k-kräfte in mir wieder wak-k-chsen und schwellen!»

«Das wird aber auch Zeit. Wie lang soll ich mir hier noch die Beine in den Bauch stehen, bis du endlich mit mir kämpfst, du Schindmähre? Komm endlich zu Potte, halbtote Schabracke.»

«Deine g-große K-klappe wirst du noch bereuen, *Jolantha*!»

Als sie diesen Namen hörte, schwankte Luyánta zum ersten Mal, es war, als hätte sie einen Tritt in die Magengrube bekommen …

«*Wie* nennst du mich?»

«Hahach! Das hat g-gesessen, was?» Das Knochengerüst wurde von einem Klapperkrampf erfasst, dass von seinem Oberkörper die verfaulten Fleischfetzen abflogen. Eine abscheuliche Gestankwolke zischte durch den Raum, der sich auf einmal zu verwandeln schien: Plötzlich kam er Luyánta bekannt vor … aber alles verschwommen … Sie kannte diese Gegenstände, die da vor der Wand aufleuchteten: War das nicht eine alte Nähmaschine? Und das schwarze Brett, das dort meterlang in der Luft eierte, es ähnelte ja ihrem alten Skateboard …

Was ging hier vor? Sie erkannte ihr Zuhause, ihr eigenes Zimmer, aber alles verzerrt, verhext, verflucht. Es strahlte irgendwie durch, herüber in die Unselbe Welt, oder wie?

Schwanken, Zittern …

Das Schpina-Maultier, jetzt groß wie ein Elefant, feixte triumphierend. «Wär es lieber, wenn ich dich Fanesk-könig-gin nennen würde, ja, *Jolantha*? Meinetweg-gen, bin ja nicht so! Fanesk-k-k-könig-g-gin! Hast du überhaupt eine Ahnung-g-g, was dir blüht?»

707

Besorgt starrte Amian auf das Mädchen, das sich neben ihm krümmte. «Luyánta! Was ist mit dir?» Er zog den Dolch aus seinem Gürtel.

«Ha, mit dem harmlosen Pinsel willst du *mich* beeindruck-ken?», kreischte der Schpina. «Da g-g-gack-er ich ja vor Lachen! K-kommt doch zur Vernunft, K-kinder!»

«Was blüht mir denn, du lächerliches Ungeheuer ...», stöhnte Luyánta. Sie wollte wieder in Angriffsstellung kommen. Aber ihr war so schwindlig auf einmal ...

«K-kannst du dir doch selbst ausrechnen! Ich werde ja nicht nur Familien und Völk-ker zerk-kloppen, du blöde G-gans. Nein, *jeden einzelnen Menschen* werd ich in tausend Stück-ke zersplittern, sodass er tausendfach sich selbst hasst und bek-kämpft! Er wird sich zum Feind, und auffressen wird ihn die Ang-g-gst vor sich selbst! So sieht's nämlich aus.»

«Monster! Scheusal!»

«Ach, ja, schmeichelt mir nur! Ist ja alles süßer Honig-g-g in meinen Öhrchen, ihr Loser! G-g-geiler Balsam! Ihr wisst ja g-genau, wen es am allerschlimmsten treffen wird: nämlich euch!»

«Wie kommst du darauf?», rief Amian. «Wir sind dir beide schon entronnen!»

«Einbildung-g ist auch eine Bildung-g, was, Arnijam?!? Ich besitze ja dein Herz!»

«Von wegen. Mein Herz ist neu gewachsen.»

Kurz schien das sich aufplusternde halbverweste Maultier aus dem Tritt zu geraten. Aber nur einen Moment, dann keifte es wieder: «K-k-quatsch! Herzen wak-k-chsen niemals nach! Wär ja noch schöner! Phantasierst du dir wohl zusammen wegen der dummen Sache im Wald, was? Aber daran war nur Tsik-kuta schuld, diese K-k-kuh, die saublöde!»

«Tsikuta? Und welche dumme Sache?»

«Na, als die G-göre auf dem Baum hock-kte und dich nicht abgemurk-kst hat, obwohl es ihr ein Leichtes g-gewesen wäre. Mord, ein K-kinderspiel. Nicht mal das habt ihr also k-kapiert? Da ist der

708

dilettantische Fluch von der Fanesk-k-könig-gin abg-gefallen, den die dämliche Tsik-kuta ihr verpasst hatte. Stümperin! Opfer! Sau! Dumme nutzlose Tsik-k-kuta, die g-gern meine Schwester wäre, aber natürlich nicht ist! Bloß irg-gendeine Schlechtwetterfee. Die prophezeite mir, Luyánta würde sich selbst auffressen vor Hass! Aber ist alles g-geplatzt, Tsik-kutas Fluch, als Luyánta die g-goldene G-geleg-genheit zum Mord an dir verstreichen ließ. Reg-gt mich jetzt noch auf!»

«Jetzt verstehe ich», flüsterte Amian. «In diesem Moment ist mir ein neues Herz entsprungen – als meine Todfeindin mich verschonte, ohne dass ich es wusste …»

«K-K-K-QUATSCH!! Neues Herz, was soll das dann heißen! Da k-krieg ich g-g-glatt die K-krise, wenn ich solchen K-krempel hören muss. Schnulzen! Sentimentales Zeug-g! Das g-g-gibt's überhaupt nicht, dein neues Herz.»

Sabbernd hielt er inne und wendete seinen Glotzblick von Amian ab, wieder auf Luyánta, der es immer schlechter zu gehen schien.

«Bauchweh, was?», höhnte er zufrieden. «Zu Recht, dumme G-gans, g-ganz zu Recht! Denn wenn alle Menschen in Stück-ke brechen, wen wird es da wohl am schlimmsten von allen erwischen? *Dich*, blöde G-g-göre! Wer auf der Welt wäre jetzt schon wenig-ger eins mit sich selbst als *du*?!? Luyánta! Und Jolantha! K-könig-gin *und* Murmeltier! Zartliebende *und* Erzhassende! Dein eig-gener Zwilling-g noch dazu! Und ausgerechnet *du* willst es überstehen, wenn alles zerfällt?»

Wieder brach er in gewaltiges, hässliches Klappern aus. Größer und größer war er geworden, ein riesiger zuckender Drache.

«Bist ja schon pechschwarz g-geworden», dröhnte der Drache, ihr Gewand anglotzend. «Totschwarz, wie damals die Rüstung-g der Monalisa! Weißt ja selbst, was es bedeutet!»

Immer verzweifelter krümmte sich Luyánta.

«Wenn *ich* dir nicht helfe! Edelmütig-g-g, wie ich nun mal bin!» Genau in dem Moment, als er das sagte, schrumpfte der Drache mit einem Zischen wieder auf die winzige Gestalt des goldenen Pferdchens – nur einen Augenblick jedoch –, dann qualmte und blitzte es,

709

und im nächsten Moment stand wieder die altbekannte Maultier-verwesung da.

Luyánta richtete sich auf, so gut es ging. Das Biest präsentierte ihr seine breiten gelben Zähne, von denen es nur so herabkleckerte. Der Sabber brannte kleine Löcher in die Holzdielen. Versuchte das Vieh etwa, Luyánta anzulächeln?

Tatsächlich schien der Schpina sich beruhigt zu haben. Geradezu freundlich klapperte er wieder los:

«Aber ich liebe euch ja! Aribert, mein Süßer! Juliana, meine Beste! Hör mal, du Fak-xenk-k-könig-gin, ich mache dir ein Ang-gebot, das du nicht ausschlag-gen k-kannst.»

«Ein Angebot? *Du mir*, Dämon?»

Amian schaute sie besorgt an. «Hör es dir gar nicht erst an, Luyánta!»

«Na, warum g-gleich so abweisend? Erst mal zuhören. G-g-gibt es denn nur noch Misstrauen in der Welt? Macht mich traurig-g, all dieses Neg-gative! Denk-kt doch mal positiv, ist ja viel g-gesünder. Also! Du k-könntest ja K-k-könig-gin bleiben, schöne Ljubljana, oder überhaupt erst K-könig-gin werden. Nicht von Fanes, sondern der Welt. Aller Welten!»

«Was für einen Mist redest du da?», brüllte Amian wütend. Und mutig, denn er spürte das Herz in seiner Brust schlagen, von dem der Schpina behauptete, es existierte nicht. Und er legte Luyánta seine Hand auf den Rücken, um ihr Kraft zu geben.

«Lass mich zufrieden mit deinem blöden Zeug», zischte Luyánta den Schpina an.

«Warum so verk-klemmt, Liebes? G-gar nicht neug-gierig-g? Was soll denn das, in deinem Alter! Muss man doch mal offen sein für Neues. Ich war fürchterlich offen, als ich so jung-g war wie du. War ein reg-gelrechter Spring-g-ginsfeld! Also, überleg-g's dir. Hass fressen, bis du platzt vor Lust. Weißt du nicht, wie herrlich das ist? *Ich hasse meinen Vater ... ich hasse meinen Bruder ...* wie oft hast du das g-g-gedacht? Weißt du es nicht mehr? Weißt du noch, wie herrlich sich das anfühlt – zu hassen?»

710

«Lass mich!»

«*Ich hasse* ... Doch, du weißt es ... weißt es g-genau ... Fällt nicht endlich mal der G-g-groschen bei dir? K-k-kapierst du nicht, warum du hier aufg-getaucht bist? Meinst du etwa wirk-klich, du wärst hierherg-gek-kommen, um g-eg-gen mich zu k-kämpfen? K-k-keineswegs, du dumme G-gans, mitnichten und mit Neffen! Nein, es hat dich herg-gezog-gen, damit wir beide eins werden. *Eins!* Meine K-kraft reicht weit, viel weiter, als du dir vorstellen k-kannst. Diese K-k-kraft, sie ist schon lange bei dir – *ich* bin bei dir, schon dein g-ganzes Leben. Bei *euch*, in und über deinen Eltern, und deine Eltern sind in mir, Vater und Mutter ...»

«Ihre Eltern?», schrie Amian. «Lass sie!» Er wusste ja nicht, dass die Eltern in den Mauern des Kellerganges steckten. Aber Luyánta krümmte sich immer heftiger, unter Schmerzen und Schwindel.

Der Schpina, beflügelt von der Wirkung seiner Worte, keckerte weiter: «Aber ja! Und meinst du denn etwa, ich hätte mir deine Eltern *g-geholt*? Nein, auch sie hat es in meine Festung-g g-gezog-gen. Wie dich! Immer war ich schon bei dir, bei euch. Du, meine Hassliebe, nicht nur in dieser Welt, sondern in allen Welten. Wenn du wüsstest, wie weit meine K-k-kraft sich erstreck-kt!»

«Was redest du da?», kreischte die taumelnde Luyánta. Amian hielt sie. «Was fällt dir ein?»

«Na g-g-gräm dich doch nicht! Ist doch g-gut so! Die G-geleg-genheit deines Lebens! Lass die nicht auch wieder verstreichen! K-königgin an *meiner* Seite ... und dann das G-g-grauen der Welt fressen. Aller Welten! Das wär doch was. Ich liebe ja ... ja, ach, hasse du nur, Luyánta! Lass deinen mächtig-gen Drachen frei, lass dich von ihm umarmen und umschling-gen ... verschling-gen ... herrlich ist das, G-grauen und Hass zu fressen und g-gefressen zu werden von Hass und G-grauen. Und dann werden wir *eins* – du, meine K-k-königgin!»

«Vergiss es», schrie Luyánta auf einmal. Sie riss den Oberkörper hoch und spuckte dem Monster vor die Hufe. Mit lautem Klackern sprang es zurück:

711

«Ig-g-gitt! Pfui, wie ung-gezog-gen! Ist ja ek-kelhaft.» Dann schüttelte er sich wieder, dass faules Fleisch im Raum herumsprühte. «Überleg-g's dir, Lundaja, es k-könnte deine letzte Chance sein.»

Luyánta wischte sich die verwesten Fetzen aus dem Gesicht und schaute den Schpina mit festem Blick an. Als sie vorhin seine Schwäche bemerkt hatte, sein Pusteholen, da hatte sie begriffen, warum sie diesen Feind *in* seiner Festung hatte stellen müssen: Denn darin war er sicherer und schutzloser zugleich. Dieser Ort war fürchterlich, aber hier konnten sie ihn besiegen – weil sie sich in seinem Innersten befanden. Und sie spürte Amians Hand an ihrer Schulter. Das tat gut.

«Kein Wort mehr. Ich habe dir nichts zu sagen, Schpina. Du bist der, der verloren ist.»

«Ich k-klink-k noch aus! Aber g-gut, hör zu, G-g-göre. *Jolantha* (ja, das trifft dich, was?) ... Weißt du, wer noch in meinem K-k-kerk-ker schmachtet?»

«Du wirst es mir gleich erzählen, Grautier, was?»

«Das freche K-keck-kern wird dir noch verg-gehen! So vernimm denn das Schreck-kliche! Deine g-g-grässlichen Atzen Mak-k-ksimilian und Valerian befinden sich in meiner G-gewalt!»

«Du Schwein!», brüllte Amian. Doch da hörte er Luyánta laut auflachen.

«Hörst du nicht recht?», brüllte der Schpina, schon wieder heftig anschwellend und sich aufpumpend. «Deine Brüder sind in meiner G-g-g-gewalt!!!»

Doch Luyánta lachte nur nochmals auf.

«Sie *waren* in deiner Gewalt, machtloser Schpina!»

712

Mäxchen greift ein!

Da explodierte das klappernde Vieh regelrecht, schwoll unter Blitzen rasend schnell auf, bis es als meterhohe Drachenwoge über Luyánta und Amian stand.

«Scheiße!», schrie Amian und fuchtelte sinnlos mit dem Dolch, während das Mädchen an seiner Seite ruhig und kampfbereit stand. Das Weiße Schwert ließ sie in der Scheide, sie streckte dem Feind nichts als ihre bloßen Hände entgegen.

Die Monsterwelle neigte sich mit gewaltigem Klappern, sich verwandelnd in einen wüsten Knochenhaufen, über ihre Gegner. Aber die dachten nicht daran, sich ihrem Schicksal zu ergeben. Zwar schlug es Amian sofort den Dolch aus der Hand, ein beißender Schmerz loderte über seinen Unterarm, als würde er verbrennen. Doch er biss die Zähne zusammen und erwartete den Schpina – jetzt auch er mit bloßen Händen.

Zu seiner Verblüffung sah er in diesem Augenblick den Gegenangriff der Kriegerin an seiner Seite auf das herabkommende Riesenvieh. Aber es war gar nicht *eine* Kriegerin, die da angriff – sie attackierte den Schpina als *Nicht-Eine*: Da stürzte nämlich die Faneskönigin Luyánta im schwarzen Gewand dem vielgestaltigen Feind entgegen, neben ihr rannte das große dünne Mädchen, das Jolantha sein musste, und von der Seite sprang ein wütendes schwarzes Murmeltier den Schpina an und riss ihm einen Rippe heraus, dass es nur so knackte. Und noch mehrere andere Gestalten hämmerten auf den Schpina ein, rüttelten zornig am Gerippe.

Da warf sich auch Amian auf den Feind und versuchte, einen der glitschig-glühenden Knochen zu fassen. Erschrocken offenbar von der Vielzahl der Gegenwehr zuckte das Skelett ein paar Meter zurück, wo es sich zuckend in einen Kugelblitz verwandelte, der im Zickzack durch den Raum schoss.

Das ist deine Stärke, sagte Luyánta in Gedanken zu sich selbst: *Du bist viele. Es ist nur eins. Egal, wie es sich verwandelt.*

713

In Erwartung des bösen Kugelblitzes, der jetzt auf sie zusauste, zog sie ihr Weißes Schwert, mit dem sie bereits die Feuerräder zu Eis geschlagen hatte. Die Waffe schien den flammenden Riesenball zu erschrecken, er bremste abrupt, schrie und zischte und qualmte – und nun stand da wieder das halbverweste Maultier, wutbebender denn je. Es entblößte seine ätzenden gelben Zähne, riesengroß, der Schlund gewaltiger als das ganze Untier.

«Reißt ihm alle Knochen aus dem Leib!», rief die Faneskönigin – und da stürzten sich Kriegerin, Mädchen, Murmeltier und all die anderen Gestalten und mit ihnen der staunende Amian auf die Bestie, die ihnen beizenden Speichel entgegenblies und mit den Hufen in alle Richtungen trat. Die Angreifer wurden einer nach dem anderen zurückgeschmettert, aber der Schpina schien immer noch leicht schockiert. Das nutzten seine Gegner, um sich wieder aufzurappeln.

«Gebt ihm Saures, Schwestern!», schrie das schwarze Murmeltier.

«Verschissner Riesenschrat, dir werd ich's zeigen», kreischte das dünne Mädchen in klobigen Bergstiefeln.

«Auf, meine putzigen Krieger!», rief die Faneskönigin, und alle stürmten erneut auf den Feind zu.

Doch ehe sie den Schpina erreichten, kippte mit einem Mal der ganze Raum – und der ins Schwanken geratene Feind stand wieder fest. Dafür sausten die nicht-eine Luyánta und ihr Gefährte Amian über den sich schlagartig neigenden Parkettboden abwärts, wie auf einer riesigen und viel zu steilen Rutsche. Der kahle Raum um sie war verschwunden, es gab jetzt nur noch eine in den Abgrund führende Platte, über die Amian und Luyánta schmerzhaft bergab purzelten.

Der Feind hatte sich indessen von neuem verwandelt. Dutzende kleine Feuerkugeln kamen herabgekullert, aus denen giftiger Ruß und grelle Funken spritzten – ihnen nach, den in die Tiefe Rutschenden! Luyánta aber spürte Amians Hände auf ihrem Bauch, doch nein, es waren ja die Krallen des Adlers, mit denen er vorsichtig das

Murmeltier umfasste, um es von der stürzenden Platte fortzutragen: waagerecht zunächst und dann in die Höhe.

Unter sich sahen sie die flammenden Kugeln nach unten sausen und verzischen, und in der Tiefe öffnete sich der riesige Rachen des erbosten Dämons. Die Kugeln stürzten hinein, der Feind fraß nur sich selbst. Und schnappte danach sinnlos in die Luft, während Adler und Murmeltier aufwärtsstiegen: mitten durch viele ausladende Kronleuchter, die leise klirrten und klimperten. Wo kamen die nun her? Als durchstießen sie Kristallwolken. Ihnen nach schossen Blitze aus dem Abgrund herauf, und rings um sie zerbarsten die prächtigen Leuchter in abertausende Stücke. Adler und Murmeltier spürten, wie die herumfliegenden Scherben ihre fliegenden Körper zerschnitten. Sie schlossen ihre Augen, so fest es nur ging, um nicht ihre Sehkraft zu verlieren: die scharfe des Adlers, die nachtsichere des Murmeltiers.

«Und jetzt?», quiekte das blinde Murmeltier.

«Wir verlassen uns einfach auf unsere Intuition!», antwortete der blinde Adler, stur weiter in die Höhe steigend. «Aber was ist mit deinen Brüdern? Du hast gesagt, dass sie nicht mehr in seiner Gewalt sind? Hast du sie denn gefunden und befreit?»

«Sie müssen sich selbst befreit haben», rief das Murmeltier. «Ich habe die Käfige gefunden, in denen sie gesteckt haben. Unter einer Falltür in irgendeinem Keller, die Käfige standen offen, aber ich bin sicher, dass ich noch ihre Stimmen zwischen den Gitterstäben hören konnte. Wie ein Nachklingen.»

«Hoffentlich nicht wieder eine Täuschung!»

«Ich bin sicher. Ich fühle es. Sie sind entkommen.»

«Aber wie?»

«Keine Ahnung. Ich bin vorher an den Spähern des Dämons vorbei, die hilflos in der Wand stecken. Versteinert. Außerdem waren da … egal, nicht so wichtig. Jedenfalls können die Phantome des Schpina offenbar nicht raus aus diesen Mauern. Oder nur wenn er Macht über sie hat, bei Viertelmond. So hält er sie gefangen. Aber meine Brüder müssen ihm entwischt sein.»

715

«Und wo sind sie jetzt?»

«Keine Ahnung. Und keine Spur von ihnen. Nur das Echo ihrer Stimmen. Stattdessen habe ich ein anderes, leibhaftiges Schreien gehört: deins. Oder Amians ...»

«Ich *bin* Amian», sagte der Adler.

«Und ich *bin* Luyánta», antwortete das Murmeltier. Sie stiegen höher und höher, hielten noch immer die Augen geschlossen, obwohl sie nur noch ab und zu eine versprengte Scherbe schrammte. «Als ich dich schreien hörte, bin ich den ganzen Weg zurückgerannt und die Treppe rauf, durch leere Räume, und dann hab ich dich gefunden, wie das Ekel sich über dich hermachte.»

«Das war Rettung im letzten Moment.»

«Glaub ich nicht. Du hättest dich auch selbst gerettet, schätz ich. Aber wo wollen wir jetzt hin?»

Die Antwort, die der Adler geben wollte, wurde verschluckt von einem heftigen Lärmen, in das sie gerieten. Eine ohrenbetäubende Marschmusik, aufgekommen aus dem Nichts, rúms-tata, rúms-tata. Vielleicht war es auch ein sehr lauter Schlager, ober beides zugleich: ein marschierender Schlager. Jedenfalls war der Lärm unerträglich.

«Mein Schädel platzt!», schrie das Murmeltier in den tosenden Radau.

«Was?», rief der Adler, kaum mehr zu hören.

«Mein Schädel! Platzt!»

Im selben Moment gab es einen heftigen Rums, war das etwa das Schädelplatzen? Nein, der Adler hatte sich den Kopf an etwas sehr Hartem gestoßen, und das Murmeltier knallte auf einen ebenso harten Boden. Luyánta riss benommen die Augen auf und sah als Erstes, wie Amian neben ihr hinplumpste. Sein Gesicht war überall zerschrammt, an seiner Stirn floss Blut – vom Aufwärtsprall an der Betondecke, die sich ein paar Meter über ihren Köpfen befand.

Auch unter ihnen war Beton, darum die schmerzhafte Landung. Sie waren in einem ausgedehnten Parkhausdeck zu Fall gekommen, wüst und leer. Nur weit entfernt rosteten ein paar schrottreife Kar-

716

ren vor sich hin. Die «Musik» von gerade eben war weg. Stattdessen unerträgliche Stille.

«Du hast dir den Kopf gehauen», sagte Luyánta zu Amian und befühlte ihr eigenes Gesicht, das offenbar ebenso voller Schnitte und Wunden war.

Amian riss ein Stück Stoff von seinem Ärmel ab und presste es gegen die blutende Schläfe. «Halb so wild», meinte er und wollte aufstehen – aber da hielt er inne und schaute betreten zu Boden.

«Was ist los?», fragte Luyánta.

«Wir stecken fest», sagte Amian.

Luyánta verstand nicht recht, aber als sie nach unten schaute, sah sie, dass auch ihre Füße bis über die Knöchel im Boden des Parkdecks steckten: einbetoniert.

«Verdammt», murmelte sie. «Es scheint ja nicht glattzulaufen beim Schpina, aber *ganz* machtlos ist er auch wieder nicht.»

«Ich fürchte, da hast du recht», antwortete Amian. «Schau mal da rüber! Die nächste Überraschung kommt.»

Luyánta wandte sich um, so gut das mit einbetonierten Füßen ging. Das Parkdeck war in dieser Richtung sehr weit, es schien sich über Kilometer zu erstrecken, man sah gar kein Ende. Mehrere Auf- und Abfahrten wanden sich spiralförmig durchs Deck. Aber das war nicht, was Amian ihr hatte zeigen wollen: Er meinte vielmehr das Tier, das zwar noch weit weg war, aber in rasendem Tempo auf sie zugaloppierte. Vorbei zischte es an den vereinzelten Autowracks und zwischen den dicken Betonsäulen hindurch.

Neuer Lärm brandete auf: Lautes Klappern hallte zwischen den Wänden.

Es war ohne Frage das halbverweste Maultier, das da auf sie zukam und schnell immer größer wurde. Den zwei Einbetonierten war gar nicht aufgefallen, wie hoch dieses Parkdeck war! Wieder hatte der Raum sich also verwandelt ...

«Die reinste Geisterbahn!», rief Luyánta und wollte ihre Füße aus dem Boden ziehen. Vergeblich.

Weglaufen ging nicht, also winkelten die Einbetonierten ihre

717

Knie an, um nicht sofort umgerissen zu werden, und hoben kampfbereit ihre Fäuste. Immer lauter das Galoppieren. An allen Betonpfeilern blinkten jetzt grüne Notausgangslichter, wie zum Hohn. Am stärksten flackerte es über einer aufwärtsführenden Rampe zu ihrer Linken, an der das riesengroße Monster gleich vorbeikam. Gleich würde es seine Beute unter den immer gewaltigeren Hufen zertrampeln.

Doch wieder eine Überraschung! Diesmal zulasten des Feindes: Etwas kam die Rampe herab, und zwar in einem Henkerstempo. Kaum bemerkten es Amian und Luyánta, kaum bemerkte es der sengende Schpina, da schoss es schon auf ihn zu: ein fetter schwarzer Campingwagen! Kam die Abfahrt runtergeschossen und brauste dem Untier blinkend und mit lautem Hupen mitten ins Gebein, dass seine Knochen in alle Richtungen flogen. Luyánta und Amian hoben die Arme vors Gesicht, um sich vor den auf sie einhämmernden Skelettteilen zu schützen.

Doch durch die Unterarme sahen sie, wer hinter dem Campingwagen die Rampe runtergerannt kam. Ein sehr kleiner Junge in einem roten T-Shirt, er sah aus wie eine rasende Erdbeere. Und ein etwas großer Junge im Kapuzenpulli, der irgendeine schäbige Holzlatte schwang.

Laut johlten die beiden, während das Knochentier zersprang, aber sich sogleich von neuem zusammenzusetzen begann. Luyánta achtete nicht darauf. Sie schaute nur zu den beiden Brüdern: Mäxchen flitzte lachend direkt auf sie zu, während Valentin sich mit seiner komischen Latte zu dem halb kollabierten, halb wieder sich ordnenden Schpina stürzte und auf ihn einprügelte. Mit einer Hand, denn mit der anderen kniff er sich die Nase zu.

Luyánta merkte, dass der Betonboden, in dem ihre Füße gesteckt hatten, zersprungen war. Sie konnte sich wieder frei bewegen.

Aber erst mal ging sie in die Hocke, damit Mäxchen, der fast über seine eigenen Füße gestolpert wäre, in ihre Arme springen konnte. So fest er konnte, drückte er sie, und sie drückte ihn. Aber nicht lang, für solche Sachen hatte er noch nie viel Geduld gehabt. Schon

718

stemmte er sein Körperchen wieder von ihr ab. Sie stellte ihn zurück auf seine Füße, und er schaute sie mit weit aufgerissenen Augen an. Aber er meinte gar nicht die Kratzer und blutigen Schnitte in ihrem Gesicht.

«Jolantha!», rief er aufgeregt. «Was ist mit deinen *Haaren*?»

Ach, wie sie das Stimmchen vermisst hatte!

Aber sie sah auch, dass das Skelett des Schpina sich unter Stauben und Funkenzucken neu zusammensetzte. Der herabgeraste Campingwagen war umgestürzt, und der verbissen dreindreschende Valentin bekam nun selbst harte Knochenschläge gegen den Kopf, bis ihm die zerbrochne Holzlatte aus der Hand flog.

«Erklär ich dir später!», sagte Luyánta zu Mäxchen und packte ihn bei der Hand. «Aber jetzt lass uns erst mal abhauen!»

Wie es den Brüdern erging

Zu viert flitzten sie nun die nächstbeste Parkhausrampe hinauf: Luyánta mit Mäxchen an der Hand vorneweg, dahinter Amian und Valentin. Wie schnell Mäxchen mit seinen kurzen Beinen rennen konnte!

«Hoffentlich kommt kein Auto entgegen», piepste er im Laufen.

Valentin aber hinter ihnen blieb mehrmals stehen und drehte sich um, weil er kämpfen wollte. Er war offensichtlich stinksauer.

«Warum machen wir ihn nicht fertig?», brüllte er, wedelte mit den Fäusten, trat in die Luft. «Warum machen wir das stinkende Dreckvieh nicht fertig?»

Amian zog ihn an der Schulter weiter. «Alles zu seiner Zeit, Bruder der Faneskönigin!»

«Bruder der *was*?» Valentin blickte Amian an, als wäre der nicht bei Trost. Aber dann, als er noch mal zurückschaute, sah auch Valentin von weit hinten übers Deck etwas Beunruhigendes heranbrausen.

719

Eine lodernde Feuerwelle oder so was. Vielleicht hatte der komische Typ mit der Hakennase also recht, dachte Valentin.

Sie rannten weiter, immer voran, ohne auf ihre Umgebung zu achten, bis sie nach einer Weile bemerkten, dass sie in menschenleeren Gängen unterwegs waren, die verdächtig an ein Einkaufscenter erinnerten. Stehende Rolltreppen, erstarrte gläserne Aufzüge rund um den Mittelpunkt der Mall, von wo aus Gänge sternförmig in sieben oder acht Richtungen verliefen. Verdurstete Gummibäume, auf den Tischen überwachsene Essensreste, umgekippte Stühle. Wohin sollten sie? Egal, denn sie sahen, dass der Brandsturm sie weiter verfolgte. Zum Glück war er immer noch so weit weg wie vorher, aber er füllte jetzt einen kompletten Gang aus.

Sie pesten eine der gelähmten Rolltreppen hinauf. Als sie etwa in der Mitte waren, begann die Treppe sich ohne erkennbaren Grund in Bewegung zu setzen – abwärts, gegen ihre Laufrichtung.

«Schneller!», schrie Luyánta; aber je schneller sie rannten, desto schneller lief die erwachte Rolltreppe gegen sie.

Unten, durch leerstehende Ladenlokale, wälzte sich nun die Feuerwoge heran. Luyánta lief der Schweiß übers Gesicht, und verzweifelt hörte sie Mäxchen kreischen, er könne nicht mehr schneller … Dann hinter ihnen ein lautes Rauschen – ein Luftzug – ein Adler: Der verwandelte Amian schwang sich mit breiten Flügeln auf und packte Valentin mit seinen Klauen. Sofort hing der Bruder über den Köpfen seiner Geschwister in der Luft und rief:

«Haltet euch an mir fest!»

Luyánta hob Mäxchen hoch und hängte ihn an Valentins linken Fuß, dann umklammerte sie den rechten. Ob der Adler sie alle würde tragen können? Mit großer Anstrengung brachte er sie aufwärts, dicht über der Rolltreppe, die sich nun in wahnwitzigem Tempo und mit Höllenkrach nach unten bewegte – Rolltreppe abwärts des Todes, genau in das Feuer hinein, das mittlerweile den Treppenfuß erreicht hatte und dort alles verschlang, die ganze Mall oder was es war.

Mit letzter Kraft gelang es dem Adler, die Ebene oberhalb der

Rolltreppe zu erreichen. Dort sackte er zu Boden, und Luyánta und ihre Brüder landeten hart.

«Wow!», schrie Valentin, und Mäxchen trappelte mit den Füßen und rief begeistert: «Noch mal!»

«Später», sagte Amian, erschöpft und in seiner gewohnten Gestalt.

Luyánta sah kurz nach oben. Sie kannte diese verdammte Mall, sie erinnerte ans Lustschlösschen-Center, in dem sie früher manchmal mit ihren Freundinnen abgehangen hatte. Aber alles war verfallen, versank wie eine Stadt aus der Vorzeit. Über ihnen das eingeschlagene Glasdach des Lichthofs, doch darüber kein Himmel zu sehen.

Auf einmal stand die Zeit still. Ruhiges Welt-Atmen. Doch Stille hin oder her, sie hatten keine Zeit zu verlieren. Rappelten sich gleich wieder auf und rannten in den erstbesten Gang, durch die erstbeste Tür, auf der in abblätternden Buchstaben *Centermanagement* stand; waren nun in einem traurigen Flur mit zerschlissnem, fleckigem Auslegteppich unterwegs. Mit Schrecken bemerkte Luyánta, dass unter der Auslegware kein Boden war, sondern nur Tiefe. Aber so lange sie rannten, ging es.

Im Rennen wandten sie sich um und sahen, dass der Teppich hinter ihnen in Flammen aufging. Der Feuersturm kam rasant näher.

«Da!», rief Mäxchen und zeigte auf eine unscheinbare Tür. Ohne nachzudenken, riss Luyánta sie auf, alle vier sprangen hinein und knallten die Tür hinter sich zu.

Stille. Denn keiner sagte ein Wort, alle versuchten, ihr Keuchen zu unterdrücken. So leise wie möglich sein! Wo waren sie jetzt? Es war stockfinster, aber sie schienen in einer ziemlich engen Kammer zu stecken. Luyánta stieß mit ihrem Fuß gegen irgendwas, und Valentin bekam einen leichten Schlag gegen den Kopf.

«Wartet mal», flüsterte Amian und zog den Leuchtklumpen aus seiner Tasche. Im Schummerlicht erkannten sie, dass sie in einer Abstellkammer mit Putzzeug gelandet waren. Luyánta war gegen einen Plastikeimer gestoßen, und an Valentins Kopf lehnte der umgekippte Stiel eines Wischmopps.

«Ob das ein gutes Versteck ist?», zischte Valentin.

«Werden wir gleich wissen», wisperte seine Schwester zurück. Sie riss eine Packung Papierhandtücher auf, gab ein paar davon Amian, und sie wischten sich beide das Blut von Wangen und Stirn. Dann wandte sie sich an Valentin: «Jetzt erzähl uns mal, was euch passiert ist.»

«Ich soll …», raunte Valentin, und man sah, dass in ihm leichter Ärger aufkam. «Findest du nicht, dass lieber *du* uns erzählen solltest, was hier los ist?»

«Mach ich schon, aber später, es ist eine sehr lange Geschichte. Aber jetzt erzähl schon!»

«Mach schon, sie ist schließlich die Königin», sagte Amian streng.

«Die Köni… also ehrlich, langsam reicht's mir», antwortete Valentin. «Bei uns gibt's nicht viel zu erzählen. Wir saßen in der Hüttenstube, und du warst raus. Wie immer, wenn du beleidigt bist und einfach abhaust. Irgendwann sagte Papa, es würde ja bald dunkel, ich sollte mal rausgehen und nach dir schauen.»

«Warum ist er nicht selbst gegangen?»

«Kannst du dir wohl denken. Er wollte in Ruhe sein Bier austrinken. Aber Mäxchen war sauer und wollte unbedingt mit.»

«Ja, sonst ist das ungerecht!», krähte Mäxchen.

«Pscht!», machte Valentin. «Denk an das Monster da draußen. Wenn du nicht die Klappe hältst, frisst es uns. Nein, nicht heulen, Mäxchen … Wir sind ja supergut versteckt hier in der Besenkammer. Es scheint uns nicht zu finden. Richtig gemütlich hier …»

«Komm, erzähl weiter!»

«Also, Mäxchen und ich sind raus, es war wirklich schon ziemlich dunkel. Aber wir konnten deine Stirnlampe oben am Hang sehen. Da haben wir auch unsere Stirnlampen geholt und sind dir nach. Tja, du warst weit, wir haben uns schon ein bisschen Sorgen gemacht und sind dir nach.»

«Ihr hättet besser zurückgehen sollen.»

«Ja, nachher ist man immer schlauer. Außerdem, was dann? Dann wären doch die Eltern losgegangen!»

722

«Was sie übrigens anscheinend auch gemacht haben», sagte Luyánta.

«Ach so? Aber wo stecken sie?»

«Erzähl ich dir später. Jetzt mach erst mal du weiter.»

«Also, als wir los sind an diesem komischen Abend, hatten wir irgendwie das Gefühl, wir müssten dir unbedingt nach. Übrigens, sag mal, was fällt dir eigentlich ein, uns zu sagen, was wir hätten tun sollen? *Du* hättest nicht weglaufen sollen, sondern wieder in die Hütte kommen!»

«Ich musste. Erzähl weiter!»

«Na ja, was soll ich sagen? Wir sind gelatscht und gelatscht, und irgendwann waren wir nicht mehr sicher, wie es zurückging. Mäxchen hat angefangen zu quengeln …»

«Ich hab *nicht* gequengelt!»

«Okay, Mäxchen hat *nicht* gequengelt. Jedenfalls haben wir uns dann ein Plätzchen für die Nacht gesucht, in einem offenen Heuschober. Zum Glück hatten wir noch ein paar Schokoriegel dabei. Am nächsten Tag sind wir weiter. Und da wurden wir auf einer Wiese von ein paar unheimlichen Typen mit bescheuerten Helmen überfallen.»

«Adlerhäscher!»

«Bitte?»

«Das waren Adlerhäscher, die euch gefangen nehmen wollten», sagte Luyánta. Sie merkte, wie Amian den Blick abwandte.

«Will ich gar nicht so genau wissen», antwortete Valentin. «Jedenfalls haben sie uns nicht erwischt. Als wir sie endlich abgeschüttelt hatten, wollten wir irgendwie zurück zur Berghütte. Es war bald schon wieder Abend. Und da hat uns auf einmal so ein grauenhafter Vogel angegriffen. Ein hässlicher Rabe oder so, die ganze Zeit ist er über uns rumgeflattert und immer wieder runtergesaust und hat nach uns gepickt und mit Kot gespritzt.»

«Tsikuta …»

«Hä? Ich glaub, du musst uns *wirklich* einiges erklären, Jolantha … oder Königin, meinetwegen. Ich wollte einen Stein nach dem blöden

Vogel schmeißen, damit er abhaut, aber Mäxchen hat mich abgehalten. Er meinte, man darf nicht mit Steinen auf Tiere schmeißen.»

«Darf man auch nicht.» Mäxchen schüttelte den Kopf.

«Na ja, da hab ich's halt gelassen, und der Rabe oder was es war, ist von selbst abgehauen. Aber es war schon Nacht. Und was dann kam, das war ein bisschen verwirrend ... Wir sind wieder runter, um in irgendein Tal zu gelangen. Und da kam uns mitten im Wald ein Typ mit riesigen Zähnen entgegen, er ritt auf einem Esel und hatte eine funzlige Laterne dabei. Erst dachte ich, der kann uns helfen, aber dann hab ich schnell gemerkt, dass der wirklich komisch drauf war.»

«Der Schpina.»

«Ja, ein totaler Spinner. Also wollten wir lieber weg. Aber da hat er sich irgendwie verwandelt und wollte uns schnappen. Ich konnte ihn abschütteln, aber er hat sich Mäxchen gegrapscht und ist mit ihm auf und davon. Mäxchen hat geschrien wie am Spieß, es war grauenhaft.»

«Ich hab nicht geheult.»

«Stimmt, geheult hast du nicht, da hab ich mich falsch erinnert. Aber mal ehrlich, du hättest allen Grund gehabt zu heulen. Und *ich* hab geheult.»

«Na gut, dann hab ich auch geheult.»

«Also, ich war total verzweifelt», fuhr Valentin fort. «Ich bin immer in die Richtung gelatscht, in die die beiden verschwunden waren, ich weiß nicht, wie lang. Tagelang, hab ich das Gefühl. Und dann hab ich endlich eine Berghütte gesehen. Ungewöhnliche Form, ziemlich modern, cool eigentlich. Ein Keil, bisschen wie ein Turm.»

«Die Festung. Und du hast dich auf den Gletscher gewagt?»

«Was für ein Gletscher? Da war kein Gletscher. Ganz normaler Wanderweg. Ich bin hin und rein. Aber niemand war da. Und plötzlich hab ich gewusst, dass Mäxchen hier ist und dass das Haus von dem Typen auf dem Esel sein musste.»

«Und du bist nicht abgehauen?»

«Nein, ich wollte ihn suchen. Ich wollte, na ja ...»

724

«Was?»

«Ich wollte ihm sagen, er soll Mäxchen freilassen und mich stattdessen nehmen.»

Amian sah Valentin an. «Das war keine gute Idee», sagte er. Aber in seinem Blick lag jede Menge Sympathie.

«Weiß ich selbst, dass das nicht schlau war.» Valentin wirkte leicht verärgert. «Was dann passiert ist, weiß ich nicht mehr genau. Ich bekomm schon Kopfweh, wenn ich mich zu erinnern versuche. Auf jeden Fall hab ich den Typen irgendwie gefunden, aber er sah aus, ich weiß nicht ... als ob er tot wäre. Ein richtiges Skelett, irgendwie irre, aber auch richtig ekelhaft. Und dann ging alles durcheinander ... und dann hockte ich auf einmal in irgendeinem Käfig. Und im Käfig daneben war Mäxchen, da war ich noch froh, ihn gefunden zu haben.»

«Aber es ist ja trotzdem schrecklich!», rief Luyánta. «Wie viele Wochen und Monate habt ihr in den Käfigen gesteckt?»

Valentin schaute seine Schwester verwundert an. «Na keine, zum Glück. Wir haben erst nur geflüstert. Mäxchen war tapfer, und ich war trotz allem erst mal erleichtert, dass wir uns wiederhatten. Nach einer Weile kamen wir auf die Idee, mal an den Deckeln auf den Käfigen zu rütteln, und – tja, die waren überhaupt nicht verschlossen. Der Spinner oder das Gespenst oder was es ist, hat echt eine Macke. Wir konnten die Dinger einfach aufklappen und rausklettern.»

«Ich glaub, beim Schpina geht zurzeit wirklich nicht alles nach Plan», meinte Luyánta. «Er wollte euch bestimmt nicht freilassen. Egal, und dann?»

«Dann sind wir eine Ewigkeit durch dieses komische Gebäude hier gelaufen. Wir wollten eigentlich nur raus, aber es ist sehr verwirrend hier, ein richtiges Labyrinth. Irgendwann kamen wir in dieses komische Parkhaus und haben einen Riesenradau gehört. Das ging stundenlang, es hat gar nicht mehr aufgehört. Wir wollten unbedingt raus, aber haben keinen Ausgang mehr gefunden. Stattdessen haben wir irgendwann euch beide gesehen. Da waren wir froh, dass wir dich gefunden hatten, denn das war's ja eigentlich, wozu wir losgegangen waren: um dich zu finden. Übrigens, wer *ist* der Typ eigentlich?»

«Welcher Typ? Der Schpina?»

«Nein, *er.*» Valentin sah Amian an.

«Ich bin Amian.»

«Und mit dir ist meine Schwester von der Berghütte abgehauen?»

«Aber nein», sagte Amian, «sie ging mit den Murmeltieren, ihren Geschwistern.»

«Wie bitte?»

«Struggles und Paminer», sagte Luyánta. «Die Dicke kam nämlich erst später dazu. Ist echt eine lange Geschichte. Erzähl erst du deine zu Ende.»

«Da gibt's nicht mehr viel. Wir sind dann doch nicht zu euch runtergelaufen, weil wir gesehen haben, dass ihr in irgendeinem Schlamassel steckt.»

«Ja, eine meiner Patschen, wie Laleh immer sagt.»

«Wer ist nun wieder Laleh?»

«Erzähl ich später.»

«Echt, langsam reicht's mir. Wir haben also gesehen, dass ihr feststeckt und dass da dieses Monster angerast kam. Da kam Mäxchen auf die Idee, dass wir so einen fetten Campingwagen, der da oben rumstand, auf die Rampe schieben und in das Monster reinfahren lassen könnten. Ich war nicht sicher, ob wir es im richtigen Moment hinkriegen, aber Versuch macht kluch, und – na ja, hat geklappt. Und jetzt sind wir hier. In der Besenkammer.»

«Ein Glück. Ich freu mich so, euch wiederzusehen.»

«Ich ja auch, obwohl du echt nervst. Irgendwie ist das alles schon eine beschissene Aktion von dir. Wie kommen wir jetzt wieder raus hier? Sollen wir mal rauslugen, ob das Feuervieh noch da ist? Wer weiß, ob es von dem Flur überhaupt was übrig gelassen hat.»

«Wollen wir nicht lieber da lang?», piepste da Mäxchen und zeigte hoch zu einer Öffnung oben in der Wand, über Feudeln und Wischeimern. Amian leuchtete hoch, damit sie die Öffnung besser sehen konnten.

726

«Ein Lüftungsschacht», meinte Luyánta. «Groß genug scheint er zu sein. Wir können's ja mal versuchen.»

Tsikutas Rückkehr

Dicht hintereinander krabbelten sie durch das stählerne Röhrensystem: Luyánta vorneweg, dahinter Mäxchen (fast an ihren Fersen klebend) und Valentin, als Letzter Amian. Der Weg führte um mehrere Ecken, ein paarmal hoch. Öfter kamen sie an Lüftungsgittern vorbei, durch die sie in einzelne Räume hinunterschauen konnten. Meist waren das elende Rumpelkammern, vollgestopft mit kaputten Möbeln und allem möglichen Plunder: gestapelte Autoreifen, uralte Computerbildschirme, solche Sachen. Einmal sahen sie eine große Halle mit langen Reihen von Bänken, an eine Kathedrale erinnernd. Auch darin keine Menschenseele zu sehen.

Schließlich führte die Metallröhre senkrecht aufwärts, sehr hoch, wie ein Schornstein. Sie waren noch am Überlegen, wie sie da hinaufklettern sollten, als Mäxchen schon dabei war, seine Schuhe von den Füßen zu zerren, ohne erst die Kletten zu öffnen.

«Ich zeig's euch», rief er, und schon drängelte er sich an Luyánta vorbei. Er spreizte seine Hände und nackten Füße, so weit er nur konnte, und drückte sich auf diese Art Stück für Stück den Schacht hinauf.

«Euer kleiner Bruder hat's drauf», sagte Amian zu Valentin und Luyánta, die die Kletten von Mäxchens Schuhen aneinanderklebte und sich über die Schulter legte. Dann zog sie ihre eigenen Schuhe aus, verknotete die Schnürsenkel und hängte sie sich um den Hals, um ebenfalls auf die Mäxchen-Methode barfuß den Metallschacht hochzusteigen. Anstrengend, aber es ging.

Valentin und Amian folgten. Man durfte nur im Sichhochstem-

727

men nicht nach unten schauen ... Nach einigen Minuten erreichten sie ein weiteres, großes Lüftungsgitter über ihren Köpfen. Mäxchen presste seine Füße so fest wie möglich gegen die Schachtwände und steckte seine Fingerchen durch die Stäbe. So gesichert, hob er das Gitter vorsichtig hoch, um es langsam zur Seite zu schieben. Mit angehaltenem Atem schauten die Großen ihm von unten zu.

Mäxchen legte seine Arme auf den Rand des Schachts und zog sich langsam hoch.

«Wir sind auf dem Dach!», rief er, nachdem er den Kopf rausgesteckt hatte. Dann kroch er auf dem Bauch nach draußen, man sah nur noch seine Füßchen davonzappeln.

Gleich darauf standen sie alle auf dem Dach der Gletscherfestung. Sie schien zu ihrem Erstaunen allerdings nun doch erheblich kleiner zu sein, als sie von drinnen gewirkt hatte. Vielleicht zehn mal zehn Meter maß das Turmdach, das aus groben Planken bestand. Eigentlich war es gar kein richtiges Dach, sondern nur eine Abdeckung aus Holzbrettern. Der Lüftungsschacht nahm sich darin merkwürdig aus.

Ein verschmierter Morgen. In der Ferne hingen funzlig und schleierhaft die Berge, irgendwo weit weg flatterten ein paar Vögel (immerhin), und unterhalb des Turms, der anscheinend auch bei weitem nicht so hoch war wie gedacht, lag der Gletscher, nur ein paar Meter unter ihnen. Er sah anders aus als früher, schien zu schmelzen, das Wasser lief in Strömen übers Eis, und an einigen Stellen brodelte es, als würde es kochen. Zugleich kamen hier und dort Plastikmüllhaufen und Hügel aus Kleinelektronikschrott zum Vorschein, auch ein paar schwarze Bananenschalen.

Was sollten sie jetzt tun? Luyánta fand, dass es an ihr war, die Initiative zu ergreifen. Schließlich war der Gang in die Festung des Schpina-de-Mul ihre Idee gewesen. Immerhin, ihre Brüder waren befreit. Genau genommen hatten sie sich ja selbst befreit. Ihre Eltern steckten noch in der Wand der Festung, irgendwo da unten bei den versteinerten Viertelmondspähern. Das hatte sie Valentin ja noch erzählen wollen ...

728

Sollten sie einen Versuch unternehmen, die Eltern zu befreien? Oder war es vernünftiger, irgendwie abzuhauen? Denn was hatten ihre Eltern überhaupt hier zu suchen? Irgendwann muss man auch mal jemanden seinem Schicksal überlassen. Andererseits, es waren ihre Eltern. Zumindest mal gewesen ...

Die wirre Denkerei kam an ein schnelles Ende, als sie Amian rufen hörte: «Da ist er wieder!»

Luyánta schaute sich um, und tatsächlich rollte über die Planken ein flammenzuckender Kugelblitz auf sie zu. Er kam vom Rand her, zunächst nur klein wie ein Tennisball, gemächlich kullernd, aber im Rollen beschleunigte er und wurde größer. Mit jeder Umdrehung schien sich sein Umfang zu verdoppeln, sodass er in der Mitte schon hoch wie ein Lastwagen war.

Diesmal war es Amian, der am schnellsten einen Entschluss fasste. Er sprang vor Luyánta und ihre Brüder und breitete seine Arme aus, mit zuckenden Fingern – bereit, dem Monster wieder ins Knochengehege zu greifen.

«Komm doch, du Bestie!», schrie er. «Auf ein Neues!»

Doch die anschwellende Kugel rollte einfach auf ihn zu, immer schneller. Ein Schmerzensschrei, dicker Qualm, und Amian wurde über die Köpfe Luyántas und ihrer Brüder hinweggeschleudert. Mit Entsetzen sahen sie, wie er über den Dachrand in die Tiefe stürzte. Nun war der Turm viel höher geworden. Was sollte das denn? Doch für Nachdenken blieb keine Zeit, nun traf die Feuerkugel auch Luyánta, Mäxchen und Valentin – und schmetterte sie ebenfalls vom Dach.

Ein übler, brennender Stoß, der sie durch die Luft segeln ließ. Ich hätte mein Weißes Schwert ziehen müssen, dachte Luyánta noch und ärgerte sich über sich selbst, während sie flog. Er war wirklich viel höher, als sie gedacht hatten, denn sie sausten eine Weile bergab.

Dann aber sah Luyánta einen steinernen Vorsprung in der Wand, streckte ihre Hände und bekam ihn zu fassen. Reißen in ihren Armen, fast wäre sie noch abgerutscht – dann hing sie. Eine hässliche Fratze

729

grinste sie an, eine Art Krötenkrokodil aus Stein. Ein Wasserspeier, wie sie oft an alten Kirchen als Ablaufrinnen sind, ein *Gargoyle*.

Links von ihr, ein paar Meter entfernt, hingen Mäxchen und Valentin gemeinsam an einem anderen Wasserspeier. Ein Drachenkopf mit Ziegenhörnern und Segelohren. Luyánta fiel ein Stein vom Herzen, als sie das sah. Aber Mäxchen zitterte am ganzen Leib. Trotzdem begann er bereits, sich an dem Segelohr emporzuziehen. Valentin tat an einem der Ziegenhörner das Gleiche, während Luyánta sich auf den Kopf des Krötenkrokodils hievte.

«Gerade noch mal gutgegangen», rief Valentin, als sie alle drei rittlings auf den Gargoyles saßen, Mäxchen vor dem Bauch des großen Bruders. Ihre Schwester hielt Ausschau nach Amian, und sie war bestürzt, als sie ihn entdeckte: Er war zwar ebenfalls auf einem steinernen Wasserspeier gelandet, ein Stück unter ihnen, aber er saß nicht, sondern hing quer darüber, mit dem Bauch auf dem Nacken des Gargoyles. Offenbar ohnmächtig.

Und da war noch etwas. Auf seinem Rücken, funkelnd. Erschrocken griff Luyánta sich an den Kopf: Tatsächlich, sie hatte die Raiëta verloren. Sie war hinabgefallen und lag auf dem Rücken des ohnmächtigen Amian.

Der zerfließende und brodelnde Gletscher unter ihnen schien nun viel tiefer zu sein, als es vom Dach aus geschienen hatte. Hunderte Meter mussten das sein. Auch war die Wand, an der sie hier klebten, viel breiter als das Dach.

Sie schaute zu den Brüdern. Wie das arme Mäxchen zitterte und wie er ihre Lage trotzdem mit Fassung trug. Valentin streichelte ihm beruhigend über den Kopf.

Das Schlimmste aber war, dass sich die riesige Feuerkugel oben über den Dachrand schob. Langsam zwar, als sei sie noch unschlüssig. Aber wenn das Ding hier im Zickzack die Turmwand rasieren wollte, waren sie geliefert.

Luyánta fühlte sich ratlos. Für alle Fälle zog sie ihr Schwert aus der Scheide. Die Kugel schien das nicht zu beeindrucken. Ein gewal-

730

tiges Klappern schallte vom Dach, flog über den Gletscher, hinauf zum schmierigen Himmel und wieder herab. Und die Festung selbst, an deren Wand sie klebten, begann leicht zu beben. Die Wasserspeierköpfe ruckelten unter ihren Hintern, das war nun wirklich alles andere als gemütlich.

Immer weiter schob sich die mächtige Feuerkugel über den Rand des Festungsdaches. Gleich würde sie ihren Gegnern den Rest geben und sie in den brodelnden Gletscher hinabstoßen. Falls sie sie nicht vorher schon verbrannte oder zermalmte.

Ach, wenn doch nur Amian aufwachte dort unten! Dann hätte er vielleicht noch als Adler aufsteigen können. Und vielleicht Mäxchen retten, wenigstens Mäxchen.

Aber Amian erwachte nicht. Stattdessen passierte etwas anderes: Ein Vogel kam herbei, den Luyánta mittlerweile gut kannte – die dämmerfarbene Dohle. Aber sie war groß wie ein Hubschrauber, und während sie früher immer allein aufgetaucht war, wurde sie nun von einer Schar von Dohlen begleitet. Die hatten allerdings Normalgröße und waren schwarz, wie es sich für Alpendohlen gehört.

Fuchsteufelswild klapperte es oben, als der Schpina die Tsikuta bemerkte. Die Kugel plumpste über den Dachrand zurück, doch die Riesendämmerdohle stürzte sich hinterher. Nun sahen Luyánta und ihre Brüder dort oben nur noch ab und zu einen Blitz Richtung Himmel zucken oder eine Qualmsäule in irgendeine Richtung verpuffen. Dabei rieselte ein betrüblicher Gestank an der Wand herab. Selbst die Fratzen der Wasserspeier schienen ihre Nasen zu rümpfen.

Vor allem aber *hörten* die hilflosen drei, was dort oben los war: Wutschnauben, wildes Zischen und Mordsklappern, als ob's kein Morgen gäbe. Deutlich konnten Luyánta, Mäxchen und Valentin verstehen, was der Schpina-de-Mul und die Tsikuta sich auf dem Dach der Festung an die Köpfe warfen, während sie Blitze und Flüche gegeneinander schleuderten. Hei-ei, machte die Dohle, nimm das, du Klapperesel, und ihr verhasster Bruder-oder-auch-nicht fauchte und rasselte zurück: «Schon wieder du?! Selbst für G-geschwisterk-

731

k-krieg-g bist du zu blöd, warum wartest du nicht wenig-gstens, bis ich die G-göre erledig-gt habe? K-krieg die K-krätze bei so viel Unfähigk-keit!"

«Schwatz nicht, alte Kracke! Da hast du!»

«G-g-giftspritze, du verfluchte, lass doch deinen ätzenden K-k-kot in der Röhre! Ach, wie das brennt in meinen schwärenden Wunden, wie es juck-k-kt in meinem verfaulenden Fleisch. Dein g-g-galliges Zeug-gs, hast du g-gar k-keine Empathie? Bin doch dein eig-gener Bruder! Was machst du mick-krige Dämmerhek-xe überhaupt hier, am helllichten Tag-g-g-g? Pfui g-gack! Warte nur, ich dreh dir den Hals um und rupf dir jede Feder einzeln aus! Ich brat dich überm Feuer und schmeiß dich den Trussanern zum Fressi vor!»

«Tss, hei, du Großmaul, wem drohst du hier mit Trussanern, den blödbrutalen Gammelfeuerlingen, die du ins verdiente Verderben gestoßen hast? Wolltest auch mich zugrunde richten, Tsikuta, deine eigene Schwester! Und dir allein die strunzdumme Schwachstarke vorknöpfen, die sich Faneskönigin schimpft, und ihren falschen Feind, das bösgute Adlerprinzlein, und dir dann aus diesem Massaker die Macht saugen! Fein gedacht, aber dumm gemacht, du Aas! Hier bin ich wieder und geb dir Saures, hei, ist das ein Spaß!»

Wieder schien sie ihren Hexdohlenkot gegen den kreischenden Herrn der Festung zu spritzen, der sich mit Blitzen wehrte. Währenddessen flatterten ums Dach herum die kleineren schwarzen Dohlen, immer wieder schien eine davonflattern zu wollen, wurde aber wie an einer unsichtbaren Leine zurückgerissen aufs Dach. Dorthin, wo das schaurige Spektakel stattfand, das Luyánta und ihre Brüder hören mussten, ohne etwas sehen zu können.

«Hei, du willst davonfliegen? Nix da, Döhlchen, dazu hab ich euch nicht gefügig gemacht! Wie der Schpina, dieser falsche Fuffziger, habt ihr mich verachtet, so als wäre ich nicht die Größte von euch allen. Jetzt aber müsst ihr mir dienen. Seht ihr, so kann's gehen. Hab meine Kraft aufgeladen viiiiele Stunden und Tage in den schwersten Gewittern. Dabei war ich ja schon zerfleddert, und dann diese Abreibung, die der olle Schpina mir verpasste, statt seiner Verbündeten beizustehen. Das hat er nun davon, der Hundsfott! Doppelt und dreifach kommt die böse Geistin des Dazwischen über ihn, mit hui und hei. Ja, mitten am Tag, du Kanaille, hast recht gesehen! Ihr kläglichen Schwestern, scheißt ihn in den Untergang mit eurem Kot aus allen Dohlenkanälen! Kommt, ihr Töchter, helft mir kacken! Immer lustig in sein offenes Fleisch hinein, und wenn die Flamme zuckt, pisst sie nur aus! Gleich werdet ihr ihn schmausen können, den Abscheulichen!»

Der Schpina klapperte und keckerte immer weiter, und siehe da, bald begann er wieder aufs Infamste zu zirzen und zu zirpen, diese schmeichelnde Zaubergrille. *Missverständnis*, hörten die drei auf ihren Gargoyles ihn säuseln, *ein ärg-gerliches Missverständnis* und dass der Schpina seine allerliebste Schwester doch nur habe schützen wollen vor weiterem Ung-gemach, nachdem die Sache mit dem Fluch so ein Schlag-g ins K-kontor gewesen sei. «So g-gut und listig-g hattest du das erdacht, Tsik-kuta! Aber musstest einen bitteren Preis zahlen. Ach, wie dich die Bosheit des Mädchens zerzaust hat, als sie tück-k-kisch den Fluch zurück-k-kwarf auf dich Arme. *Schützen* wollte der Schpina da seine herzallerliebste Schwester, sein K-k-kleinod. G-grr, nun lasst doch die ek-klige Spritzerei, ihr g-grässlichen Dohlen! Ist doch k-keine G-gesellschaft für dich, Tsik-k-kuta! Irg-gendwelche daherg-geflatterten Vög-gel. Dämonin g-gehört unter Dämonen, Hek-xe unter Hek-xer, Schwester zum Bruder und das Dazwischen zu Tag-g und Nacht.»

«Du zerfallendes Aas, wie du frech versuchst, mich um deine verwesten Hufe zu wickeln! Aber da bist du selbst schiefgewickelt, oller Schpina. Nimm das!»

Wieder blökte der Schpina auf, wohl erneut vom ätzenden Hexensaft getroffen. Zeterte. Doch er gab längst nicht auf. Turtelte weiter, zuckersüß klappernd, allerliebst keckernd. Bald drohend, bald schmeichelnd. Luyánta und ihre Brüder aber, gefangen auf den Wasserspeiern am Abgrund, mussten das alles hilflos mit anhören. Auch wie der Schpina die dämliche Gewitterhexe allmählich wieder rumkriegte.

733

«Ist das nun dein Dank-k-k, Tsik-kuta? Nur weil ich allzu achtsam war? Denn so ist es in Wahrheit! Achtsamk-keit, so wichtig-g! Ich g-g-gönnte dir doch Ruhe nach all deinen schreck-klichen Strapazen. Ich aber wollte unsere Feinde zur Streck-k-ke bring-gen! Ek-k-klatanter K-kraftak-kt, nur für dich! Ja doch, ja, ich verpasste dir wohl einen winzig-gen Stupser, aber nur, damit du dich auch wirk-klich ausruhen g-gehst. Wenn das ein Fehler war, dann nur ein Fehler aus Liebe! Aus Liebe, jawoll! Würde ich es wieder tun? Ja und nochmals ja! Denn für wen tu ich das alles, wenn nicht für dich? Sieh doch! (Hört auf zu spritzen! Ja, so ist es schon besser ...) Hab sie ja für dich auf den Präsentierteller g-gepack-kt, unsere Feinde! An die Präsentierwand g-gek-k-klatscht. Schau nur, wie hilflos sie an der Wand k-kleben. Wie die Mück-ken im Netz der Spinne. Du brauchst nur noch hinzuflattern und sie runterzupick-k-ken, wie reife K-kirschen. Mordsg-g-gaudi, wenn sie k-k-kreischend in die Tiefe stürzen und im brodelnden G-gletschereis verreck-ken. K-k-komm schon zur Vernunft, meine Beste, k-komm schon. Schick-k deine doofen Dohlen zum Deibel und hol dir, was der Schpina dir schenk-k-kt. Da k-kleben sie ... tu's, Tsik-kuta, tu's ...»

Mit wachsender Unruhe hatten die drei da unten verfolgt, wie Tsikutas höhnische Gegenreden verstummt waren. Luyánta sah immer wieder nach unten, doch Amian war und blieb bewusstlos. Und nun mussten sie und ihre Brüder miterleben, wie dort oben ein heftiges Feixen und Freudezischen und Jubelblitzen aufbrandete. Die Begleitdohlen der Tsikuta wurden einfach durch die Luft fortgeschleudert, zerfranst und mit brennenden Federn, einige stürzten und versanken im brodelnden Gletscherwasser, wo auch immer mehr dampfender Müll erschien, andere flugtrudelten besoffen davon.

«Hei!», hörten sie es von oben. «Ich pflücke die Kirschen! Das wird ein Spaß!»

Und dann erschien über dem Dachrand die große Gestalt der dämonischen Dämmerdohle. Die Tsikuta spannte ihre schaurigen Flügel, weiter als die eines Adlers, und glitt krächzend in die Luft.

734

Luyánta sah, wie ihre Brüder erbleichten. «Verzeiht mir!», schrie sie zu ihnen hinüber. Denn *sie* hatte ja ihre armen Brüder in diese ausweglose Lage gebracht, sie allein …

Sprung von der Festung

Doch die Dämmerdohle sollte ihre Opfer nicht erreichen. *Auf jedes böse Hin folgt ein rettendes Her* – das Gesetz der Unselben Welt: So schoss es Luyánta durch den Kopf, als sie sah, wie die herabstürzende Tsikuta plötzlich zuckte und aus ihrer Sturzbahn trudelte.

Was war das? Irgendwas hatte sie am Kopf getroffen.

Da, ein Stein war's! Jetzt platschte er ins Gletscherwasser, wo er mit einem Glucksen versank. Im selben Moment hörte Luyánta von oben ausgelassenes Jubeln, und eine quiekende Stimme triumphierte:

«Alter! Das hat gesessen!»

«Saubere Arbeit, Bruder! Direkt in die Mistkrähe!»

«Schnauze, Digger! Konzentriert euch gefälligst! Kampfmodus!»

Luyánta sah hoch und erblickte die Silhouette des Adlers Pollux. Gleich darauf beugte sich jemand über den Dachrand und winkte nach unten – Laleh, mit ihrer Steinschleuder in der Hand! Offenbar waren sie und die Murmeltiere vom Rücken des Adlers aufs Dach gesprungen.

«Wieder in der Patsche, was?», rief sie. «Aber lass uns später quatschen. Die Kuscheltiere und ich machen erst mal Monsterbrei, pass auf!»

Währenddessen segelte Pollux bereits zu Luyánta, die sofort zu ihren Brüdern zeigte: «Die beiden zuerst, Pollux! Und bring sie nach unten, bloß weg von der vermaledeiten Festung!»

Obwohl die zwei immer noch schreckensbleich waren, machte Mäxchen Anstalten zu protestieren und plapperte davon, dass er weiter gegen das Monster kämpfen wolle; aber Valentin befahl ihm, jetzt mal die Klappe zu halten. Pollux umgriff erst Mäxchen, dann Valentin vorsichtig mit seinen Klauen und hob sie sanft von ihrer segelohrigen Drachenziege. Dann glitt er elegant von der Festung weg und in Richtung einer noch fest vereisten hohen Kuppe im Gletscher. Dort setzte er sie ab – wohl erst mal in Sicherheit, weit weg vom Turm.

Die getroffene Tsikuta war inzwischen wild durch den Luftraum rotiert. Nun hatte sie sich vom Steinschlag erholt und sauste wütend auf den Adler zu, der sich eben umgedreht hatte, um zu Luyánta zu fliegen. Die aufgeplusterte Dohle war gewiss dreimal so groß wie Pollux, aber der Adler reagierte schnell: Er streckte seine flammenzuckenden Krallen nach vorn und sauste der Tsikuta mit voller Kraft entgegen. Und nun kabbelten die beiden sich in der Luft, dass nur so die Federn flogen!

Luyánta sah von ihrem Gargoyle-Ausguck erleichtert zu den Brüdern, die ratlos auf der Eiskuppe standen. Dann wandte sie ihren Kopf nach oben, wo Laleh und die Murmeltiere sich in den Kampf mit dem Schpina geworfen hatten. Sie hörte nur bitterböses Klappern, quietschende Flüche, immer wieder Schläge und Puffe. Ab und zu schossen auch Blitze, verzischte Qualm.

Und sie musste hier hocken, verdammt zum Nichtstun! Pollux und Tsikuta katzbalgten sich weiter in der Luft, und in einiger Ferne flatterten die Dohlen, die von der dämonischen Cousine zuerst verhext und dann verscheucht worden waren. Und auch von unten spürte Luyánta nun einen Luftzug. Sie drehte den Kopf und sah erfreut, dass ein weiterer Adler zu ihr heraufstieg.

Amian. Er lebte, er war wieder zu sich gekommen!

In seinem Schnabel trug er die Raiëta. Luyánta ergriff sie, kaum dass er bei ihr war, und setzte sie sich zitternd wieder auf den Kopf. Der Adler, der mit ausgebreiteten Flügeln vor ihr in der Luft stand, blickte sie aus goldgelben Augen an. Dann neigte er seinen Nacken vor ihr und sagte: «Steig auf. Wir wollen den Feind nicht länger warten lassen.»

736

Luyánta krabbelte von dem steinernen Krötenkrokodil runter und klammerte sich in den Adlerfedern fest. Ein paar Sekunden später hatten sie wieder das Dach der Festung erreicht. Dort waren jetzt keine Bretter mehr zu sehen, sondern ein wohl hundert mal hundert Meter breites Matschfeld. Darin schoss die zischende Kugel schlammspritzend herum, ziellos zwischen der steinschleudernden Laleh und den zornig schnappenden Murmeltieren.

Der Adler flog zu Laleh, wo Luyánta von seinem Nacken rutschte – und zu ihrem Schreck gleich bis unter die Knie in dem Matsch versank, der auch noch ziemlich heiß war.

«Ja, ist richtig mies hier», wurde sie von Laleh begrüßt, die sie trotzdem anlächelte: «Hey, schwarz steht dir aber!»

«Ich weiß nicht …» Aber da zackte schon der elende Kugelblitz auf sie zu. Zum Glück schien die Matschepampe auch ihm zuzusetzen, er hatte bei weitem nicht mehr dieselbe Durchschlagskraft wie vorhin. Luyánta wusste ja jetzt, dass die Kräfte des Schpina ständig ab- und dann (leider) wieder zunahmen. Diesmal wehrten sie den zischelnden Feuerball kinderleicht ab, auch wenn der beherzte Griff in sein schleimiges Inneres auf ihren Handflächen brannte.

Dann stand auch Amian, wieder Mensch, an ihrer Seite, und von hinten sprang die Formation der drei Murmeltiere den sich verwandelnden Kugelblitz an: Struggles biss beherzt in eine aus dem Feuerbrei auftauchende Hinterferse, Paminer in die andere, und Die Dicke riss wie irre an den Knochen seines eben erscheinenden Schwanzes. Mit einem lauten Knacken brachen zwei seiner Schweifwirbel ab, irgendein weißlicher Schleim kleckste raus.

Da stand es also wieder in seiner ganzen schmachvollen Pracht: das halbverweste Maultier. Unter höllischem Gebrüll fegte es mit dem Rest seines Knochenschwanzes die Murmeltiere beiseite, die in hohem Bogen im Schlamm landeten.

«Dieses K-k-kleinvieh! Macht nur Mist! Ach, wie ich euch Murmeltiere hasse … Na wartet!» Und das Maultier keilte mit Vorderhufen und Hinterhufen in alle Richtungen, dann galoppierte es im Kreis, offenbar in einer Spirale Schwung holend. Immer rasender wurde es vor Wut. Luyánta, Laleh und Amian sahen, dass es sich schon wieder aufblies.

«Mir nach!», schrie Luyánta und rannte voran, auf das kreiselnde Untier zu. Ein paar Schritte rannte sie mit ihm, bevor sie beherzt auf seinen Rücken sprang. Laleh und nach ihr Amian taten dasselbe.

Dem behopsten Schpina klapperte der Kopf, er spürte die Gegner auf seinem Rücken. «Arg-gh! Bin ich ein Pack-k-kesel?» Immer wütendere Sprünge. Dabei schwoll und schwoll er in einer Tour weiter. Schon saßen seine Reiter auf dem Rücken eines großen Drachen, hoch über dem Dach. Verzweifelt klammerten sie sich in seinem stinkenden Fell fest, dass sich in klebrige Federschuppen verwandelte. Aber sie würden sich nicht abschütteln lassen. Nicht mehr!

«Heute geht es zu Ende mit dir, Schpina!», schrie die durchgeschüttelte Luyánta.

«Aber wie?», keuchte Amian hinter ihr. «Wie willst du ihn erledigen?»

«Wart's ab, Prinzchen! Luyánta fällt immer was ein», rief Laleh und trat dem Drachen mit ihren Fersen, so doll es ging, in die Seiten. Er schien allerdings nichts davon zu spüren.

Jedes Mal, wenn der Schpinadrache sich in seinem tollwütigen Schütteltanz zur Seite neigte, sah Luyánta, wie das Schlammfeld unter ihnen durchlässiger wurde. Der Matsch spritzte rund um den Teufelsritt hoch, aber zugleich schien das Dach der Hexerfestung sich aufzulösen, der Schlamm tropfte bereits in dicken Klecksen in eine unerkennbare Tiefe. Am Rand des Daches aber sah Luyánta, wie Pollux landete, um die drei Murmeltiere aufzunehmen und in Sicherheit zu bringen. Also musste der Adler die Tsikuta abgeschüttelt haben.

Das bockende Untier sank bei jedem Sprung in den ranzigen Morast seiner eigenen Behausung ein. Umso aufgebrachter schoss es danach wieder in die Höhe. Seine hartnäckigen Reiter, denen von der durchgeknallten Achterbahnerei langsam auch richtig übel wurde, sahen die beängstigende Bescherung von immer weiter oben. Denn der Drache wuchs und wuchs.

738

Auf einmal machte er einen erbosten Sprung über den Dachrand hinweg. Sturmwind wehte den Reitern durch die Haare, die sich so fest in Federn und Schuppen drückten, wie es nur ging. Das Riesenvieh aber sackte nun wie ein abplumpsender Zeppelin Richtung Gletscher. Mit einem schweren Schlag bumste es auf. Luyánta schaffte es mit aller Mühe, sich festzuhalten, aber Laleh und Amian hinter ihr wurden vom Drachenrücken geschleudert und stürzten ins brodelnde Eiswasser.

Das Vieh schüttelte sich und schrumpfte erneut auf bekannte Maultiergröße, mit Luyánta als letzter Gegnerin auf seinem Rücken.

«Geht dir jetzt wieder die Puste aus, Monster?», brüllte sie ihm ins Ohr, während sie ängstlich zu ihren beiden Gefährten rüberschielte, die im Gletscherwasser mit den Armen um sich schlugen. Erleichtert sah sie noch, dass es ihnen zu gelingen schien, sich quer über einen Haufen im Wasser treibenden Hausmüll auf festeres Eis zu ziehen. Dort segelte ihnen schon Pollux entgegen, der die drei Murmeltiere auf der Kuppe bei den Brüdern abgesetzt hatte. Mäxchen in seinem erdbeerroten T-Shirt unterhielt sich bereits angeregt mit Paminer und Struggles, während Valentin gebannt das Kampfgeschehen verfolgte.

Der ausgerastete Schpina-de-Mul aber galoppierte immer höher auf das Kuddelmuddel, das von seinem Gletscher noch übrig war – mit der unabschüttelbaren Luyánta auf seinem klappernden Rücken, der schwarz gefärbten Weißen Kriegerin. An ihrer Seite baumelte das Weiße Schwert in der Scheide, auf ihrem Kopf funkelte die Raiëta.

739

Ich, Tsikuta ... zu Ende

Heieiei, was für ein Schlamassel. Erst von der strunzdummen Mädchengefährtin aus der Bahn geballert, dann von diesem edelblöden Adler durchgewalkt und zerzaust, eiei, langsam reicht's mir.

So gärte die Tsikuta mit Brummschädel und Krähenjammer, abseits des Kampfgeschehens. Was tun? Warum zerriss ihr Fluch nicht sofort die Mädchengefährtin, die ihre Schleuder gegen die Dämonin gerichtet hatte – die anzugreifen doch den Untergang bedeuten sollte? Wie viele, die das gewagt hatten, hatte es schon von innen verbrannt! Hei, die großartigen Zeiten!

Ei, ei, vorbei, vorbei-ei-ei. Wer hätte gedacht, dass sie je zu Ende gingen, die Zeiten? Die Tsikuta kam sich vor wie ein geplatzter Ballon, sie spürte ihre Kräfte entfleuchen. Ihr schwante, dass es mit der schwachstarken Luyánta zu tun hatte. Die hatte ja den Tsikutafluch sogar nach Monaten abgewehrt, rotzfrech aus sich herausgepresst und zurückgeschmettert auf die Urheberin.

Auf sie. Arme Böse. Krähenjammer, Dämoninnendämmer, auweiowei. Elend abschmierend die Macht des Dazwischen. Obwohl sie sich doch eben noch in schweren Gewittern aufgeladen und sich einen Haufen depperter Dohlen untertan gemacht hatte!

Veflixt und zugehext. Ich, ächz, Tsikuta ...

Nein! Noch nicht. Denn was sie sah aus ihrem Abseits, pumpte noch mal Leben in sie. Heitere Gehässigkeit, feixend zu sehen, wie sich da strunzdummes Mädchen und ihre Gefährten mit dem ollen Schpina kampeln (pfui, wie hässlich der Schpina ist!). Da geben sie ihm Saures, dem Scheußlichen. Und er piesackt und peinigt wiederum sie. Ist das köstlich. Außer sich vor blinder Wut zappelt er in alle Richtungen. Zu Tode erschrocken stürzen die Gefährten des grässlichen Mädchens ins heißeisige Wasser des Gletschers, der sich in ein Müllmeer verwandelt.

Wie sie sich mit Drangsal überziehen. Ach, wenn sie doch ge-

740

meinsam krepieren würden, das wär ein Spaß! Brächten sie sich alle gegenseitig um! Wie ich sie hasse, hasse, hasse. Das entmannte, verweste Vieh, das mein Bruder sein soll. Und das schöne, tapfere Mädchen. Schon ihr Ebenbild habe ich über alles gehasst: die tapfere und schöne Dolasilla. Nun ist sie tot. Möge die andre ihr folgen! Erst strunzdumm, dann mausetot.

Vielleicht ein bissl nachhelfen? Da drüben, wo der Schpina mit ihr auf dem Rücken über den Gletscher saust. Einmal reinfeuern, aber volle Pulle, mit Schmackes, damit sie *beide* abkratzen, wie wär denn das? Ein Späßchen sondergleichen! Hei!

... eieiei. Die Tsikuta steigt noch einmal auf. Aber lahm, dermaßen lahm. Na, die Kraft wird schon kommen mit dem Späßchen, das zum Spaß wird, wenn die Verabscheuten finale Trübsal blasen müssen.

Sie stieg also auf, die Dämmerdohle, wollte flügellahm losflattern, hinüber zu dem wilden Ritt Luyántas auf dem Schpina – als sie den Schwall Dohlen sah, den ja niemand anders als sie selbst hierhergelotst hatte. Verflixte Einfalt, sich mit den Allerweltsvögeln abzugeben! Eine Schnapsidee. Nun kommen die schon wieder an, auf beflissenen Fittichen, emsig und schaffig im Dienst der mächtigen Dämmerdohle. Weg! Ich kann euch nicht brauchen, will euch nie wiedersehen!

Und mit Zisch und Stink schoss die Tsikuta einen ihrer Gewitterblitze mitten in den Dohlenschwarm. Das hätte sie besser nicht getan, die böse Geistin des Dazwischen. Ein paar Dohlen stürzten tot zu Boden, aber den anderen verging's nun komplett. Jetzt waren sie vollends entzaubert, und ihr eigener Hass richtete sich umgewandt auf die Tsikuta. Die überlebenden Dohlen wirbelten nämlich wild durcheinander, dann sammelten sie sich und flogen voller Abscheu auf die böse Große zu.

Nicht doch, nicht doch! Wer wird denn gleich ausrasten wegen eines Späßchens? Was fällt euch ein! Hei, die stürzen tatsächlich auf *mich* zu, wollen die mich etwa in der Luft zerfetzen? Was für ein übles Späßchen, so haben wir nicht gewettet.

Abwehren müsst ich sie, aber ich bin ja derart lahm, wie ein geplatzter Ballon … ich hasse – ich hasse doch alle – na, ich hasse doch – ich setze mich doch dafür ein … hei, ei, ei … da spritzt es schon, mein gelbes Hexenblut …

Alle Freuden und Triumphe eines zehntausendjährigen Dämonendaseins sausten an ihr vorbei. Die ersten, frischen Gewitter der Vorzeit, die Kraft, die die junge Dämonin daraus zog. Königsknaben und Prinzen, die in der Dämmerung töricht zu ihr heraufkamen, um Rat zu erbitten. Manch bösen Rat hatte sie ihnen gegeben. Keiner von denen lebte mehr. Lang war das alles her. Stattdessen ihr Wachsen, ihr Gedeihen, ihr nimmermehr endendes Werden. Unendlicher Spaß.

… von wegen … ich, Tsikuta … zu Ende.

Der Sturz des Pferdchens

Die Dicke stupste mit der Nase Laleh an die Wade und zeigte zu dem gewitterzischenden Federknäuel, aus dem gelbes Blut spritzte: Die Dohlen zerrissen die lädierte Tsikuta in der Luft. Angewidert verzog Laleh das Gesicht: «Was ist *das*?»

«Das Ende eines Dämons, Digger. Unschön. Sie hätte bei ihren Gewittern bleiben sollen.»

«Keine Ahnung, was du meinst. Jedenfalls wirklich grausig … Friede ihrer – ja, was sagt man da? Ihrer Seele? Ihrer Asche?»

«Macht mich immer ein bisschen traurig, Digger, auch wenn's ausnahmsweise mal den Richtigen erwischt. Denn ich habe schon zu viele Murmeltiere sterben sehen. Siebenunddreißig Junge hab ich geboren, einige schon lange im Kampf verloren, jedes einzelne eine Narbe in meinem Herzen. Verstehst du, was ich meine? Man soll nur kämpfen, wenn man nicht fliehen kann, sag ich immer. Hätt sie sich mal lieber verdünnisiert, die Dämonin! Friede ihren Resten.»

Aber Laleh sah bereits, wie alle anderen, wieder zu Luyánta hinüber, die immer noch im Clinch mit dem Schpina lag. Was hatte das schmähliche Ende eines Dämons im Dohlentrubel dagegen schon zu bedeuten?

In den Kampf des Zauberers und der Faneskönigin konnte nun niemand mehr von außen eingreifen. Das vor Wut und Wahnsinn rasende halbverweste Maultier und seine schwarz gewandete Reiterin mit dem Schwert an der Seite und der Raiëta auf dem Kopf hatten die allerhöchste Stelle des Gletschers erreicht. Überall sonst löste der Eispanzer sich auf, auch rings um die geretteten Zuschauer, denen klar war, dass sie mal besser schleunigst das Weite suchen sollten. Dort oben aber schien der Gletscher noch immer intakt: eiskalt und heißglühend zugleich, wie er immer gewesen war.

Doch was der durchgeknallte Dämon da veranstaltete, gab auch dieser Gletscherspitze den Rest. Er drehte und drehte sich im Kreis, wie ein irrer Bohrer. Merkwürdigerweise trieb es ihn aber nicht ins Eis hinein, sondern zutzelte im Gegenteil das Eis gewaltsam aus dem Panzer herauf – wie eine sich rausdrehende Schraube. Höher und höher, bis sie einem senkrecht stehenden Tornado glich. Auf dem Schraubenkopf dieses gefrorenen Sturms befanden sich nun der Schpina und Luyánta. Sie schienen bis dicht vor den verschmierten Himmel gelangt zu sein. Die dämonische Festung, die nun wieder steif und fest als gleichgültiger Turm dastand, hatte auch in ihrer mächtigsten Ausdehnung niemals so weit hinaufgereicht.

Den Zuschauern auf ihrer Eiskuppe blieb beinah das Herz stehen: Valentin hatte Mäxchen an der Hand genommen, seine andere Hand hatte der Kleine Amian entgegengestreckt, der sie fest hielt. Pollux hockte schweigend neben der Dicken, während Paminer und Struggles auf Lalehs Schultern saßen und bald Luyánta anfeuerten (obwohl sie das dort oben auf keinen Fall hören konnte), bald lauthals das schlimme Schicksal beklagten, bis Laleh laut und zuversichtlich sagte:

«Hey, kriegt euch endlich ein, ihr! Luyánta deichselt das.»

743

Die Beine der schwarzen Reiterin brannten von dem schmierigen Schleim, den der Schpina durch seine verrottenden Rippen presste. Ihre Hände, mit denen sie sich fest in seinen Borsten hielt, fühlten sich an, als fiele die Haut von ihnen ab. Das Schlimmste aber war der bestialische Gestank des Dämons – je erschöpfter er wurde, desto beißender.

Luyánta hatte wohl bemerkt, wie das Eisrund, auf dem das Tier unter ihr kreiste, sich aus dem Gletscher löste und in den Himmel stieg. Aber wie lange dieser Wahnsinnsritt nun schon dauerte, dafür hatte sie jedes Gefühl verloren. Endlich aber kam der Schpina zum Stillstand, am Rand des Eisschraubenkopfs. Seine Vorderknie sackten ein, er ließ den Kopf hängen. Ein gelber Zahn fiel ihm aus dem Mund und rutschte in die Tiefe.

Luyánta nutzte die Gelegenheit, vom Rücken des Schpina zu rutschen und sich mit durchgedrückten Schultern vor ihm aufzupflanzen. Feindselig glotzte er sie aus seinen Riesenaugen an, gab aber keinen Mucks von sich, außer ersticktem Keuchen.

«Und?», sagte Luyánta. «Hast du dich ausgetobt?»

Da erkannte der Schpina-de-Mul von neuem das begehrte Funkeln auf dem Kopf seiner Gegnerin. Die Gier nach diesem Gegenstand gab ihm neue Kraft, er richtete sich auf. Luyánta bekam einen Schreck, vielleicht war es doch keine gute Idee gewesen, vom Rücken der Bestie zu steigen?

«Wer sich ausg-g-getobt hat, wollen wir erst noch sehen», klapperte der Feind müde, doch in ungebrochner Häme.

«Wer hier röchelt wie kurz vorm Abgang, das bist du», entgegnete Luyánta mit fester Stimme, um ihre eigene Angst zu überspielen.

Der Schpina glotzte sie an. «Aber wer die schwarze Rüstungg-g träg-gt – das bist *du*», keckerte er. «So wie deine g-g-grässliche Schwester, k-kurz bevor sie die Hufe hochg-g-gerissen hat.»

Dolasilla ... ihr Tod ... Luyánta merkte, wie sie weiche Knie bekam. Hatte sie den Schpina etwa hier rauf und bis an den Rand des Abgrunds gehetzt, nur um jetzt selbst die Nerven zu verlieren? Oder

744

geriet sie noch hier oben in den Bann des Zauberers? Hatte er sich mit seinem Veitstanz neue Kräfte herbeigestampft?

Dort unten stand seine Feste, ein Nägelchen nur im sich auflösenden Eis. Aufschwemmende Müllberge rundherum. Und dort, diese Winzlinge? Ihre Gefährten? Sie kniff die schmerzenden Augen zusammen und erkannte einen Adler, der einen Menschen vom Gletscher forttrug.

«Die schwarze Rüstung-g-g! Du weißt g-g-genau, was das bedeutet», keifte der Schpina durch die zusammengepressten Riesenbeißer und tat einen langsamen Schritt auf die Faneskönigin zu. «Deine g-g-grässliche Schwester, die verdammte Dolorosia. Ich sehe sie noch vor mir. Und k-k-kotze. Du siehst g-g-genau aus wie sie. Aber ek-k-xak-k-kt, ihr g-g-gleicht euch wie ein Ek-k-k-kzem dem andern.»

Dann wandte auch er seinen Blick zur Seite, in die Richtung, wohin Luyánta schaute.

«Ach, sieh einer an! Deine G-g-gefährten. Sie verlassen dich. Wie die Ratten das sink-k-kende Schiff ...»

Sollte Luyánta ihr Weißes Schwert ziehen? Wahrscheinlich würde der Feind es wieder abwehren, wie es einst schon der strolchende Zauberer vermocht hatte ... Nein, sie musste noch einmal mit bloßen Händen kämpfen. Sie hob ihre Arme, wie zu einem Boxkampf. Und versuchte, nicht darauf zu achten, wie ihre Handflächen bluteten.

Der Schpina aber schaute woandershin. Auf ihren Kopf.

«Na k-k-komm», keckerte er. «G-g-gib sie mir schon. Meine Raiëta. Vielleicht wird dich das noch retten.»

«Niemals», antwortete Luyánta. Ihre Stimme klang fest, aber sie spürte immer stärkere Panik in sich aufsteigen. Nackte Angst.

«Deine letzte Chance!»

«Nein.»

«Deine allerletzte ...»

«Wie lang soll das noch gehen, Monster?»

Da schoss eine gewaltige Feuersäule auf. Noch einmal plusterte der Schpina sich zu einem bombastischen Drachen auf. Doch im

745

nächsten Moment war er spurlos verschwunden. Dafür schossen plötzlich von allen Seiten blitzfeuernde schwarze Wolkenschatten heran, wie damals am Rand des Träumenden Bergs, als Luyánta und Amian überfallen worden waren.

Wie der Wind zog Luyánta ihr Weißes Schwert, streckte es aus und drehte sich um die eigene Achse. Nun war sie selbst ein Kreisel wie zuvor das ausgetickte Halbskelett. Ein Kampfkreisel, der die ringsum heranzischenden Blitze abwehrte, die einer nach dem andern an der elektrisch zuckenden Klinge des Schwerts verendeten.

Schon waren die schwarzen Blitzwolken wieder weg. Was war das denn für ein Strohfeuer gewesen? Ein Ablenkungsmanöver? Denn an der Stelle, wo eben noch der Schpina-de-Mul gewesen und dann als Feuersäule zum Himmel geschossen war, stand nun jemand anders.

Es war Dolasilla.

Oder sie selbst, Luyánta?

Aber ihre Haare waren lang – nein, kurz, nun waren sie wieder kurz.

Was denn nun?

Nur die Raiëta fehlte auf ihrem Kopf gegenüber – nein, auf *dem* Kopf. Es war ja nicht ihr eigener, niemals! *Er* war es, der da als sie selbst auf sie zukam.

Das Mädchen, ihr wunderschönes Selbst, lächelte sie an und öffnete den Mund: «Ich bin es», sagte sie sanft … er … es. «*Ich* bin ja dein Drache. Niemand anders als *ich*. Wusstest du es denn nicht? *Ich* bist *du*, *du* bin *ich*.»

Luyánta spürte, wie ihr die Beine wegsacken wollten … Gleich, gleich würde es so weit sein. Aber sie musste kämpfen. Jetzt nicht die Nerven verlieren, im letzten Moment.

Doch wie konnte sie gegen sich selbst kämpfen? Oder gar ihre Waffe gegen sich selbst richten?

Es kam langsam auf sie zu. *Ich … du …*

Sie wollte schreien, wie sie noch nie in ihrem Leben geschrien hatte: Nein! Du lügst! Das bin nicht ich. Du bist … *irgendwas!*

746

Aber sie schrie nicht. Sie zog auch nicht ihr Schwert. Und ließ die Hände sinken, während es auf sie zukam.

Langsam umkreiste es sie. Und Luyánta spürte, dass es auf ihren Angriff wartete. Lauerte. Einmal sah es wie sie selbst aus, dann wie ein Drache. Umkreiste sie weiter. Allmählich beschleunigend. Luyánta aber stand still in der Mitte. Vollkommen reglos. *Nichts tun.*

Sie spürte, wie der Feind allmählich unruhig wurde, hibbelig. Ihr Stillstand machte sie unverletzbar. Immer schneller umkreiste es sie jetzt – drehte sich – wirbelte, ein Sturm.

Ohne sich zu regen, spürte Luyánta, dass es gleich so weit war. Gleich würde ihre Waffe den ungeschützten Zauberer treffen können.

Ohne dass sie das Schwert gezogen hatte, hielt sie es in der Hand. Im selben Moment traf es den Schpina-de-Mul.

Die Welt um sie verschwand. Eine Sekunde lang, oder Stunden, sie wusste es nicht. Sie spürte nur, wie ihr durch die Heftigkeit des Hiebs die Raiëta vom Kopf flog. Und der Boden unter ihr erzitterte, weich wurde und nass, sich auflöste ...

Endlich öffnete sie wieder die Augen. Sie stand auf einem dünnen, doch furchtbar hohen Pfahl aus glühendem Eis. Eine Nadelspitze nur. Ihre Füße verbrannten darauf.

Ringsum Abgrund, tiefe schwarze Spalten ins Nirgendwo.

Und ihr gegenüber in der Luft, Auge in Auge: ein goldgelbes Pferdchen. Es starrte sie an. Dann erschien ein Funkeln über ihnen, über ihren Köpfen, wie ein Regenbogen, der in tausend kleine Kristalle zerbirst.

Es war die Raiëta. Sie war schon nicht mehr über ihnen, sie fiel in den schwarzen Schlund.

Ein entsetzlicher Schrei, woher kam er? Das war das Goldpferdchen. Es sprang der Raiëta hinterher. Hinein in den finsteren Abgrund, der es verschlang. Verschlang mitsamt dem Diadem der Dolasilla, das seinem Träger Träume schenkt.

747

Im nächsten Moment spürte sie, wie etwas sie packte, mit hartem, scharfem Griff. Unter ihren Achselhöhlen sah sie stählerne Spitzen hervorstechen, zwei riesige Messer – die schärfsten Klingen, die sie jemals erblickt hatte. Selbst das Weiße Schwert, fest in ihrer Hand, war nichts dagegen.

Dann war die glühende Nadelspitze unter ihren Fußsohlen verschwunden. Luyánta war am Himmel und nichts mehr unter ihr. Sie fiel

nicht. Denn der Adler hielt sie unter ihren Armen. In der Tiefe sah Luyánta das letzte Glucksen des glühenden Gletschers, der sich in tausend Löchern selbst verschlang, Löcher, aus denen zugleich Unmengen von Schmutz und Müll hervorquollen. In der tiefsten aller Gletscherspalten aber versank der Schpina-de-Mul.

Amian trug Luyánta über das Inferno. Ihr schlug immer noch das Herz bis zum Hals. Und trotz Rettung und Sicherheit, wie auch anders? Dort sah sie die Festung des Schpina-de-Mul, den schiefergrauen Turm, der noch einmal gewachsen war und den es nun am ganzen Mauerleib schüttelte, er bog sich wie ein schwacher Baum im Orkan. Fenster sprangen auf und flogen heraus, eins nach dem andern, und dann schossen auch Steine und Ziegel aus der Wand und versanken in den gischtenden Abfallwässern. Die Festung ging unter. Der verschwindende Glutgletscher wurde zu einem wahren Hexenkessel, immer mehr Müll schoss aus der Brühe herauf.

Auch Amian, der Luyánta über das hinwegtrug, was aussah wie das Ende der Welt, schien nach dort unten zu blicken. Und da bemerkten sie beide die letzte Tür des Turms, die auf dem schmutzigen, kochenden Wasser stand. Sie ging auf, und heraus kam eine Reihe unschlüssiger Gestalten. Menschlicher Gestalten, vielleicht zwanzig, dreißig. In zweien von ihnen erkannte Luyánta, sogar von hier oben, ihre Eltern. Und selbst hier hörte sie, was ihr Vater rief, während er zu ihr und dem Adler raufsah: «Junge Frau! Was sind das wieder für Sperenzchen?»

Dann fiel er, wie schon die andern, in das ekelhafte Wasser. Doch

748

zum Glück versanken sie nicht, mit größter Mühe hielten sie die Köpfe über den Wellen, während eine Schar großer Vögel zu ihnen herabflog, in die aufgepeitschten Fluten und herumwirbelnden Abfälle hinein. Voller Freude erkannte Luyánta in den Rettern Pollux und seine Geschwister, die Edle 13.

Wiedersehen

Schon bald nachdem sowohl Amian und Luyánta als auch die befreiten Menschen mit Hilfe der Adler die rettenden Felsen erreicht hatten (wo Laleh und die Brüder ausharrten), verabschiedete sich Pollux mitsamt den Seinen. Er erklärte der Faneskönigin, dass er sich mit dem zerrütteten Adlervolk in eine unzugängliche Gegend des Hochgebirges zurückziehen wolle, um nach Jahren des sinnlosen Kriegs und vor allem den turbulenten letzten Monaten jene Ordnung und Klarheit wiederherzustellen, die das Leben der Adler immer ausgezeichnet hatte – fernab von den Menschen. Den Usurpator Hippok, den Pollux und seine Geschwister in der Schlacht gefangen genommen hatten, habe er bereits in diese abgelegene Höhenregion bringen lassen. Dort werde Pollux über seine angemessene Bestrafung entscheiden.

Zuvor hatte er Luyánta noch berichtet, wie er und die Seinen überhaupt zu der umkämpften Festung gelangt waren. Dazu kehrte er zu dem Moment zurück, an dem er und die Wölfin sich auf dem Plateau von Luyánta und dem verwandelten Amian verabschiedet hatten. Unterwegs hatten sie an einem Steilhang die sich plagende Laleh mit den beiden Pferden sowie die drei Murmeltiere entdeckt, die einen Weg um den Berg herum suchten, um Luyánta einzuholen – sie wähnten die Freundin ja immer noch bei der Verfolgung des geflüchteten Adlerprinzen. Pollux und die Wölfin erklärten Laleh und den Murmeltieren, was auf dem Plateau geschehen war. Daraufhin hatte Laleh heftig gedrängt, sich gemeinsam zur Gletscherfestung zu begeben, um Luyánta und Amian (an dessen Wandlung vor allem die Murmeltiere nicht recht glauben mochten!) beizustehen. Pollux hatte erwidert, dass es ihm unmöglich sei, über den schwindeln machenden Gletscher zu gelangen; doch nach einigen Diskussionen hatten sie sich darauf geeinigt, dass die Wölfin allein mit den beiden Pferden in die Ebene des Brennenden Flusses zurückkehren sollte, während Pollux die Murmeltiere und Laleh zumindest an den Rand des Gletschers bringen wollte.

So war es geschehen. Doch im Nähern hatten die Ankömmlinge bemerkt, wie der Gletscher offenbar nach und nach seinen Bann verlor und sich aufzulösen begann. Da hatte der Adler schließlich doch zugestimmt, Laleh und die Murmeltiere übers Eis zu der Festung zu tragen (denn an ein Überqueren war angesichts des Brodelns nicht mehr zu denken). So waren sie zu dem Kampfplatz gelangt, wo Laleh vom Adlerrücken aus der Dämmerdohle einen Stein verpasst hatte. Genau im richtigen Moment.

Luyánta hatte Pollux' Bericht aufmerksam zugehört. «Eigentlich», begann sie, als er zu Ende gesprochen hatte, «hättest du Amian und mich ja auch direkt zu der Festung bringen können, oder? Ich kann dir sagen, der Weg war ganz schön kompliziert.»

Sie erinnerte sich an den Träumenden Berg und das Hacken durchs glühende Eis. Auch wenn ihr das alles nun schon vorkam wie ein – Traum.

«Auf deinem Rücken wär's erheblich bequemer gewesen.»

Pollux blickte sie freundlich an. War da der Anflug eines Lächelns? Können Adler lächeln? Vielleicht tun sie es im Inneren ihres scharfen Schnabels – so wie ihre Ohren im Kopf liegen.

«Bequem wäre es nicht gewesen», antwortete er, «und auch nicht möglich. Vorher hätte ich niemals über den Gletscher fliegen können, denn ich wäre abgestürzt. Es ging erst, nachdem du und Amian Gletscher und Festung geschwächt hattet.»

«Ich verstehe. Oder auch nicht. Aber egal. Werden wir uns wiedersehen, lieber Pollux?»

750

«Sicherlich. Irgendwann.»

Auch Laleh kam herüber, um sich von Pollux mit einer besonders innigen Umarmung zu verabschieden. Die beiden fühlten sich eng verbunden, nicht nur, weil der Adler das Mädchen auf seinem Rücken zur Festung getragen hatte. Laleh hatte im letzten Jahr Pollux' geliebten Vetter Tyndar erschlagen, und Pollux' tiefe Verzweiflung darüber war letztlich der Grund für seine Umkehr gewesen, für seine Entscheidung gegen den Krieg. Pollux und Laleh hatten sich versöhnt.

Dann flogen der Fürst der Adler und seine Geschwister davon, mit weitgespannten Flügeln am hohen Himmel auf die südlichen Berggipfel zu. Luyánta schaute ihnen eine Weile nach, gefesselt von ihrem Anblick. Ihr war, als sähe sie Musik. Dabei dachte sie schon daran, dass sie sich nun endlich ihren aus der Festung entronnenen Eltern zuwenden musste und auch den anderen befreiten Menschen.

Ihren Eltern schien es allerdings nicht gerade zu pressieren. Die Mutter stand immerhin auf beiden Beinen, sie hatte sich ihr Sonnenschutztuch vom Kopf gezogen und wischte sich Schweiß und Schleim aus dem Nacken, während der schlotternde Vater sich erst mal auf einen großen Stein gehockt hatte. Beide kalkweiß im Gesicht. Um sie herum standen, saßen und lagen die anderen entkommenen Menschen, etwa fünfundzwanzig, die wie die Eltern von den Adlern aus der Müllbrühe gerettet worden waren.

Dieser Ozean aus Abfall, in den der Glutgletscher sich mit dem Niedergang der Macht des Schpina verwandelt hatte (oder der sich aus dem inneren Wesen des Gletschers hervorgeschält hatte), war nun verschwunden. Stattdessen bedeckte den langen Berghang eine Unmenge an Abfall: Verpackungen, Dosen, Flaschen … Ein paar hundert Meter erstreckte sich diese Bescherung, ohne Meer, ohne Abgrund, es war einfach – ein Haufen Müll.

Nach all den Entfesselungen, nach all den wilden Stürmen hatte dieser unschöne Anblick etwas geradezu Beruhigendes. Während Luyánta zu ihren konsternierten Eltern hinüberging, kam von

751

hinten Mäxchen angerannt. Luyánta wandte sich um und ging in die Hocke, um ihn in ihre Arme hüpfen zu lassen. Fast hätte er sie umgerissen mit seinem Schwung! Sie hob ihn hoch und hielt ihn mit dem rechten Arm, sodass er auf ihrer Hüfte saß und sie mit großen Augen anguckte.

«Was ist mit deinen Anziehsachen passiert?»

«Was soll damit passiert sein?», fragte Luyánta und schaute an sich herunter. Da erst sah sie, dass ihr Gewand wieder weiß war wie zuvor. Zwar nicht blütenrein, sondern einigermaßen staubig, auch an ein paar Stellen zerrissen, und man sah noch die alten Schatten von Blutflecken; aber weiß. Fort war die unheilverkündende schwarze Rüstung.

«Manchmal verändern sich Sachen, und man weiß nicht genau, wie», sagte Luyánta und gab Mäxchen einen Kuss auf die Wange. Dann setzte sie ihn ab. Mäxchen wischte sich, wie immer, den Kuss mit der Hand von der Backe und schien kurz zu überlegen, ob er jetzt zu seiner Mutter rennen sollte. Dann entschied er sich anders und flitzte zurück zu Paminer und Struggles.

Luyánta lächelte, als sie ihren kleinen Bruder mit den Murmeltieren sah. Die beiden hatten ihre kindlichen Herzen nicht verloren, auch wenn die Schlacht in der Ebene des Brennenden Flusses ihre Spuren hinterlassen hatte. Struggles hatte im Kampf ein Auge verloren – zum Glück war das größere, dickere übrig geblieben. «Bruder, ich sag's, wie's ist, mit dem zweiten sieht man besser», hatte er zu Mäxchen gesagt; und von Paminers linkem Ohr, in dem früher eine Kerbe gewesen war, war nicht mal mehr die Hälfte da. «Was ist mit deinem Ohr?», hatte Mäxchen ihn gefragt, und Paminer hatte mit geschwellter Brust geantwortet: «Alter, du solltest mal meine Feinde sehen, die wären froh, wenn ihnen ein halbes Ohr geblieben wär!»

Luyánta ließ die drei und ging nun, leicht verlegen, zu ihren Eltern. Der bleiche Vater sah von seinem Steinsitz auf, sagte aber erst mal nichts. Und die danebenstehende Mutter lächelte ihre Tochter müde und verwirrt an.

«Ich freu mich, euch wiederzusehen», murmelte Luyánta.

752

«So leise kenn ich deine Stimme gar nicht», sagte ihr Vater, und ihre Mutter, während ihr Lächeln größer wurde: «Ich freu mich auch.»

«Ja, natürlich, ja ...» Die Stimme des Vaters klang immer noch leicht gequält. «Wir freuen uns ... klaro ... dass wir dich wiedersehen ... aber auch uns ... uns selbst wiedersehen ... Sag mal, ich weiß nicht, was war denn hier los ...»

Er rang um die richtigen Worte, der alte Schwadroneur. Nun, sie hatten ja vermutlich eine lange Heimwanderung vor sich, und unterwegs würde Luyánta ihren Eltern und Brüdern alles erzählen. Oder fast alles. Was genau, das musste sie sich noch überlegen ...

«Was war denn bei *euch* los?», fragte sie ihre Eltern.

Die Mutter schien sich das erst wieder in Erinnerung rufen zu müssen. Dann antwortete sie zögernd: «Nachdem Mäxchen und Valentin eine Weile weg waren, sind wir auch rausgegangen, um euch zu suchen. Es wurde ja schon dunkel. Und dann ... ich weiß nicht mehr genau ...»

Ihr Vater schüttelte bloß ungläubig den Kopf. «So was Verrücktes», brabbelte er, «so was Verrücktes ...»

«Wann war das?», fragte Luyánta nicht ihn, sondern lieber ihre Mutter, die etwas klarer schien.

«Hm. Gute Frage. Ich weiß nicht. Vor zwanzig Minuten vielleicht oder einer halben Stunde? Ich bin wirklich ein bisschen durcheinander gerade.»

«Setz dich doch mal hin», sagte der Vater zu seiner Frau und rückte auf seinem Stein zur Seite, damit sie neben ihn passte.

Wie ihre Eltern da Hüfte an Hüfte saßen, wollte Luyánta die beiden sich erst mal ausruhen lassen. Sie wandte sich den ringsum stehenden und sitzenden anderen Menschen zu, meist jungen Männern und Frauen, nur drei oder vier waren schon älter. Sie wirkten verstört, konnten sich das alles hier nicht recht erklären. Aber Luyánta schloss aus den bruchstückhaften Geschichten, die sie nun hörte, dass es sich um Bauern, Hirten und Jäger aus den umliegenden Tälern handelte, die irgendwann einmal in die Fänge des

Schpina-de-Mul geraten waren. Aber es blieb unklar, wie genau der Zauberer sie in seinen Bann geschlagen und zu Viertelmondspähern gemacht hatte.

Den Schpina konnten sie nun nicht mehr danach fragen. Der war wohl zur Hölle gefahren oder der Teufel weiß wohin. Die befreiten Gefangenen interessierte es nicht, und auch nicht, was genau ihnen zugestoßen war, wo sie gewesen waren und was sie getan hatten. Sie wollten einfach nur noch nach Hause, in ihre Heimattäler, zu ihren Familien.

«Aus welchem Tal kommst du?», fragte Luyánta einen der jungen Männer.

«Aus dem Feuerrosental», war seine Antwort.

«Und du?»

«Aus dem Tal des roten Honigs», sagte eine junge Frau.

Inzwischen war Amian zu Luyánta herangetreten. Seine Kratzer und Schnitte waren mittlerweile ebenso verschorft wie die in ihrem eigenen Gesicht. Er gab Luyánta ein Zeichen, dass sie kurz beiseitekommen sollte, so, dass die befreiten Späher es nicht hören konnten.

«Es kann sein», sagte er leise, «dass diese Menschen sehr, sehr lang in der Gefangenschaft des Schpina waren. Vielleicht werden sie von ihren Familien und von den Menschen, die sie einmal kannten, niemanden mehr wiedertreffen.»

Luyánta nickte. «Ich fürchte, dass du recht hast. Was sollen wir machen?»

«Ich weiß nicht. Wir könnten sie erst mal mitnehmen, damit sie die Welt sehen, in die sie zurückgekehrt sind. Was dann passiert, wird sich schon zeigen.»

So beschlossen sie es. Unterwegs wollten sie diese Leute, die immer noch geschwächt und durcheinander schienen, langsam auf die Möglichkeit vorbereiten, dass diese Welt hier eine völlig andere war als jene, die sie einst unfreiwillig verlassen hatten. Denn wer sollte genau das besser erklären können als die Verwandler Luyánta und Amian: wie es ist, in eine vollkommen fremde Welt heimzukehren?

Während dieser Gespräche hatten Mäxchen, Paminer und Struggles wild herumzutoben begonnen. Offenbar war ihnen langweilig von der Warterei. Diese drei schienen auch die Einzigen zu sein, die von den zurückliegenden Strapazen nicht im Geringsten erschöpft waren. Die Dicke hingegen saß missmutig daneben und schüttelte den Kopf über ihre Kameraden. Sie gesellte sich lieber zu Laleh und Valentin, die auf zwei großen Steinen saßen und sich miteinander unterhielten.

Endlich war es so weit, dass sie losziehen konnten. Während sie sich bereit machten, zog Amian auf einmal den unförmigen Plastikklumpen aus der Tasche, Luyántas zerschmolzne Stirnlampe.

«Schau mal», sagte er. «Das Ding leuchtet überhaupt nicht mehr.»

«Gib mal her!» Luyánta griffs und pfefferte es in hohem Bogen auf die weite Mülldecke, die zu verlassen sie im Begriff waren.

«Hey!», rief Amian. «Was soll das?»

Luyánta zuckte mit den Schultern. «Wir brauchen's jetzt nicht mehr, und hier liegt eh schon so viel Müll rum. Und du sollst nicht so viel alten Krempel mit dir rumtragen. Ich hasse es, wenn Leute lauter Kram von früher mit sich rumschleppen.»

Erstaunt sah Amian sie an. «Alten Krempel ... wie die Erinnerung an mein altes Herz, meinst du?»

«Es ist nun mal weg und kommt niemals wieder», sagte Luyánta. «Freu dich über dein neues und leb damit!»

Dabei dachte sie an ihre Zwillingsschwester, die sie getroffen hatte – eine Tote. Trotz aller Erleichterung und ganz gegen den Sinn ihrer eigenen Worte war sie bei dieser Erinnerung traurig.

Rückweg

Der Rückweg in die Ebene des Brennenden Flusses dauerte sechs Tage. Die Gegend, durch die die Gruppe unter Luyántas und Amians Führung zunächst kam, hatte etwas Gespenstisches. Es war eine karge, knochentrockene Hochebene, auf der sich eine andere Art von Müll befand als dort, wo sich Gletscher und Festung befunden hatten. In dieser Einöde hier ruhten die verdorrten Spuren eines Krieges: Knäuel von verrostetem Stacheldraht und korrodierten Konservendosen, alte Schrapnelle, Derartiges. Die ganze Hochebene war von langen Furchen und wasserlosen Kanälen durchzogen. Das waren wohl ehemalige Schützengräben. Es wirkte, als hätte ein Wahnsinniger den Bergrücken über und über aufgeschlitzt.

Beklommen durchquerten sie diese Landschaft, dicht beieinanderlaufend: Amian und Luyánta voran, dahinter Valentin und die Eltern, Laleh und Die Dicke, während allein Mäxchen, Paminer und Struggles manchmal aus der Reihe hüpften und in den unheimlichen Gräben herumsprangen. Sie schienen als Einzige nicht das Bedrückende dieser toten Gegend zu empfinden. Dahinter liefen meist schweigend die befreiten, immer noch verstörten Männer und Frauen, die sich erst wieder an das Atmen außerhalb der Wände und der Bannkraft des Dämons gewöhnen mussten.

Doch je weiter sie gelangten, desto mehr belebte sich die Landschaft. Die Kriegsspuren verschwanden, die Wanderer kamen in den beginnenden Hochsommer. Es wurde nun sehr warm, aber noch war die Landschaft nicht verbrannt von Hitze: das Gras leuchtend grün, Blumen in prächtiger Blüte, und Schmetterlinge schwirrten herum, in der Luft das Zirpen von Grillen. Am Horizont wurden die weißen Berge sichtbar. Wunderschön wirkten sie nun wieder, gar nicht mehr bedrohlich.

Auch die Gruppe, die sich in der Kriegslandschaft eng aneinander gehalten hatte, lockerte sich nun mehr und mehr auf. Unter den aus

756

den Mauern befreiten Menschen kam es zu Gesprächen, man spürte, wie sich die eine dem andern tastend näherte. Hier lachten zwei miteinander, dort legte jemand einem anderen im Gehen die Hand auf die Schulter.

Auch Luyánta wurde, je länger der Weg dauerte, desto entspannter. Sie ging abwechselnd mal neben diesem, mal neben jener.

Zum Beispiel Laleh. «Ehrlich, Luyánta ... langsam reicht's mir jetzt auch mit deinen Patschen.» Mit gespieltem Tadel schaute sie ihre Gefährtin an. Und Luyánta dachte, wie nah sie sich ihrer Freundin Laleh fühlte. Zu sagen brauchte sie es nicht, beide wussten es ja.

Valentin hingegen meinte später grinsend zu seiner Schwester: «Ehrlich, ich wusste immer, dass es mit dir irgendwie krass ist. Aber so krass, das hab ich nicht geahnt.»

Auch mit ihren Eltern ging sie öfter ein Stück Weg gemeinsam. Aufmerksam hörten die beiden den Erzählungen ihrer Tochter zu, wobei vor allem der Vater ungewohnt schweigsam war. Zwar wirkte er nicht mehr so schockiert wie bei ihrem Aufbruch, die Totenbleiche war weg. Dafür wurde sein Kopf in der Sonne langsam wieder krebsrot, und irgendwie hatte ihm das alles die Sprache verschlagen.

Jeder der Großen trug manchmal Mäxchen ein kleines Stück, wenn der gerade nicht mehr mit Paminer und Struggles vorauslaufen wollte. Mal war er erschöpft (einmal schlief er auf Amians Schultern ein), ein andermal hatte er sich das Knie an einem Stein aufgeschlagen. Aber meistens wollte Mäxchen nach einer Weile sofort wieder allein losrennen. Luyánta hob ihn von ihren Schultern runter und erinnerte sich beim Absetzen, wie sie sich vor sehr langer Zeit einmal gefragt hatte: Und wer trägt mich ...

«Wenn du mal nicht mehr kannst, dann trag ich dich», sagte in diesem Moment Amian zu Luyánta.

Mit einem so spöttischen wie freundlichen Blick sah sie ihn an.

«Ich kann aber noch.»

Öfter liefen sie und Amian schweigend nebeneinander. Nach wie

757

vor kam manchmal eine gewisse Verlegenheit zwischen ihnen hoch, wie irgendein komischer Gegenstand, der immer wieder auftaucht. Zugleich fühlte Luyánta sich auch Amian innerlich nah, ihre Seelen Haut an Haut. Es war eine andere Art von Nähe als mit ihrer Gefährtin Laleh – nicht noch näher, aber auch nicht weniger. Sondern ... eben anders.

Je tiefer sie gelangten und je weiter über Mittag und in den Nachmittag hinein, desto größer wurde die Hitze; der Weg war staubig und schweißtreibend. Luyánta dachte wieder mal daran, dass sie Regen eigentlich viel lieber mochte als Sonne.

«Und», sagte Amian und schaute sie von der Seite an, «wünschst du dir gerade wieder Regengüsse, seltsame Luyánta?»

Schließlich wurde es Abend. Am Himmel war groß und rund der alte Vollmond aufgegangen. Irgendwie hatte er was Gebeuteltes, wie er da oben hing wie ein Boxer in den Seilen – kein Wunder nach allem, was er erlebt hatte! Aber er war wieder ganz und eins, kein Stück und kein Splitter fehlte an ihm. Und vielleicht war es ja lediglich Einbildung der selbst gebeutelten Wanderer da unten, dass der Mond dort oben so wirkte ...

Am Rand eines Bergsees fand die Reisegruppe schließlich einige verlassene Hütten und Scheunen, und sie beschlossen, dort ihr Lager für die Nacht aufzuschlagen. Die Murmeltiere hatten am Seeufer für alle frisches Moos gesammelt, das Laleh und Mäxchen gern mitaßen, während die anderen sich doch lieber an die Fische hielten, die Amian und Valentin gemeinsam mit einigen Mitwanderern im See gefangen hatten.

Als irgendwann alle tief und fest schliefen, stand Luyánta noch einmal auf. So leise es ging. Sie schlief in derselben Scheune wie Laleh, Amian, ihre Brüder und die Murmeltiere. Erstaunt stellte sie fest, dass sie trotz des unleidlichen Schnarchens in dem kleinen Raum problemlos eingeschlafen war. Sie war wirklich gelassener geworden. Aber jetzt trotzdem wieder wach, und es zog sie nach draußen vor die Tür. Einen kurzen Blick warf sie noch auf Mäxchen, der aneinandergekuschelt mit Paminer und Struggles schlief.

758

Vor der Scheune funkelten zwei dunkle Schlitze sie an, sie sah es sofort. Es war Die Dicke, die mit halbgeschlossnen Augen im Gras hockte.

«Hey», flüsterte Luyánta, «hältst du wieder Wache für uns? Musst du nie schlafen?»

«Schlafen kann ich, wenn ich hops und hinüber bin. Digger, ich sag's, wie's ist, lieber staune ich den Sternenhimmel an, solang ich noch kann. Es gibt nichts Größeres auf der Welt. Verstehst du, was ich meine? Größer sogar als das Große Murmel, und das will was heißen ... Ach! Digger, ach! Die edlen Murmeltiere leben, sie lieben und kämpfen, und sie leiden und sterben. Und so geht's ja auch den komischen Menschen, auch wenn sie ein viel unedleres Geschlecht sind. Aber was soll's, und was tut man nicht alles. Sogar die schäbigen Trussanerstrolche und die garstigsten Dämonenlümmel leben und begehren und sterben. Aber egal, was da geboren wird und was zugrunde geht – die Sternchen scheppern einfach am Himmel vor sich hin, von nix beeindruckt, selbst die mächtigen Berge sind für sie nur ein Furz. Verstehst du, was ich meine?»

«Ja, Dicke.»

«Wusst ich doch, dass du das verstehst, Digger. Weißt du, es ist nur so eine Redensart, wenn ich sage: Verstehst du, was ich meine.»

Dann sah sie Luyánta an, mit ihrem schwabbligen Gesicht, über dessen Kinn ein ganzer und ein abgebrochner Nagezahn lagen, ihrem Gesicht voller Narben und Kerben. Und Luyánta dachte, die Arme hat in ihrem Leben wohl tausendmal mehr erlebt als ich in diesem ungewöhnlichen letzten Jahr. Oder wie lang es nun auch immer gewesen sein mag. Denn in der Unselben Zeit fließt die Zeit anders.

Aber Die Dicke war ja keine *Arme*. Sie war eine Tapfere.

«Wache halten ist trotzdem gut, Digger», fuhr sie nach einer Weile fort. «Man weiß nie. Besser, man ist immer auf der Hut. Man kann den Sternenhimmel anstaunen und gleichzeitig Wache schieben, verstehst du, was ich meine?»

Das weiße Murmeltier neben der Dicken antwortete nichts, sondern schaute schweigend zu den Sternen. Nur einmal warf sie einen Blick auf die schiefen Hütten und Scheunen, in denen alle schliefen. In einem kleinen Schober hatten Jolanthas Eltern sich zu zweit eingenistet, um dort im Heu zu schlafen, allmählich schienen sie richtig gute Laune zu bekommen.

Erst sehr viel später fragte Die Dicke einmal in die stille Nacht hinein: «Was wird jetzt eigentlich aus dem Fanesvolk, diesen ewigen Pechmatzen?»

«Mal sehen», murmelte Luyánta.

«Da hast du recht, Digger.»

Heimkehr

Am dritten der sechs Tage, die ihr Rückweg in die Ebene des Brennenden Flusses dauerte, kam es noch einmal zu einer gespenstischen Begegnung, aber sie dauerte nur kurz. Mitten im hohen, wogenden Gras einer Bergwiese entdeckten die Wanderer eine bleiche Gestalt, die ungeduldig und zugleich ziellos voranzustreben schien. Vorwärts, immer vorwärts ... aber wohin? Sie hatte was von einer zischelnden Schlange.

Luyánta gab den anderen ein Zeichen, stehen zu bleiben. Sie wollte allein zu Pistior hinübergehen. Der erkannte sie schon von weitem. Er blieb stehen und starrte sie an, mit erhobenem Schwert. Stechend war der Blick seiner weit aufgerissenen gelben Augen, schnarrend seine Stimme.

«Nein», sagte er und schniefte tief, «dich such ich nicht, Faneskönigin, dich nicht ...»

«Wen dann?», fragte Luyánta. Pistiors Anblick erschreckte sie, er wirkte zerstreut, ja von allen guten Geistern verlassen.

Er aber wusste genau, was er wollte und wen er suchte.

«Malibran», schnarrte er, «den verworfenen Malibran ...»

760

Dabei warf er unstete, flackernde Blicke zu Luyántas Begleitern hinüber. Offenbar galten sie vor allem Amian.

«Nein, der ist es auch nicht.»

«Du verfolgst Malibran?», versuchte Luyánta, den Entgeisterten zu erreichen. «Immer noch willst du dich an ihm rächen? Der Krieg ist vorbei, Pistior. Komm mit uns zurück!»

Unsägliches Leiden lag in Pistiors Ausdruck, aber auch etwas Halsstarriges. «Nein, nein, ich gehe nicht mit euch. Erst muss ich Malibran ... Er floh vor mir in die Berge, der Feigling. Aber ich werde ihn aufstöbern, egal wo er sich verkriecht *(schnief)*. Erst dann werde ich zurückkehren.»

Sosehr Luyánta auch versuchte, Pistior zu überreden – er weigerte sich, mitzugehen. Bitten und Betteln hatte keinen Sinn, er zog davon, höher ins Gebirge. Klebrig und strähnig hing das Haar auf seinem Rücken, sein schwarzer Mantel wehte im Wind, während er den Hang erklomm. Bald war er aus ihren Augen entschwunden.

Nach dieser Begegnung hatte die vorher so gelöste Stimmung sich eingetrübt. Besonders Luyánta und Amian, Malibrans ungleicher Bruder, fühlten sich bedrückt durch den unversöhnlichen Rachedurst.

Doch so traurig das alles die beiden machte (denn Luyánta schätzte den listigen Pistior mittlerweile sehr, und Amian konnte seinen düsteren Bruder trotz allem doch nicht einfach aus seinem neugewachsenen Herzen herausreißen): Je näher sie der Ebene des Brennenden Flusses kamen, desto zukunftsfroher wurden sie wieder. Die allerbeste Laune bekam allerdings Laleh, als ihnen am fünften Tag am Rand eines Lärchenwalds Mizuel über den Weg lief. Ziemlich verdattert wirkte der Gute mit seinem braunen Strubbelkopf. Es stellte sich heraus, dass Mizuel von der zurückgekehrten Wölfin alles erfahren hatte und seine Leute, die nicht mehr im Kampf waren, verlassen hatte, um sich ebenfalls zur Gletscherfestung zu begeben. Doch dummerweise hatte er sich unterwegs verirrt. Schon seit zwei Wochen irrte er durch die Gegend.

«Seit zwei Wochen?», rief Laleh. «Aber wir sind nur noch einen Tagesmarsch von der Ebene des Brennenden Flusses entfernt!»

Da wurde Mizuel rot.

«Du bist trotzdem toll», sagte Laleh und überrumpelte ihn mit einem knallenden Kuss auf die Wange. Woraufhin Mizuel noch röter wurde.

Auf dem letzten Abschnitt, den er die Heimkehrenden nun begleitete, berichtete Mizuel, dass die Oberste Wölfin sich mit ihrem Rudel in die Wälder zurückgezogen hatte, nachdem sie Sicherheit darüber erlangt hatte, dass die Schlacht zwischen Fanesleuten und Adlersoldaten beendet war. Knurrige Grüße ließ sie ausrichten, auf Abschiedszeremonien zu warten war nicht nach ihrer Art.

In der Ebene hatte niemandem mehr der Sinn nach Krieg gestanden. Einige Kämpfer waren bereits davongezogen, manche der Kahlen Bogenschützen und der langlippigen Eunuchen etwa, die sich nach ihren Heimatländern im Norden und Süden sehnten. Die meisten Krieger lagerten allerdings noch friedlich in der Ebene, um die Ankunft der Faneskönigin und des Adlerprinzen zu erwarten – und die Auflösung der Heere, auf die alle hofften.

Am Abend des sechsten Tages war es endlich so weit. Über einen letzten, schroffen Hang erreichten die Wanderer die Ebene des Brennenden Flusses, die einen sehr veränderten Anblick bot. Es war zwar noch viel verbranntes Gras zu sehen, auch schwarze Bäume, aber in einigen regte sich schon wieder zartes Grün, und ringsum trugen unversehrte Obstbäume ihre Früchte. Was Luyánta am meisten erstaunte, war die Tatsache, dass selbst der von den Trussanern verschmorte Düsterwald nicht mehr völlig tot schien. Auch in dieser Kohlenhalde blitzte es hellgrün auf, Pünktchen nur, ein sanftes Funkeln – aber doch unverkennbar: Dort wuchs etwas.

Wie viele Tage oder Wochen mochten seit der Schlacht vergangen sein? Auf ihrem Weg waren Luyánta und die anderen offenbar aus der Zeit gefallen. Jetzt war Hochsommer, waren sie zwei, etwa drei Monate fort gewesen? Aber selbst wenn es Jahre gewesen wären: Eine so schnelle Erholung wäre doch bei den toten Wäldern, die

762

Luyánta früher durchquert hatte, undenkbar gewesen. Das Leben schien stärker geworden zu sein in letzter Zeit, als kehrte es nach der Katastrophe leichter und schneller zurück als früher. Allmählich begann Luyánta zu ahnen, wie mächtig das verfluchte Wesen des Schpina-de-Mul (oder die Kraft, die in ihm war – *es* …) über der Unselben Welt gelegen hatte, bis in die verborgensten Fasern. Und darüber hinaus: in alle Welten.

Das Erstaunlichste allerdings war der Brennende Fluss selbst. Er stand nicht mehr in Flammen wie auf dem Höhepunkt der Schlacht, war aber auch nicht ins alte Aschgrau zurückgekehrt. Stattdessen schillerte sein Wasser nun in allen Farben, wie ein fließender Regenbogen. Aber die Farben waren nicht der Reihe nach aneinandergesetzt, sondern spielten umeinander, eine Tönung in die andere gleitend.

Im vertrauten alten Grau erschien hingegen der Jäger Gracchus, der der Wandergruppe entgegengeritten kam, sobald diese auf dem Nordosthang sichtbar geworden war. Er wurde begleitet von der vielringigen Schwertkämpferin Hypatia und der blauhaarigen Baumeisterin Hieronyma – und zu Luyántas großer Freude auch von dem feuerroten Schmied Hyypiä, der in der Schlacht schwer verwundet worden war. Nun war sein stämmiger Oberkörper in Verbände und Bandagen verpackt. Aber er saß hoch zu Pferd und grinste den Ankömmlingen breit entgegen.

Luyánta rannte auf die vier Reiter zu. Hypatia stieg schon vom Pferd, um sie zu umarmen, aber Hyypiä galoppierte der Königin in gebeugter Haltung entgegen und riss sie im Reiten zu sich aufs Pferd herauf, um ihr einen Kuss auf die Wange zu geben, der Luyánta wie eine schallende Ohrfeige vorkam. Schön war das trotzdem … Dann wendete der starke Mann sein Pferd und brachte Luyánta zu den anderen, die sie ebenso glücklich begrüßten – zumindest Hypatia und Hieronyma. Gracchus neigte noch immer nicht zu Gefühlsausbrüchen.

Gemeinsam zogen sie in die Ebene weiter. Hyypiä war abgestiegen und hatte Mäxchen und seine Murmeltierfreunde aufs Pferd

763

gesetzt, während Die Dicke allein auf Hypatias Pferd thronte. Denn alle Reiter führten jetzt ihre Tiere am Zügel. Sie hatten Luyánta zwar angeboten, als Faneskönigin zu reiten, aber diese hatte abgelehnt: Sie wollte lieber mit den anderen zu Fuß gehen.

Dabei erzählte Luyánta, was ihnen auf dem Gletscher und bereits auf dem Weg dorthin widerfahren war: vom Weg mit Amian durch den Träumenden Berg und durchs glühende Eis, von der Verwandlung des neubeherzten Amian in einen wahren Adler und von all den irren, wirren Erlebnissen in der verhexten Festung bis zu deren Untergang und der Befreiung der Gefangenen aus Mauern und Wänden. Und natürlich vom jämmerlichen Ende der beiden Dämonen: der Zerfledderung der Tsikuta durch aufgebrachte Dohlen und dem Absturz des Schpina-de-Mul ins Bodenlose.

«Ein wenig klarer sehe ich jetzt», sagte Hypatia. «Und doch wissen wir viel zu wenig über die Dämonen. Unsere Vorfahren kannten sich noch aus mit jener Seite der Welt. Dabei wäre dieses Wissen für uns vielleicht noch viel wichtiger. Denn die Dämonen scheinen nicht machtloser geworden zu sein, sondern im Gegenteil mächtiger denn je – nur auf raffiniertere Weise.»

Als die Wanderer tiefer in die Ebene kamen, sahen sie die ausharrenden ehemaligen Kämpfer. Die geplagte Landschaft glich jetzt einer verstreuten, vorläufigen Siedlung: hier eine kleine Befestigung, dort ein provisorisches Zelt, hier eine Feuerstelle, dort ein Gemeinschaftsplatz, an dem Menschen beieinandersaßen.

Hypatia und Hieronyma berichteten, wie harmonisch die Wartenden miteinander auskamen – vereint in der Erleichterung über das augenscheinliche Ende des Krieges. Dass einige Soldaten bereits ihrer Wege gezogen waren, hatte Mizuel ja schon berichtet. Nun erfuhren sie auch, dass König Asver den größten Teil seiner Leute unter Führung der Kanzlerin Cerbreë ins Tal der Knochen zurückgeschickt hatte. Ihre Toten, darunter Odker und Tesber, wollten sie nach dem Brauch des Knochenvolks im Hochgebirge zurücklassen, den wilden Tieren zur Nahrung.

«Und Asver?», fragte Luyánta. «Ist er etwa noch nicht heimgekehrt?»

«Nein», antwortete Hypatia. «Er wollte dich unbedingt erwarten. Und die Einhaltung des Friedens in der Ebene überwachen. Selbst wenn das gar nicht mehr nötig wäre.»

Auch auf das Wiedersehen mit Asver freute Luyánta sich. Von Gracchus erfuhr sie noch, dass man sicherheitshalber Kundschafter in die umliegenden Berge aussandte. Denn man wisse nicht, ob nicht durch irgendwelche Umstände doch noch ein Wiederaufflammen der Kämpfe drohen könnte – sei es durch die Rückkehr des abgängigen Malibran, zu dessen Verfolgung Pistior allein aufgebrochen sei (Luyánta berichtete dann auch von der gespenstischen Begegnung), sei es durch verstreute Trussaner.

«Trussaner?», rief Laleh. «Sind diese Volltrottel denn nicht alle im Fluss zugrunde gegangen?»

«Einige sind ihrem Schicksal entronnen», entgegnete Gracchus. «Mrtz und Schmrtz überließen, als die Wölfe kamen und für die Trussaner alles schiefging, ihre Leute sich selbst und verdünnisierten sich mit ein paar anderen in die Berge.»

«Na, vor diesen Honks braucht uns nicht bange zu sein!» Wütend pfiff Laleh durch die Zähne.

«Außerdem bin ich ja auch noch da, falls dir Gefahr drohen sollte», sagte Mizuel mit vorgestreckter Brust.

«Hach, wenn du wüsstest, *wie* froh mich das macht», antwortete Laleh. Es klang höchstens halb spöttisch.

Abschiede und Aufbruch

In tiefes Schweigen versunken, standen die vier Regenten im Kreis der Erinnerung beieinander: Asver, der König des Knochenvolks, Die Dicke als Souveränin der

765

edlen Murmeltiere sowie Luyánta und Amian, die Herrscher des Fanesvolks, das sich wiedervereint hatte und zugleich in Auflösung begriffen war. Die beiden wurden König und Königin ohne Volk, und das war gut so.

Den Kreis der Erinnerung hatten die zurückgebliebenen Krieger, nachdem sie (wie aus einem bösen Traum erwacht) die Kämpfe beendet hatten und auf die Rückkehr von Faneskönigin und Adlerprinz warteten, zum Gedenken an die Gefallenen geschaffen. Deren Überreste waren zuvor nach alten Bräuchen im Feuer bestattet und die Asche über dem Wasser des Brennenden Flusses verstreut worden. Ob seine schillernden Farben von der Kraft all dieser vorzeitig ausgelöschten Leben herrührten? Picabia und Pibakú gehörten zu den Toten und viele andere – und dann gab es ja auch noch jene, die in früheren Kämpfen gefallen waren. Der alte Schneider Anchises fiel ein, die Freunde Gabiel und Bagiuz und natürlich Harichl, der Köhler ...

Dieser stille Gedächtnisort lag am Ufer des farbenschillernden Stroms, von schweren Steinen umsäumt. Rundum hatten sie einen Ring von Bäumen gepflanzt, der zu einem Hain wachsen würde und in Zukunft an die Schlacht erinnern sollte, die hier stattgefunden hatte. Und ebenso ans Ende des Krieges.

Eines Krieges, der blanker Wahn gewesen war, dachte Luyánta mit Blick aufs farbenreiche Wasser. Ein sanfter Wind wehte darüber. Sie und ihre Gefährten hatten gemeinsam diesen Wahn besiegt, den eine dämonische Zaubermacht über sie gebracht hatte. Eine Energie allerdings, die nicht mit dem Schpina identisch war, sondern die eher *in* dem Schpina gewirkt hatte und ihn immer größer und mächtiger hatte werden lassen. Genau verstand sie das alles immer noch nicht, aber sie ahnte es.

Und sie hatte noch eine andere Ahnung: Es war nicht irgendeine böse Kraft gewesen. Ein Teil des Wahns war aus ihnen selbst gekommen. Aus ihnen allen, das empfand sie schmerzlich: nicht nur aus der Verblendung des herzberaubten Adlerprinzen, sondern auch aus ihr selbst und den Fanesleuten.

766

Wäre es anders möglich gewesen? Sie wusste es nicht. Und es spielte auch keine Rolle. Sie mussten in die Zukunft schauen. Vorsichtig schob sie ihre Hand in die von Amian, der sie dankbar umfasste.

Als sie den Kreis der Erinnerung verließen, wurde Asver bereits von den letzten verbliebenen Knochenkriegern erwartet. Mit ihnen würde er nun in sein grellbleiches Tal zurückkehren, wie es die meisten seiner Leute schon getan hatten. Aber die aufbrechenden Knochenleute waren nicht allein: Eine Menge von Männern und Frauen des Fanesvolks war bei ihnen, um mit ins Tal der Knochen zu ziehen. Sie hatten sich in dieser jahreszeitlosen Welt glücklich eingelebt, während draußen Winter gewesen war, und wollten auch ihr künftiges Leben dort verbringen. Asver freute sich darüber und hatte sich bereiterklärt, alle, die das wollten, für immer in seinem Reich aufzunehmen. Und die Faneskönigin Luyánta hatte den Wunsch ihrer Leute gutgeheißen.

Auch vielen anderen Fanes hatte sie erlaubt, fortzuziehen. Manche hatten sich mit ehemaligen Adlersoldaten zusammengefunden, um ins Tal der Enge und Weite oder an irgendeinen anderen Ort zu ziehen und dort zu leben. Hypatia und ihre beiden Frauen waren gestern mit einer solchen Gruppe ins Feuerrosental aufgebrochen. Einige besonders Weltbegehrende waren sogar mit den Kahlköpfigen Bogenschützen in den Süden oder mit den plumpen, aber jenseits der Kriegszeiten gutherzigen Eunuchen nach Norden gegangen. Wieder andere wollten sich hier in der Flussebene ansiedeln, einer Landschaft, nicht für Krieg gemacht, sondern für das Leben in Ruhe und Harmonie.

Luyánta und Asver hielten ihren Abschied kurz. Sie würden sich ja früher oder später wiedersehen, wenn die Faneskönigin das bleiche Tal besuchte. Als sie dem Knochenkönig ein letztes Mal für alles danken wollte, winkte er sanft ab. Aus seinen Augen unter der hohen Kahlkopfstirn sprach die alte Mischung aus Härte und Güte – jene tiefe Traurigkeit, die Luyánta liebgewonnen hatte.

«Keine Formeln», sagte er, «wir wollten doch immer frei miteinander sprechen, wie zwei Kinder. Wir wissen, was wir einander bedeuten, es braucht keinen Dank.»

«Oh ja, das wissen wir, Asver.»

«Vergiss nicht dein Seidentuch, wenn du mein Reich besuchst. Die Vögel im Palast werden dich erwarten, besonders dieser eine grüne, der in deiner Kammer lebt. Auf irgendwann!»

Damit wandte er sich zum Aufbruch. Als der Zug sich schon in Bewegung setzen wollte, entdeckte Luyánta in den Reihen der mitziehenden Fanesleute einen unscheinbaren, aber ihr doch bekannten Kopf: das hagere Gesicht eines Mannes, auf dessen Wange eine große, dunkelrote Narbe in der Form eines L lag.

Sie selbst hatte ihm einst diese Wunde zugefügt. Er war einer der drei Adlersoldaten, die sie in der Ruine von Calocers altem Gipfelschloss überfallen hatten. Mit ihrem Schwert hatte sie dem Häscher damals das L ins Gesicht geschlagen, bevor sie ihn und seine Spießgesellen durch den Falltunnel in den Burggraben geschickt hatte. Sie ging zu dem Mann hinüber.

«Wie ich sehe, habt ihr euch damals aus der Klemme befreit», sagte sie. «Das freut mich. Als meine Freundin Laleh später selbst in dem Burggraben landete, wart ihr schon fort.»

«Ja», antwortete der Mann. «Deine Freundin hatte uns ja aufmerksamerweise noch ein Stück Speck in den Graben nachgeworfen. Herzlichen Dank dafür übrigens und viele Grüße an sie, Königin! Es war eine halsbrecherische Kraxelei damals, aber wir fanden einen Weg nach draußen. Und leider auch zurück ins Adlerheer. Doch das alles ist nun zum Glück vorbei.»

«Ja, zum Glück», sagte Luyánta. «Es tut mir bloß leid, dass du jetzt für den Rest deines Lebens derart verunstaltet rumlaufen musst.»

Der Mann lächelte. «Andere hat es schlimmer erwischt. Ich lebe. Wir werden nun in Ruhe in dem sagenumwobenen Tal der Knochen leben. Und ich fühle mich auch nicht verunstaltet von deinem Schmiss. Er ist eine Erinnerung an meine Königin.»

Als Asvers Zug fort war, gingen Luyánta, Amian und Die Dicke zu den Lagerstätten und letzten Zelten in der Ebene. Viele Schlafplätze waren schon verlassen, aber einige wenige wurden befestigt und ausgebaut von denjenigen, die hier zu leben gedachten. Hieronyma gehörte zu diesen Siedlern, sie würde Anlage und Bauten beaufsichtigen. Doch diesmal würde es kein Wehrlager, keine Festung sein, sondern ein kleines, friedliches Dorf. Hyypiä hingegen wollte mit einigen Helfern am Rand des verbrannten, sich erholenden Düsterwaldes eine neue Schmiede errichten. Holzkohle gab es dort nach der Katastrophe genug. Und irgendwer würde irgendwann ein neuer Köhler werden, in der Erinnerung an Harichl, den schrulligen Vogelfreund, der Frieden hatte stiften wollen und den Mächten des Kriegs zum Opfer gefallen war.

Einen anderen wichtigen Abschied hatte es schon einige Tage vorher gegeben. Da waren die Eltern mit dem Jäger Gracchus aufgebrochen, der sie in die Selbe Welt zurückbringen wollte. Sie hatten sich von den turbulenten Ereignissen einigermaßen erholt, auch wenn beide (er noch mehr als sie) noch immer verwirrt waren. Die Mutter war oft mit Fanesfrauen zusammen, besonders mit Hypatia verstand sie sich gut. Der Vater hingegen hatte begonnen, sich in dem kleinen Heft, das er immer bei sich trug, ein paar Notizen zu machen. Meistens saß er dabei allein auf einem Stein am bunten Fluss. «Humbug!», murmelte er gelegentlich, dann wieder so was wie: «Gar nicht so übel …»

Jetzt, beim Aufbruch, fragte die Mutter ihre Kinder: «Und ihr kommt also *wirklich* bald nach? Versprochen?»

«Jaja», antwortete Mäxchen geistesabwesend. Er wollte offensichtlich gleich wieder wegrennen, zu seinen Murmeltierfreunden. Aber Valentin hielt den Ungeduldigen an der Hand und sagte:

«Ja, sicher. Aber ein bisschen bleiben wir noch bei unserer krassen Schwester.»

«Na, dann verbringt noch ein paar schöne Tage hier, jetzt ist auch egal», brummte der Vater, ebenfalls ungeduldig. «Aber kommt halt irgendwann heim.»

Die Mutter beachtete sein unausgesprochenes Drängen nicht, sondern schaute ihre Tochter an: «Und du, Jolantha – *Luyánta*?» Bei diesen Worten war ihr Blick voller Liebe, wie am allerersten Tag des Lebens ihres Kindes. «Du besonderes Mädchen, die du nicht jemand anders sein *willst*, sondern immer etwas anderes *bist*. Nicht eine, sondern viele. Das ist dein wahres Wesen.»

Luyánta antwortete nicht darauf. Keine Lust auf tiefsinnige Gespräche.

«Wirst *du* denn auch nachkommen?», fragte die Mutter noch mal.

«Irgendwann», antwortete Luyánta, aber sicher war sie nicht. «Wahrscheinlich ...»

Dann umarmte die Mutter alle ihre Kinder und auch Hypatia, die ebenfalls zum Abschied gekommen war. Der Vater schüttelte allen die Hand, dann folgten die Eltern dem grauen Jäger nach Norden.

Die Brüder wollten ins Tal des roten Honigs mitziehen, wohin Luyánta nun endlich mit denjenigen Fanesleuten aufzubrechen im Begriff war, die dort ihre Kinder wiedertreffen wollten. Auch Laleh und Mizuel würden mitgehen, und Amian, der noch vor Wochen eine tödliche Gefahr für diese Kinder gewesen war. Wie hatte sich alles verändert. Mittlerweile hatten sogar die immerskeptischen Murmeltiere ein gewisses Vertrauen zu Amian gefasst. Die Dicke hatte den Großteil ihres Volks, unter Führung von Knahktus und Knärktus, längst auf die Bergwiesen zurückgeschickt. Sie selbst sowie Paminer und Struggles wollten die Reisegruppe noch ein Stück des Weges begleiten.

Doch bevor sie loskamen, galt es noch einen letzten Abschied zu nehmen. Ein unglücklicher Einzelner suchte Luyánta auf, auch er im Aufbruch. Es war der kleine, stämmige Wilbur, der bis zuletzt unbeirrt an der Seite des Fanesvolks verblieben war und alle Kämpfe heil überstanden hatte.

«Wilbur!», rief Luyánta erfreut, die Kiki schon am Zügel hielt und gerade aufsteigen wollte. «Was wirst du tun? Wirst du hier in der Ebene bleiben?»

770

«Nein», antwortete Wilbur. «Ich habe lange darüber nachgedacht und meine Entscheidung getroffen. Ich werde allein fortgehen.»

«Allein? Wohin denn? Du könntest auch mit uns kommen.»

«Nein, auch das werde ich nicht tun.»

«Sondern was?»

«Ich werde die alte Ruinenstadt von Asvers Vorfahren aufsuchen. Den Ort, wo meine verblendete Silma uns in den Bann schlug, um uns zu verraten.»

«Was willst du denn da? Niemand lebt dort. Und Silma wirst du dort nicht wiedertreffen.»

«Das weiß ich. Du hast mir gesagt, dass sie sich in ihrer Verzweiflung in die Höhle ohne Wiederkehr begeben wollte. Und du hast mir das hier von ihr gegeben.» Er hob seine zur Faust geschlossene Hand, an deren Gelenk er Silmas Reif aus gedrechseltem Rindshorn mit dem eingeschnitzten $\forall$ trug, dem Stierkopf. Dann öffnete er die Faust und zeigte Luyánta, was darin lag: die Locke von dunklem Haar, die Silma sich abgeschnitten und ihr für Wilbur mitgegeben hatte. Als Erinnerung an die Frau, die er geliebt hatte und von der er geliebt worden war.

«Ich werde nicht in der Ruinenstadt bleiben», fuhr Wilbur fort, «sondern hinaufsteigen und die Höhle ohne Wiederkehr suchen. Und darin werde ich Silma finden, koste es, was es wolle. Ich werde mit ihr in diesem Berg bleiben, für den Rest meines Lebens.»

Luyánta und die anderen machten keinen Versuch, ihn umzustimmen. Es wäre zwecklos gewesen, das spürten sie. Stattdessen umarmte Luyánta Wilbur und flüsterte ihm ins Ohr: «Grüße Silma von mir und sag ihr, dass alles so gekommen ist, wie sie wollte: Das unselige Fanesvolk hat sich aufgelöst. Nur ohne unterzugehen.»

Nach einigen Stunden hatten Luyánta und ihre Begleiter im Süden der Ebene jene Stelle erreicht, wo ein Gebirgsbach in den Fluss mündete. Dem Lauf dieses Bachs folgte die Gruppe bergauf in die Klamm, durch die man ins Tal des roten Honigs gelangte. Manchmal war der Weg so eng, dass sie durchs Wasser mussten. Dann wieder gab es breitere Stellen, auch bemooste Flächen oder Grasflecken.

Luyánta ritt auf der schwarzen Kiki an der Spitze. Auf dem Kopf des Pferdes saß Die Dicke, leise vor sich hin pfeifend. Gleich dahinter ging der Lichtfuchs Chihiro, der nicht nur Laleh trug, sondern auch Paminer, Struggles und das fröhliche Mäxchen. Der kleine Junge wechselte allerdings immer mal wieder sein Reittier. Auf Amians Schimmel Harpag hatte er ebenso schon gesessen wie auf Mizuels Pferd und auch auf dem äußerst friedfertigen Rappen, den Valentin (eher ungelenk) führte.

Die drei jungen Männer ritten hinter Luyánta und Laleh und unterhielten sich angeregt und ziemlich laut – so laut, dass Laleh sich einmal umdrehte und nach hinten rief: «Und wenn die Herren ihr Geschnatter mal kurz unterbrechen könnten, würden wir das majestätische Donnern der Wasserfälle neben uns hören!»

Hinter dieser Spitze ritten und liefen all jene Fanesmenschen, die ins Tal des roten Honigs wollten. Was würden diese Eltern tun? Sich in der Nähe ihrer Kinder niederlassen? Das wünschten sich wohl die meisten. Doch würden die Kinder es wollen?

Luyánta hüpfte jedenfalls das Herz vor Freude, wenn sie sich das Wiedersehen mit all den Kindern in ein oder zwei Tagen vorstellte – besonders mit Nammu, der tapferen Anführerin mit den blauen Haaren, und ihrem Freund Enki. Hoffentlich ging es ihnen gut. Und Mäxchen würde dort viele Freunde finden.

Niemals sollten diese Kinder in finstere, feuchte Höhlen zurückkehren müssen. Nie mehr sollte in Kinderherzen ein schwarzer Grund gelegt werden, wie es das Höhlenkind Amian einst erlebt hatte.

Und so viele andere …

Als die Reisegruppe an einer engen Seitenschlucht vorüberkam, kaum mehr als ein kleiner, steiler Schlitz, bat Die Dicke Luyánta anzuhalten. Mit einem Kopfnicken befahl sie Struggles und Paminer, von ihrem Pferderücken zu hüpfen.

«Digger», sagte sie dann zu Luyánta und den anderen, «an diesem

Klettersteig müssen wir mal Lebewöhlchen pfeifen. Der führt uns hinauf zu einem Gangsystem, das uns schnurstracks unter den Bergen hindurch auf die Murmeltierwiesen führt.»

«Was heißt *schnurstracks*?», fragte Mäxchen, erschrocken und traurig, dass seine Freunde Paminer und Struggles sich schon verabschieden sollten.

«So viel wie *spornstreichs*, Digger. Es ist Zeit für uns, mal bei der Familie nach dem Rechten zu sehen. Sie sind ein edles Geschlecht, wohl wahr, aber wenn der Schakal aus dem Haus ist, tanzen die Kaninchen auf dem Tisch, versteht ihr, was ich meine? Mal für Ordnung sorgen schadet nie.»

«Was werdet ihr da oben tun, Dicke?», fragte Luyánta.

«Kannst du dir doch denken: uns die Backen und Bäuche vollmampfen. Der Herbst kommt, eh du dich versiehst, und schon ist wieder Winter. Ratzfatz geht das. Und was noch wichtiger ist, Digger, wir werden ein neues Totem für das Große Murmel errichten. Das alte Totem wurde ja von den Feinden (als sie Feinde waren) gefällt. Digger, macht mich jetzt noch fertig, wenn ich an diesen Sau-Frevel denke ... harte Kerbe in meinem Herzen ... aber man soll nicht auf vertrocknetem Gras rumtrampeln! Was war, das war, aber morgen ist ein neuer Tag, und heute ist auch schon einer ... Hey, Winzling, was heulst du denn da?»

Tatsächlich lief Mäxchen eine dicke Träne über die Wange. Der Abschied seiner Freunde tat ihm weh.

«Alter, hör sofort auf, das kann ich gar nicht ansehen, wenn du weinst!»

«Bruder, lass das gefälligst, diese Flennerei! Wir sehen uns doch bald wieder! Ganz bald!»

«Wirklich?» Mäxchen schniefte.

«Na, und ob, Digger! Wenn ihr euch im Rothonigtal sattgesehen habt, kommt ihr mal schnurstracks (spornstreichs, mein ich) zu uns auf die Murmeltierwiesen rauf. Sogar der da, meinetwegen ...» Dabei schaute sie Amian an, nicht ungnädig, aber mit einer gewissen Restskepsis. «Da werdet ihr dann unser neues Totem bewundern,

773

und wir werden jede Menge Spaß haben und philosophische Gespräche führen, Digger, versteht ihr, was ich meine? Und dann noch mal und noch mal. Im Herbst sind unsere Bergwiesen am schönsten, ich sag's, wie's ist.»

«Bis bald, meine putzigen Krieger», sagte Luyánta.

So ging auch dieser Abschied vorüber. Selbst Mäxchen war getröstet und wieder zufrieden, weil Laleh ihm erlaubte, ein Stück allein auf Chihiro zu reiten. Sie setzte sich hinten auf Kiki und hielt sich an Luyántas Hüfte fest.

«Wenn es für Kiki zu schwer wird, kann Laleh auch mal bei mir mitreiten!», rief Mizuel.

«Weiß ich doch», sagte Laleh. «Wenn irgendwas ist, bist du für mich da. Und ich für dich. Immer. Brauchst übrigens gar nicht rot zu werden, Schnuckel!»

Gegen Abend gelangten sie zu einer breiteren Stelle in der Klamm, wo etwa zwanzig Meter oberhalb des Bachs mehrere Höhlen in der Felswand waren. Dort wollten sie die Nacht verbringen. Nur die Pferde, die nicht hinaufkonnten, mussten die Nacht über auf einem Flecken Gras am Bach bleiben. Zwei Fanesleute wurden zu ihrer Bewachung bestellt, zwei andere schlugen unten ihr Lager auf, um die ersten um Mitternacht abzulösen. Die anderen richteten oben ihre Lager her.

Bald hatten sich alle, vom langen Weg erschöpft, zum Schlafen zurückgezogen. Nur sechs saßen noch vor der Höhle an einem abbrennenden Feuer zusammen: Luyánta, Laleh und Mizuel, Amian und die beiden Brüder. Sie waren das ewige Wandern mittlerweile gewöhnt, und es war wunderbar, gemeinsam unter den Sternen zu sitzen. Selbst wenn es nur ein schmaler Streifen Himmel war, den man aus der Klamm sah, und noch dazu großteils zugezogen. Nur hier und da zeigten sich zwischen den Nachtwolken ein paar Sterne. Sternhimmelflecken. Und einmal war auch der Mond zu sehen, der nun wieder abgenommen hatte. Viertelmond, aber einer, der keine Gefahr mehr verhieß.

Tagsüber war es heiß gewesen, selbst in dieser Schlucht, wo das

774

sprühende Gebirgsbachwasser Kühlung spendete. Aber die Bewölkung bei Einbruch der Nacht sah aus, als ob demnächst Regen zu erwarten wäre.

«Das wird dir passen, Luyánta», hatte Amian gesagt, «wir reiten schon im Regen, der von unten kommt, aus dem spritzenden Bach, und bald kommt noch Regen von oben dazu.»

Mizuel und Amian waren die Ersten, die sich schlafen legten. Mäxchen war da schon längst auf den Steinen am Feuer eingeschlafen, und irgendwann trug der müde gewordene Valentin auch ihn mit in die Höhle.

So saß Luyánta allein mit Laleh an der Glut. Als sie den Wachwechsel bei den Pferden unten sahen, wussten sie, dass Mitternacht sein musste.

«Morgen werden wir also da sein», sagte Laleh und zeigte bachaufwärts ins Schwarz. Dort, oberhalb der Quelle, musste die Scharte liegen, die den Übergang ins Rothonigtal bildete.

«Ja», sagte Luyánta. «Morgen. Ohne dass ich dich noch mal in die Patsche bringe, hoffentlich.»

«Ohne deine Patschen würde mir was fehlen, ehrlich gesagt …», antwortete die Gefährtin.

Als sich schließlich auch Laleh zum Schlafen zurückgezogen hatte, saß Luyánta immer noch draußen. Sie hatte Lust, allein zu sein. Endlich wieder einmal. Saß still da und hörte von unten das Rauschen des Wassers und gelegentlich leises Wiehern der Pferde.

Sie dachte an ihre Eltern, die hoffentlich gut in ihrem Zuhause angekommen waren; aber sie zweifelte kaum daran, denn Gracchus führte sie. Und sie dachte an ihre Geschwister, die Murmeltiere, die wahrscheinlich schon auf ihren Wiesen waren. An die Adler und ihren Herrscher Pollux in entlegenen Höhen. Und auch an die Oberste Wölfin, die sie eines Tages wiederzutreffen hoffte.

So wie sie die verstreuten Männer und Frauen des Fanesvolks irgendwann wiedertreffen würde, die einen hier, die anderen dort, und auch König Asver.

Neben ihr huschte irgendein kleines Tier über die Steine. War das eine Eidechse? Dabei war die Sonne fern. Bist du etwa eine Mondeidechse?

Dann war ein leises Donnergrollen zu vernehmen, und gleich darauf begann es zu regnen. Ein sanftes Nieseln erst, dann, bald, Schütten wie aus Kübeln. Luyánta blieb sitzen und spürte, wie es sie bis auf die Haut durchnässte. Ein anderer Mensch hätte vielleicht gefröstelt, aber ihr war der Regen gerade angenehm.

Sie dachte an Dolasilla. Ob sie den Regen auch lieber gemocht hatte als die Sonne? Und ob Ey-de-Net (der spurlos verschwundene Ey-de-Net) seine Geliebte auch seltsam gefunden hatte?

Der Regen pladderte heftig in die schwarze Klamm herab, die Asche des Lagerfeuers war schon fortgeschwemmt. Aber die Wächter dort unten würden auf die Pferde achtgeben, und die Schläfer in den Höhlen waren sicher. Bald würde auch Luyánta hineingehen, sich notdürftig abtrocknen und dann zu schlafen versuchen. Zwischen Laleh und Amian und ihren beiden Brüdern, dem etwas großen und dem sehr kleinen. Und Mäxchen würde wie immer leise schnarchen.

Auch der Drachen in ihr schlief. Vollkommen friedlich war er, doch sie wusste, dass er noch da war. Wenn es nötig wäre, konnte sie ihn aufwecken.

Aber in der nächsten Zeit würde es kaum nötig sein. Erst einmal würden sie gemeinsam das Tal des roten Honigs erreichen. Morgen. Luyánta konnte es kaum erwarten.

In ein paar Tagen dann würden Mäxchen und Valentin nach Hause zurückkehren, in die Selbe Welt. Auch das war gut und richtig.

Und sie? Luyánta senkte den Kopf, das Regenwasser lief ihr durch die schon wieder etwas längeren Haare. Sie schaute auf die nachtschwarzen Felsen hinab, die in der Dunkelheit vor Nässe glänzten. Als könnte sie sich darin spiegeln. Und sie dachte, ich weiß noch nicht, ob ich hierbleiben werde, für immer, oder zurückgehe.

Inhalt

Danksagung

Ich danke von Herzen den ersten Leserinnen und Lesern dieses Buches: Hilarion, Luyanta, Ravi, Victoria, Eliska, Paul und Ositha. Und meinem unermüdlichen, aufbauenden Lektor Wilhelm Trapp.

Die Rowohlt Verlage haben sich zu einer nachhaltigen Buchproduktion verpflichtet. Gemeinsam mit unseren Partnern und Lieferanten setzen wir uns für eine klimaneutrale Buchproduktion ein, die den Erwerb von Klimazertifikaten zur Kompensation des CO_2-Ausstoßes einschließt. www.klimaneutralerverlag.de

EBENE DES BRENNENDEN FLUSSES

TAL DER KNOCHEN

ASVERS PALAST

ENGÜANA

SOMPUNTARA

FEUERROSENTAL

TAL DES ROTEN HONIGS

BRENNENDER FLUSS

TRÄUMENDER BERG

MEER

FESTUNG IM EIS